语言学经典文丛

汉语诗律学

王　力　著

上海教育出版社

出版説明

　　上海教育出版社成立六十年來，出版了許多語言學專著，受到學界的歡迎。爲滿足讀者的需要，我們從歷年出版的著作中精選了一批，輯爲"語言學經典文叢"。此次出版，我們按照學術著作出版規範的國家標準，對編入文叢的著作進行了體例等方面的調整，還對個別差錯予以改正。其他均保持原貌。

上海教育出版社

2018 年 8 月

目　　録

序

　　1944年，我在寫完了有關語法的三部書——中國現代語法、中國語法理論、中國語法綱要——之後，想要研究"詩法"。當時我把"詩法"了解爲"詩的語法"，包括詩的韵律在内。我一方面進行研究，一方面就在昆明西南聯合大學（這是北大、清華、南開三大學在抗日戰争期間的聯合組織）爲高年級學生開設一門課程，這個課程也就叫做"詩法"。這是一學期的課程。課程結束了之後，直到1945年8月1日才着手寫這一部書。因此，這一部書的内容和當時講授的内容大不相同；它的範圍擴大得多，在某些地方的觀察也深入些。

　　本書的導言和第一章（近體詩）、第二章（古體詩）、第五章（白話詩和歐化詩）是1945年8月1日到1946年4月28日寫的。第三章（詞）和第四章（曲）是1946年下半年到1947年春天寫的。在開始的時候，本來不打算談到詞曲，後來考慮，如果不講詞曲，從律古跳到白話詩會令人感到突然。實際上，詞和曲也都是詩之一種。所以我補寫了有關詞曲的兩章。

　　葉聖陶先生説"詩法"這個名稱不妥當。於是我改稱"中國詩律學"；在付印以前，又改稱"漢語詩律學"。這裏所謂詩律學，大致相當於英語的 versification 和俄語的 стихосложение。後漢書鍾皓傳："（皓）避隱密山，以詩律教授門徒千餘人。"杜甫詩："詩律群公問。"這是"詩律學"命名的由來。

　　這是十年前的舊稿，在付印前祇作了小小的修改。十年以前，我認爲它是未定稿，想再作更深入的研究，并博訪通人，然後敢拿來和廣大的讀者見面。不料一擱就是十年，始終没有能够重理舊業；解放以前，雖然也請教過幾位朋友，但是，解放以後，前輩和朋友們都忙起來了，博訪通人成了虚願。現在變了一個主意：就拿這一本未定稿印出

來給廣大的讀者批評吧。這樣，通人就不限於我所認識的前輩和朋友了；領教的範圍更加擴大了。

這一部書把漢語詩律的一般常識和作者自己的研究成果雜糅在一起，有些朋友覺得這是一個缺點。我因此曾經考慮改寫。經過長時間的考慮以後，我覺得改寫也有困難。我寫這一部書的動機本來是爲了教學，所以首先介紹常識。大學高年級的同學們雖然年級很高了，由於從前各種功課都沒有講到詩律，也許還有不少人不懂什麼是"平平仄仄仄平平"。從常識講起似乎還是有必要的。

除了一般常識之外，還有比較高深的知識；這是前人研究的成果，不是作者自己研究的成果。但是，一般人是不知道漢語詩律有那麼多的講究的。舉例來説，在沒有看見董文涣的聲調四譜圖説以前，我自己就不知道詩律中有所謂"拗救"（更正確地説，我從前祇知有"拗"而不知有"救"），有所謂"上尾"等等。而"拗救"之類正是前人所研究出來的可靠的詩律。再説，常識和非常識之間也很難劃清界限。記得我在童年的時候，我的舅父教我做詩不要"犯孤平"。他是一個老童生，可見避免"孤平"是科舉時代的一般常識。而現在呢，許多喜歡做舊詩的人也犯起孤平來了。本書所介紹的這一類"非常識"的東西要比一般常識多得多，可以説是書中的一個主要部分。

書中可以算是作者研究的成果的，主要是句式和語法。此外，關於韵律方面，也有作者自己的一些意見。例如"平平仄平仄"名拗而實非拗（第九節），律詩首句用鄰韵是宋代詩人的風尚（第五節），曲的聲調平上爲一類，去聲自成一類，上聲常常可以代替平聲（第五十四節），等等。這是書中另一個主要部分。

全書的内容是這樣的：從一般常識到比較高深的知識；從前人研究的成果到作者自己的一些心得。這樣的一部教學參考用書，對於大學高年級的專門化課程（有關漢語詩律學的），也許還不無小補。

我在這裏謝謝馮至教授、浦江清教授、卞之琳教授、梁宗岱教授；我在寫書的時候曾受到他們的教益。

王　力

1957 年春節後五日，北京大學。

重 版 自 序

　　此書原由新知識出版社出版，1962年改由上海教育出版社出版，刪去了第五章。現在恢復第五章（白話詩和歐化詩），仍由上海教育出版社出版。這次重印，沒有作大的修改，衹增加了一些附註（原有附註五個，現在增加三十二個）。新加的附註就是對此書的修訂和補充。

王　力
1978年2月21日北京大學

導　言

1. 韵語的起源及其流變

1.1　詩歌起源之早,是出於一般人想像之外的。有些人以爲先有散文,後有韵文。這是最靠不住的説法。因爲人類創造了文字之後,文化的發展已經達到了相當的程度,當然韵文和散文可以同時產生。韵文以韵語爲基礎,而韵語的產生遠在文字的產生之前,這是毫無疑義的。相傳堯帝的時候有一首康衢歌:

> 立我蒸民,莫匪爾極;
> 不識不知,順帝之則。
> 　(列子仲尼篇。)

又有一首擊壤歌:

> 日出而作,日入而息;
> 鑿井而飲,耕田而食。
> 帝力何有於我哉?
> 　(帝王世紀。)

我們當然不相信這兩首詩是堯時的民歌。前者是湊合詩經周頌思文的兩句和大雅皇矣的兩句而成的,且不要管它。後者的風格似乎也在戰國以後;不過,它也不會太晚,因爲它用的韵是古韵之部字,以「息」「食」「哉」爲韵,這種古韵決不是漢以後的人所能僞造的。依我們的猜

想，它也許是戰國極亂的時代，仰慕唐虞盛世的人所假託的。同樣假
託的詩還有一首南風歌，相傳爲帝舜所作：

> 南風之薰兮，
> 可以解吾民之慍兮；
> 南風之時兮，
> 可以阜吾民之財兮。
>
> （聖證論引尸子，又家語。）

我們不必因爲它的出典不古，就懷疑到它的本身不古；這種詩歌很可
能是口口相傳下來的。試看它以「時」「財」爲韵，這種古韵也決不是漢
以後的人所能僞造的。（僞造古韵最難，因爲直至明末陳第以前，并沒
有人意識到古今音韵的不同。）總之，堯舜時代雖不一定能有這種風格
的詩，却一定已經有了詩歌的存在，假使這堯舜時代本身存在的話。

　　1.2　至於韵語，它在上古時代的發達，更是後代所不及的。這裏
所謂韵語，除了詩歌之外，還包括着格言，俗諺，及一切有韵的文章。
譬如後代的湯頭歌訣和六言告示，它們是韵語，却不是詩歌。古人著
理論的書，有全部用韵語的，例如老子。有部分用韵語的，如荀子，莊
子，列子，文子，呂氏春秋，淮南子，法言等。文告和卜易銘刻等，也摻
雜着韵語，例如尚書，易經，和周代的金石文字。許多「嘉言」，是藉着
有韵而留傳下來的，例如孟子滕文公上所引放勳（堯）的話：

> 勞之，來之，
> 匡之，直之，
> 輔之，翼之，
> 使自得之；
> 又從而振德之。

「來」「直」「翼」「得」「德」是押韵的。至於格言俗諺之類，就更以有韵爲
常了。例如：

畏首畏尾，

身其餘幾！

　　（左傳文公十七年。）

雖有智慧，

不如乘勢；

雖有鎡基，

不如待時。

　　（孟子公孫丑上。）

兵法如三略，六韜，醫書如靈樞，素問，都有大部分的韵語。這些書雖不是先秦的書，至少是模仿先秦的風格而作的，於此可見韵語在上古是怎樣的佔優勢了。

1.3 詩歌及其他韵文的用韵標準，大約可分爲三個時期，如下：

唐以前爲第一期。在此時期中，完全依照口語而押韵。

唐以後，至五四運動以前爲第二期。在此時期中，除了詞曲及俗文學之外，韵文的押韵，必須依照韵書，不能專以口語爲標準。

五四運動以後爲第三期。在此時期中，除了舊體詩之外，又回到第一期的風氣，完全以口語爲標準。

1.4 現在先說第一期。所謂完全依照口語來押韵，自然是以當時的口語爲標準。古今語音的不同，是清代以後的音韵學家所公認的。所以咱們讀上古的詩歌的時候，必須先假定每字的古音是什麼，然後唸起來才覺得韵脚的諧和。例如詩秦風：

蒹葭采采，

白露未已；

所謂伊人，在水之涘。

遡洄從之，道阻且右；

遡游從之，宛在水中沚。

咱們假定「采」字唸 tsʻə，「已」字唸 dǐə，「涘」字唸 dʒʻə，「右」字唸 ɣǐwə，「沚」字念 tɕiə，然後這首詩才唸得和諧。當然，您也可以假定這五個字

的古音是 ts'ai, diai, dʒ'iai, ɣiai, tiai, 或別的讀音,總之,這些字在上古的主要元音一定相同(至少是相近),如果照今天的語音唸起來,那簡直是沒有韵脚的詩了。

　　1.5　漢代用韵較寬。這有兩個可能的原因:第一是押韵祇求近似,并不求其十分諧和;第二是偶然模仿古韵,以致古代可押的也押,當代口語可押的也押,韵自然寬了。到了六朝,用韵又漸漸趨向於嚴。這是時代的風氣,和實際口語韵部的多少是沒有關係的。

　　現在說到第二期。六朝時代,李登聲類,呂靜韵集,夏侯詠韵略一類的書,雖然想作爲押韵的標準,但因爲是私家的著作,没法子强人以必從。隋陸法言的切韵,假使沒有唐代的科擧來抬擧它,也會遭遇聲類等書同一的命運。後來切韵改稱唐韵,可說是變成了官書,它已經成爲押韵的標準,尤其是「近體詩」押韵的標準。唐韵共有二百零六個韵,但是,唐朝規定有些韵可以「同用」,凡同用的兩個或三個韵,做詩的人就把它們當作一個韵看待,所以實際上祇有一百一十二個韵。到了宋朝,唐韵改稱廣韵,其中文韵和欣韵,吻韵和隱韵,問韵和焮韵,物韵和迄韵,都同用了,實際上剩了一百零八個韵。到了元末,索性泯滅了二百零六韵的痕跡,把同用的韵都合并起來,又毫無理由地合并了迴韵和拯韵,徑韵和證韵,於是祇剩了一百零六個韵。這一百零六個韵就是普通所謂「詩韵」,一直沿用至今。

　　1.6　唐朝初年(所謂「初唐」),詩人用韵還是和六朝一樣,并沒有以韵書爲標準。大約從開元天寶以後,用韵才完全依照了韵書。何以見得呢?譬如唐韵裏的支脂之三個韵雖然註明「同用」,但是初唐的實際語音顯然是脂和之相混,而支韵還有相當的獨立性,所以初唐的詩往往是脂之同用,而支獨用(盛唐的杜甫猶然)。又如江韵,在陳隋時代的實際語音是和陽韵相混了,所以陳隋的詩人有以江陽同押的;到了盛唐以後,倒反嚴格起來,江陽絕對不能相混,這顯然是受了韵書的拘束。其他像元韵和先仙,山韵和先仙,在六朝是相通的,開元天寶以後的「近體詩」也不許相通了。這一切都表示唐以後的詩歌用韵不復是純任天然,而是以韵書爲準繩。雖然有人反抗過這種拘束,終於敵不過科擧功令的勢力。

　　1.7　詞曲因爲不受科擧的拘束,所以用韵另以口語爲標準。詞

是所謂「詩餘」，曲又有人稱爲「詞餘」。本書所講的詩律指的是廣義的詩，所以對於詞律和曲律也將同樣地討論到。

1.8　末了說到第三期。新詩要求解放，當然首先擺脫了韵書的拘束。但是，這上頭却引起了方音的問題。從前依據韵書，獲得了一個武斷的標準，倒也罷了。現在用韵既然以口語爲標準，而漢語方音又這樣複雜，到底該以什麼地方的語音爲標準呢？在今天，我們肯定了普通話以北京語音爲標準音，但是在當時并沒有這個規定。

遇到作者不是北方人的時候，他的詩常常不知不覺地用了一些方音來押韵，我們用北京音讀去就不免有些不大諧和的地方。例如眞韵和庚韵，依照西南官話和吳方言，是可以「同用」的，若依北方話就不大諧和。屋韵和鐸韵，歌韵和模韵，依照大部分的吳語是可以通用的，若依北方話也不諧和。

1.9　由此看來，除非寫方言的白話詩，否則還應該以一種新的詩韵爲標準。這種新詩韵和舊詩韵的性質并不相同：舊的詩韵是武斷的（最初也許武斷性很小，宋以後就大大地違反口語了），新的詩韵是以現代的北京實際語音爲標準的。這樣，才不至於弄成四不像的韵語。

2. 平仄和對仗

2.1　平仄和對仗，是近體詩中最講究的兩件事；古體詩中，也不能完全不講究它們。新詩雖然是一切都解放了，但是，就漢語來說，有了字音就不可能沒有平仄，單音詞多了也很容易形成整齊的對仗。新詩雖然不受它們的約束，却也還有許多詩人靈活地運用它們。因此，在未談詩律以前，先談一談什麼叫做平仄和對仗，也不是沒有用處的。

2.2　平仄是一種聲調的關係。相傳沈約最初發現在漢語裏共有四個聲調，就是平聲，上聲，去聲和入聲。又相傳「仄聲」這個名稱也是沈約起的。有人說，「仄」就是「側」，「側」就是不平。仄聲和平聲相對立，換句話說，仄聲就是上去入三聲的總名。依近體詩的規矩，是以每兩個字爲一個節奏，平仄遞用。假定一句詩的第一第二字都是平聲，那麼，第三第四字就應該都是仄聲；如果第一第二字都是仄聲，第三第

四字就應該都是平聲。(詳見下文第六節。)

　　2.3　現在咱們要討論的，有兩個問題：第一，爲什麽上去入三聲合成一類(仄聲)，而平聲自成一類？ 第二，爲什麽平仄遞用可以構成詩的節奏？

　　2.4　關於第一個問題，咱們應該先知道聲調的性質。聲調自然是以「音高」(pitch)爲主要的特徵，但是長短和升降也有關係。依中古聲調的情形看來，上古的聲調大約只有兩大類，就是平聲和入聲。中古的上聲最大部分是平聲變來的，極小部分是入聲變來的；中古的去聲大部分是入聲變來的，小部分是平聲變來的(或者是由平聲經過了上聲再轉到去聲)。等到平入兩聲演化爲平上去入四聲這個過程完成了的時候，依我們的設想，平聲是長的，不升不降的；上去入三聲都是短的，或升或降的。這樣，自然地分爲平仄兩類了。「平」字指的是不升不降，「仄」字指的是「不平」(如山路之險仄)，也就是或升或降。(「上」字應該指的是升，「去」字應該指的是降，「入」字應該指的是特別短促。古人以爲「平」「上」「去」「入」祇是代表字，沒有意義，現在想來恐不盡然。)如果我們的設想不錯，平仄遞用也就是長短遞用，平調與升降調或促調遞用。

　　2.5　關於第二個問題，和長短遞用是有密切關係的。英語的詩有所謂輕重律和重輕律。英語是以輕重音爲要素的語言，自然以輕重遞用爲詩的節奏。如果像希臘語和拉丁語，以長短音爲要素的，詩歌就不講究輕重律或重輕律，反而講究短長律或長短律了。(希臘人稱一短一長律爲 iambus，一長一短律爲 trochee，二短一長律爲 anapest，一長二短律爲 dactyl，英國人借用這四個術語來稱呼輕重律和重輕律，這是不大合理的。)由此看來，漢語近體詩中的「仄仄平平」乃是一種短長律，「平平仄仄」乃是一種長短律。漢語詩律和西洋詩律當然不能盡同，但是它們的節奏的原則是一樣的。

　　2.6　五言古詩雖然不很講究平仄，但五平調或四平調仍是儘可能地避免的，否則就嫌單調了。五仄調或四仄調比較地常見，因爲仄聲還有上去入的分別，它們或升，或降，或特別短促，就不十分單調。(參看下文第二十八節。)

　　2.7　近體詩喜歡用平聲做韵脚，因爲平聲是一個長音，便於曼聲

歌唱的緣故。這恰像英詩裏輕重律多於重輕律，希臘拉丁詩裏短長律
多於長短律。在英詩或希臘拉丁詩裏，有些詩雖然本來是用重輕律或
長短律的，也喜歡用重音或長音收尾，叫做「不完全律」(catalectic)，大
約也是使它較便於曼聲歌唱的緣故。

　　跟着歷史的變遷，近代的聲調的實際音高也不能和中古相同，所
以人民口頭創作只能依據實際語音，不能再沿用中古的平仄。現代新
詩如果要運用平仄，自然也只能以現代的實際語音爲標準。例如北京
語音裏沒有入聲，平聲分爲陰陽兩類，又有一種輕聲，是否仍應該另行
發現節奏的規律，這却是現代詩人所應研究的了。

＊　　　　＊　　　　＊

2.8　對仗，大致說起來，就是語言的排偶，或駢儷。「仗」字的意
義是從「儀仗」來的；「儀仗」兩兩相對，所以兩兩相對的語句叫做「對
仗」。對仗既是排偶的一種，讓我們先談排偶。自從有了語言，也就有
了排偶，因爲人事和物情有許多是天然相配的。古今中外，都有許多
排偶的語言。例如下面所引的英文詩：

> One shade the more, one ray the less,
> ...
> The smiles that win, the tints that glow.
> Byron
>
> My boat is on the shore,
> 　　And my bark is on the sea.
> Byron
>
> Some had shoes, but all had rifles.
> Henley

2.9　但是，漢語的排偶却有一種特性：因爲漢語是單音語，所以
排比起來可以弄得非常整齊，一音對一音，不多不少。有了這種特性，
漢語的駢語就非常發達。無論韵文或散文，都有無數的例子。例如：

就其深矣,方之舟之;
就其淺矣,泳之游之。
　　(詩邶風。)
誰謂爾無羊,三百維群;
誰謂爾無牛,九十其犉。
　　(詩小雅,祈父之什。)
用之則行,舍之則藏。(論語述而。)
食不厭精,膾不厭細。(論語鄉黨。)

這可以稱爲不避同字的駢語,古書中不勝枚舉。其後漸漸傾向於避同字,尤其是近體詩的對仗必須避同字。不過,避同字的駢語在上古也不乏其例。例如:

喓喓草蟲,趯趯阜螽。(詩召南。)
覯閔既多,受侮不少。(詩邶風。)
青青子衿,悠悠我心。(詩鄭風。)
南山崔崔,雄狐綏綏。(詩齊風。)
在其板屋,亂我心曲。(詩秦風。)
乘肥馬,衣輕裘。(論語雍也。)
草木暢茂,禽獸繁殖。(孟子滕文公上。)
上食槁壤,下飲黃泉。(孟子滕文公下。)

2.10　到了六朝,駢儷的風氣更盛。賦和駢體文,是避同字的駢語和不避同字的駢語同時并用的。但當其不避同字的時候,祇能限於「之」「而」「以」「於」一類的虛字了。例如:

遵四時以嘆逝,瞻萬物而思紛;悲落葉於勁秋,喜柔條於芳春;心懍懍以懷霜,志眇眇而臨雲;詠世德之駿烈,誦先人之清芬。(陸機文賦。)
夫百節成體,共資榮衛;萬趣會文,不離辭情。(劉勰文心雕龍鎔裁篇。)

漢魏六朝的古詩,也像賦和駢體文一樣,有時避同字,有時不避同字。例如:

> 齊心同所願,含意俱未伸。(古詩十九首。)
> 去者日以疏,來者日以親。(同上。)
> 昔爲駕與鴦,今爲參與商。(蘇子卿詩。)
> 長裾連理帶,廣袖合歡襦。(辛延年羽林郎。)
> 君若清路塵,妾若濁水泥。(曹植詩。)
> 著論準過秦,作賦擬子虛。(左思詠史。)
> 孤鴻號外野,朔鳥鳴北林。(阮籍詠懷。)

唐以後的古體詩,自然都依照這個規矩(參看下文第三十三節)。但是,近體詩裏的對仗,却和古體詩裏的駢語頗有不同。

2.11　近體詩的對仗之所以不同於普通的駢語,因爲它有兩個特點:第一,它一定要避同字,不能再像「去者日以疏,來者日以親」;第二,它一定要講究平仄相對(平對仄,仄對平),不能再像「著論準過秦,作賦擬子虛。」例如:

> 共載皆妻子,同游即弟兄。(白居易詩。)
> 門前巷陌三條近,墙内池亭萬境閑。(劉禹錫詩。)

2.12　對仗有「寬對」和「工對」的分別:寬對衹要以名詞對名詞,動詞對動詞,形容詞對形容詞,就成;工對必須把事物分爲若干種類,衹用同類的詞相對。(參看下文第十三節。)

講到今體詩的對仗,我們應該順帶談一談「對聯」(普通所謂「對子」)。「對聯」其實就是來自近體詩的對仗,不過「對聯」更趨向於工對。再者,對聯的節奏也有更多的變化,字數也可任意延長,也可偶然不避同字。例如前人集王羲之蘭亭序字的對聯:

> 絲竹放懷春未暮;
> 清和爲氣日初長。
> 静坐不虛蘭室趣;

清游自帶竹林風。

（以上是依照近體詩的節奏的。）

得趣—在—形骸—以外；

娛懷—於—天地—之初。

寄興—在—山亭—水曲；

懷人—於—日暮—春初。

清氣—若蘭，—虛懷—當竹；

樂情—在水，—靜趣—同山。

（以上是超出近體詩節奏之外的。）

又相傳有婦人輓其夫云：

二十年貧病交加，縱我留君生亦苦；

七千里翁姑待葬，因君累我死猶難。

（上半「年」「里」二字頓，「病」「姑」二字頓，超出近體詩節奏之外，下半完全依照近體詩的節奏。）

又如韋蘇州祠聯：

唐史傳偏遺，合循吏儒林，讀書不礙中年晚；

蘇州官似謐，本清才明德，臥理能教末俗移。

（上半和下半都完全依照近體詩的節奏，衹有中半「吏」「才」二字頓，超出了近體詩的節奏之外。）

2.13   上節所講的韵語，是人類詩歌的共性；本節所講的平仄和對仗，是漢語詩歌的特性。再看了下節所講詩句的字數，對於漢語的詩律，已經得到一個輪廓了。

3. 詩 句 的 字 數

3.1   漢語每字衹有一個音節，所以漢語詩句的字數也就是詩句

的音數。在<u>西洋</u>，詩句的音數極爲人們所重視：英詩每句普通是八個音或十個音，法詩每句往往多至十二個音。嚴格地説，<u>西洋</u>詩裏不該論「句」，祇該論「行」，因爲每句不一定祇佔一行（句未完而另起一行者，叫做「跨行」enjambement），每行也不一定祇容一句。每行的末一個音節才押韵，所以<u>西洋</u>詩論「句」是没有意義的。漢語的詩押韵總在句末，没有「跨行」；雖然也有合兩句意義始足的例子，但依<u>漢</u>人的心理，仍然可以當作兩句看待。所以漢語的詩是可以論「句」的。

3.2　依普通的説法，<u>漢</u>語的詩是由四言，五言，而演變至於七言。雖然漢語詩句的字數有少至二言，多至十一言的，不過，少於四言或多於七言的句子祇是偶然插入於四言詩，五言詩或七言詩中，并不能全篇一律用二言或三言，九言或十一言。全篇用三言的詩歌，祇有<u>漢</u>代的歌謡，如郊祀歌等。例如<u>漢書</u>裏的天馬歌：

> 太一貺，天馬下。
> 霑赤汗，沫流赭。
> 志俶儻，精權奇。
> 籋浮雲，晻上馳。
> 體容與，迣萬里。
> 今安匹，龍爲友。

但是，如果我們不把幫助語氣的虛字計算在内，<u>詩經</u>裏頭還可以找得出一篇三言詩的例子：

> 月出皎兮；
> 佼人僚兮。
> 舒窈糾兮，
> 勞心悄兮！
>
> 月出皓兮；
> 佼人懰兮。
> 舒懮受兮，

勞心慅兮！

月出照兮，
佼人憀兮。
舒夭紹兮，
勞心慘(懆)兮！
　　　（詩陳風。）

至於四言詩裏摻雜着二言三言的，詩經裏可就多了。例如：

魚麗於罶，
鱨鯊；
君子有酒，
旨且多。
　　　（詩小雅白華之什。）
冬之夜，夏之日；
百歲之後，歸於其室。
　　　（詩唐風。）
墻有茨，不可埽也；
中冓之言，不可道也。
所可道也，言之醜也。
　　　（詩鄘風。）
祈父，亶不聰；
胡轉予于恤，有母之尸饔。
　　　（詩小雅祈父之什。）
椒聊之實，蕃衍盈升；
彼其之子，碩大且朋。
椒聊且，
遠條且！
　　　（詩唐風。）

3.3　詩經以四言爲主,但是有些地方已經摻雜着五言,六言和七言。例如:

> 揚之水,不流束薪;
> 彼其之子,不與我戍申。
> 懷哉,懷哉,
> 曷月予還歸哉!
> 　　(詩王風。)
> 哀哉爲猶,匪先民是程,
> 匪大猶是經;
> 維邇言是聽,
> 維邇言是爭。
> 如彼築室於道謀,是用不潰於成。
> 　　(詩小雅小旻之什。)

在楚辭中,我們看見了許多五言,六言和七言(八言以上的都可分爲兩句讀);如果「兮」字不算,則五言可認爲四言,六言可認爲五言,七言可認爲六言,八言可認爲七言。我們不能説楚辭就是五言詩和七言詩的開始,第一,因爲有這「兮」字的難題;第二,因爲大多數的詩篇都未能全篇一律,如七言中雜有五言,八言中雜有六言,等等。

3.4　一般人以爲五言詩始於李陵與蘇武詩,換句話説,就是始於西漢。古詩十九首,有人説是枚乘所作,也是始於西漢。但是又有人疑心李陵的詩是僞託,古詩十九首也不是枚乘所作。這樣,真正全篇五言的五言詩也許是出於東漢,大約在公元第一世紀至第二世紀之間。

3.5　至於七言詩,也有人説是始於西漢。相傳柏梁詩是漢武帝和群臣聯句,原文是:

> 日月星辰和四時。驂駕駟馬從梁來。郡國士馬羽林材。
> 總領天下誠難治。和撫四夷不易哉!刀筆之吏臣執之。
> 撞鐘伐鼓聲中詩。宗室廣大日益滋。周衛交戟禁不時。

　　總領從官柏梁臺。平理請讞決嫌疑。修飾輿馬待駕來。
　　郡國吏功差次之。乘輿御物主治之。陳粟萬石揚以箕。
　　徼道宮下隨討治。三輔盜賊天下危。盜阻南山爲民災。
　　外家公主不可治。椒房率更領其材。蠻夷朝賀常會期。
　　柱枅欂櫨相枝持。枇杷橘栗桃李梅。走狗逐兔張罘罳。
　　齧妃女脣甘如飴。迫窘詰屈幾窮哉！

這詩也有人疑心是僞作。但從押韻上説，之哈同部，正是先秦古韻，可
見這即使不出於武帝時代，也不會相差太遠。其中祇有一個「危」字出
韻；「危」字在先秦是支部或脂部字。這適足以證明支脂之三部在漢代
的音值已漸漸接近，可以勉强「同用」了。此外，漢代的七言詩還有一
些例子：

　　秋素景兮泛洪波，
　　揮纖手兮折芰荷；
　　涼風淒淒揚棹歌，
　　雲光開曙月低河，
　　萬歲爲樂豈云多！
　　　　（漢昭帝淋池歌。）
　　天長地久歲不留，俟河之清祇懷憂。願得遠渡以自娛，
　　上下無常窮六區。超踰騰躍絕世俗，飄遙神舉逞所欲。
　　天不可階仙夫稀，柏舟悄悄客不飛。松喬高時孰能離，
　　結精遠遊使心攜。迴志揭來從玄謀，獲我所求復何思！
　　　　（張衡思玄賦系辭。）
　　近世雙笛從羌起，羌人伐竹未及已。龍鳴水中不見己，
　　截竹吹之聲相似。剡其上孔通洞之，裁以當簻便易持。
　　易京君明識音律，故本四孔加以一。君明所加孔後出，
　　是謂商聲五音畢。
　　　　（馬融長笛賦讚詞。）

這幾篇詩也很合於古韻；除「娛」「區」「離」「攜」可認爲漢韻外（「娛」屬

古韵魚部，「區」屬古韵侯部，「離」字屬歌部，「携」字屬支部。)其餘都是和先秦韵部相符的。(「稀」「飛」屬微部，「謀」「思」屬之部，「稀」「飛」「離」「携」「謀」「思」應認爲轉韵，不可認爲通韵；「起」「已」「己」「似」「之」「持」屬之部，「律」「出」屬物部，「一」「畢」屬質部。)歌微通韵，在楚辭中已是常見，可見這兩篇詩一定不是偽作。

3.6　由此看來，七言詩的起源，似乎比五言更早，至少是和五言同時，這是頗可怪的一件事。其實這上頭有一個很重要的問題，是必須分辨清楚的。原來韵文的要素不在於「句」，而在於「韵」。有了韵脚，韵文的節奏就算有了一個安頓；沒有韵脚，雖然成句，詩的節奏還是沒有完。依照這個說法，咱們研究詩句的時候，應該以有韵脚的地方爲一句的終結，若依西洋詩式，就是一行的終結。(在本書裏，我們錄引詩歌的時候，就以此爲分行的標準；惟在六十字以上的長篇，則多不分行，以省篇幅。)那麼，像古詩十九首隔句爲韵，就等於以十個字爲一句(詩句)。例如：

> 涉江采芙蓉，蘭澤多芳草。
> 采之欲遺誰，所思在遠道。
> 還顧望舊鄉，長路漫浩浩。
> 同心而離居，憂傷以終老！

漢代的七言詩句句爲韵，就衹有七個字一句，比隔句爲韵的五言詩倒反顯得短了。這種七言詩即使出於五言詩以前，也毫不足怪。事實上，從柏梁詩直到魏文帝的燕歌行，都是句句爲韵的。例如：

> 秋風蕭瑟天氣涼，草木搖落露爲霜，群燕辭歸雁南翔；
> 念君客游思斷腸，慊慊思歸戀故鄉。何爲淹留寄他方？
> 賤妾煢煢守空房，憂來思君不敢忘，不覺淚下沾衣裳。
> 援琴鳴絃發清商，短歌微吟不能長。明月皎皎照我牀，
> 星漢西流夜未央，牽牛織女遙相望；爾獨何辜限河梁！
> 　　(魏文帝燕歌行。)

依現存的史料觀察,直到鮑照,才有隔句爲韵的七言詩。例如:

> 奉君金巵之美酒,瑇瑁玉匣之雕琴,
> 七綵芙蓉之羽帳,九華蒲萄之錦衾;
> 紅顏零落歲將暮,寒光宛轉時欲沈。
> 願君裁悲且減思,聽我抵節行路吟;
> 不見柏梁銅雀上,寧聞古時清吹音!
> （鮑照擬行路難。）

由此看來,真正的七言詩(如唐代七言詩的常體)是起於南北朝,約在公元第五世紀。

3.7　西洋詩普通是每行八個音至十二個音,漢語的詩每句是四言至七言,比較起來,似乎西洋詩的「氣」比漢語詩的「氣」長些。實際上恰恰相反:若依一韵爲一行的説法,隔句爲韵的漢語詩,四言即等於八個音一行,五言即等於十個音一行,七言即等於十四個音一行,七言詩的「氣」比西洋十二音詩(亞歷山大式)的「氣」還要長些呢。

3.8　末了,我們要談一談「雜言」詩,也就是長短句。無論漢語詩或西洋詩,每句或每行音數相等者總算是正體,音數不相等者(長短句)總算是變體。但是漢語詩的長短句來源很早,詩經裏就有了。例如上面所舉的魚麗,冬之夜,墻茨,祈父,椒聊,揚之水,哀哉爲猶等篇都是,此外又如:

> 式微,式微,
> 胡不歸?
> 微君之故,
> 胡爲乎中露?
> （詩邶風。）

唐以後的雜言詩大致可分爲兩種:一種是在七言詩中偶然摻雜着少數的五言或三言;另一種是在七言詩中隨意運用三言,四言,五言,六言,甚至於少到二言,多到八言,九言,十一言,極錯綜變化之妙,頗可

稱爲「有韵的散文」。(參看下文第二十三節。)有一點應該注意的,就
是在許多分類的詩集中,并沒有「雜言」這一個項目:像上面所述的兩
種雜言詩也一律都稱爲「七言」。

　　3.9　以上所説算是「導言」;下文將是「本論」。本論將分爲五章,
分別叙述(一) 近體詩,(二) 古體詩,(三) 詞,(四) 曲,(五) 白話詩和
歐化詩。

第一章　近　體　詩

第一節　律　　詩

1.1　近體詩又名今體詩，它是和古體詩對立的。唐代以後，大約因爲科舉的關係，詩的形式逐漸趨於劃一，對於平仄、對仗和詩篇的字數，都有很嚴格的規定。這種依照嚴格的規律來寫出的詩，是唐以前所未有的，所以後世叫做近體詩。近體詩可以大致分爲三種：（一）律詩；（二）排律；（三）絕句。現在我們分別加以叙述。本節先談律詩。

1.2　律詩的意義就是依照一定的格律來寫成的詩。律詩的格律最主要的有兩點：（一）儘量使句中的平仄相間，并使上句的平仄和下句的平仄相對（即相反）；（二）儘量多用對仗，除首兩句和末兩句外，總以對仗爲原則。依照這兩個要點看來，齊梁的詩已經漸漸和律詩接近了。例如：

奉和山池　　　　　　　　　　　　　庾　信
樂宮多暇豫，望苑暫迴輿。
鳴笳陵絶浪，飛盖歷通渠。
桂亭花未落，桐門葉半疎。
荷風驚浴鳥，橋影聚行魚。
日落含山氣，雲歸帶雨餘。

若把第二三四行的任何一行删去，就很像初唐的一首五言律詩了。律詩分爲五言律詩和七言律詩兩種，現在分述如下。

1.3　（甲）五言律詩。——五言律詩除了平仄和對仗的規律之

外,還有兩個規律:

　　a. 每句五個字,每首八句,全首共四十個字。

　　b. 第一三五七句不入韵,第二四六八句入韵,這是正例;但首句
　　　 亦有入韵者,這是變例。(這正變之分是從唐人五言律詩統計
　　　 出來的,以多見者爲正,少見者爲變。)

下面試舉幾個實例來看:

　　(子) 首句不入韵者。

游少林寺　　　　　　　　　　沈佺期

長歌游寶地,徙倚對珠林。
雁塔風霜古,龍池歲月深。
紺園澄夕霽,碧殿下秋陰。
歸路烟霞晚,山蟬處處吟。

在獄詠蟬　　　　　　　　　　駱賓王

西陸蟬聲唱,南冠客思侵。
那堪玄鬢影,來對白頭吟。
露重飛難進,風多響易沈。
無人信高潔,誰爲表予心!

正月十五夜　　　　　　　　　蘇味道

火樹銀花合,星橋鐵鎖開。
暗塵隨馬去,明月逐人來。
游妓皆穠李,行歌盡落梅。
金吾不禁夜,玉漏莫相催。

長寧公主東莊侍宴　　　　　　李　嶠

別業臨青甸,鳴鑾降紫霄。
長筵鵷鷺集,仙管鳳凰調。
樹接南山近,烟含北渚遙。
承恩咸已醉,戀賞未還鑣。

夏日過鄭七山齋　　　　　　　杜審言

共有尊中好,言尋谷口來。
薜蘿山徑入,荷芰水亭開。

日氣含殘雨，雲陰送晚雷。

<u>洛陽</u>鐘鼓至，車馬繫邅迴。

(丑) 首句入韵者。

從軍行   楊　炯

烽火照西京，

心中自不平。

牙璋辭鳳闕，鐵騎繞龍城。

雪暗凋旗畫，風多雜鼓聲。

寧爲百夫長，勝作一書生。

月夜憶舍弟   杜　甫

戍鼓斷人行，

秋邊一雁聲。

露從今夜白，月是故鄉明。

有弟皆分散，無家問死生。

寄書長不達，況乃未休兵！

1.4 （乙）七言律詩。——七言律詩除了平仄和對仗的規律之外，也還有兩個規律：

    a. 每句七個字，每首八句，全首共五十六個字。

    b. 第一二四六八句入韵，第三五七句不入韵，這是正例；但首句亦有不用韵者，這是變例。

下面試舉幾個實例來看：

    （子）首句入韵者。

古　意   沈佺期

盧家少婦鬱金堂，

海燕雙棲玳瑁梁。

九月寒砧催木葉，十年征戍憶<u>遼陽</u>。

<u>白狼河</u>北音書斷，丹鳳城南秋夜長。

誰為含愁獨不見，更教明月照流黃。

　　奉和春日幸望春宮應制　　　　　　蘇　頲

東望望春春可憐，

更逢晴日柳含烟。

宮中下見南山盡，城上平臨北斗懸。

細草偏承迴輦處，飛花故落舞觴前。

宸游對此歡無極，鳥弄歌聲雜管絃。

　　萬歲樓　　　　　　　　　　　　儲光羲

江上巍巍萬歲樓，

不知經歷幾千秋。

年年喜見山長在，日日悲看水獨流。

猿狄何曾離暮嶺，鸕鷀空自泛寒洲。

誰堪登望雲烟裏，向晚茫茫作旅愁。

　　送韓十四江東覲省　　　　　　　　杜　甫

兵戈不見老萊衣，

嘆息人間萬事非。

我已無家尋弟妹，君今何處訪庭闈。

黃牛峽靜灘聲轉，白馬江寒樹影稀。

此別應須各努力，故鄉猶恐未同歸。

（丑）首句不入韻者。

　　　敕借岐王九成宮避暑應教　　　　王　維

帝子遠辭丹鳳闕，天書遙借翠微宮。

隔窗雲霧生衣上，卷幔山泉入鏡中。

林下水聲喧語笑，巖間樹色隱房櫳。

仙家未必能勝此，何事吹簫向碧空？

　　閣　夜　　　　　　　　　　　　杜　甫

歲莫陰陽催短景，天涯霜雪霽寒宵。

五更鼓角聲悲壯，三峽星河影動搖。

野哭千家聞戰伐，夷歌幾處起漁樵。

臥龍躍馬終黃土，人事音書漫寂寥。

1.5　五言律詩首句，和七言律詩首句恰恰相反：前者以不入韻爲常，後者以入韻爲常。但是，這兩種相反的情形都各有其背景：五言詩自古是隔句爲韻的，譬如古詩十九首的首句就都不入韻；七言詩在古代卻是句句爲韻的，唐人普通的七言詩雖已演變爲隔句用韻，但是首句仍沿着古代入韻的遺規。依我們的大致的觀察，五言的變例要比七言的變例多些。（五律首句入韻者比七律首句不入韻者多些。）

1.6　五律和七律中，都偶然有一種「三韻小律」。三韻就是六句（首句就是入韻也不計）。這樣，五言小律就祇有三十個字，七言小律就祇有四十二個字。例如：

李員外寄紙筆　　　　　　　　韓　愈

題是臨池後，分從起草餘。
兔尖針莫并，繭凈雪難如。
莫怪殷勤謝，虞卿正著書。

送羽林陶將軍　　　　　　　　李　白

將軍出使擁樓船，江上旌旗拂紫烟。
萬里橫戈探虎穴，三杯拔劍舞龍泉。
莫道詞人無膽氣，臨行將贈繞朝鞭。

1.7　五律和七律之外，偶然又有些六言律詩，每首四十八個字。例如：

送萬臣　　　　　　　　　　盧　綸

把酒留君聽琴，
誰堪歲暮離心？
霜葉無風自落，秋雲不雨空陰。
人愁荒村路細，馬怯寒溪水深。
望盡青山獨立，更知何處相尋！

五七言三韵小律和六言律詩都是很罕見的形式,因爲它們既然自成一格,不能不略爲提及罷了。

　　1.8　在這裏我們附帶提及詩人們的幾個術語。凡兩句相配,叫做一「聯」。譬如第一句和第二句叫做首聯(在這種意義之下,不一定成爲對仗才稱爲聯);第三句和第四句叫做頷聯;第五句和第六句叫做頸聯;第七句和第八句叫做尾聯。每聯的上句叫做「出句」;下句叫做「對句」。下文有時爲方便起見,我們將應用這些術語。

第二節　排　　律

　　2.1　排律就是十句以上的律詩。它也是律詩之一種,本來不必自歸一類;但爲方便起見,也不妨如此分開。依常理推測,五言排律的起源應該是比普通的五律更早;因爲律詩是由五言古詩逐漸演變而來,而五言古詩又多數是超過八句的。上節所舉的庚信奉和山池,已經很像排律;其實,在庚信以前,如謝靈運有些詩也已經和排律相類似了。例如:

於南山往北山經湖中瞻眺　　　　謝靈運

朝旦發陽崖,景落憩陰峰。舍舟眺迴渚,停策倚茂松。
側逕既窈窕,環洲亦玲瓏。俛視喬木杪,仰聆大壑灇。
石橫水分流,林密蹊絕蹤。解作竟何感,升長皆豐容。
初篁苞綠籜,新蒲含紫茸。海鷗戲春岸,天雞弄和風。
撫化心無厭,覽物眷彌重。不惜去人遠,但恨莫與同。
孤遊非情歎,賞廢理誰通!

　　2.2　但是,相類似并不就是相同。這一首謝詩因爲差不多處處對仗,所以像排律(排律就是一直排比下去的意思,祇有末兩句不必用對仗,首兩句也偶然可以不對);但是因爲不合近體詩的平仄(參看下文第六節),所以到底不能認爲排律。總之,排律就是普通律詩的延長,它的一切規律都應該以普通律詩爲標準。

2.3　關於排律的韻數，普通總喜歡用整數，例如十韻，二十韻，三十韻，四十韻，五十韻，六十韻等；六十韻以上，往往索性湊成一百韻（二百句，一千字）[註一]。單就這一種求整齊的風氣而論，也是五言古詩所沒有的。例如：

河南嚴尹弟見宿弊廬訪別人賦十韻　　王　維

上客能論道，吾生學養蒙。貧交世情外，才子古人中。
冠上方簪豸，車邊已畫熊。拂衣迎五馬，垂手憑雙童。
花醥和松屑，茶香透竹叢。薄霜澄夜月，殘雪帶春風。
古壁蒼苔黑，寒山遠燒紅。眼看東侯別，心事北川同。
為學輕先輩，何能訪老翁？欲知今日後，不樂為車公。

上韋左相二十韻　　　　杜　甫

鳳曆軒轅紀，龍飛四十春。八荒開壽域，一氣轉鴻鈞。
霖雨思賢佐，丹青憶老臣。應圖求駿馬，驚代得麒麟。
沙汰江河濁，調和鼎鼐新。韋賢初相漢，范叔已歸秦。
盛業今如此，傳經固絕倫。豫樟深出地，滄海闊無津。
北斗司喉舌，東方領搢紳。持衡留藻鑑，聽履上星辰。
獨步才超古，餘波德照鄰。聰明過管輅，尺牘倒陳遵。
豈是池中物，由來席上珍。廟堂知至理，風俗盡還淳。
才傑俱登用，愚蒙但隱淪。長卿多病久，子夏索居頻。
回首驅流俗，生涯似眾人。巫咸不可問，鄒魯莫容身。
感激時將晚，蒼茫興有神。為公歌此曲，涕淚在衣巾。

贈李八秘書別三十韻　　　杜　甫

往時中補右，扈蹕上元初。反氣凌行在，妖星下直廬。
六龍瞻漢闕，萬騎略姚墟。玄朔迴天步，神都憶帝車。
一戎纏汗馬，百姓免為魚。通籍蟠螭印，差肩列鳳輿。
事殊迎代邸，喜異賞朱虛。寇盜方歸順，乾坤欲晏如。
不才同補袞，奉詔許牽裾。鴛鷺叨雲閣，麒麟滯玉除。
文園多病後，中散舊交疎。飄泊哀相見，平生意有餘。
風烟巫峽遠，臺榭楚宮虛。觸目非論故，新文尚起予。
清秋凋碧柳，別浦落紅蕖。消息多旗幟，經過歎里閭。

戰連脣齒國，軍急羽毛書。　幕府籌頻問，山家藥正鋤。
臺星入朝謁，使節有吹噓。　西蜀災長弭，南翁憤始攄。
對戡抏士卒，乾沒費倉儲。　勢藉兵須用，功無禮忽諸？
御鞍金騕褭，宮硯玉蟾蜍。　拜舞銀鉤落，恩波錦帕舒。
此行非不濟，良友昔相於。　去旆依顏色，沿流想疾徐。
沈綿疲井臼，倚薄似樵漁。　乞米煩佳客，鈔詩聽小胥。
杜陵斜晚照，潏水帶寒淤。　莫話清溪髮，蕭蕭白映梳。

夔府書懷四十韵　　　　　　　　　　杜　甫

昔罷河西尉，初興薊北師。　不才名位晚，敢恨省郎遲。
扈聖崆峒日，端居灔澦時。　萍流仍汲引，樗散尚思慈。
遂阻雲臺宿，常懷湛露詩。　翠華森遠矣，白首颯凄其。
拙被林泉滯，生逢酒賦欺。　文園終寂寞，漢閣自磷緇。
病隔君臣議，慚紆德澤滋。　揚鑣驚主辱，拔劍撥年衰。
社稷經綸地，風雲際會期。　血流紛在眼，涕灑亂交頤。
四瀆樓船汎，中原鼓角悲。　賊壕連白翟，戰瓦落丹墀。
先帝嚴靈寢，宗臣切受遺。　恒山猶突騎，遼海竟張旗。
田父嗟膠漆，行人避蒺藜。　總戎存大體，降將飾卑詞。
楚貢何年絕？堯封舊俗疑。　長吁翻北寇，一望卷西夷。
不必陪玄圃，超然待具茨。　凶兵鑄農器，講殿闢書帷。
廟算高難測，天憂實在茲。　形容真潦倒，答效莫支持。
使者分王命，群公各典司。　恐乖均賦斂，不似問瘡痍。
萬里煩供給，孤城最怨思。　綠林寧小患，雲夢欲難追。
即事須嘗膽，蒼生可察眉。　議堂猶集鳳，正觀是元龜。
處處喧飛檄，家家急競錐。　蕭車安不定，蜀使下何之？
釣瀨疎墳籍，耕巖進奕棊。　地蒸餘破扇，冬暖更纖絺。
豺遘哀登楚，麟傷泣象尼。　衣冠迷適越，藻繪憶遊睢。
賞月延秋桂，傾陽逐露葵。　大庭終反樸，京觀且僵屍。
高枕虛眠晝，哀歌欲和誰？　南宮載勛業，凡百慎交綏。

武陵書懷五十韵　　　　　　　　　　劉禹錫

西漢開支郡，南朝號戚藩。　四封當列宿，百雉俯清沅。
高岸朝霞合，驚湍激箭奔。　積陰春暗度，將霽霧先昏。

俗尚東皇祀，謠傳義帝冤。　桃花迷隱迹，楝葉慰忠魂。
戶算資漁獵，鄉豪恃子孫。　照山畬火動，踏月俚歌喧。
擁楫舟爲市，連甍竹覆軒。　披沙金粟見，拾羽翠翹翻。
茗折蒼溪秀，蘋生枉渚暄。　禽驚格磔起，魚戲唅喁繁。
沈約臺榭故，李衡墟落存。　湘靈悲鼓瑟，泉客泣酬恩。
露變蒹葭浦，星懸橘柚村。　虎咆空野震，鼉作滿川渾。
鄰里皆遷客，兒童習左言。　炎天無冽井，霜月見芳蓀。
清白家傳遠，詩書志所敦。　列科叨甲乙，從宦出丘樊。
結友心多契，馳聲氣尚吞。　士安曾重賦，元禮許登門。
草檄嫖姚幕，巡兵戊己屯。　築臺先自隗，送客獨留髡。
遂結王畿綬，來觀衢室罇。　鳶飛入鷹隼，魚目儷璵璠。
曉燭羅馳道，朝陽闢帝閽。　王正會夷夏，月朔盛旗旛。
獨立當瑤闕，傳呵步紫垣。　按章清犴獄，視祭潔蘋蘩。
御曆昌期遠，傳家寶祚蕃。　緜文光夏啓，神教畏軒轅。
內禪因天性，雄圖授化元。　繼明懸日月，出震統乾坤。
大孝三朝備，洪恩九族惇。　百川宗渤澥，五岳輔崑崙。
何幸逢休運，微班識至尊。　校緝資筭榷，復土奉山園。
一失貴人意，徒聞太學論。　直廬辭錦帳，遠守愧朱幡。
巢幕方猶燕，搶榆尚笑鯤。　邅迴過荆楚，流落感凉温。
旅望花無色，愁心醉不惛。　春江千里草，暮雨一聲猿。
問卜安冥數，看方理病源。　帶賒衣改製，塵澀劍成痕。
三秀悲中散，二毛傷虎賁。　來憂禦魑魅，歸願牧鷄豚。
就日秦京遠，臨風楚奏煩。　南登無灞岸，旦夕上高原。

春六十韵　　　　　　元稹

節應寒灰下，春生返照中。　未能消積雪，已漸少迴風。
迎氣邦經重，齋誠帝念隆。　龍驤紫宸北，天壓翠壇東。
仙仗搖佳彩，榮光答聖衷。　便從威仰座，隨入大羅宮。
先到璇淵底，偷穿瑇瑁櫳。　館娃朝鏡晚，太液曉冰融。
撩摘芳情徧，搜求好處終。　九霄渾可可，萬姓尚忡忡。
晝漏頻加箭，霄暉欲半弓。　驅令三殿出，乞與百蠻同。
直自方壺島，斜臨絕漢戎。　南巡曖珠樹，西轉麗崆峒。

度嶺梅甘坼，潛泉脉暗洪。
蠶役投筐妾，耘催荷蓧翁。
約略環區宇，殷勤綺鎬酆。
宿露清餘靄，晴烟塞迴空。
膩粉梨園白，胭脂桃徑紅。
地甲門闌大，天開禁披崇。
麴蘖調神化，鶊鶊竭至忠。
俊造欣時用，閭閻賀歲豐。
貴主驕矜盛，豪家倚賴雄。
專殺擒楊若，殊恩赦鄧通。
游衍關心樂，詩書對面聾。
酒愛油衣淺，杯誇瑪瑙烘。
啟齒呈編貝，彈絲動削葱。
但賞歡無極，那知恨亦充。
謝砌縈殘絮，班窗網曙蟲。
顧我沈憂士，騎他老病驄。
飲敗肺常渴，魂驚耳更聰。
傴俯還移步，持疑又省躬。
季月行當暮，良辰坐歎窮。
燧改鮮妍火，陰繁晻澹桐。
藥溉分窠數，蘺栽備幼冲。
有夢多爲蝶，因蒐定作熊。
震動風千變，晴和鶴一冲。

悠悠鋪塞草，冉冉着江楓。
既蒸難發地，仍送獺歸鴻。
華山青黛接，渭水碧沙濛。
燕巢繞點綴，鶯舌最惺惚。
鬱金垂嫩柳，罥畫委高籠。
層臺張舞鳳，閣道架飛虹。
歌鍾齊錫宴，車服獎庸功。
倡樓妝燿燿，農野綠芃芃。
偏霑打球彩，頻得鑄錢銅。
女孫新在內，嬰稚近封公。
盤筵饒異味，音樂斥庸工。
挑鬟玉釵髻，刺繡寶裝攏。
醉圓雙媚靨，波溢兩明瞳。
洞房閒窈窕，庭院獨蔥蘢。
望夫身化石，爲伯首如蓬。
靜街乘曠蕩，初日接瞳曨。
虛逢好陽艷，其那苦昏憒。
慵將疲領質，漫走倦羸僮。
晉悲焚介子，魯願浴沂童。
瑞雲低咨咨，香雨潤濛濛。
種莎憐見葉，護筍冀成筒。
漂沈隨壞芥，榮茂委蒼穹。
丁寧搴芳侶，須識未開叢。

代書詩一百韵寄微之　　　　　白居易

憶在貞元歲，初登典校司。
肺府都無隔，形骸兩不羈。
分定金蘭契，言通藥石規。
有月多同賞，無杯不共持。
高上慈恩塔，幽尋皇子陂。
笑勸迂辛酒，閒吟短李詩。
度日曾無悶，通宵靡不爲。

身名同日授，心事一言知。
疎狂屬年少，閒散爲官卑。
交賢方汲汲，友直每偲偲。
秋風拂琴匣，夜月卷書帷。
唐昌玉蘂會，崇敬牡丹期。
儒風愛敦質，佛理尚玄師。
雙聲聯律句，八面對宮棊。

往往遊三省，騰騰出九逵。　寒銷直城路，春到曲江池。
樹暖枝條弱，山晴彩翠奇。　峰攢石綠點，柳惹麴塵絲。
岸草煙鋪地，園花雪壓枝。　早光紅照耀，新溜碧逶迤。
幄幕侵堤布，盤筵占地施。　微伶皆絕藝，選伎悉名姬。
粉黛凝春態，金鈿耀水嬉。　風流誇「墮髻」，時世鬥「啼眉」。
密坐隨歡促，華尊逐勝移。　香飄歌袂動，醉落舞釵遺。
籌插紅螺椀，觥飛白玉卮。　打嫌「調笑」易，飲訝「卷波」遲。
殘席諠譁散，歸鞍酩酊騎。　酡顏烏帽側，醉袖玉鞭垂。
紫陌傳鐘鼓，紅塵塞路岐。　幾時曾暫別，何處不相隨？
荏苒星霜換，迴環節候推。　兩衙多請假，三考欲成資。
運偶千年聖，天成萬物宜。　皆當少壯日，同惜盛明時。
光景嗟虛擲，雲霄竊暗窺。　攻文朝矻矻，講學夜孜孜。
策目穿如札，毫鋒銳若錐。　繁張獲鳥網，堅守釣魚坻。
并受夔龍薦，齊陳晁董詞。　萬言經濟略，三策太平基。
中第爭無敵，專場戰不疲。　輔車排勝陣，掎角搴降旗。
雙闕分容衛，千僚儼等衰。　恩隨紫泥降，名向白麻披。
既在高科選，還從好爵縻。　東垣君諫諍，西邑我驅馳。
再喜登烏府，多慚侍赤墀。　官班分內外，遊處遂參差。
每列鵷鷺序，偏瞻獬豸姿。　簡威寒凜冽，衣彩繡葳蕤。
正色摧強禦，剛腸嫉喔咿。　常憎持祿位，不擬保妻兒。
養勇當除患，輸忠在滅私。　下韝驚燕雀，當道懾狐狸。
南國人無怨，東臺吏不欺。　理冤多定國，切諫甚辛毗。
造次行於是，平生志在茲。　道將心共直，言與行兼危。
水闇波翻覆，山藏路險巇。　未爲明主識，已被倖臣疑。
木秀遭風折，蘭芳遇霰萎。　千鈞勢易壓，一柱力難支。
騰口因成痏，吹毛遂得疵。　憂來吟貝錦，讁去詠江蘺。
邂逅塵中遇，殷勤馬上辭。　賈生離魏闕，王粲向荊夷。
水過清源寺，山經綺里祠。　心搖漢皋佩，淚墮峴亭碑。
驛路緣雲際，城樓枕水湄。　思鄉多繞澤，望闕獨登陴。
林晚青蕭索，江平綠渺瀰。　野秋鳴蟋蟀，沙冷聚鸕鷀。
官舍黃茅屋，人家苦竹籬。　白醪充夜酌，紅粟備晨炊。

寡鶴摧風翮，鰥魚失水鬐。闇雞啼渴旦，涼葉墜相思。
一點寒燈滅，三聲曉角吹。藍衫經雨故，驄馬臥霜羸。
念潤誰濡沫，嫌醒自歠醨。耳垂無伯樂，舌在有張儀。
負氣衝星劍，傾心向日葵。定知身是患，應用道爲醫。
想子今如彼，嗟予獨在斯。無憀當歲杪，有夢到天涯。
坐阻連襟帶，行乖接履綦。潤銷衣上霧，香散室中芝。
念遠緣遷貶，驚時爲別離。素書三往復，明月七盈虧。
舊里非難到，餘歡不可追。樹依興善老，草傍静安衰。
前事思如昨，中懷寫向誰？北邨尋古柏，南宅訪辛夷。
此日空搔首，何人共解頤？病多知夜永，年長覺秋悲。
不飲長如醉，加餐亦似飢。狂吟一千字，因使寄微之。

2.4 當然也有些排律的韵不是整數的，例如劉禹錫送陸侍御歸淮
南使府用五韵，杜甫風疾舟中伏枕書懷用三十六韵，元稹泛江玩月用十
二韵，和東川李相公用十六韵，酬段丞與諸棻流會宿弊居見贈用二十四
韵，等等。但這些到底佔少數，而且像三十六和二十四之類，在古人的心
目中仍舊是另一類的整數。有人誤會，以爲凡在題目上寫明韵數的就是
排律。其實像杜甫的奉贈韋左丞丈二十二韵，柳宗元的遊南亭夜還叙志
七十韵，白居易的遊悟真寺詩一百三十韵等等，都是「古風」，不是排律。

2.5 自中唐以後，試帖詩都是五言排律，而且都是限定用十二句
的[註二]。例如：

　　　　賦得花發上林　　　　　　　　　王　表
御苑春何早，繁華已繡林！
笑迎明主仗，香拂美人簪。
地接樓臺近，天垂雨露深。
晴光來戲蝶，夕景動棲禽。
欲托凌雲勢，先開捧日心。
方知桃李樹，從此別成陰。
　　　　華州試月中桂　　　　　　　　　張　喬
與月轉鴻濛，

扶疎萬古同。

根非生下土，葉不墜秋風。

結蕊圓時足，低枝缺處空。

影超群木外，香滿一輪中。

未種丹霄日，應虛白兔宮。

如何同片玉，散植在堂東。

五言排律也像五言律詩，首句以不入韵爲正例，入韵爲變例。但是，其變例比五言律詩的變例更少。

　　2.6　就通常说，排律祇限於五言[註三]。有人把杜甫的寄岑嘉州認爲七言排律(見董文渙聲調四譜圖説)：

不見故人十年餘，不道故人無素書。願逢顏色關塞遠，
豈意出守江城居。外江三峽且相接，斗酒新詩終自疎。
謝朓每篇堪諷詠，馮唐已老聽吹嘘。泊船秋夜經春草，
伏枕青楓限玉除。眼前所寄選何物，贈子雲安雙鯉魚。

這是一種誤解。寄岑嘉州的對仗雖頗像排律，却沒有排律的對仗那樣工整。最重要的是它的平仄和律詩的平仄不合，所以它祇是一首七言的「古風」。不過，真正的七言排律也并不是沒有，杜甫本人就有兩首，兹錄一首(另一首爲寒雨朝行視園樹)：

題鄭十八著作虔
台州地闊海冥冥，雲水長和島嶼青。亂後故人雙別淚，
春深逐客一浮萍。酒酣嬾舞誰相拽？詩罷能吟不復聽。
第五橋東流恨水，皇陂岸北結愁亭。賈生對鵩傷王傅，
蘇武看羊陷賊庭。可念此翁懷直道，也霑新國用輕刑。
禰衡實恐遭江夏，方朔虛傳是歲星。窮巷悄然車馬絕，
案頭乾死讀書螢！

　　2.7　到了中唐(約在公元七八〇至八四〇)，白居易和元稹也有

七言排律。例如：

泛太湖書事寄微之　　　　白居易
煙渚雲帆處處通，飄然舟似入虛空。玉杯淺酌巡初匝，
金管徐吹曲未終。黃夾纈林寒有葉，碧琉璃水净無風。
避旗飛鷺翩翩白，驚鼓跳魚撥剌紅。澗雪壓多松偃蹇，
巖泉滴久石玲瓏。書爲故事留湖上，吟作新詩寄浙東。
軍府威容從道盛，江山氣色定知同。報君一事君應羨，
五宿澄波皓月中。

酬樂天雪中見寄　　　　元　稹
知君夜聽風蕭索，曉望林亭雪半糊。撼落不教封柳眼，
埽來偏盡附梅株。敲扶密竹枝猶亞，煦暖寒禽氣漸蘇。
坐覺湖聲迷遠浪，回驚雲路在長途。錢塘湖上蘋先合，
梳洗樓前粉暗鋪。石立玉童披鶴氅，臺施瑤席換龍鬚。
滿空飛舞應爲瑞，寡和高歌只自娛。莫遣擁簾傷思婦，
且將盈尺慰農夫。稱觴彼此情何異，對景東西事有殊。
鏡水遠山山盡白，琉璃雲母世間無。

和樂天重題別東樓　　　　元　稹
山容水態使君知，樓上從容萬狀移。日映文章霞細麗，
風驅鱗甲浪參差。鼓催潮戶凌晨擊，笛賽婆官徹夜吹。
喚客潛揮遠紅袖，賣壚高掛小青旗。騰鋪牀席春眠處，
乍捲簾帷月上時。光景無因將得去，爲郎抄在和郎詩。

遭風二十韻　　　　元　稹
洞庭瀰漫接天迴，一點君山似措杯。暝色已籠秋竹樹，
夕陽猶帶舊樓臺。湘南賈伴乘風信，夏口篙工厄泝洄。
後侶逢灘方拽籤，前宗到浦已眠桅。俄驚四面雲屏合，
坐見千峰雪浪堆。罔象睢盱方逞怪，石尤翻動忽成災。
勝陵豈但河宮溢，块軋渾憂地軸摧。疑是陰兵致昏黑，
果聞靈鼓借喧豗。龍歸窟穴深潭漱，唇作波濤古岸頹。
水客暗遊燒野火，楓人夜長吼春雷。浸淫沙市兒童亂，
汩没汀洲雁鶩哀。自歎生涯看轉燭，更悲商旅哭沈財。

檣鳥斜折頭倉掉，水狗斜傾尾纜開。在昔詎慚橫海志，
此時甘乏濟川才。歷陽舊事曾爲鼇，鮌穴相傳有化能。
閉目唯愁滿空電，冥心真類不然灰。那知否極休徵至，
漸覺宵分曙氣催。怪族潛收湖黯湛，幽妖盡走日崔嵬。
紫衣將校臨船問，白馬君侯傍柳來。喚上驛亭還酩酊，
兩行紅袖拂樽罍。

但是，在元白詩集中，七言排律也祇佔極小的部分。（白氏尤少。）因
此，許多分類的詩選總集裏祇有五言排律，沒有七言排律的類目。

　　2.8　近代的文人「聯句」，多喜歡聯成長篇的排律。（當然是五言
的。）相傳聯句始於柏梁詩（見導言第三節），唐中宗景龍三年也模仿柏
梁，君臣聯句。（那些却是七言。）那時是每人一句的。近代的聯句頗
有不同：第一個人先說第一句，以後每人說兩句（例如第二第三兩
句），最後的人說一個單句作收。這樣，後面的人所說的要和前面的人
所說的成爲對仗，更見巧思。

附註：

　　【註一】　杜甫有一首百韵排律，題爲秋日咏懷奉寄鄭監李賓客一百
韵。仇兆鰲曰：「詩有近體，古意衰矣。近體而有排律，去古益遠矣。
考唐人排律，初惟六韵左右耳。長篇排律，起於少陵，多至百韵，實
爲後人濫觴。元白集中，往往叠見，不免夸多斗靡，氣緩而脉弛矣。」
　　【註二】　但十二句的五言排律不都是試帖詩。杜甫傷春五首，春
歸一首都是十二句的五言排律。
　　【註三】　而且，五言排律祇限於平韵，沒有仄韵的。仇兆鰲杜詩
詳註於杜甫行宮張望補稻畦水歸引張遠註，以爲此係仄韵排律，
那是錯誤的。此詩不用律句，不用對仗，不能稱爲排律。

第三節　絕　句

　　3.1　絕句字數恰等於律詩的一半：律詩八句，絕句祇有四句。
這樣，五言絕句共是二十個字；七言絕句共是二十八個字。例如：

渡漢江　　　　　　　　　宋之問

嶺外音書斷，經冬復歷春。

近鄉情更怯，不敢問來人。

　　春夜洛城聞笛　　　　　　　李　白

誰家玉笛暗飛聲？

散入東風滿洛城。

此夜曲中聞折柳，何人不起故園情？

3.2　「絕句」的意義，不像「律詩」的意義那樣易於索解。關於絕句的起源，也有各種不同的看法〔註四〕。譬如峴傭說詩以爲：

　　絕句，蓋截律詩之半：或截首尾兩聯，或截前半首，或截中二聯而成。（帶經堂詩話有類似的說法。）

這是說「絕」者「截」也，所以「絕句」又稱爲「截句」，它是產生在律詩之後的。但是聲調四譜卻說：

　　絕句之名，唐以前即有之。徐東海撰玉臺新詠，別爲一卷，實古詩之支派也。至唐而法律愈嚴；不惟與律體異，即與古體亦不同。或稱「截句」，或稱「斷句」（力按，或又稱「短句」）。世多謂分律詩之半即爲絕句，非也。蓋律由絕而增，非絕由律而減也。絕句云者：單句爲句，句不能成詩；雙句爲聯，聯則生對；雙聯爲韻，韻則生黏（力按，「黏」見下文第六節）；句法平仄各不相重，無論律古，黏對聯韻必四句而後備，故謂之「絕」。由此遞增，雖至百韻可也；而斷無可減之理。

這是說減至無可再減就叫做「絕句」，它是產生在律詩之前的。我們對於這相反的兩說，都不能完全贊同；但是我們傾向於採用前一說。現在先依照「分律詩之半即爲絕句」這個說法，把絕句分析一番，然後說明我們所持的理由。

3.3　關於峴傭說詩的話，我們想加上「或截後半首」一句，因爲那

也是實際上有的。這樣，我們可以把絕句分爲四類：

（一）截取律詩的首尾兩聯的；

（二）截取律詩的後半首的；

（三）截取律詩的前半首的；

（四）截取律詩的中兩聯的。

第一類的絕句最爲常見：律詩的首尾兩聯都可以不用對仗，而絕句正是不用對仗者居多，尤其是七絕。第二第四兩類次之，第三類最少。此外，爲什麼不可以截取第一第三兩聯，或第二第四兩聯呢？這些本來也是可能的；但是，依照近體詩的平仄規律而論，這樣就會變爲「失黏」（見下文第六節）。除非不顧失黏，才可以這樣做；原則上這是應該避免的。現在分別舉例如下：

3.4　（一）截取律詩的首尾兩聯而成的（全首不用對仗）。

（甲）五絕。

山中寄諸弟妹　　　　　　　　王　維

山中多法侶，禪誦自爲群。

城郭遙相望，唯應見白雲。

武陵田太守席送司馬盧谿　　　王昌齡

諸侯分楚郡，飲餞五溪春。

山水清暉遠，俱憐一逐臣。

（乙）七絕。

新息道中作　　　　　　　　　劉長卿

蕭條獨向汝南行，

客路多逢漢騎營。

古木蒼蒼離亂後，幾家同住一孤城！

軍城早秋　　　　　　　　　　嚴　武

昨夜秋風入漢關，

朔雲邊月滿西山。

更催飛將追驕虜，莫遣沙場匹馬還。

從軍行　　　　　　　　　　李　白

百戰沙場碎鐵衣，

城南已合數重圍。

突營射殺呼延將，獨領殘兵千騎歸。

聽張立本女吟　　　　　　　高　適

危冠廣袖楚宮妝，

獨步閑庭逐夜涼。

自把玉釵敲砌竹，清歌一曲月如霜。

注意：這一類以七絕爲較多；因爲五絕首句以不入韵爲正例（見下文），而其首聯又是以用對仗爲較常見的。

3.5 （二）截取律詩的後半首而成的（首聯用對仗）。

（甲）五絕。

南行別弟　　　　　　　　　韋承慶

萬里人南去，三春雁北飛。

未知何歲月，得與爾同歸。

逢雪宿芙蓉山主人　　　　　劉長卿

日暮蒼山遠，天寒白屋貧。

柴門聞犬吠，風雪夜歸人。

獨坐敬亭山　　　　　　　　李　白

衆鳥高飛盡，孤雲獨去閑。

相看兩不厭，惟有敬亭山。

八陣圖　　　　　　　　　　杜　甫

功蓋三分國，名成八陣圖。

江流石不轉，遺恨失吞吳。

（乙）七絕。

訪韓司空不遇　　　　　　　李嘉祐

圖畫風流似長康；

文詞體格效陳王。

蓬萊對去歸常晚，叢竹閑飛滿夕陽。

　　舊房　　　　　　　　　　　　白居易

遠壁秋聲蟲絡絲，

入檐新影月低眉。

牀帷半故簾旌斷，仍是初寒欲夜時。

注意：這一類以五絕爲較多；因爲七絕首句以入韵爲正例（見下文），而其首聯又是以不用對仗爲正例的。

3.6 （三）截取律詩前半首而成的（末聯用對仗）。

（甲）五絕。

　　　　九日龍山飲　　　　　　　　李　白

九日龍山飲，黃花笑逐臣。

醉看風落帽，舞愛月留人。

　　　　客兒亭　　　　　　　　郭祥正（宋）

翻經人已去，誰爲立幽亭？

一望野雲白，半藏山骨青。

（乙）七絕。

　　　　南園（第八首）　　　　　　李　賀

春水初生乳燕飛，

黃蠂小尾撲花歸。

窗含遠色通書幌，魚擁香鈎近釣磯。

注意：這一類五絕和七絕都頗爲罕見。

3.7 （四）截取律詩的中兩聯而成的（全首用對仗）。

（甲）五絕。

　　　　封丘作　　　　　　　　　高　適

州縣才難適，雲山道欲窮。

揣摩慚黜吏,棲隱謝愚公。

　　　絕句二首(錄一)　　　　　　　杜　甫

遲日江山麗,春風花草香。
泥融飛燕子,沙暖睡鴛鴦。

　　　華子岡　　　　　　　　　　　王　維

落日松風起,還家草露稀。
雲光侵履跡,山翠拂人衣。

　　　登鸛雀樓　　　　　　　　　　王之渙

白日依山盡,黃河入海流。
欲窮千里目,更上一層樓。

（乙）七絕。

　　　登樓寄王卿　　　　　　　　　韋應物

踏閣攀林恨不同,
楚雲滄海思無窮。
數家砧杵秋山下,一郡荊榛楚雨中。

　　　喜聞盜賊蕃寇總退　　　　　　杜　甫

蕭關隴水入官軍,
青海黃河卷塞雲。
北極轉愁龍虎氣,西戎休縱犬羊群!

注意:在這一類中,五絕頗為常見,其數量差不多和第二類的五絕相等;七絕較為少見。有些七絕屬於這一類的,首句便不入韵(見下文)。

　　3.8　五絕的首句也像五律的首句一樣,以不入韵為正例,所以較宜於對仗,而第二類和第四類的五絕比七絕較多(因為這兩類的首聯是用對仗的)。本節上面所舉的五絕,都是正例;這裏我們試舉兩個首句入韵的變例來看:

　　　塞下曲　　　　　　　　　　　盧　綸

月黑雁飛高,

單于遠遁逃。

欲將輕騎逐，大雪滿弓刀。

　　觀放白鷹　　　　　　　　　　李　白

八月邊風高，

胡鷹白錦毛。

孤飛一片雪，百里見秋毫。

3.9　七絕的首句也像七律的首句一樣，以入韵爲正例，不入韵爲變例。不過，七絕的變例比五絕的變例較多。這因爲絕句雖不一定要用對仗，但當其用對仗的時候，總喜歡用於首聯（第二第四兩類）；若首句入韵，則爲韵所拘，對仗不容易，所以大家傾向於不使首句入韵。例如：

　　江南逢李龜年　　　　　　　　杜　甫

岐王宅裏尋常見，崔九堂前幾度聞。

正是江南好風景，落花時節又逢君。

　　歎白髮　　　　　　　　　　　王　維

宿昔朱顏成暮齒，須臾白髮變垂髫。

一生幾許傷心事，不向空門何處銷？

　　藍橋驛見元九詩　　　　　　　白居易

藍橋春雪君歸日，秦嶺秋風我去時。

每到驛亭先下馬，循墻繞柱覓君詩。

　　袁江口憶王司勳　　　　　　　李嘉祐

京華不啻三千里，客淚如今一萬雙。

若個最爲相憶處，青楓黃竹入袁江。

　　石頭城　　　　　　　　　　　劉禹錫

山圍故國周遭在，潮打空城寂寞回。

淮水東邊舊時月，夜深還過女墻來。

　　（以上屬第二類。）

　　漫　成　　　　　　　　　　　杜　甫

江月去人只數尺，風燈照夜欲三更。

沙頭宿鷺聯拳靜，船尾跳魚撥剌鳴。

靈雲池送從弟　　　　　　　　王　維

金杯緩酌清歌轉，畫舸輕移豔舞回。
自歎鶺鴒臨水別，不同鴻雁向池來。

宣城見杜鵑花　　　　　　　　李　白（一作杜牧）

蜀國曾聞子規鳥，宣城還見杜鵑花。
一叫一迴腸一斷，三春三月憶三巴。

（以上屬第四類。）

偶然也有不因對仗，而首句亦不入韵者，但比較地少得多了。例如：

九月九日憶山東兄弟　　　　　王　維

獨在異鄉爲異客，每逢佳節倍思親。
遙知兄弟登高處，遍插茱萸少一人。

櫻桃　　　　　　　　　　　　張　祐

石榴未坼梅猶小，愛此山花四五株。
斜日庭前風褭褭，碧油千片漏紅珠。

3.10　現在我們回到剛才保留下來的問題：到底絕句先於律詩呢，還是後於律詩呢？解決了這先後的問題，「絕」字的意義也就容易決定了。依我們的意見，絕句應該分爲古體絕句和近體絕句兩種：

（一）古體絕句產生在律詩之前，有平韵，有仄韵（仄韵也許比較多些），句中的平仄不受律詩平仄規律的限制。

（二）近體絕句產生在律詩之後，在原則上祇用平韵（仄韵罕見），句中的平仄受律詩平仄規律的限制。

由此看來，古體絕句祇是最簡短的古詩；唐以後的詩人依照古體所作的絕句，可以稱爲短篇的「古風」，亦稱「古意」（參看下文第三十二節）。依孫楷第先生的説法，絕句最初祇是樂府的一解。一篇樂府有若干解，現在祇取一解，所以謂之絕句（學原第一卷四期）。至於近體絕句，則顯然受了律詩的深切影響。姑勿論「絕」字的原意是否「截取半首」的意思，至少唐以後的詩人有這樣的一個感覺。

3.11　實際上，近體詩和古體詩的界限是相當清楚的；但若不認

清近體詩的主要條件，就把那界限泯沒了。這主要條件就是它那平仄的嚴格的規律。譬如「古風」也常有對仗，但若不依近體詩的平仄，就不能認爲「排律」。還有最嚴重的一種誤解，就是爲字數所迷惑，例如看見八句四十字就認爲五律，五十六字就認爲七律。其實四十字的五古和五十六字的七古也未嘗不可能（參看下文第三十二節）。同理，我們不要看見了二十個字就歸入近體詩的五絕，二十八個字就歸入近體詩的七絕；有些却是應該歸入「古風」裏去的。譬如杜韶中晚唐詩叩彈集就把孟郊的古怨歸入古風：

> 試妾與君淚，兩處滴池水。
> 看取芙蓉花，今年爲誰死？

這是完全合理的。祇有這樣，才省去許多葛藤。

3.12　聲調四譜把絕句分爲三種：（一）律絕；（二）古絕；（三）拗絕。其所謂「拗絕」，實在就是失黏失對的「古絕」和失黏失對的「律絕」，所以實際上祇能分「律絕」和「古絕」兩種。這種分法，與我們所分的兩類（古體絕句和近體絕句）是一樣的。所可惜者，著者堅持絕句產生在律詩之前，却沒有說明「古絕」雖先於律詩，「律絕」却後於律詩。但是他說：「至唐而法律愈嚴」。其實這「法律愈嚴」就是由古絕轉到律絕的樞紐。

3.13　絕句雖可分爲古體和近體兩種，但是，既然普通都把它歸入近體，我們就不妨從權，把近體絕句簡稱爲絕句；至于古體絕句，我們索性就把它歸入古風，不爲它另立名目了。

附註：

【註四】　仇兆鰲杜詩詳註引范梈曰：「絕句者截句也。或前對，或後對，或前後皆對，或前後皆不對，總是截律之四句。」參看[註三十三]。

第四節　近體詩的用韻

4.1　我們在導言（1.5—1.6）裏說過，唐宋詩人用韻所根據的韻

書是切韵或唐韵，凡韵書中註明「同用」的韵就可以認爲同韵；到了元末，索性把同用的韵歸併起來，稍加變通，成爲一百零六個韵。這一百零六個韵就是後代所謂平水韵，也就是明清時代普通所謂「詩韵」。由此看來，若説唐宋詩人用韵是依照平水韵的，雖然在歷史上説不過去，而在韵部上却大致不差。現在我們就把這一百零六個韵列表於下，并附註着唐韵原來的韵目：

平聲

上平一東東	二冬冬鍾	三江江	四支支脂之
五微微	六魚魚	七虞虞模	八齊齊
九佳佳皆	十灰灰咍	十一真真諄臻	十二文文欣
十三元元魂痕	十四寒寒桓	十五删删山	
下平一先先仙	二蕭蕭宵	三肴肴	四豪豪
五歌歌戈	六麻麻	七陽陽唐	八庚庚耕清
九青青	十蒸蒸登	十一尤尤侯幽	十二侵侵
十三覃覃談	十四鹽鹽添嚴	十五咸咸銜凡	

上聲

一董董	二腫腫	三講講	四紙紙旨止
五尾尾	六語語	七麌麌姥	八薺薺
九蟹蟹駭	十賄賄海	十一軫軫準	十二吻吻隱
十三阮阮混很	十四旱旱緩	十五潸潸産	十六銑銑獮
十七篠篠小	十八巧巧	十九皓皓	二十哿哿果
廿一馬馬	廿二養養蕩	廿三梗梗耿静	廿四迥迥拯等
廿五有有厚黝	廿六寢寢	廿七感感敢	廿八儉琰忝儼
廿九豏豏檻范			

去聲

一送送	二宋宋用	三絳	四寘寘至志
五未未	六御御	七遇遇暮	八霽霽
九泰泰	十卦卦怪夬	十一隊隊代廢	十二震震稕
十三問問焮	十四願願恩恨	十五翰翰換	十六諫諫襉
十七霰霰綫	十八嘯嘯笑	十九效效	二十號號
廿一箇箇過	廿二禡禡	廿三漾漾宕	廿四敬映静勁

廿五徑_{徑證嶝}	廿六宥_{宥候幼}	廿七沁_沁	廿八勘_闞
廿九豔_{豔桥釅}	三十陷_{陷鑑梵}		

入聲

一屋_屋	二沃_{沃燭}	三覺_覺	四質_{質術櫛}
五物_{物迄}	六月_{月沒}	七曷_{曷末}	八黠_{黠鎋}
九屑_{屑薛}	十藥_{藥鐸}	十一陌_{陌麥昔}	十二錫_錫
十三職_{職德}	十四緝_緝	十五合_{合盍}	十六葉_{葉怗業}
十七洽_{洽狎乏}			

4.2　關於某字歸某韵，現在除了硬記之外，沒有妥善的辦法可以知道。但是，有一個方法可以幫助記憶，就是記取字的聲符（諧聲偏旁）。譬如你知道了「今」字在侵韵，那麼，凡從「今」得聲的字，如「吟」「琴」「衾」等，也該都在侵韵。由此類推，咱們可以知道「飢」「饑」不同韵：因爲從「几」得聲的「肌」在支韵，所以「飢」也該在支韵，因爲從「幾」得聲的「機」「磯」在微韵，所以「饑」該在微韵。不過這種類推法也不能百發百中，譬如「廬」「臚」「驢」在魚韵，而「盧」「鑪」「蘆」「鱸」「轤」「瀘」在虞韵；「才」「財」「材」「孩」「該」在灰韵而「豺」「骸」在佳韵，這些仍舊是要靠硬記的。

4.3　廣韵裏的和蒸登相配的上聲拯等被後人併入迴韵，去聲證嶝被後人併入徑韵，這是很不合理的。但是，因爲近體詩很少用仄韵，所以沒有大關係。只有平聲欣韵，在唐韵裏本來註明是獨用的，并未認爲可以與文韵同用。（這是依照戴東原的考證，現在我們看見的廣韵則註爲同用。）中唐以前（約在公元七八〇年以前），詩人因爲欣韵字少，大約又因它的聲音和真韵較近，所以往往把它和真韵同用。（注意，當時并不和文韵同用。）欣韵常用字有「欣」「殷」「勤」「芹」「斤」「筋」「垠」「狺」等，試看下面的兩個例子：

崔氏東山草堂　　　　　　　　　　杜　甫

愛汝玉山草堂靜，高秋爽氣相鮮新。

有時自發鐘磬響，落日更見漁樵人。

盤剝白鴉谷口栗，飯煮青泥坊底芹。

何爲西莊王給事，柴門空閉鏁松筠。

答前篇　　　　　　　　　劉禹錫

小兒弄筆不能嗔，

浣壁書窗且當勤。

聞彼夢熊猶未兆，女中誰是衛夫人？

大約在晚唐以後，欣韵漸漸游移於真文之間，最後由於廣韵裏的次序是欣近於文，就混入了文韵了。

4.4　近體詩用韵甚嚴，無論絕句、律詩、排律，必須一韵到底，而且不許通韵。第四節至第六節裏所舉諸例，都可以作爲證明。各韵所包括的字數很不相稱，有些韵很寬，有些韵很窄。寬韵可以很自由，窄韵就會令人受窘；但是，有文才的人有時候却故意用窄韵來顯本領。依寬窄的程度而論，詩韵大約可以分爲四類，如下（舉平韵以包括仄韵）：

（1）寬韵：

　　支　先　陽　庚　尤　東　真　虞

（2）中韵：

　　元　寒　魚　蕭　侵　冬　灰　齊　歌　麻　豪

（3）窄韵：

　　微　文　删　青　蒸　覃　鹽

（4）險韵：

　　江　佳　肴　咸

4.5　這種分類自然帶多少武斷性，未必能得人人的同意。再者，像微文删三韵，字數雖少，却是非常的合用，所以詩人很喜歡用它們。

4.6　「出韵」是近體詩的大忌；寧可避免險韵，決不能讓它出韵。紅樓夢第四十八回説：

探春隔窗笑道：「菱姑娘，你閒閒罷。」香菱怔怔答道：「閒字是十五删的，錯了韵了。」

從前的人的確受這種嚴格的拘束。科場中，詩出了韵（又稱「落韵」），無論詩意怎樣高超，祇好算是不及格。現在我們試舉幾個險韵詩的例

子;險韵也不能出韵,其他的韵更可想而知了。例如:

(一)江韵。

季秋蘇五弟纓江樓夜宴　　　　杜　甫

對月那無酒,登樓况有江。

聽歌驚白髮,笑舞拓秋窗。

尊蟻添相續,沙鷗幷一雙。

盡憐君醉倒,更覺片心降。

答劉連州邦字　　　　柳宗元

連璧本難雙,

分符刺小邦。

崩雲下灘水,劈箭上潯江。

負弩啼寒狖,鳴枹驚夜狵。

遙憐郡山好,謝守但臨窗。

(注意:勿與陽韵混。)

(二)佳韵。

和李僕射雨中寄盧嚴二給事　　　　張　籍

郊原飛雨至,城闕溼雲埋。

迸點時穿牖,浮漚欲上堦。

偏滋解籜竹,併灑落花槐。

晚潤生琴匣,新涼滿藥齋。

從容朝務退,放曠披曹乖。

盡日無來客,閑吟感此懷。

襄陽爲盧竇紀事　　　　元　稹

風弄花枝月照階,

醉和春睡倚香懷。

依稀似覺雙鬟動,潛被蕭郎卸玉釵。

遣悲懷　　　　元　稹

謝公最小偏憐女,自嫁黔婁百事乖。

顧我無衣搜藎篋，泥他酤酒拔金釵。

野蔬充膳甘長藿，落葉添薪仰古槐。

今日俸錢過十萬，與君營奠復營齋。

（注意：勿與灰韵混。）

（三）肴韵。

　　　　堂　成　　　　　　　　　　杜　甫

背郭堂成蔭白茅，

緣江路熟俯青郊。

榿林礙日吟風葉，籠竹和煙滴露梢。

暫止飛鳥將數子，頻來語燕定新巢。

旁人錯比揚雄宅，嬾惰無心作解嘲。

　　　陪諸公上白帝城頭宴越公堂之作　　　杜　甫

此堂存古製，城上俯江郊。落構垂雲雨，荒階蔓草茅。

柱穿蜂溜蜜，棧缺燕添巢。坐接春杯氣，心傷艷蕊梢。

英靈如過隙，宴衍願投膠。莫問東流水，生涯未即拋。

　　　江邊四十韵　　　　　　　　　元　稹

官借江邊宅，天生地勢坳。歆危饒壞構，迢遞接長郊。

怪鵬頻棲息，跳蛙頗混殽。總無籬繳繞，尤怕虎咆哮。

停潦魚招獺，空倉鼠敵貓。土虛煩穴蟻，柱朽畏藏蛟。

蛇虺吞簷雀，豺狼逐野麃。犬驚狂浩浩，雞亂響嘐嘐。

濩落貪甘守，荒涼穢盡包。斷簾飛熠燿，當戶網蟏蛸。

曲突翻成沼，行廊却代庖。橋橫老顛柭，馬病衷芻茭。

一一牀頭點，連連砌下泡。辱泥疑在絳，避雨想經崤。

相顧憂爲虀，誰能復繫匏？誓心來利往，卜食過安爻。

何計逃昏墊，移文報舊交。棟梁存伐木，苫蓋愧分茅。

金琯排黃荻，琅玕裹翠梢。花磚水面鬬，鴛瓦玉聲敲。

方礎荆山採，修椽郢匠鉋。隱錐雷震蟄，破竹箭鳴膠。

正寢初停午，頻眠欲轉胞。困圓收薄祿，廚敝備嘉肴。

各各人寧宇，雙雙燕賀巢。高門受車轍，華廄稱蒲捎。

尺寸皆隨用，毫釐敢浪抛？箴餘籠白鶴，枝勝架青鵁。
製榻容筐筥，施關拒斗筲。欄干防汲井，密室待持膠。
庭草備工鎒，園蔬稚子掊。本圖閒種植，那要擇肥磽？
綠柚勤勤數，紅榴箇箇抄。池清漉螃蟹，瓜蔓拾蝦蟊。
曬蔴看沙鳥，磨刀綻海鮫。羅灰修藥竈，築埆閱弓弰。
散誕都由習，童蒙剩嬾教。最便陶靜飲，還作解愁嘲。
近浦閒歸棹，遙城罷曉鐃。王孫如有問，須爲併揮鞘。

（注意：勿與蕭豪兩韵相混。）

（四）咸韵。

送孫逸歸廬山得帆字　　　　　　劉長卿

鑪峰絕頂楚雲銜，
楚客東歸樓此巖。
彭蠡湖邊香橘柚，潯陽郭外暗楓杉。
青山不斷三湘道，飛鳥空隨萬里帆。
常愛此中多勝事，新詩他日佇開緘。

送王校書　　　　　　韋應物

同宿高齋換時節，共看移石復栽杉。
送君江浦已惆悵，更上西樓看遠帆。

（注意：原則上咸韵不應與覃鹽相通；至於元寒刪先四
韵，則絕對不能與咸韵同用。）

4.7 盛唐（約在公元七一三至七七九）以前，除上面所説欣韵的
情形之外，近體詩絕對不出韵[註五]；中唐（約在公元七八〇至八四〇）
以後，偶然不免有出韵的情形。例如：

茂　陵　　　　　　李商隱

漢家天馬出蒲梢，
苜蓿榴花徧近郊。
內苑只知含鳳嘴，屬車無復插雞翹。

玉桃偷得憐方朔，金屋妝成貯阿嬌。

誰料蘇卿老歸國，茂陵松柏雨蕭蕭。

　　（「梢」「郊」屬肴，「翹」「嬌」「蕭」屬蕭。）

　　　貞元中侍郎舅氏…　　　　　　　劉禹錫

曾作關中客，頻經伏毒巖。

晴煙沙苑樹，晚日渭川帆。

昔是青春貌，今悲白雪髯。

郡樓空一望，含意卷高簾。

　　（前半首用咸韵；後半首用鹽韵。）

4.8　他如杜牧題木蘭廟以「兒」「眉」「妃」爲韵（支微），李商隱無題以「重」「縫」「通」「紅」「風」爲韵（冬東），李遠游故王駙馬池亭以「瓏」「通」「風」「紅」「濃」爲韵（東冬），曹唐小遊仙詩以「飛」「稀」「詩」爲韵（微支），崔珏水精枕以「冰」「勝」「凝」「簪」「襟」爲韵（蒸侵），司空圖楊柳枝壽宮詞以「簾」「函」「衫」爲韵（鹽覃咸），劉兼蜀都春晚感懷以「披」「追」「泥」「隄」「啼」爲韵（支齊），晚樓寓懷以「還」「闌」「寒」「顏」「竿」爲韵（刪寒），都是出韵的。宋人也偶然有出韵的例子：

　　　懷嵩樓新開南軒　　　　　　　歐陽修

繞郭雲煙匝幾重，

昔年曾此感「懷嵩」。

霜林落後山爭出，野菊開時酒正濃。

解帶西風吹畫角，倚闌斜日照青松。

會須乘醉攜嘉客，踏雪來看群玉峰。

　　（「重」「濃」「松」「峰」皆屬冬韵，而「嵩」却屬東韵。）

　　　傅堯俞濟源草堂　　　　　　　蘇　軾

微官共有田園興，老罷方尋退隱廬。

栽種成陰百年事，倉皇求買萬金無。

先生卜築臨清濟，喬木如今似畫圖。

鄰里亦知偏愛竹，春來相與護龍雛。

　　（「無」「圖」「雛」皆屬虞韵，而「廬」却屬魚韵。）

這還可以說是用「古風」的寬韵來寫律詩(蘇軾這首詩可認爲古風式的律詩);至於像下面兩首詩的用韵,就嫌太離繩墨了:

燕昭王墓　　　　　　　羅　隱(晚唐)

戰國蒼茫難重尋,

此中蹤跡想知音。

强停別騎山花晚,欲弔遺墟野草深。

浮世近來輕駿骨,高臺何處有黃金?

思量郭隗平生事,不殉昭王是負恩。

(「尋」「音」「深」「金」都屬侵韵,而「恩」却屬元韵。)

雨　　　　　　　　　　陳與義(宋)

霏霏三日雨,靄靄一園春。

霧澤含元氣,風花過洞庭。

地偏寒浩蕩,春半客玲瓏。

多少人間事,天涯醉又醒。

(「庭」「瓏」「醒」皆屬青韵,而「春」却屬真韵。)

4.9　自唐至清,近體詩固然限用本韵,古體詩也不過偶用鄰韵。除了先韵可認爲元寒删的鄰韵,又江可勉強認爲陽的鄰韵之外,上平聲和下平聲絕對沒有相通之理(仄聲依平聲類推)。譬如依照現代北方話,侵可通真,覃可通寒,鹽可通先,依照西南官話,真可通庚青蒸,依照皖湘滇方言,陽可通寒,依照吳語,歌可通虞,(一部分字如「蒲」「都」「孤」等),諸如此類,非但和近體詩的規律絕不相容,而且和古體詩的規律也是不合的。

4.10　總之,宋代以前,近體詩之出韵者,千首中難見一二首[註六],自然不可爲訓。何況千數百年來,傳鈔難免有誤。例如上文第二節所舉白居易的百韵排律,中有一聯是:「荏苒星霜換,迴環節候推」,「推」一本作「催」,當係傳鈔之誤,因爲決沒有能用九十九個支韵字。而偏讓一個字出韵的道理。又如杜甫偶題中有一聯是:「漫作潛夫論,虛傳幼婦碑」,「碑」一本作「詞」,也是錯的。杜甫時代,唐韵中的支韵尚未與脂之相混,此詩中連用「知」「垂」「斯」「爲」「規」「疲」「奇」「兒」

「虧」「碑」「移」「枝」「螭」「危」「卑」「池」「麾」「支」「羆」「宜」「陂」「離」二十二個韵脚都是支韵字，决没有插進一個之韵「詞」字的道理。這些都是淺人所擅改，不可不知。

4.11　近體詩以平韵爲正例，仄韵非常罕見。仄韵律詩很像古風；我們要辨認它們是不是律詩，仍舊應該以其是否用律句的平仄爲標準。下面是一些仄韵律詩的例子：

1. 五律。

湘中紀行十首　　（録一）　　　　　劉長卿
　　浮石瀨
秋月照瀟湘，月明聞盪槳。
石横晚瀨急，水落寒沙廣。
衆嶺猿嘯重，空江人語響。
清暉朝復暮，如待扁舟賞。

　　（十首之中，有五首是平韵五律，其餘五首自應認爲仄韵
　　五律。平仄亦合於律詩。）

海陽十詠　　（録一）　　　　　劉禹錫
　　蒙　池
瀠渟幽壁下，深净如無力。
風起不成文，月來同一色。
地靈草木瘦，人遠煙霞逼。
往往疑列仙，圍碁在巖側。

　　（十首之中，也有五首平韵，五首仄韵，與劉長卿的湘中
　　紀行情形相同。）

2. 七律。

意　緒　　　　　　　　　　　韓偓
絕代佳人何寂寞！
梨花未發梅花落。
東風吹雨入西園，銀線千條度靈閣。

　　　　臉粉難勻蜀酒濃，口脂易印吳綾薄。

　　　　嬌嬈意緒不勝羞，願倚郎君永相着。

仄韵近體五絕較爲常見。例如：

　　　　送方外上人　　　　　　　　　劉長卿
　　孤雲將野鶴，豈向人間住？
　　莫買沃洲山，時人已知處。

　　　　憶鄱陽舊遊　　　　　　　　　顧　況
　　悠悠南國思，夜向江南泊。
　　楚客斷腸時，月明楓子落。

仄韵近體七絕非常罕見，玆不舉例。

　　4.12　仄韵律詩和絕句可以說是近體詩和古體詩的交界處。近體詩和古體詩的界限相當分明，只有仄韵律絕往往也可認爲「入律的古風」（參看下文第三十一節），因爲近體詩畢竟是以平韵爲主的。

　　4.13　末了，我們順帶談一談「限韵」和「和詩」。

　　限韵，有兩種情形：第一，是試場的限韵，第二是詩人雅集的限韵。從性質上又可分爲兩類：第一，是限韵不限字，例如唐貞元進士的試題是賦得春風扇微和，大約是限用東韵或真韵（見全唐詩卷十三）。第二，是限韵兼限字，此類又可細分爲兩種：一種是限定一個字，其餘的韵脚隨便湊用。例如上文所舉柳宗元答劉連州邦字，和劉長卿送孫逸歸廬山得帆字，就是詩中必須用「邦」字、「帆」字做韵脚，凡題目有「得某字」者，都是這一類；另一種是把全首詩的韵脚都預先指定了[註七]，例如梁曹景宗凱旋，侍武帝宴，群臣用韵已罄，衹餘「競」「病」二字。景宗作詩云：「去時兒女悲，歸來笳鼓競。借問行路人，何如霍去病？」

　　4.14　和詩，最初的時候是一唱一和，幷不一定要用對方的原韵或原韵脚。例如韓察崔恭陸澧胡證都和張弘靖的山亭懷古：張弘靖原詩用的是支韵；韓察用的是先韵；崔恭用的是東韵；陸胡二人雖也用支韵，而韵脚無一字與原詩相同（全唐詩卷十三）。但是，唐人偶然也

喜歡用原韻,例如劉禹錫同樂天和微之深春二十首,就註明同用「家」「花」「車」「斜」四韻。宋代以後,和詩就差不多總要依照原韻,叫做「次韻」或「步韻」,例如蘇軾的次韻曹輔寄壑源試焙新芽。這樣,和詩的人就變了被限韻腳了。

4.15　此外,尚有所謂「用韻」,是用古人某詩的原韻,其實等於和古人的詩。又有所謂「疊韻」,是用自己做的詩的原韻(如果連疊多次,就稱爲「再疊」,「三疊」等),其實等於和自己的詩。這些都不必細述。

附註

【註五】　不能說得太絕對。杜甫的律詩就有一首出韻的。

雨　晴　　　　　　　　　　杜　甫

天外秋雲薄,從西萬里風。

今朝好晴景,久雨不妨農。

塞柳行疏翠,山梨結小紅。

胡笳樓上發,一雁入高空。

　　　　(「風、紅、空」屬東,「農」屬冬。)

有些詩似乎出韻,其實不是的。例如:

北　風　　　　　　　　　　杜　甫

北風破南極,朱鳳日威垂。

洞庭秋欲雪,鴻雁將安歸。

十年殺氣盛,六合人烟稀。

吾慕漢初老,時清猶茹芝。

　　　　(「垂、芝」屬支,「歸、稀」屬微。)

仇兆鰲杜詩詳註於北風引胡應麟曰:「此詩首尾俱四支韻,中間兩用五微。蓋古體通用,非出韻也。律詩出韻者,玉山詩出『芹』字,雨晴詩出『農』字;排律出韻者,贈王侍御契出『勤』字。蓋檢點少疏,即作家亦未能免耳。」力按,胡氏認爲北風是古詩(不是律詩),

這是對的。「北風」句,「鴻雁」句,「十年」句,「六合」句,「吾慕」句,「時清」句都是拗句,所以不是律詩。此外,玉山詩的「芹」字,贈王侍御契的「勤」字,都是欣韻字,不算出韻(說見本書 4.3)。祇有雨晴詩「農」字可以認爲出韻。

【註六】　切韻時代,支脂之分爲三韻,平水韻合爲一韻(支)。杜甫詩中,支韻常獨用,脂之則同用。例如紫宸殿退朝口號叶「垂、儀、移、知、池」,全用支韻字,不雜脂之韻字;又如夔府書懷叶「師、遲、時、慈、詩、其、欺、緇、私、衰(仇註:所追切)、期、頤、悲、埤、遺、旗、藜、詞、疑、夷、茨、帷、茲、持、司、痍、思、追、眉、龜、錐、之、棋、絺、尼、睢、葵、尸、誰、綏」,蘇大侍御訪江浦賦八韻記異叶「之、詩、時、絲、芝、悲、遲(實祇七韻)」,兩詩全用脂之韻字,不雜支韻字。

【註七】　紅樓夢第三十七回,探春等人咏海棠詩,每人七律一首,限用「門、盆、魂、痕、昏」五個字作韻腳。

第五節　首句用韻問題

5.1　上節鄭重地説明,近體詩必須一韻到底,不得通韻;但是,凡讀過中晚唐的詩尤其是宋詩的人,都會注意到好些似乎通韻的近體詩,看起來好像是鄰韻可以同用似的。其實借用鄰韻祇限於首句。錢大昕注意到了這一點,他在十駕齋養新錄裏説:「五七言近體第一句,借用旁韻,謂之借韻。」現在我們來談一談首句用韻的問題。

5.2　原來詩的首句本可不用韻,其首句入韻是多餘的。所以古人稱五七律爲四韻詩,排律則有十韻二十韻等,即使首句入韻,也不把它算在韻數之內。詩人們往往從這多餘的韻腳上討取多少的自由,所以有偶然借用鄰韻的辦法。盛唐以前,此例甚少(下面祇舉得李頎杜甫劉長卿王維各一首)[註八],中晚唐漸多。誰知這樣一來,竟成了一種風氣!宋人的首句用鄰韻似乎是有意的,幾乎可說是一種時髦,越來越多了。現在我們依照某韻與某韻爲鄰韻,分成若干種類,然後依類舉例於下。在這些例子中,首句雖入韻而不同韻,祇可謂之「襯韻」,錄引時就不必獨自爲一行了。

5.3 （一）東韵與冬韵。
（甲）以冬襯東。

送李回 　　　　　　　　　　李 頎

知君官屬大司農，詔幸驪山職事雄。
歲發金錢供御府，畫看仙掖注離宮。
千巖曙雪旌門上，十月寒花輦路中。
不覩聲明與文物，自傷流滯去關東。

牡 丹 　　　　　　　　　　韓 琮

桃時杏日不爭濃，葉帳陰成始放紅。
曉艷遠分金掌露，暮春深惹玉堂風。
名移蘭杜十年後，貴擅笙歌百醉中。
如夢如仙忽零落，暮霞何處綠屏空。

寓 意 　　　　　　　　　　晏 殊

油壁香車不再逢，峽雲無迹任西東。
梨花院落溶溶月，柳絮池塘淡淡風。
幾日寂寥傷酒後，一番蕭索禁煙中。
魚書欲寄何由達？水遠山長處處同。

滄浪懷貫之 　　　　　　　　蘇舜欽

滄浪獨步亦無悰，聊上危臺四望中。
秋色入林紅黯淡，日光穿竹翠玲瓏。
酒徒漂落風前燕，詩社凋零霜後桐。
君又蹔來還徑去，醉吟誰復伴衰翁？

錢塘上元夜祥符寺 　　　　　曾 鞏

月明如畫露華濃，錦帳名郎笑語同。
金地夜寒消美酒，玉人春困倚東風。
紅雲燈火浮滄海，碧水樓臺浸遠空。
白髮蹉跎歡意少，強顏猶入少年叢。

寒食許昌道中寄幕府諸君 　　司馬光

原上烟蕪淡復濃，寂寥佳節思無窮。
竹林近水半邊綠，桃樹連村一片紅。

盡日解鞍山店雨，晚天回首酒旗風。

遙知幕府清明飲，應笑馳驅羇旅中。

夏日夢伯兄寄江南　　　　　　黃庭堅

故園相見略雍容，睡起南牕日射紅。

詩酒一年談笑隔，江山千里夢魂通。

河天月暈魚生子，櫟葉風微鹿養茸。

幾度白沙青影裏，審聽嘶馬自捎筇。

霰　　　　　　　　　　　　楊萬里

雪花遣霰作前鋒，勢頗張皇欲暗空。

篩瓦巧尋疎處漏，跳階誤到暖邊融。

寒聲帶雨山難白，冷氣侵人火失紅。

方訝一冬暄較甚，今宵敢歎臥如弓。

三峽歌　　　　　　　　　　　陸　游

十二巫山見九峰，船頭彩翠滿秋空。

朝雲暮雨渾虛語，一夜猿啼明月中。

宮　詞　　　　　　　　　　　王　建

羅衫葉葉繡重重，金鳳銀鵝各一叢。

每徧舞時分兩向，太平萬歲字當中。

（乙）以東襯冬。

深　宮　　　　　　　　　　　李商隱

金殿香銷閉綺籠，玉壺傳點咽銅龍。

狂飈不惜蘿陰薄，清露偏知桂葉濃。

斑竹嶺邊無限淚，景陽宮裏及時鐘。

豈知爲雨爲雲處，祇有高唐十二峰！

獨遊輞川　　　　　　　　　　蘇舜欽

行穿翠靄中，絕磴落疎鐘。

數里踏亂石，一川環碧峰。

暗林麋養角，當路虎留蹤。

隱逸何曾見，孤吟對古松。

成　都　　　　　　　楊　億
五丁力盡蜀山通，千古成都綠酎釀。
白帝倉空蛙在井，青天路險劍爲峰。
漫傳西漢祠神馬，已見南陽起臥龍。
張載勒銘堪作戒，莫矜函谷一丸封。

城　上　　　　　　　彭汝礪
孤城縱目盡南東，山轉溪回翠萬重。
雲際靜浮濱漢水，林端清送上方鐘。
今時漢北無雛鳳，當日襄南有臥龍。
萬事廢興無足問，登臨吾樂正從容。

秋　思　　　　　　　張　籍
洛陽城裏見秋風，欲作家書意萬重。
復恐匆匆説不盡，行人臨發又開封。

寄李渤　　　　　　　張　籍
五度溪頭蹲躅紅，嵩陽寺裏講時鐘。
春山處處行應好，一月看花到幾峰？

宮　詞　　　　　　　王　建
燈前飛入玉階蟲，未臥常聞半夜鐘。
看着中元齋日到，自盤金線繡真容。

5.4 （二）江韵與陽韵。

寄獻潤州趙舍人　　　王禹偁
南徐城古樹蒼蒼，衙府樓臺盡枕江。
甘露鐘聲清醉榻，海門山色滴吟牕。
直廬久負題紅藥，出鎮何妨擁碧幢。
聞説秋來自高尚，道裝筇竹鶴成雙。

泛吳松江　　　　　　王禹偁
葦蓬疏薄漏斜陽，半日孤吟未過江。
惟有鷺鷥知我意，時時翹足對船牕。

（注意：盛唐時江陽絕不相通，雖在首句，亦不能用爲鄰

韵。晚唐以後江陽相通之例亦頗罕見。）

5.5　（三）支韵與微韵。
（甲）以微襯支。

<table>
<tr><td>廣宣上人以詩賀放榜和謝</td><td>王　涯</td></tr>
</table>

延英面奉入春闈，亦選功夫亦選奇。
在冶祇求金不耗，用心空學秤無私。
龍門變化人皆望，鶯谷飛鳴自有時。
獨喜至公誰是證，彌天上人與新詩。

<table>
<tr><td>題宮門</td><td>沈亞之</td></tr>
</table>

君王多感放東歸，從此秦宮不復期。
春景自傷秦喪主，落花如雨淚胭脂。

<table>
<tr><td>侍　宴</td><td>韓　偓</td></tr>
</table>

蕊黃蝶粉兩依依，狎宴臨春日正遲。
密旨不教江令醉，麗華微笑認皇慈。

<table>
<tr><td>夢張劍州</td><td>王安石</td></tr>
</table>

萬里憐君蜀道歸，相逢似喜語還悲。
江淮別業依何處？日月新阡卜幾時？
自說曲河猶未穩，即尋溢水去猶疑。
茫然却是陳橋夢，昨日春風馬上思。

<table>
<tr><td>八月十六日翫月</td><td>孔平仲</td></tr>
</table>

團團清鏡吐清輝，今夜何如昨夜時。
祇恐月光無好惡，自憐人意有盈虧。
風摩露洗非常潔，地闊天高是處宜。
百尺曹亭吾獨有，更教玉籬倚欄吹。

（乙）以支襯微。

<table>
<tr><td>題衛將軍廟</td><td>許　渾</td></tr>
</table>

武牢關下護龍旗，挾槊彎弓馬上飛。

漢業未興王霸在，秦兵纔散魯連歸。
壙穿大澤埋金劍，廟枕長流挂鐵衣。
欲奠忠魂何處問？蘆花楓葉雨霏霏。

答鄜畤友同宿見示　　　　　　　　馬　戴

爲客自堪悲，風塵日滿衣。
承明無計入，舊隱但懷歸。
雪積孤城暗，燈殘曉角微。
相逢喜同宿，此地故人稀。

雲朔逢山友　　　　　　　　　　　張　蠙

會面却生疑，居然似夢歸。
寒深行客少，家遠識人稀。
戰馬分旗牧，驚禽曳箭飛。
將軍雖異禮，難便脫麻衣。

倡女詞　　　　　　　　　　　　　張　籍

輕鬢叢梳闊掃眉，爲嫌風日下樓稀。
畫羅金縷難相稱，故著尋常淡薄衣。

郊行即事　　　　　　　　　　　程伯子

芳原綠野恣行時，春入遙山碧四圍。
興逐亂紅穿柳巷，困臨流水坐苔磯。
莫辭盞酒十分醉，祇恐風花一片飛。
況是清明好天氣，不妨游衍莫忘歸。

烏江東鄉往還馬上作　　　　　　　賀　鑄

悠悠東去欲何之？草草西還可是歸。
殘日兩竿荒戍遠，青山滿眼故園非。
江田經雨菰蔣熟，石路無風蟻蠓飛。
回羨耕夫閒勝我，蚤收雞犬閉柴扉。

九日登天湖　　　　　　　　　　　朱　熹

去歲瀟湘重九時，滿城寒雨客思歸。
故山此日還佳節，黃菊清罇更晚暉。
短髮無多休落帽，長風不斷且吹衣。
相看下視人寰小，祇合從今老翠微。

5.6 （四）魚韵與虞韵。

（甲）以虞襯魚。

秋　野　　　　　　　　　　　杜　甫

秋野日疏蕪，寒江動碧虛。

繫舟蠻井路，卜宅楚村墟。

棗熟從人打，葵荒欲自鋤。

盤餐老夫食，分減及溪魚。

憶故州　　　　　　　　　　張　籍

疊石爲山伴野夫，自收靈藥讀仙書。

如今身是他鄉客，每見青山憶舊居。

遊廬山次韵章傳道　　　　　蘇　軾

塵容已似服轅駒，野性猶同縱壑魚。

出入巖巒千仞表，較量筋力十年初。

雖無窈窕驅前馬，還有鴟夷挂後車。

莫笑吟詩淡生活，當令阿買爲君書。

題湖邊莊　　　　　　　　　王十朋

十里青山蔭碧湖，湖邊風物盡難如。

夕陽第舍客沽酒，明月小橋人釣魚。

舊卜草莊臨水竹，來尋野叟問耕鋤。

他年待掛衣冠後，乘興扁舟取次居。

（乙）以魚襯虞。

悟真院　　　　　　　　　　王安石

野水從橫漱屋除，午牕殘夢鳥相呼。

春風日日吹香草，山北山南路欲無。

5.7 （五）齊韵與支微。

（甲）以支襯齊。

　　題古寺　　　　　　　　　　　劉　滄
古寺蕭條偶宿期，更深雪壓竹枝低。
長天月影高窗過，疎樹寒鴉半夜啼。
池水竭來龍已去，老松枯處鶴猶棲。
傷心可惜從前事，寥落朱廊墮粉泥。

　　和周廉彥　　　　　　　　　　張　耒
天光不動晚雲垂，芳草初長襯馬蹄。
新月已生飛鳥外，落霞更在夕陽西。
花開有客時携酒，門冷無車出畏泥。
修禊洛濱期一醉，天津春浪綠浮隄。

（乙）以齊襯支。

　　登岳陽樓　　　　　　　　　　陳與義
洞庭之東江水西，簾旌不動夕陽遲。
登臨吳蜀橫分地，徙倚湖山欲暮時。
萬里來遊還望遠，三年多難更憑危。
白頭弔古霜風裏，老木蒼波無限悲。

（丙）以齊襯微。

　　春　近　　　　　　　　　　　黃庭堅
小雪晴沙不作泥，疎簾紅日弄朝暉。
年華已伴梅梢晚，春色先從柳陰歸。

　　春日山行　　　　　　　　　　王庭珪
緩鞚青絲馬不嘶，春山草長靜柴扉。
迸林新筍斑斑出，隔水幽禽款款飛。
雨過泉聲鳴嶺背，日長花氣撲人衣。
雲藏遠岫茶煙起，知有僧居在翠微。

5.8 （六）<u>佳</u>韵與<u>灰</u>韵。

内直晨出便赴奉慈齋　　　　　　　歐陽修

凌晨更直九門開，驅馬悠悠望禁街。
霜後樓臺明曉日，天寒煙霧著宮槐。
山林未去猶貪寵，罇酒何時共放懷？
已覺蕭條悲晚歲，更憐衰病怯清齋。

5.9 （七）<u>真</u>韵與<u>文</u>韵。
（甲）以<u>文</u>襯<u>真</u>。

湖上言事　　　　　　　　　　　　方　干

吟霜與吟雲，此興亦甘貧。
吹箭落翠羽，垂絲牽錦鱗。
滿湖風撼月，半日雨藏春。
却笑縈簪組，勞心字遠人。

次韵曹輔寄壑泉試焙新芽　　　　　蘇　軾

仙山靈雨濕竹雲，洗遍香肌粉未勻。
明日來投玉川子，清風吹破<u>武</u>林春。
要知玉雪心腸好，不是膏油首面新。
戲作小詩君一笑，從來佳茗似佳人。

（乙）以<u>真</u>襯<u>文</u>。

送孫瑩京監擢第歸蜀省覲　　　　　劉長卿

適賀一枝新，旋驚萬里分。
禮闈稱獨步，太守許能文。
征馬望春草，行人看暮雲。
遙知倚門處，江樹正氤氳。

牡　丹　　　　　　　　　　　　　李商隱

錦幃初卷衛<u>夫</u>人，繡被猶堆越鄂君。

垂手亂翻雕玉佩，招腰爭舞鬱金裙。
石家蠟燭何曾翦，荀令香爐可待熏。
我是夢中傳彩筆，欲書花葉寄朝雲。

　　丙辰年鄜州遇寒食　　　　　　章　莊
雕陰寒食足遊人，金鳳羅衣濕麝熏。
腸斷入城芳草路，澹紅香白一群群。

　　酬薛奉禮　　　　　　　　　　姚　合
棲棲滄海一耕人，詔遣江邊作使君。
山頂雨餘青到地，濤頭風起白連雲。
詩成客見書牆和，藥熟僧來就鼎分。
珍重來章相借問，芳名未識已曾聞。

　　送辛幼安　　　　　　　　　　周　孚
西風掠面不勝塵，老欲從君自濯薰。
兩意未成還忤俗，一飢相迫又離群。
祇今參佐須孫楚，何日公卿屬范雲？
節物關心那可別？斷紅疏綠正春分！

　　赴文德殿聽麻仍拜表　　　　　楊萬里
蒼龍觀闕啓槐宸，白玉階除振鷺群。
仗外諸峰獻松雪，霜前一雁度宮雲。
舍人就日宣麻制，丞相瞻天進表文。
夙退自欣還自笑，素餐便當策殊勳。

5.10　（八）元韻與真文。

（甲）以真襯元。

　　故　衫　　　　　　　　　　　白居易
闇澹緋衫稱老身，半披半曳出宮門。
袖中吳郡新詩本，襟上杭州舊酒痕。
殘色過梅看向盡，故香因洗褪猶存。
曾經爛熳三年着，欲棄空箱似少恩。

        有 示   陸龜蒙
    相對莫辭貧,蓬蒿任塞門。
    無情是金玉,不報主人恩。

(乙) 以元襯真。

        出近村歸偶作   陸 游
    朝騎小蹇出煙村,擁路爭看八十身。
    似我猶爲一好漢,問君曾見幾閒人。
    楊梅綠紫開園晚,蓴菜絲長入市新。
    莫笑堅頑推不倒,天教日日享常珍。

(丙) 以文襯元。

        思京口戲周器之   王 令
    江南別日醉言醺,貪愛青天帶水痕。
    忘却碧山歸路直,誤投浮世俗塵昏。
    終期散髮江邊釣,當有漁舟日擊門。
    但恨故人猶喜仕,他時胸腹未堪論。

(丁) 以元襯文。

        感秋別怨   盧 仝
    霜秋自斷魂,楚調怨離分。
    魄散瑤臺月,心隨巫峽雲。
    蛾眉誰共畫? 鳳曲不同聞。
    莫似湘妃淚,斑斑點翠裙!

5.11 (九) 刪韵與元寒。
    (甲) 以元襯刪。

　　　又行次作　　　　　　　　歐陽修

秋色滿郊原，人行禾黍間。

雉飛橫斷澗，燒響入空山。

野水蒼烟起，平林夕鳥還。

嵩風久不見，寒碧更屏顏。

　　與述古自有美堂乘月夜歸　　蘇　軾

娟娟雲月稍侵軒，瀲瀲星河半隱山。

魚鑰未收清夜永，鳳簫猶在翠微間。

淒風瑟縮經絃柱，香露凄迷着髻鬟。

共喜使君能鼓樂，萬人爭看火城還。

（乙）以寒襯删。

　　　甘露上方　　　　　　　　楊　蟠

滄江萬景對朱欄，白鳥群飛去復還。

雲捧樓臺出天上，風飄鐘磬落人間。

銀河倒瀉分雙月，錦水西來轉幾山。

今古冥冥難借問，且持玉爵破愁顏。

　　　暮春上塘道中　　　　　　范成大

客舍無烟野水寒，競船人醉鼓闌珊。

石門柳綠清明市，洞口桃紅巳上山。

飛絮着人春共老，片雲將夢晚俱還。

明朝遮日長安道，慚愧江湖釣手閒。

　　九月十三日始就郊墅拜寶謨閣直學士

　　　　　　　　　　　　　　　岳　珂

槐影西清舞翠鸞，竹宮高接五雲環。

職陪溫洛圖書地，名在元封卜祝間。

畫舫未承龍閣問，晨香猶廁羽衣班。

祠官到處無公事，且聽松聲老此山。

　　雪後晚晴四山皆青惟東山全白

　　　　　　　　　　　　　　　楊萬里

祇知逐勝忽忘寒，小立春風夕照間。
最愛東山晴後雪，軟紅光裏湧銀山。

（丙）以刪襯寒。

　　　哭李商隱　　　　　　　　　崔　珏
成紀星郎字義山，適歸黄壤抱長歎。
詞林枝葉三春盡，學海波瀾一夜乾。
風雨已催燈燭滅，姓名長在齒牙寒。
祇應物外攀琪樹，便着霓裳上降壇。
　　　西行　　　　　　　　　　孔平仲
繚繞西行入亂山，白雲深處據征鞍。
蕎花着雨相爭秀，棗頰迎陽一半丹。
鞅掌未能逃物役，乾坤何處託身安。
莒臺東嚮情無限，那更秋風作暮寒。
　　　次韵林冲和筠莊　　　　　李彌遜
疊疊重重兩岸山，鉤連秀色上琅玕。
孤亭四壁面煙雨，人與白鷗分暮寒。

5.12　（十）先韵與刪寒元。
　　　（甲）以刪襯先。

　　　雨後獨行洛北　　　　　　歐陽修
北闕望南山，明嵐雜紫煙。
歸雲向嵩嶺，殘雨過伊川。
樹繞芳隄外，橋橫落照前。
依依半荒苑，行處獨聞蟬。
　　　寒食　　　　　　　　　　王禹偁
今年寒食在西山，山裏風光亦可憐。
稚子就花穿蛺蝶，人家依樹繫鞦韆。
郊原曉綠初經雨，巷陌春陰乍禁烟。

副使官閑莫惆悵,酒錢猶有撰碑錢。

　　六月二十七日望湖樓醉書　　　　　蘇　軾

黑雲翻墨未遮山,白雨跳珠亂入船。

捲地風來忽吹散,望湖樓下水如天。

(乙) 以先襯刪。

　　　伊川獨遊　　　　　　　　　　歐陽修

綠樹繞伊川,人行亂石間。

寒雲依晚日,白鳥向青山。

路轉香林出,僧歸野渡閑。

巖阿誰可訪,興盡復空還。

　　　送謝希深學士北使　　　　　　歐陽修

漢使入幽燕,風煙兩國間。　山河持節遠,亭障出疆閑。

征馬聞笳躍,雕弓向月彎。　禦寒低便面,贈客解刀環。

鼓角雲中壘,牛羊雪外山。　穹廬鳴朔吹,凍酒發朱顏。

寒草生侵磧,春榆綠滿關。　應須雁北向,方值使南還。

(丙) 以寒襯先。

　　　寄題曾子與競秀亭　　　　　　楊萬里

老夫上下蓼花灘,每過君家輒繫船。

尊酒燈前山入座,孤鴻月底水連天。

暄涼書問二千里,場屋聲名三十年。

競秀主人文似豹,不應霧隱萬峰邊。

(丁) 以先襯寒。

　　　內直對月寄子華舍人持國廷評

　　　　　　　　　　　　　　　　歐陽修

禁署沈沈玉漏傳,月華雲表溢金盤。

纖埃不隔光初滿，萬物無聲夜向闌。
蓮燭燒殘愁夢斷，蕙爐薰歇覺衣單。
水精宮鎖黃金闕，故比人間分外寒。

　　　望湖樓醉書　　　　　　　　　　蘇　軾

烏菱白芡不論錢，亂繫青菰裹玉盤。
忽憶嘗新會靈觀，滯留江海得加餐。

（戊）以先襯元。

　　　山園小梅　　　　　　　　　　　林　逋

眾芳搖落獨暄妍，占盡風情向小園。
疎影橫斜水清淺，暗香浮動月黃昏。
霜禽欲下先偷眼，粉蝶如知合斷魂。
幸有微吟可相狎，不須檀板共金尊。

　　　竹　閣　　　　　　　　　　　　蘇　軾

海山兜率兩茫然，古寺無人竹滿軒。
白鶴不留歸後語，蒼龍猶是種時孫。
兩叢却似蕭郎筆，千畝空懷渭上村。
欲把新詩問遺像，病維摩詰更無言！

　　　田　家　　　　　　　　　　　　歐陽修

綠桑高下映平川，賽罷田神笑語喧。
林外鳴鳩春雨歇，屋頭初日杏花繁。

5.13　（十一）蕭韵與豪韵。

　　　偕陳調翁龍山買舟待夜潮發　　　蘇　過

來逢春雨長魚苗，去見秋風擘蟹螯。
久矣歸心到鄉國，依然水宿伴漁舠。
一天如許皆明月，二客所須惟濁醪。
今夜四更潮有信，更須留眼看銀濤。

5.14 （十二）麻韵與佳韵。

　　　三日赴宴口占　　　　　　　　　歐陽修
　　賜宴初逢禊節佳，昆池新漲碧無涯。
　　九門寒食多遊騎，三月春陰正養花。
　　共喜流觴修故事，自憐霜鬢惜年華。
　　鳳城殘照歸鞍晚，禁籞無風柳自斜。

　　（按，「佳」字與麻韵通押，唐人即有之，例如杜甫喜晴及
　　劉禹錫送蘄州李郎中赴任。但除「佳」字外，佳韵其他的
　　字未見有與麻通押者。由此看來，也許「佳」字本是分屬
　　佳麻兩韵，麻與佳是否應認爲鄰韵，頗成問題。）

5.15 （十三）庚韵與青蒸。
（甲）以青襯庚。

　　　送楊少府貶郴州　　　　　　　　　王　維
　　明到衡山與洞庭，若爲秋月聽猿聲！
　　愁看北渚三湘遠，惡説南風五兩輕。
　　青草漲時過夏口，白頭浪裏出湓城。
　　長沙不久留才子，賈誼何須弔屈平？

　　　酬朗州崔員外　　　　　　　　　　劉禹錫
　　昔日居鄰招屈亭，楓林橘樹鷓鴣聲。
　　一辭御苑青門去，十見蠻江白芷生。
　　自此曾沾宣室召，如今又守圉闇城。
　　何人萬里能相憶？同舍仙郎與外兄。

　　　春遊　　　　　　　　　　　　　　羅　鄴
　　芳草知煙暖更青，閒門要路一時生。
　　年年檢點人間事，唯有春風不世情。

　　　成都書事　　　　　　　　　　　　陸　游
　　大城少城柳已青，東臺西臺雪正晴。
　　鶯花又作新年夢，絲竹常聞靜夜聲。

廢苑煙蕪迎馬動，清江春漲拍堤平。
尊中酒滿身強健，未恨飄零過此生。

春晴懷故園海棠　　　　　　　　　楊萬里

竹邊臺榭水邊亭，不要人隨祇獨行。
乍暖柳條無氣力，淡晴花影不分明。
一番過雨來幽徑，無數新禽有喜聲。
祇欠翠紗紅映肉，兩年寒食負先生。

送廣州劉叔治倅欽州　　　　　　　樂雷發

天涯亭畔擁提屛，丹荔蕉黃滿去程。
皂蓋却迎新別駕，碧幢應憶老先生。
象蹄印雨歸蠻國，鯨鬣掀潮撼海城。
曾是鄉賢分守處，試尋醉石共題名。

淮中晚泊犢頭　　　　　　　　　　蘇舜欽

春陰垂野草青青，時有幽花一樹明。
晚泊孤舟古祠下，滿川風雨看潮生。

和孔密州東欄梨花　　　　　　　　蘇軾

梨花淡白柳深青，柳絮飛時花滿城。
惆悵東欄一株雪，人生看得幾清明？

小放歌行　　　　　　　　　　　　陳師道

春風永巷閉娉婷，長使青樓誤得名。
不惜捲簾通一笑，怕君着眼未分明。

水口行舟　　　　　　　　　　　　朱熹

鬱鬱層巒夾岸青，春山綠水去無聲。
煙波一棹知何許？鵁鶄兩山相對鳴。

（乙）以庚襯青。

八月六日作　　　　　　　　　　　韓偓

簪裾皆是漢公卿，盡作鋒鋩劍血腥。
顧負舊恩歸亂主，難教新國用輕刑。
穴中狡兔終須盡，井上嬰兒豈自寧？

底事亦疑懲未了，更疑書罪在泉扃！

　　桐柏觀　　　　　　　　　　　　　趙師秀

山深地忽平，縹緲見殊庭。

瀑近春風濕，松多曉日青。

石壇遺鶴羽，粉壁剝龍形。

道士王靈寶，輕強滿百齡。

（丙）以庚襯蒸。

　　　邊　將　　　　　　　　　　　　馬　戴

玉楶酒頻傾，論功笑李陵。

紅韁跑駿馬，金鏃掣秋鷹。

塞迥連天雪，河深澈底冰。

誰言提一劍，勤苦事中興。

　　病告中懷子華原父　　　　　　　歐陽修

狂來有意與春爭，老去心情漸不能。

世味惟存詩淡泊，生涯半爲病侵陵。

花明曉日繁如錦，酒撥浮醅綠似澠。

自是少年豪橫過，而今癡鈍若寒蠅。

5.16　（十四）蒸韵與侵韵。

　　擬杜子美峽中意　　　　　　　　　宋　祁

天入虛樓倚百層，四方遙謝此登臨。

驚風借壑爲寒瀨，落日容雲作暝陰。

峴井北抛王粲宅，楚衣南逐女嬃砧。

十年不識長安道，九籥宸開紫氣深。

　　　（按以蒸襯侵之例頗爲罕見。）

5.17　（十五）覃韵與鹽咸。

（甲）以鹽襯覃。

別張自彊   王　鈺

燕子低飛入壞簷，柳條輕拂綠毿毿。
故園更在北山北，佳節可憐三月三。
萬古愁多憑濁酒，九京事往落清談。
都門別恨終難寫，滿眼風光思不堪。

（乙）以咸襯覃。

垂虹亭   米　芾

斷雲一葉洞庭颿，玉破鱸魚霜破柑。
好作新詩寄桑苧，垂虹秋色滿東南。

5.18　上面所舉首句用鄰韻的近體詩（包括律詩，絕句與排律），其作者除王維，李頎，劉長卿，杜甫是盛唐的人，韓琮，王建，李商隱，張籍，王涯，沈亞之，韓偓，許渾，馬戴，張蠙，劉滄，方干，姚合，韋莊，白居易，崔珏，羅鄴是中唐或晚唐的人外，其餘都是宋代的人，可以證明此風始於盛唐，到中晚唐逐漸成為風氣，到了宋代更是變本加厲了。

5.19　所謂「鄰韻」，除江與陽，佳與麻，蒸與侵為罕見的特例之外，大約總依詩韻的次序，以排列相近而音又相似的韻認為鄰韻。所謂「相近」，不因上平聲和下平聲的界限而有所間隔。這樣，我們可以把相近的韻分為八類如下：

（一）東冬為一類。

（二）支微齊為一類，支與微較近，它們與齊較遠。

（三）魚虞為一類。

（四）佳灰為一類。

（五）真文元寒刪先六韻為一類，真與文近，元與文近，寒與刪近，刪與先近，先又與元近；真與元，寒與先，元與刪較遠；至於真與寒，寒與元，文與刪先，先與真文則原則上不能認為鄰韻。

（六）蕭肴豪為一類。

（七）庚青蒸三韻為一類，庚與青較近，它們與蒸較遠。

（八）覃鹽咸為一類。

5.20　綜上所述,我們得到以下的結論:

(一)近體詩不得通韻,僅首句可用鄰韻;現代詩人作律絕任意通韻者,不合於唐宋詩人的格律[註九]。

(二)首句用鄰韻,僅以本節所舉同類之韻爲限;現代詩人以真庚通押,刪咸通押之類,縱然用於首句,亦不合於唐宋詩人的舊規。

附註:

【註八】　可補李白一例:

以東襯冬。

訪戴天山道士不遇　　　　　　李　白

犬吠水聲中,桃花帶露濃。

樹深時見鹿,溪午不聞鐘。

野竹分青靄,飛泉挂碧峰。

無人知所去,愁倚兩三松。

【註九】　唐人偶有形似通韻的詩,但是,其中必有特殊的理由。韻學要指云:「八庚之清,與青部不分,故清部中偏旁多從『青』,從『令』,而今『屛、熒、聲』諸字,則清青二部均有之。宋韻以刪重之令,刪青部『聲』字,而唐詩往往多見,此斷宜增入者。今但舉唐詩『聲』韻,如李白短律:『胡人吹玉笛,一半是秦聲。五月南風起,梅花落敬亭。』杜甫客舊館五律:『重來梨葉赤,依舊竹林青。風幔何時卷?寒砧昨夜聲。』李建勛留題愛敬寺五律:『空爲百官首,但愛千峰青。斜陽惜歸去,萬壑鳥啼聲。』喻鳧酬王撣見寄五律:『夜月照巫峽,秋風吹洞庭。竟晚蒼山咏,喬枝有鶴聲。』裴硎題石室七律:『文翁石室有儀刑,庠序千秋播德聲。古柏尚留今日翠,高山猶靄舊時青。』類可驗。」緗素雜記云:「鄭谷與僧齊己黃捐等共定今體詩格云:『凡詩用韻有數格:一曰葫蘆,一曰轆轤,一曰進退。葫蘆韻者,先二後四;轆轤韻者,雙出雙入;進退韻者,一進一退。失此則繆矣。』余按倦游雜錄,載唐介爲臺官,廷疏宰相之失,仁廟怒,謫英州別駕。朝中士大夫以詩送行者頗衆。獨李師中待制一

篇爲人傳誦。詩曰:『孤忠自許衆不與,獨立敢言人所難。去國一身輕似葉,高名千古重於山。并游英俊顔何厚! 未免奸諛骨已寒! 天爲吾君扶社稷,肯教夫子不生還?』此正所謂進退格也。按韻略:『難』字第二十五,『山』字第二十七,『寒』字又在第二十五,『還』字又在二十七。一進一退,誠合體格,豈率爾爲之哉? 近閱冷齋夜話,載當時唐李對答,乃以此詩爲落韵詩。蓋渠不見鄭谷所定詩格有進退之説,而妄爲云云也。」力按,此所釋進退未必即合鄭谷原意,惟冷齋夜話以此詩爲落韵詩,可見古人認爲落韵是嚴重的過失。

第六節　平仄的格式

6.1　關於近體詩的平仄,普通的格式如下:

(一)五律。

　(甲)仄起式。

　　仄仄平平仄,平平仄仄平。
　　平平平仄仄,仄仄仄平平。
　　仄仄平平仄,平平仄仄平。
　　平平平仄仄,仄仄仄平平。

　　　　(如首句入韵,則爲「仄仄仄平平」。)

　(乙)平起式。

　　平平平仄仄,仄仄仄平平。
　　仄仄平平仄,平平仄仄平。
　　平平平仄仄,仄仄仄平平。
　　仄仄平平仄,平平仄仄平。

　　　　(如首句入韵,則爲「平平仄仄平」。)

6.2　出句如係仄頭,對句必須是平頭,出句如係平頭,對句必須是仄頭。這叫做「對」。上一聯的對句如係平頭,下一聯的出句必須也是平頭;上一聯的對句如係仄頭,下一聯的出句必須也是仄頭。這叫做「黏」。(「黏」有廣義,有狹義。廣義的「黏」就是一切的平仄都合式,不合叫做「失黏」。狹義的「黏」,如這裏所述,違者也叫做「失黏」。參

看下文第十節。)

6.3 上文第二節裏說過,五言排律是五言律詩的延長,因此,五言排律的平仄只須依照五言律詩的平仄,注意不違反「黏」「對」的規則,延長下去就是了。第三節裏說過,五言絕句是五言律詩的減半,因此,五言絕句的平仄只須依照五言律詩的平仄,也注意不違反「黏」「對」的規則就是了。

6.4 (二)七律。

(甲)平起式。

　　平平仄仄仄平平,仄仄平平仄仄平。
　　仄仄平平平仄仄,平平仄仄仄平平。
　　平平仄仄平平仄,仄仄平平仄仄平。
　　仄仄平平平仄仄,平平仄仄仄平平。

　　　　　(如首句不入韵,則爲「平平仄仄平平仄」。)

(乙)仄起式。

　　仄仄平平仄仄平,平平仄仄仄平平。
　　平平仄仄平平仄,仄仄平平仄仄平。
　　仄仄平平平仄仄,平平仄仄仄平平。
　　平平仄仄平平仄,仄仄平平仄仄平。

　　　　　(如首句不入韵,則爲「仄仄平平平仄仄」。)

6.5 七言律詩的「黏」「對」,和五言律詩的「黏」「對」規則完全相同。七言排律是七言律詩的延長,七言絕句是七言律詩的減半;因此,它們的平仄也就是七律的平仄,祇須注意依照「黏」「對」的規則,分別延長或減半就是了。

6.6 爲了便於記憶和了解起見,我們對於近體詩的平仄,需要更進一步的分析,和更新穎的說明。近體詩的平仄的原則祇是要求不單調:爲要不單調,所以(一)平聲和仄聲必須遞換,(二)一聯之中,平仄必須相對;但若每聯的平仄相同,又變爲單調了,所以(三)下一聯的出句的平仄必須和上一聯的對句的平仄相黏,這樣,相近的兩聯的平仄才不至於相同。

6.7 關於平仄遞換,咱們不妨先假定兩樣的四言平仄形式,就是:

  1. 平平仄仄。

  2. 仄仄平平。

然後，咱們再假定五言律詩有平脚和仄脚兩種句子，於是依照下面的四個方法，把上面的四言的句子再加上一個字，使它們變爲五言：

  （一）「平平仄仄」的四言欲變爲仄脚的五言時，須在中間插入一個平聲字（以平隨平），成爲「平平平仄仄」。

  （二）「平平仄仄」的四言欲變爲平脚的五言時，須在句末加上一個平聲字（以平隨仄），成爲「平平仄仄平」。

  （三）「仄仄平平」的四言欲變爲平脚的五言時，須在中間插入一個仄聲字（以仄隨仄），成爲「仄仄仄平平」。

  （四）「仄仄平平」的四言欲變爲仄脚的五言時，須在句末加上一個仄聲字（以仄隨平），成爲「仄仄平平仄」。

簡單地説，就是：

  （一）仄脚仍仄脚，中插平；

  （二）仄脚變平脚，尾加平。

  （三）平脚仍平脚，中插仄；

  （四）平脚變仄脚，尾加仄。

  6.8 這樣，五律雖有八句，其平仄變化，不出於下列的四種形式之外：

  （一）仄仄平平仄；

  （二）仄仄仄平平；

  （三）平平平仄仄；

  （四）平平仄仄平。

如果咱們把第一類認爲 a，第二類認爲 A（都是仄頭），又把第三類認爲 b，第四類認爲 B（都是平頭），那麼，上文的五律平仄式可以簡單地表示如下：

  （甲）仄起式。

    1. 首句不入韵者。

      aB, bA, aB, bA.

    2. 首句入韵者。

      AB, bA, aB, bA.

（乙）平起式。

　　1. 首句不入韻者。

　　　bA, aB, bA, aB.

　　2. 首句入韻者。

　　　BA, aB, bA, aB.

6.9　七律的句子就是五律的句子的延長，只在句首加上兩個字，仄頭加成平頭，平頭加成仄頭，就成爲下列的四種形式：

　　（一）平平仄仄平平仄（a）；

　　（二）平平仄仄仄平平（A）；

　　（三）仄仄平平平仄仄（b）；

　　（四）仄仄平平仄仄平（B）。

這樣，上文的七律平仄式也可以簡示如下：

（甲）平起式。

　　1. 首句入韻者。

　　　AB, bA, aB, bA.

　　2. 首句不入韻者。

　　　aB, bA, aB, bA.

（乙）仄起式。

　　1. 首句入韻者。

　　　BA, aB, bA, aB.

　　2. 首句不入韻者。

　　　bA, aB, bA, aB.

6.10　近體詩句的節奏，是以每兩個音爲一節，最後一個音獨自成爲一節。平聲佔時間大致比仄聲長一倍，如下：

五言詩每句三節：

　　　仄—仄—‖平——平——‖仄—

　　　平——平——‖仄—仄—‖平——

　　　平——平——‖平——仄—‖仄—

　　　仄—仄—‖仄—平——‖平——

七言詩每句四節：

　　　平——平——‖仄—仄—‖平——平——‖仄—

仄—仄—‖平——平——‖仄—仄—‖平——

仄—仄—‖平——平——‖平——仄—‖仄—

平——平——‖仄—仄—‖仄—平——‖平——

6.11　爲叙述的方便起見，我們將把最後一個節奏稱爲「脚節」，脚節之上爲「腹節」，腹節之上爲「頭節」，頭節之上爲「頂節」。五言的詩句只有三節，沒有頂節。這些稱呼是與上文所説「七律的句子爲五律的句子的延長」的理論相配合的。但所謂加長，祇是頭上加頂，不是脚下加靴。

6.12　下面我們將分別舉出一些實例，來證明近體詩的平仄。我們僅舉律絕的例子；排律可以由此類推。

6.13　（一）五律。

（甲）仄起式。

1. 首句不入韵者。

　　江亭晚眺　　　　　　　　　　　王安石

日下崦嵫外，秋生沉碭間。

清江無限好，白鳥不勝閒。

雨過雲收嶺，天空月上灣。

歸鞍侵調角，回首六朝山。

　　（全首僅有一個「回」字不合平仄格式。）

2. 首句入韵者。

　　送裴別將之安西　　　　　　　　高　適

絶域眇難躋，

悠然信馬蹄。

風塵經跋涉，揺落怨暌攜。

地出流沙外，天長甲子西。

少年無不可，行矣莫凄凄！

　　（全首僅「揺」「少」「行」三字不合平仄格式。）

（乙）平起式。

　　1. 首句不入韵者。

　　　　春日登樓懷歸　　　　　　　　　寇　準

高樓聊引望，杳杳一川平。

野水無人渡，孤舟盡日橫。

荒村生斷靄，古寺語流鶯。

舊業遙清渭，沈思忽自驚。

　　（全首與平仄格式相符。）

　　2. 首句入韵者。

　　　　答白刑部聞新蟬　　　　　　　　劉禹錫

蟬聲未發前，

已自感流年。

一入淒涼耳，如聞斷續絃。

晴清依露葉，晚急畏霞天。

何事秋卿咏，逢時亦悄然。

　　（全首僅有「何」字不合平仄格式。）

6. 14　（二）五絕。

（甲）仄起式。

　　1. 首句不入韵者。

　　　　溪　上　　　　　　　　　　　　羅公升

往歲貪奇覽，今年遂考槃。

門前溪一髮，我作五湖看。（全首與平仄格式相符。）

　　2. 首句入韵者。

　　　　野牧園　　　　　　　　　　　　張孝祥

秋晚稻生孫，

催科不到門。

人閑牛亦樂，隨意過前邨。

　　（全首僅「秋」「隨」二字不合平仄格式。）

（乙）平起式。

1. 首句不入韵者。

晚過水花　　　　　　　　　　　歐陽修

寒川消積雪，凍浦暫通流。

日暮人歸盡，沙禽上釣舟。

（全首無一字不合平仄格式。）

2. 首句入韵者。

白　鷺　　　　　　　　　　　　李嘉祐

江南綠水多，

顧影逗輕波。

落日秦雲裏，山高奈若何！

（全首無一字不合平仄格式。）

6. 15　（三）七律。

（甲）平起式。

1. 首句入韵者。

使次安陸寄友人　　　　　　　　劉長卿

新年草色遠萋萋，

久客將歸失路蹊。

暮雨不知漊口處，春風祇到穆陵西。

城孤盡日空花落，三戶無人白鳥啼。

君在江南相憶否？門前五柳幾枝低。

（全首僅「不」「三」「君」三字不合平仄格式。）

2. 首句不入韵者。

城上夜宴　　　　　　　　　　　白居易

留春不住登城望，惜夜相將秉燭遊。

風月萬家河兩岸，笙歌一曲郡西樓。

詩聽越客吟何苦，酒被吳娃勸不休。

從道人生都是夢，夢中歡笑亦勝愁。

（全首祇有「風」「萬」「從」「歡」及第二「夢」字不合平仄格式。）

（乙）仄起式。

　　1. 首句入韵者。

　　　題李處士幽居　　　　　　　温庭筠

水玉簪頭白角巾，

瑤琴寂歷拂輕塵。

濃陰似帳紅薇晚，細雨如煙碧草新。

隔竹見籠疑有鶴，卷簾看畫靜無人。

南窗自有忘機友，谷口徒稱鄭子真。

　　（全首祇有一個「見」字不合平仄格式。）

　　2. 首句不入韵者。

　　　寄殷協律　　　　　　　　　白居易

五歲優游同過日，一朝消散似浮雲。

琴書酒伴皆拋我，雪月花時最憶君。

幾度聽雞過白日，亦曾騎馬詠紅裙。

吳娘暮雨蕭蕭曲，自別江南更不聞。

　　（全首祇有「一」「消」「亦」「騎」四字不合平仄格式。）

6. 16　（四）七絕。

（甲）平起式。

　　1. 首句入韵者。

　　　解悶之十　　　　　　　　　杜　甫

憶過瀘戎摘荔枝，

青楓隱映石逶迤。

京中舊見君顏色，紅顆酸甜祇自知。

　　（全首祇有「紅」字不合平仄格式。）

　　2. 首句不入韵者。

　　　南遊感興　　　　　　　　　竇　鞏

傷心欲問當時事，惟見江流去不回。

日暮東風春草綠，鷓鴣飛上越王臺。

（全首祇有「惟」「鷗」「飛」三字不合平仄格式。）

（乙）仄起式。

　　1. 首句入韵者。

　　題畫卷　　　　　　　　　　　　范成大

鑿落秋江水石明，

高楓老柳兩灘横。

君看疊巘雲容變，又有中宵雨意生。

　　（全首與平仄格式完全相符。）

　　2. 首句不入韵者。

　　念昔遊　　　　　　　　　　　　杜　牧

十載飄然繩檢外，尊前自獻自爲酬。

秋山春雨閒吟處，偏倚江南寺寺樓。

　　（全首僅有一個「春」字不合平仄格式。）

6.17　以上本節所舉各詩，在平仄上説，都是近體詩中的標準詩。雖然有少數的字未合平仄格式，但那些地方都是可以通融的。至於通融的條件，將見於下節。

6.18　末了，我們將談一談仄韵近體詩的平仄。近體詩用仄韵，本非正例（見上文第七節）；偶然用仄韵時，祇把每聯的對句改爲 a 式或 b 式（不用 AB）就是了。依盛唐人的規矩，在五律仄韵詩裏，各聯出句的末字須平仄相間。上文第四節所舉劉長卿和劉禹錫的仄韵五律，都是合於這個規矩的。現在再舉兩個例子：

　　江上別流人　　　　　　　　　　孟浩然

以我越鄉客（仄），逢君謫居者。（ab）

分飛黄鶴樓（平），流落蒼梧野。（Ba）

驛使乘雲去（仄），征帆沿溜下。（ab）

不知從此分（平），還袂何時把？（Ba）

　　「越」字「謫」字和「黄」字叫做拗字，首聯對句和末聯出

句為特殊形式,參看下文第七、第八和第九節。)

秋雲嶺　　　　　　　　　劉長卿

山色無定姿(平),如煙復如黛。(Ba)

孤峰夕陽後(仄),翠嶺秋天外。(ab)

雲起遙蔽虧(平),江迴頻向背。(Ba)

不知今遠近(仄),到處猶相對。(ab)

（首聯對句與次聯出句皆係特殊形式,參看下文第九節;三聯出句「平仄平仄平」係古式,劉長卿喜歡把這個古式用於仄韵五律。）

這一個平仄相間的規矩,中唐人已不能完全遵守（例如劉禹錫）;到了晚唐,出句就索性一律用平脚,使它和對句的仄脚相對。例如:

乾寧三年在奉天重圍作　　　韓偓

仗劍夜巡城(平),衣襟滿霜霰。(Ab)

賊火偏郊坰(平),飛鏃侵星漢。(Aa)

積雪似空江(平),長林如斷岸。(Ab)

獨憑女墙頭(平),思家起長歎。(Ab)

（首聯對句和末聯對句係特殊形式,見第九節。注意此詩失黏失對,與古風的界限并不分明。）

五　更　　　　　　　　　韓偓

秋雨五更頭(平),桐竹鳴騷屑。(Aa)

却似春殘間(平),斷送花時節。(Aa)

空樓雁一聲(平),遠屏半明滅。(Bb)

繡被擁嬌寒(平),眉山正愁絕。(Aa)

（三聯對句和末聯對句係特殊形式。失對,失黏。）

6.19　五絕用仄韵,較五律為多見。它的出句用平脚或仄脚,并不一定。但是,比較起來,仍以平仄相間為最多,而且是先仄脚,後平脚。例如:

茱萸灣北答崔載華問　　　　　劉長卿

荒涼野店絕（仄），迢遞人煙遠。（ba）

蒼蒼古木中（平），多是隋家苑。（Ba）

6.20　七言近體用仄韻，最爲罕見。第七節裏所舉韓偓七言仄律，除第一句因入韻須用仄腳外，其餘各聯出句都用平腳，這可以說是和他的五言仄律的規矩大致相同。現在再舉他的另一首七言仄律來看：

閒　步　　　　　　　　　　韓　偓

莊南縱步遊荒野（仄），

獨鳥寒煙輕惹惹。（ab）

傍山疎雨濕秋花（平），僻路淺泉浮敗果。（Ab）

樵人相聚指驚麕（平），牧童四散收嘶馬。（Aa）

一壺傾盡未能歸（平），黃昏更望諸烽火。（Aa）

　　　（注意，此詩失黏，失對，又歌麻通韻，與古風相混。）

6.21　仄韻七絕，非常罕見，現在試舉一例如下，請注意第三句係用平腳：

戲贈靈澈上人　　　　　　　呂　溫

僧家亦有芳春興，

自是禪心無滯境。

君看池水湛然時，何曾不受花枝影？

第七節　關於「一三五不論」

7.1　關於近體詩的平仄格式，相傳有兩句口訣，就是：

一三五不論；

二四六分明。

意思是說，每句的第一字、第三字和第五字的平仄可以不拘；至於第二字、第四字和第六字則必須依照格式，該平不能用仄，該仄不能用平。

這是就七言詩而論的;其所以不提及第七字者,因爲第七字居於句末,尤其要「分明」,是不待言的。由此類推,近體的五言詩應該是:「一三不論,二四分明」。

7.2 這兩句口訣不知是誰造出來的(切韻指南後面載有這個口訣)。其實這只是很浮淺的觀察,和事實頗不相符。事實上,一三五不一定可以不論,二四六不一定要分明。因此,這口訣在表面上雖給予人們一種簡單明快的感覺,實際上卻極容易引起初學做詩的人的誤解。現在我們把「不論」和「分明」的規律詳加叙述,使大家明瞭近體詩的平仄并不是那樣簡單的。

7.3 首先咱們應該記得:七言詩是在五言詩的上面再加兩個字而成的;因此,五言的第一字等於七言的第三字,五言的第三字等於七言的第五字。換句話説,五言的第一字可以不論的地方,七言的第三字也可以不論;五言的第三字可以不論的地方,七言的第五字也可以不論。「分明」的地方由此類推。下文所將要談到的許多特殊形式,都是由這一個理論的基礎產生。這是非常重要的初步認識。

7.4 (一)七言詩句的第一字(頂節上字)的平仄,無論在任何情形之下,都是可以「不論」的。因爲它距離句尾最遠,地位最不重要;既不在節奏點(二四六各字則在節奏點),而五言詩句裏也沒有任何字和它的地位相當。於是,該平的也可以用仄,該仄的也可以用平。例如(例句皆已見於上文各節,下做此):

    1. 宜平而用仄。

突營射殺呼延將。(李白)

一生幾許傷心事。(王維)

小兒弄筆不能嗔。(劉禹錫)

雪花遣霰作前鋒。(楊萬里)

    2. 宜仄而用平。

魚擁香鈎近釣磯。(李賀)

潮打空城寂寞回。(劉禹錫)

彭蠡湖邊香橘柚。(劉長卿)

從道人生都是夢。（白居易）

7.5 （二）五言詩句第一字和七言詩句第三字（頭節上字）的平仄，除 B 式外，可以不論。例如：

    1. 宜平而用仄。

少年無不可。（高適）

暗塵隨馬去。（蘇味道）

隔竹見籠疑有鶴。（溫庭筠）

水客暗遊燒野火。（元稹）

    2. 宜仄而用平。

回首六朝山。（王安石）

搖落怨睽攜。（高適）

何事秋卿詠。（劉禹錫）

西陸蟬聲唱。（駱賓王）

鸕鷀空自泛寒洲。（儲光羲）

君家何處訪庭闈。（杜甫）

秋山春雨閒吟處。（杜牧）

紅雲燈火浮滄海。（曾鞏）

7.6 但是，在 B 式詩句裏，如係五言，第一字的平仄必須分明；如係七言，第三字的平仄必須分明。換句話說就是 B 式的頭節上字必須依照規定，限用平聲，也就是：

    1. 五言的「平平仄仄平」不得改爲「仄平仄仄平」；

    2. 七言的「仄仄平平仄仄平」不得改爲「仄仄仄平仄仄平」。

如果近體詩違犯了這一個規律，就叫做「犯孤平」。因爲韻脚的平聲字是固定的，除此之外，句中就單剩一個平聲字了。孤平是詩家的大忌〔註十〕。由此看來，「一三五不論」的口訣是靠不住的；在這種情形之下，五言的第一字和七言的第三字的平聲非論不可。

7.7 現在試在上文第一第二兩節所舉的例子中，把所有一切 B

式的句子都抄録於下，以爲例證：

1. 五言。

龍池歲月深…山蟬處處吟。（沈佺期）

南冠客思深…風多響易沈。（駱賓王）

鳴鸞降九霄…煙含北渚遙。（李嶠）

言尋谷口來…雲陰送晚雷。（杜審言）

心中自不平…風多雜鼓聲。（楊炯）

秋邊一雁聲…無家問死生。（杜甫）

分從起草餘…虞卿正著書。（韓愈）

吾生學養蒙…車邊已畫熊…茶香透竹叢…寒山遠燒紅…

何能訪老翁？（王維）

龍飛四十春…丹青憶老臣…調和鼎鼐新…傳經固絕倫…

東方領搢紳…餘波德照鄰…由來席上珍…愚蒙但隱淪…

生涯似眾人…蒼茫興有神。（杜甫）

妖星下直廬…神都憶帝車…差肩列鳳輿…乾坤欲晏如…

麒麟滯玉除…平生意有餘…新文尚起予…經過歎里閭…

山家藥正鋤…南翁憤始攄…功無禮忽諸…恩波錦帊舒…

沿流想疾徐…鈔詩聽小胥…蕭蕭白暎梳。（杜甫）

初興薊北師…端居艷澦時…常懷湛露詩…生逢酒賦欺…

慚紆德澤滋…風雲際會期…中原鼓角悲…宗臣切受遺…

行人避蒺藜…堯封舊俗疑…超然待具茨…天憂貴在兹…

群公各典司…孤城最怨思…蒼生可察眉…家家急競錐…

耕巖進奕棊…麟傷泣象尼…傾陽逐露葵…哀歌欲和誰？（杜甫）

南朝號戚藩…驚湍激箭奔…謠傳義帝冤…鄉豪恃子孫…

連甍竹覆軒…蘋生枉渚暄…李衡墟落存…星懸橘柚村…

兒童習左言…詩書志所敦…馳聲氣尚吞…巡兵戊己屯…

來觀衢室轉…朝陽闢帝閽…傳呵步紫垣…傳家寶祚蕃…

雄圖授化元…洪恩九族惇…微班識至尊…徒聞太學論…

搶榆尚笑鯤…愁心醉不惛…看方理病源…二毛傷虎賁…

臨風楚奏煩。（劉禹錫）

春生返照中…齋誠帝念隆…榮光答聖衷…偷穿瑇瑁櫳…
搜求好處終…宵暉欲半弓…斜陽絕漠戍…潛泉脉暗洪…
耘催荷蓧翁…殷勤綺鎬豳…晴煙塞迥空…臙脂桃徑紅…
天開禁披崇…鸂鶒竭至忠…閭閻賀歲豐…豪家倚賴雄…
殊恩赦鄧通…詩書封面聾…杯誇瑪瑙烘…彈絲動削蔥…
那知恨亦充…班窗網曙蟲…騎他老病聰…魂驚耳更聰…
持疑又省躬…良辰坐欸窮…陰繁晻澹桐…籬栽備幼冲…
因蒐定作熊…晴和鶴一冲。(元稹)
初登典校司…形骸兩不羈…言通藥石規…無杯不共持…
幽尋皇子陂…閒吟短李詩…通宵靡不爲…騰騰出九遠…
山晴彩翠奇…園花雪壓枝…盤筵占地施…金鈿耀水嬉…
華尊逐勝移…觥飛白玉巵…歸鞍酩酊騎…紅塵塞路歧…
迴環節候推…天成萬物宜…雲霄竊暗窺…毫鋒銳若錐…
齊陳晁董詞…專場戰不疲…千僚儼等衰…還從好爵縻…
多慙侍赤墀…偏瞻獬豸姿…剛腸嫉喔咿…輸忠在滅私…
東臺更不欺…平生志在茲…山藏路險巇…蘭芳遇霰萎…
吹毛遂得疵…殷勤馬上辭…山經綺里祠…城樓枕水湄…
江平綠溆瀰…人家苦竹籬…鰥魚失水鬐…三聲曉角吹…
嬾醒自歔欷…傾心向日葵…嗟予獨在斯…行乖接履綦…
驚時爲別離…餘歡不可追…中懷寫向誰?…何人共解頤?…
…加餐亦似飢。(白居易)

2. 七言。

海燕雙棲玳瑁梁…丹鳳城南秋夜長。(沈佺期)
東望望春春可憐…城上平臨北斗懸…鳥弄歌聲雜管絃。
(蘇頲)
江上巍巍萬歲樓…日日悲看水獨流…向晚茫茫作旅愁。
(儲光羲)
歎息人間萬事非…白馬江寒樹影稀。(杜甫)
卷幔山泉入鏡中…何事吹簫向碧空?(王維)
三峽星河影動搖…人事音書漫寂寥。(杜甫)
江上旌旗拂紫煙。(李白)

烟渚雲帆處處通···金管徐吹曲未終···驚鼓跳魚撥刺紅···

吟作新詩寄浙東···五宿澄波皓月中。(白居易)

曉望林亭雪半糊···胞暖寒禽氣漸蘇···梳洗樓前粉暗鋪···

寡和高歌祇自娛···對景東西事有殊。(元稹)

樓上從容萬狀移···笛賽婆官徹夜吹···乍捲簾帷月上時。

(元稹)

一點君山似措杯···夏口篙工厄沂洄···坐見千峰雪浪堆···

块軋渾憂地軸摧···蜃作波濤古岸隤···汨没汀洲雁驚哀···

水狗斜傾尾纜開···鮫穴相傳有化能···漸覺宵分曙氣催···

白馬君侯傍柳來。(元稹)

　　7.8　以上所舉，五言一百六十九句，七言三十八句，都沒有犯孤平。除了「李衡墟落存」，「二毛傷虎賁」和「東望望春春可憐」三句將在下文第八節裏另有解釋之外，其餘 B 式詩句都如上文所說，五言第一字和七言第三字必用平聲。唐宋詩人們寧願「二四六」「不論」，對於這種五言的第一字和七言的第三字決不肯隨便用一個仄聲。現在一般人很少知道避孤平；這樣重要的規律(幾乎可說是鐵律)也被忽略了，我們不能不歸罪於「一三五不論」的口訣。

　　7.9　(三)五言詩句第三字和七言詩句第五字(腹節上字)的平仄，以依照平仄格式爲正例，不依照平仄格式爲變例[註十一]。現在試舉些變例來看：

　　1. b 式。

端居不出户。(王維登裴迪秀才小臺作。)

浮雲一別後。(韋應物淮上喜會梁川故人。)

林花掃更落。(孟浩然晚春。)

微升古塞外。(杜甫初月。)

清晨入古寺。(常建破山寺後禪院。)

親朋盡一哭。(杜甫送遠。)

孤城向水閉。(劉長卿餘干旅舍。)

春歸定得意。(李嘉祐送張惟儉秀才入舉。)

幸因腐草出。（杜甫螢火。）

妖氣擁白馬。（杜甫觀兵。）

秋水纔深四五尺。（杜甫南鄰。）

走覓南鄰愛酒伴。（杜甫江畔獨步尋花。）

悵望千秋一灑淚。（杜甫詠懷古跡。）

爽氣遙分隔浦岫。（李嘉祐晚登江樓有懷。）

初過重陽惜殘菊。（李嘉祐遊徐城河。）

回首青山獨不語。（李嘉祐晚發咸陽。）

朝罷須裁五色詔。（王維和賈舍人早朝。）

2. B式。

禪房花木深。（常建破山寺後禪院。）

田園春雨餘。（韋應物春日郊居。）

知君才望新。（高適別劉大校書。）

看隨秋草衰。（劉灣即席賦露中菊。）

余亦扁舟湘水陰。（劉長卿送宇文遷明府。）

坐臥閒房春草深。（李頎題璿公山池。）

事簡魚竿私自親。（李嘉祐晚登江樓有懷。）

錦里先生烏角巾。（杜甫南鄰。）

處處征胡人漸稀。（李嘉祐題靈臺縣東山村主人。）

目極傷神誰為攜？（杜甫野望。）

未厭門前鄢水清。（李嘉祐承恩量移宰江邑。）

知掩山扉三十秋。（韋應物答秦十四校書。）

3. a式。

明月隱高樹。（陳子昂春夜別友人。）

白髮老閒事。（高適醉後贈張九旭。）

我有一瓢酒。（韋應物簡盧陟。）

未有桂陽使。（韋應物對韓少尹所贈硯有懷。）

季弟念離別。（高適送蔡十二之海上。）

洛城一別四千里。（杜甫恨別。）

4. A式。

漠漠秋雲低。（杜甫秦州雜詩。）

醉裏開衡門。（高適酬衛八雪中見寄。）

相問良殷勤。（韋應物路逢崔元二侍御。）

主人爲卜林塘幽。（杜甫卜居。）

將軍帳下來從容。（張謂送皇甫齡宰交河。）

7.10 由上文所舉諸例看來，b 式和 B 式的變例頗多，a 式和 A 式的變例則甚少。因爲 a 式句子變了，末三字成爲「仄平仄」，A 式句子變了，末三字成爲「平平平」，二者都是古體詩的標準平仄，尤其是後者（見下文第廿八廿九兩節），近體詩應該極力避免。杜甫和高適喜歡用古詩的平仄來做律詩，所以他們的 A 式頗多變例；劉長卿的律詩可認爲標準律詩，他的律句是絕對沒有 a 式和 A 式的變例的。

7.11 凡不合平仄格式的字，叫做「拗」。前人所謂「拗」，除了「二四六」的拗之外，祇有五言第三字和七言第五字不合才叫做拗，又 B 式五言第一字和七言第三字用仄聲也叫做拗；普通五言的第一字和七言的第一第三字既可不論平仄，也就無所謂拗。現在我們爲方便起見，不管二四六或一三五，任何地位，不合平仄的都叫做拗。依照本節上文所述，一三五的拗可以分爲三種：

（一）七言第一字（頂節上字），及 Aab 三式的五言第一字，又同式的七言第三字（頭節上字）的拗，可稱爲甲種拗。詩人對此，可以不避，也可以不救。

（二）五言第三字及七言第五字（腹節上字）的拗，可稱爲乙種拗。詩人對此，儘可能避免，否則儘可能補救。

（三）B 式五言第一字和七言第三字（頭節上字）的拗（即孤平），可稱爲丙種拗。詩人對此，絕對避免，否則必須補救。

7.12 關於這些拗句的補救，將見於下節。現在附帶談一談二四六的拗。二四六正當節奏點，本不應用拗。但是，有兩種特殊形式是可以用拗的（見下文第九節）；此外，有些詩人有時候不甘受律句平仄的拘束，或故意求取高古的格調，也喜歡在節奏點用拗。例如：

離堂思琴瑟，別路繞山川。（陳子昂春夜別友人。）

坐閣獨成悶，行塘閱清輝。（韋應物社日寄崔都水。）

鄭公經綸日，隋氏風塵昏。（高適三君詠。）

二月湖水清，家家春鳥鳴。（孟浩然晚春。）

鄭縣亭子澗之濱，戶牖憑高興發新。（杜甫題鄭縣亭子。）

錦官城西生事微，烏皮几在還思歸。（杜甫將赴成都草堂途
中有作。）

梅花欲開不自覺，棣萼一別永相望。（杜甫至後。）

新亭舉目風景異，茂陵著書消渴長。（杜甫十二月一日。）

三十未有二十餘，白日長饑小甲蔬。（李賀南園。）

7.13　總之，像上面這些二四六用拗的例子并不是律句的正則；
它們極近似於古風式的律詩，初學詩的人應該先求平仄分明，決不能
因爲弄錯了平仄而以此爲口實。

附註：

【註十】　趙執信聲調譜說：「律詩平平仄仄平，第二句是正格。若
仄平平仄平，變而仍律者也（這是孤平拗救，參看本書8.7）。仄平
仄仄平，則古詩句矣（不是律句）。此格人多不知者，『一三五不
論』二語誤之也。」趙氏這段話說明了四個問題：第一，平平仄仄
平是正格；第二，仄平平仄平是變格（拗救）；第三，仄平仄仄平是
古詩句，不合律詩的平仄；第四，『一三五不論，二四六分明』這兩
句話是誤人的話。有人試圖在杜甫的律詩中尋找一些孤平的例
子來作反證。其實有些形似孤平的例子都不是真的孤平。例如
秦州雜詩的「應門幸有兒」，獨坐的「應門試小童」，其中的「應」讀
平聲（亦寫作「膺」，見詩韵合璧蒸韵），并不犯孤平。杜甫寄贈王
十將軍承俊：「將軍膽氣雄，臂懸兩角弓。纏結青驄馬，出入錦城
中。時危未授鉞，勢屈難爲功。賓客滿堂上，何人高義同？」這裏
「臂懸兩角弓」是個孤平的句子，但是首聯、頷聯都失對，第三句、
第五句都失黏，「難爲功」連用三個平聲，顯然是一首古風式的律
詩（拗體律詩，不是律詩的正格）。錢箋杜詩引李（因篤？）曰：
「『臂』字宜平而仄，應於第三字還之，此未還，且無黏聯，拗體也。
集中只此一首，人借口不得。」李氏這段話說明了三個問題：第

一,第一字宜平,可見五言平起平脚的律句第一字非用平聲不可;第二,如果第一字仄聲,應在第三字還它一個平聲,這就是拗救;第三,這是拗體,雖用孤平,人們不得以此爲借口。

【註十一】 詩論家認爲,在平平平仄仄這個格式中,當第三字改用仄聲的時候,第一字必須用平,不能第一、第三都仄(七言則不能第三、第五都仄)。趙執信聲調譜云:「平平仄仄仄,下句仄仄仄平平,律詩常用。若仄平仄仄仄,則爲落調矣。蓋下有三仄,上必二平也。」力按,趙氏的話是對的。盛唐以後的詩,如果依照趙氏的話來檢查,極少例外。盛唐以前,仄平仄仄仄的例子也是罕見的。本書87—88頁所舉17個例子中祇有一個例外。

第八節 拗 救

8.1 詩人對於拗句,往往用「救」。拗而能救,就不爲「病」。所謂「拗救」,就是上面該平的地方用了仄聲,所以在下面該仄的地方用平聲,以爲抵償;如果上面該仄的地方用了平聲,下面該平的地方也用仄聲以爲抵償。拗救大約可以分爲兩類:

1. 本句自救,例如在同一個句子裏,第一字該平而用仄,則第三字該仄而用平;
2. 對句相救,例如出句第三字該平而用仄,則對句第三字該仄而用平。

下文將敘述詩人對於甲乙丙三種拗的處理。

8.2 (一)詩人對於甲種拗,固然可以不救;但是許多人在有意無意之間,造成了拗救的局面。這樣,在聲調方面,更覺得鏗鏘可喜。例如:

1. 本句自救。

(子)七言第一字該平而仄,第三字該仄而平。

> 夕陽城上角偏愁。(李嘉祐同皇甫冉登重玄閣。)
> 夜鐘殘月雁歸聲。(高適夜別韋司士。)
> 更吹羌笛關山月。(王昌齡從軍行。)

葉心朱實看時落。（杜甫院中晚晴懷西郊茅舍。）

（丑）七言第一字該仄而平，第三字該平而仄。

亭脊太高君莫拆。（白居易高亭。）
猶賴德全如醉者。（劉禹錫秘書崔少監見示墜馬長句。）
同作逐臣君更遠。（劉長卿重送裴郎中貶吉州。）
西學已行秦博士。（張籍送楊少尹赴鳳翔。）
　　（注意：此類本句自救祇限於七言 Aab 三式。）

2. 對句相救。
（子）七言第一字相救（頂節上字相救）。

　　（a）平拗仄救。
　　閒遣青琴飛小雪，自看碧玉破甘瓜。（鮑溶夏日懷杜悰
　　駙馬。）
　　唯對松篁聽刻漏，更無塵土翳虛空。（韓偓雨後月中玉堂
　　閒坐。）
　　　　（注意：A 式第一字仄，則第三字應平；「自看碧玉」之例
　　　　絕少。）
　　（b）仄拗平救。
　　甕頭竹葉經春熟，階底薔薇入夏開。（白居易薔薇正開春酒
　　初熟。）
　　乍牽玉勒辭金棧，催整花鈿出繡閨。（張祜愛妾換馬。）

（丑）五言第一字相救及七言第三字相救（頭節上字相救）。

遠山籠宿霧，高樹影朝暉。（元稹早歸。）
蝶翎朝粉盡，鴉背夕陽多。（溫庭筠春日野行。）
井轉轆轤千樹曉，門開閶闔萬山秋。（許渾秋日候扇。）
馬上折殘江北柳，舟中開盡嶺南花。（許渾南康阻淺。）

（注意：此類僅有仄拗平救，因平拗仄救即犯孤平。）

3. 本句自救而對句又相救。

金闕曉鐘開萬戶，玉階仙仗擁千官。（岑參和賈至舍人早朝
大明宮之作。）

樓上鳳皇飛去後，白雲紅葉屬山雞。（王建九仙公主舊莊。）

將謂獨愁猶對雨，不知多興已尋山。（白居易雨中赴劉十九
二林之期。）

波上馬嘶看櫂去，柳邊人歇待船歸。（溫庭筠利州南渡。）

嵐翠暗來空覺潤，澗茶餘爽不成眠。（溫庭筠和趙嘏題
岳寺。）

南苑草芳眠錦雉，夾城雲暖下霓旄。（杜牧長安。）

千歲鶴歸猶有恨，一年人住豈無情。（杜牧得替後移居雲
溪館。）

清露已凋秦塞柳，白雲空長越山薇。（許渾臥病。）

鸚鵡未知狂客醉，鷓鴣先讓美人歌。（許渾韶州韶陽樓
夜宴。）

城帶夕陽聞鼓角，寺臨秋水見樓臺。（許渾潁州從事西湖亭
讌餞。）

絲柳向空輕宛轉，玉山看日漸徘徊。（鮑溶人日陪宣州范中
丞宴。）

紅旆路幽山翠溼，錦帆風起浪花飄。（姚合送唐中丞開淘西
湖夏日遊泛。）

空廄欲摧塵滿櫪，小池初涸草侵沙。（姚合廢宅。）

江對楚山千里月，郭連漁浦萬家燈。（李紳過鐘陵。）

知愛魯連歸海上，肯令王翦在頻陽。（楊巨源贈張將軍。）

人在定中聞蟋蟀，鶴從棲處挂獼猴。（賈島早秋寄題天竺靈
隱寺。）

（此種拗救，出句與對句的平仄字字相對，極與諧和，故
詩人最喜歡用它，例子不勝枚舉。但祇能用 bA 式；若

用 aB 式,即犯孤平。)

8.3　看了上面諸例,可見第六節所述的平仄格式祇是求其整齊,實際上,若依唐人的詩式,還有補充説明的必要。在七言律詩裏,出句和對句如果是 bA 式,其平仄應有兩種方式,任用一種:

(甲) 仄仄平平平仄仄,平平仄仄仄平平;

(乙) 平仄仄平平仄仄,仄平平仄仄平平。

後者在應用上,并不比前者少見,甚至於還比前者多見。尤其是中晚唐以後,後者差不多成爲一種風尚(許渾最講究此道)。若依這種説法,竟可以不必認爲「拗」。

8.4　(二)詩人對於乙種拗,是儘可能用「救」的。上節所舉乙種拗諸例,拗而不救,是頗爲少見的。較常見的例子乃是拗而後救,并且用的是對句相救。換句話説,就是在五言的第三字或七言的第五字上,出句該平而用仄,對句該仄而用平。例如:

1.　aB 式。

落日鳥邊下,秋原人外閒。(王維登裴迪秀才小臺作。)

挂席幾千里,名山都未還。(孟浩然晚泊潯陽望盧山。)

萬籟此俱寂,唯聞鐘磬音。(常建破山寺後禪院。)

促織甚微細,哀鳴何動人!(杜甫促織。)

虎氣必騰上,龍身寧久藏!(杜甫蕃劍。)

搖落暮天迥,青楓霜葉稀…渡口月初上,鄰家漁未歸。
(劉長卿餘干旅舍。)

倚馬見雄筆,隨身唯寶刀。(高適送竇秀才赴臨洮。)

鳥下見人寂,魚來聞餌馨。(韓愈獨釣。)

江上幾人在?天涯孤棹還。(溫庭筠送人東遊。)

物外趣多別,塵中心枉勞。(許棠野步。)

夫子且歸去,明時方愛才。(岑參送桂佐下第。)

謁帝向金殿,隨身唯寶刀。(岑參陝州月城樓送辛判官
入奏。)

塔影挂清漢,鐘聲和白雲。(綦母潛題靈隱寺山頂院。)

恨望日千里,如何今二毛!（<u>高適送竇秀才赴臨洮</u>。）

吾愛<u>孟夫子</u>,風流天下聞。（<u>李白贈孟浩然</u>。）

地即帝王宅,山爲龍虎盤。（<u>李白金陵</u>。）

帶甲滿天地,胡爲君遠行?（<u>杜甫送遠</u>。）

雨中草色綠堪染,水上桃花紅欲然。（<u>王維輞川別業</u>。）

身無拘束起長晚,路足交親行自遲。（<u>劉禹錫和留守令狐相</u>
　<u>公答白賓客</u>。）

盡抛今日貴人樣,復振前朝名相家。（<u>劉禹錫和僕射牛相公</u>
　<u>寓言</u>。）

誰言宰邑化黎庶?欲別雲山如弟兄!（<u>李嘉佑承恩量移宰</u>
　<u>江邑</u>。）

歌聲裊裊出清漢,月色娟娟當翠樓。（<u>杜牧南樓夜</u>。）

遙知楊柳是門處,似隔芙蓉無路通。（<u>劉威遊東湖</u>。）

2. bA 式。

可憐白雪曲,未遇知音人!（<u>韋應物簡盧陟</u>。）

草色全經細雨溼,花枝欲動春風寒。（<u>王維酌酒與裴迪</u>。）

　　（注意:乙種拗救的 bA 式特少,因爲在 A 式裏用救即成三平調,與古風之句式混。）

8.5　到了<u>宋</u>人,雖然對於乙種拗,漸多拗而不救,但仍有些詩人承受了<u>唐</u>人的衣鉢,儘可能用救。例如:

1. aB 式。

曉雨暗人日,春愁連上元。（<u>蘇軾新年</u>。）

古寺滿修竹,深林聞杜鵑。（<u>蘇軾遊鶴林招隱</u>。）

流水伴遲日,野花留晚香。（<u>張耒建平途次</u>。）

涓涓泣露紫含笑,焰焰燒空紅佛桑。（<u>蘇軾正月二十六日偶</u>
　<u>與數客野步</u>。）

我行日夜向江海,楓葉蘆花秋興長。（<u>蘇軾出潁口初見</u>
　<u>淮山</u>。）

家藏玉牒幾千卷,手校韋編三十秋。（<u>謝逸寄隱居士</u>。）

行人半出稻花上,宿鷺孤明菱葉中。(范成大初歸石湖。)

青山缺處日初上,孤店開時鶯亂啼。(陸游上虞逆旅見舊題
歲月感懷。)

暄凉書問二千里,場屋聲名三十年。(楊萬里寄題曾子與競
秀亭。)

　2. bA 式。

故人越五嶺,旅雁留三湘。(賀鑄登烏江柏子岡。)

8.6　普通總説在出句爲拗,在對句爲救;其實,有時候詩人却爲
了對句有一個拗字,就索性在出句裏安置一個拗字以爲補救(兩拗相
消,即成爲正)。譬如「雨中草色綠堪染」。「綠」字本可用「青」字以求
合於平仄,但因對句「水上桃花紅欲然」裏面的「紅」字非用不可,就在
出句故意用一個「綠」字,使它們平仄相應。雖然王維當時未必有這樣
的構思歷程,但類此的情事應該是後代講究拗救的詩人所常注意去
做的。

8.7　(三) 詩人對於丙種拗,是必須補救的;否則就像上節裏所
説,犯了孤平。補救的方法是本句自救[註十二]。五言的 B 式句子裏,
第一字該平而用仄,則第三字必須用平以爲補救(這樣,除了韵脚之外
還有兩個平聲字,就不至於犯孤平);七言的 B 式句子裏,第三字該平
而用仄,則第五字必須用平以爲補救。七言第一字用平聲是不中用
的,因爲它的地位太不重要了。在上節裏,我們已經隱約地説及三個
孤平拗救的例子:

李衡墟落存。(劉禹錫。)

二毛傷虎賁。(同上。)

東望望春春可憐。(蘇頲。)

　(「望」字本有平仄兩讀;若讀平聲,可不必救。)

現在我們將再舉一些例子,以爲證明:

欲歸翻旅遊。(高適別韋五。)

亂山爲四鄰。(儲嗣宗贈隱者。)

酌酒與君君自寬。(王維酌酒與裴迪。)

傴僂丈人鄉里賢。(王維輞川別業。)

江上女兒全勝花。(王昌齡浣紗女。)

黄草峽西船不歸。(杜甫黄草。)

何日雨晴雲出溪?(杜甫中丞嚴公雨中垂寄見憶。)

遠在劍南思洛陽。(杜甫至後。)

眼見客愁愁不醒。(杜甫絶句漫興。)

君向白田何日歸?(李嘉祐送皇甫冉還安宜。)

羅綺點成苔蘚斑。(嚴鄖望夫石。)

魚鑰獸環斜掩門。(趙光遠題北里伎人壁。)

長笛一聲歸島門。(譚用之秋宿湘江。)

嫁得五陵輕薄兒。(施肩吾代征婦怨。)

滿地月明何處砧?(薛能秋夜旅懷。)

半夜對吹驚賊圍。(章孝標聞角。)

徐孺宅前湖水東。(來鵬寒食山館。)

8.8 丙種拗救往往與乙種拗救同時并用。這樣,對句腹節上字實在兼任兩種職務:它既挽救了本句的孤平,同時又挽救了出句的該平而用仄[註十三]。例如:

久客得無淚,故妻難及晨。(杜甫促織。)

爲惜故人去,復憐嘶馬愁。(高適送魏八。)

世上謾相識,此翁殊不然。(高適醉後贈張九旭。)

嘗讀遠公傳,永懷塵外蹤。(孟浩然晚泊潯陽。)

古戍落黄葉,浩然離故關。(溫庭筠送人東游。)

嗜酒漸思渴,讀書多欲眠。(司空曙江園書事。)

美酒易傾盡,好詩難卒酬…不覺入關晚,別來林木秋。(賈島酬姚校書。)

百年將半仕三已,五畝就荒天一涯。(高適重陽。)

山齋留客掃紅葉,野艇送僧披綠莎。(許渾贈茅山高拾遺。)

溪雲初起日沈閣，山雨欲來風滿樓。（許渾咸陽城東樓。）

水聲東去市朝變，山勢北來宮殿高。（許渾登故洛陽城。）

三秋木落半年客，滿地月明何處砧？（薛能秋夜旅懷。）

8.9　宋代詩人仍舊恪守唐人的格律，絕對不犯孤平。下面是從宋詩裏摘出的孤平拗救的例子：

（甲）丙種拗救獨用。

寵深還若驚。（王禹偁五更睡。）

舉頭閒望賖。（陳與義金潭道中。）

數花搖翠藤。（趙師秀巖居僧。）

水上禹書寒磬清。（梅堯臣送樂職方知泗州。）

二客所須惟濁醪。（蘇過偕陳調翁經山買舟待夜潮發。）

日暮擁階黃葉深。（韓駒和李上舍冬日書事。）

臨老避兵初一遊。（陳與義巴邱書事。）

隔岸一聲黃栗留。（楊萬里和昌英叔夜雨。）

（乙）丙種拗救與乙種拗救并用。

日暮倦行役，解鞍初息肩。（余靖晚至松門僧舍。）

及送故人盡，亦嗟歸跡留。（梅堯臣依韵和子聰見寄。）

吳客獨來後，楚橈歸夕曛。（梅堯臣金山寺。）

翠壁虎牙石，素花狼尾灘。（司馬光送峽州陳簾秘丞。）

柴几坐清晝，博山凝妙香。（黃庭堅呻吟齋睡起。）

時改客心動，鳥鳴春意深。（陳與義寒食。）

明日受降處，甲齊熊耳高。（陸游小出塞曲。）

老樹有餘韵，別花無此姿。（張道洽詠梅。）

長堤凍柳不堪折，窮臘使君單騎行。（梅堯臣送樂職方知泗州。）

檣帆落處遠鄉思，砧杵動時歸客情。（梅堯臣和韓欽聖學士聞喜亭。）

野桃含笑竹籬短，溪柳自搖沙水清。（蘇軾新城道中。）
相知四海孰青眼？高臥一庵今白頭！（謝逸寄隱居士。）
溪聲獨帶夜來雨，山色漸分雲外霞。（李彌遜渡橫溪。）
故園更在北山北，佳節可憐三月三！（王銍別張自強。）
夕陽茅店客沽酒，明月小橋人釣魚。（王十朋題湖邊莊。）

　　8.10　仔細觀察唐宋詩人的詩，孤平拗救獨用者頗少，與乙種拗救配用者則頗多，又與下節所述丑類特殊形式配用者也很多。大約孤平拗救獨用是不得已的辦法，但若和乙種拗救或丑類特殊形式配用，卻能自成一格，顯出格調的高古，所以唐宋詩人們頗喜歡用它。

　　8.11　上節說過，孤平是詩家之大忌；我們曾在一部全唐詩裏尋覓犯孤平的詩句，結果只找到了兩個例子：

醉多適不愁。（高適淇上送韋司倉。）
百歲老翁不種田。（李頎野老曝背。）

即使我們有所遺漏，但是，犯孤平的句子少到幾乎找不着的程度，已經足以證明它是詩人們極力避忌的一種形式。（參看註三。）高適和李頎也許是一時疏忽，也許是故意用古詩所容許的平仄。（高李是盛唐初期的人，當時詩律未細，也是一因。）總之，在唐宋千萬首詩當中，這寥寥的兩個例外適足以證明近體詩的孤平確爲詩家的大忌而已。

附註：

【註十二】　再舉兩個例子：

恐驚天上人。（李白夜宿山寺。）
月光明素盤。（李白宿五松山下荀媼家。）

【註十三】　再舉一個例子：

兒童相見不相識，笑問客從何處來。（賀知章回鄉偶書。）

第九節　平仄的特殊形式

9.1　這裏所謂平仄上的特殊形式,指的是五言 b 式的第四字或七言 b 式的第六字該仄而平,和五言 a 式的第四字或七言 a 式的第六字該平而仄。因爲五言的第四字和七言的第六字是重要的節奏點,平仄不合,似乎是大大地違犯了平仄的規律,不合於「二四六分明」的口訣,所以我們稱爲平仄上的特殊形式。爲便於叙述起見,我們把前者叫做子類特殊形式,後者叫做丑類特殊形式。

9.2　(一)子類特殊形式是把那本該用「平平平仄仄」的五言句子改爲「平平仄平仄」,又把「仄仄平平平仄仄」的七言句子改爲「仄仄平平仄平仄」。換句話說,就是腹節的兩個字平仄互換[註十四];本是「平仄」,現在改爲「仄平」。在這種情形之下,頭節上字以避免仄聲爲原則。(若不避免仄聲,則以用普通形式爲宜,參看[註十四]。)例如:

言陪柏梁宴,新下建章臺。(王維奉和聖製。)

垂銀棘庭印,持斧栢臺綱。(苑咸送大理正攝御史。)

閭門折垂柳,御苑聽殘鶯。(李頎送人尉閩中。)

落花滿春水,疎柳映新塘。(儲光羲答王十三維。)

鄉園碧雲外,兄弟淥江頭。(常建江行。)

朝遊茂陵道,夜宿鳳凰城。(李巔少年行。)

愁來理弦管,皆是斷腸聲。(崔亘春怨。)

小園足生事,尋勝日傾壺。(楊顏田家。)

停車傍明月,走馬入紅塵。(王諲十五夜觀燈。)

猶聞有知己,此去不徒然。(周萬送沈芳謁李觀察。)

寧知武陵趣,宛在市朝間。(祖詠題韓少府水亭。)

長江一帆遠,落日五湖春。(劉長卿錢別王十一南遊。)

簷飛宛溪水,窗落敬亭雲。(李白過崔八丈水亭。)

朱實初傳九華殿,繁花舊雜萬年枝。(崔興宗和王維敕賜百官櫻桃。)

山壓天中半天上,洞穿江底出江南。(王維送方尊師歸

嵩山。)

欲問吳江別來意,青山明月夢中看。(王昌齡李四倉曹宅
夜飲。)

聞說桃源好迷客,不如高臥眄庭柯。(裴迪春日與王右丞過
新昌里。)

寒樹依微遠天外,夕陽明滅亂流中。(韋應物自鞏洛舟行入
黃河。)

日色悠揚暎山盡,雨聲蕭颯渡江來。(白居易百花亭晚望。)

蜀客帆檣背歸燕,楚山花木急啼鵑。(李郢江亭春霽。)

9.3　這種特殊形式多數用於尾聯的出句[註十五],這也是詩人的
一種風尚。在上面所舉諸例中,崔亘,周萬,祖詠,王昌齡,裴迪,都是
用於尾聯的;下面再錄一些整篇的詩,以見全貌:

　　　　奉使朔方贈郭都護　　　　　　李　華
絕塞臨光禄,孤營佐貳師。
鐵衣山月冷,金鼓朔風悲。
都護征兵日,將軍破虜時。
揚鞭玉關道,回首望旌旗。

　　　　觀王美人海圖障子　　　　　　梁　鍠
宋玉東家女,常懷物外多。
自從圖渤海,誰爲覓湘娥?
白鷺栖脂粉,頳魴躍綺羅。
仍憐轉嬌眼,別恨一橫波。

　　　　奉陪鄭駙馬韋曲二首　　　　　　杜　甫
　　　　　　其　　一
韋曲花無賴,家家惱殺人。
綠尊雖盡日,白髮好禁春。
石角鈎衣破,藤枝刺眼新。
何時占叢竹? 頭戴白烏巾。
　　(「占」同「佔」,去聲。)

其　　二

野寺垂楊裏，春畦亂水間。
美花多映竹，好鳥不歸山。
城郭終何事？風塵豈駐顏？
誰能共公子，薄暮欲俱還！

歲日見新曆因寄都官裴郎中　　劉長卿

青陽振蟄初頒曆，白首銜冤欲問天！
絳老更能經幾歲？賈生何事又三年？
愁占蓍草終難決，病對椒花倍自憐。
若道平分四時氣，南枝爲底發春偏？

詠懷古跡五首（錄二）　　杜甫

其　　一

支離東北風塵際，漂泊西南天地間。
三峽樓臺淹日月，五溪衣服共雲山。
羯胡事主終無賴，詞客哀時且未還。
庾信平生最蕭瑟，暮年詩賦動江關。

其　　三

群山萬壑赴荊門，
生長明妃尚有村。
一去紫臺連朔漠，獨留青塚向黃昏。
畫圖省識東風面，環珮空歸月夜魂。
千載琵琶作胡語，分明怨恨曲中論！

西湖留別　　白居易

征途行色慘風煙，
祖帳離聲咽管弦。
翠黛不須留五馬，皇恩祇許住三年。
綠藤陰下鋪歌席，紅藕花中泊妓船。
處處回頭盡堪戀，就中難別是湖邊。

曉過伊水寄龍門僧　　司馬禮

龍門樹色暗蒼蒼，
伊水東流春恨長。

病馬獨嘶殘夜月，行人欲渡滿船霜。

幾家煙火依邨步，何處漁歌似故鄉？

山下禪菴老師在，願將形役問空王！

9.4 唐人這種特殊形式，宋人深深地體會到了；尤其是用於尾聯的妙處，宋人領略得最到家，所以也用得最多，幾乎可說是青出於藍。例如：

（甲）用於首聯者。

微軀定誰恨，清嘯不知勞。（劉攽蟬。）

南山半雲雨，天氣雜暄寒。（劉攽獨行。）

春風取花去，酬我以清陰。（王安石半山春晚即事。）

游人出三峽，楚地盡平川。（蘇軾荊州。）

憑高散幽策，綠草滿春坡。（徐璣憑高。）

危欄散湮鬱，已暮亦登臨。（陳鑒之暮登蓬萊閣。）

　　（七言首句多入韵，故特殊形式罕見。）

（乙）用於頷聯者。

山橋斷行路，溪雨漲春田。（歐陽修離彭婆值雨。）

星辰競搖動，河漢湛虛明。（劉攽月夜。）

浮雲帝鄉外，落日古城邊。（劉攽臨雨亭。）

縱橫一川水，高下數家村。（王安石即事。）

雲陰下斜谷，雨勢落褒城。（文同凝雲榭晚興。）

樓臺見新月，燈火上雙橋。（賀鑄秦淮夜泊。）

潛魚聚沙窟，墜鳥滑霜林。（陳師通宿濟河。）

人聲隱林杪，僧舍繞雲根。（陳師道遊鶴山院。）

田園一蚊睫，書卷百牛腰。（周孚贈蕭光祖。）

雲分一山翠，風與數荷香。（周紫芝雨過。）

吾行正無定，魂夢豈忘歸？（楊萬里和仲良春晚即事。）

排雲數峰出，漏日半江明。（楊萬里明發新塗晴。）

奇哉一江水，寫此二更天！（楊萬里宿蘭溪水驛前。）

疎影橫斜水清淺,暗香浮動月黃昏。(林逋山園小梅。)

穩去先應望廬岳,暫來誰復見龍泉?(梅堯臣送少卿張學士
　知洪州。)

日腳穿雲射洲影,槎頭擺子出潭聲。(梅堯臣和韓欽聖學士
　襄陽閒喜亭。)

栽種成陰十年事,倉皇求買萬金無。(蘇軾傅堯俞濟源
　草堂。)

雲捧樓臺出天上,風飄鐘磬落人間。(楊蟠甘露上方。)

久矣歸心到鄉國,依然水宿伴魚舠。(蘇過偕陳調翁龍山買
　舟待夜潮發。)

晚木聲酣洞庭野,晴天影抱岳陽樓。(陳與義巴邱書事。)

到得我來恰君去,正當臘後與春前。(楊萬里辛亥元日送張
　德茂。)

仗外諸峰獻松雪,霜前一雁度宮雲。(楊萬里赴文德殿聽麻
　仍拜表。)

地僻芳菲鎮長在,谷寒蜂蝶未全來。(朱熹春谷。)

(丙) 用於頸聯者。

開牕置尊酒,看月湧江濤。(劉敞秋晴西樓。)

沂水弦歌重曾點,菑川故舊識平津。(蘇轍送龔鼎臣諫議移
　守青州。)

醉任狂風揭茅屋,臥聽殘雪打簑衣。(王庭珪題郭秀才
　釣亭。)

更着好風墮清句,不知何地頓閒愁。(楊萬里和昌英叔
　久雨。)

　　(此類最少。)

(丁) 用於尾聯者。

方今聖明代,不敢話辭榮。(張詠縣齋秋夕。)

東轅有遺恨,日日物華清。（宋祁中秋新霽。）

思君正怊悵,黄葉更翩翩。（余靖晚至松門僧舍。）

依依半荒苑,行處獨聞蟬。（歐陽修雨後獨行洛北。）

悲歡古今事,寂寞墮荒城。（蘇舜欽和解生中秋月。）

余非避喧者,坐愛遠風清。（梅堯臣夏日晚霽。）

張衡四愁意,歷歷起登臨。（劉敞觀魚臺。）

天風拂襟袂,縹緲覺身輕。（周敦頤遊大林。）

還應笑黄卷,寂寂守儒官。（司馬光送鄭推官戩赴邠州。）

歸來向人説,疑是武陵源。（王安石即事。）

留連一杯酒,滿眼欲歸心。（王安石欲歸。）

遙懷寄新月,又見一稜生。（文同凝雲榭晚興。）

誰憐遠遊子,心旌正搖搖!（賀鑄秦淮夜泊。）

朋從正相遠,梅信爲誰開?（賀鑄江夏遇興。）

南荒足妖怪,此日謾桃符。（唐庚除夕。）

乾坤滿群盜,何日是歸年?（汪藻己酉亂後。）

鸑鷟莫飛去,留此伴新凉。（周紫芝雨過。）

南階兩三菊,極意作今年。（呂本中九日晨起。）

雲移穩扶杖,燕坐獨焚香。（陳與義放慵。）

西岡夕陽路,不到又經年。（陸游小舟遊西涇。）

東風好西去,吹淚到泉臺。（楊萬里虞丞相挽詞。）

從知爽鳩樂,莫作雍門哀。（朱熹登定王臺。）

端如退之語,江遠共蒹葭。（王十朋過三叉。）

安得乘槎更東去,十洲風外弄潺湲!（徐鉉京口江際弄水。）

若許他時作閒伴,殷勤爲買釣魚船。（徐鉉送郝郎中。）

副使官閒莫惆悵,酒錢猶有撰碑錢。（王禹偁寒食。）

聞説秋來自高尚,道裝筇竹鶴成雙。（王禹偁寄獻潤州趙舍人。）

迴日期君直西掖,當階紅藥正開花。（王禹偁送羅著作。）

安得君恩許歸去,東陵閒種一園瓜。（王禹偁新秋即事。）

幸有微吟可相狎,不須檀板共金尊。（林逋山園小梅。）

堪笑胡雛亦風味,解將聲調角中吹。（林逋梅花。）

我獨空齋掛塵榻，遺編時讀子雲書。（歐陽修蘇主簿挽歌。）

使者徘徊有佳興，高吟不減謝宣城。（梅堯臣和韓欽聖學士。）

自笑低心逐年少，秖尋前事撚霜毛。（曾鞏上元。）

況是清明好天氣，不妨游衍莫忘歸。（程伯子郊行即事。）

欲把新詩問遺像，病維摩詰更無言。（蘇軾竹閣。）

長與東風約今日，暗香先返玉梅魂。（蘇軾復出東門仍用前韵。）

何日蘆軒下雙榻，滿持尊酒洗塵機。（賀鑄懷寄寇元弼。）

萬里歸船弄長笛，此心吾與白鷗盟。（黃庭堅登快閣。）

願藉微官少年事，病來那復一分心！（韓駒和李上舍冬日書事。）

此去騰驤吐虹氣，何由來伴老夫閑？（張元幹奉送晁伯南歸金谿。）

歲晚無人弔遺跡，壁間詩在半灰埃。（周紫芝凌歊晚眺。）

記取晴明果州路，半天高柳小青樓。（陸游柳林酒家樓。）

歸路迎凉更堪愛，摩訶池上月方中。（陸游宴西樓。）

却笑飛仙未忘俗，金貂猶着侍中冠。（陸游題丈人觀道院壁。）

已把癡頑敵憂患，不勞團扇念寒灰。（陸游余年四十六入峽。）

待把衣冠掛神武，看渠勳業上凌烟。（楊萬里辛亥元日送張德茂。）

墨客區區感榮遇，豈知深意在彝倫！（呂祖謙賀車駕幸祕書省。）（此類最多。）

9.5 此種特殊形式，一般人都認爲「拗句」。（有些人甚至僅僅承認這是「拗」，除此之外不稱爲「拗」。）談「拗救」的人，自然也把它認爲本句拗救：腹節上字該平而仄，是拗；腹節下字該仄而平，是救。但是，如果「拗」的意義是「違反常格」，則是否該稱爲「拗」尚有問題；因爲這種形式常見到那樣的程度，連應試的排律也允許用它（例如元稹河

鯉登龍門：「回瞻順流輩，誰敢望同升」），實在不很應該認爲變例（叫做「特殊形式」也是不得已的）〔見註十五〕。它竟可認爲 b 式的另一式，「平平平仄仄」和「平平仄平仄」是任人擇用的。不過，在另一個觀點上，也可認爲「拗」：近體詩的出句和對句本該是平仄相對的，尤其是節奏點；現在出句的第四字和對句的第四字（七言則爲第六字）都是平聲，就該算是不合常規，也就可以叫做「拗」。如果要叫做「拗」的話，我們建議叫做「特拗」。

9.6　（二）丑類特殊形式是在 aB 式的聯語中，把 a 式出句的腹節下字改爲仄聲，同時把 B 式對句的腹節上字改爲平聲。換句話說，在五言裏，就改爲

　　　　仄仄平仄仄，平平平仄平；

在七言里，就改爲

　　　　平平仄仄平仄仄，仄仄平平平仄平。

七言出句的第一字第五字，和五言出句的第三字，還可以改爲仄聲，七言出句的第三字，和五言出句的第一字，還可以改爲平聲；七言對句的第一字還可以改爲平聲，七言對句的第三字和五言對句的第一字還可改爲仄聲。由此看來，這種形式的特徵祇在於七個字的聲調，就是出句第二字（七言則爲第四字）必須是仄聲，末二字必須是「仄仄」，對句第二字（七言則爲第四字）必須是平聲，末三字必須是「平仄平」。這樣，就五言而論，出句可能有五個仄聲字，但對句不該有五個平聲字，因爲倒數第二字必須是仄聲，否則變爲古風式的「三平調」了。（盛唐詩人偶然有此，但不足爲法。）

9.7　這裏我們有一點應該特別提出，就是丙種拗救（孤平拗救）和丑類特殊形式往往同時并用。這樣，在五言裏，就變爲

　　　　仄仄平仄仄，仄平平仄平；

在七言裏，就變爲

　　　　平平仄仄平仄仄，仄仄仄平平仄平。

現在我們分別舉例如下：

（甲）不與丙種拗救同用者。

　　　有法知不染，無言誰敢酬？（裴迪夏日過青龍寺。）

行苦神亦秀,泠然谿上松。（崔興宗同王右丞送瑗公南歸。）

落日池上酌,清風松下來。（孟浩然裴司事見尋。）

士有不得志,栖栖吳楚間。（孟浩然送友東歸。）

送客飛鳥外,城頭樓最高。（岑參陜州月城樓。）

草木歲月晚,關河霜雪清。（杜甫送遠。）

二月頻送客,東津江欲平。（杜甫泛江送客。）

孤雁不飲啄,飛鳴聲念群。（杜甫孤雁。）

藹藹花蕊亂,飛飛蜂蝶多。（杜甫絕句。）

落日風雨至,秋天鴻雁初。（高適途中寄徐錄事。）

況有臺上月,如聞雲外笙。（劉禹錫秋日書懷。）

南朝四百八十寺,多少樓臺煙雨中。（杜牧江南春絕句。）

（乙）與丙種拗救同用者。

流水如有意,莫禽相與還。（王維歸嵩山作。）

正月今欲半,陸渾花未開。（岑參送桂佐下第歸陸渾。）

且復傷遠別,不然愁此身。（高適別劉大校書。）

相識仍遠別,欲歸翻旅遊。（高適別韋五。）

對酒不覺暝,落花盈我衣。（李白自遣。）

致此自避遠,又非珠玉裝。（杜甫蕃劍。）

待月月未出,望江江自流。（李白掛席江山待月有懷。）

常恨言語淺,不如人意深。（劉禹錫視刀環歌。）

本欲雲雨化,却隨波浪翻。（呂溫及第後答潼關主人。）

高閣客竟去,小園花亂飛…腸斷未忍掃,眼穿仍欲歸。
　（李商隱落花。）

閒賞步易遠,野吟聲自高。（許棠野步。）

9.8 這種特殊形式顯然是從古詩脫胎而來,所以五言特別多,七言特別少。在此情況下,五言對句第一字喜歡用仄,大約因為詩人們不大喜歡句中共有四個平聲,第三字既必須用平,就索性造成一種孤平拗救,使它的格調更高古些。

9.9　宋人對於丑類特殊形式，也像子類一樣，跟着唐人學步。不過，因爲時代的關係，七言的例子漸漸多起來了。例如：

（甲）不與丙種拗救同用者。

> 野興宜獨往，春愁無定端。（劉敞獨行。）
> 落日含古意，高臺多遠心。（劉敞觀魚臺。）
> 翳翳陂路靜，交交園屋深。（王安石半山春晚即事。）
> 水真綠淨不可唾，魚若空行無所依。（樓鑰項遊龍井。）

（乙）與丙種拗救同用者〔註十六〕。

> 數里踏亂石，一川環碧峰。（蘇舜欽獨遊輞川。）
> 木落山覺瘦，雨晴天似高。（劉敞秋晴西樓。）
> 之子固絕俗，少年甘寂寥。（周孚贈蕭光祖。）
> 池面過小雨，樹腰生夕陽。（周紫芝雨過。）
> 素月自有約，綠瓜初可嘗。（同上。）
> 怏怏意不適，出門聊散憂。（陳與義晚步。）
> 舞陽去葉纔百里，賤子與公俱少年。（黃庭堅次韵裴仲謀
> 　同年。）
> 宦遊何曾路九折，歸臥恨無山萬重！（陸游桐廬縣泛舟
> 　東歸。）
> 馬蹄踐雪六七里，山嘴有梅三四花。（方岳夢尋梅。）

9.10　宋人的丑類特殊形式和丙種拗救同用者比獨用者多了許多，這顯得他們徹底領略唐人的妙用。但是，極少數詩人也偶然忘了唐人的遺規，五言對句第三字沒有用平聲，例如：

> 雨脚收不盡，斜陽半古城。（梅堯臣夏日晚霽。）

9.11　丑類特殊形式比子類爲罕見，但是，它的地位也頗值得研究。丑類特式很少用於尾聯，這和子類的情形恰恰相反。詩人最喜歡把它放

在首句,尤其是五言。我們試把上面所舉<u>唐宋</u>諸例作一統計如下:

(一)用於首聯者共十八例。(<u>崔與宗</u>,<u>孟浩然</u>裴司事見尋,<u>岑參</u>陝州,<u>送桂佐</u>,<u>李白</u>,<u>杜甫</u>孤雁,<u>蕃劍</u>,<u>絕句</u>,<u>劉禹錫</u>視刀環,<u>高適</u>途中,<u>吕溫</u>及第,<u>李商隱</u>,<u>許棠</u>,<u>劉敞</u>觀魚臺,<u>周孚</u>,<u>周紫芝</u>,<u>陳與義</u>,<u>梅堯臣</u>。)

(二)用於頷聯者共十一例。(<u>裴迪</u>,<u>孟浩然</u>送友東歸,<u>王維</u>,<u>高適</u>別韋五,<u>劉敞</u>獨行,<u>秋晴</u>,<u>蘇舜欽</u>,<u>王安石</u>,<u>黃庭堅</u>,<u>方岳</u>,<u>樓鑰</u>。)

(三)用於頸聯者共五例。(<u>杜甫</u>送遠,<u>劉禹錫</u>秋日,<u>高適</u>別劉大,<u>李商隱</u>,<u>陸游</u>。)

(四)用於尾聯者僅一例。(<u>杜牧</u>。)

用於尾聯者,祇有<u>杜牧</u>的<u>江南春絕句</u>;因爲是七言絕句,首句須入韵,祇有第三句是仄脚,這才祇好用於第三句。可見丑類特殊形式用於尾聯是很不相宜的。

9.12　談拗救的人,自然也把丑類特式認爲一種拗救。這是對句相救:出句腹節下字拗,對句腹節上字救(注意,它們在句中的位置并不相同)。這樣出句和對句的腹節下字都是仄聲,重要節奏點的聲調并不相對,所以叫做「拗」也是說得通的。

丑類特式畢竟不像子類取得合法的地位,因此,排律中祇容許有子類特式,不容許有丑類特式,因爲排律的平仄規律比普通律絕更嚴的緣故。

9.13　以上所述的兩種特殊形式,都可以證明「二四六分明」的口訣是有毛病的。墨守這口訣的人,將會犧牲了<u>唐</u>人所發明的兩種「高格調」,因爲這裏五言出句的第四字和七言出句的第六字都是「不分明」的。但是,看輕這口訣的人,如果不加深究,將會因看見<u>唐宋</u>詩人在這種地方「不分明」,就認爲任何地方都可以「不分明」,於是變了完全不講詩律。

9.14　拗救的形式,除了給有些人認爲格調高古之外,還有一種好處,就是給詩人在造句上有更多的自由。譬如上節所舉<u>杜甫</u>的「遠在<u>劍南</u>思<u>洛陽</u>」一個例子,「劍」字仄聲,本是不合的,若要換另一個字,却非常難換;倒不如輕輕地用平聲「思」字一救,就避免了孤平的毛病了。又如普通數目字中,只有「三」字和「千」字是平聲字,其餘從「一」至「六」,從「八」至「十」,和「百」字「萬」字都是仄聲字,豈非不便於對仗嗎?但是,像本節所舉的子類特拗,「田園一蚊睫,書卷百牛腰」,「一」

可以對「百」,「奇哉一江水,寫此二更天」,「一」可以對「二」,丑類特拗,
「馬蹄踐雪六七里,山觜有梅三四花」,「七」可以對「四」,以仄對仄,自
然諧和,這也是拗救的妙用。總之,談詩律必須兼談拗救,這等於法律
上的「但書」;「但書」應認爲法律的一部分,幷非法律以外的東西。「但
書」是增加法律的嚴密的,不是泯滅法律的。

附註:

【註十四】　仇兆鰲曰:「七律中,有平仄未諧,而句中自調者。賈
幼鄰詩:『劍佩聲隨玉墀步』,『玉墀』二字仄平互調;杜少陵詩:『西
望瑤池降王母』,『降王』二字亦仄平互調。此偶用變通之法耳。」
力按,不止七律,五律也一樣。不是平仄未諧,而是另一平仄格
式。不是偶用變通之法,而是常用的律句。

【註十五】　爲了證明這一點,我們曾把唐詩三百首裏的仄起五言
律詩作了一個統計(因爲仄起五律的尾聯出句才能用平平仄平
仄)。在總共五十首仄起五律當中,有二十五首的尾聯出句(第七
句)是用特殊形式的,如下:

今看兩楹奠,當與夢時同。(唐玄宗)
無爲在歧路,兒女共沾巾。(王勃)
無人信高潔,誰謂表予心?(駱賓王)
誰能將旗鼓,一爲取龍城?(沈佺期)
明朝望鄉處,應見隴頭梅。(宋之問)
仍憐故鄉水,萬里送行舟。(李白)
明朝挂帆去,楓葉落紛紛。(李白)
何時倚虛幌,雙照淚痕乾?(杜甫)
明朝有封事,數問夜如何。(杜甫)
無才日衰老,駐馬望千門。(杜甫)
江村獨歸處,寂寞養殘生。(杜甫)
襄陽好風日,留醉與山翁。(王維)
偶然值林叟,談笑無還期。(王維)
還將兩行淚,遙寄海西頭。(孟浩然)

溪花與禪意，相對亦忘言。（劉長卿）

惟憐一燈影，萬里眼中明。（錢起）

家僮掃夢徑，昨與故人期。（錢起）

寒禽與衰草，處處伴愁顏。（司空曙）

滄江好烟月，門係釣魚船。（杜牧）

煩君最相警，我亦舉家清。（李商隱）

芳心向春盡，所得是沾衣。（李商隱）

何當重相見，樽酒慰愁顏。（溫庭筠「重」讀上聲。）

那堪正飄泊，明日歲華新。（崔塗）

年年越溪女，相憶採芙蓉。（杜荀鶴）

另有二十五首尾聯出句是用普通形式，但是，我們注意到，尾聯出句頭節上字如果是仄聲，本該以不用特殊形式爲原則。所以像下面的十個例子不能不用普通形式：

不堪盈手贈，還寢夢佳期。（張九齡）

忽聞歌古調，歸思欲沾巾。（杜審言）

聖朝無闕事，自覺諫書稀。（岑參）

白頭搔更短，渾欲不勝簪。（杜甫）

寄書長不達，況是未休兵！（杜甫）

欲投人處宿，隔水問樵夫。（王維）

坐觀垂釣者，徒有羨魚情。（孟浩然）

永懷愁不寐，松月夜窗虛。（孟浩然）

向來吟秀句，不覺已鳴鴉。（韓翃）

帝鄉明日到，猶自夢漁樵。（許渾）

　　　　（王維「偶然值林叟」不在此例，因爲王維那首詩是古風式的律詩，見本書第三十二節。）

總計起來，在五十首當中，尾聯出句的平仄是：

平平仄平仄	二十四首	（占百分之四十八）；
仄平平仄仄	十首	（占百分之二十）；
平平仄仄仄	八首	（占百分之十六）；
平平平仄仄	七首	（占百分之十四）；

仄平仄平仄　　　　一首（占百分之二）。

由此看來，所謂「拗」倒反應該是「正」，而我們稱它爲子類特殊形式，也不過是取便陳説而已。

【註十六】　補充一個例子：

一身報國有萬死，雙鬢向人無再青。（陸游夜泊水村）

第十節　失對和失黏

10.1　在第六節裏，我們已經提及平仄上的「對」和「黏」。現在我們將詳細地談一談「失對」和「失黏」。（「失黏」有廣義與狹義，這裏指的是狹義，參看上文第六節。）首先我們須知，「對」和「黏」的格律在盛唐以前并不十分講究；二者比較起來，「黏」更居於不甚重要的地位。直至中唐以後，還偶然有不對不黏的例子。「失對」和「失黏」的「失」字是後代的詩人説出來的，「失」是「不合格」的意思，而唐人并不把不對不黏的情形認爲這樣嚴重。因此，有些詩論家并不叫做「失對」「失黏」，祇稱爲「拗對」「拗黏」。現在我們分別叙述并舉例如下。

10.2　（一）出句和對句的第二字，平仄不相對（即不相反），叫做失對。本來，在原則上，出句和對句的平仄應該字字相對（我們在第九節裏也如此説），爲什麽現在我們祇談第二字呢？因爲以第二字爲準，其他各字可推而知；又有些地方爲了特殊原因，平仄不必相對的，如所謂「一三五不論」，又如特拗的腹節，又如入韻的首句的末字，等等，所以爲免語病起見，祇談第二字，其餘各字則請讀者依照各種情形，分別加以判斷就是了。失對的例子不很多，現在祇能舉出幾個：

山路元無雨，空翠濕人衣。（aA）（王維闕題。）

落潮洗漁浦，傾荷枕驛樓。（bB）（儲光羲京口送別王四誼。）

澗樹含朝雨，山鳥呼餘春。（aA）（韋應物簡盧陟。）

兩地俱秋夕，相望共星河。（aA）高梧一葉下，空齋歸思多。

（bB）方用憂人瘼，況自抱微痾。（aA）（韋應物新秋夜。）

且喜河南定，不問鄴城圍。（杜甫憶弟。）

雨頻催發色，雲輕不作陰。（bB）（劉禹錫春有情篇。）
從此洛陽社，吟詠屬書生。（aA）（劉禹錫送河南皇甫少尹。）

七言的失對，例子非常難找。杜甫有些七言詩被認爲「拗對」（董文渙
聲調四譜卷十二，頁八至十三），但那些詩都是古風式的律詩，失對是
不必顧慮的。由此看來，唐人倒也儘可能避免失對。

　　10.3　（二）上一聯對句和下一聯出句的第二字，平仄不相同，叫
做失黏。失黏的例子頗多［註十七］，例如：

　　10.4　（甲）五律。

　　　　　　　晚次樂鄉縣　　　　　　　　陳子昂
故鄉杳無際，日暮且孤征。（bA）
川原迷舊國，道路入邊城。（bA）
野戍荒煙斷，深山古木平。（aB）
如何此時恨，嗷嗷夜猿鳴！（bA）
　　　　（首聯對句和頷聯出句失黏。）
　　　　　　　送別崔著東征　　　　　　　陳子昂
金天方肅殺，白露始專征。（bA）
王師非樂戰，之子慎佳兵。（bA）
海氣侵南部，邊風掃北平。（aB）
莫買盧龍塞，歸邀麟閣名！（aB）
　　　　（首聯對句和頷聯出句失黏。頸聯對句和尾聯出句失黏。）

　　10.5　（乙）五絕。

　　　　　　　椒　園　　　　　　　　　　王　維
桂尊迎帝子，杜若贈佳人。（bA）
椒漿奠瑤席，欲下雲中君。（bA）
　　　　　　　自　遣　　　　　　　　　　李　白
對酒不覺暝，落花盈我衣。（aB）
醉起步溪月，鳥還人亦稀。（aB）

　　晚登郡閣　　　　　　　　　　韋應物

悵然高閣望，已掩東城關。(bA)

春風偏送柳，夜景欲沈山。(bA)
　·

10.6 （丙）七律。

　　和賈舍人早期大明宮之作　　　　王　維

絳幘雞人報曉籌，

尚衣方進翠雲裘。(BA)

九天閶闔開宮殿，萬國衣冠拜冕旒。(aB)

日色纔臨仙掌動，香煙欲傍衰龍浮。(bA)

朝罷須裁五色詔，佩聲歸向鳳池頭。(bA)
　　·
　　（頸聯與尾聯失黏。）

　　送方尊師歸嵩山　　　　　　　王　維

仙官欲住九龍潭，

旌節朱幡倚石龕。(AB)

山壓天中半天上，洞穿江底出江南。(bA)

瀑布杉松常帶雨，夕陽蒼翠忽成嵐。(bA)

借問迎來雙白鶴，已曾衡嶽送蘇耽。(bA)
　　·
　　（頷聯與頸聯失黏，頸聯與尾聯失黏。）

　　出　塞　　　　　　　　　　　王　維

居延城外獵天驕，

白草連山野火燒。(AB)

暮雲空磧時驅馬，秋日平原好射鵰。(AB)

護羌校尉朝乘障，破虜將軍夜渡遼。(AB)

玉靶角弓珠勒馬，漢家將賜霍嫖姚。(bA)
　　·
　　（首聯與頷聯失黏，頷聯與頸聯失黏。）

　　春日京中有懷　　　　　　　　杜審言

今年游寓獨遊秦，

愁思看春不當春。(AB)

上林苑裏花徒發，細柳營中葉漫新。(aB)

公子南橋應盡興,將軍西第幾留賓?(bA)

寄語洛陽風日道,明年春色倍還人。(bA)

　　　(首聯和頷聯失黏,頸聯與尾聯失黏。)

嵩山石淙侍宴應制　　　　　　　　宋之問

離宮祕苑勝瀛洲,

別有仙人洞壑幽。(AB)

巖邊樹色含風冷,石上泉聲帶雨秋。(aB)

鳥向歌筵來度曲,雲依帳殿結爲樓。(bA)

微臣昔忝方明御,今日還陪八駿游。(aB)

　　　(首聯與頷聯失黏。)

綿州越王樓即事　　　　　　　　　喬琳

三蜀澄清郡政閑,

登樓攜酌日躋攀。(BA)

頓覺胸懷無俗事,迴看掌握是人寰。(bA)

灘聲曲折涪州水,雲影低銜富樂山。(aB)

行雁南飛似鄉信,忽然西笑向秦關。(bA)

　　　(首聯與頷聯失黏。)

宋州東登望題武陵驛　　　　　　　李嘉祐

梁宋人稀鳥自啼,

登樓一望倍含淒。(BA)

白骨半隨河水去,黃雲猶傍郡城低。(bA)

平陂戰地花空落,舊苑春田草未齊。(aB)

明主頻移虎符守,幾時行縣向黔黎?(bA)

　　　(首聯與頷聯失黏。)

奉寄章十侍御　　　　　　　　　　杜甫

淮海維揚一俊人,

金章紫綬照青春。(BA)

指麾能事迴天地,訓練强兵動鬼神。(aB)

湘西不得歸關羽,河內猶宜借寇恂。(aB)

朝覲從容問幽仄,勿云江漢有垂綸。(bA)

　　　(頷聯與頸聯失黏。)

撥悶 　　　　　杜 甫

聞道雲安麴米春,

纔傾一醆即醺人。(BA)

乘舟取醉非難事,下峽消愁定幾巡。(aB)

長年三老遙憐汝,捩柂開頭捷有神。(aB)

已辦青錢防雇直,當令美酒入吾脣。(bA)

　　(頷聯與頸聯失黏。)

嚴公仲夏枉駕草堂兼攜酒饌 　　　　杜 甫

竹裏行厨洗玉盤,

花邊立馬簇金鞍。(BA)

非關使者徵求急,自識將軍禮數寬。(aB)

百年地僻柴門迥,五月江深草閣寒。(aB)

看弄漁舟移白日,老農何有罄交歡。(bA)

　　(頷聯與頸聯失黏。)

10.7 (丁)七絕。

送元二使西安 　　　　　王 維

渭城朝雨裛輕塵,

客舍青青柳色新。(AB)

勸君更盡一杯酒,西出陽關無故人。(aB)

明妃曲 　　　　　儲光羲

胡王知妾不勝悲,

樂府皆傳漢國辭。(AB)

朝來馬上箜篌引,稍似宮中閑夜時。(aB)

與謝良輔遊涇川陵巖寺 　　　　李 白

乘君素舸泛涇西,

宛似雲門對若溪。(AB)

且從康樂尋山水,何必東遊入會稽?(aB)

滁州西澗 　　　　　韋應物

獨憐幽草澗邊生,

上有黃鸝深樹鳴。（AB）

春潮帶雨晚來急，野渡無人舟自橫。（aB）

　　　牡　丹　　　　　　　　　　　柳　渾

近來無奈牡丹何，

數十千錢買一顆。（AB）

今朝始得分明見，也共戎葵不校多。（aB）

　　　韋潤州後亭海榴　　　　　　　李嘉佑

江上年年小雪遲，

年光獨報海榴知。（BA）

寂寂山城風日暖，謝公含笑向南枝。（bA）

　　　謝嚴中丞送乳酒　　　　　　　杜　甫

山瓶乳酒下青雲，

氣味濃香幸見分。（AB）

鳴鞭走送憐漁父，洗盞開嘗對馬軍。（aB）

　　　贈　內　　　　　　　　　　　白居易

漠漠闇苔新雨地，微微涼露欲秋天。（bA）

莫對月明思往事，損君顏色減君年。（bA）

　　10.8　依上面所舉的例子看來，五律失黏較少，七律和七絕失黏較多。初唐詩人往往不顧慮失黏，像陳子昂宋之問杜審言等，都有失黏的例子。盛唐如王維和杜甫，失黏的詩句也不少。（但杜甫有些古風式的律詩，有意地造成拗黏，不在此例。）大約「黏」的形式，在律詩形成的時候雖已有這種傾向，却還未成爲必須遵守的規律。中唐以後，黏的規律漸嚴。但是，失黏不像失對那樣容易覺察到，所以仍不免偶然違犯。（說是無意中違犯也可以，說是學陳宋王杜諸人不顧慮失黏也可以。）直到宋代，咱們還可以偶然見到失黏的例子：

　　　遊鶴林招隱　　　　　　　　　蘇　軾

郊原雨初霽，春物有餘妍。（bA）

古寺滿修竹，深林聞杜鵑。（aB）

睡餘柳花墮，目眩山櫻然。（bA）

西牕有病客,危坐看香煙。(bA)

　　(頸聯和尾聯失黏。)

　　　　寄隱居士　　　　　　　　　　謝　逸

處士骨相不封侯,

卜居但得林塘幽。(AA)

家藏玉牒幾千卷,手校章編三十秋。(aB)

相知四海孰青眼? 高卧一麾今白頭! (aB)

襄陽耆舊郎獨苦,祇有龐公不入州。(aB)

　　(頷聯與頸聯失黏,頸聯與尾聯失黏。)

但是,蘇軾和謝逸在這兩首詩裏,似乎是有意求拗,詩中有許多拗字,又有三平調,又有二四六的拗,謝詩并有拗對。這是故意造成古風式的律詩,不可以常例論的[註十八]。

　　10.9　近代(也許是自宋以後)科場中不准有失對失黏的詩,於是黏對幾乎成爲金科玉律。它是被算入平仄格式以內的,參看上文第六節。

附註:

【註十七】　補充兩個例子:

　　　　登金陵鳳凰臺　　　　　　　　李　白

鳳凰臺上鳳凰游,

鳳去臺空江自流。

吳宮花草埋幽徑,晋代衣冠成古丘。

三山半落青天外,二水中分白鷺洲。

總爲浮雲能蔽日,長安不見使人愁。

　　(首聯與頷聯失黏,頷聯與頸聯失黏。)

　　　　城西陂泛舟　　　　　　　　　杜　甫

青蛾皓齒在樓船,

橫笛短簫悲遠天。

春風自信牙檣動,遲日徐看錦纜牽。

魚吹細浪摇歌扇,燕蹴飛花落舞筵。

不有小舟能蕩槳，百壺那送酒如泉。

<u>仇兆鰲</u>曰：「<u>盛唐</u>七律尚有寬而未嚴處。此詩（指城西陂泛舟）『橫笛短簫悲遠天』，次聯宜用仄承，下云『春風自信牙檣動』，仍用平接矣。如<u>李白登鳳凰臺</u>詩上四句亦平仄未諧。此才人之不縛於律者。在中晚則聲調謹嚴，無此疏放處。」

【註十八】 <u>白居易</u>特意寫了一些失黏失對的詩，稱爲齊梁體。

第十一節 上 尾

11.1 上文所說許多詩病，失對比孤平爲輕，失黏又比失對爲輕。現在我們將再談一種詩病，在科場中并不認爲不合式，一般人也不注意，然而爲某一些詩論家所排斥者，就是上尾[註十九]。

11.2 漢字共有平上去入四個聲調；平仄格式中雖然祇論平仄，但是做起仄韵詩來，仍然應該分辨上去入。上聲和上聲爲韵，去聲和去聲爲韵，入聲和入聲爲韵；偶然有些上去通押的例子，那是變例。現在反過來談平韵詩。平韵詩雖然在原則上不必考慮句中各字的上去入三聲，但是有些人覺得「一句之中，四聲遞用」乃是藝術的最高峰。所謂四聲遞用，就是儘可能在一句的五個字或七個字之內，具備平上去入四聲，而且相間地應用。譬如<u>董文渙</u>聲調四譜所舉<u>杜審言</u>的詩：

和晉陵陸丞早春游望　　　　　　杜審言

獨有宦游人，
偏驚物候新。
雲霞出海曙，梅柳渡江春。
淑氣催黃鳥，晴光轉綠蘋。
忽聞歌古調，歸思欲沾巾。

若依照這詩做成一個譜，就是：

入上去平平，
平平入去平。

平平入上去，平上去平平。

入去平平上，平平上入平。

入平平上去，平去入平平。

第一，第三，第五和第七句都是四聲俱全；第二句和第六句不能四聲俱全，因爲第一字若用仄聲就犯了孤平。八句之中，沒有一句的形式是完全相同的，可說是盡了錯綜變化之妙。如果七言詩也依照這個辦法，更可以做到句句四聲俱全，因爲七言比五言多了兩個字，B式句子四聲俱全也不至於犯孤平了。

11.3　但是，爲了聲調的極端和諧，却給予詩人一種不可忍受的束縛。這種詩偶然做一首則可，首首如此則勢所不能。咱們祇能儘可能避免兩個同調的仄聲在一起，如「上上」「去去」「入入」等；一句之中四聲俱全，幾乎可說是可遇而不可求的。

11.4　另有一種四聲遞用的說法是比較地合於事實的：朱彝尊說：「老杜律詩單句句脚必上去入俱全」。單句就是出句；如果首句入韵，句脚用平聲，就是單句句脚平上去入俱全了。「必」字有語病，杜詩并非每首如此，祇能說是多數如此。例如：

11.5　（甲）五律。

　　　李監宅
尚覺王孫貴（去），豪家意頗濃。
屏開金孔雀（入），褥隱繡芙蓉。
且食雙魚美（上），誰看異味重！
門闌多喜色（入），女壻近乘龍。
　　　（注意：首句若不入韵，勢必有兩個出句句脚的聲調相
　　　同；但聲調相同的句脚必須隔離，像這詩頷聯出句句脚
　　　用入聲，須至尾聯出句句脚方得用入聲。）
　　　天寶初南曹小司寇舅…
一匱功盈尺（入），三峰意出群。
望中疑在野（上），幽處欲生雲。
慈竹春陰覆（入），香爐曉勢分。

惟南將獻壽(去),佳氣日氛氳。

劉九法曹鄭瑕丘石門宴集

秋水清無底(上),蕭然静客心。
掾曹乘逸興(去),鞍馬去相尋。
能吏逢聯璧(入),華筵直一金。
晚來横吹好(上),泓下亦龍吟。

房兵曹胡馬詩

胡馬大宛名(平),
鋒稜瘦骨成。
竹批雙耳峻(去),風入四蹄輕。
所向無空闊(入),真堪託死生。
驍騰有如此(上),萬里可横行。

春日憶李白

白也詩無敵(入),飄然思不群。
清新庾開府(上),俊逸鮑參軍。
渭北春天樹(去),江東日暮雲。
何時一尊酒(上),重與細論文?

西　郊

時出碧雞坊(平),
西郊向草堂。
市橋官柳細(去),江路野梅香。
傍架齊書帙(入),看題檢藥囊。
無人覺來往(上),疎懶意何長!

出　郭

霜露晚淒淒(平),
高天逐望低。
遠煙鹽井上(去),斜景雪峰西。
故國猶兵馬(上),他鄉亦鼓鼙。
江城今夜客(入),還與舊烏啼。

徐　步

整履步青蕪(平),

荒庭日欲晡。

芹泥隨燕觜(上),花蕊上蜂鬚。

把酒從衣濕(入),吟詩信杖扶。

敢論才見忌(去)！實有醉如愚。

　　翫月呈漢中王

夜深露氣清(平),

江月滿江城。

浮客轉危坐(上),歸舟應獨行。

關山同一照(去),烏鵲自多驚。

欲得淮王術(入),風吹暈已生。

11.6 （乙）七律。

　　　臘　日

臘日常年暖尚遙(平),

今年臘日凍全消。

侵陵雪色還萱草(上),漏洩春光有柳條。

縱酒欲謀良夜醉(去),還家初散紫宸朝。

口脂面藥隨恩澤(入),翠管銀罌下九霄。

　　　曲　江

一片花飛減却春(平),

風吹萬點正愁人。

且看欲盡花經眼(上),莫厭傷多酒入脣。

江上小堂巢翡翠(去),苑邊高冢臥麒麟。

細推物理須行樂(入),何用浮名絆此身？

　　　曲江對酒

苑外江頭坐不歸(平),

水精春殿轉霏微。

桃花細逐楊花落(入),黃鳥時兼白鳥飛。

縱飲久判人共棄(去),懶朝真與世相違。

吏情更覺滄洲遠(上),老大悲傷未拂衣。

宣政殿退朝晚出左掖

天門日射黃金牓(上)，春殿晴曛赤羽旗。
宮草微微承委佩(去)，鑪煙細細駐遊絲。
雲近蓬萊常好色(入)，雪殘鳷鵲亦多時。
侍臣緩步歸青瑣(上)，退食從容出每遲。

　　恨　別

洛城一別四千里(上)，胡騎長驅五六年。
草木變衰行劍外(去)，兵戈阻絕老江邊。
思家步月清宵立(入)，憶弟看雲白日眠。
聞道河陽近乘勝(去)，司徒急為破幽燕。

　　南　鄰

錦里先生烏角巾(平)，
園收芋粟未全貧。
慣看賓客兒童喜(上)，得食階除鳥雀馴。
秋水纔深四五尺(入)，野航恰受兩三人。
白沙翠竹江村暮(去)，相對柴門月色新。

　　蜀　相

丞相祠堂何處尋(平)？
錦官城外柏森森。
映階碧草自春色(入)，隔葉黃鸝空好音。
三顧頻煩天下計(去)，兩朝開濟老臣心。
出師未捷身先死(上)，長使英雄淚滿襟！

暮登四安寺鐘樓寄裴十

暮倚高樓對雪峰(平)，
僧來不語自鳴鐘。
孤城返照紅將歛(上)，近市浮烟翠且重。
多病獨愁常闃寂(入)，故人相見未從容。
知君苦思緣詩瘦(去)，太向交遊萬事慵。

11.7　我們所舉的例子尚不及實際的一半,可見決不是偶合的。非但杜甫如此,初唐和盛唐的詩人也往往如此。現在略舉數例,以見一斑:

11.8　（甲）五律。

王家少婦　　　　　　　　　　　崔　顥

十五嫁王昌(平)，

盈盈入畫堂。

自矜年最少(去)，復倚壻爲郎。

舞愛前谿綠(入)，歌憐子夜長。

閑來鬬百草(上)，度日不成妝。

送崔員外黔中監選　　　　　　　蔡毋潛

持衡出帝畿(平)，

星指夜郎飛。

神女雲迎馬(上)，荊門雨濕衣。

聽猿收淚罷(去)，繫雁待書稀。

蠻貊雖殊俗(入)，知君肝膽微。

題融公蘭若　　　　　　　　　　孟浩然

精舍買金開(平)，

流泉遶砌回。

芰荷薰講席(入)，松柏映春臺。

法雨晴飛去(去)，天花晝下來。

談玄殊未已(上)，歸騎夕陽催。

同王徵君湘中有懷　　　　　　　張　謂

八月洞庭秋(平)，

瀟湘水北流。

還家萬里夢(去)，爲客五更愁。

不用開書帙(入)，偏宜上酒樓。

故人京洛滿(上)，何日復同遊？

11.9　（乙）七律。

奉和幸安樂公主山莊應制　　　　宗楚客

玉樓銀牓枕嚴城(平)，

翠蓋紅旗列禁營。

日映層巖圖畫色(入)，風搖雜樹管絃聲。

水邊重閣含飛動(上)，雲裏孤峰類削成。

幸覿八龍游閬苑(去)，無勞萬里訪蓬瀛。

灃湖山寺　　　　　　　　　　　張　說

空山寂歷道心生(平)，

虛谷迢遙野鳥聲。

禪室從來塵外賞(上)，香臺豈是世中情。

雲間東嶺千里出(入)，樹裏南湖一片明。

若使巢由知此意(去)，不將蘿薜易簪纓。

九日登望仙臺呈劉明府　　　　　崔　曙

漢文皇帝有高臺(平)，

此日登臨曙色開。

三晉雲山皆北向(去)，二陵風雨自東來。

關門令尹誰能識(入)？河上仙翁去不回。

且欲近尋彭澤宰(上)，陶然共醉菊花杯。

奉和杜相公發益州　　　　　　　岑　參

相國臨戎別帝京(平)，

擁旄持節遠橫行。

朝登劍閣雲隨馬(上)，夜渡巴江雨洗兵。

山花萬朵迎征蓋(去)，川柳千條拂去旌。

暫到蜀城應計日(入)，須知明主待持衡。

贈郭將軍　　　　　　　　　　　李　白

將軍少年出武威(平)，

入掌銀臺護紫微。

平明拂劍朝天去(去)，薄暮垂鞭醉酒歸。

愛子臨風吹玉笛(入)，美人向月舞羅衣。

疇昔豪雄如夢裏(上)，相逢且欲醉春暉。

春園家宴　　　　　　　　　　　張　謂

南園春色正相宜(平)，

大婦同行少婦隨。

竹裏登樓人不見(去),花間覓路鳥先知。

櫻桃解結垂簷子(上),楊柳能低入户枝。

山簡醉來歌一曲(入),參差笑殺郢中兒。

(張謂詩,出句上去入俱全者甚多。)

11.10 出句句脚上去入俱全,這是理想的形式。最低限度也應該避免鄰近的兩聯出句句脚聲調相同,否則就是上尾[註二十]。鄰近的兩個出句句脚聲調相同,是小病;三個相同是大病;如果四個相同,或首句入韻而其餘三個出句句脚聲調都相同,就是最嚴重的上尾。這種最嚴重的上尾,唐詩裏并不多見。現在試舉數例如下:

11.11 (甲)五律。

題慎言法師故房　　　儲光羲

精廬不住子(上),自有無生鄉。

過客知何道(上)? 衰徊雁子堂。

浮雲歸故嶺(上),落月還西方。

日夕虛空裏(上),時時聞異香。

石甕亭　　　儲光羲

遙山起真宇(上),西向盡花林。

下見宮殿小(上),上看廊廡深。

苑花落池水(上),天語聞松音。

君子又知我(上),焚香期化心。

尋洪尊師不遇　　　劉長卿

古木無人地(去),來尋羽客家。

道書堆玉案(去),仙帔疊青霞。

鶴老難知歲(去),梅寒未作花。

山中不相見(去),何處化丹砂?

對酒寄嚴維　　　劉長卿

陋巷喜陽和,

衰顏對酒歌。

嬾從華髮亂(去),閑任白雲多。

郡簡容垂釣(去)，家貧學弄梭。

門前七里瀨(去)，早晚子陵過。

　　題辨覺精舍　　　　　　　　　儲光羲

朝隨秋雲陰，

乃至青松林。

花閣空中遠(上)，方池巖下深。

竹風亂天語(上)，溪響成龍吟。

試問真君子(上)，遊山非世心。

11.12　（乙）七律。

　　　　送楊少府貶郴州　　　　　　　王　維

明到衡山與洞庭，

若爲秋月聽猿聲！

愁看北渚三湘遠(上)，惡說南風五兩輕。

青草瘴時過夏口(上)，白頭浪裏出湓城。

長沙不久留才子(上)，賈誼何須弔屈平？

　　　　（談上尾者，多舉此詩爲例。）

11.13　到了宋代，四聲遞用的形式大約已經不爲一般人所知，於是上尾的毛病甚多，鄰近兩個出句句脚聲調相同的已經不勝枚舉。即以四個相同或首句入韵而三個相同者而論，也就不少。現在試舉例如下：

11.14　（甲）五律。

　　　遊鶴山院　　　　　　　　　陳師道

積石橫成嶺(上)，行楊密映門。

人聲隱林杪(上)，僧舍遠雲根。

頓攝塵緣盡(上)，方知象教尊。

只應羊叔子(上)，名字與山存。

　　　題福巖　　　　　　　　　張栻

擲鉢峰前寺(去)，肩輿幾度來。

樓臺還舊觀(去)，杉檜撫新栽。
湘水堂堂去(去)，秋山面面開。
裴徊千古思(去)，風壑有餘哀。

11. 15 （乙）七律。

　　　　　日長簡仲咸　　　　　　　　王禹偁
日長何計到黃昏？
郡僻官閑晝掩門。
子美集開詩世界(去)，伯陽書見道根源。
風騷北院花千片(去)，月上東樓酒一樽。
不是同年來主郡(去)，此心牢落共誰論？

　　　　　奉和御製上元觀燈　　　　　　夏竦
魚龍曼衍六街呈，
金鎖通宵啓玉京。
冉冉遊塵生輦道(上)，遲遲青箭入歌聲。
寶坊月皎龍燈淡(上)，紫館風微鶴篆平。
宴罷南端天欲曉(上)，迴瞻河漢尚盈盈。

　　　　懷嵩樓新開南軒與郡僚小飲　　歐陽修
繞郭雲烟匝幾重，
昔人曾此感「懷嵩」。
霜林落後山爭出(入)，野菊開時酒正濃。
解帶西風飄畫角(入)，倚欄斜日照青松。
會須乘醉攜佳客(入)，踏雪來看群玉峰。

　　錢塘上元夜祥符寺陪咨臣郎中丈燕席
　　　　　　　　　　　　　　　　　曾鞏
月明如晝露華濃，
錦帳名郎笑語同。
金地夜寒消美酒(上)，玉人春困倚東風。
紅雲燈火浮江海(上)，碧水樓臺浸遠空。
白髮蹉跎歡喜少(上)，強顏猶入少年叢。

　　　　金陵懷古　　　　　　　　　王安石

天兵南下此橋江，

敵國當時指顧降。

山水豪雄空復在(上)，君王神武自難雙。

留連落日頻回首(上)，想像遺墟獨倚牕。

卻怪夏陽纏一葦(上)，漢家何事費甖缸？

　　　　郊行即事　　　　　　　　　程伯子

芳原綠野恣行時，

春入遙山碧四圍。

興逐亂紅穿柳巷(去)，困臨流水坐苔磯。

莫辭盞酒十分醉(去)，只恐風花一片飛。

況是清明好天氣(去)，不妨游衍莫忘歸。

　　11.16　四聲的遞用和上尾的避忌，應該不能算爲一種詩律。四聲的遞用祇能認爲某一些詩人的作風，上尾的避忌，至多也祇能認爲技巧上應注意之點。相傳「上尾」爲沈約所謂「八病」之一，但是，當時所謂「上尾」，也許根本不是本節裏所述的意思。詩格云：「上尾者，謂第五字與第十字同聲」。古詩不限用平韻，出句也不限用仄脚，所以五言第五字和第十字有同聲的可能。若依這個説法，下列古詩十九首的句子可認爲上尾：

　　　　令德唱高言(平)，識曲聽其真(平)。

　　　　昔爲倡家女(上)，今爲蕩子婦(上)。

　　　　人生忽如寄(去)，壽無金石固(去)。

　　　　洛中何鬱鬱(入)，冠帶自相索(入)！

十九首是五言詩的圭臬，沈約似乎不該規定一個排斥它們的形式的規律。不過，若依這種説法，則現在所謂「上尾」和沈約所謂「上尾」倒有幾分相像，因爲都是着重在指摘句脚聲調的雷同，但因近體詩出句限用仄脚，對句限用平脚，除首句入韻的情形外，本來沒有雷同的可能，所以自然要認「第五字與第十五字同聲」爲上尾了。

附註：

【註十九】　上尾是八病之一。什麼是八病，衆説紛紜。這裏引<u>仇</u>
<u>兆鰲</u>的説法，以見一斑。

<u>仇兆鰲</u>曰：「<u>沈約</u>標律詩八病，有平頭、上尾、蜂腰、鶴膝等名，不可
不知；若大韵、小韵、正紐、旁紐，尚非所重。所謂平頭者，前句上
二字與後句上二字同聲，如古詩：『今日良宴會，歡樂難具陳。』
『今、歡』同聲，『日、樂』同聲，是平頭也。又如『朝雲晦初景，丹池
晚飛雪，飄披聚還散，吹揚凝其威』，四句上二字皆平聲，是平頭
也。又如<u>周王褒</u>詩：『高箱照雲母，壯馬飾當顱，單衣火浣布，利劍
水精珠。』四句叠用四物，而每物各用一虛一實字面（虛，指形容
詞；實，指名詞），亦平頭也。（<u>力</u>按，這一類，我們叫做合掌。）又如
<u>杜摯</u>詩：『伊摯爲媵臣，吕望身操竿，夷吾困商販，寧戚對牛嘆，食
其處監門，淮陰饑不餐。』叠引古人，皆在句首，是亦平頭也。（我
們也叫做合掌。）所謂上尾者，上句尾字和下句尾字俱用平聲，雖
韵異而聲則同，是犯上尾。如古詩：『西北有高樓，上與浮雲齊。』
『樓』與『齊』皆平聲。又如：『庭陬有若榴，綠葉含丹榮。』『榴』與
『榮』亦平聲也。又一句尾字與三句尾字連用同聲，是亦上尾。
（<u>力</u>按，本書所講的上尾，專指此類。）如古詩：『客從遠方來，遺我
一書札，上言長相思，下言久離別。』『來、思』皆平聲。又如：『新制
齊紈素，皎潔如霜雪，裁爲合歡扇，團圓似秋月。』『素、扇』皆去聲，
亦犯上尾矣。其在七律，如<u>杜</u>詩：『春酒杯濃琥珀薄』與『誤疑茅堂
入江蘢』同系入聲，<u>王維</u>詩：『新豐樹裏行人度』與『聞道甘泉能獻
賦』，去聲同韵，皆犯上尾也。又如<u>杜秋興</u>詩：『西望瑶池降王母，
東來紫氣滿<u>函關</u>，雲移雉尾開宮扇，日繞龍鱗識聖顔。』『王母』、
『<u>函關</u>』、『宮扇』、『聖顔』俱在句尾，未免叠足，亦犯上尾。（<u>力</u>按，
這是合掌。）若『林花著雨胭脂落，水荇牽風翠帶長，龍虎新軍深駐
輦，芙蓉別殿漫焚香』，前聯拈『落長』二字於句尾，後聯移『深、漫』
二字於上面，便不犯同矣。<u>蔡寬夫詩話</u>云：『蜂腰、鶴膝，蓋出於雙
聲之變。若五字首尾皆濁音，中一字獨清，則兩頭大而中間小，即
爲蜂腰；若五字首尾皆清音，中一字獨濁，則兩頭細而中間粗，即
爲鶴膝矣。』今按，<u>張衡</u>詩：『邂逅承際會』，是以濁夾清，爲蜂腰也；

如傅玄詩：『徽音冠青雲』，以清夾濁，爲鶴膝也。（力按，仇氏以仄聲爲濁，平聲爲清，恐非蔡氏原意。）舊註以『客從遠方來』、『上言長相思』爲鶴膝，意不分明。所謂大韵者，如『微、暉』同韵，上句第一字不得與下句第五字相犯，阮籍詩：『微風照羅袂，明月耀清暉』是也。所謂小韵者，如『清、明』同韵，上句第四字不得與下句第一字相犯，詩云：『薄帷鑑明月，清風吹我襟』是也。所謂正紐者，如『溪、起、憩』三字爲一紐，上句有『溪』字，下句再用『憩』字，庾闡詩：『朝濟清溪岸，夕憩五龍泉』，是正紐也。所謂旁紐者，如『長、梁』同韵，『長』上聲爲『丈』，上句首用『丈』字，下句首用『梁』字，是亦相犯，詩云：『丈夫且安坐，梁塵將欲起』，此旁紐也。在七律，如杜詩：『遠開山岳散江湖』，『山、散』爲正紐；如『丈人才力猶强健』，『丈、强』爲旁紐矣。」

【註二十】 仇兆鰲杜詩詳注引李天生曰：「七律一百六十首，惟四首叠用仄字，如江村詩連用『局、物』二字，考他本，『多病所須惟藥物』作『幸有故人分禄米』，於『局』字不叠矣。江上值水詩連用『興、釣』二字，考黃鶴本，『老去詩篇渾漫興』作『老去詩篇渾漫與』，於『釣』字不叠矣。秋興詩連用『月、黑』二字，考黃鶴本，『織女機絲虛夜月』作『織女機絲虛月夜』，於『黑』字不叠矣。可見『晚節漸於詩律細』，凡上尾仄聲，原不相犯也。」

第十二節　聲調的辨別

12.1　唐代共有平上去入四聲。現在各地方言的聲調數目并不一致，但是有一點相同的，就是平聲已經分化爲陰平和陽平。例如「通」是陰平，「同」是陽平。陰平陽平也有人稱爲上平下平，但是咱們切勿把它們和詩韵的上平聲下平聲相混，因爲那祇是「平聲上卷」和「平聲下卷」的意思。在吳閩粵等處的方言裏，上去入三聲也往往各自分化爲陰上，陽上，陰去，陽去，陰入，陽入。例如「統」是陰上，「動」是陽上；「痛」是陰去，「洞」是陽去；「禿」是陰入，「毒」是陽入。

12.2　研究近體詩的人對於聲調的陰陽，完全不必理會，祇要能分辨四聲就是了。不過，要分辨四聲也就很不容易：譬如咱們必須分

辨唐代的四聲,然後可以了解唐詩;又如果要做文言詩,也非依照唐代的四聲不可。現在中國各地的漢語方言,幾乎沒有一處的聲調系統是和唐代的四聲完全相符的。最不相符的是普通話,因爲北方話入聲已經歸入了平上去三聲,例如北京「七」「妻」同音,「石」「時」同音,「尺」「恥」同音,「翼」「異」同音;西南官話入聲已經歸入了陽平,例如「七」「齊」同音,「石」「時」同音,「尺」「遲」同音,「翼」「移」同音。因此,北方話區域的人如果要辨別入聲,就祇有硬記之一法了。

12. 3 吳閩粵湘客家等方言是具備四聲的,但是它們也不能每字都合於唐代的聲調。其中最顯著的一點,就是一部分陽上的字變了陽去。北方話區域對於這一類的字也都唸了去聲。當咱們讀唐詩的時候,這些字都該還它們一個上聲,纔能處處諧和。現在我們試把由上聲變去聲的比較常用的字,舉例於下:

(甲)除浙江某些方言外,差不多全國讀成去聲者:

奉	項	氏	跪	視	似	祀	痔	士	仕	俟	叙
序	緒	聚	父	豎	杜	部	陛	殆	待	怠	盡
盾	憤	但	限	棧	善	件	辯	辨	篆	肇	趙
兆	皓	浩	道	稻	墮	惰	丈	杖	蕩	盪	杏
幸	并	負	阜	紂	受	綬	壽(又去聲)	後	后
甚	儉	漸	范	範	犯

(乙)除浙江某些方言外,還有粵方言尚未讀成去聲者:

動	重	是	妓	技	婢	市	恃	巨	拒	炬	柱
簿	戶	扈	滬	弟	駭	亥	罪	倍	在	腎	近
旱	緩	斷(絕也)	紹	抱	造	禍	坐	社	静	靖
婦	厚	朕	淡

12. 4 本來,研究近體詩祇須知道平仄就夠了,不必再從仄聲之中分別上去入;但是,仄韻的近體詩仍是該分別上去入的,因爲上聲和去聲在原則上不能通押,它們和入聲更是絕不相通。再者,像上節所談的「上尾」,也非懂透上去入三聲的人不能了解。還有下章談及古體詩的時候,將談及許多仄韵詩,所以值得在這裏先把上去入三聲辨別清楚,省得下章再談。

12. 5 有些字的聲調,唐代和六朝以前稍有不同[註二十一]。例如

「濟」字,六朝以前但讀上聲,唐以後兼讀去聲;「嘆」「看」「過」(「經過」的「過」)「望」(「觀望」的「望」),本來祇有平聲,唐以後兼讀去聲。現代的聲調(指調類),除了普通話沒有入聲,又陽上一部分混入陽去之外,大致還能和唐代相當。祇有極少的例外,譬如「跳」字本是平聲字(杜甫暫如臨邑:「黿吼風奔浪,魚跳日映山」),現在大約全國都誤讀去聲。(只有吳語「跳蚤」的「跳」仍讀如「條」。)又如「館」字和「訪」字本屬去聲,現在大家都讀上聲。

12.6　現在我們專論平聲和仄聲的分別。有些字是有平仄兩讀的。平仄兩讀的字又可大致區分爲兩種:(一)雖有平仄兩讀,而意義不變。此類大約因爲原來讀平聲,後來在口語裏變了仄聲(或兼讀仄聲),而詩人在吟詩時却隨意用古代的讀法或當時的讀法。(二)同是一個字,平聲所表示的意義和仄聲所表示者不同。這因爲大約從六朝以來,讀書人喜歡用聲調的不同來表示字義的不同,最主要的是表示詞性的不同,例如用爲動詞則讀平聲,用爲名詞則讀去聲,等等。有些字,在唐詩裏不大看得出聲調上的差異,例如「食」字,在「飲食」的意義讀入,在「飼」的意義讀去;「女」和「語」,名詞讀上,動詞讀去;「善」字,形容詞讀上,動詞讀去;「去」字,在「除去」的意義讀上,在「離去」的意義讀去,等等。但是,另一些字在詩句裏就很明顯了,該平不能讀仄,該仄也不能讀平[註二十二]。現在分別舉例如下。

12.7　(一)雖有平仄兩讀,而意義不變者。

看,平聲。王維送秘書晁監還日本國:「向國惟看日,歸帆但信風」。仄聲(去)。杜甫有客:「不嫌野外無供給,乘興還來看藥欄」。

過,平聲。王維恭懿太子挽歌:「五歲過人智,三天使鶴催」。李頎送魏萬之京:「鴻雁不堪愁裏聽,雲山況是客中過!」仄聲(去)。劉長卿登遷仁樓:「春蕪生楚國,古樹過隋朝。」杜甫得家書:「涼風新過雁,秋雨欲生魚。」但是,「過失」的「過」必須讀去聲,不能讀平聲。

望,平聲。杜甫有感:「諸侯春不貢,使者日相望。」劉禹錫朗州竇員外見示:「鴛鷺差池出建章,綵旗朱户蔚相望。」李商隱春雨:「紅樓隔雨相望冷,珠箔飄燈獨自歸。」仄聲(去)。張籍贈李杭州:「終日政聲長獨坐,開門唯望浙江潮。」但是,「聲望」的「望」必須讀去聲。劉禹錫送李尚書鎮滑州:「自古相門還出相,如今人望在巖廊。」

忘,平聲。杜甫寄彭州高十五:「物情尤可見,辭客未能忘。」仄聲
(去)。杜甫冬日有懷李白:「更尋嘉樹傳,不忘角弓詩。」懷錦水居止:
「猶聞蜀父老,不忘舜謳歌。」

聽,平聲。杜甫贈翰林張四學士:「儻憶山陽會,悲歌在一聽。」仄
聲(去)。祖詠江南旅情:「海色晴看雨,江聲夜聽潮。」

醒,平聲。杜甫陪鄭廣文遊何將軍山林:「酒醒思臥簟,衣冷欲裝
綿。」 仄聲(上去)。杜甫九日:「野樹欹還倚,秋砧醒却聞。」

12.8 (二)平聲所表示的意義和仄聲不同者。

中,平聲,内也。元稹送孫勝:「今日與君臨水別,可憐春盡宋亭
中。」 仄聲(去),動詞,射中也,多用引申義。杜甫敬贈鄭諫議:「思飄
雲物外,律中鬼神驚。」

重,平聲,複疊也。杜甫奉贈太常張卿:「能事聞重譯,嘉謨及遠
黎。」長孫正隱晦日宴高氏林亭:「淹留迷處所,巖岫幾重花。」

仄聲有兩種:上聲,輕重也,形容詞。駱賓王獄中詠蟬:「露重飛
難進,風多響易沈。」去聲,更爲也,副詞。白居易渡淮:「清流宜映月,
今夜重吟看。」

雍,平聲,和也。不舉例。仄聲(上),州名。朱熹登定王臺:「從知
爽鳩樂,莫作雍門哀。」

從,平聲,由也,動詞。杜甫寄李十二白:「聲名從此大,汨没一朝
伸。」仄聲(去),隨從之人也,名詞。李嘉祐與從弟正字宴:「輔嗣外生
還解易,惠連群從總能詩。」杜甫奉送郭中丞:「安邊仍扈從,莫作後功
名。」但名詞的「從」偶然也作平聲。杜甫詩:「禁掖朋從改,微班性
命全。」

供,平聲,供給也。包佶嶺下卧疾:「歲時供放逐,身世付空虛。」仄
聲(去),陳設也。包佶尚書宗兄使過:「腹飽山僧供,頭輕侍婢梳。」

離,平聲,别離。不舉例。仄聲(去),離去也。杜甫宿贊公房:「放
逐寧違性,虛空不離禪。」

吹,平聲,以口吹也,動詞。杜甫留別賈嚴二閣老:「山路時吹角,
那堪處處聞。」 仄聲(去),鼓吹也,名詞。杜甫劉九法曹宴集:「晚來
橫吹好,泓下亦龍吟。」劉禹錫文宗皇帝挽歌:「龍鑣天路遠,騎吹禮
容全。」

騎，平聲，騎馬也，動詞。白居易代書詩一百韵寄微之：「殘席誼譁散，歸鞍酩酊騎。」 仄聲(去)，車騎，名詞。王維青龍寺曇璧上人兄院集：「坐看南陌騎，下聽秦城雞。」劉長卿酬屈突陝：「藜杖懶迎征騎客，菊花能醉去官人。」

爲，平聲，作爲也，動詞。李嘉祐送岳州司馬弟之任：「丞相今爲郡，應無勞者歌。」 仄聲(去)，因也，副詞。李嘉祐冬夜餞相公五叔：「高情同客醉，子夜爲人長。」杜甫賓至：「自鋤稀菜甲，小摘爲情親」。後遊：「客愁全爲減，捨此復何之？」

施，平聲，施行也。白居易代書寄微之：「幄幕侵堤布，盤筵占地施。」 仄聲(去)，施捨也。王維過盧四員外宅看飯僧：「上人飛錫杖，檀越施金錢」。李頎覺公院施烏石臺：「石臺置香飯，齋後施諸禽。」

治，平聲，動詞。白居易晚出西郊：「嬾鑷從鬚白，休治任眼昏。」秦觀春日雜興：「信美難久佇，歸歟從此治。」去聲，形容詞。不舉例。

思，平聲，動詞。儲光羲新豐作：「漢皇思舊邑，秦地作新豐。」仄聲(去)，名詞。杜審言和晋陵陸丞早春游望：「忽聞歌古調，歸思欲沾巾。」李嘉祐送杜士瞻：「風流與才思，俱似晋時人。」杜甫即事：「秋思抛雲髻，腰支勝寶衣。」 按，「思」字動詞當以用平聲爲正例，名詞當以用仄聲爲正例；凡動詞用仄聲，或名詞用平聲者，都該認爲例外。例外晚唐以後才有。吳融秋日經別墅：「不勞芳草思王孫。」

衣，平聲，衣服，名詞。不舉例。仄聲(去)，着衣也，動詞。杜甫雲安九日鄭十八携酒陪諸公宴：「地偏初衣袷，山擁更登危。」

汙，平聲，汙穢，名詞。不舉例。仄聲(去)，染也。劉禹錫秘書崔少監見示：「塵汙腰間青襞綬，風飄掌上紫遊韁。」

疏，平聲，疏密，形容詞。唐詩裏多寫作「疎」，使它和名詞的「疏」有別。孟浩然尋白鶴岩張子容隱居：「歲月青松老，風霜苦竹疎」杜甫舍弟觀赴藍田：「巡檐索共梅花笑，冷蕊疎枝半不禁。」仄聲(去)，奏疏也，名詞。包佶客自江南話：「奉佛棲禪久，辭官上疏頻」。杜甫魏十四侍御就弊廬相別：「時應念舊疾，書疏及滄浪。」杜甫秋興：「匡衡抗疏功名薄，劉向傳經心事違。」

分，平聲，分開，分別，動詞。劉長卿送孫瑩：「適賀一枝新，旋驚萬里分。」 仄聲(去)，音「憤」，名分，名詞，又料也，動詞。杜甫奉贈太常

張卿：「謬知終畫虎，微分是醯雞。」送路六侍御入朝：「不分桃花紅勝錦，生憎柳絮白於綿。」

殷，平聲，富也，大也。不舉例。仄聲（上），雷聲。杜甫江閣對雨：「層閣憑雷殷，長空水面文。」

聞，平聲，聽聞，動詞。杜甫江南逢李龜年：「岐王宅裏尋常見，崔九堂前幾度聞。」　仄聲（去），名譽也，名詞。杜甫寄劉峽州：「家聲同令聞，時論以儒稱。」

論，平聲，討論也，動詞。王維贈東嶽焦鍊師：「自有還丹術，時論太素初。」劉長卿送宇文遷：「儻見主人論謫宦，爾來空有白頭吟。」杜甫建都：「時危當雪恥，計大豈空論？」　仄聲（去），言論也，名詞。杜甫晚晴：「時聞有餘論，未怪老夫潛。」

觀，平聲，觀看，觀察，動詞。李頎奉送漵叔：「郡齋觀政日，人馬望鄉情。」　仄聲（去），寺觀也，名詞。王維和陳監四郎秋雨：「聲連鳷鵲觀，色暗鳳凰原。」李頎送皇甫曾遊襄陽山水：「百花亭漫漫，一柱觀蒼蒼。」

冠，平聲，冠冕，名詞。杜甫九日藍田崔氏莊：「羞將短髮還吹帽，笑倩旁人爲正冠。」　仄聲（去），爲首也，動詞。杜甫投贈哥舒開府：「智謀垂睿想，出入冠諸公。」

判，平聲，義與現代「拚」字相近。按字典和韻書中，「判」字都沒有平聲，然而唐詩裏「判」字確有平聲。杜甫曲江對酒：「縱飲久判人共棄，嬾朝真與世相違。」溫庭筠春日偶作：「夜聞猛雨判花盡，寒戀重衾覺夢多。」　仄聲（去），判別，裁判。杜甫重過何氏：「到此應常宿，相留可判年。」按「判別」之義不應用平聲，韋莊出關：「一生惆悵爲判花」，似於平仄未合。

翰，平聲，羽翰也。杜甫送楊六判官使西番：「慎爾參籌畫，從茲正羽翰。」　仄聲（去），翰墨也。杜甫戲爲六絕句：「縱使盧王操翰墨，劣於漢魏近風騷。」

難，平聲，不易也。形容詞。杜甫王竟携酒高亦同過：「臥病荒郊遠，通行小徑難。」　仄聲（去），災難，名詞。杜甫村夜：「胡羯何多難？漁樵寄此生！」

間，平聲，中間也。皇甫曾奉陪韋中丞：「寒磬虛空裏，孤雲起

滅間。」仄聲(去)，間隔也。杜甫奉贈鮮於京兆：「異人應間出，爽氣必殊倫。」

先，平聲，形容詞或副詞。不舉例。仄聲(去)，限用於副詞。杜甫到村：「碧澗雖多雨，秋沙先少泥。」

燕，平聲，地名。杜甫寄岳州賈司馬：「亂麻屍積衛，破竹勢臨燕。」劉長卿賦得：「爲問元戎竇車騎，何時返旆勒燕然？」仄聲(去)，鳥名。杜甫江村：「自去自來堂上燕，相親相近水中鷗。」

扇，平聲，動詞。王維送崔三往密州覲省：「同懷扇枕戀，獨念倚門愁。」仄聲，名詞。不舉例。

便，平聲，安靜也。劉長卿臥病：「不解謝公意，翻令靜者便。」杜甫寄岳州賈司馬：「多病加淹泊，長吟阻靜便。」 仄聲(去)，方便也。杜甫江漲：「輕帆好去便，吾道付滄洲。」按，「便」作「就」字講的也唸去聲。嚴郾賦百舌鳥：「星未沒河先報曉，柳猶黏雪便迎春。」

扁，平聲，扁舟，名詞。張祜晚夏歸別業：「古岩扁舟晚，荒園一徑微。」 仄聲(上)，不圓也，形容詞。不舉例。

傳，平聲，傳授，傳播，動詞。張籍送施肩吾東歸：「早聞詩句傳人徧，新得科名到處閑。」 仄聲(去)，傳記也，名詞。杜甫冬日有懷李白：「更尋嘉樹傳，不忘角弓詩。」

旋，平聲，回旋也，動詞。杜甫廣州段功曹：「銅梁書遠及，珠浦使將旋。」 仄聲(去)，俄頃之間也，副詞。劉得仁冬夜寄白閣僧：「林下期難遂，人間事旋生。」吳融華清宮：「唯此宮中落旋乾。」按，一般字典裏「旋」字無仄聲，廣韵去聲有「鏇」字，云「遶也」，亦非此義。

要，平聲，約也。杜甫寒食：「田父要皆去，鄰家鬧不違。」 仄聲(去)，欲得也。杜甫送梓州李使君之任：「老思筇杖拄，冬要錦衾眠。」

調，平聲，調和也，動詞。劉長卿少年行：「曲房珠翠合，深巷管絃調。」 仄聲(去)，曲調也，名詞。杜審言和晉陵陸丞早春游望：「忽聞歌古調，歸思欲沾巾。」

燒，平聲，焚燒，動詞。王維出塞：「居延城外獵天驕，白草連山野火燒。」 仄聲(去)，獵人放火焚燒之處，名詞。許棠登渭南縣樓：「雪助河流急，人耕燒色殘。」蘇軾正月二十日往岐亭：「稍聞決決流冰谷，盡放青青沒燒痕。」

教,平聲,使爲也,任令也,俗云「讓」,動詞。王昌齡出塞:「但使龍城飛將在,不教胡馬度陰山。」 仄聲(去),教化也,名詞。陳師道遊鶴山院:「頓攝塵緣盡,方知象教尊。」

荷,平聲,荷花,名詞。杜甫陪鄭廣交遊:「醉把青荷葉,狂遺白接羅。」 仄聲(去),負荷,荷承,動詞。皇甫曾早期日寄所知:「共荷發生同雨露,不應黃葉久隨風。」杜甫得家書:「農事空山裏,眷言終荷鋤。」

那,平聲,何也。杜甫遣興:「衰疾那能久?應無見汝時!」留別賈嚴二閣老:「山路時吹角,那堪處處聞?」 仄聲(去),無那,即無奈。王昌齡從軍行:「更吹羌笛關山月,無那金閨萬里愁。」高適夜別韋司士:「只言啼鳥堪求侶,無那春風欲送行。」

頗,平聲,偏頗,形容詞,又廉頗,人名。杜甫投贈哥舒開府:「廉頗仍走敵,魏絳已和戎。」 仄聲(上),略也,俗云「有幾分」,或「還算」,副詞。杜甫賓至:「喧卑方避俗,疏快頗宜人。」

和,平聲,和諧,和好,又與也,形容詞,動詞,連詞。劉長卿對酒寄嚴維:「陋巷喜陽和,衰顏對酒歌。」杜甫投贈哥舒開府:「魏絳已和戎。」苑咸登潤州城:「鳥與孤帆遠,烟和獨樹低。」 仄聲(去),唱和,動詞。高適同郭十題楊主簿新廳:「多君有知己,一和郢中吟。」

華,平聲,華美,繁華。包佶抱疾謝李吏部:「幸蒙祛老疾,深願駐韶華。」 仄聲(去),太華,山名,即西嶽華山。崔顥行經華陰:「岧嶢太華俯咸京,天外三峰削不成。」許棠登渭南縣樓:「半空分太華,極目是長安。」

行,平聲,行走,行爲,動詞。劉禹錫送李中丞赴楚州:「憶君初得崑山玉,同向揚州携手行。」 仄聲(去),德行,名詞。劉長卿哭魏兼遂:「獨行依窮巷,全身出亂軍。」

王,平聲,帝王也。白居易渭村退居:「貴主冠浮動,親王轡鬧裝。」 仄聲,王霸,又盛也。王安石金陵懷古:「山水寂寥埋王氣,風烟蕭颯滿僧鰓。」

浪,平聲,滄浪,水名。王昌齡送李五:「扁舟乘月暫來去,誰道滄浪吳楚分?」 仄聲(去),波也。杜甫雨不絕:「眼邊江舸何忽促,未待安流逆浪歸?」

傍，平聲，同「旁」。崔顥行經華陰：「借問路傍名利客，無如此處學長生！」 仄聲（去），依也。杜甫得舍弟消息：「舊犬知愁恨，垂頭傍我牀。」

當，平聲，應當，又值也。綦毋潛登天竺寺：「松門當澗口，石路在峰心。」 仄聲（去），正當也，相稱也，心以爲也。杜審言春日京中有懷：「今年游寓獨游秦，愁思看春不當春。」

强，平聲，强有力也。白居易渭村退居：「世慮休相擾，身謀且自强。」 仄聲（上），勉强也。杜甫鄭駙馬池臺：「留連春夜舞，淚落强裝徊。」十二月一日：「他日一杯難强進，重嗟筋力故山違。」

長，平聲，長短。儲光羲洛中送人還江東：「孤舟從此去，客思一何長！」 仄聲（上），音「掌」，長幼，形容詞，又長成，動詞。劉禹錫再經故元九相公宅池上作：「竹叢身後長，臺勢雨來傾。」

相，平聲，互相也，劉長卿睢陽贈李司倉：「非君深意願，誰復能相憂？」 仄聲（去），宰相也。劉禹錫送李尚書鎮滑州：「自古相門還出相，如今人望在巖廊。」

正，平聲，正月，名詞。李頎送相里造入京：「子月過秦正，寒雲覆洛城。」 仄聲（去），形容詞，又副詞。王禹偁送羅著作奉使湖湘：「迴日期君直西掖，當階紅藥正開花。」

令，平聲，使也，動詞。沈佺期度大庾嶺：「但令歸有日，不敢怨長沙。」包佶嶺下臥疾：「唯有貧兼病，能令親愛疏。」杜甫聞斛六官未歸：「本賣文爲活，翻令室倒懸。」 仄聲（去），命令，又縣令，名詞。沈佺期銅雀臺：「一旦雄圖盡，千秋遺令開。」李嘉祐留別毗陵諸公：「久作潯陽令，丹墀忽再還。」

興，平聲，興起，興盛，動詞，或形容詞。杜甫贈特進汝陽王：「服禮求毫髮，惟忠忘寢興。」 仄聲（去），興致也，名詞。李嘉祐送觀歸袁州：「遙憐謝客興，佳句又應新。」杜甫題張氏隱居：「乘興杳然迷出處，對君疑是泛虛舟。」

勝，平聲，猶今言「經得起」。杜甫贈特進汝陽王：「招要恩屢至，崇重力難勝。」王昌齡長信秋詞：「白露堂中細草跡，紅羅帳裏不勝情。」仄聲（去），名勝，勝敗，又勝過。劉長卿送孫逸歸廬山：「常愛此中多勝事，新詩他日仝開緘。」皇甫曾送和西番使：「和戎先罷戰，知勝

霍嫖姚。」杜甫得舍弟消息：「亂後誰歸得，他鄉勝故鄉。」　按，「勝過」的「勝」本該讀仄聲，但唐宋人多讀入平聲。王維敕借岐王九成宮避暑應教：「仙家未必能勝此，何必吹簫向碧空？」白居易城上夜宴：「從道人生都是夢，夢中歡笑亦勝愁。」

乘，平聲，駕也，動詞。皇甫曾贈鑒上人：「更欲尋真去，乘船過海潮。」　仄聲，車乘，名詞，又趁也，動詞。按字典「趁」義作平聲，唐人多作去聲。

稱，平聲，稱謂，稱讚。杜甫贈特進汝陽王：「晚節嬉遊簡，平居孝義稱。」仄聲（去），相稱也，俗云「合適」。白居易故衫：「閶澹緋衫稱老身，半披半曳出宮門。」

不，平聲（讀如「否」之平），義與「否」同。劉禹錫和令狐相公言懷：「石渠甘對圖書老，關外楊公安穩不？」　仄聲（本應讀去聲，後世讀成入聲），用於動詞或形容詞之前，表示否定。不舉例。

任，平聲，堪也。鄭谷江行：「漂泊病難任，逢人淚滿襟。」仄聲（去），聽任也，猶今言「隨他去」。又任務也。綦毋潛題沈東美員外山池：「魚樂隨情性，船行任去留。」

禁，平聲，猶今言「經得起」，義與「勝」同。杜甫奉陪鄭駙馬韋曲：「綠尊雖盡日，白髮好禁春！」舍弟觀赴藍田：「巡檐索共梅花笑，冷蕊疎枝半不禁。」　仄聲（去），禁令，又宮禁。杜甫送許八拾遺：「詔許辭中禁，慈顏赴北堂。」王涯望禁門松雪：「瑞雪凝清禁，祥煙冪小松。」

占，平聲，卜也。王安石送鄆州知府宋諫議：「舟檝商巖命，熊羆渭水占。」仄聲，今作「佔」，佔據也。杜甫奉陪鄭駙馬韋曲：「何時占叢竹，頭戴白烏巾？」王十朋宿大冶縣：「小渡漁人占，中流縣界分。」羅隱蠭：「不論平地與山尖，無限風光盡被占。」「占」字平聲，誤。

12.9　以上所舉各字，只是從唐宋詩中摘出，不能說是完備〔註二十三〕。其中像平聲的「治」「論」「判」「翰」「燕」「便」「要」「教」「頗」「那」「浪」「傍」「令」「勝」「不」「任」「禁」，仄聲的「雍」「從」「供」「離」「吹」「騎」「施」「思」「衣」「汙」「疏」「分」「殷」「聞」「觀」「冠」「間」「先」「旋」「燒」「和」「華」「行」「王」「興」「乘」「稱」「占」，特別值得注意，因爲現代一般人對於這些字已經不免誤讀了。

附註：

【註二十一】　叢殘小語云：「詩中有字音平仄借讀者，既經前人用過，亦可據以諧律。今就所見拈出之。<u>杜牧</u>詩：『南朝四百八十寺』（<u>力</u>按，此係丑類特殊形式），<u>白居易</u>詩：『紅欄三百九十橋』，『十』讀平聲。<u>姚合</u>詩：『每月請錢共客分』，<u>白居易</u>詩：『請錢不早朝』（<u>力</u>按，若『請』字不讀平聲，則犯孤平），又：『紅樓許住請銀鐺』，又：『當時綺季不請錢』，『請』讀平字。<u>包佶</u>詩：『曉漱瓊膏冰齒寒』，『冰』讀去聲。<u>武元衡</u>詩：『惟有白須張司馬，不言名利尚相從』，<u>白居易</u>詩：『四十著緋軍司馬，男兒官職未蹉跎』，又：『一爲軍司馬，三見歲重陽』，『司』讀去聲。（原注：容齋隨筆讀入聲，野客叢談據集韵作去聲。）<u>盧綸</u>詩：『人主人臣是親家』，『親』讀去聲。<u>陸龜蒙</u>詩：『莫把榮枯異，但知上下包』（<u>力</u>按，若『但』字讀仄則犯孤平，下面徐鉉詩『但』字同），又：『得失任渠但取樂，不曾生個是非心』，<u>徐鉉</u>詩：『莫折紅芳樹，但知盡意看』，『但』讀平聲。<u>杜甫</u>詩：『恰似東風相欺得（<u>力</u>按，這是子類特殊形式仄仄平平仄平仄），夜來吹折數枝花』，<u>白居易</u>詩：『爲問長安月，誰教不相離』，『相』讀入聲（<u>力</u>按，恐怕是去聲）。<u>王建</u>詩：『綠窗紅燈酒初醒』，『燈』讀去聲。<u>杜甫</u>詩：『會須上番看成竹』，<u>獨孤及</u>詩：『舊日霜毛一番新』，『番』讀去聲。<u>李商隱</u>詩：『可惜前朝元菟郡』，『菟』讀去聲。<u>白居易</u>詩：『燭淚黏盤累蒲萄』，又：『燕姬酌蒲萄』，『蒲』讀入聲。<u>李群玉</u>詩：『紅芳點袈裟』，『袈』讀去聲。<u>白居易</u>詩：『金屑琵琶槽』，又：『四弦不似琵琶聲』，<u>張祜</u>詩：『宮樓一曲琵琶聲』，<u>方干</u>詩：『語慚不及琵琶槽』，『琵』讀入聲。<u>獨孤及</u>詩：『徒言漢水才容刀』，『才』讀去聲。<u>白居易</u>詩：『況對東溪野枇杷』，<u>張祜</u>詩：『生摘枇杷酸』，『枇』讀入聲。<u>白居易</u>詩：『金杯翻污麒麟袍』，<u>李賀</u>詩：『銀轡刺麒麟』，<u>李山甫</u>詩：『志公偏愛麒麟兒』，『麒』讀去聲。<u>白居易</u>詩：『三年隨例未量移』，『量』讀平聲。<u>蘇軾</u>詩：『聞道已許談其粗』，又：『寂寞閑窗易粗通』，『粗』讀上聲。<u>陶谷</u>詩：『尖檐帽子卑凡廝，短鞐靴兒末厥兵』，『廝』讀入聲。今北地『親家』之『親』讀去聲，吾吳『蒲萄』之『蒲』，『枇杷』之『枇』讀入聲（<u>力</u>按，『琵琶』之『琵』也讀入聲）。詩人皆隨方言入律，四聲遂無定位矣。」

【註二十二】　但是，也有例外。有時候，依意義應讀平聲，在詩中則讀仄聲，或依意義該讀仄聲，在詩中則讀平聲。例如杜甫陪李北海宴歷下亭：「貴賤俱物役，從公難重過。」仇註：「重，義從平聲，讀依去聲。」(力按，此説未確。廣韻用韵：「重，更爲也」，正讀去聲。)陪李金吾花下飲：「細草偏稱坐，香醪懶再沽。」仇註：「稱，義從去聲，讀用平聲。」大曆三年春白帝城放船：「廷争酬造化，樸直乞江湖。」仇註：「争，義從去聲，讀用平聲。」

　　有時候，依意義應讀上聲，在詩中則讀去聲，或依意義應讀去聲，在詩中則讀上聲。仇兆鰲杜詩詳註引林時對曰：「古文用字，隨義定音，如上下之『下』乃上聲，而禮賢下士之『下』則去聲也。杜詩：『廣文到官舍，係馬堂階下』，又：『朝來少試華軒下，未覺千金滿高價』，是借上聲爲去聲矣。王維詩：『公子爲嬴停駟馬，執轡愈恭意愈下』，是借去聲爲上聲矣。此類甚多，不可無辯。」

【註二十三】　補充兩個例子。杜甫崔少府高齋三十韵：「泉聲聞復息，動静隨所激，鳥呼藏其身，有似懼彈射。」仇註：「射，音石。」可見射箭的「射」讀入聲。送鄭十八虔貶臺州：「萬里傷心嚴譴日，百年垂死中興時。」仇註：「中，張仲切。」可見中興的「中」讀去聲。

第十三節　　近體詩的對仗

13.1　關於對仗的規矩，下節將有詳細的討論，現在先來一個很粗的説法。祇須名詞和名詞相對，動詞和動詞相對，形容詞和形容詞相對，副詞和副詞相對，就行了。其實，在詩句裏，祇有名動兩種詞爲主要的成分，尤其是名詞必須和名詞相對；形容詞有時可認爲與動詞同類(尤其是不及物動詞)，相爲對仗。至於對仗的工整與否，就要看它們二者是否屬於同一最小的範疇。這也等到下節再談了。

13.2　近體詩的對仗，見於律詩和排律裏；至於絕句，大多數是不用對仗的。現在先談律詩。

　　對仗是律詩的必要條件。就一般情形而論，律詩的對仗是用於頜

聯和頸聯;換句話說,就是第三句和第四句對仗,第五句和第六句對仗。例如:

(甲)五律。

1. 首句入韵者。

觀　獵　　　　　　　　　王　維

風勁角弓鳴,

將軍獵渭城。

草枯鷹眼疾,雪盡馬蹄輕。

忽過新豐市,還歸細柳營。

迴看射鵰處,千里暮雲平。

(頷聯「草」與「雪」,名詞;「枯」與「盡」,不及物動詞;「鷹眼」與「馬蹄」,名詞仂語;「疾」與「輕」,形容詞。頸聯「忽」與「還」,副詞;「過」與「歸」,動詞;「新豐」與「細柳」,專名,「市」與「營」,名詞。)

2. 首句不入韵者。

送李秘書却赴南中　　　　劉長卿

却到番禺日,應傷昔所依。

炎洲百口住,故國幾人歸?

路識梅花在,家存棣萼稀。

獨逢迴雁去,猶作舊行飛。

(頷聯「炎」與「故」,形容詞;「洲」與「國」,名詞;「百」與「幾」,數目字;「口」與「人」,名詞:「住」與「歸」,動詞。頸聯「路」與「家」,名詞;「識」與「存」,動詞;「梅花」與「棣萼」,名詞仂語;「在」不及物動詞,「稀」形容詞。)

(乙)七律。

1. 首句入韵者。

同皇甫冉登重玄閣　　　　　　　李嘉佑

高閣朱欄不厭遊，

蒹葭白水遠長洲。

孤雲獨鳥川光暮，萬井千山海色秋。

清梵林中人轉靜，夕陽城上角偏愁。

誰憐遠作秦吳別，離恨歸心雙淚流。

（頷聯「孤」「獨」「萬」「千」，數目；「雲」「鳥」「井」「山」，名詞；「川光」與「海色」，名詞仂語；「暮」與「秋」，名詞當形容詞用。頸聯「清梵」與「夕陽」，名詞仂語，「林中」與「城上」，名詞仂語；「人」與「角」，名詞；「轉」與「偏」，副詞；「靜」，形容詞，「愁」，不及物動詞。）

2. 首句不入韻者。

客　至　　　　　　　　　　　杜　甫

舍南舍北皆春水，但見群鷗日日來。

花徑不曾緣客掃，蓬門今始為君開。

盤飧市遠無兼味，樽酒家貧只舊醅。

肯與鄰翁相對飲，隔籬呼取盡餘杯。

（頷聯「花徑」與「蓬門」，名詞仂語；「不曾」與「今始」，副詞仂語；「緣」與「為」，介詞；「客」，名詞，「君」代名詞；「掃」與「開」，動詞。頸聯「盤飧」與「樽酒」，名詞仂語；「市」與「家」，名詞；「遠」與「貧」，形容詞；「無」，動詞，「只」，此處作「只有」解；「兼」與「舊」，形容詞；「味」與「醅」，名詞。）

13. 3 這可以說是正例。此外還有許多變例：律詩的對仗可以少到只用於一聯，多到四聯都用。如果祇用於一聯，就是用於頸聯[註二十四]；這時頷聯不用對仗。本來，唐以前的古詩是不一定要對仗的（參看上文導言）；律詩雖規定用對仗，還有些人稍存古法，偶然在頷聯裏免用。這種情形，在盛唐的五律中頗為常見，例如：

送賀遂員外外甥　　　　　　　　王　維

南國有歸舟，

荊門泝上流。

蒼茫葭菼外，雲水與昭丘。

檣帶城烏去，江連暮雨愁。

猿聲不可聽，莫待楚山秋。

同崔興宗送衡岳瑗公南歸　　　　王　維

言從石菌閣，新下穆陵關。

獨向池陽去，白雲留故山。

綻衣秋日裏，洗鉢古松間。

一施傳心法，唯將戒定還。

送岐州源長史歸　　　　　　　　王　維

握手一相送，心悲安可論。

秋風正蕭索，客散孟嘗門。

故驛通槐裏，長亭下槿原。

征西舊旌節，從此向河源。

挂席江山待月有懷　　　　　　　李　白

待月月未出，望江江自流。

倏忽城西郭，青天懸玉鈎。

素華雖可攬，清景不同游。

耿耿金波裏，空瞻鳷鵲樓。

與賈至舍人於龍興寺翦落梧桐枝望灉湖　　李　白

翦落梧桐枝，

灉湖坐可窺。

雨洗秋山凈，林光澹碧滋。

水閑明鏡轉，雲繞畫屏移。

千古風流事，名賢共此時。

長門怨　　　　　　　　　　　　梁　鍠

妾命何偏薄！君王去不歸。

欲令遙見悔，樓上試春衣。

空殿看人入，深宮羨鳥飛。

翻悲因買賦,索鏡照空輝。

艷女詞 梁　鍠

露井桃花發,雙雙燕并飛。
美人姿態裏,春色上羅衣。
自愛頻開鏡,時羞欲掩扉。
不知行路客,遙惹五香歸。

狷氏子 梁　鍠

杏梁初照日,碧玉後堂開。
憶事臨妝笑,春嬌滿鏡臺。
含聲歌扇舉,顧影舞腰迴。
別有佳期處,青樓客夜來。

題慎言法師故房 高　適

精廬不住子,自有無生鄉。
過客知何道?裴徊雁子堂!
浮雲歸故嶺,落月還西方。
日夕虛空裏,時時聞異香。

寒夜江口泊舟 儲光義

寒潮信未起,出浦纜孤舟。
一夜苦風浪,自然生旅愁。
吳山遲海月,楚火照江流。
欲有知音者,異鄉誰可求?

尋徐山人遇馬舍人 儲光義

泊舟伊川右,正見野人歸。
日暮春山綠,我心清且微。
巖聲風雨度,水氣雲霞飛。
復有金門客,來參薜薜衣。

送李擢游江東 王昌齡

清洛日夜漲,微風引孤舟。
離腸便千里,遠夢生江樓。
楚國橙橘暗,吳門烟雨愁。
東南具今古,歸望山雲秋。

13.4　以上所舉，像王昌齡儲光羲和高適的詩在平仄上可認爲古風式的律詩，在對仗的自由上，自然也容易採取古詩的形式；至於王維，李白和梁鍠的詩，在平仄上已經是近體（偶然有丑類特拗及孤平拗救），但在對仗上也還喜歡仿古。這種單聯對仗的五律，直到中唐還沒有絕迹。例如：

歸田　　　　　　　　　　元　稹

陶君三十七，挂綬出都門。

我亦今年去，商山淅岸村。

冬修方丈室，春種桔槔園。

千萬人間事，從兹不復言。

東臺去　　　　　　　　　元　稹

陶君喜不遇，予每爲君言。

今日東臺去，澄心在陸渾。

旋抽隨日俸，并買近山園。

千萬崔兼白，殷勤奉主恩。

13.5　七律頷聯不用對仗的較少，因爲五古可以仿古，七言無古可仿的緣故。但是，杜甫有時候還喜歡在頷聯用一種似對非對的句子：

詠懷古跡　　　　　　　　杜　甫

搖落深知宋玉悲，

風流儒雅亦吾師。

悵望千秋一灑涙，蕭條異代不同時。

江山故宅空文藻，雲雨荒臺豈夢思！

最是楚宮俱泯滅，舟人指點至今疑。

諸　將　　　　　　　　　杜　甫

錦江春色逐人來，

巫峽清秋萬壑哀。

正憶往時嚴僕射，共迎車使望鄉臺。

主恩前後三持節，軍令分明數舉杯。

西蜀地形天下險,安危須仗出群材。

這種頷聯,至多祇能說是極寬極勉強的對偶,和頸聯相比,其工整的程度就差得多了。

13.6 如果我們把這種對仗叫做「貧的對仗」,那麼,三個聯以上的對仗就該叫做「富的對仗」。有一種富的對仗是最常見的,差不多和普通的對仗一樣常見,這就是前三聯都用對仗。就五律而論,前三聯用對仗的辦法,比中兩聯用對仗的辦法少不了許多,因為它的首句多不入韻,所以首聯容易造成對偶。例如:

除　夜　　　　　　　　王　諲

今歲今宵盡,明年明日催。
寒隨一夜去,春逐五更來。
氣色空中改,容顏暗裏回。
風光人不覺,已著後園梅。

餞田尚書還兗州　　　　張　謂

忠義三朝許,威名四海聞。
更乘歸魯詔,猶憶破胡勳。
別路逢霜雨,行營對雪雲。
明朝郭門外,長揖大將軍。

晚夏歸別業　　　　　　張　祐

古岸扁舟晚,荒園一徑微。
鳥啼新果熟,花落故人稀。
宿潤侵苔甃,斜陽照竹扉。
相逢盡鄉老,無復話時機。

送韓校書　　　　　　　許　渾

恨與前歡隔,愁因此會同。
跡高芸閣吏,名散雪樓翁。
城閉三秋雨,帆飛一夜風。
酒醒鱸膾美,應在竟陵東。

13.7　就七律而論,首聯的對仗較爲少見,因爲首句以入韵爲常,而入韵的出句不很便於屬對的緣故。至於首句不入韵的七律,則往往用對偶[註二十五]。例如:

詠懷古跡　　　　　　　　　　　杜　甫
支離東北風塵際,漂泊西南天地間。
三峽樓臺淹日月,五溪衣服共雲山。
羯胡事主終無賴,詞客哀時且未還。
庾信平生最蕭瑟,暮年詩賦動江關。

和令狐員外直夜寄上相公　　　　姚　合
霜臺同處軒窗接,粉署先登語笑疎。
皓月滿簾聽玉漏,紫泥盈手發天書。
吟詩清美招閒客,對酒逍遙臥直廬。
榮貴人間難有比,相公離此十年餘。

13.8　但是,首句入韵的律詩并不一定妨礙首聯的對仗;遇方便時仍有屬對的可能。例如:

春夜別友人　　　　　　　　　　陳子昂
銀燭吐青烟,
金尊對綺筵。
離堂思琴瑟,別路繞山川。
明月隱高樹,長河沒曉天。
悠悠洛陽去,此會在何年!

故西河郡杜太守挽歌　　　　　　王　維
塗芻去國門,
祕器出東園。
太守留金印,夫人罷錦軒。
旌旗轉衰木,簫鼓上寒原。
墳樹應西靡,長思魏闕恩。

姑熟官舍　　　　　　　　　　　許　渾

草生官舍似閒居,
雪照南窗滿素書。
貧後始知爲吏拙,病來還喜識人疏。
青雲豈有窺梁燕,濁水應無避釣魚。
不待秋風便歸去,紫陽山下是吾廬。

杭州春望　　　　　　　　　　　白居易

望海樓明照曙霞,
護江隄白踏晴沙。
濤聲夜入伍員廟,柳聲春藏蘇小家。
紅袖織綾誇柿蔕,青旗酤酒趁梨花。
誰開湖寺西南路?草綠裙腰一道斜。

13.9　另一種富的對仗和上面的一種恰恰相反:律詩的首聯不用對仗,却在尾聯用對仗。這樣,對仗也共有三聯,但對仗的位置不盡相同。這種富的對仗非常罕見,現在祇舉兩個例子如下:

悲　秋　　　　　　　　　　　杜　甫

涼風動萬里,群盜尚縱橫。
家遠傳書日,秋來爲客情。
愁窺高鳥過,老逐眾人行。
始欲投三峽,何由見兩京!

聞官軍收河南河北　　　　　　　杜　甫

劍外忽傳收薊北,初聞涕淚滿衣裳。
却看妻子愁何在?漫卷詩書喜欲狂。
白日放歌須縱酒,青春作伴好還鄉。
即從巴峽穿巫峽,便下襄陽向洛陽。

13.10　律詩本借散行的句子來表示結束,所以末聯對仗的律詩不爲詩人們所喜用。但是,王維却有幾首全首用對仗的律詩:

送李判官赴東江

聞道皇華使，方隨皂蓋臣。

封章通左語，冠冕化文身。

樹色分揚子，潮聲滿富春。

遙知辨璧吏，恩到泣珠人。

故西河郡杜太守挽歌

天上去西征，

雲中護北平。

生擒白馬將，連破黑鵰城。

忽見刳靈苦，徒聞竹使榮。

空留左氏傳，誰繼卜商名？

既蒙宥罪旋復拜官

忽聞漢詔還冠冕，始覺殷王解網羅。

日比皇明猶自暗，天齊聖壽未云多。

花迎喜氣皆知笑，鳥識歡心亦解歌。

聞道百城新佩印，還來雙闕共鳴珂。

杜甫也有一首：

禹　廟

禹廟空山裏，秋風落日斜。

荒庭垂橘柚，古屋畫龍蛇。

雲氣生虛壁，江聲走白沙。

早知乘四載，疏鑿控三巴。

13.11　這種多餘的對仗，後代極少人模仿。我們祇看見朱熹有一首詩可以歸入這一個類型：

登定王臺

寂寞番王後，光華帝子來。

千年餘故國，萬事只空臺。

日月東西見，湖山表裏開。

從知爽鳩樂，莫作雍門哀。

13.12　明白了律詩的對仗之後，排律的對仗就非常容易了解。排律也像律詩一般地，首聯和尾聯可以不用對仗；中間無論有多少聯語，一律須用對仗。排律因為多係五言，首句多不入韻，所以首聯也像五律一般地容易用對仗，甚至比五律更為常見，所以應該認為正例。尾聯因為要結束，所以用對仗者非常罕見。現在分別舉例如下。

1. 除尾聯外，一律用對仗（正例）：

送柴司戶充劉卿判官之嶺外　　　　高　適

嶺外資雄鎮，朝端寵節旄。月卿臨幕府，星使出詞曹。

海對羊城闊，山連象郡高。風霜驅瘴癘，忠信涉波濤。

別恨隨流水，交情脫寶刀。有才無不適，行矣莫徒勞！

2. 首尾兩聯都不用對仗（變例）：

上白帝城　　　　　　杜　甫

江城含變態，一上一回新。天欲今朝雨，山歸萬古春。

英雄遺事業，衰邁久風塵。取醉他鄉客，相逢故國人。

兵戈猶擁蜀，賦斂強輸秦。不是煩形勝，深慚畏損神。

3. 全首用對仗（罕例）：

三月三日勤政樓侍宴應制　　　　王　維

彩仗連宵合，瓊樓拂曙通。年光三月裏，宮殿百花中。

不數秦王日，誰將洛水同？酒筵嫌落絮，舞袖怯春風。

天保無為德，人歡不戰功。仍臨九衢宴，更達四門聰。

13.13　絕句是截取律詩的兩聯：如果截取首尾兩聯，則完全不

用對仗；如果截取後兩聯，則前者對仗而後者不對仗；如果截取前兩聯，則前者不對仗而後者對仗；如果截取中兩聯，則全首用對仗[註二十六]。上文第三節裏已有詳細的討論和舉例，茲不贅及。

附註：

【註二十四】　此外，還有在首聯、頸聯用對仗，頷聯不用對仗的。例如：

　　杜少府之任蜀川　　　　　王　勃

城闕輔三秦，
風烟望五津。
與君離別意，同是宦游人。
海內存知己，天涯若比鄰。
無爲在歧路，兒女共沾巾。

　　一百五日夜對月　　　　　杜　甫

無家對寒食，有淚如金波。
斫却月中桂，清光應更多。
仳離放紅蕊，想象顰青蛾。
牛女漫愁思，秋期猶渡河。

仇兆鰲杜詩詳註引夢溪筆談曰：「此詩次聯不拘對偶，疑非律體。然起二句明係對舉，謂之偷春格，如梅花偷春色而先開也。」

【註二十五】　仇兆鰲曰：「按杜詩七律，凡首句無韵者，多對起，如『五夜漏聲催曉箭，九重春色醉仙桃』是也。亦有無韵而散起者，如『使君高義驅今古，流落三年坐劍州』是也。其首句用韵者，多散起，如『丞相祠堂何處尋？錦官城外柏森森』是也。亦有用韵而對起者，如『勳業終歸馬伏波，功曹非復漢蕭何』是也。大家變化，無所不宜，在後人當知起法之正變也。」

【註二十六】　仇兆鰲曰：「五言絕句始於漢魏樂府，六朝漸繁，而唐人尤盛。大約散起散結者，一氣流注，自成首尾，此正法也。若四句皆對，似律詩中聯，則不見首尾呼應之妙。必如王勃贈李十

四詩:『亂竹開三徑,飛花滿四鄰。從來揚子宅,別有尚玄人。』岑參(力按,當作王之渙)登鸛雀樓詩:『白日依山盡,黃河入海流。欲窮千里目,更上一層樓。』錢起江行詩:『兵火有餘燼,貧村才數家。無人爭曉渡,殘月下寒沙。』令狐楚從軍詩:『胡風千里驚,漢月五更明。縱有還家夢,猶聞出塞聲。』以上數詩,皆語對而意流,四句自成起訖,真佳作也。若少陵武侯廟詩:『遺廟丹青落,空山草木長。猶聞辭后主,不復臥南陽。』其氣象雄偉,詞旨劌切,則又高出諸公矣。莫謂『遲日』一首(力按,指杜詩絕句:『遲日江山麗,春風花草香』)但似學堂對句也。至於對起散結者,如盧僎南樓望詩:『去國三巴遠,登樓萬里春。傷心江上客,不是故鄉人。』李白獨坐敬亭山詩:『眾鳥高飛盡,孤雲獨去閑。相看兩不厭,只有敬亭山。』柳宗元江雪詩:『千山鳥飛絕,萬徑人蹤滅。孤舟蓑笠翁,獨釣寒江雪。』又有散起對結者,如駱賓王易水送別詩:『此地別燕丹,壯士髮衝冠。昔時人已沒,今日水猶寒。』宋之問別杜審言詩:『臥病人事絕,嗟君萬里行。河橋不相送,江樹遠含情。』孟浩然宿建德江詩:『移舟泊煙渚,日暮客愁新。野曠天低樹,江清月照人(力按,當作『月近人』)。』杜詩如:『江碧鳥逾白,山青花欲然。今春看又過,何日是歸年?』此即雙起單結體也。如:『江上亦秋色,火雲終不移。巫山猶錦樹,南國且黃鸝。』此即單起雙結體也。又有四句似對非對,而特見高古者。如裴迪孟城坳詩:『結廬古城下,時登古城上。古城非疇昔,今人自來往。』太上隱者答人詩:『偶來松樹下,高枕石頭眠。山中無歷日,寒盡不知年。』則又脫盡蹊徑矣。杜詩如:『萬國尚戎馬,故園今若何? 昔歸相識少,早已戰場多。』此散對渾成之作也。」又仇氏引楊慎曰:「絕句四句皆對,少陵『兩個黃鸝鳴翠柳』是也。然不相連屬,即是律中四句耳。唐絕萬首,如韋蘇州:『踏閣攀林恨不同,楚雲滄海思無窮。數家砧杵秋山下,一郡荆榛寒雨中。』又劉長卿:『寂寂孤鶯啼杏園,寥寥一犬吠桃源。落花芳草無尋處,萬壑千峰獨閉門。』二首絕妙,蓋字句雖對,而意則一貫也。其餘如李嶠送司馬承禎還山云:『蓬閣桃源兩地分,人間海上不相聞。一朝琴裏悲黃鶴,何日山頭望白雲?』又柳中庸狂人怨云:『歲歲金河復玉關,朝朝馬策與刀鐶。三

春白雪歸青冢,萬里黃河繞黑山。』又周樸邊塞曲云:『一隊風來
一隊沙,有人行處没人家。黃河九曲冰先合,紫塞三春不見
花。』斯亦其次也。」仇兆鰲曰:「升庵所引,此一體也。唐人諸法
畢備,皆當參考,以取衆家之長。凡絕句散起散結者,乃截律詩
首尾。如李白春夜洛城聞笛云:『誰家玉笛暗飛聲? 散入春風
花滿城。此夜曲中聞折柳,何人不起故園情?』張繼楓橋夜泊
云:『月落烏啼霜滿天,江楓漁火對愁眠。姑蘇城外寒山寺,夜
半鐘聲到客船。』是也。有對起對結者,乃截律詩中四句。如張
仲素漢苑行云:『回雁高飛太液池,新花低發上林枝。年光到處
皆堪賞,春色人間總未知。』王烈塞上曲云:『紅顔歲歲老金微,
砂磧年年臥鐵衣。白草城中春不入,黃花戍上雁長飛。』有似對
非對者,如張祐胡渭州云:『亭亭孤月照寒舟,寂寂長江萬里流。
鄉國不知何處是,雲山漫漫使人愁。』張敬忠邊詞云:『五原春色
歸來遲,二月垂楊未挂絲。即今河畔冰開日,正是長安花發
時。』是也。有散起對結者,乃截律詩上四句。如李白上皇西巡
歌云:『誰道君王行路難? 六龍西幸萬人歡。地轉錦江成渭水,
天回玉壘作長安。』李華春行寄興云:『宜陽城下草萋萋,澗水東
流復向西。芳草無人花自落,春山一路鳥空啼。』有對起散結
者,乃截律詩下四句。如李白東魯門泛舟云:『日落沙明天倒
開,波搖石動水縈回。輕舟泛月尋溪轉,疑是山陰雪後來。』雍
陶韋處士郊居云:『滿庭詩景飄紅片,繞砌琴聲滴暗泉。門外晚
晴秋色老,萬條寒玉一溪烟。』是也。有全首聲律謹嚴,不爽一
字者(力按,指第一、第三字都依平仄格式)。如白居易竹枝詞
云:『瞿塘峽口冷烟低,白帝城頭月向西。唱到竹枝聲咽處,寒
猿晴鳥一時啼。』(力按,『竹』字、『晴』字未全合。)賈島渡桑乾
云:『客舍并州已十霜,歸心日夜憶咸陽。無端更渡桑乾水,却
望并州是故鄉。』有平仄不諧,而近於七古者,如李白山中問答
云:『問余何意棲碧山,笑而不答心自閑。桃花流水杳然去,別
有天地非人間。』韋應物滁州西澗云:『獨憐幽草澗邊生,上有黃
鸝深樹鳴。春潮帶雨晚來急,野渡無人舟自橫。』有平仄未諧,
而并拈仄韻者,如君山父老閑吟云:『湘中老人讀黃老,手援紫

蕭坐碧草。春至不知湖水深,日暮忘却巴嶺道。』李洞秀嶺宮云:
『春草萋萋春水綠,野棠開盡飄香玉。繡嶺宮前鶴髮翁,猶唱開元
太平曲。』有首句不拈韵脚,而以仄對平者,如王維九日憶兄弟云:
『獨在異鄉爲異客,每逢佳節倍思親。遙知兄弟登高處,遍插茱萸
少一人。』戲題盤石云:『可憐盤石臨泉水,復有垂楊拂酒杯。若道
春風不解意,何因吹送落花來?』」

第十四節　對仗的種類

14.1　我們曾經有機會説過,對仗的範疇越小,就越工整。現在
我們將討論對仗的範疇。詩人們對於動詞副詞代名詞等,都沒有詳細
的分類;形容詞中,祗有顏色和數目(如果把數目認爲形容詞的話)是
自成種類的,其餘也沒有細分。因此,所謂對仗的範疇,差不多也就是
名詞的範疇。詩人們對於名詞,却分得頗爲詳細。在同一種類相爲對
仗者,叫做工對;否則可以叫做寬對。不過,名詞的範疇似乎也沒有明
文規定,祗有科舉時代某一些韵書裏附載着若干門類[註二十七]。現
在大致依照傳統的説法,略加分併,叙述如下:

14.2　第一類。
(甲)天文門。

例字:天　空　日　月　風　雨　霜　雪　霰　雷　電
　　　虹　霓　霄　雲　霞　靄　氣　烟　星　斗　嵐　陽
　　　照　暉　曛　露　霧　烽　火　陰　颷
例句:
海雲迷驛道,江月隱鄉樓。(李白寄淮南友人。)
北風隨爽氣,南斗避文星。(杜甫衡州送李大夫。)
渡頭餘落日,墟里上孤烟。(王維輞川閑居。)
濕濕嶺雲生竹菌,冥冥江雨熟楊梅。(王安石寄袁州曹伯
　玉使君。)
支枕星河橫醉後,入簾風絮報春深。(秦觀次韵裴仲謨。)

（乙）時令門。

例字：年　歲　月　日　時　刻　世　節　春　夏　秋
冬　晨　夕　朝　晚　午　宵　晝　夜　伏　臘　寒
暑　晴　晦　朔　昏　曉　閏

例句：

酒醒秋簟冷，風急夏衣輕。（元稹晚秋。）
萬木迎秋序，千峰駐晚暉。（李嘉祐至七里灘作。）
黍苗期臘酒，霜葉是寒衣。（包何江山田家。）
送春唯有酒，銷日不過棊。（白居易官舍閒題。）
半夜灰移琯，明朝帝御裘。（元稹賦得九月盡。）
隔歲鄉書絕，新寒酒病生。（張詠縣齋秋夕。）
雪徑晴猶凍，烟江晚不潮。（周孚贈蕭光祖。）

14.3 第二類。

（甲）地理門。

例字：地　土　山　水　江　河　川　湖　海　波　浪
濤　潮　冰　池　洲　渚　林　京　國　郊　潭　澤
渠　橋　鄉　村　關　塞　戌　城　市　道　路　徑
衢　峰　園　苑　圍　墓　墳　巖　崖　石　磴　堤
隴　禁　陂　郭　郊　州　縣　邑　郡　鎮　墟　壤
泥　畦　岸　峽　田　谷　島　嶼　浦　溪　境　家
嶺　原　澗　渡　驛　塘　沙　塵　泉　岡　磯

例句：

紅顏歸故國，青歲歇芳洲。（李白寄淮南友人。）
野涼侵閉戶，江滿帶維舟。（杜甫夜雨。）
虜騎瞻山哭，王師拓地飛。（徐九皋戰城南。）
柳堤隨草遠，麥隴帶桑平。（范成大將至石湖。）
怪松敧岸出，古廟背河開。（楊萬里過張王廟。）

（乙）宮室門。

例字：房　宅　廬　舍　樓　臺　堂　齋　宮　室　閣
門　閭　塔　巷　街　牆　垣　壁　窗　牖　戶　檻
梁　柱　簷　廊　階　砌　庭　除　倉　庫　壇　籬
扉　闕　殿　署　井　欄　楹　寺　觀　廟　店　堞
壕　壘　屯　瓦　甍　館　亭　榭

例句：

　　隔牖風驚竹，開門雪滿山。（王維冬晚對雪。）

　　霜引臺烏集，風驚塔雁飛。（張謂道林寺送莫侍御。）

　　唯看上砌濕，不遣入簾深。（包何賦得隔簾見春雨。）

　　石壇遺鶴羽，粉壁剝龍形。（趙師秀桐柏觀。）

14.4　第三類。

（甲）器物門。

例字：舟　船　舫　舠　車　輦　鐘　磬　砧　牀　榻
枕　簟　席　茵　旌　旗　鼓　角　干　戈　刀　劍
弓　箭　槍　槊　戟　弩　燈　檠　鏡　案　座　幌
簾　箔　幛　屏　帷　幄　香　燭　爐　椊　桃　篷
檣　帆　槳　橈　壺　杯　觴　樽　舵　珂　鈴　鑾
鞍　鞭　策　繩　甌　釜　箱　篋　尺　盤　盆　盆
缸　籐　鑰　錢　簞　瓢　杓　甕　瓶

例句：

　　尋花緩轡連迤去，帶酒垂鞭躞蹀來。（劉禹錫裴相公大學
　　　士見示。）

　　大瓢貯月歸春甕，小杓分江入夜瓶。（蘇軾汲江煎茶。）

　　晚色催征棹，斜陽戀去桃。（楊萬里過張王廟。）

　　前騶驅弩過，別境荷戈還。（韓琦過故關。）

　　綵樹轉燈珠錯落，繡檀迴枕玉雕鎪。（李商隱富平少侯。）

（乙）衣飾門。

例字：衣　裳　襟　袂　裙　裾　巾　冠　帽　環　釵
　　　珮　璜　帶　紱　綬　簪　纓　杖　屨　靴　屐　袍
　　　衫　裘　襦　氈　扇　冕　旒　盎　甲

例句：

歌榭白團扇，舞筵金縷衫。（劉禹錫和汴州令狐相公。）

草潤衫襟重，沙乾屐齒輕。（白居易野行。）

便留朱紱還鈴閣，却著青袍侍玉除。（白居易初除尚書郎
　脫刺史緋。）

燕山臘雪銷金甲，秦苑秋風脆錦衣。（黃滔塞上。）

（丙）飲食門。

例字：酒　茶　糕　餅　錫　醪　齏　鱠　藥　丹　餐
　　　茗　釀　醋　漿　飯　肴　饌　蔬　筍　菜　酎　粥
　　　饘　醢　醯　鹽　醬　脹　酢　羹　湯　脯　蜜

例句：

受脹新梁苑，和羹舊傅巖。（劉禹錫和汴州令狐相公到鎮
　改月。）

身健却緣餐飯少，詩清都爲飲茶多。（徐璣贈徐照。）

酒似粥釀知社到，餅如盤大喜秋成。（陸游秋晚閒步。）

醖成十日酒，味敵五雲漿。（劉禹錫和令狐相公謝太原李
　侍中寄蒲桃。）

14.5　第四類。

（甲）文具門（包括文人用品）。

例字：筆　墨　硯　紙　牋　印　鈐　籤　筒　籌　簽
　　　書　劍　琴　瑟　絃　簫　笛　棊　卷　軸　幅　幛
　　　簡　策　册　翰　毫

例句：

毫端分馬類，墨點辨蛾眉。（歐陽詹早秋登慈恩寺塔。）

童心便有愛書癖，手指今餘把筆痕。（劉禹錫送周魯儒赴舉。）

靜對揮宸翰，閒臨襲彩牋。（劉禹錫奉和中書崔舍人。）

（乙）文學門。

例字： 詩 書 賦 檄 疏 章 句 經 論 集 策
　　　約 文 字 信 緘 詔 令 符 籙 旨 敕 篇
　　　編 碑 碣 詞 辭 詠 圖 畫 歌 謠 制 誥
　　　典 籍 札

例句：

舊約鷗能記，新詩鴈不傳。（周孚元日懷陳道人。）

匡衡抗疏功名薄，劉向傳經心事違。（杜甫秋興。）

子美集開詩世界，伯陽書見道根源。（王禹偁日長簡仲咸。）

近書無便寄，新句與誰評？（趙師秀楊柳塘寄徐照。）

燈火詩書如夢寐，麒麟圖畫屬浮雲。（黃庭堅次韻外舅謝師厚。）

渤海歸人將集去，梨園弟子請詞來。（劉禹錫酬楊司業巨源。）

制誥留臺閣，歌詞入管弦。（劉禹錫酬樂天醉後狂吟。）

幾日賦詩秋水寺，經年草詔白雲司。（趙蝦送李蘊赴鄭州。）

14.6 第五類。

（甲）草木花果門。

例字： 樹 木 花 草 蘿 藤 柳 楊 蕉 荇 蓼
　　　菊 桂 枝 條 葉 桃 杏 李 梅 蕊 絮 梨

榴	橙	橘	柑	柚	蘆	荻	麥	禾	苔	蘚	藥
蔬	蓮	荷	莖	根	竹	筀	梗	蕪	蕚	蒂	蘭
蕙	芝	葛	椒	松	柏	菱	芡	菰	蕖	榆	杉
椿	萱	楸	楛	葭	葦	蒲					

例句:

　一川花送客,二月柳迎春。(<u>綦毋潛送鄭務拜伯父</u>。)

　餘滴下纖蕊,殘珠墮細枝。(<u>元稹賦得雨後花</u>。)

　葦乾雲夢色,橘熟洞庭香。(<u>馬戴送客南遊</u>。)

　新水亂侵青草路,殘煙猶傍綠楊邨。(<u>雍陶塞路晚晴</u>。)

（乙）鳥獸蟲魚門。

例字: 馬　牛　雞　犬　鴻　雀　鯉　鱸　鶴　鷗　貂

　狐　魚　蝦　雉　鳳　鶯　燕　鳥　禽　獸　鹿　虎

　豹　狼　蛇　龍　狗　鵰　雁　猿　蝶　鴨　鵬　鴉

　蟲　蟬　鷗　鳩　鷺　鵑　蚌　龜　鼇　蠅　蚊　烏

　駿　驄　鶻　駒　驪　麏　麋　鵠　螭　豸　獺　蟹

　犀　象　蟾　蠶　兔　鵲　蛛　蛟　隼　鴛　鴻　鷺

　鶺　鵒　鳧　鼠　貓　蛾　螳

例句:

　聽猿收淚罷,繫鴈待書稀。(<u>綦毋潛送崔員外</u>。)

　上山隨老鶴,接酒待殘鶯。(<u>元稹獨遊</u>。)

　自握蛇珠辭白屋,欲憑雞卜謁金門。(<u>劉禹錫送周魯儒赴舉詩</u>。)

　鎖銜金獸連環冷,水滴銅龍晝漏長。(<u>薛逢宮詞</u>。)

14.7 第六類。

（甲）形體門。

例字: 身　心　肌　膚　骨　肉　頭　首　眼　眉　鼻

　準　額　顏　面　臉　頰　鬢　髩　耳　目　手　足

肩　腰　腹　臍　膝　脛　胸　背　晴　瞳　影　魂

聲　色　音　容　迹　羽　翼　翅　翎　蹄　角　觜

牙　齒　口　屑　毛　爪　翻　贅

例句：

江月隨人影，山花趁馬蹄。（<u>張謂送裴侍御歸上都</u>。）

脛弱秋添絮，頭風曉廢梳。（<u>包佶嶺下臥病寄劉長卿員外</u>。）

嬾鑷從鬚白，休治任眼昏。（<u>白居易晚出西郊</u>。）

不逢蕭史休回首，莫見洪崖又拍肩。（<u>李商隱碧城</u>。）

垂手亂翻雕玉佩，招腰爭舞鬱金裙。（<u>李商隱牡丹</u>。）

何處拂胸資蝶粉？幾時塗額藉蜂黃？（<u>李商隱酬崔八早梅有贈兼示之作</u>。）

初分隆準山河秀，再點重瞳日月明。（<u>李遠贈寫御容李長史</u>。）

（乙）人事門。（一部分由動詞轉成。）

例字： 功　名　恩　怨　愁　聞　才　情　歌　舞　妝

吟　笑　談　宴　遊　羞　妒　言　論　志　道　思

感　榮　寵　愛　憎　語　辭　力　勢　醉　夢　氣

懷　意　事　心　性　靈　德　品　行

例句：

言危無繼者，道在有明神。（<u>吳融旅中送遷客</u>。）

羞多轉面語，妒極定睛看。（<u>吳融春詞</u>。）

殘妝添石黛，艷舞落金鈿。（<u>張謂揚州雨中張十七宅觀妓</u>。）

諸郎宴罷銀燈合，仙子遊回璧月斜。（<u>章莊咸通</u>。）

避客野鷗如有感，損花微雪似無情。（<u>韓偓重遊曲江</u>。）

五色天書辭焕爛，九華春殿語從容。（<u>楊巨源寄中書同年舍人</u>。）

夢繞天山外，愁翻錦字中。（<u>竇鞏少婦詞</u>。）

14.8　第七類。

（甲）人倫門。（人品包括在內。）

> 例字：兄　弟　父　母　君　臣　夫　妻　朋　友　翁
> 姑　子　婦　兒　女　壻　叔　伯　伴　侶　聖　賢
> 仙　佛　鬼　將　相　士　農　侯　王　軍　兵　漁
> 樵　叟　僧　尼　伎　（妓）

例句：

> 道光先帝業，義激舊君恩。（高適魏鄭公。）
> 錦帳郎官醉，羅衣舞女嬌。（李白寄王漢陽。）
> 魂應絕地爲才鬼，名與遺編在史臣。（陸龜蒙和過張祐處
> 　士丹陽故居。）
> 名應不朽輕仙骨，理到忘機近佛心。（司空圖山中。）
> 應傾謝女珠璣篋，盡寫檀郎錦繡篇。（羅隱七夕。）
> 莊叟靜眠清夢永，客兒芳意小詩多。（殷文圭題陸龜蒙
> 　山齋。）

（乙）代名對。

> 例字：吾　我　余　予　汝　爾　君　子　他　誰　何
> 孰　或　自　己　相　者　人
> 　（注意：「此」字入普通形容詞一類，不入代名詞一類。）

例句：

> 他皆任厚地，爾獨近高天。（杜甫白鹽山。）
> 枸杞因吾有，雞棲奈汝何！（杜甫惡樹。）
> 老去爭由我？愁來欲泥誰？（白居易新秋。）
> 柳條綠日君相憶，梨葉紅時我始知。（白居易渭村酬李十
> 　二見寄。）
> 別館君孤枕，空庭我閉關。（李商隱戲贈張書記。）
> 顧我無衣搜藎篋，泥他酤酒拔金釵。（元稹遣悲懷。）
> 誰家促席臨低樹？何處橫釵戴小枝？（秦韜玉對花。）

自要乘風隨羽客，誰同種玉驗仙經？（高駢和王昭符
進士。）

峰直帆相望，沙空鳥自飛。（江爲江行。）

14.9 第八類。

（甲）方位對。

例字：東 南 西 北 中 外 裏 邊 前 後 左
右 上 下

例句：

山合東西瞻使節，地分南北任流萍。（杜甫嚴中丞枉駕
見過。）

虜滅南侵跡，朝分北顧憂。（呂溫奉送范司空赴朔州。）

西島落花隨水至，前山飛鳥出雲來。（歐陽詹薛舍人許雨
晴到所居。）

街西借宅多臨水，馬上逢人亦說山。（張籍酬秘書王丞
見寄。）

晴山煙外翠，香蕊日邊新。（高弁省試春臺晴望。）

小書樓下千竿竹，深火爐前一盞燈。（杜甫竹樓宿。）

保奭方爲左，希文自請西。（楊萬里虞丞相挽詞。）

（乙）數目對。

例字：一 二 三 四 五 六 七 八 九 十 百
千 萬 兩 雙 孤 獨 數 幾 半 再 扁（舟）
群 諸 衆

例句：

近看三歲字，遠見百年心。（張謂寄李侍御。）

九門寒漏徹，萬里曙鐘多。（王維同崔員外秋宵寓直。）

不惜孤舟去，其如兩地春。（儲光羲留別安慶李太守。）

舞愛雙飛蝶，歌聞數里鶯。（張籍寒食書事。）

窮泉百死別,絕域再生歸。(呂溫蕃中拘留歲餘。)

半簾綠透偎寒竹,一榻紅侵墜晚桃。(譚用之途次宿友人別墅。)

萬卷圖書千戶貴,十洲煙景四時和。(殷文圭題吳中陸龜蒙山齋。)

鳥與孤帆遠,煙和獨樹低。(苑咸登潤州城。)

(丙)顏色對。

例字:紅 黃 白 黑 青 綠 赤 紫 翠 蒼 藍
碧 朱 丹 緋 赭 金(黃)玉(白)銀(白)粉(白)彩
素 玄 黔 緇 皓

例句:

紅顏棄軒冕,白首臥松雲。(李白贈孟浩然。)

寒潭映白月,秋雨上青苔。(劉長卿遊休禪師雙峰寺。)

映階碧草自春色,隔葉黃鸝空好音。(杜甫蜀相。)

歌榭白團扇,舞筵金縷衫。(劉禹錫和汴州令狐相公。)

玉窗抛翠管,輕袖掩銀鸞。(李遠觀廉女真葬。)

(丁)干支對。

例字:甲 乙 丙 丁 戊 己 庚 辛 壬 癸 子
丑 寅 卯 辰 巳 午 未 申 酉 戌 亥

例句:

不須愁犯卯,且乞醉過申。(馬異暮春醉中寄李干秀才。)

寅年籬下多逢虎,亥日沙頭始賣魚。(白居易得微之到官後詩。)

14.10 第九類。

(甲)人名對。

例句：

見逐張征虜，今思霍冠軍。（王維送張判官赴河西。）

推賢有愧韓安國，論舊猶存盛孝章。（劉禹錫贈同年陳長史員外。）

蘭亭讌罷方回去，雪夜詩成道韞歸。（李商隱令狐八拾遺絢見招。）

世亂共嗟王粲老，時危俱受信陵恩。（羅隱江南寄所知周僕射。）

（乙）地名對。

例句：

楚水青蓮淨，吳門白日閑。（張謂送青龍一公。）

山形如峴首，江色似桐廬。（白居易百花亭。）

香積筵承紫泥詔，昭陽歌唱碧雲詞。（白居易廣宣上人以應制詩見示。）

馬穿暮雨荊山遠，人宿寒燈郢夢長。（李群玉送蕭十二校書赴郢州婚姻。）

14.11　第十類。

（甲）同義連用字。（大致相似之義亦包括在內。）

例句：

楚地勞行役，秦城罷鼓鼙。（張謂送裴侍御歸上都。）

誰愛風流高格調，共憐時世儉梳妝。（秦韜玉貧女。）

世路變陵谷，人情驗友朋。（秦群玉杜門。）

伴嗔阿母留賓客，暗爲王孫換綺羅。（韓琮題商山店。）

（乙）反義連用字。

例句：

興亡留日月，今古共紅塵。（司馬禮登河中鸛雀樓。）

逝川前後水,浮世短長生。(李群玉長沙開元寺。)

縱橫一川水,高下數家村。(王安石即事。)

日月東西見,湖山表裏開。(朱熹登定王臺。)

(丙) 連緜字。

例句:

外地見花終寂寞,異鄉聞樂更淒涼。(韋莊思歸。)

薜荔惹煙籠蟋蟀,芰荷翻雨潑鴛鴦。(沈彬秋日。)

天際欲銷重慘澹,鏡中閒照正依稀。(韓琮霞。)

翡翠莫誇饒彩飾,鷫鷞須美好毛衣。(崔珏和友人鴛鴦
之什。)

(丁) 重疊字。

柳陌雖愁風嫋嫋,葱河猶自雪漫漫。(章碣春別。)

花心露洗腥腥血,水面風披瑟瑟羅。(殷文圭題陸龜蒙
山齋。)

處處落花春寂寂,時時中酒病厭厭。(劉兼春日醉眠。)

女妓還聞名小小,使君誰許喚卿卿?(劉禹錫白舍人自杭州
寄新詩。)

14.12　第十一類。

(甲) 副詞(其由形容詞轉成者不列)。

例字:　忽　漸　纔　乍　已　將　欲　擬　即　皆　俱

爭(怎)　豈　空　徒　枉　頻　屢　每　亦　卻　休

莫　不　未　只　但　惟　尚　又　復　曾　嘗　須

應　宜　合　猶　雖　且　更　可　能　殊　甚　頗

稍　堪　竟　還　頓　渾　漫　轉　翻　浪

例句：

翠衿渾短盡，紅嘴漫多知。（杜甫鸚鵡。）

艷極翻含怨，憐多轉自嬌。（元稹贈雙文。）

老去爭由我？愁來欲泥誰？（白居易新秋。）

竹葉豈能銷積恨？丁香空解結同心！（韋莊悼亡姬。）

彩雉鬭時頻駐馬，酒旗翻處亦留錢。（竇鞏南陽道中作。）

金丹擬駐千年貌，玉指休勻八字眉。（張蕭遠送宮人入道。）

將敲碧落新齋磬，却進昭陽舊賜箏。（項斯送宮人入道。）

陰成杏葉纔通日，雨著楊花已汙塵。（薛能晚春。）

（乙）連介詞。

例字：與　和　共　同　并　且　還　於　而　則　于
因　爲　之

例句：

羌婦語還哭，胡兒行且歌。（杜甫日暮。）

相車問罷同牛喘，大廈成時與燕來。（宋祁將到都先獻樞密太尉相公。）

鳥與孤帆遠，煙和獨樹低。（苑咸登潤州城。）

因思桂蠹傷肌骨，爲憶松鵝損性靈。（皮日休病孔雀。）

（丙）助詞。

例字：也　矣　焉　旃　哉　歟（與）　乎　耶　爾　然
止　之　（代名詞「之」字被詩人認爲助詞一類）

例句：

賈傅竟行矣，邵公惟泫然。（張籍奉和陝州十四翁。）

處世心悠爾，干時思索然。（李群玉春寒。）

光華揚盛矣，霄漢在兹乎！（高適真定即事奉贈韋使君。）

已矣歸黃壤，傷哉夢白雞！（楊萬里虞丞相挽詞。）

晨趨歎勞止，夕愒念歸與。（楊億受詔修書述懷感事。）

14.13 以上所分各類，并沒有明顯的界限。例如「霜」歸天文，而「冰」應歸地理，這種區分不一定找得出科學的根據。有時候，不同門却是常常并稱的：「天」和「地」，「雪」和「冰」，「風」和「浪」，等等，雖然分屬兩門，而它們相對却是最工。

14.14 這些種類的次序并不是隨意排列的。凡不同門而同類的字，性質最近；既不同門，又不同類，然而鄰近者，也往往用爲對仗。詳細的討論將見於下節。

附註：

【註二十七】　詩韵合璧下層載詩韵集成，中層載詞林典腋，上層載詩腋。詞林典腋和詩腋專載對偶的詞句，并分別門類，作爲示範。詞林典腋所分的門類如下：

1. 天文門	2. 時令門	3. 地理門
4. 帝后門	5. 職官門	6. 政治門
7. 禮儀門	8. 音樂門	9. 人倫門
10. 人物門	11. 閨閣門	12. 形體門
13. 文事門	14. 武備門	15. 技藝門
16. 外教門	17. 珍寶門	18. 宮室門
19. 器用門	20. 服飾門	21. 飲食門
22. 菽粟門	23. 布帛門	24. 草木門
25. 花卉門	26. 果品門	27. 飛鳥門
28. 走獸門	29. 鱗介門	30. 昆蟲門

外編

1. 臺頭對（指歌頌帝王的話）

2. 顏色對	3. 數目對	4. 卦名對
5. 干支對	6. 姓名人物對	

7. 虛字對

詩腋所分的門類如下：

1. 帝治部	2. 仕進部	3. 德性部

4. 人倫部	5. 人事部	6. 天文部
7. 時令部	8. 地理部	9. 禮制部
10. 樂律部	11. 文學部	12. 文具部
13. 武備部	14. 武具部	15. 外教部
16. 形體部	17. 技藝部	18. 宮室部
19. 服飾部	20. 器用部	21. 珍寶部
22. 稼穡部	23. 農桑部	24. 飲食部
25. 草部	26. 木部	27. 花部
28. 果部	29. 禽部	30. 獸部
31. 鱗介部	32. 昆蟲部	

外編

1. 干支	2. 方位	3. 數目
4. 彩色		

但是，詞林典腋和詩腋的目的，祇着重在詞藻方面，并不是規定同門相對才是工整。若專就對仗而論，分類自可較寬。例如詞林典腋以「蘭」入草木門，「菊」入花卉門（詩腋同），然而「蘭」「菊」相對應該是最工整的。因此，我們就把草木花果合并爲一門。依此歸并，就祇有十一類廿八門（連人名、地名、數目、方位、顏色、干支、虛字在內）了。

第十五節　對仗的講究和避忌

15.1　對仗可分爲三類：第一類是工對，例如以天文對天文，以人倫對人倫，等等；第二類是鄰對，例如以天文對時令，以器物對衣服，等等；第三類是寬對，就是以名詞對名詞，以動詞對動詞（甚或對形容詞），等等。詩人之所以不處處都用工對，自有其修辭上的理由。近體詩受平仄的拘束已經不小，如果在對仗上也處處求工，那麼，思想就沒有回旋的餘地了。再者，求工太過，就往往弄到同義相對，如「室」對「房」，「別」對「離」，「懶」對「慵」，「同」對「共」等，兩句話差不多祇有一句的意思。意簡言繁，是詩人所忌；所以工對最好是「妙手偶得之」，其次是在不妨礙意境的情形之下，儘可能求其工。這雖是屬於技巧的問

題,然而形式往往是受了技巧的影響的,不能不略爲談及。

15.2　關於工對,我們先舉一些例子來看。下面的一些例子,可説是字字工整,并非像上節所舉,祇有一兩個字屬對工整而已:

> 遠堤龍骨冷,拂岸鴨頭香。(李賀同沈駙馬賦得御溝水。)
> 向月穿鍼易,臨風整線難。(祖詠七夕。)
> 轉來深澗滿,分出小池平。(儲光羲詠山泉。)
> 東風千嶺樹,西日一洲蘋。(于武陵南遊有感。)
> 南簷納日冬天暖,北戶迎風夏月涼。(白居易香爐峰下新卜山居。)
> 繞郭荷花三十里,拂城松樹一千株。(白居易杭州名勝。)
> 夢兒亭古傳名謝,教伎樓新道姓蘇。(同上。)
> 雪蓋青山龍臥處,日臨丹洞鶴歸時。(劉禹錫麻姑山。)

15.3　有些同門類的詞,在文章裏常常被用爲對稱者,如「歌舞」,「聲色」,「心跡」,「老病」,等等,如果用爲對仗,就被認爲最工。例如:

> 雲帶歌聲颺,風飄舞袖翻。(張謂早春陪崔中丞宴。)
> 鶯聲誘引來花下,草色勾留坐水邊。(白居易春江。)
> 迹避險巇翻失路,心隨閒澹不因僧。(李昌符秋夜作。)
> 老添新甲子,病減舊容輝。(白居易除夜。)

15.4　有些詞,雖不同門,甚至於不同類,但因常被用爲對稱,如「詩酒」,「金玉」,「金石」,「人地」,「人物」,「兵馬」,等等,如果用爲對仗,也被認爲最工。例如:

> 敏捷詩千首,飄零酒一杯。(杜甫不見。)
> 見酒須相憶,將詩莫浪傳。(杜甫泛江送魏十八。)
> 尚憐詩警策,猶記酒顛狂。(杜甫戲題寄上漢中王。)
> 縈迴謝女題詩筆,點綴陶公漉酒巾。(劉禹錫柳絮。)
> 生計拋來詩爲業,家園忘却酒爲鄉。(白居易送蕭處士遊

黔南。）

罰金殊往日，鳴玉幸同時。（張謂寄崔澧州。）

情知點汙投泥玉，猶自經營買笑金。（劉禹錫懷妓。）

殘妝添石黛，艷舞落金鈿。（張謂揚州雨中張十七宅觀妓。）

草青臨水地，頭白見花人。（白居易感春。）

雖無舒卷隨人意，自有濡渥濟物功。（羅鄴水簾。）

磧迥兵難伏，天寒馬易收。（張蠙邊將。）

15.5　「無」和「不」，一個是動詞，一個是副詞；但因它們都是否定詞，所以常被用為對仗。這樣，「無」字下面自然是名詞，「不」字下面自然是動詞或形容詞，在詞性上雖不相對，也可認為相對。
例如：

牛馬行無色，蛟龍鬭不開。（杜甫雨。）

無才逐仙隱，不敢恨庖厨。（杜甫麂。）

無邊落木蕭蕭下，不盡長江滾滾來。（杜甫九日。）

不爨井晨凍，無衣床夜寒。（杜甫空囊。）

軒墀曾不重，翦伐欲無辭。（杜甫苦竹。）

15.6　借對。——有時候，字在句中的意義對起來本不甚工，但那字另有一個意義却恰和并行句中相當的字成為頗工或極工的對仗。這叫做借對。例如：

少年曾任俠，晚節更為儒。（王維崔錄事。）
　　（「年節」之「節」借為「氣節」之「節」。）

苜蓿隨天馬，葡萄逐漢臣。（王維送劉司直赴安西。）
　　（「星漢」之「漢」借為「漢朝」之「漢」。）

蒲疊成秦地，莎車屬漢家。（王維送宇文三赴河西。）
　　（「莎」草名，「車」，舟車，借為國名。）

白法調狂象，玄言問老龍。（王維黎拾遺昕見過秋夜對雨。）
　　（「玄黑」之「玄」借為「玄妙」之「玄」。）

花迎喜氣皆知笑，鳥識歡心亦解歌。（<u>王維</u>既蒙宥罪旋復
　拜官。）

　　（「氣息」之「氣」借爲「空氣」，「運氣」。）

漫作潛夫論，虛傳「幼婦」碑。（<u>杜甫</u>偶題。）

　　（「夫婦」之「夫」借爲「潛夫論」之「夫」。）

行李淹吾舅，誅茅問老翁。（<u>杜甫</u>巫峽敝廬奉贈侍御四舅。）

　　（「桃李」之「李」借爲「行李」之「李」。）

綵雲蕭史駐，文字魯恭留。（<u>杜甫</u>玉臺觀。）

　　（「文彩」之「文」借爲「文字」之「文」。）

開筵當九日，汎菊外浮雲。（<u>張謂</u>和司空曙九日送人。）

　　（天文之「日」借爲時令之「日」。）

酒債尋常行處有，人生七十古來稀。（<u>杜甫</u>曲江。）

　　（八尺曰尋，倍尋曰常，借用。）

飄零爲客久，衰老羨君還。（<u>杜甫</u>涪江泛舟送韋班歸京。）

　　（「君臣」之「君」借爲代名詞之「君」。）

<u>漢</u>苑風煙吹客夢，雲臺洞穴接郊扉。（<u>李商隱</u>令狐八拾遺綯
　見招。）

　　（「星漢」之「漢」借爲「漢朝」之「漢」。）

曾是寂寥金爐暗，斷無消息石榴紅。（<u>李商隱</u>無題。）

　　（「土石」之「石」借爲「石榴」之「石」。）

迴日樓臺非甲帳，去時冠劍是丁年。（<u>溫庭筠</u>蘇武廟。）

　　（「丙丁」之「丁」借爲「丁壯」之「丁」。）

直廬久負題紅葉，出鎮何妨擁碧幢。（<u>王禹偁</u>寄獻潤州趙舍人。）

　　（「市鎮」之「鎮」借爲「鎮守」之「鎮」。）

15.7　另一種借對是借音。例如：

偶値乘籃輿，非關避白衣。（<u>王維</u>酬嚴少尹見過。）

　　（借「籃」爲「藍」，與「白」相對。）

籃輿亂鞍馬，緇徒換友朋。（<u>白居易</u>山居。）

　　（借「籃」爲「藍」，與「緇」相對。）

事直皇天在，歸遲白髮生。（劉長卿新安奉送穆諭德。）

（借「皇」爲「黃」，與「白」相對。）

滄溟恨衰謝，朱紱負平生。（杜甫獨坐。）

（借「滄」爲「蒼」，與「朱」相對。）

馬驕珠汗落，胡舞白蹄斜。（杜甫秦州雜詩。）

（借「珠」爲「朱」，與「白」相對。）

野鶴清晨出，山精白日藏。（杜甫陪鄭廣文遊何將軍山林。）

（借「清」爲「青」，與「白」相對。）

寄身且喜滄洲近，顧影無如白髮何。（劉長卿江州重別
薛六。）

（借「滄」爲「蒼」，與「白」相對。）

借音多見於顏色對；至於其他的對仗，就不大顯明了。

15.8　本來，對仗很難字字工整；但祇要每聯有一大半的字是工對，其他的字雖差些，也已經令人覺得很工。尤其是顏色，數目和方位，如果對得工了，其餘各字就跟着顯得工。這是仔細體會得出來的。

15.9　鄰對雖比工對略遜一籌，也還算是近於工整的一方面的。一般的鄰對，大約可分爲二十類：第一，天文與時令；第二，天文與地理；第三，地理與宮室；第四，宮室與器物；第五，器物與衣飾；第六，器物與文具；第七，衣飾與飲食；第八，文具與文學；第九，草木花卉與鳥獸蟲魚；第十，形體與人事；十一，人倫與代名；十二，疑問代詞及「自」「相」等字與副詞；十三，方位與數目；十四，數目與顏色；十五，人名與地名；十六，同義與反義；十七，同義與連縣；十八，反義與連縣；十九，副詞與連介詞；二十，連介詞與助詞。現在分別舉例如下：

1. 天文與時令。

年來一夜玩，君在半天看。（歐陽詹太原和嚴長官玩月。）
曉來江氣連城白，雨後山光滿郭青。（張籍寄和州劉使君。）

2. 天文與地理。

山從人面起，雲傍馬頭生。（<u>李白送友人入蜀</u>。）

陰崖常抱雪，枯澗爲生泉。（<u>王昌齡遇薛明府謁聰上人</u>。）

3. 地理與宮室。

海雲迷驛道，江月隱鄉樓。（<u>李白寄淮南友人</u>。）

瑤臺含霧星辰滿，仙嶠浮空島嶼微。（<u>李白送賀監歸四明</u> 應制。）

4. 宮室與器物。

虛牖傳寒柝，孤燈照絕編。（<u>歐陽詹除夜長安客舍</u>。）

聞澹屏幃故，淒涼枕席秋。（<u>白居易贈内子</u>。）

5. 器物與衣飾。

獨坐親雄劍，哀歌歎短衣。（<u>杜甫夜</u>。）

傅母悲香褓，君家擁畫輪。（<u>王維恭懿太子挽歌</u>。）

卷衣悲畫翟，持翣待鳴雞。（<u>王維故西河郡杜太守挽歌</u>。）

6. 器物與文具。

得意紫鸞休舞鏡，能言青鳥罷銜牋。（<u>劉禹錫懷妓</u>。）

徒令上將揮神筆，終見降王走傳車。（<u>李商隱籌筆驛</u>。）

7. 衣飾與飲食。

衣縫紕纇黃絲絹，飯下腥鹹白小魚。（<u>白居易即事寄微之</u>。）

斷秔作飯終年飽，大布裁袍稱意寬。（<u>陸游冬夜讀史有感</u>。）

8. 文具與文學。

満紙傳相憶，裁詩怨索居。（劉禹錫令狐僕射與余投分
素深。）

兵書封錦字，手詔滿香筒。（張籍老將。）

9. 草木花卉與鳥獸蟲魚。

鵲辭穿線月，花入曝衣樓。（李賀七夕。）
青菰臨水拔，白鳥向山翻。（王維輞川閒居。）

10. 形體與人事。

淚逐勸杯下，愁連吹笛生。（杜甫泛江送客。）
晴郊別岸鄉魂斷，曉樹啼烏客夢殘。（王初送王秀才。）

11. 人倫與代名。

魚鼈爲人得，蛟龍不自謀。（杜甫江漲。）
物外無知己，人間一癖王。（盧仝自詠。）
悲君隨燕雀，薄宦走風塵。（杜甫贈別何邕。）
憐爾解臨池，渠爺未學詩。（王維戲題示蕭氏甥。）
才士得神秀，書齋聞爾爲。（杜甫和江陵宋大少府。）

12. 疑問代詞及「自」「相」等字與副詞。

誰言斷車騎？空憶盛衣冠！（王維故太子太師徐公挽歌。）
煙塵怨別唯愁隔，井邑蕭條誰忍論？（李嘉祐秋曉招隱寺東
峰茶宴送内弟。）
得無中夜舞？誰憶大風歌？（杜甫傷春。）
從容非所羨，辛苦竟何功？（呂溫青海西寄竇三端公。）
丹經如不謬，白髮亦何能？（李洞送人之天台。）
戲馬臺荒年自久，斬蛇人去事空傳。（賀鑄九日登戲馬臺。）

莫話故園空矯首，相逢逆旅足開顏。（張元幹奉送羿伯
南歸。）

　　（注意：「自」「相」二字用如副詞，最易了解。至於「誰」
「何」等字，現代語法家無認爲副詞者，而中國詩人則往
往視同副詞。此與他們把代名詞「之」字認爲助詞同爲
不合理論；然而習慣如此，不可不知。）

13. 方位與數目。

爽氣中央滿，清風四面來。（呂溫道州夏日郡内北橋新亭
書懷。）
巫峽中心郡，巴城四面春。（白居易感春。）
含星動雙闕，伴月照邊城。（杜甫天河。）
夜雪未知東岸綠，春風猶放半江晴。（方干叙錢塘異勝。）

14. 數目與顏色。

相隨萬里日，總作白頭翁。（杜甫寄賀蘭銛。）

15. 人名與地名。

殷王期負鼎，汶水起垂竿。（李白送梁四歸東平。）
亡國秦韓代，榮身劉項年。（徐九皋詠史。）

16. 同義與反義。

城池經戰陣，人物恨存亡。（張謂別睢陽故人。）
省抛雙袚辭榮寵，遽落丹霄起愛憎。（李紳過鍾陵。）
老樹稀疎影，驚禽斷續聲。（劉敞月夜。）

17. 同義與連緜。

池邊轉覺虛無盡,臺上偏宜酩酊歸。(高適同陳留崔司户早春宴蓬池。)

一自分襟多歲月,相逢滿眼是凄涼。(劉禹錫贈同年陳長史員外。)

18. 反義與連緜。

雁行斷續晴天遠,燕翼參差翠幕斜。(劉兼春晚閒望。)

鞅掌未能逃物役,乾坤何處託身安?(孔平仲西行。)

19. 副詞與連介詞。

來往皆茅屋,淹留爲稻畦。(杜甫自瀼西荆扉且移居東屯茅屋。)

聞道故人當邂逅,便臨近館爲遲留。(沈遘過冀州。)

20. 連介詞與助詞。

暢以沙際鶴,兼之雲外山。(王維汎前陂。)

15.10 寬對,祇要詞性相同,便可相對。現在祇簡單地舉出幾個例子,如下:

津人空守纜,村館復臨川。(王昌齡沙苑南渡頭。)

黃鶯啼就馬,白日暗歸林。(綦毋潛送章彝下第。)

飲馬魚驚水,穿花露滴衣。(元稹早歸。)

下藥遠求新熟酒,看山多上最高樓。(張籍書懷寄王祕書。)

15.11 有些對仗,看來頗像寬對,其實是工對或鄰對,因爲先在出句裏用并行語作爲頗工的對偶,然後在對句裏也用并行語作爲頗工的對偶,這樣,既自對而又相對,雖寬而亦工。例如:

笛聲喧沔鄂，歌曲上雲霄。（李白寄王漢陽。）

　　（「沔」與「鄂」相對，「雲」與「霄」相對。）

草木盡能酬雨露，榮枯安敢問乾坤！（王維重酬苑郎中。）

　　（「草」與「木」對，「雨」與「露」對，「榮」與「枯」對，「乾」與
　　「坤」對。）

江山遙去國，妻子獨還家。（高適送張瑤貶五谿尉。）

　　（「江」與「山」相對，「妻」與「子」相對。）

風煙今令節，臺閣古雄州。（歐陽詹九日廣陵同陳十五先輩
　登高。）

暫輟洪鑪觀劍戟，還將大筆注春秋。（劉禹錫奉和裴侍中。）

骨肉清成瘦，蔓萊老覺膻。（盧仝自詠。）

楚宮臘對荊門水，白帝雲偷碧海春。（杜甫奉送蜀州。）

　　（「楚宮」對「荊門」，「白帝」對「碧海」。）

人稀地僻醫巫少，夏旱秋霖瘴癘多。（白居易得微之到官
　後書。）

　　（「人稀」對「地僻」，「夏旱」對「秋霖」；「醫」對「巫」，「瘴」
　　對「癘」。）

上文所述同義字相對，反義字相對，同義反義相對，都是這一類。至於
并行語與連縣字相對，也和這一類性質相近。例如：

魚龍潛凍水，蟋蟀有哀音。（劉敞觀魚臺。）

此外，還有某一些借對，是可以認爲這一類的。例如：

萬里鳴刁斗，三軍出井陘。（王維送趙都督赴代州。）

　　（井陘，地名，但「陘」字有「阪」義，「井」與「陘」自爲對，借
　　此以與「刁」「斗」并行語作對仗。）

15.12　對聯（喜聯，輓聯，楹聯，春聯等）在原則上須用工對（包括
借對和「詩」「酒」一類的對立語），不大可以用鄰對，更不能用寬對。但

如果上聯句中自對,則下聯也祇須句中自對,上聯和下聯之間不必求工。例如,前人集蘭亭序的一副對聯:

> 清氣若蘭,虛懷當竹;
> 樂情在水,靜趣同山。
> 　　(「蘭」與「竹」爲工對,「水」與「山」爲工對;至於「蘭」與
> 　　「水」對,「竹」與「山」對,則不必求工。)

甚至於上聯和下聯之間幾乎完全不像對仗,只要句中自對是一種工對,全聯也可以認爲工對了。例如: 另一副集蘭亭序的對聯:

> 流水長亭,春風靜宇;
> 幽蘭一室,修竹萬山。
> 　　(「幽蘭」與「修竹」爲工對;「長」與「靜」,「一」與「萬」爲工
> 　　對;「水」與「風」爲準工對;「室」與「山」爲鄰對,因有數目
> 　　字相襯,故亦頗工;「流」字動詞作形容詞用,「春」字名詞
> 　　作形容詞用,對仗較爲欠工,但因係集字聯語,標準可略
> 　　從寬。)

15.13　但是,在詩句裏,不工的對仗也并不是沒有。有時候,工整的對仗和高雅的詩意不能兩全的時候,詩人寧願犧牲對仗來保存詩意。例如:

> 幾度聽雞過白日,亦曾騎馬詠紅裙。(白居易寄殷協律。)
> 逐北自諳深磧路,長嘶誰念靜邊功!(儲嗣宗聽馬曲。)
> 塵埃一別楊朱路,風月三年宋玉墻。(唐彥謙離鸞。)
> 吾道憑溫酒,時晴付擁罏。(唐庚除夕。)

15.14　上半句或前四字用對仗,下半句或末字不用對仗的情形較爲常見,這顯然受了韵字的影響。因爲要押韵,有時候不能不犧牲對仗。例如:

不待金門詔，空持寶劍遊。（李白寄淮南友人。）
夜久應搖珮，天高響不來。（梁鍠七夕汎舟。）
幾年同在此，今日各驅馳。（張籍送友生遊峽中。）
遙知楊柳是門處，似隔芙蓉無路通。（劉威遊東湖。）
著撥冷灰書悶字，枕陪寒席帶愁眠。（來鵬除夜書懷。）

這裏儲嗣宗，唐彥謙，李白，梁鍠，張籍，劉威的句子都是用於頷聯的。第十三節裏說過，頷聯偶然可以不用對仗，那麼，對仗差些更是不礙事了。至於首聯，本以不對仗爲正例，如果對仗的話，更可以不十分講究。例如：

中宵天色淨，片月出滄洲。（歐陽詹旅次舟中對月寄姜公。）
文章千古事，得失寸心知。（杜甫偶題。）
昔人已乘黃鶴去，此地空餘黃鶴樓。（崔顥黃鶴樓。）
鷟飛遠樹棲何處？鳳得新巢想稱心。（劉禹錫懷妓。）

15.15　如果首句入韻，首聯共有兩個韻腳，更不容易屬對；當其用對仗的時候，半對半不對的情形更爲常見。例如：

子月過秦正，寒雲覆洛城。（李頎送相里造入京。）
西寺碧雲端，東谿白雪團。（歐陽詹太原和嚴長官。）
君遊丹陛已三遷，我泛滄浪欲二年。（白居易夜宿江浦聞元八改官。）
天幕沈沈淑氣溫，雨絲輕軟墜雲根。（韓琦次韻和子淵學士春雨。）

15.16　對仗，自然以相當的字相對爲正例（如第二字與第二字爲對，第四字與第四字爲對）；但是，詩人偶然也用一種錯綜對，就是不拘位置，顛倒錯綜，以成對仗。例如：

於今腐草無螢火，終古垂楊有暮鴉。（李商隱隋宮。）

（以「螢」對「鴉」，以「火」對「暮」。）

裙拖六幅湘江水，鬢聳巫山一段雲。（李群玉杜丞相筵中贈美人。）

（以「六幅」對「一段」，以「湘江」對「巫山」。）

這種對仗，往往是因爲遷就平仄。若云「於今腐草無火螢，終古垂楊有暮鴉」，非但「火螢」不成話，平仄亦不調。又如説「裙拖六幅湘江水，鬢聳一段巫山雲」，在意思上是很工的對仗，在文理上也同樣通順，但是，平仄仍嫌不調，所以仍非顛倒過來不可。

15.17　上面所説的是明顯的錯綜對；此外還有一種隱隱約約的錯綜對。首聯既沒有對仗的必要，於是詩人多數不用對仗；但是，在錯綜變化之中，仍然往往用些似對非對的字眼。這似乎是詩人修辭的秘訣，所以不見有人談起過。例如：

朝來又得東川信，欲取春初發梓州。（白居易得行簡書聞欲下峽。）

（「朝」與「春」對，「東川」與「梓州」對。）

歸鞍白雲外，繚繞出前山。（苑咸留別王維。）

（以「外」對「前」。）

禪宮分兩地，釋子一爲心。（儲光羲題虯上人房。）

（以「兩」對「一」。）

江上巍巍萬歲樓，不知經歷幾千秋。（王昌齡萬歲樓。）

（以「萬」對「千」。）

不獨避霜雪，其如儔侶稀。（杜甫歸燕。）

（以「霜雪」對「儔侶」。）

上方鳴夕磬，林下一僧還。（劉禹錫宿北山禪寺蘭若。）

（以「上」對「下」。）

江海相逢少，東南別處長。（劉禹錫江州留別薛六柳八二員外。）

（以「逢」對「別」。）

十里雲邊寺，重驅千騎來。（宋祁再遊海雲寺作。）

（以「十」對「千」。）

綠髮郎潛不記年，却尋丹竈味靈篇。（楊億寄靈仙觀舒職方
學士。）

（以「綠」對「丹」。）

方瞳玄髮粉闈郎，絳闕齋心奉紫皇。（錢惟演題同上。）

（以「玄」對「絳」，以「粉」對「紫」。）

天入虛樓寄百層，四方遙謝此登臨。（宋祁擬杜子美峽
中意。）

（以「百」對「四」。）

神兵十萬忽乘秋，西磧妖氛一夕收。（王珪聞種諤脂米山
大捷。）

（以「十」對「一」。）

霸祖孤身取二江，子孫多以百城降。（王安石金陵懷古。）

（以「二」對「百」。）

孤城縱目盡南東，山轉溪回翠萬重。（彭汝礪城上。）

（以「孤」對「萬」。）

汴水日馳三百里，扁舟東下更開帆。（韓駒夜泊寧陵。）

（以「三百」對「扁」。）

15.18 普通的對仗，都是并行的兩件事物；依原則説，它們的地
位是可以互換的：即使出句換爲對句，對句換爲出句，意思還是一樣。
但是，偶然有一種對仗，却是一意相承，不能顛倒，這叫做流水對。
例如：

一從歸白社，不復到青門。（王維輞川閒居。）

承恩不在貌，教妾若爲容？（杜荀鶴春宮怨。）

聞報故人當避近，便臨近館爲遲留。（沈遘過冀州聞介甫送
遼使當相遇。）

鳳皇詔下雖霑命，鸚鵡才高却累身。（紀唐夫贈溫庭筠。）

15.19 以上所説的對仗，都是出句和對句相對的。此外，還有兩

種對仗與此不同。第一種是上一聯的出句和下一聯的出句相對，對句亦與對句相對。這種對仗叫做隔句對，中原音韵論曲時稱爲扇面對。此類非常罕見，現在只能舉出一個例子：

夜聞箏中彈瀟湘送神曲感舊　　　白居易

縹緲巫山女，歸來七八年。
殷勤湘水曲，留在十三絃。
苦調吟還出，深情咽不傳。
萬重雲水思，今夜月明前。

（「縹緲」對「殷勤」，「巫山」對「湘水」，「七八」對「十三」。）

15.20　第二種是句中自對，而另一句不再相對。這種句中自對，和同義以反義的連用字稍有不同；它至少用兩個字和另兩個字相對。如係五言，往往是上兩字和下三字相對；如係七言，往往是上四字和下三字相對。這樣，雖然在字數上不相等，在意義上卻是頗工整的對仗。當然，這種句中自對的辦法祇能用於首聯的出句或對句；但是，它是詩人最愛用的形式。有時候和錯綜對配合起來（如上文所舉彭汝礪城上），更顯得別有風趣[註二十八]。例如：

細草綠汀洲，王孫耐薄遊。（李嘉祐送王牧往吉州。）
　　（「細草」與「綠汀洲」爲對。）
虜近人行少，憐君獨出城。（李嘉祐送從姪端之東都。）
　　（「虜近」與「人行少」爲對。）
憐君孤壠寄雙峰，埋骨窮泉復幾重！（劉長卿雙峰下哭故人李宥。）
　　（「孤壠」與「雙峰」爲對。）
白雪樓中一望鄉，青山簇簇水茫茫。（白居易登郢州白雪樓。）
　　（「青山簇簇」與「水茫茫」爲對。）
山吐晴嵐水放光，辛夷花白柳梢黃。（白居易代春贈。）
　　（「山吐晴嵐」與「水放光」爲對，「辛夷花白」與「柳梢黃」

爲對。）

能文好飲老蕭郎，身似浮雲鬢似霜。（白居易送蕭處士遊黔南。）
　　（「能文」與「好飲」爲對，「身似浮雲」與「鬢似霜」爲對。
　　注意：句中自對不避同字。）

三伐漁陽再渡遼，騂弓在臂劍橫腰。（王涯塞下曲。）
　　（「三伐漁陽」與「再渡遼」爲對，「騂弓在臂」與「劍橫腰」
　　爲對。）

15.21　在對仗上有一種避忌，叫做合掌[註二十九]。合掌是詩文對偶意義相同的現象，事實上就是同義詞相對。整個對聯都用同義詞的情形是罕見的。我們也很難找出完全合掌的例子。但是，近似合掌的例子則是有的，那就是文心雕龍所謂「正對」。文心雕龍説：「反對者，理殊趣合者也；正對者，事異義同者也。」所謂「事異義同」，就是説典故雖然不同，但是意義相同。作者舉張載七哀詩爲例：「漢祖想枌榆，光武思白水。」七哀詩雖不是律詩，但是這兩句話顛倒過來有點像律詩的句子，可以借此説明問題。詩句的對仗正是應該避免這類的情形。文心雕龍説：「反對爲優，正對爲劣。」正對既然被否定，合掌更應該被否定了。紀昀評文心雕龍説：「丁卯浣花詩格之卑，祇爲正對多也。」（丁卯集是許渾詩集，浣花集是韋莊詩集。）紀昀這話，大約也是指的許渾韋莊有不少近似合掌的詩句。

15.22　上一聯的對仗方式和下一聯的對仗方式完全相同，那也是詩人所極力避免的。對仗上避免兩聯雷同，頗像平仄上避免失黏（參看上文第十節），因爲都是避免形式上的重復呆板的。對仗雷同既然是詩人所極力避免的形式，所以他們極少違犯。現在祇能舉出一個勉强可以算是兩聯對仗雷同的例子：

　　　春日遊張提舉園池　　　　　　　徐璣
西野芳菲路，春風正可尋。
山城依曲渚，古渡入修林。
長日多飛絮，遊人愛綠陰。
晚來歌吹起，惟覺畫堂深。

中兩聯每句第一第二兩字，「山城」「古渡」「長日」「遊人」都是名詞仂語，第四第五兩字，「曲渚」「修林」「飛絮」「綠陰」也都是名詞仂語，第三字「依」「入」「愛」都是動詞，「多」字形容詞和「愛」字是不工的對仗。因此，可以算是對仗雷同的例子。

15.23　另有一種情形是表面上像雷同，實際上并非雷同。例如：

江　漢　　　　　　　　　　　　　杜　甫

江漢思歸客，乾坤一腐儒。
片雲天共遠，永夜月同孤。
落日心猶壯，秋風病欲疎。
古來存老馬，不必取長途。

中兩聯每句第一第二兩字，「片雲」「永夜」「落日」「秋風」都是名詞仂語，第三字「天」「月」「心」「病」都是名詞，第四字「共」「同」「猶」「欲」都是副詞（「共」「同」在這裏帶副詞性），第五字「遠」「孤」「壯」「疎」都是形容詞，所以很像雷同。但是「片雲天共遠」應該認爲「片雲共天遠」的倒裝，「永夜月同孤」應該認爲「永夜同月孤」的倒裝，所以這一聯和下一聯的對仗並非雷同。不過，初學的人對於這種形式還是避免的好。

15.24　有些意思本來是容易雷同的，就應該在形式上求其變化。例如上文第五節裏所舉的<u>白居易</u>的<u>代書詩一百韵寄微之</u>裏有這樣的幾句：

高上<u>慈恩塔</u>，幽尋<u>皇子陂</u>。
<u>唐昌</u>玉蕊會，<u>崇敬</u>牡丹期。
笑勸迂<u>辛</u>酒，閒吟短<u>李</u>詩。
儒風愛<u>敦質</u>，佛理尚<u>玄師</u>。

<u>慈雲塔</u>，<u>皇子陂</u>，<u>唐昌觀</u>和<u>崇敬寺</u>是四個地名，<u>辛立度</u>（迂辛），<u>李紳</u>（短李），<u>劉敦質</u>和<u>庾玄師</u>是四個人名。這樣，一個不當心，就有對仗雷同的可能。白氏讓它們錯綜變化，這是他的技巧過人的地方。

15.25　還有一種避忌，就是同字相對。古體詩是沒有這種避忌的；近體詩裏，通常總設法避免，甚至於避免同一個字見於出句和對

句。但是,有些詩人偶然也不計較這個,例如:

> 一指指應法,一聲聲爽神。(常建聽琴秋夜贈寇尊師。)
> 汝書猶在壁,汝妾已辭房。(杜甫得舍弟消息。)

這是關於對仗上的同字避忌;至於他方面的同字避忌,等下文有機會再談。

附註:

【註二十八】　句中自對,有時候和兩句互對配合起來。杜甫送李八秘書赴杜相公幕:『南極一星朝北斗,五雲多處是三臺。』仇註:「『南、北』,『三、五』,句中自對;『一星、多處』,兩句互對,見詩法變化。」

【註二十九】　合掌,仇兆鰲認為是上尾的一種。他說:「又如杜秋興詩:『西望瑤池降王母,東來紫氣滿函關。雲移雉尾開宮扇,日繞龍鱗識聖顏。』『王母、函關、宮扇、聖顏』俱在句尾,未免疊足,亦犯上尾。若『林花著雨胭脂落,水荇牽風翠帶長。龍虎新軍深駐輦,芙蓉別殿漫焚香。』前聯拈『落、長』二字於句尾,後聯移『深、漫』二字於上面,便不犯同矣。」據此,合掌有兩種:上聯與下聯犯同,叫做合掌;前聯與後聯犯同,也叫做合掌。不過仇氏不叫合掌而叫上尾。叫上尾不妥,因為聲調犯同才叫上尾,詞性犯同應叫合掌。紅樓夢七十六回敘述中秋聯詩,林黛玉聯道:「人向廣寒奔。犯斗邀牛女,」湘雲也望月點首,聯道:「乘槎訪帝孫。盈虛輪莫定,」黛玉道「對句不好,合掌。」這是說「牛女」和「帝孫」的意義重復了。合掌指的是同義詞相對,不是上聯的對仗方式和下聯的對仗方式完全相同。

第十六節　五言近體詩的句式(上)
——簡單句

16.1　句式的分析,一方面在對仗上,可以得到更深切的了解;另

一方面在語法上,可以得到初步的觀察。對於近體詩,我們專選對仗的句子,因爲兩兩相襯,更顯得出詞性來。這裏先立下幾條凡例:

（一）句式以<u>盛唐</u>的爲主,偶然以<u>中晚唐</u>的來補充。<u>盛唐</u>之中,尤以<u>杜甫</u>和<u>王維</u>的詩採用最多,差不多他們全部的今體詩都參考到了。

（二）爲了節省篇幅起見,詩人的名字和篇名都用省寫。例如<u>杜甫</u>簡稱爲<u>甫</u>,<u>王維</u>簡稱爲<u>維</u>,<u>李頎</u>簡稱爲<u>頎</u>,<u>綦毋潛</u>簡稱爲<u>潛</u>,<u>王昌齡</u>簡稱爲<u>齡</u>,<u>儲光羲</u>簡稱爲<u>羲</u>,<u>劉長卿</u>簡稱爲<u>卿</u>,<u>張謂</u>簡稱爲<u>謂</u>,<u>李嘉祐</u>簡稱爲<u>祐</u>,<u>孟浩然</u>簡稱爲<u>浩</u>,<u>李白</u>簡稱爲<u>白</u>,<u>包何</u>簡稱爲<u>何</u>,<u>白居易</u>簡稱爲<u>易</u>,<u>元稹</u>簡稱爲<u>稹</u>。只有<u>常建</u>沒有省寫,因爲怕和<u>王建</u>相混。篇名最多四個字,四個字以上都被省略了。

（三）詞性的表示如下表:

N——名詞。　　　　　　FX——連縣形容詞。

B——專名。　　　　　　FR——疊字形容詞。

S——代名詞。　　　　　VV——平行動詞。

T——方位詞。　　　　　DD——遞飾副詞。

F——形容詞。　　　　　（NF）——名詞作形容詞用。

C——顏色。　　　　　　（NV）——名詞作動詞用。

Q——數目。　　　　　　（ND）——名詞作副詞用。

V——動詞,繫詞。　　　（BF）——專名作形容詞用。

D——副詞。　　　　　　（FV）——形容詞作動詞用。

P——連介詞。　　　　　（FD）——形容詞作副詞用。

NN——平行名詞。　　　（CN）——顏色字作名詞用。

NR——疊字名詞。　　　（VN）——動詞作名詞用。

BB——平行專名。　　　（VF）——動詞作形容詞用。

BX——雙音專名。　　　（VD）——動詞作副詞用。

BXX——三音專名。　　（VP）——動詞作介詞用。

FF——平行形容詞。

（四）表示詞性的<u>羅馬字母</u>分爲大寫小寫<u>兩種</u>。大寫的表示它居於句子的主要地位;小寫的表示次要地位。在多數情形之下,小寫的字是大寫的字的修飾語。例如:

　　nN——前一個名詞修飾後一個名詞,例如「秋花」。

　　　　fN——形容詞修飾名詞，例如「故驛」。

　　　　Nt——名詞爲方位詞所修飾，例如「山中」。

　　　　dF——副詞修飾形容詞，例如「不平」。

　　　　dV——副詞修飾動詞，例如「不見」。

有時候，幾個詞遞相修飾，就祇有最主要的一個詞用大寫。例如：

　　　　fnNN——形容詞修飾名詞，它們所構成的仂語又修飾後面

　　　　　　的平行名詞，例如「舊國雲山」。

　　　　(nf)nN——名詞作形容詞用，修飾另一名詞，它們所構成的

　　　　　　仂語又修飾後面一個名詞，例如「秋蟲聲」。

　　（五）主語與謂語之間，主要動詞和目的語之間，方位語或時間語和主語或動詞之間，都用短線隔開。在下文第十七節裏，句子形式或謂語形式和另一句子形式或謂語形式或零碎成分之間，都用長線隔開。在第十八節裏，除依照本節和第十七節的辦法外，有時候仂語和仂語之間也用短線隔開。

　　（六）凡詞性不甚合者，於字外加括號。

　　（七）本書裏所用語法上的術語，多數依照著者另一書中國現代語法所定。

　　16.2　在本節裏，我們先分析簡單句的句式，如下：

　　（1）前四字爲名詞語（名詞仂語之簡稱，下同），末字爲形容詞或不及物動詞。

　　　　1.1.　第三四字爲平行語者：

　　　　　　1.1.a.　　fnNN-V

　　　　　　舊國雲山在，新年風景餘。（頎，送人歸。）

　　　　1.2.　第三四字非平行語者：

　　　　　　1.2.a1.　　fnfN-F

　　　　　　野寺殘僧少，山園細路高。（甫，山寺。）

　　　　　　1.2.a2.　　(bf)n(nf)N-F

　　　　　　郢國稻苗秀，楚人菰米肥。（維，送友人。）

　　　　　　1.2.a3.　　fn(bf)N-V

　　　　　　孤嶂秦碑在，荒城魯殿餘。（甫，登兗州。）

　　　　　　1.2.b.　　fnf（或 vf)N-F

大漠孤煙直，長河落日圓。（維，使至塞上。）

1. 2. c.　cn(vf)N-F

綠林行客少，赤壁住人稀。（卿，送和州。）

1. 2. d1.　qnf(或 nf)N-F

九門寒漏徹，萬戶曙鐘多。（維，同崔員外。）

百頃風潭(上)，千章夏木清。（甫，陪鄭廣文。）

1. 2. d2.　qn(bf)N-F

兩行秦樹直，萬點蜀山尖。（甫，送張二十。）

(2) 前三字爲名詞語，其中第一字爲名詞或形容詞，第二第三兩字各爲名詞。

2. 1. a1.　(nf)nN-dV

秋蟲聲不去，暮雀意何如？（甫，除架。）

金錯囊從罄，銀壺酒易賒。（甫，對雪。）

2. 1. a2.　fnN-dV

淑女詩長在，(夫)人法尚存。（維，故南陽。）

2. 1. b.　nnN-dV

絛鏃光堪摘，軒楹勢可呼。（甫，房兵曹。）

2. 1. c.　nx(或 bx)N-dV(或 F)

司隸章初覩，南陽氣始新。（甫，喜達行在。）

銅梁書遠及，珠浦使將還。（甫，廣州段。）

(3) 前三字爲名詞語，其中第二字爲方位詞。

3. 1. a.　ntN-V-N

牀上書連屋，階前樹拂雲。（甫，陪鄭廣文。）

(4) 前三字爲名詞語，其中第一字爲數目字。

4. 1.　後二字爲動詞語(動詞前面有修飾語者，下同)者：

4. 1. a.　qnN-dV(或 F)

萬里春應盡，三江雁亦稀。（維，送友人。）

4. 2.　後二字爲動詞帶目的語者：

4. 2. a.　qnN-V-N

一匱功盈尺，三峰意出群。（甫，天寶初。）

(5) 前二字末二字各爲名詞語，或雙音名詞，中一字爲動詞。

5.1. 名詞語非用平行語者：

5.1.a1.　fN-V-fN

圓荷浮小葉，細麥落輕花。（甫，為農。）

異花開絕域，滋蔓匝清池。（甫，陪鄭廣文。）

寒更傳曉箭，清鏡覽衰顏。（維，冬晚對。）

5.1.a2.　nN-V-nN

芹泥隨燕觜，花蕊上蜂鬚。（甫，徐步。）

5.1.a3.　fN-V-nN

故驛通槐里，長亭下槿原。（維，送岐州。）

震雷翻幕燕，驟雨落河魚。（甫，對雨書懷。）

5.1.a4.　nN-V-fN

蟬聲集古寺，鳥影度寒塘。（甫，和裴迪。）

夕陽薰細草，江色映疎簾。（甫，晚晴。）

天風隨斷柳，客淚落清笳。（甫，遣懷。）

漁舟膠凍浦，獵火燒寒原。（維，酬虞部。）

5.1.a5.　(vf)N-V-fN

祖席依寒草，行車起暮塵。（維，送孫二。）

5.1.b1.　bN-V-nN

漢女輸橦布，巴人訟芋田。（維，送梓州。）

5.1.b2.　(vf)N-V-bN

征蓬出漢塞，歸鴈入胡天。（維，使至塞上。）

5.1.c.　nN-V-f(CN)

塞柳行疎翠，山梨結小紅。（甫，雨晴。）

5.1.d1.　qN-V-fN

五馬驚窮巷，雙童逐老身。（維，鄭果州。）

5.1.d2.　qN-V-bN

四愁連漢水，百口寄隨人。（維，送丘為。）

5.1.e1.　nN-V-qN

烽火連三月，家書抵萬金。（甫，春望。）

5.1.e2.　(vf)N-V-qN

降虜兼千帳，居人有萬家。（甫，秦州雜詩。）

5.1.f1.　fN-V-cN

名園依綠水，野竹上青霄。(甫，陪鄭廣文。)

5.1.f2.　nN-V-cN

江蓮搖白羽，天棘夢青絲。(甫，巳上人。)

仙仗離丹極，妖星照玉除。(甫，收京。)

5.1.g.　cN-V-f(或 nf)N

青錢買野竹，白幘岸江皐。(甫，北鄰。)

5.1.h.　(nf 或 bf)N-V-tN

春城回北斗，郢樹發南枝。(甫，元日寄韋。)

5.1.i.　fN-(FV)-nN

疎鐘清月殿，幽梵靜花臺。(義，苑外至。)

驟雨清秋夜，金波耿玉繩。(甫，江邊星月。)

5.2.　前一名詞語係用平行語者：

5.2.a1.　NN-V-nN

煙塵犯雪嶺，鼓角動江城。(甫，歲暮。)

5.2.a2.　NN-V-fN

封章通左語，冠冕化文身。(維，送李判官。)

5.2.b.　NN-V-tN

冠冕通南極，文章落上臺。(甫，送翰林。)

5.3.　後一名詞語係用平行語者：

5.3.a1.　fN-V-NN

清溪入雲木，白首臥茅茨。(頎，送盧逸人。)

5.3.a2.　nN-V-NN

魚餐請詩賦，橦布作衣裳。(維，送李員外。)

5.3.b.　nN-V-(FN 或 VN)X

客禮容疎放，官曹許接聯。(甫，奉贈嚴八。)

5.4.　前一名詞係用連緜字者或雙音專名者：

5.4.a1.　NX-V-fN

鸂鶒窺淺井，蚯蚓上深堂。(甫，秦州雜詩。)

5.4.a2.　NX-V-nN

首蓿隨天馬，葡萄逐漢臣。(維，送劉司直。)

麝香眠石竹,鸚鵡啄金桃。(甫,山寺。)

5.4.a3.　BX-V-fN

貫誼辭明主,蕭何識故侯。(卿,送李使君。)

5.5. 後一名詞係用同義字或連緜字者:

5.5.a.　bN-V-NX

羌女輕烽燧,胡兒制駱駝。(甫,寓目。)

5.5.b.　nN-V-(Vn 或 Fn)X

天意存傾覆,神工接混茫。(甫,灩澦堆。)

5.6. 前一名詞語係表示時間或方位者:

5.6.a.　fn-V-f(或 nf)N

春日垂霜鬢,天隅把繡衣。(甫,送何侍御。)

5.6.b.　fn-V-NX

今日知消息,他鄉(且舊居)。(甫,得家書。)

5.7. 後一名詞語係表示方位者。

5.7.a.　NN-V-bx

鏡吹喧京口,風波(下洞庭)。(維,送邢桂州。)

(6) 前二字末二字各爲名詞語,中一字爲形容語。

6.1. 前二字表示方位,末二字爲倒置主語者:

6.1.a.　(nf)n-F←NN

春日繁魚鳥,江天足芰荷。(甫,暮春陪李。)

6.1.b.　nt-F←NN

天上多鴻雁,池中足鯉魚。(甫,寄高。)

6.2. 前二字爲主語,末二字表示方位者。

6.2.a.　nN-F-nt

雲嶂寬江左,(春耕破瀼西)。(甫,卜居。)

(7) 前二字爲名詞語,後三字爲副詞,動詞及目的語。

7.1. 前二字爲主語者:

7.1.a.　BB-dV-B

黃綺終辭漢,巢由不見堯。(甫,朝雨。)

7.1.b1.　fN-d(或 fd)V-N

瘦地翻宜粟,陽坡可種瓜。(甫,秦州雜詩。)

美花多映竹,好鳥不歸山。(甫,奉陪鄭駙。)

遠水非無浪,他鄉自有春。(甫,郪城西原。)

7.1.b2.　nN-dV-N

津人空守纜,村館復臨川。(齡,沙苑南)。

7.1.c.　cN-dV-N

青山空有淚,白月豈知心!(卿,赴新安。)

綠尊雖盡日,白髮好禁春!(甫,奉陪鄭。)

7.1.d.　fN-(nd)V-N

老馬夜知道,蒼鷹秋着人。(甫,觀安西兵。)

7.2.　前二字表示時間或方位者。

7.2.a.　f(或 q)n-dV-N

一秋常苦雨,今日始無雲。(甫,留別賈嚴。)

7.2.b.　nn-(nd)V-N

巒幕宵聯事,壇場曉降神。(義,登風伯壇。)

(8) 前二字爲名詞語,中一字爲動詞,末二字爲副詞語。

8.1.a.　f(或 vf)N-V-pt

過客來自北,大軍居在西。(義,留別。)

(9) 前二字爲名詞語,中一字爲倒置動詞(普通認爲介詞),末二字爲動詞帶目的語。

9.1.a.　(nf)n←(vp)-V-N

鳩形將刻杖,龜殼用支牀。(維,春日上方。)

(10) 前二字爲名詞語,後三字爲雙副詞及動詞。

10.1.　前二字爲主語者:

10.1.a.　nN-ddV

茅屋還堪賦,桃源自可尋。(甫,春日江村。)

10.1.b.　bN-ddV

杜酒偏勞勸,張梨不外求。(甫,題張氏。)

10.1.c.　fN-(vd 或 fd)dV

細草稱偏坐,香醪嬾再酤。(甫,陪李金吾。)

10.1.d.　cN-ddV

白髮終難變,黃金不可成。(維,秋夜獨坐。)

10.2. 前二字爲方位語者：

　　10.2.a.　nt(或 nn)-ddV

　　　谷口舊相得，濠梁同見招。（甫，陪鄭廣文。）

（11）前二字爲名詞語，後三字爲副詞及雙動詞，或雙形容詞，或連緜字。

　　11.1.a.　nN-dVV

　　　徑石相縈帶，川雲自去留。（甫，遊修覺寺。）

　　11.1.b.　NN-dFF(或 FX)

　　　道路時通塞，江山日寂寥。（甫，歸夢。）

（12）前二字爲名詞語，中二字爲方位語或時間語，末字爲動詞或形容詞。

　　12.1. 第四字爲方位詞者：

　　12.1.a.　fN-nt-V

　　　明月松間照，清泉石上流。（維，山居秋暝。）

　　12.1.b.　bN-nt-V

　　　戎鞭腰下插，羌笛雪中吹。（頎，塞下曲。）

　　12.1.c.　nN-nt-F

　　　吏人橋下少，秋水席邊多。（甫，章梓州。）

　　12.2. 第四字爲普通名詞者：

　　12.2.a1.　nN-fn-V

　　　野鶴清晨出，山精白日藏。（甫，陪鄭廣文。）

　　12.2.a2.　fN-fn-V

　　　老樹空庭得，清渠一邑傳。（甫，秦州雜詩。）

　　12.2.b1.　nN-fn-F

　　　江雲何夜盡？蜀雨幾時乾？（甫，重簡王。）

　　12.2.b2.　fN-fn-F

　　　叢篁低地碧，高柳半天青。（甫，秦州雜詩。）

　　12.2.c.　NN-fn-F(或 V)

　　　市朝今日異，喪亂幾時休！（甫，晚行口號。）

（13）前二字爲方位語或時間語，中一字爲主語。

　　13.1. 末二字爲動詞帶目的語者：

　　13.1.a.　(nf)n-N-V-N

　　　塞門風落木,客舍雨連山。(甫,秦州雜詩。)

　　13.1.b.　fn-N-V-N

　　　暫時花戴雪,幾處葉沈波。(甫,蒹葭。)

　13.2.　末二字爲動詞語者:

　　13.2.a.　fn-N-dV

　　　故園花自發,春日鳥還飛。(甫,憶弟。)

　13.3.　末二字爲平行形容詞者:

　　13.3.a.　fn-N-FF

　　　今朝雲細薄,昨夜月清圓。(甫,舟中。)

　13.4.　末二字爲疊字者:

　　13.4.a.　f(或 nf)n-N-FR

　　　霽潭鱣發發,春草鹿呦呦。(甫,題張氏。)

　　　青溪花淡淡,春郭水泠泠。(甫,行次鹽亭。)

(14) 前二字爲方位語或時間語,中二字爲主語。

　14.1.　末字爲動詞者:

　　14.1.a.　nt-nN-V

　　　雨中山果落,燈下草蟲鳴。(維,秋夜獨坐。)

　　14.1.b.　nt-bN-V

　　　城上胡笳奏,山邊漢節歸。(甫,秦州雜詩。)

　14.2.　末字爲形容詞者:

　　14.2.a.　nt-nN-F

　　　郭外秋聲急,城邊月色殘。(齡,和振上人。)

　　　天上秋期近,人間月影清。(甫,月。)

　　14.2.b.　nt-qN-F

　　　窗中三楚盡,林上九江平。(維,登辨覺寺。)

(15) 前二字爲方位語或時間語,中一字爲副詞。

　15.1.　末二字爲動詞帶目的語者:

　　15.1.a.　nt(或 nf)-dV-N

　　　歲晚仍分袂,江邊更轉蓬。(甫,寄賀蘭銛。)

　　15.1.b1.　nn-dV-N

路衢惟見哭,城市不聞歌。（甫,征夫。）

15.1.b2.　　nn-(nd 或 sd)V-N

天地日流血,朝廷誰請纓?（甫,歲暮。）

15.2.　末二字爲連縣字者:

15.2.a.　　nt-d-FX

客裏何遷次! 江邊正寂寥!（甫,王十五。）

(16) 前二字爲目的語倒置。

16.1.　中二字爲主語者:

16.1.a1.　　nN-nN-V→

柳色春山映,梨花夕鳥藏。（維,春日上方。）

16.1.a2.　　fN-nN-V→

慈竹春陰覆,香爐曉勢分。（甫,天寶初。）

16.1.b.　　bN-qN-V→

楚塞三湘接,荆門九派通。（維,漢江臨汎。）

16.1.c.　　fN-BX-V→

綠雲蕭史駐,文字魯恭留。（甫,玉臺觀。）

16.1.d.　　NX-NN-V→

靈壽君王賜,彫胡弟子炊。（維,慕容承。）

16.2.　中二字爲關係語者:

16.2.a.　　BX-cn-V→

方朔金門召,班姬赤輦迎。（維,早朝。）

16.3.　中一字爲主語者:

16.3.a.　　fN-N-dV→

神魚人不見,福地語真傳。（甫,秦州雜詩。）

(17) 第一字爲名詞,第二字爲動詞,後三字爲目的語。

17.1.　後三字爲普通名詞語者:

17.1.a1.　　N-V-bnN

窗臨汴河水,門渡楚人船。（維,千塔主人。）

17.1.a2.　　N-V-bxN

手持平子賦,目送老萊衣。（維,送錢少府。）

17.1.b.　　N-V-cnN

帆映<u>丹陽</u>郭,楓攢<u>赤岸</u>村。(<u>維</u>,送封太守。)

17.2. 第四字爲方位詞者:

17.2.a. N-V-ntN

猿護窗前樹,泉澆谷後田。(<u>卿</u>,初到碧澗。)

17.3. 第三四字爲平行語或連緜字者:

17.3.a. N-V-nnN

雨滅龍蛇火,春生鴻雁天。(<u>齡</u>,寒食。)

17.3.b. N-V-ff(或 vv)N

船争先後渡,岸激去來波。(<u>羲</u>,官莊池。)

17.3.c. N-V-fxN

篷隔蒼茫雨,波連演漾田。(<u>齡</u>,沙苑南。)

(18) 第一字爲名詞,第二字爲不及物動詞或形容詞,末三字爲方位語。

18.1. 末字爲方位詞者:

18.1.a. N-V-fnt

日出寒山外,江流宿霧中。(<u>甫</u>,客亭。)

18.1.b. N-F-qnt

影静千官裏,心蘇七校前。(<u>甫</u>,喜達行在。)

18.2. 末字爲普通名詞者:

18.2.a1. N-F-bxx

雲薄翠微寺,天清黄子陂。(<u>甫</u>,重過何氏。)

18.2.a2. N-F-bxn

樹綠天津道,山明伊水陽。(<u>羲</u>,洛中送人。)

(19) 第一字爲名詞,中二字爲動詞語,末二字爲目的語。

19.1. 末二字爲平行名詞者:

19.1.a. N-dV-NN

手自移蒲柳,家纔(足)稻粱。(<u>甫</u>,重過何氏。)

19.2. 末二字非平行名詞者:

19.2.a. N-dV-cN

味豈同金菊,香宜配綠葵。(<u>甫</u>,佐還山後。)

19.2.b. S-dV-fN

他皆任厚地,爾獨近高天。(甫,白鹽山。)

19.2.c.　S-d(NV)-fN

子能渠細石,吾亦沼清泉。(甫,自瀼西。)

(20) 前二字爲動詞帶目的語,後三字爲方位語。

20.1.　末字爲方位詞者:

20.1.a.　V-N-nnt

養拙干戈際,全生麋鹿(群)。(甫,暮春題瀼。)

20.2.　末字爲普通名詞者:

20.2.a.　V-N-bnn

繫身蠻井路,卜宅楚村墟。(甫,秋野。)

20.2.b.　V-N-qnn

側身千里道,寄食一家村。(甫,得弟消息。)

(21) 前二字爲動詞語,後三字爲方位語。

21.1.a.　d(或 fd)V-fnt

微升古塞外,已隱暮雲端。(甫,初月。)

(22) 前二字爲動詞語,後三字爲目的語。

22.1.　第四字爲方位詞者:

22.1.a.　dV-ntN

時倚檐前樹,遠看原上村。(維,輞川閑居。)

22.2.　中二字爲名詞語或專名者:

22.2.a.　dV-bxN

忽過新豐市,還歸細柳營。(維,觀獵。)

猶瞻太白雪,喜遇武功天。(甫,喜達行在。)

22.2.b.　dV-cn(FN)

祇益丹心苦,能添白髮明。(甫,月。)

22.2.c.　(vd)V-(nf)nN

坐開(桑落)酒,來把菊花枝。(甫,九日楊奉。)

22.3.　中一字爲形容詞,末二字爲名詞語者:

22.3.a.　dV-f(vf)N

但添新戰骨,不返舊征魂。(甫,東樓。)

22.4.　中二字爲平行語者:

22.4.a.　dV-nnN

浪傳烏鵲喜,深負鶺鴒詩。(甫,得弟消息。)

22.4.b.　dV-ff(或 vv)N

忽聞哀痛詔,又下聖明朝。(甫,收京。)

可惜歡娛地,都非少壯時。(甫,可惜。)

(23) 前二字爲平行動詞,後三字爲目的語。

23.1.a.　VV-nnN

翻動神仙窟,封題鳥獸形。(甫,路逢襄陽。)

(24) 前三字爲動詞語,後二字爲目的語。

24.1.a.　ddV-cN

一從歸白社,不復到青門。(維,輞川閑居。)

(25) 前二字爲叠字,後三字爲動詞帶目的語。

25.1.a1.　NR-V-cN

人人傷白首,處處接金杯。(甫,登白馬潭。)

25.1.a2.　NR(或 FR)-V-fN

家家養烏鬼,頓頓食黃魚。(甫,戲作。)

時時開暗室,故故滿青天。(甫,月。)

年年非故物,處處是窮途。(甫,地隅。)

(26) 前二字爲叠字或連緜字,主語在叠字後面。

26.1. 後三字爲名詞語及動詞或形容詞者:

26.1.a.　fr-f(或 nf)N-V(或 F)

湛湛長江去,冥冥細雨來。(甫,梅雨。)

冉冉柳枝碧,娟娟花蕊紅。(甫,答岑參。)

蕭蕭古塞冷,漠漠秋雲低。(甫,秦州雜詩。)

霏霏雲氣重,閃閃浪花翻。(甫,望兜率寺。)

26.1.b.　fx-nN-F

葳蕤秋葉少,隱映野雲多。(甫,佐還山後。)

26.1.c.　fr-NN-F

藹藹花蕊亂,飛飛蜂蝶多。(甫,絕句。)

26.2. 後三字爲名詞及動詞帶目的語者:

26.2.a.　fr-N-V-N

　　　　　　淅淅風生砌,團團日隱墻。(甫,薄遊。)

　　　　　　翳翳月沈霧,輝輝星近樓。(甫,不寐。)

　　26.3.　後三字爲名詞,副詞,及形容詞或動詞者:

　　　　26.3.a.　fr-N-dF(或 V)

　　　　　　寂寂春將晚,欣欣物自私。(甫,江亭。)

(27) 第三四字爲叠字,主語在叠字前面。

　　27.1.　叠字爲名詞相叠者:

　　　　27.1.a1.　nN-nr-V

　　　　　　砧響家家發,樵聲箇箇同。(甫,秋野。)

　　　　27.1.a2.　nN-nr-F

　　　　　　農務村村急,春流岸岸深。(甫,春日江村。)

　　　　27.1.b.　NN-nr-F

　　　　　　櫸柳枝枝弱,枇杷樹樹香。(甫,田舍。)

　　27.2.　叠字爲形容詞相叠者:

　　　　27.2.a.　nN-fr-F

　　　　　　野日荒荒白,春流泯泯清。(甫,漫成。)

(28) 末二字爲叠字,在其所修飾的動詞或形容詞的後面。

　　28.1.　叠字修飾動詞者:

　　　　28.1.a1.　nN-V-fr

　　　　　　城烏啼眇眇,野鷺宿娟娟。(甫,舟月對驛。)

　　　　28.1.a2.　fN-V-fr

　　　　　　朔風鳴淅淅,寒雨下霏霏。(甫,雨。)

　　28.2.　叠字修飾形容詞者:

　　　　28.2.a.　nN-F-fr

　　　　　　汀煙輕冉冉,竹日靜暉暉。(甫,寒食。)

(29) 末二字爲叠字,倒置以修飾其前面的目的語。

　　29.1.a.　N-V-Nfr

　　　　　　風吹花片片,春動水茫茫。(甫,城上。)

16.3　上面是五言近體詩簡單句的句式,共有二十九個大類,六
十個小類,一百零八個大目,一百三十五個細目。

第十七節 五言近體詩的句式(中)

—— 複雜句

17.1 本節所分析的句式是複雜句。所謂複雜句,大致説來,就是具有兩個以上的謂語的一種句子。其中有一個句子形式或謂語形式是完整的,再加上或包孕着另一句子形式或另一謂語形式。甚至祇加上簡單的一個動詞或形容詞,它既在句子形式或謂語形式之外,就算是另一謂語,而它們所造成的句子也就算是一種複雜句了。

17.2 現在分析複雜句的句式,如下:(編號從 31 號起。)

(31) 前四字爲句子形式,末字爲謂語。

31.1. 第一字爲主語者:

31.1.a.　N-V-nN—F

鶴巢松樹遍,人訪蓽門稀。(<u>維</u>,山居。)

31.1.b.　(CN)-V-nN—F

紅入桃花嫩,青歸柳葉新。(<u>甫</u>,奉酬李。)

31.2. 前二字爲主語者:

31.2.a1.　fN-V-N—F

寒蟲臨砌默,清吹裊燈頻。(<u>常建</u>,聽琴。)

細葛含風軟,香羅疊雪輕。(<u>甫</u>,端午日。)

遠水兼天净,孤城隱霧深。(<u>甫</u>,野望。)

31.2.a2.　fN-V-N—V

大風吹地轉,高浪蹴天浮。(<u>甫</u>,江漲。)

31.2.a3.　nN-V-N—F

石角鈎衣破,藤枝刺眼新。(<u>甫</u>,奉陪鄭。)

樓雪融城濕,宮雲去殿低。(<u>甫</u>,晚出左掖。)

樓雲籠樹小,湖日落船明。(<u>甫</u>,送段功曹。)

31.2.a4.　nN-V-N—C

雪嶺界天白,錦城曛日黄。(<u>甫</u>,懷錦水。)

31.2.b.　NN-V-N—F

枕簟入林僻,茶瓜留客遲。(<u>甫</u>,已上人。)

31.2.c.　　NN-FF(或 VV)—F

舟楫欹斜疾，魚龍偃卧高。（甫，渡江。）

31.3.　前三字爲主語者：

31.3.a.　　(nf)nN-V—F

鼎湖龍去遠，銀海雁飛深。（甫，驪山。）

(32) 前四字爲謂語形式，末字爲謂語。

32.1.　前二字爲方位語者：

32.1.a.　　nt-V-N—F

塞上傳光小，雲邊落點殘。（甫，夕烽。）

32.1.b.　　nt-dV—F

雲裏相呼疾，沙邊自宿稀。（甫，歸雁。）

32.2.　前二字爲動詞語者：

32.2.a.　　dV-nN—F

稍通綃幕霽，遠帶玉繩稀。（甫，夜宿西閣。）

32.3.　前二字爲連緜字或疊字者：

32.3.a.　　fx-V-N—V

遲迴度隴怯，浩蕩入關愁。（甫，秦州雜詩。）

32.3.b.　　fr-V-N—F

微微向日薄，脉脉去人遙。（甫，又雪。）

(33) 前四字爲倒置謂語形式，末字爲謂語。

33.1.a.　　bN←(fd 或 nd)V—F

蜀星陰見少，江雨夜聞多。（甫，散愁。）

(34) 前四字爲雙謂語形式，末字爲謂語。

34.1.a.　　VN-VN—F

隨風隔幔小，帶雨傍林微。（甫，螢火。）

(35) 前三字爲句子形式。

35.1.　第三字爲形容詞，末二字爲副詞及動詞或形容詞者：

35.1.a1.　　nN-F—(fd)V

菱蔓弱難定，楊花輕易飛。（維，歸輞川作。）

35.1.a2.　　fN-F—d(或 fd)V

翠柏苦猶食，明霞高可餐。（甫，空囊。）

35.1.b.　NN-F—d(或 fd)V(或 F)

　　茅茨疎易濕,雲霧密難開。(甫,梅雨。)

35.1.c.　NN-F—d(fd)C

　　江湖深更白,松竹遠微青。(甫,泊松滋。)

35.2.　第三字爲形容詞,末二字爲動詞帶目的語者:

35.2.a1.　nN-F—V-N

　　檐雨亂淋幔,山雲低度墙。(甫,秦州雜詩。)

　　碾渦深没馬,藤蔓曲藏蛇。(甫,陪鄭廣文。)

35.2.a2.　fN-F—V-N

　　幽花欹满樹,小水細通池。(甫,過南鄰。)

35.2.b.　tN-F—V-N

　　南山晴有雪,東陌霽無塵。(義,秦中送人。)

35.3.　第三字爲動詞,末二字爲副詞及動詞或形容詞者:

35.3.a.　nN-V—dV

　　田父要皆去,鄰翁鬧不違。(甫,寒食。)

35.3.b1.　nN-V—dF

　　稻米炊能白,秋葵煮復新。(甫,茅堂檢校。)

35.3.b2.　cN-V—dF

　　朱李沈不冷,彫胡炊屢新。(甫,熱。)

(36) 前三字爲不完全的句子形式,後二字的句子形式爲其目的語。

36.1.a.　nN-V—N-F

　　海鷗知吏傲,砂鶴見人衰。(卿,酬張夏。)

(37) 前二字後三字各爲句子形式。

37.1.　後三字爲主從名詞語帶謂詞者:

37.1.a1.　N-F—nN-F

　　草枯鷹眼疾,雪盡馬蹄輕。(維,觀獵。)

　　花濃春寺静,竹細野池幽。(甫,上牛頭寺。)

　　地卑荒野大,天遠暮江遲。(甫,遣興。)

　　風静夜潮满,城高寒氣昏。(齡,宿京江口。)

　　水净樓陰直,山昏塞日斜。(甫,遣懷。)

37.1. a2.　N(或 VN)-F—(vf)N-V(或 F)

樹涼征馬去,路暝歸人愁。(羲,仲夏錢魏。)

興闌啼鳥換,坐久落花多。(維,從岐王。)

37.1. a3.　N-F(或 V)—cN-F(或 V)

雨急青楓暮,雲深黑水遙。(甫,歸夢。)

馬驕珠汗落,胡舞白蹄斜。(甫,秦州雜詩。)

37.1. a4.　(VN)-F—cN-V

事直皇天在,歸遲白髮生。(卿,新安奉送。)

37.1. b.　N-V—qN-F

竹批雙耳峻,風入四蹄輕。(甫,房兵曹。)

37.2.　後三字爲等立名詞語帶謂詞者:

37.2. a.　N-F—NN-F(或 V)

地迥山河静,天長雲樹微。(維,送崔興宗。)

國破山河在,城春草木深。(甫,春望。)

士苦形骸黑,旌疎鳥獸稀。(甫,秦州雜詩。)

37.2. b.　N-V—NN-C

日落江湖白,潮來天地青。(維,送邢桂州。)

37.3.　後三字爲名詞及動詞帶目的語者:

37.3. a.　N-F—N-V-N

夜久潮侵岸,天寒月近城。(常建,泊舟盱眙。)

山虚風落石,樓静月侵門。(甫,西閣夜。)

37.3. b.　N-V—N-V-N

瓢棄尊無綠,爐存火似紅。(甫,對雪。)

37.4.　後三字爲名詞副詞及動詞或形容詞者:

37.4. a1.　N-F—N-dV

葉稀風更落,山迥日初沈。(甫,野望。)

地僻秋將盡,山高客未歸。(甫,秦州雜詩。)

37.4. a2.　N-F—N-dF

光細弦豈上?影斜輪未安。(甫,初月。)

37.4. b.　N-V—N-dV(或 F)

水流心不競,雲在意俱遲。(甫,江亭。)

（38）前二字爲句子形式,後三字爲謂語形式。

　38.1.　後三字爲動詞帶名詞語者:

　　38.1.a1.　N-F(或 V)—V-nN

　　　路斷因春水,山深隔暝煙。(義,送人尋裴。)

　　　樹密當山徑,江深隔寺門。(甫,望兜率寺。)

　　　客醉揮金椀,詩成得繡袍。(甫,崔駙馬。)

　　38.1.a2.　N-V—V-fN

　　　驥病思偏秣,鷹愁怕苦籠。(甫,敬簡王。)

　　　眼穿看(落)日,心死着寒灰。(甫,喜達行在。)

　　38.1.a3.　N-F—V-(vf)N

　　　野凉侵閉戶,江滿帶維舟。(甫,夜雨。)

　　38.1.b.　N-F—V-NN

　　　計拙無衣食,途窮仗友生。(甫,客夜。)

　38.2.　後三字雖形似謂語形式,實係句子形式倒置者:

　　38.2.a.　N-V—V←f(vf 或 nf)N

　　　竹喧歸浣女,蓮動下漁舟。(維,山居秋暝。)

　38.3.　後三字爲動詞名詞及方位詞者:

　　38.3.a.　N(或 FN)-V(或 F)—V-Nt

　　　老至居人下,春歸在客先。(卿,新年作。)

　　　雨來霑席上,風急打船頭。(甫,陪諸貴公。)

　38.4.　後三字爲疊字及形容詞者:

　　38.4.a.　N-V—frF

　　　雨洗娟娟净,風吹細細香。(甫,嚴鄭公宅。)

　38.5.　後三字爲動詞帶謂語形式者:

　　38.5.a.　N-F—V-VN

　　　郡簡容垂釣,家貧學弄梭。(卿,對酒。)

　　38.5.b.　N-V—V-VN

　　　酒醒思卧簟,衣(冷)欲裝緜。(甫,陪鄭廣文。)

　38.6.　後三字爲副詞動詞及名詞者:

　　38.6.a.　N-V—dV-N

　　　錫飛常近鶴,杯度不驚鷗。(甫,題玄武。)

38.6.b1.　　N-F—dV-N

　　劍寒空有氣,松老欲無心。(卿,<u>酬張夏</u>。)

38.6.b2.　　N-F—dV-(VN)

　　途窮那免哭? 身老不禁愁。(<u>甫</u>,<u>暮秋將歸</u>。)

38.7. 後三字爲動詞副詞及動詞者:

38.7.a.　　N-F—V-dV

　　花密藏難見,枝高聽轉新。(<u>甫</u>,<u>百舌</u>。)

38.8. 後三字爲動詞介詞及名詞者:

38.8.a.　　N-V(或 F)—V-pN

　　客病留因藥,春深買爲花。(<u>甫</u>,<u>小園</u>。)

(39)前二字雖似句子形式,實係動詞及其目的語的倒裝,後三字則爲句子形式。

39.1.a.　　N←V—nN-F

　　飯抄雲子白,瓜嚼水精寒。(<u>甫</u>,<u>與鄠縣</u>。)

(40)前二字後二字各爲句子形式,中一字爲動詞,後面的句子形式爲其目的語。

40.1.a.　　N-F—V-NF

　　樂極傷頭白,更長愛燭紅。(<u>甫</u>,<u>酬孟雲卿</u>。)

(41)前二字爲句子形式,中二字爲謂語形式,末字爲形容詞,即與此謂語形式合成遞繫句。

41.1.a.　　N-V—VN-F

　　鵬集占書久,鶯回刻篆新。(卿,<u>朱放</u>。)

(42)前二字爲動詞帶目的語,後三字爲句子形式。

42.1. 後三字爲名詞,動詞,目的語者:

42.1.a.　　V-N—N-V-N

　　感時花濺淚,恨別鳥驚心。(<u>甫</u>,<u>春望</u>。)

　　步壑風吹面,看松露滴身。(<u>甫</u>,<u>東屯北崦</u>。)

　　對門藤蓋瓦,映竹水穿沙。(<u>甫</u>,<u>秦州雜詩</u>。)

42.2. 後三字爲主從名詞語及謂詞者:

42.2.a1.　　V-N—nN-V

　　入村樵路引,嘗果菓園開。(<u>甫</u>,<u>野望因過</u>。)

42.2. a2.　V-N—cN-V

戀闕丹心破,霑衣皓首啼。(甫,散愁。)

42.2. b1.　V-N—fN-F

抱葉寒蟬靜,(獨)山歸鳥遲。(甫,秦州雜詩。)

42.2. b2.　V-N—cN-F

爲客黃金盡,還家白髮新。(維,送丘爲。)

42.2. b3.　V-N—qN-F

立馬千山暮,迴舟一水香。(甫,數陪李。)

42.3.　後三字爲等立名詞語或雙音詞及謂詞者:

42.3. a.　V-N—NN-F(或 V)

對酒山河滿,移舟草樹迴。(維,奉和聖製。)

42.3. b.　V-N—NX-F

綴席茱萸好,浮舟菡萏衰。(甫,九日曲江。)

42.4.　後三字爲名詞,副詞及動詞或形容詞者:

42.4. a.　V-N—N-dV(或 F)

有海人寧渡? 無春雁不回! (維,過始皇墓。)

入河蟾不沒,搗藥兔長生。(甫,月。)

用材身復起,覩聖眼猶明。(卿,新安奉送。)

42.4. b.　V-N—N-(nd)F

(不爨)井晨凍,無衣床夜寒。(甫,空囊。)

(43) 前二字爲動詞語,後三字爲句子形式。

43.1.　中二字爲名詞語,末字爲謂詞者:

43.1. a.　dV—fN-V(或 F)

欲歸群鳥亂,未去小童催。(甫,晚晴。)

43.2.　後三字爲名詞帶叠字形容語者:

43.2. a.　dV—N-FR

欲歸春淼淼,未去草萋萋。(維,送張五諲。)

獨行風裊裊,相去水茫茫。(卿,江州留別。)

(44) 前二字爲動詞帶補語,後三字爲句子形式,或謂語形式。

44.1. a.　Vd—fN-F

轉來深澗滿,分出小池平。(義,詠山泉。)

（45）前二字爲動詞帶目的語,後三字爲謂語形式。

45.1.　後三字爲動詞及名詞語者:

45.1.a1.　V-N—V-bN

藏書聞禹穴,讀記憶仇池。（甫,秦州雜詩。）

45.1.a2.　V-N—V-nN

忘身辭鳳闕,報國取龍庭。（維,送趙都督。）

灑酒澆芻狗,焚香拜木人。（維,涼州郊外。）

有客過茅宇,呼童正葛巾。（甫,賓至。）

45.1.a3.　V-N—V-fN

烹葵邀上客,看竹到貧家。（維,晚春。）

事姑稱孝婦,生子繼先賢。（頎,送棊吏部。）

45.1.b.　V-N—V-qN

下輦迴三象,題碑任六龍。（齡,駕幸河東。）

45.1.c.　V-N—V-cN

傳燈無白日,布地有黃金。（甫,望牛頭寺。）

45.2.　後三字雖似謂語形式,實則爲句子形式倒置者:

45.2.a.　V-N—V←nN

盍簪喧櫪馬,列炬散林鴉。（甫,杜位宅。）

45.3.　後三字爲動詞帶雙音專名者:

45.3.a.　V-N—V-BX

揚舲發夏口,按節向吳門。（維,送封太守。）

45.4.　後三字爲方位語帶動詞者:

45.4.a.　V-N—nt-V

退朝花底散,歸院柳邊迷。（甫,晚出左掖。）

45.5.　後三字爲副詞,動詞及名詞者:

45.5.a.　V-N—dV-N

徇禄仍懷橘,看山免採薇。（維,留別錢起。）

好武寧論命,封侯不計年。（甫,送人從軍。）

曬藥能無婦,應門幸有兒。（甫,秦州雜詩。）

45.6.　後三字爲雙副詞及一動詞者:

45.6.a.　V-N—ddV

見酒須相憶，將詩莫浪傳。（甫，泛江送魏。）

玩雪勞相訪，看山正獨吟。（卿，酬張夏。）

45.6.b.　V-N—(vd)dV

同調嗟誰惜？論文笑自知！（甫，贈畢四。）

45.7.　後三字爲連緜字及形容詞者：

45.7.a.　V-N—fx-C

種竹交加翠，栽桃爛縵紅。（甫，春日江村。）

45.8.　後三字爲叠字及動詞或形容詞者：

45.8.a.　V-N—nr-V(或 F)

吹帽時時落，維舟日日孤。（甫，纜船苦風。）

45.9.　後三字爲副詞及叠字者：

45.9.a.　V-N—d-fr

入空纔漠漠，灑逈已紛紛。（甫，喜雨。）

（46）前二字爲動詞帶目的語，中二字爲謂語形式，末字爲形容語。

46.1.a.　V-N—VN-F

有猿揮淚盡，無犬附書頻。（甫，雨晴。）

問法看書妄，觀身向酒慵。（甫，謁真諦寺。）

轉蓬行地遠，攀桂仰天高。（甫，八月十五。）

（47）前二字爲動詞帶目的語，中一字爲動詞，末二字爲句子形式。

47.1.a1.　V-N—V-NV

催客聞山響，歸房逐水流。（維，過感化寺。）

47.1.a2.　V-N—V-NF

暖酒嫌衣薄，瞻風候雨晴。（順，送相里造。）

把酒從衣濕，吟詩信杖（扶）。（甫，徐步。）

（48）前二字爲副詞及形容詞或動詞，中一字爲動詞，末二字爲句子形式。

48.1.a.　dF(或 V)—V-NV

過懶從衣結，頻遊任屨穿。（甫，春日江村。）

（49）前二字爲副詞及形容詞，後三字爲謂語形式。

49.1.a.　dF—V-nN

重碧拈春酒，輕紅擘（荔枝）。（甫，宴戎州。）

(50) 前二字後三字各爲動詞語。

　　50.1.a.　　dV—ddV

　　　　早朝方暫挂,晚沐復(來)簪。(維,酬賀四。)

(51) 前二字爲動詞語,後三字爲動詞帶目的語。

　　51.1.　後三字爲動詞帶名詞語者:

　　51.1.a1.　　dV—V-nN

　　　　正愁聞塞笛,獨立見江船。(甫,一室。)

　　51.1.a2.　　dV—V-fN

　　　　獨坐親雄劍,哀歌嘆短衣。(甫,夜。)

　　51.1.b.　　(vd)V—V-cN

　　　　迸出依青嶂,攢生伴綠池。(頎,籬筍。)

　　51.2.　後三字爲動詞以謂語形式爲目的語者:

　　51.2.a.　　(nd)V—V-VN

　　　　春遊歡有客,夕寢賦無衣。(義,漢陽即事。)

(52) 前二字爲平行形容語,後三字爲句子形式。

　　52.1.a.　　FF-S-dV

　　　　艱難人不見,隱見爾如知。(甫,猿。)

　　52.1.b.　　FF—N-dV

　　　　留滯才難盡,艱危氣益增。(甫,泊岳陽。)

(53) 前二字爲平行形容語,中一字爲動詞,末二字爲動詞語。

　　53.1.a.　　FF—V-dV

　　　　薄劣慚真隱,幽偏得自怡。(甫,獨酌。)

(54) 前二字爲平行形容語,或連縣字,中二字爲謂語形式,末字爲形容詞或動詞。

　　54.1.a.　　FF(或 FX)—VN-F(或 V)

　　　　飄零爲客久,貧病老君還。(甫,涪江泛舟。)

(55) 第一字爲動詞或形容詞,後四字爲副詞及動詞帶目的語。

　　55.1.a.　　V—dV-NX

　　　　賞應歌杖杜,歸及獻櫻桃。(甫,收京。)

　　55.1.b.　　V(或 F)—dV-nN

　　　　靜應連虎穴,喧已去人群。(甫,題柏大。)

（56）第一字爲形容詞或動詞,後四字爲動詞帶目的語。

    56.1.a.　F(或 V)—V-cnN

        束比青絇色,圓齊玉箸頭。（甫,秋日阮。）

        滑憶彫胡飯,香聞錦帶羹。（甫,江閣臥病。）

（57）第一字爲形容語,第二字爲動詞,末三字爲句子形式,即爲前面動詞的目的語。

    57.1.　第三四字爲等立名詞語者:

        57.1.a1.　C—V-NNV

          青惜峰巒過,黃知橘柚來。（甫,放船。）

        57.1.a2.　F—V-NNF

          壯惜身名晚,衰慚應接多。（甫,將曉。）

          老耻妻孥(笑),貧嗟出入勞。（甫,赴青城縣。）

    57.2.　第三四字爲主從名詞語者:

        57.2.a.　F(或 V)—V-fNV

          愁窺高鳥過,老逐衆人行。（甫,悲秋。）

        57.2.b1.　F—V-cNF

          嬾從華髮亂,閑任白雲多。（卿,對酒。）

        57.2.b2.　F—V-f(或 vf)NF

          脆添生菜美,陰益食簞涼。（甫,陪鄭廣文。）

（58）第一字爲形容語,中三字爲謂語形式,末字爲動詞或形容詞。

    58.1.a.　F—V(nf)n-V(或 F)

        靜分巖響答,散逐海潮還。（卿,秋夜北山。）

        爽合風襟靜,高當淚臉懸。（甫,月。）

（59）第一字爲目的語倒置,中三字爲謂語形式,末字爲主要動詞。

    59.1.a.　N—vbx-V→

        藥倩韓康賣,門容尚子過。（維,送李山人。）

    59.1.b.　N—vqn-V→

        門看五柳識,年算六身知。（維,慕容承。）

（60）前四字爲謂語形式,末字爲主要動詞。

    60.1.a.　VV-NN—V

        尋覓詩章在,思量歲月驚。（積,遣行。）

(61) 前面一個句子形式的動詞用後面一個句子形式爲目的語。

  61.1.a.　　NN-V-NV(或 F)

  　　文章憎命達,魑魅喜人過。(甫,天末懷李。)

(62) 動詞語用後面的句子形式爲目的語。

  62.1.　此句子形式係名詞語及謂詞者:

  62.1.a.　　dV-nNF(或 V)

  　　應愁江樹遠,(怯)見野亭荒。(甫,寄邛州。)

  　　但恐天河落,寧辭酒醆空。(甫,酬孟雲卿。)

  62.1.b.　　dV-NNF

  　　莫取金湯固,長令宇宙新。(甫,有感。)

  62.2.　此句子形式係名詞,副詞,及形容詞或動詞者:

  62.2.a.　　dV-NdF

  　　已恨親皆遠,誰憐友復稀!(維,送崔興宗。)

  62.2.b.　　dV-Nd(NV)

  　　寧問春將夏! 誰憐西復東! (維,愚公谷。)

(63) 動詞語用後面的謂語形式爲目的語。

  63.1.　末二字爲名詞語者:

  63.1.a.　　dV-VfN

  　　自顧無長策,空知返舊林。(維,酬張少府。)

  63.2.　末二字爲雙音詞者:

  63.2.a.　　dV-VBX

  　　共傳收庾信,不比得陳琳。(甫,奉贈王。)

(64) 動詞用後面的謂語形式爲目的語。

  64.1.　末三字爲名詞語者:

  64.1.a.　　V-VfnN

  　　乞爲寒水玉,願作冷秋菰。(甫,熱。)

  64.2.　末二字爲名詞語者:

  64.2.a.　　V-Vf(或 dV)NN

  　　喜無多屋宇,幸不礙雲山。(甫,茅堂檢校。)

(65) 句子形式包孕着形容性的句子形式。

  65.1.　包孕在主語的地位者:

65.1.a.　cnv-N-F

　　紫崖奔處黑，白鳥去邊明。（甫，雨。）

　65.2.　包孕在目的語的地位者：

　　65.2.a.　(CN)←V-nvN

　　綠垂風折筍，紅綻雨肥梅。（甫，陪鄭廣文。）

（66）句子形式包孕着形容性的謂語形式。

　66.1.　包孕在主語的地位者：

　　66.1.a.　vn-cN-F

　　登俎黄甘重，支床錦石圓。（甫，季秋江村。）

　66.2.　包孕在目的語的地位者：

　　66.2.a.　N-V-vnN

　　野流行地日，江入度山雲。（甫，江閣對雨。）

　　神交作賦客，力盡望鄉臺。（甫，雲山。）

　　犬迎憎閑客，鴉護落巢兒。（甫，陪鄭廣文。）

　　月明垂葉露，雲逐渡溪風。（甫，秦州雜詩。）

　66.3.　雖似包孕在目的語的地位，其實是包孕在主語的地位，而主語倒置者：

　　66.3.a.　n-F←vnN

　　夜足霑沙雨，春多逆水風。（甫，老病。）

（67）句子形式包孕着形容性的動詞語，或形容詞語。

　67.1.　包孕在主語的地位者：

　　67.1.a.　(fd)vcN-V(或 F)

　　舊採黄花賸，新梳白髮微。（甫，九日。）

　67.2.　包孕在目的語的地位者：

　　67.2.a.　dV-df(或 v)N

　　不堪垂老鬢，還對欲分心。（甫，夏日楊。）

（68）句子形式包孕着副詞性的句子形式。

　68.1.a.　NN-nv-F(或 V)

　　書劍身同廢，烟霞吏共閑。（卿，偶然作。）

　68.1.b.　fN-nv-F

　　片雲天共遠，永夜月同孤。（甫，江漢。）

(69) 句子形式包孕着兩字的副詞性謂語形式。

　　69.1.　主語爲名詞語者：

　　　69.1.a1.　　nN-vn-V(或 F)

　　　　竹杖交頭拄，柴扉隔徑開。(甫，晚晴。)

　　　　渚蒲隨地有，村徑逐門成。(甫，漫成。)

　　　　玉袖迎風幷，金壺隱浪偏。(甫，數陪李。)

　　　　江水帶冰綠，桃花隨雨飛。(義，漢陽即事。)

　　　　樓角臨風逈，城陰帶雨昏。(甫，東樓。)

　　　69.1.a2.　　(vf)N-vn-V

　　　　牧童望村去，獵犬隨人還。(維，淇上田園。)

　　　69.1.b1.　　cN-vn-V

　　　　青菰臨水拔，白鳥向山翻。(維，輞川閑居。)

　　　　紫鱗衝岸躍，蒼隼護巢歸。(甫，重題鄭氏。)

　　　69.1.b2.　　cN-v(vn)-V

　　　　白雲迴望合，青靄入看無。(維，終南山。)

　　69.2.　主語爲平行形容語者：

　　　69.2.a.　　FF-vn-F

　　　　清切兼秋遠，威(儀)對月閑。(卿，秋夜北山。)

　　69.3.　主語爲一個名詞者：

　　　69.3.a.　　N-vn-VV(或 FF)

　　　　色因林向背，行逐地高卑。(頎，蘿笋。)

(70) 句子形式包孕着三字的副詞性謂語形式。

　　70.1.　主語爲名詞者：

　　　70.1.a1.　　N-v(nf)n-V

　　　　牆帶城烏去，江連暮雨愁。(維，送賀遂。)

　　　70.1.a2.　　N-vfn-F

　　　　露從今夜白，月是故鄉明。(甫，月夜憶。)

　　　70.1.b.　　N-vtn-V(或 F)

　　　　風連西極動，月過北庭寒。(甫，秦州雜詩。)

　　　70.1.c.　　N-vcn-V(或 F)

　　　　山臨青塞斷，江向白雲平。(維，送嚴秀才。)

70.1.d.　N-vqn-V(或 F)

星臨萬戶動,月傍九霄多。(甫,春宿左省。)

詔從三殿去,碑到百蠻開。(甫,送翰林。)

70.1.e.　N-v(vf)n-V

淚逐勸杯下,愁連吹笛生。(甫,泛江送客。)

70.2.　主語爲動詞或形容詞者:

70.2.a.　(VN 或 FN)-v(nf)n-F

聽臨關月苦,清入海風微。(齡,胡笳曲。)

(71) 謂語形式包孕着形容性的句子形式。

71.1.a.　(vd)V-nf(或 v)N

行到水窮處,坐看雲起時。(維,終南別業。)

(72) 謂語形式包孕着形容性的謂語形式。

72.1.a1.　(fd)V-vnN

細動迎風燕,輕搖逐浪鷗。(甫,江漲。)

72.1.a2.　dV-vnN

自失論文友,空知賣酒壚。(甫,贈高式顏。)

(73) 謂語形式包孕着副詞性的謂語形式。

73.1.a1.　d-vfn-V

幸因腐草出,敢近太陽飛!(甫,螢火。)

73.1.a2.　d-v(nf)n-V

每候山櫻發,時同海燕歸。(維,送錢少府。)

(74) 前二字爲名詞語,中一字爲動詞,末二字爲句子形式。

74.1.a.　nN-V-N-V

石室無人到,繩床見虎眠。(齡,遇薛明府。)

(75) 前二字爲名詞語,中一字爲動詞,末二字爲平行動詞。

75.1.a.　NN-V-VV

藥餌憎加減,門庭悶掃除。(甫,秋清。)

(76) 前二字爲名詞語,中一字爲動詞,末二字爲謂語形式。

76.1.a.　nN-V-V-N

松風吹解帶,山月照彈琴。(維,酬張少府。)

岸花飛送客,檣燕語留人。(甫,發潭州。)

羽人飛奏樂,天女跪焚香。(維,過福禪師。)

(77) 前二字爲名詞語,後三字爲雙謂語。

77. 1. a.　bN-V-dV

羌婦語還哭,胡兒行且歌。(甫,日暮。)

(78) 前二字爲方位語或時間語,中一字爲動詞或形容詞,末二字爲動詞帶目的語。

78. 1. a.　nt-F(或 V)-V-N

塵中老盡力,歲晚病傷心。(甫,病馬。)

(79) 前二字爲副詞語,中二字爲動詞帶補語,末字爲形容詞。

79. 1. a.　dd-Vd-F

已應春得細,頗(覺)寄來遲。(甫,佐還山後。)

17. 3　上面是五言近體詩複雜句的句式,共有四十九個大類,八十九個小類,一百二十三個大目,一百五十個細目。

第十八節　五言近體詩的句式(下)
——不完全句

18. 1　本節所分析的是不完全句。所謂不完全句,如果是複雜句,其中有一部分是没有謂詞的;如果是簡單句,就全句都没有謂詞。本來,在判斷句裏(例如「書生鄒魯客,才子洛陽人」),雖没有謂詞,也可認爲完整的句子;但爲歸類的便利,也祇好歸入本節裏。

18. 2　現在分析不完全句的句式,如下:(編號從 81 起。)

(81) 前二字爲名詞語,後三字爲句子形式。

81. 1.　後三字爲名詞語帶謂詞者:

81. 1. a.　nN—bN-F(或 NF)

秋風楚竹冷,夜雪翠梅春。(甫,送孟十二。)

81. 1. b.　nN—fN-V(或 F)

雪岸叢梅發,春泥百草生。(甫,陪裴使君。)

暮鐘寒鳥聚,秋雨病僧閒。(易,旅次景空。)

81. 1. c.　nN—cN-F

世交黄葉散,鄉路白雲重。(卿,和州留別。)

81.1.d.　nN—nN-F

春浪櫂聲急,夕陽花影殘。(易,渡淮。)

81.1.e.　fN—nN-F

香霧雲鬟濕,清輝玉臂寒。(甫,月夜。)

81.1.f.　fN-qN-F

平地一川穩,高山四面同。(甫,自瀼西。)

81.1.g.　nN—NN-F(或 NF)

江雨銘旌濕,湖風井徑秋。(甫,重題。)

81.1.h.　fN—NN-F

遲日江山麗,春風花草香。(甫,絶句。)

81.1.i.　NN—NN-F

草木歲月晚,關河霜雪清。(甫,送遠。)

81.1.j.　NN—nN-F

苔蘚山門古,丹青野殿空。(甫,秦州雜詩。)

81.1.k.　NN—tN-F

天地西江遠,星辰北斗深。(甫,夏日楊。)

81.2.　後三字爲名詞帶連縣字者:

81.2.a.　NN—N-FX

江山城宛轉,棟宇客裴徊。(甫,上白帝城。)

81.3.　後三字爲名詞,副詞及謂詞者:

81.3.a.　f(或 vf)N—N-dV(或 F)

落景陰猶合,微風韵可聽。(甫,高柟。)

歸客村非遠,殘樽夕更移。(甫,過南鄰。)

81.3.b.　NN—N-dV(或 F)

兵革身將老,關河信不通。(甫,登牛頭山。)

冰雪鷹難至,春(寒)花較遲。(甫,人日。)

81.4.　後三字爲名詞及動詞帶目的語者:

81.4.a.　nN—N-V-N

塞俗人無井,山田飯有沙。(甫,溪上。)

(82) 前二字爲名詞語,後三字爲謂語形式。

82.1.　後三字爲動詞帶二字目的語者:

82.1.a.　　NN—V-BX

羽翼懷商老，文思憶帝堯。（甫，收京。）

82.1.b1.　　nN—V-nN

江閣嫌津柳，風帆數驛亭。（甫，喜觀即到。）

82.1.b2.　　nN—(FV)-nN

澗花輕粉色，山月少燈光。（維，從岐王。）

82.1.c.　　nN—V-f(或 sf)N

客情投異縣，詩態憶吾曹。（甫，赴青城。）

82.1.d.　　c(或 f)N—V-f(或 sf)N

白髮煩多酒，明星憶此筵。（甫，春夜峽州。）

82.1.e.　　NN—F←(vf)N

烟塵多戰鼓，風浪少行舟。（甫，搖落。）

82.1.f.　　nN—V-qN

秋風散千騎，寒雨泊孤舟。（卿，送李使君。）

82.2.　後三字爲副詞，動詞及目的語者：

82.2.a.　　NN—dV-N

勳業頻看鏡，行藏獨倚樓。（甫，江上。）

社稷堪流涕，安危(在)運籌。（甫，西閣口號。）

82.2.b.　　f(或 nf)N—(fd)V-N

白骨新交戰，雲臺舊拓邊。（甫，有感。）

82.3.　後三字爲雙副詞及動詞者：

82.3.a.　　NN—ddV

江山且相見，戎馬未安居。（甫，逢唐興。）

82.4.　後三字爲動詞帶謂語形式爲其目的語者：

82.4.a.　　nN—V-VN

池水觀爲政，廚烟覺遠庖。（甫，題新津。）

82.5.　後三字爲動詞帶句子形式爲其目的語者：

82.5.a.　　n(或 N)N—V-NF

世路知交薄，門庭畏客頻。（甫，從驛次。）

(83)　前三字爲句子形式，後二字爲名詞語。

83.1.a.　　f(或 nf)N—V(或 F)—fN

泉聲咽危石,日色冷青松。(維,過香積寺。)

亂雲低薄暮,急雪舞迴風。(甫,對雪。)

荊扉深蔓草,土銼冷疎鐘。(甫,聞斛斯六。)

83.1.b. NN-F—nN

烟霜淒野日,秔稻熟天風。(甫,自瀼西。)

(84) 前二字爲句子形式,後三字爲名詞語。

84.1. 後三字爲名詞語修飾名詞者:

84.1.a. N-fF(或 V)—fnN

藥殘他日裹,花發去年叢。(甫,老病。)

84.2. 後三字爲謂語形式修飾名詞者:

84.2.a. N-F—vnN

竹深留客處,荷净納凉時。(甫,陪諸貴公。)

84.3. 後三字爲叠字修飾名詞者:

84.3.a. N-F—frN

花遠重重樹,雲輕處處山。(甫,流江泛月。)

(85) 前二字爲謂語形式,後三字爲名詞語。

85.1. 後三字爲主從名詞語者:

85.1.a. V-N—(nf)nN

聞詩鷺渚客,獻賦鳳樓人。(維,故太子。)

經心石鏡月,到面雪山風。(甫,春日江村。)

85.1.b. V-N—fnN

卷簾殘月影,(高)枕遠江聲。(甫,客夜。)

85.1.c. V-N—qnN

挾轂雙官騎,應門五尺僮。(維,訓慕容。)

85.1.d. V-N—ntN

畏人江北草,旅食瀼西雲。(甫,暮春題瀼。)

無名江上草,隨意嶺頭雲。(甫,南楚。)

85.2. 後三字爲專名者:

85.2.a. V-N—BXX

能畫毛延壽,投壺郭(舍人)。(甫,能畫。)

愛酒晋山簡,能詩何(水曹)。(甫,北鄰。)

（86）前二字爲動詞語,後三字爲名詞語。

　　86.1.a.　dV—fnN

　　　　（取）醉他鄉客,相逢故國人。（甫,上白帝城。）

（87）前二字爲形容語,後三字爲名詞帶數量語。

　　87.1.a.　FF(或 FX)—N-qn

　　　　敏捷詩千首,飄零酒一杯。（甫,不見。）

（88）前二字爲同義字,中字爲形容詞,末二字爲名詞語。

　　88.1.a.　FF(或 NN)—F-NN

　　　　英雄（餘）事業,衰邁久風塵。（甫,上白帝城。）

（89）前二字爲平行形容語,連緜字或疊字,後三字爲名詞語。

　　89.1.　後三字爲專名帶官爵者:

　　　　89.1.a.　FF-bNX

　　　　　清新庾開府,俊逸鮑參軍。（甫,春日懷李白。）

　　　　　喪亂秦公子,悲涼楚大夫。（甫,地隅。）

　　89.2.　後三字爲平行語修飾名詞者:

　　　　89.2.a.　FX-ff(或 vv)N

　　　　　歘翕炎蒸景,飄颻征戍人。（甫,熱。）

　　89.3.　後三字爲動詞語修飾名詞者:

　　　　89.3.a.　FX-(fd)vN

　　　　　牢落新燒棧,蒼茫舊築壇。（甫,王命。）

　　89.4.　後三字爲方位語修飾名詞者:

　　　　89.4.a.　FR-ntN

　　　　　寥寥丘中想,渺渺湖上心。（常建,燕居。）

（90）前二字爲主語,後三字爲形容性謂語,無動詞。

　　90.1.a.　NN-qqN

　　　　關塞三千里,煙花一萬重。（甫,傷春。）

　　90.1.b.　nN-qqN

　　　　鳥道一千里,猿聲十二時。（維,送楊長史。）

（91）前二字爲主語,後三字爲方位語或時間語,無動詞。

　　91.1.a1.　NN-nNt

　　　　山河天眼裏,世界法身中。（維,夏日過。）

91. 1. a2.　NN-fNt

弟妹悲歌裏,乾坤醉眼中。(甫,九日登。)

畎畝孤城外,江村亂水中。(甫,向夕。)

91. 1. b.　NN-cNt

鄉園碧雲外,兄弟淥江頭。(常建,江行。)

91. 1. c1.　nN-nNt

帝鄉愁緒外,春色淚痕邊。(甫,泛江送魏。)

漢節梅花外,春城海水邊。(甫,廣州段。)

91. 1. c2.　nN-f(或 vf)Nt

秋花危石底,晚景卧鐘邊。(甫,秦州雜詩。)

田舍清江上,柴門古道旁。(甫,田舍。)

野寺垂楊裏,春畦亂水間。(甫,奉陪鄭。)

彝界荒山頂,蕃州積雪邊。(甫,西山。)

91. 1. c3.　fN-nNt

遠烟鹽井上,斜景雪峰西。(甫,出郭。)

91. 1. d.　qN-nNt

九江春草外,三峽暮帆前。(甫,遊子。)

91. 1. e.　cN-fNt

白鹽危嶠北,赤甲古城東。(甫,自瀼西。)

91. 1. f.　cN-cNt

金刹青楓外,朱樓白水邊。(甫,舟月對驛。)

91. 1. g.　f(或 nf)N-qNt

春池百子外,芳樹萬年(餘)。(維,和尹諫議。)

91. 1. h.　nN-qNt

皇輿三極北,身事五湖南。(甫,樓上。)

91. 1. i.　bN-tNt

巫峽西江外,秦城北斗邊。(甫,歷歷。)

岷嶺南蠻北,徐關東海西。(甫,送舍弟頻。)

(92) 前二字爲主語,後三字爲同位語,無謂詞。

92. 1. a.　nN-bb(或 bx)N

書生鄒魯客,才子洛陽人。(維,送孫二。)

(93) 前二字爲方位語或時間語,後三字爲名詞語。

　93.1.　前二字爲方位語者:

　　93.1.a.　nt-qfN

　　　空外一鷙鳥,河間雙白鷗。(甫,獨立。)

　　93.1.b.　fn-nnN

　　　故國風雲氣,高堂戰伐塵。(甫,中夜。)

　93.2.　前二字爲時間語者:

　　93.2.a.　dd-cnN

　　　伊昔黃花酒,如今白髮翁。(甫,九日登。)

　　93.2.b.　fn-btN

　　　今日江南老,他時渭北童。(甫,社日。)

(94) 前二字後三字各爲名詞語,意義上頗有關連。

　94.1.　前二字爲等立名詞語者:

　　94.1.a.　NN…bxN

　　　松柏邙山路,風花白帝城。(甫,熟食日。)

　　94.1.b.　NN…ntN

　　　日月籠中鳥,乾坤水上萍。(甫,衡州送李。)

　　　烟火軍中幕,牛羊嶺上村。(甫,秦州雜詩。)

　　94.1.c.　NN…f(或 vf)nN

　　　鳥雀荒村暮,雲霞過客情。(甫,滕王亭子。)

　　94.1.d.　NN…qnN

　　　乾坤萬里眼,時序百年心。(甫,春日江村。)

　　94.1.e.　NN…q-nN

　　　身世雙蓬鬢,乾坤一草亭。(甫,暮春題瀼。)

　　94.1.f.　NN…fxN

　　　藻鏡留連客,江山顧頡人。(甫,送孟十二。)

　　94.1.g.　NN(或 NX)…qnN

　　　行李千金贈,衣冠百尺身。(甫,奉寄李。)

　94.2.　前二字爲主從名詞語者:

　　94.2.a1.　nN…fnN

　　　澗水空山道,柴門老樹村。(甫,憶幼子。)

（生還）今日事，間道暫時人。（甫，喜達行在。）

94.2.a2. nN…(nf)nN

漁浦南陵郭，人家春穀豀。（維，送張五諲。）

94.2.b. fN…fbN

高鳥長淮水，平蕪故郢城。（維，送方城。）

94.2.c. f(或 nf)N…cnN

群公蒼玉珮，天子翠雲裘。（甫，更題。）

94.2.d. cN…qnN

白膀千家邑，清秋萬古船。（甫，白鹽山。）

94.2.e. nN…qnN

秋聲萬戶竹，寒色五陵松。（頎，望秦川。）

94.2.f. qN…qnN

五湖三畝宅，萬里一（歸）人。（維，送丘爲。）

(95) 副詞之後無謂詞。

95.1. 前二字末二字各爲等立名詞語者：

95.1.a. NN-d-BB

江山（有）巴蜀，棟宇自齊梁。（甫，上兜率寺。）

95.1.b. NN-d-NN

（幽薊餘）蛇豕，乾坤尚虎狼。（甫，有感。）

95.2. 前二字爲主從名詞語，末二字爲等立名詞語者：

95.2.a. fN-d-NN

故國猶兵馬，他鄉亦鼓鼙。（甫，送遠。）

老年常道路，遲日復山川。（甫，行次古城。）

白帝空祠廟，孤雲自（往來）。（甫，上白帝城。）

95.2.b. (vf)N-d-NN

生理（何）顏面，憂端且歲時！（甫，得弟消息。）

95.3. 前二字爲等立名詞語，末二字爲主從名詞語。

95.3.a. NN-d-fN

風月自清夜，江山（非）故園。（甫，日暮。）

95.4. 前二字末二字皆爲主從名詞語。

95.4.a. b(或 nf)N-d-fN

秦地應新月,龍池(滿)舊宮。(甫,洞房。)

95.4.b.　f(或 nf,vf)N-d-nN

古墻猶竹色,虛閣自鐘聲。(甫,滕王亭子。)

秋窗猶曙色,落木更天風。(甫,客亭。)

95.4.c.　qN-d-nN

萬象皆春氣,孤槎自客星。(甫,宿白沙驛。)

95.5.　前二字爲名詞語,末二字爲方位語者:

95.5.a.　qN-d-Nt

諸姑今海畔,兩弟亦山東。(甫,送舍弟頻。)

95.6.　前二字爲名詞語,末二字爲疊字者:

95.6.a.　nN-d-NR

匣琴虛夜夜,手板自朝朝。(甫,西閣三度。)

95.7.　前二字爲句子形式,末二字爲等立名詞語者:

95.7.a.　N-V—d-NN

興來還杖屨,目斷更雲沙。(甫,祠南夕望。)

95.7.b.　N-F—d-NN

日長唯鳥雀,春遠獨柴荊。(甫,春遠。)

95.8.　前二字爲句子形式,末二字爲主從名詞語者:

95.8.a1.　N-V—d-nN

蟻浮仍蠟味,鷗泛已春聲。(甫,正月三日。)

95.8.a2.　N-V—d-fN

雞鳴還曙色,鷺浴自晴川。(甫,江邊星月。)

燕入(非)旁舍,鷗歸祇故池。(甫,過故斛斯。)

95.8.b.　N-F—d-nN

城峻(隨)天馬,樓高更女墻。(甫,上白帝城。)

95.9.　前二字爲名詞語,末二字爲句子形式者:

95.9.a.　cN-d-N-F

赤眉猶世亂,青眼亦途窮。(甫,巫峽敝廬。)

95.10.　前二字爲謂語形式,末二字爲名詞語者:

95.10.a.　V-N—d-cN

卷簾惟白水,隱几亦青山。(甫,悶。)

買薪猶白帝,鳴櫓巳(沙頭)。(甫,送王十六。)

95.11. 前二字爲謂語形式,末二字爲方位語者:

95.11.a. V-N—d-Nt

看花雖郭內,倚杖即溪邊。(甫,倚杖。)

(96) 整個爲名詞語,而末字爲方位詞或時間詞。

96.1. 前四字爲句子形式者:

96.1.a. NN-VV—T

朝野歡娛後,乾坤震蕩中。(甫,寄賀蘭銛。)

96.1.b. nN-dV—N

江水長流地,山雲薄(暮)時。(甫,薄暮。)

96.1.c. nN-V-N—N

姹女臨波日,神光照夜年。(甫,覆舟。)

96.2. 前二字爲關係語,中二字爲謂語形式者:

96.2.a. nt-V-N—N

峽中爲客(恨),江上憶君時。(甫,寄杜位。)

96.2.b. nn-V-N(或 S)—N

風塵逢我地,江漢哭君時。(甫,哭李常侍。)

風塵爲客日,江海送君(情)。(甫,送元二。)

96.2.c. ff-tV—N

老病南征日,(君恩)北望(心)。(甫,南征。)

(97) 整個爲名詞語,而末字非方位詞或時間詞。

97.1. 前四字爲句子形式者:

97.1.a. f(或 vf)N-V-N-N

辯士安邊策,元戎決勝威。(甫,西山。)

97.2. 前二字爲方位語,中二字爲謂語形式者:

97.2.a. nt—vn-N

牀前磨鏡客,樹下灌園人。(維,鄭果州。)

97.3. 前二字爲時間語或方位語,中二字爲動詞語者:

97.3.a. f(或 nf)n—(fd)V-N

秋日新霑影,寒江舊落聲。(甫,雨。)

97.4. 前二字爲疊字形容語,中二字爲動詞語者:

97.4.a.　fr—dv-N

急急能鳴雁，輕輕不下鷗。（甫，白帝城樓。）

97.5.　前二字爲數量語,中二字爲等立名詞語者：

97.5.a.　qN-nnN

八年身世夢，一種水風聲。（積，遣行。）

97.6.　前二字爲數量語,中二字爲方位語者：

97.6.a.　qN-f(或 nf)nN

數杯巫峽酒，百丈內江船。（甫，送十五弟。）

97.6.b.　qN-ntN

萬里橋南宅，百花潭北莊。（甫，懷錦水。）

97.7.　前二字爲方位語,中二字爲數量語者：

97.7.a.　tN-qnN

北斗三更席，西江萬里船。（甫，春夜峽州。）

97.7.b.　Nt-qnN

山中一夜雨，樹杪百重泉。（維，送梓州。）

97.8.　前二字爲方位語,中二字爲時間語者：

97.8.a.　Bt-(nf)nN

渭北春天樹，江東日暮雲。（甫，春日懷李。）

97.9.　前二字爲名詞語,中二字爲方位語者：

97.9.a.　cN-ntN

白花簷外朵，青柳檻前梢。（甫，題新津。）

97.10.　前二字爲時間語,後三字爲專名者：

97.10.a.　fN-BXX

今日潘懷縣，同時陸浚儀。（甫，九日楊奉。）

97.11.　前二字爲名詞語,中二字爲專名者：

97.11.a.　b(或 nf)N-bxN

晉室丹陽尹，公孫白帝城。（甫，送元二。）

97.12.　前四字爲雙主從名詞語者：

97.12.a.　fn-fn-N

細草微風岸，危檣獨夜舟。（甫，旅夜書懷。）

18.3　上面是五言近體詩不完全句的句式,共有十七個大類,五

十四個小類,一百零九個大目,一百十五個細目。不完全句可以説是近體詩所特有的句法,古體詩一般沒有這種句法,散文一般也沒有這種句法。

18.4 以上第十六、十七、十八節所述,五言近體詩的句式,總計有九十五個大類,二百零三個小類,三百四十個大目,四百個細目。這些類目當然不能包括所有一切的句式,但是,細目和大目雖然和全唐詩中所能分析的句式的數目尚差甚遠,我們相信,小類相差不多,大類則更相差無幾了。

18.5 大致説來,凡同屬於一個細目者可用爲對仗,同屬於一個大目者也還勉強可對。(凡不分大細目者當認爲同屬一細目。)凡律詩中額頸兩聯的對仗同屬於一個細目或大目者,應認爲合掌。詩人有一種特殊的作詩法,叫做集句,就是集古人的成句以爲詩。(相傳始於王安石。)集句如係律詩,其中的對仗,應該注意用同一細目或同一大目的成句,否則不工。如果把幾千個成句按照上面的類目分析歸類,那麼,這種近似遊戲的吟詠就并非難事了。

18.6 意義上的節奏,和詩句上的節奏并不一定相符。所謂意義上的節奏,也就是散文的節奏。譬如一個五言的句子,如果把它當做散文的句子看待,節奏應該如彼;現在作爲詩句,節奏卻應該如此。五言近體詩的節奏是「二二一」,但是,意義上的節奏往往不是「二二一」,而是「二一二」、「一一三」、「一三一」、「二三」、「三二」、「四一」、「一四」,等等。現在我們試把上述九十五類的五言詩句,按照意義上的節奏,分析并舉例如下:

(甲) 二一二 5. 6. 8. 28. 38.₇₋₈. 47. 48. 61. 75. 76. 77. 78.

蟬聲—集—古寺	鳥影—度—寒塘(5)
城烏—啼—眇眇	野鷺—宿—娟娟(28)
花密——藏—難見	枝高——聽—轉新(38.₇.)
催客——聞—山響	歸房——逐—水流(47)
文章—憎—命達	魑魅—喜—人過(61)
藥餌—憎—加減	門庭—悶—掃除(75)
岸花—飛—送客	檣燕—語—留人(76)
塵中—老—盡力	歲晚—病—傷心(78)

（乙）二二一　12. 16. 26.₁ 27. 33. 34. 41. 46. 54. 69.₁₋₂ 74.

明月—松間—照　　　清泉—石上—流（12）

湛湛—長江—去　　　冥冥—細雨—來（26.₁）

蜀星—陰見—少　　　江雨—夜聞—多（33）

隨風—隔幔—小　　　帶雨—傍林—微（34）

鵩集——占書—久　　　鶯回——刻篆—新（41）

有猿——揮淚—盡　　　無犬——附書—頻（46）

牧童—望村—去　　　獵犬—隨人—還（69.₁）

石室—無人—到　　　繩床—見虎—眠（74）

（丙）一二二　69.₃

色—因林—向背　　　行—逐地—高卑（69.₃）

（丁）一三一　59. 70. 73.

門—看五柳—識　　　年—算六身—知（59）

山—臨青塞—動　　　江—向白雲—平（70）

幸—因腐草—出　　　敢—近太陽—飛（73）

（戊）一一三　17. 18. 57. 65.₂ 66.₂₋₃

猿—護—窗前樹　　　泉—澆—谷後田（17）

雲—薄—翠微寺　　　天—清—黃子陂（18）

老——耻—妻孥笑　　　貧——嗟—出入勞（57）

綠—垂—風折筍　　　紅—綻—雨肥梅（65.₂）

犬—迎—憎閑客　　　鴉—護—落巢兒（66.₂）

（己）二三　7. 9. 10. 11. 13. 14. 15. 20. 21. 22. 23. 25. 26.₂₋₃ 29. 37. 38.₁₋₆ 39. 40. 42. 43. 44. 45. 49. 50. 51. 52. 53. 62. 63. 67.₂ 68. 71. 72. 79. 81. 82. 84. 85. 86. 87. 88. 89. 90. 91. 92. 93. 94. 95. 97.₂₋₁₂

黃綺—終辭漢　　　巢由—不見堯（7）

徑石—相縈帶　　　川雲—自去留（11）

側身—千里道　　　寄食——家村（20）

家家—養烏鬼　　　頓頓—食黃魚（25）

淅淅—風生砌　　　團團—日隱墻（26.₂）

風吹—花片片　　　春動—水茫茫（29）

草枯——鷹眼疾　　雪盡——馬蹄輕(37)
劍寒——空有氣　　松老——欲無心(38.₆)
欲歸——群鳥亂　　未去——小童催(43)
玩雪——勞相訪　　看山——正獨吟(45)
春遊——歡有客　　夕寢——賦無衣(51)
留滯——才難盡　　艱危——氣益增(52)
已恨——親皆遠　　誰憐——友復稀(62)
不堪—垂老鬢　　還對—欲分心(67.₂)
片雲—天共遠　　永夜—月同孤(68)
已應—春得細　　頗覺—寄來遲(79)
暮鐘——寒鳥聚　　秋雨——病僧閑(81)
花遠——重重樹　　雲輕——處處山(84)
遠烟—鹽井上　　斜景—雪峰西(91)
書生—鄒魯客　　才子—洛陽人(92)
高鳥—長淮水　　平蕪—故郢城(94)
故國—猶兵馬　　他鄉—亦鼓鼙(95)
山中——夜雨　　樹杪—百重泉(97.₇)

(庚) 三二　2. 3. 4. 24. 35. 36. 83.

淑女詩—長在　　夫人德—尚存(2)
一從歸—白社　　不復到—青門(24)
茅茨疎——易濕　　雲霧密——難開(35)
海鷗知——吏傲　　砂鶴見——人衰(36)
泉聲咽——危石　　日色冷——青松(83)

(辛) 四一　1. 31. 32. 60. 65.₁. 66.₁. 67.₁. 96. 97.₁.₁₂.

郫國稻苗—秀　　楚人菰米—肥(1)
鶴巢松樹——遍　　人訪蓽門——稀(31)
尋覓詩章——在　　思量歲月——驚(60)
紫崖奔處—黑　　白鳥去邊—明(65.₁.)
登俎黃柑—重　　支床錦石—圓(66.₁.)
舊采黃花—賸　　新梳白髮—微(67.₁.)
姹女臨波—日　　神光照夜—年(96)

辯士安邊一策　　　元戎決勝一威(97.₁)

(壬)一四　19. 55. 56. 64.

味一豈同金菊　　　香一宜配綠葵(19)

静一應連虎穴　　　喧一已去人群(55)

束一比青芻色　　　圓一齊玉箸頭(56)

喜一無多屋宇　　　幸一不礙雲山(64)

18. 7　以上所列的意義上的節奏,多數祇是可能的分析,不是必然的分析。譬如「欲歸——群鳥亂」,也可以析成「欲歸——群鳥一亂」;「鶴巢松樹——遍」也可析成「鶴一巢一松樹——遍」;「泉聲咽——危石」也可以析成「泉聲——咽——危石」;「味一豈同金菊」也可以析成「味一豈同一金菊」,等等。

18. 8　己類最多,因爲「二三」的節奏和詩集上「二二一」的節奏很相近似,把詩律上的腳節和腹節合併,就成爲「二三」了。乙類和詩律上的節奏完全相符,倒反少些,因爲末字自成一節,祇能用形容詞或不及物動詞,範圍本來就狹些。但辛類有許多句式也可歸入乙類,所以也不算少了。甲類在種類上雖不顯得多,但是在應用上卻很常見,譬如 5. 類是「主語一動詞一目的語」,以兩個字爲主語,兩個字爲目的語,中一字爲動詞,在形式上非常整齊,所以詩人們喜歡用它。

18. 9　有時候,詩人在對仗上,并不一定要求意義節奏的相對,祇要字面相對就算了。例如:

空谷歸人少,青山背日寒。(維,酬比部。)

　　(出句可比「綠林行客少」,屬於 1. 類;對句可比「白鳥向山翻」,屬於 69 類。以 fn(vf)N-F 對 cN-vn-F 頗不相稱。)

本貴文爲活,翻令室倒懸。(甫,聞斛斯六。)

　　(出句無可比,對句勉強可比「誰憐友復稀」,屬於 62. 類。以 d—VN-V-N 對 dV—N-(vd)V 頗不相稱。)

幸結白花了,寧辭青蔓除。(甫,除架。)

　　(出句無可比,對句勉強可比「寧辭酒醴空」,屬於 62. 類。以 (fd)V-cN-V 對 dV—cN-V 頗不相稱。)

但這種情形究竟是罕見的。所以我們在原則上還可以説：凡對仗的出句和對句,其意義上的節奏必須相同。

第十九節　七言近體詩的句式

19.1　七言在平仄上是五言的延長,在意義上也可認爲五言的延長。多數七言詩句都可以縮減爲五言,而意義上沒有多大變化,祇不過氣更暢,意更足罷了。當然,詩人並非先做五言的句子,然後添成七言;但是咱們不妨假定以五言爲骨子,再加潤飾。這樣,在説明上可以有不少的便利。依此説法,由五言變成七言,最普通的有下面的七種方式:

（甲）主語前面加雙字修飾語。

> 南川稉稻花侵縣,西嶺雲霞色滿堂。（祐,寄綦毋三。）
> 萬里寒光生積雪,三邊曙色動行旌。（祐,望薊門。）
> 隔岸春雲邀翰墨,傍簷垂柳報芳菲。（適,同陳留。）
> 護羌校尉初乘障,破虜將軍夜渡遼。（維,出塞。）

（乙）前面添加方位語或時間語。

> 林下水聲喧語笑,巖間樹色隱房櫳。（維,敕借岐王。）
> 帳裏殘燈纔去焰,爐中香氣盡成灰。（浩,除夜有懷。）
> 平明拂劍朝天去,薄暮垂鞭醉酒歸。（白,贈郭將軍。）
> 他時幹蠱聲名著,今日懸弧宴樂酣。（何,相里使君。）

（丙）主語及動詞的前面各插入修飾詞。

> 早鴈初辭舊關塞,秋風先入古城池。（卿,聞虞沔州。）
> 素浪遙疑八谿水,清楓忽似萬年枝。（祐,江湖秋思。）
> 野棠自發空臨水,江燕初歸不見人。（祐,自蘇臺至。）

（丁）動詞及目的語的前面各插入修飾詞。

> 晨搖玉珮趨金殿，夕奉天書拜瑣闈。（維，酬郭給事。）
> 曲引古堤臨凍浦，斜分遠岸近枯楊。（浩，登萬歲樓。）

（戊）前面或中間加入副詞語或近似副詞性的動詞語或謂語形式。

> 鴻雁不堪愁裏聽，雲山況是客中過！（頎，送魏萬。）
> 歲久豈堪塵自入，夜長應待月相隨。（卿，見故人李。）
> 幸有香茶留稚子，不堪秋草送王孫。（祐，秋曉招隱。）
> 豈如玉殿生三秀，詎有銅池出五雲。（維，大同殿柱。）
> 讜言昨嘆離天聽，新象今聞入縣圖。（潛，經陸補闕。）
> 水近偏逢寒氣早，山深常見日光遲。（謂，辰陽即事。）
> 雙鷗爲底無心狎，白髮從他繞鬢生。（祐，承恩量移。）

（己）前面加動詞語，後五字句子形式爲其目的語。

> 豈厭尚平婚嫁早，却嫌陶令去官遲。（維，早秋山中。）
> 漸看春逼芙蓉枕，頓覺寒銷竹葉杯。（浩，除夜有懷。）
> 獨憐一雁飛南海，却美雙溪解北流。（白，寄崔侍御。）
> 遙想雙眉待人畫，行看五馬送潮歸。（祐，送鄭正則。）
> 自嘆馬卿還帶病，還嗟李廣未封侯。（祐，送馬將軍。）

（庚）前面或中間加入疊字形容語或連緜字。

> 漠漠水田飛白鷺，陰陰夏木囀黃鸝。（維，積雨輞川。）
> 紛紛花發門空閉，寂寂鶯啼日更遲。（祐，赴南中。）
> 舟舟修篁依戶牖，迢迢列宿映樓臺。（何，同閻伯均。）
> 年年喜見山長在，日日悲看水獨流。（齡，萬歲樓。）
> 行人杳杳看西月，歸馬蕭蕭向北風。（卿，送李錄事。）
> 蕭條已入寒空靜，颯沓仍隨秋雨飛。（頎，宿瑩公禪。）

19.2　以上所舉各例,從七言中減去兩個字後,文義仍舊可通,而且和原意無大出入。但是,并非每一個七言詩句都能如此;有時候,平行的名詞,動詞,形容詞,疊字,連緜字等,都可認爲祇有一個單詞的用途,主語帶動詞,動詞帶目的語,動詞語,也都可認爲一個動詞的用途,名詞語可認爲一個名詞的用途,這樣,合二字爲一字,仍可認爲五言的擴充。例如:

「心憐」「稚齒」鳴環去,「身愧」「衰顏」對玉難。(卿,送子壻。)

「黃花」「裛露」開沙岸,「白鳥」「銜魚」上釣磯。(卿,青溪口。)

「愛子」「臨風」吹玉笛,「美人」「向月」舞羅衣。(白,贈郭
　　將軍。)

「遠岫」「依依」如送客,「平田」「渺渺」獨傷春。(祐,自蘇
　　臺至。)

「山臨」「睥睨」恒多雨,「地接」「瀟湘」畏及秋。(祐,暮春
　　宜陽。)

「細雨」「濕衣」看不見,「閒花」「落地」聽無聲。(祐,送嚴
　　員外。)

19.3　明白了這個道理之後,我們對於七言近體詩的句式,并不需要像五言句式分析得那樣詳細。事實上,如果七言句式也像五言那樣分析,則其種類和篇幅必比五言增加數倍。咱們祇須知道,每一個五言句式都可以敷衍成爲七言;即使沒有這種例子,也有這種可能性。

19.4　下面我們祇專就杜甫的七律來分析。我們注意選擇對仗頗工的句子;這樣在分析上更便利些。編號用羅馬數字,使它和五言句式編號所用的阿拉伯數字有分別。

(I) 由五言第一類擴充。

　I.1.　　fn(nf)N-F—(sd)V(後面加代名詞及動詞。)

　　　永夜角聲悲自語,中天月色好誰看?(宿府。)

　　　　　(比較:「大漠孤烟直,長河落日圓」。)

　I.2.　　cnfN-frF(在第五六字插入疊字副詞。)

碧窗宿霧濛濛濕,朱栱浮雲細細輕。(江陵節度。)

　　(比較:「綠林行客少,赤壁住人稀」。)

(II) 由五言第二類擴充。

　　II. 1.　nt-(nf)nN—dF(前面加方位語。)

　　　　沙上草閣柳新暗,城邊野池蓮欲紅。(暮春。)

　　　　　　(比較:「司隸章初覩,南陽氣始新」)。

　　II. 2.　qn-nnN-FF(或 VV)(前面加修飾性的名詞語。)

　　　　五更鼓角聲悲壯,三峽星河影動搖。(閣夜。)

　　II. 3.　fn(或 dv)—fnN-VV(或 FX)(前面加名詞語或動詞語以表示原因。)

　　　　厚祿故人書斷絕,恒饑稚子色淒涼。(狂夫。)

(III) 由五言第五類擴充。

　　III. 1.　fr(或 nr)-f(或 vf)N-V-fN(前面加疊字形容語。)

　　　　娟娟戲蝶過閒幔,片片輕鷗上急湍。(小寒食。)

　　　　　　(比較:「異花開絕域,滋蔓匝清池」。)

　　III. 2.　q(或 s)n-nN-V-fN(前面加修飾性的名詞語。)

　　　　萬里秋風吹錦水,誰家別淚濕羅衣?(黃草。)

　　　　　　(比較:「天風隨斷柳,客淚墮清笳」。)

　　III. 3.　(nf)n-fN-V-(vf)N(前面加表示隸屬的名詞語。)

　　　　畫省香爐違伏枕,山樓粉堞隱悲笳。(秋興。)

　　　　　　(比較:「寒更傳曉箭,清鏡覽衰顏」。)

　　III. 4.　qn-nN-V-nN(前面加帶數目的名詞語。)

　　　　五夜漏聲催曉箭,九重春色醉仙桃。(奉和賈至。)

　　　　　　(比較:「蟬聲集古寺,鳥影度寒塘」。)

　　III. 5.　nN-frV-fN(第三、四字插入疊字。)

　　　　宮草微微承委佩,爐烟細細駐遊絲。(宣政殿退。)

　　　　　　(比較:「夕陽薰細草,江色映疎簾」。)

　　III. 6.　dv-(vf)N-V-fN(前面加修飾性的動詞語。)

　　　　暫止飛烏將數子,頻來語燕定新巢。(堂成。)

　　　　　　(比較:「祖席依寒草,行車起暮塵」。)

　　III. 7.　fN-dd-V(或 F)-qN(第三、四字插入副詞語。)

新松恨不高千尺,惡竹應須斬萬竿。(將赴成都。)

（比較:「秋風散千騎,寒雨泊孤舟」。）

III. 8.　　bN-dd-V-cN(第三、四字插入副詞語。)

巫峽忽如瞻華岳,蜀江猶似見黃河。(覽物。)

（比較:「江蓮搖白羽,天棘夢青絲」。）

III. 9.　　nF(或 V)-cN-V-Nt(前面加句子形式,表示時令。)

天寒白鶴歸華表,日落蒼龍見水中。(陪李七。)

（比較:「青錢買野竹,白幘岸江皋」。）

III. 10.　　q(或 c)N-dd-V-BX(第三四字插入副詞語。)

扁舟不獨如張翰,白帽還應似管寧。(嚴中丞。)

III. 11.　　Nt-dd-V-BX(第三四字插入副詞語。)

湘西不得歸關羽,河內猶宜借寇恂。(奉寄章十。)

III. 12.　　(nf 或 vf)n-NN-V(或 F)-nN(前面加修飾性的名詞語。)

織女機絲虛月夜,石鯨鱗甲動秋風。(秋興。)

（比較:「烟塵犯雪嶺,鼓角動江城」。）

III. 13. a.　　fN-fN-V-cN(第一第三字各插入形容詞。)

朱簾繡柱圍黃鶴,錦纜牙檣起白鷗。(秋興。)

III. 13. b.　　fN-fN-V-fN(第一第三字各插入形容詞。)

青袍白馬有何意?金谷銅駝非故鄉。(至後。)

III. 13. c.　　nN-nN-V-nN(第一第三字各插入形容性的名詞。)

書籤藥裹封蛛網,野店山橋送馬蹄。(將赴成都。)

III. 14.　　fn-NN-V-BX(前面加表示時地的名詞語。)

今日朝廷須汲黯,中原將帥憶廉頗。(奉寄高。)

III. 15.　　dV—NN-V-fN(前面加動詞語,用後面五字爲其目的語。)

休怪兒童延俗客,不教鵝鴨鬧比鄰。(將赴成都。)

復有樓臺銜暮景,不勞鐘鼓報新晴。(院中晚晴。)

（比較:「封章通左語,冠冕化文身」。）

III. 16.　　NN-nf-V-fN(第三、四字插入句子形式表示原因。)

盤飱市遠無兼味,樽酒家貧(只)舊醅。(客至。)

III. 17.　NN-dd(或 v)-V-fN(第三、四字插入副詞語。)

簾戶每宜亂乳燕，兒童莫信打慈鴉。(題桃樹。)

III. 18.　dv-NN-V-Nt(前面加副詞性的動詞語。)

豈有文章驚海內？漫勞車馬駐江干！(有客。)

III. 19.　nt-fN-V-NX(前面加修飾性的方位語。)

江上小堂巢翡翠，苑邊高冢臥麒麟。(曲江。)

III. 20.　bt(或 bn)-nN-V-NN(前面加修飾性的方位語或名詞語。)

秦中驛使無消息，蜀道兵戈有是非。(黃草。)

III. 21.　qn-NN-V-NN(前面加帶數目的名詞語。)

三峽樓臺淹日月，五溪衣服共雲山。(詠懷古跡。)

III. 22.　(nf)n-qn-V-NN(前面加關係語。)

野哭幾家聞戰伐，夷歌數處起漁樵。(閣夜。)

(IV) 由五言第七類擴充。

IV. 1.　nN-vn-dV-N(第三、四字插入謂語形式，表示原因。)

岸容待臘將舒柳，山意衝寒欲放梅。(小至。)

　　(比較:「津人空守纜，村館復臨川」。)

IV. 2.　fN-fx-dV-N(第三、四字插入連緜字。)

亂波分披已打岸，弱雲狼藉不禁風。(江雨有懷。)

　　(比較:「美花多映竹，好鳥不歸山」。)

IV. 3.　(nf)n-cN-dV-N(前面加修飾性的名詞語。)

沙村白雪仍含凍，江縣紅梅已放春。(留別公安。)

　　(比較:「綠尊雖盡日，白髮好禁春」!)

IV. 4.　dV—BX-dV-N(前面加動詞語，後面句子形式爲其目的語。)

但見文翁能化俗，焉知李廣不封侯！(將赴荆南。)

遂有馮夷(來)擊鼓，始知嬴女善吹簫。(玉臺觀。)

IV. 5.　bN-dV-qn-N(第五、六字插入數量語。)

楚天不斷四時雨，巫峽常吹千里風。(暮春。)

(V) 由五言第十類擴充。

V. 1.　nn(或 nt)-nN-ddV(前面加修飾性的名詞語。)

朝廷袞職雖多預,天下軍儲不自供。(諸將。)

　　　(比較:「茅屋還堪賦,桃源自可尋」。)

　V. 2.　　bn-fN-ddV(或 F)(前面加名詞語。)

嶢關險路今虛遠,禹鑿寒江正穩流。(舍弟觀。)

　V. 3.　　bn-NN-ddV(第一、二字抵五言第一字,第三、四字抵五
　　　　　言第二字。)

「胡童」「結束」還難有,「楚女」「腰肢」亦可憐。(清明。)

　　　(下句等於説:「楚腰亦可憐」。)

　V. 4.　　bx-BX-ddV(前面加地名作修飾語。)

陳留阮瑀誰(爭長)? 京兆田郎早見招。(贈田九。)

(VI) 由五言第十一類擴充。

　VI. 1.　　qq-NX-dVV(前面加數目。)

無數蜻蜓齊上下,一雙鸂鶒對沈浮。(卜居。)

　　　(比較:「徑石相縈帶,川雲自去留」。)

　VI. 2.　　dV—NN-dVV(或 FF)(前面加動詞語,後面句子形式
　　　　　爲其目的語。)

但使閭閻還揖讓,敢論松竹久荒蕪! (將赴成都。)

　　　(比較:「道路時通塞,江山日寂寥」。)

　VI. 3.　　fn-nN-dFR(前面加修飾性的名詞語。)

信宿漁人還汎汎,清秋燕子故飛飛。(秋興。)

　VI. 4.　　fN-fN-(nd)FR(第一第三字插入形容詞。)

小院迴廊春寂寂,浴鳧飛鷺晚悠悠。(涪城縣。)

(VII) 由五言第十二類擴充。

　VII. 1.　　fn-BX-fn(或 vn)-V(前面加修飾性的名詞語。)

多病馬卿無日起,窮途阮籍幾時休! (即事。)

　　　(比較:「市朝今日異,喪亂幾時休」!)

(VIII) 由五言第十四類擴充。

　VIII. 1.　　dV—nt-NN-F(前面加動詞語,後面句子形式爲其目
　　　　　的語。)

忽驚屋裏琴書冷,復亂簷邊星宿稀。(見螢火。)

　　　(比較:「郭外秋聲急,城邊月色殘」。)

（IX）由五言第十六類擴充。

 IX. 1. fN-fx-fN-V（第三、四字插入連繫字。）

   大水森茫炎海接，奇峰硉兀火雲升。（多病執熱。）

    （比較：「柳色春山映，梨花夕鳥藏」。）

（X）由五言第十七類擴充。

 X. 1. b（或 c）n-N-V-b（或 c）nN（前面加修飾性的名詞語。）

   楚宮臘對荊門水，白帝雲偷碧海春。（奉送蜀州。）

    （比較：「窗臨汴河水，門渡楚人船」。）

 X. 2. V-N—dV-bxN（第一字插入動詞，第三字插入副詞。）

   卜築應同蔣詡徑，爲園須似邵平瓜。（舍弟觀。）

    （比較：「手持平子賦，目送老萊衣」。）

 X. 3. fN-V（vd 或 fd）-nxN（第一字插入形容詞，第四字插入副詞性的補語。）

   香稻啄餘鸚鵡粒，碧梧棲老鳳皇枝。（秋興。）

 X. 4. nN-dV-qnN（第二字插入名詞，第三字插入副詞。）

   雷聲忽送千峰雨，花氣渾如百和香。（即事。）

 X. 5. （nf）n-N-V-cnN（前面加方位語。）

   天門日射黃金牓，春殿晴曛赤羽旗。（宣政殿。）

    （比較：「帆映丹陽郭，楓攢赤岸村」。）

 X. 6. fN-dV-cnN（第一字插入形容詞，第三字插入副詞。）

   浮雲不負青春色，細雨何孤白帝城？（崔評事。）

 X. 7. （nf）N-dV（或 FV）-nNX（第一字插入形容詞，第三字插入副詞。）

   宛馬總肥春苜蓿，（將軍）只數漢嫖姚。（贈田九。）

 X. 8. （nf）N-dV（或 F）-qqN（第一字插入形容詞，第三字插入副詞。）

   秋水纔深四五尺，野航恰受兩三人。（南鄰。）

（XI）由五言第十八類擴充。

 XI. 1. （nf）n-N-V-fnt（前面加名詞語表示時間或方位。）

   春日鶯啼脩竹裏，仙家犬吠白雲間。（滕王亭子。）

    （比較：「日出寒山外，江流宿霧中」。）

XI. 2.　(nf)nN-V-fnt（前面加修飾性的名詞語。）

漁人網集澄潭下，賈客船隨返照（來）。（野老。）

（XII）由五言第廿二類擴充。

XII. 1.　dV—dV-bxN（前面加動詞語，後面謂語形式爲其目的語。）

豈謂盡煩回紇馬？翻（然）遠救朔方兵。（諸將。）

（比較：「忽過新豐市，還歸細柳營」。）

XII. 2.　nt-dV-bxN（前面加方位語。）

籬邊（老却）陶潛菊，江上徒逢袁紹杯。（秋盡。）

（比較：「猶瞻太白雪，喜遇武功天」。）

XII. 3.　nn-dV-(nf)nN（前面加關係語。）

畫圖省識春風面，環珮空歸月夜魂。（詠懷古跡。）

（XIII）由五言第廿三類擴充。

XIII. 1.　fn-VV-cnN（前面加名詞語表示時間或方位。）

曉漏追趨青瑣闥，晴窗檢點白雲篇。（贈獻納使。）

（比較：「翻動神仙窟，封題鳥獸形」。）

（XIV）由五言第廿七類擴充。

XIV. 1.　vn(或 dv)-fN-fr-V（前面加副詞語。）

無邊落木蕭蕭下，不盡長江滾滾來。（登高。）

（比較：「野日荒荒白，春流泯泯清」。）

XIV. 2.　vn-NX-fr-V（前面加修飾性的謂語形式。）

穿花蛺蝶深深見，點水蜻蜓款款飛。（曲江。）

（XV）由五言第卅一類擴充。

XV. 1.　N-V-NN—dv(或 fn)-F（第五、六字插入副詞性的動詞語或名詞語。）

風飄律呂相和切，月傍關山幾處明。（吹笛。）

（比較：「鶴巢松樹遍，人訪蓽門稀」。）

（XVI）由五言第卅七類擴充。

XVI. 1.　nN-FR-fN-F（第一字插入形容性的名詞，第三、四字叠字當一個形容詞用。）

雲石「熒熒」高葉曙，風江「颯颯」亂帆秋。（簡吳郎。）

（比較：「花濃春寺靜，竹細野池幽」。）

XVI. 2.　nN-V-N-fN-V（或 F）（第一字插入形容性的名詞，第四字插入目的語，附於動詞，共成前一句子形式的謂語。）

林花「着雨」（燕脂）落，水荇[牽風]翠帶長。（曲江對雨。）

（比較：「雨急青楓暮，雲深黑水遙」。）

XVI. 3.　NX-dV-nN-V（第一二字爲雙音名詞，當一個名詞用，第三字插入副詞。）

[麒麟]不動鑪煙上，[孔雀]徐開扇影還。（至日遣興。）

（比較：「樹涼征馬去，路暝歸人愁」。）

XVI. 4.　cn-N-F—nN-V（或 F）（前面加修飾性的名詞語。）

黃牛峽靜灘聲轉，白馬江寒樹影稀。（送韓十四。）

（比較：「草枯鷹眼疾，雪盡馬蹄輕」。）

XVI. 5.　N-V—dV—bN-F（第三四字插入動詞語，後面的句子形式爲其目的語。）

胡來不覺潼關隘，龍起猶聞晉水清。（諸將。）

XVI. 6.　nn-N-F—NN-V（或 F）（前面加關係語。）

旌旗日暖龍蛇動，宮殿風微燕雀高。（奉和賈至。）

（比較：「地迥山河靜，天長雲樹微」。）

XVI. 7.　NN-FX—NN-F（或 V）（第一、二字爲平行名詞語，等於一個名詞；第三、四字爲連緜字，等於一個形容詞。）

[風塵][荏苒]音書絕，[關塞][蕭條]（行）路難。（宿府。）

XVI. 8.　(nf)n-N-F（或 V）—N-dV（前面加修飾性的名詞語。）

桃花氣暖眼自醉，春渚日落夢相牽。（晝夢。）

（XVII）由五言第卅八類擴充。

XVII. 1.　nN-FR—V-f（或 vf)N（第一字插入形容性的名詞，第三四字爲疊字，等於一個形容詞。）

宮草[微微]承委佩，鑪烟[細細]駐遊絲。（宣政殿退。）

（比較：「路斷因春水，山深隔暝烟」。）

XVII. 2. a.　nN-V-N—V-cN（第一字插入形容性的名詞，第四字插入目的語，附於動詞，共成前一句子形式的謂語。）

旅雁[上雲]歸紫塞，家人[鑽火]用青楓。（清明。）

（比較：「客醉揮金椀，詩成得繡袍」。）

XVII. 2. b.　nN-V-N—V-fN（與前式略同。）

舍人[退食]收封事，宮女[開函]近御筵。（贈獻納使。）

XVII. 2. c.　fN-V-N—V-(nf 或 vf)N（第一字插入形容詞，餘與前式略同。）

老妻[畫紙]爲棋局，稚子[敲鍼]作釣鉤。（江村。）

XVII. 2. d.　(vf)N-V-N—V-nN（第一字插入形容性的動詞，餘與前式略同。）

返照[入江]翻石壁，歸雲[擁樹]失山村。（返照。）

（比較：「樹密當山徑，江深隔寺門」。）

XVII. 3.　NN-FF(或 VV)—V-Nt（第一、二字爲平行名詞語，等於一個名詞，第三、四字爲同義字，等於一個形容詞或動詞。）

[草木][變衰]行劍外，[兵戈][阻絕]老江邊。（恨別。）

XVII. 4.　qN-FF(或 VV)-dV-N（第一字插入數目，第三、四字爲同義字。）

萬事[糾紛]猶絕粒，一官[羈絆]實藏身。（寄常徵君。）

（比較：「錫飛常近鶴，杯度不驚鷗」。）

XVII. 5.　N-F—fr-dV-N（第三、四字插入叠字副詞語。）

世亂鬱鬱久爲客，路難悠悠常傍人。（九日。）

（比較：「途窮那免哭？身老不禁愁」。）

XVII. 6.　f(或 nf)N-V-N—(fd 或 vd)V-N（第一字插入形容詞，第四字插入目的語。）

晴雲[滿户]團傾蓋，秋水[浮階]溜決渠。（柏學士。）

（XVIII）由五言第四十二類擴充。

XVIII. 1.　V-N—qN-V-fN（第三字插入數目，第五字插入形容詞。）

刺繡五紋添弱線，吹葭六琯動浮灰。（小至。）

（比較：「對門藤蓋瓦，映竹水穿沙」。）

XVIII. 2.　V-N—V-N—fn-V（前面加謂語形式表示關係）

思家步月清宵立，憶弟看雲白日眠。（恨別。）

XVIII. 3.　N-V-qN—f(或 nf)N-V（第一字插入主語，第三字

插入數目。）

〔香飄〕〔合殿〕春風轉，〔花覆〕〔千官〕淑景移。（紫宸殿。）

XVIII. 4.　V-N—cn-qN-F（第三、四字插入倒置的主語。）

含風翠壁孤雲細，背日丹楓萬木稠。（涪城縣。）

（比較：「立馬千山暮，迴舟一水香」。）

XVIII. 5.　BX-V-N-NN-F（前面加主語。）

匡衡抗疏功名薄，劉向傳經心事違。（秋興。）

（比較：「對酒山河滿，移舟草樹迴」。）

XVIII. 6.　fN-V-N-N-FR（前面加主語。）

客子入門月皎皎，誰家搗練風淒淒？（暮歸。）

（XIX）由五言第四十三類擴充。

XIX. 1.　dV-bN-(vf)N-V（第三、四字插入目的語。）

欲辭巴徼啼鶯合，遠下荊門去鷁催。（奉待嚴。）

（比較：「欲歸群鳥亂，未去小童催」。）

（XX）由五言第四十四類擴充。

XX. 1.　dd-Vd—V-nN（前面加副詞語。）

幸不折來傷歲暮，若爲看去亂鄉愁。（和裴迪。）

（XXI）由五言第四十五類擴充。

XXI. 1.　N-V-nN—V-nN（第一字插入主語，第三字插入形容性名詞。）

雲移雉尾開宮扇，日繞龍鱗識聖顏。（秋興。）

（比較：「忘身辭鳳闕，報國取龍庭」。）

XXI. 2.　(nd 或 fd)V-fN—V-fN（第一字插入副詞，第三字插入形容詞。）

畫引老妻乘小艇，晴看稚子浴清江。（進艇。）

（比較：「事姑稱孝婦，生子繼先賢」。）

XXI. 3.　V-N—nt-V-cN（第三、四字插入時間語。）

杖藜雪後臨丹壑，鳴玉朝來散紫宸。（冬至。）

（比較：「傳燈無白日，布地有黃金」。）

XXI. 4.　VV-nN—V-f(CN)（第一、二字爲平行動詞，等於一個動詞，第三字插入形容性的名詞。）

［寵光］蕙葉與多碧，［點注］桃花舒小紅。（江雨有懷。）

XXI. 5.　　VN-VN—V-f(FN)（前四字爲雙謂語形式。）

仗鉞褰帷瞻具美，投壺散帙有餘清。（江陵節度。）

XXI. 6.　　nt-V-N—V-NN（前面加方位語。）

舟中得病移衾枕，洞口經春長薜蘿。（覽物。）

XXI. 7.　　dV-NN—V-NN（第一字插入副詞，第三、四字爲同
義字。）

數問［舟航］留製作，長開［篋笥］擬心神。（留別公安）。

XXI. 8.　　(td)V-bN—f←NN（第一字插入副詞，第三字插入
專名。）

南渡桂水闕舟楫，北歸秦川多鼓鞞。（暮歸。）

XXI. 9.　　S-dV-N—V-NN（第一字插入代名詞，第二字插入
副詞。）

我已無家尋弟妹，君今（何）處訪庭闈。（送韓十四。）

XXI. 10.　　V-N-nn—dV-N（第三、四字插入關係語。）

側身天地更懷古，迴首風塵甘息機。（將赴成都。）
　　　　　（比較：「徇祿仍懷橘，看山免採薇」。）

XXI. 11.　　qn-V-N—dV-N（前面加帶數目的名詞語。）

萬里悲秋常作客，百年多病獨登臺。（登高。）
　　　　　（比較：「曬藥能無婦，應門幸有兒」。）

XXI. 12.　　fr-V-N—（qd 或 td）V-N（前面加疊字副詞語。）

寂寂繫舟雙下淚，悠悠伏枕左書空。（清明。）

XXI. 13.　　V-N—dV-qnN（第五、六字插入修飾性的名詞語。）

聽猿實下三聲淚，奉使虛隨八月槎。（秋興。）
　　　　　（比較：「好武寧論命，封侯不計年」。）

XXI. 14.　　dV-NN—ddV（第一字插入副詞，第三、四字爲平行
名詞。）

久存［膠漆］應難并，一辱［泥塗］遂晚收。（長沙送李。）
　　　　　（比較：「玩雪勞相訪，看山正獨吟」。）

（XXII）由五言第四十六類擴充。

XXII. 1.　　N-V-nN—VN-F

波漂菰米沈雲黑，露冷蓮房墜粉紅。（秋興。）

　　（比較：「問法看書妄，觀身向酒慵」。）

（XXIII）由五言第五十九類擴充。

　　XXIII. 1.　f(或 nf)n-N—Vnt-V→（前面加關係語。）

　　春水船如天上坐，老年花似霧中看。（小寒食。）

（XXIV）由五言第六十二類擴充。

　　XXIV. 1.　f(或 nf)n-dV—nNV（前面加關係語。）

　　春風自信牙檣動，遲日徐看錦纜牽。（城西陂泛。）

　　　　（比較：「但恐天河落，寧辭酒醆空」！）

　　XXIV. 2.　nv—dV-nNV（前面加句子形式。）

　　石出倒聽楓葉下，櫓搖背指菊花開。（送李八。）

　　　　（比較：「應愁江樹遠，怯見野亭荒」。）

（XXV）由五言第六十四類擴充。

　　XXV. 1.　V-V-(nf)n-cnN（第三、四字插入關係語。）

　　思霑道暍黃梅雨，敢望宮恩玉井冰！（多病執熱。）

　　　　（比較：「乞爲寒水玉，願作冷秋菰」。）

（XXVI）由五言第六十六類擴充。

　　XXVI. 1.　v-S-(fd)V-vnN（第一字插入動詞，第三字插入副詞性的形容詞。）

　　顧我老非題柱客，知君才是濟川功。（陪李七。）

　　　　（比較：「神交作賦客，力盡望鄉臺」。）

（XXVII）由五言第六十九類擴充。

　　XXVII. 1.　fr-nN-vn-V（前面加疊字。）

　　青青竹笋迎船出，白白江魚入饌來。（送王十五。）

　　　　（比較：「渚蒲隨地有，村徑逐門成」。）

　　XXVII. 2.　nN-dd-vn-V（第三、四字插入副詞語。）

　　花徑不曾緣客掃，蓬門今始爲君開。（客至。）

　　　　（比較：「竹杖交頭拄，柴扉隔徑開」。）

　　XXVII. 3.　fN-fN-vn-F（前四字爲雙名詞語。）

　　清江錦石傷心麗，嫩蕊濃花滿目斑。（滕王亭子。）

　　　　（比較：「白雲迴望合，青靄入看無」。）

XXVII. 4.　nt-NN-vn-V(或 F)(前面加方位語。)

江間波浪兼天湧，塞上風雲接地陰。（秋興。）

（比較：「江水帶冰綠,桃花隨雨飛」。）

(XXVIII) 由五言第七十類擴充。

XXVIII. 1.　nN-dvfn-V(第一字插入形容性名詞,第三字插入副詞。)

江鸛巧當幽徑浴，鄰雞還過短墻來。（王十七。）

（比較：「墻帶城烏去,江連暮雨愁」。）

XXVIII. 2.　f(或 nf)N-dvfn-V(第一、二字為名詞語,當一個名詞用;第三字插入副詞。)

[桃花]細逐楊花落，[黃鳥]時兼白鳥飛。（曲江對酒。）

（比較：「山臨青塞斷,江向白雲平」。）

XXVIII. 3.　cN-dvqn-V(或 F)(第一字插入形容詞,第三字插入副詞。)

藍水遠從千澗落，玉山高并兩峰寒。（九日藍田。）

（比較：「星臨萬戶動,月傍九霄多」。）

(XXIX) 由五言第七十七類擴充。

XXIX. 1.　fn-(vf)N-F-dF(或 V)(前面加修飾性的名詞語。)

孤城返照紅將斂，近市浮烟翠且重。（暮登四安。）

（比較：「羌婦語還哭,胡兒行且歌」。）

XXIX. 2.　qN-FF-dFF(第三、四字第六、七字各為平行語。)

二儀[清濁]還[高下]，三伏[炎蒸]（定）[有無]。（又作此章。）

(XXX) 由五言第八十一類擴充。

XXX. 1.　vn-NN—NN-V(或 F)(前面加修飾性的謂語形式。)

直北關山金鼓振，征西車馬羽書遲。（秋興。）

（比較：「草木歲月晚,關河霜雪清」。）

XXX. 2.　fN-fN—NN-V(或 F)(前四字為雙名詞語。)

高江急峽雷霆鬥，翠木蒼藤日月昏。（白帝。）

（比較：「遲日江山麗,春風花草香」。）

XXX. 3.　NN-dd-N-V-N(第三、四字插入副詞語。)

干戈况復塵隨眼？鬢髮還應雪滿頭！（寄杜位。）

(XXXI) 由五言第八十四類擴充。

XXXI. 1.　　fN-(qd)V—fnN（第一字插入形容詞，第三字插入副詞。）

叢菊兩開他日淚，孤舟一繫故園心。（秋興。）

　　（比較：「藥殘他裏，花發去年叢」。）

(XXXII) 由五言第九十一類擴充。

XXXII. 1.　　cN-vv(或 ff)-fNt（第三、四字插入平行動詞或平行形容語。）

翠華想像空山裏，玉殿虛無野寺中。（詠懷古跡。）

　　（比較：「田舍清江上，柴門古道旁」。）

XXXII. 2.　　NV—NN-cNt（前面加句子形式。）

時危兵甲黃塵裏，日短江湖白髮前。（公安送韋。）

　　（比較：「金刹青楓外，朱樓白水邊」。）

XXXII. 3.　　b(或 f)n-NN-NNt（前面加修飾性的名詞語。）

秦城樓閣烟花裏，漢主山河錦繡中。（清明。）

故鄉門巷荊棘底，中原君臣豺虎邊。（畫夢。）

(XXXIII) 由五言第九十五類擴充。

XXXIII. 1.　　nn-fN-d-NN（前面加關係語。）

江山故宅空文藻，雲雨荒臺豈夢思！（詠懷古跡。）

　　（比較：「故國猶兵馬，他鄉亦鼓鼙」。）

(XXXIV) 由五言第九十七類擴充。

XXXIV. 1.　　vn-vn-vn-N（前六字爲平行的三個謂語形式。）

舍舟策馬論兵地，拖玉腰金報主身。（季夏送。）

　　（比較：「辯士安邊策，元戎決勝威」。）

XXXIV. 2.　　dv-dv-nt-N（前四字爲雙動詞語。）

自去自來梁上燕，相親相近水中鷗。（江村。）

19.5　以上所述的七言句式，我們不能統計它們的種類，因爲實際上可能的種類一定比這些多上好幾倍。這種分析，祇是以備舉一反三之用而已。

第二十節　近體詩的語法(上)

20.1　古詩的語法，本來和散文的語法大致相同；直至近體詩，才漸漸和散文歧異。其所以漸趨歧異的原因，大概有三種：第一，在區區五字或七字之中，要舒展相當豐富的想象，不能不力求簡潔，凡可以省去而不至於影響語意的字，往往都從省略；第二，因爲有韵脚的拘束，有時候不能不把詞的位置移動；第三，因爲有對仗的關係，詞性互相襯托，極便於運用變性的詞，所以有些詩人就借這種關係來製造「警句」。例如韓愈的「暖風抽宿麥，清雨捲歸旗」，「抽」和「捲」都是所謂使動詞(或稱「致動」)。因爲有了暖風，所以使得宿麥都抽了芽；因爲有了清雨，所以使得歸旗都被捲起了。這種句法是散文裏所罕用的。如果散文裏用了詩的句法，我們可以認爲那是以詩的格調來行文。

20.2　現在我們談近體詩的語法，原則上是撇開詩與散文共同的語法不談。如果談到散文中也有的結構，那是由同求異，要指出詩與散文大同小異的地方。

20.3　首先我們要指出的，是詩中的意義上的節奏和散文的節奏往往不相同。近體詩和駢體文的關係頗深，然而駢體文多用四字六字爲句(所謂「四六」)，和近體詩的五字七字恰差一個字，所以意義上的節奏很難相同。最不像散文的節奏的詩句有如下面諸例：

　　　賞——應歌枚杜，歸——及獻櫻桃。(甫，收京。)
　　　尋覓詩章——在，思量歲月——驚。(稹，遣行。)
　　　永夜角聲悲——自語，中天月色好——誰看？(甫，宿府。)
　　　春水——船如天上坐，老年——花似霧中看。(甫，小寒食。)
　　　琴書酒—伴—皆拋我，雪月花—時—最憶君。(易，寄殷
　　　　協律。)
　　　藥——將雞犬—雲中試，琴——許魚龍—月下聽。(高駢，和
　　　　王昭符。)

20.4　其次，我們將分別地指出近體詩的語法上的各種特徵，共

分二十三個項目來説。

1. 詞 的 變 性

20.5　詞的變性,本是散文中所有的。但是,散文中利用代名詞或連介詞來形成詞的變性,如「友其士之仁者」,「人潔己以進」,「博我以文」,「修文德以來之」,「靡衣玉食以館於上者」等等,在近體詩裏却都沒有。我曾在中國文法學初探裏説過(頁五九),有利用駢句,使詞的變性更顯者,這在散文裏是許多方法之一,而且不是主要的一種;至於在近體詩裏,却變爲主要的,差不多可以説是唯一的方法了。茲分爲六類舉例如下。

(一)名詞作動詞用。例如:

子能渠細石,吾亦沼清泉(19.2.c.)
寧問春將夏,誰憐西復東!(62.2.b.)

(二)名詞作形容詞用。例如:

雲霞出海曙,梅柳渡江春。(杜審言和晋陵陸。)
孤雲獨鳥千山暮,萬井千山海色秋。(李嘉祐,同皇甫冉。)
(「春」「秋」等字用爲形容詞,散文中罕見。)

(三)動詞作形容詞用。例如:

祖席依寒草,行車起暮塵。(5.1.a5.)(「祖」,「餞」也。)
淚逐勸杯下,愁連吹笛生。(70.1.e.)

(四)形容詞作動詞用。
(a)使動。使目的語所指的事物有此德性。例如:

疎鐘清月殿,幽梵静花臺。(5.1.i.)
(疎鐘使月殿更清,幽梵使花臺更静。)

驟雨清秋夜，金波耿玉繩。（5.1.i.）
（驟雨使秋夜更清，金波使明星更明。）

（b）意動。人意以爲某事物應有此德性。例如：

澗花輕粉色，山月少燈光。（82.1.b2.）
（澗花白極了，令人以粉色爲不够白；山月明極了，令人
以燈光爲不够明。）

（五）不及物動詞作及物動詞用（使動）。例如：

感時花濺淚，恨別鳥驚心。（42.1.a.）
（花使淚濺，鳥使心驚。）

（六）動詞作副詞用。例如：

同調嗟誰惜？論文笑自知。（45.6.b.）
迸出依青嶂，攢生伴綠池。（51.1.b.）
（因爲動詞可作副詞用，所以動詞可與副詞爲對仗，尤其
是表示精神行爲的動詞。例如杜甫喜達行在：「猶瞻太
白雪，喜遇武功天」；吹笛：「胡騎中宵堪北走，武陵一曲
想南征」。）

2.　倒　裝　法

20.6　古代的散文裏也有倒裝法，但大多數是有條件的倒裝，譬
如在否定語或疑問語裏，代名詞用爲目的語時，須置於其動詞之前
（「不我遐棄」，「吾誰欺」），又如目的語倒置之後，在它和動詞之間須加
「是」字（「戎狄是膺，荊舒是懲」）。嚴格地說，既是有條件的，在某條件
之下應該如此才是正則，便不能認爲倒裝。唯有毫無條件地倒置，才
是真正的倒裝。在近體詩裏，靠了對仗的襯托，真正的倒裝比散文更
多，更如意。茲分五類舉例如下。

（一）主語倒置。例如：

春日繁魚鳥，江天足芰荷。（6.1.a.）
　　（江天芰荷足，春日魚鳥繁。）
夜足霑沙雨，春多逆水風。（66.3.）
　　（夜則霑沙之雨足，春則逆水之風多。）
竹喧歸浣女，蓮動下漁舟。（38.2.）
　　（蓮動漁舟下，竹喧浣女歸。）
盍簪喧櫪馬，列炬散林鴉。（45.2.）
　　（列炬林鴉散，盍簪櫪馬喧。）

（二）目的語倒置。例如：

楚塞三湘接，荊門九派通。（16.1.b.）
　　（三湘接楚塞，九派通荊門。）
柳色春山映，梨花夕鳥藏。（16.1.a.）
　　（春山映柳色，夕鳥藏梨花。）
方朔金門召，班姬赤輦迎。（16.2.）
　　（迎班姬以赤輦，召方朔於金門。）
神魚人不見，福地語真傳。（16.3.）
　　（語真傳福地，人不見神魚。）
飯抄雲子白，瓜嚼水精寒。（39.1.）
　　（舀那雲母石一般白的飯，嚼那水晶一般涼的瓜。）

（三）主語和目的語都倒置。例如：

綠垂風折筍，紅綻雨肥梅。（65.2.）
　　（風折之筍垂綠，雨肥之梅綻紅。）

（四）主語倒置，目的語一部分倒置。例如：

香稻啄餘鸚鵡粒，碧梧棲老鳳皇枝。(X. 3.)

（鸚鵡啄餘香稻粒，鳳皇棲老碧梧枝。）

（五）介詞性的動詞倒置。例如：

鳩形將刻杖，龜殼用支床。(9.1.)

（將鳩形刻杖，用龜殼支床。）

片雲天共遠，永夜月同孤。(68.1.b.)

（片雲共天遠，永夜同月孤。）

書劍身同廢，烟霞吏共閑。(68.1.a.)

（書劍同身廢，烟霞共吏閑。）

20.7　（一）（二）（三）諸例，顯然因爲韵脚的關係；如果不倒裝，必須改變韵脚，以致不能押韵。（五）的第一二兩例却是因爲平仄的關係；若作「將鳩形刻杖，用龜殼支床」，和「片雲共天遠，永夜同月孤」，就犯了「失對」的毛病。至於其餘兩個例子，就是有意倒裝了。「書劍同身廢，烟霞共吏閑」，在韵脚上和平仄上都沒有妨礙；其所以倒裝者，祇因爲那樣更像詩句些。「鸚鵡啄餘香稻粒，鳳皇棲老碧梧枝」，也同樣沒有妨礙；但是，一經倒裝，就覺得特別新穎，不落平凡。「鸚鵡粒」和「鳳皇枝」，妙在可解不可解之間；所啄餘者已經不是普通的香稻，而是鸚鵡之粒，所棲老者已經不是普通的碧梧，而是鳳皇之枝。杜甫這兩句詩和他的「綠垂風折筍，紅綻雨肥梅」，及王維的「竹喧歸浣女，蓮動下漁舟」，都可認爲警句。這些地方都是妙手偶得之，不是可以着意摹仿得到的。

3. 省　略　法

20.8　散文裏也有省略，但近體詩裏的省略更甚，更爲常見。現在分類舉例於後，每類并加評論。

20.9　（一）略姓名。例如：

魯連功未報。（王維送崔三。本應是魯仲連。）

方朔金門召。（16.2.本應是東方朔。）

多病馬卿無日起。(VII. 1. 本應是司馬長卿。)

姓名的省略，往往是爲了平行語的整齊。例如班固和司馬遷，簡稱爲「班馬」，就因爲「班司馬」唸起來不順口。杜句司馬長卿和阮籍相對，就只好省略爲「馬卿」。復姓的人往往被省略爲單姓；祇有諸葛亮罕見省爲「葛亮」，祇省爲「諸葛」，這是習慣使然。

20.10 (二) 略「於」字。例如：

> 明月松間照，清泉石上流。(12. 1. a.)
> (明月照於松間，清泉流於石上。)
> 老樹空庭得，清渠一邑傳。(12. 2.)
> (老樹得於空庭，清渠傳於一邑。)
> 日出寒山外，江流宿霧中。(18. 1.)
> (日出於寒山之外，江流於宿霧之中。)
> 養拙干戈際，全生麋鹿群。(20. 1.)
> (養拙於干戈之際，全生於麋鹿之群。)
> 草木變衰行劍外，兵戈阻絕老江邊。(XXII. 3.)
> (行於劍閣之外，老於長江之邊。)
> 君恩深漢帝，且莫上空虛。(王維，和尹諫議。)
> (君恩深於漢帝「之恩」。)

20.11 在散文裏，這種地方的「於」字也并非必要。所以這裏所謂省略祇是一種方便的說法。這上頭還有一個「詞序」的問題：像「明月松間照」一類的句子，依散文的語法該是動詞置於方位語之前（明月照松間）；若依詩句的語法，則前置後置均可。又像「老樹空庭得」一類的句子，因爲「得」在意義上是被動的，所以在散文裏「於」字不可省（老樹得於空庭）；在詩句裏，動詞就祇能後置，不能前置了。

20.12 詩句裏另有些方位語，并不能認爲省略「於」字，因爲譯成散文并不需要「於」字，而是需要把那方位語置於主語之前：

> 吏人橋下少，秋水席邊多。(12. 1. c.)

（橋下吏人少，席邊秋水多。）

叢篁低地碧，高柳半天青。（12.2.b2.）

（低地叢篁碧，半天高柳青。）

這不完全是平仄的問題，而是詩的格調的問題。另有一種詩的格調，簡直很難譯爲散文，例如：

退朝花底散，歸院柳邊迷。（45.4.）

20.13 （三）略「則」字。例如：

賞應歌枤杜，歸及獻櫻桃。（55.1.a.）

（賞則應歌枤杜，歸則及獻櫻桃。）

靜應連虎穴，喧已去人群。（55.1.b.）

滑憶彫胡飯，香聞錦帶羹。（56.1.）

（此二句又可認爲倒裝：「憶彫胡飯之滑，聞錦帶羹之香」。）

青惜峰巒過，黃知橘柚來。（57.1.a1.）

（[逢]青則惜峰巒之過，[見]黃則知橘柚之來。）

壯惜身名晚，衰慚應接多。（57.1.a2.）

老耻妻孥笑，貧嗟出入勞。（57.1.a2.）

（老則耻妻孥之笑，貧則嗟出入之勞。）

嬾從華髮亂，閑任白雲多。（57.2.b1.）

脆添生菜美，陰益食簟涼。（57.2.b2.）

（其脆則添生菜之美，其陰則益食簟之涼。）

靜分巖響答，散逐海潮還。（58.1.）

（靜則分巖響之答，散則逐海潮而還。）

20.14 （四）略「而」字。例如：

菱蔓弱難定，楊花輕易飛。（35.1）

（菱蔓弱而難定，楊花輕而易飛。）

南山晴有雪，東陌霽無塵。（35.2）

（南山晴而有雪，東陌霽而無塵。）

田父要皆去，鄰翁鬧不違。（35.3）

（田父邀而皆去，鄰翁鬧而不違。）

尋覓詩章在，思量歲月驚。（60.）

（尋覓詩章而在，思量歲月而驚。）

羌婦語還哭，胡兒行且歌。（77.）

（羌婦語而還哭，胡兒行而且歌。）

塵中老盡力，歲晚病傷心。（78.1.）

（塵中老而盡力，歲晚病而傷心。）

　　這差不多完全是意義上的節奏問題。散文喜歡偶數的結構，所以要加「而」字；詩句喜歡奇數的結構，所以不要「而」字。再者，詩句是儘量避免連介詞的，所以「而」「於」等字非常罕用。

20.15　（五）略「是」字。例如：

今日江南老，他時渭北童。（93.2.b.）

（當年是渭北之童，今日是江南之老。）

伊昔黃花酒，而今白髮翁。（93.2.a.）

（伊昔飲黃花之酒，而今是白髮之翁。）

　　這是省略主語的判斷句。判斷句本來可以不用「是」字，參看下文第二十一節首段。

20.16　（六）略「有」字。例如：

故國風雲氣，高堂戰伐塵。（93.1.b.）

（故國有風雲之氣，高堂有戰伐之塵。）

空外一鷙鳥，河間雙白鷗。（93.1.a.）

（空外有一鷙鳥，河間有雙白鷗。）

袖中吳郡新詩本，襟上杭州舊酒痕。（白居易，故衫。）

（袖中有<u>吴郡</u>新詩本,襟上有<u>杭州</u>舊酒痕。）

雖然可認爲省去「有」字,但這種句子却和描寫句性質相近。參看下節第一段。

20.17 （七）略普通動詞。例如：

故國猶兵馬,他鄉亦鼓聲。(95.2.a.)
（故國猶遭兵馬,他鄉亦聞鼓聲。）
古墻猶竹色,虛閣自鐘聲。(95.4.b.)
（古墻猶存竹色,虛閣自送鐘聲。）
萬象皆春氣,孤槎自客星。(95.4.c.)
（萬象皆呈春氣,孤槎自載客星。）
諸姑今海畔,兩弟亦山東。(95.5.a.)
（諸姑今在海畔,兩弟亦在山東。）
看花雖郭內,倚杖即溪邊。(95.11.)
（看花雖在郭內,倚杖即至溪邊。）

20.18 在散文裏,祇有判斷句的副詞可以直接和判斷語相聯結（「皆兄弟也」,「豈虛語哉」）；叙述句的副詞,絕對不能和目的語相聯結而略去動詞。上面諸例中,祇有「萬象皆春氣」一句依散文的語法勉強可通,因爲可認爲判斷句,譯成「萬象皆是春氣」；其餘各句如果放入散文裏,就都成了費解的句子。

20.19 所省略了的動詞是什麼,很難確定。譬如「故國猶兵馬」,也可以譯成「猶患」「猶有」等等,不一定譯爲「猶遭」。但是,詩句的大意是容易猜着的；詩人也就以大意的表達爲滿足。

20.20 （八）略謂語。例如：

春浪櫂聲急,夕陽花影殘。(81.1.d.)
（春浪方生,櫂聲遂急；夕陽轉淡,花影漸殘。）
香霧雲鬟濕,清輝玉臂寒。(81.1.e.)
（香霧初濃,雲鬟以濕；清輝既滿,玉臂亦寒。）

遲日江山麗,春風花草香。(81.1.h.)

　（遲日輝輝,江山益麗;春風習習,花草彌香。）

落景陰猶合,微風韻可聽。(81.3.a.)

　（落景雖斜,濃陰猶合;微風徐播,清韻可聽。）

江閣嫌津柳,風帆數驛亭。(82.1.b1.)

　（江閣久憑,嫌津柳之礙目;風帆漸近,數驛亭以慰心。）

勳業頻看鏡,行藏獨倚樓。(82.2.a.)

　（勳業尚賒,頻看鏡以自惕;行藏未定,獨倚樓而深思。）

池水觀爲政,厨烟覺遠庖。(82.4.)

　（池水靜涵,藉觀爲政之術;厨烟遥裊,深覺遠庖之仁。）

泉聲咽危石,日色冷青松。(83.1.a.)

　（危石阻水泉聲咽,青松蔽空日色冷。）

煙霜淒野日,秔稻熟天風。(83.1.b.)

　（天風頻吹秔稻熟,野日澹照煙霜淒。）

三秋木落半年客,滿地月明何處砧? （薛能秋夜旅懷。）

　（滿地月明,何處之砧入耳? 三秋木落,半年之客驚心!）

卷簾殘月影,高枕遠江聲。(85.1.b.)

　（卷簾而殘月之影遂入。高枕而遠江之聲可聞。）

烟火軍中幕,牛羊嶺上村。(94.1.b.)

　（烟火衝寒,隱約見軍中之幕;牛羊歸晚,依稀認嶺上之村。）

乾坤萬里眼,時序百年心。(94.1.d.)

　（時序遷流,百年之心已碎;乾坤浩蕩,萬里之眼徒勞。）

高鳥長淮水,平蕪故郢城。(94.2.b.)

　（高鳥百尋,群度長淮之水;平蕪數里,環攢故郢之城。）

秋聲萬户竹,寒色五陵松。(94.2.e.)

　（萬户竹鳴,秋聲颯颯;五陵松黯,寒色淒淒。）

叢菊兩開他日泪,孤舟一繫故園心。(XXXI.1.)

　（叢菊兩開,他日之泪未乾;孤舟一繫,故園之心彌切。）

20.21　這些并不一定都是省去謂語;譯爲散文的話未必都很確切。但至少也該認爲句子的某一重要部分已被省略了。這如果是在

散文裏出現，簡直不成話；但它們在詩句裏是被容許的，甚至顯得是詩的特殊格調。

20.22　我們不該把「春浪櫂聲急」和「大漠孤烟直」認爲同類，因爲後者是以「大漠」修飾「孤烟」（大漠的孤烟），前者不是以「春浪」修飾「櫂聲」。又不該把「微風韵可聽」和「秋蟲聲不去」相提并論，因爲後者的意思是「秋蟲的聲」，而前者不是「微風的韵」。（祇是風吹柟樹所生的韵，因爲題目是高柟）。又不該把「江閣嫌津柳」和「烟塵犯雪嶺」相比，或把「勳業頻看鏡」和「巢由不見堯」相比，或把「池水觀爲政」和「山月照彈琴」相比，因爲後者的前二字是後三字的主語，前者的前二字并非後三字的主語。又不該把「泉聲咽危石」和「鳥影度寒塘」相比，因爲後者的「寒塘」是「度」的目的語，前者的「危石」并非「咽」的目的語。總之，後一類是簡單句，前一類是複雜句。後一類是散文裏所常見的句子，前一類是散文裏所罕見的句子。

20.23　（九）可能式的省略。就是省去「能」字。例如：

杏壇住僻雖宜病，芸閣官微不救貧。（白居易春中與盧四。）
　　（芸閣官微，不能救貧。）
多年柏巖住，不記柏巖名。（周賀柏岩禪師。）
　　（尚不能記憶柏巖之名。）

20.24　（十）平行語的省略。例如：

雖然長按曲，不飲不曾聽。（李郭少年行。）
　　（不曾飲，不曾聽。）
心知洛下閑才子，不作詩魔即酒顛。（劉禹錫春日書懷。）
　　（不作詩魔，即作酒顛。）
上吞巴蜀控瀟湘，怒似連山静鏡光。（杜牧西江懷古。）
　　（上吞巴蜀，下控瀟湘；怒似連山，静似鏡光。）
莫厭瀟湘少人處，水多菰米岸莓苔。（杜牧早雁。）
　　（水多菰米，岸多莓苔。）

平行語的省略，在西文頗爲常見，在漢語散文裏則甚爲罕見。詩句因爲字屬奇數，造成平行語頗爲不便，所以利用省略法。

20.25　(十一) 歇後。隱去語末的一個字(或幾個字)，叫做歇後。例如：

耳聞英主提三尺，眼見愚民盜一抔。(唐彥謙長陵。)

(提三尺劍，盜一抔土。)

歇後語非但在散文裏罕見，在詩句裏也非常罕見，應該認爲偶然的例外，不宜模仿。

4.　譬　喻　法

20.26　散文裏的譬喻，往往用「如」「似」一類的字；在詩句裏，它們常被隱去。例如：

粉片妝梅朶，金絲刷柳條。(白居易新春江次。)

(梅朶似粉片妝成，柳條如金絲刷就。)

鴨頭新綠水，雁齒小紅橋。(同上。)

(新綠水似鴨頭；小紅橋如雁齒。)

山茗粉含鷹觜嫩，海榴紅綻錦窠勻。(元稹早春登龍山。)

(山茗之芽，有如鷹觜，海榴之朶，宛若錦窠。)

山名天竺堆青黛，湖號錢塘瀉綠油。(白居易答客問杭州。)

(天竺如堆青黛，錢塘如瀉綠油。)

酒徒漂落風前燕，詩社飄零霜後桐。(蘇舜欽滄浪懷貫之。)

(酒徒漂落，有如風前之燕，詩社飄零，恰似霜後之桐。)

就位置上說，譬喻可分爲三類：第一類是前置式，例如上面的「粉片」，「金絲」，「鴨頭」，「雁齒」；第二類是中置式，例如上面的「鷹觜」，「錦窠」；第三類是後置式，例如上面的「風前燕」，「霜後桐」。

5.　關　係　語

20.27　散文裏也有關係語，但往往限於帶方位詞的方位語，如

「江上」,「山中」之類,或少數時間語,如「今日」「明年」之類。詩句中的關係語的範圍較廣,非但一切表示方位或時間的名詞語都可用爲關係語,甚至不表示方位或時間的名詞語也可用來表示種種關係(例如方式,因果等)。又非但名詞語可爲關係語,甚至謂語形式和句子形式也可以有此用途。

20.28　在散文裏,關係語本來就可以憑空地插入句子裏,并不需要什麼介詞。至於詩句裏,就更完全不用介詞了。除省略「於」字的句式已經歸入省略法之外,這裏把那些和「於」字完全無關的關係語叙述如下。

(一)用名詞語爲關係語。例如:

路衢惟見哭,城市不聞歌。(15.1.b1.)

樹綠天津道,山明伊水陽。(18.2.a2.)

朝下人曾看,香街意氣歸。(李廓少年行。)

羽翼懷商老,文思憶帝堯。(82.1.a.)

客情投異縣,詩態憶吾曹。(82.1.c.)

白髮煩多酒,明星憶此筵。(82.1.d.)

煙塵多戰鼓,風浪少行舟。(82.1.e.)

秋風散千騎,寒雨泊孤舟。(82.1.f.)

白骨新交戰,雲臺舊拓邊。(82.2.b.)

　　　(從「羽翼」一例至此,亦可認爲關係謂語形式或關係句子形式的省略。)

曉漏追趨青瑣闥,晴窗檢點白雲篇。(XII.)

詞賦擅名來已久,烟霄得路去何遲!(白居易和談校書。)

獨憑朱檻立凌晨,山色初明水色新。(白居易庾樓曉望。)

秋含磣杅搗斜陽,笛引西風顥氣涼。(沈彬秋日。)

關西木落夜霜凝,烏帽閑尋紫閣僧。(李郢長安夜訪。)

畫圖省識春風面,環珮空歸月夜魂。(XII.3.)

春風自信牙檣動,遲日徐看錦纜牽。(XXIV.1.)

春水船如天上坐,老年花似霧中看。(XXIII.)

思霑道暍黃梅雨,敢望宮恩玉井冰!(XXVI.)

瀟湘瘴霧加餐飯,艷澦驚波穩泊舟。(白居易得行簡書。)

（從「畫圖」一例至此,亦可認爲關係謂語形式或關係句
子形式的省略。）

（二）用句子形式爲關係語。例如:

盤飧市遠無兼味,樽酒家貧只舊醅。(III. 16.)

以上各例,有表示處所的關係者,如「路衢」,「天津道」,「雲臺」,
「晴窗」,「煙霄」,等等;有表示時令的關係者,如「秋風」,「曉漏」,「凌
晨」,「斜陽」,等等;有表示方式者,如「意氣」,「烏帽」,「畫圖」,「環珮」,
等等;有表因果者,如「白髮」,「煙塵」,「春風」,「春水」,「瀟湘瘴霧」,
「市遠」,等等;有關係不便歸類者,如「羽翼」,「客情」,「白骨」,「宮恩」,
等等。這些結構都是散文裏所罕見的。

6. 判斷句和描寫句

20.29　這裏所要叙述的判斷句和描寫句,祇是和散文不同的
那些形式。詩裏的判斷句頗不多見。描寫句雖然很多,但如「野寺
殘僧少」之類,既和散文的語法完全相同,就不是這裏所要叙述
的了。

（一）判斷句。例如:

書生鄒魯客,才子洛陽人。(92. 1. a.)
（書生乃鄒魯之客,才子乃洛陽之人。）
功名畫地餅,歲月下江船。(周孚元日懷陳道人。)
（功名,畫地之餅也;歲月,下江之船也。譬喻法。）

散文裏的判斷句,多數用「也」字煞尾,偶然用「乃」「是」等字置於
主語和判斷語之間。至於不用「也」字,而又不用「乃」「是」等字者,則
頗爲罕見;但是詩裏的判斷句却以此爲常規。這也是詩與散文相異
之點。

（二）描寫句。例如：

關塞三千里，烟花一萬重（90.1.a1.）
鳥道一千里，猿聲十二時。（90.1.a2.）
鄉園碧雲外，兄弟渌江頭。（91.1.b.）
岷嶺南蠻北，徐關東海西。（91.1.i.）
故鄉門巷荆棘底，中原君臣豺虎邊。（XXXII.3.）
風月萬家河兩岸，笙歌一曲郡西樓。（白居易城上夜宴。）

前兩例應認爲描寫句，毫無疑義，因爲主語後面是一種極度形容語，也就等於一個形容詞的用途。其餘四例很像省略了一個動詞，而所省略的動詞很容易令人猜想是一個「在」字，於是它們很像叙述句。但是，它們所要説的并不是一種行爲或事件，而是一種情況，所以仍舊應該認爲描寫句。

7. 遞 繫 式

20.30 遞繫式乃是一種特殊的形式（參看拙著中國現代語法第十四節），大約在唐代方纔普遍應用，而首先出現於詩句裏。例如：

鶴巢松樹遍，人訪蓽門稀。（31.1.a.）
（「鶴巢松樹」和「人訪蓽門」是句子形式，而「遍」和「稀」又是「巢松樹」和「訪蓽門」的形容語，猶言「巢得遍」，「訪得稀」。）
蜀星陰見少，江雨夜聞多。（33.1.a.）
（見得少，聞得多。）
有猿揮泪盡，無犬附書頻。（46.1.a.）
（揮泪揮到盡，附書附得頻，都是遞繫式。「有猿」和「無犬」與遞繫的結構無關。）
飄零爲客久，貧病羡君還。（54.1.a.）
（出句是以謂語爲主語，對句是以目的語爲主語，二者雖同屬遞繫式，而微有不同。）

石室無人到，繩床見虎眠。（76.1.a.）

（這種遞繫式似乎來源較古。）

已應春得細，頗覺寄來遲。（79.1.a.）

（這種遞繫式產生最晚，和現代遞繫式正同。「寄來遲」等於「寄得遲」。）

8. 使　成　式

20.31　使成式也是新興的形式（參看拙著中國現代語法第十一節），大約導源於漢代，到唐代才普遍應用，而且一般祇用於詩句裏。它的來源似乎是下列這些形式：

大風吹地轉，高浪蹴天浮。（31.2.a2.）

（大風把地吹轉了，高浪把天蹴浮了。）

石角鈎衣破。（31.2.a3.）

（石角把衣鈎破了。）

樓雲籠樹小。（31.2.a3.）

（樓雲把樹籠小了。）

像下面的一種形式也可能是來源之一：

松風吹解帶。（76.1.a.）

（松風把帶吹解了。）

但是，真正像現代的使成式還是那些以「來」「去」「出」等字為補語者。例如：

轉來深澗滿，分出小池平。（44.）

幸不折來傷歲暮，若為看去亂鄉愁。（XX.）

至於以形容詞或別的動詞為補語者，在盛唐以前頗為罕見，祇有杜甫的「香稻啄餘鸚鵡粒，碧梧棲老鳳皇枝」可以認為使成式。晚唐以後，

使成式漸漸多見。例如：

> 却羨浮雲與飛鳥，因風吹去又吹還。（李頻春日思歸。）
> 惟將道業爲芳餌，釣得高名直到今。（方干題嚴子陵詞。）
> 肌膚銷盡雪霜色，羅綺點成苔蘚斑。（嚴鄖望夫石。）
> 庭鑠荒蕪獨夜吟，西風吹動故山心。（薛能秋夜旅懷。）
> 趁朝雞喚起，殘夢馬馱行。（王禹偁五更睡。）

9. 處　置　式

20.32　處置式比使成式更爲後起。中唐以前，似乎没有出現過。直至晚唐，如李群玉的「未把彩毫還郭璞」，方干的「應把清風遺子孫」等句，才是真正的處置式。參看拙著中國語法理論第十二節。

第二十一節　近體詩的語法（中）

10. 被　動　式

21.1　意義上的被動，是自古就有了的。詩句因爲字數的限制，動詞下面往往不能帶目的語，於是不及物動詞特別多用，而意義上的被動詞也因爲用不着目的語跟在後面，所以往往和不及物動詞成爲對仗。例如：

> 城上胡笳奏，山邊漢節歸。（14.1.b.）
> 竹杖交頭拄，柴扉隔徑開。（69.1.a1.）

有時候也和形容詞成爲對仗，例如：

> 司隸章初覩，南陽氣始新。（2.1.c.）
> 金錯囊從罄，銀壺酒易賒。（2.1.a1.）

甚至於和及物動詞的主動式成爲對仗，被動詞後面加上方位語或主事

者，就能和主動詞的目的語的位置相當了。例如：

> 青錢買野竹，白幘岸江皋。（5.1.g.）
> 　　（對句若譯爲主動式，當是：「岸白幘於江皋」。）
> 可憐衝雨客，來訪阻風人。（白居易風雨中尋李十一。）
> 　　（對句的意思是：「來訪爲風所阻之人」。）

自然，也有被動詞和被動詞相爲對仗的例子：

> 絛鐮光堪摘，軒楹勢可呼。（2.1.b.）
> 茅屋還堪賦，桃源自可尋。（10.1.a.）
> 杜酒偏勞勸，張梨不外求。（10.1.b.）

但是，在某一些形式裏，到底是被動式，還是主動式的倒置，就頗難辨別了：

> 方朔金門召，班姬赤輦迎。（16.2.a.）
> 　　（既可認爲「方朔被召於金門，班姬被迎以赤輦」，又可認
> 　　爲「於金門召方朔，以赤輦迎班姬」。）
> 門看五柳識，年算六身知。（59.1.b.）
> 　　（既可認爲「門因看五柳而被識，年因算六身而被知」，又
> 　　可認爲「因看五柳而識門，因算六身而知年」。）

21.2　總之，這些都和新興的被動式在形式上相差很遠。新興的被動式是用「被」字表示的，完整的被動式始見於世說新語，唐詩中已經常常用它。例如：

> 拙被林泉滯，生逢酒賦欺。（杜甫夔府書懷。）
> 可憐妍艷正當時，剛被春風一夜吹。（方干惜花。）

11. 按 斷 式

21.3 （一）本句按斷。例如：

途窮那免哭?（38.6.b2.）
好武寧論命?（45.5.a.）

（二）雙句按斷。例如：

承恩不在貌,教妾若爲容?（杜荀鶴春宮怨。）
安得心源處處安,何勞終日望林巒?（元稹放言。）

（三）倒置的按斷式。例如：

何況歸山後,而今已似仙!（劉得仁訪曲江胡處士。）
（而今已似仙矣,何況歸山之後乎?）

12. 申 説 式

21.4 （一）本句申説。例如：

浦乾潮未應,堤濕凍初銷。（白居易新春江次。）
沙明連浦月,帆白滿船霜。（白居易夜泊旅望。）
酷憐風月爲多情。（張泌寄人。）
燕臺基壞穴龍蛇。（薛能送人歸上黨。）

（二）對句申説。例如：

春江不可渡,二月已風濤。（杜甫渡江。）
莫向黔中路,令人到欲迷。（李嘉祐送上官侍御。）
莫怪珂聲碎,春來五馬驕。（白居易新春江次。）
春歸定得意,花送到東中。（李嘉祐送張惟儉。）

楊公莫訝清無業,家有驪珠不復貧。(元稹贈嚴童子。)

13. 原　因　式

21.5　(一)本句因果。例如:

　　草枯鷹眼疾,雪盡馬蹄輕。(37.1.a.)
　　日落江湖白,潮來天地青。(37.2.b.)
　　計拙無衣食,途窮仗友生。(38.1.b.)
　　雨洗娟娟淨,風吹細細香。(38.4.a.)
　　菱蔓弱難定,楊花輕易飛。(35.1.a1.)
　　風憐宿露攢芳久,燕得新泥拂戶忙。(元稹清都春霽。)
　　看盡好花春臥穩,醉殘紅日夜吟多。(譚用之山中春曉。)

(二)雙句因果。例如:

　　相思不可見,嘆息損朱顏。(李白寄從弟宣州長史昭。)
　　皇家不易將,此去未應還。(李嘉祐送韋侍御湖南幕府。)
　　漢水楚客千萬里,天涯此別恨無窮。(劉長卿送李錄事兄。)
　　謝傅知憐景氣新,許尋高寺望江春。(元稹早春登龍山。)

14. 時　間　修　飾

21.6　(一)本句的時間修飾。例如:

　　興罷各分袂。(李白廣陵贈別。)
　　未別已霑裳。(李嘉祐九日送人。)
　　欲歸春森森,未去草萋萋。(43.2.a.)
　　武陵花謝憶諸郎。(元稹清都春霽。)
　　十年流落賦歸鴻。(譚用之感懷示所知。)
　　星未沒河先報曉,柳猶粘雪便迎春。(嚴鄖賦百舌鳥。)

（二）出句的時間修飾。例如：

思歸未可得，書此謝情人。（<u>李白送郗昂謫巴中</u>。）
<u>魯</u>連功夫報，且莫蹈<u>滄洲</u>。（<u>王維送崔三赴密州</u>。）

（三）對句的時間修飾（即倒置）。例如：

狎客淪亡<u>麗華</u>死，他年<u>江</u>令獨來時。（<u>王渙惆悵詩</u>。）

15. 条　件　式

21.7　（一）本句條件。例如：

安得心源處處安。（<u>元積放言</u>。）

（二）出句條件。例如：

欲知除老病，唯有學長生。（<u>王維秋夜獨坐</u>。）
不向<u>新安</u>去，那知江路長？（<u>劉長卿送康判官往新安</u>。）
如逢<u>渭川</u>獵，猶可帝王師。（<u>李白贈錢微君少陽</u>。）
若道平分四時氣，南枝爲底發春偏？（<u>劉長卿歲日見新曆</u>。）
君王若問妾顏色，莫道不如宮裏時。（<u>白居易王昭君</u>。）

16. 容許式（又稱讓步式）

21.8　（一）本句的容許。例如：

國破山河在。（37.2.a.）
雲雨雖亡日月新。（<u>鄭畋馬嵬坡</u>。）

（二）出句的容許。例如：

天下兵雖滿，春光日自濃。（<u>杜甫傷春</u>。）

杏壇住僻雖宜病，芸閣官微不救貧。（白居易春中與盧四。）
鳳皇詔下雖霑命，鸚鵡才高却累身。（紀唐夫贈溫庭筠。）
柳陌雖愁風嫋嫋，葱河猶自雪漫漫。（章碣春別。）

21.9　以上自按斷式至此，除意義的節奏上稍有差異外，其餘大致和散文的語法相同。但是，倒置的按斷式和倒置的時間修飾却是散文裏所没有的；這因爲受了韵脚的拘束，所以不得不倒置。

17.　句子轉成名詞語

21.10　在散文裏，寧可没有主語，不能没有謂語；詩句裏却常常没有謂語，只一個名詞仂語便當作一句的用途。但是，有些名詞仂語在表面上雖不像句子，其實是把整個謂語倒裝在主語的前面。玆分類舉例如下。

（一）前二字爲謂語形式。例如：

閒詩驚渚客，獻賦鳳樓人。（85.1.a.）
　　（等於説：「鳳樓人獻賦，驚渚客閒詩」。）
經心石鏡月，到面雪山風。（85.1.a.）
　　（等於説：「雪山風到面，石鏡月經心」。）
挾轂雙官騎，應門五尺僮。（85.1.c.）
　　（等於説：「雙官騎挾轂，五尺僮應門」。）
無名江上草，隨意嶺頭雲。（85.1.d.）
　　（等於説：「嶺頭雲隨意，江上草無名」。）

（二）前二字爲動詞語。例如：

相逢故國人。（86.1.a.）
　　（等於説：「故國人相逢」。）

（三）前二字爲連緜字或叠字描寫語。例如：

欻翕炎蒸景，飄颻征戍人。（89.2.a.）

　　（等於説：「炎蒸景欻翕，征戍人飄飆」。）

牢落新燒棧，蒼茫舊築壇。（89.3.）

　　（等於説：「新燒棧牢落，舊築壇蒼茫」。）

寥寥丘中想，渺渺湖上心。（89.4.）

　　（等於説：「湖上心渺渺，丘中想寥寥」。）

疎疎籬落娟娟月，寂寂軒窗淡淡風。（張道洽詠梅。）

　　（等於説：「軒窗寂寂風淡淡，籬落疎疎月娟娟」。）

急急能鳴雁，輕輕不下鷗。（97.4.）

　　（等於説：「能鳴雁急急，不下鷗輕輕」。）

　　這末一類在詩歌裏來源甚古，詩經裏既有「喓喓草蟲，趯趯阜螽」一類的句子，古詩十九首裏也有「迢迢牽牛星，皎皎河漢女」一類的句子。但散文裏這種句子仍然是不用的。

18. 名　詞　語

21.11　這裏所叙述的才是真正的名詞語[註三十]。大致可以分爲三類，玆舉例并説明如下。

21.12　（一）表示時地的名詞語。例如：

江水長流地，山雲薄暮時。（96.1.b.）
風塵逢我地，江漢哭君時。（96.2.b.）
姹女臨波日，神光照夜年。（96.1.c.）
朝野歡娛後，乾坤震蕩中。（96.1.a.）
失寵故姬歸院夜，沒蕃老將上樓時。（白居易中秋月。）
天上玉書傳詔夜，陣前金甲受降時。（李郢上裴相公。）

　　這種結構，除去了末字，倒反變了一個句子（有主語的或省略主語的）。其實除去了末字并不怎樣損及詩意，有時候祇是湊够五個字或七個字，或湊成韵脚的緣故。關於「時」「中」等字的湊韵，參看下節。

21.13　（二）普通名詞語。例如：

辯士安邊策,元戎決勝威。（97.1.）

秋日新霑影,寒江舊落聲。（97.3.）

<u>渭</u>北春天樹,江東日暮雲。（97.8.）

今日潘懷縣,同時<u>陸</u>浚儀。（97.9.）

<u>晉</u>室丹陽尹,公孫白帝城。（97.11.）

細草微風岸,危檣獨夜舟。（97.12.）

十歲佩觿嬌穉子,八行飛札老成人。（<u>元稹</u>贈嚴童子。）

這種結構,有<u>些</u>可認爲衹有主語,有<u>些</u>可認爲衹有目的語,有<u>些</u>可認爲衹有表語（判斷句的謂語,「是」字除外）,要看咱們怎樣翻譯詩意而定。譬如第四例可譯爲「諸賓客都是今日的<u>潘岳</u>,同時的<u>陸雲</u>」。餘仿此。

21.14 （三）近似描寫句的名詞語。例如：

能畫<u>毛延壽</u>,投壺<u>郭舍人</u>。（85.2.）

　　（能畫的人都像<u>毛延壽</u>,投壺的人都像<u>郭舍人</u>。）

愛酒<u>晉山簡</u>,能詩<u>何水曹</u>。（85.2.）

　　（他們都像愛酒的<u>山簡</u>,能詩的<u>何遜</u>。）

清新<u>庾開府</u>,俊逸<u>鮑參軍</u>。（89.1.）

　　（詩的清新像<u>庾信</u>,俊逸像<u>鮑照</u>。）

喪亂<u>秦</u>公子,悲凉<u>楚</u>大夫。（89.1.）

　　（遭逢喪亂,似<u>秦</u>公子;際遇悲凉,似<u>楚</u>大夫。）

八年身世夢,一種水風聲。（97.5.）

　　（身世之夢共已八年,水風之聲仍只一種。）

數杯<u>巫峽</u>酒,百丈<u>内江</u>船。（97.6.）

　　（<u>内江</u>之船百丈,<u>巫峽</u>之酒數杯。）

<u>㭆</u>前磨鏡客,樹下灌園人。（97.2.）

山中一夜雨,樹杪百重泉。（97.7.b.）

北斗三更席,西江萬里船。（97.7.a.）

白花簷外朵,青柳檻前梢。（97.9.）

寒潤渡頭芳草色,新梅嶺外鷓鴣聲。（<u>李郢</u>送劉客。）

前六例頗像第十七類(句子形式轉成名詞語)，後五例頗像第三類的第五項(略「有」字)。因爲不盡相同，所以又歸入這裏。至少，它們在形式上仍可認爲名詞語。

19.　其他的特殊語法

21.15　其他的特殊語法，頗不容易歸類；現在姑且依照第十七十八十九三節的編號，分別加以討論。

(31)這一類裏頗有些謂語形式是帶副詞性，用來表示方式的，并不都是遞繫式或使成式；但因爲它們和遞繫式或使成式相爲對仗，就把它們歸入同一類裏。例如：

> 寒蟲臨砌默，清吹裊燈頻。(31.2.a1.)
>> (寒蟲臨砌而默，是方式修飾；清吹裊燈裊得頻，是遞繫式。)
> 石角鈎衣破，藤枝剌眼新。(31.2.a3.)
>> (石角把衣鈎破了，是使成式；藤枝剌眼而新，是方式修飾。)
> 樓雲籠樹小，湖日落船明。(31.2.a3.)
>> (樓雲把樹籠小了，是使成式；湖日落船而明，是方式修飾。)
> 舟楫欹斜疾，魚龍偃臥高。(31.2.c.)
>> (舟楫欹斜而疾，是方式修飾；魚龍偃臥得高，是遞繫式。「微微向日薄，脉脉去人遥」也是方式修飾和遞繫式相爲對仗。)

也有出句和對句都是方式修飾的，例如：

> 隨風隔幔小，帶雨傍林微。(34.)
>> (隨風隔幔而小，帶雨傍林而微。)

也有使成式和遞繫式相爲對仗的，例如：

樓雪融城濕,宮雲去殿低。(31. 2. a3.)
（樓雪把城弄濕了,是使成式;宮雲離殿很近,是遞
緊式。）

此外,還有一種近於時間修飾而又近於原因式的句子:

紅入桃花嫩,青歸柳葉新。(31. 1. b.)
（紅入桃花而桃花嫩,青歸柳葉而柳葉新。）

又有一種近於積累式的句子:

遲迴度隴怯,浩蕩入關愁。(32. 3. a.)
（遲迴度隴而怯,浩蕩入關而愁。）

(38.8)這類的「客病留因藥,春深買爲花」,是一種很奇特的結構,
「客病」是「留」的原因,「春深」是「買」的時節;「因藥」,「爲花」,又都表
示原因。

(69)這一類多數是方式修飾。像「江水帶冰綠,桃花隨雨飛」一類
的句子,和散文的句子都差不多。祇有三個形式是頗特別的:

白雲迴望合,青靄入看無。(69. 1. b2.)
（「望」和「看」,以動詞作名詞用,散文中頗爲罕見。）
清切兼秋遠,威儀對月閑。(69. 2.)
（「清切」以平行形容詞作主語,散文中亦頗罕見。）
色因林向背,行逐地高卑。(69. 3.)
（這和散文的語法較爲近似,祇是節奏不同,又「高卑」以
平行形容詞作動詞用,亦頗特別。這兩句話可以有另一
種解釋:「色因林之向背,行逐地之高卑」,這樣就變爲簡
單句了。）

(70)這一類多數是方式修飾,例如「牆帶城烏去,江連暮雨愁」;但

也有時間修飾和處所修飾,例如「露從今夜白,月是故鄉明」。這些都是散文語法裏所有的。(祇有「是故鄉」的「是」字很特別。)祇有下面的一個結構顯得特別:

　　聽臨關月苦,清入海風微。(70.2.)

「聽」是動詞,「清」是形容詞,都作爲主語,這是散文裏所罕見的。

　　(75)這一類的「藥餌憎加減,門庭悶掃除」,也是很特別的。本來,「藥餌加減」和「門庭掃除」并不怎樣特別,它們祇是倒裝法(「加減藥餌」,「掃除門庭」);特別的是中間插入一個表示精神行爲的動詞。

　　(76)這一類裏有三種不同的結構:「松風吹解帶」是使成式,上文叙述過了。「山月照彈琴」是以謂語形式爲目的語。下面兩例則是以動詞作副詞用:

　　岸花飛送客,檣燕語留人。
　　羽人飛奏樂,天女跪焚香。

這却是散文中所有的,不過散文在這種地方往往加一個「而」字,例如「羽人飛而奏樂,天女跪而焚香」。

　　(87)這一類的「敏捷詩千首,飄零酒一杯」,因爲省略的話太多了些,所以顯得特別。這兩句的大意是:「因爲敏捷,所以吟詩千首;因爲飄零,所以飲酒一杯」。

　　(88)這一類的「衰邁久風塵」,似乎「久」字甚奇,其實它是形容詞當動詞用,是「久於風塵」或「久歷風塵」的意思。

　　(XXVII.3.)這一類的「清江錦石傷心麗,嫩蕊濃花滿目斑」,「傷心」和「滿目」都是一種方式修飾。試以「錦石傷心麗」對「藤枝刺眼新」,就可見它們的結構是一樣的。

20. 詩中的虛字

21.16　這裏所謂虛字,專指某一些疑問詞、副詞及語氣詞而言。有些疑問詞(或反詰詞)祇見於近體詩裏,古體詩及古代散文裏非常罕

見。例如：

> 寧戚飯牛成底事？陸通歌鳳亦無端！（元稹放言。）
> 見説白楊堪作柱，爭教紅粉不成灰？（白居易燕子樓。）
> 衰疾那能久？應無見汝時！（杜甫遣興。）
> 君歸與訪移家處，若箇峰頭最較幽？（張籍胡山人歸王屋。）
> 承恩不在貌，教妾若爲容？（杜荀鶴春宮怨。）

有些副詞或副詞語也是到了近體詩裏才出現的，例如：

> 不分桃花紅勝錦，生憎柳絮白於緜。（杜甫送路六侍御
> 入朝。）
> 自領閑司了無事，得來君處喜相留。（張籍贈王秘書。）
> 却看妻子愁何在？漫卷詩書喜欲狂！（杜甫聞官軍收河南
> 河北。）
> 白頭搔更短，渾欲不勝簪。（杜甫春望。）
> 耐可機心息，其如羽檄何！（劉長卿赴宜州。）
> 可能三徑草，歸路老更迷！（葉夢得懷西山。）
> 强欲從君無那老，將因卧病解朝衣。（王維酬郭給事。）
> 遮莫江頭柳色遮，日濃鸂睡一枝斜。（鄭谷曲江紅杏。）
> 經過自愛惜，取次莫論兵。（杜甫送元二適江左。）
> 他年待掛衣冠後，乘興扁舟取次居。（王十朋題湖邊莊。）

21.17　這些疑問詞和副詞大約都是當時的口語，詩人拿來放進詩句裏去的。此外，有些副詞雖是散文裏所常見的，但是近體詩裏的用法又頗有不同。譬如程度修飾副詞「太」「最」之類，在散文裏祇能用於描寫句（多數放在形容詞的前面）。像下面兩個例子如果在散文裏應該是費解的：

> 知君苦思緣詩瘦，太向交遊萬事慵。（杜甫暮登四安寺
> 鐘樓。）

雲路何人見高志？最看西面赤闌前。（殷堯藩和趙相公。）

21.18　又有一些副詞因爲押韻的關係，放在句末，後面不能再有所修飾。這是散文的語法裏所不容許的。在詩句裏，祇有少數字如「曾」「皆」「僉」之類可以這樣特別通融，大約因爲它們所屬的韻是窄韻或險韻的緣故。例如：

幽尋得此地，詎有一人曾？（王維韋給事山居。）
（詎有一人曾幽尋得此地耶？）
竦足良甘分，排衙苦未曾。（元稹紀懷贈李六。）
（所苦者未曾排衙耳。）
進律朝章舊，疏恩物議僉。（王安石送鄆州知府宋諫議。）
（物議僉同。）

21.19　至於語氣詞，大致都和散文相同，但詩句中儘量少用。比較起來，「哉」字最爲常見，「乎」「歟」「耶」「也」「矣」等字最爲罕見。例如：

客意長東北，齊州安在哉？（杜甫送舍弟頻。）
因君振嘉藻，江楚氣雄哉！（孟浩然與張折衝游耆闍寺。）
強策駑駘懷故國，浮雲千里思悠哉！（賀鑄海陵西樓寓目。）
光華揚盛矣，霄漢在茲乎！（高適真定即事。）
借問白頭翁，垂綸幾年也？（王昌齡題灞池。）
（末一例是從古體仄韻絕句中摘出的。）

21. 十字句和十四字句

21.20　五言詩以五個字爲一句，七言詩以七個字爲一句，這祇是就節奏上説，同時也是一般的説法。但是，如果從語法的觀點上看，普通所謂一句有時候可以包含着兩個或三個句子形式（參看上文第十七節和十九節）；反過來説，普通所謂兩句在語法上祇能認爲一句。這後一種情形就構成了這裏所謂十字句和十四字句。

　　這裏我們撇開復合句不談。一則因爲復合句如按斷式，申説式，時間修飾，條件式，容許式等，上文已經談過了；二則因爲復合句中的兩部分各自頗富於獨立性，如果没有「如」「若」「雖」等字，幾乎和兩個獨立的句子没有分別了。現在所分析的祇是簡單句，包孕句和遞繫式及特殊的申説式。

　　（1）出句爲主語，對句爲謂語。例如：

　　　　征西舊旌節，從此向河源。（王維送岐州源長史歸。）
　　　　風流與才思，俱似晉時人。（李嘉祐送杜士瞻楚州覲省。）
　　　　少睡多愁客，中宵起望鄉。（白居易夜泊旅望。）
　　　　與余同病者，對此合傷神。（唐彥謙上巳寄韓公。）
　　　　客亭門外柳，折盡向南枝。（張籍薊北旅思。）
　　　　（最後一例係被動式。）

　　（2）出句爲目的語，對句爲缺乏目的語的謂語形式或句子形式。例如：

　　　　春山數畝地，歸去帶經鋤。（劉長卿送張判官罷使東歸。）
　　　　從來疎懶性，應祇有僧知。（張籍晚秋閑居。）
　　　　吳娘暮雨蕭蕭曲，自別江南更不聞。（白居易寄殷協律。）

　　（3）出句爲時間語或方位語，對句爲其所修飾的謂語形式或句子形式。例如：

　　　　向晚青山下，誰家祭水神？（張籍江南春。）
　　　　明日重陽節，無人上古城。（張籍送遠客。）
　　　　嚴子千年後，何人釣舊灘？（劉長卿送顧長。）
　　　　千里滄波上，孤舟不可尋。（劉長卿送行軍張司馬。）
　　　　祈門官罷後，負笈向桃源。（李嘉祐送韋邕少府歸鐘山。）
　　　　秋日平原路，蟲鳴桑葉飛。（李嘉祐送從弟歸河朔。）
　　　　故園今夜裏，應念未歸人。（白居易客中守歲。）

悠悠滄海畔，十載避黃巾。（<u>白居易</u>江樓望歸。）

鄉里親情相見日，一時携酒賀高堂。（<u>張籍</u>送李餘及第。）

昨日<u>韓</u>家後園裏，看花猶似未分明。（<u>張籍</u>患眼。）

<u>燕子樓</u>中霜月夜，秋來只爲爲一人長。（<u>白居易燕子樓</u>。）

三百年來<u>庾樓</u>上，曾經多少望鄉人？（<u>白居易庾樓</u>曉望。）

(4) 出句前二字爲副詞語，後三字爲方式修飾，對句爲其所修飾的謂語形式。例如：

方將與農圃，藝植老丘園。（<u>王維</u>寄荆州張丞相。）

(5) 出句前一字爲副詞，後四字爲方式修飾。例如：

獨將湖上月，相送去還歸。（<u>劉長卿</u>南湖送徐二十七。）

猶將亂流影，來此傍簷楹。（<u>李嘉祐</u>詠螢。）

更向<u>桑乾</u>北，擒生問磧名。（<u>張籍</u>漁陽將。）

(6) 出句前二字爲動詞語，其餘八字或十二字爲其目的語。例如：

不知<u>楊伯起</u>，早晚向<u>關西</u>。（<u>李白</u>口號贈徵君鴻。）

遙知用兵處，多在<u>八公山</u>。（<u>劉長卿</u>奉陪使君西庭。）

應憐釣臺石，閒却爲浮名。（<u>劉長卿</u>送嚴維尉諸暨。）

可憐<u>絳縣劉明府</u>，猶解頻頻寄遠書。（<u>張籍</u>答劉明府。）

始知爲客苦，不及在家貧。（<u>白居易</u>客中守歲。）

（這是所謂「流水對」。參看上文第十五節。）

所嗟水路無三百，官繫何因得再遊！（<u>白居易</u>答客問杭州。）

（所嗟者不是水路無三百，而是官繫何因得再遊。）

(7) 出句前一字爲動詞，其餘九字或十三字爲其目的語。例如：

知君喜初服，祇愛此身閑。（劉長卿送薛承矩秩滿北遊。）

知君日清靜，無事掩重關。（李嘉祐送陸士倫宰義興。）

(8) 出句前二字爲副詞語，後三字或五字爲主語，對句爲謂語。例如：

從此辭鄉淚，雙垂不復收。（李嘉祐登秦嶺。）

從來天竺法，到此幾人傳？（張籍律僧。）

明年塞北諸蕃落，應建生祠請立碑。（張籍送裴相公赴鎮
　太原。）

(9) 出句前二字爲副詞語，後三字爲方位語。例如：

豈堪滄海畔，爲客十年來！（劉長卿早春。）

(10) 出句前二字爲動詞語，後三字或五字爲方位語或時間語，對句爲目的語。例如：

遙知向前路，擲果定盈車。（李白送族弟凝之滁求婚崔氏。）

想見函關路，行人去亦稀。（劉長卿送友人西上。）

借問迴心後，賢愚去幾何？（劉長卿贈普門上人。）

誰知二十餘年後，來作客曹相替人！（張籍贈主客劉郎中。）

(11) 十字或十四字的遞繫式。例如：

須令外國使，知飲月氏頭。（王維送平澹然判官。）

莫使滄浪叟，長歌笑爾容。（劉長卿洞庭驛逢郴州使。）

能使南人敬，修持香火緣。（李嘉祐送弘志上人歸湖州。）

　（能使南人敬而修持香火緣。）

自有東籬菊，年年解作花。（劉長卿過湖南羊處士別業。）

唯有郡齋窗裏岫，朝朝空對謝玄暉。（劉長卿送劉使君赴袁州。）

（前三例爲一類，後二例爲一類。）

（12）申説式的被申説部分祇有兩個字，其餘八字或十二字爲申説部分。例如：

> 羨爾無拘束，沙鷗獨不猜。（劉長卿喜李翰自越至。）
> 羨君青瑣裏，并冕入爐烟。（李嘉祐元日無衣冠入朝。）

（13）寄語。例如：

> 爲報陶明府：「裁書莫厭貧」。（李嘉祐贈衛南長官赴任。）
> 爲問征行將：「誰封定遠侯？」（張籍送遠使。）
> 借問炎州客：「天南幾日行？」（張籍送蠻客。）
> 君見漁船時借問：「前洲幾路入烟花？」（劉長卿上巳日越中與鮑侍郎泛舟耶溪。）
> 爲問元戎竇車騎：「何時返旆勒燕然？」（劉長卿賦得。）
> 更向同來詩客道：「明年到此莫過時！」（張籍唐昌觀看花。）
> 漢使却回憑寄語：「黃金何日贖蛾眉？」（白居易王昭君。）
> 歸來笑問諸從事：「占得閒行有幾人？」（元稹早春登龍山。）
> 「昔年舊宅今誰住？」君過西塘與問人。（張籍寄陸暢。）
> （末一例爲倒裝句。）

22. 湊　　韵

21.21　湊韵，就是因爲押韵困難，勉强把某字湊成一個韵脚，而這字在詩的意義上是多餘的，并非必要的。湊韵爲詩家的大忌，所以名家的詩裏很少湊韵的情形。但是，有幾個字在詩句中的用法往往近似於湊韵，就是表示方位的「中」字和表示時間的「時」字，「初」字等。盛唐時代，這幾個字湊韵的情形還頗罕見，例如：

> 律變滄江外，年加白髮中。（劉長卿歲日作。）
> 綠竹放侵行逕裏，青山常對卷簾時。（李嘉祐赴南中留別。）

　　　　　正月喧鶯末,兹晨放鷁初。(杜甫將別巫峽。)
　　　　　　(兹晨初放鷁,可解。)

但是,像下面的幾個例子,已經令人覺得「時」字和「初」字是多餘的了:

　　　　　峽中爲客恨,江上憶君時。(杜甫寄杜位。)
　　　　　行到水窮處,坐看雲起時。(王維終南別業。)
　　　　　林深留客處,荷净納涼時。(杜甫陪諸貴公。)
　　　　　試待盤渦歇,方期解纜初。(杜甫寄李十四員外布。)
　　　　　南征爲客久,西候別君初。(杜甫秋日荆南送石首薛明府。)

及至中晚唐以後,「中」「時」「初」等字更往往近似多餘,這已經成爲詩中的習慣法,雖名家亦所不免。兹分別舉例如下。

　　(1)「中」字。——「中」字用於動詞之後,似乎表示此種動作發生於某物之中。但這種語法是散文所不容許的。取銷了「中」字,詩意不變。例如:

　　　　　分憂餘刃又從公,白羽胡床嘯詠中。(劉禹錫酬竇員外。)
　　　　　滄波獨步亦無惊,聊上危臺四望中。(蘇舜欽滄浪懷貫之。)

　　(2)「時」字。——有些「時」字儘可以取銷,而詩意不變。例如:

　　　　　蟬噪芳意盡,鴈來愁望時。(劉禹錫秋日書懷。)
　　　　　廢苑杏花在,行人愁對時。(張籍古苑杏花。)
　　　　　曉色荒城下,相看秋草時。(張籍裹國別友。)
　　　　　峽裏聞猿叫,山頭見月時。(張籍送友生遊峽中。)

　　(3)「初」字。——韵脚的「初」字,往往祇當「時」字講,而且有時近似多餘。例如:

　　　　　翔鸞闕下謝恩初,通籍由來在石渠。(劉禹錫蒙恩轉儀

曹郎。）

漢家丞相重徵後，梁苑仁風一變初。（劉禹錫令狐相公
　　見示。）

況憶同懷者，寒庭月上初。（張籍寒食夜寄姚侍郎。）

太極垂裳日，中原偃革初。（楊億奉詔修書述懷感事。）

畦稻霜成後，宮橙露飽初。（宋祁九日侍宴太清殿。）

麟臺高柳識凋興，共記中興幸省初。（呂祖謙賀車駕幸秘
　　書省。）

23.　倒　　字

21.22　詩裏的倒字，也是因爲遷就韵脚或遷就平仄的緣故。
例如：

時難年荒世業空，弟兄羇旅各西東。（白居易自河南經亂。）
　　（「弟兄」，照習慣當作「兄弟」，因遷就平仄而倒置；「西
　　東」，照習慣當作「東西」，因遷就韵脚而倒置。）

孤城縱目盡南東，山轉溪回翠萬重。（彭汝礪城上。）

徒勞望牛斗，無計劚龍泉。（杜甫所思。）
　　（「牛斗」，照習慣當作「斗牛」，因遷就平仄而倒置。）

他鄉唯表弟，還往莫辭遙。（杜甫王十五司馬弟出郭相訪。）
　　（「還往」，照習慣當作「往還」，因遷就平仄而倒置。）

清宵陪讌話，美景從遊遨。（白居易寄獻北都留守裴令公。）
　　（「遊遨」，照習慣當作「遨遊」，因遷就韵脚而倒置。）

南館星郎東道主，搖鞭休問路行難。（王初送王秀才。）
　　（「行路難」本是成語，倒說爲「路行難」以遷就平仄。）

21.23　依漢語的習慣，形容詞必須放在它所修飾的名詞的前面；
但是，在詩句裏，爲了遷就平仄或韵脚，偶然可以移到後面。例如：

欲獻文狂簡，徒煩思鬱陶。（白居易寄獻北都留守裴令公。）
　　（原意是「欲獻狂簡之文，徒煩鬱陶之思」，爲了韵脚和平

仄的關係而倒置。）

盤燒天竺春筍肥，琴倚洞庭秋石瘦。（陸龜蒙丁隱君歌。）

（原意是「⋯肥春筍⋯瘦秋石」，爲了押韵的關係而倒置。
此歌本係古風，因聲律格調俱似今體，故附於此。）

附註：

【註三十】　杜甫更題詩：『群公蒼玉珮，天子翠雲裘。』仇兆鰲杜詩
詳註引黃生曰：『五六句中不同虛字，謂之實裝句。』力按，所謂虛
字，指動詞；所謂實字，指名詞。實裝句是說句中祇有名詞性詞
組，沒有動詞，也就是本書所謂名詞語。

第二十二節　近體詩的語法（下）

22.1　本節裏專講近體詩的一種避忌，就是避字。避字可分爲三
類：第一是避重韵；第二是避重字，第三是避題字。現在分別叙述
於下。

22.2　（甲）避重韵。——在同一首詩當中，韵脚的字不能重復，
不然就犯了重韵的毛病。無論古體和近體，重韵總是應該避免的；因
此，重韵的詩非常罕見。但是，如果一個字有兩種意義，就可以當作兩
個字看待，雖同在一篇裏用於兩個韵脚，也不算爲犯重韵。這種情形
也祇見於排律，因爲排律的字多，同字的韵脚距離既遠，就更令人沒有
犯重韵的感覺；排律需用韵字不少，這樣通融，也可以稍稍補救韵字的
匱乏。例如：

寄獻北都留守裴令公　　　　白居易

⋯紫微留北闕，綠野寄東皋。忽憶前時會，多慚下客叨。

清宵陪讌話，美景從遊遨。花月還同賞，琴書雅自操。

朱絃拂宮徵，洪筆振風騷。近竹開方丈，依林架桔槔。

春池八九曲，畫舫兩三艘。徑滑苔粘履，潭深水没篙。

綠絲縈岸柳，紅粉映樓桃。爲穆先陳醴，招劉共藉糟。

舞鬟金翡翠，歌頸玉蟠蟠。盛德終難退，明時豈易遭？

公雖慕張範,帝未舍伊皋。…

（「東皋」的「皋」是「水邊地」的意思,「伊皋」的「皋」是人名(指皋陶),不同義。）

　　　　春　　　　　　　　　　　　　元　積

…藥漑分窠數,籬栽備幼沖。種莎憐見菜,護筍冀成筒。

有夢多爲蝶,因搜定作熊。漂沈隨壞芥,榮茂委蒼穹。

震動風千變,晴和鶴一沖。丁寧搴芳侶,須識未開叢。

（「鶴一沖」的「沖」即「沖天」的「沖」,亦作「翀」,和「幼沖」的「沖」不同義。原文「幼沖」的「沖」寫作「沖」,左邊只有兩點,其實「沖」是「沖」的俗字。但兩字雖同形,也不算爲犯重韵。）

22.3　（乙）避重字。——所謂重字,是指一首詩裏有重復的字[註三十一]。但是,除了叠字當然重復之外,還有兩種重字的情形是不必避免的:

a. 一句之中不避重字。例如:

聞道高陽會,愚公谷正愚。（王維過崔駙馬山池。）

亂後誰歸得? 他鄉勝故鄉!（杜甫得舍弟消息。）

夢歸歸未得,不用楚辭招。（杜甫歸夢。）

東望望春春可憐,更逢晴日柳含烟。（蘇頲奉和春日幸望春宮。）

浣花流水水西頭,主人爲卜林塘幽。（杜甫卜居。）

今年游寓獨游秦,愁思看春不當春。（杜審言春日京中有懷。）

爲人性僻躭佳句,語不驚人死不休!（杜甫江上值水如海勢。）

偶向東湖更向東,數聲雞犬翠微中。（劉威遊東湖黃處士園林。）

二月已破三月來,漸老逢春能幾回?（杜甫絶句漫興。）

這種情形,如果出現於律詩的中兩聯,或雖非中兩聯而用對仗者,就變

爲重字的對仗。例如：

> 欲問義心義，遙知空病空。（王維夏日過青龍寺。）
> 芳草復芳草，斷腸還斷腸。（杜牧池州春送前進士蒯希逸。）
> 一閣見一郡，亂流仍亂山。（薛能題開元寺閣。）
> 南京久客耕南畝，北望傷神坐北窗。（杜甫進艇。）
> 即從巴峽穿巫峽，便下襄陽向洛陽。（杜甫聞官軍收河南
> 　河北。）
> 桃花細逐楊花落，黃鳥時兼白鳥飛。（杜甫曲江對酒。）
> 行樂及時時已晚，對酒當歌歌不成。（杜牧招李郢。）
> 　　（注意：重字句必須與重字句相對，否則不成對仗。）

b. 首聯或尾聯的出句和對句可用重字，以示鈎連。例如：
　I. 出句末字和對句首字相鈎連。

> 故人南郡去，去索作碑錢。（杜甫聞斛斯六官未歸。）
> 清商欲盡奏，奏若血霑衣。（杜甫秋笛。）
> 樂遊原上望，望盡帝都春。（劉得仁樂遊原春望。）
> 夜入楚家烟，烟中人未眠。（項斯夜泊淮陰。）

　　22.4　試比較「夢歸歸未得」與「故人南郡去，去索作碑錢」，又試
比較「東望望春春可憐」與「樂遊原上望，望盡帝都春」。又試比較「浣
花流水水西頭」與「夜入楚家烟，烟中人未眠」，就會覺得這種雙句的重
字是那種單句的重字的延長。後代有一種近似遊戲的詩，專用連環
句，叫做連珠詩，又稱連環體。例如一共四首詩，第一首的末句和第二
首的首句相重，第二首的末句和第三首的首句相重，第三首的末句和
第四首的首句相重，第四首的末句又和第一首的首句相重。那種重句
法也可以說是從這種重字法來的。
　　II. 出句中有一二字和對句的一二字相同，但并不接連。

> 五湖千萬里，況復五湖西！（王維送張五諲歸宣城。）

劉郎已恨蓬山遠，更隔蓬山一萬重。（李商隱無題。）

22.5　這也可以認爲單句重字的延長；試把「他鄉勝故鄉」或「偶向東湖更向東」和這兩個例子相比較，就可以悟出這個道理。

22.6　由此看來，所謂避重字祇限於兩種情形：（一）在律詩的中兩聯裏，出句的字不宜和對句的字相重；（二）凡不同聯的字，儘量避免相重。關於第一種情形，我們在上文第十五節的末段已經談過了；現在祇談第二種情形。

22.7　大致説來，詩人是頗注意避重字的；例如杜甫的詩裏，重字的情形就很少。（當然是指不同聯的字而言。）現在祇能舉出杜詩中的一個例子：

　　　　曲　江
一片花飛減却春，
風飄萬點正愁人。
且看欲盡花經眼，莫厭傷多酒入脣。
江上小堂巢翡翠，苑邊高冢卧麒麟。
細推物理須行樂，何用浮名絆此身？
　　　（首聯出句的「花」字和頷聯出句的「花」字相重。頸聯對
　　　句「苑邊」，或本作「花邊」，則又重一字。）

22.8　但是，有些詩人却不留心這個；例如王維的詩集中，就有不少重字的地方：

　　　　寄荆州張丞相
所思竟何在？悵望深荆門。
舉世無相識，終身思舊恩。
方將與農圃，藝植老丘園。
目盡南飛鴈，何由寄一言！
　　　　早　朝
柳暗百花明，春深五鳳城。

城烏晬睨曉，宮井轆轤聲。
方朔金門召，班姬赤輦迎。
仍聞遣方士，東海訪蓬瀛。

送丘爲落第歸山東

憐君不得意，況復柳條春！
爲客黃金盡，還家白髮新。
五湖三畝宅，萬里一歸人。
知爾不能薦，羞稱獻納臣。

送崔九興宗遊蜀

送君從此去，轉覺故人稀。
徒御猶迴首，田園方掩扉。
出門當旅食，中路授寒衣。
江漢風流地，遊人何歲歸？

送梓州李使君

萬壑樹參天，
千山響杜鵑。
山中一夜雨，樹杪百重泉。
漢女輸橦布，巴人訟芋田。
文翁翻教授，不敢倚先賢。

遊李山人所居因題屋壁

世上皆如夢，狂來止自歌。
問年松柏老，有地竹林多。
藥倩韓康賣，門容尚子過。
翻嫌枕席上，無那白雲何。

登裴秀才迪小臺

端居不出戶，滿目望雲山。
落日鳥邊下，秋原人外閒。
遙知遠林際，不見此簷間。
好客多乘月，應門莫上關。

重酬苑郎中

何幸含香奉至尊！

多慚未報主人恩。
草木盡能酬雨露，榮枯安敢問乾坤？
仙郎有意憐同舍，丞相無私斷掃門。
揚子解嘲徒自遣，馮唐已老復何論？

　出　塞
居延城外獵天驕，
白草連山野火燒。
暮雲空磧時驅馬，秋日平原好射雕。
護羌校尉朝乘障，破虜將軍夜渡遼。
玉靶角弓珠勒馬，漢家將賜霍嫖姚。

　　　（頷聯出句的「馬」字和尾聯出句的「馬」字相重。頸聯對
　　　句「將軍」的「將」，和尾聯「將賜」的「將」不同義，不必認
　　　爲相重。）

　早秋山中作
無才不敢累明時，
思向東谿守故籬。
豈厭尚平婚嫁早，却嫌陶令去官遲。
草間蛩響臨秋急，山裏蟬聲薄暮悲。
寂寞柴門人不到，空林獨與白雲期。

　聽百舌鳥
上蘭門外草萋萋，
未央宮中花裏栖。
亦有相隨過御苑，不知若箇向金堤。
入春解作千般語，拂曙能先百鳥啼。
萬户千門應覺曉，建章何必聽鳴雞？

22.9　由此看來，重字的避免，至多祇能説是一種技巧，不能説是一種規律。但是，律詩的中兩聯因爲對仗的緣故，限制較嚴，却是不能重字。這就是説，在頷聯和頸聯的二十個字當中，除了疊字之外，不得重字。下面所舉王維的一首詩，因爲頷聯不用對仗，可認爲例外：

喜祖三至留宿
門前洛陽客,下馬拂征衣。
不枉故人駕,平生多掩扉。
行人返深巷,積雪帶餘暉。
早歲同袍者,高車何處歸?

22.10　依照不同義就不算重韵的道理,同形不同義的字也不能認爲重字。例如:

送宇文三赴河西　　　　　　　　王　維
橫吹雜繁笳,
邊風捲塞沙。
還聞田司馬,更逐李輕車。
蒲類成秦地,莎車屬漢家。
當令犬戎國,朝聘學昆邪。
　　(「輕車」,普通名詞語;「莎車」,國名。)
除架　　　　　　　　　　　　杜　甫
束薪已零落,瓠葉轉蕭疎。
幸結白花了,寧辭青蔓除。
秋蟲聲不去,暮雀意何如?
寒事今牢落,人生亦有初。
　　(「零落」,同義字;「牢落」,連緜字。)

22.11　排律因爲字數多,更不容易避重字。杜甫在律詩中雖儘量避重字,他在排律裏却隨便得多了。例如上韋左相二十韵裏兩用「此」字,兩用「才」字;贈特進汝陽王二十韵裏兩用「不」字,兩用「天」字。可見排律裏是不必避同字的。

22.12　(丙)避題字。——未談避題字之前,我們先談一談詩的題目。古詩也像先秦古文一般地沒有題目,詩經固然不必説了,就是古詩十九首,也仍舊沒有題目。杜甫也偶然有些沒有題目的詩,但是并不讓題目從闕,而是把詩中的頭兩個字當作題目,例如宿昔,能畫,

歷歷,提封等。又如絕句,偶題等,有題也等於無題。索性以無題爲題者,始於李商隱。但李商隱的碧城錦瑟等篇,拈篇首二字爲題,也和杜甫的宿昔能畫是一樣的。

22.13 詩既可以無題,應該談不到避題字。但是,避題字的風氣却起於後代的詠物詩。所謂詠物詩,是偶拈一物或一事爲題,既非懷人,亦非即事。這種作品在盛唐以前就有了的,例如杜甫有雨、月、雲、雷諸詠。然而當時并沒有避題字的風氣,反是喜歡在首聯或頷聯就點題,例如杜甫的詠雨詩:

  雨四首
    其　一
  微雨不滑道,斷雲疎復行。
  紫崖奔處黑,白鳥去邊明。
  秋日新霑影,寒江舊落聲。
  柴扉臨野碓,半得擣香秔。
    其　二
  江雨舊無時,
  天晴忽散絲。
  暮秋霑物冷,今日過雲遲。
  上馬回休出,看鷗坐不辭。
  高軒當灩澦,潤色静書帷。
    其　三
  物色歲將晏,天隅人未歸。
  朔風鳴淅淅,寒雨下霏霏。
  多病久加飯,衰容新授衣。
  時危覺凋喪,故舊短書稀。
    其　四
  楚雨石苔滋,
  京華消息遲。
  山寒青兕叫,江晚白鷗饑。
  神女花鈿落,鮫人織杼悲。

繁憂不自整,終日灑如絲。

晨　雨

小雨晨光內,初來葉上聞。
霧交纔灑地,風逆旋隨雲。
暫起柴荊色,輕霑鳥獸群。
麝香山一半,亭午未全分。

夜　雨

小雨夜復密,迴風吹早秋。
野涼侵閉戶,江滿帶維舟。
通籍恨多病,為郎忝薄遊。
天寒出巫峽,醉別仲宣樓。

22. 14　但是,杜甫也有少數的詠物詩是不包含着題目字的,例如:

八月十五夜月二首

其　一

滿目飛明鏡,歸心折大刀。
轉蓬行地遠,攀桂仰天高。
水路疑霜雪,林棲見羽毛。
此時瞻白兔,直欲數秋毫。

其　二

稍下巫山峽,猶銜白帝城。
氣沈全浦暗,輪仄半樓明。
刁斗皆催曉,蟾蜍且自清。
張弓倚殘魄,不獨漢家營。

十六夜翫月

舊把金波爽,皆傳玉露秋。
關山隨地闊,河漢近人流。
谷口樵歸唱,孤城笛起愁。
巴童渾不寢,半夜有行舟。

22.15　不包含題字的詠物詩,在<u>盛唐</u>還有一些。例如:

七　夕　　　　　　　　　　　祖　詠

閨女求天女,更闌意未闌。
玉庭開粉席,羅袖捧金盤。
向月穿鍼易,臨風整線難。
不知誰得巧,明旦試相看。

詠　螢　　　　　　　　　　　李嘉祐

映水光難定,陵虛體自輕。
夜風吹不滅,秋露洗猶明。
向燭仍分焰,投書更有情。
猶將流亂影,來此傍簷楹。

22.16　比較起來,<u>杜甫</u>那幾首還不算純粹的詠物詩,因為其中有他個人的身世在內,譬如「灩澦」,「楚雨」,「巫峽」「白帝」「巴童」等字樣,都指的不是普通的「雨」和「月」,而是<u>杜甫</u>所見的雨和月,這樣仍是「即事」,不是純然詠物。至於像<u>祖詠</u>和<u>李嘉祐</u>這兩首,才是真正的詠物詩。真正的詠物詩就以避題字為原則。這在<u>盛唐</u>以前也許是無意識的,但是,到了<u>中晚唐</u>以後,就成為一種習慣法了。<u>中晚唐</u>以後,詠物詩也漸漸成為風尚,做的人也漸漸多了。例如:

中秋月　　　　　　　　　　　白居易

萬里清光不可思,
添愁益恨繞天涯。
誰人隴外久征戍? 何處庭前新別離?
失寵故姬歸院夜,沒蕃老將上樓時。
照他幾許人腸斷? 玉兔銀蟾遠不知!

薔　薇　　　　　　　　　　　朱慶餘

四面垂條密,浮陰入夏清。
綠攢傷手刺,紅墮斷腸英。
粉着蟲鬚膩,光凝蝶翅明。

雨中看亦好,況復值初晴!

　　詠　風　　　　　　　　　　　　張　祜

搖搖歌扇舉,悄悄舞衣輕。

引笛秋臨塞,吹沙夜繞城。

向峰迴雁影,出峽送猿聲。

何似琴中奏,依依別帶情。

　　月　　　　　　　　　　　　李商隱

池上與橋邊,

難忘復可憐。

簾開最明夜,簟卷已涼天。

流處水花急,吐時雲葉鮮。

姮娥無粉黛,只是逞嬋娟。

　　蝶　　　　　　　　　　　　李商隱

飛來繡戶陰,

穿過畫樓深。

重傅秦臺粉,輕塗漢殿金。

相兼唯柳絮,所得是花心。

可要凌孤客,邀為子夜吟。

　　牡　丹　　　　　　　　　　李商隱

錦幃初卷衛夫人,

繡被猶堆越鄂君。

垂手亂翻雕玉案,招腰爭舞鬱金裙。

石家蠟燭何曾翦? 荀令香爐可待熏?

我是夢中傳彩筆,欲書花葉寄朝雲。

　　泪　　　　　　　　　　　　李商隱

永巷長年怨綺羅,

離情終日思風波。

湘江竹上痕無限,峴首碑前灑幾多?

人去紫臺秋入塞,兵殘楚帳夜聞歌。

朝來灞水橋邊問,未抵青袍送玉珂。

芙　蓉　　　　　　　　　　　温庭筠

刺莖澹蕩綠，花片參差紅。

吳歌秋水冷，湘廟夜雲空。

濃豔香露裏，美人清鏡中。

南樓未歸客，一夕練塘東。

詠　雁　　　　　　　　　　　李　遠

早晚辭沙漠，南來處處飛。

關山多雨雪，風水損毛衣。

碧海魂應斷，紅樓信自稀。

不知矰繳外，留得幾行歸？

牡　丹　　　　　　　　　　　韓琮

桃時杏日不爭濃，

葉帳陰成始放紅。

曉艷遠分金掌露，暮香深惹玉堂風。

名移蘭杜千年後，貴擅笙歌百醉中。

如夢如仙忽零落，暮霞何處綠屏空。

　　（「暮香」「暮霞」不避重字。）

雨　　　　　　　　　　　　　韓琮

陰雲拂地散絲輕，

長得爲霖濟物名。

夜浦漲歸天塹闊，春風灑入御溝平。

軒車幾處歸頻溼？羅綺何人去欲驚？

不及流他荷葉上，似珠無數轉分明。

霞　　　　　　　　　　　　　韓琮

應是行雲未擬歸，

變成春態媚晴暉。

深如綺色斜分閣，碎似花光散滿衣。

天際欲銷重慘澹，鏡中閑照正依稀。

曉來何處低臨水，無限鴛鴦妒不飛。

和友人鴛鴦之什三首　　　　　崔　珏

其　一

翠鬛紅衣舞夕暉，
水禽情似此禽稀。
暫分烟島猶回首，只渡寒塘亦并飛。
映霧乍迷珠殿瓦，逐梭齊上玉人機。
採蓮無限蘭橈女，笑指中流羨爾歸。

其　二

寂寂春塘烟晚時，
兩心和影共依依。
溪頭日暖眠沙穩，渡口風寒浴浪稀。
翡翠莫誇饒彩飾，鸂鶒須羨好毛衣。
蘭深芷密無人見，相逐相呼何處歸？

其　三

舞鶴翔鸞俱別離，
可憐生死兩相隨！
紅絲毳落眠汀處，白雪花成蹙浪時。
琴上只聞交頸語，窗前空展共飛詩。
何如相見長相對，肯羨人間多所思？

七　夕　　　　　　　　　劉　威

烏鵲橋成上界通，
千秋靈會此宵同。
雲收喜氣星樓曉，香拂輕塵玉殿空。
翠輦不行青草路，金鑾徒候白榆風。
綵盤花閣無窮意，只在遊絲一縷中。

鷓鴣　　　　　　　　　鄭　谷

暖戲烟蕪錦翼齊，
品流應得近山雞。
雨昏青草湖邊過，花落黃陵廟裏啼。
遊子乍聞征袖濕，佳人纔唱翠眉低。
相呼相應湘江上，苦竹叢深春日西。

螢　　　　　　　　　　　　陸龜蒙

肖翹雖振羽，戚促盡疑冰。
風助流還急，煙遮點暫凝。
不須輕列宿，纔可擬孤燈。
莫倚隋家事，曾煩下詔徵。

蟬　　　　　　　　　　　　陸龜蒙

祇應風作使，全仗柳為都。
一腹清何甚！雙翎薄更無！
伴貂金置影，映雀畫成圖。
恐是千年恨，偏令落日呼。

薔薇　　　　　　　　　　　陸龜蒙

倚墻當戶自橫陳，
致得貧家似不貧。
外布芳菲雖笑日，中含芒刺欲傷人。
清香往往生遙吹，狂蔓看看及四鄰。
遇有客來堪玩處，一端晴綺照烟新。

七夕　　　　　　　　　　　羅　隱

絡角星河菡萏天，
一家歡笑設紅筵。
應傾謝女珠璣篋，盡寫檀郎錦繡篇。
香帳簇成排窈窕，金鍼穿罷拜嬋娟。
銅壺漏報天將曉，惆悵佳期又一年。

柳　　　　　　　　　　　　羅　隱

灞岸晴來送別頻，
相偎相倚不勝春。
自家飛絮猶無定，爭把長條絆得人？

蜂　　　　　　　　　　　　羅　隱

不論平地與山尖，
無限風光盡被占。
采得百花成蜜後，為誰辛苦為誰甜？

牡　丹　　　　　　　　　　　羅　鄴

落盡春紅始着花，

花時比屋事豪奢。

買栽池館恐無地，看到子孫能幾家？

門倚長衢攢繡轙，幄籠輕日護香霞。

歌鐘滿座爭歡賞，肯信流年鬢有華？

鴛　鴦　　　　　　　　　　　羅　鄴

江間碧霽淨烟波，

錦翅雙飛去又過。

一種鳥憐名字好，都緣人恨別離多。

暖依牛渚汀莎媚，夕宿龍池禁漏和。

相對若教秦女見，便須攜向鳳皇窠。

燈　　　　　　　　　　　　　穆　修

杳杳有時當永恨，依依何處照閑眠？

靜臨客枕愁寒雨，遠逐魚篷耿暝烟。

纖影乍欹還自立，冷花時結不成圓。

銷魂猶憶江樓夜，曾對離觴賦短篇。

雨　　　　　　　　　　　　　陸　游

映空初作繭絲微，

掠地俄成箭鏃飛。

紙帳光遲饒曉夢，銅爐香潤覆春衣。

池魚鱍鱍隨溝出，梁燕翩翩接翅歸。

惟有落花吹不去，數枝紅溼自相依。

22.17　這種詠物詩差不多等於謎語，題目是謎底，詩是謎面。事實上，做得「切題」的詠物詩，也確能令人單憑詩的内容猜出題目來。以古人爲題的詠古詩，也往往採用這種避題字的方式。有一種文人游戲叫做「詩鐘」，其中有一種「分詠格」，是祇有對仗的兩句，每句各詠一物或一事，須注意不得犯題。這也是由詠物詩演化而來的。

附註：

【註三十一】　近體詩中，最好不用重字（叠字不在此例）。這就是說，不但對仗不用同字，一篇之內，用字也不要重復。仇兆鰲杜詩詳註引胡應麟曰：「右丞早朝詩五用『宮室』字，出塞詩兩用『馬』字，郴州詩六用地名字，雖其詩神骨冷然，絕出烟火，要不免冗雜。高岑即無此等，而氣韵自遠。兼斯二者，獨見杜陵。然百七十首中，利鈍雜陳，正變互出，後來讀者亦須知分別也。」

第二章 古 體 詩

第二十三節 古風每句的字數

23.1 古體詩又叫做「古風」。自從唐代近體詩產生之後,詩人們仍舊不放棄古代的形式,有些詩篇並不依照近體詩的平仄,對仗和語法,却模仿古人那種較少拘束的詩。於是律絕和古風成爲對立的兩種詩體。「古風」雖是模仿古詩的東西,然而從各方面看來,唐宋以後的「古風」畢竟大多數不能和六朝以前的古詩相比,因爲詩人們受近體詩的影響既深,做起古風來,總不免潛意識地摻雜着多少近體詩的平仄,對仗,或語法;恰像現在許多文人受語體文的影響既深,勉强做起文言文來,至多也祇能得一個「形似」。在本書裏,我們先談近體詩,後談古體詩,就因爲唐宋以後的古體詩確曾受近體詩的影響,非先徹底了解近體詩就沒法子了解「古風」的緣故。

23.2 本節先談古風每句的字數。我們談字數論句不論篇,因爲古風每篇的字數是沒有一定的;若以每句的字數而論,則古風可分爲七種:(一)四言;(二)五言;(三)七言;(四)五七雜言;(五)三七雜言;(六)三五七雜言;(七)錯綜雜言。茲分述如下。

23.3 (一)四言——四言的古風可認爲模仿詩經而作。文選裏陸機諸人也有四言詩,可見四言詩一向沒有斷絕過。但是,它在唐人的古體詩中却是非常罕見的。現在祇舉王維、柳宗元各一篇爲例:

酬諸公見過　　　　　　　　　　　　王　維
嗟予未喪,哀此孤生。屏居藍田,薄地躬耕。
歲宴輸稅,以奉粢盛。晨往東皋,草露未稀。

　　　暮看烟火,負擔來歸。我聞有客,足埽荊扉。
　　　簞食伊何? 驅瓜抓棗。仰廁群賢,皤然一老。
　　　媿無芫菁,班荊席藁。汎汎登陂,折彼荷花。
　　　靜觀素鮪,俯映白沙。山鳥群飛,日隱輕霞。
　　　登車上馬,倏忽雲散。雀噪荒村,鷄鳴空館。
　　　還復幽獨,重欷累嘆。

　　奉平淮夷雅表　　　　　　　　　柳宗元
　　皇武十有一章(録二)
　　　皇耆其武,于潝于淮。既巾乃車,環蔡具來。狡衆昏囂,
　　　甚毒于醒。狂奔叫呶,以干大刑。
　　　皇咨于度,惟汝一德。曠誅四紀,其後汝克。錫汝斧鉞,
　　　其往視師。師是蔡人,以宥以釐。

23.4　(二)五言——五言的古風可認爲正統的古體詩,因爲古詩十九首是五言,六朝的詩大多數也是五言。現在只舉李白的古風一首爲例:

　　　大雅久不作,吾衰竟誰陳? 王風委蔓草,戰國多荊榛。
　　　龍虎相啖食,兵戈逮狂秦。正聲何微茫! 哀怨起騷人。
　　　揚馬激頹波,開流蕩無垠。廢興雖萬變,憲章亦已淪。
　　　自從建安來,綺麗不足珍。聖代復元吉,垂衣貴清真。
　　　群才屬休明,乘運共躍鱗。文質相炳煥,衆星羅秋旻。
　　　我志在刪述,垂輝映千春。希聖如有立,絕筆於獲麟。

23.5　(三)七言——七言古詩起源頗晚(參看上文導言),而唐宋七言古風的格律又多從近體七言詩演變而來(參看下文第三十一、三十二兩節)。李杜的七言古風較爲近似古詩的格律,現在各舉一例如下:

　　江上吟　　　　　　　　　　　李　白
　　　木蘭之枻沙棠舟,玉簫金管坐兩頭。美酒尊中置千斛,

載妓隨波任去留。仙人有待乘黃鶴，海客無心隨白鷗。
屈平詞賦懸日月，楚王臺榭空山丘。興酣落筆搖五岳，
詩成笑傲凌滄洲。功名富貴若長在，漢水亦應西北流！

　　　　錦樹行　　　　　　　　　　　　　杜　甫
今日苦短昨日休，歲云暮矣增離憂。霜凋碧樹待錦樹，
萬壑東逝無停留。荒戍之城石色古，東郭老人住青丘。
飛書白帝營斗粟，琴瑟几杖柴門幽。青草萋萋盡枯死，
天馬跂足隨駑牛。自古聖賢多薄命，奸雄惡少皆封侯。
故國三年一消息，終南渭水寒悠悠。五陵豪貴反顛倒，
鄉里小兒狐白裘。生男墮地要膂力，一生富貴傾邦國。
莫愁父母少黃金，天下風塵兒亦得。

七言古風句首加「君不見」三字作冒頭，可認爲一種變體。例如：

　　　　送王七尉松滋得陽臺雲　　　　　　孟浩然
君不見巫山神女作行雲，霏紅沓翠曉氛氳。嬋娟流入楚王
夢，倏忽還隨零雨分。空中飛去復飛來，朝朝暮暮下陽臺。
愁君此去爲仙尉，便逐行雲去不回。

　　　　驪山行　　　　　　　　　　　　　韋應物
君不見開元至化垂衣裳，厭坐明堂朝萬方。訪道靈山降聖
祖，沐浴華池集百祥。千乘萬騎被原野，雲霞草木相輝光。
禁仗圍山曉霜切，離宮積翠夜漏長。玉階寂歷朝無事，碧樹
菱蕤寒更芳。三清小鳥傳仙語，九華真人奉瓊漿。…

23.6　（四）五七雜言——五七雜言，七言中雜五言者較多，五言
中雜七言者較少。茲分別舉例如下。
（甲）七言中雜五言。

　　　　長相思　　　　　　　　　　　　　李　白
美人在時花滿堂，美人去後空餘牀。牀中繡被卷不寢，至今
三載猶聞香。香亦竟不滅，人亦竟不來。相思黃葉落，白露

點蒼苔。

自漢陽病酒歸寄王明府　　　　　　李　白

去歲左遷夜郎道，琉璃硯水長枯槁。今年敕放巫山陽，蛟龍筆翰生輝光。聖主還聽子虛賦，相如却與論文章。願掃鸚鵡洲，與君醉百場。嘯起白雲飛七澤，歌吟淥水動三湘。莫惜連船沽美酒，千金一擲買春芳。

節婦吟寄東平李司空師道　　　　　張　籍

君知妾有夫，贈妾雙明珠。感君纏綿意，繫在紅羅襦。妾家高樓連苑起，良人執戟明光裏。知君用心如日月，事夫誓擬同生死。還君明珠雙淚垂，何不相逢未嫁時？

行路難　　　　　　　　　　　　　張　籍

湘東行人長嘆息，十年離家歸未得。弊裘羸馬苦難行，僮僕饑寒少筋力。君不見床頭黃金盡，壯士無顏色。龍蟠泥中未有雲，不能生彼升天翼。

（這裏「君不見」三字是五言的冒頭。）

遙碧軒作呈使君少隱時欲赴召　　　陳與義

我本山中人，尺一喚起趨埃塵。君爲邊城守，作意邀山入窗牖。朝來爽氣如有期，送我憑軒一杯酒。丈夫已忍猿鶴羞，欲去且復斯須留。西峰木脫亂髮擁，東嶺煙破修眉浮。主人愛客山更好，醉裏一笑驚蠻州。丁寧雲雨莫作厄，明日青山當逐客。

（乙）五言中雜七言。

江夏行　　　　　　　　　　　　李　白

憶昔嬌小姿，春心亦自持。爲言嫁夫婿，得免長相思。誰知嫁商賈，令人却愁苦！自從爲夫妻，何曾在鄉土？去年下揚州，相送黃鶴樓。眼看帆去遠，心逐江水流。只言期一載，誰謂歷三秋！使妾腸欲斷，恨君情悠悠。東家西舍同時發，北去南來不逾月。未知行李遊何方，作簡音書能斷絕。適來往南浦，欲問西江船。正見當壚女，紅妝二八年。一種爲人妻，

獨自多悲淒。對鏡便垂淚,逢人只欲啼。不如輕薄兒,旦暮
長相隨。悔作商人婦,青春長別離。如今正好同懽樂,君去
容華誰得知!

望夫山   陳　造

亭亭碧山椒,依約凝黛立。何年蕩子婦,登年望行役?君
行斷音信,妾恨無終極。堅誠不磨滅,化作山上石。煙悲
復雲慘,髣髴見精魄。野花徒自好,江月爲誰白?亦知江
南與江北,紅樓無處無傾國。妾身爲石良不惜,君心爲石
那可得?

23.7　(五)三七雜言——三七雜言,乃是七言中稍雜三字句。
例如:

行行遊且獵篇   李　白

邊城兒,生年不讀一字書,但將遊獵誇輕趫。胡馬秋肥宜白
草,騎來躡影何矜驕!金鞭拂雪揮鳴鞘,半酣呼鷹出遠郊。
弓彎明月不虛發,雙鶬迸落連飛髇。海邊觀者皆辟易,猛氣
英風振沙磧。儒生不及遊俠人,白首下帷復何益!

長相思   李　白

長相思,在長安。絡緯秋啼金井闌。微霜淒淒簟色寒。孤燈
不明思欲絕,卷帷望月空長嘆。美人如花隔雲端。上有青冥
之長天,下有淥水之波瀾。天長路遠魂飛苦,夢魂不到關山
難。長相思,摧心肝。

前有一樽酒行(其一)   李　白

春風東來忽相過。金樽淥酒生微波。落花紛紛稍覺多。美
人欲醉朱顏酡。青軒桃李能幾何!流光欺人忽蹉跎。君起
舞,日西夕。當年意氣不肯平,白髮如絲嘆何益!

牧童詞   張　籍

遠牧牛,繞村四面禾黍稠。陂中饑烏啄牛背,令我不得戲壠
頭。入陂草多牛散行,白犢時向蘆中鳴。隔堤吹葉應同伴,
還鼓長鞭三四聲。牛牛食草莫相觸,官家截爾頭上角。

白鼉鳴　　　　　　　　　　　張籍

天欲雨,有東風。南溪白鼉鳴窟中。六月人家井無水,夜聞鼉聲人盡起。

山頭鹿　　　　　　　　　　　張籍

山頭鹿,角芟芟,尾促促。貧兒多租輸不足。夫死未葬兒在獄。早日熬熬蒸野岡,禾黍不收無獄糧。縣家唯憂少軍食,誰能令爾無死傷?

牧牛兒　　　　　　　　　　　張耒

牧牛兒,遠陂牧。遠陂牧牛芳草綠。兒怒掉鞭牛不觸。澗邊柳古南風清,麥深蔽目田野平。烏犍礪角逐草行。老悖臥噍饑不鳴。犢兒跳梁没草去,隔林應母時一聲。老翁念兒自携餉,出門先上崗頭望。日斜風雨濕簑衣,拍手唱歌尋伴歸。遠村牧牛風日薄,近村牧牛泥水惡。珠璣燕趙兒不知,兒生但知牛背樂。

五禽言(録三)　　　　　　　　周紫芝

雲瀼瀼,麥穗黃。婆餅欲焦新麥香。今年麥熟不敢嘗。斗量車載傾囷倉。化作三軍馬上糧。(婆餅焦。)

提壺蘆,樹頭勸酒聲相呼。勸人沽酒無處沽。太歲何年當在酉,敲門問漿還得酒。田中禾穗處處黃,甕頭新綠家家有。(提壺蘆。)

山花冥冥山欲雨,杜鵑聲酸客無語。客欲去,山邊賊營夜鳴鼓。誰言杜宇歸去樂?歸來處處無城郭。春日暖,春雲薄。飛來日落還未落。春山相呼亦不惡。(思歸樂。)

23.8 (六)三五七雜言──三五七雜言以七言為主,雜以五言和三言。自有五言詩以後,奇數字的句子大約被人認為更適合於詩的節奏,所以七言之中往往雜以五言和三言,而不大雜以六言或四言。例如:

白雲歌送劉十六歸山　　　　　李白

楚山秦山皆白雲,白雲處處長隨君。長隨君,君入楚山裏。

雲亦隨君渡湘水。湘水上，女蘿衣。白雲堪臥君早歸。

白毫子歌　　　　　　　　　　　李　白

淮南小山白毫子，乃在淮南小山裏。夜臥松下雲，朝餐石中髓。小山連緜向山開，碧峰巉巖綠水迴。余配白毫子，獨酌流霞杯。拂花弄琴坐青苔。綠蘿樹下春風來。南窗蕭颯松聲起，憑厓一聽清心耳。可得見，未得親。八公攜手五雲去，空餘桂樹愁殺人。

登高丘而望遠　　　　　　　　　　李　白

登高丘，望遠海。六鼇骨已霜，三山流安在？扶桑半摧折，白日沈光彩。銀臺金闕如夢中，秦皇漢武空相待。精衛費木石，黿鼉無所憑。君不見驪山茂陵盡灰滅，牧羊之子來攀登。盜賊劫寶玉，精靈竟何能！窮兵黷武今如此，鼎湖飛龍安可乘！

（中用「君不見」爲冒頭語。）

將進酒　　　　　　　　　　　　　李　白

君不見黃河之水天上來，奔流到海不復迴。君不見高堂明鏡悲白髮，朝如青絲暮成雪。人生得意須盡歡，莫使金樽空對月。天生我材必有用，千金散盡還復來。烹羊宰牛且爲樂，會須一飲三百盃。岑夫子，丹丘生，將進酒，君莫停。與君歌一曲，請君爲我側耳聽。鐘鼎玉帛豈足貴！但願長醉不願醒！古來聖賢皆寂寞，惟有飲者留其名。陳王昔時宴平樂，斗酒十千恣讙謔。主人何爲言少錢，徑須沽酒對君酌。五花馬，千金裘，呼兒將出換美酒，與爾同銷萬古愁。

（用兩個「君不見」爲冒頭語。）

飛龍引（其一）　　　　　　　　　李　白

黃帝鑄鼎於荊山，鍊丹砂。丹砂成黃金，騎龍飛上太清家。雲愁海思令人嗟。宮中綵女顏如花。飄然揮手凌紫霞。從風縱體登鸞車。登鸞車，侍軒轅。遨遊青天中，其樂不可言。

各東西　　　　　　　　　　　　　張　籍

遊人別，一東復一西。出門相背兩不返，惟信車輪與馬蹄。

道路悠悠不知處，山高海闊誰辛苦？遠遊不定難寄書，日日
空尋別時語。浮雲上天雨墜地，暫時會合終離異。我今與子
非一身，安得死生不相棄！

####　賦得北府酒　　　　　　　　　　謝　翱

北府酒，吹濕宮城柳。柳枝着地春垂垂，祇管人間新別離。
離情慾斷江水語，女兒連臂歌白紵。淮南神仙來酒坊，甲馬
獵獵羽林郎。百年風物烟塵蒼。老兵對月猶擧觴。青簾泪
濕女墻下，曾識行軍舊司馬。

23. 9　（七）錯綜雜言——所謂錯綜雜言，是指詩句的字數變化
無端，除了七言，五言或三言之外，還有四言或六言的句子，甚至有達
八九字以上者。錯綜雜言又可細分爲兩類，分說如下。

（甲）仍以三五七言爲主者。此類的格調仍與上面的五七雜言及
三五七雜言相近似。例如：

####　夏冰歌　　　　　　　　　　韋應物

出自玄泉杳杳之深井，汲在朱明赫赫之炎辰。九天含露未銷
鑠，閶闔初開賜貴人。碎如墜瓊方截璐，粉壁生寒象筵布。
玉壺紈扇亦玲瓏，座有麗人色俱素。咫尺炎涼變四時，出門
焦灼君詎知？肥羊甘醴心悶悶，飲此瑩然何所思？當念閶干
鑿者苦，臘月深井汗如雨。

####　飛龍引（其二）　　　　　　　李　白

鼎湖流水清且閒。軒轅去時有弓劍，古人傳道留其間。後宮
嬋娟多花顏，來鸞飛烟亦不遠。騎龍攀天造天關。造天關，
聞天語。長雲河車載玉女。載玉女，過紫皇。紫皇乃賜白兔
所擣之藥方。後天而老彫三光。下視瑤池見王母，蛾眉蕭颯
如秋霜。

####　北風行　　　　　　　　　　李　白

燭龍棲寒門，光曜猶旦開。日月照之何不及此？唯有北風號
怒天上來。燕山雪花大如席，片片吹落軒轅臺。幽州思婦十
二月，停歌笑罷雙蛾摧。倚門望行人，念君長城苦寒良可哀。

別時提劍救邊去，遺此虎紋金鞞靫。中有一雙白羽扇，蜘蛛
結網生塵埃。箭空在，人今戰死不復回。不忍見此物，焚之
已成灰。黃河捧土尚可塞，北風雨雪恨難裁。

入奏行贈西山檢察使竇侍御　　　杜　甫

竇侍御，驥之子，鳳之雛。年未三十忠義俱。骨鯁絕代無。
炯如一段清冰出萬壑，置在迎風寒露之玉壺。蔗漿歸廚金盌
凍，洗滌煩熱足以寧君軀。政用疏通合典則，戚聯豪貴躭文
儒。兵革未息人未蘇。天子亦念西南隅。吐蕃憑陵氣頗麤。
竇氏檢察應時須。運糧繩橋壯士喜，斬木火井窮猿呼。八州
刺史思一戰，三城守邊却可圖。此行入奏計未小，密奉聖旨
恩宜殊。繡衣春當霄漢立，綵服日向庭闈趨。…

茅屋爲秋風所破歌　　　杜　甫

八月秋高風怒號，卷我屋上三重茅。茅飛度江灑江郊。高者
挂罥長林梢；下者飄轉沈塘坳。南邨群童欺我老無力，忍能
對面爲盜賊。公然抱茅入竹去，脣焦口燥呼不得，歸來倚杖
自嘆息。俄頃風定雲墨色，秋天漠漠向昏黑。布衾多年冷似
鐵，驕兒惡臥踏裏裂。床頭屋漏無乾處，雨脚如麻未斷絕。
自經喪亂少睡眠，長夜霑濕何由徹！安得廣厦千萬間，大庇
天下寒士俱歡顏，風雨不動安如山！嗚呼！何時眼前突兀見
此屋？吾廬獨破受凍死亦足！

王維吳道子畫　　　蘇　軾

何處訪吳畫？普門與開元。開元有東塔，摩詰留手痕。吾觀
畫品中，莫如二子尊。道子實雄放，浩如海波翻。當其下手
風雨快，筆所未到氣已吞。亭亭雙林間，彩暈扶桑暾。中有
至人談寂滅，悲涕迷者手自捫。蠻君鬼伯千萬萬，相排競進
頭如黿。摩詰本詩老，佩芷襲芳蓀。今觀此壁畫，亦若其詩
清且敦。祇園弟子畫鶴骨，心如死灰不復溫。門前兩叢竹，
雪節貫霜根。交柯亂葉動無數。一一皆可尋其源。吳生雖
妙絕，猶以畫工論。摩詰得之於象外，有如仙翩謝籠樊。吾
觀二子皆神駿，又於維也斂衽無間言。

　（乙）四六八言頗多者。此類很有散文的氣息；如果不是用韻，有些部分簡直就是散文。假使改爲白話，簡直就像民國初年所謂「新詩」。例如：

　　　　上雲樂　　　　　　　　　　　李　白

金天之西，白日所没。康老胡雛，生彼月窟。嶷巖容儀，戌削風骨。碧王炅炅雙目瞳，黄金拳拳兩鬢紅。華蓋垂下睫，嵩嶽臨上脣。不覩詭譎貌，豈知造化神！大道是文康之嚴父，元氣乃文康之老親。撫頂弄盤古，推車轉天輪。云見日月初生時，鑄冶火精與水銀。陽烏未出谷，顧兔半藏身。女媧戲黄土，團作愚下人。散在六合間，濛濛若沙塵。生死了不盡，誰明此胡是仙真！西海栽若木，東溟植扶桑。別來幾多時？枝葉萬里長。中國有七聖，半路頹洪荒。陛下應運起，龍飛入咸陽。赤眉立盆子，白水興漢光。叱咤四海動，洪濤爲簸揚。舉足蹋紫微，天關自開張。老胡感至德，東來進仙倡。五色師子，九苞鳳皇。是老胡鷄犬，鳴舞飛帝鄉。淋漓颯沓，進退成行。能胡歌，獻漢酒。跪雙膝，立兩肘。散花指天舉素手。拜龍顏，獻聖壽。北斗戾，南山摧。天子九九八十一，萬歲長傾萬歲杯。

　　　　日出行　　　　　　　　　　　李　白

日出東方隈，似從地底來。歷天又入海，六龍所舍安在哉？其始與終古不息，人非元氣，安得與之久裴佪。草不謝榮於春風，木不怨落於秋天。誰揮鞭策驅四運，萬物興歇皆自然。羲和，羲和！汝奚汩没於荒淫之波？魯陽何德，駐景揮戈？逆道違天，矯誣實多。吾將囊括大地，浩然與溟涬同科。

　　　　蜀道難　　　　　　　　　　　李　白

噫吁戲，危乎高哉！蜀道之難，難於上青天。蠶叢及魚鳧，開國何茫然！爾來四萬八千歲，不與秦塞通人煙。西當太白有鳥道，可以横絶峨眉巔。地崩山摧壯士死，然後天梯石棧相鈎連。上有六龍迴日之高標，下有衝波逆折之回川。黄鶴之

飛尚不得過，猿猱欲渡愁攀援。青泥何盤盤！百步九折縈巖
巒。捫參歷井仰脅息，以手撫膺坐長嘆。問君西遊何時還？
畏途巉巖不可攀。但見悲鳥號古木，雄飛雌從繞林間。又聞
子規啼夜月，愁空山。蜀道之難，難於上青天。使人聽此凋
朱顏。連峰去天不盈尺，枯松倒挂倚絕壁。飛湍瀑流爭喧
豗，砯崖轉石萬壑雷。其險也如此，嗟爾遠道之人胡為乎來
哉！<u>劍閣</u>崢嶸而崔嵬，一夫當關，萬夫莫開。所守或匪親，化
為狼與豺。朝避猛虎，夕避長蛇。磨牙吮血，殺人如麻。錦
城雖云樂，不如早還家。蜀道之難，難於上青天。側身西望
長咨嗟！

<u>和關彥遠秋風吹我衣</u>　　　　　<u>晁補之</u>

海中羣魚化黃雀，林鳥移巢避歲惡。<u>鄆王</u>城上秋風驚。昔時
城中<u>鄆王</u>第，只今蔓草無人行。但見<u>黃河</u>咆哮奔<u>碣石</u>，秋風
吹灘起沙磧。翩翩動衣裳，游子悲故鄉。忽憶<u>若耶溪</u>頭采薪
<u>鄭巨君</u>。南風溪頭曉，北風溪頭昏。一行作吏，此事便廢。
夢中葉落，覺有歸意。歸歟！歸歟！吾黨成斐然。君今生二
毛，我亦非少年。胡為車如雞栖<u>鄆城</u>裏？朝風吹馬鬃，莫風
吹馬尾。與人三歲居，如何連屋似千里？我則不狂，曾謂我
狂。不吾知，亦何傷！安能戶三尺喙家一吭！人亦有言，人
各有志。吞若<u>雲夢</u>者八九，長劍耿介倚天外。有如<u>陳仲舉</u>，
庭宇亦不治。吾今乃知貴不若賤無憂，富不若貧無求。負日
之燠吾重裘；芹子之飫吾食牛；心戰故臒，得道故肥，吾封侯！
匹夫懷璧將誰尤！歸歟！歸歟！豈無<u>揚雄</u>宅一區？舍前青
山木扶疎，舍後流水有菰蒲。今吾不樂日月除，尺則不足寸
有餘。七十二鑽莫能免豫且。無所可用，乃有百歲樗。<u>龔</u>生
竟天天年非吾徒。

23.10 以上由五七雜言至錯綜雜言，都是所謂長短句（或稱長短
詩）。我們對於長短句舉例特別多；對於五言和七言舉例很少。實際
上，却是純粹五言古風最為常見，純粹七言古風次之，長短句比較罕
見。多數的詩人都不大喜歡用長短句作古風，例如<u>王維</u>和<u>孟浩然</u>。本

節裏多舉長短句的例子，因爲純粹五言和純粹七言都有一定的形式，不必多舉例而自明；至於長短句，何處宜長，何處宜短，頗有講究，所以多舉些例子，希望讀者悟出若干道理來。大約在篇首用長短句的情形最爲常見，篇末次之，中間又次之。至於長句和短句應該怎樣銜接，方得氣暢，那是修辭上的事，不是本書裏所應該討論的。

第二十四節　古體詩的用韵(上)
——本韵

24.1 古體詩的用韵，仍以用本韵較爲常見。本韵的古風在唐人的古體詩中，大約可佔過半數。現在分爲平韵古風與仄韵古風，依次加以叙述。

24.2 （一）平韵古風。——平韵的古風，當其押本韵的時候，所依照的韵部和近體詩完全相同。嚴格的時候可真嚴格，連險韵也不讓它出韵。例如：

空靈山應田叟(用肴韵)　　　　常　建

湖南無村落，山舍多黃茆。　淳樸如太古，其人居鳥巢。
牧童唱巴歌，野老亦獻嘲。　泊舟問溪口，言語皆啞咬。
土俗不尚農，豈眠論肥磽。　莫徭射禽獸，浮客烹魚鮫。
余亦采置人，獲麋今尚苞。　敬君中國來，願以充其庖。
日入聞虎鬪，空山滿咆哮。　懷人雖共安，異域終難交。
白水可洗心，採薇可爲肴。　曳杖背落日，江風鳴梢梢。

答裴丞説歸京所獻(用佳韵)　　　韋應物

執事頗勤久，行去亦傷乖。　家貧無僮僕，吏卒升寢齋。
衣服藏内篋，藥草曝前階。　誰復知次第，濩落且安排。
還期在歲晏，何以慰吾懷？

奉先張明府休沐還鄉海亭宴集(用佳韵)

孟浩然

自君理畿甸，予亦經江淮。　萬里書信斷，數年雲雨乖。
歸來休澣日，始得賞心諧。　朱綬恩雖重，滄洲趣每懷。

樹低新舞閣，山對舊書齋。何以發秋興？陰蟲鳴夜堦。

奉贈張荆州（用咸韵）　　　　　王昌齡

祝融之峰紫雲銜。翠如何其雪巉嵓。邑西有路緣石壁，
我欲從之臥穹嵌。魚有心兮脱網罟，江無人兮鳴楓杉。
王君飛舃仍未去，蘇躭宅中意遙緘。

遊朝陽巖遂登西亭二十韵（用肴韵）

柳宗元

讁棄殊隱淪，登陟非遠郊。所懷緩伊鬱，詎欲肩夷巢？
高巖瞰清江，幽窟潛神蛟。開曠延陽景，迴薄攪林梢。
西亭搆其巔，反宇臨呀庨。背瞻星辰興，下見雲雨交。
惜非吾鄉土，得以蔭青茆。羈貫去江介，世仕尚函崤。
故墅即澧川，數畝均肥磽。臺館葺荒丘，池塘疏沈坳。
會有圭組戀，遂有山林嘲。薄軀尚無庸，瑣屑劇斗筲。
囚居固其宜，厚羞久已包。庭除植蓬艾，隙牖懸蟏蛸。
所賴山川客，扁舟枉長梢。把流敵清觴，掇坒代嘉肴。
適道有高言，取樂非絃匏。逍遥屏幽昧，淡薄辭喧呶。
晨鷄不余欺，風雨聞嘐嘐。再期永日間，提挈移中庖。

24.3　如果不是險韵，就更以押本韵爲常了。例如：

送陸員外　　　　　王　維

郎署有伊人，居然古人風。天子顧河北，詔書除征東。
拜手辭上官，緩步出南宮。九河平原外，七國薊門中。
陰風悲孤桑，古塞多飛蓬。萬里不見虜，蕭條胡地空。
無爲費中國，更欲邀奇功。遲遲前相送，握手嗟異同。
行當封侯歸，肯訪商山翁。

（純用東韵，不雜冬韵字。）

東京寄萬楚　　　　　李　頎

濩落久無用，隱身甘采薇。仍聞薄宦者，還事田家衣。
潁水日夜流，故人相見稀。春山不可望，黄鳥東南飛。
濯足豈長往？一樽聊可依。了然潭上月，適我胸中機。

在昔同門友，如今出處非。優遊白虎殿，偃息青瑣闈。
且有薦君表，當看携手歸。寄書不待面，蘭茝空芳菲。
　　（純用微韵，不雜支齊佳灰韵字。）

　　　題鶴林寺　　　　　　　　　綦毋潛
道林隱形勝，向背臨層霄。松覆山殿冷，花藏谿路遙。
珊瑚寶幡挂，焰焰明燈燒。遲日半空谷，春風連上潮。
少憑水木興，暫令身心調。願謝携手客，茲山禪誦饒。
　　（純用蕭韵字，不雜肴豪韵字。）

　　　述韋昭應畫犀牛　　　　　　儲光羲
遐方獻文犀，萬里隨南金。大邦柔遠人，以之居山林。
食棘無秋冬，絕流無淺深。雙角前斬斬，三蹄下駸駸。
朝賢壯其容，未能辨其音。有我衰鳥郎，新邑長鳴琴。
陛閣飛嘉聲，丘甸盈仁心。閑居命國工，作繪北堂陰。
眈眈若有神，庶比來儀禽。昔有舞天庭，爲君奏龍吟。
　　（純用侵韵，不雜覃鹽咸韵字。）

　　　代扶風主人答　　　　　　　王昌齡
殺氣凝不流，風悲日彩寒。浮埃起四遠，遊子彌不歡。
依然宿扶風，沽酒聊自寬。寸心亦未理，長鋏誰能彈？
主人就我飲，對我還慨嘆。便泣數行淚，因歌數行難。
十五役邊地，三回討樓蘭。連年不解甲，積日無所餐。
將軍降匈奴，國使沒桑乾。去時三十萬，獨自還長安。
不信沙場苦，君看刀箭瘢。鄉親悉零落，塚墓亦摧殘。
仰攀青松枝，慟絕傷心肝。禽獸悲不去，路傍誰忍看？
幸逢休明代，寰宇靜波瀾。老馬思伏櫪，長鳴力已殫。
少年與運會，何事發悲端？天子初封禪，賢良刷羽翰。
三邊悉如此，否泰亦須觀。
　　（純用寒韵，不雜刪先韵字。）

　　　夢太白西峰　　　　　　　　常建
夢寐升九崖，杳露逢元君。遺我太白峰，寥寥辭垢氛。
結宇在星漢，宴林閒氤氳。簷楹覆餘翠，巾舄生片雲。
時往溪水間，孤亭畫仍曛。松峰引天影，石瀨清霞文。

恬目緩舟趣，霽心投鳥群。春風又搖櫂，潭島花紛紛。

（純用文韵，不雜真元韵字。）

入峽寄弟　　　　　　　　　　孟浩然

吾昔與爾輩，讀書常閉門。未嘗冒湍險，豈顧垂堂言？
自此歷江湖，辛勤難具論。往來行旅弊，開鑿禹功存。
壁立千峰峻，潈流萬壑奔。我來凡幾宿，無夕不聞猿。
浦上搖歸戀，舟中失夢魂。泪沾明月峽，心斷鶺鴒原。
離闊星難聚，秋深露已繁。因君下南楚，書此寄鄉園。

（純用元韵，不雜先刪韵字。）

豫章行　　　　　　　　　　　李　白

胡風吹代馬，北擁魯陽關。吳兵照海雪，西討何時還？
半渡上遼津，黃雲慘無顏。老母與子別，呼天野草間。
白馬繞旌旗，悲鳴相追攀。白楊秋草苦，早落豫章山。
本爲休明人，斬虜素不閒。豈惜戰鬥死，爲君掃凶頑？
精感石沒羽，豈云憚險艱？樓船若鯨飛，波盪落星灣。
此曲不可奏，三軍鬢成斑！

（純用刪韵，不雜寒先韵字。）

寄馮著　　　　　　　　　　　韋應物

春雷起萌蟄，土壤日已疎。胡能遭盛明，才俊伏里閭？
偃仰遂真性，所求惟斗儲。披衣出茅屋，盥漱臨清渠。
吾道亦自適，退身保玄虛。幸無職事牽，且覽案上書。
親友各馳騖，誰當訪敝廬？思君在何夕？明月照廣除。

（純用魚韵，不雜虞韵字。）

宋中遇林慮楊十七山人因而有別　高　適

昔余涉漳水，驅車行鄴西。遙見林慮山，蒼蒼戞天倪。
邂逅逢爾曹，說君彼巖棲。蘿徑垂野蔓，石房倚雲梯。
秋韭何青青！藥苗數百畦。栗林隘谷口，栝樹森迴谿。
耕耘有山田，紡績有山妻。人生苟如此，何必組與珪？
誰謂遠相訪，曩情殊不迷！簷前舉醇醪，竈下烹隻雞。
朔風忽振蕩，昨夜寒螿啼。遊子益思歸，罷琴傷解攜。
出門望原野，白日黯已低。始驚道路難，終念言笑暌。

因聲謝岑壑,歲暮一攀躋。

（純用齊韵,不雜支微韵字。）

陪章留後惠義寺餞嘉州崔都督赴州

杜　甫

中軍待上客,令肅事有恒。前驅入寶地,祖帳飄金繩。
南陌既留歡,茲山亦深登。清聞樹杪磬,遠謁雲端僧。
同策匪新岸,所攀仍舊藤。耳激洞門颷,目存寒谷冰。
出塵閟軌躅,畢景遺炎蒸。永願坐長夏,將衰棲大乘。
羈旅惜宴會,艱難懷友朋。勞生共幾何,離恨兼相仍。

（純用蒸韵,不雜庚青韵字。）

橋陵詩三十韵因呈縣内諸官　　　杜　甫

先帝昔晏駕,茲山朝百靈。崇岡擁象設,沃野開天庭。
即事壯重險,論功超五丁。坡陀因厚地,却略羅峻屏。
雲闕虛冉冉,風松肅泠泠。石門霜露白,玉殿莓苔青。
宮女晚知曙,祠官朝見星。空梁簇畫戟,陰井敲銅缾。
中使日夜繼,惟王心不寧。豈徒卹備享?尚謂求無形。
孝理敦國政,神凝推道經。瑞芝產廟柱,好鳥鳴巖扃。
高岳前嶪崒,洪河左瀅濙。金城蓄峻址,沙苑交回汀。
永與奧區固,川原紛眇冥。居然赤縣立,臺榭爭岧亭。
官屬果稱是,聲華真可聽。王劉美竹潤,裴李春蘭馨。
鄭氏才振古,啖侯筆不停。遣詞必中律,利物常發硎。
綺繡相展轉,琳琅愈青熒。側聞魯恭化,秉德崔瑗銘。
太史候鳧影,王喬隨鶴翎。朝儀限霄漢,客思同林坰。
轗軻辭下杜,飄颻陵濁涇。諸生舊短褐,旅泛一浮萍。
荒歲兒女瘦,暮途涕泗零。主人念老馬,廨署容秋螢。
流寓理豈愜?窮愁醉未醒。何當擺俗累,浩蕩乘滄溟!

（純用青韵,不雜庚蒸韵字。按此詩平仄似古風,對仗似
排律。）

讀書　　　　　　　　　柳宗元

幽沈謝世事,俛默窺唐虞。上下觀古今,起伏千萬途。
遇欣或自笑,感戚亦以吁。纋帙各舒散,前後互相踰。

瘴疴擾靈府，日與往昔殊。臨文乍了了，徹卷兀若無。
竟夕誰與言？但與竹素俱。倦極便倒臥，熟寐乃一蘇。
欠伸展肢體，吟咏心自愉。得意適其適，非願爲世儒。
道盡即閉口，蕭散損囚拘。巧者爲我拙，智者爲我愚。
書史足自悦，安用勤與劬？貴爾六尺軀，勿爲名所驅！
（純用虞韵，不雜魚韵字。）

24.4 （二）仄韵古風。——因爲近體詩以用平韵爲原則，所以凡用仄韵的詩差不多都是古風。上文第四節裏所提及的仄韵律絶都是罕見的例外。仄韵古風如果係用本韵，仍舊是以唐韵或廣韵爲標準，并且依照同用的規矩，也就等於以後代的平水韵爲標準。兹將上去入三聲諸韵列舉如下：（括弧内係廣韵的韵目。）

上聲

一　董(董)	二　腫(腫)	三　講(講)
四　紙(紙旨止)	五　尾(尾)	六　語
七　麌(麌姥)	八　薺(薺)	九　蟹(蟹駭)
十　賄(賄海)	十一　軫(軫準)	十二　吻(吻隱)
十三阮(阮混很)	十四旱(旱緩)	十五潸(潸産)
十六銑(銑獮)	十七篠(篠小)	十八巧(巧)
十九皓(皓)	二十哿(哿果)	廿一　馬(馬)
廿二養(養蕩)	廿三梗(梗耿静)	廿四迥(迥拯等)
廿五有(有厚黝)	廿六寑(寑)	廿七感(感敢)
廿八儉(琰忝儼)	廿九豏(豏檻范)	

去聲

一　送(送)	二　宋(宋用)	三　絳(絳)
四　寘(寘至志)	五　未(未)	六　御(御)
七　遇(遇暮)	八　霽(霽祭)	九　泰(泰)
十　卦(卦怪夬)	十一　隊(隊代廢)	十二　震(震稕)
十三問(問焮)	十四願(願恩恨)	十五翰(翰换)
十六諫(諫襇)	十七霰(霰綫)	十八嘯(嘯笑)
十九效(效)	二十號(號)	廿一箇(箇過)

廿二禡(禡)　　廿三漾(漾宕)　　廿四敬(敬静劲)

廿五徑(徑證嶝)　廿六宥(宥候幼)　廿七沁(沁)

廿八勘(勘闞)　　廿九豔(豔桥釅)　三十陷(陷鑑梵)

入聲

　一　屋(屋)　　　二　沃(沃燭)　　三　覺(覺)

　四　質(質術櫛)　五　物(物迄)　　六　月(月没)

　七　曷(曷末)　　八　黠(黠鎋)　　九　屑(屑薛)

　十　藥(藥鐸)　　十一陌(陌麥昔)　十二錫(錫)

　十三職(職德)　　十四緝(緝)　　　十五合(合盍)

　十六葉(葉怗業)　十七洽(洽狎乏)

24.5　仄韻雖然字數較少,但是純用本韻的情形并不見得怎樣少。像下面的一些韻,仍以用本韻爲常:(字下加·號者特別常見。)

上聲

　四　紙　　八　薺　　十一軫　　十六銑　　十九皓

　二十哿　　廿一馬　　廿二養　　廿五有　　廿六寢

去聲

　四　寘　　八　霽　　十二震　　十七霰　　二十號

　廿一箇　　廿二禡　　廿三漾　　廿六宥　　廿七沁

入聲

　四　質　　六　月　　九　屑　　十　藥　　十三職

　十四緝

24.6　現在就盛唐(偶及中唐)詩人的仄韻古風之純用本韻者,舉例如下:

　　　　林園即事寄舍弟紞　　　　　王　維

寓目一蕭散,銷憂冀俄頃。青草肅澄波,白雲移翠嶺。

後沔通河渭,前山包鄢郢。松含風裏聲,花對池中影。

地多齊后瘧,人帶荆州癭。徒思赤筆書,寧有丹砂井?

心悲常欲絕,髮亂不能整。青簞日何長! 閑門晝方静。

頬思茅簷下,彌傷好風景。

（純用梗韵,不雜迴韵字。「郢」「瘦」「静」皆上聲。）

　　送宇文太守赴宣城　　　　　　　王　維

寥落雲外山,迢遞舟中賞。鐃吹發西江,秋空多山響。
地迥古城蕪,月明寒潮廣。時賽敬亭神,復解孟師網。
何處寄相思? 南風吹五兩。

（純用養韵。）

　　尋西山隱者不遇　　　　　　　　丘　咸

絕頂一茅茨,直下三十里。扣關無僮僕,窺室唯案几。
若非巾柴車,應是釣秋水。差池不相見,黽勉空仰止。
草色新雨中,松聲晚牎裏。及茲契幽絕,自足蕩心耳。
雖無賓主意,頗得清净理。興盡方下山,何必待之子?

（純用紙韵,不雜尾薺韵字。）

　　贈輕車　　　　　　　　　　　　崔　顥

悠悠遠行歸,經春涉長道。幽冀桑始青,洛陽蠶欲老。
憶昨戎馬地,別時心草草。烽火從北來,邊城閉常早。
平生少相遇,未得展懷抱。今日杯酒間,見君交情好。

（純用皓韵,不雜巧篠韵字。「道」「抱」皆上聲。）

　　遊天竺寺　　　　　　　　　　　崔　顥

晨登天竺山,山殿朝陽曉。厓泉爭噴薄,江岫相縈繞。
直上孤頂高,平看衆峰小。南州十二月,地暖冰雪少。
青翠滿寒山,藤蘿覆冬沼。花龕瀑布側,青壁石林杪。
鳴鐘集人天,施飯聚猿鳥。洗意歸清净,澄心悟空了。
始知世上人,萬物一何擾?

（純用篠韵。「繞」字上聲。）

　　望鳴皋山白雲寄洛陽盧主簿　　李　頎

飲馬伊水中,白雲鳴皋上。氛氳山絕頂,行子時一望。
照日龍虎姿,攢空冰雪狀。崟嶔殊未已,崚嶒忽相向。
皎皎橫綠林,霏霏澹青嶂。遠映村更失,孤高鶴來傍。
勝氣欣有逢,仙遊且難訪。故人吏京劇,每事多閑放。
室畫峨眉峰,心格洞庭浪。惜哉清興裏,不見予所尚。

（純用漾韵。「訪」字去聲。）

謁張果先生　　　　　　　　李　頎

先生谷神者，甲子焉能計！自説軒轅師，于今幾千歲。
寓遊城郭裏，浪跡希夷際。應物雲無心，逢時舟不繫。
餐霞斷火粒，野服兼荷製。白雪净肌膚，青松養身世。
韜精殊豹隱，鍊骨同蟬蜕。忽去不知誰，偶來寧有契？
二儀齊壽考，六合隨休憩。彭聃猶嬰孩，松期且微細。
嘗聞穆天子，更憶漢皇帝。親屈萬乘尊，將窮四海裔。
車徒偏草木，錦帛招談説。八駿空往還，三山轉虧蔽。
吾君感至德，玄老欣來詣。受籙金殿開，清齋玉堂閉。
笙歌迎拜首，羽帳崇嚴衛。禁柳垂香爐，宫花拂仙袂。
祈年寶祚廣，致福蒼生惠。何必待龍髯，鼎成方取濟？

（純用霽韵，不雜至未泰卦隊韵字。「説」音「税」，
去聲。）

同王十三維偶然作十首(録二)　　儲光羲

空山暮雨來，衆鳥竟棲息。斯須照夕陽，雙雙復扶翼。
我念天時好，東田有稼穡。浮雲蔽川原，新流集溝洫。
裴回顧衡宇，僮僕邀我食。卧覽牀頭書，睡看機中織。
想見明膏煎，中夜起唧唧。

（純用職韵，不雜陌錫韵字。）

四鄰競豐屋，我獨好卑室。窈窕高臺中，時聞撫新瑟。
狂飆動地起，拔木乃非一。相顧始知悲，中心憂且慄。
蚩蚩命子弟，恨不居高秩。日入賓從歸，清晨冠蓋出。
中庭有奇樹，榮早衰復疾。此道猶不知，微言安可述！

（純用質韵，不雜物韵字。）

田家雜興八首(録二)　　　　儲光羲

平生養情性，不復計憂樂。去家行賣舂，留滯南陽郭。
秋至黍苗黄，無人可刈穫。稚子朝未飯，把竿逐鳥雀。
忽見梁將軍，乘車出宛洛。意氣軼道路，光輝滿墟落。
安知負薪者，咥咥笑輕薄。

（純用藥韵。）

梧桐蔭我門，薜荔網我屋。迢迢兩夫婦，朝出暮還宿。
稼穡既自種，牛羊還自牧。日旰懶耕鋤，登高望川陸。
空山足禽獸，墟落多喬木。白馬誰家兒，聯翩相馳逐？

（純用屋韵，不雜沃韵字。）

鄭縣宿陶太公館中贈馮六元二　　王昌齡

儒有輕王侯，脫略當世務。本家藍田下，非為漁弋故。
無何困躬耕，且欲馳永路。幽居與君近，出谷同所騖。
昨日辭石門，五年變秋露。雲龍未相感，干謁亦已屢。
子為黃綬羈，余忝蓬山顧。京門望西岳，百里見郊樹。
飛雨祠上來，靄然關中暮。驅車鄭城宿，秉燭論往素。
日月出華陰，開此河渚霧。清光比故人，豁達展心晤。
馮公尚戢翼，元子仍踽步。拂衣易為高，淪跡難有趣。
張范善終始，吾等豈不慕？罷酒當涼風，屈伸備冥數。

（純用遇韵，不雜御韵字。「屢」字去聲。）

同從弟銷南齋翫月憶山陰崔少府　王昌齡

高臥南齋時，開帷月初吐。清輝淡水木，演漾在窗戶。
苒苒幾盈虛，澄澄變今古。美人清江畔，是夜越吟苦。
千里其如何？微風吹蘭杜。

（純用麌韵，在廣韵屬姥韵，不雜語韵字。「吐」「戶」「杜」
皆上聲。）

送任五之桂林　　　　　　王昌齡

楚客醉孤舟，越水將引棹。山為兩鄉別，月帶千里貌。
羈讁同繒繳，幽僻問虎豹。桂林寒色在，苦節知所效。

（純用效韵，不雜嘯號韵字。注意：效乃險韵。）

昭君墓　　　　　　　　常建

漢宮豈不死？異域傷獨沒。萬里馱黃金，蛾眉為枯骨。
迴車夜出塞，立馬皆不發。共恨丹青人，墳上哭明月。

（純用月韵，不雜物屑韵字。）

古塞下曲　　　　　　　陶翰

進軍飛狐北，窮寇勢將變。日落沙塵昏，背河更一戰。
駿馬黃金勒，琱弓白羽箭。射殺左賢王，歸奏未央殿。

欲言塞下事，天子不召見。東出洛陽門，哀哀淚如霰。

（純用霰韵，不雜願諫韵字。）

<h3>晚出伊關寄河南裴中丞　　　　陶翰</h3>

退無偃息資，進無當代策。冉冉時將暮，坐爲周南客。
前登關塞門，永眺伊城陌。長川黯已空，千里寒氣白。
家本渭水西，異日同所適。秉志師禽尚，微言祖莊易。
一辭林壑間，共繫風塵役。交朋忽先進，天道何紛劇！
豈念嘉遯時，依依偶沮溺！

（純用陌韵，不雜錫職韵字。）

<h3>仙遊寺　　　　李華</h3>

捨事入樵逕，雲木深谷口。萬壑移晦明，千峰轉前後。
巉然龍潭上，石勢若奔走。開拆秋天光，崩騰夏雷吼。
靈谿自兹去，紆直互紛糾。聽聲静復喧，望色無更有。
冥冥翠微下，高殿映杉柳。滴滴洞穴中，懸泉響相扣。
昔時秦王女，羽化年代久。日暮松風來，簫聲生左右。
早窺神仙籙，願結芝朮友。安得羡門方，青囊繫吾肘？

（純用有韵。「後」「糾」「扣」「右」皆上聲。）

<h3>秋宵月下有懷　　　　孟浩然</h3>

秋空明月懸，光彩露霑濕。驚鵲棲未定，飛螢捲簾入。
庭槐寒影疏，鄰杵夜聲急。佳期曠何許？望望空佇立！

（純用緝韵，不雜合葉洽韵字。）

<h3>送辛大之鄂渚不及　　　　孟浩然</h3>

送君不相見，日暮獨愁緒。江山空蜚回，天邊迷處所。
郡邑經樊鄧，山河入嵩汝。蒲輪去漸遙，石徑徒延佇。

（純用語韵，不雜麌韵字。「緒」「佇」皆上聲。）

<h3>宴包二融宅　　　　孟浩然</h3>

閑居沈清洛，左右接大野。門庭無雜賓，車轍多長者。
是時方盛夏，風物自瀟灑。五日休沐歸，相攜竹林下。
開襟成歡趣，對酒不能罷。烟暝棲鳥迷，余將歸白社。

（純用馬韵。「社」字上聲。「下」字亦上聲，俗云「下」字
用爲動詞讀上聲，用爲方位詞則讀去聲，唐以前無此分

別。「罷」字本屬蟹韵,唐人又讀入馬韵,上聲。)

宿業師山房期丁大不至　　　　孟浩然

夕陽度西嶺,羣壑倏已暝。松月生夜涼,風泉滿清聽。
樵人歸欲盡,煙鳥棲初定。之子期宿來,孤琴候蘿逕。

(純用徑韵,不雜敬韵字。)

歲暮海上作　　　　　　　　　孟浩然

仲尼既云沒,余亦浮於海。昏見斗柄回,方知歲星改。
虛舟任所適,垂釣非有待。爲問乘槎人,滄洲復誰在?

(純用賄韵,在廣韵屬海韵。「待」「在」皆上聲。)

早發漁浦潭　　　　　　　　　孟浩然

東旭早光芒,渚禽已驚聒。臥聞漁浦口,橈聲暗相撥。
日出氣象分,始知江湖闊。美人常晏起,照影弄流沫。
飲水畏驚猿,祭魚時見獺。舟行自無悶,況值晴景豁。

(純用曷韵,不雜月屑點韵字。「獺」字有曷黠兩讀。)

古風(録二)　　　　　　　　　李　白

太白何蒼蒼!星辰上森列。去天三百里,邈爾與世絕。
中有綠髮翁,披雲臥松雪。不笑亦不語,冥棲在巖穴。
我來逢真人,長跪問寶訣。粲然啓玉齒,授以鍊藥說。
銘骨傳其語,竦身已電滅。仰望不可及,蒼然五情熱。
吾將營丹砂,永與世人別。

(純用屑韵,不雜月點韵字。)

秋露白如玉,團團下庭綠。我行忽見之,寒早悲歲促。
人生鳥過目,胡乃自結束。景公一何愚!牛山淚相續!
物苦不知足,得隴又望蜀。人心若波瀾,世路有屈曲。
三萬六千日,夜夜當秉燭。

(純用沃韵,在廣韵屬燭韵,不雜屋韵字。「目」字在出句
末字,可認爲不入韵;亦可認爲因係出句而通融,用
鄰韵。)

狄明府　　　　　　　　　　　杜　甫

梁公曾孫我姨弟,不見十年官濟濟。大賢之後竟陵遲,
浩蕩古今同一體。比看叔伯四十人,有才無命百寮底。

今者兄弟一百人,幾人卓絕秉周禮? 在汝更用文章爲,
長兄白眉復天啓。汝門請從曾翁説,太后當朝多巧詆。
狄公執政在末年,濁河終不污清濟。國嗣初將付諸武,
公獨廷諍守丹陛。禁中決册請房陵,前朝長老皆流涕。
太宗社稷一朝正,漢官威儀重昭洗。時危始識不世才,
誰謂荼苦甘如薺。汝曹又宜列土食,身使門户多旌榮。
胡爲漂泊岷漢間,干謁王侯頗歷抵? 況乃山高水有波,
秋風蕭蕭露泥泥! 虎之飢下巉嵒,蛟之横出清泚。早歸來!
黄土泥衣眼易眯!

　　(純用薺韵,不雜紙尾韵字。「陛」「涕」「濟」皆上聲。「泥
　　泥」,亦作「涚涚」,讀上聲。)

　　和州送錢侍御　　　　　　　　劉禹錫
五綵繡衣裳,當年正相稱。春風舊關路,歸去真多興。
蘭陵行可採,蓮府猶回瞪。楊家紺幰迎,謝守瑶華贈。
御街草泛瀅,臺柏烟含凝。曾是平生遊,無因理歸乘。

　　(純用證韵,不雜敬徑韵字。今詩韵以證韵並入徑韵,
　　誤。「凝」字在這裏讀去聲。「稱」「乘」依字義本當讀
　　去聲。)

24.7　由上面所舉諸例看來,已經足够證明仄韵古風純用本韵的
情形并不比平韵爲少。尤其是仄韵字數較少,能不出韵,更是難得。
譬如上面所舉的王昌齡山中別龐十,孟浩然宿業師山房,劉禹錫和州
送錢侍御,所用的效韵、徑韵和證韵都是險韵(徑證韵的平聲青蒸是窄
韵,徑證韵字比平聲更少,所以是險韵),孟浩然送辛大和李白古風所
用的語韵和沃韵都是窄韵,險的和窄的都不輕易出韵,其餘可想而知。
又有些地方連「同用」都不屑用,而完全依照唐韵的韵部,例如王昌齡
同從弟銷南齋翫月用姥韵,不與虞同用;孟浩然歲暮海上作用海韵,不
與賄同用;李白古風用燭韵,不與沃同用。這雖也許是出於偶然,但是
撮口與合口不同用,合口與開口不同用,也可以見得詩人們非常注意
聲韵的諧和了。

第二十五節　古體詩的用韵(中)

——通韵

25.1　古風之用本韵,顯然是規規矩矩地依照韵書。至於用通韵的古風,并不純然因爲取其韵寬,少受拘束,可能地還有一種仿古的心理[註三十二]。古韵和唐韵不同,這是語音的實際演變;唐朝的詩人不明此理,以爲古今的韵部是一樣的,於是誤會古人某字與某字押韵爲鄰韵通押,而他們也想模仿古人用起通韵來。如果真的是這種心理,他們是於古於今都無是處。例如他們看見詩經裏「人」字和「田」字押韵,因而猜想古人的真韵和先韵完全相通,於是把隨便一個真韵的字(包括廣韵真諄臻三韵)和隨便一個先韵的字(包括廣韵先仙兩韵)押起韵來,他們并不知道有些字依古韵却是不相通的,例如「人」「錢」與「遷」,一個在古韵真部,一個在古韵寒部,又一個在古韵文部,就不能相通了。我們不敢斷定每一個詩人都是這樣的心理,但是,古體詩通韵的風氣一定是由此而起,因爲近體詩裏用韵是那樣嚴格,古風裏却容許有通韵,若不是以古人的先例爲護符,決不能避免人家的批評。然而事實上這是謬誤的仿古。如果通韵爲的是少受拘束,自然無可非議;如果爲的是在用韵上模仿古人,那真是多此一舉了。

25.2　所謂通韵,指的是鄰韵相通。因此,咱們如果要知道唐人通韵的規矩,就先得知道某韵和某韵被他們認爲相鄰。就唐人通韵的情形歸納起來,平上去入四聲的韵大致可分爲十五部,如下:

1. 歌部。

   平聲歌　　　上聲哿　　　去聲箇
2. 麻部。

   平聲麻　　　上聲馬　　　去聲禡

   (歌麻在六朝相通,故唐人偶然也用歌麻通韵。)
3. 魚部。

   a. 平聲魚　　上聲語　　　去聲御
   b. 平聲虞　　上聲麌　　　去聲遇

   (魚虞通韵最爲常見,上去聲通韵倒反較少。)

4.支部。
　　a.平聲支　　　上聲紙　　　去聲寘
　　b.平聲微　　　上聲尾　　　去聲未
　　　（平聲支微極少通韻；上去聲因字較少,故通韻處較多。）
5.齊部。
　　平聲齊　　　上聲薺　　　去聲霽
　　　（齊韻偶然與微佳灰通,但絕對不與支韻通。）
6.佳部。
　　a.平聲佳　　　上聲蟹　　　去聲卦
　　b.平聲灰　　　上聲賄　　　去聲泰隊
　　　（去聲泰隊音最相近,詩人以此二韻通用爲常。）
7.蕭部。
　　a.平聲蕭　　　上聲篠　　　去聲嘯
　　b.平聲肴　　　上聲巧　　　去聲效
　　c.平聲豪　　　上聲皓　　　去聲號
　　　（此部以肴韻爲樞紐：肴蕭、肴豪相通較爲常見；蕭豪相
　　　通甚爲罕見。上去聲準此。）
8.尤部。
　　平聲尤　　　上聲有　　　去聲宥
　　　（此部上去聲偶然與蕭部相通。）
9.陽部。
　　平聲陽　　　上聲養　　　去聲漾　　　入聲藥
10.庚部。
　　a.平聲庚　　　上聲梗　　　去聲敬　　　入聲陌
　　b.平聲青　　　上聲迥　　　去聲徑　　　入聲錫
　　　（此部平聲相通的情形較少,上去聲相通較多,入聲陌錫
　　　通韻更多。陌韻獨用罕見,錫韻獨用幾乎沒有。）
11.蒸部。
　　平聲蒸　　上聲(拯)　　去聲(證)　　　入聲職
　　　（此部平聲很少與庚部通韻,入聲與庚部入聲通韻的情
　　　形也不多,有時倒反和東部入聲相通。上去聲因爲韻字

太少,頗難觀察出通韵的情形來。)

12. 東部。
    a. 平聲東　　　上聲董　　　去聲送　　　入聲屋
    b. 平聲冬　　　上聲腫　　　去聲宋　　　入聲沃
    c. 平聲江　　　上聲講　　　去聲絳　　　入聲覺
    (東冬通韵最爲常見,上去入準此。江韵偶然與東冬通,
    中唐以前未見與陽韵通。中唐以後,也極少與陽韵通
    用。覺韵則偶然與藥同用。)

13. 真部。
    a. 平聲真　　　上聲軫　　　去聲震　　　入聲質
    b. 平聲文　　　上聲吻　　　去聲問　　　入聲物
    c. 平聲元　　　上聲阮　　　去聲願　　　入聲月
    d. 平聲先　　　上聲銑　　　去聲霰　　　入聲屑
    e. 平聲刪　　　上聲潸　　　去聲諫　　　入聲黠
    f. 平聲寒　　　上聲旱　　　去聲翰　　　入聲曷
    (此部六韵的相互關係並不一律。大抵真與文近,文與元
    近,元與先近,先與刪近,刪與寒近。寒刪與真文最遠,不可
    通韵;除非五六個韵同用,纔算互相關連而可通。上去聲準
    此。入聲質與物通,物與月通,月與屑通,而月屑通韵最爲
    常見。黠韵字少,與曷屑通;而月屑偶然也與曷通。)

14. 侵部。
    平聲侵　　　上聲寢　　　去聲沁　　　入聲緝
    (此部獨用。)

15. 咸部。
    a. 平聲覃　　　上聲感　　　去聲勘　　　入聲合
    b. 平聲咸　　　上聲豏　　　去聲陷　　　入聲洽
    c. 平聲鹽　　　上聲儉　　　去聲豔　　　入聲葉
    (此部以咸韵爲樞紐;咸覃咸鹽相通較爲常見,覃鹽相通
    甚爲罕見。上去入聲準此。)

25.3　近體詩首句用鄰韵的時候,也是大致依照這一個標準。
(參看上文第五節。)除此之外,無論近體詩或古風,都不能隨便通韵,

尤其是應該注意下面的幾點：

（a）絕對不能相通者：

    1. 庚蒸部不與真部通（宋人此三部入聲偶然相通）；

    2. 真部不與侵咸部通（宋人此三部入聲偶然相通）；

    3. 侵咸部不與庚蒸部通；

    4. 入聲韵不與平上去韵通。

（b）依盛唐的規矩不能相通，而晚唐以後偶有例外者：

    1. 支韵不與齊韵通；

    2. 陽藥不與江覺通。

25.4　古風的通韵，可以細別爲三種：（一）偶然出韵；（二）主從通韵；（三）等立通韵。如果三個韵以上相通，則可以兼有兩三種性質，例如等立通韵之中更有一個韵脚是偶然出韵的。這些分別當然不能太嚴格，只是取其便於陳説罷了。

25.5　（甲）兩韵相通。

（一）偶然出韵。——所謂偶然出韵，是全篇用某韵，祇有一個韵脚是出韵的。這樣，作者并非有意通韵，祇因它既然是古風，不妨偶然從權而已。例如：（出韵的字下邊加·號。）

1. 月中雜物。

白龍窟汎舟寄天台學道者　　　　常　建

夕映翠山深，餘暉在龍窟。扁舟滄浪意，澹澹花影没。
西浮入天色，南望對雲闕。因憶莓苔峰，初陽擢玄髮。
泉蘿兩幽映，松鶴間清越。碧海瑩子神，玉膏澤人骨。
忽然爲枯木，微興遂如兀。應寂中有天，明心外無物。
環迴從所汎，夜静猶不歇。澹然意無限，身與波上月。

2. 沃中雜屋。

初春漢中漾舟　　　　孟浩然

羊公峴山下，神女漢皐曲。雪罷冰復開，春潭千丈綠。
輕舟恣來往，探翫無厭足。波影摇妓釵，沙光逐人目。

傾杯魚鳥醉，聯句鶯花續。良會難再逢，日入須秉燭。

3. 敬中雜徑。

早　發　　　　　　　　　　　杜　甫

有求常百慮，斯文亦吾病。　以玆朋故多，窮老驅馳并。
早行篙師怠，席挂風不正。　昔人戒垂堂，今則奚奔命？
濤翻黑蛟躍，日出黄霧映。　煩促瘴豈侵，顏倚睡未醒。
僕夫問盥櫛，暮顏覡青鏡。　隨意簪葛巾，仰慙林花盛。
側聞夜來寇，幸喜囊中浄。　艱危作遠客，干請傷直性。
薇蕨餓首陽，粟馬資歷聘。　賤子欲適從，疑誤此二柄。

4. 支中雜微。

望幸亭　　　　　　　　　　　儲光羲

五年一巡狩，西幸過東巇。　周國易居守，周人多怨思。
君王敷惠政，程作貴從時。　大廈非一木，沈沈臨九達。
慶雲宿飛棟，嘉樹羅青墀。　疎屏宜朝享，方塘堪水嬉。
雲中仰華蓋，柈下望春旗。　天意知如此，星言歸洛師。

5. 真中雜未。

送朱大出關　　　　　　　　　陶　翰

楚客西上書，十年不得意。　平生相知者，晚節心各異。
長揖五侯門，拂衣謝中貴。　丈夫多別離，各有四方事。
拔劍因高歌，蕭蕭北風至。　故人有斗酒，是夜共君醉。
努力強加餐，當年莫相棄。

6. 嘯中雜效。

觀江淮名勝圖　　　　　　　　王昌齡

刻意吟雲山，尤知隱淪妙。　遠公何爲者，再詣臨海嶠？

而我高其風,披圖得遺照。　援毫無逃境,遂展千里眺。
淡掃荊門煙,明標赤城燒。　青葱林間嶺,隱見淮海徼。
但指香爐頂,無聞白猿嘯。　沙門既云滅,獨往豈殊調?
感對懷拂衣,胡寧事漁釣!　安期始遺鳥,千古謝榮耀。
投跡庶可齊,滄浪有孤棹。

25.6　(二)主從通韵。——以甲韵爲主,摻雜着少數的乙韵字
的,可以稱爲主從通韵。普通總是較寬的韵爲主,較窄的韵爲從。例
如:(從韵以·號爲記。)

1.虞主魚從。

采蓮詞	儲光羲

淺渚荇花繁,深潭菱葉疎。　獨往方自得,耻邀淇上妹。
廣江無術阡,大澤絕方隅。　浪中海童語,流下鮫人居。
春鴈時隱舟,新萍復滿湖。　采采垂日暮,不思賢與愚。

觀范陽遞俘	儲光羲

北河旄星殞,鬼方獼林胡。　群師舞弓矢,電發歸燕墟。
皇皇軒轅君,贊贊皇陶謨。　方思壯軍實,遠近遞生俘。
車馬踐大逵,合沓成深渠。　牧人過橐駝,校正引駒駼。
烈風朝送寒,雲雪靄天隅。　草木同一色,誰能辨榮枯?
四履封元戎,百金酬勇夫。　大邦武功爵,固與炎皇殊。

草堂	杜甫

昔我去草堂,蠻夷塞成都。　今我歸草堂,成都適無虞。
請陳初亂時,反復乃須臾。　大將赴朝廷,群小起異圖。
中宵斬白馬,盟歃氣已麤。　西取邛南兵,北斷劍閣隅。
布衣數十人,亦擁千城居。　其勢不兩大,始聞蕃漢殊。
西卒却倒戈,賊臣互相誅。　焉知肘腋禍,自及梟獍徒!
義士皆痛憤,紀綱亂相踰。　一國實三公,萬人欲爲魚。
唱和作威福,孰肯辨無辜?　眼前列杻械,背後吹笙竽。
談笑行殺戮,濺血滿長衢。　到今用鉞地,風雨聞號呼。
鬼妾與鬼馬,色悲充爾娛。　國家法令在,此又足驚吁。

賤子且奔走,三年望東吳。　　孤矢暗江海,難爲遊五湖。
不忍竟舍此,復來薙榛蕪。　　入門四松在,步履萬竹疎。
舊犬喜我歸,低徊入衣裾。　　鄰舍喜我歸,酤酒攜胡蘆。
大官喜我來,遣騎問所須。　　城郭喜我來,賓客隨邸墟。
天下尚未寧,健兒勝腐儒。　　飄飖風塵際,何地置老夫?
於時見疣贅,骨髓幸未枯。　　飲啄媿殘生,食薇不敢餘。

2. 真主未從。

緱氏尉沈興宗置酒南溪留贈　　　王昌齡

林色與溪古,深篁引幽翠。　　山尊在漁舟,棹月情已醉。
始窮清源口,壑絕人境異。　　春泉滴空崖,萌草拆陰地。
久之風榛寂,遠聞樵聲至。　　海雁時獨飛,永然滄洲意。
古時青冥客,滅跡淪一尉。　　吾子躊躇心,豈其紛埃事!
緱峰信所赴,濟北余乃遂。　　齊物可任今,息肩理猶未。
卷舒形性表,脫略賢哲議。　　仲月期角巾,飯僧嵩陽寺。

3. 庚主青從。

哥舒大夫頌德　　　儲光羲

天紀啓真命,君生臣亦生。　　乃知赤帝子,復有蒼龍精。
神武建皇極,文昌開將星。　　超超渭濱器,落落山西名。
晝聞入受脉,鑿門出扞城。　　戎人昧正朔,我有軒轅兵。
隴路起豐鎬,關雲隨旆旌。　　河湟訓兵甲,義勇方橫行。
韓魏多銳士,蹴張在幕庭。　　大非四決軋,石堡高崢嶸。
攻伐若振槁,孰云非神明?　　嘉謀即天意,驟勝由師貞。
枯草被西陸,烈風昏太清。　　戰戈旄頭落,牧馬崐崙平。
賓從儼冠蓋,封山紀天聲。　　來朝芙蓉闕,鳴玉飄華纓。
直道濟時憲,天邦遂輕刑。　　抗書報知己,松柏亦以榮。
嘉命列上第,德輝照天京。　　在車持簡墨,粲粲皆詞英。
顧我搶榆者,莫能翔青冥。　　遊燕非駔驥,躑躅思長鳴。

4.遇主御從。

夕次儋石湖　　　　　　　　　劉長卿
天涯望不盡,日暮悲獨去。萬里雲海空,孤帆向何處?
寄身煙波裏,頗得湖山趣。江氣和楚雲,秋聲亂楓樹。
如何異鄉縣,日復懷親故!遙與洛陽人,相逢夢中路。
不堪明月裏,更值清秋暮!倚棹對滄浪,歸心共誰語?

5.皓主巧從。

贈李白　　　　　　　　　　　杜　甫
二年客東都,所歷厭機巧。野人對羶腥,蔬食常不飽。
豈無青精飯,使我顏色好?苦無大藥資,山林迹如埽。
李侯金閨彥,脫身事幽討。亦有梁宋遊,方期拾瑤草。

6.梗主迴從。

渼陂西南臺　　　　　　　　　杜　甫
高臺面蒼陂,六月風日冷。蒹葭離披去,天水相與永。
懷新目似擊,接要心已領。仿像識鮫人,空濛辨魚艇。
錯磨終南翠,顛倒白閣影。嶔岑增光輝,乘陵惜俄頃。
勞生愧嚴鄭,外物慕張邴。世復輕驊騮,我甘雜鼃黽。
知歸俗可忽,取適事莫竝。身退豈待官?老來苦便静。
況資菱芡足,庶結茅茨迥。從此具扁舟,彌年逐清景。

7.陌主錫從。

發同谷縣　　　　　　　　　　杜　甫
賢有不黔突,聖有不暖席。況我饑愚人,焉能尚安宅?
始來茲山中,休駕喜地僻。奈何迫物累,一歲四行役!
忡忡去絕境,杳杳更遠適。停驂龍潭雲,回首白崖石。

臨岐別數子，握手淚再滴。交情無舊深，窮老多慘慼。
平生嬾拙意，偶值棲遯跡。去住與願違，仰慚林間翮。

8. 東主冬從。

沈千運舊居　　　　　　　　張　籍

汝北君子宅，我來見頹墉。亂離子孫盡，地屬鄰里翁。
土木被丘墟，溪路不連通。舊井蔓草合，牛羊墜其中。
君辭天子書，放意任體躬。一生不自力，家與逆旅同。
高議切星辰，餘聲激瘖聾。方將旌舊閭，百世可封崇。
嗟其未積年，已爲荒林叢。時豈無知音？不能崇此風。
浩蕩竟無睹，我將安所從？

9. 陌主職從。

拾得古研　　　　　　　　姚　合

僻性愛古物，終歲求不獲。昨朝得古研，黃河灘之側。
念此黃河中，應有昔人宅。宅亦作流水，斯硯未變易。
波瀾所激觸，背面生蝕陳。質狀樸且醜，今人作不得。
捧持且驚嘆，不敢施筆墨。或恐先聖人，嘗用修六籍。
置之潔淨室，一日三磨拭。大喜豪貴嫌，久長得保惜。

10. 質主屑從。

憶昔二首(錄一)　　　　　　杜　甫

憶昔開元全盛日，小邑猶藏萬家室。稻米流脂粟米白，
公私倉廩俱豐實。九州道路無豺虎，遠行不勞吉日出。
齊紈魯縞車班班，男耕女桑不相失。宮中聖人奏雲門，
天下朋友皆膠漆。百餘年間未災變，叔孫禮樂蕭何律。
豈聞一絹直萬錢，有田種穀今流血！洛陽宮殿燒焚盡，
宗廟新除狐兔穴。傷心不忍問耆舊，復恐初從亂離說。

小臣魯鈍無所能，朝廷記識蒙禄秩。<u>周宣中興望我皇</u>，
<u>灑血江漢身衰疾</u>。

　　（這種用韵，也許有人認爲轉韵：前六韵用質韵，中三韵
　　轉屑韵，末二韵再回到質韵上來。但是，恐怕作者實際
　　上并没有這種打算。不過，這樣至少相連的兩個韵脚是
　　同韵的字，總比較顯得諧和些。）

25.7　（三）等立通韵。——所謂等立通韵，并不一定是兩韵的字數完
全相等，祇是説它們大致相等；寬韵的字往往比窄韵的字稍爲多些。例如：
1. <u>魚虞</u>同用。（<u>魚</u>韵以·爲記。）

　　　　田家雜興（其二）　　　　　　　儲光羲
　　衆人耻貧賤，相與尚膏腴。我情既浩蕩，所樂在畎漁。
　　山澤時晦暝，歸家艱閑居。滿園植葵藿，繞屋樹桑榆。
　　禽雀知我閑，翔集依我廬。所願在優游，州縣莫相呼。
　　日與南山老，兀然傾一壺。

2. <u>語麌</u>同用。（<u>語</u>韵以·爲號。）

　　　　田家雜興（其一）　　　　　　　儲光羲
　　春至鶺鴒鳴，薄言向田墅。不能自力作，黽勉娶鄰女。
　　既念生子孫，方思廣田圃。閑時相顧笑，喜悦好禾黍。
　　夜夜登嘯臺，南望洞庭渚。百草被霜露，秋山響砧杵。
　　却羨故年時，中情無所取。

3. <u>皓有</u>同用。（<u>皓</u>韵以·爲記。）

　　　　擬古詩　　　　　　　　　　　韋應物
　　綺樓何氛氲！朝日正杲杲。四壁含清風，丹霞射其牖。
　　玉顔上哀囀，絕耳非世有。但感離恨情，不知誰家婦。
　　孤雲忽無色，邊馬爲回首。曲絕碧天高，餘聲散秋草。

徘徊帷中意，獨夜不堪守。思逐朔風翔，一去千里道。

4. 震問同用。（震韵以・爲記。）

　　　　留別二三子　　　　　　　　　　蕭穎士
　　二紀尚雌伏，徒然忝先進。英英爾衆賢，名實鬱雙振。
　　殘春惜將別，清洛行不近。相與愛後時，無令孤逸韵。
　　（「近」字在這裏讀去聲。）

5. 阮銑同用。（阮韵以・爲記。）

　　　　戲贈張五弟諲　　　　　　　　　王　維
　　吾弟東山時，心尚一何遠！日高猶自卧，鐘動始能飯。
　　領上髮未梳，牀頭書不卷。清川興悠悠，空林對偃蹇。
　　青苔石上净，細草松下軟。窗外鳥聲閑，階前虎心善。
　　徒然萬象多，澹爾太虛緬。一知與物平，自顧爲人淺。
　　對君忽自得，浮念不煩遣。
　　（「飯」「善」「遣」在這裏都讀上聲；「蹇」字有阮銑兩讀。）

　　　　秋次霸亭寄申大　　　　　　　　儲光羲
　　橘柚植寒陵，芙蓉帶脩坂。無言不得意，得意何由展？
　　况復行且徒，而君往猶蹇。既傷人事近，復言天道遠。
　　薄暮入空亭，中夜不能飯。南聽鴻雁盡，西見招搖轉。
　　千門漢主宮，百里周王苑。杲杲初景出，油油鮮雲卷。
　　會朝幸歲正，校獵從新獮。念君久京國，雙涕如露泫。
　　無人薦子雲，太息竟誰辨！
　　（「飯」「苑」「辨」皆上聲。）

6. 泰隊同用。（泰韵以・爲記。）

　　　　奉和聖製送不蒙都護歸安西　　　王　維
　　上卿增命服，都護揚歸斾。雜虜盡朝周，諸胡皆自鄶。

鳴笳瀚海曲，按節陽關外。　落日下河源，寒山靜秋塞。
萬方氛祲息，六合乾坤大。　無戰是天心，天心同覆載。

宿瀟上寄侍御璵弟　王昌齡

獨飲瀟上亭，寒山青門外。　長雲驟落日，桑棗寂已晦。
古人驅馳者，宿此凡幾代？　佐邑由東南，豈不知進退？
吾宗秉全璞，楚得璆林最。　茅山就一徵，柏署起三載。
道契非物理，神交無留礙。　知我滄溟心，脫略腐儒輩。
孟冬鑾輿出，陽谷羣臣會。　半夜馳道喧，五侯擁軒蓋。
是時燕齊客，獻術蓬瀛內。　甚悅我皇心，得與王母對。
賤臣欲干謁，稽首期殞碎。　哲弟感我情，問易窮否泰。
良馬尚足踠，寶刀光未淬。　昨聞羽書飛，兵氣連朔塞。
諸將多失律，廟堂始追悔。　安能召書生，願得論要害？
戎夷非草木，侵逐使狼狽。　雖有屠城功，亦有降虜輩。
兵糧如山積，恩澤如雨霈。　羸卒不可興，磧地無足愛。
若用匹夫策，坐令軍圍潰。　不費黃金資，寧求白璧賚？
明主憂既遠，邊事亦可大。　荷寵務推誠，離言深慷慨。
霜搖直指草，燭引明光珮。　公論日夕阻，朝廷蹉跎會。
孤城海門月，萬里流光帶。　不應百尺松，空老鍾山靄。

（按泰隊同用，恐係唐人通例，與其他通韻情形不同。否
則王維應制詩不應通韻若此。）

7.泰卦同用。（泰以·爲記。）

越中逢天臺太乙子　孟浩然

仙穴逢羽人，停艫向前拜。　問余涉風水，何處遠行邁？
登陸尋天臺，順流下吳會。　茲山夙所尚，安得問靈怪！
上逼青天高，俯臨滄海大。　鷄鳴見日出，常觀仙人祎。
往來赤城中，逍遙白雲外。　莓苔異人間，瀑布當空界。
福庭長自然，華頂舊稱最。　永此從之遊，何當濟所屆！

8.月曷同用。(月韵以‧爲記。)

鹿頭山　　　　　　　　　　杜　甫

鹿頭何亭亭！是日慰飢渴。連山西南斷，俯見千里豁。
遊子出京華，劍門不可越。及茲險阻盡，始喜原野闊。
殊方昔三分，霸氣曾間發。天下今一家，雲端失雙闕。
悠悠想揚馬，繼起名碑兀。有文令人傷，何處埋爾骨？
紆餘脂膏地，慘澹豪俠窟。仗鉞非老臣，宣風豈專達！
冀公柱石姿，論道邦國活。斯人亦何幸！公鎮踰歲月。

9.月屑同用。(月韵以‧爲記。)

秋登蘭山寄張五　　　　　　孟浩然

北山白雲裏，隱者自怡悦。相望試登高，心飛逐鳥滅。
愁因薄暮起，興是清秋發。時見歸村人，沙行渡頭歇。
天邊樹若薺，江畔舟如月。何當載酒來，共醉重陽節！

25.8　(乙) 三韵以上相通。——三韵以上相通，不再分類；讀者
依照上面兩韵相通的分類，自可決定它們應該屬於哪一類。例如：

1.陌錫職通韵。(錫以。爲號，職以‧爲號，陌無號。)

兩當縣吳十侍御江上宅　　　　杜　甫

寒城朝煙澹，山谷落葉赤。陰風千里來，吹汝江上宅。
鵾雞號枉渚，日色傍阡陌。借問持斧翁，幾年長沙客？
哀哀失木狖，矯矯避弓翮。亦知故鄉樂，未敢思夙昔。
昔在鳳翔都，共通金閨籍。天子猶蒙塵，東郊暗長戟。
兵家忌間諜，此輩常接跡。臺中領舉劾，君必慎剖析。
不忍殺無辜，所以分白黑。上官權許與，失意見遷斥。
仲尼甘旅人，向子識損益。朝廷非不知，閉口休嘆息。
余時忝諍臣，丹陛實咫尺。相看受狼狽，至死難塞責。

行邁心多違,出門無與適。於公負明義,惆悵頭更白。

2.屋沃職通韵。（沃以。爲號,職以·爲號,屋無號。）

客　堂　　　　　　　　杜　甫

憶昨離少城,而今異楚蜀。舍舟復深山,窅窕一林麓。
棲泊雲安縣,消中内相毒。舊疾甘載來,衰年得無足。
死爲殊方鬼,頭白免短促。老馬終望雲,南雁意在北。
別家長兒女,欲起愍筋力。客堂序節改,具物對羈束。
石暄蕨芽紫,渚秀蘆筍綠。巴鶯紛未稀,徼麥早向熟。
悠悠日動江,漠漠春辭木。臺郎選才俊,自顧亦已極。
前輩聲名人,埋没何所得？居然綰章綬,受性本幽獨。
平生憩息地,必種數竿竹。事業只濁醪,營茸但草屋。
上公有記者,累奏資薄祿。主憂豈濟時？身遠彌曠職。
循文廟算正,獻可天衢直。尚想趨朝廷,毫髮裨社稷。
形骸今若是,進退委行色。

　　（注意：職可與陌錫通,又可與屋沃通,但陌錫決不能與
　　屋沃通。又如此詩職韵字至少連用兩個,然後諧和。）

3.月曷屑通韵。（月以·爲號,曷以。爲號,屑無號。）

石梁湖有寄　　　　　　劉長卿

故人千里道,滄波一年別。夜上明月樓,相思楚天闊。
瀟瀟清秋暮,颯颯凉風發。湖色淡不梳,沙鷗遠還滅。
煙波日已遠,音問日已絕。歲晏空含情,江皐綠芳歇。

4.齊佳灰通韵。（齊以。爲號,佳以·爲號,灰無號。）

雜　體　　　　　　　　韋應物

同聲必相應,體質不必齊。誰知賈人鐸,能使大樂諧！

鏗鏘發宮徵，和樂變其哀。人神既昭享，鳳鳥亦下來。
豈非至賤物？一奏升天階。物情苟有合，莫問玉與泥。

夏日嘆　　　　　　　　　　杜　甫

夏日出東北，陵天經中街。朱光徹厚地，鬱蒸何由開？
上蒼久無雷，無乃號令乖。雨降不濡物，良田起黃埃。
飛鳥苦熱死，池魚涸其泥。萬人尚流冗，舉目唯蒿萊。
至今大河北，化作虎與豺。浩蕩想幽薊，王師安在哉！
對食不能餐，我心殊未諧。眇然貞觀初，難與數子偕。

5. 元寒删先通韵。（元以。爲號，寒以‧爲號，删以△爲號，先無號。）

義鶻行　　　　　　　　　　杜　甫

陰崖有蒼鷹，養子黑柏顛。白蛇登其巢，吞噬恣朝餐。
雄飛遠求食，雌者鳴辛酸。力强不可制，黃口無半存。
其父從西歸，翻身入長烟。斯須領健鶻，痛憤寄所宣。
斗上捩孤影，嗷哮來九天。修鱗脱遠枝，巨顙坼老拳。
高空得蹭蹬，短草辭蜿蜒。折尾能一掉，飽腸皆已穿。
生雖滅衆雛，死亦垂千年。物情有報復，快意貴目前。
兹實鷙鳥最，急難心炯然。功成失所往，用舍何其賢！
近經滴水湄，此事樵夫傳。飄蕭覺素髮，凛欲衝儒冠。
人生許與分，只在顧盼間。聊爲義鶻行，用激壯士肝。

6. 質物月屑通韵。（物用。號，月用‧號，屑用△號，質無號。）

留花門　　　　　　　　　　杜　甫

北門天驕子，飽肉氣勇決。高秋馬肥健，挾矢射漢月。
自古以爲患，詩人厭薄伐。修德使其來，羈縻固不絶。
胡爲傾國至，出入暗金闕！中原有驅除，隱忍用此物。
公主歌黃鵠，君王指白日。連雲屯左輔，百里見積雪。

長戟烏休飛，哀笳曙幽咽。田家最恐懼，麥倒桑枝折。
沙苑臨清渭，泉香草豐潔。渡河不用船，千騎常撇烈。
胡塵踰太行，雜種抵京室。花門既須留，原野轉蕭瑟。

7. 質物月曷黠屑通韵。（。質；＊物；·月；△曷；＝黠；屑無號。）

自京赴奉先縣詠懷（五百字）　　杜甫

杜陵有布衣，老大意轉拙。許身一何愚，竊比稷與契！
居然成濩落，白首甘契闊。蓋棺事則已，此志常覬豁。
窮年憂黎元，嘆息腸內熱。取笑同學翁，浩歌彌激烈。
非無江海志，蕭灑送日月。生逢堯舜君，不忍便永訣。
當今廊廟具，構廈豈云缺？葵藿傾太陽，物性固莫奪。
顧惟螻蟻輩，但自求其穴。胡爲慕大鯨，輒擬偃溟渤。
以茲悟生理，獨恥事干謁。兀兀遂至今，忍爲塵埃沒？
終媿巢與由，未能易其節。沈飲聊自適，放歌頗愁絕。
歲暮百草零，疾風高岡裂。天衢陰崢嶸，客子中夜發。
霜嚴衣帶斷，指直不得結。凌晨過驪山，御榻在嵽嵲。
蚩尤塞寒空，蹴蹋崖谷滑。瑤池氣鬱律，羽林相摩戛。
君臣留歡娛，樂動殷樛嶱。賜浴皆長纓，與宴非短褐。
彤庭所分帛，本自寒女出。鞭撻其夫家，聚斂貢城闕。
聖人筐篚恩，實欲邦國活。臣如忽至理，君豈棄此物？
多士盈朝廷，仁者宜戰慄。況聞內金盤，盡在衛霍室。
中堂舞神仙，煙霧散玉質。煖客貂鼠裘，悲管逐清瑟。
勸客駝蹄羹，霜橙壓香橘。朱門酒肉臭，路有凍死骨。
榮枯咫尺異，惆悵難再述。北轅就涇渭，官渡又改轍。
群冰從西下，極目高崒兀。疑是崆峒來，恐觸天柱折。
河梁幸未坼，枝撐聲窸窣。行旅相攀援，川廣不可越。
老妻寄異縣，十口隔風雪。誰能久不顧？庶往共饑渴。
入門聞號咷，幼子飢已卒。吾寧舍一哀？里巷亦嗚咽！
所媿爲人父，無食致夭折。豈知秋未登，貧窶有倉卒！

生常免租税,名不隸征伐。撫迹猶酸辛,平人固騷屑。
默思失業徒,因念遠戍卒。憂端齊終南,澒洞不可掇!

8.真文元寒删先通韵。(。真;＊文;‧元;△寒;＝先;删無號。)

<table>
<tr><td colspan="2" align="center">彭衙行</td><td align="right">杜甫</td></tr>
</table>

憶昔避賊初,北走歷險艱。	夜深彭衙道,月照白水山。
盡室久徒步,逢人多厚顏。	參差谷鳥吟,不見遊子還。
癡女饑咬我,啼畏虎狼聞。	懷中掩其口,反側聲愈嗔。
小兒強解事,故索苦李餐。	一旬半雷雨,泥濘相牽攀。
既無禦雨備,徑滑衣又寒。	有時經契闊,竟日數里間。
野果充餱糧,卑枝成屋椽。	早行石上水,暮宿天邊烟。
少留周家窪,欲出蘆子關。	故人有孫宰,高義薄層雲。
延客已曛黑,張燈啓重門。	煖湯濯我足,翦紙招我魂。
從此出妻孥,相視涕闌干。	衆雛爛熳睡,喚起霑盤飧。
誓將與夫子,永結爲弟昆。	遂空所坐堂,安居奉我歡。
誰肯艱難際,豁達露心肝!	別來歲月周,胡羯仍構患。
何當有翅翎,飛去墮爾前!	

25.9　總而言之,歌麻陽侵藥緝諸韵幾乎可説絕對不與別的韵相
通,而相通的範圍最廣者,當推真文元寒删先六韵,及質物月曷黠屑六
韵。依杜詩而論,凡以 n 收尾的字都可互相通押,以 t 收尾的也可互
相通押。這些規矩,直到宋詩裏也沒有什麼兩樣。

25.10　這裏我們附帶談一談上去通押。在四聲當中,上聲韵和
去聲韵字數最少,因此,詩人們偶然把上聲字和去聲字通押。又因這
兩個聲調的字本來有點兒流動不居,有些字本有上去兩讀,有些去聲
字被人們唸入上聲,有些上聲字被人們唸入去聲,尤其是全濁音的上
聲大約在晚唐(或更早)已經混入了去聲,所以更容易造成上去通押的
情形。但是,這種情形在盛唐以前幾乎沒有,直到中晚唐以後纔比較
多些。例如:(上聲以‧爲記。)

…比屋皆可封，誰家不相慶？林疎遠村出，野曠寒山静。帝城雲裏深，渭水天邊映。（王維奉和聖製登降聖觀。）

（廣韵「静」字無去聲，平水韵「静」字有去聲。待考。）

…吏呼一何怒，婦啼一何苦！聽婦前致詞，三男鄴城戍。（杜甫石壕吏。）

…鴛鴦瓦冷霜華重，翡翠衾寒誰與共？悠悠生死别經年，魂魄不曾來入夢。（白居易長恨歌。）

…歸來池苑皆依舊，太液芙蓉未央柳。（同上。）

…明年十月東都破，御路猶存禄山過。驅令供頓不敢藏，萬姓無聲淚潛墮。（元稹連昌宫詞。）

…彭門十萬皆雄勇，首戴公恩若山重。廷評日下握靈蛇，書記眼前吞彩鳳。（李商隱偶成。）

盡説青雲路，有足皆可至…玉京十二樓，峨峨倚青翠。下有千朱門，何門薦孤士？（孟郊長安旅情。）

爾去東南夜，我無西北夢。誰言貧别易，貧别愁更重。曉色奪明月，征人逐羣動。秋風楚濤高，旅榜將誰共？（孟郊送從弟郢東歸。）

…山頭松柏半無主，地下白骨多於土，寒食家家送紙錢，烏鳶作窠銜上樹。（張籍北邙行。）

…翠華西去幾時返？梟巢乳鳥藏鶩鷺。御門空鎖五十年，税彼農夫修王殿。（張籍洛陽行。）

…夜雨岡頭食榛子，杜鵑口血老夫淚。藍溪之水厭生人，身死千年恨溪水。（李賀老夫採玉歌。）

…斜山柏風雨如嘯，泉脚挂繩青裊裊。村寒白屋白嬌嬰，古臺石磴懸腸草。（同上。）

（嘯皓通韵，上去通押。）

…桐英永巷騎新馬，内屋深屏生色畫。開門爛用水衡錢，卷起黄河向身瀉。（李賀秦宫詩。）

（「畫」屬卦韵，馬卦通韵，上去通押。）

月落大隄上，女垣棲烏起。細露溼團紅，寒香解夜醉。（李賀石城曉。）

…壯士臂立綠絛鷹，佳人袍畫金泥鳳。橡燭那知夜漏殘，銀
貂不管晨霜重。一梢紅破海棠回，數蕊香新早梅動。酒徒
詩社朝莫忙，日月匆匆迭賓送。（陸游懷成都。）

水邊小邱因古城，上有巨竹數百箇。一徑蛇蟠不容脚，平處
乃可十客坐。裊裊共看風枝舞，萩萩時聽春籜墮。古佛不
妝香火冷，瘦僧如臘袈裟破。（陸游城西接待院後竹
下作。）

25.11　有些字雖有上去兩讀，然而意義不同。例如「重」，上聲，
輕重也，形容詞；去聲，更爲也，副詞。「樹」，去聲，樹木也，名詞；上聲，
建樹也，動詞。「瀉」，上聲，傾瀉也；去聲，吐瀉也。由此看來，上面的
「重」「樹」「瀉」等字仍應認爲上去通押。有些字是全濁音的上聲，如
「士」「重」「動」「坐」「墮」之類，大約在中晚唐以後，口語裏已讀入去聲
（像現代官話一樣），所以依韵書雖當認爲上去通押，若依口語却是純
粹的用去聲韵。剩下來祇有杜甫的以「苦」韵「戍」，白居易的以「舊」韵
「柳」，張籍的以「返」韵「鷰」，以「土」韵「樹」，李賀的以「嘯」韵「裊」，以
「馬」韵「畫」，以「起」韵「醉」，是真正的上去通押了。

附註：

【註三十二】　杜甫彭衙行（見本書 343 頁）叶「艱、山、顔、還、聞、噴、
餐、攀、寒、間、椽、烟、關、雲、門、魂、干、餐、昆、歡、肝、患、前。」
仇兆鰲杜詩詳註引毛奇齡韵學指要曰：「古韵無明註，惟宋吳棫、鄭
庠各有古韵通轉註本，惜當時但行棫説，而不行庠説，致韵學大晦。
考鄭氏古音辯，分古韵六部，東、冬、江、陽、庚、青、蒸七韵皆協陽音，
支、微、齊、佳、灰五韵皆協支音，真、文、元、寒、删、先六韵皆協先音，
魚、虞、歌、麻四韵皆協虞音，蕭、肴、豪、尤四韵皆協尤音，侵、覃、鹽、
咸四韵皆協覃音。其書出吳氏韵補後，按之古音，已得十之九，所略
不足者，魚虞歌麻與蕭肴豪尤尚分兩部耳。」仇兆鰲曰：「按毛氏此書
實足破沈韵之拘隘。閱少陵彭衙行，合六韵於一篇，唐人尚知古韵
也。」力按，毛氏之説是錯誤的。他不懂古韵，杜甫也不懂古韵，祇是
此詩用韵很寬，仿佛杜甫想要仿古罷了。

第二十六節　古體詩的用韵(下)
——轉韵

26.1　轉韵,在詩經裏就有了,又如古詩十九首裏的一首:

　　行行重行行,與君生別離。相去萬餘里,各在天一涯。
　　道路阻且長,會面安可知? 胡馬依北風,越鳥巢南枝。
　　相去日已遠,衣帶日已緩。浮雲蔽白日,遊子不顧返。
　　思君令人老,歲月忽已晚。棄捐勿復道,努力加餐飯。
　　(凡轉韵處用·號爲記,下仿此。)

26.2　唐詩的轉韵,可大別爲兩種:第一種是隨便換韵,像古詩一樣;第二種是在換韵的距離上和韵脚的聲調上都有講究,這樣,雖名爲古風,其實已經是一種新的形式了。前者可稱爲仿古的古風;後者可稱爲新式的古風。

　　先說隨便換韵的一種。這種古風如果是五言,又如果平仄多數不近律句,就非常像古詩。例如:

隱　士　　　　　　　　　　　孟　郊

　　本來一相返,漂浮不還真。山野多餞士,市井無飢人。
　　虎豹忌當道,麋鹿知藏身。奈何貪競者,日與患害親!
　　顏貌歲歲改,利心朝朝新。孰知富生禍? 取富不取貧!
　　寶玉忌出璞,出璞先爲塵。松柏忌出山,出山先爲薪。
　　君子隱石壁,道書爲我鄰。寢興思其義,澹泊味始真。
　　陶公自放歸,尚平去有依。草木擇地生,禽鳥順便飛。
　　青青與冥冥,所保各不違。

26.3　如果是七言,若非句句用韵,就不很像古詩;而且在平仄上,它們大多數近似律句,更和古詩的格調相差甚遠(參看下文第二十九節)。只有長短句的格調較爲近古,而且長短句大多數是轉韵的,

例如：

夢遊天姥吟留別　　　　　　李　白

海客談瀛洲，煙濤微茫信難求。越人語天姥，雲霓明滅或可睹。天姥連天向天橫，勢拔五嶽掩赤城。天台四萬八千丈，對此欲倒東南傾。我欲因之夢吳越，一夜飛度鏡湖月。湖月照我影，送我至剡溪。謝公宿處今尚在，綠水蕩漾清猿啼。腳著謝公屐，身登青雲梯。半壁見海日，空中聞天雞。千巖萬壑路不定，迷花倚石忽已暝。熊咆龍吟殷巖泉，慄深林兮驚層巔。雲青青兮欲雨，水澹澹兮生煙。列缺霹靂，邱巒崩摧。洞天石扇，訇然中開。青冥浩蕩不見底，日月照耀金銀臺。霓爲衣兮風爲馬，雲之君兮紛紛而來下。虎鼓瑟兮鸞迴車，仙之人兮列如麻。忽魂悸以魄動，怳驚起而長嗟。惟覺時之枕席，失向來之煙霞。世間行樂亦如此，古來萬事東流水。別君去兮何時還？且放白鹿青崖間。須行即騎訪名山。安能摧眉折腰事權貴，使我不得開心顏！

26.4　上面兩例，就換韵的距離而論，可以說是隨意的，沒有一定的。但是，有時候在沒有一定的情形之下，也頗有有意造成的局面，例如在起頭或煞尾的地方，祇用同韵的兩個韵腳。前者可稱爲促起式；後者可稱爲促收式。

26.5　促起式例如上面所舉李白的夢遊天姥，起頭共用兩個短韵（尤虞），然後漸漸用長韵。也有祇用一個短韵起頭的，例如：

潼關吏　　　　　　　　杜　甫

士卒何草草！築城潼關道。大城鐵不如，小城萬丈餘。借問潼關吏，修關還備胡。要我下馬行，爲我指山隅。連雲到戰格，飛鳥不能踰。胡來但自守，豈復憂西都？丈人視要處，窄狹容單車。艱難奮長戟，萬古用一夫。哀哉桃林戰，百萬化爲魚。請囑防關將，慎勿學哥舒。

26.6 但是,促起式的作用并没有促收式的作用那樣顯明。據詩論家説,促收易於遒勁。促收式常見於七言古風裏,例如:

乾元中寓居同谷縣作歌七首(其一)
杜　甫

有客有客字子美,白頭亂髮垂過耳。歲拾橡栗隨狙公,
天寒日暮山谷裏。中原無書歸不得,手脚凍皴皮肉死。
鳴呼一歌兮歌已哀,悲風爲我從天來!

漢陂行
杜　甫

岑參兄弟皆好奇,携我遠來遊漢陂。天地黯慘忽異色,
波濤萬頃堆琉璃。琉璃汗漫泛舟入,事殊興極憂思集。
鼉作鯨吞不復知,惡風白浪何嗟及! 主人錦帆相爲開,
舟子喜甚無塵埃。鳧鷖散亂棹鷗發,絲管嘲啾空翠來。
沈竿續蔓深莫測,菱葉荷花静如拭。宛如中流渤澥清,
下歸無極終南黑。半陂巳南純浸山,動影裊窕冲融間。
船舷暝戛雲際寺,水面月出藍田關。此時驪龍亦吐珠,
馮夷擊鼓群龍趨。湘妃漢女出歌舞,金支翠旗光有無。
咫尺但愁雷雨至,蒼茫不曉神靈意。少壯幾時奈老何,
向來哀樂何其多!

(末用眞歌兩短韵作收。)

天育驃騎歌
杜　甫

吾聞天子之馬走千里,今之畫圖無乃是。是何意態雄且傑,
駿尾蕭梢朔風起。毛爲綠縹兩耳黄,眼有紫焰雙瞳方。矯然
龍性合變化,卓立天骨森開張。伊昔太僕張景順,監牧攻駒
閲清峻。遂令大奴守天育,別養驥子憐神駿。當時四十萬匹
馬,張公嘆其材盡下。故獨寫眞傳世人,見之座右久更新。
年多物化空形影,鳴呼健步無由騁。如今豈無騕褭與驊騮,
時無王良伯樂死即休。

(末用馬眞梗尤四個短韵,最後兩句爲九字句,更顯得
有力。)

26.7　由促起式和促收式，順便談到以用短韵爲主的古風。像下面岑參的一首詩，就是屬於這一類的：

輪臺歌奉送封大夫出師西征　　　岑　參

輪臺城頭夜吹角，輪臺城北旄頭落。羽書昨夜過渠黎，
單于已在金山西。戍樓西望煙塵黑，漢兵屯在輪臺北。
上將擁旄西出征，平明吹笛大軍行。四邊伐鼓雪海涌，
三軍大呼陰山動。虜塞兵氣連雲屯，戰場白骨纏草根。
劍河風急雪片闊，沙邊石凍馬蹄脫。亞相勤王甘苦辛，
誓將報主靜邊塵。古來青史誰不見？今見功名勝古人。

這一首詩每兩句換一韵，直到篇末，纔用四句一韵，因爲不能一直促到底，必須衍爲四句，以舒其氣。這雖是技巧上的問題，但因它影響及於用韵的形式，所以稍爲提及。

26.8　仿古的古風和新式的古風之間没有截然的鴻溝。但是典型的新式古風須具備三個條件：（一）平仄多數入律；（二）四句一換韵；（三）平仄韵遞用。關於第一點，等到下文第二十九節再談。大致説來，如果合於後兩個條件的古風，多數是合於第一個條件的。但是，有些古風雖然四句一換韵，却非平仄韵遞用；另有些古風雖然平仄韵遞用，却非四句一換韵。這些就是介乎仿古的古風和新式的古風之間的。

26.9　下面是一些四句一換韵然而并非全篇平仄韵遞用的例子：

妾薄命　　　　　李　白

漢帝寵阿嬌，貯之黄金屋。咳唾落九天，隨風生珠玉。
寵極愛還歇，妒深情却疎。長門一步地，不肯暫回車。
雨落不上天，覆水難再收。君情與妾意，各自東西流。
昔日芙蓉花，今成斷腸草。以色事他人，能得幾時好？
（四句一換韵，共用屋魚尤皓四韵，魚尤以平換平。）

石壕吏　　　　　杜　甫

暮投石壕村，有吏夜捉人。老翁踰墻走，老婦出門看。

吏呼一何怒，婦啼一何苦！聽婦前致詞：三男鄴城戍。
一男附書至，二男新戰死。存者且偷生，死者長已矣。
室中更無人，惟有乳下孫。有孫母未去，出入無完裙。
老嫗力雖衰，請從吏夜歸。急應河陽役，猶得備晨炊。
夜久語聲絕，如聞泣幽咽。天明登前途，獨與老翁別。

　　（四句一換韻，共用真麌紙元支屑六韻，麌紙以仄換仄，
　　元支以平換平。）

　　平城下　　　　　　　　　　　李　賀

飢寒平城下，夜夜守明月。別劍無玉花，海風斷鬢髮。
塞長連白空，遙見漢旗紅。青帳吹短笛，煙霧濕畫龍。
日晚在城上，依稀望城下。風吹枯蓬起，城中嘶瘦馬。
借問築城吏，去關幾千里！惟愁裹屍歸，不惜倒戈死。

　　（四句一換韻，共用月東馬紙四韻，馬紙以仄換仄。）

　　駕去溫泉後贈楊山人　　　　　李　白

少年落魄楚漢間，風塵蕭瑟多苦顏。自言管葛竟誰許？
長吁莫錯還閉關。一朝君王垂拂拭，剖心輸丹雪胸臆。
忽蒙白日回景光，直上青雲生羽翼。幸陪鸞輦出鴻都，
身騎飛龍天馬駒。王公大人借顏色，金章紫綬來相趨。
當時結交何紛紛！片言道合惟有君。待吾盡節報明主，
然後相攜臥白雲。

　　（四句一換韻，共用刪職虞文四韻，虞文以平換平。）

下面是一些平仄韻遞用然而并非全篇四句一換韻的例子：

　　湖中旅泊寄閻九司戶防　　　　孟浩然

桂水通百越，扁舟期曉發。荊雲蔽三巴，夕望不見家。
襄王夢行雨，才子謫長沙。長沙饒瘴癘，胡為苦留滯。
久別思款顏，承歡懷接袂。接袂杳無由，徒增旅泊愁。
清猿不可聽，沼月下湘流。

　　（共用月麻霽尤四韻，月韻僅兩句。）

　　擬古詩（其一）　　　　　　　韋應物

辭君遠行邁，飲此長恨端。已謂道里遠，如何中險艱。
流水赴大壑，孤雲還暮山。無情尚有歸，行子何獨難！
驅車背鄉園，朔風卷行迹。嚴冬霜斷肌，日入不遑息。
憂歡容髮變，寒暑人事易。中心君詎知？冰玉徒貞白！

（共用寒陌兩韵，各八句。）

魏將軍歌　　　　　　　　杜　甫

將軍昔著從事衫，鐵馬馳突從兩衞。披堅執銳略西極，
崐崘月窟東嶄巖。君門羽林萬猛士，惡若哮虎子所監。
五年起家列霜戟，一日過海收風帆。平生流輩徒蠢蠢，
長安少年氣欲盡。魏侯骨聳精爽緊，華岳峰尖見秋隼。
星躔寶枝金盤陀，夜騎天駟超天河。閶闔熒惑不敢動，
翠蕤雲旓相盪摩。吾爲子起歌都護，酒闌插劍肝膽露。
鉤陳蒼蒼風玄武，萬歲千秋奉明主，臨江節士安足數？

（共用咸軫歌遇四韵，篇末可認爲平仄通押。咸韵八句，
軫韵四句，歌韵四句，遇韵五句。）

26.10　現在談到新式的古風。在未舉例以前，我們想先說明五古和七古的重要分別。五古上有所承，漢魏六朝的古詩差不多都是五言，所以唐人相率仿古；七古上無所承（參看上文導言），所以唐人除了「柏梁體」之外（參看下節），祇好自闢蹊徑。所謂自闢蹊徑，不外兩種辦法：第一種是依照五古的聲律，祇在每句上面添上兩個音，這樣它的格調自古，李白和杜甫都喜歡這樣做。第二種是依照律詩的格律。他們喜歡平仄入律，因爲這樣才近似律詩；他們喜歡四句一換韵，因爲這樣就等於把幾首近體絕句集合成爲一首；他們喜歡平仄韵遞用，因爲這和句中的平仄相間是一貫的道理。王維喜歡這樣做；盛唐和中晚唐的詩人們都喜歡跟着王維這樣做。

26.11　因爲上述的道理，所以若就七古而論，新式的古風佔了絕對的優勢。再就盛唐的詩看來，新式的古風也祇限於七古，五言祇有仿古的一格，沒有純粹新式的一格。這因爲五七古的來源不同，所以它們分道揚鑣，在風格上也產生了根本上的差異。

26.12　然而新式的古風并非盛唐才有的，齊梁及初唐已開其端，

這因爲五言律詩本來在齊梁就有了胚胎(例如上文第四節所舉庾信的
奉和山池),七言在未變爲七律以前,已經先變了新式的古詩了。
例如:

燕歌行　　　　　　　　　　　　梁元帝
燕朝佳人本自多,遼東少婦學春歌。黃龍戍北花如錦,
元菟城南月似蛾。如何此時別夫壻,金羈翠眊往交河!
還聞入漢去燕營,怨妾愁心百恨生。漫漫悠悠天未曉,
遙遙夜夜聽寒更。自從異縣同心別,偏恨同時成異節。
橫波滿臉萬行啼,翠眉暫斂千重結。并海連天合不開,
那堪春日上春臺。乍見遠舟如落葉,復看遙舸似行杯。
沙汀夜鶴嘯羈雌,妾心無趣坐傷離。翻嗟漢使音塵斷,
空傷賤妾燕南陲。

這詩雖不是全篇四句一換韵,但祇有第一段是六句,其餘各段都是四
句;雖然第一二兩段和最後兩段是以平換平,但其餘各韵都是平仄遞
用。第一段極似三韵小律,其餘各段都像今體絕句。又如:

長安古意　　　　　　　　　　　盧照鄰
長安大道連狹斜,青牛白馬七香車。玉輦縱橫過主第,
金鞭絡繹向侯家。龍銜寶蓋承朝日,鳳吐流蘇帶晚霞。
百丈遊絲爭繞樹,一羣嬌鳥共啼花。遊蜂戲蝶千門側,
碧樹銀臺萬種色。復道交牕作合歡,雙闕連甍垂鳳翼。
梁家畫閣天中起,漢帝金莖雲外直。樓前相望不相知,
陌上相逢詎相識? 借問吹簫向紫煙,曾經學舞度芳年。
得成比目何辭死? 願作鴛鴦不羨仙。比目鴛鴦真可美,
雙來雙去君不見。生憎帳額繡孤鸞,好取門簾帖雙燕。
雙燕雙飛繞畫梁,羅幃翠被鬱金香。片片行雲著蟬鬢,
纖纖初月上鴉黃。鴉黃粉白車中出,含嬌含態情非一。
妖童寶馬鐵連錢,倡婦盤龍金屈膝。御史府中烏夜啼,
廷尉門前雀欲栖。隱隱朱城臨玉道,遙遙翠幰沒金堤。

挾彈飛鷹杜陵北，探丸借客渭橋西。俱邀俠客芙蓉劍，
共宿倡家桃李溪。倡家日暮紫羅裙，清歌一囀口氛氳。
北堂夜夜人如月，南陌朝朝騎似雲。南陌北堂連北里，
五劇三條控三市。弱柳青槐拂地垂，佳氣紅塵暗天起。
漢代金吾千騎來，翡翠屠蘇鸚鵡杯。羅襦寶帶爲君解，
燕歌趙舞爲君開。別有豪華稱將相，轉日迴天不相讓。
意氣由來排灌夫，專權判不容蕭相。專權意氣本豪雄，
青虯紫燕坐生風。自言歌舞長千載，自謂驕奢凌五公。
節物風光不相待，桑田碧海須臾改。昔時金階白玉堂，
即今惟見青松在。寂寂寥寥楊子居，年年歲歲一牀書。
獨有南山桂花發，飛來飛去襲人裾。

這詩共用麻職先霰陽質齊文紙灰漾東賄魚十四個韵，麻職齊各八句，
恰是四句的一倍，其餘各用四句。除齊文以平換平外，其餘都是平仄
韵遞用。麻齊像平韵七律，職像仄韵七律，其餘都像近體絕句。這樣，
它和盛唐以後的新式古風極爲相近。多數詩論家都認爲這是七古的
「正調」；至於李杜的七古却是擺脫齊梁和初唐的作風，而欲直追漢
晉的。

26.13　中唐以前，七古極少一韵到底的（柏梁體當然是例外），只
有杜甫的七古有些是一韵到底。直到韓愈以後，一韵到底的七古纔漸
漸盛行。這樣，就中唐以前的七古而論，轉韵的七古才是最普通的一
種。這也和仿古與否極有關係：仿古的七言詩應該是一韵到底的，因
爲漢魏六朝的古詩大多數是一韵到底的；新式的七古應該是轉韵的，
律詩不轉韵，七古可藉轉韵與律詩有分別，否則平仄既多入律，就和七
律或七言排律相混了。

26.14　下面諸例，完全合於四句一換韵而且平仄韵遞用的規矩：

夷門歌　　　　　　　　　王　維
七國雄雌猶未分，攻城殺將何紛紛！秦兵益圍邯鄲急，
魏王不救平原君。公子爲贏停駟馬，執轡愈恭意愈下。
亥爲屠肆鼓刀人，贏乃夷門抱關者。非但慷慨獻奇謀，

意氣兼將身命酬。向風刎頸送公子,七十老翁何所求?

欲之新鄉答崔顥綦毋潛　　　　李　頎

數年作吏家屢空,誰道黑頭成老翁。男兒在世無產業,
行子出門如轉蓬。吾屬交歡此何夕?南家擣衣動歸客。
銅爐將炙相歡飲,星宿縱橫露華白。寒風捲葉度滹沱,
飛雪布地悲峨峨。孤城日落見棲鳥,馬上時聞漁者歌。
明朝東路把君手,臘日辭君期歲首。自知寂寞無去思,
敢望縣人致牛酒?

古大梁行　　　　　　　　　　高　適

古城莽蒼饒荊榛,驅馬荒城愁殺人。魏王宮觀盡禾黍,
信陵賓客隨灰塵。憶昨雄都舊朝市,軒車照耀歌鐘起。
軍容帶甲三十萬,國步連營一千里。全盛須臾那可論?
高臺曲池無復存。遺墟但有狐狸迹,古地空餘草木根。
莫天搖落傷懷抱,撫劍悲歌對秋草。俠客猶傳朱亥名,
行人尚識夷門道。白璧黃金萬戶侯,寶刀駿馬填山丘。
年代淒涼不可問,往來唯見水東流。

送費子歸武昌　　　　　　　　岑　參

漢陽歸客悲秋草,旅舍葉飛愁不掃。秋來倍憶武昌魚,
夢著只在巴陵道。曾隨上將過祁連,離家十年恒在邊。
劍峰可惜虛應盡,馬蹄無事今已穿。知君開館常愛客,
樗蒲百金每一擲。平生有錢將與人,江上故園空四壁。
吾觀費子毛骨奇,廣眉大口仍赤髭。看君失路尚如此,
人生貴賤那得知?高秋八月歸南楚,東門一壺聊出祖。
路指鳳凰山北雲,衣沾鸚鵡洲邊雨。勿嘆蹉跎白髮新,
應須守道勿羞貧。男兒何必戀妻子?莫向江邨老却人!

七夕詞　　　　　　　　　　　崔　顥

長安城中月如練,家家此夜持鍼綫。仙裙玉珮空自知,
天上人間不相見。長信深陰夜轉幽,玉階金閣數螢流。
班姬此夕愁無限,河漢三更看女牛。

客舍喜鄭三見寄　　　　　　　劉長卿

客舍逢君未授衣,閉門愁見桃花飛。遙想故園今已爾,

家人應念行人歸。寂寞垂楊映深曲，長安日莫靈臺宿。
窮巷無人鳥雀閒，空庭新雨莓苔綠。此中分與故交疎，
何幸仍回長者車！十年未稱平生意，好得辛勤謾讀書。

26.15　但是，這些詩裏還有少數句子的平仄不能完全入律。（關
於古風之入律，參看下文第三十一節。）至於像下面的幾首，就完全入
律了，於是就變爲好像兩個以上的近體絕句所合成的詩了：

　　　故人張諲工詩善卜易兼能丹青　　　王　　維
不逐城東遊俠兒，隱囊紗帽坐彈棋。蜀中夫子時開卦，
洛下書生解詠詩。藥欄花徑衡門裏，時復據梧聊隱几。
屏風誤點惑孫郎，團扇草書輕內史。故園高枕度三春，
永日垂帷絕四鄰。自想蔡邕今已老，更將書籍與何人？

　　　古從軍行　　　　　　　　　　李　　頎
白日登山望烽火，黃昏飲馬傍交河。行人刁斗風沙暗，
公主琵琶幽怨多。野雲萬里無城郭，雨雪紛紛連大漠。
胡雁哀鳴夜夜飛，胡兒眼淚雙雙落。聞道玉門猶被遮，
應將性命逐輕車。年年戰骨埋荒外，空見蒲桃入漢家。

　　　和盧明府送鄭十三還京　　　孟浩然
昔時風景登臨地，今日衣冠送別筵。醉坐自傾彭澤酒，
思歸長望白雲天。洞庭一葉驚秋早，濩落空嗟滯江島。
寄語朝廷當世人，何時重見長安道？

　　　盧龍塞行送韋掌記　　　　錢　　起
雨雪紛紛黑山外，行人共指盧龍塞。萬里飛沙咽鼓鼙，
三軍殺氣凝旌旆。陳琳書記本翩翩，料敵張兵奪酒泉。
聖主好文兼好武，封侯莫比漢皇年。

　　　送郎三落第還鄉　　　　　錢　　起
郎客文章絕世稀，常嗟時命與心違。十年失路誰知己？
千里思親獨遠歸。雲帆春水將何適？日愛東南莫山碧。
關中新月對離樽，江上殘花待歸客。名宦無媒自古遲，
窮途此別不堪悲。荷衣垂釣且安命，金馬招賢會有時。

送客還江東　　　　　　　韓　翃

還家不落春風後，數日應沽越人酒。池畔花深鬬鴨闌，
橋邊雨洗藏鴉柳。遙憐內舍著新衣，復向鄰家醉落暉。
把手閒歌香橘下，空山一望鷓鴣飛。

26.16　上文說過，盛唐新式的古風祇限於七古；至於五古，直到
中唐以後才有純粹新式的，而且數量很少。這裏所謂純粹新式，是包
括平仄入律而言，因爲如果專就四句一換韵及平仄韵遞用而言，盛唐
已經有了，例如王維的贈祖三詠(或云孟浩然作)，孟浩然的採樵行，送
魏郡李太守赴任，丘爲的泛若耶溪等。關於純粹新式的五古，現在祇
能舉出中唐的一個例子：

送吉中孚歸楚州舊山　　　　盧　綸

青袍芸閣郎，談笑揖侯王。舊錄藏雲穴，新詩滿帝鄉。
名高聞不得，到處人爭識。誰知冰雪顏，已雜風塵色！
此去復如何？東皐歧路多。藉茅臨紫陌，回首憶滄波。
年來倦蕭索，但說淮南樂。并檝湖中遊，連檣月下泊。
沿溜入閶門，千燈夜市喧。喜逢鄰舍伴，遙語問鄉園。
下淮風自急，樹杪分郊邑。送客隨岸行，離人出舸立。
漁村遠水田，澹浦隔晴烟。欲就林中靜，先期石上眠。
林昏天未曙，且向雲邊去。暗入無路上，心知有花處。
登高日轉明，下望見春城。洞裏草空長，塚邊人自耕。
寥寥行異境，過盡千峰影。露色凝古壇，泉聲落寒井。
仙成不可期，多別自堪悲。爲問桃源客，何人見亂時？

<blockquote>
（全詩共四十四句，祇有「送客隨岸行」，「暗入無路上」，
「露色凝古壇」三句不入律。這三句的平仄是着意造成
的，因爲這樣才和下面的「平平仄平仄」恰恰相對。除此
之外，雖還稍有拗救，都是律詩裏所容許的。）
</blockquote>

26.17　漢魏六朝的轉韵詩也有四句一換韵或平仄韵遞用的例
子，然而那是偶然的，不像唐人是着意的。前者因爲是偶然的，所以不

整齊;後者因爲是着意的,所以很整齊。

　　26.18　轉韵的古風應該共用幾個韵? 這是没有一定的。<u>齊梁</u>以前的古詩往往只轉一次韵,因爲它們往往超過了四句才换韵;<u>齊梁</u>以後,因爲喜歡四句一换韵,甚至兩句一换韵,韵的數目就多了,最多的可達二三十個韵,例如<u>白居易</u>的<u>長恨歌</u>(原文見第三十四節)。

　　26.19　總之,轉韵詩在<u>唐</u>以前很少,<u>唐</u>以後却盛行;<u>唐</u>以後,五言轉韵也頗少,七言及雜言轉韵最多。七言轉韵詩,仿古的少,新式的多。這上頭可以看出從古詩演化的所謂「古風」的痕迹。

第二十七節　奇句韵和柏梁體

　　27.1　奇句,就是律詩裏所謂出句。提到奇句韵,我們該先談首句入韵的問題。古風也和律詩一樣,五言首句入韵的少,七言首句入韵的多。

　　27.2　五古的首句入韵,比之五律首句入韵更爲罕見。上文自第二十三節至二十六節裏所舉的許多五古當中,祇有<u>李白</u>古風「秋露白如玉」,<u>杜甫</u>的潼關吏「士卒何草草」,石壕吏「暮投石壕村」,<u>孟浩然</u>湖中旅泊「桂水通百越」,<u>盧綸</u>的送吉中孚「青袍芸閣郎」,是入韵的,而潼關吏和湖中旅泊還有特殊原因,因爲開始兩句就换韵,首句勢非入韵不可。下面再舉五古首句入韵的幾個例子:

<table>
<tr><td>送吴悦遊韶陽</td><td>孟浩然</td></tr>
<tr><td>五色憐鳳雛,南飛適鷓鴣。</td><td>楚人不相識,何處求椅梧?</td></tr>
<tr><td>去去日千里,茫茫天一隅。</td><td>安能與斥鷃,決起但搶榆!</td></tr>
<tr><td>寄暢當</td><td>韋應物</td></tr>
<tr><td>寇賊起東山,英俊方未閑。</td><td>聞君新應募,籍籍動京關。</td></tr>
<tr><td>出身文翰場,高步不可攀。</td><td>青袍未及解,白羽插腰間。</td></tr>
<tr><td>昔爲瓊樹枝,今有風霜顏。</td><td>秋郊細柳道,走馬一夕還。</td></tr>
<tr><td>丈夫當爲國,破敵如摧山。</td><td>何必事州府,坐使鬢毛斑!</td></tr>
</table>

　　　　(以上是一韵到底的例子。)

　　　　山中逢道士雲公　　　　　　孟浩然
春餘草木繁，耕種滿田園。酌酒聊自勸，農夫安與言！
忽聞荊山子，時出桃花源。采樵過北谷，賣藥來西村。
村烟日云夕，榛路有歸客。杖策前相逢，依然是疇昔。
邂逅歡觀止，殷勤叙離隔。謂予搏扶桑，輕舉振六翮。
奈何偶昌運，獨見遺草澤。既笑接輿狂，仍憐孔丘厄。
物情趨勢利，吾道貴閑寂。偃息西山下，門庭罕人迹。
何時還清溪，從爾鍊丹液？

　　（這是轉韵的例子。）

27.3　七古的首句入韵，比之七律的首句入韵却更爲常見。上文
自第二十三節至二十六節所舉許多七古當中，祇有李頎的古從軍行和
孟浩然的和盧明府是首句不入韵的。現在再舉兩個首句入韵的例子：

　　　　歲晏行　　　　　　　　　杜　甫
歲云暮矣多北風，瀟湘洞庭白雪中。漁父天寒網罟凍，
莫徭射雁鳴桑弓。去年米貴闕軍食，今年米賤大傷農。
高馬達官厭酒肉，此輩杼柚茅茨空。楚人重魚不重鳥，
汝休枉殺南飛鴻。況聞處處鬻男女，割慈忍愛還租庸。
往日用錢捉私鑄，今許鉛錫與青銅。刻泥爲之最易得，
好惡不合長相蒙。萬國城頭吹畫角，此曲哀怨何時終？

　　（這是一韵到底的例子。）

　　　　東墟晚歇　　　　　　　白居易
涼風冷落蕭索天，黃蒿紫菊荒涼田。繞家秋花少顏色，
細蟲小蝶飛翻翻。中有騰騰獨行者，手拄漁竿不騎馬。
晚從南澗釣魚回，歇此墟中白楊下。褐衣半故白髮新，
人逢知我是何人？誰言渭浦棲遲客，曾作甘泉侍從臣？

　　（這是轉韵的例子。）

27.4　雜言，如果是以五言或七言（或更多）起首，也是以入韵爲常。
上文第二十三節裏所舉李白的長相思，自漢陽病酒歸，江夏行，前有一樽酒

行,白雲歌,白毫子歌,將進酒,飛龍行,日出行,杜甫的茅屋爲秋風所破歌,
張籍的節婦吟,行路難,陳與義的遥碧軒作,周紫芝的五禽言(思歸樂),晁
補之的秋風吹我衣,都是這一類的例子。如果是以三言起首,也有些是
入韻的,第二十三節裏所擧張籍的牧童詞,山頭鹿,周紫芝的五禽言(婆
餅焦,提壺蘆),謝翱的北府酒,都是這一類的例子。現在不再擧例了。

27.5　在轉韻的古風裏,每轉一韻,第一句總以入韻爲原則。非
但七古大多數如此,連五古也有一部分如此。(這和五古首句不入韻
的習慣恰恰相反。)這種風氣,可說是很古就有了的,例如上節所擧古
詩十九首中的行行重行行,由支韻轉入阮韻,第一句就是「相去日已
遠」,「遠」字入韻。至於上節所擧齊梁以後的例子,五古如孟郊
的隱士,杜甫的潼關吏,石壕吏,孟浩然的湖中旅泊,盧綸的送吉中孚,
七古如杜甫的乾元中寓居,溧陂行,天育驃騎歌,魏將軍歌,岑參的輪
臺歌,送費子,李白的駕去溫泉,梁武帝的燕歌行,盧照鄰的長安古意,
王維的夷門歌,故人張諲,李頎的欲之新鄉,古從軍行,高適的
古大梁行,崔顥的七夕詞,劉長卿的客舍,孟浩然的和盧明府,錢起的
盧龍塞行,送鄔三,韓翃的送客還江東,都是合乎這個規矩的。李白的
夢遊天姥,只有第八段首句的「列缺霹靂」,「靂」字未入韻,這因爲是四
字句,情形特殊,所以沒有依照常規。真正的例外祇有李白的妾薄命
第二段首句「寵極愛還歇」,第三段首句「雨落不上天」,李賀的平城下
第三段首句「日晚在城上」,韋應物擬古詩第二段首句「驅車背鄉園」。

現在再擧一些例子爲證:

(一) 五古。

經破薛擧戰地	唐太宗
昔年懷壯氣,提戈初仗節。	心隨朗月高,志與秋霜潔。
移鋒驚電起,轉戰長河決。	營碎落星沈,陣卷橫雲裂。
一揮氛沴净,再擧鯨鯢滅。	於兹撫舊原,屬目駐華軒。
沈沙無故跡,減竈有長痕。	浪霞穿水净,峰霧拖蓮昏。
世途亟流易,人事殊今昔。	長想眺前蹤,撫躬聊自適。

採樵行	孟浩然
採樵入深山,山深水重疊。	橋崩臥查擁,路險垂藤接。

日落伴將稀,山風拂蘿衣。長歌負輕策,平野望煙歸。

酬岑十二主簿秋夜見贈　　　高　適

舍下蛩亂鳴,居然自蕭索。緬懷高秋興,忽枉清夜作。
感物我心勞,涼風驚二毛。池空菡萏死,月出梧桐高。
如何異鄉縣,復得交才彥!汨没嗟後時,蹉跎恥相見。
箕山別來久,魏闕誰不戀?獨有江海心,悠然未嘗倦。

泊震澤口　　　薛　據

日落草木陰,舟徒泊江氾。蒼茫萬象開,合沓聞風水。
迴沿值漁翁,噭嘯逢樵子。雲開天宇静,月明照萬里。
早雁湖上飛,晨鐘海邊起。獨坐嗟遠遊,登岸望孤舟。
零落星欲盡,瞳朧氣漸收。行藏空自秉,智識仍未周。
伍胥既伏劍,范蠡亦乘流。歌竟鼓楫去,三江多客愁。

今別離　　　孟雲卿

結髮生別離,相思復相保。如何日已遠,五變中庭草!
渺渺天海途,悠悠吳江島。但恐不出門,出門無遠道。
遠道行既難,家貧衣復單。嚴風吹鬢雪,晨起鼻何酸!
人生各有志,豈不懷所安!分明天上日,生死誓同觀。

注意:上述諸例,首句並不入韵,而每次轉韵第一句却都入韵。

（二）七古。

洛陽女兒行　　　王　維

洛陽女兒對門居,纔可容顔十五餘。良人玉勒乘驄馬,
侍女金盤鱠鯉魚。畫閣朱樓盡相望,紅桃綠柳垂簾向。
羅幃送上七香車,寶扇迎歸九華帳。狂夫富貴在青春,
意氣驕奢劇季倫。自憐碧玉親教舞,不惜珊瑚持與人。
春窗曙滅九微火,九微片片飛花璅。戲罷曾無理曲時,
妝成祇是薰香坐。城中相識盡繁華,日夜經過趙李家。
誰憐越女顔如玉,貧賤江頭自浣紗!

送陳章甫　　　李　頎

四月南風大麥黄,棗花未落桐葉長。青山朝別莫還見,

嘶馬出門思故鄉。陳侯立身何坦蕩！虬鬚虎眉仍大顙。
腹中貯書一萬卷，不肯低頭在草莽。東門沽酒飲我曹，
心輕萬事如鴻毛，醉臥不知白日莫。有時空望孤雲高。
長河浪頭連天黑，津吏停舟渡不得。鄭國遊人未及家，
洛陽才子空嘆息。聞道故林相識多，罷官昨日今如何？

　　長樂宮　　　　　　　　　　　孟浩然
秦城舊來稱窈窕，漢家更衣應不少。紅粉邀君在何處？
青樓苦夜長難曉。長樂宮中鐘暗來，可憐歌舞慣相催。
歡娛此事今寂寞，惟有年年陵樹哀。

　　五古轉韵第一句的入韵還算是隨意的，所以初盛唐的五古還有一
些沒有依照這個原則；七古轉韵第一句的入韵則幾乎是必要的。把這
種必要再加上平仄入律等等（見上節），更顯得是新式的古風。

　　　　　　＊　　　　　＊　　　　　＊

　　27.6　我們在導言裏述及柏梁臺聯句。那種詩是句句用韵的。
既然句句用韵，自然奇句也都有韵。又因爲句句用韵，所以一首詩并
不一定用偶數的句子，譬如柏梁臺聯句共用二十五句。這種詩對於後
世七言古風的影響頗大，詩人們對於七古，有時候句句用韵，完全模仿
柏梁詩，就成爲所謂「柏梁體」（見下文）；有時候雖不是句句用韵，然而
用韵不拘於偶句（指一韵到底的七古而言），句子不必是偶數，也是從
「柏梁體」脫胎而來，這可稱爲「部分的柏梁體」（亦見下文）。又有時
候，突然來一個畸零句，不和別的句子成爲一聯，也可說是淵源於「柏
梁體」的。

　　27.7　現在先談畸零句。畸零句必須入韵。例如：

　　後苦寒行　　　　　　　　　　　杜甫
南紀巫廬瘴不絕，太古以來無尺雪。蠻夷長老怨苦寒，
崐崙天關凍應折。玄猿口喋不能嘯，白鵠翅垂眼流血。
安得春泥補地裂！
晚來江門失大木，猛風中夜吹白屋。天兵斬斷青海戎，
殺氣南行動坤軸。不爾苦寒何太酷！巴東之峽生凌澌，

彼蒼回軒人得知。

　　鸚鵡洲送王九之江左　　　　　　　孟浩然
昔登江上黃鶴樓，遙愛江中鸚鵡洲。洲勢逶迤繞碧流。
鴛鴦鸂鶒滿灘頭。灘頭日落沙磧長，金沙熠熠動飆光。
舟人牽錦纜，浣女結蘿裳。月明全見蘆花白，風起遙聞杜若
香。君行采采莫相忘。

27.8　　所謂畸零句，是因爲它前面一聯的出句不入韵，才顯得它
是畸零；如果一連兩句以上都入韵，而又不是首句或轉韵的第一句者，
却應該稱爲獨立句，例如上面所舉鸚鵡洲的「洲勢逶迤繞碧流。鴛鴦
鸂鶒滿灘頭」。又如第二十三節裏所舉李白的長相思：

　　長相思，在長安。絡緯秋啼金井闌。微霜淒淒簟色寒。孤燈
　　不明思欲絶，卷帷望月空長嘆(平聲)。美人如花隔雲端。上
　　有青冥之長天，下有淥水之波瀾…

「絡緯」「微霜」兩句都是獨立句，「美人」是畸零句。又如李白的白毫
子歌：

　　…余配白毫子，獨酌流霞杯。拂花弄琴坐青苔。綠蘿樹下春
　　風來……

「拂花」「綠蘿」都是獨立句。又如李白的飛龍引：

　　…丹砂成黃金，騎龍飛上太清家。雲愁海思令人嗟。宮中綵
　　女顏如花。飄然揮手凌烟霞。從風縱體登鸞車…鼎湖流水
　　清且閒。軒轅去時有弓劍，古人傳道留其間。後宮嬋娟多花
　　顏。乘鸞飛煙亦不還。騎龍攀天造天關…

「雲愁」，「宮中」，「飄然」，「從風」，「後宮」，「乘鸞」，「騎龍」，都是獨立
句，「鼎湖」是畸零句。又如杜甫的茅屋爲秋風所破歌：

八月秋高風怒號，卷我屋上三重茅。茅飛度江灑江郊。高者
挂罥長林梢；下者飄轉沉塘坳。…公然抱茅入竹去，脣焦口
燥呼不得。歸來倚杖自歎息。俄頃風定雲墨色，秋天漠漠向
昏黑。…安得廣廈千萬間，大庇天下寒士俱歡顏，風雨不動
安如山。…

「茅飛」，「高者」，「下者」，「俄頃」，「秋天」，「風雨」，都是獨立句。又如
杜甫的入奏行：

竇侍御，驥之子，鳳之雛。年未三十忠義俱。骨鯁絕代無。…
政用疎通合典則。戚聯豪貴躭文儒。兵革未息人未蘇。天子
亦念西南隅。吐蕃憑陵氣頗麤。竇氏檢察應時須。…

「年未」，「骨鯁」，「兵革」，「天子」，「吐蕃」，「竇氏」，都是獨立句。又如
張籍的山頭鹿：

山頭鹿，角戔戔，尾促促。貧兒多租輸不足。夫死未葬兒在
獄。…

「貧兒」，「夫死」，都是獨立句，「山頭鹿」是畸零句。又如晁補之的春風
吹我衣：

海中群魚化爲雀，林鳥移巢避歲惡。鄴王城上秋風驚。昔時城
中鄴王第，祇今蔓草無人行。…翩翩動衣裳，游子悲故鄉。忽
憶若耶溪頭採薪鄭巨君。南風溪頭曉，北風溪頭昏。…君今生
二毛，我亦非少年。胡爲車如雞棲鄴城裏？朔風吹馬鬃，莫風
吹馬尾。…不吾知，亦何傷？安能戶三尺喙家一吭！…吾今乃
知貴不若賤無憂，富不若貧無求。負日之燠吾重裘；芹子之飫
吾食牛；心戰故臞，得道故肥，吾封侯。匹夫懷璧將誰尤？歸
歟！歸歟！豈無揚雄宅一區？舍前青山木扶疎，舍後流水有菰
蒲。今吾不樂日月除，尺則不足寸有餘。七十二鑽莫能免豫

且。無所可用,乃有百歲櫟。龔生竟天天年非吾徒。

「負日」、「芹子」、「舍前」、「舍後」、「今吾」、「尺則」、「七十」,都是獨立句;「鄴王」、「忽憶」、「胡爲」、「安能」、「匹夫」、「龔生」,都是畸零句。又如謝翱北府酒:

北府酒,吹濕宮城柳。…淮南神仙來酒坊,甲馬獵獵羽林郎。百年風物煙塵蒼。老兵對月猶舉觴。…

「百年」和「老兵」都是獨立句。

以上所舉諸例,從長相思到這裏,都是第二十三節裏舉過的例子。由此可見獨立句及畸零句是和雜言詩很相宜的。

27.9 凡有了兩個以上的獨立句,就可認爲部分的柏梁體。但是,獨立句越多,就越近似柏梁臺聯句。例如:

寄韓諫議　　　　　　　杜　甫

今我不樂思岳陽,身欲奮飛病在床。美人娟娟隔秋水,
濯足洞庭望八荒。鴻飛冥冥日月白,青楓葉赤天雨霜。
玉京羣帝集北斗,或騎麒麟翳鳳皇。芙蓉旌旗煙霧樂,
影動倒景搖瀟湘,星宮之君醉瓊漿。羽人稀少不在旁。
似聞昨日赤松子,恐是漢代韓張良。昔從劉氏定長安,
帷幄未改神慘傷。國家成敗吾豈敢?色難腥腐餐風香。
周南留滯古所惜,南極老人應壽昌。美人胡爲隔秋水?
焉得置之貢玉堂?

陪王侍御同登東山最高頂　　　杜　甫

姚公美政誰與儔?不減昔時陳太丘。邑中上客有柱史,
多暇日陪驄馬遊。東山高頂羅珍羞。下顧城郭銷我憂。
清江白日落欲盡,復攜美人登綵舟。笛聲憤怨哀中流。
妙舞逶迤夜未休。燈前往往大魚出,聽曲低昂如有求。
三更風起寒浪湧,取樂喧呼覺船重。滿空星河光破碎,
四座賓客色不動。請公臨深莫相違,回船罷酒上馬歸。

人生歡樂豈有極？無使霜露霑人衣。

　　哀王孫　　　　　　　　　　杜　甫
長安城頭頭白鳥，夜飛延秋門上呼。又向人家啄大屋，
屋底達官走避胡。金鞭斷折九馬死，骨肉不得同馳驅。
腰下寶玦青珊瑚。可憐王孫泣路隅。問之不肯道姓名，
但道困苦乞爲奴。已經百日竄荊棘，身上無有完肌膚。
高帝子孫盡隆準，龍種自與常人殊。豺狼在邑龍在野，
王孫善保千金軀。不敢長語臨交衢。且爲王孫立斯須。
昨夜東風吹血腥，東來橐駝滿舊都。朔方健兒好身手，
昔何勇銳今何愚！竊聞天子已傳位，聖德北服南單于。
花門勞面請雪恥，慎勿出口他人狙！哀哉王孫慎勿疎！
五陵佳氣無時無。

第一例的獨句韻最少，第二例較多，第三例更多。有多至半首者，例
如：（韻脚以△爲記。）

　　贈吳官　　　　　　　　　　王　維
長安客舍熱如煮，無箇茗糜難御暑。空搖白團其諦苦。
欲向縹囊還歸旅。江鄉鯖鮓不寄來，秦人湯餅那堪許！
不如儂家任挑達，草屩撈蝦富春渚。

　　大麥行　　　　　　　　　　杜　甫
大麥乾枯小麥黃。婦女行泣夫走藏。東至集壁西梁洋。
問誰腰鐮胡與羌。豈無蜀兵三千人？部領辛苦江山長。
安得如鳥有羽翅，託身白雲還故鄉！

又有超過半首者，例如：

　　曲江三章章五句　　　　　　杜　甫
曲江蕭條秋氣高。菱荷枯折隨風濤。遊子空嗟垂二毛。
白石素沙亦相蕩，哀鴻獨叫求其曹。

即事非今亦非古。長歌激越梢林莽(音姥)。比屋豪華固難
數。吾人甘作心似灰,弟姪何傷淚如雨!
自斷此生休問天。杜曲幸有桑麻田。故將移住南山邊。
短衣匹馬隨李廣,看射猛虎終殘年。

　　　　送神　　　　　　　　　　王　維
紛進舞兮堂前,目眷眷兮瓊筵。來不言兮意不傳。作暮雨兮
愁空山。悲急管兮思繁弦。神之駕兮儼欲旋。倏雲收兮雨
歇。山青青兮水潺潺。
　　(這一首每句都有「兮」字,也許是淵源於楚辭和古樂府,
　　不一定是模仿柏梁詩。)

　　　　麗人行　　　　　　　　　　杜　甫
三月三日天氣新,長安水邊多麗人。態濃意遠淑且真。
肌理細膩骨肉勻。繡羅衣裳照暮春。蹙金孔雀銀麒麟。
頭上何所有? 翠微㔿葉垂鬢脣。背後何所見? 珠壓腰衱穩
稱身。就中雲幕椒房親。賜名大國虢與秦。紫駝之峰出翠
釜,水精之盤行素鱗。犀箸厭飫久未下,鸞刀縷切空紛綸。
黃門飛鞚不動塵。御廚絡繹送八珍。簫鼓哀吟感鬼神。賓
從雜遝實要津。後來鞍馬何逡巡! 當軒下馬入錦茵。楊花
雪落覆白蘋。青鳥飛去銜紅巾。炙手可熱勢絕倫。慎莫近
前丞相嗔!

27.10　七言連句入韵乃是仿古的一種姿態,因為如導言裏所說,齊
梁以前的七言詩總是句句用韵的。現在雖不必句句用韵,但是一連兩句入
韵已經和律詩不同,離律越遠則去古越近。若以一韵到底的七古而論,杜
甫最善此體;蘇軾的七古是學杜甫的,所以也有這種仿古的姿態。例如:

　　　　臘日遊孤山訪惠勤惠思二僧　　蘇　軾
天欲雪,雪滿湖。樓臺明滅山有無。水清石出魚可數,
林深無人鳥相呼。臘日不歸對妻孥。名尋道人實自娛。

道人之居在何許？寶雲山前路盤紆。孤山孤絕誰肯廬？
道人有道山不孤。紙窗竹屋深自暖，擁褐坐睡依團蒲。
天寒路遠愁僕夫。整駕催歸及未晡。出山迴望雲木合，
但見野鶻盤浮圖。茲遊淡薄歡有餘。到家怳如夢蘧蘧。
作詩火急追亡逋。清景一失後難摹。

27.11　部分的柏梁體固然不是純粹的柏梁體；但是，如果七古句
句用韵，是否就可稱爲柏梁體呢？七古句句用韵可算是古體了，但不
一定是柏梁體，因爲柏梁臺聯句是一韵到底的純七言平韵詩，所以假
使是轉韵七古，雖然句句用韵，也不能稱爲柏梁體。例如：（宋人此種
詩頗多，唐詩中岑參喜用此體。今祇舉岑詩一首。）

走馬川行奉送出師西征　　　　　岑　參
君不見走馬川行雪海邊，平沙莽莽黃入天。輪臺九月風夜
吼。一川碎石大如斗。隨風滿地石亂走。匈奴草黃馬正肥。
金山西見煙塵飛。漢家大將西出師。將軍金甲夜不脫，半夜
軍行戈相撥。風頭如刀面如割。馬毛帶雪汗氣蒸。五花連
錢旋作冰。幕中草檄硯水凝。虜騎聞之心膽懾，料知短兵不
敢接。車師西門佇獻捷。
　　　（沈歸愚以爲這是嶧山碑文法，唐中興頌亦然；李青萍以
　　　爲此詩韵法本於琅琊臺銘。）

句句用韵的雜言詩也不能稱爲柏梁體。例如：

五禽言　　　　　　　　　　　周紫芝
雲瀼瀼，麥穗黃。婆餅欲焦新麥香。今年麥熟不敢嘗。
斗酒車載傾囷倉。化作三軍馬上糧。

句句用韵的仄韵七古也不能稱爲柏梁體。齊梁以前，七言詩總是句句
用韵的，非但平韵的詩如此，仄韵的詩自然也如此。例如：

代白紵舞歌辭　　　　　　　鮑　照

三星參差露霑濕。絃悲管清月將入。寒光蕭條候蟲急。
荊王流嘆楚妃泣。紅顏難長時易戚。凝華結藻久延立。
非君之故豈安集?

但是,這種仄韵詩在唐詩裏非常罕見,宋詩裏也極少,現在祇能勉强舉
出一個例子:

九鼎　　　　　　　　王安石

禹行掘山走百谷,蛟龍潛藏魑魅伏。心志幽怪尚窺隙,
以金鑄鼎空九牧。冶雲赤天澒爲墨,鞴風餘吹山拔木。
鼎成聚觀變怪索,夜人行歌鬼盡哭。功施元元後無極,
三姓衛守相傳屬。弱周無人有宜出,沈之九幽拆地軸。
始皇區區求不得,坐令神奸窺邑屋。

嚴格地說,這一首詩也不能算爲句句用韵,因爲首句及偶句用屋沃韵
才真的是韵,其餘奇句用陌(隙)職(墨極得)藥(索)質(出)都祇能算是
故意用入聲而已。

27.12　真正的柏梁體,自然是句句用韵的、一韵到底的、純七言
的平韵詩。唐景龍三年帝誕辰内殿宴聯句,就是純然模仿柏梁臺聯
句的:

潤色鴻業寄賢才(中宗)。叨居右弼媿鹽梅(李嶠)。運籌帷
幄荷時來(宗楚客)。職掌圖籍濫蓬萊(劉憲)。兩司謬忝謝
鍾裴(崔湜)。禮樂銓管效涓埃(鄭愔)。陳師振旅清九垓(趙
彦昭)。忭承顧問侍天杯(李適)。銜恩獻壽柏梁臺(蘇頲)。
黃縑青簡奉康哉(盧藏用)。鯫生侍從忝王枚(李乂)。右揆
司言實不才(馬懷素)。宗伯秩禮天地開(薛稷)。帝歌難續
仰昭回(宋之問)。微臣捧日變寒灰。遠慚班左愧遊陪(上官

婕好）。

關於柏梁體的古風，我們可以舉出下面的一些例子：

箜篌引　　　　　　　　王昌齡

盧溪郡南夜泊舟，夜聞兩岸羌戎謳。其時月黑猿啾啾，
微雨霑衣令人愁。有一遷客登高樓，不言不寐彈箜篌。
彈作薊門桑葉秋，風沙颯颯青塚頭。將軍鐵驄汗血流，
深入匈奴戰未休。黃旗一點兵馬收，亂殺胡人積如邱。
瘡病驅來役邊州。仍披漠北羔羊裘。顏色饑枯掩面羞。
眼眶淚滴深兩眸。思還本鄉食氂牛，欲語不得指咽喉。
或有強壯能咿嚘，意說被他邊將讐。五世屬蕃漢主留。
碧毛氈帳河曲遊。橐駝五萬部落稠。敕賜飛鳥金兜鍪。
為君百戰如過籌，靜掃陰山無鳥投。家藏鐵券惟承優。
黃金千斤不稱求。九族分離作楚囚。深谿寂寞絃苦幽，
草木悲感聲颸颸。僕本東山為國憂。明光殿前論九疇。
麄讀兵書盡冥搜。為君掌上施權謀，洞曉山川無與儔。
紫宸詔發遠懷柔，搖筆飛霜如奪鈎。鬼神不得知其由，
憐愛蒼生比虵蚄。朔河屯兵須漸抽，盡遣降來拜御溝。
便令海內休戈矛，何用班超定遠侯？史臣書之得已不？

（共四十五句，是奇數。）

燉煌太守後庭歌　　　　　岑　參

燉煌太守才且賢，郡中無事高枕眠。太守到來山出泉，
黃砂磧裏人種田。燉煌耆舊鬢浩然，願留太守更五年。
城頭月出星滿天，曲房置酒張錦筵。美人紅妝色正鮮，
側垂高髻插金鈿，醉坐藏鈎紅燭前，不知鈎在若箇邊。
為君手把珊瑚鞭，射得半段黃金錢。此中樂事亦已偏。

白紵辭　　　　　　　　　李　白

吳刀翦綵縫無衣，明妝麗服奪春暉。揚眉轉袖若雪飛。

傾城獨立世所稀。激楚結風醉忘歸，高堂月落燭已微。玉釵挂纓君莫違！

（共七句，是奇數。）

飲中八仙歌　　杜　甫

知章騎馬似乘船，眼花落井水底眠。汝陽三斗始朝天，道逢麴車口流涎，恨不移封向酒泉。左相日興費萬錢，飲如長鯨吸百川，銜杯樂聖稱世賢。宗之瀟灑美少年，舉觴白眼望青天，皎如玉樹臨風前。蘇晋長齋繡佛前，醉中往往愛逃禪。李白一斗詩百篇，長安市上酒家眠；天子呼來不上船，自稱臣是酒中仙。張旭三杯草聖傳，脱帽露頂王公前，揮毫落紙如雲烟。焦遂五斗方卓然，高談雄辯驚四筵。

陸渾山火和皇甫湜　　韓　愈

皇甫補官古賁渾，當時元冬乾澤源。山狂谷很相吐吞，風怒不休何軒軒！擺磨出火以自燔。有聲夜中驚莫原。天跳地踔顛乾坤。赫赫上照窮崖垠。截然高周燒四垣。神焦鬼爛無逃門。三光弛隳不復暾。虎熊麋豬逮猴猿，水龍鼉龜魚與黿，鴉鴟鵰鷹雉鵠鵾，燖炰煨爊孰飛奔？祝融告休酌卑尊，錯陳齊玫闢華園。芙蓉披猖塞鮮繁；千鐘萬鼓咽耳喧；攢雜啾嚄沸篪塤；彤幢絳旃紫纛旛。炎官熱屬朱冠褌，髹其肉皮通髀臀。頳胸垤腹車掀轅，緹顏靺股豹兩鞬。霞車虹引日轂幡；丹蕤縓蓋緋繙𦈾；紅帷赤幕羅脤膰；衁池波風肉陵屯；谽呀鉅壑頗黎盆；豆登五山瀛四尊。熙熙釂醻笑語言。雷公擘山海水翻。齒牙嚼齧舌腭反。電光䃶磹頳目暖。頊冥收威避元根。斥棄輿馬背厥孫。縮身潛喘拳脚跟。君臣相憐加愛恩。命黑螭偵焚其元。天閽悠悠不可援，夢通上帝血面論。側身欲進叱於閽。帝賜九河湔涕痕，又詔巫陽反其魂。徐命之前問何冤。火行於冬古所存，我如禁之絶其飧。

女丁婦壬傳世婚，一朝結讐奈後昆！時行當反慎藏蹲。
視桃著花可小騫，月及申酉利復怨。助汝五龍從九鯤。
溺厥邑囚之崐崙。皇甫作詩止睡昏。辭誇出真遂上焚。
要余和增怪又煩。雖欲悔舌不可捫！

（共五十九句，是奇數。）

寄遠　　　　　　　韓偓

眉如半照雲如鬟。梧桐葉落敲井乾。孤竹亭亭公署寒；
微霜淒淒客衣單。想佳人兮雲一端。夢魂悠悠關山難。
空牀展轉懷悲酸，銅壺漏盡開金鸞。

鸚鵡螺　　　　　　歐陽修

大哉滄海何茫茫！天地百寶皆中藏。牙鬚甲角爭光鋩。
腥風怪雨灑幽荒。珊瑚玲瓏巧綴裝。珠宮貝闕爛煌煌。
泥居殼屋細莫詳。紅螺行沙夜生光。負材自累遭刳腸。
匹夫懷璧古所傷。濃沙剝蝕隱文章。磨以玉粉緣金黃。
清罇旨酒列華堂。隴鳥回頭思故鄉。美人清歌蛾眉揚。
一醻凜冽回春陽。物雖微遠用則彰。一螺千金價誰量？
豈若泥下追含漿！

（共十九句，是奇數。）

雲山詩送正之　　　王安石

雲山參差碧相圍，溪水詰曲環城陴。溪窮壞斷至者誰？
予獨與子相諧熙。山城之西鼓吹悲。水風蕭蕭不滿旗。
子今去此來無期；予有不可誰予規？

閻立本職貢圖　　　蘇軾

貞觀之德來萬邦，浩如滄海吞河江。音容儵獝服奇龐；
橫絕嶺海逾濤瀧。珍禽瑰產爭牽扛；名王解辮却蓋幢。
粉本遺墨開明窗。我嘗而作心未降。魏徵封倫恨不雙！

（共九句，是奇數。）

武昌松風閣　　　黃庭堅

依山築閣見平川。夜闌箕斗插屋椽。我來名之意適然。

老松魁梧數百年,斧斤所赦今參天。風鳴蝸皇五十絃,
洗耳不須菩薩泉。嘉二三子甚好賢,力貧買酒醉此筵。
夜雨鳴廊到曉懸。相看不歸臥僧甎。泉枯石燥復潺湲。
山川光輝爲我妍。野僧早餓不能饘。曉見寒溪有炊煙。
東波道人已沈泉。張侯何時到眼前?釣臺驚濤可晝眠。
怡亭看篆蛟龍纏。安得此身脫拘攣,舟載諸友長周旋!

（共廿一句,是奇數。）

徑山　　　　　　　　　　　　　晁補之

盤崖繞壑步步高,僕痛馬乏游人勞。五峰崛起干雲霄。
衆山奔走爭來朝。我行直欲犯星杓。意徼絶頂繞山腰。
松間鳥語如我招。仰見白塔當林梢。擔携上下苦桔橰。
路窮飛樓鬱岩嶢。欽翁未來蔽官茅。山精水怪歡游敖。
麏馳虺竄貁鼯跳。靈景晦昧何由昭?忽然飛錫從江皋,
窮探不憚東峰遙,曲腰丈人白絲袍。再拜辭前風雹飄。
三百年來響鐘鐃。閩商海賈輸金刀。直欄橫牖山周遭。
晨參夜諷聲嘈嘈。碧山紫柏羅旌旄。客來六月忘炎歊。
明月庵前醉松醪;白雲峰頂瞰吳郊。鵝毛一點錢塘潮。
錢王宮闕如累樵,臨之股慄精魄超,歸不得寐心搖搖。
含輝孤亭立嶢崝。此地覽景尤難逃。五更月落禽嘲嘲,
陽烏欲上海水燒。晦明變化不終朝。倏陰忽晴狀莫描。
夜闌鐙青雨飄蕭。偶然兩客論幻泡,探玄窮妙窺寂寥,
破除世事無絲毫,不奈詩思猶强豪。歸時日沒紅霞消,
荒崖老木山蟬號。

（蕭肴豪通韵。）

丈人觀　　　　　　　　　　　　陸游

黄金篆書扁朱門,夾道巨竹屯蒼雲。崖嶺劃若天地分,
干柱耽耽壓其堙。纓冠蕭謖丈人君。廣殿空庭吹寶薰。
摩挲畫橋手爲皸。異哉山夔與水羵,物怪鬒鬒冠丘墳!
仙人佩玉雜悅忿,手整貂冠最不羣。欲去不忍恨日曛。

道翁採藥晝夜勤，松根茯苓獲兼斤，人之植立強骨筋。
狗起羣吠聲猜猜。山爐小甑吹幽芬。朱顏不飲常自醺。
我亦宿誦五千文。一念之差隨世紛。逝將從翁走如麏。
隱書秘訣何由聞？

松上幽人圖　　　　　　　　元好問

秋風稷稷松樹枝；仙人骨輕雲一絲，不飲不食玉雪姿。
竹宮月夕頻望祠。竟不下視齋房芝。人間女手乃得之。
眼中擾擾昨莫兒。畫圖獨坐羲皇時。予懷渺矣幽林思。
（共九句，是奇數。）

　　至於像下面的一首，除起首用兩個四字句之外，其餘都是七言，也可以勉強認爲柏梁體：

書韓幹牧馬圖　　　　　　　　蘇　軾

南山之下，汧渭之間，想見開元天寶年，八坊分屯隘秦川。四十萬匹如雲烟！驊駬駉駱驪騮騵，白魚赤兔騂皇駽。龍顱鳳頸獰且妍，奇姿逸態隱駑頑。碧眼胡兒手足鮮，歲時翦刷供帝閑。柘袍臨池侍三千。紅妝照日光流淵。樓下玉螭吐清寒。往來蹙踏生飛湍。衆工舐筆和朱鉛。先生曹霸弟子韓。廐馬多肉尻䏶圓，肉中畫骨誇尤難。金覊玉勒繡羅鞍，鞭箠刻烙傷天全，不如此圖近自然。平沙細草荒芊緜，驚鴻脫兔爭後先。王良挾策飛上天，何必俯首服短轅？

27.13　黃庭詩古詩平仄集説云：「案漢時七言歌謠上四下三，四七字相爲韵，如『關西夫子楊伯起』之類，不可勝數。故句句用韵者，第四字正開展頓宕處，不可忽也。此詩『想見開元天寶年，八坊分屯隘秦川』，『元』字『屯』字入韵，領起通篇，音節極古。」這是一種很有趣的觀察。因此，我們聯想到上文所舉蘇軾的臘日遊孤山，「水清石出魚可數，林深無人鳥相呼」，和「道人之居在何許？寶雲山前路盤紆」，「數」

字和「許」字似乎是作者有意造成的平上通押,使韻調更爲諧和。

27.14 柏梁體衹限於七言;没有五言的柏梁體。這有雙重的原因:第一,因爲齊梁以前的七言詩都是句句用韻的,五言詩却没有一首是句句用韻的,詩人們基於仿古的心理,就衹能有句句用韻的七古,没有句句用韻的五古。第二,七言句句用韻,事實上比隔句用韻的五言詩的音節更促,倘使五言也句句用韻,就太促了。所以詩人們即使要創造一種新風格,也不會想到創造句句用韻的五言詩。

27.15 柏梁體和轉韻的七古,是古風的兩個極端。柏梁體的體制最古;轉韻七古的體制最新。轉韻七古不妨入律,而且多數詩人喜歡使它入律;柏梁體則頗忌入律。杜甫的柏梁體(或部分的柏梁體)入律的地方最少;蘇軾的則較多。韓愈的柏梁體極力避免入律,同時有些矯枉過正的地方(參看下文第二十九節)。柏梁體又忌對仗;像韓偓的「孤竹亭亭公署寒,微霜淒淒客衣單」,究竟不是柏梁體的正軌。

第二十八節　五古的平仄

28.1 古風的平仄以避免入律爲原則。所謂入律,就是合於上文第六節裏所述近體詩的平仄格式。如果不能句句避免入律,至少不能讓出句和對句同時入律,這是詩論家所謂以對句救出句,或以出句救對句。

28.2 「古風」既是模仿古詩的,唐以後纔有律詩,齊梁以前的詩人怎能知道避免入律呢? 當然,唐以前的詩句無所謂入律不入律。詩人們衹是像做散文一樣,字的平仄聽其自然。不過,這樣一來,每句各字平仄相配的可能形式就很多,像第六節裏所述的 A. a. B. b. 四式衹是許多可能形式當中的小部分,所以它們被用的可能性很小。固然,它們也偶然被用,但是,必須出句和對句同時合於 b. A. 或 a. B. 纔算完全入律,那可能性更小了。例如古詩十九首當中的一首:

> 西北有高樓,上與浮雲齊。交疏結綺窗,阿閣三重階。
> 上有絃歌聲,音響一何悲! 誰能爲此曲? 無乃杞梁妻。

> 清商隨風發，中曲正徘徊。一彈再三嘆，慷慨有餘哀。
> 不惜歌者苦，但傷知音稀。願爲雙黃鵠，奮翅起高飛。

出句「西北」平仄仄平平，入律了，而對句「上與」仄仄平平平不入律，而且平仄也不相對；出句「交疏」平平仄仄平，入律了，而對句「阿閣」平仄平平平不入律。依律詩的規矩，出句也不該用平脚。對句「音響」、「中曲」、和「慷慨」平仄仄平平，「奮翅」，仄仄仄平平，入律了，而它們的出句「上有」仄仄平平平，「清商」平平平平仄，「一彈」仄平平平仄，「願爲」仄平平平仄，都不入律，而且「上有」句依律詩也不該用平脚。這是詩論家所謂以對句救出句，以出句救對句。然而「誰能爲此曲？無乃杞梁妻」，這一聯却完全入律了。因爲有了這一聯，可見詩論家「避免入律」的規矩未免有點兒膠柱鼓瑟；但也因爲祇有這一聯，更令他們覺得應該以「避免入律」爲原則。

　　28.3　西北有高樓的平仄算是最近律的了。其他的古詩律句更少，例如古詩十九首的另一首：

> 今日良宴會，歡樂難具陳。彈箏奮逸響，新聲妙入神。
> 令德唱高言，識曲聽其真。齊心同所願，含意俱未伸。
> 人生寄一世，奄忽若飆塵。何不策高足，先據要路津？
> 無爲守貧賤，轗軻長苦辛！

「令德」句雖是 A. 式，但依律詩的規矩，平韻詩的出句不該用平脚，且其平仄和「識曲」句亦不相對。「新聲」「奄忽」兩句的出句亦不入律。又如另一首：

> 去者日以疏，來者日以親。出郭門直視，但見邱與墳。
> 古墓犁爲田，松柏摧爲薪。白楊多悲風，蕭蕭愁殺人。
> 思還故里閭，欲歸道無因。

這裏就沒有一個入律的句子了。（「思還」出句用平脚，不算入律。）
　　28.4　總之，古人并沒有着意避免哪一類的平仄形式，其所以很

少合於後代的律句者,祇是「機會」使然。但是,自從律詩產生以後,詩人們做起古風來,却真的着意避免律句了。試比較古詩十九首和杜甫的古風,則見前者的「律句」較多,後者的「律句」倒反極爲罕見,這當然是極意避免的結果。越不像律句就越像古句,至少有些唐人的心理是如此。但是,詩是給人吟誦的,古人雖沒有一定的平仄格式,是不是有一種自然的聲籟,詩人們不期然而然地傾向於這一種聲籟,使它的音節諧和呢?這自然是很合理的猜測。甚至有人以爲古詩的平仄也有一定的規律,祇是和律詩不一樣罷了。相傳趙執信求古詩平仄之法於王士禎,王士禎不肯告訴他,於是他把古詩和唐詩互相鈎稽,著爲聲調譜。然而據他自己説,却是從王氏那裏宛轉騙到手的。又王士禎裔孫王允熙傳有古詩平仄論,也説是王士禎的原稿。其後,李鍈有詩法易簡録,翁方綱有平仄舉隅,又後,董文涣有聲調四譜圖説,黃庭堅有古詩平仄集説和五古平仄略。他們都相信古詩有一定的規律,所以都依據趙譜而加以補充或闡明。趙氏把古詩的規律叫做「別律」,意思是另外一種律詩,其規律的嚴格不讓於今體律詩。譬如下面這些關於平韵五古的規律:

(1) 第二字與第四字同聲(指平仄);否則

(2) 第三字與第五字同聲;否則

(3) 出句用平脚。

試拿上面所舉去者日以疏一詩來印證,將見它和這些規律完全脗合了。

28.5 不過,唐人的古風畢竟受了律詩的影響,他們所做的古風,像去者日以疏那像和近體詩的格律完全違異者畢竟是少數。後世有些詩論家在分析了唐人的古風之後,却認爲合於上述那些規律的詩句祇是古風的拗體,正體的規律恰恰相反,它應該是:

(1) 第二字與第四字不同平仄;

(2) 出句不用平脚。

28.6 詩論家在這些地方儘管有意見上的不同,然而趙氏所提的一個定理却爲他們所公認:就是古體詩無論五言或七言,總以每句的下三字爲主,而腹節的下字尤爲重要(五言第三字,七言第五字)。平脚的句子,腹節下字以用平聲爲原則;仄脚的句子,腹節下字以用仄聲

爲原則。這樣，專就下三字而論，下面的四種形式乃是古體詩的常軌：

　（甲）平腳。

　　　1.平平平。

　　　2.平仄平。

　（乙）仄腳。

　　　1.仄平仄。

　　　2.仄仄仄。

28.7　平腳的句子，有所謂三平調。三平調是古風的基本知識，因爲古風裏的句子三平調最多，尤其是平韻詩裏。不過，關於三平調，也有兩種不同的解釋：第一種就以下三字「平平平」爲三平調，因爲連用三個平聲；第二種以「仄仄平平平」，「仄仄平仄平」和「平平平仄平」爲三平調，因爲它們的第三字都是平聲。我們喜歡採用前一説，因爲它的意義明顯些。凡本書裏所謂三平調，都是指「平平平」而言。事實上，「平平平」也比「平仄平」更爲常用。許多平韻古風竟有一大半的對句是用三平調的，例如：

　　　　秋夜獨坐懷内弟崔興宗　　　　　王　維
　夜静羣動息，蟪蛄聲悠悠。庭槐北風響，日夕方高秋。
　思子整羽翰，及時當雲浮。吾生將白首，歲晏思滄洲。
　高足在旦暮，肯爲南畝儔！

甚至有一篇完全用三平調的，例如：

　　　　周先生　　　　　　　　　　　元　稹
　寥寥空山岑，冷冷風松林。流月垂鱗光，懸泉揚高音。
　希夷周先生，燒香調琴心。神力盈三千，誰能還黄金？

這雖未免「過火」，但是由此可見三平調在古風裏是怎樣的佔優勢了。

28.8　上述的四種形式，無論上面的兩個字或四個字是什麽聲調，都不會變爲律句，因爲律句如係平腳，腹節下字必仄；如係仄腳，腹節下字必平，這和那四種形式的情形恰是相反的。此外，下三字也可

能是「仄平平」、「仄仄平」、「平平仄」、「平仄仄」，衹消在頭節下字用一個和腹節下字相同的平仄，像去者日以疏那樣，仍舊可以避免律句，因爲律句頭節下字和腹節下字的平仄是相反的（關於七古，情形較複雜些，見下節）。

28.9　在五古裏，「仄仄平平仄」一個形式被董文渙聲調四譜圖説認爲正調。他的意思是這種形式雖和律句一樣，然而古風裏非但不避免它，而且還常用它。我們若從唐人古風裏觀察，確也有這種事實。但是，唐人受了律詩的影響，本來就常在古風中雜以律句（例如王維）；「仄仄平平仄」的句子在五古中雖較爲常見，也衹能説是唐人比較地喜歡把這種律句放進古風裏，不能因此就説它不是律句。所以我們這裏依照黃庭詩五古平仄集説，仍把它認爲律句。（黃氏稱爲「諧句」或「和婉之句」。）

28.10　現在我們把五古的平仄句式分類并舉例如下。句式的字下有·號者表示最常用，。號表示次常用，——號表示忌用或「落調」，或在一些條件之下才適用。不加符號者表示雖不常用或不太常用，也不「落調」。

28.11　（甲）平脚。

（子）平平平。

1. a. 仄仄平平平。

宿帆震澤口，曉渡松江濱。（宋之問夜渡吳松江。）

悠悠西林下，自識門前山。（王維崔濮陽兄。）

聖人赫斯怒，詔伐西南戎。（高適李雲南征蠻詩。）

腰間帶兩綬，轉盼生光輝。（崔顥古游俠。）

山林二緇叟，振錫聞幽聲。（劉睿虛登廬山峰頂寺。）

離筵對寒食，別雨乘春雷。（盧象送慕母潛。）

夜靜天蕭條，鬼哭夾道傍。（岑參武威送劉單判官。）

夜夜聞悲笳，征人起南望。（崔融關山月。）

古岸生新泉，霞峰映雪巘。（錢起仲春晚尋覆釜山。）

獨有萋萋心，誰知怨芳歲？（崔國輔題豫章館。）

這種形式被認爲三平調的正調,因爲下有三平,上面須有兩仄方能諧和。三平調以用於對句爲最常見,用於出句的比較少見,用於平韻古風的出句(如岑參那個例子)尤爲罕見。

1. b. 平仄平平平。

> 臨歧泣世道,天命良悠悠。(陳子昂感遇。)
> 君徒視人文,吾固和天倪。(王維座上走筆贈薛據。)
> 青槐夾馳道,宮館何玲瓏!(岑參與高適薛據登慈恩寺。)
> 今朝平津渚,兼得瀟湘遊。(郎士元題劉相公三湘圖。)
> 南路隨長天,征帆杳無極。(劉長卿桂陽西洲曉泊。)
> 高臥南齋時,開帷月初吐。(王昌齡同從弟銷南齋翫月。)

這種形式比之「仄仄平平平」,其常見的程度并不差了許多;但是詩論家以爲這種「四平句」不很諧和,所以不肯認爲正調。

2. a. 仄平平平平。

> 次舍山郭近,解鞍鳴鐘時。(岑參宿華陰東郭客舍。)
> 嘗讀高士傳,最嘉陶徵君。(孟浩然仲夏歸漢南園。)
> 文質相炳煥,衆星羅秋旻(李白古風。)
> 正聲何微茫! 哀怨起騷人。(同上。)
> 我來逢真人,長跪問寶訣。(同上。)
> 有時無人行,沙石亂飄揚。(岑參武威送劉單判官。)
> 上天無偏頗,蒲稗各自長。(杜甫秋行官張望。)

趙執信聲調譜以四平連用爲「落調」。所謂四平連用,是指中間不雜仄聲者而言。至於像 1. b.「平仄平平平」雖係四平句,仄聲在第二字,却不該認爲落調。「仄平平平平」雖被認爲落調,唐人并非絶對不用,尤其是用於出句頗爲常見。用的時候,大約有兩種方法可以使它和諧。第一種方法是同聯的另一句第二第四兩字都仄,這樣恰可以配對那第二第四兩字平的「仄平平平平」,如「次舍」「嘗讀」「文質」「我來」「上天」四例,又如上文所舉王維秋夜獨坐「夜静羣動息,蟪蛄聲悠悠」和

「思子整羽翰,及時當雲浮」兩聯;第二種方法是同聯的另一句用仄起平收的律句,如「正聲」「有時」兩例。

2. b. 平平平平平。

> 長歌吟松風,曲盡星河稀。(李白下終南山。)
> 吾將營丹砂,永與世人別。(李白古風。)
> 吁嗟乎蒼生,稼穡不可救。(杜甫九日寄岑參。)
> 岑生多新詩,性亦嗜醇酎。(同上。)
> 坡陀金蝦蟆,出見蓋有由。(杜甫奉同郭給事湯東靈湫作。)
> 清晨陪躋攀,傲睨府峭壁。(杜甫白水縣崔少府十九翁
> 　高齋。)
> 寒風吹長林,白日原上没。(薛據出青門往南山別業。)

五平句比上面的四平句更爲「落調」。有一點最值得注意,就是盛唐詩人絕對不在對句連用五平。至於出句的五平調,大多數是在對句用五仄或四仄以爲補救[註三十三]。在上面諸例中,「吁嗟」和「清晨」的對句都用五仄,「吾將」「岑生」「坡陀」和「寒風」的對句都用四仄,祇有「長歌」一聯是真正的「落調」。由此看來,上文所舉元稹的周先生簡直是近似游戲之作,因爲它的對句全用五平,出句也用五平或四平,這是違背盛唐的詩律的。

28.12 (丑)平仄平。

3. a. 平平平仄平。

> 愛義能下士,時人無此心。(薛據冬夜寓居寄儲太祝。)
> 空色不映水,秋聲多在山。(崔曙潁陽東溪懷古。)
> 歲宴輸井稅,山村人夜歸。(王維贈劉藍田。)
> 漢下白登道,胡窺青海灣。(李白關山月。)
> 適楚豈吾願?思歸秋向深。(郎士元宿杜判官江樓。)
> 寒螿悲洞房,好鳥無遺音。(韋應物擬古詩。)
> 高樓多古今,陳事滿陵谷。(王昌齡酬鴻臚裴主簿。)
> 身心能自新,色相了無取。(崔曙宿大通和尚塔。)

逍遥精舍居,飲酒自爲足。(韋應物始除尚書郎。)

這種形式也是一種四平句,但因仄聲在第四字,所以沒有關係。不過,到底用了四個平聲,所以同聯的另一句往往用四仄句以求諧和,如「愛義」,「空色」,「歲晏」,「漢下」,「適楚」,「身心」,「逍遥」諸例都是。

3. b. 仄平平仄平。

臨事耻苟免,履危能飭躬。(高適李雲南征蠻詩。)
地迴鷹犬疾,草深孤兔肥。(崔顥古遊俠。)
此意在觀國,不言空遠遊。(儲光羲遊茅山。)
生事本漁釣,賞心隨去留。(李頎題綦毋校書田居。)
手攜雙鯉魚,目送千里雁。(王昌齡獨游。)
不知從此分,還袂何時把?(孟浩然江上別流人。)
削成元氣中,傑出天漢上。(王昌齡望太華贈盧司倉。)

此種形式,其同聯的另一句亦喜用四仄,除孟浩然一例外,其餘諸例都如此。這大約因爲詩人感覺得它是「平平平仄平」的變體的緣故。(孟浩然在古詩裏喜用律句,尤其是像「還袂何時把」那樣的句子。)

4. a. 仄仄平仄平。

世人久疎曠,萬物皆自閑。(崔曙潁陽東溪懷古。)
夫君不得意,本自滄海來。(盧象送綦毋潛。)
蘇君年幾許?狀貌如玉童。(李頎贈蘇明府。)
屠酤亦與羣,不問君是誰。(李頎贈別高三十五。)
向夕林鳥還,憂來飛景促。(沈佺期臨高臺。)
及此年事衰,徒看衆花發。(張説相州山池作。)
雪罷冰復開,春潭千丈緑。(孟浩然漢中漾舟。)
白首垂釣翁,新妝浣紗女。(孟浩然耶溪泛舟。)
竹映秋館深,月寒江門起。(王昌齡巴陵劉處士東齋作。)
竹繞清渭濱,泉流白渠口。(王灣晚夏馬嵬卿叔池亭。)

「仄仄平仄平」因爲祇有兩平，所以同聯的另一句最好不再用四仄，否則頗嫌不諧。上面諸例中，「世人」句和「夫君」句各用兩平，其餘都用三平，這樣其氣始暢。又仄韵五古的出句如果用平脚，往往是用「仄仄平仄平」及其變體「平仄平仄平」。

4. b. 平仄平仄平。

> 雲峰勞前意，湖水成遠心。（劉睿虛尋東溪還湖中作。）
> 晚田始家食，餘布成我衣。（王維贈劉藍田。）
> 回首思舊鄉，雲山亂心曲。（沈佺期臨高臺。）
> 元氣連洞庭，夕陽落波上。（劉長卿自番陽還道中。）
> 乘月期角巾，飯僧嵩陽寺。（王昌齡綏氏尉沈興宗置酒。）

這種形式雖是「仄仄平仄平」的變體，但不像「仄仄平仄平」那樣常用。「平仄平仄平」以對「仄平仄平仄」爲常，如「晚田」，「夕陽」兩句；一三字不拘，則對「平平仄平仄」，「仄平平平仄」，「平平平平仄」，如「雲山」，「飯僧」，「雲峰」各句。總之，對句二四字皆仄，則出句二四字皆平；出句二四字皆仄，則對句二四字皆平。

28.13 （寅）仄仄平。

5. a. 仄仄仄仄平。

> 徒知真機静，尚與愛網并。（劉睿虛登盧山峰頂寺。）
> 終日飲醇酒，不醉亦不醒。（張説過冲和先生。）
> 賓從何逶迤！二十四老翁。（張説觀李少府樹宓子賤碑。）
> 南登秦望山，極目大海空。（薛據登秦望山。）
> 而多漁商客，不悟歲月窮。（同上。）
> 鶴巢前林雪，瀑落滿澗風。（朱景玄華山南望春。）
> 自勉且勉余，良藥在苦口。（王季友渭中贈顧高士瓘。）

這種形式多用於對句，而且頗爲少見。因爲除了平脚之外，其餘四字都仄，所以同聯的另一句往往用四平，如「徒知」「賓從」「南登」「而多」等句（「從」字去聲，「望」字有平去兩讀，若讀平聲，則爲五平句）；或

用中三平,如「鶴巢」句。至於像「終日」和「自勉」兩例則頗嫌不諧。

　　5. b. 平仄仄仄平。

　　　　張范善始終,吾等豈不慕?（王昌齡鄭縣宿陶大公館。）
　　　　懷抱曠莫伸,相知阻吳越。（薛據出青門往南山別業。）
　　　　功夫竟搢搢,除草置岸旁。（杜甫秋行官張望。）

　　這種形式比 5. a. 更爲罕見。同聯的另一句以二四字都用平聲爲正則。

　　6. 仄平仄仄平。

　　　　忠欲事明主,孝思侍老親。（孟浩然仲夏歸漢南園。）
　　　　嫁女與征夫,不如棄路旁。（杜甫新婚別。）
　　　　净理了可悟,勝因夙所崇。（岑參與高適登慈恩寺。）
　　　　吳牛力容易,并驅動莫當。（杜甫秋行官張望。）
　　　　尚恐主守疎,用心未甚臧。（同上。）
　　　　廢興雖萬變,憲章亦已淪。（李白古風。）
　　　　昔日與高李,晚登單父臺。（杜甫昔遊,「單」字去聲。）
　　　　靈異可並跡,澹然與世閒。（李白與南陵常贊府遊五松山。）
　　　　自非曠士懷,登兹翻百憂。（杜甫同諸公登慈恩寺塔。）
　　　　有生固蔓延,静一資提防。（杜甫秋行官張望。）
　　　　主稱會面難,一舉累十觴。（杜甫贈衛八處士。）
　　　　我今日夜憂,諸弟各異方。（杜甫遣興。）
　　　　不知死與生,何况道路長?（同上。）
　　　　貴人豈不仁? 視汝如莠蒿。（杜甫遣遇。）
　　　　澹然望遠空,如意方支頤。（王維贈裴十迪。）
　　　　我心素已閒,清川澹如此。（王維青谿。）
　　　　夙乘大導師,焚香此瞻仰。（王維謁璿上人。）
　　　　我行忽見之,寒早悲歲促。（李白古風。）

　　這是上文第七節裏所謂孤平。在近體詩裏,孤平是詩家所大忌;

在古體詩裏,孤平却是詩家的寵兒。律詩既忌用孤平,所以孤平不該認爲律句。同聯的另一句各種形式都有。這裏舉例特別多,因爲想要顯示古今體的大相違異之點。

28.14 （卯）仄平平。

7. a. 平平仄平平。

> 白雲慚幽谷,清風愧泉源。（張説雜興。）
> 水客皆擁棹,空霜遂盈襟。（王昌齡江上聞笛。）
> 行藥至石壁,東風變萌芽。（常建閒齋臥病行藥。）
> 濟世翻小事,丹砂駐精魂。（韋應物送李十四東山游。）
> 晨登翅頭山,山暅黃霧起。（包融登翅頭山。）
> 黃河走東冥,白日落西海。（李白古風。）

這種形式用於對句者較多。因爲它是四平句,所以同聯的另一句往往用四仄。上面諸例中,祇有「白雲」、「晨登」兩聯是例外。

7. b. 仄平仄平平。

> 首夏別京輔,杪秋滯三河。（魏徵莫秋言懷。）
> 蘿逕垂野蔓,石房倚雲梯。（張説客中遇林慮。）
> 千里橫黛色,數峰出雲間。（孟浩然崔濮陽兄季重。）
> 雄義每特立,犯顏豈圖全?（陶翰贈房侍御。）
> 靜然顧遺塵,千載如昨朝。（張説同羣公秋登琴臺。）
> 故人念江湖,富貴如埃塵。（王昌齡送十二兵曹。）
> 往年詣驪山,獻賦溫泉宮。（岑參送祁樂歸河東。）
> 地形失端倪,天色潛混瀁。（薛據西陵口觀海。）
> 妙年即沈痾,生事多所闕。（錢起海上臥疾。）

這種形式雖是 7. a. 的變體,但因少了一個平聲字,所以同聯的另一句不一定用四仄,有時候也可用三仄或三平。

28.15 （乙）仄脚。

（辰）仄平仄。

8. a. 平平仄平仄。

　　昏見斗柄迴，方知歲星改。（孟浩然歲莫海上作。）
　　夜上明月樓，相思楚天闊。（劉長卿石梁湖寄陸蕪。）
　　自是君不來，非關去山遠。（李端歸山招王逸。）
　　野漠冷胡霜，關樓宿邊客。（司空曙關山月。）
　　不及墻上烏，相將繞雙闕。（李建勳白雁。）
　　況乃秋日光，玲瓏曉窗裏！（元積遣畫。）
　　歸閑日無事，雲臥畫不起。（孟浩然王迥見尋。）
　　黃雲雁門郡，日莫風沙裏。（李頎塞下曲。）
　　攀條憩林麓，引水開泉源。（盧象田家即事。）
　　當軒置尊酒，送客歸江城。（盧綸送顧秘書歸岳州。）

8. b. 仄平仄平仄。

　　白首無子孫，一生自疎曠。（劉長卿自番陽還道中。）
　　論舊忽餘悲，目存且相喜。（孟浩然休暇還舊業便使。）
　　常若千里餘，況之異鄉別！（王昌齡行子苦風泊來舟。）
　　方此顧行旅，末由飫仙裝。（陶翰望太華贈盧司倉。）
　　故山隔何處？落日美歸翼。（劉長卿桂陽西洲曉泊。）
　　倚巖見盧舍，入戶欣拜揖。（王灣奉使登終南山。）
　　道門隱形勝，向背臨層霄。（綦毋潛題鶴林寺。）
　　涉深露沙石，蘋藻生虛空。（李頎與諸公游濟瀆泛舟。）

　　8.a. 爲正例，8. b. 爲變體；前者較爲常用。律詩中常有這種句子（參看第八節），但那是借用古詩的形式，不可認爲律句。在仄韵詩裏，它們同聯的另一句的第二第四字以皆仄爲最常見，其次則第二字仄，第四字平。在平韵詩裏，對句往往用三平調。

　　9. a. 仄仄仄平仄。

　　少年弄文墨，屬意在章句。（孟浩然南歸阻雪。）

林巒非一狀,水石有餘態。(劉長卿陪元侍御遊支硎寺。)

以我越鄉客,逢君謫居者。(孟浩然江上別流人。)

作吏到西華,乃觀三峰壯。(陶翰望太華贈盧司倉。)

氣赤海生日,光清湖起雲。(宋之問夜渡吳松江懷古。)

大道本無我,青山長與君。(李頎送暨道士還玉清觀。)

9. b.　平仄仄平仄。

漾舟逗何處? 神女漢皇曲。(孟浩然漢中漾舟。)

故人千里道,滄海十年別。(劉長卿石梁湖寄陸蕪。)

安期始遺舄,千古謝榮耀。(王昌齡觀江淮名山圖。)

獨行既未愜,懷土悵無趣。(高適自淇涉黃河途中作。)

秋月對愁客,山鐘搖暮天。(王昌齡潞府客亭寄崔鳳童。)

松色落深井,竹陰寒小山。(歐陽詹同諸公過福先寺。)

9. a. 爲正例,9. b. 爲變體,但二者一樣常用。它們同聯的另一句,如係仄韻詩,往往用 8. a. 或 8. b.;如係平韻詩,往往用 3. a. 或 3. b.。

28. 16　(巳)仄仄仄。

10. a.　平平仄仄仄。

古岸生新泉,霞峰映雪巘。(錢起仲春晚尋覆釜山。)

兼問前寄書,書中復達否?(劉昚虛送韓平兼寄郭微。)

欲驗少君方,長吟大隱作。(盧綸奉陪侍中游石笋溪。)

回首碧雲深,佳人不可望。(權德輿晚渡揚子江。)

峰峰帶落日,步步入青靄。(劉長卿陪元侍御遊支硎寺。)

東溪一白雁,毛羽何皎潔!(李建勳白雁。)

邀歡日不足,況乃前期長!(皇甫冉之京留別劉方平。)

誰言魏闕下,自有東山幽!(郎士元題劉相公三湘圖。)

這種形式本應與仄仄平平平相對,如「古岸」,「邀歡」,「誰言」三例,但也有人喜歡把它和律句仄仄仄平平相對,如「欲驗」,「回首」兩

例。這兩種情形較爲常見。別的情形也有,觀察「兼問」,「峰峰」,「東溪」三例便知。

10. b. 仄平仄仄仄。

> 少年負意氣,好勇復知機。(崔顥古游俠。)
> 故人不可見,河水復悠然。(王維至渭州隔河望黎陽。)
> 願聞素女事,去採山花叢。(李頎贈蘇明府。)
> 少憑水木興,暫忝身心調。(綦毋潛題鶴林寺。)
> 宿帆謁郡佐,悵別依禪林。(常建潭州留別。)
> 貴人昔未貴,咸願顧寒微。(楊貴感興。)
> 忽然辟命下,衆謂趨丹墀。(李頎贈別高三十五。)
> 手持白羽扇,脚步青芒屨。(孟浩然王迴見尋。)

這種形式很少用於對句。它用於出句時,和 10. a. 的情形相仿,對句往往用三平調,如「願聞」,「少憑」,「宿帆」,「忽然」四例;又往往用律句,如「少年」,「故人」,「貴人」,「手持」四例。

11. a. 仄仄仄仄仄。

> 看看似相識,默默不得語。(孟浩然耶溪泛舟。)
> 鴻鵠搏扶搖,物性各自得。(張說同諸公登琴臺。)
> 遙信蓬萊宮,不死世世有。(王季友渭中贈顧高士瓘。)
> 桃源數曲盡,洞口兩岸拆。(錢起尋華山雲臺觀道士。)
> 暝色況復久! 秋聲亦何長!(劉眘虛暮秋揚子江。)
> 出處兩不合,忠貞何由伸?(王昌齡送十二兵曹。)
> 願守泰稷稅,歸耕東山田。(劉眘虛潯陽陶氏別業。)
> 料死不料敵,顧恩寧顧終。(高適李雲南征蠻詩。)

五仄句比五平句爲常見;盛唐以前,詩的對句極少五平,却多五仄。詩論家以爲這因爲仄聲共有上去入三個聲調,不像平聲祇有一個聲調,除非連用五上,五去,或五入才有毛病,否則不必避忌。同聯的另一句最好用五平,如「忠貞何由伸」,否則用四平,如「鴻鵠搏扶搖」,

「遙信蓬萊宮」和「秋聲亦何長」；若用三平或兩平就稍嫌不夠和諧；至於四仄或五仄和它相對，在唐詩裏幾乎找不着。

　　11. b. 平仄仄仄仄。

　　　雲龍未相感，干謁亦已屢。（王昌齡鄭縣宿陶大公館。）
　　　夕陽度西嶺，羣壑倏已暝。（孟浩然宿叢師山房。）
　　　烟波日已隔，音信日已絕。（劉長卿石梁湖寄陸漸。）
　　　高臺無晝夜，歌舞竟未足！（劉商銅雀妓。）
　　　猶是對夏伏，幾時有涼飆？（張說同羣公登琴臺。）
　　　仙境若在夢，朝雲如可親。（王昌齡寄焦鍊師。）
　　　於何今相逢，華髮在我後。（王季友滑中贈顧高士瑾。）
　　　棲遲樂尊渚，恬曠寡所欲。（閻防百丈溪新理茅茨讀書。）
　　　谿口水石淺，冷冷明藥叢。（常建仙谷遇毛女。）

　　五仄既不必避忌，四仄更可不拘（但平韵詩出句平仄仄仄仄極爲罕見）。同聯的另一句最好是五平或四平，如「於何今相逢」，「朝雲如可親」，「冷冷明藥叢」，三例；否則第二第四字都平，如「雲龍」，「夕陽」，「幾時」，「棲遲」，四例。像「高臺」一聯稍嫌不諧。至於「烟波」一聯則因連用兩「日已」，如去者日已疏，可以不拘。

　　28.17 （午）平仄仄。

　　12. a. 仄仄平仄仄。

　　　愛君清川口，弄月時櫂唱。（劉長卿自番陽還道中。）
　　　暫因愜所適，果得捐外慮。（劉長卿題虎丘寺。）
　　　我生好閒散，此去殊未返。（李端歸山招王逵。）
　　　遠公何爲者，再詣臨海嶠？（王昌齡觀江淮名勝圖。）
　　　倚巖見廬舍，入戶欣拜揖。（王灣奉使登終南山。）
　　　人生病長別，此是長別處！（趙微明古挽歌。）
　　　直道多不偶，美才應息機。（郎士元贈萬生下第還吳。）
　　　豔色天下重，西施寧久微。（王維西施詠。）
　　　小引何足貴？長年固可尋。（儲光羲酬綦毋校書。）

12. b. 平仄平仄仄。

> 輕舟恣來往，探玩無厭足。（孟浩然漢中漾舟。）
> 雄圖爭割據，神器終不守。（劉長卿孫權故城下懷古。）
> 東溪喜相遇，貞白如會面。（劉長卿自紫陽觀至華陽洞。）
> 辛勤久爲吏，榮進何妄執！（王灣奉使登終南山。）
> 馬煩時欲歇，歸客程未已。（祖詠夕次圃田店。）
> 湖上春已早，田家日不閒。（丘爲題農父廬舍。）
> 難黍何必具？吾心知道尊。（盧象田家即事。）

　　12.a.12.b.應認爲性質極相近。當其用於對句時，出句第二第四字以皆平爲原則；當其用於出句時，對句第二字平，第四字仄爲原則。用於對句和用於出句情形稍有不同，其原因頗難索解。依照上述的原則，則「暫因」，「雄圖」，「馬煩」三聯爲例外。12. a. 不被詩論家認爲四仄句，因爲中間有一個平聲。

28.18　（未）平平仄。

　　13. a. 平平平平仄。

> 暮霞照新晴，歸雲猶相逐。（王昌齡酬鴻臚裴主簿。）
> 俯仰垂華纓，飄飄翔輕轂。（韋應物始除尚書郎。）
> 天寒兼葭渚，日落雲夢林。（孟浩然送從弟蕃游淮南。）
> 扁舟滄浪意，澹澹花影没。（常建白龍窟泛舟。）
> 長安三千里，日夕西南望。（張謂同孫搆免官後登薊樓。）
> 沈吟東山意，欲去芳歲晚。（賈至贈裴九侍御。）

　　「平平平平仄」不像「仄平平平平」那樣被認爲落調，因爲它是上四平。但是，四平相連畢竟不很和諧，所以用於對句者極爲罕見。用於出句者較爲常見。這可以證明古風對句的平仄比出句重要；趙執信聲調譜着重對句，不爲無理。

13. b. 仄平平平仄。

久之風榛寂,遠聞樵聲至。(王昌齡緱氏尉沈興宗置酒。)
久與林壑辭,及來杉松大。(常建終南雙峰草堂。)
嶺外飛電明,夜來前山雨。(薛據宿大通和尚塔。)
生事且彌漫,願爲持竿叟。(綦毋潛春泛耶溪。)
本家藍田下,非爲漁弋故。(王昌齡鄭縣宿陶大公館。)
忽然爲枯木,微興遂如兀。(常建白龍窟泛舟。)
自云多方術,往往通神靈。(張説過沖和先生。)
舊居緱山下,偏識緱山雲。(岑參過緱山王處士。)

　　仄平平平仄雖和平平平平仄同屬一類(普遍認爲第一字不拘平仄),但因只有中三平相連,就比四平句較爲常見。尤其是用於對句,比四平句常見得多了。和它同聯的另一句,或第二字仄,第四字平,如「嶺外」,「生事」,「忽然」,「自云」,「舊居」諸例;或第二字平,第四字仄,如「久與」,「本家」兩例。很少有第二第四字俱平或俱仄的;「久之」一聯可認爲變例。

28.19　　以上所述十三大類廿五小類的平仄式,已經完全包括律句以外的各種形式。雖有常用罕用的不同,然而每一種可能的形式都被詩人們用到了。出句和對句的平仄相配,雖也有常見的配合法和罕見的配合法,但也沒有一種配合法是禁用的。可見古風的平仄確不像律詩那樣嚴格。

28.20　　但是,五古也像第二十六節所述的轉韻詩一樣,可分爲仿古的五古和新式的五古兩種。李白杜甫的五古多屬於前者;王維,李頎,王昌齡,劉長卿,孟浩然的五古多屬於後者。前者差不多完全不受任何束縛;後者卻漸漸形成一種格律。因爲後者佔了優勢,所以分析唐代古風的詩論家儼然看見了一種平仄格式。

28.21　　王李王劉孟諸人的五古,若就下三字而論,平腳以三平調及平仄平爲主,仄腳以仄平仄爲主。(仄仄仄只是仄平仄的變相,遠不及仄平仄常用。)平腳的平平平前面的兩個字以仄仄爲主,平仄平前面的兩個字以平平爲主,這樣,祇是把律句「仄仄仄平平」和「平平仄仄

平」的第三字拗成古風。仄脚的仄平仄前面的兩個字有平平和仄仄兩種，平平仄平仄是律句平平平仄仄的第三四字對換而成（平平仄平仄在律詩中爲特拗，見上文第九節），仄仄仄平仄則是把律句「仄仄平平仄」的第三字拗成古風。這樣，新式的古風裏，正則的平仄格式只有四種（可比較上文第六節裏所述律詩的四種平仄格式）：

（一）仄仄仄平仄（由律句 a 式變來）；

（二）仄仄平平平（由律句 A 式變來）；

（三）平平仄平仄（由律句 b 式變來）；

（四）平平平仄平（由律句 B 式變來）。

除了第一字可以不拘平仄外，其餘的字都以依譜用聲爲原則。五古的字數沒有一定，但是，依新式五古的規矩，它應該像五言排律一樣，依照黏對的辦法連續下去，即使連用百韵，也可類推。現在試舉一例於下：

　　（甲）宿懷仁縣南湖寄東海荀處士　　劉長卿

向夕斂微雨，晴開湖上天。（aB）

離人正惆悵，新月愁嬋娟。（bA）

佇立白沙曲，相思滄海邊。（aB）

浮雲自來去，此意誰能傳？（bA）

一水不相見，千峰隨客船。（aB）

寒塘起孤雁，夜色分鹽田。（bA）

時復一延首，憶君如眼前。（aB）

這裏沒有一句是超出上述四種正則平仄形式之外的。（「新」，「時」，「憶」因在第一字，可以不論。）而且黏對完全和律詩的黏對一樣。當然，不能每首詩都這樣呆板；尤其是仄韵詩，往往摻雜律句。但是，新式的五古仍然容易辨別，因爲它總是受着黏對的約束的（參看下文第三十節）。

　　28.22　仿古和新式的分別是很重要的：前者代表慕古的心情，後者代表格律化的潮流。但是，在唐詩演化的階段上，倒反是新式的五古產生在前，仿古的五古產生在後。格律化的潮流顯然是受了律詩的影響，李杜的仿古則是存心復古。有些詩論家不明白這種分別，把

那些合於新式五古的平仄形式認爲「正體」，不合的都叫做「拗」，如云「拗句」「拗對」「拗黏」等（如聲調四譜圖說）。這是不妥的。

附註：

【註三十三】　杜甫石櫃閣：「清暉迴群鷗，暝色帶遠客。」就是用五仄對五平（「暝」讀去聲，仇註音明，誤）。仇兆鰲曰：「古詩有五字皆平者，曹植詩『悲鳴夫何爲』，杜詩『清暉迴群鷗』是也。有五字皆仄者，應瑒詩『遠適萬里道』，杜詩『窟壓萬丈內』是也。有七字皆平者，崔魯詩『梨花梅花參差開』；有七言皆仄者，杜詩『有客有客字子美』。但在古詩，可不拘耳。」

第二十九節　七古的平仄

29.1　七古的平仄，也像五古一樣，以下三字爲主；下三字的四種常式，平平平，平仄平，仄平仄，仄仄仄，都和五古相似。又可以是仄仄平，仄平平，平仄仄，平平仄，祇須上四字配起來不入律就是了。不過，七古比五古多了兩個字，所以變化較多。總計除了律句之外，可分爲二十九個大類，一百一十四個小類。現在分類並舉例如下。

29.2　（甲）平脚。

（子）平平平。

1. a. 平平仄仄平平平。

　　未知肝膽向誰是，令人却憶平原君。（高適邯鄲少年行。）
　　商聲寥亮羽聲苦，江天寂歷江楓秋。（劉長卿聽笛歌。）
　　紅纓紫鞚珊瑚鞭，玉鞍錦韉黃金勒。（岑參衛節度赤驃馬歌。）
　　都門柳色朝朝新，念爾今爲江上人。（李頎送從弟遊江淮。）

1. b. 仄平仄仄平平平。

　　朔方健兒好身手，昔何勇銳今何愚！（杜甫哀王孫。）

聞道故林相識多，罷官昨日今如何？（李頎送陳章甫。）
且與少年飲美酒，往來射獵西山頭。（高適邯鄲少年行。）
將軍族貴兵且強，漢家已是渾邪主。（高適送渾將軍出塞。）
自憐棄置天西頭，因君爲問相思否。（岑參與獨孤漸道別。）

1. c. 仄平平仄平平平。

屈平詞賦懸日月，楚王臺榭空山邱。（李白江上吟。）
木蘭之枻沙棠舟，玉簫金管坐兩頭。（同上。）
國家成敗吾豈敢？色難腥腐餐風香。（杜甫寄韓諫議注。）
衆中牽出偏雄豪，騎將獵向南山口。（岑參衛節度赤驃
　馬歌。）

1. d. 平平平仄平平平。

遙想故園今尚爾，家人應念行人歸。（劉長卿客舍喜鄭三
　見寄。）
石鼓之歌止於此，嗚呼吾意其蹉跎！（韓愈石鼓歌。）

　　1. a. 和 1. b. 都是正例，因爲第一字的平仄是不拘的。1. c. 是變
例，因爲第三字應仄而反平，所以比較少用。1. d. 則因共有六個平聲，
仄字恰在當中，這是所謂「孤仄」。七古不忌孤平，而忌孤仄。在盛唐
七古中，孤仄的句子極爲罕見。自韓愈以後，用者較爲多些，然而比之
其他三式，仍舊差得很遠。
　　2. a. 仄仄仄仄平平平。

絆之欲動轉欹側，此豈有意仍騰驤？（杜甫瘦馬行。）
似聞昨日赤松子，恐是漢代韓張良。（杜甫寄韓諫議注。）
夜發猛士三千人，清晨合圍步驟同。（杜甫冬狩行。）
却顧海客揚雲帆，便欲因之向溟渤。（李白同族弟金城尉。）

2. b. 平仄仄仄平平平。

草中狐兔盡何益？天子不在咸陽宮。（杜甫冬狩行。）
狂客落魄尚如此，何況壯士當羣雄！（李白梁父吟。）
腰下寶玦青珊瑚，可憐王孫泣路隅。（杜甫哀王孫。）

2. c. 平仄平仄平平平。

已經百日竄荊棘，身上無有完肌膚。（杜甫哀王孫。）
楊花雪落覆白蘋，青鳥飛去銜紅巾。（杜甫麗人行。）

2. d. 仄仄平仄平平平。

當時歷塊誤一蹶，委棄非汝能周防。（杜甫瘦馬行。）
喜君士卒甚整肅，爲我迴轡擒西戎。（杜甫冬狩行。）
邇來四萬八千歲，不與秦塞通人煙。（李白蜀道難。）
虜塞兵氣連雲屯，戰場白骨纏草根。（岑參輪臺歌。）

此類因爲第二第四字同聲，有些詩論家認爲拗句。但是，李杜最喜歡用這種平仄，尤其是仄仄仄仄平平平。2.c.較爲少見。

3. a. 仄仄平平平平平。

君臣相憐加愛恩，命黑螭偵焚其元。（韓愈陸渾山火。）

3. b. 平仄平平平平平。

其時月黑猿啾啾，微雨沾衣令人愁。（王昌齡箜篌引。）

3. c. 平仄仄平平平平。
（這種句子未見。）

3. d. 仄仄仄平平平平。

助汝五龍從九鯤,溺厥邑囚之崑崙。（韓愈陸渾山火。）

4. a. 平平平平平平平。

淮西有賊五十載,封狼生貙貙生羆。（李商隱韓碑。）
4. b. 仄平平平平平平。

幕前生致九青兕,駞駝䵀峛垂元熊。（杜甫冬狩行。）
用爲羲和天爲成,用平水土地爲厚。（杜甫可嘆。）

4. c. 仄平仄平平平平。

表曰臣愈昧死上,詠神聖功書之碑。（李商隱韓碑。）

4. d. 平平仄平平平平。

肉味不足登鼎俎,何爲見羈虞羅中?（杜甫冬狩行。）

　　以上兩大類八小類都是「下四平調」。五古忌下四平(見上節),七古亦忌下四平,所以極爲罕見。韓愈的陸渾山火是柏梁體,平仄規律和普通七古稍有不同,而且在語法上是上三下四,所以故意在平仄上也造成上三下四的局面。李商隱的韓碑有意用些奇句,如七平七仄之類,下四字更是不忌。剩下來只有王昌齡杜甫的四個例子可説是不知不覺地造成的。

29.3　(丑) 平仄平。
　5. a. 仄仄平平平仄平。

誰家且養願終惠,更試明年春草長。（杜甫瘦馬行。）
非但慷慨獻奇謀,意氣兼將身命酬。（王維夷門歌。）
孤城日落見飛鳥,馬上時聞漁者歌。（李頎欲之新鄉。）
俠客猶傳朱亥名,行人尚識夷門道。（高適古大梁行。）

5. b. 平仄平平平仄平。

　　穆陵關帶清風遠,彭蠡湖連芳草春。(李頎送從弟遊江淮。)
　　古城莽蒼饒荆榛,驅馬荒城愁殺人。(高適古大梁行。)
　　冰片高堆金錯盤,滿堂凜凜五月寒。(岑參與獨孤漸道別。)

5. c. 平仄仄平平仄平。

　　男兒在世無産業,行子出門如轉蓬。(李頎欲之新鄉。)
　　青山朝別暮還見,嘶馬出門思故鄉。(李頎送陳章甫。)

5. d. 仄仄仄平平仄平。

　　功名富貴若長在,漢水亦應西北流。(李白江上吟。)
　　向風刎頸送公子,七十老翁何所求?(王維夷門歌。)
　　空歌漢代蕭相國,肯事霍家馮子都!(李頎放歌行。)

　　　　(5.c.5.d.兩種形式在律詩中爲孤平拗救。)

6. a. 平平仄仄平仄平。

　　看君失路尚如此,人生貴賤那得知?(岑參送費子歸武昌。)
　　羽書紛紛來不息,孤城望處增斷腸。(劉長卿疲兵篇。)
　　辛勤不見華蓋君,艮岑青輝慘么麽。(杜甫憶昔行。)
　　劉侯歡我攜客來,置酒張燈促華饌。(杜甫湖城東遇孟
　　雲卿。)

6. b. 仄平仄仄平仄平。

　　吾觀費子毛骨奇,廣眉大口仍赤髭。(岑參送費子歸武昌。)
　　四月南風大麥黃,棗花未落桐葉長。(李頎送陳章甫。)
　　豫章太守高帝孫,引爲賓客敬頗久。(杜甫可歎。)

　　小臣魯鈍無所能，朝廷記識蒙祿秩。（杜甫憶昔。）

6. c.　仄平平仄平仄平。

　　谷永直言身不顧，郤説高地名轉香。（韓翃別汜水陳縣尉。）
　　劍峰可惜虛用盡，馬蹄無事今已穿。（岑參送費子歸武昌。）
　　以茲感歎辭舊遊，更於時事無所求。（高適邯鄲少年行。）
　　古藤池水盤樹根，左攫右拏龍虎蹲。（李頎愛敬寺古藤歌。）

6. d.　平平平仄平仄平。

　　廟令老人識神意，睢盱偵伺能鞠躬。（韓愈謁衡嶽廟。）
　　曲江荷花蓋十里，江湖生目思莫緘。（韓愈酬司門盧四兄。）

　　以上兩大類八小類，除 6. d. 外，都是正例。其中以 5. a. 爲最常見，5. c. 比較少見。6. d. 最爲罕見，所舉韓愈例子中，「偵」字還是有平去兩讀的。大約因爲近似孤仄，所以詩人們不大喜歡用它。

　7. a.　仄仄仄仄平仄平。

　　斯須九重真龍出，一洗萬古凡馬空。（杜甫丹青引。）
　　東郊瘦馬使我傷，骨骼碎兀如堵墻。（杜甫瘦馬行。）

7. b.　平仄仄仄平仄平。

　　昔隨劉氏定長安，帷幄未改神慘傷。（杜甫寄韓諫議注。）
　　山石犖确行徑微，黃昏到寺蝙蝠飛。（韓愈山石。）

7. c.　平仄平仄平仄平。

　　三月三日天氣新，長安水邊多麗人。（杜甫麗人行。）
　　山紅澗碧紛爛熳，時見松櫪皆十圍。（韓愈山石。）

7. d. 仄仄平仄平仄平。

朝廷雖無幽王禍,得不哀痛塵再蒙!（杜甫冬狩行。）
紫蓋連延接天柱,石廩騰擲堆祝融。（韓愈謁衡嶽廟。）

8. a. 平平平平平仄平。

長安城頭頭白烏,夜飛延秋門上呼。（杜甫哀王孫。）

8. b. 仄平平平平仄平。
紫髯胡雛金剪刀,平明剪出三鬃高。（岑參衛節度赤驃
馬歌。）

8. c. 仄平仄平平仄平。

擺磨出火以自燔,夜中有聲驚莫原。（韓愈陸渾山火。）

8. d. 平平仄平平仄平。

全盛須臾那可論? 高臺曲池無復存。（高適古大梁行。）
樗蒲百金每一擲,平生有錢將與人。（岑參送費子歸武昌。）

　　以上兩大類八小類都是比較少見的形式,其中尤以 7.c. 8.a. 8.c.
三類更爲罕見。8.a. 是六平句,罕用是有理由的。7.c. 8.c. 則因連用
平仄相間,7.c. 前六字爲平仄平仄平仄,8.c. 前四字爲仄平仄平,末二
字又爲平仄,倒反不和諧。（上節所述仄仄平仄平比平仄平仄平爲常
用,也是這個道理。）

29.4 （寅）仄仄平。
　　9. a. 仄仄仄平仄仄平。

又向人家啄大屋,屋底達官走避胡。（杜甫哀王孫。）

美人娟娟隔秋水，濯足洞庭望八荒。（杜甫寄韓諫議注。）
岸上種蓮豈得生？池中種檻豈得成？（韋應物橫塘行。）

9. b. 平仄仄平仄仄平。

今我不樂思岳陽，身欲奮飛病在牀。（杜甫寄韓諫議注。）
美人胡爲隔秋水？焉得置之貢玉堂？（同上。）
冬夜夜寒覺夜長，沈吟久坐坐北堂。（李白夜坐吟。）
星歲再周十二辰，爾來不語今爲君。（韋應物白沙亭逢吳叟。）

這是孤平調。七古也像五古一樣不避孤平。非但不避，有些詩人還喜歡用它。試看杜甫在寄韓諫議注一首詩裏共用三個孤平調，可證。

10. a. 平平平平仄仄平。

飄然時危一老翁，十年厭見旌旗紅。（杜甫冬狩行。）
哀哉王孫慎勿疎，五陵佳氣無時無。（杜甫哀王孫。）

10. b. 仄平平平仄仄平。

玉京羣帝集北斗，或騎騏驎翳鳳皇。（杜甫寄韓諫議注。）
莫言牆陰數尺間，老却主人如等閒。（劉禹錫牆陰歌。）

10. c. 仄平仄平仄仄平。

況今攝行大將權，號令頗有前賢風。（杜甫冬狩行。）
欲來不來夜未央，殿前青鳥先迴翔。（韋應物漢武帝雜歌。）

10. d. 平平仄平仄仄平。

昨夜東風吹血腥，東來橐駝滿舊都。（杜甫哀王孫。）

柏梁沈飲自傷神,猶聞駐顏八十春。(韋應物漢武帝雜歌。)

11. a. 平平仄仄仄仄平。

去歲奔波逐餘寇,驊騮不慣不得將。(杜甫瘦馬行。)
齊王不忍觳觫牛,簡子亦放邯鄲鳩。(柳宗元放鷓鴣詞。)

11. b. 仄平仄仄仄仄平。

星宮之君醉瓊漿,羽人稀少不在旁。(杜甫寄韓諫議注。)
左右六翮利如刀,踊身失勢不得高。(柳宗元跂烏詞。)

11. c. 仄平平仄仄仄平。

乃言聖祖奉丹經,以年爲日億萬齡。(韋應物驪山行。)
梓中豪俊大者誰?本州從事知名久。(杜甫相逢歌。)

11. d. 平平平仄仄仄平。

東西南北百里間,髣髴蹴踏寒山空。(杜甫冬狩行。)
今來蕭瑟萬井空,唯見蒼山起煙霧。(韋應物温泉行。)

12. a. 仄仄仄仄仄仄平。

壯士有仇未得報,拔劍欲去憤已平。(韋應物五弦行。)
欲囀不囀意自嬌,羌兒弄笛曲未調。(韋應物聽鶯曲。)
雲龍風虎盡交回,太白入月敵可摧。(李白胡無人。)

12. b. 平仄仄仄仄仄平。

士卒多騎内厩馬,惆悵恐是病乘黄。(杜甫瘦馬行。)

北方諍人長九寸，開口抵掌更笑喧。（柳宗元行路難。）

12. c. 平仄平仄仄仄平。

堯舜之事不足驚，自餘囂囂直可輕。（李白懷仙歌。）

12. d. 仄仄平仄仄仄平。

鐘鼎玉帛豈足貴？但願長醉不願醒。（李白將進酒。）

聲調四譜圖説把 11 認爲拗句，10 認爲單拗，12 認爲雙拗。其實，凡下三字用仄仄平者，若不用孤平又不用拗，就變爲律句了。這三個大類在七古中較「平仄平」爲少見。

29.5 （卯）仄平平。

13. a. 仄仄平平仄平平。

苦竹嶺頭秋月輝，苦竹南枝鷓鴣飛。（李白山鷓鴣詞。）
邑西有路緣石壁，我欲從之臥穹嵌。（王昌齡奉贈張
　荆州。）

13. b. 平仄平平仄平平。

影落明湖青黛光，金闕前開二峰長。（李白廬山謠。）
悲臺蕭颯石龕攲，哀壑㧓枒浩呼洶。（杜甫王兵馬使二角鷹。）

13. c. 平仄仄平仄平平。
13. d. 仄仄仄平仄平平。
　　　（此二例未見。）
14. a. 仄仄仄仄仄平平。

寺門高開洞庭野，殿脚插入赤沙湖。（杜甫岳麓山道林

二寺。）

太守頃者領山南，邦人思之如父母。（杜甫可歎。）

14. b. 平仄仄仄仄平平。

昔遭衰世皆晦迹，今幸樂國養微軀。（杜甫岳麓山道林
二寺。）

嗟爾石筍擅虛名，後來未識猶駿奔。（杜甫石筍行。）

14. c. 平仄平仄仄平平。
（此例未見。）

14. d. 仄仄平仄仄平平。

濟人然後拂衣去，肯作徒爾一男兒！（王維不遇詠。）

潭府邑中甚淳古，太守庭內不喧呼。（杜甫岳麓山道林
二寺。）

15. a. 平平平平仄平平。

重聞西方止觀經，老身古樹風泠泠。（杜甫別李祕書。）

（「重」字有平去兩讀，若讀去聲，則不合例。）

15. b. 仄平平平仄平平。

玉泉之南麓山殊，道林林壑相盤紆。（杜甫岳麓山道林
二寺。）

15. c. 仄平仄平仄平平。

謝朓已沒青山空，後來繼之有殷公。（李白訓殷明佐。）

15. d. 平平仄平仄平平。

> 王君飛鳥仍未去，蘇耽宅中意遙緘。（王昌齡奉贈張荆州。）
> 深閨女兒莫愁年，玉指冷冷怨金碧。（常建古興。）

七古平仄句式，以「仄平平」脚爲最罕見，因爲與其用仄平平，不如索性用平平平。

七古有一個規矩：如果第四字用平，第六字就必須用仄。依照這個標準，則 3. 4. 13. 15. 都是不合通例的，因此也就非常罕見了。

29.6　（辰）仄平仄。

16. a. 平平仄仄仄平仄。

> 干戈戰罷數功閥，周葰方召堯無皋。（歐陽修答謝景山遺古瓦。）
> 詩人猛士雜龍虎，楚無吴歌亂鵝鴨。（蘇軾九日黄樓作。）
> 青山偃蹇如高人，常時不肯入官府。（蘇軾越州張中舍。）

16. b. 仄平仄仄仄平仄。

> 洛陽舊友一時散，十年會合無二三。（歐陽修聖俞會飲。）
> 永辭角上兩蠻觸，一洗胸中九雲夢。（蘇軾同正輔表兄游。）
> 韓公好古生已遲，我今况又百年後！（蘇軾石鼓。）

16. c. 仄平平仄仄平仄。

> 鳥啼人去廟門闊，還有山月來娟娟。（歐陽修晋祠。）
> 洞庭青草渺無際，天柱紫蓋森欲動。（蘇軾送陳睦知潭州。）
> 陋哉徐鉉説茶苦，欲與淇園竹同種！（晁冲之陸元鈞寄日注茶。）

16. d. 平平平仄仄平仄。

> 唐從天寶運中圮，廊廟往往非忠佳。（王安石董伯懿示。）

君時年少面如玉,一飲百觚嫌未痛。(蘇軾送陳睦知潭州。)

我車既攻我馬同,其魚維鱮貫之柳。(蘇軾石鼓。)

17. a. 仄仄平平仄平仄。

二十年間幾人在?在者憂患多乖睽。(歐陽修寄聖俞。)

劈開翠峽走雲雷,截破奔流作潭洞。(蘇軾同正輔表兄游。)

我得生還雪鬢滿,君亦老嫌金帶重。(蘇軾送陳睦知潭州。)

17. b. 平仄平平仄平仄。

而我官閑幸無事,北窗枕簟風泠泠。(王安石獨歸。)

象胥雜遝貢狼鹿,方召聯翩賜圭卣。(蘇軾石鼓。)

此時軒然盍飛去,何乃巑岏立西壁!(黃庭堅觀劉永年團
　　練畫。)

17. c. 平仄仄平仄平仄。

高帝子孫盡隆準,龍種自與常人殊。(杜甫哀王孫。)

17. d. 仄仄仄平仄平仄。

渤海細書藝文草,精絕戈波絕同互。(虞集為汪華玉題。)

愬武古通作牙爪,儀曹外郎載筆隨。(李商隱韓碑。)

貧窮老瘦家賣屐,好事就之為攜酒。(杜甫可歎。)

18. a. 平平平平仄平仄。

東征徐夷闞虓虎,北伐犬戎隨指嗾。(蘇軾石鼓。)

曹侯黃須便弓馬,從軍賦詩橫槊間。(黃庭堅送曹子方。)

18. b. 仄平平平仄平仄。

往來翰墨頗橫流，此公歸來有邊幅。（黃庭堅次韵王炳之。）
指攝光顔戰洄曲，闞如怒虎搏虓豽。（王安石董伯懿示。）
小夫偷安自非計，長者遠慮或可懷。（同上。）

18. c. 仄平仄平仄平仄。

昨來杜鵑勸歸去，更得把酒聽提壺。（黃庭堅次韵子瞻。）
是時旦公主舒卷，一二文士相交參。（虞集題旦景初僉
司圖。）

18. d. 平平仄平仄平仄。

惟存祖宗聖功業，干戈象舞被管絃。（歐陽修晋祠。）
傾壺豈徒强君飲，解帶且欲留君談。（歐陽修聖俞會飲。）
儒林丈人有蘇公，相如子雲再生蜀。（黃庭堅次韵王炳之。）

19. a. 仄仄仄仄仄平仄。

不憂兒輩知此樂，但恐造物怪多取。（蘇軾越州張中舍。）

19. b. 平仄仄仄仄平仄。

冬十一月歲辛丑，我初從政見魯叟。（蘇軾石鼓。）

19. c. 平仄平仄仄平仄。

皆云皇帝巡四國，烹滅强暴救黔首。（蘇軾石鼓。）
張君眼力窺天奧，能遣荆棘化堂宇。（蘇軾越州張中舍。）

19. d. 仄仄平仄仄平仄。

欲尋年歲無甲乙,豈有文字記誰某!(蘇軾石鼓。)
壯志銷盡憶閒處,生計易足鑱蔬畦。(歐陽修寄聖俞。)

這裏大多數的例子是採自宋詩。宋人是模仿唐人的,所以沒有大
出入。19. a. 是六仄句,19. b. 是它的變相,所以都非常罕用。17. c. 和
17. d. 在宋代古風裏也是罕用的,理由未詳。

29.7 (巳) 仄仄仄。
20. a. 仄仄平平仄仄仄。

枕中鴻寶舊所傳,飲我寧辭酒或索!(王安石過劉貢甫。)
淮蝗蔽天農久餓,越卒圍城盜少逸。(王安石和中甫兄春日
有感。)

20. b. 平仄平平仄仄仄。

凡目矜新不重故,千錢酬直皆笑愚。(梅堯臣何君寶畫。)
金印煌煌未入手,白髮種種來無情。(陸游長歌行。)

20. c. 平仄仄平仄仄仄。
(此例未見。)
20. d. 仄仄仄平仄仄仄。

公子為嬴停駟馬,執轡愈恭意愈下。(王維夷門歌。)
且與少年飲美酒,往來射獵西山頭。(高適邯鄲少年行。)

21. a. 平平平平仄仄仄。

清晨無風浪自湧,中流歌笑倚半酣。(蘇軾自金山放船。)
當今人才不乏使,天上二老須人扶。(黃庭堅次韵子瞻。)

21. b. 仄平平平仄仄仄。

杜陵評書貴瘦硬,此論未公吾不憑。(蘇軾孫莘老求墨妙
亭詩。)

自從周衰更七國,竟使秦人有九有!(蘇軾石鼓。)

21. c. 仄平仄平仄仄仄。

大烹養賢有列鼎,豈久師門共藜藿?(歐陽修讀張李二
生文。)

舞干兩階庶可覬,跳空七劍今何庸?(晁補之贈戴嗣良歌。)

21. d. 平平仄平仄仄仄。

香新味全手自摘,玉潔沙磨軟還美。(歐陽修初食雞頭
有感。)

何當凱還宴將士,三更雪壓飛狐城。(陸游長歌行。)

22. a. 平平仄仄仄仄仄。

胡爲我輩坐自苦,不念兹時去如失!(王安石和中甫兄春日
有感。)

同遊盡返決獨往,賦命窮薄輕江潭。(蘇軾自金山放船。)

參軍但有四立壁,初無臨江千木奴。(黃庭堅次韵子瞻。)

22. b. 仄平仄仄仄仄仄。

得之數日未暇讀,意欲百事先屏却。(歐陽修讀張李二
生文。)

遠方不異輦轂下,詔遣中使哀恫鰥。(黃庭堅送曹子方。)

豈其馬上破賊手?哦詩長作寒螿鳴。(陸游長歌行。)

22. c. 仄平平仄仄仄仄。

　　大梁崔白亦善畫，曾見桃花净初吐。（王安石純甫出釋惠
　　崇畫。）
　　短長肥瘠各有態，玉環飛燕誰敢憎？（蘇軾孫莘老求墨妙
　　亭詩。）
　　撫軍監國太子事，何乃趣取大物爲？（黃庭堅書摩崖碑後。）

22. d. 平平平仄仄仄仄。

　　紛紛爭奪醉夢裏，豈信荆棘埋銅駝！（蘇軾百步洪。）
　　將軍掌勇饋不繼，痛惜靈武奇謀空。（晁補之贈戴嗣良歌。）

23. a. 仄仄仄仄仄仄仄。

　　水邊小邸因古城，上有巨竹數百箇。（陸游城西接待院後竹
　　下作。）
　　一勝一敗又苦似，勝者狠逐敗者趨。（梅堯臣何君寶畫。）

23. b. 平仄仄仄仄仄仄。

　　禽獸已斃十八九，殺聲落日迴蒼穹。（杜甫冬狩行。）

23. c. 平仄平仄仄仄仄。

　　持頤宴坐不出門，收攬奇秀得十五。（蘇軾越州張中舍。）

23. d. 仄仄平仄仄仄仄。

　　内間張后色可否，外間李父頤指揮。（黃庭堅書摩崖碑後。）
　　美子年少正得路，有如扶桑初日昇。（歐陽修送徐生之澠池。）

以上四大類，十六小類中，第 20. 類因近似律句，一韵到底的七古
頗爲少用；用的時候衹用 20. a. 類及 20. b. 類，至於 20. d. 類，衹見於唐人
的轉韵七古。20. c. 類極爲罕見。21. 22. 兩類較爲常見。23. 類因仄
聲太多，最爲罕見；此類之中，23. a. 爲七仄句，有人認爲落調，所以罕
見。但有時詩人故意製造七仄句，如李商隱韓碑「帝得聖相相曰度」，
「入蔡縛賊獻太廟」，「愈拜稽首蹈且舞」（「稽」上聲）。又如梅堯臣的
「一勝一敗又苦似，勝者狠逐敗者趨」，一聯之中共用十三個仄聲字，這
是有意造成一種「極變」。23. b. 連用六仄，反較七仄爲罕見，大約因爲
沒有人故意製造的緣故。又「仄仄仄」脚多用於出句，很少用於對句。

29.8　（午）平仄仄。

24. a. 平平仄仄平仄仄。

　　平生半世看墨本，摩挲石刻鬢成絲。（黄庭堅書摩崖碑後。）
　　東馬嚴徐已奮飛，枚皋即召窮且忍。（韓愈贈崔立之評事。）

24. b. 仄平仄仄平仄仄。

　　立談左右俱動色，一言徑破千言牢。（蘇軾送李公恕赴闕。）
　　上人淡泊何所好？工書草隸如飛蓬。（晁冲之贈僧法一墨。）
　　畫史紛紛何足數？惠崇晚出吾最許。（王安石純甫出釋惠
　　　崇畫。）

24. c. 仄平平仄平仄仄。

　　覺来身世都是夢，坐久枕痕猶着面。（蘇軾和子由。）
　　絶塵超日精爽緊，若失其一望路馳。（黄庭堅詠李伯時摹
　　　韓幹馬。）

24. d. 平平平仄平仄仄。

　　安能終老塵土下，俯仰隨人如桔槔？（蘇軾送李公恕。）

細思物理坐歎息，人生安得如汝壽？（蘇軾石鼓。）

25. a. 平平平平平仄仄。

朝庭清明天子聖，陽德彙進羣陰剝。（歐陽修讀張李二
生文。）
浮來山高同望失，武陵路絕無人送。（蘇軾同正輔表兄。）

25. b. 仄平平平平仄仄。

緬懷胡沙英妙質，一雄可將十萬雛。（黃庭堅咏李伯時。）
伏波論兵初矍鑠，中散談仙更清遠。（蘇軾和子由。）
古田小牋惠我百，信知溪翁能解玉。（蘇軾次韵王炳之。）

25. c. 仄平仄平平仄仄。

但應此心無所住，造物雖駛如余何。（蘇軾百步洪。）
金盤磊落何所薦？滑臺撥醅如玉醴。（歐陽修初食雞頭。）

25. d. 平平仄平平仄仄。

金波巨然山數堵，粉墨空多真漫與。（王安石純然出釋惠
崇畫。）
一見真謂值芳時，安知有人槃礴嬴。（王安石徐熙花。）

26. a. 仄仄仄仄平仄仄。

豈料生還得一處？引袖拭淚悲且慶！（韓愈寒食日出游。）
當今聖人求侍從，拔擢杞梓收楛箘。（韓愈贈崔立之評
事。）

26. b. 平仄仄仄平仄仄。

强尋偏旁推點畫，時得一二遺八九。（蘇軾石鼓。）
洞庭青草渺無際，天柱紫蓋森欲動。（蘇軾送陳睦知潭州。）

26. c. 平仄平仄平仄仄。

牧童敲火牛礪角，誰復着手爲摩挲？（韓愈石鼓歌。）

26. d. 仄仄平仄平仄仄。

盡壞屏障通內外，仍呼騎曹爲馬曹。（蘇軾送李公恕。）
辭嚴意正質非俚，古味雖淡醇不薄。（歐陽修讀張李二
生文。）
漂知百戰偶然存，獨立千載誰與友？（蘇軾石鼓。）

在七古裏，平仄仄脚的句子多用律句；其不入律者略如以上諸例。
26. c. 非常罕見，因爲它的前六字是「平仄平仄平仄」，連用平仄相間，
倒反不諧。請參看 7. c. 8. c. 及其説明。

29.9 （未）平平仄。

27. a. 仄仄平平平平仄。

將軍金甲夜不脱，半夜軍行戈相撥。（岑參走馬川行。）
憶昔周宣歌鴻雁，當時籀史變蝌蚪。（蘇軾石鼓。）
昔有佳人公孫氏，一舞劍器動四方。（杜甫觀公孫大娘弟子
舞劍。）

27. b. 平仄平平平平仄。
（此例未見。）

27. c. 平仄仄平平平仄。
（此例未見。）

27. d. 仄仄仄平平平仄。
　　　（此例未見。）

28. a. 平平平平平平仄。

朝廷雖無幽王禍，得不哀痛塵再蒙！（杜甫冬狩行。）

28. b. 仄平平平平平仄。
　　　（此例未見。）

28. c. 仄平仄平平平仄。

君家赤驃畫不得，一團旋風桃花色。（岑參衛節度赤驃
　　馬歌。）

28. d. 平平仄平平平仄。

四邊伐鼓雪海湧，三軍大呼陰山動。（岑參輪臺歌。）
秦兵益圍邯鄲急，魏王不救平原君。（王維夷門歌。）
長河浪頭連天黑，津吏停舟渡不得。（李頎送陳章甫。）

29. a. 仄仄仄仄平平仄。

秋來倍憶武昌魚，夢著只在巴陵道。（岑參送費子歸武昌。）
錦囊深貯幾春風？借問此木何時果？（王安石徐熙花。）
遂因鼓鼙思將帥，豈爲考擊煩矇瞍？（蘇軾石鼓。）
去年相從殊未足，問道已許談其粗。（蘇軾寄劉孝叔，「粗」
　　上聲。）

29. b. 平仄仄仄平平仄。

吾輩碌碌飽飯行，風后力牧長迴首。（杜甫可歎。）
桐葉最晚今已繁，君不強起時難更。（韓愈寒食日出游。）

黃蘆低摧雪齧土，鳧雁靜立將儔侶。（王安石純甫出釋惠
崇畫。）

自從四方冠蓋鬧，歸作二浙湖山主。（蘇軾寄劉孝叔。）

29. c.　平仄平仄平平仄。
　　　　（此例未見。）

29. d.　仄仄平仄平平仄。

借問苦心愛者誰？後有韋諷前支遁。（杜甫韋諷錄事宅。）
晋水今入并州裏，稻花漠漠澆平田。（歐陽修晋祠。）
勸君韜養待微招，不用雕琢愁肝腎。（韓愈贈崔立之評事。）
舊聞石鼓今見之，文字鬱律蛟蛇走。（蘇軾石鼓。）

「平平仄」脚也像「仄平平」脚一樣，是比較最少見的一種形式。而
且，多數「平平仄」脚是入律的。（但聲調四譜認爲「平平仄仄平平仄」
是七古正句，不算入律。）當其不入律的時候，以 29. a. 29. b. 29. d. 爲較
常見，因爲全句雖不入律，但後面五個字却是入律的。29. c. 因爲平仄
相間，反而罕用。28. a. 連用五平，28. b. 中五字連用平聲，詩論家認爲
不可輕用。其他如 27. b. 27. c. 27. d. 28. c. 也都非常罕見。

29. 10　轉韵七古和一韵到底的七古，在平仄上大不相同。大
致説來，轉韵七古以入律爲常；一韵到底的七古以不入律爲常。前
者即使不完全入律，也不過第五字的平仄和律句相反而已，後者則
往往用所謂「拗句」（四六同聲），「單拗」（二四同聲），或「雙拗」（二四
六同聲）。前者以王維、李頎、高適、岑參、崔顥、劉長卿、錢起、韓翃、
白居易、元稹諸人爲代表，後者以杜甫、韓愈、李商隱爲代表。李白
的五古多係仿古，七古却多入律。唐人一韵到底的七古不多；宋人
漸尚此體，歐王蘇黃都學杜韓，於是平仄多「拗」。關於入律，參看下
文第三十一節。

29. 11　這節和上節的平仄句式統計起來，五古不入律的句式共
有十三大類，廿五小類；七古不入律的句式共有廿九大類，一百十四小
類。如果連律句也算在内，則五言和七言的平仄句式（小類）總數

如下：

> 五言的平仄句式：　　三十二類；
> 七言的平仄句式：　　一百廿八類。

但其中有些是常用的,如三平調等;有些是罕用的,如四平脚,孤仄,平仄相間等。經過了這一番分析之後,可見古風的平仄也不是隨意亂用的。

第三十節　古風的黏對及其 出句末字的平仄

30.1　在新式的五言古風裏,其黏對和律詩的黏對大致相同。總以第二字爲主：出句第二字和對句第二字平仄相反,這是對;後一聯的出句第二字和前一聯的對句第二字平仄相同,這是黏。例如：

送王昌齡　　　　　　　李　頎

漕水東去遠,送君多暮情。(「水」仄「君」平,對。)

淹留野寺出,向背孤山明。(「君」「留」皆平,黏;「留」平「背」
　　　仄,對。)

前望數千里,中無蒲稗生。(「背」「望」皆仄,黏;「望」仄「無」
　　　平,對。)

夕陽滿舟檝,但愛微波清。(「無」「陽」皆平,黏;「陽」平「愛」
　　　仄,對。)

舉酒林月上,解衣沙鳥鳴。(「愛」「酒」皆仄,黏;「酒」仄「衣」
　　　平,對。)

夜來蓮花界,夢裏金陵城。(「衣」「來」皆平,黏;「來」平「裏」
　　　仄,對。)

歎息此離別,悠悠江海行。(「裏」「息」皆仄,黏;「息」
　　　仄「悠」平,對。)

白雲先生王迥見訪　　　　孟浩然

閒歸日無事,雲臥晝不起。(「歸」平「臥」仄,對。)

有客款柴扉,自云巢居子。(「臥」「客」皆仄,黏;「客」仄「云」

　　　平,對。)

居閑好芝朮,採藥來城市。(「云」「閑」皆平,黏;「閑」平「藥」
　　　仄,對。)

家在鹿門山,常遊澗澤水。(「藥」「在」皆仄,黏;「在」仄「遊」
　　　平,對。)

手持白羽扇,腳步青芒屨。(「遊」「持」皆平,黏;「持」平「步」
　　　仄,對。)

聞道鶴書徵,臨流還洗耳。(「步」「道」皆仄,黏;「道」仄「流」
　　　平,對。)

30.2 但是,五古的黏對和律詩的黏對也不盡相同:律詩第二第
四兩字平仄都對,五古則第四字可以不管。這有兩個原因:(一)「平
平仄平仄」是古風的正調,往往與「仄仄平平平」或「仄仄仄平仄」相對,
則第四字的聲調勢不能不相同;(二)五古有所謂拗句,第二第四字同
聲,如果它的對句不拗,則第四字勢必不對。即以上文李頎和孟浩然
的詩來說,「夕陽滿舟楫」的「舟」字和「但愛微波清」的「波」字不對,「居
閑好芝朮」的「芝」字和「採藥來城市」的「城」字不對,是由於第一種原
因;「漕水東去遠」的「去」字和「送君多暮情」的「暮」字不對,「舉酒林月
上」的「月」字和「解衣沙鳥鳴」的「鳥」字不對,「夜來蓮花界」的「花」字
和「夢裏金陵城」的「陵」字不對,「閑歸日無事」的「無」字和「雲臥晝不
起」的「不」字不對,「有客款柴扉」的「柴」字和「自云巢居子」的「居」字
不對,是由於第二種原因。

　　如果詩中沒有拗句(指「古拗」),而又黏對合式,那麼,除了「平平
仄平仄」應作為「平平平仄仄」看待之外,第二第四兩字便都黏都對。
就五古而論,下列的一首詩的黏對是最規矩的,可認為新式五古的標
準詩:

題綦毋校書田居　　　　　　李　頎

常稱掛冠吏,昨日歸滄洲。　行客暮帆遠,主人庭樹秋。
豈伊問天命,但欲為山遊。　萬物我何有?白雲空自幽。
蕭條江海上,日夕見丹丘。　生事本漁釣,賞心隨去留。

惜哉曠微月,欲濟無輕舟。倏忽令人老,相思河水流。

30.3 但是,有些詩論家認爲祇有這種嚴格的黏對法才是五古的正軌,那却是錯誤的見解。這祇是唐代某一派詩人的一種風尚(受律詩影響後的風尚),并不能代表整個唐代詩人的作風。至於唐以前的古詩,更完全不受黏對的拘束。例如:

詠 懷　　　　　　　　　　阮 籍

夜中不能寐,起坐彈鳴琴。薄帷鑒明月,清風吹我襟。
孤鴻號外野,朔鳥鳴北林。徘徊將何見? 憂思獨傷心!

「坐」與「帷」不黏,「鳥」與「徊」不黏;「帷」與「風」不對,「徊」與「思」不對。這種不受黏對拘束的古風,直至唐宋以後,還是佔大多數。聲調四譜把不黏的情形叫做拗黏,不對的情形叫做拗對。古風中本不該再談「拗」,但如果心知其意,不看得太呆板,也未嘗不可以借用這些名稱。如果把它們和「拗句」「單拗」「雙拗」那些名詞合起來看,可說是越拗越近古,越正越近律。

30.4 有些五古是黏對完全合律的;至於七古,却幾乎沒有一首是全篇黏對不拗的。總之,無論五古、七古,也都有拗對拗黏。現在試舉若干拗對拗黏的例子,以爲證明。

30.5 (甲)拗對。

(一)五言。

白雲慚幽谷,清風愧泉源。(張説雜興。)
昔余涉漳水,驅車行鄴西。(張説客中遇林慮。)
寒夜天光白,海靜月色真。(王昌齡送十二兵曹。)
危徑數萬轉,數里將三休。(王維自大散以往。)
蟲鳴機杼悲,雀喧禾黍熟。(王維宿鄭州。)
夙承大導師,焚香此瞻仰。(王維謁璿上人。)
興盡方下山,何必待之子?(丘爲尋西山隱者不遇。)
一川草長綠,四時那得辨?(丘爲泛若耶谿。)

含笑默不語,化作朝雲飛。（祖詠古意。）

幽意無斷絕,此去隨所偶。（綦毋潛春泛若耶溪。）

清澗日濯足,喬木時曝衣。（儲光羲樵父詞。）

舊蒲雨抽節,新花水對窗。（常建白湖寺後溪宿雲門。）

家本渭水西,異日同所適。（陶翰晚出伊闕寄河南裴中丞。）

匈奴不敢敵,相呼歸去來。（顏真卿贈裴將軍。）

顧我謭劣質,希聖杳無因。（蕭穎士過河濱和文學張志尹。）

一從文章事,兩京春復秋。（崔曙宿大通和尚塔。）

廢興雖萬變,憲章亦已淪。（李白古風。）

明斷自天啓,大略駕羣才。（同上。）

一體更變易,萬事良悠悠。（同上。）

清風灑六合,邈然不可攀。（同上。）

生苦百戰役,死託萬鬼鄰。（李白門有車馬客行。）

光景不知晚,觥酌豈言頻。（韋應物軍中冬燕。）

汗馬牧秋月,疲卒臥霜風。（劉灣出塞曲。）

稽首謝真侶,辭滿歸崆峒。（李栖筠張公洞。）

嵇康不得死,孔明有知音。（杜甫遣興。）

誰謂築居小? 未盡喬木西。（杜甫泛溪。）

如果出句和對句都用平腳,則以拗對爲常。例如:

猶憶雞鳴山,每謂西昇經。（張説過冲和先生。）

藹藹帝王州,宮觀一何繁!（王維瓜園詩。）

邪氣悖正聲,鄭衛生其間。（李華雜詩。）

登高望天山,白雲正崔嵬。（顏真卿贈裴將軍。）

太息感悲泉,人往跡未湮。（蕭穎士過河濱。）

松柏今在兹,安忍思故鄉。（孟雲卿傷情。）

昔別雁門關,今戍龍庭前。（李白古風。）

日暮醉酒歸,白馬驕且馳。（同上。）

對此嘉樹林,獨有戚戚顏。（韋應物移疾會詩客元生。）

車馬日蕭蕭,胡不枉我廬?（韋應物城中臥疾。）

始自風塵交,中結綢繆姻。(韋應物寄令狐侍郎。)

茫茫十月交,窮陰千里餘。(高適苦雨寄房四昆季。)

下有冬青林,石上走長根。(杜甫木皮嶺。)

高標跨蒼穹,烈風無時休。(杜甫同諸公登慈恩寺塔。)

30.6 (二)七言。

秦兵益圍邯鄲急,魏王不救平原君。(王維夷門歌。)

美酒尊中置千斛,載妓隨波任去留。(李白江上吟。)

士卒多騎內厩馬,惆悵恐是病乘黃。(杜甫瘦馬行。)

手指交梨遣帝食,可以長生臨寓縣。(李頎王母歌。)

累薦賢良皆不就,家近陳留訪耆舊。(李頎答高三十五留別。)

白雲飛鳥去寂寞,吳山楚岫空崔嵬。(劉長卿時平後送范倫。)

却到長安逢故人,不道姓名應不識。(同上。)

車傍側挂一壺酒,鳳笙龍管行相催。(李白襄陽歌。)

深山大澤龍蛇遠,春寒野陰風景暮。(杜甫送孔巢父謝病歸。)

琉璃汗漫泛舟入;事殊興極憂思集。(杜甫渼陂行。)

七古也像五古一樣,如果出句和對句都是平腳,也往往用拗對。例如:

木蘭之泄沙棠舟,玉簫金管坐兩頭。(李白江上吟。)

今我不樂思岳陽,身欲奮飛病在牀。(杜甫寄韓諫議注。)

蘄州笛竹天下知,鄭君所寶尤瓌奇。(韓愈鄭羣贈簟。)

將軍善畫蓋有神,心逢佳士寫其真。(杜甫丹青引。)

鮫人潛織水底居,側身上下隨遊魚。(李頎鮫人歌。)

梁生倜儻心不羈,途窮氣蓋長安兒。(李頎別梁鍠。)

與君攜手姑蘇臺,望鄉一日登幾迴。(劉長卿時平後送

范倫。）

落日欲沒峴山西，倒著接蘺花下迷。（李白襄陽歌。）

30.7　在律詩的對仗裏，很少有同字相對的情形：一則因爲近體詩沒有這個規矩（參看上文第十五節），二則因爲即使要用同字相對，也祇能限於第一第三字（五七言）和第五字（七言），二四六字是沒法子相對的，因爲除了「特拗」之外，律詩出句的二四六字和對句二四六字的平仄是應該相反的。至於古風就不同了：古風既容許有拗對，於是同字相對的地方很多，即在二四六字也可以相對了。例如：

朝與周人辭，暮投鄭人宿。（王維宿鄭州。）

絃廬若耶裏，左右若耶水。（丘爲泛若耶谿。）

一射百馬倒，再射萬夫開。（顏真卿贈裴將軍。）

綠筍總成竹，紅花亦成子。（崔曙古意。）

但見萬里天，不見萬里道。（孟雲卿古別離。）

去年桑乾北，今年桑乾東。（劉灣出塞曲。）

死是征人死，功是將軍功。（同上。）

昔如水上鷗，今如宜中兔。（杜甫有懷台州鄭十八司戶。）

昨日延英對，今日崖州去。（白居易寄隱者。）

美人在時花滿堂，美人去後空餘牀。（李白長相思。）

館娃宮中春已歸，閶闔城頭鶯已飛。（李嘉祐傷吳中。）

百人會中身不預，五侯門前心不能。（王維不遇詠。）

30.8　古風用拗對，有時候可以避免完全合律。譬如兩句都是律句，祇要用了拗對，就和律詩的格式有了分別。例如：

行人過欲盡，狂夫終不至。（王維羽林騎閨人。）

自然成妙用，孰知其指的？（李白草創大還贈柳官迪。）

車馬平明合，城郭滿埃塵。（韋應物大梁亭會李四。）

一夕南宮遇，聊用寫中情。（韋應物寄職方劉郎中。）

皓氣凝書帳，清著釣魚竿。（孟彥深元次山居武昌。）

憶昔好追涼,故繞池邊樹。(杜甫羌村。)
莫學吹笙王子晋,一遇浮丘斷不還。(李白鳳吹笙曲。)

至於一聯之中只有一句入律,也可用拗對以求其近古。例如上文所舉
韋應物的「光景不知晚,觥酌豈言頻」,杜甫的「深山大澤龍蛇遠,春寒
野陰風景暮」,等等。總之,拗對往往被詩人利用作爲補救律句的方
法,這是可以從大多數情形觀察得出來的。

30.9 (乙)拗黏。

(一)五言。

奉陪登南樓　　　　　　　　　　張　説
君子每念春,江上共流眄。遠水林外明,近岩霧中見。
終日西北望,何處是京縣? 屢登高春臺,徒使淚如霰。

(「日」與「岩」不黏,「登」與「處」不黏。「君子」「終日」兩
聯都用拗對。)

答洛陽主人　　　　　　　　　　陳子昂
平生白雲志,早愛赤松游。事親恨未立,從官此中州。
主人亦何問,旅客方悠悠。方謁明天子,清宴奉良籌。
再取連城璧,三涉平津侯。不然拂衣去,歸從海上鷗。
寧隨當代子,傾反且沈浮。

(「親」與「愛」不黏,「然」與「涉」不黏。「事親」「方謁」「不
然」三聯都用拗對。)

奉寄章太守涉　　　　　　　　　孟浩然
荒城自蕭索,萬里山河空。天高秋日迥,嘹唳聞飛鴻。
寒塘映衰草,高館落疎桐。臨此歲方宴,顧景問悲翁。
故人不可見,寂寞平林東。

(「高」與「里」,「塘」與「唳」,「人」與「景」,都不黏。「臨
此」一聯用拗對。)

同元錫題瑯琊寺　　　　　　　　韋應物
適從郡邑喧,又茲三伏熱。山中清景多,石罅寒泉潔。

花香天界事，松竹人間別。殿分嵐嶺明，磴臨懸壑絕。
昏旭窮陟降，幽顯盡披閱。欻駭風雨區，寒知龍蛇穴。
情虛澹泊生，境寂塵妄滅。經世豈非道？無爲厭車轍。

　　（「香」與「罅」，「分」與「竹」，「旭」與「臨」，都不黏。「適
　　從」「殿分」「昏旭」三聯都用拗對。）

　　別贊上人　　　　　　　　　　　杜　甫

百川日東流，客去亦不息。我生苦漂蕩，何時有終極？
贊公釋門老，放逐來上國。還爲世塵嬰，頗帶顴頰色。
楊枝晨在手，豆子雨已熟。是身如浮雲，安可限南北？
異縣逢舊友，初欣寫胸臆。天長關塞寒，歲暮飢凍逼。
野風吹征衣，欲別向曛黑。馬嘶思故櫪，歸鳥盡斂翼。
古來聚散地，宿昔長荆棘。相看俱衰年，出處各努力。

　　（「生」與「去」，「爲」與「逐」，「枝」與「帶」，「風」與「暮」，
　　「嘶」與「別」，「來」與「鳥」，「看」與「昔」，都不黏。「我生」
　　一聯用拗對。）

　　續古詩　　　　　　　　　　　　白居易

栖栖遠方士，讀書三十年。業成無知己，徒步來入關。
長安多王侯，英俊競攀援。幸隨衆賓末，得厠門館間。
東閣有旨酒，中堂有管弦。何爲向隅客，對此不開顏？
富貴無是非，主人終日歡。貧賤多悔尤，客子終夜歎。
歸去復歸去，故鄉貧亦安。

　　（「安」與「步」，「隨」與「俊」，「賤」與「人」，都不黏。「栖
　　栖」「貧賤」兩聯用拗對。）

　　羽林行　　　　　　　　　　　　鮑　溶

朝出羽林宮，入參雲臺議。獨請萬里行，不奏和親事。
君王重年少，深納開邊利。寶馬雕玉鞍，一朝從萬騎。
煌煌都門外，祖帳光七貴。歌鐘樂行軍，雲物慘別地。
簫笳整部曲，幢蓋動鄉次。臨風親戚懷，滿袖兒女淚。
行行復何贈？長劍報恩字。

　　（「請」與「參」，「王」與「奏」，「鐘」與「帳」，「笳」與「物」，
　　「風」與「蓋」，「行」與「袖」，都不黏。「獨請」一聯用

拗對。)

30.10 （二）七言。

　　　客舍喜鄭三見寄　　　　　　劉長卿

客舍逢君未授衣，閉門愁見桃花飛。遙想故園今已爾，
家人應念行人歸。寂寞垂楊映深曲，長安日暮靈臺宿。
窮巷無人鳥雀閒，空庭新雨莓苔綠。此中分與故交疎，
何幸仍同長者車！十年未稱平生意，好得辛勤謾讀書。

　　　（「想」與「門」，「寞」與「人」，「巷」與「安」，「年」與「幸」，都
　　　不黏。）

　　　傷吳中　　　　　　　　　　李嘉祐

館娃宮中春已歸，闔閭城頭鶯已飛。復見花開又又老，
橫塘寂寂柳依依。憶昔吳王在宮闕，館娃滿眼看花發。
舞袖朝欺陌上春，歌聲夜怨江邊月。古來人事亦猶今，
莫厭清觴與綠琴。獨向西山聊一笑，白雲芳草自知心。

　　　（「見」與「閭」，「昔」與「塘」，「袖」與「娃」，都不黏。「館娃
　　　宮中」一聯用拗對。）

　　　李鄠縣丈人胡馬行　　　　　　杜　甫

丈人駿馬名胡騧，前年避胡過金牛。同鞭却走見天子，
朝飲漢水暮靈州。自矜胡騧奇絕代，乘出千人萬人愛。
一聞說盡急難材，轉益愁向駑駘輩。頭上銳耳批秋竹，
脚下高蹄削寒玉。始知神龍別有種，不比俗馬空多肉。
洛陽大道時再清，累日喜得俱東行。鳳臆龍鬐未易識，
側身注目長風生。

　　　（「矜」與「飲」，「聞」與「出」，「知」與「下」，「陽」與「比」，都
　　　不黏。「丈人」「頭上」兩聯用拗對。）

　　　車遙遙　　　　　　　　　　　張　籍

征人遙遙出古城，雙輪齊動駟馬鳴。山川無處無歸路，
念君長作萬里行。野田人稀秋草綠，日暮放牛車中宿。
驚麏遊兔在我傍，獨唱鄉歌對僮僕。君家大宅鳳城隅，

年年道上隨行車。願爲玉鑾繫華軾，終日有聲在君側。

門前舊路久已平，無由復得君消息。

（「麝」與「暮」，「家」與「唱」，「前」與「日」，都不黏。「征
人」「山川」「君家」「門前」四聯都用拗對。）

雪後寄崔二十六丞么　　　　　　韓　愈

藍田十月雪塞關，我興南望愁羣山。攢天鬼鬼凍相映，

君乃寄命於其間。秋皁俸薄食口衆，豈有酒食開容顏。

殿前羣公賜食罷，驊騮踏路驕且閑。稱多量少鑒裁密，

豈念幽桂遺榛菅。幾欲犯嚴出薦口，氣象碑兀未可攀。

歸來殞涕掐關臥，心之紛亂誰能刪？詩翁憔悴劚荒棘，

清玉刻佩聯玦環。腦脂遮眼臥壯士，大招挂壁無由彎。

乾坤惠施萬物遂，獨於數子懷偏慳。朝歃暮嗜不可解，

我心安得如石頑！

（「皁」與「乃」，「前」與「有」，「脂」與「玉」，都不黏。「藍
田」「殿前」「幾欲」「歸來」「腦脂」「乾坤」「朝歃」七聯都用
拗對。）

30.11　以上共十二個例子，除劉長卿一例外，都是拗黏和拗對并
用的。因爲拗黏若不拗對，則前後兩聯的平仄相似，頗嫌呆板。因此，
有些地方是先拗黏而後以拗對爲調劑，有些地方是先拗對而後以拗黏
爲調劑；當然，也有些地方是二者不生關係的。

30.12　統計起來，拗對比正對畢竟少了許多，拗黏也似乎比正黏
少些。但是，正如拗對可以補救律句一樣，拗黏可以補救律聯。古風
的平仄越是近律，越是需要拗黏以示與律有別。譬如韋應物同元錫題
瑯琊寺「花香」一聯是律聯，而上下聯都用拗黏；又如劉長卿客舍喜鄭
三見寄幾乎可說全是律聯，所以共用四次拗黏，以爲補救。

30.13　趙執信聲調譜有所謂「齊梁體」。李鍈詩法易簡錄也說：
「齊梁體爲唐律所自出，乃由古入律之間。既異古調，又未成律，故別
爲一格。唐白香山集有格詩，李義山温飛卿集皆有齊梁格詩，皆此體
也。其詩有平仄而乏黏聯，其句中調協平仄亦在疏密之間」。這種解
說是頗爲明白的。由此看來，「格詩」共有三個特色：

（一）只有五言，沒有七言；

（二）每句的平仄非常近律，除第三字不拘平仄外，其餘平仄與律句完全相同；

（三）常有拗黏，間有拗對。

現在試舉李商隱和溫庭筠的兩首「格詩」爲例：

　　　晴　雲　　　　　　　　　　李商隱
　　緩逐煙波起，如妒柳縣飄。（aA，拗對）
　　故臨飛閣度，欲入迴波銷。（bA，對句三平調，「臨」字拗黏。）
　　縈歌憐畫扇，敞景弄柔條。（bA，「歌」字拗黏。）
　　更奈天南征，牛渚宿殘宵。（AA，出句三平調，拗對。）
　　　邊笳曲　　　　　　　　　　溫庭筠
　　朔管迎秋動，雕陰雁來早。（ab，對句特拗。）
　　上郡隱黃雲，天山吹白草。（Ab，「郡」字拗黏。）
　　嘶馬渡寒磧，朝陽照雪堡。（Ab，兩句第三字都拗，「馬」
　　　字拗黏。）
　　江南戍客心，門外芙蓉老。（Ba.）

30.14　有些人以爲格詩和普通五古並無分別，似乎因爲看見普通五古也有拗對和拗黏；殊不知普通五古的平仄可以有拗句，而格詩則專用律句，或近律句，其分別是很顯明的。後來劉長卿王昌齡諸人採用齊梁的律句和近律句而加以黏對，就成爲新式的五古；李白杜甫諸人模仿陶謝，不取齊梁，就成爲仿古的五古。這兩條道路也是很顯明的。

＊　　　　　　＊　　　　　　＊

30.15　在律詩裏，除首句末字可以不拘平仄之外，出句必須用仄腳。因爲律詩以用平韻爲原則，對句既用平腳，則出句應該用仄腳纔能相對。古風有平韻，有仄韻；而平韻古風、仄韻古風和轉韻古風，它們出句末字的平仄又各有規矩，不能相提並論。因此，我們這裏把平韻、仄韻和轉韻分開來說。

30.16　（一）平韻的古風，除上文第二十七節所謂奇句韻外，出句以用仄腳爲原則。新式的古風尤其如此。例如：

夜到洛口入黃河　　　　　　　　儲光羲

河洲多青草,朝暮增客愁。客愁惜朝暮,枉渚暫停舟。
中宵大川靜,解纜逐歸流。浦溆既清曠,沿洄非阻修。
登艫望落月,擊汰悲新秋。倘遇乘槎客,永言星漢遊。

（全詩出句皆用仄腳。）

山　石　　　　　　　　　　　　　韓　愈

山石犖确行徑微,黃昏到寺蝙蝠飛。昇堂坐階新雨足,
芭蕉葉大支子肥。僧言古壁佛畫好,以火來照所見稀。
鋪牀拂席置羹飯,疎糲亦足飽我饑。夜深靜臥百蟲絕,
清月出嶺光入扉。天明獨去無道路,出入高下窮煙霏。
山紅澗碧紛爛熳,時見松櫪皆十圍。當流赤足蹋澗石,
水聲激激風吹衣。人生如此自足樂,豈必局束為人鞿。
嗟哉吾黨二三子,安得至老不更歸!

（除首句入韻外,出句皆用仄腳。）

30.17　但是,唐以前的古詩並沒有受這種拘束,例如上文第二十八節所舉古詩十九首中:「西北有高樓,上與浮雲齊;交疏結綺窗,阿閣三重階;上有絃歌聲,音響一何悲,」出句皆用平腳。又如「去者日以疏,來者日以親…古墓犁為田,松柏摧為薪;白楊多悲風,蕭蕭愁殺人;思還故里閭,欲歸道無因」,出句也都用平腳。因此,仿古的「平韻五古」出句並不避忌平腳。例如:

善福精舍　　　　　　　　　　　　韋應物

弱志厭眾紛,抱素寄精廬。皦皦仰時彥,悶悶獨為愚。
之子亦辭秩,高蹤罷馳驅。忽因西飛禽,贈我以瓊琚。
始表仙都集,復言歡樂殊。人生各有因,契闊不獲俱。
一來田野中,日與人事疏。水木澄秋景,逍遙清賞餘。
枉駕懷前諾,引領豈斯須!無為便高翔,邈矣不可迂。

除　草　　　　　　　　　　　　　杜　甫

草有害於人,曾何生阻修。其毒甚蝮蝎,其多彌道周。
清晨步前林,江色未散憂。芒刺在我眼,焉能待高秋?

霜露一霑凝，蕙葉亦難留。荷鋤先童稚，日入仍討求。
轉致水中央，豈無雙釣舟。頑根易滋蔓，敢使依舊丘。
自茲藩籬曠，更覺松竹幽。芟夷不可闕，疾惡信如讎。

30.18 至於七言，<u>鮑照</u>以前既然句句用韵，當然無所謂出句。<u>唐</u>以後隔句用韵而又一韵到底的「平韵七古」，出句卻差不多永遠是用仄脚的。這點和五古很不相同；大約因爲出句的末字的平仄無古可仿，就依照律詩的規矩了。<u>杜甫</u>的平韵七古，有些出句是用平脚的，例如：

問之不肯道姓名，但道困苦乞爲奴。（<u>杜甫哀王孫</u>。）
昨夜東風吹血腥，東來橐駝滿舊都。（同上。）
昔隨<u>劉</u>氏定<u>長安</u>，帷幄未改神慘傷。（<u>杜甫寄韓諫議注</u>。）
夜發猛士三千人，清晨合圍步驟同。（<u>杜甫冬狩行</u>。）
東西南北百里間，髣髴蹴踏寒山空。（同上。）
況今攝行大將權，號令頗有前賢風。（同上。）

但是，這些詩都雜着些奇句韵（見第三十節），不是七古的常例，所以出句末字自然也可以不依照常例了。真正的例外乃是下面這些：

<u>張</u>生手持石鼓文，勸我試作石鼓歌。（<u>韓愈石鼓歌</u>。）
<u>孔子</u>西行不到<u>秦</u>，掎摭星宿遺<u>羲娥</u>。（同上。）
憶昔初蒙博士徵，其年始改稱元和。（同上。）
雪眉老人朝扣門，願爲弟子長參禪。（<u>蘇軾遊徑山</u>。）
<u>潮陽</u>太守南遷歸，喜見石廪堆祝融。（<u>蘇軾海市</u>。）

總之，試拿七古平韵詩裏的平脚出句和五古平韵詩比較，可見其常用的程度確有天淵之別了。

30.19 （二）仄韵的古風，也有新式和仿古的分別。新式的古風一切趨於格律化，對於出句末字的平仄也不能例外。仄韵五古的出句末字，以平仄相間爲正格。譬如前一聯的出句用平脚，則後一聯的出

句必須用仄腳;又如前一聯的出句用仄腳,則後一聯的出句必須用平腳。在近律的新式古風裏,這一個規則相當嚴格。例如:(平腳以 ·爲記,仄腳以△爲記。)

望鳴皋山白雲　　　　　　　　　李　頎

飲馬伊水中,白雲鳴皋上。　氛氳山絕頂,行人時一望。
照日龍虎姿,攢空冰雪狀。　翁棷殊未已,峻嶒忽相向。
皎皎橫綠林,霏霏澹青嶂。　遠映村更失,孤高鶴來傍。
勝氣欣有逢,仙遊且難訪。　故人吏京劇,每事多閑放。
室畫峨嵋峰,心格洞庭浪。　惜哉清興裏,不見予所尚!

春泛若耶溪　　　　　　　　　　綦毋潛

幽意無斷絕,此去隨所偶。　晚風吹行舟,花路入溪口。
際夜轉西壑,隔山望南斗。　潭煙飛溶溶,林月低向後。
生事且瀰漫,願爲持竿叟。

題應聖觀　　　　　　　　　　　儲光羲

空中望小山,山下見餘雪。　皎皎河漢女,在茲養真骨。
登門駭天書,啓籥問仙訣。　池光搖水霧,燈色連松月。
合甀起花臺,折草成玉節。　天雞弄白羽,王母垂玄髮。
北有祈年宮,一路在雲霓。　上心方嚮道,時復朝金闕。

聽彈風入松閣贈楊補闕　　　　　王昌齡

商風入我絃,夜竹深有露。　絃悲與林寂,清景不可度。
寥落幽居心,颼颼青松樹。　松風吹草白,溪水寒日暮。
聲意去復還,九變待一顧。　空山多雨雪,獨立君始悟。

奉陪蕭使君入鮑達洞尋靈山寺　　劉長卿

山居秋更鮮,秋江相映碧。　獨臨滄洲路,如待挂帆客。
遂使康樂侯,披榛着雙屐。　入雲開嶺道,永日尋泉脉。
古寺隱青冥,空中寒磬夕。　蒼苔絕行逕,飛鳥無去跡。
樹杪下歸人,水聲過幽石。　任情趣逾遠,移步奇屢易。
蘿木靜蒙蒙,風煙深寂寂。　徘徊未能去,共畏桃源隔。

宿天台桐柏觀　　　　　孟浩然

海行信風帆，夕宿逗雲島。緬尋滄洲趣，近愛赤城好。
捫蘿亦踐苔，輟櫂恣探討。息陰憩桐柏，採秀弄芝草。
鶴唳清露垂，雞鳴信潮早。願言解纓紱，從此去煩惱。
高步凌四明，玄踪得三老。紛吾遠遊意，學彼長生道。
日夕望三山，雲濤空浩浩。

元日寄諸弟兼呈崔都水　　　　韋應物

一從守茲郡，兩鬢生素髮。新正加我年，故歲去超忽。
淮濱益時候，了似仲秋月。川谷風景溫，城池草木發。
高齋屬多暇，惆悵臨芳物。日月昧還期，念君何時歇？

這種詩非但出句末字平仄相間，其最講究者，還要求出句末字和韻脚不同聲調。譬如韻脚用去聲，則出句末字避免去聲，否則也被認爲上尾。上面所舉諸例都是合於這個規矩的。李頎儲光羲輩最能守這規矩，劉長卿韋應物諸人則不能處處避免上尾。

30.20　仄韵七古對於這一方面，不能像五古那樣嚴格。事實上，仄韵七古之一韵到底者，盛唐祇有杜甫一家。而杜甫則是仿古的一派，不大理會這個。我們看杜甫的集中，祇有下面的一首，其出句末字是近似於平仄遞用的：

憶昔行　　　　　　　　杜　甫

憶昔北尋小有洞，洪河怒濤過輕舸。辛勤不見華蓋君，
艮岑青輝慘么麽。千崖無人萬壑靜，三步回頭五步坐。
秋山眼冷魂未歸，仙賞心違淚交墮。弟子誰依白茅屋？
盧老獨啓青銅鎖。巾拂香餘搗藥塵，階除灰死燒丹火。
懸圃滄洲莽空闊，金節羽衣飄婀娜。落日初霞閃餘映，
倏忽東西無不可。松風澗水聲合時，青兕黃熊啼向我。
徒然咨嗟撫遺迹，至今夢想仍猶佐。祕訣隱文須內教，
晚歲何功收願果？更討衡陽董鍊師，南浮早鼓瀟湘柁。

這詩除「懸圃」「落日」兩聯及「徒然」「秘訣」兩聯出句連用仄脚外，其餘出句都是平仄脚相間的。這在杜集雖祇一例，而這一例却成爲韓王蘇陸諸家的模範。他們的仄韵七古，對於出句末字，也是平仄遞用而不一定每聯一換。他們偶然連用兩個平脚或兩個仄脚。例如：

贈崔立之評事　　　　　　　韓　愈

崔侯文章苦捷敏，高浪駕天輸不盡。曾從關外來上都，
隨身卷軸車連軫。胡爲百賦猶鬱怒，暮作千詩轉道緊！
搖豪擲簡自不供，頃刻青紅浮海蜃。才豪氣猛易語言，
往往蛟螭雜螻蚓。知音自古稱難遇，世俗乍見那妨哂？
勿嫌法官未登朝，猶勝赤尉長趨尹。時命雖乖心轉壯，
技能虛富家逾窘。念昔塵埃兩相逢，爭名齟齬持矛楯。
子時專場誇觜距，余始張軍嚴韁靷。爾來但欲保封疆，
莫學龐涓怯孫臏。竄逐新歸厭聞鬧，齒髮早衰嗟可閔。
頻蒙怨句刺棄遺，豈有閑官敢推引？深藏篋笥時一發，
戰戰已多如束筍。可憐無益費精神，有似黃金擲虛牝。
當今聖人求侍從，拔擢杞梓收楛箘。東馬嚴徐已奮飛，
枚皋即召窮且忍。復聞王師西討蜀，霜風冽冽摧朝菌。
走章馳檄在得賢，燕雀紛拏要鷹隼。竊料二塗必處一，
豈比恒人長蠢蠢！勸君韜養待徵招，不用雕琢傷肝腎。
牆根菊花好沽酒，錢帛縱空衣可準。暉暉簷日暖且鮮，
槭槭井梧疎更韵。高士例須憐麴糵，丈夫終莫生畦畛。
能來取醉任喧呼，死後賢愚俱泯泯。

（除「搖豪」「才豪」兩聯出句連用平脚外，其餘平仄每聯一換。）

和中甫兄春日有感　　　　　王安石

雪釋沙輕馬蹄疾，北城可遊今暇日。濺濺溪谷水亂流，
漠漠郊原草爭出。嬌梅過雨吹爛熳，幽鳥迎陽語啾唧。
分香欲滿錦樹園，翦綵休開寶刀室。胡爲我輩坐自苦，

不念茲時去如失！飽聞高遄動車輪，甘臥空堂坐經帙。
淮蝗蔽天農久餓，越卒圍城盜少逸。至尊深拱罷簫韶，
元老相看進刀筆。春風生物尚有意，壯士憂民豈無術！
不成歡醉但悲歌，囘首功名古難必。

（全詩合例。）

九日黃樓作　　　　　　　　蘇　軾

去年重陽不可說，南城夜半千漚發。水穿城下作雷鳴，
泥滿城頭飛雨滑。黃花白酒無人問，日莫歸來洗靴韤。
豈知還復有今年，把酒對花容一呷！莫嫌酒薄紅粉陋，
終勝泥中千柄鍤。黃樓新成壁未乾，清河已落霜初殺。
朝來白霧如細雨，南山不見千尋剎。樓前便作海茫茫，
樓下空聞櫓鴉軋。薄寒中人老可畏，熱酒澆腸氣先壓。
烟消日出見漁邨，遠水鱗鱗山齾齾。詩人猛士雜龍虎，
楚舞吳歌亂鵝鴨。一杯相屬君莫辭，此境何殊泛清霅！

（全詩合例。）

九月一日夜讀詩稿有感走筆作歌　陸　游

我昔學詩有未得，殘餘未免從人乞。力屨氣餒心自知，
妄取虛名有慚色。四十從戎駐南鄭，酣宴軍中夜連日。
打毬築場一千步，閱馬列廄三萬匹。華燈縱博聲滿樓，
寶釵艷舞光照席。琵琶絃急冰霅亂，羯鼓手勻風雨疾。
詩家三昧忽見前，屈賈在眼元歷歷。天機雲錦用在我，
翦裁妙處非刀尺。世間才傑並不乏，秋毫未合天地隔。
放翁老死何足論？廣陵散絕還堪惜！

（「四十」「打毬」兩聯及「天機」「世間」兩聯出句連用仄
　脚。其餘合例。）

30.21 　自然，仄韵七古出句末字平仄遞用衹是一種作風，不是一種規律。韓王蘇陸已經不能每首仄韵七古都如此，至於歐陽修黃庭堅之流，就更不講究這個了。

30.22 　（三）轉韵的古風，其出句末字的聲調，起初本是相當隨便

的。後來却漸漸形成了下面的兩個規則：

1. 每韻的第一句，如果是五言，末字不拘聲調；如果是七言平韻，則末字以平聲爲原則；如果是七言仄韻，則末字以仄聲爲原則。（因爲五古首句入韻不入韻可以隨便，七古首句以入韻爲常，見上文第二十七節。）

2. 每韻的第三句，如果在平韻詩裏，它的末字常用仄聲；如果在仄韻詩裏，它的末字常用平聲。但如有三聯以上，則依照一韻到底的規矩，仄韻詩用平仄相間。

下面是兩個例子：

（甲）轉韻五古。

臨川送張諲入蜀　　　　　　　李　頎

出門復爲客，惘惘悲徒御。四顧維一身，茫茫欲何去？
經山復歷水，百恨將千慮。劍閣望梁州，是君斷腸處。
孤雲傷客心，落日感君深。夢裏蒹葭渚，天邊橘柚林。
蜀江流不測，蜀路險難尋。木有相思號，猿多愁苦音。
莫向愚山隱，愚山地不近。故鄉可歸來，眼見芳菲盡。

（「客」仄，「身」平，「水」仄，「州」平，是平仄相間；「隱」仄「來」平，也是平仄相間；「心」平，因爲是轉平韻的第一句，入韻；「渚」「測」「號」都仄，因爲依照一韻到底的規矩，平韻出句以用仄脚爲常。）

（乙）轉韻七古。

送賈三北遊　　　　　　　劉長卿

賈生未達猶窘迫，身馳匹馬邯鄲陌。片雲郊外遙送人，
斗酒城邊莫留客。顧余他日仰時髦，不堪此別相思勞。
雨色新添漳水綠，夕陽遠照薊門高。把袂相看衣共緇，
窮愁只是惜良時。亦知到處逢下榻，莫滯秋風西上期。

（「迫」「髦」「緇」入韻；「人」平聲，因爲是仄韻；

「綠」「榻」仄聲,因爲是平韵。)

30.23　上文第二十六節及第二十七節裏還有許多轉韵古風的例子,讀者可以參看,以資印證。總之,格律化的轉韵古風可認爲兩首以上的絕句或律詩的結合,其出句末字的平仄,大致是可以依照絕句或律詩類推而知的。

第三十一節　入律的古風

31.1　我們在第二十八節裏説過,唐以前的古詩並未避免律句,因爲當時既無所謂「律」,也就無從避免。後世所謂「律句」,就普通説,是指腹節上字平仄合律者而言;但是,依一三五不論的説法,除孤平外,像五言的「仄仄仄平仄」,「仄仄平平平」,「平平仄仄仄」,「平平平仄平」,七言的「平平仄仄仄平仄」,「平平仄仄平平平」,「仄仄平平仄仄仄」,「仄仄平平平仄平」之類,至少也該認爲「似律」;又如特拗「平平仄平仄」和「仄仄平平仄平仄」也該認爲「似律」。因此,若要古風連似律的句子都沒有的,實在很難;就説全篇沒有入律的句子,也決不是偶然,而是存心造成的。這樣的古風並不多,現在五七言各舉一例如下:

題從叔述靈巖山壁　　　　　孟　郊

換却世上心,獨起山中情。露上涼且鮮,雲策高復輕。
喜見夏日來,變爲松景清。每將逍遙聽,不厭颼颼聲。
遠念塵末宗,未疎俗間名。桂枝妄舉手,萍路空勞生。
仰謝開净弦,相招時一鳴。

不遇詠　　　　　王　維

北闕獻書寢不報,南山種田時不登。百人會中身不預,
五侯門前心不能。身投河朔飲君酒,家在茂陵平安否?
且此登山復臨水,莫問春風動楊柳。今人昨人多自私,
我心不説君應知。濟人然後拂衣去,肯作徒爾一男兒!

31.2　但是,詩論家以爲:如果祇有律句而沒有律聯,仍舊不失古詩的格調。這就是説,出句入律,則對句不入律以爲補救;對句入律,則出句不入律以爲補救。例如:(律句以。爲記。)

嵩　少　　　　　　　　　　孟　郊

沙彌舞袈裟,走向躑躅飛。閑步亦惺惺,芳援相依依。
喧塞春咽喉,蜂蝶事光輝。羣嬉且已晚,孤行將何歸?
流艷去不息,朝英亦疎微。

八月十五夜贈張功曹　　　　　　韓　愈

纖雲四卷天無河,清風吹空月舒波。沙平水息聲影絶,
一杯相屬君當歌。君歌聲酸辭且苦,不能聽終淚如雨。
洞庭連天九疑高,蛟龍出没猩鼯號。十生九死到官所,
幽居默默如藏逃。下牀畏蛇食畏藥,海氣溼蟄熏腥臊。
昨者州前搥大鼓,嗣皇繼聖登夔臯。赦書一日行萬里,
罪從大辟皆除死。遷者追迴流者還,滌瑕蕩垢朝清班。
州家申名使家抑,坎軻祇得移荆蠻。判司卑官不堪説,
未免箠楚塵埃間。同時輩流多上道,天路幽險難追攀。
君歌且休聽我歌,我歌今與君殊科。一年明月今宵多。
人生由命非由他。有酒不飲奈明何!

31.3　着意避免入律者,五言有孟郊,七言有韓愈。至於杜甫,祇在五言仿古,七言則不大避免入律。李白最爲特別,他很少做律詩,然而他有一小部分五古是入律的,一大部分七古是入律的。

31.4　綜覽全唐詩,五古及一韵到底的七古入律的最少,七古轉韵詩入律的最多。爲求清晰起見,我們將分爲三類敍述:(一)五古;(二)一韵到底的七古;(三)轉韵的七古。(轉韵五古與一韵到底的五古情形相同,故不分別敍述。)

31.5　(一)五古。

首先我們要知道的:如果出句和對句都是律句,然而它們是拗對,那麼仍不算是律聯,也不算是入律。例如:

寄中書劉舍人　　　　　韋應物

雲宵路竟別,中年跡暫同。比翼趨丹陛,連騎下南宮
(拗對)。佳詠邀清月,幽賞滯芳叢(拗對)。迨予一出
守,與子限西東。晨露方愴愴,離抱更沖沖。忽睹九
天詔,秉綸歸國工。玉座浮香氣,秋禁散涼風(拗對)。
應向橫門度,環佩杳玲瓏(拗對)。光輝恨未賜,歸思坐
難通。蒼蒼松桂姿,想在披垣中。

不過,像這樣多的律句,已經是非常近律了。這是從「齊梁體」來的。
齊梁體如果不用拗對,就不免有許多律聯,甚至全詩入律,只靠拗黏以
與律詩有別而已。

31.6　王維李頎王昌齡孟浩然諸人的五古,非但不避律句,有時
還不避律聯。律句最多的時候,可以佔全篇的大部分。例如:(律聯
以‧為記,律句以。為記。)

鄭霍二山人　　　　　　王　維

翩翩繁華子,多出金張門。幸有先人業,早蒙明主恩。
童年且未學,肉食驚華軒。豈乏中林士?無人薦至尊。
鄭公老泉石,霍子安丘樊。賣藥不二價,著書盈萬言。
息陰無惡木,飲水必清源。吾賤不及議,斯人竟誰論?
(小部分入律。)

不調歸東川別業　　　　李　頎

寸祿言可取,託身將見遺。慭無匹夫志,悔與名山辭。
綬冕謝知己,林園多後時。葛巾方濯足,蔬食但垂帷。
十室對河岸,漁樵祇在茲。青郊香杜若,白水映茅茨。
晝景徹雲樹,夕陰澄古遠。渚花獨開晚,田鶴靜飛遲。
且復樂生事,前賢為我師。清歌聊鼓枻,永日望佳期。
(小部分入律。)

趙十四兄見訪　　　　　王昌齡

客來舒長簟,開閣延清風。但有無絃琴,共君盡尊中。

晚來常讀易，頃者欲還嵩。世事何須道？黃精且養蒙。
嵇康殊寡識，張翰獨知終。忽憶鱸魚膾，扁舟往江東。
（大部分入律。）

襄陽公宅飲　　　　　　　　孟浩然

窈窕夕陽佳，芊茸春色好。欲覓淹留處，無過狹斜道。
綺席卷龍鬚，香杯浮碼碯。北林積修樹，南池生別島。
手撥金翠花，心迷玉紅草。談笑光六義，發論明三倒。
座非陳子驚，門還魏公掃。榮辱應無間，歡娛當共保。

（若以律聯論，則小部分入律；若以律句論，則大部分
入律。）

31.7　五古全篇入律者非常罕見；因爲如果全篇入律，就太像律
詩了。祇有下面一個例子，勉强可認爲全篇入律的五古：

子夜吳歌　　　　　　　　　李　白

長安一片月，萬戶擣衣聲。秋風吹不盡，總是玉關情。
何日平胡虜，良人罷遠征？

除了首句第三字拗（五律第三字也偶然可拗），和「秋風」句拗黏之外，
在平仄上竟是一首近體詩。我們之所以不把它認爲「三韵小律」者，祇
因中間一聯不成對仗而已。

31.8　轉韵五古也常有入律的句子。上文第二十六節裏所舉盧
綸的送吉中孚，幾乎全篇入律或似律。現在再舉一個例子：

城中臥疾知閣薛二子屢從邑令飲　　韋應物

車馬日蕭蕭，胡不往我廬？方來從令飲，臥病獨何如？
秋風起漢皋，開戶望平蕪。即此稀音素，焉知中密踈！
渴者不思火，寒者不求水。人生羈寓時，去就當如此。
猶希心異跡，眷眷存終始。

31.9　這裏附帶説一説仄韵的律詩。有人認爲律詩祇應有平韵，不

應有仄韻。依此説法,則上文第四節裏所舉的仄韻五律都該認爲仄韻五古,祇不過是全篇入律(或似律)的古風罷了。現在再舉一個例子:

江上別流人　　　　　　孟浩然

以我越鄉客,逢君謫居者。分飛黄鶴樓,流落蒼梧野。
驛使乘雲去,征帆沿溜下。不知從此分,還袂何時把?

凡認律詩不能有仄韻的人,自然也認近體絶句不能有仄韻,於是第四節裏所舉的仄韻五絶也應認爲入律的古絶。現在不再舉例了。

31. 10 (二)一韻到底的七古。

七古之一韻到底者,本是仿古的一派,像杜韓的七古,其中律句頗爲罕見。然而罕見並不是完全没有,杜詩中更較爲多些。例如:

湖城東遇孟雲卿復歸劉顥宅宿宴　杜　甫

疾風吹塵暗河縣,行子隔手不相見。湖城城南一開眼,
駐馬偶識雲卿面。向非劉顥爲地主,嬾同鞭轡成高宴。
劉侯嘆我携客來,置酒張燈促華饌。且將款曲終今夕,
休語艱難尚酣戰。照室紅爐促曙光,紫窗素月垂文練。
天開地裂長安陌,寒盡春生洛陽殿。豈知驅車復同軌?
可惜刻漏隨更箭。人生會合不可常,庭樹難鳴淚如霰。

31. 11 有一點值得注意:這首詩乃是仄韻詩。律詩既没有仄韻,則仄韻七古不妨用律句,因爲從韻脚已經令人覺察出它不是律詩了。現在再舉宋人的兩個例子:

和子由送將官梁左藏仲通　　　蘇　軾

雨足誰言春麥短?城堅不怕秋濤卷。日長惟有睡相宜,
半脱紗巾落紈扇。芳草不動當户長,珍禽獨下無人見。
覺來身世都是夢,坐久枕痕猶著面。城西忽報故人來,
急埽風軒炊麥飯。伏波論兵初矍鑠,中散談仙更清遠。
南都從事亦學道,不恤腹空誇腦滿。問羊他日到金華,

應許相將遊閬苑。

　　(「半脫」「中散」兩句是律詩中所謂特拗，所以也可認爲
　　似律。)

　　　懷成都十韵　　　　　　　　　　陸　游

放翁五十猶豪縱，錦城一覺繁華夢。　竹葉春醪碧玉壺，
桃花鬃馬青絲鞚。鬭鷄南市各分朋，　射雉西郊常命中。
壯士臂立綠絛鷹，佳人袍畫金泥鳳。　橡燭那知夜漏殘，
銀貂不管晨霜重。一梢紅破海棠同，　數蕊香新早梅動。
酒徒詩社朝莫忙，日月匆匆迭賓送。　浮世堪驚老已成，
虛名自笑今何用！歸來山舍萬事空，　臥聽槽牀酒鳴瓮。
北牕風雨耿青燈，舊遊欲説無人共。

　　(「數蕊」「日月」「臥聽」三句都是律詩中所謂特拗。)

像蘇陸這兩首詩，每一聯都有入律或似律的句子，已經是受了轉韵七
古的影響(見下文)。陸詩除首句入韵外，出句都用平脚，並非平仄遞
用，更像仄韵的近體詩。(參看上文第四節裏所引韓偓的意緒。)

　　31.12　凡不承認有仄韵五律的，自然也不承認有仄韵七律，於是
第四節裏所舉的仄韵七律也可認爲入律的七古。現在再舉一個近似
仄韵七律的例子：

　　　　　寒食城東即事　　　　　　　　王　維

清溪一道穿桃李，演漾綠蒲含白芷。　溪上人家凡幾家，
落花半落東流水。蹴踘屢過飛鳥上，　鞦韆競出垂楊裏。
少年分日作邀遊，不用清明兼上巳。

這詩領聯不用對仗，頸聯與次聯又不黏，似乎可確認它是古風。但是，
咱們不要忘記王維的平韵律詩也有領聯不用對仗的(上文第十三節)，
也有不黏的(上文第十節)。恐怕最强有力的理由還是律詩不能有仄
韵。但是，像這樣全篇句句入律，總該認爲律古之間的詩。

　　31.13　(三) 轉韵的七古。

王士禎説：「換韵已非近體，用律句無妨」。(古詩平仄集説所引。)

他的意思是説：近體詩並没有轉韵的；如果轉韵，就不妨用律句，因爲即使全篇入律，也不至於和近體詩相混了。其實，轉韵七古也分爲仿古和革新兩派（參看上文第二十六節）：仿古派雖有用律句的，却祇佔一小部分；革新派則往往四句一轉韵，平仄韵遞用，而且全似律句。這完全是受了律詩的影響——嚴格地説，該説是受了齊梁七言詩的影響，但齊梁詩也就是律詩的祖宗。上文説過，轉韵的七古入律的最多。既然往往全首入律，或大部分入律，我們不妨用第六節裏所用律句平仄格式的記號 a. A. b. B. 來註明。如果第五字拗，或特拗，或孤平，則用 a′. A′. b′. B′. 。但是，偶然也有用古句的地方，我們將用別的記號：如係「拗句」，則用 c. C. 替代 a. A. ，d. D. 替代 b. B. ；如係「單拗」，則用 e. E. 替代 a. A.，f. F. 替代 b. B. ；如係「雙拗」，則用 g. G. 替代 a. A. ，h. H. 替代 b. B. 。又拗黏以・爲號，拗對以△爲號。現在先舉王維的一個例子：

桃源行　　　　　　　　　　王　維

漁舟逐水愛山春（A），兩岸桃花夾去津（B）。坐看紅樹不知遠（a′），行盡青溪不見人（B）。山口潛行始隈隩（b′），山開曠望旋平陸（a）。遙看一處攢雲樹（a），近入百家散花竹（b′）。樵客初傳漢姓名（B），居人未改秦衣服（a）。居人共住武陵源（A），還從物外起田園（A）。月明松下房櫳静（a），日出雲中雞犬喧（B′）。驚聞俗客爭來集（a），競引還家問都邑（b′）。平明閭巷掃花開（A），薄暮漁樵乘水入（b）。初因避地去人間（A），及至成仙遂不還（B）。峽裏誰知有人事（b′）？ 世中遙望空雲山（A′）。不疑人境難聞見（a），塵心未盡思鄉縣（a）。出洞無論隔山水（b′），辭家終擬長游衍（a）。自謂經過舊不迷（B），安知峰壑今來變（a）！ 當時只記入山深（A），青溪幾曲到雲林（A）。春來遍是桃花水（a），不辨仙源何處尋（B′）。

這詩大致是四句一轉韵，祇有兩處是六句一轉的。用韵是平仄相間的。以每句的平仄而論，差不多完全是律句。b′ 是律詩中的特拗，本

可認爲律句；a′B′也是律詩中頗常見的調子。只有 A′是個三平調，可算是古句，然而全詩也只雜着一個古句而已。拗對除非不用，若用，總在每韵的第一聯，尤其是平韵的第一聯，這和上節所述聯中有兩平脚多用拗對的習慣是相合的。拗黏則隨處可拗。詩論家以爲轉韵七古之所以異於近體者，除轉韵一點外，就靠拗黏拗對來做特徵了。

31.14　王維這一首詩，上繼齊梁與初唐，下開「元和體」的風氣。白居易的長恨歌和琵琶行，元稹的連昌宮詞，當時稱爲元和體。（其實元和前已有此體，參看劉禹錫泰娘歌，見全唐詩十三。）元和體的詩，大約古句稍爲多些，四句一換韵和平仄韵相間的規矩稍爲變通些；然而大部分入律則是一樣的。一直轉韵下去，詩可以拉得很長，所以適宜於長篇的叙事詩。下面是這三首詩的原文：

長恨歌　　　　　　　　　白居易

漢皇重色思傾國(a)，御宇多年求不得(b)。楊家有女初長成(D)，養在深閨人未識(b)。天生麗質難自棄(d)，一朝選在君王側(a)。囘頭一笑百媚生(D)，六宮粉黛無顏色(a)。春寒賜浴華清池(A′)，溫泉水滑洗凝脂(A)。侍兒扶起嬌無力(a)，始是新承恩澤時(B′)。雲鬢花顏金步搖(B′)，芙蓉帳裏度春宵(A)。春宵苦短日高起(a′)，從此君王不早朝(B)。承歡侍宴無閒暇(a)，春從春遊夜專夜(b′)。後宮佳麗三千人(A′)，三千寵愛在一身(D)。金屋妝成嬌侍夜(b)，玉樓宴罷醉和春(A)。姊妹弟兄皆列土(b)，可憐光彩生門戶(a)。遂令天下父母心(D)，不重生男重生女(b′)。驪宮高處入青雲(A)，仙樂風飄處處聞(B)。緩歌謾舞凝絲竹(a)，盡日君王看不足(b)。漁陽鼙鼓動地來(D)，驚破霓裳羽衣曲(b′)。九重城闕烟塵生(A′)，千騎萬騎西南行(E)。翠華搖搖行復止(f)，西出都門百餘里(b′)。六軍不發無奈何(D)，宛轉蛾眉馬前死(b′)。花鈿委地無人收(A′)，翠翹金雀玉搔頭(A)。君王掩面救不得(d)，囘看血淚相和流(A′)。黃埃散漫風蕭索(a)，雲棧縈紆登劍閣(b)。峨眉山下少人行(A)，旌旗無

光日色薄(f)。蜀江水碧蜀山青(A)，聖主朝朝暮暮情(B)。行宮見月傷心色(a)，夜雨聞鈴腸斷聲(B′)。天旋地轉迴龍馭(a)，到此躊躇不能去(b′)。馬嵬坡下泥土中(D)，不見玉顏空死處(b)。君臣相顧盡霑衣(A)，東望都門信馬歸(B)。歸來池苑皆依舊(a)，太液芙蓉未央柳(b′)。芙蓉如面柳如眉(A)，對此如何不淚垂(B)！春風桃李花開夜(a)，秋雨梧桐葉落時(B)。西宮南內多秋草(a)，落葉滿階紅不掃(b)。梨園弟子白髮新(D)，椒房阿監青娥老(a)。夕殿螢飛思悄然(b′)，孤鐙挑盡未成眠(A)。遲遲鐘鼓初長夜(a)，耿耿星河欲曙天(B)。鴛鴦瓦冷霜華重(a)，翡翠衾寒誰與共(b)？悠悠生死別經年(A)，魂魄不曾來入夢(b)。臨邛道士鴻都客(a)，能以精誠致魂魄(b′)。為感君王輾轉恩(B)，遂教方士殷勤覓(a)。排空馭氣奔如電(a)，升天入地求之徧(a)。上窮碧落下黃泉(A)，兩處茫茫皆不見(b)。忽聞海上有仙山(A)，山在虛無縹緲間(B′)。樓閣玲瓏五雲起(b′)，其中綽約多仙子(a)。中有一人字太真(B′，孤平)，雪膚花貌參差是(a)。金闕西廂叩玉扃(B)，轉教小玉報雙成(A)。聞道漢家天子使(b)，九華帳裏夢魂驚(A)。攬衣推枕起徘徊(A)，珠箔銀屏迤邐開(B)。雲髻半偏新睡覺(b)，花冠不整下堂來(A)。風吹仙袂飄飄舉(a)，猶似霓裳羽衣舞(b′)。玉容寂寞淚闌干(A)，梨花一枝春帶雨(f)。含情凝睇謝君王(A)，一別音容兩渺茫(B)。昭陽殿裏恩愛絕(d)，蓬萊宮中日月長(F)。回頭下望人寰處(a)，不見長安見塵霧(b′)。唯將舊物表深情(A)，鈿合金釵寄將去(b′)。釵留一股合一扇(d)，釵擘黃金合分鈿(b′)。但教心似金鈿堅(D)，天上人間會相見(b′)。臨別殷勤重寄詞(B)，詞中有誓兩心知(A)。七月七日長生殿(e)，夜半無人私語時(B′)。在天願作比翼鳥(d)，在地願為連理枝(B′)。天長地久有時盡(a′)，此恨綿綿無絕期(B′)。

（全詩共一百二十句，入律者七十句，似律者三十句，仿

　　古者二十句。拗黏三十七處;拗對八處。一韵四句者二
十三處,二句者六處,八句者兩處。平仄韵相間者二十
五處,以平韵承平韵者兩處,以仄韵承仄韵者三處。)

　　琵琶行　　　　　　　　白居易

潯陽江頭夜送客(f),楓葉荻花秋瑟瑟(b)。主人下馬客在船
(D),舉酒欲飲無管弦(H)。醉不成歡慘將別(b'),別時茫茫
江浸月(f)。忽聞水上琵琶聲(A'),主人忘歸客不發(f)。尋
聲闇問彈者誰(D),琵琶聲停欲語遲(F)。移船相近邀相見
(a),添酒回鐙重開宴(b')。千呼萬喚始出來(D),猶抱琵琶
半遮面(b')。轉軸撥弦三兩聲(B'),未成曲調先有情(D)。
弦弦掩抑聲聲思(a),似訴平生不得志(b')。低眉信手續續
彈(D),説盡心中無限事(b)。輕攏慢撚抹復挑(D),初爲霓
裳後六幺(F)。大弦嘈嘈如急雨(f),小弦切切如私語(a)。
嘈嘈切切錯雜彈(D),大珠小珠落玉盤(F)。間關鶯語花底
滑(d),幽咽泉流水下灘(B)。水泉冷澀弦凝絶(a),凝絶不通
聲漸歇(b)。別有幽愁闇恨生(B),此時無聲勝有聲(F)。銀
缾乍破水漿迸(a'),鐵騎突出刀槍鳴(E)。曲終收撥當心畫
(a),四弦一聲如裂帛(f)。東船西舫悄無言(A),唯見江心秋
月白(b)。沈吟放撥插弦中(A),整頓衣裳起斂容(B)。自言
本是京城女(a),家在蝦蟆陵下住(b)。十三學得琵琶成
(A'),名屬教坊第一部(b')。曲罷長教善才服(b'),妝成每
被秋娘妒(a)。五陵年少爭纏頭(A'),一曲紅綃不知數(b')。
鈿頭銀篦擊節碎(d),血色羅裙翻酒汙(b)。今年歡笑復明年
(A),秋月春風等閒度(b')。弟走從軍阿姨死(b'),暮去朝來
顏色故(b)。門前冷落車馬稀(D),老大嫁作商人婦(e)。商
人重利輕別離(D),前月浮梁買茶去(b')。去來江口守空船
(A),繞船明月江水寒(D)。夜深忽夢少年事(a'),夢啼妝淚
紅闌干(A')。我聞琵琶已歎息(f),又聞此語重唧唧(d)。同
是天涯淪落人(B),相逢何必曾相識(a)! 我從去年辭帝京
(F),謫居臥病潯陽城(A')。潯陽地僻無音樂(a),終歲不聞

絲竹聲(B′)。住近溢城地低溼(b′)，黃蘆苦竹繞宅生(D)。其間旦暮聞何物(a)？杜鵑啼血猿哀鳴(A′)。春江花朝秋月夜(f)，往往取酒還獨傾(H)。豈無山歌與邨笛(f)，嘔啞嘲哳難爲聽(A′)。今夜聞君琵琶語(c)，如聽仙樂耳暫明(d)。莫辭更坐彈一曲(d)，爲君翻作琵琶行(A′)。感我此言良久立(b)，却坐促弦弦轉急(b)。淒淒不似向前聲(a)，滿座重聞皆掩泣(B)。座中泣下誰最多(D)？江州司馬青衫溼(a)。

（全詩共八十八句，入律者三十句，似律者二十三句，仿古者三十五句。較長恨歌爲近古。拗黏二十處，拗對十六處。一韵四句者八處，兩句者八處，六句者一處，十六句者一處，十八句者一處。全篇平仄韵相間，較長恨歌爲格律化。）

連昌宮詞　　　　　　　元　稹

連昌宮中滿宮竹(f)，歲久無人森似束(b)。又有牆頭千葉桃(B)，風動落花紅簌簌(b)。宮邊老人爲予泣(f)，小年選進因曾入(a)。上皇正在望仙樓(A)，太真同憑闌干立(a)。樓上樓前盡珠翠(b′)，炫轉熒煌照天地(b′)。歸來如夢復如癡(A)，何暇備言宮裏事(b)？初過寒食一百六(d)，店舍無煙宮樹綠(b)。夜半月高弦索鳴(B′)，賀老琵琶定場屋(b′)。力士傳呼覓念奴(B)，念奴潛伴諸郎宿(a)。須臾覓得又連催(A)，特敕街中許然燭(b′)。春嬌滿眼睡紅綃(A)，掠削雲鬟旋裝束(b′)。飛上九天歌一聲(B′)，二十五郎吹管逐(b)。逡巡大偏涼州徹(a)，色色龜玆轟錄續(b)。李暮擫笛傍宮牆(A)，偷得新翻數般曲(b′)。平明大駕發行宮(A)，萬人鼓舞途路中(D)。百官隊仗避岐薛(a′)，楊氏諸姨車鬭風(B′)。明年十月東都破(a)，御路猶存祿山過(b′)。驅令供頓不敢藏(D)，萬姓無聲淚潛墮(b′)。兩京定後六七年(D)，却尋家舍行宮前(A′)。莊園燒盡有枯井(a′)，行宮門闥樹宛然(D)。爾後相傳六皇帝(b′)，不到離宮門久閉(b)。往來年少說長

安(A)，玄武樓成花萼廢(b)。去年敕使因斫竹(d)，偶值門
開暫相逐(b′)。荊榛櫛比塞池塘(A)，狐兔驕癡緣樹木(b)。
舞榭欹傾基尚存(B′)，文窗窈窕紗猶綠(a)。塵埋粉壁舊花
鈿(A)，烏啄風箏碎珠玉(b′)。上皇偏愛臨砌花(D)，依然御
榻臨階斜(A′)。蛇出燕巢盤鬬拱(b)，菌生香案生當衙(A)。
寢殿相連端正樓(B′)，太真梳洗樓上頭(D)。晨光未出簾影
黑(d)，至今反挂珊瑚鈎(A′)。指示傍人因慟哭(b)，却出宮
門淚相續(b′)。自從此後還閉門(D)，夜夜狐狸上門屋(b′)。
我聞此語心骨悲(D)，太平誰致亂者誰(D)？翁言文野何分
別(a)，耳聞眼見爲君說(a′)。姚崇宋璟作相公(D)，勸諫上
皇言語切(b)。爕理陰陽禾黍豐(B′)，調和中外無兵戎(A′)。
長官清平太守好(f)，簡選皆言由相公(B′)。開元之末姚宋
死(d)，朝廷漸漸由妃子(a)。祿山宮中養作兒(F)，虢國門前
鬧如市(b′)。弄權宰相不記名(D)，依稀憶得楊與李(d)。廟
謨顛倒四海搖(D)，五十年來作瘡痏(b′)。今皇神聖丞相明
(D)，詔書鑱下吳蜀平(D)。官軍又取淮南賊(a)，此賊亦除
天下寧(B′)。年年耕種宮前道(a)，今年不遣子孫耕(A)。老
翁此意深望幸(a)，努力廟謨休用兵(B′)。

　　(全詩共九十句，入律者三十五句，似律者三十二句，仿
　　古者二十三句。拗黏二十二處，拗對十七處。一韻四句
　　者十二處，二句者兩處，八句者三處，十六句者一處。平
　　仄韻相間者十一處，以平韻承平韻者一處，以仄韻承仄
　　韻者三處。)

　　31.15　元白都喜歡用 D 式，就是平平仄仄仄仄平(第五字可平)。
這也許祇是一種習慣，沒有什麼理由。雙拗句非常罕用。有一種情形
是王元白三人所同有的，就是每韻的第一句一定入韻。

　　31.16　這四首詩都是長篇。至於李頎王昌齡等人的一些短
篇，就更喜歡用律句。例子已見於上文第二十六節，讀者可以自己
尋繹。

第三十二節　古風式的律詩

32.1　要談古風式的律詩,首先應該把那些似律非律的詩分辨清楚。律詩有三個要素:第一是字數合律,五言詩四十個字,七言詩五十六個字;第二是對仗合律,中兩聯必須講對仗;第三是平仄合律,每句平仄須依一定的格式,并且講究黏對。如果三個要素具備,就是純粹的律詩;如果祇具備前兩個要素,就是古風式的律詩,亦稱「拗律」;如果祇具備第一個要素,就不算是律詩,祇是字數偶然相同而已。

32.2　字數偶然和律詩相同的古風,有如下面諸例:

> 金陵白下亭留別　　　　　李　白
> 驛亭三楊樹,正當白下門(孤平)。
> 吳煙暝長條(平腳),漢水齧古根。
> 向來送行處,迴首阻笑言。
> 別後若見之(平腳),爲余一攀翻。

> 落日憶山中　　　　　　　李　白
> 雨後烟景綠,晴天散餘霞。
> 東風隨春歸(平腳),發我枝上花。
> 花落時欲暮,見此令人嗟。
> 願遊名山去,學道飛丹砂。

> 聽鄭五愔琴　　　　　　　孟浩然
> 阮籍推名飲,清風坐竹林。
> 半酣下衫袖,拂拭龍脣琴。
> 一杯彈一曲,不覺夕陽沈。
> 余意在山水,聞知諧夙心。

> 冬夜寓居寄儲太祝　　　　薛　據
> 自爲洛陽客,夫子吾知音。
> 愛義能下士,時人無此心。
> 奈何離居夜,巢鳥飛空林。
> 愁坐至月下,復聞南陵磻。

宿裴氏山莊　　　　　　　　王昌齡

蒼蒼竹林暮,吾亦知所投。

靜坐山齋月,清溪聞遠流。

西峰下微雨,向晚白雲收。

遂解塵中組,終南春可遊。

酒　德　　　　　　　　　　孟　郊

酒是古明鏡,輾開小人心。

醉見異舉止,醉聞異聲音。

酒功如此多,酒屈亦以深。

罪人免罪酒,如此可爲箴。

有所思　　　　　　　　　　韋應物

借問堤上柳,青青爲誰春?

空遊昨日地,不見昨日人。

繚繞萬家井,往來車馬塵。

莫道無相識,要非心所親。

春宵覽月　　　　　　　　　閻　寬

月生東荒外,天雲收夕陰。

愛見澄清景,象吾虛白心。

耳目靜無譁(平腳),神超道性深。

乘興得至樂,寓言因永吟。

以上諸例中,凡出句用平腳者,和律詩最相違異。即使在古風式的律詩裏,也沒有用平腳的出句。其中要算孟浩然的聽鄭五愔琴的平仄較爲近律,因爲第二字和第四字平仄是相反的;然而全篇不用對仗,所以非律。韋應物的有所思,頷聯用對仗,孟郊的酒德,中兩聯都用對仗,然而同字相對乃是古風的派頭,所以也不是律詩。

32.3　這些都是些平韵詩;至於仄韵詩就更不算了。既然有人認爲律詩無仄韵,則一切仄韵詩都被排斥在律詩範圍之外了。即使退一步承認仄韵律詩的存在,也該要平仄合律,對仗合律。像下面的一首詩,雖然恰合四十字之數,卻絕對不能認爲律詩:

春滯沅湘有懷山中　　　　李　白

沅湘春色還，風暖煙草綠。

古之傷心人，於此腸斷續。

予非懷沙客，但美採菱曲。

所願歸東山，寸心於此足。

但是，有一種四十字的五言仄韵詩，平仄大致合律，對仗又復工整，至少也應認爲律古之間的詩了(參看第四節)。例如：

三月三日寄諸弟兼懷崔都水　　　韋應物

暮節看已謝(古句)，茲晨愈可惜(古句)。

風澹意傷春，池寒花斂夕(兩律句，對仗)。

對酒始依依，懷人還的的(兩律句，對仗)。

誰當曲水行，相思尋舊跡(兩律句)。

七言詩很少見有似律非律的例子，所以沒有舉例。

32.4　現在該談到古風式的律詩了。這種律詩，字數和普通律詩相同，對仗的規矩也和普通律詩相同，祇是句子的平仄不依照或不完全依照律詩的格式，黏對也不完全合律。關於古風式的律詩，五律和七律的情形並不相同，現在分開來說。

32.5　(甲)五律。

五律的第三字，原則上是不該拗的，拗了就成爲古句，所以凡末三字「平平平」，「平仄平」，「仄平仄」，「仄仄仄」，都該認爲古句的形式。但是，律詩有「拗救」的辦法，故凡第三字拗而又救的詩，還可認爲近體詩(參看上文第八節)。又丑類特拗(即仄仄平仄仄，見上文第九節)，如果用救(對句第三字用平聲)，也還可認爲近體詩。本來，在這種地方，律古的界限是不明顯的。現在勉強定出古風式的五律的標準如下：

1. 用三平調者；

2. 第三字拗而不救者；

3. 用丑類特拗(仄仄平仄仄，或平仄平仄仄，或仄仄仄仄仄，或平仄仄仄仄)而不救者；

4. 除子類特拗（平平仄平仄）之外，第二四字聲調相同者。

但是，如果一處用了古句，則別的句子第三字雖然拗而又救，也該認爲近似古句。依照這個說法，我們可以把古風式的五律分爲三種：1. 全篇古體；2. 大部分古體；3. 半古半律。現在分別舉例如下：（古句用‧爲號，拗救及特拗用。爲號。）

32.6　（子）全篇古體。

終南別業　　　　　　　王　維

中歲頗好道，晚家南山陲。
興來每獨往，勝事空自知。
行到水窮處，坐看雲起時。（孤平拗救。）
偶然值林叟，談笑無還期。
　　　　（「偶」字仄，故「偶然」句是古句，而非子類特拗。）

32.7　（丑）大部分古體。

小隱吟　　　　　　　　孟　郊

我飲不在醉，我歌長寂然。（丑類特拗及孤平拗救。）
酌溪四五盞，聽彈兩三弦。
鍊性靜棲白，洗情深寄玄。
號怒路傍子，貪敗不貪全。（「怒」字拗黏。）
　　　　（末句入律。）

送遠吟　　　　　　　　孟　郊

河水昏復晨，
河邊相送頻。
離杯有淚飲，別柳無枝春。
一笑忽然歙，萬愁俄已新。（孤平拗救。）
東波與西日，不惜遠行人。
　　　　（末句入律。）

送　遠　　　　　　　　杜　甫

帶甲滿天地，胡爲君遠行？

親朋盡一哭,鞍馬去孤城。

草木歲月晚,關河霜雪清。

別離已昨日,因見古人情。

黎拾遺忻裴迪見過秋夜對雨　　　王　維

促織鳴已急,輕衣行尚重。

寒煙坐高館,秋雨聞疏鐘。

白法調狂象,玄言問老龍。(律聯。)

何人顧蓬徑? 空愧求羊蹤!

晚泊潯陽望廬山　　　孟浩然

挂席幾千里,名山都未逢。

泊舟潯陽郭,遙見香爐峰。

嘗讀遠公傳,永懷塵外蹤。(孤平拗救。)

東林精舍近,日莫坐聞鐘。(律聯。)

蕃　劍　　　杜　甫

致此自避遠,又非珠玉裝。(丑類特拗及孤平拗救。)

如何有奇怪,每夜吐光芒!

虎氣必騰上,龍身寧久藏!

風塵苦未息,持汝奉明王。

　　　(以上四詩各有六個古句,恰得四分之三。)

寄贈王十將軍承俊　　　杜　甫

將軍膽氣雄,

臂懸兩角弓。(拗對,孤平,古句不忌。)

纏結青驄馬,出入錦城中。(律聯,拗黏。)

時危未授鉞,勢屈難為功。(拗黏。)

賓客滿堂上,何人高義同?

　　　(共有五個古句。)

32.8 (丙)半古半律。

暫游臨邑至嶋山湖亭　　　杜　甫

野亭逼湖水,歇馬高林間。

鼉吼風奔浪,魚跳日映山。(律聯。)

暫游阻詞伯,却望懷青關。

靄靄生雲霧,唯應促駕還。(律聯。)

　　(此詩律古相參;首聯與三聯平仄拗處完全一樣。)

　　秦州雜詩　　　　　　　　　　　杜　甫

蕭蕭古塞冷,漠漠秋雲低。

黃鵠翅垂雨,蒼鷹饑啄泥。

薊門誰自北? 漢將獨征西。(律聯。)

不意書生耳,臨衰聽鼓鼙。(律聯。)

　　(前半古,後半律。)

　　被出濟州　　　　　　　　　　　王　維

微官易得罪,謫去濟川陰。

執政方持法,明君無此心。

閭閻河潤上,井邑海雲深。(律聯。)

縱有歸來日,多愁年鬢侵。

　　(共有三個古句,將及一半。)

　　獨　釣　　　　　　　　　　　　韓　愈

獨往南塘上,秋晨景氣醒。(律聯。)

露排四岸草,風約半池萍。

鳥下見人寂,魚來聞餌馨。

所嗟無可召,不得倒吾缾。(律聯。)

　　(共有三個古句,將及一半。)

32.9　有一件事情值得注意: 在古風式的五律裏,如果出句用了四個仄聲,對句至少須有三個平聲。像「我飲不在醉,我歌長寂然」,「鍊性靜棲白,洗情深寄玄」,「一笑忽然歛,萬愁俄已新」,「帶甲滿天地,胡爲君遠行」,「草木歲月晚,關河霜雪清」,「促織鳴已急,輕衣行尚重」,「挂席幾千里,名山都未逢」,「致此自避遠,又非珠玉裝」,「虎氣必騰上,龍身寧久藏」,都是合例的。尤其值得注意的,是「別離已昨日,因見故人情」和「露排四岸草,風約半池萍」兩例。依律句的格式,對句

本可用「仄仄仄平平」，但這裏因出句用了四仄，對句必須用「平仄仄平平」（第一字必平）。依照這個說法，王維終南別業的「興來每獨往，勝事空自知」是不合常規的。但是同詩首聯「中歲頗好道，晚家南山陲」，對句用四平脚也不合常規（應該是「仄平平仄平」或「平平平仄平」）。這是詩的極變，我們不能因有一兩個例外而忽略了一種規律。

32.10　五律淵源於齊梁體，而齊梁體的第三字是不拘平仄的，所以第三字拗還不能認爲純粹的古句。必須第二四聲同聲（平平仄平仄不在此例），纔擺脱了齊梁的拘束。依這個標準來看，上面所舉諸例中，王維的終南別業，黎拾遺忻，孟郊的小隱吟，送遠吟，孟浩然的晚泊潯陽，杜甫的送遠，蕃劍，都是純然古風式的五律；至於杜甫的寄贈王十將軍，秦州雜詩，王維的被出濟州，韓愈的獨釣，祇是齊梁式的五律而已。

32.11　古風式的五律，以王維，孟浩然，杜甫，李白諸人集中爲較多見；至於高適，綦毋潛，劉長卿諸人，則僅有齊梁式的五律。晚唐以後，此體漸少，但宋人也偶有用丑類特拗及第三字拗者，參看上文第八九兩節。

32.12　（乙）七律。

古風式七律的界限較爲分明，因爲一則沒有什麼人做似律非律的七言詩，二則七言拗句變化繁多，凡古體裏所謂拗句，單拗，雙拗，都顯然與齊梁七言有別，並非像五言僅有第三字拗者可比。又五律仿古，黏對仍多合律；七律仿古，却以拗黏拗對爲常。

32.13　此體由杜甫開其端，宋代的蘇軾黃庭堅喜歡摹仿他〔註三十四〕。晚唐也有幾家偶作此體，但不若杜蘇黃那樣極力摹古。現在舉例如下：（標準大致依照古風式的五律。）

32.14　（子）全篇古體。

　　　　鄭駙馬宅宴洞中　　　　　　　　杜　甫
主家陰洞細煙霧，留客夏簟清琅玕。（對句單拗。）
春酒杯濃琥珀薄，冰漿椀碧瑪瑙寒。（對句拗。）
誤疑茅堂過江麓，已入風磴霾雲端。（出句對句皆單拗。）
自是秦樓壓鄭谷，時聞雜珮聲珊珊。
　　　　題省中院壁　　　　　　　　　杜　甫
披垣竹埤梧十尋，（單拗。）

洞門對雪常陰陰。（拗對。）

落花游絲白日靜，鳴鳩乳燕青春深。（出句單拗，對句拗對。）

腐儒衰晚謬通籍，退食遲迴違寸心。

袞職曾無一字補，許身媿比雙南金。

畫夢　　　　　　　　杜　甫

二月饒睡昏昏然，（單拗。）

不獨夜短晝分眠。（拗對，單拗。）

桃花氣暖眼自醉，春渚日落夢相牽。（拗黏，對句單拗。）

故鄉門巷荊棘底，中原君臣豺虎邊。（拗黏，拗對；出句拗，對句單拗。）

安得務農息戰鬪，普天無吏橫索錢！（拗黏，對句拗。）

七月一日題終明府水樓　　　杜　甫

宓子彈琴邑宰日，終軍棄繻英妙時。（對句單拗。）

承家節操尚不泯，爲政風流今在茲。（出句拗。）

可憐賓客盡傾蓋，何處老翁來賦詩？（拗黏；對句孤平拗救。）

楚江巫峽半雲雨，清簟疎簾看弈棋。（拗黏。）

暮　春　　　　　　　杜　甫

臥病擁塞在峽中，（雙拗。）

瀟湘洞庭虛映空。（單拗。）

楚天不斷四時雨，巫峽長吹千里風。

沙上草閣柳新闇，城邊野池蓮欲紅。（出句對句皆單拗。）

莫春鴛鷺立洲渚，挾子翻飛還一叢。

暮　歸　　　　　　　杜　甫

霜黃碧梧白鶴棲，（單拗。）

城上擊柝復烏啼。（單拗。）

客子入門月皎皎，誰家擣練風淒淒？

南渡桂水闕舟楫，北歸秦川多鼓鞞。（拗黏；出句對句皆單拗。）

年過半百不稱意，明日看雲還杖藜。（出句拗。）

曉發公安數月憩息此縣　　　杜　甫

北城擊柝復欲罷，東方明星亦不遲。（出句拗，對句單拗；拗對。）

鄰雞野哭如昨日,物色生態能幾時? （出句拗,對句雙拗。）

舟楫眇然自此去,江湖遠適無前期。

出門轉眄已陳迹,藥餌扶吾隨所之。

壽星院寒碧軒　　　　　　蘇　軾

清風肅肅搖牕扉,

牕前修竹一尺圍。（拗對,拗句。）

紛紛蒼雪落夏簟,冉冉綠霧沾人衣。（出句拗,對句單　拗。）

日高出蟬抱葉響,人靜翠羽穿林飛。（拗黏;出句對句皆
　單拗。）

道人絕粒對寒碧,爲問鶴骨何緣肥? （拗黏;對句單拗。）

出潁口初見淮山是日到壽州　　　蘇　軾

我行日夜向江海,楓葉蘆花秋興長。

平淮忽迷天遠近,青山久與船低昂。（拗黏,拗對;出句
　單拗。）

壽州已見白石塔,短棹未轉黃茅岡。（出句拗,對句單拗。）

波平風軟望不到,故人久立烟蒼茫。（拗黏,拗對;出句拗。）

題落星寺　　　　　　黃庭堅

落星開士深結屋,龍閣老翁來賦詩。（出句拗,對句孤平
　拗救。）

小雨藏山客坐久,長江接天帆到遲。（對句單拗。）

宴寢清香與世隔,畫圖絕妙無人知。（拗黏。）

蜂房各自開戶牖,處處煑茶藤一枝。（出句拗,對句孤平拗救。）

32.15 （丑）大部分古體。

a. 共有七個古句者。

白帝城最高樓　　　　　　杜　甫

城尖徑仄旌旆愁,（拗。）

獨立縹緲之高樓。（單拗。）

峽坼雲霾龍虎睡,江清日抱黿鼉浮。

扶桑西枝對斷石,弱水東影隨長流。（出句對句皆單拗。）

杖藜嘆世者誰子？泣血迸空回白頭。（對句孤平拗救。）

　　愁　　　　　　　　　　　　　杜　甫

江草日日喚愁生，（單拗。）

巫峽泠泠非世情。（拗對。）

盤渦鷺浴底心性，獨樹花發自分明。（拗黏，對句單拗。）

十年戎馬暗萬國，異城賓客老孤城。（拗黏；出句拗，對句單拗。）

渭水秦山得見否？人今罷病虎縱橫。

　　次韵外舅謝師厚喜王正仲三丈奉詔　　黃庭堅

漢上思見龐德公，（雙拗。）

別來悲歎事無窮。

聲名籍甚漫前日，須鬢索然成老翁。（對句孤平拗救。）

家釀已隨刻漏下，園花更開三四紅。（對句單拗。）

相逢不飲未爲得，聽取百鳥啼忽忽。（對句單拗。）

　　秋　懷　　　　　　　　　　黃庭堅

秋陰細細壓茅堂，

吟蟲啾啾昨夜涼。（拗黏；單拗。）

雨開芭蕉新聞舊，風撼簧簟宮應商。（出句單拗。）

砧聲已急不可緩，簷景既短難爲長。（拗黏；出句拗，對句單拗。）

狐裘斷縫棄牆角，豈念晏歲多繁霜。（拗黏；對句單拗。）

b. 共有六個古句者。

　　崔氏東山草堂　　　　　　　杜　甫

愛汝玉山草堂靜，高秋爽氣相鮮新。

有時自發鐘磬響，落日更見漁樵人。（出句拗，對句單拗。）

盤剝白雅谷口栗，飯煮青泥坊底芹。（拗對。）

何爲西莊王給事，柴門空閉鎖松筠？（律聯。）

　　至　後　　　　　　　　　　杜　甫

冬至至後日初長，（單拗。）

遠在劍南思洛陽。（拗對，孤平拗救。）

青袍白馬有何意？金谷銅駝非故鄉。（拗黏。）

梅花欲開不自覺，棣萼一別永相望。（拗黏；出句對句皆

單拗。)

愁極本憑詩遣興,詩成吟詠轉淒涼。(律聯。)

　　　　灩澦　　　　　　　　　　　　杜　甫

灩澦既没孤根深,(單拗。)

西來水多愁太陰。(單拗。)

江天漠漠鳥雙去,風雨時時龍一吟。

舟人漁子歌同首,估客胡商淚滿襟。(律聯,拗黏。)

寄語舟航惡年少,休翻鹽井橫黃金。

c. 共有五個古句者。

　　　　赤　甲　　　　　　　　　　杜　甫

卜居赤甲遷居新,

兩見巫山楚水春。(律句。)

炙背可以獻天子,美芹由來知野人。(出句對句皆單拗。)

荆州鄭薛寄書近,蜀客郊岑非我鄰。(對句孤平拗救。)

笑接郎中評事飲,病從深酌道吾真。(律聯。)

　　　　閑　望　　　　　　　　　　吳　融

三點五點映山雨,一枝兩枝臨水花。(出句對句皆拗。)

蝴蝶狂飛掠芳草,鴛鴦穩睡翹暖沙。(拗黏,對句拗。)

闕下新居成別業,江南舊隱是誰家?(律聯。)

東遷西去俱無計,却羨暝歸林上鴉。

32.16 （丙）半古半律。

　　　　雨不絶　　　　　　　　　　杜　甫

鳴雨既過漸細微,(孤平。)

映空搖颺如絲飛。

階前短草泥不亂,院裏長條風乍稀。(出句拗。)

舞石旋應將乳子,行雲莫自濕仙衣。(律聯。)

眼邊江舸何忽促! 未得安流逆浪歸。(律聯。)

　　　　簡吳郎司法　　　　　　　　杜　甫

有客乘舸自忠州。(單拗。)

遣騎安置瀼西頭。（拗對，單拗。）

古堂本買藉疎豁，借你遷居停宴游。

雲石熒熒高葉曙，風江颯颯亂帆秋。（律聯。）

却爲姻婭過逢地，許坐曾軒數散愁。（律聯。）

亂後逢李昭象叙別　　　　　　杜荀鶴

李生李生何所之？（單拗。）

家山窄雲胡不歸？（拗對，單拗。）

兵戈到處弄性命，禮樂向人生是非。（出句拗，對句孤平
　　拗救。）

却與野猿同橡塢，還將溪鳥共漁磯。（律聯。）

也知不是男兒事，爭奈時情賤布衣。（律聯。）

32.17　由上述諸例看來，有三點值得注意：第一，全篇古體的七律比全篇古體的五律較爲常見；第二，如非全篇仿古，則往往先古後律，這種現象以半古半律者爲最明顯；第三，就古句的平仄形式而論，單拗最多，拗句次之，雙拗極爲罕見，因爲雙拗爲平仄的極變，於律詩不甚相宜的緣故。

32.18　現在說到古風式的排律。它是全篇或大部分用古句，然而除首尾兩聯外，每聯都用對仗。（有時首聯也用對仗。）此體以五言爲較多，七言則頗爲罕見。古風式的五言排律本是齊梁的遺風，除第三字可拗外，頗爲似律。例如：（拗黏以·爲記，拗對以△爲記，拗字以。爲記。）

游清都觀尋沈道士　　　　　　劉孝孫

紛吾因暇豫，行樂極留連。尋真謁紫府，披霧覿青天。

緬懷金闕外，遐想玉京前。飛軒俯松柏，抗殿接雲煙。

滔滔清夏景，嘒嘒早秋蟬。橫琴對危石，酌醴臨寒泉。

聊祛塵俗累，寧希龜鶴年。無勞生羽翼，自可狎神仙。

奉敕祭南嶽十四韵　　　　　　呂　温

皇家禮赤帝，謬獲司風域。致齋紫蓋下，宿設祝融側。

鳴澗驚宵寐,清猿遞時刻。澡潔事夙興,簪佩思盡飾
(古聯)。危壇象嶽趾,祕殿翹翬翼。登拜不違願,酌獻
皆累息(古句)。贊道儀匪繁,祝史詞甚直(古聯)。忽覺心魂
悸,如有精靈逼。漠漠雲氣生(古句),森森杉柏黑。風吹虛
籟韵,露洗寒玉色(古聯)。寂寞有至公,馨香在明德(古聯)。
禮成謝邑吏,駕言歸郡職。憩桑訪蠶事,遵疇課農力。所願
風雨時(古句),回首瞻南極。

至於七言的,祇偶然見於<u>杜甫</u>詩集中,却非<u>齊梁</u>式,而係摻雜着古式:

寄岑嘉州　　　　　　　　　　　　　杜　甫

不見故人十年餘,不道故人無素書(孤平拗救)。願逢顏色關
塞遠,豈意出守江城居? 外江三峽且相接,斗酒新詩終自
踈。<u>謝朓</u>每篇堪諷詠,<u>馮唐</u>已老聽吹噓。泊船秋夜經春草,
伏枕青楓限玉除。眼前所寄選何物? 贈子<u>雲安</u>雙鯉魚。

32.19　古風式的律詩與入律的古風走的是相反的道路。古風因
受了近體詩的影響,所以有入律的趨向;有些詩人認爲這樣則格調日
卑,於是存心仿古,然而矯枉過正,連律詩都古化起來。

32.20　在這裏,我們順便談一談古體的絕句。古絕和近絕的分
別,上文第三節裏已經討論過了。遠在近體詩形成之前,已經有了絕
句的存在[註三十五]。在<u>唐</u>代以後,凡依律句的平仄形式寫成的絕句,
就可以認爲近絕(或「律絕」);凡不依的,就可以認爲古絕。自然也有
半古半今的絕句,正像有半古半律的律詩一樣。現在試舉例如下:

32.21　(甲)五言古絕。

1. 全篇古體。

題灞池　　　　　　　　　　　　　王昌齡

腰鐮欲何之? 東園刈秋草。(拗對。)
世事不復論,悲歌和樵叟。(拗黏。)

　　　　湘　妃　　　　　　　　　劉長卿

帝子不可見，秋風來暮思。
嬋娟湘江月，千載空蛾眉。

　　　　靜夜思　　　　　　　　　李　白

床前明月光，疑是地上霜。
舉頭望明月，低頭思故鄉。（拗黏，拗對。）

　　　　渭上思歸　　　　　　　　孟　郊

獨訪千里信，回臨千里河。
家在吳楚鄉，淚寄東南波。（拗黏，拗對。）

　　　　邀花伴　　　　　　　　　孟　郊

邊地春不足，十里見一花。（拗對。）
及時須遨游，日莫饒風沙。（拗黏。）

2. 大部分古體。

　　　　華子岡　　　　　　　　　王　維

飛鳥去不窮，連山復秋色。
上下華子岡，惆悵情何極！（拗黏，拗對。）

　　　　望終南殘雪　　　　　　　祖　咏

終南陰嶺秀，積雪浮雲端。
林表明霽色，城中增莫寒。

　　　　題情深樹寄象公　　　　　李　白

腸斷枝上猿，
淚添山下樽。（孤平拗救。）
白雲見我去，亦為我飛翻。

3. 半古半律。

　　　　送友人之京　　　　　　　李　白

君登青雲去，予望青雲歸。
雲山從此別，淚濕薜蘿衣。（拗黏。）

洛陽陌　　　　　　　　李白

白玉誰家郎？回車渡天津。
看花東陌上，驚動洛陽人。

寄璨師　　　　　　　　韋應物

林院生夜色，西廊上紗燈。
時憶長松下，獨坐一山僧。（拗黏，拗對。）

再下第　　　　　　　　孟郊

一夕九起嗟，
夢短不到家。（拗對。）
兩度長安陌，空將淚見花。

32.22　（乙）七言古絕。

1. 全篇古體。

少年行　　　　　　　　王維

新豐美酒斗十千，
咸陽游俠多少年。（拗對。）
相逢意氣爲君飲，繫馬高樓垂柳邊。

送狄宗亨　　　　　　　王昌齡

秋在水清山莫蟬，（孤平拗救。）
洛陽樹色鳴皋煙。
送君歸去愁不盡，又惜空度涼風天。

結襪子　　　　　　　　李白

燕南壯士吳門豪，
筑中置鉛魚隱刀。（拗對。）
感君恩重許君命，太山一擲輕鴻毛。（拗對。）

登廬山五老峰　　　　　李白

廬山東南五老峰，
青天削出金芙蓉。（拗對。）
九江秀色可攬結，吾將此地巢雲松。（拗對。）

因省風俗訪道士姪不見題壁　　　韋應物

去年澗水今亦流,去年杏花今又折。(拗對。)

山人歸來問是誰,還是去年行春客。

2. 大部分古體。

贈華州王司士　　　李　白

淮水不絕濤瀾高,

盛德未泯生英髦。(拗對。)

知君先負廟堂器,今日還須贈寶刀。(拗黏。)

詣徐卿覓果栽　　　杜　甫

草堂少花今欲栽,

不問綠李與黃梅。

石筍街中却歸去,果園坊裏爲求來。

春水生　　　杜　甫

一夜水高二尺强,

數日不可更禁當。(拗對。)

南市津頭有船賣,無錢即買繫籬旁。(拗黏。)

金縷曲　　　杜秋孃

勸君莫惜金縷衣,

勸君惜取少年時。(拗對。)

有花堪折直須折,莫待無花空折枝。

3. 半古半律。

涼州詞　　　孟浩然

渾成紫檀金屑文,

作得琵琶聲入雲。

胡地迢迢三萬里,那堪馬上送明君!

三絕句(其一)　　　杜　甫

前年渝州殺刺史,

今年開州殺刺史。

羣盜相隨劇虎狼,食人更肯留妻子!

絕句漫興   杜 甫

熟知茅齋絶低小,江上燕子故來頻。

銜泥點污琴書内,更接飛蟲打着人。(拗黏。)

夏畫偶作   柳宗元

南州溽暑醉如酒,

隱几熟眠開北牖。

日午獨覺無餘聲,山童隔竹敲茶臼。

如果祇有一個拗句,可認爲偶拗,歸入近體詩内。

32.23 在半古半律的絕句中,以前半古句後半律句爲常規。至於大部分古體的七絶裏,也往往是純粹的古句在前,似律的句子(第三字拗及子類特拗)與律句在後。這和古風式的律詩的情形是相彷彿的。

附註:

【註三十四】 試舉杜甫的一首七律爲例:

曉發公安   杜 甫

北城擊柝復欲罷,

東方明星亦不遲。

鄰鷄野哭如昨日,物色生態能幾時?

舟楫眇然自此去,江湖遠適無前期。

出門轉眄已陳迹,藥餌扶吾隨所之。

仇兆鰲杜詩詳註引王嗣奭曰:「七律之變,至此而極妙,亦至此而極真。此山谷所云,不煩繩削而自合者。」仇兆鰲曰:「唐人作拗體律詩,平仄多有失黏處(失黏,這裏指不合平仄)。明季蕭雲從杜律細,平仄用轉音,改拗從順,雖考證詳洽,但恐多此轉折耳。如此章,仄聲七字改作平聲,『欲』字音迂,揚雄羽獵賦:『壯

士慷慨,殊響別趨,東西南北,騁勢奔欲。』杜詩五律初月首句『光
細弦欲上』可證也。(力按,『光細弦欲上』是丑類特殊形式,『欲』
字不讀平聲。)『罷』字即『疲』,叶『遲』,在沈氏四支韵。史記:『漢
與楚相距,士卒罷弊。』左傳:『師退曰疲』。禮少儀:『師役曰罷。』
『方』字音訪,漢帝欲殺雍齒,用張良計,封爲什方侯,猶言釋放也。
(力按,這是牽強附會。)又後漢楊仁拜什方令。易韵:『水在火上,
君子以慎辯物居方』,亦音放。『昨』字音槎。周禮大宗伯鷄人:
『諸臣之所昨。』註:『謂諸臣酢酒尊也。』戰國策蘇厲上趙王書:『著
之盤盂,屬之仇柞。』註:即『酬酢。』如周禮柞人,掌攻草木者,與
公羊傳『山木不槎』,國語『木不槎枿』同。中原音韵:『昨,隔宵
也。』曲有入作平聲,而分陰陽。北音精戈翻,南音静羅翻,皆平聲
爾。(力按,南音『昨』不讀平聲。)『態』音臺。司馬相如封禪文:
『旼旼穆穆,君子之態,蓋聞其聲,今視其來』,『態』作臺音可證。
『自』當音私。説文曰:『倉頡作字,自營爲私。』雖不解爲私音,而
會意當然耳。杜五律:『風月自清夜』及『致此自僻遠』,皆宜作平
聲用矣。『已』字音遺。元人侯正卿菩薩蠻第二句:『心頭已』作平
聲陽音。杜五律『乘爾亦已久』,亦讀平聲。今按,『態』讀作臺音,
則『能』字宜讀作耐,平仄乃各諧也。」力按,此説荒謬已極。拗體
律詩就是古風式的律詩,以不拘平仄爲其特點,何必改拗從順?
此詩除『罷』本該讀平聲外,其餘各字都不該改讀。

【註三十五】　五言律體的成熟,在唐初;七言律體的成熟,在開天
之際。而絶句在六朝時已先有此稱了。梁徐陵選的玉臺新咏卷
十,有古絶句四首,有吳均雜絶句四首,大家都知道。此外,如正
史所載,梁蕭正德有絶句,見南史卷五十一梁宗室傳:「普通三年,
以黃門侍郎爲輕車將軍。頃之,奔魏。初去之始,爲詩一絶内火
籠中:『楨干屈曲盡,蘭麝氛氳銷;欲知抱炭口,正是履冰朝。』」陸
山才也有絶句,見南史卷六十四張彪傳:「彪始起於若邪,興於若
邪,終於若邪,及妻犬皆爲人所重異。彪友人吳中陸山才嗟泰(沈
泰)等翻背,刊吳昌門,爲詩一絶曰:『田横感義士,韓王報主臣;若
爲感意氣,持寄禹川人?』」爲詩一絶,等於説作一首絶句。絶是絶
句的簡稱。絶句之稱,南朝已有,但當時名稱並不統一。南史卷

十四劉昶傳作斷句:「廢帝(子業)即位,爲徐州刺史。帝北討,昶
即起兵。統內諸郡,並不受命。昶知事不捷,乃夜開門奔魏。棄
母妻,惟携妾一人作丈夫服,騎馬自隨。在道慷慨爲斷句曰:『白
雲滿鄣來,黃塵滿天起;關山四面絕,故鄉幾千里!』因把姬手,南
望慟哭,左右莫不哀哽。每節悲慟,遙拜其母。」齊書卷三十五武
陵昭王曄傳作短句:「曄剛穎俊出,與諸王共作短句詩,學謝靈運
體,以呈。上(高帝)報曰:『見汝二十字,諸兒中最爲優者。但康
樂放蕩,作體不辯有首尾。安仁士衡,深可宗尚;顏延之抑其次
也。』」齊書這一段記載很可注意。因爲,根據齊高帝的話,不但宋
朝的顏延之謝靈運有二十字的短句詩,晉朝的陸士衡潘安仁已先
有二十字的短句詩。然則絕句的產生,尚遠在「永明體」之前。
(孫楷第:絕句是怎樣產生的,見學原第一卷四期。)

第三十三節　古體詩的對仗

33.1　古風和律詩有一個大不相同之點,就是律詩必須對仗,而
古風可以不用對仗。事實上,有些古風是全篇不用對仗的。例如:

秋夜獨坐懷內弟崔興宗　　　　　王　維

夜靜羣動息,螘蛄聲悠悠。庭槐北風響,日夕方高秋。
思子整羽翮,及時當雲浮。吾生將白首,歲晏思滄洲。
高足在旦暮,肯爲南畝儔。

新婚別　　　　　　　　杜　甫

兔絲附蓬麻,引蔓故不長。嫁女與征夫,不如棄路旁。
結髮爲妻子,席不煖君牀。暮婚晨告別,無乃太匆忙?
君行雖不遠,守邊赴河陽。妾身未分明,何以拜姑嫜?
父母養我時,日夜令我藏。生女有所歸,雞狗亦得將。
君今往死地,沈痛迫中腸。誓欲從君去,形勢反蒼黃。
勿爲新婚念,努力事戎行。婦人在軍中,兵氣恐不揚。
自嗟貧家女,久致羅襦裳。羅襦不復施,對君洗紅妝。
仰視百鳥飛,大小必雙翔。人事多錯迕,與君永相望。

酬司門盧四兄雲夫院長望秋作　　韓　愈

長安雨洗新秋出，極目寒鏡開塵函。終南曉望躡龍尾，
倚天更覺青巉巉。自知短淺無所補，從事久此穿朝衫。
歸來得便即遊覽，暫似壯馬脫重銜。曲江荷花蓋十里，
江湖生目思莫緘。樂遊下矚無遠近，綠槐萍合不可芟。
白首寓居誰借問？平地寸步扃雲巖。雲夫老兄有狂氣，
嗜好與俗殊酸鹹。日來省我不肯去，論詩說賦相諵諵。
望秋一章已驚絕，猶言低抑避謗讒。若使乘酣騁雄怪，
造化何以當鐫劖。嗟我小生值强伴，怯膽變勇神明鑒。
馳坑跨谷終未悔，爲利而止真貪饞。高揖羣公謝名譽，
遠追甫白感至誠。樓頭完月不共宿，其奈就缺行攕攕。

33.2　自杜韓以後，一韵到底的七古總以完全不用對仗爲原則。
至於五古和轉韵七古，就有些地方是對仗的了。本來，古詩雖不拘對
仗，却也不避對仗。正如上文導言裏所説，詩經裏就有了對仗，古代散
文也有對仗，古體詩當然沒有避免對仗的必要。恰恰相反，有時候對
仗可以增加一種整齊的美。大致説來，對仗和平仄的入律成爲平行的
發展：越是入律或似律的古風，越是多用對仗；越是平仄仿古，越是少
用對仗。五古繼承齊梁的遺緒，所以多數詩人喜歡在五古裏用對仗；
轉韵七古也是齊梁的遺風，所以對仗也常見。只有一韵到底的七古是
一種「新興而又仿古」的詩體，所以不大用對仗。總之，古風裏對仗的
有無或多少，仍舊是新式和仿古兩大潮流的分別。

33.3　要明白律句和對仗的密切關係，祇要把上文第三十一節裏
所引的杜甫的湖城東遇孟雲卿一詩仔細分析，就可以恍然大悟。杜甫
這詩，律句較多，因此對仗也較多。尤其是有一點值得注意：凡用律
聯的地方也就是用對仗的地方。現在再舉蘇軾的一首詩爲例：

龜山辨才師　　蘇　軾

此生念念浮雲改（a），寄語長淮今好在（b）。故人宴坐虹梁南
（A′），新河巧出龜山背（a）。木魚呼客振林莽（a′），鐵鳳橫空
飛綵繪（b）。忽驚堂宇變雄深（A），坐覺風雷生謦欬（b）。美

師游戲浮漚間(A′)，笑我榮枯彈指內(b)。嘗茶看畫亦不惡(c)，問法求詩了無礙(b′)。千里孤帆又獨來(B)，五年一夢誰相對(a)？何當來世結香火(a′)，永與名山躬井碓(b)！

這一首詩首聯和尾聯不用對仗，其餘各聯都用對仗，宛然一首七言排律。再就平仄而論，除「嘗茶」一句外，其餘都是入律或似律的句子，可以證明對仗和律句的密切關係。我們之所以不索性認爲排律者，因爲：(一) 詩中多有拗黏拗對；(二) 平仄未完全合律；(三) 用仄韻。然而它畢竟是律古之間的東西。

33.4 上文我們説，自杜韓以後，一韻到底的七古總以完全不用對仗爲原則；現在上文舉出的一首一韻到底的七古却是完全用對仗的，似乎自相矛盾。但是，像蘇軾這首詩只是罕見的例外，它是屬於新式的古風；而大多數一韻到底的七古却是仿古的一派。同是一個詩人，時而仿古，時而隨俗，并不相妨。除劉長卿完全用新式，孟郊韓愈完全用古式之外，其餘各家的詩集中，仿古的古風和新式的古風往往同時存在。由此看來，詩體本可分爲四種：(一) 新式之律；(二) 古式之律；(三) 新式之古；(四) 古式之古。世俗祇分爲律古兩種，實未盡善。我們現在祇要心知其意，也不必顯然把它們分爲四類了。

33.5 律詩的對仗，中兩聯爲必需的，首聯爲隨意的(五律首聯多用對仗，七律罕用)，尾聯則以不用爲原則。(見上文第十三節。)古風的對仗却沒有一定的位置。大約尾聯仍以不用對仗爲原則，這樣可以表示一篇的終結；其餘各聯，對與不對，極爲自由。這是所謂「行乎其所不得不行，止乎其所不得不止」，並不受任何拘束。例如：

古風　　　　　　　　　　　李　白

黃河走東溟，白日落西海。逝川與流光，飄忽不相待。春容捨我去，秋髮已衰改。人生非寒松，年貌豈長在？吾當乘雲螭，吸景駐光彩。

古風　　　　　　　　　　　李　白

玄風變太古，道喪無時還。擾擾季葉人，雞鳴趨四關。但識金馬門，誰知蓬萊山？白首死羅綺，笑歌無時閒。

綠酒哂丹液,青蛾凋素顏。大儒揮金椎,琢之詩禮間。
蒼蒼三株樹,冥冥焉能攀?

水會渡　　　　　　　　　　　杜　甫

山行有常程,中夜尚未安。微月沒已久,崖傾路何難!
大江動我前,洶若溟渤寬。篙師暗理楫,歌笑輕波瀾。
霜濃水石滑,風急手足寒。入舟已千憂,陟巘仍萬盤。
回眺積水外,始知衆星乾。遠遊令人瘦,衰疾憗加餐。

行子苦風泊舟貽潘少府　　　　王昌齡

行子苦風潮,維舟未能發。宵分卷前幔,臥視清秋月。
四澤兼葭深,中洲煙火絕。蒼蒼水霧起,落落疎星沒。
所過盡漁樵,與言多楚越。其如念極浦,又以思明哲。
常若千里餘,況之異鄉別!

(此詩句子皆入律或似律,無拗黏拗對,故用對仗特多。)

仲春晚尋覆釜山　　　　　　　錢　起

胡蝶弄和風,飛花不知晚。王孫尋芳草,步步忘路遠。
況我愛青山,涉趣皆浮踐!縈迴必中路,陰晦陽復顯。
古岸生新泉,霞峰映雪巘。交枝花色異,奇石雲根淺。
碧洞志忘歸,紫雲行可搴。方嗤嵇叔夜,林臥方沈湎。

夜出偏門還三山　　　　　　　陸　游

月行南斗邊,人歸西郊路。水風吹葛衣,草露濕芒屨。
漁歌起遠汀,鬼火出破墓。淒清醒醉魂,荒怪入詩句。
到家夜已半,佇立叩蓬戶。穉子猶讀書,一笑慰邅暮。

寄聖俞　　　　　　　　　　　歐陽修

凌晨有客至自西,爲問詩老來何稽?京師車馬躍朝日,
何用擾擾隨輪蹄!面顏憔悴暗塵土,文字光彩垂虹霓。
空腸時如秋蚓叫,苦調或作寒蟬嘶。語言雖巧身事拙,
捷徑恥蹈行非迷。我今俸祿飽餘賸,念子朝夕勤鹽虀。
舟行每欲載米送,汴水六月乾無泥。乃知此事尚難必,
何況仕路如天梯?朝廷樂善得賢衆,臺閣俊彥聯簪犀。
朝陽鳴鳳爲時出,一枝豈惜容其棲!古來磊落材與知,
窮達有命理莫齊。悠悠百年一瞬息,俯仰天地身醯雞。

其間得失安足校? 況與鷃鷺争稊稊! 憶在洛陽年各少,
對花把酒傾玻瓈。二十年間幾人在,在者憂患多乖睽。
我今三載病不飲,眼眵不辨騧與驪。壯志銷盡憶閒處,
生計易足鑱蔬畦。優遊琴酒逐漁釣,上下林壑相攀躋。
及身强健始爲樂,莫待衰病須扶攜。行當買田清潁上,
與子相伴把鋤犂。

　　(全詩共四十句,僅有三聯用對仗,其中如「優遊」一聯猶
　　在似對非對之間。此乃一韵到底的七古的正則。)

33.6　祇有轉韵七古的對仗,其位置比較地固定。尤其是四句一
換韵的七古,不用對仗則已,若用對仗,總在每韵的第二聯。因爲每韵
的首句往往入韵,頗不宜於對仗。例如:

　　　　江樓送太康郭生簿赴嶺南　　　　劉長卿
對酒憐君安可論? 當官愛士如平原。料錢用盡却爲謗,
食客空多誰報恩? 萬里孤舟向南越,蒼梧雲中暮帆滅。
樹色應無江北秋,天涯尚見淮陽月。驛路南隨桂水流,
猿聲不絶到炎州。青山落日那堪望,誰見思君江上樓?

　　(末聯因係終篇,所以不用對仗。)

33.7　律詩的對仗,唯求其「工」;古風的對仗,唯求其「拙」。除了
入律的古風頗喜歡用工對外,在一般古體詩裏,詩人們幾乎可説是有
意造成古拙的駢語。關於屬對的範疇,古風比律詩寬得多。如果拿律
詩的眼光看來,有些地方簡直是對得太勉强了。這些「勉强」的對仗,
大約可分爲四類:

33.8　(甲) 完全不倫不類的事物也用爲對仗。例如:

鷙鳥立寒木,丈夫佩吳鈎。(王昌齡九江口作。)
爲客成白首,入門嗟布衣。(郎士元贈萬生下第。)
主人炊新粒,行子充夜飢。(岑參宿華陰東郭客舍。)
赤心報國無片賞,白首還家有幾人? (劉長卿疲兵篇。)

櫪上看時獨意氣,眾中牽出偏雄豪。(岑參衛節度赤驃
馬歌。)

紫蓋連延接天柱,石廩騰擲堆祝融。(韓愈謁衡嶽廟。)

33.9 (乙)以主從仂語與等立仂語爲對。例如:(等立用‧號,
主從用△號。)

及自登樞要,何曾問布衣?(楊貴感興。)

衣冠半是征戰士,窮儒浪作林泉民。(李白少年行。)

行人刁斗風沙暗,公主琵琶幽怨多。(李頎古從軍行。)

潯陽北望雁鴻同,溢水東流客心醉。(李頎送從弟遊江淮。)

聞道輕生能擊虜,何嗟少壯不封侯。(劉長卿送崔校書
從軍。)

33.10 (丙)雙字仂語中,一字對得極工,另一字極勉强。例如:
(工者用‧號,不工者用△號。)

偶同静者來,正值高雲閒。(歐陽詹同諸公過福先寺。)

中酒朝眠日色高,彈棋夜半燈花落。(岑參與獨孤漸道別。)

別馬連嘶出御溝,家人幾夜望刀頭?(劉長卿送崔校書
從軍。)

燕南春草傷心色,薊北黃雲滿眼愁。(同上。)

33.11 (丁)句中自對而又兩句相對。這本是律詩裏所容許的
對仗法,但是它在古風裏更顯得隨便,標準更寬。往往以名詞與形容
詞相對,或與動詞相對。例如:(名詞用‧號,形容詞或動詞用△號。)

高論動侯伯,疏懷脫塵喧。(韋應物送李十四。)

蕭穆廟堂上,深沈節制雄。(高適李雲南征蠻詩。)

寓遊城郭裏,浪跡希夷際。(李頎謁張果先生。)

紛紛對寂寞，往往落衣巾。（劉眘虛寄閻防。）

曉碧流視聽，夕清濯衣袍。（孟郊立德新居。）

爲於仁義得，未覺登涉勞。（同上。）

33.12　另一種拙對是半對半不對。這又可以細分爲三類：（一）上半對，下半不對；（二）下半對，上半不對；（三）中間對，兩頭不對。現在分別敘述於下。

33.13　（一）上半對，下半不對，往往是韵脚的關係。末字因爲要押韵，所以對仗難工。在律詩裏，詩人往往先決定韵脚，然後選擇出句的末字，務求其對仗工穩；在古風裏則不然，詩人聽其自然，不加修飾，所以弄到下一半不成對仗。最顯明的例子是每字都對，祇剩末字不對，像崔顥的古游俠的「殺人遼水上，走馬漁陽歸」。其次則是祇剩末兩字不對，像劉長卿的自番陽還道中的「元氣連洞庭，夕陽落波上」。而最普通的例子却是：

五言上二字相對，下三字不對；

七言上四字相對，下三字不對。

現在試舉出一些例子：

髮白還更黑，身輕行若風。（李頎贈蘇明府。）

遲日半雲谷，春風連上潮。（綦毋潛題鶴林寺。）

出處暫爲間，浮沈安繫哉！（盧象送綦毋潛。）

湘水流入海，楚雲千里心。（常建潭州留別。）

黃葉落不盡，蒼苔隨雨生。（盧綸送顧祕書歸岳州。）

男兒在世無產業，行子出門如轉蓬。（李頎欲之新鄉。）

寒風捲葉度濾沱，飛雲布地悲峨峨。（同上。）

鄭國遊人未及家，洛陽行子空歎息。（李頎送陳章甫。）

宅中歌笑日紛紛，門外車馬如雲屯。（高適邯鄲少年行。）

玉京迢迢幾千里，鳳笙去去無窮已。（李白鳳吹笙曲。）

我向淮南攀桂枝，君留洛北愁夢思。（李白憶舊遊。）

赤霄懸圃須往來，翠尾金花不辭辱。（杜甫赤霄行。）

英雄割據雖已矣,文彩風流今尚存。(杜甫丹青引。)

金印煌煌未入手,白髮種種來無情。(陸游長歌行。)

　　(「寒風」「宅中」「玉京」「我向」諸聯,因爲出句入韵,尤
　　以半對半不對爲常。七律也有這個規矩,參看上文第十
　　五節。)

七古偶然也祇有兩個字相對,這是最貧乏的對仗。例如:

劍峰可惜空用盡,馬蹄無事今已穿。(岑參送費子歸武昌。)

北雁初同江燕飛,南湖春暖著春衣。(韓翃送中兄典邵州。)

萬年枝影轉斜光,三道先成君激昂。(韓翃別氾水三縣尉。)

昔騎天子大宛馬,今乘款段諸侯門。(李白江夏贈韋南
陵冰。)

33.14　(二)下半對,上半不對,並非受了韵脚的影響,所以比較
少見。七古中,下五字相對如李頎送陳章甫的「醉臥不知白日暮,有時
空望孤雲高」尤爲罕見,因爲既能用五字相對,就不妨索性用七字相對
了。最普通的情形是:

　　五言上二字不對,下三字相對;

　　七言上四字不對,下三字相對。

現在試舉出一些例子:

德與形神峻,孰知天地遙?(張說同趙公秋登琴臺。)

悠悠孤峰頂,日見三花春。(王昌齡寄焦鍊師。)

空山何窈窕! 三秀日氤氳。(李頎送暨道士還玉清觀。)

畫圖麒麟閣,朝入明光宮。(高適塞下曲。)

邀人傅脂粉,不自著羅衣。(王維西施詠。)

巾車雲路入,理棹瑤溪行。(儲光羲遊茅山。)

居間好花木,採藥來城市。(孟浩然王迴見尋。)

少年弄文墨,屬意在章句。(孟浩然南歸阻雪。)

頭陀雲月多僧氣,山水何曾稱人意?(李白江夏贈韋南

陵冰。)

粉牆丹桂動光彩,鬼物圖畫填青紅。(韓愈謁衡嶽廟。)

伯熙奉詔每有作,碅硱相竝將無慚。(虞集題旦景初僉司圖。)

33.15 (三) 中間對,兩頭不對,這種情形更少。所謂中間對,往往祇有兩個字;但是看它們的對仗是那樣工整,却絕對不會是出於偶然。例如:

今朝平津邸,兼得瀟湘遊。(郎士元題劉相公三湘圖。)

向來皓首驚萬人,自倚紅顏能騎射。(杜甫醉爲馬墜。)

高秋八月歸南楚,東門一壺聊出祖。(岑參送費子歸武昌。)

及身強健始爲樂,莫待衰病須扶攜。(歐陽修寄聖俞。)

33.16 此外,還有意對詞不對,如杜甫錦樹行:「五陵豪貴反顛倒,鄉里小兒狐白裘」。這更是拙中之拙。

33.17 上文第三十節裏所説的同字相對,也是最古拙的駢語。在古詩十九首裏,同字相對有如下面諸例:

昔爲倡家女,今爲蕩子婦。

兔絲生有時,夫婦會有宜。

去者日以疎,來者日以親。

古墓犁爲田,松柏摧爲薪。

相去日已遠,衣帶日已緩。

三五明月滿,四五詹兔缺。

上言長相思,下言久離別。

著以長相思,緣以結不解。

　　(「昔爲」「去者」兩聯是完全的對仗;「兔絲」「古墓」「三五」「上言」諸聯是主從仿語與等立仿語相對;「相去」「著以」兩聯是半對半不對。)

33.18　唐人的古風裏,大量地運用這種對仗法,因爲這正是古風之所以別於律詩的一個特徵。例如:

33.19　(甲)五古。

1. 同一字者。

寧棲野樹林,寧飲澗水流。(王維獻始興公。)
大牛隱層坂,小牛穿近林。(儲光羲牧童詞。)
一山盡天苑,一峰開道宮。(儲光羲述降聖觀。)
虎豹對我蹲,鷿鷉傍我飛。(儲光羲雜詩。)
下有枯樹根,上有鼯鼠窠。(王昌齡長歌行。)
能使江月白,又令江水深。(常建江上琴興。)
漚紵爲縕袍,折麻爲長纓。(常建漁浦。)
一射百馬倒,再射萬夫開。(顏真卿贈裴將軍。)
岱馬不思越,越禽不戀燕。(李白古風。)
攀天莫登龍,走山莫騎虎。(李白箜篌謠。)
存者無消息,死者委塵泥。(杜甫無家別。)
魂來楓林青,魂去關塞黑。(杜甫夢李白。)
射人先射馬,擒賊先擒王。(杜甫前出塞。)

2. 同二字者。

摘取芙蓉花,莫摘芙蓉葉。(王昌齡越女。)
徘徊雙峰下,惆悵雙峰月。(劉長卿宿雙峰寺。)
吏呼一何怒!婦啼一何苦!(杜甫石壕吏。)
朝行青泥上,暮在青泥中。(杜甫泥功山。)
賢有不黔突,聖有不煖席。(杜甫發同谷縣。)

3. 同三字者。

但見萬里天,不見萬里道。(孟雲卿古別離。)
在山泉水清,出山泉水濁。(杜甫佳人。)

甚媿丈人厚,甚知丈人真。（杜甫奉贈韋左丞丈。）
高者未必賢,下者未必愚。（白居易澗底松。）
分不兩相守,恨不兩相思。（元稹古決絕詞。）

    4. 同四字者。

朝亦常苦饑,暮亦常苦饑。（孟雲卿悲哉行。）

33. 20　（乙）七古。
1. 同一字者。

此時惜別詎堪聞?此地相看未忍分。（李白鳳吹笙曲。）
大兒學問止論語,小兒結束隨商旅。（杜甫最能行。）
魯人皆解帶弓箭,齊人不復聞簫韶。（劉禹錫平齊行。）
郢人斤斲無痕跡,仙人衣裳棄刀尺。（劉禹錫翰林白二十二
　　學士。）
郊廟登歌贊君美,樂府艷詞悅君意。（白居易采詩官。）
君耳唯聞堂上言,君眼不見門前事。（同上。）
十一把鏡學點妝,十二抽鍼能繡裳。（白居易簡簡吟。）
黃雞催曉丑時鳴,白日催年酉前沒。（白居易醉歌。）

    2. 同二字者。

苦竹嶺頭秋月輝,苦竹南枝鷓鴣啼。（李白山鷓鴣詞。）
有身莫犯飛龍鱗,有手莫辮猛虎鬚。（李白對雪醉後。）
二十有九即帝位,三十有五致太平。（白居易七德舞。）
貪吏害民無所忌,奸臣蔽君無所畏。（白居易采詩官。）
不根而生從意生,不筍而成由筆成。（白居易畫竹歌。）
妾年四十絲滿頭,郎年五十封公侯。（陳羽古意。）
伶倫以之正音律,軒轅以之調元氣。（李賀苦篁調嘯引。）
君言似曲屈如鈎,君言好直舒為箭。（元稹胡旋女。）

3. 同三字者。

先生有道出羲皇,先生有才過屈宋。(杜甫醉時歌。)
遂州城中漢節在,遂州城外巴人稀。(杜甫去秋行。)
胡旋之義世莫知,胡旋之容我能傳。(元稹胡旋女。)
昨日之日不可追,今日之日須臾期。(盧仝歎昨日。)
義心如石屹不轉,死節如石確不移。(白居易青石。)
彈琴人似膝上琴,聽琴人似匣中弦。(盧仝聽蕭君姬人
　彈琴。)

4. 同四字者。

君勿矜我玉可切,君勿誇我鐘可刲。(白居易鵶九劍。)

33.21　最後,我們談到兩聯相對,就是上一聯和下一聯相爲對
仗。例如:

相思長相思,相思無限極;相思苦相思,相思損容色。
　(陳羽長相思。)
勸君掩鼻君莫掩,使君夫婦爲參商;勸君掇蟲君莫掇,
　使君父子成豺狼。(白居易天可度。)
太行之路能摧車,若比人心是坦途;巫峽之水能覆舟,
　若比人心是安流。(白居易太行路。)
爲君熏衣裳,君聞蘭麝不馨香;爲君盛容飾,君看金翠
　無顏色。(同上。)
人畫竹身肥擁腫,蕭畫莖瘦節節竦;人畫竹梢死羸垂,
　蕭畫枝活葉葉動。(白居易畫竹歌。)
文帝却之不肯乘,千里馬去漢道興;穆王得之不肯戒,
　八駿駒來周室壞。(白居易八駿圖。)

但是,這種對仗往往祇有一部分或一兩個字在字面上是相對的(同字

或異字相對均可）；餘字或錯綜相對，或意對詞不對。例如：

> 頭上何所有？翠微匎葉垂鬢脣；背後何所見？珠壓腰衩穩稱
>   身。（杜甫麗人行。）
> 大兒九齡色清澈，秋水爲神玉爲骨；小兒五歲氣食牛，
>   滿堂賓客皆回頭。（杜甫徐卿二子歌。）
> 昔没賊中時，潛與子同遊；今歸行在所，王事有去留。
>   （杜甫送韋十六。）
> 小魚脱漏不可記，半死半生猶戢戢；大魚傷損皆垂頭，
>   屈强泥沙有時立。（杜甫又觀打魚。）
> 昔公爲善日不足，假寐待旦朝至尊；今君三十朝未與，
>   得不寸晷倍璵璠？（元稹去杭州。）
> 第一第二弦索索，秋風拂松疎韵落；第三第四弦泠泠，
>   夜鶴憶子籠中鳴。（白居易五弦彈。）
> 吾君修已人不知，不自逸兮不自嬉；吾君愛人人不識，
>   不傷財兮不傷力。（白居易驪宫高。）
> 去歲嘉禾生九穗，田中寂寞無人至；今年瑞麥分兩岐，
>   君心獨喜無人知。（白居易牡丹芳。）
> 三月無雨旱風起，麥苗不秀多黄死；九月降霜秋早寒，
>   禾穗未熟皆青乾。（白居易杜陵叟。）
> 不如林中烏與鵲，母不失雛雄伴雌；應似園中桃李樹，
>   花落隨風子在枝。（白居易母別子。）

33. 22 兩聯相對，白居易最喜歡用。他喜歡到那種程度，甚至於
用到律詩裏去（見上文第十五節）。然而這種對仗終當認爲古風所獨
有，而它和同字相對往往是互相爲用的。

第三十四節　古體詩的句式

34. 1 古體詩的句式，照理應該就是古代散文的句式。但是，古
代散文以四言爲主，而古詩則以五言爲主（此種現象至魏晉以後而益

顯),其間相差一個字,句式的差異往往由此而生。再者,詩的語言畢竟和散文的語言不盡相同,不過其間的歧異遠不如律詩和散文之間那樣深刻化罷了。

34.2　古風既然仿古,自然應該奉古詩爲圭臬。因此,我們要分析古體詩的句式,與其根據唐以後的「古風」,不如根據唐以前的古詩;因爲唐以後的「古風」裏,有些句式是「律化」了的(見下節)。<u>古詩十九首</u>是古詩的典型之一,篇幅又不多,現在我們要拿它來做分析的根據。這種分析自然不能認爲完備的,不過已經得到了一個大概,由此可以窺見古今詩的句式的異同。

34.3　分析的程序大致依照上文第十六節至十八節。凡字旁加·號者,表示這是古風中特有的句式,它們多數和散文相近似,而和近體詩大相逕庭。如果近體詩裏用了這種句子,咱們也可認爲用古句。又凡字旁加△號者,表示這種句式在律詩中相當罕見,尤其是在中兩聯的對仗裏。

34.4　現在把<u>古詩十九首</u>的句式分析如下:

(甲)簡單句。

(1) 前四字爲主語,末字爲謂詞。

　　1.1.　fnfN-V　　孟冬寒氣至。

(2) 前三字爲主語,末二字爲謂語。

　　2.1.　fnN-d(SF)　　故人心尚爾。

　　2.2.　fsN-V-N　　美者顏如玉。

(3) 前二字爲主語,或方位語,中一字爲謂詞,末二字爲目的語,表語,或方位語。

　　3.1.a1.　fN-V-fN　　長衢羅夾巷。

　　　　　　　　　　　故人惟古懽。(惟,思也。)

　　3.1.a2.　nN-V-fN　　玉衡指孟冬。

　　3.1.b.　tN-V-qN　　東風搖百草。

　　3.1.c.　fN-V-cN　　浮雲蔽白日。

　　3.1.d.　cN-V-fN　　白露霑野草。

　　　　　　　　　　　綠葉發華滋。

　　3.1.e.　bN-V-tN　　<u>胡馬</u>依北風,<u>越鳥</u>巢南枝。

3.2.a. fN-(FV)-nN　明月皎夜光。

3.2.b. cN-(FV)-fN　白楊多悲風。

3.2.c. nN-(FV)-fN　蘭澤多芳草。

3.3.　fN-d(　)-sN　虛名復何益?

3.4.a. NN-V-nN　年命如朝露。

3.4.b. NN-V-fN　松柏夾廣路。

3.5.a. BB-(FV)-fN　燕趙多佳人。

3.5.b. NN-(FV)-NN　王侯多第宅。

馨香盈懷袖。

3.6.a. nN-V-NN　人生非金石。

3.6.b. fN-V-NN　極宴娛心意。

3.6.c. NX-V-FX(=NN)　蟋蟀傷局促。

3.7.a. NX-V-NX　兔絲附女蘿。

3.7.b. NX-V-fN　晨風懷苦心。(晨風,鸇也。)

3.8.　qN-V-FR(=NN)　一心抱區區。

3.9.a. fN←-V-bn　錦衾遺洛浦。

3.9.b. NX-V-tn　促織鳴東壁。

3.9.c. nN-V-qn　人生寄一世。

3.9.d. nN-V-nt　秋蟬鳴樹間。

3.10.a. nt-V-fN　庭中有奇樹。

3.10.b. tt-V-fN　西北有高樓。

（4）前二字爲主語,或時間語,或方位語,中二字爲動詞語,末一字爲目的語。

4.1.　FF(=NN)-dV-N　盛衰各有時。

4.2.　fN-(fd)V-N　新聲妙入神。

4.3.　nN-dV-(VN)　人生忽如寄。

4.4.　(vf)N-dV-(VN)　遊子不顧返。

4.5.　(vf)N-dV-(QN)　生年不滿百。

4.6.a. fn-dV-N　終日不成章。

4.6.b. qn-(fd)V-N　千里遠結婚。

（5）前二字爲名詞語，中一字爲介詞，末二字爲動詞及其目的語。

    5.1.　　fN←p-V-N　　　　榮名以爲寶。

（6）前二字爲名詞語，中二字爲副詞語，末一字爲動詞。

    6.1.　　fN-(fd)dV　　　　空牀難獨守。

    6.2.　　fN-d(sd)V　　　　賤妾亦何爲？

    6.3.　　sN-(sd)dV　　　　此物何足貴？

    6.4.a.　NN-ddV　　　　冠帶自相索。

                    聖賢莫能度。

                      時節忽復易。

    6.4.b.　NN-(fd)dV　　　歡樂難具陳。

    6.5.　　qN-ddV　　　　兩宮遙相望。

                      萬歲更相送。

    6.6.　　qn-ddV　　　　千載永不寤。

（7）前二字爲名詞語，中二字爲副詞語，末一字爲形容詞。

    7.1.a.　NN-ddF　　　　歲月忽已晚。

    7.1.b.　fN-ddF　　　　涼風率已厲。

    7.2.　　nN-(fd)dF　　　　秋草萋已綠。

    7.3.　　nN-(nd)dF　　　　衣帶日已緩。

    7.4.　　vs(＝N)-(nd)dF　　去者日以疏，來者日以親。

          （「來者」，一作「生者」。）

    7.5.　　n(VN)-ddF　　　客行雖云樂。

    7.6.a.　NN-qs(＝dd)F　音響一何悲！

    7.6.b.　nN-qs(＝dd)F　歲暮一何速！

（8）前二字爲名詞語，中一字爲副詞，末二字爲平行動詞。

    8.1.　　qN-dVV　　　　斗酒相娛樂。

                      四時更變化。

（9）前二字爲名詞語，中一字爲副詞，末二字爲疊字或連緜字。

    9.1.a.　fN-(sd)FR　　　衆星何歷歷！

                      明月何皎皎！

    9.1.b.　cN-(sd)FR　　　白楊何蕭蕭！

9. 1. c. tN-(sd)FX   北風何慘慄！

9. 2.   Bt-(sd)FR   洛中何鬱鬱！

(10) 前二字爲名詞語，中一字爲形容詞，末二字爲叠字。

10. 1.   fN-F-fr   長路漫浩浩。

(11) 前二字爲名詞語，第三五字爲形容詞，第四字爲連詞。

11. 1.   NN-FpF   道路阻且長。

河漢清且淺。

11. 2.   tN-FpF   東城高且長。

(12) 前二字爲時間語，後三字爲句子形式。

12. 1. a. qq(＝nn)-fN-F   三五明月滿。

12. 1. b. qq(＝nn)-NN-F   四五蟾兔缺。

12. 2.   qn-N-dV   三歲字不滅。

(13) 第一字爲主語，第二字爲動詞，末三字爲目的語或方位語。

13. 1. N-V-nn(FN)   壽無金石固。

13. 2. N-V-nnt   人生天地間。

(14) 前二字爲動詞及其目的語，末三字爲方位語。

14. 1. a. V-N-bxt   結根泰山阿。

14. 1. b. V-N-nnt   置書懷袖中。

(15) 第一字爲主語，中二字爲動詞語，末二字爲名詞語。

15. 1.   S-dV-fN   君亮執高節。

15. 2.   S-(vd)V-sN   誰能爲此曲？

(16) 第一字爲主語，第二字爲副詞，第三四字爲並行動詞，末字爲目的語。

16. 1.   S-(vd)VV-S   誰能別離此？

(17) 前二字爲動詞語，後三字爲目的語。

17. 1. a. dV-(nf)nN   昔爲倡家女。

17. 1. b. dV-fnN   今爲蕩子婦。

17. 2.   dV-ntN   遙望郭北墓。

17. 3.   dV-qnN   常懷千歲憂。

17. 4. a. dV-nn(FN)   良無金石固。

17. 4. b. dV-nxN　　　　亮無晨風翼。(「晨風」，鸇也。)

17. 5. 　　dV-NpN　　　　但見丘與墳。

17. 6. a. dV-fNN　　　　先據要路津。

17. 6. b. (vd)V-fNN　　思還故里閭。

17. 7. a. t-V-nnN　　　　上有弦歌聲。

17. 7. b. t-V-f(vf)N　　　下有陳死人。

(18) 前三字爲動詞語，末二字爲目的語。

18. 1. a. ddV-fN　　　　又不處重闈。

18. 1. b. (sd)dV-fN　　　何不策高足？

18. 2. a. ddV-FF(＝NN)　無爲守貧賤。

18. 2. b. (sd)(vd)V-NX　何能待來茲？

(19) 前二字爲副詞語，中一字爲介詞，末二字爲平行動詞。

19. 1. 　　(fd)d-p-VV　　難可與等期。

(20) 前二字爲動詞語，末三字爲方位語。

20. 1. 　　dV-(nf)qn　　各在天一涯。

20. 2. 　　dV-qqn　　　　相去萬餘里。

20. 3. 　　dV-cnt　　　　潛寐黃泉下。

(21) 前二字爲平行動詞，後三字爲目的語或方位語。

21. 1. 　　VV-nNN　　　　被服羅裳衣。

21. 2. a. VV-NpN　　　　被服紈與素。

21. 2. b. VV-bpb　　　　游戲宛與洛。

(22) 前二字爲介詞及其目的語，後三字爲動詞及其方位語。

22. 1. 　　pn-V-nt　　　　以膠投漆中。

(23) 第一字爲方位詞，中三字爲介詞及其目的語，末字爲動詞。

23. 1. 　　t-pfn-V　　　　上與浮雲齊。

(24) 前二字爲介詞及其目的語，後三字爲謂語形式。

24. 1. 　　pn-V-fN　　　　與君爲新婚。

24. 2. 　　pn-(vd)VV　　與君生別離。

(25) 前二字爲副詞語，後三字爲動詞語或形容語。

25. 1. a. d(vd)(fd)FF　　焉能長壽考？

25. 1. b.　dddVV　　　　何爲自結束？
　　　　△△△△
25. 2. a.　d(vd)d(fd)F　　焉得不速老？
　　　　△△△△
25. 2. b.　(vd)(vd)d(fd)V　願得常巧笑。
　　　　　△△△△

(26) 第一字爲副詞，餘四字爲被動式。

26. 1.　(fd)v-N-dV　　　多爲藥所誤。
26. 2.　dv-fN-V　　　　但爲後世嗤。

(27) 前二字爲形容詞帶「者」字，中二字爲平行動詞，末字爲名詞。

27. 1.　(fs＝N)-VV-N　　愚者愛惜費。

(28) 前二字爲謂語形式當名詞用，中二字爲介詞及其目的語，末字爲動詞。

28. 1.　(vn＝N)-ps-V　　同袍與我違。

(29) 第一字爲動詞，餘四字爲目的語。

29. 1.　V-snnN　　　照我羅牀幃。

(30) 第一字爲動詞，第二字爲近目的語，餘三字爲遠目的語。

30. 1.　V-S-qNX　　遺我一書札。
30. 2.　V-S-qnN　　遺我一端綺。

(31) 前二字爲叠字，後三字爲句子形式。

31. 1.　fr-NN-V　　浩浩陰陽移。
31. 2.　fr-N-dF　　凛凛歲云暮。

(32) 前二字爲叠字或連緜字，後三字爲謂語形式。

32. 1. a1.　fr-V-nN　　悠悠隔山坡。
32. 1. a2.　fr-V-fN　　纖纖出素手。
　　　　　　　　　纖纖擢素手。
　　　　　　　　　悠悠涉長道。
　　　　　　　　　杳杳即長暮。
32. 1. b.　fx-V-fN　　慷慨有餘哀。
32. 2. a.　fr-V-NN　　皎皎當户牖。
　　　　　　　　　札札弄機杼。
32. 2. b.　fx-V-NN　　奄忽若飆塵。

32.3.　fr-V-VN　　蕭蕭愁殺人。

(33) 前二字爲叠字或連緜字,後三字爲動詞語。

33.1.a.　fr-d(vd)V　脉脉不得語。

33.1.b.　fx-ddV　逶迤自相屬。

33.2.　fr-(sd)dV　戚戚何所迫?

(34) 前二字爲連緜字,中一字爲副詞,末二字爲平行形容詞。

34.1.　fx-dFF　　轗軻長苦辛。

34.5　(乙)複雜句。

(35) 前四字爲句子形式,末字爲謂語。

35.1.　NX-(nd)V—F　螻蛄夕鳴悲。

(36) 前三字在意義上爲被動式,後二字爲謂語形式。

36.1.　fN←V—V-N　古墓犁爲田。

36.2.　NN←V—V-N　松柏摧爲薪。

(37) 前三字爲句子形式,後二字爲動詞及其目的語。

37.1.　(vf)N-F—V-N　游子寒無衣。

37.2.a.　NN-V—V-N　夫婦會有宜。

37.2.b.　NX-V—V-N　兔絲生有時。

(38) 前三字爲句子形式,後二字爲動詞語或形容語。

38.1.a.　fN-V—dV　蕩子行不歸。

38.1.b.　cN-V—dV　玄鳥逝安適?

38.2.　NN-V—(sd)F　軒車來何遲!

(39) 前二字爲句子形式,後三字爲包孕句。

39.1.a.　N-F—V-NF　弦急知柱促。

　　　　　　　　　　愁多知夜長。

39.1.b.　N-F—(FV)-NF　晝短苦夜長。

(40) 前二字爲句子形式,後三字爲副詞,動詞,及其目的語。

40.1.　N-F—dV-S　路遠莫致之。

(41) 前二字爲句子形式,後三字爲動詞及平行名詞。

41.1.　N-V—V-NN　淚下霑裳衣。

(42) 前二字爲動詞及其目的語,後三字爲動詞及名詞語。

42.1.a.　V-N—V-fN　　　　驅車策駑馬。

彈箏奮逸響。

當戶理清曲。

枉駕惠前綏。

42.1.b.　V-N—V-qN　　　　垂涕霑雙扉。

42.1.c.　V-N—V-tN　　　　驅車上東門。

馳情整中帶。

42.2.a.　V-N—V-sN　　　　識曲聽其真。

攀條折其榮。

42.2.b.　V-N—(NV)-sN　　銜泥巢君屋。

42.3.　　V-N—V-(dV=N)　齊心同所願。

42.4.　　V-N—V-(vf)N　　棄我如遺跡。

42.5.　　V-N—V-NN　　　含英揚光輝。

努力加餐飯。

42.6.　　V-N—V-NX　　　涉江采芙蓉。

（43）前二字爲動詞及其目的語，後三字爲副詞，動詞，及其目的語。

43.1.　　V-N—dV-N　　　爲樂當及時。

43.2.　　vn（=NX）—dV-N　牽牛不負軛。

43.3.　　V-S—(vd)V-S　　采之欲遺誰？

（44）前二字後二字各爲謂語形式，中一字爲連詞。

44.1.　　V-N—p—V-N　　同心而離居。

引領還入房。

（45）前二字爲動詞及其目的語，後三字爲動詞語。

45.1.a.　V-N—ddV　　　　含意俱未申。

45.1.b.　V-N←ddV　　　　會面安可知？

45.1.c.　V-N—(fd)dV　　引領遙相睎。

45.2.　　V-N—(vd)(fd)V　奮翅起高飛。

45.3.a.　V-N—(vd)VX　　攬衣起徘徊。

45.3.b.　V-N—(fd)VX　　出戶獨彷徨。

(46) 前二字爲動詞及其目的語,中一字爲副詞,末二字爲形容語。

    46.1.　V-N—(fd)dF　　　　立身苦不早。

(47) 前二字爲動詞及其目的語,中一字爲連詞,末二字爲動詞語。

    47.1.　V-N—p—dV　　　　過時而不採。

(48) 前二字爲動詞及其目的語,後三字爲動詞語。

    48.1.　V-N—VpV　　　　迴車駕言邁。

(49) 前二字爲動詞及其目的語,後三字爲遞繫式。

    49.1.　V-N—V-NF　　　　思君令人老。

(50) 前三字爲謂語形式,後二字爲動詞語。

    50.1.　V-nN—(fd)V　　　　出郭門直視。

(51) 前二字爲謂語形式之省略,後三字爲謂語形式。

    51.1.　t-(　)-N—t-V-N　　　南箕北有斗。

(52) 前二字爲平行動詞,後三字爲謂語形式或動詞語。

    52.1.a.　VV—V-NN　　　　蕩滌放情志。

                            夢想見容輝。

    52.1.b.　VV(　)—V-NN　　服食求神仙。

    52.1.c.　VV—V-VV(＝NN)　徙倚懷感傷。

    52.2.a.　VV—p-V-N　　　眄睞以適志。

    52.2.b.　VV—p-V-(FN)　　憂傷以終老。

    52.3.　VV—(fd)V-N　　　泣涕零如雨。

    52.4.　VV—dV-N　　　　愁思當告誰?

    52.5.　VV—ddV　　　　憂愁不能寐。

                            棄捐勿復道。

(53) 前二字末二字皆爲動詞連緜字或疊字,中一字爲副詞。

    53.1.　VX—dVX　　　　沈吟聊躑躅。

    53.2.　VR—dVR　　　　行行重行行。

(54) 前二字爲動詞語,後三字爲形容詞語。

    54.1.　dV—(nd)dF　　　　相去日已遠。

(55) 前二字爲動詞語,後三字爲謂語形式。

55.1.　dV—V-fN　　　交疏結綺窗。（疏，穿刻之也。）

還顧望舊鄉。

獨宿累長夜。

55.2.　dV—V-qN　　　高舉振六翮。

(56) 前二字爲動詞語,中一字爲副詞,末二字爲連緜字或叠字。

56.1.　dV—dFX　　　既來不須臾。

56.2.　qV—(sd)FR　　四顧何茫茫！

(57) 前二字後三字各爲動詞語。

57.1.　qV—qqV　　　一彈再三歎。

(58) 前二字爲動詞語,後三字爲句子形式。

58.1.　(vd)V—N-V-N　欲歸道無因。

(59) 前二字爲動詞語,中二字爲動詞語當形容詞用,末字爲其所修飾之名詞。

59.1.　(vd)V-qvN　　願爲雙鳴鶴。

思爲雙飛燕。

59.2.　dV-(fd)vN　　忽如遠行客。

(60) 第一字爲動詞,後四字爲謂語形式。

60.1.　V—V-vnN　　　裁爲合歡被。

(61) 前二字爲動詞語,後三字爲句子形式或謂語形式,且爲前二字的目的語。

61.1.a.　(vd)V—：fN-V　　仰觀衆星列。

61.1.b.　dV—：vS-F　　　不惜歌者苦。

61.1.c.　dV—：vn(=N)-F　但傷知音稀。

61.2.　dV—：(VN)-V-N　但感別經時。

61.3.　dV—：VN-F　　　不念攜手好。

61.4.　dV—：V-fN　　　不如飲美酒。

61.5.a.　dV—：(fd)VV　　不如早旋歸。

61.5.b.　tV—：(fd)dV　　下言久離別。

61.5.c.　tV—：(fd)dV　　上言長相思。

(62) 第一字爲動詞,餘四字爲句子形式,且爲第一字的目的語。

62. 1.　V—；S-dVV　　　　懼君不識察。

（63）第一字爲主語或副詞，中三字爲副詞性的謂語形式，末字爲主要動詞。

63. 1.　N-vfn-V　　　　客從遠方來。

63. 2.　d-vfn-V　　　　將從秋草萎。

（64）前二字爲主語或副詞語，中二字爲副詞性的謂語形式，末字爲主要動詞。

64. 1.　fN-vn-V　　　　清商隨風發。

　　　　　　　　　　　　迴風動地起。

64. 2.　fx-vn-V　　　　奄忽隨物化。

64. 3. a.　(sd)d-vn-V　　　何不秉燭遊？

64. 3. b.　d(vd)-vn-V　　　焉能凌風飛？

（65）前二字中二字皆爲副詞性的謂語形式，末字爲主要動詞。

65. 1.　vn-vn-V　　　　攜手同車歸。

（66）前二字爲「所」字帶動詞合成主語，中一字爲動詞，末二字爲方位語或目的語。

66. 1. a.　(dV＝N)-V-fn　　所思在遠道。

66. 1. b.　(dV＝N)-V-fN　　所遇無故物。

（67）第一字爲副詞，第二字爲介詞，第三字爲主要動詞，末二字爲「所」字帶動詞合成目的語。

67. 1.　d-p-V-(dV＝N)　將以遺所思。

（68）第一字爲主要動詞，第二字爲介詞，餘三字爲名詞性的謂語形式。

68. 1.　V-p-(ddv＝N)　著以長相思。

68. 2.　V-p-(vdv＝N)　緣以結不解。

34. 6　（丙）不完全句。

（69）前二字爲名詞語，後三字爲謂語形式，或動詞語。

69. 1.　fN—V-fN　　　　令德唱高言。

69. 2.　tN—dVX　　　　中曲正徘徊。

（70）前二字爲疊字，後三字爲名詞語。

70.1.	FR-nnN	皎皎河漢女。
70.2.	FR-ntN	青青河畔草,鬱鬱園中柳。
		盈盈樓上女。
		青青陵上柏,磊磊澗中石。
70.3.	FR-(fd)vN	冉冉孤生竹。
70.4.	FR-cnN	娥娥紅粉妝。
70.5.	FR-vnN	迢迢牽牛星。
70.6.	FR-qn-t	盈盈一水間。

(71) 前二字後三字各爲名詞語,後者爲前者的描寫語。

| 71.1. | fN-qnN | 阿閣三重階。 |
| 71.2. | qN-qqN | 雙闕百餘尺。 |

(72) 前二字爲副詞語,後三字爲名詞語,無謂詞。

| 72.1. | dd-bxN | 無乃杞梁妻。 |

(73) 前二字後三字各爲名詞語,前者爲後者的修飾語。

| 73.1. | fn-fNN | 今日良宴會。 |

(74) 前二字爲雙形容詞,後三字爲名詞語。

| 74.1. | ff-qNX | 文綵雙鴛鴦。 |

(75) 前二字後三字爲同位,五字爲下句的主語。

| 75.1. | fn-BXX... | 仙人王子喬。 |

(76) 第一字爲副詞,餘四字爲下句的主語。

| 76.1. | d-s-fnN... | 昔我同門友。 |

(77) 第一字爲動詞,餘四字爲下句的主語。

| 77.1. | V—s-nxN... | 傷彼蕙蘭花。 |

34.7 上面是五言古體詩的句式,共有七十七個大類,一百六十個小類,二百十三個大目,二百十五個細目。其中有一百零七個句式爲古近體所同有的(約佔半數),三十八個句式爲近體詩所罕見的,七十個句式爲古體詩所獨有的。這祇是極粗略的統計,因爲:(一) 僅就古詩十九首來分析,未能盡見五言句式的變化;(二) 所謂古體詩所獨有的句式,也祇是大致的説法,不是嚴格的説法。

34.8 我們没有分析七言古風的句式,因爲七言是五言的延長,

由五言可以推知七言。爲了節省篇幅，也就從略了。

第三十五節　古體詩的語法

35.1　古體詩的語法，幾乎完全是古代散文的語法。我們說「幾乎」，因爲有若干虛字的用法似乎是古詩所特有的。例如「音響一何悲」，和「軒車來何遲」。古代散文在這種地方衹用「何其」，如「何其悲也」，「何其遲也」之類。但是這種不同的地方畢竟少見。於是我們可以說，凡寫古風，必須依照古代散文的語法；若運用散文中所無，而近體詩所有的形式，就可以認爲語法上的律化。

35.2　大致說起來，古體詩和近體詩的不同之點如下：

（甲）古體詩中常見，而近體詩中罕見者。

1. 連介詞「與」「而」「以」「且」「之」「於」等。

2. 代詞「其」「之」「彼」「所」「者」「然」「爾」等。

3. 副詞語「一何」「何其」「勿復」「忽復」「忽已」「日已」「雖云」「忽如」「無乃」等。

4. 語氣詞「也」「矣」「乎」「耳」等。

5. 詩經中的虛字「言」「云」「載」「聿」「匪」「惟」等。

6. 古被動式（用「爲」字者）。

（乙）近體詩中常見，而古體詩中罕見或不宜有者。

1. 前二字爲名詞語（所謂「前二字」等等，係指五言），中二字爲方位語或時間語，末字爲動詞或形容詞。如「老樹空庭得，清渠一邑傳」；「叢篁低地碧，高柳半天青」；「野鶴清晨出，山精白日藏」。

2. 前二字爲目的語倒置。如「柳色春山映，梨花夕鳥藏」。

3. 疊字或連緜字用如副詞，緊接在形容詞或不及物動詞的前面或後面以修飾它們者。如「野日荒荒白，春流泯泯清」；「城烏啼眇眇，野鷺宿娟娟」；「汀烟輕冉冉，竹日靜輝輝」；「種竹交加翠，栽桃爛縵紅」。

4. 前四字爲包括目的語的句子形式或謂語形式，末字爲謂語者。如「紅入桃花嫩，青歸柳葉新」；「稍通緱幕霽，遠帶

玉繩稀」;「蜀星陰見少,江雨夜聞多」。

5. 前二字爲句子形式,或謂語形式,中二字爲謂語形式,末字爲形容詞者。如「鵬集占書久,鶯回刻篆新」;「有猿揮淚盡,無犬附書頻」。

6. 第一字爲動詞或形容詞,餘四字爲簡單的或複雜的謂語形式者。如「静應連虎穴,喧已去人羣」;「青惜峰巒過,黄知橘柚來」;「爽合風襟静,高當淚臉懸」。

7. 第一字爲目的語倒置,中三字爲謂語形式當副詞用,末字爲主要動詞者。如「門看五柳識,身算六身知」。

8. 句子形式包孕着副詞性的句子形式者。如:「片雲天共遠,永夜月同孤」。

9. 動詞帶補語「得」「來」「着」「去」等字者。如「已應春得細,頗覺寄來遲」。

10. 使成式。如嚴鄖望夫石:「羅綺點成苔蘚斑」。
(古詩十九首中有一句「蕭蕭愁殺人」亦似是使成式,但此種句子極爲罕見。)

11. 處置式。如秦韜玉貧女詩:「休將十指誇纖巧,不把雙眉鬬畫長。」

12. 新被動式(用「被」字者)。如王建宮詞:「十三初學擘箜篌,弟子名中被點留」;方干惜花:「可憐妍艷正當時,剛被狂風一夜吹」。

13. 新行爲稱數法(數目字後加「次」「回」「遍」等字)。如孟郊濟源寒食:「一日踏春一百回」。

14. 其餘一切不合散文語法的形式。如「客病留因藥,春深買爲花」;「飯抄雲子白,瓜嚼水精寒」;「竹喧歸浣女,蓮動下漁舟」;「尋覓詩章在,思量歲月驚」;「緑垂風折筍,紅綻雨肥梅」;「泉聲咽危石,日色冷青松」;「買薪猶白帝,鳴櫓已沙頭」,等等。

15. 整句爲名詞語,或形似名詞語者。如「聞詩驚渚客,獻賦鳳樓人」;「辯士安邊策,元戎決勝威」;「八年身世夢,一種水風聲。」

（前二字爲叠字或連緜字者，不在此例。）

16. 沒有「如」「似」等字的譬喻法。如：「山名天竺堆青黛，湖號錢塘瀉綠油」。

17. 一切新興的虛字。如白居易燕子樓：「聞道白楊堪作柱，爭教紅粉不成灰？」

35.3　在古風中，有些句子簡直就和散文的結構一般無二。尤其是在那些有連介詞或「其」「之」「所」「者」等字的地方。例如：

秦人相謂曰：「吾屬可去矣」。（李白古風。）

人有甚於斯，足以戒元惡。（杜甫遣興。）

人生何所貴？所貴有終始。（盧仝感古。）

菰蒲無租魚無稅，近水之人感君惠。（白居易昆明春。）

越人偶見而奇之，因名「吐綬」江南知。（劉禹錫吐綬鳥詞。）

35.4　完全，或差不多完全依照散文的結構來做詩，叫做「以文筆爲詩」。這種詩和近體詩距離最遠。例如：

空城雀　　　　　　　　　李　白

啁啁空城雀，身計何戚促！本與鷦鷯羣，不隨鳳凰族。

提攜四黃口，飲乳未嘗足。食君糠粃餘，常恐烏鳶逐。

恥涉太行險，羞營覆車粟。天命有定端，守分絕所欲。

前出塞　　　　　　　　　杜　甫

挽弓當挽强，用箭當用長。射人先射馬，擒賊先擒王。

殺人亦有限，列國自有疆。苟能制侵陵，何必多殺傷？

馴犀　　　　　　　　　　元　稹

建中之初放馴象，遠歸林邑近交廣。歡返深山鳥搆巢，

鷹鵰鶵鶻無羈靮。貞元之歲貢馴犀，上林置圈官司養。

玉盆金棧非不珍，虎啖狴牢魚食綱。渡江之橘踰汶貉，

反時易性安能長？臘月北風霜雪深，踣跼鱗身遂長往。

行地無疆費傳驛，通天異物羁幽枉。乃知養獸如養人，

不必人人自敦獎。不擾則得之於理，不奪有以多於賞。

脫衣推食衣食之，不若男耕女令紡。堯民不自知有堯，
但見安閒聊擊壤。前觀馴象後馴犀，理國其如指諸掌。

    韓碑　　　　　　　李商隱

元和天子神武姿，彼何人哉軒與羲！誓將上雪列聖恥，
坐法宮中朝四夷。淮西有賊五十載，封狼生貙貙生羆。
不據山河據平地，長戈利矛日可麾。帝得聖相相曰度，
賊斫不死神扶持。腰懸相印作都統，陰風慘澹天王旗。
愬武古通作牙爪，儀曹外郎載筆隨。行軍司馬智且勇，
十四萬眾猶虎貔。入蔡縛賊獻太廟，功無與讓恩不訾。
帝曰汝度功第一，汝從事愈宜爲詞。愈拜稽首蹈且舞，
金石刻畫臣能爲。古者世稱大手筆，此事不繫於職司。
當仁自古有不讓，言訖屢頷天子頤。公退齋戒坐小閣，
濡染大筆何淋漓！點竄堯典舜典字，塗改清廟生民詩。
文成破體書在紙，清晨再拜鋪丹墀。表曰臣愈昧死上，
詠神聖功書之碑。碑高三丈字如斗，負以靈鼇蟠以螭。
句奇語重喻者少，讒之天子言其私。長繩百尺拽碑倒，
麤沙大石相磨治。公之斯文若元氣，先時已入人肝脾。
湯盤孔鼎有述作，今無其器存其辭。嗚呼聖皇及聖相，
相與烜赫流純熙。公之斯文不示後，曷與「三」「五」相攀追？
願書萬本誦萬遍，口角流沫右手胝。傳之七十有二代，以爲
封禪玉檢明堂基。

35.5　由此看來，古體詩非但在平仄和對仗上應該「入古」，連語
法上也應該「入古」。語法的入古，就是極力避免近體詩所獨有的語
法，并且儘量運用古體詩所獨有的語法。古詩有古詩的風格；如果「律
化」，風格就卑。但是，唐以後的詩人受了律詩的語法的影響，正像他
們受了律詩的平仄和對仗的影響一樣，不免或多或少地有些「律化」或
「現代化」的形式。這種情形，在盛唐頗爲罕見，晚唐以後漸漸多見。
下面所舉諸例，字旁有·號者，都是「律化」的形式：

    青苔石上淨，細草松下軟。（王維戲贈張五弟諲。）

冏潭石下深，綠篠岸傍密。（孟浩然登江中孤嶼。）

聽婦前致詞，三男鄴城戌。（杜甫石壕吏。）

仰凌棧道細，俯映江木疎。（杜甫五盤。）

寂寞天寶後，園廬但蒿藜。（杜甫無家別。）

弄塵復鬥草，盡日樂嬉嬉。（白居易觀兒戲。）

低隨回風盡，遠照檐茅赤。（溫庭筠燒歌。）

一尊花下酒，殘日水西樹。（趙嘏汾上宴別。）

山僧豈知此？一室老烟霞。（蘇軾至下馬磧。）

北風振枯葦，微雪落璀璀。（蘇軾高郵陳直躬處士畫雁。）

時時縣樓對，雲霧昏白畫。（歐陽修憶山示聖俞。）

有時肆顛狂，醉墨灑霑霶。（歐陽修水谷夜行。）

六合靜皎皎，萬木涼珊珊。（孔平仲月夜。）

雨歇澹春曉，雲氣山腰流。（陳與義出山道中。）

倚杖看白雲，亭亭水中度。（陳與義夜步隄上。）

煙銷日出不見人，欸乃一聲山水綠。（柳宗元漁翁。）

鳥啼人去廟門闔，還有山月來娟娟。（歐陽修晉祠。）

漢家賢將戌臨洮，結髮從軍今二毛。（司馬光華星篇。）

中原壯望在何許？但見落日低黃埃。（蘇軾武昌西山。）

谷中暗水響瀧瀧，嶺上疎星明煜煜。（蘇軾二十七日自平陽。）

鳥飛不盡暮天碧，漁歌忽斷蘆花風。（郭祥正金山行。）

斜陽萬里孤鳥没，但見碧海磨青銅。（蘇軾海市。）

敵人開戶玩處女，掩耳不及驚雷霆。（黃庭堅送范德孺。）

35.6　以上所舉各例，大致都是「律化」的例子；此外還有「現代化」的形式，和「律化」稍有不同。律化是古今散文所無（或罕見）而律詩裏所容許的形式，現代化是古代散文所無，而現代散文或口語所容許的形式。（所謂現代，當然只指作者的時代而言。）律化比較地容易覺察到，所以有些十分律化的形式，如「老樹空庭得」，「柳色春山映」，「野日荒荒白」，「種竹交加翠」，「紅入桃花嫩」，「蜀星陰見少」，「有猿揮淚盡」，「青惜峰巒過」，「門看五柳識」，「片帆天共遠」，「竹喧歸浣女」，「綠垂風折筍」，「尋覓詩章在」之類，幾乎完全絕迹於古風中；現代化則

關係古今語法的變遷,非常難於覺察,所以就是那些極力避免律化的古風作家,如孟郊之流,有時也不免現代化。如果是歌謠體(如盧仝的許多古風),本來就像白話詩,現代化自然無礙。如果是正式的古風,既然仿古,就該以避免現代化爲原則。由此看來,詩人在古風中偶然用現代化的形式,往往祇是一時不察,并非有意這樣做。現在試就古風中現代化的形式分類舉例如下:

(1) 動詞帶補語。

　　起來望南山,山火燒山田。(温庭筠燒歌。)

(2) 使成式。

　　聊將憂世心,數遍橋西樹。(陳與義夜步隄上。)

　　閒教鸚鵡啄窗響,和嬌扶起濃睡人。(崔珏美人嘗茶行。)

　　朱脣啜破綠雲時,咽入香喉爽紅玉。(崔珏美人嘗茶行。)

(3) 處置式。

　　欲知求友心,先把黃金鍊。(孟郊求友。)

(4) 新被動式。

　　夫子嵇阮流,更被時俗惡。(杜甫有懷臺州。)

(5) 新行爲稱數法。

　　月下讀數徧,風前吟一聲。(白居易祇役駱口驛。)

(6) 新興的虛字。

　　但見新人笑,那聞舊人哭?(杜甫佳人。)

　　晨鷄纔發聲,夕雀俄歛翼。(白居易寄元九。)

　　心曲千萬端,悲來却難説。(孟郊古怨別。)

35.7　大致説來,五言古風多用仿古的句子,七言古風比較地多用律化的句子。固然,七古也有仿古的,如杜韓一派,和上面所舉元稹的馴犀,李商隱的韓碑等。但是,到中晚唐以後,七古就漸漸趨於律化了。除了語法上的律化之外,還有修辭上的律化。從語法和修辭兩方面看,律化的情形更爲顯明。現在試舉仿古和律化五七古各數篇爲例。(古詩特有的形式以·爲號,律化的形式以△爲號。)

古風(録一)　　　　　　　李　白

燕臣昔慟哭，五月飛秋霜。庶女號蒼天，震風擊齊堂。
精誠有所感，造化爲悲傷。而我竟何辜，遠身金殿傍。
浮雲蔽紫闥，白日難回光。羣沙穢明珠，衆草凌孤芳。
古來共歎息，流淚空霑裳。

偶然作(録一)　　　　　　　王　維

楚國有狂夫，茫然無心想。散髮不冠帶，行歌南陌上。
孔丘與之言，仁義莫能獎。未嘗肯問天，何事須擊壤？
復笑采薇人，胡爲乃長往？

夏日歎　　　　　　　　　杜　甫

夏日出東北，陵天經中街。朱光徹厚地，鬱蒸何由開？
上蒼久無雷，無乃號令乖。雨降不濡物，良田起黃埃。
飛鳥苦熱死，池魚涸其泥。萬人尚流冗，舉目唯蒿萊。
至今大河北，化作狼與豺。浩蕩思幽薊，王師安在哉？
對食不能餐，我心殊未諧。眇然貞觀初，難與數子偕。

別歲　　　　　　　　　　蘇　軾

故人適千里，臨別尚遲遲。人行猶可復，歲行那可追？
問歲安所之，遠在天一涯。已逐東流水，赴海歸無時。
東鄰酒初熟，西舍彘亦肥。且爲一日歡，慰此窮年悲。
勿嗟舊歲別，行與新歲辭。去去勿回顧，還君老與衰！

晚歸曲　　　　　　　　　溫庭筠

格格水禽飛帶波，孤光斜起夕陽多。湖西山淺似相笑，
菱刺惹衣攢黛蛾。青絲繫船向江木，蘭芽出土吳江曲。
水極晴搖泛艷紅，草平春染烟縣綠。玉鞭騎馬白玉兒，
刻金作鳳光參差。丁丁暖漏滴花影，催入景陽人不知。
彎隄弱柳遥相矚，雀扇圓圓掩香玉。蓮塘艇子歸不歸？
柳暗桑穠聞布穀。

寓居定惠院之東雜花滿山有海棠一株　蘇　軾

江城地瘴蕃草木，只有名花苦幽獨。嫣然一笑竹籬間，
桃李漫山總麤俗。也知造物有深意，故遣佳人在空谷。

自然富貴出天姿，不待金盤薦華屋。朱脣得酒暈生臉，
翠袖卷紗紅映肉。林深霧暗曉光遲，日暖風輕春睡足。
雨中有淚亦悽愴，月下無人更清淑。先生食飽無一事，
散步逍遙自捫腹。不問人家與僧舍，拄杖敲門看修竹。
忽逢絕艷照衰朽，嘆息無言揩病目。陋邦何處得此花？
無乃好事移西蜀？寸根千里不易到，銜子飛來定鴻鵠！
天涯流落俱可念，為飲一樽歌此曲。明朝酒醒還獨來，
雪落紛紛那忍觸！

35.8 咱們須知，語法上的律化也像平仄入律一樣，在梁齊已經開其端。由此看來，古風在語法上，也可分爲仿古與新式：五言大多數仿古；七言則有些人喜歡仿古，有些人喜歡律化。總之，平仄上和對仗上的仿古容易，語法上的仿古難。

35.9 這裏我們附帶談一談避字的問題。先説避重韵。我們在第二十二節裏説過，排律不避重韵，但須是字同而意義不同；這種情形，在古詩就有了的。例如古詩十九首：

東城高且長，逶迤自相屬。迴風動地起，秋草萋已綠。
四時更變化，歲暮一何速！晨風懷苦心，蟋蟀傷局促。
蕩滌放情志，何爲自結束？燕趙多佳人，美者顏如玉。
被服羅裳衣，當户理清曲。音響一何悲！絃急知柱促。
馳情整中帶，沈吟聊躑躅。思爲雙飛燕，銜泥巢君屋。
（「局促」之「促」與「急促」之「促」意義不同。）

第二十六節所舉盧照鄰的長安古意也有類似的情形，但是更進一步，連字同義亦同的重韵也不避了。現在簡單地舉出長安古意的韵字如下：

斜，車，家，霞，花；側，色，翼，直，識；烟，年，仙；美，見，燕；梁，
香，黃，出，一，膝；啼，栖，堤，西，溪；裙，氳，雲；里，市，起；來，

杯,開;相,讓,相;雄,風,公;待,改,在;居,書,裾。

重韵的地方是:「別有豪華稱將相,轉日迴天不相讓。意氣由來排灌夫,專權判不容蕭相」。四句之中即有重韵,這種情形極爲罕見。

35.10　在轉韵的古風裏,再轉或數轉而回到原韵的時候,韵字可以隔韵相重。在這種情形之下,即使字同義亦同,也可以不避。因爲既隔一韵,就等於不重韵了。例如元稹連昌宮詞所用的韵字如下:(全文已見於第三十一節。)

竹,束,簌;泣,入,立;翠,地,事;六,綠,屋,宿,束,逐,續,曲;宮,中,風,破,過,墮;年,前,然;帝,閉,廢;竹,逐,木,綠,玉;花,斜,衙,樓,頭,鈎;哭,續,屋;悲,誰,別,說,切;豐,戎,公;死,子,市,李,痛;明,平,寧,耕,兵。

（第四韵的「束」和第一韵的「束」相重;第九韵的「竹」和第一韵的「竹」相重,又「逐」「綠」和第四韵的「綠」「逐」相重;第十二韵的「續」「屋」和第四韵的「屋」「續」相重。）

35.11　柏梁臺聯句不避重韵:

時,來,材,治,哉,之,詩,滋,時,臺,疑,來,之,之,箕,治,危,災,治,材,其,持,梅,鰓,飴,哉。

因此,後世的柏梁體也不避重韵。其字同義亦同者,如杜甫的飲中八仙歌:

知章騎馬似乘船,眼花落井水底眠。汝陽三斗始朝天…
宗之瀟灑美少年,舉觴白眼望青天,皎如玉樹臨風前。
蘇晉長齋繡佛前…李白斗酒詩百篇,長安市上酒家眠,
天子呼來不上船…張旭三杯酒聖傳,脫帽露頂王公前…

其字同義不同者,如韓愈的陸渾山火:

…祝融告休酌卑尊,錯陳齊玫闢華園… 豆登五山瀛四尊,
熙熙釂釂笑語言。…

（上「尊」是尊卑的「尊」,下「尊」同「樽」。）

又如<u>韓愈送區弘南歸</u>:

…野有象犀水貝碱,分散百寶人士稀。我遷于南日周圍,來
見者衆莫依稀。…朝莫盤羞側庭闈,幽房無人感伊威。…況
今天子鋪德威,蔽能者誅薦受禨。…

（上「稀」是稀少的「稀」;下「稀」是依稀的「稀」。上「威」
是伊威,蟲名;下「威」是威信的「威」。）

35.12 古風中偶然用叠句,而叠句一定須在對句,因而必須重
韻。例如<u>杜甫</u>的<u>冬狩行</u>:

…朝廷雖無<u>幽王</u>禍,得不哀痛塵再蒙! 嗚呼! 得不哀痛塵
再蒙!

但是,這種叠句是非常罕見的。

35.13 古風無所謂避重字。祇要隨意取一兩篇古風來看,重字
之處,幾乎觸目皆是,所以用不着舉例了。古風更無所謂避題字,簡直
可以不談。

35.14 古風非但不避重字,而且喜歡用連環句。所謂連環句,就
是下句的前一字或兩三字和上句的末一字或兩三字相重,形成一種連
鎖。這種情形幾乎隨處可見,現在祇舉若干例子,以見一斑:

客心豁初霽,霽色暝玄灞。（<u>劉長卿灞東晚晴</u>。）
河洲多青草,朝暮增客愁。客愁惜朝暮,枉渚暫停舟。
（<u>儲光羲夜到洛口入黃河</u>。）
平明趨郡府,不得展故人。故人念江湖,富貴如埃塵。
（<u>王昌齡送韋十二兵曹</u>。）

因送別鶴操,贈之雙鯉魚。鯉魚在金盤,別鶴哀有餘。
　　(常建送楚十少府。)

幸得君王憐巧笑,披香殿裏薦蛾眉。蛾眉雙雙人共進,
　　常恐妾身從此擯。(王諲後庭怨。)

念此使人歸更早,三月便達長安道。長安道上春可憐,
　　搖風蕩日曲江邊。(崔顥渭城少年行。)

輩子游杼山,山寒桂花白。(顏真卿謝陸處士。)

但恐不出門,出門無遠道。遠道行既難,家貧衣復單。
　　(孟雲卿今別離。)

雲山阻夢思,衾枕勞歌詠。歌詠復何爲,同心恨別離。
　　(孟浩然晚春臥病寄張八。)

襄王夢行雨,才子謫長沙。長沙饒瘴癘,胡爲苦留滯。
久別思款顏,承歡懷接袂。接袂杳無由,徒增旅泊愁。
　　(孟浩然湖中旅泊。)

人隨沙路向江村,余亦乘舟歸鹿門。鹿門月照開烟樹,
　　忽到龐公棲隱處。(孟浩然夜歸鹿門山歌。)

吳門向西流水長,水長柳暗烟茫茫。(張籍送遠曲。)

下輦更衣入洞房,洞房侍女盡焚香。(張籍楚宮行。)

自古賢聖無奈何,道行不得皆白骨。白骨土化鬼入泉,
　　生人莫負平生年。(盧仝嘆昨日。)

五賢并用調五常,五常既叙三光耀。(元稹五弦彈。)

又不聞天寶宰相楊國忠,欲求恩幸立邊功。邊功未立生人
　　怨,請問新豐折臂翁。(白居易新豐折臂翁。)

　　35.15　仔細分析起來,有些是出句與對句爲連環,如「客心豁初
霽,霽色暝玄瀟」;有些是上聯與下聯爲連環,如「河洲多青草,朝暮增
客愁。客愁…」。有些是名詞語,如「…不得展故人。故人…」;有些是
謂語形式,如「但恐不出門,出門無遠道」;有些是并行動詞,如「…衾枕
勞歌詠。歌詠…」。最特別的如「吳門向西流水長,水長柳暗烟茫茫」,
「流水長」是三個字的句子形式,對句減去一個字,只說「水長」。
　　35.16　連環句最足以表示纏緜縹繂,反復不盡的情意,所以詩人

們喜歡用它,一直傳入到律詩裏(參看上文第二十二節)。有時候,一首詩有許多地方都用連環句,竟是別開生面,自成一體。例如:

飛燕篇　　　　　　　王　翰

孝成皇帝本嬌奢,行幸平陽公主家。可憐女兒三五許,
茸茸惜是一園花。歌舞向來人不貴,一旦逢君感君意。
君心見賞不見忘,姊妹雙飛入紫房。紫房綵女不得見,
專榮固寵昭陽殿。紅妝寶鏡珊瑚臺,青瑣銀簧雲母扇。
日夕風傳歌舞聲,祇擾長信憂人情。長信憂人氣欲絕,
君王歌吹終不歇。朝弄瓊簫下綵雲,夜踏金梯下明月。
明月薄蝕陽精昏,嬌妒傾城惑至尊。已見白虹橫紫極,
復聞飛燕啄皇孫。皇孫不死燕啄折,女弟一朝如火絕。
明明天子咸戒之,赫赫宗周褒姒滅。古來賢聖嘆狐裘,
一國荒淫萬國羞。安得上方斷馬劍,斬取朱門公子頭?

「君意」與「君心」,「長信憂人情」與「長信憂人氣…」,是變相的連環句。這樣似連非連,另是一格。試再看下面的一個例子:

哀江頭　　　　　　　杜　甫

少陵野老吞聲哭,春日潛行曲江曲。江頭宮殿鎖千門,
細柳新蒲爲誰綠?憶昔霓旌下南苑,苑中萬物生顏色。
昭陽殿裏第一人,同輦隨君侍君側。輦前才人帶弓箭,
白馬嚼齧黃金勒。翻身向天仰射雲,一箭正墜雙飛翼。
明眸皓齒今何在?血汙遊魂歸不得。清渭東流劍閣深,
去住彼此無消息。人生有情淚霑臆,江水江花豈終極。
黃昏胡騎塵滿城,欲往城南忘南北。

「江」「輦」「城」等字的連環,雖不像「苑」字那樣緊接,而意思總是貫串的。杜甫的詩中,這種作法頗不少。如石壕吏:「室中更無人,惟有乳下孫;有孫母未去,出入無完裙」之類,都是這一個類型。

第三章　詞

第三十六節　詞 的 概 説

36.1　古人稱詞爲詩餘，因此又有人稱曲爲詞餘，其實詞曲都是廣義的詩的一種。如果先叙述了詞曲再叙述白話詩，咱們就覺得白話詩來得并不突兀。

36.2　詞的來源，可以從兩方面來說。若從「被諸管絃」一方面說，詞是淵源於樂府的；若從格律一方面說，詞是淵源於近體詩的。最初的時候，所謂詞(亦稱爲曲)，除了配樂之外，它的體製是和詩完全相同的。反過來說，一首絶句或一首律詩，如果配上了音樂，即刻可以變爲詞。例如下面所引李白的清平調，在文字的格律上完全是一首近體七絶，然而被認爲詞(見萬樹詞律)：

> 雲想衣裳花想容，
> 春風拂檻露華濃。
> 若非羣玉山頭見，會向瑶臺月下逢。

又如劉禹錫的紇那曲，儼然是一首近體五絶；然而也被認爲詞(見尊前集)：

> 踏曲興無窮，
> 調同辭不同。
> 願郎千萬壽，長作主人翁。

36.3　由此看來,單從這種地方上說,詩和詞是沒有明顯的界限的。本來,一種體裁的轉變,祇能是一種漸變,不能是一種突變,因此,詩和詞自然不能劃若鴻溝。不過,初型的詞雖然除了配樂一點之外就和近體詩沒有分別,及其全盛的時代,却是和近體詩大不相同了的。標準的詞,必須具備了下列三個特點:

（一）全篇固定的字數;

（二）長短句;

（三）律化的平仄。

近體律絕具備了詞的(一)(三)兩點,却缺乏第二點;雜言古風具備了詞的第二點,却缺乏(一)(三)兩點;古樂府有些是具備了詞的(一)(二)兩點的,却缺乏第三點。依照這個標準,詞非但和「詩」有了分別,而且和古樂府也有了分別。它的定義該是:

一種律化的、長短句的、固定字數的詩。

36.4　詞的定義既明,現在我們可以談它的產生時代了。徐矩事物原始云:「詞始於李太白;菩薩蠻等作乃後世倚聲填詞之祖。」今按:相傳李白有桂殿秋,清平調,菩薩蠻,憶秦娥,清平樂,連理枝諸詞。其中菩薩蠻和憶秦娥兩詞,被認爲「百代詞曲之祖」(見鄭樵通志)。

菩薩蠻
游人盡道江南好,
游人只合江南老。
未老莫還鄉,
還鄉空斷腸。

繡屏金屈曲,
醉入花叢宿。
春水碧於天,
畫船聽雨眠。
其　二
平林漠漠烟如織,

寒山一帶傷心碧。
　　暝色入高樓，
　　有人樓上愁。

玉階空佇立，
宿鳥歸飛急。
　　何處是歸程？
　　長亭連短亭。
　　（「歸」一作「回」，「連」一作「接」。）
　　其　　三
舉頭忽見衡陽雁，
千聲萬字情何限！
　　叵耐薄情夫，
　　一行書也無。

泣歸香閣恨，
和淚淹紅粉。
　　待雁却回時，
　　也無書寄伊。
　　憶秦娥
簫聲咽，
秦娥夢斷秦樓月。
秦樓月。
年年柳色，灞陵傷別。

樂遊原上清秋節，
咸陽古道音塵絕。
音塵絕。
西風殘照，漢家陵闕。

36.5　菩薩蠻和憶秦娥自然是標準的詞，但許多人疑心不是李白

所作（例如詞苑叢談）。桂殿秋，清平樂和連理枝也都非常可疑。餘下祇有清平調。如上文所論，清平調并没有詞的特點，祇可認爲配樂的近體詩（「新樂府」）而已。

36.6　在李白之前及與李白同時者，有李景伯、沈佺期、裴談的迴波樂，崔液的踏歌詞，張説的舞馬詞，玄宗的好時光，楊貴妃的阿那曲，賀知章的柳枝等。然而迴波樂和舞馬詞都是六言詩，踏歌詞是五言三韵小律的變相，阿那曲是七言仄韵絶句，柳枝是近體七絶，都不是標準的詞。現在各舉一例如下：

迴波樂　　　　　　　　　　沈佺期

迴波爾時佺期，
流向嶺外生歸。
身名已蒙齒録，袍笏未復牙緋。

舞馬詞　　　　　　　　　　張　説

萬玉朝宗鳳宸，
千金率領龍媒。
眄鼓凝驕躞蹀，聽歌弄影徘徊。

踏歌詞　　　　　　　　　　崔　液

綵女迎金屋，仙姬出畫堂。
鴛鴦裁錦袖，翡翠貼花黃。
歌響舞分行，
艷色動流光。

（第五句入韵，與五言三韵小律稍異。）

阿那曲　　　　　　　　　　楊貴妃

羅袖動香香不已。
紅蕖裊裊秋煙裏。
輕雲嶺上乍搖風，嫩柳池塘初拂水。

（此詞疑是譌託。）

柳　枝　　　　　　　　　　賀知章

碧玉妝成一樹高，
萬條垂下綠絲絛。

> 不知細葉誰裁出,二月春風似剪刀。

餘下來的祇有唐明皇的好時光。假使這詞真是唐明皇做的,那就算他是詞的創始者了:

好時光　　　　　　　　　　　　唐玄宗

寶髻偏宜宮樣;蓮臉嫩,體紅香。
眉黛不須張敞畫,天教入鬢長。

莫倚傾國貌;嫁取箇,有情郎。
彼此當年少,莫負好時光。

然而這詞的韵腳相隔太遠,非但不能產生於盛唐,甚至不能產生於五代(參看下文第四十節)。看它所用的語言,大約是南宋以後的偽作。大抵一種新體裁的興起,必由於社會的一種風氣,決不會突如其來,也不會曳然而止的。假使唐玄宗時代就有了好時光一樣的詞,早就該產生了元曲那樣的曲了。

　　36.7　此外,像韋應物和王建的三臺是近體六言絕句,顧況的竹枝,元結的欸乃曲(疑即阿那曲),劉禹錫白居易的楊柳枝,竹枝和浪淘沙,都是近體的七絕,劉禹錫的拋球樂是五言三韵小律,都祇算是新樂府,不是正式的詞。現在各舉一例於下:

三　臺　　　　　　　　　　　　韋應物

一年一年老去,來日後日花開。
未報長安平定,萬國豈得銜杯?

宮中三臺　　　　　　　　　　　王　建

魚藻池邊射鴨,芙蓉苑裏看花。
日色赭袍何似? 不着紅鸞扇遮。

竹　枝　　　　　　　　　　　　顧　況

帝子蒼梧不復歸,
洞庭葉下荆雲飛。

巴人夜唱竹枝後，腸斷曉猿聲漸稀。

　　欸乃曲　　　　　　　　　　　元　結

偶存名跡在人間，

順俗與時未安閑。

來謁大官兼問政，扁舟却入九疑山。

　　楊柳枝　　　　　　　　　　　劉禹錫

金谷園中鶯亂飛，

銅駝陌上好風吹。

城中桃李須臾盡，爭似垂楊無限時。

　　竹　枝　　　　　　　　　　　劉禹錫

白帝城頭春草生，

白鹽山下蜀江清。

南人上來歌一曲，北人莫上動鄉情。

　　浪淘沙　　　　　　　　　　　劉禹錫

九曲黃河萬里沙，

浪淘風簸自天涯。

如今直上銀河去，同時牽牛織女家。

　　楊柳枝　　　　　　　　　　　白居易

陶令門前四五樹，亞夫營裏百千條。

何似東都正二月，黃金枝映洛陽橋。

　　竹　枝　　　　　　　　　　　白居易

瞿塘峽口水煙低，

白帝城頭月向西。

唱到竹枝聲咽處，寒猿闇鳥一時啼。

　　浪淘沙　　　　　　　　　　　白居易

一泊沙來一泊去，一重浪滅一重生。

相攪相淘無歇日，會教山海一時平。

　　拋球樂　　　　　　　　　　　劉禹錫

五色繡團圓，

登君玳瑁筵。

最宜紅燭下，偏稱落花前。

上客如先起，應須贈一船。

36.8　有一點值得注意：形式相同的調子，詞牌不一定相同。譬如同是七絕，而分別稱爲清平調，欸乃曲，楊柳枝，竹枝，浪淘沙等。有許多詞牌本是詩題。譬如上文所述，踏歌詞詠的是舞，舞馬詞詠的是舞馬，欸乃曲詠的是泛舟，楊柳枝詠的是柳，浪淘沙詠的是浪淘沙，拋球樂詠的是繡球（謫仙怨，漁父，憶江南，瀟湘神，等等，莫不如此，見下文）。直到後代，纔漸漸地離開「本意」了。

有些詞本是十足的一首律詩，例如劉長卿的謫仙怨：

> 晴川落日初低。惆悵孤舟解攜。鳥向平蕪遠近，人隨流水東西。白雲千里萬里，明月前溪後溪。獨恨長沙謫去，江潭春草萋萋。

這祇是一首六言律詩，非但黏對合律，頷聯和頸聯的對仗也是合律的。不過，因爲中間空一格，寫成雙叠，就儼然是一首詞了。竇弘餘和康駢的廣謫仙怨也是同樣的情形。又如皇甫松的怨回紇：

> 白首南朝女，愁聽異域歌。收兵頡利國，飲馬胡盧河。毳布腥膻久，穹廬歲月多。雕窠城上宿，吹笛淚滂沱。

這簡直是一首五律。

36.9　像紇那曲，清平調，怨回紇，謫仙怨一類似詩非詩的詞，讀起來是詩，唱起來是詞。這是詩和詞的轉捩點。由此增減一兩個字，就是真正詞的開始。例如：

（一）由句句入韵的七言詩變來：

漁　父　　　　　　　　　張志和

西塞山邊白鷺飛。
桃花流水鱖魚肥。
青箬笠，綠簑衣。

斜風細雨不須歸。

（二）由普通七絕變來：

　　　　調 笑　　　　　　　　劉禹錫

湘水流，湘水流。
九疑雲物至今秋。
若問二妃何處所，零陵芳草露中愁。

但是，也有不是由近體絕句變來，而是由古樂府變來的，例如：

　　　　調 笑　　　　　　　　韋應物

胡馬，胡馬，
遠放燕支山下。
跑沙跑雪獨嘶，
東望西望路迷。
迷路，迷路。
邊草無窮日暮。

36.10　由此看來，長短句的詞確已胚胎於盛唐（如張志和張九齡的漁父，韋應物的調笑），至中唐而漸盛，王建有宮中調笑，韓翃有章臺柳，戴叔倫有轉應曲（即調笑），劉禹錫有憶江南，瀟湘神，白居易有花非花，憶江南，宴桃源，長相思，等等。大約自中唐以後，詩人纔意識到近體詩之外，還有另一種詩體。不過，當時還沒有叫做詞，大約它祇被認爲「曲」或「樂」之類罷了。

36.11　溫庭筠是第一個詞的大量製造者。相傳他有握蘭、金荃等集，趙崇祚花間集收他的詞就有六十六首。詞該是經他提倡而更盛的。他所用過的詞式，依現在所可知者，共有十九種如下：

　　1.南歌子。　 2.荷葉杯。　 3.夢江南（即憶江南）。
　　4.楊柳枝。　 5.蕃女怨。　 6.遐方怨。　 7.訴衷情。
　　8.定西番。　 9.思帝鄉。　 10.玉胡蝶。　 11.酒泉子。

12. 女冠子。　13. 歸國遥。　14. 菩薩蠻。　15. 清平樂。
16. 更漏子。　17. 河瀆神。　18. 河傳。　　19. 木蘭花。

到了溫庭筠的時代,詞和詩纔明顯地分了家了。

36.12　但是,詞和詩分了家之後,還不免有多少轇轕。某一些詩的形式或類似詩的形式雖然被用爲詞式。即以溫庭筠的木蘭花爲例,儼然是一首仄韵七律:

> 家臨長信往來道,乳燕雙雙拂烟草。油壁車輕金犢肥,流蘇
> 帳曉春難早。籠中嬌鳥暖猶睡,簾外落花閒不掃。夭桃一樹
> 近前池,似惜紅顏鏡中老。

非但黏對和對仗合律,而且出句末字平仄間用,也是合於仄韵律詩的老規矩的(參看上文第四節)。又如韓偓的生查子:

> 侍女動妝匳,故故驚人睡。那知本未眠,背面偷垂淚。
> 嬾卸鳳凰釵,羞入鴛鴦被。時復見殘燈,和烟墜金穗。

這是古風式的律詩。至於像侯寘的瑞鷓鴣:

> 遥天拍水共空明。
> 玉鏡開匳特地晴。
> 極目秋容無限好,舉頭醉眼暫須醒。
>
> 白眉公子催行急,碧落仙人著句清。
> 後夜蕭蕭葭葦岸,一樽獨酌見離情。

這簡直是一首純粹的七律。由此可見詞和詩的關係始終是密切的。

36.13　上文所說的由詩增減一二字而變爲詞,至南唐以後而此風未息。例如:

(一)由七絶一首減去一字:

　　　搗練子　　　　　　　　　　　南唐後主

深院靜，小庭空，

斷續寒砧斷續風。

無奈夜長人不寐，數聲和月到簾櫳。

（二）由七絕兩首減去一字：

　　　鷓鴣天　　　　　　　　　　　秦　觀

枕上流鶯和淚聞，

新啼痕間舊啼痕。

一春魚鳥無消息，千里關山勞夢魂。

無一語，對芳樽。

安排腸斷到黃昏。

甫能炙得燈兒了，雨打梨花深閉門。

這祇就其十分顯著者來說；至於增減三五字或增減一兩句的，例子太多，不能一一列舉了。

第三十七節　詞的字數

37.1　詞可分爲兩個時代：唐五代爲第一期；宋以後爲第二期。除了意境不在本書範圍之内，二者之間的區別是：（一）前者都是短調，後者却兼有長調；（二）前者韵與韵間的距離小，後者則兼有長的距離。關於韵的問題，我們留在下節裏討論，現在先談長短的問題。

37.2　萬樹在他的詞律發凡裏説：

自草堂有小令中調長調之目，後人因之，但亦約略云爾。詞綜所云「以臆見分之，後遂相沿，殊屬牽率」者也。錢唐毛氏云：「五十八字以内爲小令，五十九字至九十字爲中調，九十一字以外爲長調，古人定例也。」愚謂此亦就草堂所分而拘執之，所謂「定例」，有何所據？若以少一字爲短，多一字爲長，

必無是理。如七娘子有五十八字者,有六十字者,將名之曰
小令乎? 抑中調乎? 如雪獅兒有八十九字者,有九十二字
者,將名之曰中調乎? 抑長調乎? 故本譜但敍字數,不分小
令中長之名。

少一字爲短,多一字爲長,固然是太拘泥了,但是,五十八字以内爲小
令,却是頗有道理,并非「以臆見分之」。上節説過,最初的詞大約是由
近體律絶增減而成。七言律詩一首或絶句兩首共五十六字,依詞例分
爲兩叠,若每叠增一個字,恰是五十八字。例如:

踏莎行　　　　　　　　　　　　寇　準

春色將闌,鶯聲漸老,

紅英落盡青梅小。

畫堂人静雨濛濛,屏香半掩餘香裊。

密約沈沈,離情杳杳,

菱花塵滿慵將照。

倚樓無語欲銷魂,長空黯淡連芳草。

這是仄韵七絶兩首合成的;衹把每首的首句添一字,破爲兩句,就成爲
一首詞了。

37.3 若每叠增兩個字,却是六十字。例如:

鵲踏枝　　　　　　　　　　　　馮延巳

誰道閒情抛擲久?

每到春來,惆悵還依舊。

舊日花前常病酒,

敢辭鏡裏朱顏瘦!

河畔青蕪堤上柳。

爲問新愁,何事年年有?

獨立小樓風滿袖,

平林新月人歸後。

這也是兩首仄韵七絕合成的，祇把每首的第二句添兩字，破爲兩句，又在第三句也押韵（前期詞以韵密爲常）罷了。

37.4　此外，還有在首叠增兩字，次叠增四字的，例如：

定風波　　　　　　　歐陽炯

煖日閒窗映碧紗，

小池春水浸晴霞。

數樹海棠紅欲盡，

爭忍？

玉閨深掩過年華！

獨憑繡牀方寸亂，

腸斷！

淚珠穿破臉邊花。

鄰舍女郎相借問，

音信，

教人羞道未還家！

這是兩首平韵七絕合成，因爲參照七律的規矩，所以第五句不入韵。「爭忍」「腸斷」「音信」六個字是添進去的，刪了它們，意思仍舊連貫得起來。添上它們，無非使韵脚錯綜變化，不致韵疏而已。

37.5　依我們的意見，凡是和律絕的字數相差不遠的詞，都可以稱爲小令。我們以爲詞祇須分爲兩類：第一類是六十二字以內的小令，唐五代詞大致以這範圍爲限（極少的例外如杜牧的八六子是可疑的）；第二類是六十三字以外的「慢詞」（見下文），包括草堂詩餘所謂中調和長調，它們大致是宋代以後的產品。

37.6　依照詞律所述，最短的詞是竹枝詞，共十四字：

芙蓉并蒂竹枝一心連女兒花侵槅子竹枝眼應穿女兒。（皇甫松）

這是一種民歌的形式，「竹枝」「女兒」乃是和聲。若連和聲算起來，應該不止十四個字。又有十六字令(又名蒼梧謠)：

　　　天！
　　　休使圓蟾照客眠。
　　　人何在？桂影自嬋娟。(蔡伸。)

這也是民歌的形式。真正的詞最短的是十八字的閒中好：

　　　閒中好，塵務不縈心。
　　　坐對當窗木，看移三面陰。(段成式。)

最長的是二百四十字的鶯啼序：

　　　殘寒正欺病酒，掩沈香繡戶。
　　　燕來晚，飛入西城，似說春事遲暮。
　　　畫船載，清明過卻，晴烟冉冉吳宮樹。
　　　念羈情，游蕩隨風，化為輕絮。

　　　十載西湖，傍柳繫馬，趁嬌塵輭霧。
　　　遡紅漸招入仙溪，錦兒偷寄幽素。
　　　倚銀屏，春寬夢窄；斷紅溼，歌紈金縷。
　　　暝隄空，輕把斜陽，總還鷗鷺。

　　　幽蘭旋老，杜若還生，水鄉尚寄旅。
　　　別後訪六橋無信，事往花萎，瘞玉埋香，幾番風雨！
　　　長波妒盼，遙山羞黛；漁燈分影春江宿，記當時，短檝
　　　　　桃根渡。
　　　青樓髣髴，臨分敗壁題詩，淚墨慘淡塵土。

　　　危亭望極，草色天涯，嘆鬢侵半苧。

暗檢點離痕歡唾，尚染鮫綃；鸞鳳迷歸，破鷺慵舞。

殷勤待寫，書中長恨；藍霞遼海沈過雁，謾相思，彈入
哀箏柱。

傷心千里江南，怨曲重招，斷魂在否？（吴文英。）

37.7　最短的詞是不分段的，例如上節所舉的漁父（即漁歌子），
瀟湘神和調笑（即調笑令），和本節所舉的閒中好；較長的詞則分為兩
段，叫做雙叠，即前後兩闋。不分段的詞叫做單調，分兩段的詞叫做雙
調。但所謂長短也并沒有絕對的標準。分兩段的詞可以短到三十四
字，例如：

　　　　歸國謠　　　　　　　　　　　歐陽修

何處笛？

深夜夢回情脉脉。

竹風簾雨寒窗隔。

離人幾歲無消息。

今頭白！

不眠特此重相憶。

不分段的詞也可以長到四十四字，例如：

　　　　伊川令　　　　　　　　　　　范仲胤妻

西風昨夜穿簾幕，

閨院添蕭索，

最是梧桐零落。

迤邐秋光過却，

人情音信難託。

教奴獨自守空房，淚珠與燈花共落。

37.8　前後兩闋如果句數相等，字數又相等，完全成為平行狀態

者,這可認爲正式的雙調。這種雙調,最短的是三十六字的長相思,
例如:

> 汴水流,泗水流,
> 流到瓜洲古渡頭。
> 吳山點點愁。
>
> 思悠悠,恨悠悠,
> 恨到歸時方始休,
> 月明人倚樓。(白居易。)

此外例如:

虞美人　　　　　　　　　南唐後主

> 春花秋月何時了?
> 往事知多少?
> 小樓昨夜又東風,
> 故國不堪回首月明中。
>
> 雕闌玉砌應猶在,
> 只是朱顏改。
> 問君能有幾多愁?
> 恰似一江春水向東流。

天仙子　　　　　　　　　沈會宗

> 景物因人成勝概,
> 滿目更無塵可礙。
> 等閒簾幙小闌干,衣未解,
> 心先快。
> 明月清風如有待。
>
> 誰信門前車馬隘,

別是人間閒世界。

座中無物不清凉，山一帶，

水一派。

流水白雲長自在。

37.9　詞以雙調爲最普通，單調次之，三叠四叠則甚爲罕見。四叠祇有鶯啼序一譜(梁州令叠韵寫成四叠可疑)，已見上文。三叠的詞有夜半樂、寶鼎現、戚氏等，現在試舉其一爲例：

　　　　夜半樂　　　　　　　　　　　　柳　永

凍雲黯淡天氣，扁舟一葉，乘興離江渚。

渡萬壑千巖，越溪深處。

怒濤漸息，樵風乍起，更聞商旅相呼，片帆高舉。

泛畫鷁，翩翩過南浦。

望中酒斾閃閃，一簇煙村，數行霜樹。

殘日下，漁人鳴榔歸去。

敗荷零落，衰楊掩映，岸邊兩兩三三，浣紗游女。

避行客，含羞笑相語。

到此因念：繡閣輕抛，浪萍難駐。

嘆後約，丁寧竟何據？

慘離懷，空恨歲晚歸期阻。

凝淚眼，杳杳神京路。

斷鴻聲遠長天暮！

大約是因爲字多了纔分爲三叠四叠，并没有其他的意義。

　　　　＊　　　　　＊　　　　　＊

37.10　詞有「令」「引」「近」「慢」等名稱，大約頗有字數的關係。現在試把這些術語分別詮釋於後。

37.11　(一)令。——「令」是詞牌的通稱。因此，許多詞牌都可

以隨便加上一個「令」字。例如：

三臺	又名三臺令。
調笑	又名調笑令。
浪淘沙	又名浪淘沙令。
上林春	又名上林春令。
喜遷鶯	又名喜遷鶯令。
雨中花	又名雨中花令。
鵲橋仙	又名鵲橋仙令。
洞仙歌	又名洞仙歌令。

又有許多詞牌是有一個帶着「令」字的別名的。例如：

南歌子	又名風蝶令。
醉太平	又名四字令。
春光好	又名愁倚闌令。
清商怨	又名關河令。
四和番	又名四犯令。
蘇幕遮	又名鬢雲鬆令。
念奴嬌	又名百字令。

37.12　（二）引。——杜文瀾於詞律卷十所載千秋歲引後加按語云：『凡題有「引」字者乃「引申」之義，字數必多於前。』這是説千秋歲引是由千秋歲增字而成的。現在試舉出千秋歲和千秋歲引比較着看：

千秋歲　　　　　　　　　葉夢得

雨聲蕭瑟，初到梧桐響。

人不寐，秋聲爽。

低檐燈暗淡，畫幕風來往。

誰共賞？

依稀記得船篷上。

拍岸浮輕浪，

水闊菰蒲長。

向別浦，收橫網。

綠蓑衝暝色，艇子搖雙槳。

君莫忘：

此情猶是當時唱。

千秋歲引　　　　　　　　　　　王安石

別館寒砧，孤城畫角。

一派秋聲入寥廓。

東歸燕從海上去，南來雁向沙頭落。

楚臺風，庾樓月，宛如昨。

無奈被些名利縛；

無奈被他情擔閣。

可惜風流總閒却。

當初謾留華表語，而今誤我秦樓約。

夢闌時，酒醒後，思量著。

依杜文瀾的意見，後譜八十二字，比前譜多十字，就是將前譜略爲增減
而成的。前闋第二句減一字，第三句係將前譜兩句合成一句，添一字，
後闋第一二句各添二字，第三句也將前譜兩句合成一句，添一字。又
前後兩闋都將第四五句各添二字，末了，又把前譜的兩句破爲三句。
這樣，後譜可説是由前譜「引申」出來的了。祇有一點，就是後譜比前
譜少了一韻，所以萬樹説「與前詞迥別」。我們没法子證明杜文瀾的話
一定是對的，因爲我們没有其他的資料，以爲佐證。除了千秋歲引之
外，詞之稱爲「引」者有下列諸種：

翠華引	法駕導引	江城梅花引（即明月引）	
華清引	琴調相思引	太常引	青門引
東坡引	梅花引	婆羅門引	陽關引
望雲涯引	夢玉人引	迷仙引	黄鶴引
蕙蘭芳引	清波引	華胥引	遥天奉翠華引
雲仙引	迷神引	石州引	

這些都没有和它們相配的詞以資比較，例如翠華引之前并没有翠華或
翠華令。這樣，我們就很難斷定「引」是從普通的詞「引申」出來的。況

且翠華引就是三臺令,更令人疑心「引」就是「令」的別名。初學記云「古琴曲有九引」,可見「引」即是「曲」。唐代詞稱爲「曲」,因此,「引」也就是詞。至於宋代以後,是否有人誤以爲「引」即原調的「引申」(包括王安石),那又是另一問題了。又曹組有婆羅門引,七十六字,柳永有婆羅門令,八十六字,雖然兩調全不相涉,亦可見「引」不一定比「令」長。

37.13 (三)近。——「近」又稱「近拍」。詞牌加「近」字,也比原詞的字多了許多。試比較訴衷情和訴衷情近:

訴衷情　　　　　　　　　　　　　歐陽修

清晨簾幕卷輕霜。

呵手試梅妝。

都緣自有離恨,故畫作,遠山長。

思往事,惜流光。

易成傷。

擬歌先斂,欲笑還顰,最斷人腸。

訴衷情近　　　　　　　　　　　　柳　永

雨晴氣爽,竚立江樓望處。(杜文瀾云「處」字即韻,甚是。)

澄明遠水生光,重疊暮山聳翠。

遙想斷橋幽徑,隱隱漁村,向晚孤烟起。

殘陽裏,

脉脉朱闌靜倚。

黯然情緒,未飲先如醉。

愁無際!

暮雲過了,秋風老盡,故人千里。

竟日空凝睇!

但是,除了訴衷情近有訴衷情和它相配之外,其他的「近」詞并沒有他

詞可配,甚至「近」字可有可無,例如:

祝英臺	即祝英臺近。
隔浦蓮	即隔浦蓮近。
撲蝴蝶	即撲蝴蝶近。
早梅芳	即早梅芳近。

由此看來,「近」也和「引」一樣,不一定要先有一詞,然後增字爲「近」。但是,凡稱爲「近」的都沒有短調,却是事實。除好事近的「近」不一定是「引」「近」的「近」之外,他如荔枝香近七十三字,又七十六字,郭郎兒近拍七十三字,隔浦蓮近拍七十三字,撲蝴蝶近七十五字,祝英臺近七十七字,紅林檎近七十九字,早梅芳近八十字,正是草堂詩餘所謂中調。

王易先生詞曲史對於「引」「近」有下列的解釋(頁一〇九):

> 凡大曲聯多徧之曲以成一大篇,謂之「排徧」。則開首有「引」焉。引而長之,亦引首之義也。有歌頭焉,有散序焉,有中序焉。序者叙也,有鋪叙之義。迨曲將半,則有催衮焉。催者,所以催舞拍也。「衮」又作「滾」,亦以滾出舞拍也。亦曰「近拍」,謂近於入破,將起拍也。故凡近詞皆句短韵密而音長,與「引」不同。

依照這一種説法,「引」并不是就原詞引申,「近」也不是就原詞擴充。它們還牽涉到句的長短,韵的疏密,等等。

37.14　但是,王易先生的説法衹是可備一説;實際上「引」和「近」是頗難下一個確當的定義的。就普通説,「引」和「近」都比「令」短些。唐代無所謂「令」「引」「近」;南唐後主有浪淘沙令和三臺令,然而宋代以前還沒有所謂「引」「近」。如上文所説,既然唐五代衹有短調,而「引」「近」之名始於宋人,那麼,即使「引」「近」別無深意,也衹有宋人新製的詞(或更變詞牌)纔可以稱爲「引」或「近」。我們衹能以知其大略爲滿足,不能深究了。

37.15　(四)慢。——吳曾能改齋漫録云:

> 詞自南唐以來,但有小令。其慢詞起自仁宗朝。中原息兵,汴京繁庶,歌臺舞榭,競賭新聲。耆卿失意無聊,流連坊曲,遂盡收俚俗語言,編入詞中,以便伎人傳唱。…其後東坡

少游山谷輩相繼有作,慢詞遂盛。(胡雲翼詞學 ABC 頁三八,王易詞曲史頁一一〇,皆引此段。)

「慢」的特徵就是字數增多。這種情形最爲顯明,不像「引」「近」那樣難於求證。試看下面原詞與慢詞字數的比較:

浪淘沙　五十四字　浪淘沙慢　一百三十三字
江城子　七十字　　江城子慢　一百零九字
上林春　四十字　　上林春慢　一百零二字
浣溪沙　四十二字　浣溪沙慢　九十三字
醜奴兒　四十四字　醜奴兒慢　九十字
卜算子　四十四字　卜算子慢　八十九字
錦堂春　四十八字　錦堂春慢　九十九或一百零一字
西江月　五十字　　西江月慢　一百零三字
雨中花　五十一字　雨中花慢　九十六字
木蘭花　五十二字　木蘭花慢　一百零一字
鼓笛令　五十五字　鼓笛慢　　一百零六字
謝池春　六十六字　謝池春慢　九十字
聲聲令　六十六字　聲聲慢　　九十六或九十七字
惜黃花　七十字　　惜黃花慢　一百零八字
粉蝶兒　七十二字　粉蝶兒慢　九十六字

37.16　我們現在有一個問題:慢詞是由同調的令詞增衍而成的呢,還是祇借令詞原名,實際上和那令詞的形式毫無關係的呢?我們傾向於相信後者。詞律於西江月慢後注云:「與西江月本調無涉」。又於江城子慢後注云:「與江城本調全異」。其他各詞恐怕都是這樣的。試把浣溪沙和浣溪沙慢比較於下:

　　浣溪沙　　　　　　　　　　張　曙

枕障熏鑪冷繡帷,
二年終日苦相思。
杏花明月爾應知。

天上人間何處去?舊歡新夢覺來時。

黃昏微雨畫簾垂。

　　　浣溪沙慢　　　　　　　　周邦彥

水竹舊院落，櫻筍新花果。

嫩英翠幄，紅杏交榴火。

心事暗卜，葉底尋雙朵。

深夜歸青鎖。

燈盡酒醒時，曉窗明，釵橫鬢嚲。

怎生那？

被間阻時多（以平叶仄）。

奈愁腸數疊，幽恨萬端，好夢還驚破。

可怪近來，傳語也無箇！

莫是嗔人阿？

真箇若嗔人，却因何逢人問我？

我們實在找不出浣溪沙慢有從浣溪沙演化出來的痕跡。依我們猜想：宋人自製新聲之後，往往借用舊詞牌以便記憶，又爲避免和舊詞牌混亂起見，於是加上一個「慢」字。「慢」就是快慢的慢，因爲詞長，多費時間，所以叫做「慢」。填詞名解云：「案詞以慢名者，慢曲也；拖音裊娜，不欲輒盡」。這話恐怕是不對的，若以每字所佔的時間而論，慢詞裏的字倒反應該很快地唱過去，因爲慢詞往往韻疏，韻疏就不能不用短拍子了。

37.17　自從新聲以「慢」爲名之後，有些本調倒反被冷落了。例如聲聲慢，它比聲聲令常見得多了。因此咱們可以想見，有些本調已經失傳，單剩慢詞流行於世。例如玉女迎春慢、揚州慢、國香慢、瑞雪濃慢、瑤花慢、石州慢、瀟湘逢故人慢、惜餘春慢、蘇武慢、紫萸香慢等。不過，還有一種可能：就是慢詞盛行之後，不一定要有本調纔可稱「慢」；那時「慢」祇等於普通所謂「曲」，因此「慢」字用不用都無所謂了。例如：

長相思慢　　　即長相思（一百零三字的一種。）

卓牌子慢	即卓牌子
倦尋芳慢	即倦尋芳
慶清朝慢	即慶清朝
西子妝慢	即西子妝
長亭怨慢	即長亭怨
西平樂慢	即西平樂
拜星月慢	即拜星月（或作拜新月。）
夜飛鵲慢	即夜飛鵲

37.18　此外，還有一些術語是關於字數的增減的，現在附帶加以敘述。

37.19　（1）攤破。——攤是攤開，破是破裂。把一句破爲兩句，叫做破；字數也略有增加，叫做攤。南唐中主(李璟)有攤破浣溪沙一詞，最爲標準。現在把他自己所做的浣溪沙拿來比較，如下：

　　　　浣溪沙　　　　　　　　　　南唐中主
風壓輕雲貼水飛。
乍晴池館燕爭泥。
沈郎多病不勝衣。

沙上未聞鴻雁信；竹間時有鷓鴣啼。
此情唯有落花知！

　　　　攤破浣溪沙　　　　　　　　南唐中主
菡萏香銷翠葉殘。
西風愁起綠波間。
還與韶光共憔悴，不堪看。

細雨夢回雞塞遠；小樓吹徹玉笙寒。
多少淚珠何限恨？倚闌干。

這裏所謂攤破，就是把本調每闋的第三句破爲兩句，又把原來的七個

字攤爲十個字。因此,本來四十二字的浣溪沙,一經攤破之後,就變了四十八字了。

37.20　此外,又有攤破醜奴兒(又名攤破采桑子)一譜,却和這個原則大不相同。現在舉出醜奴兒和攤破醜奴兒各一例,以資比較:

醜奴兒　　　　　　　　　　和　凝

蟠蟠領上訶梨子,繡帶雙垂。
椒戶閒時,
競學樗蒲賭荔枝。

叢頭鞵子紅編細,裙窣金絲。
無事顰眉,
春思翻教阿母疑。

攤破醜奴兒　　　　　　　　趙長卿

樹頭紅葉飛都盡,景物悽涼。
秀出群芳,
又見江梅淺淡妝。
　也囉! 真箇是可人香!

蘭魂蕙魄應羞死,獨佔風光。
夢斷高唐,
月送疏枝出女墻。
　也囉! 真箇是可人香!

這裏所謂攤破,却祇是就本調之外加上「和聲」而已。咱們自然應該以攤破浣溪沙爲正例。

37.21　(2)減字或偷聲。——「減字」是比本調減少字數,「偷聲」也差不多是一樣的意思。現在舉出木蘭花、減字木蘭花、偷聲木蘭花各一首,以資比較:

木蘭花　　　　　　　　　　　　　　　葉夢得

花殘却似春留戀，

幾日餘香吹酒面。

澀煙不隔柳條青，小雨池塘初有燕。

波光縱使明如練，

可奈落紅紛似霰！

解將心事訴東風，祇有啼鶯千種囀。

減字木蘭花　　　　　　　　　　　　　呂渭老

雨簾高卷，

芳樹陰陰連別館。

　涼氣侵樓，

　蕉葉荷枝各自秋。

前溪夜舞，

化作驚鴻留不住。

　愁損腰肢，

　一桁香銷舊舞衣。

偷聲木蘭花　　　　　　　　　　　　　張　先

雲籠瓊苑梅花瘦，

外院重扉聯寶獸。

　海月新生，

　上得高樓沒奈情！

簾波不動銀釭小，

今夜夜長爭得曉？

　欲夢荒唐（一作「高唐」），

祇恐覺來添斷腸(一作「恐覺來時」)！

木蘭花五十六字,減字木蘭花四十四字,偷聲木蘭花五十字,可見減字
或偷聲都是把字數減少。但減字或偷聲都共用四個韵,在這一點上它
們相同,而它們和本調大不相同。

37.22 (3) 促拍。——促拍和偷聲恰恰相反。偷聲是減字,促
拍却是添字。例如:

促拍醜奴兒　　　　　　　　黃庭堅

得意許多時。

長醉賞月影花枝。

暴風急雨年年有,金籠鎖定,鶯雛燕友,不被鷄欺。

紅旆轉逶迤,

悔無計千里追隨。

再來重綰瀘南印,而今目下,恓惶怎向,日永春遲!

萬樹云:「此調准作促拍」。杜文瀾批駁道:「促拍者,促節短拍,與減字
髣髴。此調字數多於醜奴兒,不能以促拍名之也」。我們以爲促拍該
是添字,像此調每闋第二韵和第三韵相隔十九字,正應該促節短拍,以
求諧和。

第三十八節　詞　韵 (上)

38.1 關於詞的韵部,有清仲恒的詞韵。仲氏是以明沈謙的書做
藍本的。其書分平上去聲爲十四部,入聲五部,共十九部。原書用平水
韵說明;茲爲比較地便利起見,改用廣韵說明。例如原書以「灰半」入第
三部,另一「灰半」入第五部,其實第三部的灰半就是廣韵的十五灰,第五
部的灰半就是廣韵的十六咍,不煩每字列舉,已是瞭然。茲列表如下:
　　第一部　平聲東,冬,鐘;上聲董,腫;去聲送,宋,用。
　　第二部　平聲江,陽,唐;上聲講,養,蕩;去聲絳,漾,宕。

第三部　平聲支,脂,之,微,齊,灰;上聲紙,旨,止,尾,薺,賄;
去聲寘,至,志,未,霽,祭,泰合,隊,廢。

第四部　平聲魚,虞,模;上聲語,麌,姥;去聲御,遇,暮。

第五部　平聲佳開,皆,咍;上聲蟹,駭,海;去聲泰開,卦開,
怪,夬。

第六部　平聲真,諄,臻,文,欣,魂,痕;上聲軫,準,吻,隱,混,
很;去聲震,稕,問,焮,恩,恨。

第七部　平聲元,寒,桓,刪,山,先,仙;上聲阮,旱,緩,潸,產,
銑,獮;去聲願,翰,換,諫,襉,霰,線。

第八部　平聲蕭,宵,肴,豪;上聲篠,小,巧,皓;去聲嘯,笑,
效,號。

第九部　平聲歌,戈;上聲哿,果;去聲箇,過。

第十部　平聲佳合,麻;上聲馬;去聲卦合,禡。

第十一部　平聲庚,耕,清,青,蒸,登;上聲梗,耿,靜,迥,拯,
等;去聲映,靜,勁,徑,證,嶝。

第十二部　平聲尤,侯,幽;上聲有,厚,黝;去聲宥,候,幼。

第十三部　平聲侵;上聲寑;去聲沁。

第十四部　平聲覃,談,鹽,添,嚴,咸,銜,凡;上聲感,敢,琰,
忝,儼,豏,檻,范;去聲勘,闞,豔,桥,釅,陷,鑑,梵。

第十五部　入聲屋,沃,燭。

第十六部　入聲覺,藥,鐸。

第十七部　入聲質,術,櫛,陌,麥,昔,錫,職,德,緝。

第十八部　入聲物,迄,月,沒,曷,末,黠,鎋,屑,薛,葉,帖,業。

第十九部　入聲合,盍,洽,狎。

38. 2　四庫全書總目提要對於仲恒詞韵有很嚴厲的批評:

詞體在詩與曲之間,韵不限於方隅,詞亦不分今古。將
全用俗音,則去詩未遠;將全從詩韵,則與俗多乖。既虞「針」
「真」「因」「陰」之無分,又虞元魂灰咍之不叶。所以雖有沈約
陸詞,終不能勒為一書也。沈謙既不明此理,強作解事。恒
又沿譌踵謬,轇轕彌增。即以所分者言之,平上去分十四韵,

割魂入真軫,割哈入佳蟹,此諧俗矣;而麻遮仍爲一部,則又從古。三聲既真軫一部,侵寢一部,庚梗一部,元阮一部,覃感一部矣;入聲則質陌錫職緝爲一部,是真庚青蒸侵又合爲一也,物月曷黠屑葉合爲一部,是文元寒刪先覃鹽又合爲一也。不俗不雅,不古不今,欲以範圍天下之作者,不亦難耶?

四庫提要以爲詞是不必規定韵部的:嚴格的詞韵就索性依照詩韵好了;若要從寬,就隨便「參以方音」好了。中原音韵提要裏説:

> 唐無詞韵,凡詞韵與詩皆同。唐初回波諸篇,唐末花閒一集,可覆按也。其法密於宋,漸有以入代平,以上代平諸例。而三百年作者如雲,亦無詞韵。間或參以方音,但取歌者順吻,聽者悦耳而已矣。一則去古未遠,方音猶與韵合,故無所出入;一則去古漸遠,知其不合古音,而又諸方各隨其口語,不可定以一格,故無書也。

38.3　平心而論,仲恒詞韵是一種頗爲客觀的著作,未可厚非。它是專爲宋詞而作的。唐詞完全依照詩韵,沈謙仲恒未嘗不知。但自五代以後,就漸漸和詩韵離異了。沈氏所定,大致是從宋詞歸納出來的。魂入真軫,哈入佳蟹當時確有此情形,遮未由麻分出,則因宋詞本無此現象。平上去分-m-n-ng 三類,因宋代確尚能分;入聲不分-p-t-k三類,則因宋人確已全混。宋人以實際語音施於詞韵,沈氏歸納宋詞以成詞韵,這是很合理的。不過,沈氏也祇能定出一個大概,并不能推之每詞而皆準。例如沈氏分灰哈爲兩部,詩韵灰哈既相通,則詞人自亦有沿用詩韵者。宋代雖尚能分辨-m-n-ng,亦有方音偶混者。這些都祇好認爲例外,不能苛責沈氏的。

38.4　先説,依照詩韵填詞,非但唐五代是這樣,直至宋以後還不乏其人。現在試各舉一詞爲例:

臨江仙　　　　　　　　　　五代(蜀)牛希濟

江繞黃陵春廟閑,

　　嬌鶯獨語關關。

　　滿庭重疊綠苔斑。

　　陰雲無事,四散自歸山。

　　簫鼓聲稀香爐冷,月娥斂盡驚環。

　　風流皆道勝人間。

　　須知狂客,判死爲紅顏。

　　　（全詞用刪韵,不雜寒先一字。）

春從天上來　　　　　　　　　　　南宋(金)吳激

　　海角飄零。

　　嘆漢苑秦宮,墜露飛螢。

　　夢裏天上,金屋銀屏。

　　歌吹競舉青冥。

　　問當時遺譜,有絶藝鼓瑟湘靈。

　　促哀彈,似林鶯嚦嚦,山溜泠泠。

　　梨園太平樂府,醉幾度春風,鬢髮星星。

　　舞破中原,塵飛滄海,風雪萬里龍庭。

　　寫胡笳哀怨,人憔悴不似丹青。

　　酒微醒,

　　對一窗涼月,燈火青熒。

　　　（全詞用青韵,不雜庚蒸韵一字。）

　　38.5　其次,我們將依照上文所述的十九韵部,除第九、第十二、第十三合於詩韵者外,各舉一二例。爲方便一般瞭解起見,改用平水韵目;惟必要時仍用廣韵幫助説明。

　　第一部　東,冬;董,腫;送,宋。

　　　江城子　　　　　　　　　　　　　　謝　逸

　　杏花村館酒旗風(東)。

　　水溶溶(冬),

颭殘紅(東)。

野渡舟橫,楊柳綠陰濃(冬)。

望斷江南山色遠,人不見,草連空(東)。

夕陽樓外晚烟籠(東)。

粉香融(東)。

淡眉峰(冬)。

記得年時,相見畫屏中(東)。

只有關山今夜月,千里外,素光同(東)。

第二部　江,陽;講,養;絳,漾。

　　　　玉蕈涼　　　　　　　　　　　　史達祖

秋是愁鄉(陽)!

自錦瑟斷絃,有淚如江(江)!

平生花裏活,奈舊夢難忘(陽)。

藍橋雲樹正綠,料抱月幾夜眠香(陽)。

河漢阻,但鳳音傳恨,闌影敲涼(陽)。

新妝(陽)。

蓮嬌試曉,梅瘦破春,因甚却扇臨窗(江)?

紅巾銜翠翼,早弱水茫茫(陽)。

柔指各自未剪,問此去莫負王昌(陽)。

芳信準,更敢尋紅杏西廂(陽)!

第三部　支,微,齊,灰半;紙,尾,薺,賄半;寘,未,霽,泰半;隊半。

　　　　鷓鴣天　　　　　　　　　　　　晏幾道

鬬鴨池南夜不歸(微),

酒闌紈扇有新詩(支)。

雲隨碧玉歌聲轉,雪繞紅綃舞袖回(灰)。

今感舊,欲沾衣(微)。

可憐人似水東西(齊)。

回頭滿眼凄涼事,秋月春風豈得知(支)?

第四部　　魚,虞;語,麌;御,遇。

　　　南歌子　　　　　　　　　　　　　歐陽修

鳳髻金泥帶,龍紋玉掌梳(魚)。

去來窗下笑相扶(虞)。

愛道畫眉深淺入時無(虞)。

弄筆偎人久,描花試手初(魚)。

等閒妨了繡工夫(虞)。

笑問雙鴛鴦兩字怎生書(魚)。

第五部　　佳半,灰半;蟹,賄半;卦半,泰半,隊半。

　　　浪淘沙　　　　　　　　　　　　　南唐後主

往事只堪哀(灰),

對景難排(佳)。

秋風庭院蘚侵階(佳)?

一任珠簾閒不卷,終日誰來(灰)?

金鎖已沈埋(佳);

壯氣蒿萊(灰)!

晚涼天淨月華開(灰)。

想得玉樓瑤殿影,空照秦淮(佳)!

　　　(這裏所用的灰韻字,其實在廣韻是咍韻字。灰合口;咍
　　　開口。詞韻以合口的灰歸支微,開口的咍歸佳。但灰咍
　　　在詩韻中本相通,故詞韻仍可相通,例如晏幾道浣溪沙
　　　以「開」「梅」「回」「才」「來」爲韻,「梅」「回」合口屬灰,
　　　「開」「才」「來」開口屬咍。)

第六部　真,文,元半;軫,吻,阮半;震,問,願半。

少年游　　　　　　　　　　　　梅堯臣

闌干十二獨憑春(真)。

晴碧遠連雲(文)。

千里萬里,二月三月,行色苦愁人(真)。

謝家池上江淹浦,吟魄與離魂(元)。

那堪疏雨滴黃昏(元)!

更特地憶王孫(元)。

　　　(這裏所用的元韻字就是廣韻的魂韻字。平水韻的元韻
　　　包括廣韻的元魂痕。詞韻以元歸刪先,魂痕歸真文。)

第七部　元半,寒刪先;阮半,旱潸銑;願半,翰諫霰。

薄倖　　　　　　　　　　　　　呂渭老

青樓春晚(阮);

晝寂寂,梳勻又嬾(旱)。

乍聽得鴉啼鶯弄,惹起新愁無限(潸)。

記年時,偷擲春心,花間隔霧遙相見(霰)。

便角枕題詩,寶釵貰酒,共醉青苔深院(霰)。

怎忘得迴廊下,攜手處花明月滿(旱)?

如今但暮雨,蜂愁蝶恨,小窗閒對芭蕉展(銑)。

却誰拘管(旱)?

儘無言,閒品秦箏,淚滿參差雁(諫)。

腰肢漸小,心與楊花共遠(阮)。

　　　(此係上去通押,詳見下節。)

第八部　蕭,肴,豪;篠,巧,皓;嘯,效,號。

蝶戀花

晏幾道

碾玉釵頭雙鳳小(篠);

倒暈工夫,畫得宮眉巧(巧)。

嫩麯羅裙勝碧草(皓)。

鴛鴦繡字春衫好(皓)。

三月露頭春意早(皓)。

細看花枝,人面爭多少(篠)?

水調聲長歌未了(篠);

掌中盃盡東池曉(篠)。

第九部　歌哿箇獨用(不舉例)。

第十部　佳半,麻;馬;卦半,禡。

蝶戀花

晏幾道

喜鵲橋成催鳳駕(禡)。

天爲歡遲,乞與初涼夜(禡)。

乞巧雙蛾加意畫(卦)。

玉鉤斜傍西南掛(卦)。

分鈿擘釵涼葉下(禡)。

香袖凭肩,誰記當時話(卦)?

路隔銀河猶可借(禡),

世間離恨何年罷(卦又禡)?

第十一部　庚,青,蒸;梗,迥;敬,徑。

慶清朝

史達祖

墜絮孳萍,狂鞭孕竹,偷移紅紫池亭(青)。

餘花未落,似供殘蝶經營(庚)。

賦得送春詩了,夏帷擐斷綠陰成(庚)。

桑麻外,乳鴉穉燕,別樣芳情(庚)。

荀令舊香易冷,嘆俊游疎嬾,枉是銷凝(蒸)!
塵侵謝屐,幽徑斑駁苔生(庚)。
便覺寸心尚老,故人前度謾丁寧(青)。
空相誤,袚蘭曲水,挑菜東城(庚)。

第十二部　尤有宥獨用(不舉例)。
第十三部　侵寢沁獨用(不舉例)。
第十四部　覃,鹽,咸;感,琰,豏;勘,豔,陷。

　　　　聲聲慢　　　　　　　　　吳文英
憑高入夢,搖落關情,寒香吹盡空巖(咸)。
墜葉消紅,欲題秋思誰緘(咸)?
重陽正隔殘照,趁西風,不響雲尖(鹽)。
乘半暝,看殘山灌翠,騰水開匳(鹽)。

暗省長安年少,幾傳杯弔甫,把菊招潛(鹽)。
身老江湖,心隨歸雁江南(覃)。
烏紗倩誰重整? 映風林,鈎玉纖纖(鹽)。
漏聲起,亂星河入影畫簷(鹽)。

第十五部　屋,沃。

　　　　三部樂　　　　　　　　　吳文英
江鵾初飛,蕩萬里素雲,際空如沐(屋)。
詠情吟思,不在秦箏金屋(屋)。
夜潮上,明月蘆花,傍釣蓑夢遠,句清敲玉(沃)。
翠罌汲曉,欸乃一聲秋曲(沃)。

片篷障雨乘風,半竿渭水,伴鷺汀幽宿(屋)。

那知煖袍挾錦,低簾籠燭(沃)。

鼓春波,載花萬斛(屋)。

帆飍轉,銀河可掬(屋)。

風定浪息,蒼茫外,天浸寒綠(沃)。

第十六部   覺,藥。

尾犯   柳 永

夜雨滴空階,孤館夢回,情緒蕭索(藥)。

一片閒愁,想丹青難貌(覺)。

秋漸老,蛩聲正苦;夜將闌,燈光漸落(藥)。

最無端處,忍把良宵,祇恁孤眠却(藥)。

佳人應怪我,自別後,寡信輕諾(藥)。

記得當時,剪香雲爲約(藥)。

甚時向幽閨深處,按新詞,流霞共酌(藥)。

再同歡笑,肯把金玉珍珠博(藥)!

第十七部   質,陌,錫,職,緝。

思遠人   晏幾道

紅葉黃花秋意晚,千里念行客(陌)。

飛雲過盡,歸鴻無信,何處寄書得(職)?

淚彈不盡臨窗滴(錫);

就硯旋研墨(職)。

漸寫到別來,此情深處,紅牋爲無色(職)。

　　(此例只用陌錫職相通,是祇用第十一部的入聲,-k 不與
　　-t,-p 混。這是較合詩律的例子。)

品令   秦 觀

掉又瞲(錫)。

天然箇,品格于中壓一(質)。

簾兒下,時把鞵兒踢(錫)。

語低低,笑咭咭(質)。

每每秦樓相見,見了無限憐惜(陌)。

人前强不欲相沾涊(緝)。

把不定,臉兒赤(陌)。

　　(這是-k-t-p 相通的例子。實際上,當時未必還以-k-t-p
　　收尾,也許已像現代吳音都只收一個[ʔ]。)

第十八部　　物,月,曷,黠,屑,葉。

　　　　雨霖鈴　　　　　　　　　　柳　永
寒蟬淒切(屑)。

對長亭晚,驟雨初歇(月)。

都門悵飲無緒,方留戀處,蘭舟催發(月)。

執手相看,淚眼竟無語凝咽(屑)。

念去去千里烟波,暮靄沈沈楚天闊(曷)。

多情自古傷離別(屑),

更那堪冷落清秋節(屑)?

今宵酒醒何處? 楊柳岸曉風殘月(月)。

此去經年,應是良辰好景虛設(屑)。

便縱有千種風情,待與何人說(屑)?

　　(這是只限於-t尾,不與-p 尾相通的例子。)

　　　　春草碧　　　　　　　　　　李獻能
紫簫吹破黃昏月(月)。

萩萩小梅花,飄香雪(屑)。

寂寞花底風鬟,顏色如花命如葉(葉)。

千裏浣凝塵,凌波韈(月)。

心事鑑影鶯孤,箏絃雁絶(屑)。

舊時雪堂人,今華髮(月)。

腸斷金縷新聲,盃深不覺琉璃滑(黠)。

醉夢遶南雲,花上蜨(葉)。

　　(這是-t尾和-p尾通叶的。)

第十九部　合,洽。

　　　　惜餘歡　　　　　　　　　　　　黄庭堅

四時美景,正年少賞心,頻啓東閤(合)。

芳酒載盈車,喜朋侶簪盍(合)。

杯觴交飛勸酬獻,正酣飲,醉公主陳榻(合)。

坐來爭奈,玉山未頹,興尋巫峽(洽)。

歌闌旋燒絳蠟(合);

況漏轉銅壺,烟斷香鴨(洽)。

猶整醉中花,借纖手重插(洽)。

相將扶上,金鞍騕褭,碾春焙,願少延歡洽(洽)。

未須歸去,重尋豔歌,更留時霎(洽)。

　　(詞律「閤」字作「閣」,杜文瀾云:「按王氏校本閣作閤」。
　　今按,恐仍當作「閤」。惟第十九部的例子很難找,姑且
　　以此爲例。)

第三十九節　詞　韵（中）

39.1　上節所述詞韵十九部,可認爲詞韵的正例。此外,還有
許多變例。現在把那些變例,按照其距離正軌的遠近,分爲幾種敘
述如下。

39.2　(一)變而不離其宗。——這是指那些雖在詞韵爲不同
部,然而在切韵系統中爲同類者。例如:

1.第三部與第五部通叶(韵尾皆爲ᵢ)。

采桑子　　　　　　　　　　　　　　　晏幾道

花前獨佔春風早，長愛江梅(灰，三部)。

秀豔清杯(灰，三部)，

芳意先愁鳳管吹(支，三部)。

尋香已落閒人後，此恨難裁(灰，五部)。

更晚須來(灰，五部)；

却恐初開勝未開(灰，五部)。

2.第六部與第七部通叶(韵尾皆爲 n)。

八節長歡　　　　　　　　　　　　　　毛　滂

名滿人間(删，七部)。

記黃金殿，舊賜清閒(删，七部)。

才高鸚鵡賦，風凛惠文冠(寒，七部)。

濤波何處試蛟鱓，到白頭猶守溪山(删，七部)。

且做龔黃樣度，留與人看(寒，七部)。

桃溪柳曲陰圓(先，七部)。

離唱斷，旌旗却卷春還(删，七部)。

襦袴寄餘温(元，六部)。

雙石畔，唯聞吏膽長寒(寒，七部)。

詩翁去，誰細遶屈曲闌干(寒，七部)？

從今後，南來幽夢，應隨月渡雲端(寒，七部)。

　　　(詞律於「温」字下注云「借叶」，可見一般詞人對於六七
　　　兩部的分辨是很嚴的。)

玉樓春　　　　　　　　　　　　　　　晏幾道

輕風拂柳冰初綻(諫，七部)，

細雨銷塵雲未散(翰，七部)。

紅窗青鏡待粧梅，綠陌高樓催送雁(諫，七部)。

華羅歌扇金蕉醆(醆,七部,上去通押),

記得尋芳心緒慣(諫,七部)。

鳳城寒盡又飛花,歲歲春光常有恨(願,六部)。

3. 第十五十六兩部與十七部通叶(韵尾皆爲 K)。

　　　淒涼犯　　　　　　　　　　　　　姜　夔

綠楊巷陌(陌,十七部),

西風起,邊城一片離索(藥,十六部)。

馬嘶漸遠,人歸甚處,戍樓吹角(覺,十六部)。

情懷正惡,(藥,十六部)。

更衰草,寒烟淡薄(藥,十六部)。

似當時,將軍部曲(沃,十五部),

迤邐度沙漠(藥,十六部)。

追念西湖上,小舫攜歌,晚花行樂(樂,十六部)。

舊游在否? 想如今,翠彫紅落(藥,十六部)。

謾寫羊裙,等新雁,來時繫著(藥,十六部)。

怕悤悤,不肯寄與誤後約(藥,十六部)。

　　　澡蘭香　　　　　　　　　　　　　吳文英

盤絲繫腕,巧篆垂簪,玉隱紺紗睡覺(覺,十六部)。

銀瓶露井,彩箑雲窗,往事少年依約(藥,十六部)。

爲當時,曾寫榴裙,傷心紅綃褪萼(藥,十六部)。

黍夢光陰,漸老汀洲烟蒻(藥,十六部)。

莫唱江南古調,怨抑難招,楚江沈魄(陌,十七部)。

薰風燕乳,暗雨梅黃,午鏡藻蘭簾幙(藥,十六部)。

念秦樓,也擬人歸,應剪菖蒲自酌(藥,十六部)。

但悵望,一縷新蟾,隨人天角(覺,十六部)。

　　　(杜文瀾以姜詞「陌」「曲」二字爲非韵,然吳詞「魄」字亦
　　　與藥覺字叶,這因爲它們都收-k 尾,本可相通的緣故。)

4.第十七十八兩部與第十九部通叶(韵尾皆爲-p)。

暗香　　　　　　　　　　　吳文英

縣花誰葺(緝,十七部)?
記滿庭燕麥,朱扉斜闔(合,十九部)。
妙手作新,公館青紅曉雲溼(緝,十七部)。
天際疏星趁馬,畫簾隙,冰絃三疊(葉,十八部)。
盡換却,吳水吳烟,桃李覩春屬(葉,十八部)。

風急(緝,十七部)!
送帆葉(葉,十八部)!
正雁水夜清,卧虹平帖(葉,十八部)。
軟紅路接(葉十八部)。
塗粉闌深早催入(緝,十七部)。
懷煖天香宴果,花隊簇,輕軒銀蠟(合,十九部)。
便問訊,湖上柳,雨隄翠匼(合,十九部)。

39.3 （二）-t-k-p 相混。——本來,在詞韵第十六十七兩部中,
-t-k-p 已經相混。現在認爲變例的,是因爲它們比詞韵相混的情況更
爲突出,連不同韵部的也混了。例如:

1.第十七部與第十八部通叶。

念奴嬌　　　　　　　　　　薩都拉

石頭城上,望天低,吳楚眼空無物(物,十八部)。
指點六朝形勝地,惟有青山如壁(錫,十七部)。
蔽日旌旗,連雲檣櫓,白骨紛如雪(屑,十八部)。
大江南北,消磨多少豪傑(屑,十八部)!

寂寞避暑離宮,東風輦路,芳草年年發(月)。
落日無人青徑冷,鬼火高低明滅(屑,十八部)。
歌舞樽前,繁華鏡裏,暗換青青髮(月)。

傷心千古,秦淮一片明月(月)。

　　　　春雲怨　　　　　　　　　　　馮偉壽

春風惡劣(屑,十八部)!

把數枝香錦,和鶯吹折(屑,十八部)。

雨重柳腰嬌困,燕子欲扶扶不得(職,十七部)。

軟日烘烟,乾風收霧,芍藥醲釅弄顏色(職,十七部)。

簾幙輕陰,圖書清潤,日永篆香絕(屑,十八部)。

盈盈笑靨宮黃額(陌,十七部)。

試紅鶯小扇,丁香雙結(屑,十八部)。

團鳳眉心倩郎貼(葉,十八部)。

教洗金罍,共看西堂,醉花新月(月,十八部)。

曲水成空,麗人何處?往事暮雲萬葉(葉,十八部)。

2.第十七部第十八部第十九部通叶。

　　　　淒涼犯　　　　　　　　　　　吳文英

空江浪闊(曷,十八部)!

清塵凝,層層碎刻冰葉(葉,十八部)。

水邊照影,華裙曳翠,露搔淚溼(緝,十七部)。

湘烟暮合(合,十九部);

塵韉凌波半涉(葉,十八部)。

怕臨風,欺瘦骨(月,十八部),

護冷素衣疊(葉,十八部)。

樊姊玉奴恨,小鈿疏脣,洗妝輕怯(洽,十九部)。

汜人最苦,粉痕深,幾重愁靨(葉,十八部)!

花溢香濃,猛熏透,霜綃細摺(葉,十八部)。

倚瑤臺,十二金錢暈半減(屑,十八部)。

3.第十六部與第十九部通叶。

六么令   晏幾道

綠陰春盡,飛絮遠香閣(藥,十六部)。

晚來翠眉宮樣,巧把遠山學(覺,十六部)。

一寸狂心未説,已向橫波覺(覺,十六部)。

畫簾遮匝(合,十九部);

新翻曲妙,暗許閒人帶偷掐(洽,十九部)。

前度書多隱語,意淺愁難答(合,十九部)。

昨夜詩有回紋,韵險還慵押(洽,十九部)。

都待笙歌散了,記取留時霎(洽,十九部)。

不消紅蠟(合,十九部)。

閒雲歸後,月在庭花舊闌角(覺,十六部)。

    (詞律於黃庭堅惜餘歡註云:『以「閣」「合」「峽」「蠟」同
    叶,是江西音也』。晏幾道恰又是江西人,也是以「閣」
    「蠟」同押。大約是方音的緣故。)

4.第十五部和第十七部的職韵字通叶。

風流子   孫光憲

茅舍槿籬溪曲(沃,十五部),

鷄犬自南自北(職,十七部)。

菰葉長,水蕨開,門外春波漲綠(沃,十五部)。

聽織(職,十七部),

聲促(沃,十五部),

軋軋鳴梭穿屋(屋,十五部)。

    (按屋沃與職錫通叶,大約當時荆南及蜀中方音如此。
    歐陽炯西江月以「綠」字叶「翼」「力」「色」,黃庭堅念奴嬌
    以「笛」字叶屋沃韵字,可以爲證。)

39.4 （三）-n-ng-m 相混。——在宋代，一般説起來，-n-ng-m 三個系統仍舊是分明的。-t-k-p 的界限的泯滅，遠在-n-ng-m 的界限的泯滅之前。直到現在，北方官話還能保存-n-ng 的分別。不過，詞人既可純任天籟，就不免爲方音所影響。當時有些方音確已分不清楚-n-ng-m 的系統了，所以它們不能不混用了。例如：

1. 第六部第十一部第十三部通叶。

（子）三部皆通。

醜奴兒　　　　　　　　　　　　　朱　藻

障泥油壁人歸後，滿院花陰（侵，十三部）。

樓影沈沈（侵，十三部），

中有傷春一片心（侵，十三部）。

間穿綠樹尋梅子，斜日籠明（庚，十一部）。

團扇風輕（庚，十一部），

一徑楊花不避人（真，六部）。

（丑）第六部與第十一部通。

梅子黄時雨　　　　　　　　　　　　張　炎

流水孤村，愛塵事頓消，來訪深隱（吻，六部）。

向醉裏誰扶？滿身花影（梗，十一部）！

鷗鷺驚看相比瘦，近來不是傷春病（敬，十一部）。

嗟流景（梗，十一部）！

竹外野橋，猶繫烟艇（迥，十一部）。

誰引（軫，六部）？

斜川歸興（徑，十一部）！

便啼鶯縱少，無奈時聽（徑，十一部）！

待棹擊空明，魚波千頃（梗，十一部）。

彈斷琵琶留不住，最愁人是黄昏近（吻，六部）。

江風緊（軫，六部）！

一行柳絲吹暝（徑，十一部）。

　　（上去通押，參看下文。）

　　瑤階草　　　　　　　　　　　　程　垓

空山子規叫，月破黃昏冷（梗，十一部）。

簾幙風輕，綠暗紅又盡（軫，六部）。

自從別後，粉消香膩，一春成病（敬，十一部）。

那堪晝閒日永（梗，十一部）！

恨難整（梗，十一部）！

起來無語，綠萍破處池光凈（敬，十一部）。

悶理殘妝，照花燭自憐瘦影（梗，十一部）。

睡來又怕，飲來越醉，醒來却悶（願，六部）。

看誰似我孤另（徑，十一部）？

　　（上去通押。）

（寅）第六部與第十三部通。

　　采桑子　　　　　　　　　　　　晏幾道

心期昨夜尋思徧，猶負殷勤（文，六部）。

齊斗堆金（侵，十三部），

難買丹誠一寸真（真，六部）。

須知枕上尊前意，占得長春（真，六部）。

寄語東鄰（真，六部）：

似此相看有幾人（真，六部）？

（卯）第十一部與第十三部相通。

　　望遠行　　　　　　　　　　　　南唐中主

玉砌花光錦繡明（庚，十一部），

朱扉長日鎮長扃(青,十一部);
夜寒不去寢難成(庚,十一部)。
爐香烟冷自亭亭(青,十一部)!

殘月秣陵磑(侵,十三部),
不傳消息但傳情(庚,十一部)!
黃金窗下忽然驚(庚,十一部):
征人歸日二毛生(庚,十一部)!

2.第七部與第十四部通叶。

風入松　　　　　　　　　　　周紫芝

禁烟過後落花天(先,七部),
無奈春寒(寒,七部)。
東風不管春歸去,共殘紅,飛上秋千(先,七部)。
看盡天涯芳草,春愁堆在闌干(寒,七部)。

楚江橫斷夕陽邊(先,七部),
無限青烟(先,七部)。
舊時雲去今何處? 山無數,柳漲平川(先,七部)。
與問風前回雁,甚時吹過江南(覃,十四部)?

錦堂春慢　　　　　　　　　　　葛立方

氣應三陽,氛澄六幕,翔烏初上雲端(寒,七部)。
問朝來何事,喜動門闌(寒,七部)?
田父占來好歲,星家說道宜官(寒,七部)。
擬更憑高望遠,春在烟波,春在晴巒(寒,七部)。
歌管雕堂宴喜,任重簾不卷,交護春寒(寒,七部)。
況金釵整整,玉樹團團(寒,七部)!
柏葉輕浮重醞,梅枝巧綴新幡(元,七部)。
共祝年年如願,壽過松椿,壽過彭聃(覃,十四部)。

（此詞韵脚皆係一等洪音，「幡」字亦如現代讀入洪音，故
寒覃相通，比之寒先相通更爲和諧，假使韵尾-m已變
爲-n的話。）

　　撲蝴蝶　　　　　　　　　　　　　趙彦端

清和時候，熏風來小院（霰，七部）。
瑯玕脱籜，方塘荷翠颭（琰，十四部）。
柳絲輕度流鶯，畫棟低飛乳燕（霰，七部）。
園林緑陰初徧（霰，七部）。

景初限（濟，七部）！
輕紗細葛，綸巾和羽扇（霰，七部）。
披襟散髮，心清塵不染（琰，十四部）。
一杯洗滌無餘，萬事消磨去遠（阮，七部）。
浮名薄利休羨（霰，七部）。
　　（此詞上去通押，韵脚皆係三四等細音，「限」字亦如現代
官話讀入細音，故頗爲和諧。先鹽通叶，其理由與寒覃
通叶同。）

39.5　（四）特別變例。——所謂特別變例，是因爲那種押韵是
出於常理之外的。依現在所能發見者，則有語御與紙寘相通。這裏所
謂語御，包括廣韵的語虞御遇（姥暮及輕脣字除外）；所謂紙寘，包括廣
韵的紙旨止尾薺寘至志未霽祭。這種通叶，有兩種可能的原因。第一
種可能，是當時詞人的方音語紙御寘本來相混。例如現代粤語「水」
「許」「翠」「去」可以通叶，吳音「聚」「里」可以通叶。第二種可能，是[y]
[i]兩音頗有近似之處，詞人從寬通叶。例如：

　　虞美人　　　　　　　　　　　　　晏幾道
飛花自有牽情處（御，四部）。
不向枝邊墜（寘，三部）。
隨風飄蕩已堪愁，

更伴東流流水過秦樓。（次闋略。）

　　慶春澤　　　　　　　　　　　　　張　先

飛閣危橋相倚（紙，三部）；

人獨立東風，滿衣輕絮（御，四部）。

還記憶江南，如今天氣（寘，三部）。

正白蘋花，遠隄漲流水（紙，三部）。

寒梅落盡誰寄（寘，三部）？

方春意無窮，青空千里（紙，三部）。

愁草樹依依，關城初閉（霽，三部）。

對月黃昏，角聲傍烟起（紙，三部）。

　　訴衷情近　　　　　　　　　　　柳　永

雨晴氣爽，竚立江樓望處（御，四部）。

澄明遠水生光，重叠暮山聳翠（寘，三部）。

遙想斷橋幽徑，隱隱漁村，向晚孤烟起（紙，三部）。

殘陽裏（紙，三部），

脉脉朱闌静倚（紙，三部）。

黯然情緒，未飲先成醉（寘，三部）。

愁無際（霽，三部）！

暮雲過了，秋風老盡，故人千里（紙，三部）。

竟日空凝睇（霽，三部）！

　　　（杜文瀾引蓮子居詞話云：『紅友於「翠」字註韻，殊不知
　　　「處」字即韻；蔣勝欲探春令「處」「翅」「住」「指」并叶可
　　　證』。今按此說甚是。）

　　江窗迥　　　　　　　　　　　　周邦彦

幾日來，真箇醉（寘，三部）。

不知道窗外，亂紅已深半指（紙，三部）。

花影被風搖碎（寘，三部）。

擁春醒乍起（紙，三部）。

有箇人人,生得濟楚(語,四部)。

來向耳畔,問道今朝醒来(未,三部)。

情性兒,謾騰騰地(寘,三部),

惱得人又醉(寘,三部)。

　　　　(詞律未註「楚」字叶韵;但依此詞上闋用韵情形對照
　　　　「楚」字應該是入韵的。)

　　　探春令　　　　　　　　　　　蔣　捷

玉窗蠅字記春寒,滿茸絲紅處(御,四部)。

畫翠鴛,雙展金蛔翅(寘,三部)。

未抵我,愁紅膩(寘,三部)。

芳心一點天涯去,絮濛濛遮住(遇,四部)。

對花彈阮纖瓊指(紙,三部)。

爲粉屬,空彈泪(寘,三部)!

　　　永遇樂　　　　　　　　　　　蔣　捷

清逼池亭,潤侵山閣,雲氣凝聚(遇,四部)。

未有蟬前,已無蝶後,花事隨流水(紙,三部)。

西園支徑,今朝重到,半礙醉筇吟袂(霽,三部)。

除非是,鶯身瘦小,暗中引雛穿去(御,四部)。

梅簷滴溜,風來吹斷,放得斜陽一縷(麌,四部)。

玉子敲棋,香綃落剪,聲度深幾許(語,四部)!

層層離恨,淒迷如此,點破漫煩輕絮(御,四部)。

應難認:爭春舊館,倚紅杏處(御,四部)。

　　39.6　以上所述,最嚴的竟是依照詩韵,最寬的甚至不依照一般
的詞韵。這一則因爲各家用韵有寬有嚴,二則因爲方音所囿。既然沒
有一定的規則,就不妨以意爲之了。

　　39.7　在唐宋人的詩句裏,已經有上去通押的情形(見上文第二
十五節);到了詞裏,上去通押更加普遍了。一般人總認爲上聲和去聲
可以同用。如上節所舉呂渭老的薄倖以上聲阮旱潛銑和去聲諫霰同

用;本節上文所舉張炎的梅子黃時雨以上聲軫吻梗迥和去聲敬徑同
用,程垓的瑤階草以上聲軫梗和去聲願敬徑同用,趙彥端撲蝴蜨以上
聲阮潸琰和去聲霰同用,張先的慶春澤以上聲紙和去聲寘御霽同用,
柳永的訴衷情近以上聲紙和去聲寘御霽同用,周邦彥江窗迥以上聲紙
語與去聲寘同用,蔣捷探春令以上聲紙和去聲寘御遇同用,永遇樂以
上聲紙語麌與去聲御遇霽同用,都是上去通押。現在再舉幾個例子
如下:

踏莎行　　　　　　　　　　晏幾道

雪盡寒輕,月斜煙重(上)。

清懽猶記前時共(去)。

迎風朱戶背燈開,拂簷花影侵簾動(上)。

繡枕雙鴛,香苞翠鳳(去)。

從來往事都成夢(去)。

傷心最是醉歸時,眼前少箇人人送(去)。

海棠春　　　　　　　　　　秦　觀

流鶯窗外啼聲巧(上)。

睡未足,把人驚覺(去)。

翠被曉寒輕,寶篆沈烟裊(上)。

宿酲未解宮娥報(去)。

道別院,笙歌會早(上)。

試問海棠花,昨夜開多少(上)?

一斛珠　　　　　　　　　　南唐後主

晚妝初過(去),

沈檀輕注些兒箇(去)。

向人微露丁香顆(上)。

一曲清歌,暫引櫻桃破(去)。

羅袖裛殘殷色可(上);

盃深旋被香醪涴(去)。

繡牀斜憑嬌無那(去)。

爛嚼紅絨,笑向檀郎唾(去)。

生查子　　　　　　　　　　　　晏幾道

金鞍美少年,去躍青驄馬(上)。

牽繫玉樓人,繡被春寒夜(去)。

消息未歸來,寒食梨花謝(去)。

無處説相思,背面鞦韆下(去)。

39.8　此外,還有一種平仄互叶。平仄互叶和上去通押的性質不同:上去通押是任意用上用去,沒有一定的;平仄互叶却是規定某處用平,某處用仄。平仄互叶又和平仄轉韵不同:平仄轉韵祇是由平韵轉仄韵,或由仄韵轉平韵,其韵部并不相同;平仄互叶却是在一定的位置上,由同一韵部的平仄間用。例如:

西江月(甲種)　共兩闋八句,六韵:○平平仄,○平平仄,一韵到底。

例一　　　　　　　　　　　　司馬光

寶髻鬆鬆挽就,鉛華淡淡妝成(平)。

紅烟翠霧罩輕盈(平),

飛絮游絲無定(仄)。

相見爭如不見,有情還似無情(平)。

笙歌散後酒微醒(平),

深院月明人静(仄)。

例二　　　　　　　　　　　　史達祖

裙摺綠羅芳草,冠梁白玉芙蓉(平)。

次公筵上見山公(平),

紅綬欲銜雙鳳(仄)。

已向冰匲約月，更來玉界乘風(平)，

凌波韤冷一樽同(平)，

莫負彩舟涼夢(仄)。

　　　西江月(乙種)　共兩闋八句，六韵：○平平仄，○

　　　　平平仄，共用兩個韵部。

　　　　　　　　　　　　　　　　　吳文英

枝褭一痕雪在，葉藏幾豆春濃(平)。

玉奴最晚嫁東風(平)，

來結梨花幽夢(仄)。

香力添熏羅被，瘦肌猶怯冰綃(換韵，平)。

綠陰青子老溪橋(平)，

羞見東鄰嬌小(仄)。

　　　(所謂西江月甲乙種係依詞律次第。下仿此。)

　　　換巢鸞鳳　共兩闋，十九句，十二韵：平○平○平

　　　　平平○仄；仄仄仄○○仄○仄○仄。

　　　　　　　　　　　　　　　　　　史達祖

人若梅嬌(平)。

正愁橫斷塢，夢繞溪橋(平)。

倚風融漢粉，坐月怨秦簫(平)。

相思因甚到纖腰(平)？

定知我今無魂可銷(平)！

佳期晚，謾幾度淚痕相照(仄)！

人悄(仄)；

天渺渺(仄)！

花外語香時透郎懷抱(仄)。

暗握荑苗，乍嘗櫻顆，猶恨侵階芳草(仄)。

天念王昌忒多情，換巢鸞鳳教偕老(仄)。

溫柔鄉，醉芙蓉一帳春曉(仄)。

　　　漁家傲(乙種)　共兩闋十句十韵：平平仄仄仄，平

平仄仄仄。

杜安世

疏雨纔收淡浄天(平)；
微雲綻處月嬋娟(平)。
寒雁一聲人正遠(仄)，
添幽怨(仄)，
那堪往事思量徧(仄)？

誰道綢繆兩意堅(平)？
水萍風絮不相緣(平)！
舞鑑鸞腸虚寸斷(仄)；
芳容變(仄)，
好將憔悴教伊見(仄)！

醉公子　共兩闋八句八韵：仄仄平仄；平平仄平。

無名氏

門外猧兒吠(仄)，
知是蕭郎至(仄)。
剗韈下香階(平)，
冤家今夜醉(仄)。

扶得入羅幃(平)，
不肯脱羅衣(平)。
醉則從他醉(仄)，
還勝獨睡時(平)。

(詞律不認「階」字和第七句「醉」字爲韵，今疑此二字亦入韵，留待詳考。)

蝶戀花(乙種)　石孝友

别來相思無限期(平)！
欲説相思，要見終無計(仄)。
擬寫相思持送伊(平)，
如何盡得相思意(仄)？

眼底相思心裏事(仄)，

從把相思，寫盡憑誰寄(仄)？

多少相思都做淚(仄)，

一齊淚損相思字(仄)！

　　　　（詞律註云：「『期』字平聲起韵，第四句『伊』字平叶，則此
　　　　調又一平仄兩叶者矣」。）

　　二郎神　　　　　　　　　　　　　楊无咎

炎光欲謝，更幾日，熏風吹雨(仄)。

共說是天公，亦嘉神貺，特作澄清海宇(仄)。

灌口擒龍，離堆平水，休問功超前古(仄)。

當中興，護我邊陲，重使四方安堵(仄)。

新府(仄)。

祠庭占得，山川佳處(仄)。

看曉汲雙泉，晚除百病，奔走千門萬戶(仄)。

歲歲生朝，勤勤稱頌，可但民無災苦(仄)。

[薦樽俎]，願得地久天長，協佐皇都(平)。

　　　　（詞律註云：「尾句『都』字，初疑是誤，然玩上用『佐』字，
　　　　則下宜以平字應之，此乃又平仄互用之體也」。）

　　宣清　　　　　　　　　　　　　柳　永

殘月朦朧，小宴闌珊，歸來輕寒森森(平)。

背銀缸，孤館乍眠，擁重衾，醉魄猶噤(仄)。

永漏頻傳，前歡已去，離愁一枕(仄)。

暗尋思，追舊游，神京風物如錦(仄)。

會擲果朋儕，絕纓宴會，當時曾痛飲(仄)。

命舞燕翻翻，鳳樓駕寢(仄)。

玉釵亂橫信任(仄)。

散盡高陽，這歡娛，甚時重恁(仄)？

　　　　（詞律註云：「森」字平起，是又平仄兩叶之調矣。若以
　　　　「噤」字起韵，恐無自首起二十八字纔用韵之理也。或云

「衾」字亦是叶。總因只此一篇,無可考證。杜氏云:「按宋本『森森』作『凛凛』,并非此一韵叶平也。」)

39.9 嚴格説起來,衹有西江月和换巢鸞鳳漁家傲(乙種)一類的詞可認爲平仄互叶;醉公子與石式蝶戀花在疑似之間;至於像二郎神和宣清之類,衹能認爲平仄通叶。平仄互叶是規定平仄相間的,平仄通押則是從寬通用而已。普通最常見的平仄互叶是西江月甲種。

第四十節 詞 韵(下)

40.1 在古體詩裏,韵的平仄是自由的。仄韵古風和平韵古風是同樣地普通。在近體詩裏,却是以用平韵爲原則。至於詞裏,又恢復到平仄韵并用了,不過,有一點是和古風大不相同的:詞人於選定了詞譜之後,一定要依照原譜的平仄,連韵脚的平仄也不能移易。平韵的詞不得用仄韵,仄韵的詞不得用平韵。如有平仄韵都可用者,則被認爲平仄兩體。兹就較常見的詞譜,分别舉例如下:

(一) 限用平韵者。

南歌子	漁歌子(單調)憶江南		搗練子
八聲甘州	憶王孫(單調)遐方怨		江城子(單調)
江城梅花引	相見歡	何滿子	長相思
春光好	玉蝴蝶	醜奴兒	畫堂春
阮郎歸	少年游	木蘭花慢	望遠行(中調)
臨江仙	鷓鴣天	瑞鷓鴣	梅花引(甲)
一剪梅	接賢賓	唐多令	破陣子
行香子	聲聲令	于飛樂	風入松
水調歌頭	滿庭芳	瀟湘夜雨	眼兒媚
人月圓	瑶臺聚八仙	沁園春	望海潮
多麗	春風嬝娜		

(二) 限用仄韵者。

生查子	長命女	女冠子(乙丙)謁金門	
醉花間	點絳唇	清商怨	卜算子

後庭花	憶悶令	好事近	一落索
憶少年	西地錦	賀聖朝	荆州亭
桃源憶故人	品令	誤佳期	應天長
梁州令	留春令	惜分飛	燭影搖紅
滴滴金	歸田樂	竹香子	探春令
探芳新	迎春樂	鳳來朝	雨中花
醉花陰	青門引	木蘭花	傾盃樂
望遠行(長調)	杏花天	釵頭鳳	步蟾宮
徵招	鼓笛令	思歸樂	錦帳春
鵲橋仙	一斛珠	踏莎行	七娘子
蝶戀花	蘇幕遮	念奴嬌	殢人嬌
東風第一枝	解佩令	謝池春	摸魚兒
青玉案	千秋歲	御街行	錦纏道
離亭燕	晝夜樂	雨霖鈴	洞仙歌
驀山溪	薄倖	鎖窗寒	解語花
翠樓吟	陌上花	滿江紅	賀新郎
祝英臺近	齊天樂	瑞鶴仙	水龍吟
綺羅香	疏影	暗香	玉漏遲
玲瓏四犯	奪錦標		

40.2　唐五代因由詩變詞未久，所以平韻多於仄韻；及至宋朝以後，漸漸地，仄韻多於平韻。統計起來，就顯得仄韻詞較多了。（仄韻之中，上去是一類，入聲自成一類，有些詞調是以用入聲韻爲常的，例如滿江紅。）

40.3　有些詞牌，是平仄韻均可的。但是，在兩可之中，也有常見與罕見之分。現在分別舉例於下：

（甲）平韻較爲普通者。

浣溪沙	浪淘沙	喜遷鶯	錦堂春
雨中花慢	聲聲慢		

（乙）仄韻較爲普通者。

霜天曉角	如夢令	憶秦娥	鳳銜盃

40.4　其次，我們要談到平仄轉韻。本來，律化古風的轉韻已經

趨向於平仄相間（見上文第三十一節）；至於詞韵，當其轉韵的時候，更以平轉仄或仄轉平爲原則了。例如：

南鄉子（單調）　平平仄仄仄。　　　　歐陽炯

岸遠沙平（平），

日斜歸路晚霞明（平）。

　　孔雀自憐金翠尾（仄）；

　　臨水（仄），

　　認得行人驚不起（仄）。

　　昭君怨　仄仄平平，仄仄平平。万俟雅言

春到南樓雪盡（仄），

驚動燈期花信（仄）。

　　小雨一番寒（平），

　　倚闌干（平）。

莫把闌干頻倚（仄）；

一望幾重烟水（仄）？

　　何處是京華（平）？

　　暮雲遮（平）！

　　女冠子（甲種）　仄仄平〇平，〇平〇平。

含嬌含笑（仄），

宿翠殘紅窈窕（仄）。

　　鬢如蟬（平）；

　　寒玉簪秋水，輕紗卷碧烟（平）。

　　雪肌鸞鏡裏，琪樹玉樓前（平）。

　　寄語青娥伴，早求仙（平）！

　　菩薩蠻　仄仄平平，仄仄平平。（見上文第三十六節）

更漏子　〇仄仄〇平平；仄仄仄〇平平。溫庭筠

玉闌干，金轆井（仄），

月照碧梧桐影（仄）。

　　　　獨自箇,立多時(平),
　　　　露華濃溼衣(平)。

一向(仄),
凝情望(仄),
待得不成模樣(仄)。
　　　雖巨耐,又尋思(平),
　　　怎生嗔得伊(平)!
　　　清平樂　上闋仄,下闋平。　　　　　　李　白(?)
禁闈清夜(仄),
月探金窗罅(仄)。
玉帳鴛鴦噴蘭麝(仄),
時落銀燈香地(仄)。

女伴莫話孤眠(平),
六宮羅綺三千(平)。
一笑皆生百媚,宸游教在誰邊(平)?
　　　減字木蘭花　仄仄平平,仄仄平平。　王安國
畫橋流水(仄),
雨溼落紅飛不起(仄)。
　　　月破黃昏(平),
　　　簾裏餘香馬上聞(平)。

徘徊不語(仄),
今夜夢魂何處去(仄)?
　　　不似垂楊(平),
　　　猶解飛花入洞房(平)!
　　　偷聲木蘭花(平仄轉韵同上)(見上文第三十七節)
　　　荷葉盃　仄仄平平平,雙叠。　　皇甫松
記得那年花下(仄),
深夜(仄)!

　　初識謝娘時(平)，

　　水堂西面畫樓垂(平)。

　　攜手暗相期(平)。

惆悵曉鶯殘月(仄)，

相別(仄)！

　　從此隔音塵(平)，

　　如今都是異鄉人(平)。

　　欲見更無因(平)！

　　虞美人　仄仄平平，仄仄平平。（見上文第三十七節）

　　梅花引（乙）　仄仄仄平平○平，仄仄平平○平。

王特起

山之麓(仄)，

水之曲(仄)，

一灣秀色盤虛谷(仄)。

　　水溶溶(平)，

　　雨濛濛(平)。

　　有人行李，蕭蕭落葉中(平)。

人家籬落炊烟湮(仄)，

天外雲峰迷淡碧(仄)。

　　野雲昏(平)，

　　失前村(平)，

　　溪橋路滑，平沙没舊痕(平)。

　　梅花引（丙）　仄仄仄平平○平仄仄平平○平，雙疊。

向子諲

花如頰(仄)，

梅如葉(仄)，

小時笑弄階前月(仄)。

　　最盈盈(平)，

　　最惺惺(平)，

閒愁未識,無計説深情(平)。

一年空省春風面(仄),

花落花開不相見(仄)。

要相逢(平),

得相逢(平),

須信靈犀,中自有心通(平)。

同杯勺(仄),

同斟酌(仄),

千愁一醉都忘却(仄)。

花陰邊(平),

柳陰邊(平),

幾回擬待,偷憐不成憐(平)。

傷春玉瘦慵梳掠(仄),

抛擲琵琶閒處著(仄)。

莫猜疑(平),

莫嫌遲(平),

鴛鴦翡翠,終自一雙飛(平)。

玉堂春　　仄仄○平○○平;○平○○平。

晏　殊

斗城池館(仄),

二月風和烟煖(仄)。

繡户珠簾,日影初長(平)。

玉轡金鞍,繚繞沙隄路,幾處行人映綠楊(平)!

小檻朱闌回倚,千花濃露香(平)。

脆管清絃,欲奏新翻曲,依約林間坐夕陽(平)。

40.5　以上所述,都是由甲韵轉乙韵,如果再轉,就轉到丙韵丁韵等等,沒有回到甲韵上的(即使有,也只是偶然,不是規定)。有些詞譜便不同了,它們的轉韵方式是甲,乙,甲,乙,這可以稱爲迴環式。

例如：

|　　　　釵頭鳳 | 陸　游 |

紅酥手，

黃藤酒，

滿城春色宮墻柳。

東風惡，

歡情薄。

一懷愁緒，幾年離索。

錯！錯！錯！

春如舊，

人空瘦，

淚痕紅裛鮫綃透。

桃花落，

閒池閣，

山盟雖在，錦書難託。

莫！莫！莫！

（另有攄芳詞比此祇欠結處三疊字。注意：由仄韵轉仄韵，頗爲罕見。）

|　　　惜分釵 | 呂渭老 |

春將半，

鶯聲亂，

柳絲拂馬花迎面。

小堂風，

暮樓鐘，

草色連雲，暝色連空。

重！重！

秋千畔，

何人見？

寶釵斜照春妝淺。

　　　　　　酒霞紅，

　　　　　　與誰同？

　　　　　　試問別來，近日情悰。

　　　　　　忡！忡！

　　40.6　<u>西洋</u>詩有所謂隨韵，它的形式是 aabb，第一句和第二句爲
韵，第三句和第四句爲韵，<u>漢語</u>的詞裏也有這種韵式，例如：

　　　　　　子夜歌 aabb ccdd　　　　　　　　　<u>南唐後主</u>

　　　　人生愁恨何能免？

　　　　銷魂獨我情何限！

　　　　　　故國夢重歸，

　　　　　　覺來雙泪垂。

　　　　高樓誰與上？

　　　　長記秋晴望。

　　　　　　往事已成空，

　　　　　　還如一夢中！

<u>菩薩蠻</u>、<u>更漏子</u>等詞都是屬於這一類的。至於一韵到底的詞，也可認
爲隨韵的延長。

　　40.7　<u>西洋</u>詩又有所謂抱韵，它的韵式是 abba，第一句和第四句
爲韵，第二句和第三句爲韵，好像甲韵懷抱着乙韵似的。<u>漢語</u>的詞裏
也有這種抱韵，譬如有一種<u>西江月</u>，別名<u>壺天曉</u>，它的韵式就是 abba
abba，<u>詞律</u>未收此體，後來<u>徐本立</u>收入<u>詞律拾遺</u>中。它的韵脚是仄平
平仄，雙叠。現在試舉兩個例子：

　　　　　　例　一　　　　　　　　　　　　　　<u>歐陽炯</u>

　　　　月映<u>長江</u>秋水，

　　　　　　分明冷浸星河。

　　　　　　淺沙汀上白雲多，

　　　　雪散幾叢蘆葦。

扁舟倒影寒潭裏，
　　　烟光遠罩輕波。
　　　笛聲何處響漁歌，
兩岸蘋香暗起。

　　例　二　　　　　　　　　　　蘇　軾

點點樓前細雨；
　　　重重江外平湖。
　　　當年戲馬會東徐，
今日淒涼南浦。

莫恨黃花未吐，
　　　且教紅粉相扶。
　　　酒闌不必看茱萸，
俯仰人間今古。

　　（此詞平仄互叶，比歐陽詞更進一步。）

40.8　此外，像下面這些例子，雖然不很像西洋的抱韻，然而它们
是和近體詩的韵式相差很遠，而是和抱韻很相近似的。

　　　酒泉子 abba acca　　　　　　　顧　夐
羅帶縷金，
　　　闌麝烟凝魂斷。
　　　畫屏欹，雲鬢亂，
恨難任！

幾回垂淚滴鴛衾，
　　　薄情何處去？
　　　月臨窗，花滿樹，
信沈沈！

　　　酒泉子（又一體）abba ccca　　　　毛熙震
閒臥繡幃，

慵想萬般情寵。
錦檀偏，翹股重，
翠雲欹。

莫天屏上春山碧，
映香烟霧隔。
蕙蘭心，魂夢役，
斂娥眉。
　　醉垂鞭 abbaa ccaaa　　　　　　張　先
酒面灩金魚。
　　吳娃唱，
　　吳潮上。
玉殿白麻書，
待君歸後除。

　　勾留風月好，
　　平湖曉。
翠峰孤；
此景出關無。
西州空畫圖。
　　定風波 aabba ccadda　　　　　　孫光憲
簾拂疏香斷碧絲，
淚衫還滴繡黃鸝。
　　上國獻書人不在，
　　凝黛！
晚庭又是落紅時！

　　春日自長心自促，
　　翻覆！
年來年去負前期！
　　應是秦雲兼楚雨，

留住！

向花枝誇説月中枝！（「花枝」的「枝」當係衍文。）

訴衷情 aaabccbbbbb　　　　　　　溫庭筠

鶯語，

花舞；

春晝午，

雨霏微。

金帶枕，

宮錦，

鳳凰帷。

柳弱蝶交飛，

依依。

遼陽音信稀，

夢中歸！

上行盃 abb ccca　　　　　　　鹿虔扆

草草離亭鞍馬，從遠道，此地分襟。

燕宋秦吴千萬里。

無辭一醉。

野棠開，江草濕。

竚立；

沾衣泣。

征騎駸駸！

40.9　西洋詩又有所謂交韵，它的形式是 abab，第一句和第三句爲韵，第二句和第四句爲韵。漢語詞裏也有類似交韵的韵式，例如：

紗窗恨 abab bb　　　　　　　毛文錫

雙雙蝶翅塗金粉，

咂花心。

綺窗繡戶飛來穩，
　　畫堂陰。

二三月愛隨風絮，伴落花，來拂衣襟。
更剪輕羅片，傅黃金。
　　（首闋用交韻。毛氏另有紗窗恨一首，少一字，韻式
　　則同。）
　　定西番 abb abab　　　　　　　　　溫庭筠
漢使昔年離別，
　　攀弱柳，折寒梅；
　　上高臺。

千里玉關春雪，
　　雁來人不來。
羌笛一聲愁絕，
　　月徘徊。
　　其　　二
海雪欲飛調羽，
　　萱草綠，杏花紅；
　　隔簾櫳。
雙鬢翠霞金縷，
　　一枝春豔濃。
樓上月明三五，
　　瑣窗中。

這是仄平交叶的韻式。但是，在定西番裏，平聲的韻腳雖是固定的，仄
聲的韻腳似乎是可以自由的。因此，溫庭筠另有一首定西番却是倒數
第二句不入韻的：

細雨曉鶯春晚，
　　人似玉，柳如眉；

正相思！

羅幬翠簾初卷，
　　鏡中花一枝。
　　腸斷塞門消息，雁來稀！

<u>牛嶠</u>有一首定<u>西番</u>，却又是首句不入韻的：

紫塞月明千里，金甲冷，戍樓寒；
夢長安！

　　鄉思望中天闊，
漏殘星亦殘。
　　畫角數聲嗚咽，
雪漫漫！

到了<u>孫光憲</u>，就完全失去了交韵的規矩，定<u>西番</u>只剩下一個平韵了：

帝子枕前秋夜，霜幃冷，月華明；
正三更！
何處戍樓寒笛？夢殘聞一聲！
遙想<u>漢</u>關萬里，淚縱橫！

40.10　此外，還有一種韵式是介於交韵和抱韵之間的，例如<u>荷葉</u><u>盃</u>，它的韵式是 aabccb。

<u>荷葉盃</u>　　　　　　　　　　　　<u>溫庭筠</u>
一點露珠凝冷，
波影，
　　滿池塘。
　　綠莖紅艷兩相亂，

　　　　　腸斷。

　　　水風涼。

　　40.11　宋代以後新創的詞譜,和五代以前原有的詞譜,其間最大的分別就是韵的疏密不同。五代以前的詞,至多兩句一韵,宋代新創的詞,却有些是三四句乃至五六句一韵的。(我們由此斷定杜牧的八六子是僞作。)五代以前的詞,每韵以兩字至八字爲常,偶然有多至十四字者,那是七言近體詩的遺規;宋代新創的詞,每韵有超出十四字以上者。句數和字數這兩種因素,以前者爲較重要,因爲句末應有停頓,停頓也是佔時間的。

　　40.12　唐五代詞的韵密,前面所舉温庭筠的訴衷情,定西番,荷葉盃等,皆可爲證。現在再舉下列諸詞爲例。

　　　　　河傳　　　　　　　　　　　　　顧　敻

　　櫂擧,

　　舟去。

　　波光渺渺,不知何處。

　　　　岸花汀草共依依;

　　　　雨微,

　　　　鷓鴣相逐飛。

　　天涯離恨江聲咽,

　　啼猿切;

　　此意向誰説?

　　　　倚蘭橈,

　　　　無憀,

　　　　魂銷。

　　　　小爐香欲焦。

　　　　　更漏子　　　　　　　　　　　　毛熙震

　　秋色清,河影淡,

　　深户燭寒光暗。

　　　　綃幌碧,錦衾紅;

博山香炷融。

更漏咽，
蛩鳴切；
滿院霜華如雪。
　　新月上，薄雲收；
　　映簾懸玉鈎。

謁金門　　　　　　　　　　　閣　選
美人浴：——
碧沼蓮開芬馥。
雙鬟綰雲顏似玉；
素蛾輝淡綠。

雅態芳姿閒淑；
雪映鈿裝金斛；
水濺青絲珠斷續。
酥融香透肉！

應天長　　　　　　　　　　　南唐中主
一鈎初月臨桩鏡，
蟬鬢鳳釵慵不整。
重簾靜，
層樓迴。
惆悵落花風不定。

柳堤芳草徑，
夢斷轆轤金井。
昨夜更闌酒醒，
春愁過却病。

40.13　宋詞的韵疎，可以下列諸詞爲例。

鳳歸雲　　　　　　　　　　　柳　永

戀帝里,金谷園林,平康巷陌,觸處繁華;連日疎狂,
　未嘗輕負,寸心雙眼。
况佳人盡,天外行雲,堂上飛燕。
向玳筵,一一皆妙選。
長是因酒沈迷,被花縈絆。

更可惜,淑景亭臺,暑天枕簟,霜月夜涼,雪霰朝飛;
　一歲風光,盡堪隨分,俊游清宴。
算浮生事,瞬息光陰,錙銖名宦。
正歡笑,試恁便分散。
即是恨雨愁雲,地遙天遠。

西平樂　　　　　　　　　　　周邦彥

稚綠蘇晴,故溪歇雨,川迴未覺春賒。
駝褐侵寒,正憐初日,輕陰抵死須遮。
嘆事逐孤鴻盡去,身與蒲塘共晚,爭知向此征途,區區
　竚立塵沙。
追念朱顏翠髮,曾到處,故地使人嗟。

道連三楚,天低四野,喬木依前,臨路橫斜。
重慕想:東陵晦跡,彭澤歸來,左右琴書自樂,松菊相
　依,何况風流黌未華。
多謝故人,親馳鄭驛,時倒融尊,勸此淹留,共過芳
　時,翻令倦客思家。

雙頭蓮　　　　　　　　　　　周邦彥

一抹殘霞,幾行新雁,天染斷紅,雲迷陣影,隱約望
　中,點破晚空澄碧,
助秋色。
門掩西風,橋橫斜照,青翼未來,濃塵自起,咫尺鳳
　幃,合有人相識。

嘆乖隔！

知甚時恣與，同攜歡適？

度曲傳觴，并轡飛轡，綺陌畫堂連夕。

樓頭千里，帳底三更，盡堪淚滴！

怎生向，總無聊，但只聽消息！

40.14　由此看來，所謂「慢詞」，決不如樂府餘論所説的：「慢者，曼也，謂曼聲而歌也」。恰恰相反：慢詞因爲韵疏，勢不能不急促，使人們不嫌其疏。因此，「慢」就是「促拍」。不過，每字所費的時間雖較少，每韵所費的時間總不免較多，所以就叫做「慢」了。

40.15　詞調雖不限定用某韵，但詞人往往受前輩的暗示，仍用前輩的原韵，例如<u>王安石</u>桂枝香用屋沃韵，<u>練恕可</u> <u>張翥</u> <u>吴子孝</u> <u>張逸</u> <u>陳亮</u>也都跟着用屋沃韵，其他如<u>陳允平</u> <u>張炎</u>用月屑韵，<u>李彭老</u> <u>唐珏</u>用陌職韵，<u>張炎</u>另一首用覺藥韵，雖非<u>王安石</u>原韵，却也同是入聲。（見<u>歷代詩餘</u>卷七十三。）又如<u>玉漏遲</u>一調，在<u>歷代詩餘</u>卷五十七所載十四首中，篠皓韵佔了八首，其鄰韵有韵佔了二首，這都不是偶然的。

第四十一節　　詞字的平仄（一）
——一字至四字句

41.1　詞字的平仄，比詩字更爲固定[註三十六]。譬如 B 式詩句，可作平平仄仄平，亦可作仄平平仄平（拗救）；但在詞裏，該作仄平平仄平的地方（如<u>李白</u>菩薩蠻「有人樓上愁」），是不能隨便改爲平平仄仄平的。又如 a 式詩句仄仄平平仄，偶然亦可作 ⊕仄仄平仄（第三字不論），但如<u>辛棄疾</u>祝英臺近「烟柳暗南浦」，「十日九風雨」，「哽咽夢中語」，<u>吴文英</u>祝英臺近「花信上釵股」，「不放歲華去」，衹是 ⊕仄仄平仄，第三字必不可平。詩句中所謂一三五不論，到了詞裏，有些地方就非論不可了（參看下文）。因此，<u>萬樹</u>詞律和<u>白香詞譜</u>等書，對於每一字的平仄都有規定。除了指明可平可仄者外，都是平仄不可互易的。一般説來，慢詞比小令的平仄更嚴。

41.2　從一字句至十一字句，平仄都有一定。詞的句子，就平仄

方面説，大致可分爲律句拗句兩種（「律」「拗」祇是取便陳説，没有深意）。律句就是普通的詩句，例如仄仄平平仄，拗句就是古風式的句子，例如仄平平平仄。非但五言七言有律拗之別，連三言四言六言也有律拗之別，三言等於五七言的下三字，所以平平仄和平仄仄是律，仄平仄和仄仄仄是拗。四言等於五七言的上四字，所以仄平平仄，平平平仄，平平仄仄和仄平仄仄是律，平仄平仄和仄仄仄仄之類是拗。六言等於七言的下六字，所以仄仄平平仄仄是律，平平仄平平仄之類是拗。平腳的句子由此類推。大致説起來，唐五代詞差不多全是律句，宋詞則往往律拗相參。詩在古風裏的拗句是隨意的，而詞中的拗句却是規定的，例如聲聲慢第六句平平仄平平仄，必須按譜填詞，非但不容不拗，而且不容拗成別樣，由此看來，它在聲聲慢裏竟該認爲律句而非拗句了。

41.3　在雙闋的詞裏，有些是前後闋完全字數相同，平仄相同，例如浪淘沙前闋仄仄仄平平（韵），仄仄平平（叶），平平仄仄仄平平（叶），仄仄平平平仄仄，仄仄平平（叶），後闋也是一樣；有些是前後闋完全不一樣，例如訴衷情前闋平平仄仄仄平平（韵），仄仄仄平平（叶），平平仄仄平仄，仄仄仄，仄平平（叶），後闋却是平仄仄，仄平仄仄平平（叶），仄平仄仄，仄仄平平，仄仄平平（叶）；有些是前後闋大同小異，例如慶清朝前闋起三句是仄仄平平，平平仄仄，平平平仄平平（韵），後闋起三句是平平仄仄仄，仄仄平仄，仄仄平平（叶），但第四句以後，却同是平平仄仄，平平仄平平（叶），仄仄仄平仄仄，仄平平仄平平（叶），平平仄，仄平仄仄，平仄平平（叶）。完全相同者以小令爲最常見（所謂「雙叠」）；大同小異者以中調及長調爲最常見（往往是起二三句不同，以後全同，亦有起結處皆不同，而中間全同者）；完全不一樣者則頗爲少見。

41.4　句中平仄有甲乙兩種形式均可者；但爲求其變化起見，詞人往往於前闋用甲種形式，於後闋用乙種形式。例如吳禮之喜遷鶯前闋「佳期罕遇」是平平仄仄，後闋「夭桃紅小」却是平平平仄；前闋「徧嬉游寶馬」是仄平平仄仄，後闋「便相期明日」却是仄平平平仄。黃庭堅驀山溪前闋「春未透」是平仄仄，後闋「長亭柳」却是平平仄。有時候，甲種形式是正例，乙種形式是變例，如蘇軾水調歌頭前闋「起舞弄清

影」仄仄仄平仄是正例,後闋却用「但願人長久」仄仄平平仄以求變化,史達祖雙雙燕前闋「翠尾分開紅影」仄仄平平平仄是正例,後闋却用「日日畫欄獨凭」仄仄仄平仄仄以求變化。後人於正例處不敢說可以變化,祇能於變例處註明甲乙兩式均可而已。

41.5　詞字的平仄,大約是以首創的一首詞爲軌範。但是,我們往往不知道某一種詞調是誰首創的,那又該拿什麼做標準呢?最好的辦法自然是拿同調的詞相比較,用歸納的方法來決定詞字的平仄。萬樹在他的詞律裏是這樣做,這是頗合於科學方法的。即使我們確定了某一首詞是示範的詞,也要把其他同調的詞歸納來看,然後知道某處可以不拘平仄,某處平仄不可互易。但是,歸納的結果,不能沒有例外,於是用得着解釋和判斷。試看萬氏對於元好問玉漏遲「白髮又添多少」裏面「白髮」兩字的批評:

> 「白髮」二字乃以入作平,觀子京(宋祁)用「東風」,夢窗(吳文英)用「瑤臺」「黃昏」,歸愚用「何人」,竹山用「盈盈」,皆兩平聲。竹山又有一首用「鶴立」二入聲,正與「白髮」二字同。此二字用平,其下一字必仄,如「白髮」之下必用「又」字也。畫舟用「不耐飛來蝴蝶」,「耐」仄「飛」平,乃誤筆,不可從。

他并没有因爲程垓(畫舟)的詞成了例外,就改變了他的規律。這是他很有眼光的地方。但是,還有一點是萬氏疏忽了的:時代的因素不能不算。即以玉漏遲而論,末六字作「仄仄仄平平仄」者也不乏其人,如歷代詩餘所載,就有下面諸例:

> 那更好游人老。(張炎。)
>
> 無奈酒闌情好。(何夢桂。)
>
> 滿意一篙春浪。(劉因。)
>
> 花月一春多少。(張翥。)
>
> 惆悵落紅多少。(白樸。)
>
> 忘却鏡中白首。(張埜。)
>
> 縱醉可眠芳草。(無名氏。)

由此看來，咱們必須分爲兩個時期去看玉漏遲的平仄。我們姑且説，吴文英以前是一個時期，那時它的末句是「平平仄平平仄」；張炎以後是一個時期，那時它的末句是「仄仄仄平平仄」。至於劉基的玉漏遲末句「寒鴉自啼疏柳」却又是故意摹仿原始形式了。

41.6　詞中入聲字有時可作平聲，萬樹在詞律發凡裏言之鑿鑿，甚可憑信。例如萬氏於蘇軾水調歌頭「又恐瓊樓玉宇」「玉」字下，李重元憶王孫「杜宇聲聲不忍聞」「不」字下，史達祖慶清朝「別樣芳情」「別」字下，等等，都注明「作平」，這些都是有根據的。至於他説上聲可作平聲，則可信的程度較小。又萬氏説及永遇樂的「尚能飯否」和瑞鶴仙的「又成瘦損」，以爲「飯」「瘦」必去，「否」「損」必上，這恐怕祇是技巧的問題，不是規律的問題了。

41.7　現在我們從一字句至十一字句，分別討論它們的平仄。

41.8　(1) 一字句。——詞有所謂一七令，從一字至七字成調，一字則單句，二至七字皆雙句，例如：「愁。迥野，深秋。生枕上，起眉頭。…」(魏扶)。這樣，似乎一字是可以成句的。但是，正如萬樹所説，一七令是一種游戲之作，不能認爲詞調。此外，祇有哨遍後段起句「嘻」字被詞律認爲一字句。還有就是叠句中的一字句了。例如上節所舉陸游釵頭鳳的「錯！錯！錯！」「莫！莫！莫！」呂渭老惜分釵的「重！重！」「忡！忡！」

41.9　一字句雖則少見，一字豆(逗)却是常見。它往往是附於四字之上，湊成五字句，如蔣子雲好事近「任—楊花飄泊」。尤其常見者，是附於八字的兩句之上，而這八字兩句又可以是用對仗的，例如：

> 甚—輕輕覰着，神魂迷亂！(秦觀河傳。)
> 試—煩他纖手，卷上紗籠。(趙長卿瀟湘夜雨。)
> 但—荒烟衰草，亂鴉斜日。(薩都剌滿江紅。)
> 被—歲月無情，暗消年少。(元好問玉漏遲。)
> 漸—酒空金榼，花困蓬瀛。(秦觀滿庭芳。)
> 恨—玉奴消瘦，飛趁輕鴻。(吴文英聲聲慢。)
> 方—春意無窮，青空千里。(張先慶春澤。)
> 愛—貼地爭飛，競誇輕俊。(史達祖雙雙燕。)

似——楚江暝宿，風燈零亂。（周邦彥鎖窗寒。）

正——愁橫斷塢，夢繞溪橋。（史達祖換巢鸞鳳。）

嘆——門外樓頭，悲恨相續。（王安石桂枝香。）

看——檻曲縈紅，檐牙飛翠。（姜夔翠樓吟。）

嘆——腰圍帶剩，點鬢霜新。（陸游沁園春。）

由上面諸例看來，一字豆都是仄聲。這是定格。

41.10　（2）二字句。——二字句頗不多見。比較常用的祇有「平仄」一種，偶然也有「平平」和「仄仄」。它有一個特點：不用則已，用則以入韻爲常。例如，

　　　　調笑令　　　　　　　　　馮延巳
明月！明月！
照得離人愁絕！
　　更深影入空牀，
　　不道幃屏夜長。
　　　長夜！長夜！
　　夢到庭花陰下！
　　　　如夢令　　　　　　　　　秦　觀
鶯嘴啄花紅溜，
燕尾剪波綠皺。
指冷玉笙寒，吹徹小梅春透。
依舊！依舊！
人與綠楊俱瘦！

這是叠句，恰和一字句的叠句相似。其非叠句者，則往往在後闋的起句。雙雙燕、暗香、鎖窗寒、換巢鸞鳳、瑞鶴仙、喜遷鶯等詞的後闋起句是「平仄」，沁園春、鳳凰臺上憶吹簫的後闋起句是「平平」，翠樓吟的後闋起句是「仄仄」（參看下節）。至於既非叠句，而又不在後闋起句者，則較爲罕見。現在試舉出醉翁操、河傳、南鄉子、戚氏四調爲例：

　　　　　醉翁操　　　　　　　　　　　　蘇　軾

琅然，

清圓。

誰彈？

響空山。

無言！

惟翁醉中和其天。

月明風露娟娟。

人未眠。

荷蕢過其前，

曰有心也哉此賢！（後闋略。）

　　　　　河傳　　　　　　　　　　　　　李　珣

春暮，

微雨，

送君南浦。

　　愁斂雙蛾；

落花深處，

　　啼鳥似逐離歌。

　　粉檀珠淚和！

　　　　　南鄉子　　　　　　　　　　　　孫道絢

曉日壓重簷。

斗帳春寒起未忺。

天氣困人梳洗懶，眉尖，

淡畫春山不喜添。

閒把繡絲撏。

認得金鍼又倒拈。

陌上游人歸也未？懨懨！

滿院楊花不捲簾。

　　　　　戚氏　　　　　　　　　　　　　柳　永

晚秋天，

一霎微雨灑庭軒。

檻菊瀟疏,井梧零亂,惹殘烟。

淒然,

望江關(下略)。

41.11 (3)三字句。——三字句最常見者爲平平仄,平仄仄,仄平平,其次爲仄仄仄,仄平仄,仄仄平,最罕見者爲平平平(幾乎可説沒有)。

41.12 三字律句對仗是最普通的情形,例如:

(甲)平仄仄——仄平平

驚塞雁,起城烏。(溫庭筠更漏子。)

深院靜,小庭空。(南唐後主搗練子。)

思往事,惜流光。(歐陽修訴衷情。)

花露重,草烟低。(歐陽修阮郎歸。)

(乙)仄平平——平仄仄

碧雲天,黃葉地。(范仲淹蘇幕遮。)

鬢雲鬆,羅韈劃。(秦觀河傳。)

剪紅情,裁綠意。(吳文英祝英臺近。)

月臨窗,花滿樹。(顧敻酒泉子。)

(丙)平仄仄——平平仄

紅杏了,夭桃盡。(蘇軾占春芳。)

梅雨過,蘋風起。(謝逸千秋歲。)

平仄仄與平平仄往往通用。例如:

憶江南 蘭爐落(皇甫松)——厭厭醉(吳文英)。

謁金門	風乍起(馮延巳)——空相憶(韋莊)。
漁家傲	千障裏(范仲淹)——尋花去(歐陽修)。
天仙子	愁未醒(趙令畤)——傷流景(張先)。
洞仙歌	幽夢覺(劉光祖)——金波淡(蘇軾)。
驀山溪	春未透(黃庭堅)——登雲嶼(晁補之)。
鳳凰臺上憶吹簫	多少事(李清照)——剛剛踢(趙文)。
滿江紅	清鏡裏(陸游)——薰風動(劉過)。

仄仄仄與仄平仄往往通用。例如：

鵲橋仙	又豈在(秦觀)——倒添了(范成大)。
祝英臺近	便老去(史達祖)——倩誰喚(辛棄疾)。
玉漏遲	已換却(周密)——漫空倩(吳文英)。
東風第一枝	做弄出(史達祖)——照花影(史達祖)。
柳梢青	誤幾度(張元幹)——酒醒後(秦觀)。
解佩令	自剪下(晏幾道)——是情事(晏幾道)。
暗香	正寂寂(姜夔)——送帆葉(吳文英)。

(注意)平平仄多用於三字句，仄仄仄多用於三字豆。

41.13 (4) 四字句。——四字句，若就仄脚律句而論，仄平平仄最爲常見，平平平仄次之，平平仄仄又次之，仄平仄仄最爲罕見。若就平脚律句而論，仄仄平平最爲常見，平仄平平次之，平仄仄平和仄仄仄平都是罕見的。

仄平平仄和平平平仄是一類，往往可以通用，例如：

玉漏遲	紫簫聲杳(周密)——花飛時節(程垓)。
滿庭芳	暖風搖曳(宋徽宗)——高堂芳樹(秦觀)。
暗香	錦機雲密(張炎)——梅邊吹笛(姜夔)。
念奴嬌	晚妝鏡罷(趙長卿)——人生行樂(曾覿)。
瑞鶴仙	綺羅叢裏(康與之)——笙簧聲裏(張元幹)。
水龍吟	繞雲縈水(蘇軾)——羅裙零亂(晁補之)。

永遇樂　海棠零亂(趙師俠)——西園支徑(蔣捷)。

它們又常常與平平仄仄通用。例如：

祝英臺近　五更魂夢(程垓)——都無人管(辛棄疾)——相
　　招晚醉(高觀國)。
一斛珠　晚妝初過(南唐後主)——輕雲微月(蘇軾)——天教命
　　薄(晏幾道)。

這些都應該以仄平平仄爲正格(上述宋徽宗滿庭芳「暖風搖曳」這一句
的地方，依歷代詩餘所載一百十五首中，有八十五首是用仄平平仄
的)。詞譜上規定限用平平平仄的地方，依我們猜想，原則上是可以與
仄平平仄(實際上是上平平仄)互易的；祇因資料較少，無從參證罷了。
至於規定限用仄平平仄的地方，却不該隨便變爲平平平仄，尤其是不
能用平平仄仄。(平平仄仄另屬一類，它在寬律裏雖可與仄平平仄相
通，在嚴律裏却是各不相犯的。)

41.14　平平仄仄和仄平仄仄是一類，它們應該是通用的。不過，
因爲後者頗欠和諧，所以在多數的詞調裏，平平仄仄是獨用的。最普
通的情形是拿平平仄仄來對仄仄平平，例如：

非惟我老，更有人貧。(陸游沁園春。)
仙肌勝雪，宮鬢堆鴉。(吳激人月圓。)
當庭月暗，吐燄如虹。(趙長卿瀟湘夜雨。)
風銷絳蠟，露浥紅蓮。(周邦彥解語花。)
草腳愁蘇，花心夢醒。(史達祖東風第一枝。)
燈火烘春，樓臺浸月。(劉鎮高陽臺。)
月冷龍沙，塵清虎落。(姜夔翠樓吟。)
萬里飛霜，千山落木。(張炎綺羅香。)
露涇銅鋪，苔侵石井。(姜夔齊天樂。)
載酒園林，尋花巷陌。(陸游沁園春。)
涼月橫舟，銀潢浸練。(張埜奪錦標。)

（注意）「仄仄平平，平平仄仄」，多見於慢詞前闋起二句。

41.15　仄平仄仄在律句裏雖然頗欠和諧，但它可以當拗句用。有些地方是以用拗句爲宜的，在那種情形之下，却是限用仄平仄仄，不得與平平仄仄相通，尤其不得和仄平平仄或平平平仄相通。例如：

鳳凰臺上憶吹簫　這回去也（<u>李清照</u>）；幾回淡月（<u>趙文</u>）；舊時勝賞（<u>張蕭</u>）。

暗香　翠尊易泣…幾時見得（<u>姜夔</u>）；粉英落盡…再調玉鼎（<u>趙以夫</u>）；軟紅路接…兩堤翠匝（<u>吳文英</u>）；蘚碑露泣…小舟泛得（<u>陳允平</u>）；料應太液…臥橫紫笛（<u>張炎</u>）；故園夢接…此時共折（<u>張炎</u>）；石牀冷落…幾曾忘却（<u>張炎</u>）。（「忘」讀去。）

雙雙燕　過春社了（<u>史達祖</u>）。

新雁過妝樓（一名瑤臺聚八仙）　紺雲暮合（<u>吳文英</u>）；素娥慣得（<u>吳文英</u>）；頓涼驟覺（<u>陳允平</u>）；故人念我（<u>張炎</u>）；倩人醉裏（<u>張炎</u>）；底須謝展（<u>張炎</u>）；翠微喚酒（<u>張炎</u>）。

瑞鶴仙　洞天自樂（<u>周邦彥</u>）；甚時是足（<u>趙長卿</u>）；未容退避（<u>趙長卿</u>）；盛傳鞏洛（<u>張元幹</u>）；太平再見（<u>康與之</u>）；縱歡細酌（<u>曾覿</u>）；自歌自送（<u>楊无咎</u>）；甚時去得（<u>侯寘</u>）；惱人睡足（<u>侯寘</u>）；數聲畫角（<u>辛棄疾</u>）；欲歸未得（<u>辛棄疾</u>）；有時夢去（<u>袁去華</u>）；淺如故否（<u>趙彥端</u>）；恨長怨永（<u>王千秋</u>）；醉扶玉腕（<u>楊炎</u>）；怎生意穩（<u>陸淞</u>）；萬緣自得（<u>高觀國</u>）；又成瘦損（<u>史達祖</u>）；舊家姊妹（<u>史達祖</u>）；鈿車寶馬（<u>李昂英</u>）；看誰瘦損（<u>陸叡</u>）；賸追笑樂（<u>方千里</u>）；幾時覓得（<u>吳文英</u>）；聳秋井幹（<u>吳文英</u>）；鏡中未晚（<u>吳文英</u>）；未如鬢白（<u>吳文英</u>）；半簾晚照（<u>吳文英</u>）；爲誰自綠（<u>毛开</u>）；素娥未識（<u>蔣捷</u>）；半廊界月（<u>蔣捷</u>）；碎蛩訴月（<u>蔣捷</u>）；又還醉也（<u>蔣捷</u>）；夢中更樂（<u>陳允平</u>）；向人睍睆（<u>陳允平</u>）；正調絃促（<u>歐良</u>）；夜長自語（<u>張炎</u>）；絳紗萬燭（<u>劉瀾</u>）；等閒過了（<u>葛長庚</u>）。

(注意)在歷代詩餘所載四十首瑞鶴仙中,祇有兩個例外。其
　　一是康與之的「偷彈淚血」(平平仄仄),另一是張榘的
　　「汎埽六合」(仄仄仄仄)。後者是拗句,仍可以不必認爲
　　例外的。

41.16　此外,真正的四字仄脚拗句,最常見的是平仄平仄,多用
於慢詞裏。當它被採用的時候,偶然和⑫平平仄相通(變例)。它的第
三字必平,第一第二兩字平仄偶然可以對換。例如:

解語花　嬉笑游冶(周邦彥);明艷容冶(方千里);曾試纖指
　　(吳文英);春態容冶(陳允平);變例: 苦無分曉
　　(周邦彥)。
換巢鸞鳳　一帳春曉(史達祖)。
桂枝香　天氣初蕭…悲恨相續…衰草凝綠(王安石);蛩韵凄
　　切…猶未成屑…非雨非雪(陳允平);松炬如畫…瀟灑如
　　舊…容易消瘦(唐藝孫);霜老枯荻…一醉秋色(「一」字
　　作平)…空記行跡(唐珏);歸夢溪曲…清泛佳菊…謾懷
　　幽獨(變例)(練恕可);辟寒金粟(變例)…花影堪搠…芳
　　杜爲屋(張翥);一見秋色…休問何夕…幾分消息(變例)
　　(張炎)。
齊天樂　離思何限(周邦彥);愁緒無限(楊无咎);相和砧杵
　　(姜夔);容易墮去(史達祖);還被吹醒(史達祖);曾倩排
　　遣(史達祖);春翠偷聚(史達祖);詩思誰領(史達祖);烟
　　際沈鷺(吳文英);玉(作平)斡金蕊(吳文英);坡靜詩卷
　　(吳文英);雪(作平)面波鏡(吳文英);同剪燈語(吳文
　　英);樂(作平)事常少(吳文英);雲外別墅(吳文英);芳
　　艷流水(吳文英);蘭蕙疏綺(吳文英);曾共誰倚(陳允
　　平);歸興無限(陳允平);芳意偷變(周密);春到多少(周
　　密);清致誰識(周密);依舊眉嫵(周密);雙鬢如雪(周
　　密);心事誰表(周密);難貯零露(王沂孫);芳意今少(張
　　炎);猶是遲了(張炎);翻笑行樂(張炎);都是愁處(張

炎）；空被花惱（張炎）；還記游歷（張炎）；如聽風雨（張
炎）；獨（作平）抱淒楚（張炎）；書畫船小（張炎）；飛夢湘
楚（張炎）；書帶題扇（劉瀾）；絲鬢無數（李萊老）；雙鬢何
許（王易簡）；銀露千頃（唐藝孫）；頻報秋信（呂同老）；如
許幽抱（練恕可）；猶記嬌鬢（唐珏）。

永遇樂　春尚留戀（趙師俠）；雲氣凝聚（蔣捷）。

疎影　　枝上同宿…飛近蛾綠（姜夔）；還更清絕…獨（作平）
抱孤潔（張炎）。

戚氏　　蛩響衰草（柳永）；玄圃清寂（蘇軾）。

比較少見的是平仄仄仄，例如：

聲聲慢　眠又未得（劉涇）；吹斷曉笛（高觀國）；多占秀碧（蔡
崧年）；花下秉燭（張翥）；愁字了得（李清照）。

最罕見的自然是仄仄仄仄，像吳文英鶯啼序「傍柳繫馬」這種例子恐怕
很少很少。

41.17　講到平腳的四字律句，應該以仄仄平平爲正格，它是和平
仄平平通用的。例如：

點絳脣　　鳳管雲笙（趙長卿）——來是春初（曾允元）。
減字木蘭花　月破黃昏（王安國）——涼氣侵樓（呂渭老）。
醜奴兒　　繡帶雙垂（和凝）——長閉簾櫳（晏幾道）。
訴衷情　　最斷人腸（歐陽修）——誰伴朝雲（晏幾道）。
畫堂春　　睡損紅妝（黃庭堅）——無奈春歸（徐俯）。
醉花陰　　寶枕紗厨（李清照）——簾卷西風（李清照）。
踏莎行　　密約沈沈（寇準）——春色將闌（寇準）。

平仄仄平和仄仄仄平是一類，它們頗爲罕見。例如：

河傳　　何處夢回（徐昌圖）；常記那回（秦觀）；巧笑靚妝（黃庭

堅）。

感皇恩　囘首舊游（賀鑄）；熟睡起来（晁冲之）；把酒勸君（晁冲之）；憑遠下臨（葛郯）；蝴蝶滿園（葛郯）；往事舊歡（周邦彥）；千里斷腸（趙企）；席上看君（辛棄疾）；一壑一丘（辛棄疾）；温詔鼎來（陸游）；黄閣紫樞（陸游）；塵世利名（韓玉）。

暗香　寄與路遥（姜夔）；月濕斷磯（趙以夫）；雁水夜清（吳文英）；雁渚渡間（陳允平）；向人弄芳（張炎）。

聲聲慢（平韵）　猶在禁街（宋徽宗）；猶自未知（宋徽宗）；猶自未歸（趙長卿）；終待共游（趙長卿）；枕畔數枝（李彌遜）；人似舊游（辛棄疾）；淚落塞邊（吳潛）；影入畫簷（吳文英）；行雨夢中（吳文英）；人在小樓（吳文英）；分與雁聲（蔣捷）；還賦小山（周密）；千縷碎雲（周密）；閒過此秋（王沂孫）；船過剡溪（王沂孫）；如雁也無（王沂孫）；猶自未逢（張炎）；却是故鄉（張炎）；都付與秋（張炎）；依舊燕來（張炎）；猶自未聞（張炎）；垂幔過墙（史可堂）；猶在杏花（尹濟翁）；腸斷數聲（張翥）。

（注意）此係與上文三字豆「仄平平」合成一句，則七字共成「仄平平⊕仄仄平」，兩個或三個平聲之後，應有兩個仄聲。這可以説是受了上面「仄平平」的影響。參看下文七字句條論鎖窗寒。

喜遷鶯　著意絆春（蔣捷）；稔歲閏正（吳禮之）。

望海潮　金谷俊游（秦觀）；鴛瓦雉城（秦觀）；山倚斷霞（折元禮）。

這一類應以平仄仄平爲正格，仄仄仄平爲變例。

41.18　平脚四字拗句，以平平仄平爲較常見。在極偶然的情形下，它可以和仄平仄平相通，但絕對不能用仄平平平（第三字必仄）。例如：

醉太平　長亭短亭，春風酒醒……芙蓉繡裍，江山畫屏（戴復

　　　　古);情高意真,眉長鬢青…思君憶君,魂牽夢縈(劉過)。

鳳鳳臺上憶吹簫　從今又添(李清照);詩人案頭(趙文)。

附註:

【註三十六】　詞字不但講究平仄,有些詞人還講究四聲(平上去入)。

萬樹詞律發凡云:「平仄固有定律矣,然平上一途,仄兼上去入三種,不可遇仄而以三聲概填。蓋一調之中,可概者十之六七,不可概者十之三四,須斟酌而後下字,方得無疵。此其故當於口中熟吟,自得其理。夫一調有一調之風度聲響,若上去互易,則調不振起,便成落腔。尾句尤為吃緊,如永遇樂之『尚能飯否』,瑞鶴仙之『又成瘦損』,『尚』『又』必仄,『能』『成』必平,『飯』『瘦』必去,『否』『損』必上,如此然後發調。末二字若用平上或平去,或去去,上上,上去,皆為不合。元人周德清論曲,有煞句定格。夢窗論詞亦云某調用何音煞。雖其言未詳,而其理可悟。余嘗見有作南曲者,於千秋歲第十二句五字語,用去聲住句,使歌者激起,打不下三板。因知上去之分,判若黑白。其不可假借處,關係一調,不得草草。古名詞之妙,全在於此。若總置不顧,而任便填之,則作詞有何難處,而必推知音者哉?且照古詞填之,亦非甚苦難,但熟吟之,久則口吻間自有此調聲響,其拗字必格格不相入,而意中亦不想及此不入調之字矣。譬之南曲極熟爛,如黃鶯兒中,兩四字句用平平仄平,作者口中、意中,必無仄仄平平矣。安用費心耶?所謂上去亦然。蓋上聲舒徐和軟,其腔低,去聲激厲勁遠,其聲高,相配用之,方能抑揚有致。大抵兩上、兩去,在所當避。而篇中所載古人用字之法,務宜仿而從之,則自能應節,即起周郎聽之,亦當蒙印可也。更有一要訣曰:名詞轉折跌蕩處多用去聲,何也?三聲之中,上入二者可以作平,去則獨異。故余嘗竊謂:論聲雖以一平對三仄,論歌則當以去對平上入也。當用去者,非去則激不起,用入且不可,斷斷勿用平上也。」

又云:「或曰:入聲派入三聲,吾聞之中原韻務頭矣;上之作平,何居?余曰:中州韻不有『者也』作平乎?上之為音輕柔而退遜,故

近於平。今言詞則難信，姑以曲喻之。北曲清江引末一字可平亦可上，如西廂之『下場頭那答兒發付我』，『我』字上聲；『香美娘處分破花木瓜』，『瓜』字平聲。天下樂『泛浮查到日月邊』，『邊』字平聲；『安排着憔悴死』，『死』字上聲。如此等甚多，用上皆可代平，却用不得去聲字。但試於口吻間諷誦，自覺上聲之和協，而去聲之突兀也。今旁註平之可仄者，因不便瑣細，止註可仄。高明之家，自能審酌用之。至有本宜平聲而古詞偶用上者，似近於拗，此乃藉以代平，無害於腔，故註中多爲疏明。如何籀宴清都前結用『那更天遠，山遠，水遠，人遠』，書舟亦效之，用四『好』字。蓋『遠』『好』皆上聲，故可代平。其句字本宜如美成所作：『庾信愁多，江淹恨極須賦。』『多』字『淹』字宜用平聲，此以二『遠』字代之，填入去聲不得。譜圖讀作上六下四，認『遠』字仄聲，總註可仄，是使人上去隨用，差極矣。此類尤伙，不能遍引，閱者著眼。」又云：「入之派入三聲，爲曲言之也。然詞曲一理，今詞中之作平者比比而是，比上作平者更多，難以條舉。作者不可因其用入是仄聲而填作上去也。且有以入叶上者，不可用去；以入叶去者，不可用上，亦須知之。以上二項皆確然可據，故諄復言之，不厭婆舌，勿云穿鑿可也。」力按，入聲派入三聲，恐怕是宋代某些方言入聲已經消失，轉入三聲，不一定是派入。

第四十二節　詞字的平仄（二）
——五字至六字句

42.1　（5）五字句。——五字句可分爲律拗二種。律句就是普通的五言律詩的句子。仄脚的五言律句以⓪仄平平仄爲最常見，平平平仄仄爲較少見；平脚的五言律句以⓪仄仄平平爲最常見，平平仄仄平爲最罕見。例如：

　　（甲）仄仄平平仄。生查子前後第二第四句。卜算子前後第二第四句。誤佳期前後第四句及後第二句。惜分飛前後第三句。南歌子前後第一句。醉花陰前後第二第五句。虞美人前後第二句。蝶戀花前後第三句。河傳後第三句。蘇幕遮

前後第四第七句。錦纏道前後末句。青玉案前後末句。千
秋歲前後第六句及前第一句。御街行前後末句。驀山溪前
後第二第九句。燭影搖紅第四句。

（乙）㋐平平仄仄　菩薩蠻後第一句。謁金門前後第四句。臨
江仙前後第四句。感皇恩前後第六句。千秋歲前後第五句。
洞仙歌後第一句。滿庭芳後第一句。換巢鸞鳳前第四句。
翠樓吟前第四後第五句。瑞鶴仙前第一句。齊天樂後第
二句。

（丙）㋑仄仄平平　憶江南第二句。如夢令第三句。昭君怨前
後第三句。生查子前後第三句。菩薩蠻前後第三句。卜算
子前後第一句。訴衷情前第二句。好事近前第一句。誤佳
期後第一句。人月圓前第二句。眼兒媚前第二句。醉花陰
前後第三句。浪淘沙前後第一句。南鄉子前後第一句。臨
江仙前後第五句。感皇恩前第一句。風入松前後第二句。
驀山溪前後第三第六句。

（丁）平平仄仄平　此式除與仄平平仄平通用外，很少獨用者。
譬如白香詞譜中，就衹有南歌子一譜第二句是用這種形式
的。當其與仄平平仄平通用時，亦以後者爲正例。這和律詩
的情形大不相同。參看下文。

42.2　在五言律詩，每句第一字的平仄是不拘的；但是，在詞裏，
有些地方的五字句，連第一字的平仄也是固定的。詞律比詩律更嚴，
由這種地方可以見得。例如：

（甲）平仄平平仄（不作仄仄平平仄）。

　　解語花　燈市光相射（周邦彥）；多買鶯鶯笑（周邦彥）；香潤
　　　　殘冬被（吳文英）；星斗寒相射（方千里）。

（乙）仄平平仄仄（不作平平平仄仄）。

　　玉漏遲　杏香消散盡（宋祁）；一春渾不見（程垓）；絮花寒食
　　　　路（吳文英）；雁邊風信小（吳文英）；老來歡意少（周密）；

竹多塵自掃（張炎）；浙江歸路杳（元好問）；故園平似掌（劉因）；病懷因酒惱（張翥）；碧梧深院悄（白樸）；桂香浮綠酒（張埜）；海榴花似火（劉基）。

陌上花　滿羅衫是酒（張翥）。

齊天樂　但愁斜照斂（周邦彥）；畫船喧疊鼓（周邦彥）；爲誰眉黛斂（楊无咎）；歲添長命縷（劉圻父）；一聲聲更苦（姜夔）；更蒼烟白鷺（張輯）；楚峰烟數點（高觀國）；有愁誰爲寄（高觀國）；爲誰簪短鬢（高觀國）；奈何詩更苦（史達祖）；樹頭喧夜永（史達祖）；帕羅香自滿（史達祖）；待歸聽俊語（史達祖）；九秋宮殿冷（史達祖）；雁衡千里月（方岳）；曉醒春夢穩（翁孟寅）；倩人傳此意（洪璞）；料應眉黛斂（方千里）；驟飛滄海雨（吳文英）；煉顏銀漢水（吳文英）；暮天菱唱遠（吳文英）；晚風吹半醒（吳文英）；畫旗飄賽鼓（吳文英）；亂鴉溪樹繞（吳文英）；洞簫誰院宇（吳文英）；亂蛩疏雨裏（吳文英）；種花招燕子（吳文英）；喚人吟思遠（陳允平）；四山烟翠斂（陳允平）；夢隨春去遠（周密）；看花人自老（周密）；醉歌浮大白（周密）；細將梅蕊數（周密）；暮烟聲更咽（周密）；恨春容易老（周密）；柳絲千萬縷（王沂孫）；笑人歸較晚（王沂孫）；甚時重去好（張炎）；亂紅休去掃（張炎）；露涼鷗夢闊（張炎）；故山空放鶴（張炎）；抱琴歸去好（張炎）；近來無杜宇（張炎）；問春何處好（張炎）；傍江橫峭壁（張炎）；此心游太古（張炎）；翠簾深幾許（張炎）；渭濱人未老（張炎）；晋人清幾許（張炎）；感時花淚濺（劉瀾）；一聲聲是怨（王月山）；解隨人去遠（儲泳）；砌蛩終夜語（李萊老）；小樓今夜雨（王易簡）；半牕留鬢影（唐藝孫）；怕翻雙翠鬢（呂同老）；粉匲雙鬢好（練恕可）；苦吟清夜永（唐珏）。

綺羅香　夜窗聽暗雨（張炎）；做成情味苦（張翥）。
（詞律云結句與齊天樂平仄吻合。）

（丙）仄仄仄平平（不作平仄仄平平）。

離亭燕　此處忽相逢…夢去倚君旁(黃庭堅)；燭下小紅妝…
悵望採蓮人(晁補之)；蓼嶼荻花洲…悵望倚層樓
(張昇)。

42.3　律句拗救,在詩裏是被認爲和一般律句同其功用的。譬如
平平仄平仄,是和平平平仄仄相通的。在詞裏就不然了：這些由律句
小變的句子可以認爲「準律句」,但是這些準律句往往是不和那些真律
句相通的。例如：

(甲) 平仄仄平仄(不作⑧仄平平仄,但偶然可作仄仄仄平仄；第
一字不拘,第三字必仄)。

祝英臺近　還過釣臺路…攲枕聽鳴櫓…心事兩無據(蘇軾)；
新燕近簾語…燈火小橋路…風雨暗花圃(呂渭老)；離恨
慘歌舞…開徧小春暮…知解怨人否(趙長卿)；烟柳暗南
浦…十日九風雨…哽咽夢中語(辛棄疾)；深院又春晚…
無語小妝懶…羞怕淚痕滿(程垓)；梅雪印苔絮…易散苦
難聚…吹恨正無數(趙彥端)；花裏控金勒…都在畫闌
側…飛上鬢雲碧(劉過)；欲起病無力…一日近一日(一
字作平)…顒頓小樓側(劉過)；風日共清美…湘綠漲沙
嘴…爭似且留醉(張輯)；更向別離處…香雪照尊俎…淮
海謾千古(張輯)；沙路净如洗…花柳自多麗…無處倩雙
鯉(黃機)；花影暗南浦…蘭艇採香去…端的此心苦(高
觀國)；獨自個春睡…不似舊風味…春在可憐裏(高觀
國)；前事怕重記…新夢又溱洧…春草更憔悴(史達祖)；
春到斷腸處…欲過大堤去…不敢寄愁與(史達祖)；雲暖
翠微路…淺約畫行處…鶯漏漢宮語(吳文英)；竹冷翠微
路…沙印小蓮步…歸夢趁風絮(吳文英)；低捲繡簾半…
擾擾似情亂…剪燭記同看(蔣捷)；瑤草四時碧…花氣透
簾隙…鶯燕似曾識(周密)；愁與病相半…絲竹静深院…
羞見看花伴(周密)；寂寞漢南樹…芳事頓如許…心事已
遲暮(張炎)；船檥水村悄…生氣覆瑤草…五色散微照

（張炎）；人醉萬花醒…白髮半垂領…樂事在瓢飲（張炎）；空谷飲甘露…蕭艾遽如許…山鬼竟無語（張炎）；苔老舊時樹…童子更無語…還賦斷腸句（張炎）；憶得舊游戲…同在彩雲裏…都是去時淚（無名氏）；好夢總無據…敧枕聽殘雨…清瘦自羞覷（吳淑姬）。

（注意）這種形式偶然又與平平仄平仄通用，如張榘「天香漬冰露」，吳文英「無塵浣流水」，「還迷鏡中語」，張炎「逢迎斷橋路」，湯恢「無人埽紅雪…瓊枝爲誰折」，「濃香半狼藉…元無片雲隔」，李彭老「輕陰小庭院」。然此已非北宋舊法。且此譜前闋第三句仍必須用平仄仄平仄，不過於前闋第五句及後闋第五句偶然可變爲平平仄平仄罷了。

水調歌頭　瀟灑太湖岸…落日暴風雨（蘇舜欽）；離別一何久…鼓吹助清賞（蘇軾）；明月幾時有…起舞弄清影（蘇軾）；河漢下平野…莫恨歲華晚（葉夢得）；霜降碧天靜…疊鼓鬧清曉（葉夢得）；渺渺楚天闊…危檻對千里（葉夢得）；物我本虛幻…寄語舊猿鶴（李綱）；涼吹送溪雨…倚枝飽山閣（侯寘）；我飲不須勸…一笑出門去（辛棄疾）；造物故豪縱…老子舊游處（辛棄疾）；歲歲有黃菊…君起更斟酌（辛棄疾）；落日暗塵起…季子正年少（辛棄疾）；長記與君別…有酒徑須醉（朱熹）。

（注意）此譜雖不如祝英臺近那樣嚴格，然仍該以平仄仄平仄爲正例。説見詞律。

（乙）平平仄平仄（不作⊕平平仄仄；第三字必仄，第一字不拘）。

瑞鶴仙　斜陽映山落（周邦彥）；碧天净如水（趙長卿）；纖歌遏雲際（趙長卿）；東風夜來惡（張元幹）；冰輪桂華滿（康與之）；蘭釭半明滅（康與之）；紫風度池閣（曾覿）；霜華弄初日（侯寘）；溪匯照梳掠（辛棄疾）；舟人好看客（辛棄疾）；斜陽掛深樹（袁去華）；十年漫回首（趙彥端）；樓臺

競裝點(楊炎);屏間麝煤冷(陸淞);提攜遠塵境(高觀
國);回頭翠樓近(史達祖);冰霜一生裏(史達祖);鼇山
海雲駕(李昂英);千金買光景(陸叡);威聲際沙漠(張
榘);無風自花落(方千里);乘槎上銀漢(吳文英);天邊
歲華轉(吳文英);林聲怨秋色(吳文英);人生斷腸草(吳
文英);輕紗睡初足(毛幵);風檠背寒壁(蔣捷);梅花太
孤潔(蔣捷);山川夢淒切(蔣捷);層簾四垂也(蔣捷);樓
危萬山落(陳允平);蛾眉畫來淺(陳允平);何人抱幽獨
(歐良);匆匆話離緒(張炎);江空珮鳴玉(劉瀾);孤村帶
清曉(葛長庚)。

祝英臺近　何曾夢雲雨(蘇軾);別來負情素(趙長卿);才簪
又重數(辛棄疾);風前問征路(趙彥端);歡聲動阡陌(劉
過);無田種瓜得(劉過);後期幾重水(張輯);丹砂有奇
趣(張輯);殷紅鬪輕草(黄機);嬌姿黯無語(高觀國);梅
花煞憔悴(高觀國);柔條暗縈繫(史達祖);風標較消瘦
(史達祖);霞腴污塵土(張榘);新妝趁羅綺(吳文英);柔
香繫幽素(吳文英);晴和曉烟舞(吳文英);輕陰便成雨
(吳文英);珠簾卷幽月(湯恢);清光最先得(湯恢);生綃
合歡扇(李彭老);餘香半憔悴(無名氏)。

(注意)張炎在這種地方用平仄仄平仄,非北宋舊法。然平平
仄平仄與仄仄仄平仄頗有相通之理,故鄭獬好事近「紅
韡踏殘雪」蔣子雲作「酒病煞如昨」。

(丙) 仄平仄仄仄(第三字拗,第四字不救)。

疏影　那人正睡裏(姜夔);為容不在貌(張炎)。

(丁) 仄平平仄平(第一字偶然不拘,第三字必平)。

菩薩蠻　還鄉空斷腸…畫船聽雨眠(李白?);有人樓上愁…
長亭連短亭(李白?);一行書也無…也無書寄伊(李

白?)；弄妝梳洗遲…雙雙金鷓鴣（溫庭筠）；雁飛殘月
天…玉釵頭上風（溫庭筠）；暫來還別離…月明花滿枝
（溫庭筠）；雨晴紅滿枝…玉關音信稀（溫庭筠）；覺來聞
曉鶯…鏡中蟬鬢輕（溫）；送君聞馬嘶…綠窗殘夢迷
（溫）；鬢輕雙臉長…社前雙燕迴（溫）；背窗燈半明…燕
飛春又殘（溫）；淚痕沾繡衣…燕歸君不歸（溫）；驛橋春
雨時…此情誰得知（溫）；杏花零落香…無憀獨倚門（獨
字作平，否則是例外）（溫）；臥時留薄妝…錦衾知曉寒
（溫）；滿庭萱草長…憑闌魂欲消（溫）；綠檀金鳳凰…畫
樓殘點聲（溫）；秋波浸晚霞（例外）…羅衣無此痕（溫）；
游絲狂惹風…相思難重陳（和凝）；美人和淚辭…綠窗人
似花（韋莊）；畫船聽雨眠…還鄉須斷腸（韋莊）；滿樓紅
袖招…白頭誓不歸（例外）（韋莊）；酒深情亦深…人生能
幾何（韋莊）；此時心轉迷…憶君君不知（韋莊）；玉郎猶
未歸…錦屏春晝長（牛嶠）；臉波和恨來…鴛鴦誰并頭
（牛嶠）；窗寒新雨晴…羨他初畫眉（牛嶠）；向他情漫
深…夢回燈影斜（牛嶠）；一枝紅牡丹…回頭應眼穿（牛
嶠）；畫屏山幾重…問郎何日歸（牛嶠）；斂眉含笑驚…盡
君今日歡（牛嶠）；雙雙飛鷓鴣…望中烟水遙（李珣）；杜
鵑啼落花…淚流紅臉斑（李珣）；心隨征櫂遙…舊歡何處
尋（李珣）；手提金縷鞋…教君恣意憐（例外）（南唐後
主）；繡衣聞異香…相看無限情（南唐後主）；秋波橫欲
流…魂迷春夢中（南唐後主）；更長人不眠…微風涼繡衣
（馮延巳）；畫船聽雨眠…綠窗離別難（馮）；雙蛾枕上顰
（例外）…玉箏如淚彈（馮）；關山人未還…輕風花滿檐
（馮）；碧籠金鏁橫…寶箏悲斷絃（馮）；翠屏烟浪寒…落
楪飛曉霜（馮）；流螢殘月中…夢隨寒漏長（馮）；落楪生
晚寒…江南春草長（馮）；楚歌嬌未成…畫橋東復東
（馮）。

（注意）有些詞調的句子雖也是仄平平仄平，但它的意義節奏
　　　是三二，即仄平平——仄平。如劉過醉太平「寫春風一

數聲」,宋祁錦纏道「向郊原一踏青」等。

42.4　有些詞句,雖然表面上是律句和準律句相通,實際上是以用準律句爲原則的。例如長相思,更漏子,阮郎歸,其中的⑧平平仄平雖偶然可作平平仄仄平,究以前者爲正:

長相思　吳山點點愁(變)…月明人倚樓(白居易);陽臺行雨迴…空房獨守時(「獨」字作平,否則是變例)(白居易);閑庭花影移…相逢知幾時(馮延巳);休教成鬢霜…如何留醉翁(劉光祖)。

更漏子　畫屏金鷓鴣…夢長君不知(溫庭筠);滿庭堆落花…舊歡如夢中(溫);此情須問天…覺來更漏長(溫);待郎熏繡衾…玉籤初報明(溫);兩行征雁分…一聲村落雞(溫);落花香露紅…待郎郎不歸(韋莊);月明楊柳風…玉釵橫枕邊(牛嶠);兩鄉明月心…告天天不聞(牛);馬嘶霜葉飛…覺來江月斜(牛);紅紗一點燈(「一」字作平)…梁間雙燕飛(毛文錫);露華濃溼衣…怎生瞋得伊(歐陽炯);明月上金鋪(例外)…鏡塵鸞影孤(歐陽炯);博山香炷融…映簾懸玉鉤(毛熙震);燈花結碎紅(「結」字作平)…竊香私語時(毛熙震);此情千萬重…寒江天外流(馮延巳);暮潮人倚樓…酒醒空斷腸(馮);離人殊未歸…誰家夜搗衣(變)(馮);蕭條漸向寒(變)…風搖夜合枝(變)(馮);西風寒未成…前歡淚滿襟(變)(馮);夜來衾枕寒…空階滴到明(變)(馮);滿庭噴玉蟾…此情江海深(孫光憲);無言淚滿襟(變)…斷腸西復東(孫);相思魂欲消…別來情更多(孫);此生誰更親…霜天暖似春(變)(孫);孤心似有違(變)…漏移燈暗時(孫);花時醉上樓(變)…相思魂夢愁(孫)。

(注意)溫庭筠更漏子五首,前後闋末句皆⑧平平仄平,無一例外;或以爲「空階滴到明」一首亦溫所作,則爲唯一之例外。南唐以後,例外較多,終當以⑧平平仄平爲正格。

阮郎歸　風和聞馬嘶…日長蝴蝶飛…人家簾幕垂…畫堂雙
　　　燕歸(歐陽修)；春如日(作平)墮西…花深十(作平)二
　　　梯…隔城聞馬嘶…秋千教放低(吳文英)。
(注意)詞律云：「『日』『十』二字，夢窗必以入作平，蓋此等句
　　　法以平仄平爲妙。作者不盡然…然高明者必能用平
　　　也」。

42.5　真正的五言拗句較常見者只有兩種：第一種是仄平平平
仄，第二種是平平仄平平。它們都不是普通的五言句子。

42.6　仄平平平仄的意義節奏是一四或三二。前者等於一字豆
加四字句，但這種形式往往是和「三二」互用的。例如：

賀聖朝　莫—悤悤歸去…更—一(作平)分風雨…且高歌—
　　　休訴…再相逢—何處(葉清臣)；有—一(作平)枝先白…
　　　更—清香堪惜…早—紛紛籍(詞律云作平)籍…任—叫
　　　(宜平)雲橫笛(趙師俠)。
好事近　按—涼州初徹…有—山頭明月(鄭獬)；入—薰風池
　　　閣…任—楊花飄泊(蔣子雲)。
(注意)此式偶然可用仄仄平平仄，然其節奏仍是一四，或一
　　　二二。
洞仙歌　自—清涼無汗(蘇軾)；怪—重陽菊(作平)早(晁補
　　　之)；但—涼蟾如畫(王安中)；鎖—山城清曉(劉一止)；
　　　望—青蔥無路(辛棄疾)；放曉(宜平)晴—庭院(李元
　　　膺)；漸—秋光淒切(沈端節)；最難忘—杯酒(蔣捷)；
　　　掛—飛來孤劍(張炎)。

42.7　平平仄平平往往與三字豆合成八字句，如蘇軾「但屈旨—
西風幾時來」。參看下文八字句條。

42.8　(6)六字句。——六字句是四字句的延長：它是從四字句
的上面加上一節(兩音)，而不是從五字句的上面加上一字。由此看
來，仄腳的六字律句第二第六字必仄，第四字必平；平腳的六字律句第

二第六字必平，第四字必仄。恰和四字句一樣，仄脚六字律句以⑭仄仄平平仄最爲常見，⑯仄平平平仄次之，仄仄平平仄仄又次之，⑭仄仄平仄仄仄最爲罕見。若就平脚律句而論，⑭平仄仄平平最爲常見，⑭平平仄平平次之，⑭平仄平和平平仄仄仄平都是罕見的。

　　⑭仄仄平平仄和⑯仄平平平仄是一類，往往可以通用。例如：

河傳　背鎖落花深院(黃庭堅)—早被東風吹散(秦觀)。
感皇恩　未肯等閑分付(周邦彦)—又被春風吹醒(周邦彦)。
離亭燕　雲際客帆高掛(張昇)—携手松亭難又(晁補之)。
御街行　吹盡一簾煩暑(辛棄疾)—伴我情懷如水(李清照)。
聲聲慢　簾外燕喧鶯寂(劉涇)—惟有寒沙鷗熟(李演)。
陌上花　一看一回腸斷(張堯)—重整釵鸞箏雁(張堯)。
瑞鶴仙　盛集寶釵金釧(康與之)—被褪嬉游行樂(張元幹)。
謁金門　金爐暗挑殘燭(韋莊)—重疊關山歧路(牛希濟)。

但當其嚴格時，是限定⑭仄仄平平仄獨用，例如：

如夢令　遙夜月明如水…風緊驛亭深閉…霜送曉寒侵被…
　　門外馬嘶人起(秦觀)；鶯嘴啄花紅溜…燕尾剪波綠(作平)皺…吹微小梅春透…人與綠楊俱瘦(秦觀)。
摸魚兒　天氣嫩寒輕暖(張堯)；惟有綺羅香散(張堯)。
玉漏遲　繡陌亂鋪芳草(宋祁)；數曲暮雲千疊(程垓)；愁滿
　　畫船烟浦(吳文英)；定怯藕絲冰腕(吳文英)；依舊故人
　　懷抱(周密)；世累苦相縈繞(元好問)；人去月斜雲杳(張堯)；鈍筆近來如帚(張埜)；斷續一庭金奏(劉基)。

當其從寬時，却又非但⑯仄平平平仄可通，甚至仄仄平平仄仄也可以通用了。例如：

鵲橋仙　靈漢舊期還至(歐陽修)—萬里銀河低掛(李之儀)—開遍紅蓮萬蕊(張先)。

河滿子　溪女送花隨處（張先）—見說岷峨悽愴（蘇軾）—悵
　　　望浮生急景（孫洙）。

風入松　愁夜黛眉顰翠（侯寘）—紅杏香中歌舞（于國寶）—
　　　料峭春寒中酒（吳文英）。

洞仙歌　吹落九天風露（葛郯）—柳髮離離如此（張炎）—軋
　　　軋朱扉暗叩（王安中）。

水調歌頭　疇昔此山安在（辛棄疾）—富貴何時休問（辛棄
　　　疾）—余既滋蘭九畹（辛棄疾）。

42.9　⊗仄平平仄仄本不與⊗仄仄平平仄同類；從寬的時候雖
可相通，從嚴的時候它卻是獨用的。例如：

玉漏遲　門外星星柳眼（程垓）；蕙圃妖桃過雨（宋祁）；綵掛
　　　秋千散後（吳文英）；淨洗浮雲片玉（吳文英）；猶想烏絲
　　　醉墨（周密）；寒木猶縣故葉（張炎）；長苦冰霜壓盡（何夢
　　　桂）。

暗香　何遜而今漸老（姜夔）；爲問玉（作平）堂富貴（趙以
　　　夫）；天際疏星趁馬（吳文英）；彌望澄光練淨（陳允平）；
　　　一見依然似語（張炎）；一笑東風又急（張炎）；不信相如
　　　便老（張炎）。

桂枝香　千里澄江似練（王安石）；寂寞天香院宇（陳允平）；
　　　猶記燈寒暗聚（李彭老）；還見沙痕雪外（唐藝孫）；還是
　　　秦星夜映（練恕可）；還見青筐似繡（唐珏）。

42.10　平腳六言律句，普通祇有⊕平平仄仄平平和⊕平平仄平平
兩種，而它們又是通用的。例如：

醉太平　無端惹起離情（戴復古）—小樓明月調箏（劉過）。

清平樂　紅樓桂酒新開（晏幾道）—春無踪跡誰知（黃庭堅）。

畫堂春　弄晴小雨霏霏（徐俯）—雨餘芳草斜陽（黃庭堅）。

臨江仙　小樓霧縠空濛（和凝）—更深星斗還稀（趙長卿）。

西江月　更來玉界乘風(史達祖)—有情還似無情(司馬光)。

鳳凰臺上憶吹簫　浪游慣占花深(張炎)—巫山行雨方還
(侯寘)。

高陽臺　天教綰住閒愁(蔣捷)—翠微高處幽居(李彭老)。

東風第一枝　背陰未返冰魂(張翥)—素盟江國芳寒
(高觀國)。

風入松　梨花夢與雲銷(張翥)—輕羅初試朝衫(虞集)。

42.11　六言律句第一字的平仄,原則上雖可不拘,然而在許多情
形之下,仍是固定的。它比五言第一字更顯得嚴格,因爲六言是詞句
的特色,在平仄上往往是一字不苟的。例如:

(甲)仄脚。

(子)仄仄仄平平仄。

過秦樓　巷陌雨聲初斷…惹破畫羅輕扇…漸嬾趁時勻
染…一架舞紅都變(周邦彥)。

(丑)仄仄平平平仄。

奪錦標　萬里秋容如拭…冉冉鷺驂鶴(作平)馭…獨抱一(作
平)天岑寂…忍記穿針亭榭(張埜)。

(寅)平仄仄平平仄。

離亭燕　風物向秋瀟灑…烟外酒旗低亞(張昇);天祿故人年
少…爭看庾樓人小(黃庭堅)。

(卯)仄仄㊀平平仄。

離亭燕　霽色冷光相射…盡入漁樵閒話(張昇);看即鎖窗批
詔…寄得詩來高妙(黃庭堅);映水雕甍華牖…背立西風
回首(晁補之)。

(注意)由離亭燕及其他許多詞調看來,第一字比第三字更爲
重要。

(辰)平仄平平仄仄。

雙雙燕　還相雕梁藻井…應是棲香正穩(史達祖);簾外餘香
未捲…多少呢喃意緒(吳文英)。

（乙）平脚。

（子）平平仄仄平平。

雙雙燕 飄然快拂花梢（史達祖）；相將占得雕梁（吳文英）。

南浦 追思舊日恩情（程垓）。

望海潮 西園夜飲鳴笳（秦觀）；何人覽古凝眸（秦觀）；

西風曉入貂裘（折元禮）。

（丑）仄平㊒仄平平。

滿庭芳 爲開臨御端門（宋徽宗）；故園歡事重重（晏幾道）；
畫堂別是風光（蘇軾）；算來着甚乾忙（蘇軾）；曉來到處
花飛（黃庭堅）；便嫌柳巷花街（黃庭堅）；翠光交映虛亭
（黃庭堅）；夜深玉露初零（秦觀）；畫船天上來時（晁補
之）；小橋橫過松間（晁補之）；夢回三島波間（晁補之）；
夢中廬阜嵯峨（晁補之）；浩然歸興難收（晁補之）；舉頭
羞見嬋娟（李之儀）；夢中還是揚州（李之儀）；小晴初斷
香塵（毛滂）；練光浮動餘霞（舒亶）；幾年目斷鷄翹（舒
亶）；使君高會群賢（米芾）；阿誰昔仕吾邦（葛勝仲）；楚
臺烟靄空濛（周紫芝）；九天春意將回（周紫芝）；一枝烟
笛誰橫（周紫芝）；雁飛秋影斜陽（葛郯）；夢魂飛繞烟峰
（葛郯）；午陰佳樹清圓（周邦彥）；暮雲如陣寒開（周邦
彥）；夜來暑雨初收（晁端禮）；分甘抛棄簪纓（晁端禮）；
晚來天氣尤寒（沈會宗）；別尊同倒寒暉（陳瓘）；斷橋流
水溶溶（蔡伸）；萬家簾捲青烟（王庭珪）；馬頭微雪新晴
（葉夢得）；又還準備佳期（趙長卿）；小山愁絕天南（劉子
翬）；晝闌淑景初長（曾覿）；怪公喜氣軒眉（辛棄疾）；物
華不爲人留（辛棄疾）；小園別是清幽（黃公度）。
（這是滿庭芳前闋第三句，與仄仄平仄平平通用。）

42.12 六言拗句很多，仄脚平脚都可大別爲兩類：（一）第二字
與第四字平仄相同者；（二）第四字與第六字平仄相同者。兹分別舉
例如下。

（甲）仄脚,第二字與第四字平仄相同者。

（子）平平仄平平仄。（拗句之中以此類爲較常見。）

聲聲慢　光風蕩搖金碧…輸他五陵狂客(高觀國);尊前漁(宜
　　　　仄)歌樵曲(李演);冰壺雁程寂寞(陳郁);新醅醉眠涼月
　　　　(蔡松年);多情怎禁幽獨(張鎡);如今有誰堪摘(李清照)。

翠樓吟　今年漢酺初賜(姜夔)。

齊天樂　殊鄉又逢秋晚(周邦彦);佳節(作平)又逢重午(周
　　　　邦彦);疏蟬又還催晚(楊无咎);凄凄更聞私語(姜夔);
　　　　扁舟雨晴呼渡(張輯);澄霄卷開清靄(高觀國);霜華又
　　　　隨香冷(高觀國);斑斑遽驚如許(史達祖);年年怕吟秋
　　　　興(史達祖);低低趁涼飛去(史);天東放開金鏡(史);蕭
　　　　蕭雨聲悲切(方岳);如今舊游重省(翁孟寅);霜寒又侵
　　　　駕被(洪瑹);聲聲似愁春晚(方千里);歌蟬暗驚春換(吳
　　　　文英);疑收楚峰殘雨(吳文英);十(作平)年斷魂潮尾
　　　　(吳文英);秋風夜來先起(吳文英);臨江暮山凝紫(陳允
　　　　平);輕霞未勻酥臉(周密);依稀正聞還歇(周密);年年
　　　　翠陰庭樹(王沂孫);重逢可憐俱老(張炎);人行半天巖
　　　　壑(張炎)。

（丑）仄平仄平平仄。

喜遷鶯　露添牡丹新艷…夢回晝長無事(蔣捷)。
　　　　（此式與㊉仄仄平平仄通用。）

永遇樂　暗中引雛飛去(蔣捷)。
　　　　（此式亦與㊉仄仄平平仄通用。）

（寅）平平仄平㊉仄。

聲聲慢　池塘綠鴛戲水(劉涇);歌傳翠簾盡捲(高觀國);徘
　　　　徊舊情易冷(李演);花神更裁麗質(陳郁);遙憐幾重眉
　　　　黛(蔡松年)。

　　　　（此式可與平平仄仄仄仄通用,如張鎡「相思尚帶舊恨」,
　　　　李清照「三杯兩盞淡酒」。）

（卯）仄平仄平仄仄。

東風第一枝　應時已鞭黛土…菜甲(作平)嫩憐細縷(高觀
　國)；舊約(作平)漢宮夢曉…更憐素娥窈窕(高觀國)；信
　知暮寒較淺…後盟遂妨上苑(史達祖)；大酺綺羅幾處…
　倚總小梅索句(史達祖)；陽梢已含紅萼(「陽」「紅」宜
　仄)…倚闌怕聽畫角(張翥)。

(辰) 平平㊇平仄仄。

新雁過妝樓　宜城當時放客(吳文英)；誰知壺中自樂(吳文
　英)；還思驟驚素約(陳允平)；登臨試開笑口(張炎)；竹
　籬幾番倦倚(張炎)；三十六(皆作平)梯眺遠(張炎)；湘
　潭無人弔楚(張炎)。

　　(舊法第三字似但作平；張炎改爲平仄不拘。)

(注意)第二第四字皆用平聲者；第三字必仄，惟新雁過妝樓
　爲例外。

(乙) 仄脚，第四字與第六字平仄相同者。

(子) 平平仄仄平仄。

訴衷情　臨行屬付真意(趙長卿)；都緣自有離恨(歐陽修)；
　　碧(作平)雲又阻來信(王益)。

疎影　無言自倚修竹(姜夔)。(與仄仄㊇平平仄通用。)

雨淋鈴　都門帳飲無緒(柳永)；西風萬里無限(黃裳)。

南浦　春醒一枕無緒(程垓)。

(丑) 平平平仄平仄。

摸魚兒　麴(作平)塵波外風軟…如今游興全嬾(張翥)。

(注意)仄韻聲聲慢前闋第三句可以(子)(丑)兩類通用，例如
　(子)還成暮徑寒色(蔡松年)；嫣然困倚修竹(張翥)；悽
　悽慘慘戚戚(李清照)；(丑)園林烟霧如織(劉涇)；六年
　遺賞新續(李演)。但它又與平平仄平平仄通用，見
　上文。

(寅) 平平平仄仄仄。

齊天樂　荊州留滯最久(周邦彥)；沈湘人去已遠(周邦彥)；

睽離鱗雁頓阻(楊无咎);溪蒲堪薦綠醑(劉圻父);風流
江左久客(高觀國);孤光天地共影(高觀國);南山依舊
翠倚(高觀國);悠然魂墮故里(史達祖);并刀寒映素手
(史);闌干斜照未滿(史);江南朋舊在許(史);飛棚浮動
翠葆(翁孟寅);相思情緒最苦(洪璟);鱗鴻音信未覯(方
千里);西山橫黛瞰碧(吳文英);南花清鬪素靨(吳);當
時湖上載酒(吳);流紅江上去遠(吳);桃溪人住最久
(吳);坡翁詩夢未老(陳允平);還思前度問酒(陳允平);
東風千樹易老(周密);天寒宮怨贈遠(周);蕭臺應是怨
別(周);輕鬘猶記動影(周);銅仙鉛淚似洗(王沂孫);歡
游曾步翠窈(張炎);銷憂何處最好(張);寒香深處話別
(張);幽尋閒苑邃閣(張);相逢何事欠早(張);陽關須是
醉酒(張);泉源猶是故跡(張);魚龍吹浪自舞(張);依依
心事最苦(張);尋泉同步翠杳(張);當年曾見漢館(張);
劉郎今度更老(劉瀾);文園顦顇頓老(李萊老);微薰庭
院晝永(練恕可)。

綺羅香　長安誰問倦旅(張炎);熏篝須待被暖(張翥)。

(注意)齊天樂和綺羅香都在後闋起句用此式,大約是後者模
仿前者而成的。

(卯)平平仄仄仄仄。

新雁過妝樓　琴心錦意暗嫩(陳允平);明朝柳岸醉醒(張
炎);寒香應徧故里(張炎);十(作平)年孤劍萬里
(張炎)。

(注意)此式與平平仄平仄仄通用,例如吳文英「江寒夜楓怨
落」,「紅牙潤沾素手」,張炎「香深與春暗却」,「朝來自然
爽氣」。參看上文(甲)(寅)。

(辰)仄平平仄平仄。

念奴嬌　算應局(作平)上銷得⋯爛柯應笑凡客(宋徽宗);爲
誰消遣愁目⋯夢游天柱林屋(葛郯);又還淑(作平)景催
逼⋯萬般都在胸臆(周邦彥);綠楊依舊南陌⋯寸腸千恨
堆積(沈公述);鏡中空嘆華髮⋯爲君腸斷時節(蔡伸);

盡憑枝上鶯語⋯恨隨江水東注（趙師俠）；數聲時顫愬
紙⋯故鄉江上魚美（趙長卿）；捲簾留伴明月⋯一枝當爲
君折（張綱）；背人無計留得⋯月華空照相憶（李彌遠）；
鼎來同醉孤絕⋯夢回猶竦毛髮（張元幹）；有人偷記新
闋⋯金甌千古無缺（曾覿）；爲誰高卧烟渚⋯浩然吾欲高
舉（王自中）；恍然飛上空碧⋯爲君重噴霜笛（陸凝之）；
萬笪空間黄竹⋯但餘詩興天北（侯寘）；曉來衣潤誰整⋯
夜深花睡香冷（辛棄疾）；滿空凝淡寒色⋯夢魂飄蕩南北
（范成大）；定知天相行色⋯舊樓何處西北（陳三聘）；廣
寒宮殿長笛⋯畫簷高掛虚碧（張孝祥）；爲誰依舊佳色⋯
未知何處相憶（袁去華）；倚闌疑匪人世⋯明朝猶可同醉
（劉克莊）；鬱葱環拱吳越⋯海門飛上明月（吳琚）；嫩鶯
啼破春晝⋯斷腸空嘆詩瘦（張鎡）。

（丙）平脚，第二字與第四字平仄相同者。

（子）平仄仄仄平平。

　　新雁過妝樓　都是惜別行蹤（吳文英）；難破萬户連環（吳文
　　英）；猶帶數點殘螢⋯雙鬢半已星星（陳允平）；樂（作平）
　　意稍稍漁樵⋯飛夢便覺迢遙⋯清氣頓掃花妖（張炎）；墨
　　（作平）暈净洗鉛華⋯時到素壁簷牙（張炎）；無限古色蒼
　　寒⋯塵事竟不相關（張炎）；春事正滿東籬⋯聊伴老圃斜
　　暉（張炎）。

　　（注意）此式偶然可與平平仄仄平平通用，如吳文英「渾疑珮
　　　　玉丁東」，陳允平「微茫水滿烟汀」，張炎「秋風冉冉
　　　　吹衣」。

　　過秦樓　人静夜久憑闌（周邦彦）。

（丑）仄仄仄仄平平。

　　玉漏遲　早是賦得多情（宋祁）；不是慣却春心（程垓）；夜久

繡閣藏嬌(吳文英)；擾擾馬足車塵(元好問)；且唱一曲
漁歌(劉因)；浪走紫陌紅塵(張埜)；緬想那日歡娛(劉
基)。

(注意)此式偶然可與仄平仄仄平平通用，如吳文英「每圓處
即良宵」，周密「雨牎夢短難憑」。

(寅) 仄仄平仄平平。

滿庭芳　萬里家在岷峨(蘇軾)；上有千仞嵯峨(蘇)；算只君
與長江(蘇)；萬里烟浪雲帆(蘇)；萬里名動京關(黃庭
堅)；畫角聲斷譙門(秦觀)；敗葉零亂空階(秦)；驟雨方
過還晴(秦)；帝所分落人間(陳師道)；院落槐午陰晴(毛
滂)；敗葉飛破清秋(程令時)；上有蒼翠千峰(葛郯)；又
是秋滿平湖(程垓)；小小佳處西安(石孝友)；偏惹蝶駭
鶯猜(沈廘)。

(注意)此式在北宋本是正例，其後漸與仄平仄仄平平通用，
終被後者所代。參看上文。

洞仙歌　一點明月窺人(蘇軾)；翠羽不稱標容(晁補之)；杳
靄碧落天高(葛郯)；玉管吹徹伊州(王安中)；已恨飛鏡
歡疏(晏幾道)。

(注意)此式與三字豆合成九字句，第三字可仄。參看下文。
凡第二第四字俱仄者，第五字必平。

(丁) 平脚，第四字與第六字平仄相同者。

(子) ㊤仄平平仄平。

調笑令　誰復商量管絃(王建)；依舊樓前水流(馮延巳)；醉
臥誰家少年(馮延巳)；不道幃屏夜長(馮延巳)。

過秦樓　誰信無聊爲伊(周邦彥)。

(注意)凡第三四六字俱平者，第五字必仄。

42.13　六字句的意義節奏如果是二—四，或四—二，就和音律節
奏相配合，沒有什麼特別的地方；如果是三—三，和六言的音律節奏不

相配合,就值得特別注意了。詞譜對於後者,往往在第三字的後面註一個「豆」字。現在試舉數例(以—代「豆」)如下:

(1) 仄⊗仄—平平仄。

> 青玉案　遣黃耳—隨君去(蘇軾);極目送—歸鴻去(黃庭堅);這身世—如何去(李之儀);但目送—芳塵去(賀鑄);向醉裏—添姿媚(毛滂);暗淒斷—傷春眼(周紫芝);送秋水—連天去(謝逸);久沒箇—音書去(廖行之);向三徑—開桃李(趙長卿);小院裏—春如許(侯寘);恰洗盡—黃茅瘴(陸游)。

(2) ⊗⊗仄—平平仄。

> 御街行　夜寂靜—寒聲碎…酒未到—先成淚(范仲淹);惟只愛—梅花發…最嫌把—鉛華拭(楊无咎);供望眼—朝與(宜平)暮…更旋旋—真香聚(辛棄疾);向客裏—方知道…忍雙鬢—隨花老(程垓);說不盡—無佳思…人催下—千行淚(李清照);來夜半—天明去(張先);夜耿耿—如年永(劉基)。

> 薄倖　自過了—燒燈後(賀鑄);怎忘(詞律云去聲)得—迴廊下(呂渭老)。

(3) 平平仄—平平仄。

> 水龍吟　除非是—真仙子(柳永);知辜負—秋多少(蘇軾);紅成陣—飛鴛鴦(秦觀);高歌下—青天半(晁補之);今顦頷—東風裏(晁補之);冰壺瑩—真無價(李之儀);空零落—愁鶯燕(孔武仲);偏勾引—黃昏淚(周邦彥);先催趁—朱顏老(葉夢得);須信道—忘來去(李綱);無從訴—心中喜(楊无咎);爭妝點—瀟湘好(侯寘);無人會—登臨意(辛棄疾);真儒事—君知否(辛棄疾);知誰

伴——風前醉(韓元吉);風流在——尚堪繼(「尚」字不合)
(袁去華);茶甌外——惟貪睡(劉克莊);還疑是——相逢晚
(盧祖皋)。

(注意)南宋以後,漸變爲平仄仄——平平仄。

(4) 仄仄仄——仄平平。

訴衷情　故畫作——遠山長(歐陽修)。

第四十三節　詞字的平仄(三)
——七字句

43.1 (7)七字句。——七字句也像五字句一樣,可分爲律拗二
種。律句就是普通的七言律詩的句子。仄脚的七言律句以平
平仄仄平平仄爲最常見,仄仄平平平仄仄爲較少見;平脚的七言律句以平
平仄仄仄平平爲最常見,仄仄平平仄仄平爲較少見,但不像五字句平平
仄仄平那樣罕見。例如:

(甲) 平平仄仄平平仄。　菩薩蠻前第一第二句。醜奴兒前後第
一句。憶秦娥前後第二句及後第一句。桃源憶故人前後第
一句。眼兒媚後第一句。賀聖朝前第一句。惜分飛前後末
句。虞美人前後第一句。一斛珠前後第二第三句。踏莎行
前後第三第五句。蝶戀花前後末句。河傳後第一句。漁家
傲前後第二第五句。青玉案前後第一句。千秋歲前後末句。
風入松前後第三句。御街行前後第一句。滿江紅前後第七
句。燭影搖紅前後第二句。換巢鸞鳳後第九句。慶春澤前
後第六句及後第一句。桂枝香前後第六句。齊天樂前第
一句。

(乙) 仄仄平平平仄仄。　謁金門前後第三句。醉花陰前後第一
句。浪淘沙前後第四句。南鄉子前後第三句。一斛珠後第
一句。臨江仙前後第一句。蝶戀花前後第一第四句。漁家
傲前後第一第三句。蘇幕遮前後第五句。青玉案前後第三

句。天仙子前後第一第二第六句。離亭燕前後第三句。河
滿子前後第三句。滿江紅前第六句及後第七句。念奴嬌前
第三句及後第四句。

（丙）⊕平⊗仄仄平平。　憶王孫第一句。訴衷情前第一句。好
事近後第一句。誤佳期前後第三句。阮郎歸前後第三句及
前第一句。畫堂春前後第三句及前第一句。攤破浣溪沙前
後第二句。眼兒媚前第一句。賀聖朝前第三句及後第四句。
南歌子前後第三句。浪淘沙前後第三句。虞美人前後第三
句。鵲橋仙前後第四句。踏莎行前後第四句。臨江仙前後
第三句。一剪梅前後第四句。天仙子前後第三句。風入松
前後第一句。御街行前後第三句。瀟湘夜雨前第四句。燭
影搖紅前後第三句。換巢鸞鳳前第六句。多麗前後第九句。
（注意）有些詞調是像律詩或絕句，以（乙）（丙）兩式對着用的
　　　（并不一定是對仗）。例如南唐後主憶江南：「還似舊時
　　　游上苑，車如流水馬如龍」；擣練子：「無奈夜長人不寐，
　　　數聲和月到簾櫳」；南唐中主攤破浣溪沙：「細雨夢回雞
　　　塞遠，小樓吹徹玉笙寒」。

（丁）⊗仄平平仄仄平。　卜算子前後第三句。攤破浣溪沙前第
　　　一句。南鄉子前後第二第五句。

　　（注意）有些詞調是以（甲）（丁）兩式對着用的，例如晏幾道鷓
　　　　　鴣天：「舞低楊葉樓心月，歌盡桃花扇影風」；又：「今宵剩
　　　　　把銀釭照，猶恐相逢是夢中」。另有些詞調的（丁）式七
　　　　　言句第五字是平仄通用的，例如擣練子第三句，長相思
　　　　　前後第三句，減字木蘭花前後第四句，醜奴兒前後第四
　　　　　句，鷓鴣天前第一句及前後末句，一剪梅前後第一
　　　　　句，等。

43.2　七言準律句，仄脚的有⊗仄平平仄平仄（第三字必平），平
脚的有⊗仄平平平仄平。關於前者，在少數詞調裏是和律句⊗仄⊕
平平仄仄通用的，例如：

　　攤破浣溪沙　還與韶光共憔悴（南唐中主）—風裏落花誰是

主(南唐中主)。

清平樂　玉帳鴛鴦噴蘭麝(李白?)—百草巧求花下鬪
　　　　(李白?)

然而在多數情形之下，⑻仄平平仄平仄是獨用的。例如：

感皇恩　歡喜梅梢上春信…佳景閒過舞衣裾(晁補之)；羅襪
　　　塵生步迎顧…花底深朱戶何處(賀鑄)；江月娟娟上高
　　　柳…小小微風弄襟袖(毛滂)；年少銜杯可追記…何似歸
　　　來醉鄉裏(毛滂)；小院重簾燕飛礙…不惜羅襟搵眉黛
　　　(晁沖之)；水閣橋南路凝佇…留取笙歌住休去(晁沖
　　　之)；絳蠟燒殘暗催曉…富貴應須致身早(周紫芝)；山北
　　　山南共來去…飛下彤庭伴鵷鷺(周紫芝)；雲共誰來共誰
　　　去…記取孤飛水邊鷺(周紫芝)；綠徧池塘夜來早…數點
　　　煙中水村小(葛郯)；空美青青岸邊草…睡起流鶯語聲小
　　　(葛郯)；獨占春光最多處…憑仗青鸞道情愫(周邦彥)；
　　　斗柄垂寒暮天靜…自嘆多愁更多病(周邦彥)；人面依然
　　　似花好…回首高城似天杳(趙企)；輕裊腰肢妒垂柳…羅
　　　袂殘香忍重襲(蔡伸)；椎鼓鳴橈送君去…聽不能終淚如雨
　　　(王庭珪)；門掩蒼苔鎖寒徑…一片飛花墮紅影(康與之)；
　　　只恐尊前被花笑…今古銷沈送人老(曾覿)；喚得笙歌勸
　　　君酒…待與青春鬪長久(辛棄疾)；曾說忘言始知道…白髮
　　　多時故人少(辛棄疾)；正好春盤細生菜…鳳閣鸞臺看除
　　　拜(陸游)；漠漠孤雲未成雨…莫怕功名欠人做(陸游)；雲
　　　斷巫陽夢能到…點點繁紅又多少(韓淲)；月榭風亭更霞
　　　牖…一斗誰能問千首(韓淲)；拈起詩人舊公案…佳處何
　　　妨小留款(黃昇)；雲海微茫露晴岫…老去生涯殢尊酒(韓
　　　玉)；喜鵲橋成渺雲步…同首星津又空渡(黨懷英)。

洞仙歌　水殿風來暗香滿…時見疏星度河漢(蘇軾)；滿檻煌
　　　煌看霜曉…因甚東君意不(作平)到(晁補之)；紫綬丹庭
　　　彩鸞馭…一枕風輕自無暑(葛郯)；八極浮游氣爲馭…碧

樹秋來暗消暑(葛郊);鵲起高槐露華透…怎不相尋暫携手(王安中);冷蕊疏枝爲誰好…綺思憑花更娟妙(劉一止);獨倚胡牀酒初醒…惆悵明妝曉驚鏡(劉光祖);待足人生甚時足…香香歸鴉去鴻逐(韓淲);夢破初聞竹窗響…醉帽衝風自來往(沈端節);宿雨初收好風景…木落淮南見山影(沈端節);唯是停雲想親友…短燭心懸小紅豆(蔣捷);輕擲詩瓢付流水…不見當時譜銀字(張炎);蒼雪紛紛墮晴蘚…消得梅花共清淺(張炎)。

暗香 不管清寒與攀摘…紅萼無言耿相憶(姜夔);得意西湖酒初醒…孤鶴長鳴夜方永(趙以夫);公館青紅曉雲涇…塗粉闌深早催入(吳文英);閒數河星手堪摘…時拊遺蹤暗嗟憶(陳允平);學舞波心舊曾識…三十六(作平)宮土花碧(張炎);寂寂行歌古時月…花暗閒門掩飛蝶(張炎);極目凝思倚江閣…閒掃松陰與誰酌(張炎)。

雨淋鈴 暮靄沈沈楚天闊(柳永);送兩程愁作行色(黃裳)。

43.3 關於後者(仄仄平平平仄平),除了與律句仄仄平平仄仄平通用之外,像下列的兩種詞調,是以仄仄平平平仄平爲正則的。這與五言準律句稍有不同:前者是孤平拗救,所以是仄平平仄平;後者並非孤平拗救,所以第三字仍須是平聲,不過第五字也用平聲罷了。例如:

憶王孫 柳外樓高空斷魂…杜宇聲聲不(詞律云作平)忍聞…雨打梨花深閉門(秦觀? 李重元?)。

沁園春 當日何曾輕負春…短艇湖中閒采蓴(陸游)。

43.4 在七言律詩,每句第一字和第三字的平仄是不拘的(B式句是例外);但是,在詞裏,有些地方的七字句,連第一第三兩字的平仄也是固定的。例如:

(甲) 律句。

(子) 平平仄仄平平仄。

賀新郎　東君自是人間客(毛幵)；江南舊事休重省(李玉)。

疏影　昭君不慣胡沙遠…還教一片隨波去(姜夔)；依稀倩女
　　　離魂處…還驚海上燃犀去(張炎)。

薄倖　輕嚬淺笑嬌無奈(賀鑄)；花間隔霧遙相見(呂渭老)。
　　　人間晝永無聊賴(賀鑄)。

雨淋鈴　多情自古傷離別(柳永)；飛帆過浙西封域(黃裳)。

摸魚兒　蘭舟同上鴛鴦浦…山容水態依然好(張翥)。
　　　(摸魚兒第三字不拘平仄。)

(丑) 仄平平仄平平仄。

南浦　斷腸唯有流鶯語…問誰猶有憑闌處(程垓)。

(寅) 仄仄平平平仄仄。

惜分飛　釧閣桃頤香玉溜…碧唾春衫還在否(陳允平)；淚濕
　　　闌干花着露…斷雨殘雲無意緒(毛滂)。

(注意)詞律雖云第一字可平,究以用仄爲正則。

(卯) 平平平仄仄平平。

春風嫋娜　鄰墻桃影伴烟收(馮艾子)；終愁人影隔窗紗(朱
　　　彝尊)。

(辰) 仄平平仄仄平平。

望海潮　亂分春色到人家…暗隨流水到天涯(秦觀)。

望海潮又一體　苧蘿村冷起閒愁(秦觀)；五更殘角月如鈎
　　　(折元禮)。

南浦又一體(平韻一百二字)　兩眉餘恨倚黃昏(魯逸仲)；闌
　　　(宜平)干空際水波明(喻綜)。

(乙) 準律句。

(子) 仄仄平平仄平仄。

春風嫋娜　隔院蘭馨趁風遠(馮艾子)；縱許悠揚度朱户(朱
　　　彝尊)。

(丑) 仄仄仄平平平仄。

雨淋鈴　淚眼竟無語凝咽(柳永)；去即去多少人惜(黃裳)。

（注意）柳詞或云「淚眼」二字當連上讀，黄詞「去即去」是三
　　　字豆。
（寅）仄仄平平平仄平。
　　春風嬝娜　笑挽羅衫須少留（馮艾子）；惹却黄鬚無數花（朱
　　彝尊）。

真正的七言拗句頗爲罕見，現在祇舉兩個例子：

（子）⑧仄㊞平平平仄。
　　賀新郎　落盡一番新桃李…況是單棲饒惆悵…走馬插花當
　　年事…杳隔天涯人千里（毛开）；芳草王孫知何處…月滿
　　西樓憑闌久（李玉）。
　　（注意）毛开於前後闋第四第七句皆用拗，李玉僅於前後第四
　　　　　句用拗，高觀國則全用律句。由此看來，賀新郎應共有
　　　　　三體。
（丑）㊞仄平平仄平平。
　　換巢鸞鳳　天念王昌忒多情（史達祖）。

43.5　七字句的意義節奏如果是四—三，就和音律節奏相配合，
沒有什麼值得特別注意的；如果是三—四，和七言的音律節奏不相配
合，就顯得是兩句合成一句了。詞律對於後者，在第三字的後面註一
個「豆」字。現在試舉出若干例子（以—代「豆」），如下：
（甲）平腳加仄腳。

（1）仄平平—仄平平仄。
　　桂枝香　背西風—酒旗斜矗（王安石）；幻清虛—廣寒宮闕
　　（陳允平）；且開顏—共傾芳液（李彭老）；望明河—月殘
　　疏柳（唐藝孫）；任年年—褪筐微綠（練恕可）；恨東流—
　　幾番潮汐（唐珏）；倚秋風—乍驚郎目（張矞）；怕群花—
　　自嫌凡俗（陳亮）；一分秋—一分憔悴（張輯）；共飄零—
　　幾年霜雪（張炎）。

　　摸魚兒　漲西湖—半篙新雨(張翥)。

　　解珮令　點丹青—畫成秦女(晏幾道);怎禁他—孟婆合(作平)皂(蔣捷)。

(2) 仄平平—平平平仄。

　　解珮令　最難忘—遮燈私語(史達祖);忍霜紈—飄零何處(晏幾道)。

(3) 仄平平—⑪平平仄。

　　水龍吟　待佳人—新妝初試(柳永);笑紛紛—落花飛絮(蘇軾);恨佳期—參差難又(秦觀);賀家湖—千峰凝翠(晁補之);怪春衣—雪沾瓊綴(章粢);汙殘妝—不勝嬌鳳(孔平仲);正前村—雪深幽曙(孔武仲);更冥冥—一簾花雨(向子諲);下瑤臺—醉魂初醒(曾覿);到如今—凛然生氣(辛棄疾)。

　　聲聲慢　露荷翻—千點(宜平)珠滴(劉涇);誤驚回—瑤臺仙跡(高觀國);但溶溶—翠波如縠(李演);漲江波—一匲梳掠(陳郁);恨相逢—少於行役(蔡松年);甚淒涼—未忺妝束(張翥);怎敵他—晚來風急(李清照)。

(4) 仄平平—平平仄仄。

　　燭影搖紅　更那堪—頻頻顧盼…憑闌干—東風淚眼(周邦彥);記當日(作平)—朱闌共語…悄無人—舟橫野渡(廖世美);向雕梁—初成對偶…要消遣(宜平)—除非殢酒(趙長卿);怪今年—春歸太早…宴親賓—團欒同(宜仄)笑(張鎡);傍垂楊—行行緩轡…對尊前—高情暫寄(趙善扛);鏤冰絲—紅紛綠鬧…喜攙先—椒盤竹爆(方岳);映羅圖—星暉海爛…賀朝霖—催班正殿(吳文英);駕飛虬—羅浮路遠…又晴霞—驚飛暮管(吳文英);綵旗翻—宜男舞徧…素娥愁—天長信遠(吳文英)。

　　賀新郎　最驚心—春光睆晚…暫時來—悤悤却去(毛幵);醉沈沈—庭陰轉午…遍天涯—尋消問息(李玉)。

　　(注意)詞律雖於毛詞「春」字下註云「可仄」,究以用平爲正。

(5) 仄平平—⑰平⑭仄。

多麗　正參差—烟凝紫翠…待蘇堤—歌聲散盡（張翥）。

（注意）詞律云第四字可仄，第六字可平。

(6) 仄平平—平仄平仄。

桂枝香　但寒烟—衰草凝綠（王安石）；灑西風—非雨非雪
（陳允平）；拚今生—容易消瘦（唐藝孫）；但沙痕—空記
行跡（唐珏）；葺湘荷—芳杜爲屋（張翥）；看尊前—雙鬢
仍綠（吳子孝）；聽商歌—歸興千里（張輯）。

(7) 仄平平—仄仄平仄。

換巢鸞鳳　醉芙蓉—一帳春曉（史達祖）。

(8) 仄平平—平仄仄仄。

聲聲慢　照黃昏—眠又未得（劉涇）；怕南樓—吹斷曉笛（高
觀國）；約閬峰—多占秀碧（蔡松年）；且莫（作平）辭—花
下秉燭（張翥）。

（乙）仄腳加仄腳。

(1) 仄仄仄—平平平仄。

雙雙燕　又軟語—商量不（作平）定（史達祖）；共斜入—紅樓
深處（吳文英）。

玉漏遲　弄笑臉—紅篩碧（作平）沼（宋祁）；看誰是—當時風
月（程垓）；勝花影—春燈相亂（吳文英）；驚醉語—香紅
圍繞（周密）；更說甚—風標清窈（何夢桂）；又不與—巢
由同調（元好問）；又怕聽—啼花鶯曉（張翥）；辜負却—
花前歡笑（白樸）；恍夜色—明於晴晝（張埜）。

(2) 仄平仄—平平平仄。

翠樓吟　聽甌幕—元戎歌吹…嘆芳草—萋萋千里（姜夔）。

奪錦標　早收拾—新愁重織…又依稀—行雲消息（張埜）。

（注意）奪錦標此處第三字不拘平仄。

(3) 仄仄仄—平平仄仄。

桂枝香　念自昔—豪華競逐（王安石）；甚賦得—仙標道骨
（陳允平）；與那日—新詩換得（李彭老）；漸嫩菊—初蓊

綠酒(唐藝孫)；叙舊別—芳窙薦玉(練恕可)；更喜薦—
新窙玉液(唐珏)；記舊日—凡葩枉逐(吳子孝)；料此
去—清游未歇(張炎)；甚兩兩—凌風駕虎(詹正)；看萬
里—跳龍躍虎(王學文)。

薄倖　更滴滴—頻回盼睞(賀鑄)；晝寂寂—梳勻又嬾(呂渭
老)。

柳梢青　誤幾度—迴廊夜色(張元幹)。

(4) 仄仄仄—平平㊇仄。

鵲橋仙　映夾岸—星榆點綴…恁恐把—歡娛容易(歐陽修)；
別淚作—人間曉雨…共一訪—癡牛騃女(黃庭堅)；便勝
却—人間無數…又豈在—朝朝暮暮(秦觀)；無計學—雙
鸞並駕…怎奈向—月(作平)明今夜(李之儀)；又冷落—
一(作平)時吹醒…更肯被—游絲牽引(毛滂)；忍便擁—
雙旌歸去…早晚是—西樓望處(舒亶)；喜共挹—初筵清
露…爲一洗—朦朧今古(葛勝仲)

(5) 仄仄仄—㊇平平仄。

疏影　但暗憶—江南江北…又却怨—玉龍哀曲(姜夔)；緩步
出—前村時節…照水底—珊瑚疑活(張炎)。

解珮令　奈燕子—不曾飛去(史達祖)；自剪下—機中輕素
(晏幾道)。

(6) 平仄仄—㊇平平仄。

暗香　都忘(去聲)却—春風詞筆…千樹壓—西湖寒碧(姜
夔)；分付與—元暉才筆…今古但—雙流一(作平)碧(陳
允平)；流水遠—幾回空憶…無數滿—汀洲如昔(張炎)；
猶未減—當時行樂…輕誤了—燈前深約(張炎)。

薄倖　都不見—踏青挑菜(賀鑄)；携手處—花明月(作平)滿
(呂渭老)。

(7) 仄仄仄—平平平仄。

賀新郎　但燕子—歸來幽寂…奈老去—流光堪惜(毛幵)；漸
玉枕—騰騰春醒…又只恐—瓶沈金井(李玉)。

(8) 仄平仄—㊋平平仄。

祝英臺近　酒闌後—欲行難去…對鸞鏡—終朝凝竚（趙長卿）；更誰勸—流鶯聲住…却不（作平）解—帶將愁去（辛棄疾）；又都被—杜鵑催償…奈依舊—夜寒人遠（程垓）；爲花醉—一鞭春色…亂紅碎—一庭風月（劉過）。

(9)　⊕⊘仄—⊕平⊕仄。

解語花　看楚女—纖腰一（作平）把…惟只見—舊情衰謝（周邦彦）；幾曾放—好春閒了…都緣是—那時年少（周邦彦）；對好景—芳尊滿把…愁萬炬—絳蓮分謝（方千里）；空點點—年華別淚…應剪斷—紅情綠意（吳文英）；愛雪柳—蛾兒笑把…東風裏—萬紅初謝（陳允平）。

(注意)詞律未云第六字可仄。

滿江紅　曾記得—少陵舊語（晏幾道）；笑粉蝶—游蜂未覺（張先）；無非是—奇容艷色（柳永）；愁目斷—孤帆明滅（蘇軾）；雪又滿—晚來風急（周紫芝）。

(10)　⊕⊘仄—⊕平平仄。

東風第一枝　看瀼落—仙人風表…好贊助—清時廊廟（高觀國）；怕煩惱—詩邊心緒…願歲歲—春風相遇（高觀國）；做弄出—輕風纖軟…便放慢—春衫鍼綫（史達祖）；想占斷—東風來處…怎忍俊—天街酥雨（史達祖）；照花影—一（作平）天春聚…念嬌俊—知人無據（史達祖）；誰驚起—曉來梳掠…記半面—淺窺珠箔（張翥）。

(注意)第四字本當用平，張翥改爲用仄。

(11)　平仄仄—仄平仄仄。

東風第一枝　香夢醒—幾花暗吐（高觀國）；青未了—柳回白眼（史達祖）；今夜覓—夢池秀句（史達祖）；雲淡淡—粉痕漸薄（張翥）。

(注意)這是後闋首句，與(10)異。

暗香　吹盡也—幾時見得（姜夔）；催去也—再調玉鼎（趙以夫）；湖上柳—兩堤翠匝（吳文英）；蓑共笠—小舟泛得（陳允平）；烟浪裏—臥橫紫笛（張炎）；堤上柳—此時共折（張炎）；歸未得—幾曾忘（去聲）却（張炎）。

(12) 平仄仄—仄平平仄。

雨淋鈴　楊柳岸—曉風殘月（柳永）；新縠破—雪堆香粒（黃裳）。

(13) 仄仄仄—仄平平仄。

換巢鸞鳳　謾幾度—淚痕相照（史達祖）。

(14) 仄㊣仄—㊣平㊣仄。

多麗　未彈了—昭君遺怨…競嘆賞—檀槽倚困（晁補之）；自湖上—愛梅仙遠…見一片—水天無際（張耒）；畫堂迴—玉簪瓊珮…忍分散—彩雲歸後（聶冠卿）。

(注意)第四第六兩字雖不拘平仄,但不能兩字俱仄;上文(9)同。

(丙) 仄脚加平脚。

(1) 平㊣仄—㊣仄平平。

滿庭芳　空回首—彈鋏悲歌…應爛汝—腰下長柯（蘇軾）；悠悠過—烟渚沙汀…塵勞事—有耳誰聽（秦觀）；空自許—激烈寒謳…丹楓外—江色凝秋（晁補之）；東籬下—黃菊闌珊…留不住—當日朱顏（舒亶）；星橋外—香靄霏霏…嫦娥怨—底事來遲（趙長卿）；依舊是—萍滿春池…空腸斷—怎得春知（辛棄疾）。

鳳凰臺上憶吹簫　風細細—雲日斑斑…清世裏—曾共人閒（晁補之）；秋較淺—不似情深…人間事—獨此難禁（吳元可）；香細細—粉瘦瓊閒…花似我—蓬鬢霜斑（侯寘）；多少事—欲說還休…應念我—終日凝眸（李清照）；剛剛踢—誤掛花間…春去也—欲轉何官（趙文）。

(2) 平仄仄—仄仄平平。

過秦樓　空見說—鬢怯瓊梳（周邦彥）。

(注意)此亦可認爲十一字句,因下文「容銷金鏡」四字可連上讀。

(3) 平仄仄—平仄仄平。

　　喜遷鶯　君聽取—鶯囀綠窗（蔣捷）；天意教（宜仄）—人月更
　　　　圓（吳禮之）。
（4）仄平仄—仄仄平平。
　　春風嬝娜　萬千事—欲説還休（馮艾子）。
（5）⊗仄仄—⊗仄平平。
　　暗香　但怪得—竹外疏花（姜夔）；向歲晚—竹翠松蒼（趙以
　　　　夫）；盡換却—吳水吳烟（吳文英）；烟潋闊—雲遠波平
　　　　（陳允平）。

（丁）平脚加平脚。

（1）仄平平—⊗仄平平。
　　瑞鶴仙　有邦人—萬口同聲…看封留—亘古功名（趙長卿）；
　　　　把銅壺—暖泛金杯…看流芳—繼踵韋平（張元幹）；捲珠
　　　　簾—盡日笙歌…喜皇都—舊日風光（康與之）；又誰知—
　　　　天上黃姑…最難禁—扇底橫枝（侯寘）；倚東風—一笑嫣
　　　　然…但傷心—冷落黃昏（辛棄疾）；自簫聲—吹落雲東…
　　　　對南溪—桃萼翻紅（史達祖）。
　　綺羅香　甚荒溝—一片凄涼…記陰陰—綠遍江南（張炎）；漸
　　　　驚他—秋老梧桐…一聲聲—滴在疏篷（張翥）。
　　高陽臺　嘆飄零—亭上黃昏…最愁人—啼鳥晴明（吳文英）；
　　　　未歸來—應戀花洲…杏園詩—應待先題（吳文英）；好傷
　　　　情—春也難留…莫思量—楊柳灣西（蔣捷）；更悽然—萬
　　　　綠西冷…莫開簾—怕見飛花（張炎）；夜沈沈—不信歸
　　　　魂…更關情—秋水人家（張炎）；儘蕭閑—浴研臨池…照
　　　　窗明—小字珠璣（李彭老）。
（2）仄㊤平—⊗仄平平。
　　聲聲慢（平韵的）　寶輿還—花滿鈞臺…共乘歡—怎忍歸來
　　　　（宋徽宗）；笑等閑—桃李芳菲…殢東君—祇索饒伊（宋
　　　　徽宗）；有許多—瀟灑清奇…儘忙時—也不相離（李彌
　　　　遠）；占冷妝—不爲人妍…對翠禽—依約神仙（吳潛）；趁

西風—不響雲尖…映風林—鉤玉纖纖（吳文英）；染征
衫—點點紅滋…散春紅—點破梅枝（石孝友）。

(3) 仄平平—仄仄平平。

鎖窗寒　到歸時—定有殘英（周邦彥）；再相逢—搊解雕鞍
（方千里）；踏青歸—醉宿蘭舟（陳允平）；最難禁—向晚
淒涼（王沂孫）；傍新晴—隔柳呼船（張炎）；倚何時—再
覓珍叢（蕭允之）；望瑤階—窣地雙駕（無名氏）。

奪錦標　恨人間—會少離多…聽窗前—淚雨浪浪（張埜）。

(4) 仄平平—⑰仄仄平。

聲聲慢（平韻的）　聽行歌—猶在禁街（宋徽宗）；算百（作平）
花—猶自未知（宋徽宗）；怨王孫—猶自未歸（趙長卿）；
到成陰—終待共游（趙長卿）；膽瓶兒—枕畔數枝（李彌
遠）；願年年—人似舊游（辛棄疾）；怕征人—淚落塞邊
（吳文英）；帶黃花—須插滿頭（周密）；望并州—却是故
鄉（張炎）；甚閒人—猶自未閒（張炎）；怕東風—猶在杏
花（尹濟翁）；聽江頭—腸斷數聲（張翥）。

(5) 仄平平—平仄仄平。

鎖窗寒　想閒窗—鍼線倦拈（楊无咎）；待何時—重睹太平
（張先）；想東園—桃李自春（周邦彥）；算章臺—楊柳尚
存（方千里）；問如今—山館水村（王沂孫）；那知人—彈
折素絃（張炎）；想竹間—高閣半間（張炎）；似無情—重
霧又垂（無名氏）。

(注意)此係鎖窗寒後闋第七句，偶然與前闋第六句的平仄相
通，下四字變爲仄平仄平，如吳文英「比來時—瘦肌更
消」，蕭允之「斜(宜仄)陽又西」。參看下文(6)。

(6) 仄平平—仄平仄平。

鎖窗寒　灑空階—夜(或作「更」，誤)闌未休（周邦彥）；奈春
光—因人正濃（方千里）；傍鞦韆—紅(宜仄)雲半濕（作
平）（陳允平）；看梅階—雪痕乍鋪（王沂孫）；想曲(作平)
江—水邊麗人（張先）；渺征槎—去乘閬風（吳文英）；想
如今—醉魂未醒（張炎）；愛空紋—巧勻曲波（無名氏）；

怕依然—舊時燕歸(張炎)。

(注意)此係鎖窗寒前闋第六句,偶然與後闋第七句的平仄相
　　通,下四字變爲平仄仄平,如楊无咎「憶前回—庭樹未
　　春」,蕭允之「對東風—回首舊游」。

(7) 仄仄平—⑭仄平平。

　疏影　想佩環—月夜歸來⋯等恁時—重覓幽香(姜夔);看夜
　　深—竹外橫斜⋯做弄得(作平)—酒醒天寒(張炎)。

(8) 平仄平—平仄平平。

　解語花　簫鼓喧—人影參差⋯清漏移—飛蓋歸來(周邦彦);
　　芳意闌—可(宜平)惜香心⋯驚夢回—嬾(宜平)說相思
　　(周邦彦);花霧濃—燈火熒煌—更漏殘—驚聽西樓(方千
　　里);花鬢愁—釵股籠寒⋯沈醉歸—殘角霜天(陳允平)。

(9) 仄⑭平—平仄平平。

　薄倖　記畫堂—風月逢迎(賀鑄);記年時—偷擲春心(呂渭老)。

(戊) 平脚或仄脚加仄脚。

(1) 仄⑭⑭—平⑭仄仄。

　瑞鶴仙　過短亭—何用素約(周邦彦);念當年—悲傷宋玉
　　(趙長卿);擁南斗—光中一醉(趙長卿);怕韶光—容易
　　過却(張元幹);見銀燭—星毬有爛(康與之);索新詞—
　　猶自怨別(康與之);認殘梅—吹散畫角(曾覿);更曉
　　來—雲陰雨重(楊无咎);更何堪—臨岐送客(侯寘);嘆
　　何時—重見桂菊(侯寘);更重重—龍綃襯著(辛棄疾);
　　正遐想—幽人泉(宜仄)石(辛棄疾);尚巖花—嬌黃半吐
　　(袁去華);種桃花—親煩素手(趙彥端);甚偏與—芒鞵
　　相(宜仄)稱(高觀國);便不念—芳盟未穩(史達祖);恨
　　別來—辜負厚約(方千里);暮砧催—銀屏剪尺(吳文
　　英);似追昔—芳銷艷滅(蔣捷);尚隱約—當時院宇
　　(張炎)。

(2) 仄平平(或⑭⑭仄)—⑭平⑭仄。

蕎山溪 剪紅蓮—滿城開徧…問歸期—相思望斷(歐陽修);
照文星—老人星聚…雁不來—啼鴉無數(黃庭堅);儘湖
南—山明水秀…綠成陰—青梅如豆(黃庭堅);堪一飲—
霜毛却翠…倒尊空—燭堆紅淚(晁補之);過西風—飛鴻
去後…看一曲—尊前舞袖(晁補之);悄無箇—眼中翹
秀…把相思—翻成紅豆(李之儀);更忍把—一杯重勸…
應醉戀—曲江池館(李元膺);拂輕橈—游魚驚避…泛一
棹—夷猶未已(周邦彥);是當年—仙翁手植…更愁入—
山陽夜笛(姜夔);好一箇—無聊底我…落梅村—籃輿夜
過(陸游);又還傍—綠楊輕避…問此恨—何時是已(方千
里);雨初晴—嬌雲弄暖…想怕晚—貪春未慣(石孝友)。

(3) 仄㊤㊣—㊣平平仄。

綺羅香 似花繞—斜陽芳樹…盡化作—斷霞千縷(張炎);藕
花外—嫩涼消暑…又怎禁—夜深風雨(張耒)。

(己)平脚或仄脚加平脚。

(1) 仄仄㊤—平仄平平。

東風第一枝 意轉新—無奈吟魂…要等得—明日新晴(高觀
國);似妙句—何遜揚州…美韵高—只有松筠(高觀國);
料故園—不(作平)捲重簾…怕風鞴—挑菜歸來(史達
祖);暗惹起—一(作平)掬相思…待過了—一(作平)月
燈期(史達祖);看翠光—金縷相交…想袖寒—珠絡藏香
(史達祖);是月斜—窗外幺禽…甚時(宜仄)得—重寫鶯
箋(張耒);喜鳳釵—鑱卸珠幡…好趁閒—共(宜平)整吟
韉(趙崇霄)。

43.6 這種上三下四的七字句也可用十四個字造成對仗。例如:

(1) 仄平平—㊤平㊣仄;㊤㊤仄—㊣仄平平。

多麗 館娃歸—吳臺游鹿;銅仙去—漢苑飛螢。…藕花深—

雨涼翡翠；菰蒲軟—風弄蜻蜓（張翥）。

（2）平仄仄—平平仄仄；平仄仄—平仄平平。

瀟湘夜雨　香漸遠—長煙裊毵；光不定—寒影搖紅。…開正
好—銀花照夜；堆不盡—金粟凝空（趙長卿）。

43.7　凡上三下四的七字句，原則上應該在第三字作一個小停
頓；它們的音律節奏，也就是三字句和四字句的音律節奏。普通七字
句的節奏點在第二，第四，第六，第七字，至於上三下四的七字句，它的
節奏點却在第三，第五，第七字，因此，第一，第二，第四，第六等字的平
仄較寬，第三，第五，第七字的平仄較嚴。

43.8　上三下四，祇是一個便宜的説法；嚴格地説，有些意義節奏
是上一下六的。譬如上面所舉諸例，有些若認爲上一下六，反覺較妥：

怕—群花自嫌凡俗。　　正—前村雪深幽曙。

恨—相逢少於行役。　　但—溶溶翠波如縠。

記—當日朱闌共語。　　更—那堪頻頻顧盼。

怪—今年春歸太早。　　又—晴霞驚飛暮管。

待—蘇堤歌聲散盡。　　但—寒烟衰草凝綠。

看—尊前雙鬢仍綠。　　但—沙痕空記行跡。

怕—南樓吹斷曉笛。　　且—莫辭花下秉燭。

看—誰是當時風月。　　又—不與巢由同調。

聽—氈幕元戎歌吹。　　漸—嫩菊初蔫綠酒。

忍—便擁雙旌歸去。　　更—滴滴頻回盼睞。

喜—共挹初筵清露。　　但—燕子歸來幽寂。

看—楚女纖腰一把。　　漸—玉枕騰騰春醒。

笑—粉蝶游蜂未覺。　　奈—依舊夜寒人遠。

願—歲歲春風相遇。　　空—點點年華別淚。

記—半面淺窺珠箔。　　謾—幾度淚痕相照。

見—一片水天無際。　　但—傷心冷落黃昏。

恨—人間會少離多。　　甚—閒人猶自未閒。

想—東園桃李自春。　　奈—春光困人正濃。

嘆—何時重見桂菊。	更—曉來雲陰雨重。
怕—韶光容易過却。	正—遲想幽水泉石。
記—畫堂風月逢迎。	甚—偏與芒鞵相稱。
問—此恨何時是已。	尚—巖花嬌黃半吐。
想—怕晚貪春未慣。	尚—隱約當時院宇。
看—翠光金縷相交。	儘—湖南山明水秀。

但是，變了一—六之後，它的音律節奏仍舊不變，因爲它的節奏點仍舊是在第三，第五，第七字(即六言第二，第四，第六字)的緣故。

第四十四節　詞字的平仄(四)
——八字至十一字句

44.1 (8) 八字句。一八字以上的句子，往往可認爲兩句複合而成，如上三下五爲八字句，上三下六爲九字句，上三下七爲十字句，上四下七爲十一字句，等等。偶然也有加一兩個字在前面作微逗，如上二下六爲八字句等。現在先就八字句舉例如下：

(甲) 上三下五。

(1) 仄平平—仄仄平平仄。

　　雨淋鈴　更那堪—冷落清秋節(柳永)；到秋深—且艤荷花澤(黃裳)。

　　解珮令　掩深宮—團扇無情緒(晏幾道)。

　　(注意)白香詞譜所載朱彝尊解珮令「把平生涕淚都飄盡」則是上一下七。上一下七之與上三下五相通，恰像上一下六之與上三下四相通。

　　賀新郎　儘無聊—有夢寒猶力…念無憑—寄語長相憶(毛幵)；倚高情—預得春風寵…算群花—正作江山夢(高觀國)；鎮無聊—孵酒懨懨病…枉教人—立盡梧桐影(李玉)。

(2) 仄仄平—仄仄仄平平。

滿江紅　與人間—世味不相投…問先生—何處更高歌（晏幾道）；記畫橋—深處水邊亭…但只愁—錦繡闌妝時（張先）；自別來—幽怨與閒愁…便不成—長遣似如今（柳永）；對此間—風物豈無情…願使君—還賦謫仙詩（蘇軾）；問此中—何處芰荷深…便楚鄉—風景勝吾鄉（晁補之）；向小窗—時把綵牋看…聽掀簾—疑是故人來（趙師俠）；試側身—回首望京華…借春纖—縷繪搗香虀（張孝祥）；算鬢邊—能得幾春風…念老來—於此興無窮（陳三聘）。

(注意) 這八個字往往和下面三個字連成十一字句，如張先「記畫橋—深處水邊亭—曾偷約…但祇愁—錦繡闌妝時—東風惡」；但一般人祇認爲八字句。姑且依照一般的說法。

(3) 仄平仄—平平平仄平（第六字偶然用仄）。

新雁過妝樓　怕流作—題作腸斷紅（吳文英）；聽一（作平）曲—清歌雙霧鬟（吳文英）；又爭奈—西風吹恨醒（陳允平）；又知在—烟波第幾橋（張炎）；且休把—江頭千樹誇（張炎）；更好（宜平）⑦—秋屏宜晚看（張炎）；想鶴（作平）怨—山空人未歸（張炎）。

(注意) 詞律認爲上三下五，其實都可認爲上一下七。

(4) 仄仄仄—平平平仄平。

沁園春　又豈料—如今餘此身（陸游）。

(5) 仄仄仄—平平仄平平。

洞仙歌　但屈指—西風幾時來（蘇軾）；也何必—牛山苦沾衣（晁補之）；怨早促—分飛霎時休（王安中）；更細把—繁英祝姮娥（趙長卿）；嘆客裏—經春又三年（劉一止）；且應記—臨流憑闌干（劉光祖）；待石鼎—煎茶洗餘釅（沈端節）；但目送—孤鴻傍危闌（沈端節）；想南浦—潮生畫橈歸（康與之）；待與子—相期采黃花（蔣捷）；更長嘯—餘聲振林谿（趙君舉）；問楊（宜仄）柳—梢頭幾枝青（姚雲文）；待羅（宜仄）袖—明朝酒消痕（周用）；又豈識—情懷苦難禁（李元膺）；但莫使—情隨歲華遷（晏幾道）；又

莫是—東風逐君来(晏幾道);又只恐—伊家忒疏狂(李
邴);怕夜半—羅浮有時還(辛棄疾);總不道—江頭鎖清
愁(蔣捷);是曾約—梅花帶春来(段弘章);我祇是—相
思特特(作平)来(蔡伸);看天閣—秋高露華清(趙長
卿);料別館—西湖最情濃(吳文英);縱百卉—千花已離
披(呂直夫);早占取—韶光共追游(李元膺);便添起—
寒潮捲長江(謝懋)。

(6) 仄⃝仄平—⃝平仄仄平平。

洞仙歌(又一體)　更老仙—添與筆端春(吳文英);終不如—
歸去在苕川(葛郯);任角聲—吹落小梅花(葛郯);待雪
天—月夜我還来(韓淲);夢沈沈—知道不歸来(張炎);
望蓬萊—知隔幾重雲(張炎);便關防—不放貴游来(汪
元量)。

(注意)詞律所載洞仙歌共十體,除其中三體爲百字以上的長
調,體制迥異外,其餘七體在同一地方都有八字句,第一
體爲一派,用仄⃝仄平—⃝平仄仄平平;第二體至第七體共
爲一派,用仄⃝仄仄—平平仄平平。這兩派絕不相混,例
如第三字用平,則第五字必仄;若第三字用仄,則第五字
必平。但同一人可作兩體,如吳文英。這一體與上文
(2)大致相同。

(乙)上四下四。

(1) ⃝平⃝仄—仄平平仄。
陌上花　歸来還又—歲華催晚(張翥)。

(2) 仄平仄平—平平仄平。
換巢鸞鳳　定知我今—無魂可銷(史達祖)。

(丙)上一下七。

(1) 仄—⃝平⃝仄平平仄。

錦纏道　問—牧童遥指孤村道(宋祁)。

七娘子　奈—玉壺難叩駕鴛語(賀鑄);更—綺窗臨水新涼入
　　　　(毛滂);憶—去年舟渡淮南岸(謝逸);恨—密雲不下陽
　　　　臺雨…但—長江無語東流去(向子諲)。

(2) 仄—㊄平㊅仄仄平平。

連理枝　望—水晶簾外竹枝寒(李白?);縱—青天白日繫長
　　　　繩(程垓);送—舊巢歸燕拂高簾(晏殊);况—蘭堂逢著
　　　　壽筵開(晏殊)。

(丁) 上二下六。

(1) 平仄—平平仄仄平仄。

雨淋鈴　應是—良辰好景虛設(柳永)。

　　　(注意)上四下四的句子,往往也可認爲上二下六。參看上面
　　　　(乙)所引陌上花與換巢鸞鳳的例子。

44.2 (9) 九字句。一九字句多數是上三下六,其次是上五下四
和上六下三,此外還有上四下五等。現在分別舉例如下:
(甲) 上三下六。

(1) 平平仄—㊄仄仄平平仄。

解語花　纖雲散—耿耿素娥欲(宜平)下…相逢處—自有暗
　　　　香隨馬(周邦彥);渾無奈—一搦醉鄉懷抱…藍橋路—深
　　　　掩半庭斜照(周邦彥);天風動—舟舟珮環高下…歸來
　　　　路—緩逐杏韉嬌馬(方千里);凌波步—暗阻傍墻挑薺…
　　　　征帆去…似與東(宜仄)風相避(吳文英);星河際—縹緲
　　　　繡簾高下…香塵過—禁陌寶?驕馬(陳允平)。

南浦　東風外—吹盡亂紅飛絮…傷春恨—都付斷雲殘雨
　　　　(程垓)。

(2) 仄㊅㊅—㊅仄㊅平平仄(上三字亦作平仄仄)。

念奴嬌　浪淘盡—千古風流人物(蘇軾);正金波—翻動玉壺

新綠(周紫芝);看西來—新擁石城雙旆(周紫芝);霽霞
明—高擁一輪寒玉(呂渭老);洗千巖—濃翠層巒森列
(蔡伸);映秋山—隱隱秋眉橫綠(李郶);見早梅—吐玉
栽瓊妝白(趙長卿);逢上巳—生怕花飛紅雨(張元幹);
問經年—何處收香藏白(朱敦儒);正黃昏—供斷一窗愁
絕(程垓);問群芳—誰是真香純白(朱熹);弄清光—常
共山青水(宜平)綠(趙彥端);壓孤城—臨瞰并吞空闊
(毛幵);風(宜仄)露洗—寥廓珠宮瓊闕(毛幵);望東
南—千里湖山佳色(毛幵);正日長—嬌困不煩勻掃(沈
端節);淡秋容—橫寫鮫綃十幅(沈端節);徑松存—髣髴
斜川深意(張炎);笑當年—底事中分南北(張炎);透陽
春—挺挺林間英物(張炎);更消得—風雨幾番零落(何
夢桂);亂隨風—飛墮楊花籬落(何夢桂)。

(注意)此式又作上五下四,見下文。

(3) 仄仄平—平平平仄平仄。

南浦　向晚來—春醒一(作平)枕無緒(程垓)。

瑞鶴仙　凍雲垂—繽紛飛雪初落(曾覿)。

(注意)瑞鶴仙中此式罕見。

(4) 仄平平—仄仄仄平平仄。

春風嫋娜　倚紅闌—故與蝶圍蜂繞(馮艾子)。

(5) 平⊘仄—⊘仄⊕平⊘仄。

洞仙歌　人未寢—攲枕釵橫鬢亂(蘇軾);瀟灑意—陶令詩中
能道(晁補之);微雲淡—點破瑤階白露(葛郯);應似
畫—小景生綃一幅(韓淲);仍更是—骨體清英雅秀(晏
幾道);須著我—醉臥石樓風雨(辛棄疾);知誰見—愁與
飛紅流處(段弘章);仍共賞—蜀錦堆紅炫晝(京鏜);成
簡甚—祇道人間小草(元好問)。

瑞鶴仙　行路永—客去車塵漠漠(周邦彥);山櫻晚—一樹高
紅爭熟(毛幵)。

(注意)瑞鶴仙此式罕見。

(6) 平⊕仄—平⊕仄仄平平。

新雁過妝樓　風簷近—渾疑珮玉丁東(吳文英)；金樞動—冰
　　宮桂樹年年(吳文英)；初過雨—微茫水滿烟汀(陳允
　　平)；千日酒—樂(作平)意稍稍漁樵(張炎)；先得月—玉
　　(作平)樓宛若籠紗(張炎)；青未了—凌虛試—憑闌
　　(張)；深院悄—清事正滿東籬(張)；人正遠—魚雁待拂
　　吟箋(張)。

(注意)此式上三下六之間連繫極鬆,幾與兩句無別。

(7) 仄平平—⊗仄⊕仄平平。

洞仙歌　繡簾開—一點明月窺人(蘇軾)；起徘徊—時有香氣
　　吹來(劉光祖)；最無端—小院寂歷春空(張炎)；自當
　　年—詩酒客裏相逢(張炎)；問古今—底事留此空光(趙
　　君舉)；記當時—已恨飛鏡歡疏(晏幾道)；細腰肢—自有
　　入格風流(晏幾道)；望孤村—三兩茅屋疏籬(無名氏)。

(注意)此式亦作上五下四,見下文。

(乙) 上四下五。

(1) 仄平平仄—平平仄平仄。

解蹀躞　夜寒霜月—飛來伴孤旅⋯泪珠都作—秋宵枕前雨
　　(周邦彥)；又還撩撥—春心倍悽黯⋯可堪風雨—無情暗
　　亭檻(周邦彥)；自憐春晚—漂流尚羈旅⋯舊歡如昨—匆
　　匆楚臺雨(方千里)；倦蜂剛著—梨花蕊游蕩⋯會稀投
　　得—輕分頓惆悵(吳文英)；謝他終日—亭前伴羈旅⋯如
　　(宜仄)今憔悴—黃花慣風雨(陳允平)。

(注意)此式九字往往一氣呵成,不容分割。而且,有許多句
　　子與其說是上四下五,不如說是上二下七。例如這裏所
　　舉的「夜寒」句,「泪珠」句,「又還」句,「可堪」句,「自憐」
　　句,「謝他」句,「如今」句,等。

(丙) 上五下四(實際上是一—四—四)。

(1) 仄—仄仄平平—⟨平⟩平平仄。

瑞鶴仙　正—絳闕春回—新正方半(康與之);動—院落清秋—新凉如水(趙長卿);教—小玉添香—被翻宮襯(康與之);正—護月雲輕—嫩冰猶薄(辛棄疾);愛—露節霜根—從他孤勁(高觀國);過—杜若芳洲—楚衣香潤(史達祖);更—幕草萋萋—疏烟漠(宜平)漠(方千里);記—旋草新詞—江頭新雁(吳文英);漸—碎鼓零鐘—街喧初息(蔣捷);愛—樹色參差—湖光(宜平)渺漠(陳允平)。

(注意)這是前闋第二句,與下文(2)式互用。

(2) 仄—⟨仄⟩平⟨平⟩仄—⟨仄⟩平⟨平⟩仄。

瑞鶴仙　湛—一溪晴綠—四郊寒色(侯寘);对—燕寢香潤—棠陰寒薄(張元幹);故—倡條冶葉—恣情丹綠(侯寘);問—畫堂樂事—燕鴻難偶(趙彥端);恨—悲秋人老—渾無佳興(王千秋);爲—助妝酒暖—臉霞輕膩(史達祖);漸—酒闌燭暗—猶分香澤(吳文英);正—漏雲篩雨—斜捎窗隙(吳文英)。

(3) 仄—平平⟨平⟩仄—⟨平⟩平平仄。

瑞鶴仙　溢—花衢歌市—芙蓉開徧…鬧—蛾兒滿路—成團打(宜平)塊(康與之);聽—幾(宜平)聲歸雁—一簾微月…恨—姑蘇臺上—征帆何許(康與之);正—美(宜平)人翻曲—陽春輕麗…定—丹書飛下—彤墀歸去(趙長卿);似—東鄰北(作平)里—都無貞淑…縱—青門瓜美—江陵橘老(宜平)(侯寘);映—濃愁淺黛—遙山眉嫵…縱—收香藏鏡—他年重到(袁去華);指—鴛鴦沙上—暗藏春恨…奈—春風多事—吹花搖柳(史達祖);厭—重來冷淡—粉颙重洗…被—高樓橫管—一聲驚斷(史達祖)。

(注意)這是前闋第四句和後闋第八句。

(4) 仄—⟨平⟩平⟨平⟩仄—⟨平⟩平平仄。

念奴嬌　見—長空萬里—雲無留迹(蘇軾);被—鮫人水府—織成綃縠(葛鄴);聽—一聲啼鳥—幽齋岑寂(周邦彥);

正—花光奪目—動人春色(沈瀛)；映—湖光如練—山光如染(趙師俠)；算—乾坤許大—着身無處(劉過)；記—金湯形勝—蓬瀛佳麗(趙鼎臣)；漸—霞收餘綺—波澄微綠(韓駒)；正—海棠臨水—嫣然幽獨(曾紆)；正—露荷擎翠—風槐搖綠(張元幹)；奈—一番好景—一番悲戚(朱敦儒)；問—凌風一笑—翩然何許(曾惇)。

(注意)這是念奴嬌前闋第二句，又可作上三下六，如上文(甲)(2)所舉蘇軾「浪淘盡—千古風流人物」。

(5) 仄—㊀平㊄仄—㊄仄平平。

洞仙歌　喚—金錢翠羽—不稱標容(晁補之)；看—朝餐沆瀣—暮飲醍醐(葛郯)；聽—曲樓玉管—吹徹伊州(王安中)；對—斜橋孤驛—流水瀥瀥(劉一止)；問—臨流情味—倚徧斜暉(韓淲)；正—干戈耆定—禾黍豐登(沈端節)；念—舊巢燕子—飛傍誰家(汪元量)；向—楚宮一夢—多少悲涼(李元膺)；恨—春風將了—染額人歸(吳文英)；自—長亭人去—烟草凄迷(李邴)；悵—空山歲晚—窈窕誰來(辛棄疾)；自—鵝黃千縷—數到飛緜(蔣捷)；對—翠蛟盤雨—白鳳迎風(段弘章)。

(注意)這是洞仙歌前闋第四句，又可作上三下六，如上文(甲)(7)所引蘇軾「繡簾開——一點明月窺人」。

(丁) 上六下三。

(1) ㊄仄㊄平平仄—仄平平。

虞美人　依舊竹聲新月—似當年⋯滿鬢清霜殘雪—思(去聲)難任(南唐後主)；故國不堪回首—月明中⋯恰似一江春水—向東流(南唐後主)；薄晚春寒無奈—落花風⋯誰佩同心雙結—倚闌干(馮延巳)；誰信東風吹散—彩雲飛⋯塵掩玉箏絃柱—畫堂空(馮延巳)；門外鴨頭春水—木蘭船⋯應恨不題紅葉—寄相思(晏幾道)；更伴東溪流水—過秦樓⋯暗恨玉顏光景—與花同(晏)；長向月圓時

候—望人歸⋯猶有兩行閒淚—寶箏前（晏）；一夜滿枝新
綠—替殘紅⋯醉後滿身花影—倩人扶（晏）；又似陌頭風
細—惱人時⋯只有杏梁雙燕—每來歸（晏）；惟有雁邊斜
月—照關山⋯説與小雲新恨—也低眉（晏）；還是碧雲千
里—錦書遲⋯今夜落梅聲裏—怨關山（晏）；愁見曲中雙
淚—落千金⋯長是好風明月—暗知心（晏）；眼力不知人
遠—上江橋⋯正是節趨歸路—近沙堤（張先）；一曲石城
清響—入高雲⋯月照玉樓依舊—似當時（張先）；俗耳只
知繁手—不須彈⋯應有開元遺老—淚縱橫（蘇軾）；便使
尊前醉（宜平）倒—且徘徊⋯惟有一江明月—碧琉璃
（蘇）；只載一船離恨—向西州⋯醖造一場煩惱—向人來
（蘇）；惟有游絲千丈—裊晴空⋯我亦多情無奈—酒闌時
（蘇）；簾外瀟瀟微雨—做輕寒⋯獨自行來行去—好思量
（蘇）；且願花枝長在—莫離披⋯對月逢花不（作平）飲—
待何時（蘇）；莫笑醯鷄歌舞—甕中天⋯慚愧詩翁清些—
與招魂（黃庭堅）；不道曉來開徧—向南枝⋯去國十年老
（宜平）盡—少年心（黃）；只有柳花無數—送歸舟⋯爭奈
無情江水—不西流（秦觀）；可惜一枝如畫—愛誰開⋯祇
怕酒醒時候—斷人腸（秦）；知爲阿誰凝恨—背西風⋯柳
外一雙飛去—却回頭（秦）。

(注意)這是虞美人前後闋末句，五代時本是兩句，上七下三，
　　如毛文錫「蛛絲結網露珠多，滴圓荷⋯相思空有夢相尋，
　　意難任」。自南唐後主馮延巳改爲九字句後，宋人多依
　　新式，但馮詞亦有三首係依舊式的。

相見歡(烏夜啼)　無奈朝來寒雨—晚來風⋯自是人生長
　　恨—水長東（南唐後主）；寂寞梧桐深院—鎖清秋⋯別是
　　一般滋味—在心頭（南唐後主）；欹枕殘妝一（作平）朵—
　　臥枝花⋯翠閣銀屏回首—已天涯（馮延巳）；細草平沙蕃
　　馬—小屏風⋯暮雨輕烟夢（宜平）斷—隔簾櫳（馮延巳）。

南歌子　深院晚堂人靜—理銀箏⋯楊柳杏花時節—幾多情
　　（毛熙震）；窈窕一枝芳柳—入腰身⋯祇爲傾城著（作平）

處—覺生春(孫光憲);愛道畫眉深淺—入時無…笑問雙
鴛鴦字—怎生書(歐陽修);不羨竹西歌吹—古揚州…聲
繞碧山飛去—晚雲留(蘇軾);細草軟溪沙路—馬蹄輕…
祇有多情流水—伴人行(蘇軾);正是一年春好—近清
明…此樂無聲無味—最難名(蘇);住在潮頭來處—渺天
涯…寫取餘聲歸向—水仙誇(蘇);我也逢場作(作平)
戲—莫相疑…不見老婆三五—少年時(蘇);北客明朝歸
去—雁南翔…惟有落花芳草—斷人腸(蘇);門外月華如
水—彩舟橫…回首水雲何處—覓孤城(蘇);閒駕綵鶯歸
去—趁新年…莫忘(去聲)故人憔悴—老江邊(蘇);只恐
暗中迷路—認餘香…何物與儂歸去—有殘妝(蘇);一朵
彩雲何事—下巫峰…怕被楊花勾引—嫁東風(蘇);行盡
江南南岸—此淹留…憑仗挽回潘鬢—莫教秋(蘇);無奈
一帆烟雨—畫船輕…今夜月明江上—酒初醒(黃庭堅);
坐想羅浮山下—羽衣輕…應夢池塘春草—若爲情(黃);
已被鄰雞催起—怕天明…天外一鈎殘月—帶三星(秦
觀);天外不知音耗—百般猜…只恐又拋人去—幾時來
(秦);獨倚玉闌無語—點檀脣…又是一鈎新月—照黃昏
(秦);樓上一天春思—浩無涯…薄倖只知遊蕩—不思
家(秦)。

44.3 上六下三,是詞中最古的九字句式。相見歡,南歌子和虞
美人都產生在五代,因此,這一種九字句顯然是由詩中的律句變來的
(最早的詞句和詩句最相近似,見上文第三十六節)。它們雖被一般人
認爲上六下三,但實際上有些應該被認爲上四下五:

　　薄晚春寒——無奈落花風。
　　我亦多情——無奈酒闌時。
　　對月逢花——不飲待何時?
　　去國十年——老盡少年心。
　　攲枕殘妝——一朵臥枝花。

翠閣銀屛—回首已天涯。
寫取餘聲—歸向水仙誇。
回首水雲—何處覓孤城？
一朵彩雲—何事下巫峰？

尤其是多數可認爲上二下七：

恰似—一江春水向東流。
誰信—東風吹散彩雲飛。
門外—鴨頭春水木蘭船。
應恨—不題紅葉寄相思。
暗恨—玉顏光景與花同。
又似—陌頭風細惱人時。
愁見—曲中雙淚落千金。
莫笑—醽䃉歌舞甕中天。
爭奈—無情江水不西流。
祇怕—酒醒時候斷人腸。
不道—曉來開徧向南枝。
愛道—畫眉深淺入時無。
笑問—雙鴛鴦字怎生書？
不羨—竹西歌吹古揚州。
莫忘—故人憔悴老江邊。
樓上—一天春思浩無涯。
薄倖—只知游蕩不思家。

這更顯然是七言詩句的延長（頂節上再加一節）了。詞律於虞美人的
九字句認爲一氣呵成（不於第六字作豆），於相見歡與南歌子又分爲截
然兩句（於第六字下註「句」字），一嫌太緊，一嫌太鬆，都不大妥當。但
是，一般人認爲上六下三，也自有音律上的理由。（他們自己未必意識
到。）這種九字句，第五字必須用平聲。詞裏的六字句，以第五字用平
聲爲最常見（大多數的六字句，不是Ⓧ仄仄平平仄，便是Ⓧ仄平平平

仄),因此,在上六下三的九字句裏,第五字也須得用平聲,然後唸得「響」。即以虞美人和南歌子而論:歷代詩餘所載虞美人(有九字句的)一百二十七首,每首兩個九字句,總共二百五十四句,其中第五字用平聲者一百九十七句,用入聲者三十五句(入聲可作平聲),用上聲或去聲者僅廿二句;南歌子一百廿四首,每首兩個九字句,總共二百四十八句,其中第五字用平聲者二百零一句,用入聲者廿二句(可作平),用上聲或去聲者僅廿五句。由此看來,用平聲者已佔絕大多數,偶然有不用平聲的,我們祇能認爲「不論聲律」,或一時沒有適當的字可用。此外,還有傳鈔之誤:例如詞律和白香詞譜所載歐陽修南歌子「笑問鴛鴦兩字怎生書」,歷代詩餘作「笑問雙鴛鴦字…」,應以歷代詩餘爲準。詞律於相見歡前後闋末句第五字不註云「可仄」,那是對的;它於虞美人則引蔣捷一首,前闋末句「幾度和雲飛去覓歸舟」,「飛」字下註云「可仄」,後闋末句「纔卷珠簾却又晚風寒」,「却」字下註云「可平」,那就不對了。「飛」字處不可用仄,「却」字祇是以入作平。又於南歌子引歐陽修一首,前闋末句「愛道畫眉深淺入時無」,「深」字下註云「可仄」,那也不對;尤其是後闋末句「笑問鴛鴦兩字怎生書」,「兩」字下竟沒有註明「可平」,更是誤中之誤。詞律在另一些地方,並不以例外害正例;而它在這些地方却糊塗了,這是不容不糾正的。

44.4 (10)十字句。—十字句頗爲罕見。據我們所注意到的,祇有摸魚兒一詞,前闋第六句和後闋第七句是十字的。其形式是仄仄仄—平平仄仄平平仄,上三下七。例如張矞的摸魚兒前闋第六句「度一縷—歌雲不礙桃花扇」,後闋第七句「歌舞地—青蕪滿目成秋苑」。白香詞譜於「雲」字下作豆,則前闋的十字句成爲上五下五,就意義節奏而論,固然不錯;若就音律節奏而論,仍應以詞律爲準。前後兩闋的十字句是平行的兩句(前闋的十字句本該是第七句,祇因起二句合爲一句,所以變了第六句),它們的形式可能不是參差的。

44.5 有人把攤破浣溪沙前後闋的末二句認爲一句,於是成爲「平仄仄平平仄仄(或平仄平平仄平仄)—仄平平」上七下三。例如:

攤破浣溪沙 風裏落花誰是主—思悠悠…回首淥波三楚暮—接天流(南唐中主);還與韶光共憔悴—不堪看…多

少淚珠無限恨—倚闌干(南唐中主)。

(注意)第五至第七字若用「仄平仄」,則第三字必平。譬如「還與韶光共憔悴」,「韶」字處不得用仄。

認爲一句或兩句,都是無關宏旨的,要緊的是它的節奏和平仄。

44.6 (11)十一字句。—這是詞句中最長的一種。據我們所注意到的,衹有<u>水調歌頭</u>裏面用它。它共有兩種形式,一種是上六下五,另一種是上四下七。例如:

(1) ⊘平⊕仄平仄—⊕仄仄平平。

<u>水調歌頭</u>　不知天上宮闕—今夕是何年(<u>蘇軾</u>);中年親友難別—絲竹緩離愁⋯故鄉歸去千里—佳處輒遲留(<u>蘇軾</u>);六朝文物何在—回首更淒然⋯<u>莫愁</u>艇子何處—烟樹杳無邊(<u>周紫芝</u>);倚空千嶂橫起—銀闕正當中⋯遙知玉斧初斷—重到<u>廣寒宮</u>(<u>葉夢得</u>);平田坡岸迴曲—一目望難窮⋯雲林城市層列—知有幾重重(<u>趙師俠</u>);奈何酒薄愁重—越醉越愁多(<u>趙長卿</u>);暮天空闊無際—層巘綠蛾浮⋯甘棠空有餘蔭—誰解挽公留(<u>侯寘</u>);<u>淵明</u>漫笑重九—胸次正崔嵬(<u>辛棄疾</u>);有時來照清淺—鬢雪似<u>潘安</u>⋯旁人笑我癡計—管鑰費防閑(<u>劉克莊</u>);古今多少遺恨—俯仰已塵埃⋯試問先生歸否—茅屋欲生苔(<u>方岳</u>);一筇挂上高絶—便覺眼前寬⋯少年正爾行樂—誰復顧華顚(<u>馮取洽</u>);<u>西山</u>光翠依舊—影落酒杯中⋯<u>孫郎</u>前日豪飲—頤指五都雄(<u>王以寧</u>);十年長短亭裏—落日冷邊笳⋯<u>安期</u>玉舄何處—袖有棗如瓜(<u>王庭筠</u>);群心思苔神貺—吉日復良辰⋯一年好處須記—此樂最難忘(<u>段克己</u>)。

(注意)偶有例外,如<u>蔡伸</u>「征裘淚痕浥徧—眸子怯酸風」,<u>葉夢得</u>「堤外柳烟深淺—碧瓦起朱樓⋯登臨漫懷風景—佳處每難酬」,「悠然政須兩字—長笑<u>退之</u>詩」。然此不過百中之一二而已。

(2) 仄平⊕仄—⊕⊘⊕仄仄平平。

水調歌頭　不應有恨—何事長向別時圓(蘇軾)；故人千里—
西望雙劍黯回眸…参横月落—耿耿河漢近人流(曾覿)；
漢家組練—十萬列艦聳層樓…倦游欲去—江上手種橘
千頭(辛棄疾)；滄江翠壁—佳處突兀起紅樓…山高月
小—霜降凛凛不能留(張孝祥)；賞心亭上—喚客追憶去
年游…去年明月—依舊還照我登樓(張孝祥)；試尋高
處—携手躡屐上崔嵬…仙人跨海—休問隨處是蓬萊(韓
元吉)；携壺結客—何處空翠渺烟霏…人生如寄—何事
辛苦怨斜暉(朱熹)；賞心千里—明鏡入座玉光寒…層梯
影轉—亭午信手展緗編(吴文英)；臺城游冶—襞牋能賦
屬宮娃…舊時王謝—堂前雙燕過誰家(賀鑄)；誰吹尺
八—寥亮嚼徵更含宮…青鞋黄帽—此樂誰肯換千鍾(葛
勝仲)；餐霞吸露—何事佳處輒遲留…森羅萬象—與渠
詩裏一時收(葛郯)；翠光千頃—爲誰來去爲誰留…跳珠
翻沫—轟雷掣電幾時收(葛郯)；醉魂何在—應騎箕尾列
青天…黄粱未熟—經游都在夢魂間(吕渭老)。

44.7　上四下七的句式，至南宋而始盛。在某一些詞裏，前闋用
上六下五，後闋用上四下七，如蘇軾「不知天上宮闕—今夕是何年…不
應有恨—何事長向別時圓」；辛棄疾「淵明漫笑重九—胸次正崔嵬…此
心高處—東望雲氣見蓬萊」；或前闋用上四下七，後闋用上六下五，如
朱熹「歸來故里—愁思悵望渺難平…與君吟風弄月—端不負平生」。
詞律於第六字下註云「可平」，但是，上六下五式的第六字决不可平；衹
有上四下七式可平。即以上四下七式而論，第六字用平聲者，亦至南
宋而始盛，北宋衹有賀鑄、吕渭老少數人這樣做罷了。

44.8　句和豆的分别是很難定的。有些一氣呵成的，根本不應認
爲有「豆」，例如「不知天上宮闕今夕是何年」；有些非但可認爲「豆」，簡
直可認爲句(舊所謂「句」)，例如「不應有恨，何事長向別時圓」。那麼，
像後者，我們何不索性認爲兩句呢？我們不能認爲兩句，因爲：
(一)同人同調，時而分爲兩句，時而一氣呵成，如辛棄疾水調歌頭「别
離亦復何恨？此別恨匆匆！」本可分爲兩句，而另一首在同一地方却

是:「等閑更把萬斛瓊粉蓋玻瓈」,一氣呵成。由此看來,一氣呵成應該是原則,而中間有「豆」只算是權宜。八字句,九字句,十字句等,有許多情形都可以依此看法。(二)同人同調,時而上六下五,時而上四下七,如朱熹水調歌頭「與君吟風弄月—端不負平生」,是上六下五,而另一首在同一地方却是:「人生如寄—何事辛苦怨斜暉」,則變成了上四下七。由此看來,必是因爲原則上是十一字一氣呵成,不得已而於句中作「豆」,就隨便用上六下五或上四下七都行了。九字句也有同樣的情形,參看上文。

第四十五節　詞的對仗及語法上的特點

45.1　現在我們要談一談對仗。詞的對仗和律詩的對仗頗有不同:(一)詞是長短句,許多地方不適宜於用對仗,故必須一連兩句字數相同的時候,對仗纔是可能的;(二)律詩的對仗有一定的地方,詞的對仗没有一定的地方;(三)律詩在原則上是以平對仄,以仄對平,詞則不拘。現在依次叙述如下。

45.2　(一)相連的兩句字數相同,即有成爲對仗的可能。其以用對仗爲常者,例如:

> 阮郎歸後第一二句　花露重,草烟低(歐陽修)。
> 攤破浣溪沙後第一二句　細雨夢回雞塞遠,小樓吹徹玉笙寒
> 　　(南唐中主)。
> 西江月前後第一二句　寶髻鬆鬆挽就,鉛華淡淡妝成…相見
> 　　爭如不見,有情還似無情(司馬光)。
> 南歌子前後第一二句　日薄花房綻,風和麥浪輕…已改煎茶
> 　　火,猶調入粥餳(蘇軾)。
> 河滿子前後第一二句　無語殘妝淡薄,含羞輕袂輕盈…笑靨
> 　　嫩疑花坼,愁眉翠歛山横(毛熙震)。
> 踏莎行前後第一二句　碧海無波,瑶臺有路…綺席凝塵,香
> 　　閨掩霧(晏殊)。
> 鳳凰臺上憶吹簫前第一二句　香冷金猊,被翻紅浪(李

清照)。

解語花前第一二句　行歌趁月,喚酒延秋(周邦彥)。

東風第一枝前第一二句及第四五句　燒色回青,冰痕綻白…
縱寒不壓葭塵,應時已鞭黛土(高觀國)。

高陽臺前第一二句　宮粉彫痕,仙雲墮影(吳文英)。

齊天樂前第三四句及後第四五句　角黍包金,香蒲泛玉…慢
轉鶯喉,輕敲象板(周邦彥)。

45.3　由此看來,對仗多在前闋起二句或後闋起二句(稱爲蝦鬚
格),這除了修辭上的理由之外,恐怕和詞調的模仿頗有關係。有許多
新調並不是憑空杜撰出來的,祇是脫胎於某一舊調,因此,對仗的位置
往往就照舊了。

45.4　但是,相連的兩句字數不相同的時候,也有可以用對仗的。
那就是上五下四的兩句。上句雖有五個字,實際上是四字句前面再加
一字豆,所以就不妨用對仗了。例如:

玉漏遲後第二三句　奈新燕傳情,舊鶯饒舌(程垓);記掩扇
傳歌剪燈留語(吳文英)。

滿庭芳後第四五句　漸酒空金榼,花困蓬瀛(秦觀);且莫思
身外,長近尊前(周邦彥);命玉簪促席,雲鬟分行(晁端
禮);問橫空皓月,匝地寒霙(葛立方);有新翻楊柳,細抹
絲簧(汪莘);但身爲利鎖,心被名牽(吳潛)。

鳳凰臺上憶吹簫前第四五句　愛簫聲縹緲,簾影玲瓏(馬洪)。

同上,後第五六句　奈堪同玉手,難插雲鬟(趙文);慣倚歌花
月,按舞娉婷(張翥);想清江泛鷁,紫陌游驄(馬洪)。

暗香後第三四句　想月濕斷磯,雲弄疏影(趙以夫);正雁水
夜清,臥虹平帖(吳文英);悵雁渚渡閒,鷺汀沙積
(陳允平)。

聲聲慢(平韻)後第二三句　正烟橫嶺曲,月浸溪灣(吳潛);
幾傳杯弔甫,把酒招潛(吳文英);正風吟莎井,月碎苔陰
(吳文英);想蓴邊呼權,橘後思書(王沂孫);任露沾輕

袖,月轉空梁(史可堂)。

鎖窗寒後第三四句　　悵玉筍埋雲,錦袍歸水(張炎);待移燈剪韭,試香溫鼎(張炎)。

換巢鸞鳳前第二三句　　正愁橫斷塢,夢繞溪橋(史達祖)。

高陽臺後第二三句　　問誰調玉髓,暗補香瘢(吳文英);正十分皓月,一半春光(吳文英);但苔深韋曲,草暗斜川(張炎);任船依斷石,袖裏寒雲(張炎);漸潮痕雨漬,面色風皴(王億之);旋安排玉勒,整頓雕輪(僧暉);對一川平野,一片閒雲(張翥)。

瑞鶴仙前第二三句　　正梅雪初消,柳絲新染(楊炎);更暮草萋萋,疏烟漠漠(方千里);漸翠減涼痕,腥浮寒血(蔣捷);愛樹色參差,湖光渺漠(陳允平)。 正漏約瓊籤,笙調玉琯(陳允平)。

齊天樂前第七八句　　嘆重拂羅裀,頓疏花簟(周邦彥);更釵梟朱符,臂纏紅縷(周邦彥);記雲鞲瑤山,粉融珍簟(楊无咎);正玉管吹涼,翠觴留醉(高觀國);望舟尾拖涼,渡頭籠暝(史達祖);想橘友荒涼,木奴嗟怨(史達祖);過柳影閒波,水花平渚(史達祖);看風動疏簾,浪鋪湘簟(方千里);便闌闠輕排,虹河平溯(吳文英);漸塵撲冰紈,浪收雲簟(陳允平)。

齊天樂後第八九句　　想月好風清,酒登琴薦(楊无咎);嘆壁月空簷,楚雲飛觀(高觀國);對風鵲殘枝,露蛩荒井(史達祖);但翠黛愁橫,紅鉛淚洗(洪瑹);但閒覓孤歡,強寬秋興(吳文英);有眠月閒僧,醉香游子(陳允平);嘆蘺菊初開,潤蓴堪薦(陳允平);看半硯薔薇,滿鞍楊柳(文天祥);怕鶴怨山空,雁歸書少(周密);縱鳴壁猶蛩,過樓初雁(王沂孫);看飄忽風雲,晦明朝夕(張炎)。

45.5　這種帶一字豆的對仗却不能在每闋的起二句;它們多數在第二三句。而且這種對仗祇是隨便的,不是必需的。

45.6　(二)詞的對仗並不像律詩那樣有硬性的規定;因此,即使

相連的兩句字數相同,也不一定要用對仗。像下面諸例,某一些詞人用對仗的地方,另一些詞人是不用的:

用對仗的

思往事,惜流光。

　　　　(歐陽修訴衷情)

寶篆烟銷龍鳳,畫屏雲鎖瀟湘。　　(黃庭堅畫堂春)

碧雲天,黃葉地…黯鄉魂,追旅思。　(范仲淹蘇幕遮)

恨殺河東獅子,驚回海底鷗兒…柳岸猶携素手,蘭房早掩朱扉。　　　　　(蔣捷)

掛輕帆,飛急槳。

　　　　(蘇軾祝英臺近)

江流清淺外,山色有無中。

　　　　(趙師俠水調歌頭)

有東南佳氣,西北神州。

　　　　(辛棄疾聲聲慢)

永晝端居,寸陰虛度。

　　　　(蘇軾水龍吟)

不用對仗的

還更毒,又何妨。

　　　　(趙長卿)

柳外畫樓獨上,凭闌手撚花枝。　　　(徐俯)

老相邀,山作伴…似驚鴻,吹又散。　　(周紫芝)

没處與人消遣,倚闌情寄斜陽…喚取客帆聊住,將予同下瀟湘。　　　　(侯寘)

記臨岐,銷黯處。

　　　　(趙長卿)

離愁晚如織,托酒與消磨。

　　　　(趙長卿)

嘆周郎老去,羞改花羞。

　　　　(周密)

清净無爲,坐忘遣照。

　　　　(蘇軾)

這種自由的情形,以帶一字豆的句子爲尤甚;它們在原則上是不用對仗的,不過詞人可以隨便運用罷了。

45.7　(三)最重要的一點是不限定平仄相對。在律詩的對仗裏,所謂一三五不論,二四六分明,第二第四及第六字是必須以平對仄,以仄對平(特拗是例外)的;在詞的對仗裏却不然,非但普通第二第四字不必平仄相對,甚至對仗的句脚也可以俱仄或俱平。例如:

醉太平　情高意真,眉長鬢青(劉過)。

鵲橋仙　纖雲弄巧,飛星傳恨(秦觀)。

青玉案　一川烟草,滿城風絮(賀鑄)。

千秋歲　花影亂,鶯聲碎(秦觀)。

千秋歲　齊歌雲繞扇,趙舞風回帶(黃庭堅)。

瀟湘夜雨　香漸遠,長烟裊穟;光不定,寒影搖紅(趙
　　長卿)。

滿江紅　書底青瞳如月樣,鏡中黑鬢無霜處(晏幾道)。

滿江紅　風入戶,香穿箔;花似舊,人非昨(侯寘)。

玉漏遲　晴絲罥日,綠陰吹霧(吳文英)。

水調歌頭　庾公閣,子猷舫(葛勝仲)。

高陽臺　翠被餘香,錦瑟清塵(張翥)。

桂枝香　翠橙絲霧,玉蔥浣雪(李彭老)。

水龍吟　龍鬚半剪,鳳膺微漲(蘇軾)。

喜遷鶯　花市又移星漢,蓮炬重光人海…巷陌笑聲不斷;襟
　　袖餘香猶在(吳禮之)。

綺羅香　正船艤,流水孤村;似花繞,斜陽芳樹(張炎)。

永遇樂　海棠零亂,梨花淡濘(趙師俠)。

望海潮　秦峰蒼翠,耶溪瀟灑(秦觀)。

沁園春　念纍纍枯塚,茫茫夢境…幸眼明身健,茶甘飯
　　軟(陸游)。

45.8　還有更特別的現象,就是韵脚和韵脚相對。在律詩裏,除
首聯外,韵脚絶不能與韵脚相對,因爲詩的韵脚是句子的終點,於對仗
是不相宜的;至於詞呢,韵脚不一定表示句子的終點,於是對仗就變爲
可能的了。試看下面的一些例子:

醉太平(平韵)　芙蓉繡裀,江山畫屏(戴復古)。

醉太平(仄韵)　態濃意遠,眉顰笑淺(辛棄疾)。

一剪梅　春到三分,秋到三分(吳文英)。

相見歡　剪不斷,理還亂(南唐後主)。

天仙子　衣未解,心先快…山一帶,水一派(沈會宗)。

謁金門　鬬鴨闌干獨倚,碧玉搔頭斜墜(馮延巳)。

離亭燕　雲際客帆高掛,烟外酒旗低亞(張昇)。

天仙子　堂阜遠,江橋晚…旗影轉,鼙聲斷(張先)。

如夢令　鶯嘴啄花紅溜,燕尾剪波綠皺(秦觀)。

千秋歲　密意無人寄,幽恨憑誰洗(謝逸)。

連理枝　不恨殘花謝,不恨殘春破(程垓)。

一剪梅　江上舟摇,樓上帘招…風又飄飄,雨又瀟瀟…銀字
　　　　筆箏,心字香燒…紅了櫻桃,綠了芭蕉(蔣捷)。

滿江紅　天黯澹,催殘日;波浩渺,添寒力(周紫芝)。

東風第一枝　香夢醒,幾花暗吐;綠睡醒,幾枝偷舞(高觀
　　　　國);青未了,柳回白眼;紅欲斷,杏開素面(史達祖)。

最高樓　只少箇,綠珠橫玉笛;更少箇,雪兒彈錦瑟(劉
　　　　克莊)。

解佩令　春晴也好,春陰也好…梅花風悄,杏花風小(蔣捷);
　　　　人行花塢,衣沾香霧…相思一度,濃愁一度(史達祖)。

45.9　這種同聲相對可細分爲兩類:第一類是同字相對;第二類
是異字相對。同字相對又可細分爲兩類:(一) 相同的字不在韻脚者,
如「紅了櫻桃,綠了芭蕉」;(二) 相同的字在韻脚(或同時有不在韻脚)
者,如「春到三分,秋到三分」。有些詞調是以同字相對爲常者,如一剪
梅;有些却是不拘同字或異字。如東風第一枝和解佩令;但就一般的
詞説起來,還是異字相對佔大多數。

＊　　　　＊　　　　＊

45.10　由同字相對,我們聯想到同字叶韻。這和詩裏同字異義
的叶韻不同(參看上文第二十二節和三十五節);詞裏的同字叶韻,非
但同字,而且同義。詩裏同字叶韻,祇是兩個韻脚偶然相同;詞裏的同
字叶韻却是全篇自始至終,用同一的韻脚。這種體裁,叫做「福唐獨木
橋體」(「福唐」義未詳)。例如:

聲聲慢　　　　　　　　　　　　　　蔣　捷

黃花深巷,紅葉低窗,淒涼一片秋聲。
豆雨聲來,中間夾帶風聲。

　　疏疏二十五點,麗譙門,不鎖更聲。
　　故人遠,問誰搖玉珮,簷底鈴聲。

　　彩角聲吹月墜,漸連營馬動,四起笳聲。
　　閃爍鄰燈,燈前尚有砧聲。
　　知他訴愁到曉,碎噥噥,多少蛩聲。
　　訴未了,把一半分與雁聲。

　　45.11　此外,像劉克莊轉調二郎神五首都是全篇用「省」字做韻腳,石孝友惜奴嬌全篇用「你」字做韻腳,辛棄疾柳梢青全篇用「難」字做韻腳,都是這一類。但若全篇用一個虛字煞韻,則虛字的前面一個字也還須要押韻;詩經楚辭都是這個辦法,詞人們就是摹仿詩經楚辭的押韻法的。例如:

瑞鶴仙 寿東軒　　　　　　　蔣　捷

　　玉霜生穗也,
　　渺洲雲翠痕,雁繩低也。
　　層簾四垂也;
　　錦堂寒,早近開爐時也。
　　香風遞也,
　　是東籬花深處也。
　　料此花伴我仙翁,未肯放秋歸也。

　　嬉也,
　　繒波穩舫,鏡月危樓,釃瓊酏也。
　　籠鸚睡也,
　　紅妝旋舞衣也。
　　待紗燈客散,紗窗月上,便是嚴凝序也。
　　換青氈,小帳圍春,又還醉也。

　　(注意)這是摹仿詩經的押韻法。「也」字前一字非但平仄通押,而且支魚通押(參看上文第三十九節),這是因爲它

們不在句末,所以從寬。

水龍吟咏瓢泉　　　　　　　　　　辛棄疾

聽兮,清珮瓊瑤些,

明兮,鏡秋毫些。

君無此去,流昏漲膩,生蓬蒿些。

虎豹甘人,渴而飲汝,寧猿狖些。

大而流江海,覆舟如芥,君無助狂濤些。

路險兮山高些,

予塊獨處無聊些。

冬槽春盎,歸來爲我製松醪些。

其外芬芳,團龍片鳳,煑雲膏些。

古人兮既往,嗟予之樂,樂簞瓢些。

(注意)這是摹仿楚辭的押韻法。詞中雜以「兮」字,更像
楚辭。

＊　　　　　＊　　　　　＊

45.12　詞的語法和近體詩的語法沒有什麼分別。唯有「一字豆」
爲近體詩所無,於是它所表現的語法也有特殊的地方。依普通語法,
副詞總是置於主語之後及其所修飾的謂語之前的,如「人漸老」,「花正
開」等。在詞裏,副詞可提到主語的前面,如秦觀滿庭芳「漸酒空金榼,
花困蓬瀛」,王安石桂枝香「正故國晚秋,天氣初蕭」。現在再舉出一些
例子:

正水落晚汀,霜老枯荻。(唐珏桂枝香。)

漸暝色朦朧,暗迷平楚。(葉小鸞桂枝香)。

又亂葉打窗,蛩韵淒切。(陳允平桂枝香。)

漸翠減涼痕,腥浮寒血。(蔣捷瑞鶴仙。)

便闔閭輕排,虹河平溯。(吳文英齊天樂。)

方春意無窮,青空千里。(張先慶春澤。)

漫紅綾偷寄,孤被添寒。(李之儀滿庭芳。)

正前村雪深幽曙。(孔武仲水龍吟。)
又晴霞驚飛暮管。(吳文英燭影搖紅。)
謾幾度淚痕相照。(史達祖換巢鸞鳳。)

45.13　此外，還有一種情形，是副詞後面有所省略。譬如「但」等於「但有」，「但見」或「但覺」，「更」等於「更有」，「空」等於「空餘」，「儘」等於「儘有」，「甚」等於「爲甚」，等等。例如：

但寒烟衰草凝綠。(王安石桂枝香。)
但溶溶翠波如縠。(李演聲聲慢。)
但夢魂迢遞，長到吳門。(周邦彦滿庭芳。)
更冥冥一簾花雨。(向子諲水龍吟。)
更一番雨過，彩雲無迹。(劉克莊滿江紅。)
更短坡烟竹，聲碎瓏瓏。(周紫芝滿庭芳。)
更誰家橫笛，吹動濃愁。(李清照滿庭芳。)
空點點年華別淚。(吳文英解語花。)
儘湖南山明水秀。(黃庭堅驀山溪。)
甚閒人猶自未閒？(張炎聲聲慢。)
甚等閒却爲鱸魚歸速？(辛棄疾滿江紅。)
甚此夕偏饒對歌臨怨！(吳文英玉漏遲。)

45.14　本來，唐五代的詞裏還沒有「一字豆」，因此，上述的兩種情形只能產生於宋代：北宋還是很少，南宋漸漸多起來。最特別的要算下面這一類的例子：

尚巖花嬌黃半吐。(袁去華瑞鶴仙。)
尚隱約當時院宇。(張炎瑞鶴仙。)
幾傳杯弔甫，把酒招潛。(吳文英聲聲慢。)
湛一溪晴綠。(侯寘瑞鶴仙。)
渺平蕪烟闊。(吳文英尾犯。)

「尚巖花嬌黃半吐」等於說「巖花尚嬌黃半吐」，這是詞序的變換；「尚隱約
當時院宇」大致等於說「尚隱約可見當時院宇」，「幾傳杯弔甫」大致等於
說「幾度傳杯弔甫」，這是省略。至於「湛一溪晴綠」，等於說「一溪湛然晴
綠」，「渺平蕪烟闊」等於說「平蕪渺渺烟闊」，則又是二者兼而有之了。
（呂渭老蘇武慢「瘦一枝梅影」與此近似，祇「瘦」字是形容詞而非副詞。）

45.15　另有一種「一字豆」是用動詞的，例如陳允平瑞鶴仙「愛樹
色參差，湖光渺漠」，「愛」字後面八個字是它的目的語。這種目的語就
作用上說大致等於拉丁所謂受格（accusative case）；但是還有一種近
似拉丁所謂與格（dative case）的，例如康與之瑞鶴仙「悵姑蘇臺上征帆
何許?」比「悵」字更近於費解者，則有「快」字。例如：

> 快晚風吹帽，滿懷空碧。（辛棄疾滿江紅。）
> 快酒兵長俊，詩壇高築。（同上。）
> 　（這「快」是「愉快」的「快」。）

還有「恍」字，例如：

> 恍夜色明於晴畫。（張埜玉漏遲。）

但「恍」字也許該認爲狀語。總之，這種句法，非但是唐人所未有，連宋
人的近體詩中，也非常罕見的。

45.16　兩個極端。——一般說起來，詞比律詩更接近口語；但是，
也有少數的詞調是「古文式」的。這樣，就形成了兩個極端：一個極端
是純粹的白話，另一個極端非但是文言，而且近似散文（不像韻文）。

45.17　純粹白話的詞雖不很多，但是部分白話的詞却不很少。
柳永、蘇軾、黃庭堅、秦觀等人的詞裏，都儘量地運用口語裏的語彙。
像下面的幾個例子，差不多竟是全用白話寫出的：

> 　　品　　令　　　　　　　　　秦　　觀
> 幸自得。
> 一分索强，教人難喫。

好好地,惡了十來日!
恰而今,較些不?

須管啜持教笑,又也何須肕織?
衝倚賴臉兒得人惜。
放軟頑,道不得!

　　竹香子　　　　　　　　　　　　劉　過
一項窗兒明快,
料想那人不在。
熏籠脫下舊衣裳,件件香難賽。

匆匆去得忒煞,
這鏡兒也不曾蓋。
千朝百日不曾來,
沒這些兒簡采!

　　感皇恩　　　　　　　　　　　　周紫芝
無事小神仙,世人誰會?
着甚來由自縈繫!
人生須是做些閑中活計。
百年能幾許? 無多子!

近日謝天,與片閑田地,
作簡茆堂待打睡。
酒兒熟也,贏取山中一醉。
人間如意事,只此是!

　　且坐令　　　　　　　　　　　　韓　玉
閑院落。
誤了清明約。
杏花雨過胭脂綽。
緊了秋千索。
鬥草人歸,朱門悄掩,梨花寂寞。

書萬紙,恨憑誰託?

鑊封了,又揉却。

冤家何處貪歡樂?

引得我心兒惡!

怎生全不思量着!

那人人情薄!

45.18 古文式的詞調和這種恰恰相反,它是努力避免白話的字眼,模仿着古文的格調,多用散文裏的虛字如「之」「乎」「者」「也」「矣」「耳」之類。在内容上,它和一般的詞也不相同:一般的詞是寫情或寫景的,古文式的詞却是説理的。這種説理的詞可以哨遍爲代表。哨遍往往是把古文一篇改爲一首詞,如王安中哨遍演孔稚珪北山移文,蘇軾哨遍演陶潛歸去來辭,劉克莊哨遍演韓愈送李愿歸盤谷序,辛棄疾哨遍演莊周秋水篇,等等。兹試舉辛棄疾一首爲例:

哨　遍　　　　　　　　辛棄疾

蝸角鬬争,左觸右蠻,一戰連千里。

君試思:

方寸此心微。

總虛空,并包無際,

喻此理,

何言泰山毫末,從來天地一稊米!

嗟小大相形,鳩鵬自樂,之二蟲又何知?

記跖行仁義孔丘非!

更殤樂長年老彭悲!

火鼠論寒,冰蠶語熱,定誰同異?

噫!

貴賤隨時,

連城鑊換一羊皮!

誰與齊萬物? 莊周吾夢見之。

正商略遺篇,翩然顧笑,空堂夢覺題秋水。

有客問洪河,百川灌雨,涇流不辨涯涘。

於是焉,河伯欣然喜,

以天下之美盡在己,

渺滄溟,望洋東視,

逡巡向若驚嘆。

謂我非逢子,

大方達觀之家未免,長見悠然笑耳!

此堂之水幾何其?

但清溪一曲而已!

第四十六節　詞　譜　舉　例（上）

46.1　普通的詞譜,都是舉出某人的一首詞來,作爲示範,而於字之平仄不拘者,則加以註明。這種辦法自然有它的好處,例如非但可見其平仄,而且可見用上用去或用入;非但可仿其聲調,而且可仿其對仗或叠字的地方。但是它的缺點則是:(一)全詞錄出而後加註,則篇幅太繁,如能製爲簡譜,可省篇幅數倍,乃至數十倍;(二)詞的平仄變化雖多,然而那些最常用的形式可以歸納成爲若干種,若僅錄詞句,就不容易看出相同的地方來。本書因篇幅關係,決定改用簡譜。

46.2　普通詞譜標註平仄的辦法,大致可分爲兩種。一種是文字的,例如註明可平可仄;另一種是符號的,例如以。代平,以△代仄,以·表示平仄不拘。無論文字或符號,都是附刻於詞句的旁邊的(中華書局所印的詞律把「可平」「可仄」等字夾入句中,是爲了印刷的便利)。後一種辦法較便於初學,因爲每一字的平仄都標明了。但是,這兩種辦法有一個共同的缺點,就是當一句之中,平仄不拘的字太多了的時候,就容易引起誤會來了。例如詞律所載江城子第一體(卅五字),於第四句「越王宮殿」四個字都註明「可平」「可仄」,這樣,若用符號表示,就是····了。依照這種表示,則下面的十六種形式都是可用的:

1.平平平平　2.平平仄平　3.平平平仄　4.平平仄仄

5. 仄平平平　6. 仄平仄平　7. 仄平平仄　8. 仄平仄仄

9. 平仄平平　10. 平仄仄平　11. 平仄平仄　12. 平仄仄仄

13. 仄仄平平　14. 仄仄仄平　15. 仄仄平仄　16. 仄仄仄仄

但是,我們遍查諸家的江城子,祇有五種形式可用,就是上列的 3.4.7.9.13. 五種,其中第三四兩種還是後起的呢! 這顯然是方法上的不善。實際上祇要有「平平仄仄」和「仄仄平平」兩種形式可用,依照普通詞譜的標調法就非弄成了⋯⋯不可! 所以這種標調法是必須改良的。

46.3 我們的辦法是這樣: 大約對於最常見的形式(律句),我們都用數目字和羅馬字母來表示。例如 5a 表示⑰仄平平仄,5b 表示⑰平平平仄仄。平脚的句子,我們改用大寫的字母,例如 5A 表示⑰仄仄平平,5B 表示平平仄仄平(注意使大寫的字母和小寫的字母不要成爲一樣大小)。現在詳細地叙述於下。

(一) 一字句　仄 a

　　　　　平 A

　　一字豆皆係仄聲,省去 a 號,變作 1+。

(二) 二字句　平仄 2a　　　　仄仄 2b(罕用)

　　　　　　平平 2A　　　　仄平 2B(罕用)

(三) 三字句　平平仄 3a　　　仄平仄 3a'

　　　　　　平仄仄 3b　　　仄仄仄 3b'

　　　　　　仄平平 3A　　　平平平 3A'(非常罕用)

　　　　　　仄仄平 3B　　　平仄平 3B'

(四) 四字句　仄平平仄 4a　　平平平仄 4a'

　　　　　　平平仄仄 4b　　仄平仄仄 4b'

　　　　　　仄仄平平 4A　　平平平平 4A'

　　　　　　平仄仄平 4B　　仄仄仄平 4B'

(五) 五字句　⑰仄平平仄 5a

　　　　　　⑰仄仄平仄 5a'

　　　　　　⑰平平仄仄 5b(第一字以平聲爲正例)

　　　　　　平平仄平仄 5b'(第一字必平)

　　　　　　⑰仄仄平平 5A

仄⃝仄平平平 5A′(非常罕用)

平平仄仄平 5B(第一字必平)

仄⃝平平仄平 5B′(第一字以用仄聲爲正例)

（六）六字句　（與四字句的標調法取得一致）

平⃝仄仄平平仄 6a

仄⃝仄仄平平仄 6a′

仄⃝仄平平仄仄 6b

平⃝仄平平仄仄 6b′(比較地罕用)

平⃝平仄仄平平 6A

平⃝平仄仄平平 6A′

平⃝平仄仄仄平 6B

平⃝平仄仄仄平 6B′(非常罕用)

（七）七字句　（與五字句的標調法取得一致）

平⃝平仄⃝仄平平仄 7a

平⃝平仄⃝仄仄平仄 7a′

仄⃝仄平⃝平平仄仄 7b(第三字以平聲爲正例)

仄⃝仄平平仄平仄 7b′(第三字必平)

平⃝平仄⃝仄仄平平 7A

平⃝平仄⃝仄平平平 7A′

仄⃝仄平平仄仄平 7B(第三字必平)

仄仄平⃝平仄仄平 7B′(第三字以平聲爲正例)

46.4　八字句可認爲上三下五,上二下六,等等;九字句可認爲上三下六,上五下四,等等;十字句可認爲上四下六,上三下七,等等;十一字句可認爲上六下五,上四下七,等等。

46.5　當兩式均可應用的時候,則用添註法。例如平平仄和平仄仄均可時,就標作3a(b)。但是,爲了更簡化起見,我們將更運用下列的一些羅馬字母:

$$a+a'=x \qquad b+b'=y \qquad x+y=s$$
$$A+A'=X \qquad B+B'=Y \qquad X+Y=S$$

46.6　祇有兩種情形是要用舊法標調的:(一)當其非律句時,例如天香後段起句平平仄平仄仄,祇能標作[○○△○△△];(二)當其比普通律

句平仄更嚴時，例如<u>玉漏遲</u>前段起句仄平平仄仄，祇能標作[△○○▲▲]，不能標作 5b，因爲 5b 的第一字是平仄不拘的。這樣參用舊法也有它的好處，因爲凡用舊法標調的地方，就是特別值得注意的地方。

46.7 六字至十一字的句子，有時候是分爲兩個「豆」的，尤其是八字以上的句子爲然。當其分爲兩個「豆」時，我們把它們標成兩句，然後用括弧把它們合起來。例如七字句[3b4a]，九字句[6a3A]，等等。

46.8 凡用韻的地方，用直綫隔開，結束處則用雙直綫。例如<u>摘得新</u>是 3B|5B|5b3A|7a3A ‖（共二十六字）。如係雙調而前後段完全相同者，則於開始及結束處均用雙直綫，例如<u>後庭花</u>是 ‖ 7a|4a|7a|4a ‖（共四十四字）。至於雖係雙調而前後段大同小異者，則用平行式，例如：

<u>太平時</u>　7Y|3A|7A|3A ‖（共四十字）
　　　　　7b|,,|,,|,,

<u>散餘霞</u>　7a|1+4s|6X1+4b|,,‖（共四十五字）
　　　　　6s|,,　,,|,,　,,|,,

又若前後段相似處甚少，則不用平行式，祇於前後之間留一個空隙，例如：

<u>天門謠</u>　5a|[3b'(a')4a]|3b|1+4a|　1+7b|7b|3b|[3b'4b
　　　　　(a')] ‖

46.9 如果是換韻的，就依照<u>西洋</u>記韻的通例，把韻式附於詞譜的後面，例如：

<u>中興樂</u>　7B'|6A|3a'5A|　7a|3a|4a|3b3A ‖　韻式
　　　　　aaa bbba

<u>戀情深</u>　7b|4a|7A|3A|　7A|5A|6a3A ‖　韻式 aabb bbb

如果是疊句，則用 r 或 R 表示，例如：

如夢令　6a|6a|5A6a|2a|2r|6a ‖

46.10　此外,如有特別值得注意的地方,還另加註釋。尤其是意義節奏,必須註明。

46.11　詞律共載六百六十調,一千一百八十餘體;拾遺補載一百六十五調,一百七十九體,又補體三百十六,連詞律原書合計,共八百二十五調,一千六百七十餘體。現在我們爲篇幅所限,不想把這一千六百七十餘體完全錄出。況且有些詞調非常罕見,也不值得錄出;有些雖在唐五代頗爲常見,後代却變爲罕用,也没有爲它們製譜的必要了。起初,我們想根據白香詞譜共取詞百首,後來覺得,以詞譜而論,這書并非一部好書,因爲有時候它只顧收錄「好的」詞,却不管那詞是否可作爲聲律上的軌範。譬如聲聲慢以平韵爲最常見,白香詞譜偏要錄取仄韵的;即以仄韵的而論,高觀國的一首較合準繩的不取,却偏要了李清照的不講聲律的一首。他如荆州亭,錦纏道,陌上花,瀟湘夜雨,换巢鸞鳳,翠樓吟等調,在宋詞中殊爲罕見,而白香詞譜錄取了,甚至宋詞所無的誤佳期也被收錄了;而真正宋人常用的朝中措,少年游,霜天曉角,八聲甘州,漢宫春,六幺令,掃花游,江城子,千秋歲,行香子,定風波,唐多令,玉樓春,安公子,花心動,解連環,夜飛鵲,風流子,霜葉飛,蘭陵王,六州歌頭,寶鼎現,哨遍,等等,倒反被摒弃了。現在我們共錄詞譜二百零六調,比白香詞譜多出一倍。取錄的標準大致如下:

1. 凡歷代詩餘於某調共收十首以上者,錄入。

2. 歷代詩餘所收,雖未滿十首,然在五首以上,而作者又多係名家者,錄入。

3. 歷代詩餘所收,雖在十首以上,然多係元明作品,或非名家作品者,不錄。

4. 歷代詩餘所收僅一二首,甚至不收,然爲白香詞譜所已錄者,因其爲一般人所熟知,姑亦錄入。

5. 凡一調有多體者,錄其最常用者一體或數體,其罕見者不錄。同時錄數體的時候,以最常用者居前。其較爲少見者,即使字數較少,亦列於其後,作爲附錄。

6. 凡詞牌與形式皆不同者,認爲兩調。如浣溪沙與攤破浣溪沙分列,玉樓春(木蘭花)與減字木蘭花及木蘭花慢分列,一落索(上林春)與上林春慢分列。

46.12　這些標準不一定是妥當的標準,但是我們的目的既在「舉例」,就不必求全責備了。

詞譜。

1. 憶江南　(望江南)廿七字　3b(a)5A｜7b7A｜5A ‖
又一體雙調五十四字,即依上式作雙疊。另有第三體,不錄。

2. 漁歌子　廿七字　7B｜7A｜3b3A｜7A ‖
又一體五十字 ‖3A3b｜7a｜3b3A6s ‖

3. 搗練子　廿七字　3b3A｜7Y｜7b7A ‖

4. 憶王孫　卅一字　7A｜7Y｜7Y｜3A｜7Y ‖ 又一體不錄。

5. 調笑令　卅二字　2a｜2r｜6s｜6S｜6B｜2a｜2r｜6s ‖ 韵式 aaabbccc。
　　(注意)第三句可拗作仄平仄平平仄,第五句可拗作平仄㊟仄仄平或仄仄平平仄平。第六句 2a 係第五句 6B 末二字倒置而成,故第五句第五字必須用仄。

6. 如夢令　卅三字　6a｜6a｜5A6a｜2a｜2r｜6a ‖

7. 歸國謠　(歸自遥)卅四字　$\begin{matrix}3b\\7a\end{matrix}\Big|\begin{matrix}7b\\3a\end{matrix}\Big|\begin{matrix}7a\\,,\end{matrix}\Big\|$

又一體四十三字　$\begin{matrix}3b\\6a\end{matrix}\Big|\begin{matrix}7b\\◁○○◁◁\end{matrix}\Big|\begin{matrix}6x\\6a\end{matrix}\Big|\begin{matrix}◁○○◁◁\\,,\end{matrix}\Big\|$ 又一體四十二字不錄。

8. 定西番　卅五字　6s3b3A｜3A　6s5Y｜6s3A ‖

9. 相見歡　卅六字　$\begin{matrix}6S\\3s\end{matrix}\Big|\begin{matrix}3A\\3x\end{matrix}\Big|\begin{matrix}[6x3A]\\,,\end{matrix}\Big\|$ 韵式 aaa bbaa

10. 長相思　卅六字　‖3S｜3S｜7Y｜5Y ‖
　　(注意)前後闋起二句往往用叠韵(韵脚相同)。詞律云「後首句可不叶韵」。按歷代詩餘所載長相思共四十八首,除其中三首是後闋首句不入韵外,其餘都入韵。

11. 醉太平　卅八字　‖ •○◁◁｜○○◁◁｜6X｜◁○○◁ ‖
　　(注意)每闋末句的意義節奏是三二。

12. 昭君怨　四十字　‖6s｜6s｜5A｜3A ‖ 韵式 aabb ccdd。

13. <u>生查子</u>　四十字　‖5A5a│5A5a‖

14. <u>女冠子</u>　四十一字　4s│6s│3A│5a5B│5b5A│5a3A‖韵式
aabb bb。

(注意)另有長調<u>女冠子</u>,不錄。

15. <u>點絳唇</u>　四十一字　4X[◁◦ ・ ◁◦◦◁]│—│4a│5a│
　　　　　　　　　　　　　　　” 　　 5a│3a│ ” │ ” ‖

16. <u>浣溪沙</u>　四十二字　7B│7A│7A‖
　　　　　　　　　　　　　7b│ ” │ ” ‖

17. <u>清商怨</u>　四十二字　◦◦◦◁◁│1+4a│　　　　│4A5b│
　　　　　　　　　　　　　　” │[3b′4a]([3B◦◦◁])│ ” ” ‖

又一體後段次句作[3b5a],共成四十三字;又一體前段首句作平平平
仄仄仄仄,亦共成四十三字。

18. <u>霜天曉角</u>　四十三字　4s│5a│6x[3a(b)3a(a′)]‖
　　　　　　　　　　　　　5b│5b│6a 　” 　　 ” ‖

(注意)後段首句可破爲兩句,且於首句第二字叶韵,即 2a(b)
3b。又可用平韵。此調共有六體,不備錄。

19. <u>訴衷情</u>　四十四字　7A│5A│・◦◁◁◁(◦◦◁◁◁或 6x)5A│3b3A│
3A│4x4X4X‖

(注意)<u>詞律</u>共列<u>訴衷情</u>七體,今但錄其最常見者一體。<u>萬</u>氏
云「<u>宋</u>人皆用此體」。<u>白香詞譜</u>錄<u>歐陽修</u>詞則於前段末
句破爲兩句,即 3b′3A,共成四十五字。

20. <u>采桑子</u>　(<u>醜奴兒</u>)四十四字　‖7a4X│4X│7Y‖

21. <u>卜算子</u>　四十四字　‖5A5a│7B5a‖

22. <u>菩薩蠻</u>　(<u>菩薩鬘</u>)四十四字　7a│7a│5A│5B′‖　韵式 aabb
　　　　　　　　　　　　　　　　　　5b│5a│ ” │ ” ‖
ccdd。

(注意)前後段末句皆當作「仄平平仄平」,惟<u>李白</u>原詞後段末
句是「長亭連短亭」(依<u>詞律</u>),所以也有人學他,作「平平
平仄平」。但無論如何,第三字當作平;<u>詞律</u>云第三字可
仄,究非正例。

23. <u>減字木蘭花</u>　四十四字　‖4s│7b│4X│7Y‖　韵式 aabb
ccdd。

24. <u>巫山一段雲</u>　四十四字　‖ 5a5Y | 7A | 5A ‖

又一體四十六字　$\begin{array}{c}5a\,5B | 7A | 5Y\| \\ 6a | 6a' | \text{,,} | \text{,,}\|\end{array}$

25. <u>酒泉子</u>　四十五字　$\begin{array}{c}4A\,7b7A | 3A\| \\ 7A | \text{,,\,,,} | \text{,,}\|\end{array}$

(注意)詞律共録<u>酒泉子</u>十六體;今但録其最常見者一體。

26. <u>好事近</u>　四十五字　$\begin{array}{c}5A\,6x | 6x\,◁○○○◁\| \\ 7A\,5b'(a') | \text{,,} | \text{,,}\|\end{array}$

(注意)前後段末句的意義節奏都是一四。

27. <u>謁金門</u>　四十五字　$\begin{array}{c}3s | 6x | 7b | 5b\| \\ 6s | \text{,,} | \text{,,} | \text{,,}\|\end{array}$

28. <u>更漏子</u>　四十六字　‖ 3A3b | 6s | 3b3A | 5Y ‖　韵式 aabb ccdd,或 aabb aabb,或 aabb ccbb。

(注意)前後段末句都以仄平平仄平爲正例。<u>温庭筠</u>更漏子後段起句入韵,<u>宋</u>人不然。又<u>唐</u>人於後段起二句多用 3b3a′,與前段異。

29. <u>一落索</u>(<u>上林春</u>)　四十六字　‖ 6x | 4a | 7A　3y3a ‖
餘體不録。

30. <u>憶秦娥</u>　四十六字　$\begin{array}{c}3s | 7a | 3r | 4s4a\| \\ 7a | \text{,,} | \text{,,} | \text{,,\,,,}\|\end{array}$

(注意)前段第二句,<u>李白</u>原詞是「秦娥夢斷秦樓月」,於是有人誤會,以爲必須用轆轤體(第一字與第五字爲同字)。其實大多數詞人都不拘泥這個。3r 是和上面一句的末三字相重。此調共六體,餘不録。

31. <u>清平樂</u>　四十六字　4s | 5a | 7y | 6s　6X | 6X | 6s6X ‖　韵式 aaaa bbb。

(注意)<u>李白</u>(?)清平樂四首,<u>温庭筠</u>兩首,<u>孫光憲</u>兩首,後闋首句都是「⊗仄⊗仄平平」;直至<u>韋莊</u>六首,才有四首是用 6X 的。<u>尹鶚</u>,<u>歐陽炯</u>,<u>毛熙震</u>,<u>李後主</u>,則完全用 6X 了。<u>宋</u>人以用 6X 爲正例。這是時代的關係。詞律以爲第四字平仄亦可不拘,那是不分別時代的緣故。

32. <u>琴調相思引</u>　四十六字　$\begin{array}{c}7B | 7A | 4x\,5A\| \\ 7b | \text{,,} | \text{,,}\,\text{,,}\|\end{array}$

33. 荆州亭　四十六字　‖6s|6s|5A6s‖

(注意)宋人此調非常罕見。

34. 誤佳期　四十六字　6s|6s|7A 5a‖
　　　　　　　　　　　5A|5a|„ |„ ‖

(注意)詞律云:「舊詞無此體」。

35. 畫堂春　四十七字　7A|6X|7A|4X‖
　　　　　　　　　　　6s|„ |„ |„ ‖

36. 阮郎歸　四十七字　7A |5Y|7A|5Y‖
　　　　　　　　　　　3b3A|„ |„ |„ ‖

37. 攤破浣溪沙　四十八字　7B|7A|7b 3A‖
　　　　　　　　　　　　7b|„ |„ „ ‖

(注意)前段第三句,南唐中主作 7b′,但宋人皆作 7b.

38. 人月圓　四十八字　7a |5A|4x 4b 4X‖
　　　　　　　　　　　4s 4b(a′)|4X|„ „ „ ‖

39. 桃源憶故人　四十八字　‖7a|6x|6x|5a‖

40. 眼兒媚　四十八字　7A|5A|4s 4s 4X‖
　　　　　　　　　　　7a|„ |„ „ „ ‖

(注意)詞律所舉王雱眼兒媚前段首句平仄平平仄平平是
例外。

41. 朝中措　四十八字　7A |5A|6s 6X‖
　　　　　　　　　　　4s 4s 4X|„ |„ „ ‖

42. 秋蕊香　四十八字　6s|6x|7a|6s‖
　　　　　　　　　　　7a|3x|„ |„ ‖

43. 武陵春　四十八字　‖7b5A|7B|5A‖

44. 錦堂春　四十八字　‖6x6X|7a5A‖

45. 賀聖朝　四十九字　7a |◁○○○◁|7A ◁○○○◁‖　餘體不錄。
　　　　　　　　　　　4s 4s|„ |„ „ „ ‖

(注意)詞律載賀聖朝共五體,實則其第三體所舉葉清臣詞四
十八字,若依歷代詩餘及白香詞譜所載,則當爲四十九
字(後段首句破爲兩句)。今依歷代詩餘。前段第二第
四句及後段第三第五句,它們的意義節奏都是三二。

46. 柳梢青　四十九字　4x 4s |4x |4X 4s 4x‖　另一體不錄。
　　　　　　　　　　　6X[3a′(b′)4b|„ |„ „ „ ‖

47. 太常引(太清引)　四十九字　7 A 5A|5A|[3a′(b′)○○◁○]‖
　　　　　　　　　　　　　　　4s 4s|„ |„ |„ ‖

又一體五十字,就是把前段第二句改爲六字,成爲[3s 3A]。

48. 留春令　五十字　$\begin{array}{l}4a\ 4a(b')4x\\7\ b\ 5\end{array}$ ・◁○○◁○[$\begin{array}{l}3a'(b')3a\\a\end{array}$]　,,　　,,　　,,　‖又一體不錄。

49. 西江月　五十字　‖6s6X|7A|6s‖　餘體不錄。
(注意)此乃平仄通叶之體。

50. 少年游　五十字　$\begin{array}{l}7A|5A|4X\ 4s\ 5A‖\\7a\quad,,\ |\quad,,\ ,,\ ,,\end{array}$

(注意)前段第二句首字平仄不拘,詞律未注明,誤。後段第三句如係平脚,第三字宜用平聲,詞律所錄毛滂詞「庭下早梅」句,「早」字仄聲是例外。但前後段第三句皆可改用仄脚,即 4s。

又一體五十一字,就是把後段第二句變爲六字,成爲[3b 3A]。前後第三句改用仄脚。

又一體亦五十一字　$\begin{array}{l}4b\ 4b\ 5A|4s\ 4s\ 5A‖\\,,\quad,,\quad,,\ |\ 7\quad A\quad,,\end{array}$

又一體亦五十一字,就是依照上式,把後段起二句合成 7a,而第四句的 7a 又破爲兩句,成爲 4s 4s.

又一體五十二字　‖4b4b5A|4s4s5A‖　餘體不錄。

51. 惜分飛　五十字　‖・◁○○◁◁|6b|5a|7a‖

52. 燕歸梁　五十一字　$\begin{array}{l}7\ B|5A(1+4X)|7A|3b3A‖\\4s\ 4s|\quad5\quad\quad A|\ ,,|\ ,,\ ,,\end{array}$
餘體不錄。

53. 醉花陰　五十二字　‖7b|5a|5A 4X 5a‖

54. 雨中花(夜行船)　五十二字　$\begin{array}{l}6s|6x|4\quad\quad X\quad\quad 4s\ 5a‖\\7b|\ ,,|1+4X(5A)\ ,,\ ,,\end{array}$
又一體五十四字　‖7b|[3s4s]|4X 4s 5a‖餘體不錄。

55. 迎春樂　五十二字　$\begin{array}{l}7a|[3x3a']|[3A\ 5a]|一\ 3b\ 3a‖\\7b|\quad一\quad|[3a'4a']|5A\ ,,\ ,,\end{array}$餘體不錄。

56. 南歌子　五十二字　‖5a5B|7A|[6x3A]‖
(注意)此調九字句第五字以平聲爲正例;詞律註云可仄,非。

57. 怨王孫　五十三字　◁◁○◁|4x|4X 4b'|○◁・◁○○|3A|7a|3a(b)|

5a|4y・◂・◂○○|3A‖　　韵式 aaabb cccdd。

(注意)此調與憶王孫無涉。詞律云:「怨王孫一詞與唐腔河傳無異」。按韋莊張先怨王孫後段與上式同,前段則作2a(b)|2a|4x|4X|4x◂◂・◂○○|3A,確與河傳相似(參看下文河傳條)。宋人於前段第二字不復叶韵,但仍用仄聲。

歷代詩餘云怨王孫亦名月照梨花;詞律另列月照梨花,五十五字。它的前段係依普通怨王孫,但第二字叶韵,後段第二句 3a 改爲 4b′,第四第五句改爲仄平平仄平仄平,仄仄平平。

58. 戀繡衾　五十四字　$\begin{smallmatrix}○○○◂・◂○\\7\quad a\end{smallmatrix}$[3A 4B]|[3a′(b′)3a][3A 4B]‖
　　　　　　　　　　　　　　,,　　,,　|　　,,　　,,　,,　,,

59. 端正好(於中好,杏花天)　五十四字　$\begin{smallmatrix}7\quad\quad a\\7a([3s 4s])\end{smallmatrix}$|
[3s 4s]|7a|[3B(3b′)3a](6s)‖
　,,　　,,　|　,,　[3b′3a]　(6s)‖

(注意)杜安世在前後段首句多用拗句,後人則於前段首句皆用律句,後段首句則往往變爲上三下四。前後段末句自辛稼軒以後皆作 6s。詞律以爲末句用 6s 者是杏花天,不與端正好同調。

60. 浪淘沙　五十四字　‖5A|4X|7A|7b4X‖

(注意)浪淘沙本係單調,二十八字,即七言絕句一首。這裏變爲雙調,且變爲長短句。另有仄韵一體,不錄。

61. 鷓鴣天　五十五字　$\begin{smallmatrix}7\quad Y\\3b\ 3A\end{smallmatrix}$|7A|7a 7Y‖
　　　　　　　　　　　　　　,,　|,,　,,‖

62. 河傳　五十五字　2a|2a|3A・◂・・◂○|◂○◂・◂○○(◦○◂◂◂◂○)|2A(B)|◂○○◂○|　7b(◦◂◂◂◂○)|3b|5x|3A|3B(B′)|2B|◂○○◂○
‖　韵式　aabbbbbb cccdddd。

又一體亦五十五字　2a|2a|4x|4A′|4s|○◂◂◂○○|◂○○◂○|　7a|3a
(b)|5a|1+4x　1+4X|3A‖　韵式 aaa babb cccdd。

又一體亦五十五字,前段與上式全同,後段第三第四第五句改爲 5a|6X4A|。

又一體五十七字　4a(⚬◁◁◁)|4b 4a′|4b 6x|5b|　7a|3a|5a|6s 4a′|5b‖

又一體六十一字　4s1＋4y 4s|4Y 6x|3A(B)3b‖　餘體
7a 4X 5a| ,, | ,, | ,, | ,, ‖
不錄。

(注意)詞律所載河傳共十七體,實際上不止此數。但大致可
分爲兩大類:第一類是共用四個韵脚,而且是仄平韵脚
互換的,前段第二字入韵;第二類是一韵到底,前段第二
字不入韵,而且改爲平聲。唐五代兩類都有,宋人則多
用後者。

63. 品令　五十五字　4　　a|[3x4a′]|⚬◁◁◁⚬◁|4a ⚬◁◁◁‖
⚬◁◁◁⚬◁|◁⚬◁◁|◁⚬◁◁⚬◁|4a| ,, ‖

又一體六十四字　‖4x|[3b′3a]|4s ◁⚬•◁ 4x|6s ◁⚬•◁‖
餘體不錄。

64. 夜行船　五十五字　6x|[3A(a)4a]|7A[3A(a)4a]‖
7b| ,, | ,, , ,, | ,, ‖

又一體五十六字　‖7b|[3A(a)4a]|4X4s6a‖

(注意)詞律與歷代詩餘皆云夜行船即雨中花,但歷代詩餘却
以夜行船與雨中花分列。今按二者在結構上殊異頗大,
不妨分列。惟加以註明,使知其淵源而已。

65. 鵲橋仙　五十六字　‖4s 4s 6s|7A　[3b′(a′)⚬⚬•◁]‖
又一體不錄。

66. 虞美人　五十六字　‖7a|5a|7A|[6a 3A]‖　韵式 aabb
ccdd。

(注意)九字句第五字以用平聲爲原則,第三字則以仄聲爲
較宜。

又一體五十八字,即依上式,每段末句變爲兩句,上七下三,
即 7A 3A。

67. 南鄉子　五十六字　‖5A|7B|7b 2A|7B‖餘體不錄。

68. 玉樓春(木蘭花,春曉曲,惜春容)　五十六字　‖7a|7b|7A
7b‖

69. 步蟾宫　五十六字　‖7a|[3a′(b′)4x]|7A[3a′(b′)4s]‖餘

體不錄。

70. <u>一斛珠</u>　五十七字　$\begin{array}{c|c|c|c}4s & 7a & 7a & 4X\ 5x \\ 7b & ,, & ,, & ,,\ ,,\end{array}$‖

又一體亦五十七字,祇後段首句用 7a 爲異。<u>宋</u>人多用此體。

71. <u>夜游宮</u>　五十七字　$\begin{array}{c|c|c|c}6b & [3a'\ 4x] & 7b' & 3A\ 3A\ 3b \\ 5a & ,,\ ,, & ,, & ,,\ ,,\ ,,\end{array}$‖

(注意)前後段第三句偶然有作 7b 者,甚至第五六兩字俱仄者,都非正例。

72. <u>小重山</u>　五十八字　$\begin{array}{c|c|c|c}7Y & [5b\ 3A] & 7A & [3a(b)5A] \\ 5A & ,,\ ,, & ,, & ,,\ ,,\end{array}$‖

73. <u>踏莎行</u>　五十八字　‖ 4X 4s | 7a | 7A 7a ‖

74. <u>臨江仙</u>　六十字　‖ 7b 6X | 7A | 5b 5A ‖

又一體五十八字,即依上式,唯前段首句用 7A,入韵,又前後段第四句都用四字句,即 4a(偶然用 4a' 或 4b)。

又一體亦五十八字　‖ 6s 6X | 7A | 5b 5A ‖　餘體不錄。

75. <u>唐多令</u>　六十字　‖ 5A | 5Y | [3A 4X] | 7b 3s 3A ‖

76. <u>一剪梅</u>　六十字　‖ 7Y | 4X | 4X | 7A | 4X | 4X ‖

(注意)這一體於 4X 4X 處用對仗,而且是同字相對。普通是後三字相同,如<u>吳文英</u>「春到三分,秋到三分」,但也有重一二四字者,如<u>吳文英</u>「知是花邨,知是前邨」,又有祇重兩字者,如<u>吳文英</u>「春到一分,花瘦一分」。

又一體亦六十字,但每段第二第五句不入韵,也不一定用對仗,更不須同字相對。(偶然有兩體參用者,如<u>劉儼</u>一首於後闋第二三句依此式,其餘則依上式。)餘體不錄。

77. <u>七娘子</u>　六十字　‖ 7a | 1＋7a([3A 5a]) | 4X 4s 7a ‖

又一體五十八字,即依上式,每段第二句改用七字句,即 7a。

78. <u>釵頭鳳</u>(<u>玉瓏璁</u>,<u>折紅英</u>)　六十字　‖ 3a | 3a | ◁○○◁○○◁ | 3a | 3a |
4A(a)4a | 1a | 1r | 1r ‖　韵式 aaabbbbrr aaabbbbrr。

79. <u>蝶戀花</u>(<u>鵲踏枝</u>,<u>一籮金</u>)　六十字　‖ 7b | 4X 5a | 7b | 7a ‖

(注意)詞律註云:「<u>壽域</u>(<u>杜安世</u>)首句『新月羞花影庭樹』,末三字仄平仄(7b'),此係偶然,不可從。又有一首前第四句『畫閣巢新燕聲喜』,後第四句『冉冉光陰似流水』,又一

首前第四句『衰柳搖風尚柔軟』，後第四句『獨倚闌干暮山遠』，則全用仄平仄，或有此體，然作詞但從其多者可耳』。力按，這是杜氏個人的作風，後人則皆用 7b，應該分別看待。

80. 十拍子（破陣子） 六十二字　‖6s 6X|7b 7B|◁○○◁(5B)‖

81. 定風波　六十二字 $\begin{array}{c}7B\\7b\end{array}\Big|\begin{array}{c}-\\2a\end{array}\Big|\begin{array}{c}7A\\,,\end{array}\Big|\begin{array}{c}7b\\,,\end{array}\Big|\begin{array}{c}2a\\,,\end{array}\Big|\begin{array}{c}7A\\,,\end{array}$‖ 韵式 aabba ccadda. 又一體不錄.

82. 蘇幕遮　六十二字　‖3A 3b|4X 5a|7b|4X 5a‖

83. 漁家傲　六十二字　‖7b|7a|7b|3b|7a‖

84. 垂絲釣　六十六字 $\begin{array}{c}◁○◁○\\4\,s\end{array}\Big|\begin{array}{c}○○○○◁\\,,\end{array}\Big|\begin{array}{c}4A\cdot◁○◁(4b)\\-\quad 4\quad b'\end{array}\Big|\begin{array}{c}3\,b\\○◁○○◁\end{array}\Big|\begin{array}{c}5a\\,,\end{array}\Big|$
$\begin{array}{c}3a\\3b\end{array}\Big|\begin{array}{c}1+4y\\1+4b'\end{array}\Big|$‖

85. 行香子　六十六字　‖4X|4X|[3A 4X]|4s 4X|1+3A(a)3a(b)3A‖

（注意）後段起句可不入韵，或起二句皆不入韵亦可。每段之末，係由一字豆貫三句，例如蘇軾「向望湖樓，孤山寺，湧金門…有湖中月，江邊柳，隴頭雲」，又如蔣捷「過窈娘隄，秋娘渡，泰娘橋」。

86. 錦纏道　六十六字 $\begin{array}{c}4\,A\\◁○○◁\end{array}\begin{array}{c}6a\\4a\end{array}\Big|\begin{array}{c}[3A4a]\\,,\end{array}\Big|\begin{array}{c}7a\\,,\end{array}\Big|\begin{array}{c}4A\\1+7a\end{array}\begin{array}{c}5a\\4a\end{array}\Big|$‖

（注意）後段首句的意義節奏是三二。

87. 青玉案　六十六字　‖7a|[3b'(a')3a]|7b|4x4x|5a‖
（注意）每段第五句亦可不入韵。
又一體六十七字，即依上式，惟後段第二句[3b'3a]變爲 7b'，每段第五句可入韵，可不入韵。其不入韵者，甚至與下文併成九字句，如蘇軾「莫驚鷗鷺，四橋盡是老子經行處」，周紫芝「西州重到，可憐不見華屋生存處」；或與上文併成八字句，如蘇軾「春衫猶是小蠻鍼線，曾濕西湖雨」。
（注意）六十七字較六十六字爲常見。第五句不入韵者較入韵者爲常見。尚有六十八字者，罕見，不錄。

88. <u>感皇恩</u>　六十七字　$\begin{matrix}5A\ 4s\ |\ 7b'\ |\ 4s\ 6x\ |\ 5b\ 3a\ ||\\4Y\ \text{„}\ |\ \text{„}\ |\ \text{„}\ \text{„}\ |\ \text{„}\ \text{„}\end{matrix}$　餘體不録。

89. <u>解佩令</u>　六十七字　$4s\ 4a'(b)\ |\ \begin{bmatrix}3A5a\\\text{„}\ 4a'\end{bmatrix}\ |\ 4X\begin{bmatrix}3b'4x\end{bmatrix}|$

$\begin{bmatrix}3A\ ◁\ •\ ◁\end{bmatrix}||$　餘體不録。
$\text{„}\ \text{„}$

(注意)前段第二句應入韵；<u>白香詞譜</u>舉<u>朱彝尊</u>詞此句不入
　　　韵，非<u>宋</u>人舊法。

90. <u>天仙子</u>　六十八字　$||7b|7b|7A3a(b)|3a(b)|7b||$
(注意)這調本是三十四字，後來變成雙疊。

91. <u>江城子</u>　七十字　$||7A|3A|3A|4A\ 5A|7b\ 3b\ 3A||$
(注意)這調本是三十五字，後來變成雙疊。每段第四五兩句
　　　也可以併成九字句，如<u>蘇軾</u>「曾見青鸞翠鳳下層城」。

92. <u>千秋歲</u>　七十一字　$\begin{matrix}4s\ |\ 5a\ |\ 3y\ 3a\ |\ 5b\ 5a\ |\ 3a(b)7a\ ||\\5a\ |\ \text{„}\ |\ \text{„}\ \text{„}\ |\ \text{„}\ \text{„}\ |\ \text{„}\ \ \text{„}\end{matrix}$
又一體亦七十一字，祇前段首句不入韵爲異。此體較少見。
　　　餘體不録。

93. <u>粉蝶兒</u>　七十二字　$\begin{matrix}4X\ ○○\ •\ •\ ◁\ |\ \begin{bmatrix}3A\ 4a\end{bmatrix}|\ 3A\ 3b\ 4x\ |\\4y(X)\ \text{„}\ |\ \ \ \text{„}\ \ |\ \text{„}\ \text{„}\ \text{„}\end{matrix}$

$\begin{bmatrix}3A\ ○\ •\ ◁○◁\end{bmatrix}||$
$\text{„}\ \ \text{„}$

94. <u>離亭燕</u>　七十二字　$||6x|○◁○◁|7b\ ◁◁\ •\ ○◁|◁◁○◁\ 6s||$

95. <u>隔浦蓮</u>　七十三字　$○○○◁◁\ |\ ◁◁○◁\ |\ \begin{bmatrix}◁◁○◁\end{bmatrix}○○○◁(3a3a)\ |\ ○◁○◁◁$
$(5a\ 或\ 5b)|3a|◁◁○◁|3a'\ \ \ \ 4b\ ○○○◁|4b(a')◁◁◁◁◁|○◁○◁◁|2a$
$|○○○◁◁\ ||$
(注意)此調平仄之嚴，殊爲罕見。

96. <u>傳言玉女</u>　七十四字　$\begin{matrix}4A\ \ \ \ \ \ \ \ \ \ 6a\ \ \ \ \ |\ 4a(A)1＋4s(5a)\ |\\\text{„}\begin{bmatrix}3A3b'\end{bmatrix}(6a)\ |\ \ \ \ \ \ \ \ \ \text{„}\end{matrix}$

$\begin{matrix}○◁◁(4b)6x\ |\ 4x\ 4a\ ||\\○○◁○(4b)\ \text{„}\ |\ \text{„}\ \text{„}\end{matrix}$

(注意)每段第三四兩句可以併爲九字句，第七八兩句可以併
　　　爲八字句。

97. <u>河滿子</u>(<u>何滿子</u>)七十四字　$||6s\ 6X|7b\ 6X|6s\ 6X||$
(注意)<u>河滿子</u>本係單調六句，每句六字，共三十六字；後來第

三句變爲七字,共三十七字。又增成雙叠,如上式。

98. 解蹀躞 七十五字　6a′ 5 a｜◁○○◁○○◁○◁｜・◁・◁○○
　　　　　　　　　　3a′｜,,｜○○◁○◁｜,,｜,,

［◁○・◁○○］4a‖
　［,,］　　,,‖

(注意)每段末二句可併爲十字句。又可改作 4b′ 3b 3a。

99. 風入松 七十六字　‖7A｜5A｜7a[3a′(X)4X]｜6s6X‖
　　又一體七十四字,即依上式,惟前後第二句改爲四字句,4X。
　　又一體七十三字,即依七十四字體,再將前段第四句改爲六
　　　字句,6X。
　　又一體七十二字,即依七十三字體,再將後段第四句改爲六
　　　字句,6X。

(注意)七十六字最爲常見,七十四字次之,七十三字與七十
　　二字不多見。

100. 婆羅門引 七十六字　4s 7A｜6X｜6s 5A｜1＋4b(a′)4X
　　｜ ・◁○｜[3b′(a′)3A]｜6b(a′)4X｜4s[3a′(b′A)5A]｜
　　[3b4X]‖

101. 荔支香近 七十六字　◁◁○○◁ 3b(x)｜◁・◁○○　5a｜○○◁○
　　(6a′)5a｜2a◁・○○◁○◁｜　3b[3b′3a]｜4A6a｜4X ◁◁○○◁｜◁◁・
　　○・◁(・○○◁○) ‖

(注意)詞律載荔支香近共兩體:一體七十三字,又一體七十
　　六字。歷代詩餘以七十六字者爲荔支香,七十三字者
　　爲荔支香近。今但録七十六字者。

102. 于飛樂 七十六字　‖3A3b4X｜3A(a)4X｜3A3b4X｜4s 3a
　　(AB)4X‖　餘體不録。

103. 祝英臺近 七十七字　3A 3b｜5a′｜4X 5a′｜6X 4s[3a′4x]‖
　　　　　　　　　　　3a′｜6X 5b′｜,,｜,,｜,, ,, ,,‖

(注意)前段第二句或入韻,或不入韻。兩種情形是同樣常
　　見的。後段第五句偶然亦作 5b′.

104. 側犯 七十七字　4b′◁◁○○◁○◁｜2a｜1＋◁◁○○◁○◁｜○○◁◁ 5a｜2a｜3b
　　5b′｜ 4b ◁◁○○◁｜3b｜3A ○◁○◁｜4A 4a｜2a｜6x(○○◁○◁) ‖

105. 御街行 七十八字　‖7a[3y 3a]｜7A 6x｜4s 4x 5a‖

又一體七十六字，即依上式，惟第二句爲五字句 5a。餘體不錄。

106.　一叢花　七十八字　‖ 7A | 5A | ○○◁◁○◁○[3a′ 4X] | 4B 4b(a′) 5A ‖

107.　金人捧露盤　七十九字　3A 3a(b)3A | [3b′(a′)4X] |
」 」3b 」 | 」 　 」
4s 7A | 4s[3A(a′)4X] ‖
」 」 | 」 　 」 　 　」

(注意)尚有七十八字一體，八十一字一體，不錄。

108.　紅林檎近　七十九字　5a ○◁○◁○ | 5a ○○◁○ | ○ • ○○◁[◁◁◁○○] |
◁ • ◁◁○○ | ○◁○○ | • ◁○◁ 5A | 4b 6A′ | 1+4a′ 4b(a′)◁○ • ◁○◁○ ‖

第四十七節　詞譜舉例(下)

109.　最高樓　八十一字　3a (b) 5A | 5 A | 7a 7A
[3s 5b]|[3s 5b]| 3b 3A | 」 　 」
3A 3b 3A ‖　韵式 aaaa bbaaa。
」 　 」 　 」

(注意)後段起二句用同字對仗，例如劉克莊「祇少箇一綠珠橫玉笛，更少箇一雪兒彈錦瑟」；又可以是上五下三，如蔣捷「一片片雪兒一休要下，一點點雨兒一休要灑」；又可以是八字一氣呵成，如辛棄疾「也莫向竹邊辜負雪，也莫向柳邊辜負月」，元好問「問華屋高貲誰不戀，問美食大官誰不羨？」餘體不錄。

110.　新荷葉　八十二字　‖ 4X6X | 4X6X | 4s[3B(A, a, b)4X] | 4s6X ‖

111.　早梅芳(早梅芳近)　八十二字　3S 3a | ◁◁○○◁ | 4a′ ◁◁○○○◁ |
3A 3y | 」 | 」 　 」
◁◁○○◁[◁◁○○] | 1+4b 5a′ ‖　又一體不錄。
」 　 」 | 3A ◁◁○○◁

112.　驀山溪　八十二字　‖ 4s | 5a | 5A[3A(s)4s] | 4s5A3a(b) | 3x | 5a ‖

(注意)前後段首句或入韵，如石孝友「鶯鶯燕燕，搖蕩春光

懶」、「小鬟微盼，分付多情管」；或不入韵，如張元幹「一
番小雨，陡覺添秋色」，「錢塘江上，冠蓋如雲積」；或前
段不入韵，後段入韵，如黃庭堅「鴛鴦翡翠，小小思珍
偶」、「尋芳載酒，肯落他人後」；或前段入韵，後段不入
韵，如賀鑄「楚鄉新歲，不放殘寒退」、「江南芳信，目斷
何人寄？」前後段第七八兩句或皆入韵，如晁補之「登雲
嶠，臨煙渚，狂醉成懷古」；或第七句不入韵，第八句入
韵，如賀鑄「上簾櫳，招佳麗，置酒成高會。」但多數却是
七八兩句都不入韵。在這情形之下，它們的平仄多變
爲 3a(b)3A，如李之儀「流水外，落花前，豈是人能致？」
偶然也有 3A 3b 之類。此外又有前段於此處兩用韵，
而後段兩不用韵者，如黃庭堅「斜枝倚，風塵裏，不帶風
塵氣」、「書漫寫，夢空來，祇有相思是。」詞律以二七八
句入韵者爲一體，不入韵者爲另一體，不知變化複雜，
兩體是不足以盡其變的。

113. 洞仙歌　八十三字　4s ◁◦◦ · ◁|7b′|[3A · ◀◦◁◦◦](1＋4a′(b)
4X)[3b6s]|　5b4X7b′|5A4X[3a(b)4s]|[3b′(a′) · ◦◁◦◦]
([3B 5A])◁ · ◁◦◦ 4a ‖

(注意)前段第二句的意義節奏是一四，如蘇軾「自—清凉無
汗」，或二三，如劉光祖「小池塘—荷净」，但亦有用普通
詩句 5a 者，如辛棄疾「大半成新貴」。第四句九字，詞律
依蘇詞定爲上三下六，但普通的形式却是上五下四，嚴
格説起來是 1＋4a′(b)4X，如葛郯「看朝餐沆瀣，暮飲醍
醐」，劉一止「對斜橋孤驛，流水瀏瀏」。後段末句該是
九字句，但詞律分爲兩句，上五下四。嚴格説起來，它
的意義節奏該是三六，如蘇軾「又不道—流年暗中偷
換」，晁補之「算只好—龍山醉狂吹帽」，蔣捷「又未卜—
重陽果然晴否」；甚至是一八，如張炎「料—祇隔中間白
雲一片」。不過，它的音韵節奏仍該是五四，所以仍舊
依照詞律定譜。

又一體八十四字，即依上式，惟後段第四句 5A 改爲 3b 3A

或 3B 3b.

又一體八十五字,即依八十三字體,惟後段第四句 5A 改爲
1＋4s,第六句[3a4s]改爲 3b 6a′(b)。餘體不録。

114. 滿路花　八十三字　○○◁◁◁○　5a｜[○○○◁◁ 3a]｜4s 5a｜5b
4a′(b)　,,　,,　,,　,,　,,　,,

4X ◁○・◁○◁
,,　　,,　‖　餘體不録。

115. 江城梅花引　八十七字　7　A｜3A｜3A｜─
2B｜2R｜3A　3Y　3Y　◁・◁◁

─　　　─
[3b′(a′)4X]｜・◁○○◁◁○(2＋7)｜7b 3b(a′)3A 3B‖　餘體
,,　　,,　,,　,,　,,　　不録。

(注意)後段起二句不必用疊句,如張翥「憶卿,恨卿」,又可
另換一韵,如陳允平「相思,爲誰? 蘭恨銷!」(「銷」字回
到原韵),又可換仄叶,如王觀「怨極,恨極」,周密「酒
醒? 未醒。」

116. 探芳信　九十字　3a′｜1＋4A(◁◁○○○)4b(◁◁○◁)｜1＋4a5b′(a′)
｜7a 5a｜3A 4A 4a｜　5a′(b′)｜1＋4X4x｜4X3a′3a′｜7a 5a｜3A
6b‖

又一體八十九字,即依上式,惟後段第五六兩句 3a′3a′ 併爲
五字句,平仄仄平仄。

117. 意難忘　九十二字　4X｜1＋4s 4X｜○○○◁◁ 5A｜3b 3A
6X　,,　,,　,,　,,　,,　,,

5A(1＋4X)｜3B 4s 4X‖
,,　　,,　,,　,,

(注意)前後第八句的意義節奏往往是一四,例如蘇軾「肯─
親度瑤觴」,周邦彦「拌─劇飲淋浪」。

118. 塞翁吟　九十二字　5a ○◁◁○○(6A)｜3b′3A｜1＋4x(5A)｜
○○◁○○◁[○◁◁◁○(6A)]｜3b′3A｜1＋4A′(5A)｜2A｜3a 4s[3b
○○◁○]｜[3b′(a′)4b][3a′4A] 4A｜4b4A　4A′‖

119. 法曲獻仙音　九十二字　4A′4a ◁◁○○◁｜4A 4a ○◁◁○○｜3b′3a
5b′｜3a′｜[3A 4a][3b ○◁◁◁]｜◁◁◁○[3A ○◁○]｜4A[3A ○◁○]
｜1＋4b(a′)◁◁◁○○‖

120. 瀟湘夜雨 九十三字 $\begin{array}{l}\text{4X4b(a}'\text{)6X}\\\text{4b 4 a 4X}\end{array}$ $\left|\begin{array}{ll}7 & \text{A}\\1\text{+}4\text{x4X}\end{array}\right|$ $\begin{array}{l}[\text{3b 4b}]\\\quad,, \quad ,,\end{array}$

$\left[\begin{array}{l}\text{3b 4A}'\end{array}\right]$ $\left\|\begin{array}{l}\text{3a 4b 4A}\\,, \quad ,, \quad 5\text{A}\end{array}\right\|$

(注意)此調與滿庭芳相似,見下文。

121. 滿江紅 九十三字 $\begin{array}{l}\text{4 X 3s 4s}\\\text{3a(b)3a 3s 3a}\end{array}$ $\left|\begin{array}{l}[\text{3s 4s}]\text{4a}\\1\text{+}4\text{x} \quad ,,\end{array}\right|$ $\begin{array}{l}\text{7b 7a}\\,, \quad ,,\end{array}$

$\left[\begin{array}{l}\text{3B(A)5A}\end{array}\right]\text{3a}\left\|\begin{array}{l}\\,, \quad ,, \quad ,,\end{array}\right.$

(注意)此調以用入聲韻爲常。

又一體九十一字,即依上式,惟於前段第四句[3s 4s]改爲 1+4a。

又一體九十四字,即依九十三字式,惟於後段第七句(7b)改 爲八字句[3b5b],而且係用「君不見」,例如蘇軾「君不 見周南歌漢廣」。餘體不錄。

122. 六幺令 九十四字 $\begin{array}{l}\text{4 x 5x}\\\text{6b(○○○◁◁)5a}\end{array}$ $\left|\begin{array}{ll}6 & \text{a 5 x}\\\bullet \bullet \bullet \bullet \quad ◁○[◁◁◁]\end{array}\right|$

$\text{6a}'\text{(b)5a}\left|\text{4x}\right|\text{4s 7b}'\left\|\right.$
$\quad ,, \quad ,, \quad ,, \quad ,,$

123. 玉漏遲 九十四字 $\left[\begin{array}{l}◁○○◁◁\\◁◁◁○○\end{array}\right]\left|\begin{array}{l}4 \quad \text{b 4x}\\\text{(6A)1+4X} \quad ,,\end{array}\right|\begin{array}{l}\text{4X 6a}\\,, \quad ,,\end{array}$

$\text{6b}\left[\begin{array}{l}\text{3b}'\text{(a}'\text{)4a}'\end{array}\right]\left|\text{3b}\right|\begin{array}{l}\text{4y 4x}\\\text{6a } —\end{array}\left\|\right.$
$\quad ,, \quad ,, \quad ,, \quad ,,$

(注意)後段首句以仄仄仄仄平平爲正例,6A 爲變例。末句 本當作平平仄平平仄,如宋祁「東風淚零多少」,但張炎 以後,却多作 6a。

124. 尾犯 九十四字 $\begin{array}{l}\text{5A 4B}○◁○◁\\\text{5b }○◁◁○◁◁\text{(6a)}\end{array}$ $\left|\begin{array}{l}\text{4A1+4a}'\\,, \quad ,,\end{array}\right|\left[\begin{array}{l}\text{3b(a}'\text{)}\\\text{3a}'\end{array}\right]$

$\text{4b(a}'\text{)}\left[\begin{array}{l}\text{3A 4b}\end{array}\right]\left|\begin{array}{l}\text{4a4B(X)5x}\end{array}\right\|$
$\text{4 a}' \quad [,, \quad ,, \quad ,, \quad \text{7b(a)}$

又一體九十五字,即依前式,將後段第二句改成[3b'◁◁◁]。

125. 掃花遊 九十五字 $\begin{array}{l}\text{4 b}'\text{1+4A 4a}\\○◁○◁\end{array}\left|\begin{array}{ll}\text{4b}' & 1\text{+4b 4a}\\,, & ,, \quad ,,\end{array}\right.$

$\text{4X}◁◁○○◁\left|\text{3a}'\right|\begin{array}{l}1\text{+4Y}○◁○◁\\[\text{3A} \quad 4\text{ a}]\end{array}\left\|\right.$
$\quad ,, \quad ,, \quad ,,$

126. <u>水調歌頭</u>　九十五字　　　$\begin{array}{cccc} 5 & a' & 5 & A \\ 3s(A,B) & 3s3A \end{array}$ ｜• ○ • ◁○◁ • ◁◁○○｜

$\begin{array}{cccc} 6s & 6a'(b)5A & 5a' & 5A \\ & & 5x \end{array}$ ‖

(注意) 前後段十一字句或作上六下五,或作上七下四。後
段第八句亦可用 5b 或 5b′,例如<u>辛棄疾</u>「在家貧亦
好」、「江湖有歸雁」。按<u>賀鑄</u>水調歌頭除照叶平韵
外,並摻雜仄韵,<u>詞律</u>未錄,<u>徐本立</u>錄入拾遺中。又
<u>何夢桂</u>水調歌頭九十六字,見<u>歷代詩餘</u>、<u>詞律</u>及<u>拾遺</u>
均未錄。此二別體皆罕見,故亦不錄。

127. <u>鳳凰臺上憶吹簫</u>　九十五字　$\begin{array}{c} 4X \quad 4 \quad s \quad 6X \\ 2A \quad 4b' \bullet \; ◁○ \; 4X \end{array}$ ｜$\begin{array}{c} 1+4a4X \end{array}$｜

$6b(a')[3a(b)4X]|3a \; 4 \; b \; 4A$ ‖　餘體不錄。
$\qquad\qquad\qquad\qquad\qquad\quad ○○◁$

(注意) 後段末二句可依前段末二句之平仄,如<u>張翥</u>「吳音朔
調,盡與吹聽」。但此係後人的變體。

128. <u>滿庭芳</u>　九十五字　$\begin{array}{ccc} 4X & 4b(a')◁○ • ◁○○(◁◁○◁○○) \\ 5b & & 4 \end{array}$ ｜$\begin{array}{cc} 4 & x \\ 1+4s \end{array}$｜

$\begin{array}{c} 5 \quad A \\ (A')4X \end{array}$｜$6b[3s \; 4X]$｜$3a \; 4b \; 5A$ ‖

(注意) 前段第三句有仄平⊗仄平平和仄仄平仄平平兩種形
式。<u>蘇軾</u>自己既有「畫堂別是風光」,又有「萬里家在岷
峨」。後段第四句有平脚仄脚兩種:仄脚如<u>程垓</u>「問故
鄉何日,重見吾廬」,平脚如<u>黃庭堅</u>「且留取垂楊,掩映
廳階」。若有對仗,則在前段起二句,如<u>程垓</u>「南月驚
鳥,西風破雁」,或後段第四五兩句,如<u>秦觀</u>「漸酒空金
榼,花困蓬瀛」。但用對仗的很少。

129. <u>燭影搖紅</u>　九十六字　‖$4X \; 7a|7A \; 5a|6s|[3A \; 4b]|4a(b')$
$4X \; 4a'$ ‖

(注意) 前後段第二句首字以仄聲爲正例,第五句第五字亦
以仄聲爲正例,第七句第三字以平聲爲正例。此詞有
單調,名憶故人。

130. <u>天香</u>　九十六字　$4X4y \; ○○◁○◁|4A \; 4y6a|4y[3y4b(a')]|6b$

○○◁○◁ │ ○○◁○◁◁ │[3A 4a]│6a4a│6b│◁◁◁○◁○◁│4A 4b‖

(注意)後段第六句(八字)多可認爲1+7b′,如吳文英「但一
未識韓郎舊風味」,但也有上三下五者,如李彭老「消未
盡一當時愛香意」。

131. 漢宮春　九十六字　4X1+4s 4X│○○◁○◁ 4X│4b[3A 4X│
　　　　　　　　　　　　6s　 „　　 „ │„　 „　│„[„　 „]

3b 4b(a′)6X‖
„　 „　 „

(注意)詞律載又一體用仄韵,其實祇有康與之一首用入聲
韵,此乃以入代平,并非另有一體。

132. 八聲甘州　九十七字　1+7A・○○◁◁│1+4a′(b)4b(a′)4X│
6s 5A│5x 4X│　6s1+4s 4X│1+4s 5A│[3A 4s][3B 5A]│
[3a 4x]4X‖　　餘體不録。

(注意)詞律以八聲甘州載於甘州曲,甘州子,甘州徧,甘州
令之後,其實它們在形式上并無相似處。今於甘州曲
等調亦不録。

133. 聲聲慢(勝勝慢)　九十七字　4 s　4X　6X│4X 6X│
　　　　　　　　　　　　　　　6b(a′)1+4s4X│„　 „ │
[○○◁◁・◁][3A(B)4A]│3s 1+4s 4X‖
„　　　　[„　 „　　 „]│„[3A　4Y]‖

又一體入聲韵九十七字　　4s 4X ○○◁○◁ (○○◁○◁)│4S 6x│
○○◁◁・◁[3A 4x]│3b′1+4a′4x│6b(a′)3s(S)○○◁○◁(6a)│
4X 6a│○○◁・◁ 3A・・○◁│3B[3A ○◁◁◁]‖　　餘體不録。

(注意)此詞以平韵爲常見,而白香詞譜舉李清照一首爲例,
却是入聲韵,而且是超出常軌的。

134. 醉蓬萊　九十七字　1+4s 4X 4x│4X 1+4x│4X 4s1+4x│
　　　　　　　　　　　4X 4a „　 „ │„　　 „ │„　 „　 „

4X　4s　4x‖
„　　 „　 „

(注意)此式 4x 處以仄平平仄(4a)爲正例。

135. 暗香(紅情)　九十七字　　　4s　│1+4b(a b′)4x│
　　　　　　　　　　　2a │3a′(b′)│1+4B′(B)　 „

4A(B′)7b′│6b[3b(aa′)4x]│[3y 4X]・◁◁○◁│
4b′　　„ │„[„,　　 „]│[„ 3b]　4 b′‖

(注意)前段第八句三字豆 3y,<u>張炎</u>用 3B(A)。後段第八句
　　　三字豆 3b,第九句三字豆 3y,<u>張炎</u>有一首都改爲 3A。
　　　這些都不是舊規。

136. <u>長亭怨慢</u>(或無「慢」字)　九十七字　$[3a'4a']\,|\,4A\,4a\,|\,4A$
$[4a\,3a']\,|\,4a[3b\,3a]\,|\,5A[3b\,4a']\,|$　$2a\,|\,5b\,6a\,|\,4b[3a'\,4a]\,|$
$[3b'4A][3a'4a']\,|\,1{+}4A\,6a'\,\|$
(注意)後段第二句的意義節奏以三二爲正例。

137. <u>倦尋芳</u>(或加「慢」字)　九十七字　$\begin{matrix}4 & b' & 4A'_{\circ\triangleleft\circ\triangleleft}\\[3b' & 4a'] & 4X\quad,,\end{matrix}\,|$
$\begin{matrix}4A\,6a\,|\,7b\,7a\,|\,3A\,1{+}4b\,4a\\,,\quad,,\,|\,,,\quad,,\,|\,,,\quad 3A\end{matrix}\,\|$　又一體不錄。

138. <u>慶清朝</u>(或加「慢」字)　九十七字　$\begin{matrix}4A & 4b & 6X\,|\,4b\,6A'\\6b'1{+}4a4A & | & ,,\quad,,\end{matrix}$
$\begin{matrix}(\cdot\ {\triangleleft\circ\triangleleft\circ\circ})\,|\,6b'\,7A\,|\,3a\,4b'\,4A'\\,,\quad\quad|\ ,,\quad,,\,|\,,,\quad,,\quad,,\end{matrix}\,\|$
又一體不錄。

139. <u>雨中花慢</u>　九十七字　$\begin{matrix}4A\,4X\,6X\,|\,1{+}4x\,4X\,|\,6b\,6X\\4b\quad,,\quad,,\,|\,[3y\,4b],,\ |\ ,,\quad,,\end{matrix}$
$\begin{matrix}1{+}4x\,4X\,4X\\4\ a\quad,,\quad,,\end{matrix}\,\|$　餘體不錄。

140. <u>雙雙燕</u>　九十八字　$\begin{matrix}&|\,4b'^{[\triangleleft\circ\triangleleft\circ\circ]}4a\,|\,4s\,6a\,|\,[^{\circ\triangleleft\circ\circ\triangleleft\ ]}]\\2a&|\,4b\,|\,1{+}4A\quad,,\ |\ ,,\quad,,\,|\quad,,\end{matrix}$
$\begin{matrix}[3b'\,(a')4a']\,|\,[^{\circ\ \circ\ \triangleleft\triangleleft\circ\circ}_{\circ\ \cdot\ \triangleleft\triangleleft\circ\circ}]6x\\,,\quad\quad\ ,,\ |\quad\quad\quad\quad\quad,,\end{matrix}\,\|$
又一體九十六字,不錄。

141. <u>應天長</u>　九十八字　$\begin{matrix}4y\,4B_{\circ\circ\triangleleft\ \cdot\ \triangleleft\circ}\,|\,^{\triangleleft\triangleleft\triangleleft\circ\circ}5a'\,|\,3a\,3b\\5A\,4A_{\circ\triangleleft\circ\triangleleft}\quad|\quad\quad,,\quad,,\,|\end{matrix}$
$\begin{matrix}[3b'\,4a]\,|\,[3a'\,4A]\ \cdot\ {\triangleleft\circ\triangleleft}(4a)\\[,,\quad,,]\,|\,[,,\quad,,]\quad\quad\quad,,\end{matrix}\,\|$
(注意)後段首句 5A 可改用 ⊗仄仄平仄(5a'),改用此式後,
　　　同時即須入韻。

142. <u>瑣窗寒</u>(<u>鎖窗寒</u>)　九十九字　$4A\,4b\,4a\,|\,4b\ {\triangleleft\triangleleft\circ\circ\circ\triangleleft}[3A\ {\triangleleft\circ\triangleleft}]$
${\triangleleft\circ\triangleleft\triangleleft\circ\circ}\,|\,1{+}4s\,4a'(b)4a\,|\,2a\,|\,3a\,|\,1{+}4A\,4b'\,|\,4b\ {\triangleleft\triangleleft\circ\circ\triangleleft}\,|\,[3A$
$4B]_{\triangleleft\circ\triangleleft\circ\triangleleft\triangleleft}\,|\,[3A\,4A]5a\,\|$　餘體不錄。

(注意)前段第四句和後段第五句有用韵者。

143. 玉蝴蝶　九十九字　2A｜◁◁・○○◁ 4s 4X｜4S 6 X｜
4 s ，，，，｜4A ○◁○○◁○○｜
[3A(a′)4s][3s 4X]｜3A 4s 4X‖
[，，　，，][，，，，]｜，，，，，，

又一體九十八字，即依上式，惟後段第六句變七字爲 6X.

(注意)唐五代有玉蝴蝶，四十一字或四十二字，與此全異，
不録。

144. 三姝媚　九十九字　○○○◁｜1+○○○○ 4x｜4A 1+4a 4a｜
6 a′｜1+4 A ，，｜，，　，，，，｜
4A[3b 4a′]｜4X 4A′ 4a｜又一體不録。
，，[，，，，]｜◁◁○○○　4b‖

145. 玲瓏四犯　九十九字　4X 1+4A ○◁○◁｜4A 6a｜○◁○○◁○[3b′
4a]｜[3B ○◁○◁]｜6a｜7a[3A 4a]｜7a 5a｜○◁◁◁◁○[3y 4s]｜1+
4a 3b 3a‖　餘調不録。

146. 新雁過妝樓(瑤臺聚八仙)　九十九字　4X｜[3a(b)○◁◁○○]｜
4a ○◁◁○○｜[・◁○○○◁]｜[・○◁◁○○]｜3A｜4b′ 4B′｜[○○・○◁]1+
4b′ 4A｜4A ○◁◁○○｜○○・◁◁(○○◁○◁)[3a′ 5Y]｜3a 5a 4A‖

147. 陌上花　九十九字　4 y [4s4a]｜4X 6a｜7a 6x｜1+4y
◁○○◁◁ 4s 6x｜，，　，，｜，，　，，｜3 A
4x 4a‖
6x ，，‖

148. 念奴嬌(百字令，酹江月，壺中天)　一百字
4x[3A(a′)6x](1+4s 4a′)｜7b 6x｜4X 4s 5a｜4x[◁○○○◁]‖
6X 4 b (a′) 5 a｜，，，，｜，，，，，，｜，，[，，，，]‖

平韵罕見，不録。

(注意)此調以用入聲韵爲最常見。前段第二句可作上三下
六，如蘇軾「浪淘盡—千古風流人物」，亦可作上五下四
(即一、四、四)，如劉一止「對—秋容凄緊—松陰冪冪」。
前後段 7b 6x 處，七言第三字，六言第三字，皆以用平聲
爲常。前後段末句首字則以用仄聲爲正例。

149. 解語花　一百字　4b 4A ○◁○○◁｜4a [3a6a]｜4b [3s4x]｜
6y 1+4a ○◁○◁｜，，　[，，，，]｜，，[，，，，]｜

$$[3B'\ 4A']5a\|$$
$$[\ _{"}\quad\ _{"}\ ]\ _{"}\|$$

(注意)後段末句的意義節奏可以是一四,如周邦彥「任舞休
　　　歌罷」;亦可以是尋常詩句,如周邦彥「畢竟如何老」。

150.　渡江雲　一百字　　5b 4y 5A|5b 4A 5A|4b[3b'(A)4X]|
[3B'4x]5A|　2A|4b(a')4A1+4a'(b)|[3b(B)4b(a')]4X|
7a[3B(y)4A']|3b 6X‖　　韻式:平仄通押;後段第四句用
仄韵。　　餘體不録。

151.　絳都春　一百字　　4b|1+4Y ── 4a|4B'4X 3a|
2a|4b[◁○◁◁(1+4S)_{"}]|_{"}　_{"}　_{"}|
○○・◁○◁|[3a'(b')4a']|4a 4b 4a|
_{"}　|[_{"}　　_{"}]|6 X _{"}‖

(注意)後段第三句的意義節奏可以是上五下四,如吳文英
　　　「慶三殿共賞,羣仙同到」,又可以是上三下六,如吳文
　　　英「凍雲外,似覺東風先轉」,「背燈暗,共倚寶屏葱倩」。

152.　高陽臺(慶春澤)　一百字　　4X 4 b 6X|4X 6X|
7a1+4a(b)4X|_{"}　_{"}|
7a 3B(A)4X|[3A 4X] 4X‖
_{"}　_{"}　_{"}|[_{"}　_{"}] _{"}‖

(注意)高陽臺即慶春澤,二者形式全同;歷代詩餘分列,誤。
　　　白香詞譜舉朱彝尊一首爲例,於前後段倒數第二句 3A
　　　處用韵,與宋詞違異。不知朱氏何所依據。

153.　東風第一枝　一百字　　4 A 4b 6 x|・○○◁○・・|
[3b 4b']|[3b 4a(b')]|_{"}　_{"}|
(6b')|4b(a')[3s4x]|[3B(b')4A]6a‖
_{"}　|_{"}　|[_{",,}]|[_{"}　_{"}] _{"}‖

(注意)前後段倒數第二句可作上三下四,如史達祖「暗惹
　　　起──搊相思」;亦可作上一下六,如史達祖「看─翠光
　　　金縷相交」;甚至與末句成爲對仗,如史達祖「是─月斜
　　　窗外幺禽,霜冷竹間幽鶴」。

154.　萬年歡　一百字　　4 X 1+○○○・[・◁○◁]|4X ◁○◁◁○◁|6b|
○○◁○○・|_{"}　　　_{"}|_{"}　　　_{"}|_{"}|
[3b'(a')4a']|[3a 4X]◁○○◁○◁‖
[_{"}　　_{"}]|[_{"}　_{"}]_{"}‖

又一體不録。

155. 換巢鸞鳳　一百字　4X｜1＋4y4X｜5b5A｜7A｜[◁○◁○，○○◁○]｜3a[3b′(a′)4a]｜2a｜3b｜4B(A′)5a｜4X4x6x｜◁◁○○◁○○ 7a｜3A′[3A◁◁○]‖

(注意)此調平仄通押,自前段末句起換用仄韵。

156. 木蘭花慢　一百零一字　◁○○◁◁ 3s 3A｜1＋4　X　4s 4X｜2A｜7a 3A｜1＋4X(4b′)　，，｜2A｜4b′[3A 5A]｜6b 6X‖ ，｜，[，，]｜，，

又一體亦一百零一字,即依第一體,惟前後段第七句不入韵,與第八句合爲一句,如呂渭老「知他故人甚處…新愁暗生舊恨」。

又一體亦一百零一字,即依第二體,惟後段第二三兩句改爲4X｜3a(b)3A,如盧祖皋「煙水瀰瀰,回首處,祇君知」。

又一體亦一百零一字,即依第二體,惟後段起三句改爲兩句,即 7A｜5A｜,如辛棄疾「古來堯舜有巢由,江海去悠悠」。

又一體亦一百零一字,即依第一體,唯後段第二三兩句改爲5A｜5A｜。

又一體亦一百零一字,即依第二體,唯後段起三句改爲 6X｜3b 3A｜。

(注意)第四體最爲常見,第一二三體次之,第五體少見,第六體尤爲罕見。詞律僅舉後二體,最爲不妥。拾遺僅補第一二兩體,亦未備。且於第一體後段第二三兩句認爲4s 3b 3A,誤。

157. 桂枝香　一百零一字　4　b ｜1＋4X○◁○◁｜6b 4a｜7a [3b′4b]　，　，　，　，｜，[3A 4a]｜4a 4b(a′)4a‖ [，,○◁○◁]｜，　，　，　，

(注意)前段第三句有作 4x 者,第四句有作 6a′ 者,第七句後半有作 4b 者,後段第一句前半有作 3A 者,第二句有作1＋4x 者,第三句有作 4x 者,第四句有作 6a′ 者,第七句後半有作 4x 者,皆非正例,且多非北宋舊法。

158.　真珠簾（珍珠簾）　一百零一字　　　　7 a　｜3A(a′)6a′｜
　　　　　　　　　　　　　　　　　　　◁◁○○○◁　1＋4b　4a′｜

5A ◁◁○○◁｜7b［3b′(B)4a′］｜2a｜1＋4X　4x‖
　″　　　　″　　″　［　″　　　″　］｜″｜　″　　″　　″

　　　(注意)後段首句又可作平仄仄仄平平,不入韵。後人多如
　　　　　此。前後段第五句的意義節奏可以是三二,又可以是
　　　　　一四。

　　　又一體九十八字,即依上式,減去前段第二句 3A. 罕見。

159.　翠樓吟　一百零一字　　4A　4b ○○◁○◁｜5b［3a′4a′］｜4a′｜
　　　　　　　　　　　　　　2b｜4X1＋4a 4a｜″　　″　　　″　｜　″

　　1＋4A 4a′｜3a｜4a 4a‖
　　　″　　″　″｜″　｜″　″

160.　瑞鶴仙　一百零二字　5b｜［1＋4A4x］｜5b′｜［1＋4a′(A′)
　　　4x］｜4b｜［3A(B,a′)4b(○◁◁◁)］｜［3A4X］6x｜　2a｜4x 4A 4a｜
　　　4b｜3s 3a′｜［1＋4a′(b)4a′］6b｜［3A 4X］4b′‖

　　　(注意)此調變化甚多。前段首句的意義節奏可以是一四,
　　　　　如周邦彥「悄郊原帶郭」,張元幹「喜西園放鑰」,又可以
　　　　　是二三(像詩句),如趙長卿「敗荷擎沼面」。第二句九
　　　　　字,其節奏可以是上五下四,如史達祖「過杜若汀洲,楚
　　　　　衣香潤」,又可以是上三下六,如周邦彥「行路永,客去
　　　　　車塵漠漠」,其平仄又可以是 1＋4a(b)4a,如侯寘「湛一
　　　　　溪晴綠,四郊寒色」。第四句前半可以是 1＋4a′,如史
　　　　　達祖「指鴛鴦沙上」,又可以是 1＋［○◁◁］,如楊无咎「漫
　　　　　瀛得別恨」,又可以是三二,［◁○○◁］,如張元幹「禁煙時
　　　　　天氣」,又可以是二三,即 5b,如趙長卿「金風透簾幙」。
　　　　　後段第五句除趙長卿不用韵外,餘人皆用韵。第六七
　　　　　兩句或又併爲一句,如康與之「重來是甚時節」,辛棄疾
　　　　　「鄰翁更仗誰托?」第九句又可用平平平仄仄仄,如周邦
　　　　　彥「東風何事又惡?」

　　　又一體一百零三字,不錄。

161.　水龍吟　一百零二字　6　X 7　a　｜4s 4s 4s｜4X4s 4x｜
　　　　　　　　　　　　　　6a′(b)｜［3A 4x］｜″　″　″｜″　″　″｜

$1+4s\ 4s[3a\ 3a]\|$　又一體不録。
" 　" 　" 4 　 a

(注意)後段結句的意義節奏往往是一三,如柳永「有一和羹
美」,或三一,如周邦彦「與何人一比?」

162. 石州慢(石州引)　一百零二字　$2a\begin{vmatrix}4X\ 4B\ ◦◦◁◁ & ◦◦\ •\ ◁◦◁ \\ 4s\ 4X\ 4\ a & 4\ \ X\end{vmatrix}$

$6a'\ |\ 4b\ ◁◁\ •\ ◁◦◦[◦◦\ •\ ◁◦◦◁]\ |\ 5A\ ◁◦◦◦◁\ \|$
" 　" 　" 　" 　　　　　" 　　　" 　◦◦◦◁

(注意)前後段末句的意義節奏可以是三二,如賀鑄「兩厭
厭一風月」,又可以是一四,如張元幹「是愁來時節」。
但無作二三者。

163. 宴清都　一百零二字　$5a\begin{bmatrix}3a\ ◦◦◁◦◁◦◁\end{bmatrix}\ |\ 4b\ 4b\ 4a\ |\ ◦◦◁◦◁◦$
　　　　　　　　　　$6A\ \ 4b(a')\ •\ ◁◦◁$ " 　" 　" 　"

$\begin{bmatrix}3b'(a')4b \\ " \qquad "\end{bmatrix}\|\begin{bmatrix}3B\ 4X\ •\ ◦\ •\ ◁◦◁ \\ " \quad " \end{bmatrix}\|$
　　　　　　　　　　　　　　4 　　　b

(注意)前段第六句與後段第七句(◦◦◁◦◁)或作平平仄仄平
平,不入韵。

164. 齊天樂(臺城路)　一百零二字　$7\ a\begin{smallmatrix}◦◦\ ◁◦◦◁ \\ ◦◦◦◁◁\ 5b\ ◦◁◦◁\end{smallmatrix}\ |\ 4A\ 4b6s\ |$
　　　　　　　　　　　　　　　　　　　　　　　　　　" 　" 　"

$4b\ |\ 1+4X\ 4a\ |\ 4A\ ◦◁◦◁◦◁\ \|$　又一體不録。
" 　" 　" 　" 　" 　◁◦◦◁

(注意)此詞平仄很嚴。後段第二句的意義節奏可以是一
四,如史達祖「奈一閒情未了」,方岳「儘一鷺翹鷗倚」;
但仍以普通詩句爲最常見。

165. 憶舊游　一百零二字　$2A\begin{vmatrix}1+4b\ 4A\ 4X & ◁◦◦◁\ 1+4a'\ 4X \\ 3a'1+4A\ " & " \ " \ " \ "\end{vmatrix}$

$◁◦◦◦◁\begin{bmatrix}◦◁◦◦ \\ ◁◦◦◁\end{bmatrix}\|\ 1+4A\ 4b\ 4X\ \|$
◁◦◦◦◁ 　　　" 　" 　" 　" 　◦◦◁◦◁◦

(注意)前段第四句與後段第五句(◁◁◦◦◁)的意義節奏可以是
上二下三(詩句),又可以是上一下四,如方千里「奈一
可憐庭院」。

166. 慶春宮　一百零二字　$\begin{smallmatrix}4X\ 4a'\ 6A \\ 6A\ |\ 4A'\ 4X\end{smallmatrix}\ |\ 4X\ 4s\ ◁◦\ •\ ◁◦◦\ |\ \begin{smallmatrix}4a \\ "\end{smallmatrix}$

$\begin{bmatrix}3a'◦◦◁◦ \\ " \quad "\end{bmatrix}\|\ 4x\ 4A'\ 4X \\ " \ " \ "$

又一體用入聲韻，大致係依上式，惟後段首句不入韵。韵脚
一律以入代平。後段第三句及前後段末句4X改爲4a。

167. 畫錦堂　一百零二字　　｜4A 4b ◁◁◁○◁○○｜◁◁・○○◁　4X
　　　　　　　　　　　　　2a｜3b 3b ○○◁○○｜　”　　　”

　　・○○○○◁［◁○・◁◁○○］｜3a 4A 6A‖
　　◁・○○◁○◁　　”　　　｜　”　6a 4A‖

(注意)後段首句用仄韵，平仄通押。

168. 安公子　一百零二字　　‖5a｜7a｜4X[3b 4a′]｜4X 5a｜[3b
(B′)5a]｜1+4a 6b(a′)‖　餘體不錄。

169. 上林春慢　一百零二字　　4　X　4B　◁◁・○○◁　｜◁○◁○ 4b
　　　　　　　　　　　　　　　[3A4a]｜[3a ◁◁・○・◁]｜　”　　　”

　　○○◁○◁｜4a(b′)3a′ 4a｜3A 1+4B′ 4a‖
　　　”　　｜　”　　”　　”｜　”　3a′(b)　”

170. 喜遷鶯　一百零三字　　4x｜1+4Y　4a′｜4X 4s 6a｜6x
　　　　　　　　　　　　　2a｜[3b 4B]5a　”　”　”　”　”

　　(◁○◁○◁)6x｜3s 1+4s 4a′‖
　　　　”　　｜　”　”　　”　　”‖

171. 探春慢(或无「慢」字)一百零三字　　4X 4s 6a′(○○○◁)｜
　　　　　　　　　　　　　　　　　　6s｜5A(1+4A)4a

　　4A 4s 6x｜5a 3b′(a′)4x｜◁○・◁○○［・○○◁・▷］｜　　餘體不錄。
　　　”　　”　　”｜　”　3a　(a′)　”｜　4　x　　　”　‖

172. 雨霖鈴(雨淋鈴)　一百零三字　　4　a′｜4a・◁○◁｜○○◁○◁
　　　　　　　　　　　　　　　　○○◁○○◁｜[3A 5a]｜　”

　　4b 4a′｜4A ◁◁◁○◁｜3b′4A′7b′‖
　　[3b4a]｜　”　○◁○◁○◁｜　”　”　5a‖

(注意)前段第七八兩句或云当作仄仄平平仄仄，仄平仄平
仄，上六下五。

173. 花心動　一百零四字　　◁◁○○◁｜4A′[3A(a)○○◁○◁]｜4Y
　　　　　　　　　　　　　○◁○○◁○｜　　4　　a　｜　”

　　4X 6x｜◁○○◁○◁[3s 4x]｜[3a′4b]4x‖
　　　”　”｜　”　　”［　”，”］｜[，○○◁○◁]‖

(注意)後段第二句的意義節奏往往是一四。

174. 歸朝歡(菖蒲綠)　一百零四字　　‖7b｜7b｜7A7a｜◁・○◁ 7a
　　3A 4s 5a′‖

175. 綺羅香　一百零四字　　○○○◁◁｜4A 4b 6a′｜4X 6a｜[3s
　　　　　　　　　　　　　◁○◁◁　4a′｜　”　”｜[　”

$$(S)4X\ ][3s(A,B)4x\ ]|[3A\ 4X]\ 7a\|$$
$$"\ ][\quad ",\quad "\ ]|\ ",\quad ",\quad 5b\|$$

176. <u>永遇樂</u>　一百零四字　$4X\ 4a(b')\circ\triangleleft\circ\triangleleft(4a)\ |\ 4X\ 4s\ 5a\ |$
$$4s\ 4\quad x\quad 6\quad x\ |\ ",\quad ",\quad "\ |$$

$4x\ 4s\ 6a\ |[3a(A)4b]\circ\triangleleft\circ\triangleleft\ |$
$$",\quad ",\quad "\ |[\quad ",\quad "\ ]4\quad b'\|$$

177. <u>西河</u>(西湖)　一百零五字　$\dfrac{3b}{3a'}|\ {\bullet}\circ\triangleleft\circ\triangleleft\ |\ {\bullet}\circ\circ\triangleleft\circ\circ\ 4b'|$
$$",\ |\quad ",\quad ",\quad ",$$

$\triangleleft\circ\ \bullet\ \triangleleft\triangleleft\circ\circ[\circ\circ\circ\triangleleft\circ\triangleleft]\ |$
$$",\quad\qquad "$$
$\triangleleft\circ\triangleleft\triangleleft\triangleleft\triangleleft\ |[3a(A)\circ\triangleleft\circ\triangleleft]|6a'|[\triangleleft\circ\circ\triangleleft\ 4b]|\ \bullet\ \triangleleft\circ$
$$"\qquad "$$
$\circ\circ\circ\triangleleft\ \|$

(注意)此調共分三段，第一段卅三字，第二段卅六字，第三段卅六字。第三段第四句上半的意義節奏往往是一四或三二。

又一體一百零四字，即依上式，唯第三段第四句改爲[3A 5a]。

又一體一百零四字，即依上式，唯首段第一句3x不入韵，末段變爲：$[3b'(a')\ \bullet\ \triangleleft\ \bullet\ \triangleleft]|[3A\ 4a'(\circ\triangleleft\circ)]|\triangleleft\triangleleft\circ\circ|[3A\ 4A]\triangleleft\triangleleft\circ\circ\ 3a\|$

178. <u>二郎神</u>　一百零五字　$\substack{\\2a}\Big|\substack{4b[3y\ 4a]\\",\ 4\ a'}\Big|\substack{1+4A\ 4a\ \bullet\ \circ\circ\triangleleft\triangleleft\\",\ ",\ 4b(a)\quad "}$
$\triangleleft\triangleleft\circ\circ\circ\triangleleft[3b'\ 4a']|\circ\triangleleft\triangleleft\circ\ 4a'\ 4a\|$
$4X\quad 4s\circ\triangleleft\circ\triangleleft\ |3y\circ\triangleleft\circ\triangleleft\ "\|$

(注意)前段第八句的意義節奏往往是一四。餘體不録。

179. <u>南浦</u>　一百零五字　$\substack{5A[3B\circ\circ\ \bullet\ \triangleleft\circ]\\\circ\circ\triangleleft\circ\ 1+4A'4x}\Big|\substack{5A[3a\ 6a]\\",[\ ",\ "\ ]}\Big|\substack{4b\\"}$
$\triangleleft\circ\circ\triangleleft\circ\triangleleft\ |\ 4b'|1+4X\ 4x\|$
$$",\quad\quad "\ |\ ",\quad ",\quad "$$

又一體一百零二字，係平韵。不録。

180. <u>傾杯樂</u>　一百零六字　$4X\ 4s\ 4s|[3a'4b]|4x\ 4x|7a|4x\ 6x|$
$4a(b')\triangleleft\triangleleft\circ\circ\ \bullet\ \triangleleft|\quad [3b\ 4s]|1+7b|[3a'(A)4X]6x|[3b'4b]|$
$[3b(a)4s]|3b'[3b\ 4b]\|$

(注意)詞律載傾杯樂共八體。餘體不録。

181. <u>解連環</u>(望梅)　一百零六字　$\substack{4a\\6b'}\Big|\ {\bullet}\circ\circ\triangleleft\ 4a(\circ\triangleleft\circ)\ |\substack{[3b\\[\ "}$

(B)4X]1+4A′(B)4a(◄◄◄◄)　│　4A[3a′(b′)4x]　│　1+4b 4A
　　　」　　」　　　」　　　　　」　　　」　　　」　　　　[3A　4b′]

(B)′◄◄◄◄‖
4b′

(注意)前後段第二句的意義節奏往往是三二或一四。

182. <u>夜飛鵲</u>　一百零七字　5b′4A′│○◄◄◄○○　│○○○◄◄◄◄　6A′│○◄◄◄◄
1+4a′4A│4b[3A 4X]│　6a 5A 4A′│6a′4b 4A′│4b′[3A
4A]│1+4a′4b 4X‖

183. <u>蘇武慢</u>　一百零七字　4X 4b (a′)○◄◄◄◄　│4b 4A 6a│
　　　　　　　　　　　　　　　[3b 4A]4b(a′)　」　│　」　」　」

4B 4X 4x│1+4x 4a 4a‖
　」　」　　」│　」　」　6　b‖

(注意)此調又名選冠子,與過秦樓極相似,參看下文過秦樓
條。餘體不錄。

184. <u>望海潮</u>　一百零七字　4　x 4　a′(b) 6X│4B 4b 6X│5A
　　　　　　　　　　　　　　○○◄◄○○│1+4b(a′)4X│　」　」　」　│　」

1+4s 4X│4X ◄○○◄○○‖
　」　」　」│6b　5　A‖

又一體亦一百零七字,即依上式,唯後段末兩句改爲上四下
七,與前段末兩句一致。

185. <u>一萼紅</u>　一百零八字　3A │1+4s　5A│4X 4s•◄○◄○○(6a′)
　　　　　　　　　　　　　　6a′(b)1+4a′ 4X│　」　」　　」│　　　」

[3a′(B)4b(a′)][3b(A)○◄◄○○]│4X 4s 4X‖
[　」　　」][　」　　」]│6　s　」‖

186. <u>一寸金</u>　一百零八字　4A′◄◄○◄○◄│1+4a 4a′(b)4b(a′)4a′
　　　　　　　　　　　　　　4X 4a′ 5b′│　」　」　　」　　」　　」

○◄○◄│[3A 4b′]│[3a 4X]◄◄○○◄│
　」　│[　」　」]│[　」　」]◄○○◄‖

(注意)後段第八句(○◄○◄)可以不入韵。

187. <u>奪錦標</u>　一百零八字　4A′4b◄◄•○○◄│◄◄○○○◄4A′4a
　　　　　　　　　　　　　　6b│4A　」　│　」　」　」

1+4b[3a′(A)4a′]│[3A 4A]◄◄○○◄‖
　」　」[　」　　」]│[　」　」]　」

188. <u>薄倖</u>　一百零八字　4x│[3b′(a′)4b]│[3b′(a′)4b]6a(b)│
[3S 4A′]○○◄◄○◄│1+4A 4s 6a′(b)│　[3y 3a][3b 4x]│•

○‧‧◁(1+4s) 4a′(b) 7a│4a│1+4a′(b)○○◁○◁│4b 6b(a′) ‖

189. **風流子**(內家嬌)　一百十字　‧○◁◁[3a 5A]│1+4A′(b)4x

4x 4A′│3a′ 5b 5A│4B 4x 4x 4A′│　○○○○[○◁◁◁]4A│○◁◁○◁

4A′│1+4A′(b)4s 4b′ 4A′│○◁◁○◁ 4A′ ‖

又一體單調卅四字，不錄。

190. **疏影**(綠意)　一百十字　4　b│1+4B′(b′)○◁○◁│4X

　　　　　　　　　　　　　　　　　　○◁○◁◁[◁◁◁◁]　　〃　　　　〃

4X 6x(○○◁○◁)│○◁◁○◁◁[3b′ 4x]│[3B(A)4X]6a‖

〃　　〃　　　〃　　　　〃　　　〃　[　〃，　　〃]　[　〃，　　〃]　〃‖

191. **大聖樂**　一百十字　4A′4x 4a│[3b′4A]6a4A′│◁○○○◁○◁[3a′

○○○◁]│3a 1+4b 4A′│　○◁◁◁[3a′(b′)○○◁○]│1+4a 4b′ 4A′

│4A 4a′‧◁○○◁○│3a1+4b 4A′ ‖　　又一體仄韵不錄。

(注意)此調平仄通押。第一個韵腳用仄，餘皆用平。

192. **過秦樓**(選冠子)　一百十一字　4　A　4x ◁◁○◁│4b

　　　　　　　　　　　　　　　　　[3b 4A]　〃，　　〃，　　〃

4X ◁◁◁○◁│○◁◁○○ 4A′ 4x│1+4b 4a′ 4a‖　　餘體不錄。

〃　　〃　│○◁○◁○　　〃，　　〃，　〃，　〃－　6b‖

193. **霜葉飛**　一百十一字　◁○◁○◁◁　[○○○◁○]　│◁○◁◁○◁

　　　　　　　　　　　　　　○◁◁○◁ 4b(a′)◁◁○◁　　　　　　〃

5a(1+4a)│[3b′4b]○○○◁○│1+4A[3b′4b]4a（◁◁○）‖

〃　　　│[　〃，　〃]│　　〃　　[3b′(B)3a]　4X 4　a ‖

(注意)前段首句第四字是句中韵，或稱「暗韵」，如周邦彥「露
　　　迷衰草疎星掛，凉蟾低下雲表」，吳文英「斷煙離緒關心
　　　事，斜陽紅隱霜樹」，張炎「故園空杳霜風勁，南塘吹斷瑤
　　　草」，又「繡屏開了驚詩夢，嬌鶯啼破春悄」。其實即在第
　　　四字斷句，亦未嘗不可。後段第三句，詞律引吳文英「斷
　　　闋經歲慵賦」，於「闋」字下註云「作平」，恐未必是。周邦
　　　彥於此處云：「度日如歲難到」，「日」字亦用入聲，張炎有
　　　一首云：「坐對真被花惱」，則竟用去聲，惟另一首云「可
　　　憐都付殘照」，「憐」字用平罷了。疑舊法此字當用入聲。

194. **沁園春**　一百十四字　　　│4X　　　4A 4B′│1+4s 4s

　　　　　　　　　　　　　2A　〃，[3b′(a′)5Y]　〃，　〃，　〃

4s 4X│4X 4s 7B′│3a 1+4s 4X‖　　又一體不錄。

〃，〃，│〃，〃，　〃，│〃，　　　〃，　〃‖

（注意）前後段 7B′句第五字必平。後段起句二字或連下面 4X
　　　合成一句，即第二字不入韵。詞律舉陸游「交親散落如
　　　雲」，註云「親字可以不叶，其叶者亦一二而已」。力按，陸
　　　詞三首中，有兩首不叶，但後人叶者却不止一二首。此當
　　　認爲句中韵，叶否可以自由。第二句爲八字句，詞律認爲
　　　上三下五，今姑從之；其實往往是上一下七。

195. 賀新郎（賀新凉，金縷曲，乳燕飛）　一百十六字

$$5 \quad a \quad \begin{bmatrix} 3A & 4b \\ ,, & ,, \end{bmatrix} 4a' \cdot \cdot \circ\circ\circ \begin{bmatrix} \circ\circ\circ\triangleleft\triangleleft \end{bmatrix} \begin{bmatrix} 3b'4a' \\ ,, & ,, \end{bmatrix} \cdot \cdot \circ\circ\circ$$
$$\circ\circ\circ\triangleleft\circ\triangleleft$$
$$\begin{bmatrix} 3A & 5a \\ ,, & ,, \end{bmatrix} \mid 3b \ 3a' \\ ,, \quad ,, \parallel$$

（注意）前後段共有四個仄仄平平平仄，都可變爲仄仄平平
　　　平仄仄。前者是拗句，後者是律句。詞人於此等處有
　　　全用拗句者，如詞律所舉毛幵的一首；有全用律句者，
　　　如詞律所舉高觀國的一首；有拗句與律句併用者，如白
　　　香詞譜所舉李玉一首。

196. 摸魚兒（摸魚子，買陂塘）　一百十六字　$\begin{bmatrix} 3A & 4a \\ 3a & 6b \end{bmatrix} \begin{smallmatrix} \circ\circ\circ\triangleleft\triangleleft \\ ,, \end{smallmatrix}$

$$\circ\circ \cdot \triangleleft\circ\triangleleft \ 6a \mid 3b \begin{bmatrix} 3y \ \circ\circ \cdot \triangleleft\circ\triangleleft \\ ,, \quad ,, \end{bmatrix} 4b \mid 1+4X \ 4s \ 5a'$$
$$,, \quad ,, \quad ,, \quad ,, \quad ,,$$

197. 春風嫋娜　一百廿五字　$1+4a' \ 4A \mid 3b \ 3A \mid \begin{bmatrix} 3A \ \triangleleft\triangleleft\circ\circ\triangleleft \end{bmatrix} 4b$

$$4A \mid 4A \ 4a' \circ\circ\circ\circ\triangleleft\circ\triangleleft \mid \triangleleft\triangleleft\circ\triangleleft\circ\triangleleft \begin{bmatrix} \circ\circ\circ\triangleleft\circ\circ \end{bmatrix} \mid \circ\triangleleft\circ\circ\triangleleft \ 4b \begin{bmatrix} 3a' \ 4A \end{bmatrix} \mid 3a$$

$$3A \mid 4b \ 4A \mid 4A \ 4a' 4a \ 4A \mid 4a' \ 1+4a' \ 4b \ 4A' \parallel$$

198. 十二時　一百卅字　$\begin{bmatrix} 3A \ 4a \end{bmatrix} \circ\circ\circ\triangleleft\circ\triangleleft \mid \begin{bmatrix} 3b' \ 4a' \end{bmatrix} \triangleleft\triangleleft \cdot \circ\circ\triangleleft \mid 4A$

$$(B')4b(a') \triangleleft\triangleleft\circ\circ\triangleleft \mid \begin{bmatrix} 3b \ 4A \end{bmatrix} 4B' \circ\triangleleft\circ\circ\circ\triangleleft \mid \begin{bmatrix} 3Y & 4b(a') \\ ,, & ,, \end{bmatrix} \begin{smallmatrix} \triangleleft\triangleleft \cdot \circ\circ\triangleleft \\ ,, \quad ,, \end{smallmatrix} \mid$$

$$4A(B')4b(a') \triangleleft\triangleleft\circ\circ\triangleleft \mid \triangleleft\triangleleft\circ\triangleleft \begin{bmatrix} \circ\circ \cdot \cdot \triangleleft \end{bmatrix} \parallel$$
$$,, \quad ,, \quad ,, \quad ,, \quad ,,$$

（注意）此調共三叠（三段），多用於告神。首段第七句的意
　　　義節奏往往是三二；中段與末段第五句的意義節奏也
　　　往往是三二。

199. 蘭陵王　一百卅字　$3a' \mid 6b \begin{bmatrix} 3a \ 4B \end{bmatrix} 7b' \circ\circ\circ\triangleleft\triangleleft \mid 2a \mid 4b \begin{bmatrix} 3a \\ 4B \end{bmatrix}$

$$4B \end{bmatrix} \triangleleft\triangleleft\circ\circ\triangleleft\circ\triangleleft \mid \quad \circ\circ\circ\triangleleft \mid 1+4A \ \circ\triangleleft\circ\triangleleft \mid 7a \mid \cdot \triangleleft\triangleleft\circ\triangleleft (1+4b')4a \circ\circ \cdot$$

◄◄◄◄│◄○◄○◄│　　2a│3a′│1＋4A ○◄○◄│7a│◄◄◄○◄ 4a│4a′ 3b′ 3b′ ‖

(注意)此調亦共三叠。詞律註云末段末句 3b′ 上二字必須
　　用去聲；杜文瀾加按語云：「此調後結必用六仄聲，以
　　『仄去仄』『去去入』爲最合。」

200. 瑞龍吟　一百卅三字　3a′｜6A 4a│6X 4y 4b│　　○◄○○◄ 4a
　3a′｜6a ＂│＂＂＂＂│
4a′│○◄○○○ [○◄○◄] │4b5a│[3a 4b]4a′│5a│4b′ 4b│5a│[3b
○○○○◄○]‖│4b4a ‖

(注意)此調共三叠，與水龍吟(龍吟曲)毫無關係。

201. 大酺　一百卅三字　4A 3a ○◄○◄│○○・◄◄ 1＋4a′4a(b′)│4X
4b○◄・○◄│○○・◄ 1＋4b4a│1＋4A′(a′)4x 4x│　　5y│[3a′○◄・
○◄]│[3b′(B)4a′(b)]4X[3A(B)4s(○◄○◄)]│5a(b′)[3y 4x]│
[3x 3a]│○◄○◄(4a)6a′│6b′ ‖

202. 多麗(綠頭鴨)　一百卅九字　3A 6X│[3A(B)4s]6X│
＂　＂　＂　＂
[3A 4s][3s 4X]│4X 4s 7A│[3a′(b′)4s]5A│[3A 4s] 4X│
＂　＂　＂＂　＂　＂＂　＂　＂　＂ ‖

203. 六州歌頭　一百四十三字　4 b (a′) 5 A│3s 3a 3A│
1＋3a 3x 3a(b)3A ＂　＂　＂
3A│5a 3s 3a 3y　3s 3A│4S 5a 4X │1＋4s 5A│4X│3A ‖
＂│＂，＂，3A│＂，　　＂，＂│6s[3x 4X]│＂，＂，＂，＂│＂　－ ‖
餘體不錄。

204. 寶鼎現　一百五十五字　4 x ・◄○◄ 4 a′│[3y 4x]
◄◄○◄○◄│[3A・○◄]│＂，4y]
・◄○○○◄◄│[3b′1＋4a′(b)]6b(a′)│[3b′ 4b]6a′│　4A[3b 4a′]│
＂　＂，＂，　　＂，　＂│＂，＂]6b
1＋4b(a′)○◄○◄│[3b′ 4a]│◄◄○◄│[3b′(B)4A′]◄○○・◄ ‖ 餘體
不錄。

(注意)此調共三叠。末段第五句[3b′ 4a]上三下四，詞律作
　　上四下三，當係誤刻；依詞律凡例，上四下三則成普通
　　七字句，不須註一「豆」字。

205. 哨徧(稍徧)　二百零三字　4Y 4Y 5a│3S│5X│[3A 4x]│3B
(b′)│6a(b)│7a│1＋4A 4b(a′)○○◄○◄ (◄◄○◄◄)│1＋7A│[3s

○○◁○○](1＋◦◁◦◦◁◦○)|4X 4A 4a(b′)|　1A|4X 7A(a)|◦◁◦◁◁
(5a)[3A′ 3a′(A)](○○○◁◁◁)|1＋4X 4b′(a) 7a(A)|1＋4X 4s
○○○◁◁|[3b′(a′)5A]|[3b ○○◁○](◁◦◁◦◁◦◁◁)|[3A 4x]|○○○◁◁
5x|◁○○◁○◁◁ 6b(a′)|7A|[3A(B)・◁○(4b)] ‖

(注意)此調在語法上可認爲「古文式」的詞(參看上節)。
　　　往往用支微齊韵,平仄通叶。其所以用支微齊韵者,
　　　因爲後段首句爲一字句,諸家都用「噫」(或「嘻」)字,
　　　而且入韵。再者,既仿古文,就不免用助字煞句,助字
　　　則以支微齊韵爲最多,如「之」、「其」、「耳」、「已」、
　　　「矣」、「只」、「兮」,等字皆是。前段第四句 3S 可以不
　　　入韵,第八句 6a 可不入韵,後段第二句 4X 可以不入
　　　韵。後段八字句(◁○◁◦◁◁◁)的意義節奏可作上二下六,
　　　如蘇軾「但知一臨水登山嘯咏」,又可作上四下四,如
　　　劉克莊「嗟盤之樂一誰爭子所」,又可連下六字,共成
　　　十四字句,一氣呵成,如辛棄疾「大方達觀之家未免長
　　　見悠然笑耳」。

206.　鶯啼序　二百四十字　6　b　(a) 1＋4b (a)|[3x 4X]
　　　　　　　　　　　　　　4X ・・・・(4b)　　”　　”　|[　”　　”]
・◁ ・◁◁(◁◦◁◦◁◦◁)|[3a′(b)4b] 7a ([3A ○◁◁])|[3A 4X]
・○ ・◁◁ ──|[3A　　”][3a′(b)4x](7a)|[　”　　”]
4a|　4b 4A 1＋4b′(◦◁◁)|[3b′4a′]4A 4A 4a|　4b 4a′ 7a
”|　”　”　”　”　　”　|[　”　　”]”　”　”|　”　”　”
(○○○◁◁◁)[3A 5a]‖4b ○○◁○○　[◁○◁◁　(◁○◁◦◁)]‖
(○○○◁◁)[　”　　”]|6X 4　A ◁ ○ ◁ ◁　(4a)

(注意)詞律云:「詞調最長者惟此序,而最難訂者亦惟此序;
　　　蓋因作者甚少,惟夢窗數闋與詞林萬選所收黃在軒一
　　　首耳」。力按,依照唐圭璋先生所輯全宋詞,鶯啼序共
　　　十首,除吳夢窗三首及黃在軒一首外,尚有高似孫徐寶
　　　之各一首(均錄自陽春白雪),汪元量一首,劉辰翁三
　　　首。現在參照各家,把規律定得寬些,但大致仍以夢窗
　　　爲準。依劉辰翁的三首看來,鶯啼序也可以是古文
　　　式的。

以上所録詞譜共二百零六調，大致共有二百五十餘體，比之詞律
所録，約及三分之一，然因利用簡譜，其所佔篇幅則減少數十倍。這些
詞譜大致是依照詞律的，但有時候參照各家詞句，不免有所補充。詞
律有呆板處，又有錯誤處。呆板處，是因爲某調祇有一二首爲參考的
資料，不免就把平仄的規律定得嚴些；不知假定作者增加，情形也就不
同。試看滿江紅，念奴嬌和水調歌頭等調，作者既多，詞律也就定得寬
了。萬紅友最推重方千里，其實方千里祇是一個呆板的模仿者，他和
周邦彥唱雙簧，但我們并不能憑着他來呆板地定下詞譜。詞律的錯誤
處，雖然不多，也不是沒有。讀者如果細心比對這書和詞律，就會發
見的。

第四章　曲

第四十八節　曲的概説

48.1　詞和曲，這兩個名稱都選擇得不很好。現在普通所謂「詞」，唐代叫做「曲」。因此，唐崔令欽教坊記所録的曲名，如望江南浪淘沙之類，也就是詞名；而且有些詞牌簡直就叫做「曲」，例如金縷曲。現在普通所謂曲，元明兩代却又有許多人叫做詞，例如周德清中原音韵裏面所謂「詞」，都是指曲而言（周氏有作詞十法疏證）；李玄玉北詞廣正譜，寧獻王涵虚子詞品，徐渭南詞敍録等書所謂「詞」，也都是曲；菉斐軒詞林韵釋和戈載詞林正韵所談的韵其實是曲韵。

48.2　但是，我們實在不必追究那些名稱混亂的情形；祇須就一般人所謂「詞」和「曲」而去尋求它們的定義。實際上，詞和曲是有分別的。我們在第三十六節裏，已經説明了什麼叫做詞；現在我們將要説明什麼是曲。

48.3　依一般人看來，詞和曲的最大分別是：前者祇是一種變相的詩（最初是配音樂的，後來連音樂也不配了）；後者却是一種可以表演的戲劇，所以除了曲調之外還有科白。但是，我們不願從這上頭去説明詞和曲的分別，因爲：（一）科白之類不是詩，而我們祇想從詩的本質上去分辨詞和曲；（二）曲中有一種散曲，是和戲劇沒有關係的，因此咱們不能説曲就是戲劇。

48.4　從詩的本質上看，詞和曲的分別是：

1. 詞的字句有一定；曲的字數沒有一定，甚至在有些曲調裏，增句也是可以的。（參看下文第四十九節。）
2. 詞韵大致依照詩韵；曲韵則另立韵部。（參看下文第五

十節。)

    3. 詞有平上去入四聲;北曲則入聲被取消了,歸入平上去三聲。
（參看下文第五十二節。）

48.5　曲有北曲南曲之分。依王易詞曲史所論(頁四二四),它們
的主要分別在乎:(一) 板式;(二) 譜式;(三) 套數;(四) 宮調。這些
都和詩的本質沒有關係。實際上,假使不管上述的四種情形,北曲和
詞的分別大,南曲和詞的分別小。因此,我們爲節省篇幅起見,預備撇
開南曲不談。現存的元曲中,除琵琶記外,都是北曲。本章所論,一律
以元曲爲標準,因爲每一種詩體在首創的時代,它的規律總是比較地
嚴格的。正像我們論詩宗唐,論詞宗宋一樣,我們論曲不能不宗元。

48.6　曲有雜劇散曲之分。雜劇就是一種帶着科白的歌劇(南曲
裏稱爲傳奇),其中的曲調是劇中人唱的(往往是主角唱,而且往往全
劇祇有一個人唱);散曲不是戲劇,沒有科白,祇是一種吟咏,較近於
詞。到底先有雜劇還是先有散曲呢? 依我們猜想是先有雜劇,因爲襯
字是由歌曲而生的,沒有歌曲則無所謂襯字了。

48.7　曲又有小令和套數之分。小令等於一首單調的詞,套數則
是幾個或十餘個曲調的組合。雜劇裏祇有套數,沒有小令。散曲裏有
小令,也有套數。它們的關係如下圖:

48.8　曲一套,稱爲一折。普通全劇祇有四折,或再加楔子。北
曲共分爲十二個宮調(大概説來是十二類的調子)。原則上,同套者必
須同一宮調。十二宮調的名稱如下:

    1.黃鐘　　2.正宮　　3.大石調　　4.小石調
    5.仙呂　　6.中呂　　7.南呂　　8.雙調
    9.越調　　10.商調　　11.商角調　　12.般涉調

這十二宮調當中,最常用的是正宮,仙呂,中呂,南呂和雙調,其次是越
調和商調(第一折往往用仙呂,其他三折隨便),又其次是大石和黃鐘,
最罕見的是小石,商角和般涉。現在依照中原音韻,把七種常用的宮
調裏面的曲牌録出如下:

1. 正宮　端正好　滾繡毬　倘秀才　靈壽杖（呆骨朵）　叨叨令　塞鴻秋　脱布衫　小梁州　醉太平　伴讀書（村裏秀才）　笑和尚　白鶴子　雙鴛鴦　貨郎兒　蠻姑兒　窮河西　芙蓉花　菩薩蠻　黑漆弩（學士吟，鸚鵡曲）　月照庭　六么遍（柳梢青）　甘草子　三煞　啄木兒煞煞尾

2. 仙吕　端正好　賞花時　八聲甘州　點絳唇　混江龍　油葫蘆　天下樂　那叱令　鵲踏枝　寄生草　六么序　醉中天　金盞兒（醉金錢）　醉扶歸　憶王孫　一半兒　瑞鶴仙　憶帝京　村裏迓鼓　元和令　上馬嬌　游四門　勝葫蘆　後庭花（亦作煞）　柳葉兒　青哥兒　翠裙腰　六么令　上京馬　袄神急　大安樂　綠窗怨　穿窗月　四季花　雁兒　玉花秋　三番玉樓人　錦橙梅　雙雁子　太常引　柳外樓　賺煞尾

3. 中吕　粉蝶兒　叫聲　醉春風　迎仙客　紅繡鞋（朱履曲）　普天樂　醉高歌　喜春來（陽春曲）　石榴花　鬥鵪鶉　上小樓　滿庭芳　十二月　堯民歌　快活三　鮑老兒　紅芍藥　剔銀燈　蔓菁菜　柳青娘　道和　朝天子（謁金門）　四邊靜　齊天樂　紅衫兒　蘇武持節（山坡羊）　賣花聲（昇平樂）　四換頭　攤破喜春來　喬捉蛇　煞尾

4. 南吕　一枝花　梁州第七　隔尾　牧羊關　菩薩梁州　玄鶴鳴（哭皇天）　烏夜啼　罵玉郎　感皇恩　採茶歌（楚江秋）　賀新郎　梧桐樹　紅芍藥　四塊玉　草池春（鬥蝦蟆）　鵪鶉兒　閲金經（金字經）　翠盤秋（乾荷葉）　玉交枝　煞　黃鐘尾

5. 雙調　新水令　駐馬聽　喬牌兒　沈醉東風　步步嬌　（潘妃曲）　夜行船　銀漢浮槎（喬木查）　慶宣和　五供養　月上海棠　慶東原　撥不斷（續斷弦）　攪筝琶　落梅風（壽陽曲）　風入松　萬花方三叠　雁兒落（平沙落雁）　德勝令（陣陣贏，凱歌回）　水仙子（凌波仙，湘妃怨，馮夷曲）　大德歌　鎮江迴　殿前歡（小婦孫兒，鳳將雛）　滴滴金（甜水令）　折桂令（秋風第一枝，天香引，蟾宮曲，步蟾宮）　清江引　春閨怨　牡丹春　漢江秋（荊襄怨）　小將軍　慶豐年　太清歌　小陽

關　搗練子(胡搗練)　秋蓮曲　掛玉鈎序　荆山玉(側磚兒)　竹枝歌　沽美酒(瓊林宴)　太平令　快活年　亂柳葉豆葉黃　川撥棹　七兄弟　梅花酒　收江南　掛玉鈎(掛搭沽)　早鄉詞　石竹子　山石榴　醉娘子(醉也摩挲)　駙馬還朝(相公愛)　胡十八　一錠銀　阿納忽　小拜門(不拜門)慢金盞　(金盞兒)　大拜門　也不羅(野落索)　小喜人心風流體　古都白　唐元夕　河西水仙子　華嚴讚　行香子錦上花　碧玉簫　祆神急　驟雨打新荷　駐馬聽近　金娥神曲　神曲纏　德勝樂　大德樂　楚天遙　天仙令　新時令阿忽令　山丹花　十棒鼓　殿前喜　播海令　大喜人心　醉東風　間金四塊玉　減字木蘭花　高過金盞兒　對玉環　青玉案　魚游春水　秋江送　枳郎兒　河西六娘子　皂旗兒本調煞　鴛鴦煞　離亭燕帶歇指煞　收尾　離亭燕煞

6. 越調　鬭鵪鶉　紫花兒序　金蕉葉　小桃紅　踏陣馬　天淨沙　調笑令(含笑花)　禿厮兒(小沙門)　聖藥王　麻郎兒東原樂　絡絲娘　送遠行　綿搭絮　拙魯蕭　雪裏梅　古竹馬　鄆州春　眉兒彎　酒旗兒　青山口　寨兒令(柳營曲)黃薔薇　慶元貞　三臺印(鬼三台)　憑闌人　要三台　梅花引　看花回　南鄉子　糖多令　雪中梅　小絡絲娘　煞尾聲

7. 商調　集賢賓　逍遙樂　上京馬　梧葉兒(知秋令)　金菊香　醋葫蘆　掛金索　浪來裏(亦作煞)　雙雁兒　望遠行鳳鸞吟　玉抱肚　秦樓月　桃花浪　高平煞　尾聲

48.9 有同一曲而入兩種以上的宮調者,例如:

仙呂雙雁子(雙燕子)即商調雙雁兒。

(根據北詞廣正譜。)

但是,有些完全同名的曲子,內容倒反是不同的:

端正好:正宮與仙呂不同。

上京馬:仙呂與商調不同。

祆神急:仙呂與雙調不同。

鬭鵪鶉:中呂與越調不同。

　　　　紅芍藥：中呂與南呂不同。

其他各曲異同，有北詞廣正譜等書可考。

　　48.10　在原則上，同一套內的曲，必須同一宮調，但有時也可以
「借宮」。借宮是有相當限制的。普通借宮的情形如下：

　　　正宮：叫聲（借中呂）　鮑老兒（借中呂）　十二月（借中呂）

　　　　　　堯民歌（借中呂）　快活三（借中呂）　朝天子（借中
　　　　　　呂）　村裏迓鼓（借仙呂）　元和令（借仙呂）　上馬嬌
　　　　　　（借仙呂）　勝葫蘆（借仙呂）

　　　仙呂：得勝樂（借雙調）

　　　南呂：水仙子（借雙調）　荊山玉（借雙調）　竹枝歌（借雙
　　　　　　調）　神仗兒（借黃鐘）

　　　中呂：脫布衫（借正宮）　小梁州（借正宮）　哨遍（借般涉）

　　　　　　耍孩兒（借般涉，最常見）　六么遍（借正宮）　六么序
　　　　　　（借仙呂）　白鶴子（借正宮）　滾繡毬（借正宮）　倘秀
　　　　　　才（借正宮）　蠻姑兒（借正宮）　窮河西（借正宮）　呆
　　　　　　骨朵（借正宮）　伴讀書（借正宮）　笑和尚（借正宮）
　　　　　　後庭花（借仙呂）　雙鴛鴦（借正宮）　牆頭花（借般涉）

　　　雙調：乾荷葉（借南呂）　梧桐樹（借南呂）　金字經（借南
　　　　　　呂）　金盞兒（借仙呂）　賣花聲煞（借中呂）

　　　越調：醉中天（借仙呂）　醉扶歸（借仙呂）

　　　商調：後庭花（借仙呂）　青哥兒（借仙呂）　春閨怨（借雙
　　　　　　調）　雁兒落（借雙調）　得勝令（借雙調）　小梁州（借
　　　　　　正宮）　牡丹春（借雙調）　秋江送（借雙調）　雙雁兒
　　　　　　（借仙呂）　柳葉兒（借仙呂）　上京馬（借仙呂）　山坡
　　　　　　羊（借中呂）　四季花（借仙呂）　元和令（借仙呂）　上
　　　　　　馬嬌（借仙呂）　遊四門（借仙呂）　勝葫蘆（借仙呂）
　　　　　　節節高（借黃鐘）　四門子（借黃鐘）

　　48.11　由上所述，可見借宮也不是隨便可借的，大約須宮調相
近，然後可借。譬如正宮與中呂、仙呂相近，中呂與正宮、般涉相近，雙
調與南呂相近，商調與仙呂、雙調相近，等等。散曲的套數則不借宮。

　　48.12　有些曲子是有連帶關係的，往往是兩三個曲子共成一組，

不可分割。每套的開始第一組大致如下：

正宮：端正好　滾繡毬　倘秀才

仙呂：點絳脣　混江龍　油葫蘆　天下樂(偶有例外)

中呂：粉蝶兒　醉春風

南呂：一枝花　梁州第七

雙調：新水令　駐馬聽(或步步嬌)

越調：鬭鵪鶉　紫花兒序

商調：集賢賓　逍遙樂

其他各組如下：

正宮：倘秀才與滾繡毬(這兩個曲子叫做子母調,可以輪流連
用至數次)　脫布衫與小梁州

仙呂：那吒令與鵲踏枝、寄生草(寄生草較有獨立性)

中呂：快活三與朝天子(或鮑老兒)　剔銀燈與蔓菁菜　石榴
花與鬭鵪鶉　十二月與堯民歌

南呂：隔尾與牧羊關　玄鶴鳴(哭皇天)與烏夜啼　紅芍藥與
菩薩梁州　罵玉郎與感皇恩、採茶歌

雙調：雁兒落與得勝令　滴滴金(甜水令)與折桂令　川撥棹
與七弟兄　梅花酒與收江南(往往跟着上一組)　沽美
酒與太平令

越調：調笑令與小桃紅(多數)　禿廝兒與聖藥王　東原樂與
綿搭絮(多數)　黃薔薇與慶元貞

商調：金菊香與醋葫蘆(或鳳鸞吟)

因此,在小令裏,有「帶過」的辦法(或簡稱「帶」或「兼」),例如罵玉
郎帶過感皇恩、採茶歌,雁兒落帶過得勝令,黃薔薇帶慶元貞,齊天樂
帶紅衫兒等。

48.13　一個劇本的開始,可以先來一個楔子;甚至一折的開始也
可以有楔子,不過罕見罷了。楔子往往是仙呂賞花時,或仙呂端正好。
一個曲子完了,如果意有未盡,可以來一個幺篇。幺篇大概就是「前
腔」的意思,有時候字句稍有增減。

48.14　現在談到小令。并非第一個曲牌都可用爲小令。滾繡
毬,倘秀才之類是限用於雜劇和套數的。普通常見的元人小令祇有下

列這些曲子(最常見者加點爲號):

正宮:塞鴻秋　醉太平　小梁州　六么遍　叨叨令　鸚鵡曲

仙呂:寄生草　醉中天　一半兒　遊四門　後庭花　青哥兒　四季花　錦橙梅　三番玉樓人　太常引

中宮:朝天子(謁金門)　紅繡鞋　山坡羊　迎仙客　喜春來(陽春曲)　上小樓　滿庭芳　喬捉蛇　鶻打兔　醉春風　快活三　堯民歌　攤破喜春來　賣花聲(昇平樂)　齊天樂帶過紅衫兒

南呂:四塊玉　閱金經(金字經)　乾荷葉　玉嬌枝　罵玉郎帶過感皇恩　採茶歌

雙調:大德歌　大德樂　沈醉東風　碧玉簫　慶東原　駐馬聽　撥不斷　壽陽曲(落梅風)　折桂令(蟾宮曲)　百字折桂令　清江引　殿前歡　水仙子　雁兒落帶得勝令　新時令　秋江送　十棒鼓　祆神急　楚天遙　播海令　青玉案　殿前喜　華嚴讚　山丹花　魚遊春水　驟雨打新荷　步步嬌　太平令　梅花酒　小將軍　阿納忽　搗練子　春閨怨　快活年　皂旗兒　枳郎兒　慶宣和　風入松

越調:天净沙　小桃紅　憑闌人　寨兒令(柳營曲)　黃薔薇帶慶元貞　糖多令　小絡絲娘

商調:梧葉兒(知秋令)　百字知秋令　望遠行　玉抱肚　秦樓月(憶秦娥)　滿堂紅　商調水仙子　芭蕉延壽　蝶戀花

黃鐘:人月圓　刮地風　晝夜樂

　　曲牌和詞牌相同者頗多,也許當初同出一源(不一定都是);但就事實上看來,有些雖然相同,有些却大不相同。就北曲而論,曲與詞名同而實亦同者,有下列各曲(曲皆單調,不似詞有雙闋):

點絳脣　太常引　憶王孫　風入松(同詞的第一體)　糖多令　秦樓月(同前闋或後闋均可)　南鄉子　念奴嬌　鵲踏枝(雙調)　青杏兒　鷓鴣天

大致相同者,有下列各曲:

青玉案　憶帝京　粉蝶兒　晝夜樂　喜遷鶯　女冠子　歸
塞北(望江南)　醉春風　夜行船　梅花引　集賢賓　瑞
鶴仙

名同而實不同者,有下列各曲:

搗練子　調笑令　醉太平　賀聖朝　鵲踏枝(仙呂)　感皇
恩　離亭宴(燕)　六么令　八聲甘州　哨遍　踏莎行　應
天長　後庭花　望遠行　烏夜啼　賀新郎　滿庭芳　剔銀
燈　最高樓(醉高歌)　女冠子　滾繡毬　天下樂　金盞
兒　朝天子　齊天樂　賣花聲　四換頭　玉交枝　駐馬
聽　滴滴金　豆葉黃　川撥棹(撥棹子)　減字木蘭花　雁
過南樓　金蕉葉　逍遙樂　黃鶯兒　玉抱肚　垂絲釣

48.15　有些曲子,名稱雖不和詞相同,實際上是詞的變相。最顯
明的例子是一半兒。它是憶王孫的變相。試比較下面的兩個例子:

　　　　憶王孫(香閨)　　　　　　秦　觀
萋萋芳草憶王孫。
柳外樓高空斷魂。
杜宇聲聲不忍聞。
欲黃昏,
雨打梨花深閉門。
　　　　一半兒(野橋)　　　　　　張可久
海棠香雨污吟袍;
薜荔空牆閑酒瓢;
楊柳曉風涼野橋。
放詩豪,
一半兒行書,一半兒草。

「兒」是襯字;除了「兒」字不算,字數和格式都和憶王孫相同。一半兒
普通在末句仄煞,憶王孫普通在末句平煞,這是小小的分別。但一半
兒亦有平煞者,如趙善慶尋梅:「一半兒銜着一半兒開」;憶王孫入曲後
亦有仄煞者,如白仁甫梧桐雨:「苔浸凌波羅襪冷」。總之,它們的關係

是很明顯的。

48.16 單就詩的本質來説,曲實在就是詞的一種,在雜劇和傳奇裏,它是戲劇中的詞。再溯得遠些,詞又是詩的一體,所以雜劇和傳奇又是一種詩劇。就散曲説,曲和詞的界限更難分了。咱們不能以曲牌與詞牌的名稱之不同來把它們分成兩種詩體。在上文我們以韻部的不同和聲調的不同來辨別曲和詞,也祇不過是一種説法。其實,到了元代,實際口語和唐代的語音相差得太遠了,作曲的人不能不順着自然的趨勢,去變更曲的韻部和調類。嚴格地説,在詩的本質上,這聲韻方面并不能説有很大的關係。那麼,曲和詞的最大分別就在於有無襯字。這就是下節所要討論的了。

第四十九節　襯字和字句的增損

49.1 襯字,就是在曲律規定必需的字之外,增加的字。就普通説,這種襯字在歌唱時,應該輕輕地帶過去,不佔重要的拍子;尤其北曲是如此。試比較下面的一首詞的念奴嬌和一首曲的念奴嬌:

<table>
<tr><td>薩都剌石頭城</td><td>鄭德輝㑇梅香</td></tr>
<tr><td>石頭城上,</td><td>驚飛幽鳥,</td></tr>
<tr><td>望天低,</td><td>蕩殘紅,</td></tr>
<tr><td>吴楚眼空無物。</td><td>撲簌簌胭脂零落。</td></tr>
<tr><td>指點六朝形勝地,</td><td>門掩蒼苔書院悄,</td></tr>
<tr><td>惟有青山如壁。</td><td>潤破窗紙偷瞧。</td></tr>
<tr><td>蔽日旌旗,</td><td>則为一操瑤琴,</td></tr>
<tr><td>連雲檣櫓,</td><td>一番相見,</td></tr>
<tr><td>白骨紛如雪。</td><td>又不曾道閒期約。</td></tr>
<tr><td>大江南北,</td><td>多情多緒,</td></tr>
<tr><td>消磨多少豪傑!</td><td>等閒肌骨如削!</td></tr>
</table>

曲中的「撲」,「則爲」,「又不」,都是襯字。就意義上説,襯字往往是些無關重要的字。就音韻上説,襯字不能用於重音,因此,襯字不能用於

句末(這裏的句指 sentence)，尤其是不能用做韵脚。

49.2 要知道句末無襯字，必須先知曲子的句末無輕音。情貌詞和語氣詞如「着」「了」「啊」(「呵」)等字，及詞尾「兒」字，在現代普通話裏唸輕音的，在元曲裏的句末都唸重音。例如：

> 霍霍的揭動朱簾時你等着(韵)，剝剝的彈響窗櫺時，痴痴的俺來了。(鄭德輝㑇梅香。)
>
> 則這夜到明，明到夜，夜到曉(韵)，可早刮馬也似光陰過了。(王仲文張子房。)
>
> 欲審舊題詩(韵)，支關上閣門兒。(無名氏遊四門小令。)待推來怎地推(韵)？不招承等甚的？(孫仲章勘頭巾。)
>
> 我則道拂花牋，打稿兒(韵)，元來他染霜毫，不勾思。(王實甫西廂記。)
>
> 不是見喫閃着虧你勸不的(韵)，把俺死央及。(王伯成天寶遺事。)
>
> 勢到來如之奈何(韵)！若是楚國天臣見了呵(韵)，其實難迴避，怎收撮？(無名氏氣英布。)

49.3 非但句末的襯字不可能，連一個停頓處(pause)普通也不用襯字。像上文所舉鄭德輝㑇梅香裏「彈響窗櫺時」的「時」字用爲襯字，是罕見的例外。

49.4 最常見的襯字自然是用於句首的(這裏的句是指句子形式)。這種襯字有虛字，有實字，最不拘。例如：

> 石榴花
>
> 大師一一問行藏，
>
> 小生仔細訴衷腸：
>
> 自來西洛是吾鄉；
>
> 宦游四方，
>
> 寄居咸陽。

先人拜禮部尚書多名望，

五旬上因病身亡。

平生正直無偏向，

止留下四海一空囊！（王實甫西廂記。）

　　　上小樓

小生特來見訪，

大師何須謙讓？

這錢也難買柴薪，不勾齋粮，

且備茶湯。

你若有主張，

對艷粧，

將言詞說上，

我將你眾和尚死生難忘！（王實甫西廂記。）

至於句中，原則上衹能用虛字。這裏所謂虛字，包括情貌詞「了」和「着」，助動詞「將」和「把」，副詞「也」和「又」，後附號「的」「行」，以及「裏」「般」「來」「這」「那」「他」「我」等字，又疊字的第二字亦可歸入此類。現在分別舉例如下：

「了」字。

遊了洞房，登了寶塔。（王實甫西廂記。）

且休泄漏了天機。（曾瑞卿留鞋記。）

泄漏了春光。（亡名氏杜鵑啼。）

「着」字。

腕鳴着金釧，裙拖着素練。（關漢卿玉鏡絲控。）

你則合小心兒鎮守着夾山寨。（李直夫虎頭牌。）

我向竹籬茅舍枕着山腰。（李壽卿歎骷髏。）

殿階前空立着正直碑。（尚仲賢王魁負桂英。）

「將」字和「把」字。

不向村務裏將琴劍留，倉廒中把米麥收。（無名氏麗人天氣。）

將耳朵兒搵了把金蓮蹲。（無名氏喬捉蛇小令。）

「也」字。

　　便是鐵石人也意惹情牽。（王實甫西廂記。）

　　壯志也消磨。（張雲莊梅花酒小令。）

「又」字。

　　行者又嚷，沙彌又哨。（王實甫西廂記。）

　　更俄延又恐怕他左猜。（馬致遠套數集賢賓么篇。）

「的」字。

　　我是他　親生的女。（關漢卿金線池。）

　　送女的霜毫筆，守親的石硯臺。（王實甫芙蓉亭。）

　　以此上不免的依隨。（王伯成天寶遺事。）

　　眼腦里嗤嗤的採揪捽。（關漢卿調風月。）

「行」字。

　　不是我兄弟行傒落，嬸子行熬煎，向姪兒行埋怨。（李直夫虎
　　頭牌。）

「裏」字。

　　每日向茶坊酒肆勾闌裏串。（李直夫虎頭牌。）

　　猛可裏見姨夫。（亡名氏翠樓紅袖。）

　　少不得　北邙山下丘土裏埋。（亡命氏秋江送小令。）

「般」字。

　　有韋娘般風度，謝女般才能。（商政叔拈花惹草心。）

　　蠹魚般不出費鑽研。（王實甫西廂記。）

　　黑錠般髭鬚。（明賈仲明金童玉女。）

　　有一千般歹鬭處。（王伯成天寶遺事。）

「來」字。

　　向前來推那玉兔鶻。（關漢卿調風月。）

　　若得他來雙雙配偶。（白仁甫御水流紅葉。）

　　度量來非爲人讒譖。（朱庭玉既不知心。）

　　氣昂昂九尺來彪軀。（王伯成天寶遺事。）

「這」字。

　　你看這迅指間烏飛兔走。（不忽麻身臥糟丘。）

　　曲賣了這莊田。（張酷貧汗衫記。）

「那」字。

　　他越把那龐兒變。（關漢卿玉鏡絲控。）

「他」字。

　　料應他必定是箇中人。（張小山錦橙梅小令。）

「我」字。

　　閃的我孤單。（亡名氏魚遊春水小令。）

　　不着我題名兒罵。（亡名氏三番玉樓人小令。）

「俺」字。

　　兀的不思量殺俺也麼天。（關漢卿玉鏡絲控。）

　　大古是知重俺帝王家。（白仁甫梧桐雨。）

「个」字。

　　誰是誰非辨个清濁。（康退之黑旋風負荊。）

　　但見个客人，厭得倒褪。（王實甫西廂記。）

　　留下這買路錢，別有个商議。（白仁甫箭射雙鵰。）

　　雖是个女流輩。（商政叔拈花惹草心。）

「些」字。

　　玉容上帶着些寂寞色。（馬致遠套數集賢賓么篇。）

　　無些兒效功。（白仁甫東牆記。）

「和」字。

　　古和今都是一南柯。（張雲莊急流勇退。）

「價」字。

　　我每日價枕冷衾寒。（關漢卿緋衣亭。）

「厢」字。

　　耳邊厢金鼓連天。（王實甫西廂記。）

疊字。

　　相公又惡噷噷乖劣。（白仁甫牆頭馬上。）

　　醉醺醺酒淹衫袖濕。（無名氏四季花小令。）

　　則見那瘦巖巖影兒可喜殺。（馬致遠漢宮秋。）

　　敗葉兒淅零零亂飄。（明楊景言套數二郎神。）

　　那綠依依翠柳。（同上。）

49.5 每句可襯多少字,并没有一定的規律。大致説來,小令襯字少,套數襯字多,雜劇襯字更多。與詞名實都同的曲子,襯字也往往較少,甚至不襯字(如鷓鴣天,秦樓月,粉蝶兒,太常引)。有些專爲小令的曲子,如乾荷葉,金字經之類,也是不襯字的。

49.6 襯字既没有一定,因此由襯一字至襯十餘字都有。現在分別舉例如下:

襯一字。
　　想鶯鶯意兒,怎不教人夢想眠思?(王實甫西廂記,賀聖朝。)
　　早是俺多病多愁。(關漢卿套數,鮑老三台滾。)
　　又不疼不痛病縈縈。(曾瑞卿悶登樓套數,醋葫蘆。)
　　他一片胡言都是空。(白仁甫東牆記,東原樂。)
襯二字。
　　立呵丹青仕女圖,坐呵觀世音自在居,睡呵羊脂般臥着美玉,吹呵韵輕清徹太虛,彈呵撫冰弦斷復續,歌呵白苧宛意有餘,舞呵彩雲簇掌上珠。(明賈仲明金童玉女。)
　　正值暮春時節。(商叔政套數,玉抱肚。)
　　則被這一片野雲留住。(王實甫麗春堂,東原樂。)
　　則今番不和你調喉舌。(花李郎勘吉平,聖藥王。)
襯三字。
　　我爲他使盡了心,他爲我添消瘦。(庚吉甫迤里秋來到套數,鳳鸞吟。)
　　眼見的枕剩幃空,怎教的更長漏永?(白仁甫東牆記,鬥鵪鶉。)
　　瘦岩岩香消玉減,冷清清夜永更長,孤另另枕剩衾餘。(宋方壺落日遥岑套數,紫花兒序。)
　　我着你但去處行監坐守,誰着你迤逗的胡行亂走。(王實甫西廂記,金蕉葉。)
　　祇恐怕嫦娥心動,因此上圍住廣寒宮。(王實甫西廂記,小桃紅。)
　　便似親引領着侵疆入界。(王伯成天寶遺事,耍三台么篇。)
襯四字。

自從在我山林住,慣縱的我禮數無。(王實甫麗春堂,東原樂。)

伴着的是茶藥琴棋筆硯書。(白仁甫東牆記,綿搭絮。)

論文呵有周公禮法,論武呵代天子征伐。(喬夢符兩世姻緣,綿搭絮。)

到閃得我三梢末尾。(鄭德輝月夜聞笛。)

共娘娘做取個九月九。(關漢卿哭香囊,綿搭絮。)

襯五字。

遮莫拷的我皮肉爛。(關漢卿金線池,仙呂端正好么篇。)

不想驢背上吃了一交。(無名氏紙扇記,鵪鶉兒。)

則這的便是玄關一竅。(鄧玉賓丫髻環絛,後庭花。)

大剛來則是夫妻福齊。(鄭德輝月夜聞笛。)

那廝分不的兩部鳴蛙。(馬致遠青衫淚,紅芍藥。)

直睡到紅日三竿未起。(吳止庵套數,逍遙樂。)

俺這一對兒美愛夫妻宿緣招。(明賈仲明金童玉女,四塊玉。)

又被這半凋謝的垂楊樹間隔。(馬致遠黃粱夢,高過浪來裏。)

怕的是燈兒昏月兒暗雨兒斜。(無名氏望遠行小令。)

聽不得鳳嘴聲殘冷落了玉笙。(喬夢符兩世姻緣,商調上京馬。)

襯六字。

俺先人甚的是渾俗和光。(王實甫西廂記,越調鬭鵪鶉。)

兀的不送了他三百僧人。(同上,六么序么篇。)

那廝每販的是紫草紅花。(馬致遠青衫淚,紅芍藥。)

子母每輪替換當朝貴。(宮大用范張鷄黍,六么序。)

他每一做一個水山浮漚。(關漢卿救風塵,逍遙樂。)

甚幾曾素閑了半日。(朱廷玉套數,梁州第七。)

喫酒的問甚麼九擔十瓶。(無名氏您爲衣食套數,越調鬭鵪鶉。)

自從那盤古時分天地,便有那漢李廣養由基。(白仁甫李克用,蔓菁菜。)

好把他那聽是非的耳朵兒揪着。(明楊景言景蕭索套數,商調尾聲。)

忽驚起瀟湘外塞鴈兒叫破汀沙。(明李唐賓望遠行小令。)

襯七字。

　　寫不就碧雲牋上錦字書緘。（無名氏鴛鴦塚，哭皇天。）

　　不索問轉輪王把恩仇論。（李取遠樂巴喫酒，草池春。）

　　寡人親捧一盞兒玉露春寒。（白仁甫梧桐雨。）

　　老則老老不了我一片忠心貫白日。（無名氏不伏老，耍三台。）

　　動羈懷西風禾黍秋水兼葭。（白无咎百字折桂令。）

　　我怎肯跟將那販茶的馮魁去？（關漢卿金線池，仙呂端正好
　　　　么篇。）

　　我也曾拳到了倒了碑亭。（無名氏浮漚記，四季花。）

襯八字。

　　他醉呵晚風前垂柳翠扶疎。（明賈仲明金童玉女，河西後庭花。）

　　可則又凍的我這脚尖兒麻。（李文慰燕青博魚，喜秋風。）

　　你看我再施呈生擒王世充當日威風，你看我重施展活挾雷世猛當時氣
　　　　力。（無名氏不伏老，耍三台。）

　　我道來勝似你心腸兒的敢到處里有。（庾吉甫逍遥秋來到套數，
　　　　商調尾聲。）

襯九字。

　　這的是爱小婦休前妻到頭下梢。（無名氏紙扇記，鵪鶉兒。）

　　三行兩行寫長空嘹嘹雁落平沙。（白无咎百字折桂令小令。）

襯十字。

　　有幾多説不盡人不會的偏僻，風流，是非。（朱廷玉套數，梁州
　　　　第七。）

　　險些兒不憂的咱憂的咱意攘心間。（無名氏連環記，草池春。）

　　哎那顏咬兒只不毛幾賴你與我請過來。（無名氏咠咠旦，古竹馬。）

襯十九字。

　　你是個揪不折拽不斷推不轉揉不碎扯不開慢腾腾千層錦套頭。
　　　　（關漢卿出牆花朵朵，南呂收尾。）

襯二十字。

　　我正是個蒸不熟煮不爛炒不爆搥不碎打不破響當當一粒銅豌豆。
　　　　（同上。）

49.7　由上面這些例子看來,襯六七個字頗爲常見,甚至有襯二十字的。大約襯字越多,音節越促。譬如上面所舉襯十九字和襯二十字兩個例子,我們可以想像得到它們極端迅速地一連串唸下去的。因此,曲子的斷句,有時候是和散文不同的。譬如上面所舉的無名氏望遠行小令:「怕的是燈兒昏,月兒暗,雨兒斜」,北詞廣正譜註云:「燈兒三叠祇作七字句看」。意思是説,除了襯字之外,就祇剩一個七字句:「燈昏月暗雨兒斜。」

49.8　以全首而論,有些曲子是襯字比曲字還多的。現在我們試舉出兩個最明顯的例子:

百字知秋令(小令)　　　　王和卿

絳蠟殘半明不滅寒灰看時看節落,

沈烟燼細里末里微分明日里漸里消。

碧紗窗外風弄雨昔留昔零打芭蕉;

惱碎芳心近砌下啾啾唧唧寒蛩鬧,

驚回幽夢丁丁當當簷間鐵馬敲。

半欹單枕乞留乞良捱徹令宵,

祇被這一弄兒凄涼斷送的愁人登時間病了。

(曲字卅九,襯字六十一。)

播海令(雜劇咠咠旦)　　　　無名氏

哎你個淹答的官人你便休怪:

若有俺那千户見了你個官人這其間,殺羊也那造酒宰馬敲牛爲男兒不在。

帳房裏没甚麽甚麽東西東西這的五隔。

一來是爲人作客,

二來甫問年高三來是看上敬下敢道小覷俺這腰間明滴溜的虎頭牌。

(曲字廿八,襯字六十六。)

又據北詞廣正譜所述孔文卿東窗事犯、醉春風裏面的一段:

我單道着你,

你休笑我穢,

我這裏面倒乾净似你！

　　（曲字三,襯字十六。）

原註云:「三字襯作三句,然祇作三字看」,可見襯字有比曲字多到五倍以上的。

49.9　周德清中原音韵所載曲調三百十五章當中,有十四章是註明「句字不拘,可以增損」的:

　　正宮：端正好　　貨郎兒　　煞尾

　　仙呂：混江龍　　後庭花　　青哥兒

　　南呂：草池春　　鶴鶉兒　　黄鍾尾

　　中呂：道和

　　雙調：新水令　　折桂令　　梅花酒　　尾聲

　　（依北詞廣正譜所載,正宮端正好句字不可增損,而是仙呂端正好句字可以增損。又廣正譜於此十四章外加仙呂六幺序,南呂玄鶴鳴、收尾,雙調攪箏琶,共成十八章。）

49.10　這所謂句字可以增損,是和襯字不同的。襯字是曲字以外的字;而周德清所謂句字可以增損,則是曲字本身可以增損。試看下面的兩首後庭花(增加的句字以·爲號):

　　　　後庭花(小令)　　　　　　　　　　呂止庵
湖山曲水重,

樓臺烟樹中。

人醉蘇堤月,風傳賈寺鐘。

冷泉東,

行人頻問,飛來何處峰?

　　　　後庭花(西廂記)　　　　　　　　　王實甫
我則道拂花牋打稿兒,

元來他染霜毫不勾思。

先寫下幾句寒温序,後題着五言八句詩。

不移時,

把花牋錦字,叠做個同心方勝兒。

　　　　忒風流忒煞思；

　　　　忒聰明忒浪子。

　　　　雖然是假意兒，

　　　　小可的難到此。

「我則道」和「元來他」之類是襯字，衹有「拂」和「染」是增字，增和襯的分別是很顯然的。「忒風流」以下是增句。又如（增處用·號，減處用。號）：

　　　　　　新水令第一式（雜劇箭射雙鵰）　　　白仁甫

　　　晚風寒峭透窗紗，

　　　控金鈎繡簾不掛。

　　　門闌凝暮靄，樓閣斂殘霞。

　　　恰對菱花，

　　　樓上晚粧罷。

　　　　　（這首當做正則的新水令；所謂增損，以此爲準。）

　　　　　　新水令第二式（套數）　　　　　　元好問

　　　一聲啼鳥落花中，

　　　惜花心又還無用。

　　　○○深院宇，○○小簾櫳。

　　　點檢春工，

　　　夕陽外綠陰重。

　　　　　　新水令第三式（雜劇浮漚記）　　　亡名氏

　　　正黃昏庭院景淒淒，

　　　哭啼啼，

　　　淚雙垂。

　　　走的軟兀剌一絲無兩氣。

　　　淅零零的小路險，昏剌剌的晚風吹。

　　　脚步兒剛移，

　　　一步步行來到枉死地。

　　　　新水令第四式(套數)　　　　　亡名氏

閑爭奪鼎沸了麗春園，

久排場不堪久戀。

時間相敬愛，端的怎團圓？

○○○○

白沒事教人笑惹人怨。

　　　　新水令第五式(套數)　　　　　亡名氏

大明開放九重天，

拜紫宸玉樓金殿。

紅搖銀燭影，香裊玉爐烟。

奏鳳管冰絃，

唱大曲梨園，

列文武官員，

降玉府神仙，

齊賀太平年。

49.11　句字可以增損的曲調决不止如周德清所指出的十四章。例如：南吕玄鶴鳴(哭皇天)就是北詞廣正譜所謂「句字不拘，可以增損，周德清失註」的。這些都用不着多舉例，因爲在下文第五十五節的曲譜舉例裏，對於句字可以增損的曲調，我們是另作一譜或加以說明的。

　　　　　*　　　　　　*　　　　　　*

49.12　此外，另有一種語法上的襯字。普通的口語裏是用不着這種襯字的；在曲子裏，有時候需要這種閒字來湊足字數，或顯出一種特殊的風趣。這種語法上的襯字，最顯明的就是用於句末的，例如叨叨令的「也麼哥」：

　　兀的不凍殺人也麼哥！兀的不凍殺人也麼哥！(無名氏殺狗勸夫。)

　　老了人也麼哥！老了人也麼哥！(張可久小令。)

及醉娘子的「也麼天」或「也摩挲」(較罕見)：

你莫不真的待要去也麼天…兀的不思量殺俺也麼天！（關漢
　卿套數玉驄絲控。）

真箇醉也摩挲，真箇醉也摩挲。（王伯成套數四時湖水。）

但最特別的還是夾在一個伀語的中間。例如：

因此上瘸瘸跛足踐塵埃。哀也波哉！（岳伯川鐵拐李，堯
　民歌。）
（「哀也波哉」等於說「哀哉」。）

則俺這村也波坊，不比那府共州。（無名氏桃花女，天下樂。）
（「村也波坊」等於說「村坊」。）

掄的柄銅鍬分外里險。（宋方壺套數落日遙岑。）
（「分外里險」等於說「分外險」。）

沈烟爐細里末里微分間日里漸里消。（王和卿百字知秋令。）
（「細里末里」等於說「細末」，「日里漸里」等於說「日漸」。）

悶拂銀箏暫也那消停。（明李唐賓望遠行小令。）
（「暫也那消停」等於說「暫消停」。）

聽了些晨鐘的這暮鼓。（王實甫西廂記。）
（「晨鐘的這暮鼓」等於說「晨鐘暮鼓」。）

鳳凰臺下鳳凰臺，也波臺；鳳凰臺上鳳凰來，也波來。天籟地
　籟聞人籟，也波籟。（明賈仲明金童玉女雜劇，滿堂紅。）
（多了一個「臺」字，一個「來」字和一個「籟」字，與上面那
　些例子稍有不同。）

這種語法上的襯字，有些可以當作曲字，有些祇能當做普通的襯字。
這也值不得仔細去追究了。

第五十節　曲　韻（上）

50.1 周德清的中原音韻和卓從之的中州音韻都把曲韻分爲十
九部，連韻部的名稱也完全相同（周的第十七部侵尋，卓作尋侵，這種

小異是不足注意的),大約卓是抄襲周的。這是元朝北方的實際語音系統,當時的曲調確是依照實際語音去用韻的,因此,與其說周氏創造曲韻,不如說他根據既成事實來著成一書。不過,自從周書流傳以後,北曲用韻更有準繩,很少有不依它的韻部的。中原音韻和中州音韻之於曲,竟像廣韻(後來平水韻)之於詩,一樣地有勢力。我們談曲韻,就拿中州音韻來做標準。(嘯餘譜後面附有中州音韻,北京大學亦有石印本。)

50.2 此外有詞林韻釋(一名詞林要韻),據說是宋紹興二年菉斐軒刊本,大約是偽託的。這書的出世大約在中原音韻之後,所謂「詞林」的「詞」,應該當作「曲」字講。書中也把曲韻分爲十九部;雖然韻部的名稱和中原音韻多不相同,但其内容幾乎完全是一樣的。

50.3 曲韻和詞韻大不相同的地方,是入聲取消,原來的入聲字都分別歸入了平上去三聲(下節將敘述怎樣歸併)。在廣韻裏,入聲字是配陽聲韻(即收音於-ng,-n,-m 的韻)的;在中原音韻和中州音韻裏,入聲字改隸陰聲韻,即收音於-a,-i,-e,-o,-u 等。

50.4 中原音韻的十九個韻部如下(括弧内附詞林韻釋的韻目):

一東鍾(東紅)。 相當於廣韻東冬鍾(包括平上去聲,下同)。又庚耕登的一小部分字。

二江陽(邦陽)。相當於廣韻江陽唐。

三支思(支時)。衹有廣韻支脂之三韻中的照穿牀審禪日精清從心邪開口字。又入聲字「蝨澀瑟塞則」。

四齊微。 廣韻支脂之三韻中的照精兩系及日母合口字,知徹澄娘及喉牙脣音字,齊微灰祭廢韻字,泰韻合口字,又入聲質迄緝職德韻字,陌麥昔錫開口三四等字及「虼紇核嚇」等。

五魚模(車夫)。 相當於廣韻魚虞模。又尤侯一部分脣音字,又入聲屋沃燭術物没。

六皆來。 廣韻皆咍夬。又佳泰韻開口字。又入聲陌麥職的開合口二等字。

七真文。 相當於廣韻真諄臻文欣魂痕。

八寒山(寒閒)。 相當於廣韻寒删山。又元凡韻的輕脣字。

九桓歡(鸞端)。 相當於廣韻的桓。

十先天（先元）。　相當於廣韵的先仙，又元韵的喉牙音字。

十一蕭豪（蕭韶）。　廣韵蕭宵肴豪。又入聲覺藥鐸。

十二歌戈（和何）。　相當於廣韵歌戈。又入聲末，及曷合盍覺藥
　　鐸一部分字。

十三家麻（嘉華）。　廣韵麻韵中的二等字，及佳韵合口字。又入
　　聲黠鎋洽狎，又月乏韵的輕脣字，合盍曷的舌齒音字。

十四車遮（車邪）。　廣韵麻韵中的三四等字。入聲屑薛葉帖業，
　　又月韵的喉牙音字。

十五庚青（清明）。　廣韵庚（「兄」等例外）耕（「轟」等例外），清青
　　蒸登（「弘」等例外）。

十六尤侯（幽游）。　廣韵尤侯幽。又入聲屋燭一小部分字。

十七侵尋（金音）。　相當於廣韵的侵。

十八監咸（南三）。　相當於廣韵的覃談咸銜。

十九廉纖（占炎）。　廣韵鹽添嚴。又凡韵牙音字。

50.5　曲韵是平上去三聲通押的，所以不另立上去兩聲的韵目。
如果拿這十九部的曲韵和上文第卅八節所述的十九部的詞韵相比較，
在聲調上，前者非但把入聲的系統弄亂了，甚至還把它取消。但是，若
專就舒聲（平上去三聲）而論，曲韵卻比詞韵分得更細。曲韵的舒聲共
有十九部，而詞韵的舒聲祇有十四部，因爲：

1. 詞韵第三部支脂之微齊灰在曲韵裏分爲支思和齊微兩部；
2. 詞韵第七部元寒桓刪山先仙在曲韵裏分爲寒山桓歡和先天
　　三部；
3. 詞韵第八部麻韵（及佳韵合口字）在曲韵裏分爲家麻和車遮
　　兩部；
4. 詞韵第十四部覃談鹽添嚴咸銜凡在曲韵裏分爲監咸和廉纖
　　兩部。

50.6　這並不是實際語音的韵部變爲分得更細，而是因爲詞韵是
一種不今不古的東西。詞家儘量往寬的一方面用韵，所以祇有舒聲十
四部，曲韵則因爲須要實際歌唱的緣故，不能不按照當代語音把韵部
定得嚴些。其所以比詞韵多五部者，大約有兩種原因：

第一，實際語音已經顯然分爲兩韵，若勉強合成一韵，一定弄到不

諧和。在這樣的情形之下的韻部有支思和齊微，家麻和車遮，寒山和桓歡。支思的音值大約是[ɿ][i]，齊微的音值大約是[i]（或包括[ei]在內）。家麻的音值是[a]，車遮的音值是[e]。寒山的音值是[an]，桓歡的音值大約是[on]。

　　第二，實際語音和宋代雖然一樣（或差不多），但是曲家要求把韻分得更細，所以把寒刪山和先仙元分開，爲寒山、先天兩部；又把覃談咸銜凡和鹽添嚴分開，爲監咸、廉纖兩部。這四部的音值大約是[an][ien][am][iem]。

50.7　現在我們試依照上文第一章第四節對於詩韻寬窄的分類，把曲韻也分爲四類，如下：

1. 寬韻：齊微　魚模　蕭豪
2. 中韻：真文　尤侯　江陽　庚青　先天　皆來　家麻
　　　　歌戈　車遮　東鍾
3. 窄韻：寒山　監咸　支思
4. 險韻：桓歡　侵尋　廉纖

50.8　齊微、魚模、蕭豪之所以成爲寬韻，因爲有入聲字加入的緣故；尤其是齊微韻，舒聲字本來就很多，再加入聲字，更是龐大到了極點。真文、江陽、庚青、先天、東鍾因爲沒有入聲，所以衹能成爲中韻。皆來、家麻、歌戈、車遮的舒聲字不夠多，雖有入聲，加起來也只算中韻。尤侯舒聲字頗多，但入聲字太少，所以也是中韻。寒山與監咸字不多，又沒有入聲；支思字更少，雖有幾個入聲也無濟於事，因此它們是窄韻。桓歡、侵尋、廉纖，本來就夠窄的，又沒有入聲，所以就變了險韻了。

50.9　各韻常用的程度，是否與其寬窄的程度相當呢？我們曾就北詞廣正譜作了一個統計，如下：

1. 佔九十首以上者：齊微（90）
2. 佔六十首以上者：尤侯（61）
3. 佔五十首以上者：魚模（55）　蕭豪（53）　先天（53）
4. 佔四十首以上者：家麻（43）　皆來（42）
5. 佔三十首以上者：庚青（38）　江陽（35）
6. 佔二十首以上者：歌戈（28）　真文（27）　寒山（24）

東鍾(23)

7. 佔十首以上者：支思(16)　車遮(16)　監咸(11)

8. 不滿十首者：廉纖(3)　侵尋(2)　桓歡(1)

（原書未標明韵部者不計。）

50.10　常見的程度出於意料之外者有尤侯和寒山,罕見的程度出於意料之外者有真文和車遮。由此可見,韵的寬窄雖有關係,韵字合用與否也有關係。正如詩韵中的微支刪三韵雖窄,却十分合用,曲韵中的寒山也是如此;甚至於支思,它的字數雖然很少(只有七種聲母的字),却也相當常用,就是這個緣故。元曲雜劇中很少用監咸、侵尋、廉纖三韵,因爲全折必須同韵,比較散曲更不便於用險韵,桓歡韵則索性完全避免了。

50.11　現在我們逐個地討論這十九部的曲韵,並舉出若干例子。

50.12　(1)東鍾。這一個韵部很簡單;大致就是廣韵東冬鍾三韵的合併。不過,庚耕登三韵的重唇開口字,和喉牙合口字,都變入了東鍾韵了。依照中州音韵,這些字是:

1. 重唇開口字：崩繃,盲氓甍甍萌,朋彭膨鵬棚,烹閛;猛艋蜢,祊;孟,趰逬。

2. 喉牙合口字：肱觥,泓,轟薨儚,榮,橫弘紘宏嶸,兄;永,礦,泳詠塋咏永。

此外,清青兩韵的喉牙合口字(即撮口)也有一部分變入東鍾:

塋,瓊,炯冏迥,礕,夐詗。(塋瓊兼入庚青。)

50.13　這種混合,除「塋」「礦」二字外,和現代西南官話的情形大致相同。至於現代普通話,則「橫」字及重唇字仍讀入庚青,但它的東鍾韵的唇音字也跟着讀入庚青,所以庚青東鍾的唇音字仍是相混的。

茲舉例如下:

越調鬭鵪鶉(雜劇東墙記)　　　　　　　白仁甫

眼見的枕剩幃空,

怎教的更長漏永!

桃蕊飄霞,楊花弄風;

翠袖生寒,烏雲不攏。

恰配合鳳友鸞交，又見的離別西東。

似這等離恨千端，怎支吾閑愁萬種？

50.14　（2）江陽。江陽韻更爲簡單，只是江陽唐三韻的合併。例如（有·號的是江韻字）：

鵲踏枝（雜劇赤壁賦）　　　　　　　　　費唐臣

且休説翰林忙，

暫入他綺羅鄉。

則見燭影搖紅，月色昏黃。

他教酒吃得倒垂蓮，小生却甚麼檢書幌斂銀缸？

50.15　（3）支思　上文説過，這韻裏只包括支脂之三韻裏的精照兩系及日母的開口字和五個入聲字。其中最常用的字祇有一百幾十個：

1. 精系：資姿髭貲茲滋秄孜蕭緇淄眥輜咨，雌，慈疵玼磁茨，詞祠辭，思偲司斯絲緦廝私；此佌泚，子仔觜紫姊梓，死；寺兕俟似祀巳飼嗣笥氾禩耜姒四泗思賜駟肆伺，恣觜眥滓漬，自字牸，次刺厠。

2. 照系：支枝脂卮之芝肢，嗤媸鴟差，時匙鰣蒔，師尸施獅屍詩；紙砥旨徵祉沚趾止芷指阯址咫枳豺，齒侈，史始弛矢豕使駛屎；至志痣誌躓，是氏示視侍恃豉嗜謚柿士仕市事蒔筮噬使施試弒啻，翅幟。

3. 日母：兒而洏輀；爾邇耳餌珥；二貳珥餌。

4. 入聲：蝨；澀瑟，塞，則。

元代的曲家確曾嚴守着這一個韻部，不讓它和齊微相混。例如：

梁州第七（套數拈花惹草心）　　　　商政叔

甘不過輕狂子弟，難禁受極紂勤兒。

撞聲打怕無淹潤；倚强壓弱，滴溜着官司。

轟盆打甑，走踢飛拳，查核相萬般街市。

待勉强過從枉費神思。

是他慣追陪濟楚高人，見不得村沙謊厮。

欽不定冷笑孜孜，

可人舉止。

爲他十分吃盡不肯隨時。

變除此外没瑕玼，

聚少離多信有之。

古今如此！

50.16　（4）齊微。此韵舒聲包括齊微灰祭廢韵字，及泰韵合口字（「外」字例外），又支脂之韵字之不入支思者。但最值得注意者還是由入聲變來的字。現在分別舉例於下：

1. 質韵：窒桎帙秩，實，姪，疾嫉，弼；質隲，悉膝，匹，吉，詰，失室，必畢篳蹕，咥叱，筆，壹一乙；日馹，逸軼鎰溢佾，栗慄，密蜜。

2. 迄韵：吃訖，乞，迄。

3. 痕韵入聲：麧紇麧。

4. 緝韵：十什拾，集，襲習隰，及給笈汲；執汁，緝葺楫，急，泣，濕，吸翕，邑揖，笠立粒。

5. 職韵：食蝕植殖，直，極，逼愎；職織陟，息熄，棘，識式拭軾飾，即唧鯽稷，勅，愊；匿翼翊弋憶域，力。

6. 德韵：或惑，劾，賊蠈；北，得德，則（亦入支思），武慝，克尅刻，國，黑；勒肋泐，墨默，蔔。

7. 陌麥昔錫齊齒字：石射（以弓射物），擲，藉籍寂，夕席㟯汐蓆，甓，狄荻覿逖笛翟糴敵迪；隻跖灾搐，昔惜舃析錫皙，戚刺，僻闢劈癖，戟擊激，綌隙，釋適，跡積蹟勣脊踖踧迹蹟，碧璧璧，尺赤斥，闃燉，的滴鏑嫡，剔惕滌；逆溺奕譯披腋繹益，劇屐，曆歷瀝櫪靂礰轢。

8. 陌麥開口二等曉匣母字：核覈嚇赫。

曲調的例子如下：

蔓菁菜(雜劇李克用)　　　　　　　　白仁甫

自從那盤古時分天地，

便有那漢李廣養由基，

他也不似這般快射(本屬昔韵，平水韵在陌韵)。

我則見他拱手舒心便服低，

喏喏連聲退。

道和(雜劇魔合羅)　　　　　　　　孟漢卿

却則端的！

却則端的！

虛事不能實！

忒蹺蹊！

教俺難根緝(本緝)。

天數張鼎，忽使機脱災危，

啜脱出是和非。

難支吾，難支對；

難分説，難分細。

那些那些自歡喜咱伶俐。

一行人取情招狀訖(本迄，平水物)。

那些那些他愁戚(本錫)。

當初指望成家計，

到如今番做得落便宜。

50.17　(5)魚模。這是魚虞模的合併，又尤侯的一部分脣音字，再加上由入聲屋沃燭術物没變來的字：

1.尤韵：謀，浮蜉，桴枹；否缶，副富婦負阜覆。

2.侯韵：母拇某畝；部籔埠，戊。

3.屋韵：育，孰熟塾淑，獨髑讀瀆匵牘犢，斛觳，族，鏃，僕濮曝匐幞瀑，伏服復鵬茯袱，逐軸；戚，澳，蠹，宿粟肅，速蔌觫辣簌，縮叔蹜倐儵菽束謖，蔟簇，福腹幅蝠覆復，菊掬鞠踘鞫麴，祝粥筑竺竹築，畜蓄，屋，哭，谷穀轂，秃，撲醭，卜不(準作)；郁育，六陸戮，鹿漉禄麓醁，木睦穆目沐牧。

4. 沃韵：毒纛篤督；沃,酷,梏告,篤督焅。

5. 燭韵：局,蜀屬贖,俗續,躅；足,促,觸,曲,燭囑,旭頊勗；玉欲
　　浴獄慾峪,辱褥,綠錄籙。

6. 術韵：術述,术,卒捽,戌恤卹,橘譎,出黜怵；聿,律。

7. 物韵：熨,佛；鬱蔚,拂紼髴紱黻芾,屈,窟,物勿。

8. 没韵：突,鶻,卒,勃字,兀杌,核；骨汩,忽笏惚,咄,没殁,訥。

9. 緝韵（例外）：入。

50. 18　這種情形和現代普通話大致相同；祇有没韵的「勃字没殁
咄」普通話讀入歌戈,是其不同之點。「訥」字,普通話有[na][nə]兩
音,亦不同。「佛」字,今西南官話正是讀入魚模,唯普通話讀入歌戈。
中原音韵的「佛」字兼收於魚模和歌戈兩韵裏。

　　曲調的例子如下：

梅花酒（雜劇岳陽樓）　　　　　　　　馬致遠

想你箇匹夫,

不識賢愚；

蠢蠢之物（本物）,

落落之徒。

休猜我做左道術（本術,平水質）：

我自拿着揝鼻木（本屋）,

你拽着我布道服（本屋）,

俺急切裏要同去,

您當街裏纏師父。

我爲甚的不言語？

您心下兒自躊躇。

50. 19　（6）皆來。此韵等於廣韵平聲皆咍（及其上去）,又佳的
開口字（「佳」「罷」除外）。去聲夬（「話」字例外）,又泰的開口字；入聲
陌麥職的二等字（包括開合口）。又支韵的一個「衰」字（微也,減也）,
及質韵「率蟀摔」等字,櫛韵「櫛」字,點韵「殺」字,洽韵「筴」字,錫
韵「劈」字。

1. 陌韵二等：白帛舶，舴蚱，宅澤翟擇；伯百柏迫，窄，索（山戟切），客，拆，拍魄珀，格骼，虢；陌驀貊佰，額，搦。
2. 麥韵（只有二等）：獲畫劃；擘檗，責簀幘，摘謫，策册，懗（山責切）搩漭，隔膈革，蟈幗摑馘，麥脈，厄搹。
3. 職韵二等：側仄昃，色嗇穡濇嬙，測惻。
4. 德韵（不規則）：塞；刻（讀如客）；墨。

50.20　這一個韵部的入聲字有一個特色，就是它們都屬於二等（參看陳澧切韵考外篇），連「率」「蟀」「摔」「櫛」「殺」「煞」等字也都是二等字（「衰」字雖非入聲，却也是二等）。祇有「劈」字是唯一的例外，但詞林韵釋皆來韵不收「劈」字。依照這個原則，「核覈赫嚇」也該歸皆來，然而事實上它們是變入齊微了，但詞林韵釋「嚇」字兼入皆來。德韵「塞」字已入支思，「刻」「墨」已入齊微，現在皆來兼收，祇能算是例外了。

50.21　在現代普通話的「白話音」裏，上述這些入聲字仍有一些讀入皆來，例如：

白，百柏伯（大伯子）；拍；麥脈；獲（獲虎縣讀如「淮」）；

摘，宅擇，窄；拆，册（樣册子）；色（又「骰」）；摔（音衰，又去聲同「甩」）率蟀。

又「塞」字白話音既讀入皆來（sai）復讀入支思（sei），也和曲韵相同。平聲方面，現代普通話「衰」字讀入皆來，也和曲韵一致。

曲調的例子如下：

　　　　點絳唇（雜劇西廂記）　　　　　　王實甫

竚立閒階。

夜深香靄，

橫金界。

瀟洒書齋，

悶殺讀書客（本陌）！

　　　　寄生草（雜劇西廂記）　　　　　　王實甫

多丰韵，忒穩色（本職）！

乍時相見教人害；

霎時不見教人怪；

些兒得見教人愛。

今宵同會碧紗厨，何時重解香羅帶？

　　一半兒（小令尋梅）　　　　　　　　趙善慶

尋香曾到葛仙臺，

踏雪今泛和靖宅（本陌）。

橫斜數枝僧寺側（本職）。

動吟懷，

一半兒銜着一半兒開。

　　醉中天（小令佳人黑痣）　　　　　　白　樸

疑是楊妃在，

怎脫馬嵬災？

曾與明皇捧硯來。

美臉風流殺（本點）。

巨耐揮毫李白（本陌）。

覷着嬌態，

灑松煙點破桃腮！

　　殿前歡（小令次酸齋韵）　　　　　　張可久

喚歸來，

西湖山上野猿哀。

二十年多少風流怪！

花落花開。

望雲霄拜將臺，

袖星斗安邦策（本麥），

破煙月迷魂寨。

酸齋笑我，我笑酸齋。

50.22 （7）真文。此韵就是平水韵十一真與十二文的合併，再加上十三元的開口呼與合口呼（十三元的齊撮歸先天），另加「肯」「品」二字。現在只簡單地舉一個例：

　　　　　天下樂(雜劇黃粱夢)　　　　　　　　馬致遠

他每得到清平有幾人(真)？

俺爐中香滿焚(文)，

儘白雲滿溪洞鎖門(元，廣韵魂)。

誦一卷道德經，講一會齊魯論(元去，廣韵魂去)，

這的是清閑真道本(元上，廣韵魂上)。

50.23　(8)寒山。此韵就是平水韵十五刪，再加上十四寒的開口呼(寒的合口呼另成桓歡一韵)，和十三元十五咸的輕脣字。現在舉例如下：

　　　　　青哥兒(雜劇緋衣夢)　　　　　　　　關漢卿

我和你難憑魚雁，

我每日價枕冷衾寒。

則俺這宿世姻緣休等閑。

直等到夜靜更闌，

人離雕欄，

柳影花間。

我則怕別時容易見時難，

則將這佳期來盼。

　　　　　梅花酒(雜劇追韓信)　　　　　　　　金志甫

雖然是暮景殘，

恰夜靜更闌，

對綠水青山，

正天淡雲閑。

明滴溜銀蟾出海山，

光燦爛玉兔照天關。

撑開船，掛起帆(咸，廣韵凡)。

俺紅塵中受塗炭；

您綠波中覓衣飯(元去)。

俺乘駿馬懼登山；

　　　您駕孤舟怕逢灘。

　　　俺錦征袍怯衣單；

　　　您綠蓑衣不曾乾。

　　　俺空熬得鬢斑斑；

　　　您枉守定水潺潺。

　　　俺不能勾紫羅襴；

　　　您空執着釣魚竿。

　　　咯都不到這其間。

試看上面兩個例子裏，寒韵的「寒闌欄難殘闌炭灘單乾襴竿」都是開口呼的字，並沒有雜着合口呼（廣韵桓）的字，可見寒山和桓歡的界限頗嚴，曲家是不肯讓它們相混的。

　　50.24　（9）桓歡。這是險韵中之最險者；元人雜劇沒有用桓歡韵的。（明賈仲明所著蕭淑蘭一劇專用險韵，故第四折用桓歡，是例外。）至於散曲，用桓歡韵的也很少。這一個韵就是廣韵的桓韵；若以平水韵而論，它是十四寒的合口呼。現在把它所有的常用字照錄於下：

　　平聲：桓，丸紈完垣洹岏，歡驩讙貛，觀官冠棺，端，酸痠狻，寬，
　　　　　鑽，般搬，鸞鑾欒巒圝灤，瞞謾鏝墁蹣漫鰻蔓饅，剜豌眢蜿，
　　　　　湍，團博溥，攢，攛，盤瘢磻鞶蟠柈般胖磐弁，潘拌。

　　上聲：短斷，盌椀，疃，管館琯腕盥筦，款窾，澣，暖煖餪，纂纘鄭，
　　　　　滿澔，卵。

　　去聲：喚奐渙煥換睆，換緩逭，玩玩惋浣，鑽，鍛破斷段煅，算蒜，
　　　　　貫冠盥灌瓘鸛觀裸，半絆，伴畔叛，幔鏝曼漫謾墁，竄攛爨，
　　　　　亂，段斷，彖，判泮。

不過區區百餘字，其中比較合用的祇有數十字。因此，這一個韵部差不多變了備而不用的了。現在我們祇舉出元人小令一首爲例：

　　　　　撥不斷　　　　　　　　　　　　馬致遠

　　　立峰巒，

　　　脫簪冠。

　　　夕陽倒景松陰亂，

太液澄虛日影寬,

海風汗漫雲霞斷。

醉眠時小童休喚。

50.25 （10）<u>先天</u>。這是<u>平水韵</u>下平聲的一先（<u>廣韵先仙</u>），再加上上平聲十三元的齊撮兩呼的字（輕脣字除外），又<u>鹽</u>韵的一個「貶」字,所以也很簡單。例如:

忽都白(套數玉驄絲控)　　　　　　　關漢卿

我受了半載孤眠,

你如今信口胡言（元）,

枉了把我冤也麼冤（元）!

你若是打聽得真實有人曾見,

妳妳根前,

您兒情願（元去）,

一任當刑憲（元去）,

死而心無怨（元去）!

醉中天(小令)　　　　　　　無名氏

泪濺端溪硯,

情寫錦花牋。

日暮簾櫳生暖煙,

睡煞梁間燕。

人比青山更遠（元上）,

梨花庭院,

月明閒却鞦韆。

小喜人心(雜劇虎頭牌)　　　　　　李直夫

今朝別後,再要相逢,祇除是看時節夢見!

夢見也不似這遍!

不是我兄弟行傈落,嬸子行熱煎,

向姪兒行埋怨（元去）:

好弱難分辨;

貴賤難襃貶（鹽去）。

第五十一節　曲　韵（下）

51.1　(11) 蕭豪。這一個韵部等於廣韵的蕭宵肴豪,又入聲覺藥鐸的一部分字。關於舒聲方面,這是和詞韵相同的;祇有入聲方面和詞韵大不相同。因此,我們應該詳細地研究那些由入聲變到這韵裏的字:

1. 覺韵：濁擢濯鐲,學斅鷽,雹璞;角覺,殼確,卓琢啄捉,渥握幄喔,朔槊數,剝駮;岳嶽樂,犖,倬。

2. 藥韵：着,杓,嚼,釀,籥,縛;脚,却卻恪,鵲,謔,酌斫灼繳妁,約,綽婥,削,爵雀,鑠爍;藥躍鑰瀹,略掠,弱箬若蒻,虐瘧。

3. 鐸韵：鐸度,薄泊亳箔博膊,鶴涸貉,鑿昨酢作,鑊穫;各閣,托魄籜橐拓飥託,郭槨,廓擴鞟,作,錯,索,堊郝,惡;諾,莫摸瘼幕漠,洛落駱樂絡烙珞酪,鍔鶚萼鱷惡。

51.2　在現代普通話的「白話音」裏,上述這些入聲仍有一些是讀入蕭豪的。例如:

剝,雹薄;烙(烙餅),落,酪,絡(絡子)。

鶴貉,郝,涸(涸乾);嚼,覺脚角;雀鵲,殼;削,學(動詞)。

着;杓芍;鑿,藥瘧(發瘧子)鑰。

曲調的例子如下:

　　　　　　上京馬（雜劇黑旋風負荊）　　　　　　康退之

咱每都來到,

衆人休閙,

誰是誰非辨個清濁（本覺）,

不索我拔着村嗓子高聲叫。

　　　　　　念奴嬌（雜劇㑯梅香）　　　　　　鄭德輝

驚飛幽鳥,

蕩殘紅撲簌簌胭脂零落（本鐸）。

門掩蒼苔書院悄，

潤破窗紙偷瞧：

則爲一操瑤琴，一番相見，又不曾道閒期約(本藥)。

多情多緒，等閒肌骨如削（本藥）。

　　感皇恩(雜劇金童玉女)　　　　　　　賈仲明

花枝般淹潤妖嬈，

笋條般風流年少。

你着我跨青鸞，乘丹鳳，駕玄鶴（本鐸）。

看了這花柔柳嫩，

端的是玉軟香嬌。

恨不的心窩兒放，手心中擎，眼皮兒上閣（本鐸)！

51.3 (12)歌戈。這一個韵部就是廣韵的歌戈，和入聲末；又合
盍曷的喉牙音字。其餘的字都可認爲有特別原因的，詳見下文。

1. 曷韵：褐；葛割，渴，喝，曷遏。
2. 末韵：活，奪，鈸跋魃；撥鉢鏺，秳括适，闊，豁，撮，掇裰，脫蛻，
   潑，抹，斡；末秣沫抹，捋。
3. 合韵：合盒；閤鴿蛤。
4. 盍韵：闔嗑；磕搕。
5. 覺韵：濁濯鐲啄；朴璞撲，浞齪，卓捉，數。
6. 藥韵：縛；弱蒻。
7. 鐸韵：鑊，博，薄泊箔，鐸度；閣各，膊搏，郭，闊擴廓，粕，霍霍，
   惡，作，索，涸；莫摸寞膜幕漠，落洛絡酪烙樂，諾，萼鍔，
   鰐，薄。
8. 没韵：勃渤。
9. 物韵：佛。

其中覺藥鐸三韵諸字都是蕭豪韵裏已經有了的，没韵的「勃渤」和物韵
的「佛」又都是魚模韵裏已經有了的。我們猜想蕭豪和魚模裏的是白
話音，而這裏的是文言音。若不是文言白話的分別，決不會有這許多
「又讀」的。

　　現在舉例如下：

四塊玉(小令閑適)　　　　　　　　關漢卿

舊酒沒（「沒」字本屬沒韵,有魚摸歌戈兩讀,應補入）,

新醅潑（本末,平水曷）。

老瓦盆邊笑呵呵。

共山僧野叟閑吟和。

他出一對鷄,我出一箇鵝。

閑快活（本末,平水曷）!

齊天樂(小令)　　　　　　　　　　張可久

潛身且入無何,

醉裏乾坤大（「大」字有皆來歌戈家麻三讀）。

蹉跎!

和

鄰友相合（本合）,

就山家酒嫩魚活（本末,平水曷）。

當歌!

百無拘逍遙,千自在快活（本末,平水曷）。

日日朝朝,落落跎跎。

酒甕邊行,花叢裏過,

沈醉後由他（「他」字兼入歌戈家麻）!

南呂煞尾(雜劇酷寒亭)　　　　　　楊顯之

潤紙窗把兩箇都瞧破,

拽後門將三簧鎖納合（本合）。

捕巡軍快拿捉（本覺）,

急開門走不脫（本末,平水曷）。

到官司問甚麼?

取了招帶枷鎖。

建法場把了市廓（本鐸,平水藥）,

上木驢着刀剁。

萬剮了堯婆,

兀的不痛快殺我!

51. 4　（13）家麻。這是廣韵麻韵的二等字（即開口字）及佳韵合口字又「佳」本字及「罷」字。入聲曷合盍三韵的舌齒音字，及黠鎋洽狎四韵字，又月乏的輕脣字。

1. 麻韵：家牙茶巴麻瓜誇等等。

2. 佳韵：蝸媧，蛙洼窪鼃娃哇；卦挂掛詿罣，畫；佳，罷。

3. 夬韵（不規則）：話。

4. 曷韵：達妲妲；闥獺撻躂，薩撒，笡；辣剌。

5. 合盍韵：沓踏，雜；塔榻塌闟遢，颯，咂呷，答搭，哈；納捺衲，臘蠟拉邋。

6. 黠鎋韵：黠鎋轄，拔，滑猾；夏，札扎，八，察，殺煞，刮，刷；袜抹（讀入）軋。

7. 洽狎韵：狹匣柙狎洽峽；閘霅，夾甲胛，劄，鍤插，霎歃翣箑，恰掐，呷；鴨壓押。

8. 月韵：伐垡罰筏閥；髮發；韤襪。

9. 乏韵：乏；法。

這些都和現代普通話的韵部相符，沒有什麼可以討論的。現在舉例如下：

綿搭絮（雜劇兩世姻緣）　　　　　　喬夢符

論文呵有周公禮法（本乏）；

論武呵代天子征伐（本月）。

你不學雲間翔鳳，他便似井底鳴蛙（佳）。

你這般搖旗納喊，籤土揚沙，

趔趔磨磨，叫叫喳喳，

你這般握武興威待甚麼（「麼」字兼入家麻，宜補）？

將北海尊罍做了兩事家。

你賣弄你那擼咤；

你若是指一指該萬剮。

雁過南樓煞（雜劇燕青博魚）　　　　李文蔚

你道是他打了我呵似屋簷上揭瓦，

不信道我打了他呵着我便帶鎖披枷。

輪動我這莽拳頭,逴動我這長稍靶,

我繞着那前街後巷尋他（「他」字本屬歌戈,其後轉入家麻）。

一隻手揪住那廝黃頭髮（本月）,

一隻手將裩靶來牢掐（本洽）,

我可便滴溜撲活擸在那廝馬直下。

　　　三番玉樓人（小令）　　　　　　　無名氏

風擺簷間馬,

雨打響碧窗紗,

枕剩衾寒莫亂煞（本點）。

不着我題名兒罵!

暗想他,

忒情雜（本合）!

等來家,

好生的歹鬬咱!

我將那廝臉兒上不抓,

耳輪兒揪罷。

我問你昨夜宿誰家!

51.5 （14）**車遮**。這是麻韵的三四等字（即齊齒呼）。入聲屑薛葉帖業,及月韵的喉牙音字。

1. **屑薛韵**：傑桀,迭垤凸昳鼕跌軼絰,襇襭,穴,截,別蹩癟,舌折,絕,輟哲撤,趄趔;屑榝偰緤薛蔎緤,缺闋,咽噎,血,結劼桔潔子,節癤,切竊,決玦訣譎抉觖,鐵饕,鼈挈,瞥撇,浙,雪,說,拙輟,設,啜;列烈裂,悅閱,熱,揑臬孼,滅蔑,蓺,拽。

2. **葉帖業韵**：疊牒喋堞碟諜蝶踥,俠,挾脅協叶,捷婕睫,涉,輒;囁魘躞喋,劫頰鋏莢筴,浹接楫,妾唼,貼帖怗,怯篋愜,摺,攝;獵鬛躐,囁躡鑷,葉業鄴。

3. **月韵**：掘,竭揭碣;闕,謁喝,歇蠍,羯,蕨蹶厥瘚,月刖越樾鉞粵。

4. **陌韵**（不規則）：嚇;客;額。

51.6 在現代普通話裏,上述的入聲字,除知照系讀與歌戈混外,

其餘都仍讀車遮。「嚇」字已見於齊微,「客」「額」已見於皆來,今重見,
是例外。大約是文言音;也許是純粹的「又讀」。這樣是讀入齊齒,恰
像庚韻的「更」字現在既讀如「庚」,又讀如「京」。

51.7 車遮的舒聲字甚少,因此曲調中差不多全靠入聲字撑場
面。假使沒有入聲字,它將變爲第一險韵了。現在舉例如下:

望遠行(小令) 　　　　　　　　無名氏

紫燕金鶯弄也喉舌(本薛,平水屑),

我這里粧點得西園内紅英兒翠重疊(本帖,平水葉)。

梅香你與我掩上門兒着,瘦龐兒不耐春風烈(本薛)。

霎時間,花初謝,

這淒凉怎生受也?

怕的是燈兒昏,月兒暗,雨兒斜。

愁則愁到晚時節(本屑);

没剗地又早是黃昏夜!

玉抱肚(套數) 　　　　　　　　商政叔

好風光,又逢花謝;

美姻緣,又遭離缺(本薛)。

似無情一派長波,聲聲漸替人鳴咽(本屑)。

這一聲保重言未絶(本薛),

珠泪痛流雙頰(本帖)。

怨滿懷,恨萬疊(本帖),

愁千結(本屑)!

兩情牽惹,

玉纖捧盃,星眸擎淚,羞蛾蹙損,檀口咨嗟!

51.8 (15)庚青。這一個韵部大致就是平水韵下平聲八庚九青
和十蒸的合併,但須注意下面這三個例外的情形:

1.重脣開口字,如「崩盲朋烹猛」等,歸東鍾;

2.喉牙一二三等合口字,如「肱轟橫弘兄榮永」等,歸東鍾;

3.「肯」字歸真文,另從侵尋收入「稟」字。

這三個例外和現代一般官話的情形大致相同（參看上節東鍾條）。現在我們於庚青韵祇舉一個例子：

朝天子（小令同文子方泛洞庭湖）　　　劉　致

月明，

浪平。

看遠峰秋沙净。

輕舟漾漾水澄澄，

天水明如鏡。

范蠡歸舟，張騫游興，

在漁歌三四聲。

耳清，

體輕，

漫不省乾坤剩。

51.9　（16）尤侯。這一個韵部就是平水韵的下平聲十一尤（廣韵尤侯幽）。可以説它沒有專有的入聲字，因爲除「肉」字外，都是已見於魚模韵的。

1.屋韵：軸逐，孰熟淑，朒粥，叔倏；祝竺竹，宿；六陸，肉。

2.燭韵：燭；褥。

這是根據中州音韵的。詞林韵釋則稍有不同，「肉」字魚模尤侯兼收，「陸」字尤侯不收。

51.10　一字兩讀。顯然又是文言白話的分別。但是，這一回我們却以爲魚模韵裏的它們是文言音，這裏的它們是白話音，因爲在現代普通話的「白話音」裏還有它們的遺跡。例如：

1.齊齒呼：「六」讀如「溜」。

2.開口呼：「粥」讀如「州」。「軸」「妯」「舳」讀「州」字陽平。

「熟」讀「收」字陽平。「肉」讀「柔」字去聲。

注意：這祇是知照系及來日二母的字，可見其他的屋燭韵字是沒有讀入尤侯的。

現在舉例如下：

高平煞（雜劇范張雞黍）　　　　　　　　宮大用

則被這君璋子徵將我來緊逼逐（本屋），

并不肯相離了左右。

今日不得已也，且隨衆還家，到來日絶早到墳頭，

我與你廬墓丁憂。

一片心雖過當無虛謬。

早是這朔風草木偃，落日虎狼愁。

你覷這四野田疇，

三尺荒丘，

魂魄悠悠，

誰問誰偢？

欲去也傷心再回首。

柳青娘（雜劇御水流紅葉）　　　　　　　白仁甫

也曾道是誰趁逐（本屋）？

天賜這場厮迤逗。

看了他詩中意頭，

料應是箇俊儒流，

裁冰剪雪忒慣熟（本屋）。

若得他來雙雙配偶，

儘今生共結綢繆。

我去年間紅葉上把詩修。

　　51.11　（17）侵尋。這一個韵部最簡單，就是整個的侵韵字。（祇有「品」字變入真文，「稟」字變入庚青。）侵韵在詩中本是一個常用的韵，到了曲韵裏却變了險韵，因爲：（一）陰聲韵如微等擴大了，又加上了入聲，而侵則依然故我；（二）陽聲韵如文等雖没有入聲，却也和真魂痕合併而擴大了，不像侵仍獨立；（三）曲韵係平上去三聲通用，侵韵上去聲字太少，所以吃了虧。總之，別的韵擴大了之後，侵韵因爲相形見絀，於是變了險韵，雜劇裏非常罕用。散曲裏用侵尋的也不很多，現在祇舉一個例子：

　　　　一枝花（套數）　　　　　　　　無名氏

薔薇滿院香，菡萏雙池錦。

海榴濃噴火，萱草淡堆金。

暑氣難禁，

天地炎蒸甚。

閑行綠綠陰。

納清風臺榭開懷，傍澄流亭軒賞心。

51.12　（18）監咸。這就是平水韵下平聲十三覃（廣韵覃談）和十五咸（廣韵咸銜）的合併。它雖也被人認爲險韵（見王伯良曲律第二十八論險韵），但是，以平水韵而論，它是由兩韵合併而成，畢竟比侵尋、廉纖之由一個韵，桓歡之由半個韵好些，所以它也比較地常用些。我們認爲窄而不險。現在也祇舉一個例子（有‧號的是十五咸字）：

　　　　烏夜啼（雜劇鴛鴦塚）　　　　　　無名氏

望夫石當過過衙銅鏊，

暢好是眼黑心饞，

有苦無甘。

臨川縣雙漸將撅其攬，

潯陽岸商婦把蘭舟纜。

志誠心，你須鑒。

相思易感，

啞迷難參。

51.13　（19）廉纖。這就是平水韵的十四鹽（廣韵鹽添嚴，又凡的齊齒字），但「砭貶窆」等字變入先天。它和侵尋桓歡同屬險韵，雜劇中非常罕見。現在祇舉散曲中的一個例子：

　　　　紫花兒序（套數落日遙岑）　　　　宋方壺

無嫌，

大排場俺占，

喬風月咱兼，

閑是非人嗑。

強做科撒坫，

硬熱戀白沾。

相簽，

掄的柄鋼鍬分外里險，

撅坑撅塹。

<u>潘岳</u>花撏，

<u>韓壽</u>香苫！

*　　　　*　　　　*

51.14 曲有所謂借韵，贅韵，暗韵和重韵。這些都不是正常的規律，但也不能不順便談一談。

51.15 借韵，實際上就是通韵。就十九部的曲韵而論，凡出韵而又聲音相近的字都該認爲借韵；但若就<u>平水</u>韵而論，既然許多韵都可以合併，所謂借韵也不過是把韵部再擴大一些罷了。

51.16 首先咱們應該注意有些旁韵相通的情形。本來，詞韵是以元寒<u>桓</u>删山先仙合用的，曲韵雖把它們分爲三部，也不免偶然相通。例如無名氏調笑令以「寬桓冠斷甎篡援」爲韵，這是<u>桓歡</u>韵中借用<u>先天</u>的一個「援」字；<u>李直夫</u>忽都白（雜劇虎頭牌）以「田院椽線緣麪綿燃面換」爲韵，這是<u>先天</u>韵中借用<u>桓歡</u>的一個「換」字；無名氏草池春（雜劇連環記）以「願轉然見便天現權賤閑煎環戰免蟬圓」爲韵，這是<u>先天</u>韵中借用寒山的「閑」「環」兩個字。詞韵以覃談鹽添嚴咸銜凡合用，曲韵把它們分爲兩部，也有偶然相通的情形。例如<u>止軒離亭燕煞</u>（套數半生花柳）以「厭陷南芟減膽」爲韵，這是<u>監咸</u>韵中借用廉纖的「厭」字。這種情形非常罕見。一部北詞廣正譜中，衹不過這四個例子而已。

51.17 其次，咱們應該注意到 in，ing 和 im 的相通，又 ien 和 iem 的相通。上文說過，曲韵十九部是<u>元代</u>北方的實際語音系統。咱們試看閉口韵的脣音字在<u>元代</u>已發生變化，所以<u>中原音韵</u>，中州音韵和詞林韵釋都把侵韵上聲的「品」字改隸真文，「稟」字改隸庚青，鹽韵上聲的「貶」字改隸先天，凡韵平上去的「凡帆犯範」等字改隸寒山。甚至零星一個「肯」字由庚青變入了真文，也被據實地記載了。由於變了的被

據實地記載，咱們可以從反面證明那些没有改编的都是未變的，這就是说，-n -ng -m 三個系統在元代的北方仍舊是保存着的了。曲是配音樂的，用韵必須十分諧和才行。如果-in 和-im 叶，ing 和 in 叶，ien 和iem 叶，就只是一種協音（assonance），不是一種韵（rhyme），而不諧和了。由此看來，除非是南方人或後代的人，否則應該是不用這種借韵的了。

51. 18 但是，-n -m 的相混，元代正在進行中，说不定有極少數的方言已經開始混了，所以在元曲裏，-n -m 的界限偶然也被打破。例如楊西庵賞花時（套數）以「衾人春裀分」爲韵，這是真文韵中借用侵尋的「衾」字；無名氏梁州第七以「慣按彈觀顏眼鬢間雁堪還」爲韵，這是寒山韵中借用桓歡的「觀」和監咸的「堪」；無名氏哭皇天（雜劇鴛鴦塚）以「蘸删含冉絾攙擔陷攬」爲韵，這是監咸韵中借用廉纖的「冉」和寒山的「删」；王伯成耍孩兒（套數過隙駒）以「感慘龕菴冠」爲韵，又般若調煞（套數同上）以「監纏患貪潯」爲韵，這是監咸韵中借用廉纖的「潯」，寒山的「患」和桓歡的「冠」；無名氏新時令（小令）以「緣邊年鞭穿鶼氈錢千田仙」爲韵，這是先天韵中借用廉纖的「鶼」；無名氏烏夜啼（鴛鴦塚）以「線圓殿源見眠攙蓮燕眷軒」爲韵，這是先天韵中借用監咸的「攙」。這裏值得注意者，是除王伯成外，我們對於楊西庵和那些無名氏，都無法斷定他們是北方人。而王伯成耍孩兒的末句原文是：「髼鬆髯，不分髻角，焉用簪冠」，我們疑心它本來是「焉用冠簪」；又他的般若調煞的「患」字也許是不入韵（北詞廣正譜即不以爲韵）。這樣，也許我們可以说，元曲中幾乎没有-n-m 混用的情形。

51. 19 至於 in 和 ing 通用，更没有理由了。宋詞中有些真庚通用的例子，因爲有些詞家是南方人，南方官話及吳語都是真庚不分的，他們有時候不免受了方音的影響。至於北方官話呢，直到現在仍是真庚分明的，所以北曲不該有真庚相混的現象。凡真庚相混的元曲作者，我們都懷疑他是南方人，至少是生長於南方的。例如滕玉霄百字令（小令）以「盡應引品」爲韵，么篇以「韵并聽冷」爲韵，這是真文與庚青通韵，不分賓主；無名氏陽關三疊（小令）以三句「客舍青青」與「塵新分人人」爲韵，這是真文中雜一庚青字；另一無名氏的駐馬聽（套數閑風吹散）以「情損悶心裙問春甚」爲韵，「情」屬庚青，「損悶裙問」屬真

文,「心甚」屬侵尋,於是-in,ing 和 im 三大界都混了。又蒲察善長駐馬聽(套數樓頭畫鼓)以「成春醒硬經症」爲韵,也是把真文的「春」混入庚青韵裏去的。

唯一令人發生疑問的,是關漢卿的鄆州春(雜劇調風月)以「爭臨承行」爲韵,這是庚青韵中借用侵尋的「臨」字。關漢卿顯然是元初的北方人,而且屬於元曲的正統派。若不是傳鈔之誤,就祗好認爲一種協韵了。

51. 20 有一種情形是不能認爲借韵的,就是曲家因爲依照詩韵而致與曲韵不符。中原音韵之流行,是元末的事了;在此之前,并無所謂曲韵,只不過曲家各憑實際語音去用韵就是了。偶然有一兩位講究詩韵的人,作起曲來,仍不惜違反口語,以求根據書本(平水韵)。在後人以曲韵的眼光看來,就認爲借韵了。例如曾瑞卿醉春風(小令)以「諂貶兼險箝占嚴」爲韵,因爲「貶」本屬鹽上聲;又醋葫蘆(套數悶登樓)以「寧縈肯静熒」爲韵,因爲「肯」本屬登(平水蒸)上聲;無名氏(中和樂章)雙燕子(套數)以「熙侈貴美里」爲韵,因爲「侈」「美」「里」在平水韵裏同屬四支的上聲,并未分爲支思(「侈」)與齊微(「熙貴美里」)。北詞廣正譜於「貶」字註云「詩叶」,對極;但於「肯」和「侈」則註一「借」字,那就錯了。

51. 21 總之,曲裏「借韵」的情形遠不如詞裏之多。一部北詞廣正譜,祗有十二處是被認爲借韵的,而真正的借韵恐怕祗有一二處。所以不值得十分注意了。

51. 22 贅韵,就是本來可以不用韵的地方,而作者因爲一時方便,就多押了一兩個韵脚。例如:

　　　　六國朝(雜劇㑳梅香)　　　　　　　　鄭德輝
　　這生他不思獻賦,不想題橋。
　　則俺那卓文君本無心,把這個漢相如乾病倒。
　　教解元善服湯藥(贅韵),把貴體和調。
　　且祗去苦志攻經史,休把那文章來墮落。
　　你省可裏胡言亂語,誰教你夢斷魂勞?
　　着碗來大的艾焙燒(贅韵),把你來火葬了!

　　　前調（同劇同折）

梅香嗏，省鬧（贅韵）；小姐哎，你休焦！

你道是那物件要歸着（贅韵），這東西索尋個下落…

這須是先相國的深宅院，怎敢將小姐來便搬調？

小姐是未出嫁的閨中女，怎敢將淫詞來戲謔？

至如那風火的夫人性緊，把我這壞家門罪犯難招。

請侍長快疾行，教奴胎喫頓拷！

試把這兩首六國朝來互相比較，贅韵是容易證明的，因爲這首有贅韵
的地方，却正是另一首不用韵的地方。（但北詞廣正譜所註的贅韵不
一定是靠得住的，譬如他説仙呂賞花時第四句用韵是贅，事實并不
如此。）

　　51.23　有些情形和贅韵非常近似，就是在可以不用韵的句子裏，
用鄰韵煞句。由此可見曲家度曲時，儘可能使它諧和，不肯放過一些
機會。例如：

　　　　　六國朝（套數冰肌勝雪）　　　　　　　　無名氏

梅梢馥郁，月影横斜。

玉笋不知寒，牙籌相接。

六擲分紅黑（準贅韵），點點俱别。

慷慨懷豪俠（贅韵），常慕此英傑。

金蘭芙蓉間隔（準贅韵），桃花柳葉重疊。

休臨老入花叢，趁青春先去折。

　　（「黑」「隔」二字疑當兼入車遮，然則直是贅韵，不是
　　鄰韵。）

　　　　　六么令（套數天寶遺事）　　　　　　　　王伯成

把拄杖隨時擲起，奪盡鬼神權。

俄爾瞵窺，虹橋千丈碧空懸。

月色如銀燦爛（準贅韵），隱隱遠相連。

急令天子，緊瞑雙眼（準贅韵），恍然將近斗牛邊。

這後一首曲子處處尋求諧和。主韵是先天，而以寒山爲襯（「爛」「眼」）；副韵是齊微（「起」「窺」），而以支思爲襯（「子」）。再仔細觀察，「盡」「神」「千」「銀」「燦」「隱」「遠」「天」「緊」「然」「近」都是和主韵相應的，「隨」「時」「擲」「鬼」「急」都是和副韵相應的，真可以稱爲奇觀了。

51.24　和贅韵相反的是本應用韵而不用；這可以叫做失韵。失韵的情形很是少見。再説，曲韵本來是很密的，偶然一處不用韵也不顯得十分嚴重。例如商政叔玉抱肚（套數）：「渭城客舍，微雨過，陌塵輕浥；絲絲嫩柳搖金，情裊爲誰牽惹」，北詞廣正譜於「浥」字註云：「應韵」；又如李取進草池春（雜劇樂巴喫酒）：「不索問轉輪王把仇論，平等王算子攛，神不容奸，則爲諸行百户厮攛，零碎雜物衒販，金銀器合揮踏」，北詞廣正譜於「踏」字註一「失」字（失韵）。失韵自然是避免的好。

51.25　暗韵，本來宋詞中就有了的，到了元曲裏，更是常見了。所謂「暗韵」，就是在句子的中間插進一個韵字，這個韵字的所在，也就是一個節奏的所在。現在我們先依照北詞廣正譜所指出的暗韵，舉出一些例子：

仙吕六么遍（套數曉來雨過）　　　　　關漢卿

乍涼時候（暗叶）西風透，

碧梧脱葉餘暑鑪收。

香生鳳嘴，簾垂玉鈎。

小院深閒清晝，

清幽，

聽聲聲蟬噪桃梢頭。

　　（首句如果是對仗，像「有林泉約，雲山樂」，則第四字被認爲韵，而不是暗韵。）

憶帝京（套數天寶遺事）　　　　　王伯成

銀燭熒煌不夜天，

列兩邊（暗叶）見世神仙，

偷降蕊珠宫，私出清雲殿；

雙按碧雲軒（力按，疑是贅韵），

對飲蟠桃宴。

欲使人心暗牽，

各把精神鬬顯。

一賭輸贏先共言，

數款規條盡寫全。

拈下紫霜毫，磨下端溪硯。

　　小科門（套數玉驄絲控）　　　　　　　　　關漢卿

酒入愁腸怎生言？

疎竹瀟瀟西風戰。

如年（暗叶）如年（暗叶）似長夜天，

正是恰黃昏庭院。

51.26　有些北詞廣正譜所未認爲暗叶的地方，在我們看來也還是暗叶。例如：

　　早鄉詞（套數四時湖水）　　　　　　　　　王伯成

納涼時，波漲沙；

滿湖香，芰荷蒹葭。

倒金盃，斟玉斝。

恁般樓臺正宜夏，

都輸他（暗）沈李浮瓜。

　　油葫蘆（雜劇西廂記）　　　　　　　　　　王實甫

情思昏昏眼倦開；

單枕側，

夢魂飛入楚陽臺。

早知道無明無夜因他害，

想當初不如不遇傾城色。

人有過，必自責（暗或贅），勿憚改。

我却待（暗）賢賢易色（暗）將心戒，

怎禁他兜的上心來！

　　東原樂（雜劇西廂記）　　　　　　　　　　王實甫

簾垂下，户已扃；

　　我恰鑯個悄悄相問(準贅)，他那裏低低應。

　　月朗風清(暗)恰二更，

　　厮俣倖，

　　他無緣，小生薄命。

51.27　暗韵有些是故意的，有些是無意的，所以很難斷定。但我們可以説，的確有些曲家是有意識地這樣做。周德清作詞十法中有論「六字三韵」的一條，舉西廂記「忽聽一聲猛驚」和「本宮始終不同」爲例。輟耕録所載虞集的折桂令:「鸞輿三顧茅廬，漢祚難扶。日暮桑榆。深渡南瀘，長驅西蜀，力拒東吳。美乎周瑜妙術，悲夫關羽云殂! 天數盈虚，造物乘除，問汝何如笑賦歸歟」? 雖爲周德清所譏，但是由此可見暗韵確是有的。

51.28　有些情形并非暗韵，而是句中韵。因爲用韵在那本該有韵的地方，所以該説是明韵了;不過句讀的終點和韵脚不相配合，所以仍是句中韵。這有點兒像西洋詩的「跨行」(enjambement)。上文所述西廂記的「本宮始終不同」的「宮」字就祇是句中韵，而不是暗韵:

　　　麻郎兒么篇　　　　　　　　　　　王實甫

　　這一篇與本宮

　　始終不同。

　　又不是清夜聞鐘，

　　又不是黃鶴醉翁，

　　又不是泣麟悲鳳。

上節所舉王實甫點絳唇的「夜深香靄橫金界」，張可久齊天樂的「和鄰友相合」，都是此理。又如:

　　　六么序(套數天寶遺事)　　　　　王伯成

　　今日個從實

　　對你分析:

　　不是見喫閃着虧(暗)你勸不的，

把俺死央及，

及對面又難爲。

以此上不免的依隨。

偷方覓便雖做美，

得迴避，

您偎香抱玉無了期。

世着迷則管着迷，

直到落便宜！

51.29　末了，我們談到重韵，就是在同一首曲子裏有兩個以上相同的韵脚。詩和詞都忌重韵，唯有曲不忌重韵。這大約有三個理由：第一，有些曲韵比詩韵更窄（如支思、桓歡），不得不以重韵爲抵償；第二，在雜劇裏，每折一韵，套數也是每套一韵，需用的韵脚比詩詞多數倍；第三，曲是比較大衆化的東西，一般民衆是不忌重韵的。上文第四十九節裏所舉王實甫後庭花叶「兒思詩時兒思子兒此」，第五十節裏所舉金志甫梅花酒叶「殘闌山閑山關帆炭山灘單乾斑潺襴竿間」，第五十一節裏所舉張可久齊天樂叶「何大跎和合活歌活跎過他」，無名氏三番玉樓人叶「馬紗煞罵他雜家咱抓罷家」，都是重韵的例子，我們可以不必再舉例來證明了。

第五十二節　入聲和上聲的變遷

52.1　在官話系裏，入聲大約是先經過$-p+-t+-k=-?$的階段；宋末的時代，很可能是像現代吳語的入聲，祇唸促音，不復分爲$-p-t-k$三大系統。上文第三章第卅九節裏我們已經舉了許多例子，來證明這一點。到了元代，連收尾的促音也消滅了，實際上，入聲已經併入了平上去三聲；祇不過元代的詞家爲傳統詞律所限制，不敢冒然把它和三聲通押罷了。曲家的見解却不相同；周德清根本否認入聲的存在，斥入聲爲吳音，非中原舊韵。其實多數的曲家不管吳音不吳音，他們祇知道依照實際語音去押韵。尤其是像趙明鏡張酷貧紅字李二和花李郎等人，他們「俱係娼夫」（元曲選卷首録涵虛子語），更不會知

道本來有入聲這一回事了。

52. 2　　入聲消滅以後，併入了平上去三聲。中原音韵雖把平聲分爲陰陽，但是入聲祇有歸陽平的，没有歸陰平的；因此，中州音韵不分陰陽，祇云「入聲作平聲」，也没有什麽不妥。現在我們想詳細地從中州音韵裏，把常用的入聲字，按照它所歸的聲調，一一抄下來。因爲它們所歸的聲調，非但現代有入聲的方言區域的人們不能猜想得到，甚至於現代官話區域的人也有許多猜想不到的地方。現代西南官話入聲一律轉入陽平，固然和元曲不同，就是現代普通話（北京話）的入聲系統，也和元曲的入聲系統大有分别。這是值得特別注意的。

52. 3　　有些入聲字是轉入兩種聲調的。我們在這種地方，將分辨出哪一種是正讀（依原則應該如此讀），哪一種是變音，而於變音的字加上一個括弧。其理由將見於下文。

52. 4　　有些入聲字之讀入某種聲調，似乎是不規則的情形。我們對於這些不規則的入聲字，將在字的旁邊加・號，而在下文再説明其理由。

　　（a）入聲作平聲。

1. 見母：（給）（汲）。

2. 羣母：極及，局醵掘，竭揭碣傑桀。

3. 疑母：兀杌屼。

4. 端母：（篤）（督），妲靼。

5. 透母：逖。

6. 定母：狄笛荻覿翟敵迪糴，獨讀髑瀆匵牘犢毒纛突，度鐸奪，達沓踏，垤絰跌凸迭眣軼絰疊喋堞喋碟諜蝶。

7. 知母：（啄）（哲）輒。

8. 徹母：（徹）。

9. 澄母：秩帙姪直擲，逐軸躅，宅擇澤翟，濁鐲擢濯着，雪閘，轍徹蟄。

10. 幫母：（逼）潷，博（膊）。

11. 滂母：癖。

12. 并母：弼愎斃，曝僕暴瀑字勃，白帛舶，雹泊亳薄箔，鈸跋魃拔，別。

13. 奉母：伏服復鵬袱袚佛，縛，伐垡筏閥罰乏。

14. 精母：鏃(卒)。

15. 清母：(蔟)。

16. 從母：疾嫉賊蠈藉集，族，嚼昨怍炸，雜，絕截捷睫婕。

17. 邪母：席夕汐夥蓆習襲隰，俗續。

18. 莊母：笮蚱。

19. 山母：蝨。

20. 照母：桎，(粥)。

21. 神母：實食蝕，贖術述秫，舌。

22. 審母：(叔)(倏)。

23. 禪母：殖植石十什拾，蜀屬孰熟塾淑，杓，折涉。

24. 曉母：(赫)嚇，剨，脅。

25. 影母：(熨)。

26. 喻母：(育)。

(b) 入聲作上聲。

1. 見母：吉吃訖戟擊激急給汲棘國，菊鞠掬鞫鞠踘谷穀轂梏告，橘，格骼隔膈革虢摑幗馘，角覺腳，各閣郭槨，葛割閣鴿蛤括聒适，憂甲夾胛刮，結訐桔羯揭潔劫孑頰鋏莢筴決抉譎抉觖訣厥蕨蹶瘚。

2. 溪母：乞詰肹喫隙綌卻克尅刻，曲麴哭酷屈，客，殼確却恪廓擴，渴咳磕闊，恰掐，缺闕闋怯篋愜挈。

3. 羣母：倢姞。

4. 疑母：(兀)。

5. 端母：的滴鏑嫡德得，篤督旦，掇，答搭揭笪。

6. 透母：剔惕偒忒慝，禿，托魄籜橐拓飥託脫蛻，塔闒獺榻塌闒遢撻，帖怗貼鐵饕。

7. 定母：滌。

8. 知母：竹竺筑築，摘謫，卓琢啄，哲輟。

9. 徹母：哐，蠆蓄畜黜怵，拆，徹撤。

10. 幫母：必畢篳蹕筆碧北壁襞躄幅，卜不，伯百柏迫擘蘗，剝駁鉢撥菝膊搏，八，鼈。

11. 滂母：匹疋僻劈癖,扑醭,拍魄珀,潑璞粕,撇瞥。

12. 并母：闢。

13. 明母：（抹）。

14. 非母：福腹幅輻複蝠弗紱黻緋芾,髮發法。

15. 敷母：覆拂髴。

16. 精母：則,積脊蹐踖蹟即鯽稷跡襀勣績迹,足卒捽焌,作,匝咂,節癤接浹楫。

17. 清母：七漆戚刺鍼緝葺,促蹙促簇蔟,鵲錯,撮,擦,切竊妾哎。

18. 心母：塞,膝蟋息熄昔惜舄析錫蜥淅皙,宿肅粟速蓿餗觫郇恤戌,索削,薩撒颯傝,屑楔偰絏泄薛褻燮屟綷躞蝶雪。

19. 莊母：責簀幘窄側戾仄,捉,札扎笮。

20. 初母：策册栅測惻,龊,察插銟。

21. 牀母：浞。

22. 山母：瑟澀,縮謖,色嗇嬙穡,率蟀,朔槊數,殺煞霎歃箑刷。

23. 照母：質騭只隻炙蹠摭職織執汁,粥祝燭囑,灼酌妁斫繳,折浙拙摺慴。

24. 穿母：叱尺赤斥勒,觸俶出,綽婥啜,掣。

25. 審母：失室爽釋適式識飾拭軾,叔倏菽束,爍鑠,説設攝。

26. 曉母：汔虩閲翕黑,旭頊勗畜熇,謔壑郝,霍霍豁喝呷,歇蝎血嚇。

27. 匣母：覡(檄),曷涸。

28. 影母：一壹乙,澳鬱蔚熨屋沃,握渥幄喔約惡,遏斡噦,咽謁饐。

　　（c）入聲作去聲。

1. 疑母：劇屐。

2. 疑母：逆鷁,玉獄,額,岳嶽樂虐瘧鍔萼鰐諤,月刖臬齧孽蘗業鄴。

3. 泥母：溺,訥肭,諾,納衲捺,涅捏茶捻。

4. 知母：倬。

5. 娘母：匿,搦,聶躡鑷。

6. 并母：萄,(薄)。

7. 明母：密蜜宓謐覓墨默，木沐穆睦目鶩牧歿没，陌貊佰麥脉驀，
　　　 莫摸漠膜幕寞瘼，末秣沫抹，滅蔑篾蠛。

8. 微母：物勿，韤襪。

9. 影母：(一) 益憶揖邑浥郁(蔚)厄搤(惡)鴨壓押軋，(謁)(噎)。

10. 喻母：奕弈斁繹疫譯掖液射役溢逸翼腋域翊軼鎰弋亦易驛
　　　 佾，育欲慾浴鷸峪。

11. 來母：勒肋泐笠力立栗慄篥曆歷櫪瀝靂癧礫轢，綠録錄陸六
　　　 戮鹿漉麓禄醁琭律，洛落犖樂駱絡珞酪略掠，捋，辣剌
　　　 糲，臘蠟邋拉，列烈冽裂捩獵鬣躐劣埒。

12. 日母：日馹，入褥蓐辱，弱若箬篛，熱爇，肉。

52.5　咱們試仔細觀察上面這一個表，則見入聲之歸入平上去三
聲，是有條理可尋的。現在把我們歸納的結果，敘述如下：

　　1. 清音入聲字變上聲；

　　2. 全濁入聲字變平聲；

　　3. 次濁入聲字變去聲。

依音韵學上的說法，見溪端透知徹幫滂非敷精清心莊初山照穿審曉影
諸母屬於清音，羣定澄并奉從邪牀神禪匣諸母屬於全濁，疑泥娘明微
喻來日諸母屬於次濁。依照這個清濁的條理去看入聲變化的規律，可
見例外非常之少。祇有一個影母頗成問題。關於影母入聲字的變化，
應該把規律定得更細些，如下：

　　1. 原屬東鍾江陽真文寒山桓歡先天諸韵入聲的字變爲上聲；

　　2. 原屬庚青侵尋監咸廉纖諸韵入聲的字變爲去聲。

這樣就祇有「郁」「軋」二字是例外，而可以說得通了。

52.6　由上表看來，入聲作上聲者最多，作平聲者次之，作去聲者
最少；這正因爲事實上清音字最多，全濁字次之，次濁字最少。到了現
代普通話裏，清音入聲又分爲兩類：全清的見端知幫非精莊照大都變
爲陽平，次清的溪透徹滂敷清心初山穿審大都變爲去聲。其中(全清
與次清)祇有一極小部分保存着上聲的，如「百」「尺」之類。本來，元代
的入聲作平聲只是陽平，到了現代普通話又有屬陰平的，例如「一」
「七」「八」「剝」「逼」「鼈」「拍」「匹」「摸」「發」「答」「滴」「貼」「忽」「激」
「掐」「曲」「吸」等等。總之，入聲歸入舒聲，雖爲元代北曲和現代普通

話之所同,然而它們所隸屬平上去聲的系統則大不相同。到了現代普通話,入聲作上聲的字差不多完全消滅了,而入聲作去聲的字和作平聲的字則大量地增加。而且,現在它們的系統已經不像元代那樣地有條不紊了。

52.7　現在舉例如下。每例所註的反切或直音都是照抄臧晉叔元曲選的「音釋」的。

（a）入聲作平聲。

點絳脣(雜劇神奴兒)　　　　　無名氏

我可也自小心直(征移切),
使錢不會學經紀。
但能勾無是無非,
便休說黃金貴!

醉太平(雜劇薦福碑)　　　　　馬致遠

爭些兒把我撞着(池燒切),
可着我心痒難揉。
揚州太守聽消耗,
你這其間莫不害倒。
第一封書已自無着落(去),
第二封書打發誰行要?
我將這第三封扯做紙題條,
則好去深村裏教學(奚交切)。

黃鍾尾(雜劇蝴蝶夢)　　　　　關漢卿

見鑾輿(贅韵),便唐突(東盧切);
呆老婆,唱今古;
又無人肯做主。
則不如覓死處,
眼不見鰥寡孤獨(東盧切),
也強如沒歸着痛煞煞哭啼啼活受苦!

賺煞(雜劇青衫淚)　　　　　馬致遠

哎,

你個俏多才，

不是我相擇(池齋切)，

你更怕辱没着俺門前下馬臺。

　　鬬鵪鶉(雜劇青衫淚)　　　　　　　馬致遠

一個待詠月嘲風，一個待飛觴走斝。

談些古是今非，下學上達(當加切)。

一個毬子心腸到手滑(呼佳切)，

和賤妾勾勾搭搭(上)。

但得個車馬盈門，這便是錢龍入家。

　　折桂令(雜劇舉案齊眉)　　　　　　無名氏

却元來晏平仲善與人交。

難道他掩耳盜鈴，則待要見世生苗！

俺和你夫婦商量，休教外人把俺評跋(巴毛切)。

你是個君子人不念舊惡(去)，

想一雙哀哀的父母劬勞。

他雖然不采分毫，我如今怎敢輕薄(巴毛切)？

且祇索做小伏低，從今後望爹爹權把俺躭饒！

　　(「跋」字本在歌戈，今入蕭豪，可見二韵入聲字全可

　　相通。)

　　黃鍾尾(雜劇范張鷄黍)　　　　　　宮大用

我和他一處行，一處歇(上)，

生同堂死同穴(胡靴切)，

到黃昏厮守者(平)。

據平生心願徹(上)，

着後人向墓門前高聳聳立一統碑碣(其耶切)，

將俺這死生交范張名姓寫。

(b) 入聲作上聲。

　　隨煞尾(雜劇漁樵記)　　　　　　　無名氏

我直到九龍殿裏題長策(釵上聲)，

五鳳樓前騁壯懷。

我若是不得官和姓改,

將我這領白襴衫脫在玉堦。

金榜親將姓氏開,

勅賜宮花滿頭戴,

宴罷瓊林微醉色(篩上聲),

狼虎也似弓兵兩下排,

水礶銀盆一字兒擺。

　　隔尾(雜劇揚州夢)　　　　　　喬夢符

錦機織就傳情帕,

翠沼栽成並蒂花。

何日青鸞得同跨?

錦衾繡褟(湯打切),

弓鞋羅襪(去),

玉軟香溫受用煞(雙鮓切)。

　　四塊玉(雜劇魯齋郎)　　　　　關漢卿

將一杯醇糯酒十分的吃(音恥),

更怕我酒後疏狂失了便宜。

扭回身剛嗾的口長吁氣,

我乞求得醉似泥,

喚不歸,

我則圖別離時不記得(當美切)!

　　後庭花(雜劇黑旋風)　　　　　高文秀

那厮綠羅衫,絳是玉結(饑也切);

皂頭巾,環是減鐵(湯也切)。

他戴着個玉頂子新楼笠,穿着對錦沿邊乾皂靴。

那厮暢好是忒唓嗻!

且莫說他骹兒小鷂吹筒粘竿有諸般來擺設(商者切),

祇他馬兒上更馱着一個女豔冶!

　　鬪鵪鶉(雜劇酷寒亭)　　　　　楊顯之

俺家裏少東無西(贅韵),可着我走南嘹北(邦每切)。

俺哥哥鑶娶的偏旁,新亡了正室(傷以切)。

撇下個幼女嬌男,可又没甚的遠親近戚(倉洗切)。

我這裏仔細的尋思起,

他則待卧柳眠花,怎知道迷妖着鬼!

　　滾繡毬(雜劇桃花女)　　　　　　　無名氏

則你這媒人一個個啜人口似蜜鉢(波上聲),

都祇是隨風倒舵,

索媒錢嫌少爭多。

男親家會放水,女親家點着火。

你將那好言語往來收撮(搓上聲),

則辦得兩下裏挑唆。

你將那半句話搬調做十分事,一尺水翻騰做百丈波,

則你那口似懸河!

(c) 入聲作去聲。

　　　　古水仙子(雜劇魔合羅)　　　　　孟漢卿

他他他走將來展脚舒腰,

我我我向前來仔細觀了相貌。

是是是我兄弟間别身安樂(音澇),

請請請免拜波,李文道!

　　　小梁州(雜劇陳州糶米)　　　　　　無名氏

謝聖人肯把黎民救,

這劍也到陳州,

怎肯干休!

敢着你吃一會家生人肉(柔去聲)!

哎,看那個無知禽獸,

我祇待先斬了逆臣頭!

　　　倘秀才(雜劇鴛鴦被)　　　　　　　無名氏

他大字兒將咱鎮壓(羊架切),

我恰鑶小膽的爭些兒諕殺(上)!

哎,你個撒滯殢的先生也那假,

若是有人見,若是有人拿,

登時間事發(上)!

　　　粉蝶兒(雜劇來生債)　　　　　　　無名氏

若論着今日風俗(平),

正好宜太平簫鼓。

有一等寒儉的泛泛之徒,

他出來的不誠心,無實行,一個個強文假醋。

怕不他表德相呼,

你問波,可甚的是那衣冠文物(音務)!

　　　甜水令(雜劇薛仁貴)　　　　　　　張國賓

我經了些冉冉年華;

蕭蕭冬月,炎炎的那長夏。

盼的我心切切,眼巴巴!

這其間幹運供給,執爨捥菜,縫衣補衲(曩亞切),

多虧你這柳氏渾家!

　　　　　　＊　　　　　＊　　　　　＊

52.8　上聲的一部分字也變了去聲。這種情形大約在宋代就開始了的;因為上去同屬仄聲,不大用得着分別,所以上聲變去聲的痕跡也不很明顯。到了元曲裏,上去兩聲需要更清楚的界限(見下節),而且中原音韻等書又是依據實際語音的,所以就徹底地把那一部分上聲字搬到去聲裏去了。

52.9　這些變去聲的上聲字就是全濁字(「全濁」見上文)。我們試把常用的舉例如下:

1. 東鍾:動,重,奉,澒。
   　　(中州音韻「迵」「烱」仍讀上聲,是例外。)
2. 江陽:棒蚌,項,像象,丈杖仗,上(登也),蕩,沆,晃幌滉。
3. 支思:是氏視,兕,市恃,似祀姒巳耔汜,士仕柿,俟。
4. 齊微:被(寢衣也)跪,技伎妓,婢,雉,峙痔時,薺,弟娣,陛,罪,匯。
5. 魚模:佇竚苧杼,巨拒距炬,敘緒序溆,聚,父腐釜,婦阜負,柱,

竪樹(動詞),宴,杜肚,簿部,戶扈怙岵祜岵。

6. 皆來：蟹(又讀上聲)獬,廌豸,待殆怠迨,亥,在。

（中州音韻「駭」字仍讀上聲,是例外。）

7. 真文：腎蜃,盡,盾,憤,近,混,囤沌遁。

（中州音韻「牝」「窘」二字仍讀上聲,是例外。）

8. 寒山：范犯範,旱,但誕,棧,限。

9. 桓歡：緩,伴,斷(絕也)。

（中州音韻「澣」字讀王管切,是例外。）

10. 先天：鍵,辮,踐,善鱓,件,辯辨,圈,篆。

（中州音韻「殄」讀如「腆」,他淺切,是例外。）

11. 蕭豪：窈窕,趙兆肇旐,鱙,鮑,皓浩昊鎬顥灝,抱,道稻,造皂。

12. 歌戈：墮惰垜,坐,禍。

13. 家麻：下(降也)夏厦,踝。

14. 車遮：灺,社。

15. 庚青：杏,幸,靜靖。

（中州音韻「挺」讀「聽」上聲,是例外。）

16. 尤侯：舅臼咎,紐,受壽綬,厚後后。

17. 侵尋：朕,甚椹。

18. 監咸：頷撼菡萏,澹淡啗憺噉,檻艦。

19. 廉纖：儉芡,漸壍,簟。

這些上聲變去聲的情形,和現代普通話差不多完全相同,甚至例外字也相同。官話區域的人,對於這一點是容易知道的。

第五十三節　曲字的平仄(上)

53.1　曲字的平仄比詩詞更嚴。依中原音韻看來,共有陰平,陽平,上,去四聲。周德清以爲陰陽兩平聲非但在實際口語中有分別,在曲律中也應該有分別。例如他對於白樸寄生草「但知音盡説陶潛是」註云：「最是陶字屬陽,叶音」；又於鄭德輝迎仙客「望中原,思故國,感慨傷悲」註云：「原字屬陽,思字屬陰,感慨上去,尤妙」；又於無名氏普天樂「鴻雁來,芙蓉謝」註云：「妙在芙字屬陽,取務頭」；又於張可久滿

庭芳「修禊羲之」註云：「喜羲字屬陰，妙」。其實這祇是從技巧上説，不是從曲律上説。從元曲的實際情形看來，陰陽兩平聲仍是當作一類看待的。

53.2　但是，上聲和去聲的分別就很嚴了。該上的不能用去；該去的不能用上。我們説曲的平仄比詩詞更嚴，就是指這一點説的。在詩詞裏，上去入三聲同屬仄聲。宋詩裏已經有平仄通押的情形（參看上文第廿五節 25.10.）；詞裏此種情形更爲常見（參看上文第卅九節）。至於非韻脚的字，無論在詩在詞，都是上去入一例看待的。在曲調裏就不然了：曲調雖也有些地方是祇講仄聲不講上去的分別的，但另有些地方則上聲和去聲的界限非常分明，尤其是在用於韻脚的時候。周德清作詞十法論末句的平仄，其中有指定必須用上聲或去聲的：

　　　　慶宣和末句：去上；

　　　　山坡羊與四塊玉末句：平去平；

　　　　醉太平末句：平平去上；

　　　　呆骨朵牧羊關與德勝令末句：平平上去平。

　　　　喬牌兒末句：仄平平去平；

　　　　凭闌人末句：上平平去平；

　　　　紅繡鞋與黃鍾尾末句：仄平平去上；

　　　　醉扶歸，迎仙客，朝天子，快活三，四換頭，慶東原，笑和尚，白
　　　　　　鶴子，堯民歌，碧玉簫，端正好與步步嬌的末句：仄仄平平去；

　　　　越調尾與離亭宴末句：平平去平上；

　　　　落梅風，上小樓，夜行船，撥不斷與賣花聲末句：仄平平仄平平去；

　　　　太平令末句：平仄仄平平平去；

　　　　村裏迓鼓，醉高歌，梧葉兒，沈醉東風，願成雙與金蕉葉的末
　　　　　　句：平仄仄平平去上；

　　　　攪箏琶末句：平平仄平平去平；

　　　　江兒水末句：平去仄平平去上；

　　　　寄生草，塞鴻秋與駐馬聽末句：平平仄仄平平去；

正宮,中吕,雙調尾聲末句:仄仄平平去平上。

53.3　上面周氏所定的規矩,我們分爲兩種情形來看:第一,句末的上聲或去聲乃是曲律所規定,所以元人大致普遍地遵守着。又句末爲上聲,則其上一字必去;句末爲去聲,則其上一字必上,這也是曲律所規定,因爲要避免重複的緣故。第二,句中的上聲或去聲,除了上述避複的情形之外,祇是技巧上的需要,或周氏個人的主張如此,所以元人并沒有普遍地遵守。下面是一些嚴格地遵守上去聲的例子(都是每曲的末句,上聲以・爲號,去聲以＊爲號,其不合周氏標準者加註説明):

閑快活。(關漢卿小令四塊玉。)

嫩茶舒鳳爪。(張可久小令紅繡鞋。)

一夕漁樵話。(白樸小令慶東原。)

聽雨。(張可久小令慶宣和。)

老圃秋容淡。(馬九皋小令慶東原。)

小池明月昏。(喬夢符小令凭闌人。)

與人添鬢華。(同上。)

亂雲山外山。(徐再思小令凭闌人。)
　　　　　(「亂」字不合周氏標準。)

53.4　周德清以爲末句的平仄是最重要的。除了上面所舉之外,還有一些僅講平仄而不必分別上去的末句:

雁兒與漢東山:仄平平;

折桂令,水仙子,殿前歡,喬木查與普天樂:仄仄平平;

金盞兒,賀新郎,喜春來,滿庭芳,小桃紅,新水令,胡十八,塞兒令,小梁州,賞花時:仄仄仄平平;

天净沙,醉中天,調笑令,風入松與呵神急:平平仄仄平平;

賺煞尾聲與採茶歌:平平仄仄仄平平。

其實,曲韻平仄之嚴并非特嚴於末句;再説,周氏所定末句的平仄也并非元代曲家所公認的曲律。(他自己所舉的小令定格就有不少是和他

所定的形式不合的。)這是他所認爲最理想的形式;他的主張是否合理
還成問題;即使完全合理了,也祗是技巧,而不是規律。如果我們評論
度曲的藝術,也許可以接納周氏的理論;但是,現在我們要客觀地叙述
元代的北曲,把它當做歷史的事實去分析,就決不能拿周氏的主觀的
理論來做根據了。

53.5 一般地説,曲的每句(不管它是不是末句) 的末一字的聲
調總是固定的,尤其是當它被用爲韵脚的時候。例如落梅風(即壽陽
曲),共五句,首句末字去聲,不叶韵,第二句末字平聲,第三句末字去
聲,第四句末字上聲,第五句末字去聲,都是叶韵的。下面是馬致遠的
小令壽陽曲四首:

遠浦歸帆

夕陽下,酒斾閑。

兩三帆未曾着岸。

落花水香茅舍晩。

斷橋頭賣魚人散。

平沙落雁

南傳信,北寄書。

半棲遮岸花汀樹。

似鴛鴦失羣迷伴侶。

兩三行海門斜去。

瀟湘夜雨

漁燈暗,客夢回。

一聲聲滴人心碎。

孤舟五更家萬里。

是離人幾行情涙。

漁村夕照

鳴榔罷,閃暮光。

綠楊堤數聲漁唱。

掛柴門幾家閑曬網。

都撮在捕魚圖上。

周德清的小令定格對於落梅風舉的模範是：

切鱠　　　　　　　　　　　李壽卿

金刀利，錦鯉肥。
更那堪玉葱纖細？
若得醋來風韵美。
試嘗着這生滋味！

北詞廣正譜舉的模範是：

落梅風(小令)　　　　　　　張可久

桃花面，柳葉眉。
小庭堂鎮紅開翠。
孤幃玉人初睡起。
不平他錦鶯成對。

53.6　非但句末的上去聲有一定，連句中的上去聲，在某一些情形之下，也有一定的。周德清説：「錦鯉二字若得上去聲，尤妙」，事實上，曲家於第二句第一二兩字，確是儘可能地用上去聲(「錦鯉」二字是違反常規的)，例如上文所舉：遠浦歸帆的「酒斾」，平沙落雁的「北寄」(「北」邦每切)，瀟湘夜雨的「客夢」(「客」揩上聲)，漁村夕照的「閃暮」，和張可久的「柳葉」(「葉」音夜)，無一不是合於這個標準的。此外，還有第四句第六字必須用去，不得用上，以免和第七字重調。上面六個例子裏，「舍」「伴」「萬」「曬」「韵」「睡」六個字都是合式的。

53.7　有些地方祇論平仄，仄聲之中，不必細分上去。譬如落梅風第三句和第五句都是「仄平平、仄平平去」，這是 3＋4＝7 的句式，第四字極當注意，一個不當心就會誤用了平聲。上面六個例子在這一點上都是堪爲模範的，因爲遠浦歸帆的「未」和「賣」，平沙落雁的「岸」和

「海」，瀟湘夜雨的「滴」和「幾」，漁村夕照的「數」和「捕」，切鱠的「玉」和「這」，張可久的「鎮」和「錦」都是仄聲。上文所述周德清作詞十法以爲落梅風、上小樓、夜行船、撥不斷和賣花聲的末句都應作「仄平平仄平平去」，但是，咱們試看，第三句和第五句的平仄一樣嚴格，可見祇注重末句是不合理的事了。

53.8　落梅風第四句的格式是「平平仄平平去上」，馬致遠遠浦歸帆的「落花水香茅舍晚」祇有「落」字不合，我們疑心元初入聲的歸類與中原音韻稍有不同。平沙落雁「似鴛鴦失羣迷伴侶」，「似」字是襯字，其餘平仄都合。瀟湘夜雨「孤舟五更家萬里」，都合；漁村夕照「掛柴門幾家閑曬網」。除「掛」字爲襯字外，也都合。張可久的「孤幃玉人初睡起」也一字不差。祇有李壽卿切鱠「若得醋來風韵美」，「得」字入聲作上聲，未合。這是變例，下文另有解釋。但是，切鱠的「錦鯉」與「得」都不甚合式而周德清舉爲定格，可見那些定格是不很靠得住的；也許他要兼顧到意境方面，就不能不稍爲犧牲聲律方面了。

53.9　由上所述，落梅風的平仄應如下式：

平平去，上去平。
仄平平仄平平去。
平平仄平平去上。
仄平平仄平平去。

可見曲的平仄比詩詞都嚴得多了。詩中七字句第一字的平仄是不拘的，而曲中有些七字句第一字的平仄是固定的（例如落梅風）；詩和詞的上去聲不必細分，尤其是在非韻脚的時候，而曲中有些地方的上去聲是必須分辨的。

53.10　曲有律句和非律句的分別。律句就是律詩中所容許的句式（參看上文第一章第六節及第三章第四十二至第四十三節），反之則爲非律句。落梅風第一二兩句可認爲律句，因爲它們是五字句的後三字。第三五兩句表面上像是 7a，其實不是的：7a 的標準形式是平平仄仄平平仄，而落梅風第三五兩句第一字不得用平，第三字不得用仄；7a 的正常節奏是四三，而落梅風第三五兩句的正常節奏是三四（斷橋頭—賣魚人散）。第四句平平仄平平去上，越發不是律句了。

53.11 凡不是律句,我們認爲特殊形式。曲句的特殊形式,最常見者有下列幾種:

(1) 平平仄平。

　　a. 慶東原第四五兩句。例如:

　　　眉攢翠娥,裙拖絳羅。(中原音韵所引,作者未詳。)
　　　一箇衝開錦川,一箇啼殘翠烟。(張養浩。)(「一箇」二字襯。)
　　　烏騅漫嘶。(馬致遠嘆世。)
　　　黃花又開,朱顏未衰。(馬九皋西皋亭適興。)
　　　調羹鼎鹹,攢虀甕甘。(同上。)

　　b. 滿庭芳首句。例如:

　　　西窗酒醒。(張可久小令。)(「醒」字平聲。)
　　　江天晚霞。(趙顯宏漁。)
　　　你承當了怎推?(李壽卿雜劇伍員吹簫。)

(2) 仄仄仄、平平仄平。這是上三下四的句式,也就是(1)的上面再加三個字。上三字可以改用「平仄仄」,或「仄平仄」。

　　a. 沈醉東風首句。例如:

　　　伴夜月銀箏鳳閑。(關漢卿小令。)
　　　題紅葉清流御溝。(王鼎小令秋景。)
　　　杜陵路煙迷霧昏。(任昱小令尋春值雨。)
　　　花月下溫柔醉人。(孫周卿小令宮詞。)

　　b. 折桂令第一式第七句,第二式第六句。例如:

　　　縹緲見梨花淡妝。(鄭德輝小令。)
　　　若倚竹佳人看時。(盧摯小令。)
　　　向司馬家兒問他。(盧摯洛陽懷古。)
　　　恰鼓板聲中太平。(盧摯夷門懷古。)
　　　快尋趁王家醉鄉。(盧摯咸陽懷古。)
　　　記游宦三川故鄉。(盧摯潁川懷古。)
　　　有客子經過汝墳。(盧摯汝南懷古。)(「過」字平聲。)

更誰看橋邊月明?(盧摯廣陵懷古。)

口昭代車書四方。(盧摯京口懷古。)

那柳外青樓畫船。(盧摯錢塘懷古。)

誰種下吳宮禍胎。(盧摯吳門懷古。)

問江左風流故家。(盧摯金陵懷古。)

空目斷蒼梧暮雲。(盧摯長沙懷古。)

誰醉着花間接羅?(盧摯襄陽懷古。)

曲岸西邊近水灣魚網綸竿釣艖。(白无咎百字折桂令。)

　　(百字折桂令因襯字多,故「灣」字可平。)

但合眼鴛鴦帳中。(盧摯詠別。)

山溜響冰敲月牙。(孫周卿自樂。)

搖玉轡春風滿街。(王元鼎桃花馬。)

(3) ㊀平仄平平去上。這是在(1)的下面再加三字,用上聲收尾。

　a. 落梅風第四句。見前。

　b. 清江引首句。例如:

蕭蕭五株門外柳。(中原音韻所引,作者未詳。)

紅塵是非不到我。(張可久幽居。)

西風信來家萬里。(張可久秋懷。)

黃鶯亂啼門外柳。(張可久春思。)

平安信來剛半紙。(張可久春晚。)

相思有如索債的。(徐再思相思。)(「的」字作上聲。)

西村日長人事少。(馬致遠小令。)

昨先話兒說甚的?(鍾嗣成情。)

夢回畫長簾半捲。(錢子雲小令。)

高歌一壺新釀酒。(同上。)

春歸牡丹花下土。(同上。)

恩情已隨紈扇歇。(同上。)

碧雲欲低香霧阻。(李致遠即席贈妓。)

(4) 平平仄平平去平。這也是在(1)的下面加三字,但第七字變為平聲。

a. 寨兒令第三句。例如:

梅花老夫親自栽。(張可久鑑湖上尋梅。)

漁翁醉醒江上還。(查德卿漁夫。)(「醒」字平聲。)

青門幾年不種瓜。(張可久小令。)(「不」字讀平聲。)

古來丈夫天下多。(馬謙齋嘆世。)

二人到今香汗青。(鮮于去矜小令。)(「二」字宜平。)

(5) ⑰仄平平仄平平。這是律句 7B 的變相;7B 第六字本是仄聲,現在改為平聲。但也可認為[4A 3A]。

a. 四塊玉第三句。例如:

得遇知音可人心。(中原音韵所引,作者未詳。)

一點芳心怨王孫。(張可久小令。)

滿眼雲山畫圖開。(馬致遠恬退。)

一點相思幾時絕。(關漢卿別情。)

老瓦盆邊笑呵呵。(關漢卿閑適。)

怨感劉郎下天台。(馬致遠天台路。)

人海從教鬪張羅。(馬致遠嘆世。)(「教」字平聲。)

俺這一对兒美愛夫妻宿緣招。(明賈仲明雜劇金童玉女。)

b. 紅繡鞋(朱履曲)第三句。例如:

百尺雲帆洞庭秋。(張可久隱士。)

眼底殷勤座間詩。(張可久春日湖上。)

祇恐范蠡張良笑人癡。(張養浩警世。)

直引到深坑裏恰心焦。(同上。)

客子飄零尚天涯。(張可久春日湖上。)

粧點西湖似西施。(張可久湖上。)

戰騎沖雲猛奔馳。(王伯成套數天寶遺事。)

(紅繡鞋第二句有另一形式,就是⑰平⑰仄仄平平,即

7A. 小令中多用仄仄平平仄平平，雜劇中則多用 7A.）

（6）⑥仄平平仄平仄。這就是上文第九節裏所謂特拗。在某一些曲子裏，祇能用這種拗句，不能用律句。第一字不拘平仄。

a. 小桃紅第三句。第七字限用去聲，不用上聲。例如：

事到頭來不由自。（中原音韵所引，作者未詳。）

此外虛名要何用？（馬致遠春。）

酒病十朝九朝嵌。（喬夢符春閨怨。）（「十」作平聲，「嵌」讀去聲。）

露冷薔薇曉初試。（喬夢符曉妝。）

不似年時鑑湖上。（張可久寄鑑湖諸友。）

一曲哀絃淚雙下。（張可久離情。）

今日尊前且休唱。（周文質小令。）

待別幹星娘小除授。（劉致代文子方贈武昌歌妓。）

寶枕輕堆粉痕漬。（趙善慶佳人睡起。）（「漬」，資四切。）

蘭麝香中看鸞鳳。（盍西村鯨川八景。）

煙柳新來為誰瘦？（同上。）

舞鳳翔鸞勢絕妙。（同上。）（「絕」，藏靴切。）

暮折朝攀夢中怕。（同上。）

官課今年九分辦。（同上。）

梨葉新來帶霜重。（同上。）

星斗欄干雨晴後。（同上。）

頭上閑雲片時過。（同上。）

茜蕊冰痕半浮動。（盧摯小令。）

雨歇雲收那情況。（王和卿小令。）

b. 南呂隔尾第三句或第四句。例如：

感恨無言漫搔耳。（商政叔套數括花惹草心。）

業眼朦朧暫交睫。（朱庭玉套數㦬鋪翡翠衾。）

（7）仄平平仄平。這就是五字句的「孤平拗救」（參看上文第八節）。第一字不得用平，第三字不得用仄。

a. 憑闌人第三四兩句。

寶匳餘爐溫，小池明月昏。（喬夢符香押。）

撲頭飛柳花，與人添鬢華。（喬夢符金陵道中。）

海棠開未開，粉郎來未來？（徐再思春情。）

逆流灘上灘，亂雲山外山。（徐再思江行。）

鳥啼芳樹丫，燕銜黃柳花。（張可久暮春即事。）

隔江和淚聽，滿江長歎聲。（張可久江夜。）

b. 掛金索第二式第六句。例如：

我十分態嬌。（明楊景言套數景瀟索。）（「十」字作平聲。）

（這句的節奏是一四，與憑闌人頗有不同。）

(8) 平仄仄平平仄平。這就是七字句的孤平拗救。第一字平仄不拘。惟第三字不得用平，第五字不得用仄，故與律句不同。它又和 (2) 不同，因為 (2) 是上三下四，而它是上四下三。

a. 一半兒第三句。例如：

輸與海棠三四分。（查德卿春粧，中原音韵引作陳克明。）

池上好風閑御舟。（張可久秋日宮詞。）

楊柳曉風涼野橋。（張可久野橋酬耿子春。）

（北詞廣正譜引作「曉風楊柳赤欄橋」，非。）

淚點兒祇除衫袖知。（王鼎題情。）

花外鳥啼三四聲。（查德卿美人八詠。）

斜倚繡牀深閉門。（同上。）

拈起繡針還倒拈。（同上。）

笑倚玉奴嬌欲眠。（同上。）

翠被麝蘭熏夢醒。（同上。）

繡到鳳凰心自嫌。（同上。）

欲寫又停三四遭。（同上。）

b. 憶王孫第三句。例如：

按舞楚臺人斷腸。（馬致遠雜劇岳陽樓。）

c. 迎仙客第三句。例如：

誰家隱居山半崦？（張可久括山道中。）

深院垂楊輕霧中。（李致遠暮春。）（「垂」字宜仄。）

只疑是九重天謫來人世間。（白仁甫梧桐雨。）

d. 山坡羊第七句。例如：

一片世情天地間。（喬夢符寓興。）

投至有魚來上鈎。（喬夢符冬日寫懷。）

（按此句第七字以用仄聲爲較常見。）

（9）仄平平、仄平平去。第四字必仄，第六字必平。

a. 落梅風第三五兩句，見前。

b. 撥不斷第一式末句。例如：

醉眠時小童休喚。（馬致遠小令。）

更那堪竹籬茅舍！（馬致遠套數秋思。）

c. 上小樓末句。例如：

恨分開鳳釵鸞鏡。（任昱題情。）

倒喧的俺老虔婆血糊麻刺！（馬致遠雜劇青衫淚。）

我將你衆和尚死生難忘。（王實甫西廂記。）（「尚」字宜平。）

d. 夜行船末句。例如：

病懨懨粉憔煙淡！（無名氏套數。）

e. 賣花聲（昇平樂）末句。例如：

掩青燈竹籬茅舍。（喬夢符悟世。）

問前村酒家何處。（徐再思小令。）

f. 粉蝶兒第二句與末句。例如：

正堂堂大元朝世…喜氤氳一團和氣。（馬致遠套數。）

冷清清綠窗朱戶…叫離人不如歸去。（白仁甫墻頭馬上。）

眼睜睜一宵無寐…只那椿最就干繫。（鄭庭玉雜劇後庭花。）

（10）仄平平、仄仄平平。

a.粉蝶兒第三句。例如：

應乾元九五龍飛。(馬致遠套數。)

御園中夏景初殘。(白仁甫梧桐雨。)

b.太平令第二句。例如：

翠盤中綵袖低垂。(無名氏小令。)

c.紅繡鞋第二式第二句。例如：

樂雲村投老生涯。(張可久寧元帥席上。)

試羅衣玉減香銷。(任昱春情。)

古雲山宜淡宜濃。(任昱湖上。)

(9)(10)兩種可認爲兩個律句併合而成的特殊形式；(9)是[3a 4a]，(10)是[3A 4A]。併合的方式很多，決不止這兩種。下文第五十五節的曲譜裏將有更詳細的描寫。

53.12　上述的這些特殊形式，在小令裏是嚴格遵守的；到了雜劇裏則比較自由些，但大致仍是不差的。

第五十四節　曲字的平仄(下)

54.1　依我們仔細研究的結果，曲字的聲調可分爲兩大類：平聲和上聲爲一類；去聲自爲一類。上聲常常可以代替平聲。這大約有調值上的原因。照我們猜想，在元代的北方口語裏，陰平是一個中平調，陽平是一個中升調，上聲是一個高平調，(中原音韻常説「上聲起音」，「起音」就是轉高音。)去聲是一個低降調。上聲憑它那不升不降的姿態，和陰平相似；而陽平升到高處的一段又和上聲相似，因此，上聲和平聲就往往通用了。在詩詞裏，上聲和去聲通用是正常的，因爲它們同屬仄聲；至於上聲和平聲通用，乃是不堪想像的事。在曲裏，情形恰恰相反：上聲和去聲雖也因傳統的關係仍舊通用，但是它們通用的情形竟不及平上通用來得普通，尤其在韻腳是如此。

54.2　周德清在他的中原音韻裏，常常提及某一些該用上聲的地方，説「用平聲屬第二着」，又於該用平聲的地方，説「用上聲屬第二着」。周氏的判斷是否正確，自是另一問題；但是，這裏已經足以證明：

平上兩聲在元曲裏常被混用,所以才引起周氏的批評。現在試引周氏的話如下:

> 慶宣和末句宜去上,去平屬第二着。
>
> 山坡羊四塊玉末句宜平去平,平去上屬第二着。
>
> 村裏迓鼓等末句宜平仄仄平平去上,去平屬第二着。
>
> 喜春來「誰喚起」註云:「『起』字平上皆可」。
>
> 滿庭芳「知音到此」註云:「若『此』字是平聲,屬第二着」。
>
> 醉太平「人皆嫌命窘」註云:「『窘』字若平,屬第二着」。
>
> 梧葉兒「殃及殺愁眉淚眼」註云:「『眼』字上聲,尤妙;平聲屬第二着」。
>
> 寨兒令「漁翁醉醒江上還」註云:「『還』字平聲,好;若上聲,屬下下着」。
>
> 落梅風「若得醋來風韵美」註云:「緊要『美』字上聲,以起其音,切不可平聲」。
>
> 清江引「蕭蕭五株門外柳」與「白見不來琴當酒」註云:「『柳』『酒』二字上聲,極是,切不可作平聲」。
>
> 折桂令「詩句就雲山失色」註云:「妙在『色』字上聲,以起其音;平聲便屬第二着。平聲若是陽字,僅可;若是陰字,愈無用矣!」
>
> (力按,依我們猜想,陽平是中升調,與上聲的高平調較近。)

54.3　依周氏的意思,有些上聲字是用得最好的,若用平聲就祇算「次好」(屬第二着),或簡直要不得(屬下下着)。反過來說,也有些平聲字是妥當的,若用上聲反是「次好」。但是,咱們應該把「上着」和通例分開來看。好的未必是普通,普通的未必是好的。我們講詩律的態度,是尋求通例,不講工拙。若就通例來看,周氏所謂山坡羊、四塊玉和折桂令的第二着反是通例!北詞廣正譜於四塊玉批評周氏說:「末句周德清謂必要平去平,平去上屬第二着。余謂必平去上方別於罵玉郎之平平去,感皇恩之去平平」。可見周氏的話也未能成爲定論。

54.4　總之,上聲是和平聲接近的。中州音韵於車遮韵有上聲作平聲一項,「者」「也」二字都作平聲(上聲兼收),可見接近到了混合的程度。

爲了要證明上聲和平聲是一類，我們將毫不憚煩地舉出許多證據。

54.5　同一個人所度的曲，必有其一定的規律，決不會有時候合律，有時候又違律。尤其是同人同時，在同一題目之下，決不會讓它一部分佔「上着」，另一部分却又「屬第二着」！因此，我們先從同人同時并且同一題目的情形説起。

54.6　馬九皋用山坡羊作西湖雜詠二首，第一首末兩句是「船，休放轉；杯，休放淺」；第二首末兩句是「風，滿座涼；蓮，入夢香」。「轉」和「淺」是上聲；「涼」和「香」却是平聲。盧摯用折桂令作懷古詩十八首，依中原音韵的説法，第七句應該是「⊕仄仄平平仄上」（模範句是趙天錫的「詩句就雲山失色」），末字若用平聲，便「屬第二着」，但盧氏在十八首中，祇有五句是依照這個規矩的：

> 算祇有韓家畫錦。（鄴下懷古。）
> 快吹盡陵峰暮靄。（宣城懷古。）
> 琵琶冷江空月慘。（潯陽懷古。）
> 有越女吳姬楚酒。（武昌懷古。）
> 五柳莊甕甌瓦鉢。（箕山懷古。）（「鉢」字入聲作上聲。）

其餘十三首的第七句第七字都用平聲（見上節「仄仄仄平平仄平」條）。如果以上聲爲是，則平聲爲非；以平聲爲是，則上聲爲非。同一個人在同一曲調同一題目之下，不應矛盾至此。再説，用平聲者共十三首，佔三分之二強，若非當時曲律所容許的形式，盧氏一定不肯這樣做。因此，我們的結論是：折桂令第七句末字以用平聲爲常，但上聲得替代平聲。

54.7　觀於上面所述十八首懷古詩第七句末字非用平聲即用上聲，絕無用去聲者，可見平上是一類，去聲自成一類的話是可信的。咱們再看，上節所舉的特殊形式，凡平聲之處幾乎全可代以上聲，又上聲之處幾乎全可代以平聲（參看上節，以資比較）：

(1)（A）平平仄平可改用平平去上。（第四字變。）

　　a. 慶東原第四五兩句。例如：

那里也能言陸賈，那里也良謀子牙。（白仁甫小令。）

（第四句末字用上，第五句末字用平，可見平上互通。）

嗔忿忿停鞭立馬，惡瞅瞅披袍貫甲。（白仁甫雜劇梧桐雨。）

（「立」字入聲作去聲，「甲」字入聲作上聲。）

詩題小景，香銷方鼎。（曹明善小令。）（「小」「方」二字宜去。）

b. 滿庭芳首句。例如：

知音到此。（張可久春曉，中原音韵引。）

(1)(B) 平平仄平可改用平上仄平。（第二字變。）

a. 滿庭芳首句。例如：

你文武兩班。（白仁甫雜劇梧桐雨。）

(2) 仄仄仄平平仄平可改用仄仄仄平平去上。（第七字變。）

a. 沈醉東風首句。例如：

雙拂黛停分翠雨。（孫周卿宮詞。）

（宮詞另一首首句是「花月下溫柔醉人」，這又是同一題
目而平上互用的例子。）

掛絕壁松梢倒倚。（王鼎秋景。）（「倒」字去聲。）

恰離了綠葉青山那塔。（王鼎閑居。）（「塔」字入聲作上聲。）

糴陳稻新春細米。（汪元亨小令。）

任平地風波浪滾。（汪元亨歸田。）

二十載江湖落魄。（同上。）（「魄」字入聲作上聲。）

b. 折桂令第七句。例如：

詩句就雲山動色。（趙天錫金山寺。）

（此詞或云張養浩作。「色」字入聲作上聲。「動」字中原
音韵引作「失」字，而云「歌者每歌失色字為用色，取其便
於音而好唱也」。按依通例此字當用去聲，「失」字入聲
作上聲，不合；「動」「用」二字皆去聲。）

恰滾滾桑田浪起。（馬九皋題爛柯石橋。）

留客醉魚肥酒美。（張可久別懷。）（「酒」字宜去。）

按錦瑟佳人勸酒。（盧摯揚州汪右丞席上即事。）
隨柳絮吹歸那答。（貫雲石送春。）
空一縷餘香在此。（徐再思春情。）
柴門外春風五柳。（張養浩小令。）（「五」字宜去。）

(3)（A）平平仄平平去上可改用平平仄平平去平。（第七字變。）

清江引首句。例如：
若還與他相見時。（貫雲石惜別。）（「若」字不拘。）
樵夫覺來山月低。（馬致遠野興。）
東風又來供暮愁。（李致遠即席贈妓。）

(3)（B）平平仄平平去上可改用平平仄平上去平。（第五七兩
　　　字變。）

清江引首句：
夜長怎生得睡着。（鍾嗣成情。）（「得」字作上聲，「着」字作
平聲。）

(3)（C）平平仄平平去上可改用平平仄上平去平。（第四七兩字變。）

a. 清江引首句：
春光荏苒如夢蝶。（劉時中小令。）（「蝶」字入聲作平聲。）
b. 落梅風第四句：
儘蜀鵑啼血煙樹中。（阿魯威小令。）（「血」字入聲作上聲。）

(3)（D）平平仄平平去上可改用上上仄平平去上。（第一二兩
　　　字變。）

清江引首句：
一寫粉香堪愛惜。（周文質詠笑靨兒。）

(4) 平平仄平平去平可改爲平平仄平平去上。（第七字變。）

寨兒令第三句：
瀟瀟幾株霜後柳。（周文質小令。）

(5)(6)無可舉例。

(7)(A) 仄平平仄平可改用仄平上去平。（第三字變。）

凭闌人第四句：
斷腸幾輩人。（趙善慶春日懷古。）

(7)(B) 仄平平仄平可改用去上上去平。（第二三兩字變。）

寄與不寄間。（姚燧寄征人。）

(8)(A) 平仄仄平平仄平可改用平仄仄平平去上。（第七字變。）

　a. 一半兒第三句。例如：
　司馬哭痛如商婦泣。（周文質小令。）（「泣」字作上。）
　橫斜數枝僧寺側。（趙善慶尋梅。）（「側」字作上，「斜」字
　　宜平。）
　b. 迎仙客第三句。例如：
　十二玉闌天外倚。（鄭德輝登樓，中原音韵引。）

(8)(B) 平仄仄平平仄平可改用平仄仄平上去上。（第五七兩
　　字變。）

　a. 一半兒第三句：
　吟筆未成賈誼策。（趙善慶述憶。）（「策」字作上。）
　b. 憶王孫第三句：
　消遣此時此夜景。（白仁甫雜劇梧桐雨。）

(8)（C）平仄仄平平仄平可改用平仄仄上上去上。（第四五七
　　　字變。）

　　　一半兒第三句：
　　　羞禁奶奶俺面色。（周文質小令。）

(9)（A）仄平平仄平平去可改用仄平平仄上平去。（第五字變。）

　　　上小樓末句：
　　　你是必休題着長老方丈！（王實甫雜劇西廂記。）

(9)（B）仄平平仄平平去可改爲仄平上仄平平去。（第三字變。）

　　　夜行船末句：
　　　急罰盞夜筵燈滅。（馬致遠套數秋思。）（「急」字作上，「罰」字
　　　作平。）
　　　（此乃中原音韻所引，而周德清論末句時，却云當作仄平
　　　平仄平平去。這又是平上通用之一例。）
　　　誰當得恁般丰韻？（無名氏套數縱有陽臺。）（「得」字作上。）
　　　（第三字變上聲後，第一字可作平聲。）

(10) 無例可舉。

54.8　以上所述，祇是和上節特殊形式比較而論的。除此之外，
例子到處都有。現在試再舉出一些全首的例子：

　　　　　天净沙四首　　　　　　　　　　馬致遠
　　　　　　其一
　　　枯藤老樹昏鴉；
　　　小橋流水人家；
　　　古道西風瘦馬。
　　　夕陽西下，

斷腸人在天涯!

其二

長途野草寒沙;

夕陽遠水殘霞;

衰柳黃花瘦馬。

休題別話,

今宵宿在誰家?

（以上兩首,第三句是仄仄平平去上。）

其三

江南幾度梅花,

愁添兩鬢霜華。

夢兒裏分明見他!

客窗直下,

覺來依舊天涯!

其四

西風渭水長安;

淡煙疎雨驪山。

不見昭陽玉環!

夕陽樓上,

無言獨倚闌干。

（以上兩首,第三句是仄仄平平去平。）

水仙子四首

1. 夜 雨　　　　　　　　　　　徐再思

一聲梧葉一聲秋,

一點芭蕉一點愁。

二更歸夢三更後!

落燈花棋未收,

歎新豐逆旅淹留。

枕上十年事,江南二老憂,

都到心頭!

2. 尋　梅　　　　　　　　　　　　喬夢符

冬前冬後幾村莊，

溪北溪南兩履霜。

樹頭樹底孤山上。

冷風來何處香？

忽相逢縞袂綃裳。

酒醒寒驚夢，笛淒春斷腸。

淡月昏黃。

（以上兩首，第七句末字「憂」「腸」皆用平聲。）

3. 紅指甲　　　　　　　　　　　　徐再思

落花飛上筍牙尖，

宮葉猶將冰筯黏。

抵牙關越顯得櫻脣艷。

怕傷春不捲簾，

捧菱花香印妝匳。

雪藕絲霞十縷，鏤棗斑血半點。

掐劉郎春在纖纖。

4. 遊越福王府　　　　　　　　　　喬夢符

笙歌夢斷蒹藜沙，

羅綺香餘野菜花。

亂雲遠樹夕陽下。

燕休尋王謝家，

恨興亡怒殺(上)鳴蛙。

鋪錦地埋荒甃，流杯亭堆破瓦。

何處(上)繁華？

（以上兩首，第七句末字「點」「瓦」皆用上聲。注意：作者仍是徐喬二人。）

慶宣和二首

1. 五柳莊　　　　　　　　　　　　作者未詳

五柳莊前陶令宅（宅字入聲作平聲），

大似彭澤（澤字入聲作平聲）！

無限黃花有誰戴?

去來!

去來!

　　（這是中原音韵所引,末兩句叠句用平聲煞句。）

　　2.壯歲鄉閭(套數)　　　　　　　　秦竹村

引箇奚童跨蹇驢,

竟至皇都!

祇道功名掌中物,

笑取!

笑取!

　　（周德清論末句時,云慶宣和末句當用去上,去平屬
　　第二着。此首正合標準,而小令定格所舉則末句用
　　去平,反屬第二着。若不承認平上通用,就是自相矛
　　盾了。）

　　一半兒三首

　　1.秋日宮詞　　　　　　　　　　　張可久

花邊嬌月静妝樓;

葉底滄波冷翠溝;

池上好風閑御舟。

可憐秋:

一半兒芙蓉,一半兒柳。

　　（第二三兩句末字平聲,末句末字上聲,這是正例。）

　　2.題　情　　　　　　　　　　　　王　鼎

鴉翎般水鬢似刀裁,

小顆顆芙蓉花額兒窄。（「窄」字入聲作上聲。）

待不梳妝怕娘在猜。

不免插金釵:

一半兒鬆鬆,一半兒歪。

　　（這一首第二句末字變上聲。）

　　3.述　憶　　　　　　　　　　　　趙善慶

太平樓館醉金釵。

老邁情懷悲倦客。（「客」字入聲作上聲。）

吟筆未成賈誼策。（「策」字入聲作上聲。）

鬢毛衰：

一半兒蒼蒼，一半兒白！（「白」字入聲作平聲。）

（這一首，第二三兩句末字宜平而用上，末句末字宜上而用平。趙氏另有尋梅一首，末句「一半兒銜着一半兒開」，末字亦是用平聲。）

山坡羊二首

　　1. 潼關懷古　　　　　　　　　　　張養浩

峰巒如聚，

波濤如怒，

山河表裏潼關路。

望西都，

意踟躕，

傷心秦漢經行處，

宮闕萬間都做了土。

興，百姓苦！

亡，百姓苦！

　　（末二句末字用上聲，這是正例。）

　　2. 苦　雨　　　　　　　　　　　　馬九臯

孤山雲樹，

六朝煙霧，

景濛濛不比江潮怒。

淡妝梳，

淺妝梳，

西湖也怕西施妒。

天也爲他巧對付（「付」字宜去。）

晴，也宜畫圖！

陰，也宜畫圖！

　　（末二句末字用平聲，是變例。）

梧葉兒三首

（一）別 情 關漢卿

別離易，相見難，

何處鎖雕鞍？

春將去，人未還。

這其間，

殃及殺愁眉淚眼！（「殺」字入聲作上聲。）

（二） 盧摯

低攀話，嬌唱歌，

韻遠更情多。

筵席上，疑怪他。

怎生呵，

眼搓裏頻頻覷我！

　　（以上兩首末句㊍平上平平去上，這是正例。）

（三）

鴛鴦浦，鸚鵡洲，

竹葉小漁舟。

煙中樹，山外樓，

水邊鷗。

扇面兒瀟湘暮秋。（末句仄仄平平平去平，這是變例。）

越調鬪鵪鶉二首

（一）套 數 宋方壺

落日遙岑，淡煙遠浦。

蕭寺疏鐘，戍樓暮鼓。

一葉扁舟，數聲去櫓。

那慘戚，那淒楚！

恰待歡娛（贅韻），頓成間阻！

　　（全首用上聲韻腳，這是正例。）

（二）雜劇倩女離魂 鄭德輝

人去陽臺，雲歸巫峽。（「峽」字入聲作平聲。）

不爭他江渚停舟，几时得門庭過馬？

悄悄冥冥，瀟瀟灑灑。

我这裏踏岸沙(贅韵)，步月華。

我覷這萬水千山，都祇在一時半霎！

　　(第一、四兩韵以平代上。)

　　中呂鬪鵪鶉三首

　　(一) 雜劇抱妝盒　　　　　　　　無名氏

不承望似水如魚(贅韵)，只要得殢雲殢雨。

陪伴他繡榻香茵，出入在華堂錦屋。(「屋」字入聲作上聲。)

你祇看月色無心照索居，

也別做一段的苦。

空熬他漏水更長，听了些晨鐘的這暮鼓。

　　(第三行韵脚「居」字以平代上。)

　　(二) 雜劇西廂記　　　　　　　　王實甫

俺先人甚的是渾俗和光(贅韵)，衡一味風清月朗。

小生無意去求官，有心待聽講。

量着窮秀才人情則是紙半張！

又没甚七青八黄，

儘着你說短論長(贅韵)，一任待掂斤播兩。

　　(第三、四兩行韵脚以平代上。)

　　(三) 套數您爲衣食　　　　　　　無名氏

我想這醋淡薄梨(贅韵)，你看承似龍肝鳳髓。

儘意兒盛添，有半停來下水。

抑而十分的取了利息，(「息」字入聲作上聲。)

損人安己！

喫酒的問甚么九擔十瓶，似恁錢東物西！

　　(末句韵脚以平代上。)

54.9　例子已經够多了。由此我們可以斷言：上聲的聲調形狀一定和平聲十分近似，以致它們可以互易。我們甚至於疑心上聲和去聲的偶然通用乃是傳統的，因爲在漢語詩律學中，向來以上去兩聲同屬仄聲；但是，就元代的實際語音來説，上聲和平聲通用纔是順

其自然。因此,上去通用處往往是不重要的地方(即非節奏點,如七言的第一字和第三字),而平上通用處常常是重要的地方,甚至於是韵脚。曲家非常看重末句尤其最後一字的平仄(所謂「詩頭曲尾」),但是平聲和上聲在這種地方也還可以互易,可見它們二者之間的關係是如何密切了。

＊　　　　　＊　　　　　＊

54.10　曲韵可以平仄互叶,上文已經說過了。事實上,也仍舊有些曲調的韵脚是一聲到底的。至於仄脚,則大多數須分別上聲和去聲。現在試就中原音韵小令定格所列的曲,舉例如下,以見一斑(括弧內的韵脚可不叶,有·號者可平可上):

1. 仙吕。

寄生草　(去),平,去,去,去,去。

醉中天　去,平,平,上,平,去,平。

醉扶歸　上,平,平,去,平,去。

雁　兒　去,平,平,平。

一半兒　平,平,平,平,上。

金盞兒　平,平,去,平,平,平。

2. 中吕。

迎仙客　平,平,上,上,平,去(中原音韵例)。

朝天子　平,平,去,平,去,去,平,平,平,去。

紅繡鞋　去,平,平,(上或去),平,上。

普天樂　去,平,去,去,平,上,上,平。

喜春來　去,平,平,上,平。

滿庭芳　上,平,去,平,上,平,去,上,平。

十二月堯民歌　上,平,平,去,平;平,平,平,平,平,平,去。

四邊静　去,平,上,平,去。

醉高歌　平,上,去,上。

3. 南吕。

四塊玉　平,上,平,去,平,平,上。

罵玉郎感皇恩採茶歌　去,平,去,(平),(平),去;平,平,平,(上),平,(平),平;平,平,平,(上),平。

4. 正宮。

醉太平　上,平,平,上,去,去,平,上。

塞鴻秋　去,去,去,去,(平),去,去。

　　（這可算是一聲到底的韻,因爲第五個韻脚可認爲贅韻。）

5. 商調。

山坡羊　去,去,去,平,去,上,平,上,平,上。

梧葉兒　平,平,平,平,上。

6. 越調。

天净沙　平,平,上,去,平。

小桃紅　平,去,去,平,去,去,平。

凭闌人　平,平,平,平。

寨兒令　平,平,平,平,平,平,平,平,平,平,平。

7. 雙調。

沈醉東風　上,平,上或去,平,平,上。

落梅風　（去),平,去,上,去。

撥不斷　平,平,去,平,去,去。

　　（第三、五兩韻皆宜用去聲,中原音韻引馬致遠「惹」「缺」二
　　字皆上聲,不合通例。）

水仙子　平,平,去,平,平,平,平。

慶東原　平,去,平,平,平,去。

雁兒落德勝令　平,去,去,平,平,(去),平,平,去,平,平。

殿前歡　平,平,去,平,平,去,去,去,平。

　　（第七韻用去聲,但入聲作上聲的字亦可用,大約是轉作
　　去聲。）

慶宣和　平,平,去或平上,平,平。

賣花聲　上,平,平,(上或去),去,去。

　　（賣花聲本在中吕。）

清江引　上,去,去,上。

折桂令　平,平,平,平,平,平,平,平。

54.11　在上面這三十六個曲調裏頭,有三個是全用平聲韻的,有
一個是全用去聲韻的(此外也有全用上聲韻的,如鬭鵪鶉,定格未錄),

有三個是平上兼用的,有十二個是平去兼用的,有一個是上去兼用的,有十六個是平上去兼用的。上聲和去聲的界限很嚴,足見曲調中祇分平聲和仄聲是不够的。

第五十五節　曲　譜　舉　例

55.1　關於曲譜的描寫,我們仍舊像詞譜的描寫一樣辦理。符號儘量依照上文第三章第四十六節所列的,祇增加下面四個條例:

1. 凡仄脚的句子,有分別上聲去聲的必要時,其符號改變如下式:
　(a) 限用上聲者,a 改爲 c,例如 3a：3c,4a：4c,5a：5c,6a：6c,7a：7c;又 b 改爲 d,例如 3b：3d,4b：4d,5b：5d,6b：6d,7b：7d。
　(b) 限用去聲者,a 改爲 e,例如 3a：3e,4a：4e,5a：5e,6a：6e,7a：7e;又 b 改爲 f,例如 3b：3f,4b：4f,5b：5f,6b：6f,7b：7f。
　　a′改爲 c′,e′;b′改爲 d′,f′。由此類推。

2. 凡平聲與上聲同樣地可做韵脚的時候,有下列兩種不同的處理方式:
　(a) 其以平聲爲正例(通例)者,A 改爲 G,例如 3A：3G,4A：4G,5A：5G,6A：6G,7A：7G;又 B 改爲 H,例如 3B：3H,4B：4H,5B：5H,6B：6H,7B：7H。
　(b) 其以上聲爲正例者,c 改爲 g,例如 3c：3g,4c：4g,5c：5g,6c：6g,7c：7g;又 d 改爲 h,例如 3d：3h,4d：4h,5d：5h,6d：6h,7d：7h。
最常見的情形是:

3G	正例：仄平平;	變例：仄平上。
4G	正例：仄仄平平;	變例：仄仄平上。
5G	正例：仄仄仄平平;	變例：仄仄仄平上。
6G	正例：平平仄仄平平;	變例：平平仄仄平上。
3H	正例：平去平;	變例：平去上。
5H	正例：平平平去平;	變例：平平平去上。

7H　正例：仄仄平平平去平；　　　變例：仄仄平平平去上。

4h　正例：平平去上；　　　　　變例：平平仄平。

5h　正例：平平平去上；　　　　變例：平平平去平。

6h　正例：仄仄平平去上；　　　變例：仄仄平平仄平。

7h　正例：仄仄平平平去上；　　變例：仄仄平平平平仄平。

有時候，平平仄平倒反是正例，平平去上是變例，在這情形之下，我們的曲譜是○○•○(4d)。

3. 遇逐字表示平仄時，上聲作△，去聲作＊。例如平平上去平標爲○○△＊○，等等。

4. 遇韵脚可叶可不叶者，以虛線爲號。例如 3B⋮3A｜。

55.2　就普通說，凡用上聲煞句，則倒數第二字忌用上聲；凡用去聲煞句，則倒數第二字忌用去聲。疊字與連緜字則爲例外。作譜時，不再一一註明。

55.3　中原音韻共列曲調三百十五章，太和正音譜、北詞廣正譜等書所載尚不止此；現在祇選常用者一百四十九章作譜。譜式大致依照北詞廣正譜，但也有我們修正的地方，也不一一註明。曲牌下加•號者，表示它們常被用於小令。

曲譜。

55.4　仙吕第一。

1. 賞花時　7B｜7B｜5A｜4a｜5A ‖　此調通常用作楔子。它往往用在全劇的開始，下面跟着就是第一折第一曲仙吕點絳脣。偶然也用在第二、三、四各折的開始，下面跟着的就不是仙吕的曲調了。第一句偶然改作[3b4a′]，第四句可以不用韵，末句可以分成兩句，即 3b⋮3A. 這是指基本字而言；雜劇中襯字頗多，不能一一舉例。下仿此。

2. 點絳脣　4X｜4a｜3a｜4X｜5a ‖　第二句偶然可作 5a。第二、三兩句可不用韵；或第三、四兩句不叶亦可。

3. 混江龍　4e｜7A｜4b4X｜7b7A｜3A3e｜4b4X ‖　此調前四韵各家頗得一致。第五韵（3A3e）變化最多，普通有下列各式：（一）兩句併成一個 7e；（二）兩句引長爲 7A7e；（三）兩句變爲三句，即 3X3B7e；（四）兩句變爲三句，即 4b4X7e；（五）兩句變

爲五句,即 4b4X|3s3s7e|;(六)兩句變爲五句,即 4b4X|4b4X|
7e|。第六韵(4b4X)偶然也有減爲一句(4X)者。儘量用對仗
是此調的特色。

4. 油葫蘆　7B|3Y|7A|7a7a|3b3b|7a|5A‖　第四、五兩韵用對
仗;第一、二兩句可用上聲煞句;第二句甚至有用去聲煞的。

5. 天下樂　7B|5Y|7Y|3B3b|5H‖　第四韵往往用對仗。
5H 是平平仄仄平和平平平去上通用。後仿此。

6. 村裏迓鼓　　4e：4e|4b3a4e|3B3a4e|3B3b3D|〔3B
○○＊△〕‖　末字可平。

7. 元和令　5Y••••＊|7A5H|7A5H‖

8. 上馬嬌　3B'3B'|5A|7e|1A|5B‖

9. 遊四門　7A|5A|7e|5A|5A‖

10. 勝葫蘆　7D|5A|7b|4a4a5H‖

11. 那吒令　第一式:4Y|4Y|4Y|4Y|4Y|4Y|〔3B3e〕|4A‖
第二式:2b|○○•○|2b|○○•○|2b|○○•○|2b|○○•○|〔3B3e〕|4A‖
第二式和第一式不同之點在多了幾個二字句。那吒令以一連
串的四字句爲主,四字句第三字必仄,其餘三字平仄不甚拘,
故第一式亦可用平平仄平,第二式亦可用平仄仄平。此外如
仄仄仄平,仄仄仄仄,平平仄仄,都是可能的形式。倒數第二
句〔3B3e〕亦可改用 4e,第四字用去聲。末句偶用 5A。

12. 鵲踏枝　3A|3A|4X4A|〔3s4x〕|〔3A4A〕‖　第五句〔3s4x〕
可有變化。

13. 寄生草　3e：3H|7e|7e|7e|7A ○○••○○＊‖　首二句可作
〔3b3e〕〔3A3B〕或 7e|7B。

14. 六么序　3a3B|〔3A4A〕|4A|4A|〔3A4A〕|7e|〔3A4A〕|7e|
4b4A‖　餘體不錄。

15. 後庭花　5Y|5Y|5a5B|3A|4e|5H‖　第一二兩句可變爲
〔3A3B〕|〔3A3B〕|,或 5s|5D;第三四句可變爲 5a〔3A3b〕|,
或 5a|5A;第五句可變爲四句,即 3a|3B|3a|3B;第六句(末
字)後面可以跟着二至四個六字句,如〔3A3B〕|〔3A3s〕|
〔3a3B〕|〔3S3b〕之類;有時候,先把第六句 5H 取消了,再把

那些六字句加上。

16. 青哥兒　◎◎◎◎＊｜◎◎◎◎＊｜7B｜4A｜4A｜‧‧◎‧◎｜3e‖首二句例如王實甫西廂記:「(都)一般啼痕涅透,(似這等)淚斑宛然依舊」;又如喬夢符兩世姻緣:「(人在這)離亭離亭開宴,(酒和愁)怎生怎生吞嗽」。但第二句可改爲4A,第一二兩句又可改爲[3a4e]｜[3s4X]｜。第六句可改爲7A。此曲句字不拘,可以增損。增損處往往係在4A處,或減爲一個4A,或加至三四個。甚至加些三字逗,弄成長句。

17. 醉扶歸　5g｜5A｜7B｜5e｜7Y｜5e‖　第二句可改用2A。

18. 柳葉兒　[3s4b]｜[3A4A]｜7a｜3a｜3A｜[3B4A]‖

19. 金盞兒　3A｜3A｜7a｜7A｜5b5A｜5b5A‖　第四句可分爲兩句,即3s3A;第五六兩句可併爲一句,即3D;第七八兩句可改用7b7A。

20. 醉中天　5e｜5A｜7Y｜5b｜6h｜4e｜4A‖　第六句可改爲2e;第七句可改爲6A。第五句6h是仄仄平平去上,但偶然也作仄仄平平去平。後面凡有h之處仿此。

21. 雁兒　[4a3e]｜3H3A｜1A｜3A‖　第二、三兩句可改爲5H5A｜。

22. 一半兒　7A｜7Y｜7B'｜3A｜7h‖　第三句可改作[4x3b]。第二、三兩句偶然可用上聲煞句。末句7h是仄仄平平仄去上,但偶然也作仄仄平平仄仄平。後面凡有h之處皆準此。此調與詩餘憶王孫相似(曲調亦有憶王孫),其不同處在每首的最後一句都有兩個「一半兒」,例如「一半兒行書一半兒草」(九字祇當七字看待,「兒」字是襯字。)

23. 賺煞　3A3e｜[3s4g]｜7d｜[3A4A]｜[3A4A]｜7B｜5B｜4e｜7A‖　凡煞尾皆頗自由,兹僅舉一例。

55.5 南呂第二。

24. 一枝花　5B5a｜5b5A｜4A｜5a｜5Y｜[3A4A][3s4g]‖　第三、四兩句可併爲一句,即[3s3A]｜;第六句可變爲[3X3S]｜;第七句可變爲[3s4x]｜;末二句可變爲4A6c‖。4g表示平平去上,偶然也可作平平仄平,後仿此。一枝花與梁州第七常連用,居

一折之首。

25. 梁州第七　[3s4A][3A4A]|7a|4B|4A|[4a4A]|[3A4A]|
　　[3A4X]|[3a4A]|3b4a]|[3A4X]|∞•∘|7a|5x|7B|4X‖　此
　　調字句不拘,可以增損。祇錄一體。

26. 四塊玉　3Y|3c|[4X3A]|7e|3Y⋮3Y|3H‖

27. 賀新郎　7A|4b4x|7a|[3s4b]|[3A4X]|5b5A|7a|5b•••
　　∘∘‖　與詩餘不同。

28. 梧桐樹　5a|5A|7a|[3s3a]‖

29. 牧羊關　3a3B|[3A3X]|4A∞•∘|5b5A|5x∞△*∘‖　第五句
　　平平仄平可改用去聲或上聲煞句,即4b。末句平平上去平,係
　　依照北詞廣正譜的説法,事實上曲家并不完全這樣做。

30. 罵玉郎　7e|5A|7e|3Y|3Y|3e‖　第二句可分爲兩句,即3f|
　　3A|。

31. 感皇恩　4X|4X|3A⋮3b3A|4b4A|3A3f⋮3G‖　此與詩餘
　　不同。第二句可用4x,第八九兩句3A3f可改爲3a3A。第六
　　句偶然可用平平仄平。

32. 採茶歌　3A|3A|7A|7d7A‖　小令中往往與前二首併合,名
　　爲罵玉郎帶過感皇恩採茶歌。雜劇中雖不併合,亦必三首
　　相連。

33. 隔尾　7d|7B|7b′|2B|2B|7d′‖　第四、五兩句在意義上應併
　　爲一句,例如李致遠套數白雲留故山:「快還九山」,有時候是
　　叠句,例如陸仲良套數春風柳吐金:「自今自今」;有時候共叠
　　四句;有時候又併成一句,即4b′。

34. 哭皇天(玄鶴鳴)　5e|5B|5b5A|[3s4b]|7B|4x|4h‖　第四
　　句[3s4b]處可以容許很多的變化,例如一句變爲三句,即4b|
　　4A|7A|;或變爲六句,即4A|4b4A[3B4b]|[4b4b][4a4A]|。
　　諸如此類,不可備舉。第五句7B偶然變爲7b;第六句4x偶
　　然變爲6x。末句以收上聲爲正例;偶然以平聲煞句,則成爲仄
　　仄㊉平。

35. 烏夜啼　7a|[3A4A]|7a|4A|4A|7A|7a|3B3a|4b4A‖　此
　　與詩餘不同。仄韵處上聲或去聲不拘,但最好是一律用上,或

一律用去。第二句可改用 7A。哭皇天與烏夜啼在雜劇中常連用。

36. 紅芍藥　7A|4A|7A|4A|5b|7A|7A|4A ‖

37. 菩薩梁州　4A|4b|○○•○|4A|7A|7a|7a|[3s3s]|7B|4A ‖　紅芍藥與菩薩梁州在雜劇中往往連用。

38. 乾荷葉　3x3A|5e|3A|7A|5e ‖　第一句可改用 3A,與第二句成爲半叠句,如劉秉忠小令:「南高峰,北高峰」。

39. 金字經(閱金經,西番經)　5a •○○•○|7Y‖|1A|•○○•○|3e|•○○•○ ‖　第二第五第七句限用孤平拗救。金字經與乾荷葉平常祇用於小令。

40. 黃鐘尾　7a|7B|[3B∶3B]|[3B∶3B]|[3A4X]|7d ‖　句字不拘,可以增損。

41. 三煞　7a|7B|7A|4A|6s|5A|5b|4A ‖　此調係借用般涉調,變化頗多。今僅錄一體。

42. 煞尾　7a|○○○○•••○|[3A3s]|[3A3s]|[3A3s]|[3A3s]|[3A3s]|[4A∶3s] ‖　句字不拘,可以增損。

55.6　中吕第三。

43. 粉蝶兒　4A|[3A4e]|[3A4A]|3A3a4e|4A|[3A4e] ‖

44. 醉春風　5A5d|7a7d|1r|4A4a4e ‖　此調北詞廣正譜所舉數式都非常例,今另依白仁甫梧桐雨作譜。第一句偶然可用 5a,並叶韻;第四句偶然被删去,而於第三句叶韻,甚或不要韵。第五句爲一字句,即叠前句末字。有時候,也并不叠前句末字,但是有人倒反叠三個一字句,如「險,險,險」。

45. 叫聲　5A|[2B|2R|3e]|5A5A ‖　第一句可改用[3s3A],第二句 3e 處可改爲[3A3e],第三、四兩句可併爲一句,即 7B。其特色在二字叠句。

46. 喜春來(陽春曲)　7e|7B|7A|3d|5A ‖　第一句用去聲煞,第四句用上聲煞;偶然反過來,第一句用上聲煞,第四句用去聲煞。切忌都用上聲,或都用去聲。

47. 紅繡鞋　[3s4e]|[3A4A]|[4X3A]|3b∶3A|5d ‖　第一句可改用 6e;第二句可改用 6A;第四句 3b 可改爲 5b。

48. 朝天子　2B|2B|5e|7A|5e|4A4e|5Y|2B|2B|••○○＊‖
第一、二兩句 2B|2B 大致可有三種不同的形式：（一）四個字
不相同,往往是對仗,如「月明,浪平」；（二）半叠句,叠上字者
如「有錢,有權」；叠下字者如「早霞,晚霞」；（三）從意義上看
來祇是一句,如：「近來越験」,「願天可憐」。第九、十兩句的情
形也相同(甚至完全叠句,如「漢家,漢家」)。這些 2B 偶然也
可以用 2d 替代。

49. 四邊静　4e|7B|4A|5d|○○•○|5e‖　餘體不録。

50. 迎仙客　3H：3A|7D´|3c3h|4A|5e‖　首二句可作五字句。
第一句如用平煞,往往叶韻；用上則往往不叶。第三、四、五諸
句以平聲煞句爲較多見；但偶然也用上聲。

51. 石榴花　5A|5A|7A|4b|4A|7e|[3a4A]|7e|5G‖　第四、五
句都偶然可作仄平仄平或仄平平平,或兩句併爲一個七字句,
即仄平仄、仄平平平。

52. 鬭鵪鶉　4A：4d|4A4d|7B|4d|4A|4h‖　第五句偶然可用
仄煞。第六句可作仄平仄平,或 6s,或 3B。末兩句可變爲
[3A4A][3s4d],兩句中間不用韵。此調與越調鬭鵪鶉不同。

53. 快活三　5B|5A|7A|••○○＊‖

54. 鮑老兒　7e|5e|7e|5e|4b4b4A|4b4b4A‖

55. 剔銀燈　[3b○○•○]|[3b4f]|7e|[3A4A]|3A|3B|4h‖　第一
句可改用[3s4b],第五句可改用 3a,同時不叶韵。

56. 蔓青菜　3e|3A|4f|[4A3B]|5e‖

57. 紅芍藥　4A|4A|[4A3A]|4A|3e3H|6e|4A|4A|
[3s4A]‖　第七句六字可改爲七字,即[3B4e]；末句可取消。
此調與南呂紅芍藥不同。

58. 普天樂　3A3e|4f4A|3B3e|[4A3e]|[3A4X]|○○•○(4d)|4d：
4A‖

59. 滿庭芳　○○•○(4d)|4b4A|7e|4A|[3b4h]|[3A4A]|3e|4h|5A
‖　第二、三兩句用對仗。第六、七兩韵雖隔韵,亦用對仗。
與詩餘不同。

60. 上小樓　4h|4e|4A4A：4A|3B：3B：4e|[3y4e]‖　第一、

二兩句可變爲 3B3B 或 3s3s,中間不用韵。第四、六、七諸句雖
不是規定叶韵的地方,但曲家喜歡用贅韵;第六七兩句又可變
爲 3A|3A|。

61. 醉高歌(最高樓) 6X|6d|6e|6d ‖ 末句或作[3B ∞＊▲]。

62. 十二月　4h|4A|4d4A|[3s4f(h)]|[3s4A] ‖

63. 堯民歌　7A|[4A3A]|7A|[4A3A]|◦△◦◦|5B|5e ‖　第五句
平上平平,第二、三兩字是「也波」,例如「躊也波蹰」、「傷也波
懷」、「哀也波哉」。但也可減爲二字句,如「今春」,或變爲叠
句,如「寒更寒更」。然終不敵「也波式」之常見。十二月與堯
民歌在雜劇中必連用;在小令中則索性併合。

64. 耍孩兒(借般涉調)　7a|6d|7A⫶6A|7a⫶7B|3a|4s4x ‖

65. 山坡羊　4f|4f|7e|3A|3A|7e|7h|1A|3h|1A|3h ‖　山坡羊
多用對仗及重叠語。末四句共八字,用重叠語如:「白,也是
眼;青,也是眼」;「高,高處苦;低,低處苦」;用對仗語如:「閑,
天定許;忙,人自取」。此調祇用於小令。

66. 賣花聲(昇平樂)　7e|7B|7A|4x⫶4e|[3A •∞＊] ‖　此調亦
入雙調。第四句如用韵,則用去聲煞,否則用平上聲煞。

67. 齊天樂　6G|5e|2A|1A|4A|[3A4A]|2A|◦◦◦◦,•••◦|4A4A|
3B3e|4A ‖　第三、四、五句可併爲一句,而用句中韵。如:
「讀書圖駟馬高車」。

68. 紅衫兒　5e5e|3A|3A(R)|5e|3A|3A(R)|6d ‖　齊天樂與
紅衫兒往往只用於小令,叫做齊天樂帶過紅衫兒。

69. 尾聲(亦入正宮,南呂,般涉,越調)　5B5h|7e|••∞＊◦▲ ‖　第
三句可變爲 6e,下面偶然可加一個七字句,平煞,叶韵。

55.7　雙調第四。

70. 新水令　7A|[3A4e]|5b5A|4A|◦＊△◦＊ ‖　第二句偶然可分
爲兩句,即 3A|3A|;第三、四兩句偶然可改爲 3b3A,或在前面
加一句,即[3s5b]。第五句的 4A 可擴充爲幾個 4A,每句叶
韵。末句必要⊕去上平去;周德清說應作仄仄仄平平,絕非
事實。

71. 駐馬聽　4A|7h|4e|7A|7A|7e|3H|∞∞••∞＊ ‖　第二句偶然

可作[3A3b]；第四句偶然可作[3b3A]；第三、四兩句又可作
[3A4b][3b4A]，中間不用叶。第一、二兩句中間亦有不叶者。

72. 駐馬聽近　4A：7h|4e：7A|7A|7e|3A3e3A‖　或有么篇，
首三句縮爲一句，即 7f。

73. 沈醉東風　[3a4h]|[3A4A]|3B3b|[3A4A]|7B|3s4d‖　第
一句偶然可改爲 6h，第二句也跟着改爲 6X。第三、四兩句可
作[3s3B]|[3s3s]|，中間用韵。第六句偶然可用上聲煞，末句
也可用平聲煞，但因太少見了，所以不入譜。

74. 雁兒落(平沙落雁)　5Y|5e|5Y5e‖

75. 得勝令　5A|5A|5e|5B|2A|5e|2A|○○▲＊○(　•○○＊○)‖　第二
句偶然可用 5e；第五、六兩句在意義上可併爲一句，如「離情閃
得人孤零」；第七、八兩句亦然。雁兒落與得勝令在雜劇中常常
連用(偶有雁兒落獨用者)，小令中稱爲雁兒落帶過得勝令。

76. 喬牌兒　5e|5e|5e|•○○＊○‖　首句偶有平煞者；末句有上
煞者。

77. 甜水令(滴滴金)　4A4a4e|5G|4A4a4e|3A4G‖　末句有用
去煞者。

78. 折桂令(蟾宮曲，步蟾宮)　6X|4X：4X|4X4X4X|[3s○○•○
(4d)]|[3A4X]|4A|4A‖　第一句可變爲七字，即[3A4A]或
7A。第二句偶然可用 4d。第四、五、六句可變爲 3B3A4A；或
減爲兩句，即 4X6X，或 4X4X，或 4X[3A：4X]。第七句可變
爲 6d。第八句可增爲八字，即[3A5A]，或減爲 6A。末二句可
增爲三四個 4A。

79. 百字折桂令　[3A4A]|4A4A|4A|4A|4A|[3B○○•○]|
[3A4A]|4b4A|4b4A‖　共基本字五十七個，另加襯字四十
三個，湊够百字。

80. 碧玉簫　4A|5e|4A|5A|3d|5B′|3B′|3e|5e‖　餘體不録。

81. 攬箏琶　3e|5A|4A4h|3a3A|4A|2A|7B|4A‖　第二句可增
爲六字，即[3s3A]，又可減爲 4A。第五、六、七句可改爲
3b4A4A，中間不叶韵。第八句 2A 偶然被删去，或與第七句
對調。第九句常被改爲㊣平仄仄㊣仄仄。此調有增格，就是

在第七句或第八句的後面任意增加幾個四字句,平煞仄煞均可。

82. 清江引(江兒水)　○○•○○＊△(○○•○○•○)|5e|5B|5e|○＊•○○＊△(○○•○○＊△)‖　此調多用於小令。

83. 步步嬌(潘妃曲)　4X3e|5e|3h|[4X3A]|3A|5e‖

84. 落梅風(壽陽曲)　3a：3B|[3A4e]|○○•○○＊▲(○○•○○•○)|[3A4e]‖

85. 喬木查(銀漢浮槎)　4d|5d|5d|5e4A(4c)‖　首句偶然作 5d。

86. 慶宣和　7B|4A|7b(A)|＊△(＊○)|2R‖　末句作半疊亦可。

87. 水仙子(凌波仙,湘妃怨,馮夷曲)　7A|7B|7e|5B'|6A|5a5H|4X‖　第六、七兩句偶然減爲三字句,即 3a|3B,中間叶韵;或減爲四字句,即 4b○○•○|,中間不叶韵。又有增字者,從第四句起增成[3A3B']|[3A4A]|[3b3a]|[3A3d]|5A‖。

88. 慶東原　3e：3B|7e|○○•○(4d)|○○•○(4d)|4X|5A5e‖　第七句偶然減爲四字,即 4X,并叶韵。

89. 沽美酒(瓊林宴)　5A|5A|7d|○○•○|[3s3e]‖　第一句可改用 5B;第二句可改用 5e;第三句可改用•○•○○•○|;末句偶然可用[3A3A]。

90. 太平令　[3b4x]|[3A4A]|[3s4x]|[3b4b]|2B|2B|2B|3b4e‖

91. 夜行船　7H|3a4A(4c)|4A4e|[3G4e]‖　與詩餘頗不同。

92. 掛玉鈎　7d|5e|7B|5e|3B3e|4A4A‖　或在第四句 5e 的後面增加一個[3s4e];或非但不增,倒反删去第五、六兩句的 3B3e。

93. 川撥棹　3A|5h|4X|4X|[3A4Y]|5h‖

94. 七弟兄　2B|2R|3A|7e|7A|7e‖　首二句也可用半疊句,如:「指空,話空」;或完全不疊。但第三句又可與首二句對調,而且併成一句,用句中韵,如:「也不索左猜右猜」。川撥棹與七弟兄往往連用。

95. 梅花酒　3b'|4A|4A|4A|4A|[3a3A][3b3A]|3b'|[3b3A]|

[3b3A]|[3b3B′]|[3b3A]‖　　此章句字不拘,可以增損。餘體不錄。

96. 收江南　7A|7A|7A|•••○|7A‖

97. 撥不斷(續斷絃)　3A|3A|7e|7H|7e|4e‖　　周德清論末句時,云撥不斷末句當作仄平平仄平平去([3a4e]),馬致遠小令「醉眠時小童休喚」正合此格。但普通末句卻祇有四字;中原音韻小令定格所錄馬致遠套數「竹籬茅舍」亦是四字。也有人在第五句的後面加 4b4A 兩句,而末句用[3s4e],但甚爲罕見。

98. 風入松　7A|5A|7a[3A(b)4A]|6s6X‖　　與詩餘第一式同。

99. 胡十八　3b：3A|3b3A|7A|2B|2B|5A‖　　餘體不錄。

100. 大德歌　3A|3A|5B|5e|[3s3B]|7e|5A‖

101. 德勝樂(得勝樂)　3d|3e|[3s4h]|[3A4e]|[3b3A]‖　　第一句可不叶;第一、二兩句可併成一句,即[4A3e];第三句可變爲 6h;第四句可變爲 6e′。德勝樂與得勝令不同。

102. 殿前歡　3A|7A|7e|4x|5B|3e|5e|4f：4X‖

103. 鴛鴦煞　7e|7e|4x4A|[2b4X]|4d|[4A3e]|4A|7d′‖　　第五句 2b 處是「暢道」二字,認爲襯字亦可。末句必要仄仄平平去平上。餘體大同小異,不錄。

104. 離亭宴煞　7e|7e|4Y|7e|[3b3e]|6d|5A5d‖　　餘體不錄。

105. 歇指煞　7e|7e|[2a2b]|[2a5A]|[2a5d]|[2a5e]|5B5e|[3s4d]|5A5d′‖　　雙調煞尾時,除上述三煞外,尚有鴛鴦帶離亭宴煞,離亭宴帶歇指煞等,不具錄。

55.8　正宮第五。

106. 端正好　3A：3a|[3A4A′]|7a|5e‖　　第二句與第四句用上聲或去聲煞句均可,但以去聲爲較常見。末句限用去煞。按仙呂亦有端正好。與正宮大致相同;但正宮句數有定,仙呂則可任意增句。小令中不用端正好。在雜劇中,仙呂端正好祇用於楔子,不入套數;正宮端正好則但入套數,不作楔子用。仙呂與正宮端正好都和詩餘不同。

107. 滾繡毬　3A：3B|[3A4s]|[3B4X]|3B：3B′|6a|[3A4X]|

7a7B|4X‖　第二句後面偶然加一句 3Y 或 3d;第三句可改
用[3A3Y]。

108. 倘秀才　[3b○○•○(4d)]|[3b○○•○(4d)]|7h|5b5A|4h‖　第
四、五兩句可併成一句,即[3A3B]或[3s3B]。滾繡毬和倘秀
才被稱爲子母調,因爲它們是「兩腔迎互循環」的。劉時中套
數上高監司其一是端正好,滾繡毬,倘秀才,滾繡毬,倘秀才,
滾繡毬,倘秀才,滾繡毬,伴讀書,貨郎兒,叨叨令等,其二是
端正好,滾繡毬,倘秀才,滾繡毬,倘秀才,滾繡毬,倘秀才,滾
繡毬,倘秀才,滾繡毬,倘秀才,滾繡毬,倘秀才,塞鴻秋,呆骨
朵,脫布衫,小梁州等。這是典型的循環。此外如秦簡夫趙
禮讓肥第二折是端正好,滾繡毬,倘秀才,脫布衫,小梁州,么
篇,倘秀才,滾繡毬,二煞,一煞,煞尾,無名氏馬陵道第二折
是端正好,滾繡毬,倘秀才,滾繡毬,白鶴子,脫布衫,醉太平,
倘秀才,滾繡毬,二煞,煞尾,也是變相的循環。

109. 呆骨朵(靈壽杖) 7e|[3B3A]|4A4e|5e∶5e|5B∶5B‖　第
二句可改爲 4A,[3a3A]。第四句可改爲「平平仄平」。末二
句可改用[3s3B][3a3A],或 5b5B。

110. 叨叨令　[3A5e]|[3A5e]|[3A5e]|[3A5e]|[4s3A]|7R|
7e‖　此曲名符其實,真有叨叨的意味。因此,首四句全用
一樣的句法,尤其是第五、六兩句用疊句,而且必須用「也麽
哥」(或「也波哥」),疊句前面往往先稱呼人一聲,如馬致遠青
衫淚:「相公呵,你元來死了也麽哥! 你元來死了也麽哥」!
更顯得纏緜。首四句也可改作四個 7e。

111. 塞鴻秋　7e|7e|7e|7e|5B∶5e|7e‖　末句有人作兩句,即
7A7e,或 5A7e;周德清反對這種形式(他以爲是襯字太多),
但作者却不少。此調若在第五六兩句改爲「也麽哥」煞句,即
變爲叨叨令。

112. 脫布衫　[3A4A′]|[3A4A′]|[3A4h]|[3A4f]‖　每句前三
字也可以作 3s。

113. 小梁州　7A|4A|7A|3e5A|7e|[3A4X]|3B3e|4e|5A‖　第
二句四字可變爲七字,即[3A4A];第八句三字可變爲六字,

即〔3B′BB〕；第九句 3e 後面可任意再加兩三句，如〔3b3e〕
〔3A4e〕等。另一式衹有首五句。

114. 醉太平　5h｜5A｜7A｜5h｜7e｜7e｜7A｜5h‖　五字句皆可改用
四字句。

115. 伴讀書（村裏秀才）　〔3s3e〕｜〔3B3e〕｜〔4A3e〕｜7e｜7e
｜4A‖　首二句可作 5e｜5e。

116. 笑和尚（笑歌賞）　1b｜1r｜1r｜〔3a3B〕｜1b｜1r｜1r｜〔3a3e〕｜1b｜
1r｜1r｜〔3B3e〕｜1b｜1r｜1r｜〔3A3e〕｜1b｜1r｜1r｜3s3A｜1A｜1R｜
1R｜5e‖　笑和尚的特色是每句之前連叠三字，如：「你你你
將文卷細細翻」。叠字處多用仄聲，但也用平。此譜事實上
衹算六句。第四句的六字句〔3A3e〕可減爲三字句 3B；第五
句的六字句也可減爲 3A；末句的前面可增三字句，成爲 3A｜
5e‖。

117. 白鶴子　5b5A｜5A5é‖　往往有襯字。

118. 六么遍（柳梢青）　3e｜3e｜4b4A｜○○•●，○○•○｜7e｜2A｜7A‖　與
六么序不同。

119. 三煞（與南呂不同）　7e｜7B｜4A4b4b4A｜4b4A4A｜4a：
5A‖　第五句可改用 4A。

120. 啄木兒煞　3B3h｜7e｜4e｜7A‖

55.9　越調第六。

121. 鬪鵪鶉（與中呂不同）　4X4h｜4X4h｜4X4h｜3B3h｜4X4h‖
此曲本係上聲韵，但是每一個韵却可改爲平脚，由平平去上
而變爲平平仄平。第三字必須用仄。第四韵 3B3h 偶然也可
改作 4X4h。

122. 紫花兒序　4b：4A｜4X｜4X｜4b4A｜2A｜7B｜4x｜4A4A‖　第
七句 2A 或作叠句，或逕删去，都不如單用 2A 爲常見。第九
句可用平煞。

123. 金蕉葉　〔3s4h〕｜〔3s4h〕｜〔3s○○•●(4d)〕｜〔3s○○•●(4d)〕‖

124. 調笑令　3B｜3A｜5A｜7a｜〔3A4A〕｜○○•○○•●｜〔3A4A〕‖
第一句可用 2B；第三句 5A 的後面可加一個 3B；第六句可用
仄煞。

125. 小桃紅　7A|5e|7f′|3A|7e|4h：4e|5A‖　第三句必須用
　　　拗句仄仄平平仄平去;第六句雖可不叶,但以叶韻爲較常見;
　　　第七句偶然亦有不叶的。

126. 禿厮兒　3s○○•○|3s4A|○○•○○＊△|[3s3A]|2A‖　首二句可
　　　用六字句。

127. 聖藥王　3B|3B|7A|3B|3B|7A|5A‖

128. 麻郎兒　○○•○(4a)|4A|[3s○○•○(4d)]|[3s4e]‖

129. 絡絲娘　[3B(s)4h]|[3A(s)4h]|7B|4e‖　末句偶然可
　　　作4A。

130. 東原樂　3e：3B|[4A(4b)3e]|7B|3e|[3A4e]‖　第四句可
　　　改爲[3A3B]。

131. 綿搭絮　4b4X|4b4X|7B|7B|4A5B‖　末句可用上聲煞。

132. 拙魯速　3A：3A|3A：3A|○○•○|○○•○|[4A3A]|[3A•○○○]|
　　　4e|4e[3A3B]‖　餘體不錄。

133. 天淨沙　6X|6X|6h|4e|6X‖

134. 鬼三台　3e|3e|○○•○(4d)|5A|4h|○○•○•○•○|○○•○•○•○
　　　|4A4d‖　第六句可用上聲煞;第七句可用去聲煞。

135. 耍三台　[3A3e]|[3s○○•○(4d)]|[3b4f][3A4A]|7B7e|
　　　[3A4A][3b○○•○(4d)]‖

136. 寨兒令(柳營曲)　3B|3A|○○•○•○|4X|4X|5A|[3A4A]|
　　　[3A4A]|5b5A|1A|5A‖　第三句可用上聲煞句,第六句偶
　　　然亦可用上聲煞;第七八兩句都可改用六字句,即6X。此曲
　　　多用於小令。

137. 黃薔薇　4d|4A|6d|6h‖　首二句可改作5d|5A|

138. 慶元貞　7A|7A|7A|5B|5A　第四句5B的前面往往加一
　　　個感歎詞,如「哎」「吓」之類。在雜劇裏,黃薔薇與慶元貞常
　　　連用。在小令裏,它們併成一調,稱爲黃薔薇帶慶元貞。

139. 憑闌人　7B′|7B′|5B′|5B′‖　四句共用兩對仗。七言第
　　　三、五兩字必須用平聲;五言第一字用仄,第三字用平。若嚴
　　　格作譜,應該是:

　　　　　○•○○○•○|○•○○○•○|•○○•○|•○○•○‖

凡不依此譜者皆當認爲例外,惟上聲偶可替代平聲。憑闌人
衹用於小令。

140. 收尾　7e|[3s4h]|5A ○○•○△ ‖

55.10　商調第七。

141. 集賢賓　○○•○○＊△|5A|6b4A|[3A4A][3A4A]|[3s4s]|
[3b3a]|5b5A ‖　　第二句可改用[3b4X];第四句可改用 6A;
第六句可變爲仄煞;第七句可變爲 7b;第八句可變爲[3s4x]。

142. 逍遙樂　4e|4A4d|4X|[3s4A]|7H|[3b4f]|4x(A)4A4X
(4d) ‖　　集賢賓常與逍遙樂連用,且往往居一折之首。

143. 掛金索　4X5e|4X5e|4X5e|4X5e ‖

144. 金菊香　7A|7B|○○•○○＊△|4A|5A ‖　　第三句末字可用平
聲,第四字偶然也可用上聲。這是平上通用的道理。

145. 醋葫蘆　3s3B|7A|7b|4x|7A ‖　　首句可用 3B,并且押韵。

146. 梧葉兒(*知秋令*)　3a3Y|5A|3b3Y(3d)|3A|[3s ○○•
○(4d)] ‖　　首二句可用 5a5Y;末句可减爲六字,即 6g(包括
仄仄平平去上與仄仄平平仄平兩式)。

147. 雙雁兒　7a|3A3d|7e′|[3A3d]|[3A3d] ‖

148. 柳葉兒　[3s4f]|[3A4A]|7e|3e|3A|[3B4A] ‖　　雙雁兒與
柳葉兒本屬仙呂,亦入商調。雜劇中,商調多收此二曲,故收
入商調譜。

149. 浪來裏煞　[3B3B][3B3e]|7A|7B|[3b4e]|7A ‖　　浪來裏,
元曲選中皆稱爲浪裏來(或浪里來);浪來裏煞亦稱爲浪裏來
煞。今但録一體。北詞廣正譜於浪來裏煞舉喬夢符兩世姻
緣爲例,今按兩世姻緣第二折雖有浪裏來一曲,但煞處係用
高過隨調煞。北詞廣正譜所録者是高過隨調煞原文,疑
未合。

55.11　以上所録曲譜共一百五十一調。黄鐘大石兩宮頗爲罕
用,所以没有録入。至於般涉、小石、商角三宮,元代雜劇中完全不用;
又有所謂道宮及高平調,並爲中原音韻所不録,自然更不必爲它們作
譜了。

第五章　白話詩和歐化詩

第五十六節　自　由　詩

56.1　五四運動以後，白話文盛行，同時白話詩也盛行。白話詩是從文言詩的格律中求解放，近似西洋的自由詩（free verse）。初期的白話詩人并沒有承認他們是受了西洋詩的影響，然而白話詩的分行和分段顯然是模仿西洋詩，當時有些新詩在韻脚方面更有模仿西洋詩之處（見下文第六十一節）。由此看來，白話詩和歐化詩的界限是很難分的。現在爲叙述的便利起見，姑且把近似西洋的自由詩的叫做白話詩，模仿西洋詩的格律的叫做歐化詩。

56.2　簡括地説，凡不依照詩的傳統的格律的，就是自由詩。在西洋，雖然有人説自由詩發生得很古，但是，韻的諧和與音的整齊畢竟被認爲詩的正軌，所以自由詩常常被人訾議，而詩人們也没有寫過極端自由的詩。直至美國詩人惠特曼（Walt Whitman，1819—1892），才真正地提倡詩的極端自由，一時蔚爲風氣。

56.3　在中國，白話詩既然要從舊詩的格律中求解放，如果再模仿西洋詩的格律，就難免被人嘲爲脱了舊脚鐐而又戴上新手銬。恰巧西洋有提倡解放的一派，中國白話詩人正好引爲同調。因此，當時的詩人們在詩的解放上可説是「迎頭趕上」，有些地方幾乎可説是走在惠特曼他們的前面了。

56.4　分析地説，西洋的自由詩和普通詩的不同有下列的三點：

　　（一）普通詩是有韻的，自由詩是無韻的；

　　（二）普通詩每行的音數或音步是整齊的（見下文第六十節和第六十一節），自由詩每行的音數或音步是不拘的；

（三）普通詩每段的行數是整齊的，自由詩每段的行數是參
　　差的。

如果對于這三點祇有一點或兩點和普通的格律違反，可認爲相對的自
由詩；如果同時具備了這三個特徵，就算是絕對的自由詩了。中國初
期的白話詩，大多數是屬于絕對的自由詩的。現在仍分三方面叙述，
并舉例于下，自然，多數的例子都是兼備三種特徵的。

56.5　（甲）無韵詩。——最使一般人感覺不慣，甚至不承認是
詩的，乃是無韵詩。非但中國舊派詩人有這種感想，西洋有一部分詩
人仍舊是這種看法。但是，密爾敦的失樂園（*Paradise Lost*）和莎士比
亞的哈孟雷特（*Hamlet*）都不容否認是詩；而它們是沒有韵脚的。所
以咱們不能否認無韵詩的存在。

56.6　不過，莎士比亞和密爾敦諸人的無韵詩，和後代惠特曼他
們所提倡的無韵詩，在結構上有很大的分別。莎士比亞和密爾敦諸人
的無韵詩雖然不用韵脚，却是講究音步的。關於音步，我們在下文第
六十一節里細談。現在暫時把講究音步當作講究每行的長短一律。
就普通說，往往是每行十個音（ten syllables）。這種音數或音步整齊
的無韵詩叫做素詩（blank verse）。下面是莎士比亞的哈孟雷特當中
的一段：

If thou didst ever hold me in thy heart,
Absent thee from felicity awhile,
And in this harsh world draw thy breath in pain,
To tell me story.
（除最後一行未完之外，其餘每行都是十音。）

下面是密爾敦失樂園的一段：

He, above the rest
In shape and gesture proudly eminent,
Stood like a tower; his form had not yet lost
All its original brightness; nor appeared

Less then archangel ruined, and the excess

of glory obscured.

　　（除首行與末行不足一行外，其餘每行都是十音。）

這種素詩并沒有被中國詩人模仿。中國現代初期的白話詩每行的長短是不拘的；當其不用韵的時候，詩行的長短更可以不拘了。例如：

　　　晚　風　　　　　　　　　俞平伯

晚風在湖上，

無端吹動灰絮的雲團，

又送來一縷笛聲，幾聲弦索。

一個宛轉地話到清愁，

一個掩抑地訴來幽怨。

這一段的凄涼對語，

暮雲聽了，

便沈沈的去嵯峨着。

即有倚在闌干角的，

也只呆呆的倚啊！

　　　燈　光　　　　　　　　　朱自清

那決決的黑暗中熠耀着的，

一顆黄黄的燈光啊，

我將由你的熠耀裏，

凝視她明媚的雙眼。

　　洋車夫的兒子　　　　　　　馮文炳

「爸爸！你爲什麼不睬我呢？

只要一個銅子，

那個糖，阿五吃的那個糖。」

「拉去罷？拉去罷？」

「走了，走了，

也，也不睬你哩！」

56.7　有一種情形,在有韵與無韵之間,就是有些詩行的末一字用重字。有時候非但末字相同,甚至于大半句相同。例如:

> In youth my wings were strong and tireless,
> But I did not know the *mountains*.
> In age I knew the *mountains*,
> But my weary wings could not follow my vision-
> Genius is wisdom and youth.
> 　　　—From *Spoon River Anthology*,
> 　　　by Ed. L. Master(1869—?)

在初期的白話詩裏,這種情形最爲常見。例如:

落　葉　　　　　　　　　　劉　復

秋風把樹葉吹落在地上,
它祇能悉悉索索,
發幾陣悲涼的聲響。

它不久就要化作泥;
但它留得一刻,
還要發一刻的聲響,
雖然這已是無可奈何的聲響了,
雖然這已是它最後的聲響了。

偏　是　　　　　　　　　　王志端

我原不想見他,
偏是夢裏見着!
既然夢裏見着,
偏是夜鳥叫着!
夜鳥關我甚事,
偏是鬧得我睡不着!
睡不着也罷了,

偏是那月亮兒又淡淡的照着!

江　邊　　　　　　　　　郭紹虞

雲在天上,
人在地上,
影在水上,
影在雲上。

56.8　這種末字相同的詩句頗有替代韵脚的效果。但是,在西洋,偶然也有所謂句首韵(initial rime),例如:

White-armed Astrid, -ah, but she was beautiful! —
Nightly wandered weeping thro' the ferns in the moon,
Slowly, weaving her strange garland in the forest,
Crowned with white violets,
Gowned in green.
Holy was that glen where she glided,
Making her wild garland as Merlin had bidden her,
Breaking off the milk-white horns of the honey-suckle,
Sweetly dripped the dew upon her small white
Feet.

—From *Astrid*, by A. Noyes(1880—?)

因此,如果在句首用相同的詞,也頗有「句首韵」的效果。自由詩不用韵,就往往在句首用相同的字,以爲抵償。例如泰戈爾的爲印度祈禱:

A PRAYER FOR INDIA

Where the mind is without fear and the head is held high;
Where knowledge is free;
Where the world has not been broken up into fragments by
　　narrow domestic walls;
Where words come out from the depths of truth;

Where tireless striving stretches its arms towards
　　perfection;
Where the clear stream of reason has not lost its way into
　　the dreary desert sand of dead habit;
Where the mind is led forward by thee into everwidening
　　thought and action——
Into that heaven of freedom，my Father，let my country
　　awake.

　　　　　Rabindranath Tagore(1861—1941)

在初期白話詩裏，這種情形不勝枚舉。例如上文所舉俞平伯的晚風裏：「一個宛轉地話到清愁，一個掩抑地訴來幽怨」。直到近年，這種作風還是很盛。例如：

　　　　　　圓寶盒　　　　　　　　　　卞之琳
　　我幻想在哪兒(天河裏?)
　　撈到了一個圓寶盒，
　　裝的是幾顆珍珠：
　　一顆晶瑩的水銀
　　掩有全世界的色相，
　　一顆金黃的燈火
　　籠罩有一場華宴，
　　一顆新鮮的雨點
　　含有你昨夜的嘆氣…
　　別上什麼鐘表店
　　聽你的青春被蠶食，
　　別上什麼骨董鋪
　　買你家祖父的舊擺設。
　　……………

56.9　（乙）參差詩。——這是指詩行的長短不齊者而言。有些

詩行是不整齊中的整齊,例如每隔若干長行有一個短行,等等(見下文第五十七節);這裏所指的却是完全不整齊的詩行。詩行的參差,不一定就是無韵詩,例如上文第二十三節所舉李白的飛龍引,如果分行書寫,就成爲長短行的自由詩(參差詩),不過它却是有韵的。西洋也有這一類的自由詩,例如:

THE NEW WORLD

Somebody called Walt Whitman

Dead!

He is alive instead,

Alive as I am. When I lift my head,

His head is lifted. When his brave mouth speaks,

My lips contain his word. And when his rocker creaks

Ghostly in Camden, there I sit in it and watch my hand
    grow old

And take upon my constant lips the kiss of younger truth…

It is my joy to tell and to be told

That he in all the world and me,

Cannot be dead,

That I, in all the world and him, youth after youth

Shall lift my head.

              W. Bynner

在初期白話詩裏,這一類的自由詩也很不少。例如:

死的誘惑　　　　　　　　　郭沫若

我有一把小刀,

倚在窗邊向我笑,

她向我笑道:

沫若,你別用心焦!

你快來親我的嘴兒,

我好替你除却許多煩惱。

但是，更多的却是音數參差的無韵詩。例如：

悲　語　　　　　　　　　葉紹鈞
　一個朋友的妻死了，
他斂抑着悲痛
對我説：
「現在換衣服要常常找尋了！」
　我的親戚，
死了個六歲的孩子，
來信説：
「完了！只剩他的像片了！」
　微雨中的山游　　　　　王統照
當我們正下山來；
槭槭的樹聲，已在静中響了，
迷濛如飛絲的細雨，也織在淡雲之下。
羊聲曼長地在山頭叫着，
拾松子的婦人，也疲倦的回來。
我們行着，只是慢慢地走在碎石的斜坡上面。
看啊！
疏林中春末的翠影，
爲將落的日光微耀。
紛披的葉子，被雨絲洗濯着，更見清麗。
四圍的大氣，都似在雪中浴過。
向回望高塔的鐸鈴，似乎輕松的摇動，
但是聲太弱了，
我們却再聽不見它説的甚麼。
．．．．．．．．．．．．．．．．．．

56.10　這裏要牽涉到詩行和詩句的關係（參看下文第五十七

節)。在西洋,無論有韵詩或無韵詩,一行不一定和一句相當。如果是有韵詩,一行之末就是韵脚;如果是無韵詩,然而講究音數或音步,有時候祇好犧牲詩句來遷就詩行,像上文所舉的失樂園。像這後一種的情形,就發生了一個問題:既然没有韵脚,何不索性依照詩句的自然停頓(pause)來分行呢? 惠特曼一派的自由詩,就是依照詩句的自然停頓來分行的,于是詩行的長短就變了參差不齊的樣子了。如果説得更徹底一些,自由詩之所以成爲詩,祇在于詩的境界,不在于分行書寫。因此,散文分行書寫并不能變爲詩;反過來説,詩不分行仍不失其爲詩。所謂散文詩(prose poetry)或詩的散文(poetic prose),就是不講音步的無韵詩。它可以分行寫,像上面所舉葉紹鈞和王統照的例子;也可以不分行,像下面的兩個例子:

三　弦　　　　　　　　沈尹默

中午時候火一樣的太陽没法去遮闌,讓他直晒着長街上。静
　悄悄少人行路,只有悠悠風來,吹動路旁行樹。
誰家破大門裏,半院子緑茸茸的草,都浮着閃閃的金光。旁
　邊有一段段低低土墻,擋住了個彈三弦的人,却不能隔斷
　那三弦鼓蕩的聲浪。
門外坐着一個穿破衣裳的老年人,雙手抱着頭,他不聲不響。

匆　匆　　　　　　　　朱自清

　燕子去了,有再來的時候;楊柳枯了,有再青的時候;桃李
謝了,有再開的時候。但是,聰明的,你告訴我,我們的日子
爲什麽一去不復返呢? ——是有人偷了他們罷:那是誰?
又藏在何處呢? 是他們自己逃走了罷:現在又到了那裏呢?
　我不知道他們給了我多少日子;但我的手確乎是漸漸空虚
了。在默默裏算着,八千多日子已經從我手中溜去;像針尖
上一滴水滴在大海裏,我的日子滴在時間的流裏,没有聲音,
也没有影子。我不禁頭涔涔而泪潸潸了。

大概短些的詩喜歡分行,長些的喜歡不分行,但也不一定。總要看詩

人的高興罷了。

56.11 （丙）長短章。——詩的一段也叫做一章。西洋詩如果分段，各段的行數必須相等。最普通的是每段四句或每段八句，其餘如兩句，三句，五句，六句，七句，以至于十句，都是可以的。現在分別舉例如下：

(1) 每段兩句。例如 R. Frost（1875—?）的 *The Tuft of Flowers*，共廿一段，是 21×2。

(2) 每段三句。例如 H. van Dyke（1852—?）的 *Tennyson*，共三段，是 3×3。（此類最爲少見。）

(3) 每段四句。例如 Th. Gray 的 *Elegy Written in a Country Churchyard*，共三十二段，是 32×4；又如 A. Tennyson 的 *Break，Break，Break*，共四段，是 4×4。

(4) 每段五句。例如 Ed. Waller（1606—1687）的 *Go，Lovely Rose*，共四段，是 4×5。又如 P. B. Shelley 的 *Toa Skylark*，共廿一段，是 21×5。

(5) 每段六句。例如 R. Burns（1759—1796）的 *A Bard's Epitaph*，共六段，是 6×6。

(6) 每段七句。例如 W. Morris（1834—1896）的 *An Apology*，共六段，是 6×7。（參看下文第六十二節 62.6「皇家詩」。）

(7) 每段八句。例如 W. Wordsworth（1770—1850）的 *Ode to Duty*，共七段，是 7×8；又如 R. Kipling（1865—?）的 *The White Man's Burden*，共七段，也是 7×8。

(8) 每段九句。例如 Byron 的 *Childe Har ld's Pilgrimage*。（參看下文第六十五節論「史本賽式」。）

(9) 每段十句。例如 S. Lanier（1842—1881）的 *The Song of the Chatta-hoochee*，共五段，是 5×10。

56.12 漢語的白話詩，分段整齊的雖也不少（參看下文第六十一節所舉劉復的教我如何不想他，等等），但是分段參差的長短章更多。例如：

棄　婦　　　　　　　　　　　李金發

長髮披遍我兩眼之前，

遂隔斷了一切羞惡之疾視,
與鮮血之急流,枯骨之沈睡。
黑夜與蚊蟲聯步徐來,
越此短墻之角,
狂呼在我清白之耳後,
如荒野狂風怒號,
戰栗了無數游牧。

靠一根草兒,與上帝之靈往返在空谷裏。
我的哀戚唯游蜂之腦能深印着;
或與山泉長瀉在懸崖,
然後隨紅葉而俱去。

棄婦之隱憂堆積在動作上,
夕陽之火不能把時間之煩悶
化成灰爐,從烟突裏飛去,
長染在游鴉之羽,
將同棲止于海嘯之石上,
靜聽舟子之歌。

衰老的裙裾發出哀吟,
徜徉在丘墓之側,
永無熱淚,
點滴在草地
爲世界之裝飾。

56.13 自由詩的作風,直到現在仍舊非常盛行。但是,從下節起,直至本章之末,我們都將敍述歐化詩。這因爲我們對於自由詩沒有許多話可說。既然自由,就不講究格律,所以我們對於自由詩的敍述,祇是對於各種格律的否定而已。

第五十七節　詩行的長短

57.1　漢語詩句的長短以字數爲標準；西洋詩行的長短不以字母的數目爲標準，而以音節（syllables）的數目爲標準。這裏，中西的標準是可認爲相同的，因爲漢語裏一個字恰是等于西洋的一個音節。

57.2　在沒有輕重音的語言裏，詩行的結構比較簡單。在歐洲，這可以法語爲代表。古代漢語也可認爲屬于這一類。現代漢語仍有許多方言是沒有輕重音，或輕重音不大顯著的，因此，多數詩人都不大理會輕重音的關係，他們的詩可認爲每字都該重念的。至于在有輕重音的語言裏，詩行的結構是複雜多了。在歐洲，這可以英語爲代表。現代漢語普通話也屬于這一類。因此，有些漢語詩人仿效英詩的輕重律或重輕律（見下節），這樣構成的詩行另有講究，下節再談。

57.3　法語和其他羅馬語系的詩，其音數以整齊爲原則。所謂整齊，有兩種意義。第一，每行的音數相同；第二，每行的音節須成偶數（evenumber），如十二音，十音，八音等。如果不是每行音數相同，或不用偶音，可以認爲變例。現代中國許多歐化詩都可以用這個標準去看它們。現在分別說明，并盡可能舉些漢語詩的例子。

1. 偶　音　行

57.4　（甲）十二音。——十二個音一行的詩的來源很古。它的名稱叫做 alexandrine，因爲十二世紀有一首亞歷山大故事詩（*Romand' Alexandre*），那詩首創十二個音一行的格式，這是「亞歷山大式」得名之由來。現在試舉梁宗岱在其所著屈原裏所引意大利雕刻大師米珂朗杰羅（Michael Angelo，1475—1564）爲但丁刻的一首詩爲例：

> 無人說得出關於他應說的話。
> 太大的光榮環繞着他的名字；

　　　　貶責那些冒犯他的比較容易，
　　　　却很難表出他最微弱的光華。

　　　　爲啓迪我們他不惜親自踐踏，
　　　　罪惡的深淵；然後又升向上帝；
　　　　天堂底門大開來迎接他進去，
　　　　他底國門却緊閉起來拒絕他。

　　　　忘恩的民族！你把他摧殘迫害
　　　　結果只是自作孽。你指給人看
　　　　最完善的人要受最大的苦難。

　　　　一千個證據中只這便足證明：
　　　　沒有比他底放逐更大的虐待，
　　　　世上也沒有比他更偉大的人。
　　　　　　（譯文的音數和原詩的音數相同。）

　　57.5　英詩裏的「亞歷山大式」比較罕見，也許因爲詞尾的輔音（consonants)太多，如果用十二音，就令人有比羅馬語系的十二音的詩行更長了的感覺。現代漢語詩人也有用十二音的詩行的，例如馮至的十四行集的第十三首：

　　　　你生長在平凡的市民的家庭，
　　　　你爲過許多良家的女孩流泪，
　　　　在一代雄主的面前你也敬畏；
　　　　你八十年的歲月是那樣平靜。

　　　　好像宇宙在那兒寂寞地運行，
　　　　但是不會有一分一秒的停息，
　　　　隨時隨處都演化出新的生機，
　　　　不管風風雨雨，或是日朗天晴。

　　　　從沈重的病裏換來新的健康，
　　　　從絕望的愛裏換來新的發展，
　　　　你懂得飛蛾爲什麽投向火焰，

　　　　蛇爲什麽脫去舊皮才能生長；
　　　　萬物都在享用你的那句名言，
　　　　它道破一切生的意義:「死和變。」

恰巧我們所舉的例子都是十四行詩,但「亞歷山大式」并不一定是十四行;祇要每行用十二個音,無論多少行,都算是「亞歷山大式」。

　　57.6　(乙)十音。——十個音一行的詩,在西文叫做 decasyllable。在法詩裏,這種詩比「亞歷山大式」爲少見;在英詩裏恰恰相反,它是詩人的寵兒,大多數的詩都是十音的。但是,英語的十音詩有輕重律的關係,留待下節再説。現在試舉現代漢語詩人的幾個例子:

　　　　　　十四行集第十一首　　　　　　馮　至
　　　　在許多年前的一個深夜
　　　　你爲幾個青年感到一覺,
　　　　你不知經驗過多少幻滅,
　　　　但那一覺却永不曾凋謝。

　　　　我永久抱着感謝的深情
　　　　望着你,爲了我們的時代:
　　　　它被些愚蠢的人們毀壞,
　　　　但是它的維護人却一生

　　　　被摒擠在這個世界以外,
　　　　有幾次望出來一綫光明,
　　　　轉過頭來又有烏雲遮蓋。

你走完你的艱險的行程，
艱苦中只有路旁的小草
曾經引出你希望的微笑。

水　份　　　　　　　　　　　　　　卞之琳

蘊藏了最多水份的，海綿，
容過我童年最大的崇拜，
好奇心浴在你每個隙間，
我記得我有握水的喜愛。

忽然我關懷出門的旅人：
水瓶！讓駱駝再多喝幾口！
願你們海綿一樣的雨雲
來幾朵，跟在他們的塵後！

雲在天上，熟果子在樹上！
仰頭想吃的，涼雨先滴他！
誰教擠一滴檸檬，然後嘗
我這杯甜而無味的紅茶？

我敬你一杯。酒吧？也許是。
昨夜我做了澆水的好夢：
不要説水份是柔的，花枝，
抬起了，抬起了，你的愁容！

57.7　（丙）八音。——在法詩裏，八音詩比十音詩更爲少見些。
英語八音詩雖也比十音詩少些，然而比法語的八音詩却是多些。現代
漢語詩人似乎并不十分喜歡八音詩。現在祇舉出一個例子：

寂　寞　　　　　　　　　　　　　　卞之琳

鄉下小孩子怕寂寞，
枕頭邊養一隻蟈蟈；

　　　　長大了在城裏操勞，
　　　　他買了一個夜明表。

　　　　小時候他常常羨艷
　　　　墓草做蟋蟀的家園；
　　　　如今他死了三小時，
　　　　夜明表還不曾休止。

　　57.8　在西洋古代的十二音詩裏，每行分爲相等的兩個「半行」（hemistiches），每一個「半行」是六個音。兩個「半行」之間，有一個短短的停頓，叫做「詩逗」（Caesura）。不是詩逗的地方自然也可以停頓，但應該是詩逗的地方却必須停頓。這個規矩，在古代是很嚴格的；至于近代，雖仍舊有人這樣做，但也有別樣的節奏，例如每四字一頓或每三字一頓，等等。十音詩，就法國而論，古代多數是四六，偶然也用六四，這樣兩個「半行」是一短一長，音數是不相等的。十九世紀，才偶然有五五式的十音詩。八音詩則因音數較少，可以一氣念完一行，所以可以沒有「詩逗」。

　　57.9　所謂「詩逗」，有時是用逗號（,）的；有時不用逗號，但因意義上的關係，到那裏也可以略頓一頓。前者如馮至的「不管風風雨雨，或是日朗天晴」，（十二音），又如卞之琳的「雲在天上，熟果子在樹上」（十音）；後者如馮至的：

　　　　從沈重的病裏]換來新的健康，
　　　　從絕望的愛裏]換來新的發展，

又如馮至的：

　　　　我永遠抱着]感謝的心情。

但法詩裏的「詩逗」是全篇一律的（至少在十八世紀以前是如此），現代漢語詩人的「詩逗」是偶然的和隨意的。這是大不相同之點。

2. 奇 音 行

57. 10　（甲）十三音。——十三音比「亞歷山大式」還多了一音，
這在古典派的詩裏是没有的。法國象征派的詩人魏爾倫（Verlaine,
1844—1896）等，他們嫌「亞歷山大式」太呆板了，于是創爲十三音和十
一音。在現代漢語詩人的詩集裏，全篇十三音的非常罕見，祇偶然有
一段十三音的，例如卞之琳慰勞信集第二首第二段：

> 空中來搗亂的給他空中打回去，
> 當心頭頂上降下來毒霧與毒雨。
> 保衛營，我們也要設空中保衛營，
> 單保住山河不够的，還要保天宇。

57. 11　（乙）十一音。——十一音在法詩裏是非正則的。現代
的漢語詩人，也很少有全篇十一音的詩，祇偶然有一段十一音的，
例如：

口　供　　　　　　　　　　　　　　聞一多
> 我不騙你，我不是什麽詩人，
> 縱然我愛的是白石的堅貞，
> 青松和大海，鴉背馱着夕陽，
> 黄晚裏織滿了蝙蝠的翅膀。
> 你知道我愛英雄還愛高山，
> 我愛一幅國旗在空中招展，
> 自從鵝黄到古銅色的菊花。
> 記着我的糧食是一壺苦茶！
>
> 可是還有一個我，你怕不怕？
> 蒼蠅似的思想，垃圾桶裏爬。

57. 12　（丙）九音。——九音的詩比十一音十三音更值得注意；

法國中世紀詩人如 Malherbe，Segrais 等，他們都有九音詩。現代漢語詩人像馮至也很喜歡做九音詩。例如他的十四行集第三首：

> 你秋風裏蕭蕭的玉樹
> 是一片音樂在我耳旁
> 築了一座嚴肅的廟堂，
> 讓我小心翼翼地走入。
>
> 又是插入晴空的高塔
> 在我的面前高高聳起，
> 有如一個聖者的身體，
> 升華了全城市的喧嘩。
>
> 你無時不脫你的軀壳，
> 凋零裏只看着你生長；
> 在阡陌縱橫的田野上
> 我把你看成我的引導：
> 祝你永生，我願一步步
> 化身爲你根下的泥土。

3. 短　　行

57.13　從七音至二音，叫做短行。漢語的七言詩甚至五言詩都不嫌短，爲什麼在西洋七音以下就算是短行呢？這因爲漢語每字就有一個意義，西洋則往往幾個音才合成一個意義。就普通説，漢語的七言所能表示的意義比西洋七音所能表示的意義多了許多。這是就文言詩而論的。若就白話詩而論，加上了許多復音詞和許多虛字，也就和西洋相等了。因此，在白話詩裏，七音以下的詩行也可以認爲短行。

57.14　（甲）七音。——法國的 Malherbe，La Fontaine 和浪漫主義派，都相當喜歡寫七音詩。漢語白話詩裏的七音詩，就其所能

表示的意義而論，大致等于文言詩裏的五言詩，或四言、三言。
例如：

長　途

卞之琳

一條白熱的長途
伸向曠野的邊上，
像一條重的扁擔
壓上挑夫的肩膀。

幾絲持續的蟬聲
牽住西去的太陽，
晒得垂頭的楊柳
嘔也嘔不出哀傷。

快點走，快點走吧，
那邊有賣酸梅湯，
去到那綠蔭底下，
喝一杯，再乘乘涼。

幾絲持續的蟬聲
牽住西去的太陽，
晒得垂頭的楊柳
嘔也嘔不出哀傷。

暫時休息一下吧，
這兒好讓我們躺，
可是靜也靜不下，
又不能不向前望。

一條白熱的長途
伸向曠野的邊上，

像一條重的扁擔
壓上挑夫的肩膀。

57.15 （乙）六音。——六音詩在<u>法</u>國，較七音詩爲罕見。現代
漢語詩裏六音詩較<u>法</u>國六音詩爲多見，大約因爲含義較爲豐富的緣
故。例如：

十四行集第七首　　　　　　　馮　至

和暖的陽光内
我們來到郊外，
像不同的河水
融成一片大海。

有同樣的警醒
在我們的心頭，
是同樣的運命
在我們的肩頭。

共同有一個神
我爲我們擔心：
等到黄昏到了，

那分歧的街道
又把我們吸回，
海水分成河水。

57.16 （丙）五音。——五音詩，無論在<u>西洋</u>詩或漢語歐化詩
裏，都是罕見的。除了摻雜着長行者外，我們祇看見了下面一個例子：

慰勞信集第十六首　　　　　　　卞之琳

要保衛藍天，

要保衛白雲，

不讓打汙印，

靠你們雷電。

與大地相連，

自由的鷲鷹，

要山河干净，

你們有敏眼。

也輕于鴻毛，

也重于泰山，

責任内逍遥，

勞苦的人仙，

五分鐘死生，

千萬顆憂心。

57.17　（丁）四音。——四音太短了，所以非常罕見。漢語古詩中有四言，因爲言簡意賅的緣故；現代白話詩就很難做到全篇四音的了。在西洋，自然也是極少見的。現在祇舉出一段法文詩爲例：

　　　　Un vaste et tendre

　　　　Apaisement

　　　　Semble descendre

　　　　Du firmament

　　　　Que l'astre irise.

　　　　　　　　—Verlaine

這祇是一句話（「一種廣大而温柔的安慰似乎從那被太陽施以七彩的蒼穹降下來了」），不過分爲五行罷了。

57.18　（戊）三音。——三音詩，在古代漢語祇見于歌謠（如「千

里草,何青青! 十日卜,不得生」),現代恐怕是没有。在西洋,這種詩也近于游戲。例如囂俄的一首小詩:

> Çà qu'on selle
> Écuyer,
> Mon fidèle
> Destrier.
>
> —V. Hugo

這也祇有一句話(「馬童,把我那忠心的戰馬裝起鞍來」),不過分爲四行,而且每行入韵就是了。

57. 19 (己)二音。——這是每行最低限度的音數,更是近于游戲。漢語詩裏没有看見過,恐怕將來也不大可能。西洋語言因爲有復輔音和詞尾破裂音或摩擦音之類,音素豐富些,所以二音還是可能的,祇不過非常罕見罷了。例如:

> UPON HIS DEPARTURE HENCE
> Thus I
> Pass by
> And die
> As one
> Unknown
> And gone—
>
> —Herrick(1591—1674)

這也祇有一句話(「我這樣走過去,死了,像一個不認識的人走了」),分爲六行。

57. 20 上面所述四音,三音,二音等,在現代漢語的歐化詩裏雖不是每行都這樣短,但短行雜在長行當中是有的。因此我們舉些西洋的短行詩,以資比較。

4. 長 短 行

57. 21　毫無規則的長短行，那就是自由詩了。現在說的是整齊的長短行。

57. 22　全篇音數完全相同的詩行，叫做「等度詩行」(isometric verses)。上面所舉，都是「等度詩行」的例子。但是，「非等度」的詩行也可以造成整齊的局面，因爲一首詩往往分爲若干「詩段」(stanza)，每段的行數又往往相同，這樣，如果各段的長短行的排比方式是一致的，就造成了不整齊之中的整齊了。

57. 23　法文詩裏有所謂 iambe 的，它的音數是十二音和八音遞用：第一行和第三行是十二音，第二行和第四行是八音。這 iambe 又有一種變體，就是十二音和六音遞用。這樣，都能成爲很整齊的局面。英語詩裏也有種種很整齊的長短行，不過它們是論音步而不論音數的（見下節）。現代漢語詩人也喜歡整齊的長短行，茲試舉出幾個例子如下：

十四行集第八首　　　　　　　　馮　至

是一個舊日的夢想，
眼前的人世太紛雜，
想依附着鵬鳥飛翔，
去和寧靜的星辰談話。

千年的夢像個老人
期待着最好的兒孫——
如今有人飛向星辰，
却忘不了人世的紛紜。

他們常常爲了學習
怎樣運行，怎樣隕落，
好把星秩序排在人間，

便光一般投身空際。

如今那舊夢却化作
遠水荒山的隕石一片。

　　　（每段末行用九音，其他各行都是八音。）

　　　遠　行　　　　　　　　　　　卞之琳

如果乘一綫駱駝的波紋
　涌上了沈睡的大漠，
當一串又輕又小的鈴聲
　穿進了黃昏的寂寞，

我們便隨地搭起了篷帳，
　讓辛苦釀成了酣眠，
又酸又甜，濃濃的一大缸，
　把我們渾身都浸遍；

不用管能不能夢見綠洲，
　反正是我們已爛醉；
一陣颶風抱沙石來偷偷
　把我們埋了也干脆。

　　　（單行用十音，雙行用八音。）

　　　夜　風　　　　　　　　　　　卞之琳

一陣夜風孤零零
　爬過了山巔，
摸到了白楊樹頂，
　撥響了琴弦，
奏一曲滿城冷雨，
　你聽，要不然
准是訴說那咽語——
　冷澗的潺湲；
你聽，潺湲聲激動
　破閣的風鈴，
仿佛悲哀的潮涌

搖曳着愴心；

啊,這顆心丁當響,

莫非是,朋友,

是你的嗎? 你這樣

默默的垂頭——

你聽,夜風孤零零

走過了窗前,

跟蹌的踩着蟲聲,

哭到了天邊。

(單行用七音,雙行用五音。)

後二例也可以認爲 ïambe 的變體,因爲 ïambe 在希臘原文 iambos 裏本祇有一長一短相間的意思。普通對于 ïambe 的寫法,喜歡把短行寫低些(若就橫行文字説,是靠右些)。

57.24 末了,我們順便談一談詩句和詩行的關係。在許多地方,一行就是一句,或一個句子形式,或一個可以停頓的單位;總之,是可以用句號或逗號或分號的。在法文詩的初期,詩行之末必須停頓;後來漸漸不受這種拘束。到了十六七世紀之間 Malherbe 和 Boileau 都主張維持古詩的規矩,但他們終于失敗了,于是有所謂跨行法(法文 enjambement,英文借用法文,但也有寫成 enjambment 的)。跨行法就是一個句子分跨兩行或多行,例如:

But the pleasure gives way

To a savour of sorrow.

　　　　　—A. Dobson(1840—1921)

有時候,這句子是從甲行的中間開始,直跨到乙行之末。例如:

Good night! I have to say good night

To such a host of peerless thing!

　　　　　—Th. B. Aldrich(1836—1907)

有時候，這句子是從甲行第一詞開始，跨到乙行的中間。例如：

> The fichu that helps everything
> By gay; and then, my shoes.
> 　　　　　—J. P. Peabody(1874—?)

有時候，某句從甲行跨到乙行，另一句從乙行跨到丙行，又另一句從丙行跨到丁行，幾乎是連綿不斷。例如：

> —E'en then would be some stooping; and I choose
> Never to stoop. Oh sir, she smiled, no doubt,
> Whene'er I passed her; but who passed without
> Much the same smile? This grew; I gave commands;
> Then all smiles stopped together. There she stands
> As if alive. Will't please you rise? We'll meet
> The company below, then, I repeat...
> 　　　　　—R. Browning(1812—1889)

57.25　有一種最短的跨行，叫做拋詞法（法文 rejet）。其法是祇留一個詞拋到另一行。例如：

> Comme ils parlaient, la nue eclatante et profonde
> S'entr'ouvrit, et l'on vit se dresser sur le monde...
> 　　　　　—V. Hugo

拋詞法的作用有二：（一）是求節奏的變化；（二）是把重要的詞的價值顯現出來。法國浪漫主義派最喜歡用此法；英詩中則頗爲罕見。

57.26　中國新派詩人對于拋詞法雖然罕用，他們對于跨行法却是大量地運用。上面所舉馮至卞之琳諸例，已經充分地表現了這一點。本來，漢語舊詩裏也有簡單的跨行法。上文第二十四節裏所述的

「十字句」和「十四字句」，假使我們把五言詩的每五個字寫作一行，七言詩的每七個字寫成一行，就顯得出是跨行了。例如：

從此，辭鄉淚
雙垂不復收。
　　　　　——李嘉祐登秦嶺

莫使滄浪叟
長歌笑爾容。
　　　　　——劉長卿洞庭驛逢郴州使

明年，塞北諸蕃落
應建生祠請立碑。
　　　　　——張籍送裴相公赴鎮太原

（像這些地方的「出句」之末，依漢語習慣雖然應加逗號，若依西洋習慣，卻是不該加逗號的。至于「出句」的中間，若依西洋習慣，卻有些地方可加逗號。）

由此看來，有些白話詩的跨行法應認爲漢語詩所原有的，例如：

朋友穿了新大褂
同我出去吃晚飯。
　　　　　——卞之琳工作的笑

我如今知道，死和老年人
并沒有什麽密切的關連。
　　　　　——馮至給秋心

但是漢語詩原有的跨行法祇限于若干形式；較複雜的跨行法是漢語舊詩中所没有的，尤其是像下面這些情形：

1. 連跨三行以上。例如：

我在門薦上不忘記細心的踩踩，
不帶路上的塵土來糟蹋你的房間

　　以感謝你必用滲墨紙輕輕的掩一下
　　叫字淚不玷污你寫給我的信面。
　　　　　　　——卞之琳無題三

2.句子在次行的中間終結。例如：

　　啊！老人，這道兒你一定
　　覺得是長的，這冬天的日子
　　也覺得長吧？是的，我相信。
　　　　　　　——卞之琳長
　　你的姓名常常排列在
　　許多名姓的中間，并沒有
　　什麼兩樣，但是你却永久
　　保持了一種異樣的光彩。
　　　　　　　——馮至十四行集第十首

3.非但跨行，而且跨段。例如：

　　祇在過渡的黎明和黃昏
　　認識你是長庚，你是啓明，
　　到夜半你和一般的星星
　　也沒有區分：多少青年人

　　賴你寧靜的啓示才得到
　　正當的死生。如今你死了，
　　我們深深感到你已不能

　　參加我們將來的工作，
　　如果這個世界能够復活，
　　歪扭的事能够重新調整。
　　　　　　　——同上

57.27　由于跨行法的大量運用,于是歐化詩就和民國初年的白話詩發生了絕大的差異。普通白話詩和歐化詩的異點雖多(見下文第五十八至六十五節),但是跨行法乃是歐化詩最顯著的特征之一。

第五十八節　音　　步

58.1　西洋詩的講究「音步」(foot),是由希臘詩開始的。希臘語裏有長短音的分別:一個長音和一個或兩個短音相結合(或他種結合),成爲一個節奏上的單位,叫做音步。拉丁語裏也有長短音的分別,所以拉丁詩裏也有音步的講究。法語裏沒有長短音的分別,現在法國人把詩中的一個音認爲一步(pied),完全失去原來的意義了。英語裏也沒有長短音的分別,然而它有輕重音的分別,于是英國詩論家把重音和希臘的長音相當,把輕音和希臘的短音相當,就承受了希臘關于音步的各種術語。在本節裏,我們先把英詩的音步理論叙述清楚,然後看它對于漢語歐化詩産生了些什麽影響。

58.2　由兩音或三音構成音步,再由若干音步構成詩行,這叫做「步律」(meter)。英詩中的步律的構成,普通祇有四種:

(甲) 輕重律(asscending or rising meters)。

　　1.一輕一重律(iambic or iambus);

　　2.二輕一重律(anapest)。

(乙) 重輕律(descending or falling meters)。

　　1.一重一輕律(trochee);

　　2.二重一輕律(dactyl)。

爲叙述的簡便起見,下面我們將用音譯,把這四種音步分別稱爲「淹波律」,「阿那貝律」,「特羅凱律」,「德提爾律」。「淹波律」在法文的意義和英文的意義不同:法文所謂 ïambe,保存原來希臘的一長一短的意義,指的是一個長行和一個短行相間;英文所謂 iambic,保存原來希臘的音步的意義,指的是一個輕音和一個重音相結合。至于「阿那貝律」原來指的是二短一長,「特羅凱律」原來指的是一長一短,「德提爾律」原來指的是二長一短,現在是把重輕去代替長短了。

58.3　另有一種分類法,是按音數而分的。「淹波律」和「特羅凱

律」屬于「雙音律」(duple or double meters)；「阿那貝律」和「德提爾律」屬于「三音律」(triple meters)。普通用 a 表示重音，用 x 表示輕音。例如：

（甲）淹波律。

    x   a | x a | x   a

The wind is fresh and free.

（乙）特羅凱律。

    a x | a x | a x | a x

Happy field or mossy cavern

（丙）阿那貝律。

    x   x a | x x a | x x a | x x   a

And his cohorts were gleaming in purple and gold.

（丁）德提爾律。

    a   x x | a x x

Take her up tenderly.

58.4　上節所稱的八音詩，十音詩等，那是<u>法國</u>派的說法；若依<u>英國</u>的說法，應該稱爲幾步詩，不該稱爲幾音詩。例如一首淹波律的詩，如果每行有十個音，恰好是五個音步，就該稱爲五步詩。又如一首阿那貝律的詩，如果每行有十二個音，恰好是四個音步，倒反該稱爲四步詩。像上節所舉 Herrick 的二音詩，嚴格地應該稱爲一步詩。就詩行的長短說，有所謂一步詩（monometer），二步詩（dimeter），三步詩（trimeter），四步詩（tetrameter），五步詩（pentameter），六步詩（hexameter），七步詩（heptameter），八步詩（octameter），九步詩（nonameter）等。其中以雙音律的五步詩最爲常見，四步詩次之，一步詩與七步八步九步最爲罕見。

58.5　淹波律是英詩中最普通的一種步律。它是雙音律，而<u>英語</u>裏的詞多是單音，和冠詞介詞之類配起來恰是雙音；它是輕重律，冠詞介詞之類都是輕音（冠詞永遠是輕音，連介詞和領有代名詞之類以念輕音爲常），它們的位置恰該是在名詞（重音）之前的。因此，淹波律就成爲<u>英國</u>詩人的寵兒了。例如：

SHE WALKS IN BEAUTY

x   a | x   a | x   a | x   a
She walks in beauty, like the night

  x   a | x   a | x   a | x   a
  Of cloudless climes and starry skies;

x   a | x   a | x   a | x   a
And all that's best of dark and bright

  a   x | x   a | x a | x   a
  Meet in her aspect and her eyes:

x   a | x   a | x   a | x   a
Thus mellow'd to that tender light

  x   a | x a | x   a | x a
  Which heaven to gaudy day denies.

  x   a | x   a | x   a | x   a
  One shade the more, one ray the less,

  x   a | x   a | x   a | x   a
  Had half impair'd the nameless grace

x   a | x a | x a | x   a
Which waves in every raven tress,

  x   a | x a | x   a | x   a
  Or softly lightens o'er her face;

x   a | x a | x   a | x a
Where thoughts serenely sweet express

  x   a | x a | x   a | x   a
  How pure, how dear their dwelling-place.

  x   a | x   a | x   a | x   a
  And on that cheek, and o'er that brow,

  x   a | x   a | x   a | x a
  So soft, so calm, yet eloquent,

x　　a｜x　　a｜x　　a｜x　　a

The smiles that win, the tints that glow,

　　x　　a｜x　　a｜x　　a｜x　　　a

　But tell of days in goodness spent,

x　　a｜x　　a｜x　　a｜x a

A mind at peace with all below,

　　x　　a｜x　　　a｜x a｜x a

　A heart whose love is innocent!

　　　　　　—Byron(1788—1824)

58.6　　凡讀一首詩，須先分析它的音步。這種工作，叫做 scansion。分析音步是一件不很容易的事。譬如這詩第一段裏，第六行的 to 是一個輕音，第五行的 to 却是一個重音；第二第三兩行的 and 是輕音，第四行的 and 却是重音。又如第二段第三行的 raven 算兩個音，第一段第六行的 heaven 却祇算一個音。然而我們有一種便利，就是每行的音數大致是有一定的，而一首詩中往往祇有一種步律，或以一種步律爲主。有了這種限制，我們綜觀全行，再加分析，就容易得多了。譬如這首詩，每行都是八個音，也就是四步的淹波律；祇有第一段第四行的第一個音步是特羅凱律，這是爲了加上一點變化，以免單調，同時也可以加強語氣。這也是仔細觀察得出來的（見下文）。

58.7　　在分析音步的時候，應注意下列各點：

（一）名詞和動詞，大致總是重音。由此，我們可以斷定這詩第四行的"meet in"是特羅凱律。如果是雙音的名詞或動詞，就要看這詞的重音所在而定（看詞典便知），例如 beauty 和 mellow 是重音在前，輕音在後；deny, impair 和 express 却是輕音在前，重音在後。因此，詩人是必須着意選詞，來配合他的步律的。

（二）形容詞也往往讀重音。如系雙音詞，情形和名詞動詞一樣。如系單音詞而後面又緊跟着名詞，有時候讀輕音。

（三）副詞如系單音，大致讀輕音。如系雙音，情形和名詞動詞形容詞一樣。

（四）無論名動形副，如系三音以上的詞，應先找出重音所在。例

如三音詞在雙音律里,若重音在第一音,則第二音爲輕音,第三音爲重音(因它比第二音重些),像這詩裏的 eloquent 和 innocent;若重音在第二音,則第一第三都是輕音,像這詩裏的 serenely。至於三音詞在三音律裏,若重音在第一音,其餘兩音自然都讀輕音了。

(五)代名詞讀輕讀重,須視情形而定;但讀輕的時候較多。

(六)連介詞以讀輕音爲原則。但在淹波律裏,連介詞前面如系雙音詞,而這雙音詞的第二音又是輕音,則此連介詞可變爲重音,像這詩第四行的"aspect and"和第五行的"mellow'd to"。

(七)詩中有所謂略音法(elision),就是省去一個元音(母音)或一個音節,不念出來。被略去的元音往往是一個輕音 e,用一個省略號(,)來表示,像這詩裏的 mellow'd(mellowed),impair'd(impaired);偶然有些特別的寫法,像 over 省寫爲 o'er,但其減少一個音節則是一樣的。有時候,詩人并不用省略號,而讀詩的時候仍該省略,像這詩裏的 like, climes, shade, more, waves, serenely, smiles, whose, love,末一個 e 在平常語音裏就不念出,所以不必用省略號;至于 heaven 和 every,有些詩人也寫作 heav'n 和 ev'ry,但這詩裏還是用全寫。這個道理非常重要。譬如這詩裏的 heaven 如果誤讀爲雙音,就會把後面的 to 念爲重音(依照上面第六則),而把音步破壞了。

58.8　特羅凱律往往用名動形等實詞爲一行的開始;這樣,就形成了先重後輕的音步。例如:

> a　x | a　x | a　　x | a x
> Give me of your bark, O Birch-tree;
> a　　x | a　x | a　x | a x
> Of your yellow bark, O Birch-tree!
> a x | a　x | a　x | a x
> Growing by the rushing river,
> a　　x | a x | a　x | a　x
> Tall and stately in the valley!
> a x | a x | a　x | a　　x
> I a hight canoe will build me. ...

```
a    x | a    x | a  x | a x
That shall float upon the river,

a    x | a  x | a  x | a    x
Like a yellow leaf in Autumn,

a    x | a  x | a x | a x
Like a yellow water-lily!
```

From *Hiawatha*,

by H. W. Longfellow(1807—1882)

58.9　但這種完全的特羅凱律是頗爲罕見的；比較常見的乃是一種「歇後律」(catalectic)。「歇後律」是希臘詩裏就有了的。有了所謂歇後律，于是像上面所舉郎斐羅的詩就稱爲「不歇後律」(acatalectic)。

58.10　所謂歇後律，就是缺少末一個音節，使每行最後的一個音步成爲不完全的。例如：

```
a      x | a    x | a    x | a
Queen and Huntress, chaste and fair,

a    x | a  x | a x | a
Now the sun is laid to sleep,

a  x | a x | a x | a
Seated in thy silver chair

a      x | a  x | a x | a
State in wonted manner keep. ...
```

From *Hymn to Diana*, by B. Jonson(1573—1637)

這樣，仍舊像淹波律那樣用重音收尾，顯得更諧和些。假使把每行第一個音讀成一個音步，後面再按輕重律讀下去，簡直就像一個淹波律。但是，除了偶然有一兩個音步變化之外，淹波律和特羅律總是不相混的。

58.11　阿那貝律是二輕一重，這樣可以多容納些冠詞和連介

詞之類。不過,阿貝爾律很少是純粹的;往往雜着少數的淹波律。
例如:

O TALK NOT TO ME

x　a| x　x　a| x x　a|　x　　x　a| x
O talk not to me of a name great in story;

x　　a | x x　　a| x　x　a| x　x　a| x
The days of our youth are the days of our glory;

x　　x　a| x　x　a| x x　a|　x　　x　a|　x
And the myrtle and ivy of sweet two-and-twenty,

x　a | x　x　a| x　x　　a | x　x a| x
Are worth all your laurels, though ever so　plenty.

x　　x　a　| x x　a |　x x　　a | x　x
What are garlands and crowns to the brow that is

a　|　x
wrinkled?

x　　x　a| x x　a | x　x　a | x　x　a| x
'Tis but as a dead flower with May dew besprinkled:

x　　x　a| x　x　　a| x　x　a|　x　x　a| x
Then away with all such from the head that is hoary,

x　　x　a| x x　　a　|　x　x　a| x　x　a| x
What care I for the wreaths then can only give glory?

x　a|　x　x　a| x　x　a　| x　x　a | x
O FAME!-if I e'er took delight in thy praises,

x　　a| x　x　a| x x　　a　| x　x a| x
'Twas less for the sake of thy high-sounding phrases,

x　　x a| x　　x　a| x　x　a | x　x a| x
Than to see the bright eyes of the dear one discover

x　　a|　x　x a| x　x　a| x x　a|　x
She thought that I was not unworthy to love her.

```
x      a | x x  a  |  x  x  a | x x  a | x
```
There chiefly I sought thee, there only If und thee;
```
x      a | x    x a | x x  a | x  x  a  | x
```
Here glance was the best of the rays that surround thee;
```
x      x a | x   x  a | x  x   a  | x   x a | x
```
When it sparkled o'er aught that was bright in my story,
```
x   a | x x    a  |   x  x  a | x   x  a | x
```
I knew it was love, and I felt it was glory.
—Byron

58. 12　第一件事值得注意的，就是每行之末，有一個多餘的輕音。這叫做「外加律」(hypercatalectic)。照通常的説法，在輕重律（包括淹波律和阿那貝律）裏，一行的末一個詞如果是個復音詞，而這個詞的末一個音又是輕音，那麼，這個輕音就被認爲外加的，不算入音步之內。像上面所舉拜倫的詩裏，story, glory, twenty, plenty, wrinkled, besprinkled, hoary, praises, phrases, discover, 都是合于這個説法的。但是，有時候末一個詞也不一定是復音詞，例如詩中的 her 和 thee，它們都祇有一個音，也可以構成外加律。還有一點應該注意：末一音段既是外加的，就不能單靠它來押韵，必須最後一個重音同時也押韵。像下面的韵脚是不足爲訓的：

```
x    a | x  a |  x  a | x
```
That no life lives forever
```
x      a | x   a |  x a | x
```
That dead men rise up never
```
x      a | x   a |   x  a | x
```
That even the weariest river
```
x      a | x    a | x  a |
```
Winds somewhere safe to sea.
From The Garden of Proserpine,
by A. Ch. Swinburne(1837—1909)

這裏 river 和 never 爲韵，是因爲一時找不着適當的韵字，不得已而用之的。

58.13 此外，還有值得注意的兩點：第一，阿那貝律因爲每步三音，所以顯得特別長，其實像拜倫這首詩每行十三音，也不過是一首四步詩而已。第二，只要每行的音步數目相同，音節的數目却不必相同，例如拜倫這首詩，第一段第三行是十三音，第一、二、四各行都是十二音，仍舊顯得很整齊的。

58.14 德提爾律是一重二輕，它是最罕見的一種。本來，特羅凱律沒有淹波律那樣自然，阿那貝律沒有淹波律那樣常用，德提爾律上重下輕像特羅凱，三音一步像阿那貝，所以更不自然，更罕見了。例如：

```
a    x  x | a  x  x | a  x  x | a  x
Just for a handful of silver he left us,

   a   x  x | a  x  x | a  x  x | a
   Just for a riband to stick in her coat—

   a   x   x | a  x  x | a  x  x | a x
   Found the one gift of which fortune bereft us,

   a   x   x | a  x  x | a  x  x | a
   Lost all the others she lets us devote;

a    x    x | a  x  x | a  x   x | a x
They, with the gold to give, doled him out silver,

   a   x    x | a    x  x | a x  x | a
   So much was theirs who so little allowed

a    x  x | a  x  x | a   x   x | a x
How all our copper had gone for his ervice!

   a   x   x | a  x  x | a  x   x | a
   Rags-were they purple, his heart had been proud!

a   x  x | a  x   x | a  x  x | a  x  x
We that had loved him so, followed him, honored him,

   a    x  x | a  x   x | a  x  x | a
   Lived in his mild and magnificent eye,
```

```
     a    x   x | a x x  |  a   x   x | a x
Learned his great language, caught his clear accents,
     a     x   x | a  x  x  | a x  x |a
Made him our pattern to live and to die! ...
```

From *The Lost Leader*,

by R. Browning(1812—1889)

58.15　德提爾律因爲是輕重律，所以也像特羅凱律一樣有歇後律。白朗寧這首詩比較複雜，其中有純粹的德提爾，如第九行…honored him;有末一音步用特羅凱的，如第一行…left us,第三行…bereft us,第五行…silver,第七行…service,第十一行…accents,有歇後律,如第二行…coat,第四行…devote,第六行…allowed,第八行proud,第十行…eye,第十二行…die 等。凡逢雙行都用歇後,所以顯得非常整齊。

58.16　音步的分野,和意義的分野并不一定相符。像 followed him, honored him,是音步和意羣(sense grouping)并行的,但這種地方不很多。若像"lived in his",就是音步和意羣不合了。至於像fortune be | reft us,簡直是把"bereft"一個詞割裂了。

58.17　以上説的是英詩的步律,現在回頭來看我們的歐化詩是怎樣的模仿它。

58.18　在普通話裏,有所謂輕音字,如「我的書」,「打了他」,「拿着傘」,「枇杷」,「親家」等。實際上,有些輕音字如「的」「着」之類很像「略音」(elision),所以有人懷疑單憑字數的一律是否就能取得音步的一律。例如:

風從千萬里外也會

掠來些他鄉的嘆息。

　　　——馮至十四行集第十五首。

這裏如果把「些」「的」二字認爲近似略音,則第一行有八音,第二行祇

有六音，倒反不整齊了。因略音的問題，又牽連到韵脚的問題，<u>西洋</u>的略音不算入音步之內，祇當一個輔音（子音）看待，在押韵時，不能單靠這個輔音相同，便算押韵。例如上面所舉<u>白朗寧</u>的詩裏，proud 和 allowed 押韵，這韵并不在詞尾的輔音 d（但這 d 也必須相同），而在詞中的元音［au］（ow, ou）。若依這種看法，像下面的幾個例子就不妥了：

> 我們的生命在這一瞬間，
> 仿佛在第一次的擁抱裏
> 過去的悲歡忽然在眼前
> 凝結成屹然不動的形體。
>
> ——<u>馮至</u>十四行集第一首。
>
> 把樹葉和些過遲的花朵
> 都交給秋風，好舒開樹身
> 伸入嚴冬，我們安排我們
> 在自然裏，像蛻化的蟬蛾
>
> 把殘売都丢在泥裏土裏
> 我們把我們安排給那個
> 未來的死亡，像一段歌曲，
>
> 歌聲從音樂的身上脫落，
> 歸終剩下了音樂的身軀
> 化作一脈的青山默默。
>
> ——<u>馮至</u>十四行集第二首。
>
> 共同有一個神
> 他爲我們擔心：
> 等到黄昏到了，
>
> 那分歧的街道
> 又把我們吸回，

海水分成河水。
　　　　——馮至十四行集第七首。
行走的人們,他們也是
向高處呼吁的火焰;
但是初春一棵枯寂的
小樹,一座監獄的小院…
　　　　——馮至十四行集第十四首。

自然,這衹是依照輕聲的讀法才覺得不妥;如果每字都重讀,那又無所謂不妥了。

58.19　如果把「的」「了」一類的字認爲不能構成音步,那麼,當它們被用于一行之末的時候,就不能認爲韵脚,必須它們前面的字押韵才行。例如「的」字不該和「利」「細」等字押韵,「了」字不該和「小」「鳥」等字押韵。如果一行的末兩字是「紅的」,就該拿「空的」「通的」「松的」之類和它押韵;如果是「好了」,就該拿「老了」「到了」「糟了」之類和它押韵。現代詩人有些是這樣做的,例如:

傍晚　　　　　　　　　卞之琳
倚着西山的夕陽,
和呆立着的廟墙
對望着:想要説什麼呢?
怎又不説呢?

馱着老漢的瘦驢
匆忙的趕回家去,
忐忑的,足蹄敲着道兒——
枯澀的調兒!

半空裏哇的一聲
一隻烏鴉從樹頂
飛起來,可是没有話了,

　　　　依舊息下了。

這首詩裏，如果把「麼」字重讀（照常例該是輕音），就完全合于「略音」
或「外加律」的規矩。又如：

　　　　這條路上哪兒的，我想問——
　　　　將來是來了，不用等。
　　　　尉遲恭，秦瓊都變了，
　　　　就算是夢罷，我見了
　　　　新天地的兩員門神。
　　　　　　　　——卞之琳慰勞信集第五首。

「變」和「見」押韵，也是同樣的道理。

　　58.20　漢語和英語，畢竟有許多不相同的地方。譬如「的」「了」
等字，如果當做一個音節看待，自然該認爲輕音；又如果依照英詩的辦
法，一行的輕音的位置須和其他各行的輕音的位置相當，那就頗嫌單
調而呆板。因爲英語裏的復音詞總祇有一個重音，所以輕重相配，有
許多變化；我們的復音詞，除了「枇杷」「葡萄」等詞之外，其他像「國
家」，「銀行」，「圖書館」，「攻擊」，「斗爭」之類，總是字字重讀的，這樣，
絕對的「輕聲」字太少了，變化也就太少了。

　　58.21　不過，除了絕對的輕音之外，我們還可以分別出相對的輕
音。譬如「國家」，我們可以假定「國」字比較重些，「家」字比較輕些（雖
然不像「張家」的「家」那樣絕對的輕）；又如「吃飯」，我們可以假定「吃」
字比較重些，「飯」字比較輕些。相對的輕音可算入音步之內；絕對的
輕音有時候不必算入音步之內。

　　58.22　本來，在英詩裏，絕對的輕音[ə]也是有伸縮餘地的。譬
如 *She Walks in Beauty* 裏，"heaven"的-ven 不算入音步，而"raven"
的-ven 却算入音步；又如 *Hymn to Diana* 裏，"seated"和"wonted"的
-ed 算入音步，而 *The Lost Leader* 裏，"loved"和"lived"的-ed 却不算入音
步。因此，「的」「了」一類的字是否算入音步，是可以看情形而定的。

　　58.23　這樣，如果還嫌呆板，那就索性不拘音步的一致，而祇求節

奏的一致。這種辦法，英詩裏也有。譬如上文所舉拜倫的 *She Walks in Beauty* 一詩中，"meet in"是重輕律，而和輕重律參用；又如拜倫的 *O Talk Not To Me* 一詩中，"the days"是雙音律，而和三音律參用。這樣，祇論音步的多少，不論音步的性質，那麼，字數不整齊的詩行，若以音步的數目而論，却很整齊。不過，咱們應該注意，讀到三音律或四音律的時候，聲音應該快些，讀到單音律(罕見)的時候，聲音特別拉長，就是了。現在我們試舉出一個字數不整齊而音步整齊的例子(五步詩)：

慰勞信集第二首　　　　　　　卞之琳

a x ｜a x ｜a x｜x a｜x a
母親給孩子鋪床總要鋪得平，

a x x｜a x x｜a x｜ x a ｜x a
哪一個不愛護自家的小鴿兒，小鷹？

a x｜ a x｜a x x｜a x｜a x
我們的飛機也需要平滑的場子，

a x｜ a x｜a x｜a x｜x a
讓它們息下來舒服，飛出去得勁

a x x｜a x｜a x｜a x｜a x x
空中來搗亂的給他空中打回去

a x｜a x x｜a x x｜x a｜x x a
當心頭頂上降下來毒霧與毒雨。

x x a｜a x｜a x x｜a x｜x x a
保衛營，我們也要設空中保衛營，

a x x｜a x｜a x｜ x a｜x x a
單保住山河不够的，還要保天宇。

a x｜x a｜x x a｜x a｜x x a
我們的前方有後方，後方有前方，

a x x｜a x x｜a x｜x x a｜x x a
强盜把我們土地割成了東一方，西一方。

```
a x | a x x | a x | a x | a x x
```
我們正要把一塊一塊拼起來，
```
x a | x a | a x | a x x | x x a
```
先用飛機穿梭子結成一個聯絡網。

```
a x | a x x | a x x | a x x | x x a
```
我們有兒女在<u>華北</u>，有兄妹在<u>四川</u>，
```
a x x | a x x | a x x | x x x a | x x a
```
有親戚在<u>江浙</u>，有朋友在<u>黑龍江</u>，在<u>雲南</u>⋯
```
a x | a x | x a | a x x | a x
```
空中的路程是短的，捎幾個字去罷：
```
    x a  |   x a | x x a | a x |     a
```
「你好嗎？我好，大家好。放心吧。干！」

```
a x | a x | a x |  a x | a x x
```
所以你們辛苦了，忙得像螞蟻，
```
a x | a x | x a | a x | x a
```
爲了保衛的飛機，聯絡的飛機。
```
a x | a x x x | a x | a x | a x
```
凡是會抬起來向上看的眼睛
```
a x x | a x | a x | x x a | x x a
```
都感謝你們翻動的一鏟土一鏟泥。

58.24 這樣，可以說是拿意義的節奏來做步律的節奏。在漢語律詩裏，意義的節奏，五言是二三律最多（見上文第二十一節後半節），七言是四三律最多（包括二二三律）。有些<u>歐</u>化詩人着意造成新形式，所以在五言喜歡用三二律，例如：

慰勞信集第十六首　　　　　　　　<u>卞之琳</u>

```
a x x | x a
```
要保衛藍天，

a x x｜x a

要保衛白雲，

a x x｜x a

不讓打汙印，

a x x｜x a

靠你們雷電。

（全詩已見於上節，不再繁引。）

在七言喜歡用三二二律，二三二律，三三一律，等等，例如：

白螺壳　　　　　　　　　卞之琳

a x｜x x a｜a

空靈的白螺壳，你，

a x x｜x a｜x a

孔眼裏不留纖塵，

a x｜a x｜a x

漏到了我的手裏

a x｜a x x｜x a

却有一千種感情：

a x x｜a x｜a x

掌心裏波濤洶涌，

a x x｜a x｜x a

我感嘆你的神工，

a x｜a x x｜x a

你的慧心啊，大海

a x x｜a x｜a x

你細到可以穿珠——

a x｜a x｜a x x

可是我也禁不住：

a x x｜a x x｜a

你這個潔癖啊，唉！

自然,舊詩中也有這種意義上的節奏,例如「淑女詩長在,夫人法尚存」,「泉聲咽危石,日色冷青松」(參看第二十一節),「春水船如天上坐,老年花似霧中看」,「顧我老非題柱客,知君才是濟川功」(參看第二十二節),不過頗爲罕見罷了。

58.25　總之,歐化詩在音步一方面,似乎還沒有達到十分完善的地步。將來詩人們也許還要有所改進的。

第五十九節　韵脚的構成(上)
——常韵,貧韵

59.1　在西洋詩裏,如果押韵,通常總是在一行的最後一個音節。所謂押韵,依常例說,就是甲行的最後音節裏的元音(母音)和乙行的最後音節的元音(母音)完全相同。例如:

> "You are in the china-closet!"
> 　　He would cry, and laugh with glee——(ee=[iː])
> It wasn't the china-closet;
> 　　But he still had Two and Three(ee=[iː])
> 　　　　From *One*, *two*, *three*,
> 　　　　　by H. C. Bunner(1855—1896)

如果是一個「復合元音」(diphthong),就必須和相同的「復合元音」相押。例如:

> Maud Muller all that summer day(ay=[ei])
> Raked the meadow sweet with hay(ay=[ei])
> 　　From *Mrs Judge Jenkins*,
> 　　　by F. B. Harte(1836—1902)

如果那元音後面帶着一個或兩個輔音(子音),那一個或兩個輔音(子音)也必須相同。例如:

Oh where did hunter wi<u>n</u>
So delectable a sk<u>in</u>
　For her feet?
　　　　　From "My Mistress's Boots",
　　　　　　by F. Locker-Lampson(1821—1895)
A baby's feet, like sea-shells p<u>ink</u>,
　Might tempt, should heaven see m<u>eet</u>,
An angel's lips to kiss, we th<u>ink</u>,
A baby's f<u>eet</u>.
　　　　　From *A Baby's Feet*,
　　　　　　by A. Ch. Swinburne(1837—1909)

假使咱們拿"thing"和"skin"押韵,或拿"thinks"和"pink"押韵,或拿"speed"和"feet"押韵,就是不對的,或不正常的。

59.2　如果詞的收尾是一個啞音 e(即形式上有這個字母,實際上不發音的),仍舊該把它當做輔音收尾的字看待,啞音 e 前面的元音也必須相同。例如:

He knew to bide his t<u>ime</u>,
And can his fame ab<u>ide</u>,
Still patient in his simple faith subl<u>ime</u>,
Till the wise years d<u>ecide</u>.
　　　　　From *Ode Recited at the Harvard*
　　　　　Commemoration, by J. R. Lowell

假使咱們拿 time 和 same 押韵,或拿 decide 和 prelude 押韵,就是不對的,或不正常的。

59.3　這裏所謂元音的相同或輔音的相同,是指實際的語音相同而言,字母相同與否,是可以不拘的。語音相同,字母也相同的,這是最常見的情形;上面所舉 day:hay;win:skin;pink:think;meet:feet,都是這一類的例子。此外,語音雖同,而字母不同或不全同者,叫

做「耳韵」(ear rime)；至於字母雖同，而語音不同或不全同者，叫做「眼韵」(eye rime)。耳韵例如：

> Of all the rides since the birth of <u>time</u>,
> Told in story or sung in <u>rhyme</u>.
> > From *Skipper Ireson's Ride*,
> > by J. G. Whittier (1807—1892)
> I went to turn the grass once after <u>one</u>,
> Who mowed it in the dew before the <u>sun</u>.
> > From *The Tuft of Flowers*, by R. Frost(1875—?)

眼韵例如：

> Stern Daughter of the Voice of God!
> O duty! if that name thou <u>love</u>(o＝[ʌ])
> Who art a light to guide, a rod
> To check the erring, and rep<u>rove</u>(o＝[u]).
> > From *Ode to Duty*, by W. Wordsworth(1770—1850)

詩是要吟哦的，不是專爲閱看的，所以耳韵是合理的，眼韵是不合理的。普通的詩人總是避免眼韵，但没有人避免耳韵。

59.4　説到這裏爲止，西洋詩的押韵(riming)和漢語詩的押韵規矩大致相同。如果把漢字譯音，成爲英文字母，就可以證明。不過，因爲漢字不是拼音文字，所以没有耳韵和眼韵的分别罷了。

59.5　貧韵。——凡不完全依照正常的押韵規矩，押韵的地方不够諧和的，叫做「貧韵」。貧韵又可分爲兩種：第一，祇有元音相同，詞的收尾的輔音并不相同，叫做「協音」(assonance)；第二，祇有輔音相同，元音并不相同，叫做「協字」(alliteration)。

59.6　協音的情形多見於古代。例如：

> ..."Mak'hast mak'hast, my merry men all,

Our guid ship sails the morn："

"O say na sae, my master dear,

For I fear a deadly storm..."

Haf owre, half owre to Aberdour,

It is fifty fad om deep.

And there lies guid Sir Patrick Spens,

Wi'the Scots lords at his feet.

這裏 morn 和 storm 押韵，一個收音於 n，另一個收音於 m；deep 和 feet 押韵，一個收音於 p，另一個收音於 t。這是後代詩律所不容許的。雖然法國象徵派詩人和少數英國詩人有時候也故意用協音，那畢竟不是正則。

協字也是法國象征派故意違犯的詩戒。例如：

Ame sentinelle

Murmurons l'aveu

De la nuit si nulle.

Et du jour en feu.

　　　　　——Rimbaud

前面所述的「眼韵」也可認爲協字之一種。

59.7　在漢語詩裏，像 en 和 eng 押韵，in 和 ing 押韵，an 和 ang 押韵，可認爲協音；又像 in 和 en 押韵，in 和 ün 押韵，eng 和 ong 押韵，都可認爲協字。現代漢語詩人大約没有故意用協音的。他們有時候押韵像是協音，其實祇是方音的關係：依普通話念起來是協音，依作者的方音念起來却是極和諧的韵。例如：

別以爲軟心腸没有力，

騎車的小流氓真發昏：（hun）

「要走就不停，看你辦！」
看來你奈何他不成──（普通話 cheng，吳方言 zen）
車輪癱下了人恍然，
謝謝你閃電樣一針！（普通話 zhen，吳方言 tsen）
　　　　　　──卞之琳慰勞信集第七首。
不怕進幾步也許要退幾步，
四季旋轉了歲月才運行。（普通話 xing，吳方言 'in）
身體或不能受繁葉蔭護，
樹身充實了你們的手心，（普通話 xin，吳方言 sin）
一切勞苦者，爲你們的辛苦
我捧出意義連帶着感情。（普通話 qing，吳方言 zin）
　　　　　　──卞之琳慰勞信集第二十首。

至於協字，却大約是故意的了，因爲這樣韵部可以放寬些，思想不太受韵脚的拘束。例如：

我們贊頌那些小昆蟲：（chong）
它們經過了一次交媾
或是抵禦了一次危險，

便結束了它們美妙的一生。（sheng）
我們整個的生命在承受
狂風乍起，彗星的出現。
　　　　　　──馮至十四行集第一首。
共同有一個神（shen）
他爲我們擔心。（xin）
　　　　　　──馮至十四行集第七首。
可憐以浮華爲食品，（pin）
小蠓蟲在燈下紛墜，
不甘淡如水，還要醉，
而拋下露養的青身。（shen）

　　　　　　——卞之琳燈蟲。

你在戰場上像不朽的英雄（xiong）

在另一個世界永向蒼穹，（qiong）

歸終成爲一隻斷綫的紙鳶：

但是這個命運你不要埋怨，

你超越了他們，他們已不能（neng）

維系住你的向上，你的曠遠。

　　　　　　——馮至十四行集第九首。

59.8　另有一種貧韻，是不屬於上面兩類的，這就是韻脚以元音或復合元音收尾，而這元音或復合元音衹是相近似，並不相同。如果是單純的復合音，就是 u 和 ü 押韻，ü 和 i 押韻，i 和 -i 押韻，e 和 o 押韻等；如果是復合元音，末一個音素必須相同，如 ai 和 ei 押韻。例如：

把樹葉和些過遲的花朵（duo）

都交給秋風，好舒開樹身

伸入嚴冬；我們安排我們

在自然裏，像蛻化的蟬蛾（e）

把殘壳都丟在泥裏土裏；（li）

我們把我們安排給那個（ge）

未來的死亡，像一段歌曲（qu）

歌聲從音樂的身上脫落，（luo）

歸終剩下了音樂的身軀（qu）

化作一脈的青山默默。（mo）

　　　　　　——馮至十四行集第二首。

我時常看見在原野裏（li）

一個村裏，或一個農婦，

向着無語的晴空啼哭，
是爲了一個懲罰，可是（shi）
　　　　　　　——馮至十四行集第五首。
爲了再見，好像初次相逢，
懷着感謝的情懷想過去（qu）
像初晤面時忽然感到前生。

一生裏有幾回春幾回冬，
我們祇感受時序的輪替，（ti）
感受不到人間規定的年齡。
　　　　　　　——馮至十四行集第十九首。
可是融合了許多的生命，
在融合後開了花，結了果？（guo）
誰能把自己的生命把定
對着這茫茫如水的夜色，（se）
　　　　　　　——馮至十四行集第二十首。
現在又到了燈亮的時候，（hou）
我喝了一口街上的朦朧，
倒像清醒了，伸一個懶腰，（yao）
掙脫了怪沈重的白日夢。
　　　　　　　——卞之琳記錄

59.9　但是，有些情形雖然像是貧韵，若依詩人的方音，却是很和諧的韵。例如：

小時候我總愛看夏日的晴空，
把它當作是一幅自然的地圖：（普通話 tu，吳方言 d'u）
藍的是一片大洋，白雲一朵朵（普通話 duo，吳方言 tu）
大的是洲，小的是島嶼在海中。
　　　　　　　——卞之琳望。
門薦有悲哀的印痕，滲墨紙也有，

我明白海水洗得盡人間的烟火。(普通話 huo，吳方言 hu.)

白手絹至少可以包一些珊瑚吧，

你却更愛它月臺上綠旗後的揮舞。(普通話 wu，吳方言 vu.)

　　　　　——卞之琳無題三。

淘氣的孩子，有辦法：

叫游魚嚙你的素足，(普通話 zu，吳方言 tso·)

叫黃鸝啄你的指甲，

野薔薇牽你的衣角…(普通話 jiao，jue，吳方言 ko·)

　　　　　——卞之琳淘氣。

會裝年青的只有狐狸精；

你一對眼睛却照舊奕奕，(普通話 yi，吳方言 'i·)

夜半開窗當無愧于北極星。

「以不變馭萬變」又上了報頁，(普通話 ye，吳方言 'i·)

你用得好呵！你堅持到底

也就在歷史上嵌穩了自己。

　　　　　——卞之琳慰勞信集第十一首。

59.10　依漢語傳統的押韻方法，韵字的主要元音雖必須相同（協字是不合於傳統的詩律的），但是主要元音前面的 i，u，ü（可稱爲「韵頭」）却不必相同。例如麻韵 a，ia，ua 可以互押，泰韵 ai，uai 可以互押，微韵 ei，ui（uei）可以互押，陽韵 ang，iang，uang 可以互押，尤韵 ou，iu（iou）可以互押等。到了歐化詩裏，不再受詩韵的限制，這種地方更自由了。例如：

1. 寒覃删韵的 an，uan，和先鹽删咸韵的 ian，üan 互押。

如今，正像是老話的滄海桑田，(tian)(先)

滿懷的花草換得了一把荒烟，(yan)(先)

就是此刻我也得像一隻迷羊

輾轉在灰沙裏，幸虧還有蔚藍，(lan)(覃)

還有仿佛的雲峰浮在縹緲間，(jian)(删)

倒可以抬頭望望這一個仙鄉。
　　　　　　——卞之琳望。

2. 真文韵的 en 和元文韵的 un(uen)，ün 互押。

我如今知道，死和少年人(ren)(真)
并没有什麼密切的關連，
在冬天我們不必區分(fen)(文)
晝夜，晝夜都是一般疏淡；
反而是那些黑髮朱唇(chun)(真)
時時潛伏着死的預感，
你像是一個燦爛的春(chun)(真)
沈在夜裏，寧静而陰暗。
　　　　　　——馮至給秋心。
忽然我關懷出門的旅人：(ren)(真)
水瓶，讓駱駝再多喝幾口！
願你們海綿一樣的雨雲(yun)(文)
來幾朵，跟在他們的塵後！
　　　　　　——卞之琳水分。

3. 豪肴韵的 ao 和蕭肴韵的 iao 互押。

我這八陣圖好不好？(hao)(豪上)
你笑笑，可有點不妙，(miao)(蕭去)
我知道你還有花樣！
　　　　　　——卞之琳淘氣。

59.11　舊韵部還没有和新詩人完全脱離關係。譬如「親」和「身」叶(qin：shen)，「兵」和「耕」叶(bing：geng)，依現代普通話是貧韵，但若依舊韵部却是諧韵：前者用真韵，後者用庚韵。又如「離」和「斯」叶(li：si)，「歸」和「機」叶(gui：ji)，也是這個道理。由這個角度去看，有

些似乎奇怪的韵脚才得到了解釋。例如：

> 我們招一招手，隨着別離(li)(支)
> 我們的世界便分成兩個，
> 身邊感到冷，眼前忽然遼闊，
> 像剛剛產生的兩個嬰兒。(er)(支)
> 　　　　　　——馮至十四行集第十九首。

> 觸目盡是憧憧的魍魅和魍魎，
> 左顧是無底的洞，右邊是懸崖，(yai)(讀如涯，入麻韵)
> 靈魂迷惘到忘了啜泣和悲嗟。—(jie)(麻)
> 一片光華忽飄然像從天下降。
> 　　　　　　——梁宗岱商籟第三首。

> 我夢見你的闌珊：
> 檐溜滴穿的石階，(jie)(佳)
> 繩子鋸缺的井欄…
> 時間磨透于忍耐！(nai)(灰去，佳灰鄰韵通押。)
> 　　　　　　——卞之琳白螺殼。

59.12 在漢語裏，聲調是字的主要成分之一。因此，同音不同調的韵也該認爲貧韵。但是，在詞曲裏已經是容許平上去三聲通押了（入聲讀入平上去時，容許四聲通押）；歐化詩既是效法西洋，而西洋詩又是沒有聲調的分別的，更應該容許三聲通押。例如：

> 看這一隊隊的馱馬(上)
> 馱來了遠方的貨物，(入，讀去)
> 水也會衝來了一些泥沙(平，與「馬」押)
> 從些不知名的遠處。(去，與「物」押)
> 　　　　　　——馮至十四行集第十五首。

> 像座新的島嶼呈在天邊(平)。
> 我們的身邊有多少事物(入，讀去)
> 在向我們要求新的發現(去，與「邊」押)：

不要覺得一切都已熟悉(入,讀平),

到死時撫摸自己的髮膚(平,與「物」押)

生了疑問：這是誰的身體(上,與「悉」押)?

——馮至十四行集第廿六首。

第六十節　韵脚的構成(下)
——富韵,陰陽韵

60.1　富韵。——富韵和貧韵恰恰相反：非但一行的末一個音節的元音與另一行的相同,而且那元音前面的輔音也相同。例如：

C'est le moment crepusculaire.

J'admire, assis sous un portail,

Ce rest de jour dout s'eclaire

La dernière heure du travail.

——V. Hugo

(第一行的-laire 和第三行的-laire 押韵是富韵,因爲非但 -aire 相同,連 l 也是相同的。第二行的-tail 和第四行的-vail 押韵是恰够的韵,因爲-ail 雖相同,t 和 v 却不相同。)

有時候更進一步,非但末一個音節整個相同,倒數第二個音節的元音也相同。例如：

Celui-la, fut-il grand de Castille, fut-il

Suivi de cent clairons sonnant des tintamarres,

Fut-il tout harnaché d' ordres et de chamarres...

——V. Hugo

60.2　在英詩裏,如果一行的末一個詞包含着一個重音和一個輕音,本來照規矩就應該非但末一個音節整個相同,而且倒數第二個音

節的元音也相同(參看下文論陰陽韻)。因此,還有更富的韻,就是末
兩個音節整個相同,倒數第三個音節的元音也相同。例如:

> Lydia, why do you run by lavishing
> > Smiles upon Sybaris, filling his eye
> Only with love, and the skilfully ravishing
> > Lydia. Why?
>
> Ringing his voice was; above all the clamorous
> > Throng in the play-ground his own would be high.
> Now it is changed; he is softened and amorous.
> > Lydia. Why?
> > > From *Questioning Lydia*,
> > > by L. Untermeyer (1885—?)
>
> There's really much harm in a
> Large number of his carmina.
> But this people find alarm in a
> > Few records of his acts;...
> > > From *The Truth about Horace*,
> > > by E. Field(1850—1895)

60.3　在漢語詩裏,同音字互押是自古容許的,白話詩也就不避
免同音字互押。這也可以認爲一種富韻。例如:

> 夏禹,祇把手中的斧暫停,(ting)
> 笑說道:「那祇是虛無的幻影!
> 宇宙便是我的家,
> 我還有什麼個私有的家庭?」(ting)

但是,字形相同的字互押却是一般文言詩所避免的(參看上文第廿二

節）。白話詩裏有時不避免。例如：

> 這裏幾千年前
> 處處好像已經
> 有我們的生命；
> 我們未降生前
> ——馮至十四行集第廿四首。

這和英詩的情形不盡相同。英詩裏雖也有同詞相押的例子，但那往往是一種「外加律」，除了那詞相同之外，它前面的詞還是要押韵的。例如：

> Thou wast that all to me, love,
> 　For which my soul did pine：
> A green isle in the sea, love.
> 　　　From *To one in Paradise*,
> 　　　　by Ed. A. Poe(1809—1849)
> I never saw a Purple Cow,
> 　I never hope to see one；
> But I can tell you, anyhow,
> 　I'd rather see than be one.
> 　　　From *The Purple Cow*, by G. Burgess(1866—?)
> Jenny kissed me when we met,
> 　Jumping from the chair she sat in；
> Time, you thief, who love to get
> 　Sweets into your list, put that in!
> Say I'm weary, say I'm sad,
> 　Say that health and wealth have missed me,
> Say I'am growing old, but add
> 　Jenny kissed me.
> 　　　From *Rondeau*, by L. Hunt

在漢語詩裏,如果勉强要造成這類的情形,祇有以「窗前」和「堂前」押韵,「賢人」和「仙人」押韵等等。馮至有一首詩是合於這個條件的:

> 你說,你最愛看這原野裏
> 一條條充滿生命的小路,(xiao lu)
> 是多少無名行人的步履
> 踏出活活潑潑的道路。(dao lu)

60.4　這種富韵有一個特點:如果一連兩個音節入韵,則倒數第二音節的聲母(元音前的輔音)不相同;如果一連三個音節入韵,則倒數第三個音節的聲母不相同;等等。否則,甲行的後數字和乙行的後數字完全相同,就成爲一種「半叠句」,不必再認爲富韵了。例如:

> 啊啊,
> 我們是呀動也不敢一動!
> 我們到兵間去罷,
> 我們到民間去罷,
> 朋友喲,愴痛是無用,
> 多言也是無用!

這種情形在西洋是罕見的。(西洋的 refrain 與此不同。)

60.5　陰陽韵。——韵脚如果祇有一個音節,叫做陽韵;如果含有兩個或三個音節,叫做陰韵。在英詩裏,如果押韵的一行末一個詞是一個雙音詞或三音詞,而末一個音節屬於輕音,而且這詩又是輕重律的詩,那麼,這末一個音節是不能算入音步之內的。這是叫做「外加律」(參看上文第五十八節)。外加律的輕音節和前面的重音節共同構成一個陰韵。英詩裏最常見的陰韵就是收音於 -ing 的詞。例如 Masefield 的 *On Growing Old*:

> Be with me, Beauty, for the fire is dying,
> My dog and I are old, too old for roving,

Man，whose young passion sets the spindrift fl<u>ying</u>，
　　　（與 dying 爲韵）
Is soon to lame to march，too cold for l<u>oving</u>.（與 roving
　　爲韵）

其他的外加律例如：

Then star nor sun shall w<u>aken</u>，
　　Nor any change of light；
Nor sound of waters sh<u>aken</u>，
　　Nor any sound or sight.
　　　　　　　　From *The Garden of Proserpine*，
　　　　　　　by A. Ch. Swinburne(1837—1909)
And yet no Libyan lion I，——
　　No ravening thing to rend an<u>other</u>；
Lay by your tears，your tremors by——
　　A Husband's better than a brother；
Nor shum me，chloe，wild and shy
　　As some stray fawn that seeks its m<u>other</u>.
　　　　　　　　From *Vitas Hinnuleo*，
　　　　　　　by A. Dobson(1840—1921)
Alas，what brought such dread dis<u>aster</u>！
　　"your pretty lover's dead！"he cries——
The fierce Sultan，her lord and m<u>aster</u>.
"Neath yonder tree his body lies. "
　　　　　　　　From *In the Sultan's Garden*，
　　　　　　　by C. Scollard(1860—?)

60.6　在漢語裏，適宜於外加律的字不多，祇有「了」「着」「的」
「呢」「嗎」(麼)「兒」「子」等字。有些詩人便用這些字來造成陰韵。
例如：

「知了」不要叫了，
他在房中睡着；
「知了」叫了，刻刻心頭記着。
太陽去了，「知了」住了——還沒有見他，
待打門叫他——銹鐵鏈子繫着。
　　　　——魯迅他。
思念的味道是酸的吧；爲什麼我思念你時心裏就有一種酸
　味呢？
思念的路道是黑暗而且朦朧的吧；爲什麼我思念你時就昏昏
　入睡呢？
　　　　——徐玉諾思念。
喜悅他們所見到的；
希望找着他們所要的。
　　　　——徐玉諾小詩。
「我知道今日個不早了，(zao le)
沒想到一下子睡着了。(zhao le)
這叫我怎麼辦，怎麼辦？
回頭一家人怎麼吃飯？」
老頭兒拾起來又掉了，(diao le)
滿地是白杏兒紅櫻桃。
　　　　——聞一多罪過。
不才十來歲兒嗎？干嗎的？
腦袋瓜上不是使槍扎的？
　　　　——聞一多天安門。
我說飛毛腿那小子也真够憋扭，
管包是拉了半天車得半天歇着，
一天少了說也得二三兩白乾兒，
醉醺醺的一死兒拉着人談天兒。
他媽的誰能陪着那個小子混呢？
「天爲啥是藍的？」沒事他該問你。
還吹他媽什麼簫，你瞧那副神兒，

窩着件破棉襖,老婆的,也没準兒,
再瞧他擦着那車上的倆大燈罷,
擦着擦着問你曹操有多少人馬。
成天兒車燈車把且擦且不完啦,
我説:「飛毛腿你怎不擦擦臉啦?」
可是飛毛腿的車擦得真够亮的,
許是擦得和他那心地一樣的!
　　　　　　　　——聞一多飛毛腿。
你們不是的,是你們的孫子;
我也不是我現在的身子。
　　　　　　——卞之琳慰勞信集第六首。

60.7　還有些詩人偶然用乙行的倒數第二字和甲行的末字押韵。例如:

距離的組織　　　　　　　　　卞之琳

想獨上高樓讀一遍「羅馬衰亡史」,
忽有羅馬滅亡星出現在報上。
報紙落,地圖開,因想起遠人的囑咐。
寄來的風景也暮色蒼茫了。(「茫」與「上」押韵。)
(醒來天欲暮,無聊,一訪友人吧。)
灰色的天。灰色的海。灰色的路。
哪兒了? 我又不會向燈下驗一把土。
忽聽得一千重門外有自己的名字。
好累呵! 我的盆舟没有人戲弄嗎?
友人帶來了雪意和五點鐘。(「鐘」與「弄」押韵。)

60.8　法詩裏所謂陰陽韵又和英詩裏的不同。陰韵是詞的收尾有一個輕音 e 的,陽韵則否。例如:

L'empire, votre cœur, tout condamne Octavie,(陰)

August votre aïeul soupirait pour Livie：（陰）
Par un double divorce ils s'unirent tous deux；（陽）
Et vous devez l'empire à ce divorce heureux. (陽)

　　　　　　——Racine

現代法語讀音裏，輕音 e 已經不發音了，於是無所陰陽韵，祇有所謂元音韵和輔音韵。元音韵是以元音收尾的，輔音韵是以輔音收尾的，於是他們所謂元音韵恰又等於中國清代音韵學家所謂陰韵，輔音韵等於所謂陽韵。無論陰陽韵或元音韵和輔音韵，在法詩裏都往往是相間着用的。在現代漢語歐化詩裏，元音韵和輔音韵相間恐怕祇是偶然的，不是詩人着意造成的。例如：

幸福來了又去：像傳説的仙人，(ren)（輔音韵，「陽」。）
他有時扮作骯髒襤褸的乞丐，(gai)（元音韵，「陰」。）
瘦骨嶙峋，向求仙者俯伏叩拜，(bai)（元音韵，「陰」。）
看凡眼能否從卑賤認出真身。(shen)（輔音韵，「陽」。）

　　　　　　——梁宗岱商籟第一首。

60.9　由此看來，陰陽韵共有三種：英國的，法國的，中國的。這是術語上的糾纏，必須分別清楚的。

第六十一節　韵脚的位置（上）

——隨韵，交韵

61.1　上節只談到韵脚的構成；但是，韵脚是放在什麼地方的呢？在歐化詩裏，除了無韵詩之外，關於韵脚的位置，有兩個問題：（一）哪一行同哪一行押韵？（二）是否每行都須有韵？這就是本節所要討論的。

61.2　在未討論以前，讓我們先叙述西洋的記韵法。這種記韵法是用 a，b，c，d 等字母來表示的；現在略爲變通如下：

（一）字母相同，表示韵脚相同。例如一首詩有四行，它的韵脚是 abab，表示第一行和第三行押韵，第二行和第四行押韵。

（二）如果一首詩分爲幾段，每段的韵脚完全相同，就可以加一個數目字來表示。例如詩共四段，每段都是 abab，就記作 4abab。

（三）如果一首詩分爲幾段，每段的押韵方式雖然相同，但下段的韵脚并不就和上段的韵脚一樣。這種情形，我們再加星點來表示。例如 *4abab。如果連每段的押韵方式也不相同，則記作 abab *aabb ** abcb 等。

（四）大寫的字母表示全行的重叠。例如 AbbaA，表示第一行和第五行全行相同。

（五）大寫的 R 表示每段煞尾的叠句。例如 aabR aabbaR。

61.3　在白話詩的初期，詩人們多數不喜歡用韵；如果用韵，却又往往沿用漢語的舊押韵法。試看下面的兩種情形：

（1）西洋詩裏，aaba 的四行非常罕見。這是波斯（伊朗）的韵法。漢語的七絕的通常韵法却正是 aaba，所以有些詩人不知不覺地還沿用它。例如：

> 我坐在岸上的舟中，
> 思慕着古代的英雄，
> 他那剛毅的精神
> 好像是近代的勞工。
> 　　　　——郭沫若洪水時代。
>
> 巖上如茵的碧草，
> 坐一個翩翩的年少，
> 着一件淡紅色的襯衣，
> 單一身天鵝絨的夾襖。
> 　　　　——田漢春月的下面。
>
> 如果他肯愉快地歌舞起來，
> 請把我的孤獨與我的悲哀，
> 化陣風兒把她的翅兒扛起，
> 使她可以如意地飛繞旋迴。
> 　　　　——成仿吾靜夜。

> 暮秋的田野上照着斜陽，
> 長的人影移過路中央，
> 乾枯了的葉子風中嘆息，
> 飄落在還鄉人舊的軍裝。
> ——朱湘還鄉。

（2）西洋詩裏，很少有一段裏共用四個以上相同的韻腳的。而我們的初期白話詩人有時這樣做，這因爲漢語舊詩正是以一韻到底爲常的。例如：

> 嗟嗟，念餘載飄泊之春天隨寂寞而復來，
> 祇我在野岸長吁，徘徊，將憂心拋于烟海。
> 倦了，在此黑黢黢之中途夢之蓓蕾未開，
> 慘毀于苦酒之生命永飾着蒼灰的悲哀。

> 噫，溪流邊無人吊掃之墓祇我個人徘徊，
> 這寂寂之草下長眠着無語的青春，情愛。
> 我慘笑了，將桂冠投于萬丈幽黯之荒崖，
> 休休，何須楊花裝飾我飄泊靈魂之墓臺。
> ——于賡虞飄泊之春天。

61.4　近二十年來，白話詩漸漸更趨歐化，詩人們漸漸模仿西洋詩的韻式。現在將西洋詩的韻式敘述於下。如果漢語歐化詩對於這些韻式是類似的，就引來互相印證；如果沒有相類似的，也作極簡略的敘述，以便將來有類似的作品時可以比較。

61.5　西洋詩以每段四行爲最常見；如果每段八行，往往可認爲兩個四行的結合。而四行的韻式大致可分爲三種：

1. 第一行和第二行押韻，第三行和第四行押韻（aabb），叫做隨韻（法文 rimes suivies）；
2. 第一行和第三行押韻，第二行和第四行押韻（abab），叫做交韻［註三十七］（法文 rimes croisées）；

3. 第一行和第四行押韵,第二行和第三行押韵(abba),叫做抱韵
（<u>法</u>文 rimes embrassées）。

其他各種韵式都可認爲這三種韵式的變相。現在先叙述這三種韵式,
再叙述各種變式。

1. 隨　韵

61.6 四行隨韵。——在<u>法</u>詩裏,隨韵乃是古典悲劇（tragedy）
裏的韵式。近代<u>英</u>詩裏,四行隨韵不算多見。現在試舉一個
例子:

THE DESTRUCTION OF SENNACHERIB

The Assyrian came down like the wolf and the fold,

And his cohorts were gleaming in purple and gold;

And the sheen of their spears was like stars on the sea,

when the blue wave rolls nightly on deep Galilee.

George Noel Gordon，Lord Byron(1788—1824)

（全詩是 *6aabb,這是第一段。）

<u>中國</u>新派詩人的四行隨韵也不十分多。現在試舉出一個例子:

逐　客　　　　　　　　　　朱大枬

自從你搬到我心裏居住,

苦惱就是你給我的房租;

但我總渴想有一天閑靜,

心裏沒有你的舞影歌聲。

我幾時貼過招租的帖子?

我一生愛好的就是空虛。（「子」「虛」押韵是貧韵。）

去罷,你乘隙闖入的惡客,（<u>川</u>音：[ke]）

你鎮日歌舞着無晝無夜!（「客」「夜」押韵是方音韵。）

你舞蹈的震撼你的叫囂

我心可受不住這樣攪擾！

去，你不用向我裝癡裝傻，

有一天我就要趕你搬家！

61.7　這種隨韵自然有許多變式，例如司各脱（Scott，1771—1832）的一首 *Lochinvar*，共八段，它的韵式是 aabbcc ddeecc ffggcc hhiicc jjkkcc llmmcc nnoocc，ppqqcc，雖每段有六行，但它們末兩行的韵是相同的。漢語歐化詩裏，有些也可以認爲隨韵的變式。例如：

教我如何不想她　　　　　　　　劉　　復

天上飄着些微雲，

地上吹着些微風。（「雲」「風」押韵，是貧韵。）

啊！

微風吹動了我的頭髮，

教我如何不想她？

月光戀愛着海洋，

海洋戀愛着月光。

啊！

這般蜜也似的銀夜，

教我如何不想如何不想她？

水面落花慢慢流，

水底魚兒慢慢游。

啊！

燕子你説些什麽話？

教我如何不想她？

枯樹在冷風裏摇，

野火在暮色中燒。

啊！

西天還有些兒殘霞，

教我如何不想她？

　　（比隨韵多了「啊」字的一行，又每段末句遥用叠句。）

　　愛　　　　　　　　　　　　劉大白

如其你願長住在我的愛裏，

我用我滿心的愛底神光，籠罩住你。

吾愛，你祇在我的愛裏，你祇受我的籠罩！

我心裏的密眼，看你浴着光波舞蹈。

　　（全詩共七段，韵式是 aabb, aacc, aadd, aaee, aaff, aagg,
　　hii。這是第一段。除末段外，其餘各段都是四行隨韵。）

61.8　偶體詩。——每兩行一韵，叫做偶體詩(couplet)。在英詩裏，五步的淹波律的偶體，稱爲「英雄偶體」(heroic couplet)。例如：

THE TUFT OF FLOWERS

I went to turn the grass once after one
Who mowed it in the dew before the sun.

The dew was gone that made his blade so keen
Before I came to view the levelled scene.

I looked for him behind an isle of trees;
I listened for his whetstone on the breeze.

　　　　　　　　——R. Frost(1875—?)

　　（全詩共二十段，録三段。）

偶體詩也可認爲隨韵之一種，不過它的寫法不是四行一段，而是兩行一段。有時候，也可以把全詩寫在一起，不分段。甚至可以依照意義分段，段的長短不等，例如 Wheelock 有一首 *Earth*，第一段是十行（五偶），第二段是十六行（八偶），第三段是十行（五偶），第四段是十二行

（六偶），第五段是二行（一偶），第六段是十行（五偶），第七段是十四行（七偶），第八段是四行（兩偶）。偶體詩的行數沒有一定，每行的音數也沒有一定，「英雄偶體」祇是偶體詩之一種而已。

61.9 新派詩人模仿偶體詩的很不少。本來，漢語的轉韵古風裏也有幾乎全首用偶體的，例如上文第二十九節裏所舉岑參的輪臺歌。這種形式既不是完全歐化，就比較地容易爲中國詩人所接受了。例如：

　　　　太陽禮贊　　　　　　　　　　　郭沫若
青沈沈的大海，波濤汹涌着，潮向東方。
光芒萬丈地，將要出現了喲，新生的太陽！

天海中的雲島都已笑得來一樣地鮮明！
我恨不得，把我眼前的障礙一概劃平！

出現了喲！出現了喲！耿晶晶地白灼的圓光！
從我兩眸中有無限道的金絲向着太陽放！
　　（全詩共七段十四行，今錄前三段。）
　　　　發　現　　　　　　　　　　　聞一多
我來了，我喊一聲，迸着血淚，
「這不是我的中華，不對，不對！」
我來了，因爲我聽見你叫我；
鞭着時間的罡風，擎一把火，
我來了，不知道是一場空喜。
我曾見的是噩夢，那裏是你？
那是恐怖，是噩夢挂着懸崖，
那不是你，那不是我的心愛！
我追問青天，逼迫八面的風，
我問，（拳頭擂着大地的赤胸，）
總問不出消息；我哭着叫你，
嘔出一顆心來，你在我心裏！

猫誥　　　　　　　　　　　　　　朱　湘

有一隻老猫十分的信神，

連夢裏他都咕噥着唸經。（「神」叶「經」是方言韵。）

想必是夜中捉老鼠太累，

如今正午了都還是酣睡。

幸虧他的公子過來呼喚，

怕父親錯過了魚拌的飯。

（全詩共一百二十二行，今録六行。）

61. 10　在英詩裏，偶體詩還有種種的變體。例如 Keats 的 *Sleep and Poetry* 多處用跨行，而末行又不入韵。又如 H. Long 的 *Dead Men Tell No Tales*，它的韵式是 a aa bb cc dd e ee ff。

61. 11　三隨式。——三隨式是每三行爲一段，同在一段的三行是用同一韵脚的。例如 J. R. Lowell 的 *For an Autograph* 的韵式是 aaa bbb ccc ddd eee fff。中國詩人也有模仿這種韵式的，例如：

影　　　　　　　　　　　　　　于賡虞

看，那秋葉在明媚的星月下正飄零，

與你相逢于此殘秋荒岸之夜中，

星月分外明，忽聚忽散的雲影百媚生。

看，那秋葉在明媚的星月下正飄零，

我淪落海底之苦心在此寂寂的夜塋，

將隨你久別的微笑從此歡快而光明。

蒼空孤雁的生命深喪于孤泣的荒冢，

美麗的薔薇開而後謝，殘凋而復生，

告訴我，好人，什麼才像是人的生命？

（全詩共六段，録三段。此詩多用貧韵。）

61. 12　此外，英詩裏有普通隨韵和三隨式并用的，例如 Ed. Allan

Poe 的 *The Sleeper*，韵式是 aabbccddeeffggghh ＊aabbccddeeffgghhiii ＊＊aaabbccc ＊＊＊aaabbccddeeeffgg。又有二隨三隨與多隨并用的，例如 Browning 的 *Upata Villa—Down in the City*，韵式是 aaa bbb cccc dddddd ＊aabb ccddd eeeee ffgghhh ＊＊aaabbccddeeffgghh ＊＊＊aab bcccccdd。但後者很是少見。

2. 交　韵

61.13 雙交。——在西洋詩裏，雙交乃是交韵的正則。所謂雙交，就是非但第二行和第四行押韵，而且第一行和第三行也押韵。在英詩裏，一般的四行五步淹波律往往是用雙交的，叫做「英雄四行」(heroic quatrain)。例如：

ELEGY WRITTEN IN A COUNTRY
CHURCHYARD

The curfew tolls the knell of parting day,
  To lowing herd winds slowly o'er the lea,
The plowman homeward plods his weary way,
  And leaves the world to darkness and to me.
    —Th. Gray(1716—1771)

（全詩廿九段，加上銘文三段，共卅二段。韵式是 ＊32 abab。）

61.14 英詩人 Shelly 的 *To a Skylark*，每段四個短行，段末一個長行，共廿一段，韵式是 ＊21ababb。這可認爲四行雙交的變體。

61.15 有一種法國古代的形式，叫做「巴律」(Ballade)。這種詩共有三段，每段八行，再加上一段尾聲(envoy)，四行。總共二十八行，韵式是 3ababbcbc＋bcbc，這樣，1,3,9,11,17,19,各行的韵脚相同，2,4,5,7,10,12,13,15,18,20,21,23,25,27,各行的韵脚相同，6,8,14,16,22,24,26,28,各行的韵脚相同。這是古代很占勢力的一種形式。巴律傳入了英國之後，有些詩人取銷了尾聲。

61.16　八行雙交可認爲由巴律變來的，它可以有許多段，例如 Robinson 的 *The Master*（ *8ababbcbc），又可以祇有一段，例如 Hardy 的 *Her Initials*（ *ababbcbc）。由此再變就是 ababcdcd，近代詩人多采此式。例如：

HER LETTER

I'm sitting alone by the fire,
　Dressed just as I came from the dance,
In a robe even you would admire,——
　It cost a cool thousand in France；
I'm be-diamonded out of all reason,
　My hair is done up in a queue：
In short，sir，"the belle of the season"
　Is wasting an hour upon you.

——F. B. Harte(1836—1902)

（全詩共六段，韵式是 *10 ababcdcd。）

此外，英詩中又有十二行雙交，十六行雙交，等等。

61.17　現代漢語詩人的詩集中，頗少用雙交的。據我們所見到的，除偶合的情形（如各段都用單交，祇其中一段用雙交，就是偶合）和「商籟」的又式之外，祇有徐志摩和卞之琳是用過雙交的。例如上文第三十九節裏所舉的卞之琳的遠行，它的韵式是 *3abab。又如：

他怕他説出口　　　　　　　　　　徐志摩

（朋友，我懂得那一條骨鯁，
　難受不是？——難爲你的咽喉；）
「看，那草瓣上蹲着一隻蚱蜢，
　那松林裏的風聲像是箜篌。」

（全詩共十段，韵式是 *6abab。）

大　車　　　　　　　　卞之琳

拖着一大車夕陽的黄金，
騾子搖擺着跟蹌的脚步，
穿過無邊的疏落的荒林，
無聲的揚起一大陣黄土，
叫坐在遠處的閑人夢想
古代傳下來的神話裏的英雄
騰雲駕霧去不可知的遠方——
古木間涌出了浩嘆的長風！

卞氏又做過一首二十行的雙交，就是上文第五十七節裏所舉的夜風，它的韻式是 ababcbcbdedefgfgabab.

61.18　在西洋詩裏，另有一種每段三行的交韻，叫做 terzarima。這是但丁神曲所用的韻式。共五段：首段第一行和第三行押韻，第二行和次段第一第三兩行押韻，由此類推，到末段祇有兩行。這樣，就是 aba bcb cdc ded ee。這種形式，還没有看見中國詩人模仿過。

61.19　單交。——在西洋的交韻詩中，單交比雙交爲罕見。所謂單交，就是偶行押韻，奇行不押韻。四行單交，例如：

LA BELLE DAME SANS MERCI

"O what can ail thee, knight-at-arms,"
　　Alone and palely loitering!
The sedge has wither'd from the lake,
　　And no birds sing.

　　　　　　　　—J. Keats(1795—1821)

（全詩十二段，韻式是 *12abcb。）

此外，還有八行單交，十二行單交，等等。

61.20　漢語的絕句，很像西洋的四行單交。五絕以 abcb 爲正則，七絕偶然也用 abcb。如果四行單交共有幾段，就等於幾個絕句的

總合,或近似一篇新體的古風(四句一轉韵)。因此,在白話詩的初期,單交的詩相當盛行。例如:

瓶(第三十八首第六段)　　　　郭沫若

像這樣半冷不温,
實在是令人難受。
我與其喝碗豆漿,
我情願喝杯毒酒。

直到近年,單交的形式仍舊是占優勢的一種。例如:

妝　臺　　　　　　卞之琳

世界豐富了我的妝臺,
宛然水果店用水果包圍我,
縱不費力而俯拾即是,
可奈我睡起的胃口太弱?
(全詩共四段。)

附註:

【註三十七】 詩經已有交韵,例如:

召南野有死麕

野有死麕,
白茅包之;
有女懷春,
吉士誘之。
(「麕」與「春」協,「包」與「誘」協。)

周南兔罝

肅肅兔罝,
椓之丁丁;
赳赳武夫,

公侯干城。
（「罝」與「夫」協，「丁」與「城」協。）

肅肅兔罝，
施于中逵；
赳赳武夫，
公侯好仇。
（「罝」與「夫」協，「逵」與「仇」協。）

肅肅兔罝，
施于中林；
赳赳武夫，
公侯腹心。
（「罝」與「夫」協，「林」與「心」協。）

　　鄘風鶉之奔奔

鵲之強強，
鶉之奔奔；
人之無良，
我以爲君。
（「強」與「良」協，「奔」與「君」協。）

　　曹風下泉

冽彼下泉，
浸彼苞稂；
愾我寤嘆，
念彼周京。
（「泉」與「嘆」協，「稂」與「京」協。）

冽彼下泉，
浸彼苞蕭；
愾我寤嘆，
念彼京周。
（「泉」與「嘆」協，「蕭」與「周」協。）

冽彼下泉，

浸彼苞蓍；

愾我寤嘆，

念彼京師。

　　　（「泉」與「嘆」協，「蓍」與「師」協。）

　　小雅魚麗

魚麗于罶，

鱨鯊；

君子有酒，

旨且多。

　　　（「罶」與「酒」協，「鯊」與「多」協。）

魚麗于罶，

魴鱧；

君子有酒，

多且旨。

　　　（「罶」與「酒」協，「鱧」與「旨」協。）

魚麗于罶，

鰋鯉；

君子有酒，

旨且有。

　　　（「罶」與「酒」協，「鯉」與「有」協。）

　　小雅節南山

方茂爾惡，

相爾矛矣；

既夷既懌，

如相酬矣。

　　　（「惡」與「懌」協，「矛」與「酬」協。）

　　小雅桑扈

交交桑扈，

有鶯有領；
君子樂胥，
萬邦之屏。
　　（「扈」與「胥」協，「領」與「屏」協。）
　　小雅白華
白華菅兮，
白茅束兮；
之子之遠，
俾我獨兮。
　　（「菅」與「遠」協，「束」與「獨」協。）
鴛鴦在梁，
戢其左翼；
之子無良，
二三其德。
　　（「梁」與「良」協，「翼」與「德」協。）
　　小雅瓠葉
有兔斯首，
炮之燔之；
君子有酒，
酌言獻之。
　　（「首」與「酒」協，「燔」與「獻」協。）
有兔斯首，
燔之炙之；
君子有酒，
酌言酢之。
　　（「首」與「酒」協，「炙」與「酢」協。）
　　大雅思齊
雝雝在宮，
肅肅在廟。

不顯亦臨，
△

無射亦保。
△

（「宮」與「臨」協，「廟」與「保」協。）

　　大雅大明

殷商之旅，

其會如林。
△

矢於牧野，
△

維予侯興。
△

上帝臨女，
△

無貳爾心。
△

（「旅、野、女」協，「林、興、心」協。）

　　大雅桑柔

四牡騤騤，

旟旐有翩。
△

亂生不夷，
△

靡國不泯。
△

民靡有黎，

具禍以燼。
△

於乎有哀，

國步斯頻。
△

（「騤、夷、黎、哀」協，「翩、泯、燼、頻」協。）

憂心殷殷，
△

念我土宇。

我生不辰，
△

逢天僤怒。
△

自西徂東，
△

靡所定處。
△

多我覯痻，

孔棘我圉。
△

（「殷、辰、東、痻」協，「宇、怒、處、圉」協。）

第六十二節　韵脚的位置（下）

——抱韵，雜體，叠句

3. 抱　韵

62.1　抱韵是純然西洋的形式。「商籟」（西洋最占勢力的詩式，見下節）以用抱韵爲正則；此外，別的詩也有用抱韵的。例如：

WHEN YOU ARE OLD

When you are old and gray and full of sleep,
And nodding by the fire, take down this book,
And slowly read, and dream of the soft look,
Your eyes had once, and of their shadows deep.

How many loved your moments of glad grace,
And loved your beauty with love false or true;
But one man loved the pilgrim soul in you,
And loved the sorrows of your changing face.

And bending down beside the glowing bars
Murmur, a little sadly, how love fled
And paced upon the mountains overhead
And hid his face amid a crowd of stars.

　　　　　　　　—W. B. Yeats(1865—?)

62.2　中國詩人，除了近年的商籟作家之外，用抱韵的很少。在白話詩的初期，恐怕祇有下面這唯一的例子：

　　　他（第三首）　　　　　　　　魯　迅

　　大雪下了，掃出路尋他；

這路連到山上，山上都是松柏，

他是花一般，這裏如何住得！

不如回去尋他，——啊！回去還是我家。

1926 年以後，用抱韵的人漸漸多些。例如：

雨晨游龍潭　　　　　　　　　　　蹇先艾

游人冒着料峭的寒意低迴，

漫空裏不見一絲雲彩，

漫空裏畫出無限陰霾，

青鴉也跨着蕭凉的海天飛。

這林壑間映有雄渾偉大，

悠長的驢嘶和着流泉，

交互嘯響在寥寞空山，

這山旁灑遍了點點的梨花。

哦！山道上充溢水色春光，

迷濛的毛雨飄落紛紛，

遠峰織着翡翠的樹影，

仿佛我又一度地回到故鄉。

4. 雜　　體

62.3 凡不完全依照上面的三種韵式的詩，我們叫做雜體。雜體本來不必分類，但爲叙述的方便起見，姑且分爲下面的幾類：

62.4 遙韵。——凡不止隔開兩句押韵的，叫做遙韵。有時候，是每段的末句互相押韵。例如：

BRUCE'S ADDRESS TO HIS ARMY

Scots, wha hae wi' Wallace bled

Scots，wham Bruce has often led；

Welcome to your gory bed，

　　Or to Victorie！

Now's the day，and now's the hour；

See the front o battle lour；

See approach proud Edward's pow'r——

　　Chains and slaverie！

　　　　——Robert Burns(1759——1796)

　　　　（全詩共六段，韵式是 aaab cccb dddb eeeb fffb gggb。）

有時候，遥韵不一定在每段的末句，例如 E. Field 的 *The Truth about Horace*，韵式是 *4aaabcccb；又如 A. Tennyson 的 *Flower in the Crannied Wall*，韵式是 abccab；又如 Ed. St. Vincent Millay 的 *Elegy*（from *Second April*），韵式是 abccbacdddc *abcdefafecbed ** abcdedbdaecffc；又如 M. Arnold 的 *Dover Beach*，韵式是 abacdbdcefcgfg *abacbc **abcdbadceffeghhgg。

62.5　現代漢語歐化詩裏，似乎很少有用遥韵的，我們還没有看見過，因此無可舉例。

62.6　交隨相雜。——交韵和隨韵雜用的情形，在英詩裏是很常見的。這裏限於篇幅，不能多舉例。但是其中有三種頗重要的韵式：第一種是八句一段的，叫做 ottava rima（八行詩），韵式是 abababcc；第二種是七句一段的，叫做 rime royal stanza（皇家詩），韵式是 ababbcc；第三種是九行一段的，叫做 Spenserian stanza（史本賽式），韵式是 ababbcbcc。

62.7　漢語歐化詩裏，交隨相雜的情形也不少。現在祇舉一個例子，如下：

　　　　答　夢　　　　　　　　　　　　朱　湘

　　我爲什麽還不能放下？

　　因爲我現在漂流海中，

你的情好像一粒明星

垂顧我于澄静的天空，

　吸起我下沈的失望，

　令我能勇敢的前向。

　　（全詩共四段，式是韵 abcbdd＊abcbdd＊＊ababcc＊＊＊
　　abcbbb。）

62.8　交抱相雜。——交韵和抱韵雜用的情形，在英詩裏較爲罕見。例如 A. Ch. Swinburne 的 *To Walt Whitman in America*，韵式是 ababccb. 漢語詩裏似乎不曾見過這種形式。

62.9　隨抱相雜。——隨韵和抱韵雜用，在英詩裏比交抱相雜的情形多些。例如 A. Noyes 的一篇長的叙事詩 *The Highwayman*，每段的韵式是 aabccb。又 F. Locker-Lampson 的 *My Mistress's Boots*，和 O. W. Holmes 的 *The Last Leaf*，和 R. Burn 的 *Epitaph on John Dove*，也都用同一的韵式。

62.10　在中國，我們祇看見徐志摩的一首呻吟語是隨抱雜用的，它的韵式是 aabba aacca，如下：

我亦願意贊美這神奇的宇宙，

我亦願意忘却了人間有憂愁，

　像一隻没挂累的梅花雀，

　清朝上歌唱，黄昏時跳躍；——

假如她清風似的常在我的左右！

我亦想望我的詩句清水似的流，

我亦想望我的心池魚似的悠悠；

　但如今膏火是我的心，

　再休問我閒暇的詩情？——

上帝！你一天不還她的生命與自由！

62.11　交隨抱相雜。——交韻、隨韻和抱韻三種韻式雜用,在英詩裏如 Th. Hood 的 *The Bridge of Sighs*,韻式是 *2abab **1aabc△bc ***2aabc△c△b... 又如 Byron 的 *Requiescat*,韻式是 aabba *ababb **ababcc△。

62.12　在漢語歐化詩裏,偶然也有這種韻式,例如上文第五十八節裏所舉卞之琳的白螺殼,韻式是 *4ababccdeed。又如:

你指着太陽起誓　　　　　　　　聞一多

你指着太陽起誓,叫天邊的鴻雁
說你的忠貞。好了,我完全相信你,
甚至熱情開出淚花,我也不詫異。
祇是你要說什麼海枯,什麼石爛…
那便笑得死我。這一口氣的工夫
還不夠我陶醉的? 還說什麼「永久?」
愛,你知道我祇有一口氣的貪圖,
快來箍緊我的心,快! 啊,你走你走…
我早算就了你那一手——也不是變卦——
「永久」早許給了別人,秕糠是我的份,
別人得的才是你的菁華——不壞的千春。
你不信? 假如一天死神拿出你的花押,
你走不走? 去去! 去戀着他的懷抱,
跟他去講那海枯石爛不變的貞操!

(韻式是 abbacdcd * abbacc。)

慰勞信集第五首　　　　　　　　卞之琳

交給了你們來放哨,
雖然是路口太衝要,
打仗的在山外打仗,
屯糧的在山裏屯糧,
算貼了一對活封條。

可是鬆了，
不妨學學百靈叫。

把棍子在路口一叉，
「路條！」要不然，「查！」
認真，你們把不兒戲，
　　　　　　△
客氣，來一個「敬禮！」
　　　　　△
再不然，「村公所問話！」

可是鬆了，
不妨在地上畫畫。
（全詩共五大段五小段，韻式是 5aabba ca。這裏祇錄兩
大段兩小段。）

5.　疊　句

62.13　所謂疊句（refrain），不一定是同樣的兩句連在一起。恰
恰相反，在西洋詩裏，疊句總不是相同相連的兩句：最普通的是甲乙
丙丁各段末句互相雷同，其次就是隔若干句相雷同，不限於一段之末。

62.14　關於疊句詩的韻式的記號，另有特殊的記法，如下：

（一）疊句的地方用大寫的字母爲記，例如 AbbaA，表示一段的
首行和末行雷同（但第四行僅與首行末行押韻，而不雷同）。

（二）大寫字母後面加一撇，表示另一疊句，例如 ABA′B′BCB′
C′…表示第一段第二行和第二段第一行雷同，第一段第四行和第二段
第三行雷同（但這兩段第一行和同段第三行，第二行和同段第四行，祇
押韻而不雷同）。

（三）有時候，用大寫的 R 來表示段末的疊句。

62.15　疊句最多的詩是所謂「舊法國式」的詩（old French
forms）當中的幾種。其中比較常見的是：

（1）「迴環曲」（rondeau）。韻式 aabba aabR aabbaR。其中的疊句
往往和詩題相同。例如：

IN AFTER DAYS

In after days when grasses high
O'er-top the stone where I shall lie
　　Though ill or well the world adjust
　　My slender claim to honoured dust，
I shall not question nor reply.

I shall not see the morning sky；
I shall not hear the night wind sigh
　　I shall be mute，as all men must
　　　　In after days！

But yet，now living，fain were I
That some one then should testify，
　　Saying—He held his pen in trust
　　To Art，not serving shame or lust.
Will none？Then let my memory die
　　　　In after days！
　　　　　　—A. Dobson(1840—1921)

（2）「小迴環」（rondel）。韻式 ABab baAB ababAB，或 ab baA。注意這種詩祇用兩個韻，詩的頭兩行構成叠句，但末段可以祇叠一句。不舉例。

（3）「倫電」（roundel）。韻式 abaB bab abaB. 這是迴環曲的變式（「倫電」也是小迴環的意思），所以其中的叠句也和詩題相同。不舉例。

（4）「三叠曲」（triolet）。韻式 ABaAabAB. 因為第一行共叠三次，所以叫做三叠曲。例如：

A KISS

Rose kissed me to-day，

> Will she kiss me to-morrow?
>> Let it be as it may
>>> Rose kissed me to-day.
>> But the pleasure give way
>>> To a savour of sorrow;——
>> Rose kissed me to-day,——
>>> Will she kiss me to-morrow?
>>>> ——A. Dobson

（5）「村歌」(villanelle)。韵式 AbA′ abA abA′ abA abA′ abAA′。注意這種詩共有十九行，但祇有兩個韵。第一段的第一行和第二四兩段的末行相叠；第一段的第三行和第三五兩段的末行相叠；然後這兩種叠句一齊放在第六段之末作收。不舉例。

（6）「潘敦」(pantoum)。韵式 ABA′B′ BCB′C′ CDC′D′ DED′ E′ EFE′F′FGF′G′GBG′A。這種詩的特色是每行都叠。上一段的第二四兩行也就是下一段的第一三兩行，這樣連綿交互，直到末段第二四兩行，才回到與首段的第一二兩行相同，作爲結束。音步和詩段的數目都沒有一定。若追溯到原始，「潘敦」不是法國的詩式，而是馬來的詩式。

62.16　除了以上六種古式之外，當然還可以任意創造各種叠句的新形式。例如 Baudelaire 的 *Reversibilitè*，韵式是 5A bbaA；他的夜之諧和(*Harmonie du Soir*)，韵式是 aBbA BA′ AB′A′B″B′A″B″aA″b；Scott 的 *Hunting Song*，韵式是 AabbccaA AabbddaA AaeeffaA aAgghhaA；Pinkney 的 *A Health*，共五段，每段八行，首段的前四行和末段的前四行相叠；Kipling 的 *For All We Have and Are*，共四段，第一三兩段各八行，第二四兩段各十二行，第二段的末四行和第四段的末四行相叠；J. Masefield 的 *The Yarn of the Loch Achray* 共十段，第一四六七段各八行，第二第十兩段各六行，第三段十二行，第五第九兩段各七行，第八段九行，除第九段外，其餘各段末兩行相叠（即 aabbabCD 等）。諸如此類，不勝枚舉。

62.17　上文第 60.4 節裏所謂「半叠句」也是叠句之一種，不過兩

行雖相叠,却不必每詞都相同。有些詩是全叠和半叠雜用的,例如:

SWEET AND LOW(song)

Sweet and low, sweet and low,
　　Wind of the western sea,
Low, low, breath and blow,
　　Wind of the western sea!
Over the rolling waters go,
Come from the dying moon, and blow,
　　Blow him again to me:
While my little one, while my pretty one, sleeps.

Sleep and rest, sleep and rest,
　　Father will come to thee soon;
Rest, rest, on mother's breast,
　　Father will come to thee soon;
Father will come to his babe in the nest,
Silver sails all out of the west
　　Under the silver moon;
Sleep, my little one, sleep, my pretty one, sleep.
　　　　　　—A. Tennyson(1809—1892)

每段的第一三兩句是全叠,第一段的末句和第二段的末句是半叠。如果以小型的大寫 R 表示半叠,這詩的韵式是 aBaBaabR cDcD ccdR。

62.18　叠句詩往往用極簡單的韵式,無論長至十餘行或數十行,總祇用兩三個韵,交替着押韵。又歌曲之類往往用叠句,因爲語句的重叠更顯得纏綿繾綣;尤其是段末的合唱(chorus),更以用叠句爲常。

62.19　漢語的白話詩,在自由詩的時代,已經有了許多半叠和全叠的形式。例如冰心的倦旅(中國新文學大系第八集,頁一三四至一三五),共四段,每段之末用「一切的心都淡了」作叠句;左舜生的南京(同書,頁四八),共三段,每段之末用「我要和你小別了」作叠句。

62.20　在有韵的詩裏,也不乏用叠句的例子。例如:

忘掉她　　　　　　　　　　　　　　　聞一多

忘掉她,像一朵忘掉的花,——
　那朝霞在花瓣上,
　那花心的一縷香——
忘掉她,像一朵忘掉的花!

忘掉她,像一朵忘掉的花!
　像春風裏一出夢,
　像夢裏的一聲鐘,
忘掉她,像一朵忘掉的花!

忘掉她,像一朵忘掉的花!
　聽蟋蟀唱得多好,
　看墓草長得多高;
忘掉她,像一朵忘掉的花!

忘掉她,像一朵忘掉的花!
　她已經忘記了你,
　她什麼都記不起,
忘掉她,像一朵忘掉的花!

忘掉她,像一朵忘掉的花!
　年華那朋友真好,
　他明年就教你老;
忘掉她,像一朵忘掉的花!

忘掉她,像一朵忘掉的花!
　如果是有人要問,

　　　　就说是没有那個人；
　　忘掉她，像一朵忘掉的花！

　　忘掉她，像一朵忘掉的花！
　　　像春風裏一出夢，
　　　像夢裏的一聲鐘，
　　忘掉她，像一朵忘掉的花！
　　　（韵式：RaaR RBB′R RccR RddR RccR ReeR RBB′R。）

62.21　末了，我們想順帶談一談由於韵脚的不同而生出的詩行的高低寫法。在法詩裏，詩行的高低祇是由於它們的長短；至於英詩，除了有時候是由於它們的長短之外，多數是由於它們的韵脚的不同。如果一段共有兩個韵，則甲韵的詩行寫高些（靠左些），乙韵的詩行寫低些（靠右些）。例如：

　　My boat is on the shore,
　　　And my bark is on the sea;
　　But, before I go, Tome Moore,
　　　Here's a double health to thee!
　　　　—From "To Thomas Moore," by Byron.
　　Navies nor armies can exalt the state,—
　　　Millions of men, nor coined wealth untold:
　　　Down to the pit may sink a land of gold;
　　But one great name can make a country great.
　　　—From "Lowell's Birthday," by R. W. Gilder.
　　We are the music-makers,
　　　And we are the dreamers of dreams,
　　Wandering by lone sea-breakers,
　　And sitting by desolate streams;—
　　World-losers and World forsakers,

On whom the pale moon gleams：
Yet we are the movers and shakers
Of the world forever，it seems，
　—From *Ode*，by O'Shaughnessy(1844—1881)

如果一段共有三個韵，也可以分爲三層高低。例如：

And think，this heart，all evil shed away，
　A pulse in the eternal mind，no less
　　Gives somewhere back the thoughts by England given；
Her sights and sounds；dreams happy as her day；
　And laughter，learnt of friends，and gentleness，
　　In hearts at peace，under an English heaven．
　—From "The Soldier，"by R. Brooke (1887—1915)，
Tis said of certain poets，that writ large
　Their sombre names on tragic stage and tome，
　　They are gulfs or estuaries of Shakespeare's sea．
　　Lofty the praise；and honour enough，to be
As children playing by his mighty marge
　　Glorious with casual sprinkling of the foam．
　—From *Written in Mr. Sidney Lee's "Life*
　　of Shakespeare"，by W. Watson(1858—?)
We are the Dead. Short days ago
We lived，felt dawn，saw sunset glow，
　Loved and were loved，and now we lie
　　In Flanders fields．
　　　—From *In Flanders Fields*，
　　　　by J. Mc Crae(1872—1918)

但是，祇有商籟和迴環曲可以這樣寫；至於別的詩，無論一段裏共有三
韵或四韵，都祇有兩層高低。例如：

Well yes,—if you saw us out driving
　　Each day in the park, four in hand,—
If you saw poor dear mamma contriving
　　To look supernaturally grand,—
If you saw papa's picture, as taken
　　By Brady, and tinted at that,—
you'd never suspect he sold bacon
　　And flour at Poverty Flat.
　　　—From *Her Letter*, by F. B. Harte(1836—1902)

62.22　中國新派詩人,也有把詩寫成高低行的,但他們大多數是由於詩行的長短而分高低,不是由於韵脚的不同而分高低。有時候,短行和長行不同韵,於是高低的寫法成爲一舉兩得。但是,也有專爲韵脚的不同而分高低的。例如:

城　上　　　　　　　　　　程侃聲

天半鋪着幾片薄雲,
　　微風漣漪似的蕩漾。
旁過壘壘枯寂的荒墳,
　　我們登到永定門西的城上。

城內深没人的蘆荻
　　浩浩,瀟瀟;
遙想故鄉此日,
　　正連阡谷綠迢迢。

城下繞流着徑直的小溪,
　　溪畔青翠的菖蒲叢叢;
遙想故鄉曲曲的水湄,
　　正蒲錢點點,水蓼花紅。

城外廣袤無垠的平原，
　　祇有單調的黍和稷；
遙想故鄉的塘裏田間，
　　紅白的荷花正香風習習。

平原中祇有矮小的茅屋，
　　幾片乾燥的土的房頂；
却不見故鄉那葱蘢的林木，
　　蕭疏處露出斷續炊烟，迷離樹影。

　　　（全詩共十五段，韵式是 *15abab，今録五段。）

　　　　致某某　　　　　　　　　劉夢葦

雀鳥喧噪在門前樹間，
　　晨光偷進我深沈的夢境；
驚醒後起來奔赴到院前，
　　領略朝陽初現時的美景；
但我重憶起了你底華顏，
　　你比朝陽還要嬌艷幾分！

炎日燃燒在清朗的中天，
　　樹蔭下只有我獨在納悶；
碧澄澄的池水蒸發升烟，
　　我春情的海潮已經沸騰，
但我重憶起了你的情焰，
　　你比炎日還要熱烈幾分！

夕照懸挂在幽邃的林邊，
　　向人間贈送最後的離情：
歎氣似的吐輕霧在樹巔，

縷縷裊繞穿過黃昏的心；
　　　　　　　　△
但我重憶起了你底愛戀，

　你比夕照還要纏綿幾分！
　　　　　　　　　　　△
　（韵式是 3ababaB。）

62.23　有一點值得注意：在<u>西洋</u>詩裏,詩行分高低並不是必要的。依韵脚的不同而分高低,雖是<u>英</u>詩的常例,却也不是毫無例外。這點可以説明爲什麼<u>中國</u>新派詩人對於詩行高低的寫法不盡一致,甚至有人誤會以爲是隨意的了。

第六十三節　商籟（上）
——正式

63.1　在白話詩的初期,詩人們剛從文言詩的束縛裏解放出來,大家傾向於自由詩。等到 1926 年<u>晨報詩鐫</u>出版,<u>聞一多</u>等提倡詩的音步和韵脚,於是詩人們漸漸接受了<u>西洋</u>詩的格律。從此以後,有些詩人更進一步而模仿<u>西洋</u>詩裏最重要的而格律又最嚴的一種形式——商籟(the sonnet)。這樣,<u>漢</u>語的<u>歐</u>化詩似乎走向一條由今而古的道路,雖然直到現代還有許多詩人在寫自由詩。

63.2　商籟共有十四行,所以也有人譯爲「十四行詩」。商籟發源於意<u>大</u>利,其後<u>法</u>、<u>英</u>、<u>德</u>各國的大詩人莫不紛紛模仿。直至今日,商籟仍舊是盛行的一種詩式。

63.3　在<u>法國</u>,另有一種古典詩叫做「巴律」(ballade)。「巴律」在古代,它的勢力可以和商籟相抗衡。後來「巴律」漸漸衰微,詩人們往往祇模仿它的八行一段的格式(韵式 ababbcbc),而省去了它的尾聲(envoy);甚至韵式也有了變化(例如 ababcdcd)。（注意：<u>英</u>詩裏有一種故事詩叫做 ballad,和 ballade 完全是兩回事;雖然也有人把二者都混稱爲 ballad,究竟以分別爲是。）這些形式,我們在上文第六十二節裏已經約略地談過了,現在本節裏就祇專講商籟了。

63.4　<u>中國</u>人模仿商籟,似乎以<u>戴望舒</u>爲最早,但<u>戴</u>氏的詩並不是商籟的正則(見下節所引<u>戴</u>氏的十四行)。現在我們將商籟的正變

各式分別敘述於後,而把中國詩人的商籟依類舉例,以幫助讀者的了解。

63.5　商籟的分段。——商籟共十四行,若就「意大利體」(Italian sonnet)而言,這十四行可以分為四段(4＋4＋3＋3),兩段(8＋6),三段(4＋4＋6),或一段(14)。意大利式是分為四段的,法國式模仿意大利式。至於英國式普通是分為兩段,偶然也合作一段,或分為三段,又可以依意法的規矩寫成四段。法國的商籟,前半是兩個四行(two quatrains),後半是兩個三行(two tercets);英國的商籟,前半是八行(octave),後半是六行(sestet)。中國詩人的商籟,差不多總是依照4＋4＋3＋3的寫法的,例如:

商籟第二首　　　　　　　　　梁宗岱

多少次,我底幸福,你曾經顯現
給我,靈幻縹緲像天邊的彩雲,——
又像幻果高懸在危崖上,鮮明
照眼,却又閃爍不定,似近還遠,

嘲諷一切攀摘的企圖和妄念!
但今天,正當我在憂思裏逡巡,
你却姍姍地下降,蹁躚如浮雲,
眼中燃着永恒底光明和火焰!

來,我的幸福,讓我們,胸貼着胸,
靜看白晝底藍花徐徐地謝去;
任那無邊的黑暗,流泉和夜風

低説萬千神秘的名字和誑語——
什麼都不能驚擾我們底心,
我底靈魂既找着了你底靈魂!

祇有極少的詩人是依照8＋6的寫法,例如:

望　　　　　　　　　　　卞之琳

小時候我總愛看夏日的晴空，
把它當作是一幅自然的地圖：
藍的一片是大洋，白雲一朵朵
大的是洲，小的是島嶼在海中；
大陸上顏色深的是山嶺山叢，
許多孔隙裂縫是冷落的江湖，
還有港灣像在望風帆的歸途，
等它們報告發現新土的成功。

如今，正像是老話的桑海蒼田，
滿懷的花草換得了一把荒烟，
就是此刻我也得像一隻迷羊
輾轉在灰沙裏，幸虧還有蔚藍，
還有仿佛的雲峰浮在縹緲間，
倒可以抬頭望望這一個仙鄉。

63.6 商籟的音數。——法國派的商籟，以用「亞歷山大」式爲最常見。所謂「亞歷山大」式，就是每行十二音。例如：

LE COUVERCLE

En quelque lieu qu'il aille, ou sur mer ou sur terre,
Sous un climat de flamme ou sous un soleil blanc,
Serviteur de Jèsus, courtisan de Cythère,
Mendiant ténébreux ou Crésus rutilant,

Citadin, compagnard, vagabond, sedentaire,
Due son petit cerveau soit actif ou soit lent,
Partout l'homme subit la terreur du mystire,
Et ne regarde en haut qu'avec un œil tremblant.

En hant le Ciel! ce mur de caveau qui l'étouffe,
Plafoud illuminé pour un opéra bouffe,
Où chaque historien foul un sol ensanglanté；

Terreur du libertin, espoir du fol ermite；
Le Ciel! couvercle noir de la grande marmite
Où bout l'imperceptible et vaste Humanité.

中國詩人中，梁宗岱比較地喜歡用十二音。例如：

商籟第一首   梁宗岱
幸福來了又去：像傳説的仙人
他有時扮作骯髒檻褸的乞丐，
瘦骨嶙峋，向求仙者俯伏叩拜，
看凡眼能否從卑賤認出真身；

又仿佛古代赫赫的至尊出巡，
爲要戒備暴徒們意外的侵害，
簇擁着旌旗和車乘如雲如海，
使人辨不清誰是侍衛誰是君。

但今天，你這般自然，這般嫵媚，
來到我底身邊，我光艷的女郎，
從你那清晨一般澄朗的眸光，

和那嘹亮的歡笑，我毫不猶豫
認出他底靈光，我慚愧又驚惶，——
看，我眼中已湧出感恩的熱淚！

英國派的商籟以五步淹波律爲最常見，也就是每行十音。例如：

THE SONNET's VOICE

Yon silvery billows breaking on the beach

    Fall back in foam beneath the star-shine clear,

    The while my rhymes are murmuring your ear,

A restless lore like that the billows teach;

For on this sonnet-waves my soul would reach

    From its own depths, and rest within you, dear,

    As, through the billowy voices yearning here,

Great Nature strives to find a human speech.

A sonnet is a wave of melody:

    From heaving waters of the impassioned soul

    A billow of tidal music one and whole

Flows in the "octave"; then, returning free,

    Its ebbing surges in the "sestet" roll

Back to the deeps of Life's tumultuous sea.

        ——Th. Watts-Dunton(1836—1914)

中國詩人的商籟,用十音的較多,例如:

十四行集第廿一首　　　　　　馮　　至

我們聽着狂風裏的暴雨

我們在燈光下這樣孤單,

我們在這小小的茅屋裏

就是和我們用具的中間

也生了千里萬里的距離:

銅爐在向往深山的礦苗

瓷壺在向往江邊的陶泥,

它們都像風雨中的飛鳥

> 各自東西。我們緊緊抱住，
> 好像自身也都不能自主。
> 狂風把一切都吹入高空
> 暴雨把一切又淋入泥土。
> 祇剩下這點微弱的燈紅
> 在證實我們生命的暫住。

自然，除了十二音和十音之外，十一音，九音，八音，七音，六音，乃至五音都是可能的。（參看下文所舉諸例。）但是，有一點必須注意，就是商籟各行的音數必須相同。這是它的謹嚴的格律之一。

63.7 商籟的韵式。——商籟的韵式，可分爲正式和變式兩種。所謂正式，大致是指最常見的形式而且爲各家所采用的形式而言。凡不合於正式者就是變式。又前八行多用正式，後六行可用變式，於是前正後變者可稱爲正中之變。如果前八行用變式，則後六行無論用什麽韵式，都該認爲純粹的變式。現在分別叙述如下：

63.8 （1）正式。——意大利體的商籟，前八行的韵式總是abbaabba，若寫作兩段就是 abba abba，也就是兩個抱韵。注意，這裏總共祇有兩個韵脚，第一四五八行互相押韵，第二三六七行互相押韵。

63.9 後六行的韵式，在原則上容許有各種的變化，但實際上仍有所謂正式。法國派的正式共有兩種，第一種是繼承意大利派的正式，後六行是 ccd eed，第一二行押韵，第四五行押韵，第三六行押韵。例如：

LES REGRETS

O qu' heureux est celui qui peut passer son age
Entre pareils àsoi! et qui sans fiction,
Sans crainte, sans envie, et sans ambition,
Règne paisiblement en son pauvre ménage!

Le misérable soin d'acquérir davantage
Ne tyrannise point sa libre affection;

Et son plus grand désir désir saus passion,

Ne s'étend plus avant que son propre héritage.

Il ne s'empêtré point des affaires d'autrui;

Son principal espoir ne dépend que de lui,

Il est son cour, son roi, sa faveur et son maître;

Il ne mange son bien en pays étranger,

Il ne met pour autrui sa personne en danger,

Et plus riche qu'il est ne voudrait jamais être.

—J. Du Bellay(1522—1560)

中國詩人依照這個韵式而作商籟者，例如上文所舉卞之琳的望。
又如：

商籟第六首　　　　　　　梁宗岱

孤寂的大星！你在黄昏的邊沿

像一滴秋淚晶瑩欲墜，我每次

抬頭望見你，心裏便驀地掀起

一陣愛底悸動和悵望底暈眩：

你這脈脈的清輝可是在預占

我將臨的幸福？還是憶念過去

一個湮遠的黄昏（生前或夢裏）

你底温光曾照着我倆底撫憐？——

愛人啊，我底愛人！如果你和我

靈魂裏不曾有過深契的應和，

怎麼這不解的狂渴在我舌根，

（自從見了你，）還有冰冷的寂寞

和鄉思的煩躁在我心裏焚灼，

令我迷羊似地向你懷裏投奔？

第二種是<u>法</u>詩自己的正式，後六行是 ccd ede，第一二行押韵，第三五行押韵，第四六行押韵。例如：

SUR LE LIVRE DES AMOURS DE P.
DE RONSARD

Jadis plus d'un amant, aux jardins de Bourgueil,
A gravé plus d'un nom dans l'écorce qi'il ouvre；
Et plus d'un coeur, sous l'or des hauts plafonds du Louvre,
A l'éclair d'un sourire a tressailli d'orgueil.

Qu'importe? Rien n'a dit leur ivresse ou leur deuil；
Ils gisent tout entiers entre quatre ais de rouvre,
Et nul n'a disputé, sous l'herbe qui les couvre,
Leur inerte poussiére á l'oubli du cercueil.

Tout menrt. Marie, Hélène et toi, fière Cassandre,
Vos beaux corps ne scraient qu'une insensible cendre,
—Les roses et les lys n'out pas de lendemain. —

Si Rousard, sur la Seine ou sur la blonde Loire,
N' eût tressé pour vos fronts, d'une immortelle main,
Aux myrtes de l' Amour le laurier de la Gloire.

　　　　　—J. -M. de Heredia(1842—1905)

<u>中國</u>詩人依照這個韵式而作商籟者，例如：

　　　　商籟第五首　　　　　　　　　梁宗岱
　　我們並肩徘徊在古城上，
　　我們的幸福在夕陽裏紅。

撲面吹來裊裊的棗花風，
五月的晚空向我們喧唱。

陶醉於我們青春的夢想，
時辰的呼息又那麼圓融，
我們不覺駐足聽——像遠鐘——
它在我們靈魂裏的回響。

我們並肩在古城上徘徊，
我們的幸福脈脈地相偎：
你無言，我的靈魂却没入

你那柔靜的深黑的眼睛…
像一瓣清思，新生的霽月，
向貞潔的天冉冉地上升。

<u>英國派</u>的正式商籟共有兩種，第一種可稱爲<u>彌爾敦</u>式（Milton's sonnet），後六行是 cdecde，成爲三韵的雙交。例如：

ON HIS BLINDNESS

When I consider how my light is spent
 Ere half my days in this dark world and wide,
 And that one talent which is death to hide
 Lodged with me useless, though my soul more bent
To serve therewith my Maker, and present
 My true account, lost He returning chide,
 "Doth God exact day-labour, light denied?"
 I fondly ask: But Patience, to prevent
That murmur, soon replies, "God doth not need
 Either man's work, or His own gifts: who best
 Bear His mild yoke, they serve Him best. His state

Is kingly: thousands at His bidding speed,

　　And post o'er land and ocean without rest: —

　　They also serve who only stand and wait. "

　　　　　　　　—J. Milton(1608—1674)

中國詩人依這種韵式作商籟者,似乎無例可舉。第二種可稱爲濟慈式 (Keats' sonnet),後六行是 cdcdcd,成爲兩韵雙交。例如:

ON FIRST LOOKING INTO CHAPMAN'S
HOMER

Much have I travell'd in the realms of gold,

　　And many goodly states and kingdoms seen;

　　Round many western islands have I been

Which bards in fealty to Appollo hold.

Oft of one wide expanse had I been told

　　That deep-brow'd Homer ruled as his demesne;

　　yet did I never breathe its pure serene

Till I heard Chapman speak out loud and bold:

Then felt I like some watcher of the skies

　　When a new planet swims into his ken;

Or like stout Cortez when with eagle eyes

　　He stared at the Pacific-and all his men

Look'd at each other with a wild surmise—

　　Silent, upon a peak in Darien.

　　　　　　　　—J. Keats(1795—1821)

中國詩人依照這種韵式而作商籟者,例如:

　　　　　商籟第四首　　　　　　　　　梁宗岱

　　我摘給你我園中最後的蘋果:

看它形體多圓潤，色澤多玲瓏，
從心裏透出一片晶瑩的暈紅，
像我們那天遠望的林中燈火。

因爲當它累累的伙伴一個個
爭向太陽去烘染它們底姿容，
它却悄燃着——在暗綠的濃影中——
自己的微焰，靜待天風底掠過：

像我獻給你的這繾綣的情思，
它那麼懇摯，却又這樣地腼腆，
祇在我這幽寂的心園裏潛滋，

從不敢試向月亮或星光窺探，
更別説讓人（連你自己，愛啊！）知。
受了它罷：看它盡在風中抖顫！

當然，英國詩人也有學法國派的；但法國詩人學英國派的却很少。

63.10　正式的商籟全首祇有五個韵（abcde），甚至像濟慈式祇有四個韵（abcd）。凡不超過五個韵，前八行又用抱韵，祇後六行的韵式稍有變化者，可認爲正中之變；凡超過五個韵，或前八行用交韵或隨韵的，就都是純粹的變式了。

第六十四節　商　籟（中）
——變式

64.1　(2) 正中之變。——本來，「意大利體」的商籟的後六行比前八行的韵式可以自由；上面所説法英兩派對於後六行共有四種不同的韵式，已經可以顯示這一點。總之，祇要韵脚不隔三行以上（例如cddeec 或 cdedce），其他各式都是可能的。現在略依常見的次序，分別敘述如下。

64.2 （A）韵式 abba abba cdc dee。例如法國波特萊爾的黃泉悔（*Remords Posthume*）和罪書卷頭語（*Epigraphe pour un Livre condamné*）。又如上節所舉梁宗岱的商籟第二首，和第五十七節（57.16）所舉卞之琳的慰勞信集第十六首。又如：

慰勞信集第四首　　　　　　　卞之琳

不喚你，發明的，起來發揮
三點一直綫的衝鋒戰術：
嘴上一塊肉，筷上一塊肉，
眼睛盯住了盤裏另一塊——

如果你睡了，睡眠更可貴：
案卷裏已經跋涉了一宿。
「起身號。那我要睡了，」你説，
問明了是什麽角聲在吹。

多睡一會兒。讓他們去鬧：
熹微中一朵朵緊張的面孔，
跑步，唱歌，練跳舞，喊口號……

我不會説笑，送你一個夢：
從你參加了種植的樹林
攀登了一千隻飛鳥的翻翎。

（B）韵式 abba abba cdd cee。例如波特萊爾的烟斗（*La Pipe*）。原文不録。

（C）韵式 abba abba cdd cdc。例如梁宗岱商籟第一首，見上節所引。

（D）韵式 abba abba cdd ccd。不舉例。

（E）韵式 abba abba ccd cdc。例如：

十四行集第十二首　　　　　馮　至

你在荒村裏忍受饑腸，
你常常想到死填溝壑，
你却不斷地唱着哀歌
爲了人間壯美的淪亡：

戰場上有健兒的死傷，
天邊有明星的隕落，
萬匹馬隨着浮雲消没……
你一生是他們的祭享。

你的貧窮在閃爍發光
像一件聖者的爛衣裳，
就是一絲一縷在人間

也有無窮的神的力量。
一切冠蓋在她的光前
祇照出來可憐的形象。

（F）韵式 abba abba cdc ede。不舉例。

（G）韵式 abba abba ccd dee。不舉例。

64.3　以上 A、B、F、G 四式的後六行共用三個韵，C、D、E 三式的後六行祇用兩個韵。都不是商籟的正則。然而它們的前八行只用 ab 兩個韵，又用抱韵，却是合於正則的。

64.4　（3）變式。——爲叙述的便利起見，我們姑且把商籟的變式分爲小變和大變兩種。正式的商籟的前八行是用韵脚相同的兩個抱韵的，如果雖用兩個抱韵，然而共用四個韵脚（即 abba cddc），三個韵脚（如 abba acca），或兩個參差的韵脚（即 abba baab），可以叫做小變；如果不用抱韵而用交韵或隨韵，無論韵脚如何，都可以叫做大變。兹分別叙述如下。

64.5　I.小變。——小變又可細分爲三種：

（甲）前八行用四個韵脚者，即 abba cddc。

（A）韵式 abba cddc eef ggf，後六行和法國派的第一種正式相同。例如波特萊爾的蹇運（*Le Guignon*），贈潘畏爾（*A Théodore de Banville*），瞽人們（*Les Aveugles*），獨居者之酒（*Le Vin du Solitaire*）。又如上文第五十七節(57.26)所舉馮至的十四行集第十首。又如：

十四行集第廿二首　　　　　　　馮　至

深夜又是深山
聽着夜雨沈沈。
十里外的山村
念里外的市塵
它們可還存在？
十年前的山川
念年前的變幻
都在雨裏沈埋。

四圍這樣狹窄
好像回到母胎；
神，我深夜祈求

像個古代的人：
「給我狹窄的心
一個大的宇宙！」

（B）韵式 abba cddc eef gfg，後六行和法國派的第二種正式相同。例如波特萊爾的貓（*Les chats*）和鴟（*Les Hiboux*）。

（C）韵式 abba cddc efg efg，後六行和彌爾敦式相同。例如：

十四行集第十九首　　　　　　　馮　至

我們招一招手，隨着別離
我們的世界便分成兩個，

身邊感到冷，眼前忽然遼闊，
像剛剛產生的兩個嬰兒。

啊，一次別離，一次降生，
我們擔負着工作的辛苦，
把冷的變成暖，生的變成熟，
各自把個人的世界耘耕，

為了再見，好像初次相逢，
懷着感謝的情懷想過去
像初晤面時忽然感到前生。

一生裏有幾回春幾回冬，
我們祇感受時序的輪替，
感受不到人間規定的年齡。

　(D) 韵式 abba cddc efe fgg，後六行和正中之變的 A 式相同。例如波特萊爾的交感(*Les Correspondances*)，美神(*La Beauté*)，一個鬼(*Un Fantôme*)，和為過街女客作(*A Une Passante*)。又如：

燈　蟲　　　　　　　　　　　卞之琳

可憐以浮華為食品，
小蠓蟲在燈下紛墜，
不甘淡如水，還要醉，
而拋下露養的青身。

多少艘艨艟一齊發，
白帆篷拜倒於風濤，
英雄們求金羊毛
終成了海倫的秀髮。

　　　　贊美吧，芸芸的醉仙
　　　　光明下得了夢死地，
　　　　也畫了佛頂的圓圈！

　　　　曉夢後看明窗淨几，
　　　　待我來把你們吹空，
　　　　像風掃滿階的落紅。

（E）韵式 abba cddc eff egg，後六行和正中之變的 B 式相同。例如波特萊爾的無形之曙光（*L'Aube Spirituelle*）。又如上文第五十七節（57.12）所舉馮至的十四行集第三首。又如：

　　　　慰勞信集第十四首　　　　　　　卞之琳
　　　竟受了一盒火柴的夜襲，
　　　你支持北方的一根大臺柱！
　　　全與你發揮的理論相符，
　　　熱坑是民眾，配合了這一擊。

　　　你不會受驚的，也無大礙：
　　　祇燒了皮大衣、毯子、棉軍服。
　　　然而這是你全部的長物，
　　　難怪你部下笑話着「救災」。

　　　請原諒愛護到過火的熱心——
　　　我們，民眾，寧願意這樣想，
　　　看你檐頭的冰箸有多長！

　　　仿佛冬寒裏不缺少春信，
　　　意外裏你也有意外的微笑。
　　　願你能多多重復「有味道」。

（F）韵式 abba cddc eef fgg，後六行和正中之變的 G 式相同。例如<u>波特萊爾</u>的深谷怨（*De Profundis Clamavi*）。原文不錄。

（G）韵式 abba cddc eef eff，例如<u>波特萊爾</u>的煉苦（*Alchimie de la Douleur*）。原文不錄。

（H）韵式 abba cddc efe fef，後六行和<u>濟慈</u>式相同。不舉例。

（I）韵式 abba cdde eee eff，後六行恐怕是 eef fgg 的變相。例如：

十四行集第廿五首　　　　　　<u>馮　至</u>

案頭擺設着用具
架上陳列着書籍，
終日在些静物裏
我們不住地思慮，

言語裏没有歌聲
舉動裏没有舞蹈，
空空間窗外飛鳥
爲什麽振翼凌空。

祇有睡着的身體
夜静時起了韵律，
空氣在身内游戲

海鹽在血裏游戲——
夢裏可能聽得到
天和海向我們呼叫。

64.6　（乙）前八行用三個韵脚者，即 abba acca，或 abba cbbc 或 abba bccb 等。這種情形是介於正變之間的。現在祇舉六種的例子。

（A）韵式 abba acca dee dff，後六行和正中之變的 B 式相同。例如<u>波特萊爾</u>的惡之花第卅三首（無題）。又如上文第五十七節（57.5）所舉<u>馮至</u>的十四行集第十三首。

（B）韵式 abba acca dee daa。例如：

十四行集第四首　　　　　　　　馮　至

我常常想到人的一生，
便不由得向你祈禱。
你一叢白茸茸的小草
不曾辜負了一個名稱；

但你躲避着一切名稱，
過一個渺小的生活，
不辜負高貴和潔白，
默默地成就你的死生。

一切的形容，一切喧囂
到你身邊，有的就凋落，
有的化成了你的靜默：

這是你偉大的驕傲
却在你的否認裏完成。
我向你祈禱，爲了人生。

（C）韵式 abba acca ded ede，後六行和濟慈式相同。例如：

十四行集第二首　　　　　　　　馮　至

什麼能從我們身上脱落，
我們都讓它化作塵埃：
我們安排我們在這時代，
像秋日的樹木一棵棵

把樹葉和些過遲的花朵，
都交給秋風，好舒開樹身

伸入嚴冬；我們安排我們
在自然裏，像蛻化的蟬蛾

把殘殼都丟在泥土裏；
我們把安排我們給那個
未來的死亡，像一段歌曲，

歌聲從音樂的身上脫落，
歸終剩下了音樂的身軀
化作一脈的青山默默。

(D) 韵式 abba acca ddd dee，後六行和(甲)(I)相同。例如：

十四行集第六首　　　　　　馮　至

我時常看見在原野裏
一個村童，或一個農婦
向着無語的晴空啼哭，
是爲了一個懲罰，可是

爲了一個玩具的毀棄？
是爲了丈夫的死亡，
可是爲了兒子的病創？
啼哭得那樣沒有停息，

像整個的生命都嵌在
一個框子裏，在框子外
沒有人生，也沒有世界。

我覺得他們好像從古來
就一任眼淚不住地流
爲了一個絕望的宇宙。

（E）韵式 abba cbbc aba cbc，例如：

十四行集第十八首　　　　　　　馮　至

我們常常度過一個親密的夜
在一間生疏的房裏，它白晝時
是什麼模樣，我們無從認識，
更不必説它的過去未來。原野

一望無邊地在我們窗外展開，
我們祇依稀地記得在黄昏時
來的道路，便算是對它的認識，
明天走後，我們也不再回來。

閉上眼吧！讓那些親密的夜
和生疏的地方織在我們心裏：
我們的生命像那窗外的原野，

我們在朦朧的原野上認出來
一棵樹，一閃湖光；它一望無際
藏着忘却的過去，隱約的將來。

（F）韵式 abba bccb cde cde，例如：

十四行集第廿四首　　　　　　　馮　至

這裏幾千年前
處處好像已經
有我們的生命；
我們未降生前

一個歌聲已經
從變幻的天空，

從綠草和青松
唱我們的運命。

我們憂患重重，
這裏怎麼竟會
聽到這樣歌聲？

看那小的飛蟲，
在它的飛翔內
時時都是永生。

64.7　注意：B、E、F 三種韵式有一個特別之點，就是後六行的韵脚和前八行的韵脚可以相同。

64.8　（丙）前八行用兩個參差的韵脚者，即 abba baab。這種情形更是介於正變之間的。現在祇舉四種例子。

（A）韵式 abba baab ccd eed，後六行和<u>法國</u>派第一式相同。例如<u>波特萊爾</u>的<u>深淵</u>（*Le Gouffre*）。原文不錄。

（B）韵式 abba baab ccd ede，後六行和<u>法國</u>派第二式相同。例如<u>波特萊爾</u>的<u>惡之花</u>第四十首（無題）。原文不錄。

（C）韵式 abba baab cdd cee，後六行和正中之變的 B 式相同。例如<u>波特萊爾</u>的<u>前生</u>（*La Vie Antérieure*）和<u>一個鬼</u>第二首。原文不錄。

（D）韵式 abba baab cac dad。例如：

十四行集第廿六首　　　　　　馮　至
我們天天走着一條熟路
回到我們居住的地方；
但是在這林裏面還隱藏
許多小路，又深邃，又生疏。

走一條生的，便有些心慌，
怕越走越遠，走入迷途，

但不知不覺從樹疏處
忽然望見我們住的地方

像座新的島嶼呈在天邊。
我們的身邊有多少事物
在向我們要求新的發現：

不要覺得一切都已熟悉，
至死時撫摸自己的髮膚
生了疑問：這是誰的身體？

第六十五節　商　籟（下）
——變式，莎士比亞體和史本賽體

65.1 （II）大變。——大變又可分為交韻和隨韻兩種，如下。

（甲）前八行用交韻。

（I）前八行用兩個韻脚者，即 abab abab。現在祇舉九種例子。

（A）韻式 abab abab ccd eed，後六行和法國派的第一式相同。例如波特萊爾的劣僧（*Le Mauvais Moine*），愁（Spleen），和鑊蓋（*Le Couvercle*）。原文不錄。

（B）韻式 abab abab ccd ede，後六行和法國派的第一式相同。例如波特萊爾的逍遙死（*Le Mort Joyeux*），被侮辱的月亮（*La-Lune Offensée*），情侶之死（*La Mort des Amants*），和求知者之夢（*Le Rêve d'un Curieux*）。原文不錄。

（C）韻式 abab abab cdd cee，後六行和正中之變的 B. 式相同。例如波特萊爾的醜惡之同情（*Horreur Sympathique*）。原文不錄。

（D）韻式 abab abab cdd cbb，這是 C 式的變相。例如：

十四行集第十六首　　　　　　　馮　至
我們並立在高高的山巔
化身為一望無邊的遠景，

化成面前的廣漠的平原，
化成平原上交錯的蹊徑。
哪條路，哪道水，沒有關連，
哪陣風，哪片雲，沒有呼應：
我們走過的城市，山川
都化成了我們的生命
我們的生長，我們的憂愁，
是某某山坡的一棵松樹，
是某某城上的一片濃霧；

我們隨着風吹，隨着水流，
化成平原上交錯的蹊徑，
化成蹊徑上行人的生命。

（E）韵式 abab abab ccd dee，後六行和正中之變的 G 式相同。例如波特萊爾的<u>藐子有疾</u>（*La Muse Malade*）。原文不錄。

（F）韵式 abab abab cdd cdc，後六行和正中之變的 C 式相同。例如波特萊爾的<u>秋興</u>（*Sonnet d'Automne*）。原文不錄。

（G）韵式 abab abab ccc ddc，例如波特萊爾的<u>贈土生白種女子</u>（*A une Dame Créole*）。原文不錄。

（H）韵式 abab abab ccd ccd，例如波特萊爾的<u>貧人之死</u>（*La Mort des Pauvres*）。原文不錄。

（I）韵式 abab abab bab bab，這是用韵最少的形式。例如：

十四行集第十七首　　　　　馮　至
你說，你最愛看這原野裏
一條條充滿生命的小路，
是多少無名行人的步履
踏出活活潑潑的道路。

在我們心靈的原野裏

也有一條條宛轉的小路，
但曾經在路上走過的
行人多半已不知去處：

寂寞的兒童，白髮的夫婦，
還有些年紀青青的男女，
還有死去的朋友，他們都
給我們踏出來這些道路；
我們紀念着他們的步履
不要荒蕪了這幾條小路。

65.2　（II）前八行用兩個參差的韻腳者，即 abab baba。例如波特萊爾的收心（*Recueillement*）。全詩的韵式是 abab baba ccd ede。原文不錄。

65.3　（III）前八行用三個韵腳者，如 abab acac 或 abab cbcb，現在祇舉兩種例子。

（A）韵式 abab acac dde ded，後六行和正中之變的 E 式相同。例如：

十四行集第廿一首　　　　　　　　馮　至

我們聽着狂風裏的暴雨
我們在燈光下這樣孤單，
我們在這小小的茅屋裏
就是和我們用具的中間

也生了千里萬里的距離：
銅爐在向往深山的礦苗
瓷壺在向往江邊的陶泥，
它們都像風雨中的飛鳥

各自東西。我們緊緊抱住，

好像自身也都不能自主。
狂風把一切都吹入高空

暴雨把一切又淋入泥土，
祇剩下這點微弱的燈紅
在證實我們生命的暫住。

（B）韻式 abab cbcb ded eff，後六行和正中之變的 A 式相同。例如波特萊爾的音樂（*La Musique*）和恨之桶（*Le Tonneau de la Haine*）。原文不錄。

65.4　（IV）前八行用四個韻腳者，即 abab cdcd，現在祇舉八種例子。

（A）韻式 abab cdcd eef ggf，後六行和法國派第一式相同。例如波特萊爾的理想（*L'Idéal*），常如是（*Semper Eadem*），月愁（*Tristesse de la Lune*）被詛咒詩人之墓（*Sépulture d'un Poète Maudit*）和叛徒（*Le Rebelle*）。又如：

十四行集第十五首　　　　　　馮　至

看這一隊隊的馱馬
馱來了遠方的貨物，
水也會衝來一些泥沙
從些不知名的遠處，

風從千萬里外也會
掠來些他鄉的歎息：
我們走過無數山水，
隨時占有，隨時又放棄，

仿佛鳥飛翔在空中，
它隨時都管領太空，
隨時都感到一無所有。

什麼是我們的實在？
從遠方什麼也帶不來，
從面前什麼也帶不走。

(B) 韵式 abab cdcd eef gfg，後六行和法國派的第二式相同。例如波特萊爾的仇(*L'Ennemi*)，巨人(*La Géante*)，惡之花第四十三首(無題)和破壞(*La Destruction*)。又如：

淘　氣　　　　　　　　　　卞之琳

淘氣的孩子，有辦法：
叫游魚嚙你的素足，
叫黃鸝啄你的指甲，
野薔薇牽你的衣角⋯

白蝴蝶最懂色香味
尋訪你午睡的口脂。
我窺候你渴飲泉水
取笑你吻了你自己。

我這八陣圖好不好？
你笑笑，可有點不妙，
我知道你還有花樣！

哈哈！到底算誰勝利？
你在我對面的墻上
寫下了「我真是淘氣」。

(C) 韵式 abab cdcd efg efg，後六行和彌爾敦式相同。如：

十四行集第一首　　　　　馮　至

我們準備着深深地領受

那些意想不到的奇迹，
在漫長的歲月裏忽然有
彗星的出現，狂風乍起：

我們的生命在這一瞬間，
仿佛在第一次的擁抱裏
過去的悲歌忽然在眼前
凝結成屹然不動的形體。

我們贊頌那些小昆蟲：
它們經過了一次交媾
或是抵御了一次危險，

便結束它們美妙的一生。
我們整個的生命在承受
狂風乍起，彗星的出現。

　　(D) 韵式 abab cdcd efe fgg，後六行和正中之變的 A 式相同。例如波特萊爾的貓(*Le Chat*)，決斗(*Duellum*)，一個鬼第四首，活炬(*Le Flambeau Vivant*)和閑談(*Causerie*)。又如：

　　　　　　慰勞信集第十一首　　　　　　　　卞之琳
　　　　你老了！朝生暮死的畫刊
　　　　如何拱出了你一副霜容！
　　　　憂患者看了不禁要感歎，
　　　　像頓驚歲晚於一樹丹楓。

　　　　難怪呵，你是辛苦的頂點，
　　　　五千載傳統，四萬萬意向
　　　　找了你當噴泉。你活了一年
　　　　就不止圓缺了十二個月亮。

會裝青年的只有狐狸精；
你一對眼睛却照舊奕奕，
夜半開窗當無愧於北極星。

「以不變馭萬變」又上了報頁，
你用得好呵！你堅持到底
也就在歷史上嵌穩了自己。

(E) 韵式 abab cdcd eff gff，後六行和正中之變的 B 式相同。例如波特萊爾惡之花第二十八首和魔迷(*Obsession*)。又如：

十四行集第廿三首　　　　　馮　至

接連落了半月的雨，
你們自從降生以來
就衹知道潮濕陰鬱，
一天雨雲忽然散開

太陽光照滿了墻壁，
我看見你們的母親
把你們銜到陽光裏，
讓你們用你們全身

第一次領受光和暖，
等到太陽落後，它又
銜你們回去。你們沒有

記憶，但這一幕經驗
會融入將來的吠聲，
你們在深夜吠出光明。

(F) 韵式 abab cdcd eef fgg，後六行和正中之變的 G 式相同。例

如波特萊爾的破鐘（*La Cloche Fêlée*）和教外人之禱語（*La Prière d'un Païen*）。又如上文第五十八節裏所舉馮至的十四行集第七首。

（G）韵式 abab cdcd efe ffe。例如波特萊爾的一日之末（*La Fin de la Journée*），原文不錄。

（H）韵式 abab cdcd bbe ebe。例如：

十四行集第九首　　　　　　馮　至

你長年在生死的中間生長，
一旦你回到這墮落的城中，
聽着這市上的愚蠢的歌唱，
你會像是一個古代的英雄

在千百年後他忽然回來，
從些變質的墮落的子孫
尋不出一些盛年的姿態，
他會出乎意外，感到眩昏。

你在戰場上，像不朽的英雄
在另一個世界永向蒼穹，
歸終成爲一隻斷綫的紙鳶：

但是這個命運你不要埋怨，
你超越了他們，他們已不能
維係住你的向上，你的曠遠。

65.5　（乙）前八行用隨韵。此類比較上最爲罕見。

（I）前八行用兩個韵脚者，即 aabb aabb。現在祇舉兩種例子。

（A）韵式 aabb aabb cdd cee，後六行和正中之變的 B 式相同。例如波特萊爾的霧雨（*Brumes et Pluies*）和血泉（*La Fontaine de Sang*）。原文不錄。

（B）韵式 aabb aabb ccc ddd。這是格律最差的一種。例如：

十四行　　　　　　　　　　戴望舒

微雨飄落在你披散的鬢邊，
像小珠碎落在青色的海帶草間
或是死魚飄翻在浪波上，
閃出神秘又凄切的幽光，

誘着又帶着我青色的靈魂
到愛和死底夢的王國中睡眠，
那裏有金色的空氣和紫色的太陽，
那裏可憐的生物將歡樂的眼淚流到胸膛；

就像一隻黑色的衰老的瘦貓，
在幽光中我憔悴又伸着懶腰，
流出我一切虛僞和真誠的驕傲，

然後，又跟着它跟蹌在輕霧朦朧：
像淡紅的酒沫飄在琥珀鐘，
我將有情的眼藏在幽暗的記憶中。

（這詩各行的音數極爲參差不齊，也不合於商籟的
規矩。）

65.6 （Ⅱ）前八行用四個韵脚者，即 aabb ccdd。現在祇舉兩個例子。

（A）韵式 aabb ccdd eef ggf，後六行和法國派第一式相同。例如波特萊爾的夜歸魂（*Le Revenant*）。原文不錄。

（B）韵式 aabb ccdd efe fgg，後六行和正中之變的 A 式相同。例如波特萊爾的情侶之酒（*Le Vin des Amants*）。原文不錄。

65.7 以上所述的都是意大利體的商籟。此外還有莎士比亞體（*Shakespearean sonnet*）和史本賽體（*Spencerian sonnet*）。這兩種詩體在分段和音步上都是相同的：全詩共十四行，分爲四段，前三段是三個「英雄四行」（五步的四行），末一段是一個「英雄偶體」（五步的兩行）。它們的相異點祇在乎韵脚上稍有不同罷了。

65.8 （一）莎士比亞體的韻式如下：

abab cdcd efef gg

莎士比亞共有一百五十四首商籟，現在祇舉其中的一首爲例：

XVIII

Shall I compare thee to a summer's day?
　　Thou art more lovely and more temperate：
Rough winds do shake the darling buds of May,
　　And summer's lease hath all too short a date：

Sometimes too hot the eye of heaven shines,
　　And often is his gold complexion dimm'd：
And every fair from fair sometime declines,
　　By chance or nature's changing course, untrimm'd.

But thy eternal summer shall not fade
　　Nor lose possession of that fair thou ow'st；
Nor shall death brag thou wand'rest in his shade,
　　When in eternal lines to time thou grow'st：

So long as men, can breathe, or eyes can see,
So long lives this, and this gives life to thee.
　　　　　　　——W. Shakespeare(1564—1616)

梁宗岱有一篇譯文，其行數，段數，韻式，完全依照莎士比亞的原詩，祇
有音數改爲「亞歷山大式」（十二音）。茲照録於下：

十　八

我怎麽能够把你來比作夏天？

你不獨比他可愛也比他溫婉；
狂風把五月寵愛的嫩蕊作踐，
夏天出賃的期限又未免太短：

驕陽底眼睛有時照得太酷烈，
他那炳耀的金顏又常遭黯晦；
給機緣或無常的天道所摧折，
沒有芳豔不終於凋殘或銷毀。

但你的長夏將永遠不會凋落，
或者會損失你這燁燁的紅芳，
或死神誇口你在他影裏漂泊，
當你在不朽的詩裏與時同長。

　　祇要一天有人類，或人有眼睛，
　　這詩將長生，并且賜給你生命。
　　　　（這種韵式和前面所述意大利體的變式（甲）（Ⅳ）（D）相
　　　　同，但分段不同，而意義上的關係也就大不相同了。）

65.9　（二）史本賽體的韵式之所以不同於莎士比亞者，僅在前
三段用鈎韵（interlocked by rime），就是：

abab bcbc cdcd ee

現在從史本賽的愛情詩（Amoretti）中，舉出一首爲例：

XXXVIII

What guile is this, that those her golden tresses
　　She doth attire under a net of gold;
And with sly skill so cunningly them dresses,
　　That which is gold, or hair, may scarce be told?

Is it that men's frail eyes, which gaze too bold,

　　She may entangle in that golden snare;

And, being caught, may craftily enfold

　　Their weaker hearts which are not well aware?

Take heed, therefore, mine eyes, how ye do stare

　　Henceforth too rashly on that guileful net,

In which, if ever ye entrappèd are,

　　Out of her hands ye by no means shall get.

Fondness it were for any, being free,

　　To covet fetters, though they golden be!

　　　　　　——Ed. Spenser(1552—1599)

65.10　莎士比亞體和史本賽體，中國詩人似乎都沒有模仿過，無例可舉。此外還有薛德耐(Sir Philip Sidney, 1554—1586)的商籟，韵式是 abab abab cdcd ee，似乎也沒有模仿的例子。

65.11　商籟之所以成爲謹嚴的格律，因爲它具有下列的幾種特質：

（一）每一首商籟必有十四行，無論分爲四四三三，或八六或四四六，或四四四二，或不分段，十四行的總數決不至於有變化。

（二）商籟每行的音數或音步是整齊的。譬如第一行是十二音，以後各行都是十二音。十音九音八音以下，都由此類推。音數不整齊的祇是極少的例外。

（三）商籟的韵脚也是整齊的，特別是正式的商籟。譬如前八行的第一段是抱韵，第二段決不會是交韵或隨韵；如果第一段是 abab，第二段也決不會是 abba，或 cddc，或 acca，或 aabb，等等。

65.12　由此看來，商籟可認爲西洋的「律詩」。近二十年來，中國一部分的詩人確有趨重格律的傾向，而最方便的道路就是模仿西洋的格律。純粹模仿也不是個辦法；咱們應該吸收西洋詩律的優點，結合漢語的特點，建立咱們自己的新詩律。

图书在版编目（CIP）数据

汉语诗律学 / 王力著. — 上海：上海教育出版社，
2022.8
（语言学经典文丛）
ISBN 978-7-5720-1615-8

Ⅰ. ①汉… Ⅱ. ①王… Ⅲ. ①诗律－诗歌研究－
中国 Ⅳ. ①I207.21

中国版本图书馆CIP数据核字(2022)第146562号

责任编辑 毛 浩
封面设计 陆 弦

汉语诗律学
王 力 著

出版发行 上海教育出版社有限公司
官　网　www.seph.com.cn
地　址　上海市闵行区号景路159弄C座
邮　编　201101
印　刷　上海展强印刷有限公司
开　本　640×965　1/16　印张 57　插页 5
字　数　822 千字
版　次　2022年9月第1版
印　次　2022年9月第1次印刷
书　号　ISBN 978-7-5720-1615-8/H·0050
定　价　198.00 元

如发现质量问题，读者可向本社调换　电话：021-64373213